Um
Pilar
de Ferro

OUTRAS OBRAS DA AUTORA PUBLICADAS PELA EDITORA RECORD

O grande amigo de Deus

Os servos de Deus

Médico de homens e de almas

Um pilar de ferro

TAYLOR CALDWELL

Um
Pilar
de Ferro

Tradução de
LUZIA MACHADO DA COSTA

16ª EDIÇÃO

EDITORA RECORD
RIO DE JANEIRO • SÃO PAULO
2025

CIP-Brasil. Catalogação-na-fonte
Sindicato Nacional dos Editores de Livros, RJ.

C152p
16ª ed.
Caldwell, Taylor, 1900-1985
   Um pilar de ferro / Taylor Caldwell; tradução de
Luzia Machado da Costa. – 16ª ed. – Rio de Janeiro:
Record, 2025.

   Tradução de: A Pillar of Iron
   ISBN 978-85-01-01661-4

   1. Romance norte-americano. I. Costa, Luzia Machado
da. II. Título.

03-0055
CDD – 813
CDU – 821.111(73)-3

Título original norte-americano
A PILLAR OF IRON

Copyright © 1965 by Reback and Reback

O contrato celebrado com a autora proíbe a exportação deste
livro para Portugal e outros países de língua portuguesa.

Com exceção das personagens históricas reais, todas as demais são
produto da imaginação da autora e não tem relação com pessoas
da vida real.

Todos os direitos reservados.
Proibida a reprodução, no todo ou em parte, através de quaisquer meios.

Direitos exclusivos de publicação em língua portuguesa somente para o Brasil
adquiridos pela
EDITORA RECORD LTDA.
Rua Argentina, 171 – Rio de Janeiro, RJ – 20921-380 – Tel.: (21) 2585-2000
que se reserva a propriedade literária desta tradução.

Impresso no Brasil

ISBN   978-85-01-01661-4

Seja um leitor preferencial Record
Cadastre-se no site www.record.com.br
e receba informações sobre nossos
lançamentos e nossas promoções.

EDITORA AFILIADA

Atendimento e venda direta ao leitor
sac@record.com.br

O poder e a lei não são sinônimos. Na verdade, freqüentemente são opostos e irreconciliáveis. Existe a Lei de Deus, da qual surgem todas as leis de eqüidade do homem, segundo as quais os homens devem viver, se não quiserem morrer na opressão, no caos e no desespero. Divorciado da Lei eterna e imutável de Deus, estabelecida antes da criação dos sóis, o poder do homem é mau, sejam quais forem as palavras nobres com que seja empregado ou os motivos dados para aplicá-lo.

Os homens de boa vontade, que atentam à Lei estabelecida por Deus, irão se opor aos governos cujo domicílio é dos homens e, se desejarem sobreviver como nação, deverão destruir esse governo que tenta determinar pelo capricho ou poder de juízes venais.

— CÍCERO

Naquele tempo foi-me dirigida a palavra do Senhor, dizendo: "Cinge teus lombos e levanta-te para dizer a Judá tudo quanto Eu te ordenar. Não temas a presença deles; ou te aterrorizarei à vista deles; quanto a mim, desde hoje faço de ti uma fortaleza, um pilar de ferro... diante de toda a nação... Eles te combaterão, mas não conseguirão vencer-te, porque estou contigo", diz o Senhor.

— JEREMIAS — 1:17-19

Sumário

Primeira Parte
A Criança e o Jovem
15

Segunda Parte
O Homem e o Advogado
165

Terceira Parte
O Patriota e o Político
389

Quarta Parte
O Herói
529

Prefácio

Qualquer semelhança entre as repúblicas de Roma e dos Estados Unidos da América é puramente histórica, assim como a semelhança entre a Roma antiga e o mundo moderno.

Havia muitas personalidades na grande Roma, que foi Marco Túlio Cícero: o poeta; o orador; o amante; o patriota; o político; o marido e pai; o amigo; o escritor; o advogado; o irmão; o filho; o moralista; o filósofo. Um livro inteiro poderia ser escrito sobre qualquer uma dessas personalidades, isoladamente. As cartas dele para seu editor e melhor amigo, Ático, enchem muitos livros da Biblioteca do Vaticano e de outras grandes bibliotecas em todo o mundo. Sua vida como político também daria para encher uma biblioteca. E ele já foi chamado de Maior Advogado de Todos. Seus próprios livros são volumosos e tratam da lei, da velhice, do dever, da consolação, da moral, etc. Sua vida em família, por si só, merece um romance. Embora tenha sido um romano cético, também era muito devoto, místico e filósofo, sendo por fim nomeado para o Conselho dos Áugures, em Roma, onde foi tido em alta conta pelo sábio Colégio dos Pontífices. Sua vida como cônsul de Roma (semelhante ao cargo de presidente dos Estados Unidos) daria um volume enorme, sem falar em seu cargo de senador. Seus processos jurídicos são famosos. Suas *Orações* constituem vários volumes. Há dois mil anos os patriotas vêm citando seus livros referentes ao dever do homem para com Deus e a pátria, principalmente *De Republica*. Sua correspondência com o historiador Salústio poderia encher vários livros, sem referência a nada mais. (Biblioteca do Vaticano e outras bibliotecas famosas.) Há uma bibliografia no fim deste livro.

Suas cartas para Júlio César revelam sua natureza conciliadora e afável, seu humor e, por vezes, sua irascibilidade e seu conhecimento do temperamento do próprio Júlio César, travesso, sutil, jovial e poderoso, sem falar na tortuosidade. Embora tão diferentes por natureza, eles eram, conforme disse Júlio César certa vez, "como os Gêmeos". Júlio raramente conseguia iludi-lo — se bem que o tentasse! "Só confio em você em Roma", disse Júlio César, um dia. Eles se apreciavam a seu modo pessoal: com cuidado, desconfiança, alegria, raiva e dedicação. Sua associação é um assunto fascinante.

O amigo mais querido e dedicado de Cícero era seu editor, Ático, e a correspondência deles, abrangendo milhares de cartas, de toda uma vida, é comovente, reveladora, afetuosa, desesperadora e constrangedora. Ático escreveu várias vezes que Cícero não seria apreciado durante sua vida, "porém as eras ainda por nascer serão os recipientes de sua sabedoria e tudo o que você disse e escreveu será uma advertência para as nações ainda desconhecidas". As visões de Cícero, centenas de visões, do futuro terrível — que hoje nós mesmos enfrentamos no mundo moderno — estão relatadas nas suas cartas a Ático. Ele estava profundamente envolvido na teologia judaica, conhecia bem os profetas, especialmente as profecias do Messias do futuro, e era adorador do Deus Desconhecido. Ansiava por ver a Encarnação — profetizada pelo rei Davi, por Isaías e outros profetas poderosos dos israelitas — e sua visão do fim do mundo, contida no primeiro e segundo capítulos de Joel (versão do Rei Jaime) e Sofonias (versão Douay-Challoner) é narrada em uma de suas cartas a Ático (Biblioteca do Vaticano) e, certamente, descreve o mundo num holocausto nuclear. A última carta a Ático, pouco antes de sua morte, é extremamente comovente e nela ele narra seu sonho da visão da Mão de Deus.

Cícero impressionava-se especialmente com o fato de que, em todas as religiões, inclusive a hindu, a grega, a egípcia e a israelita, existem a profecia do Messias e a Encarnação de Deus como homem. Era tão fascinado por isso, e tinha tanta esperança, que muitas de suas cartas contêm conjeturas sobre o Fato. Ele desejava, acima de tudo, estar vivo quando isso ocorresse. Seu amigo judeu (cujo nome ele não menciona, mas a quem dei o nome de Noë ben Joel) é citado freqüentemente em suas cartas a vários amigos e ele se sentia muito atraído pelo famoso ator judeu-romano, pai do teatro moderno, Róscio, sobre o qual poderia ser escrito um outro livro.

Ele odiava e temia o militarismo e era um homem pacífico num mundo que não continha a paz, nem nunca há de conter. Suas relações com o grande militar que foi Pompeu são muito agitadas, pois ele desconfiava do militarismo de Pompeu, mas honrava-lhe o espírito conservador — e provocou seu próprio exílio quando César marchou sobre Roma. César, embora fosse patrício e militar, pertencia ao partido *populares* (popular) e se dizia um grande democrata e amigo das massas, ainda que ele e Cícero

Um Pilar de Ferro

soubessem que César as desprezava. Cícero, como homem da classe média ("nova"), não aprovava essa atitude hipócrita e de embustes de "meu caro e jovem amigo, Júlio", o qual considerava sua própria hipocrisia muito divertida. Cícero, pessoalmente, nunca foi hipócrita; em todas as ocasiões era um "moderado", o homem do meio-termo, acreditando na honra e decência intrínseca do homem comum, um homem que amava a liberdade, a justiça, a misericórdia e a bondade. Era, portanto, inevitável que ele fosse assassinado. Ele nunca chegou ao extremo de endeusar o homem comum, nem de denegri-lo. Limitava-se a aceitá-lo, tinha compaixão por ele e lutava pelos seus direitos e sua liberdade.

A dedicação mais forte de Cícero foi para com a Constituição de Roma e, especialmente, a sua Declaração de Direitos — ambas fantasticamente semelhantes às nossas. Por isso ele sofreu com a calúnia num mundo romano que começara a não respeitar nenhuma das duas — e também isso é bem conhecido nos Estados Unidos, por todos nós. Ele, porém, suspeitava do espírito capcioso dos juízes e estava sempre lutando contra eles nos tribunais, quando representava um cliente. Para ele, o governo pela lei era um Edito de Deus, baseado nas leis naturais de Deus, e o governo dos homens era uma coisa a ser muito temida numa nação. Ele viveu o suficiente para ver isso acontecer na república romana, tendo como resultado a tirania.

Suas orações contra Lúcio Sérgio Catilina poderiam ser usadas hoje pelos políticos defensores da liberdade, pois são extremamente modernas. Os próprios discursos de Catilina instigando o povo não são invenção desta autora. Salústio os registra e, se parecem contemporâneos, não é por culpa da autora! Cícero já foi chamado muitas vezes de "o primeiro verdadeiro americano" e Catilina, comparado a vários políticos infelizmente existentes, num passado recente.

As histórias da República romana e dos Estados Unidos da América são estranhamente paralelas, assim como Cincinato, "pai de sua pátria", é estranhamente parecido com George Washington. Os políticos de hoje podem reconhecer muitas de suas imagens pessoais em Catilina — e também muitos de seus desejos secretos. Se Cícero estivesse vivo nos Estados Unidos de hoje, ficaria abismado e apavorado. Acharia tudo tão familiar.

A *Pax Romana*, concebida num espírito de paz e conciliação e lei mundial, misteriosamente, é como os Estados Unidos de hoje. O resto é história mútua, inclusive auxílio externo, nações recalcitrantes e a desintegração devida ao fato de que tantas nações desprezaram o espírito da Carta da *Pax Romana*, assim como desprezam hoje o espírito da Carta da Organização das Nações Unidas. Não forcei a semelhança entre a *Pax Romana* e a Organização das Nações Unidas. Quando ocorre uma semelhança tão dominante e moderadora, trata-se de um caso de história registrada. Pois, conforme disse Cícero, e Aristóteles antes dele, "as nações que desprezam a história estão condenadas a repetir suas tragédias".

Os romanos eram historiadores meticulosos e registravam a história com uma precisão de horas. Portanto, se os leitores ficarem impressionados com as estranhas semelhanças entre Roma e os Estados Unidos, basta estudarem por si a história romana. Levei nove anos para escrever este livro e fui tão objetiva quanto é humanamente possível. Não apresento nenhuma opinião própria. Apresento apenas Marco Túlio Cícero e seu mundo para o julgamento e conclusões do leitor.

Este livro foi dedicado a John F. Kennedy antes de seu assassinato — tão semelhante ao de Cícero, em muitos aspectos — e temos alguma correspondência sobre o assunto. As cartas, com o tempo, serão doadas à Biblioteca Kennedy. Hoje, o livro é dedicado à sua memória, com pesar e tristeza.

Cícero foi um ser humano, além de político, advogado e orador. Faz parte da natureza humana desejar que seus heróis sejam perfeitos — o que é louvável, embora nada realista. Portanto, Cícero neste livro aparece como homem, com suas próprias peculiaridades, que têm todos os homens, e não como uma imagem de mármore reluzente. Ele sofreu muito devido à indecisão e confusão presentes num homem sóbrio de grande moderação, que achava que os outros homens deviam ser razoavelmente civilizados e racionais. Ele nunca se recuperou do fato de ser um homem racional num mundo tão irracional — e este também é o destino de todos os moderados.

Conquanto existam nas bibliotecas histórias sobre Cícero, César, Marco Antônio, Crasso, Clódio, Catilina, etc., em inglês e muitas outras línguas, e milhares de escritores e políticos citem as cartas de Cícero, eu mesma traduzi muitas centenas de cartas trocadas por Cícero e seu editor, Ático, na Biblioteca do Vaticano, em abril de 1947; e muitas mais de Cícero para o irmão, a mulher, o filho, a filha, César, Pompeu e outros, em 1962, quando estive novamente em Roma e na Grécia.

O trabalho neste livro, feito por mim e por meu marido, começou em 1947 e está contido em centenas de notas datilografadas e 38 cadernos de notas. Muito antes de um livro ser escrito — e o trabalho de escrever começou em 1956 — as anotações são feitas e organizadas, as traduções feitas e os comentários preparados. Qualquer livro é como a sétima parte de

Um Pilar de Ferro

um *iceberg* que aparece acima da superfície do mar. As outras seis estão abaixo da superfície, sob a forma da preparação: notas, bibliografia, estudos constantes, tradução, coordenação e pensamentos intermináveis e, naturalmente, uma perpétua verificação de fontes e as visitas a cenários que pertençam ao ambiente de qualquer romance histórico. Passamos muitos dias entre as ruínas da Roma antiga e consultamos muitas autoridades, a fim de saber a localização exata dos vários templos e outros prédios mencionados nos relatos do Fórum. Também consultamos, nas bibliotecas de Roma, antigas autoridades romanas quanto ao aspecto físico dessa grande cidade no tempo de Cícero. Tudo isso a bem da autenticidade. A descrição da Acrópole de Atenas e especialmente a descrição do majestoso Partenon são autênticas, pois não só passamos vários dias entre as ruínas, como ainda consultamos arqueólogos, quando fomos hóspedes do governo grego em 1962. (Tenho uma dívida de gratidão especial para com o ministro da Cultura de Atenas, por seu amável auxílio.)

Usou-se o mínimo possível de notas de rodapé, mas em todos os pontos em que estiver escrito "Cícero escreveu, Ático escreveu, etc." as cartas são autênticas e podem ser encontradas em muitas histórias e bibliotecas em quase toda parte. É Cícero como patriota, o amigo do Direito Constitucional e da Declaração de Direitos, que deve despertar nossa admiração e reflexões profundas, hoje. Ele era atacado por ser "reacionário" e também como "radical", dependendo de quem o atacava ou no caminho de quem ele atravessasse. Era caluniado, por "viver no passado, nestes dias modernos e dinâmicos", e era igualmente caluniado por "violar pontos da lei e usar métodos abusivos". Para uns, ele era "contra o progresso"; para outros, um "conservador extremado". (Se esses termos infelizmente parecem conhecidos dos leitores, isso é culpa da história e da natureza humana, que não mudam.) Mas Cícero se punha sempre no caminho do meio, o que lhe valeu inimigos violentos e implacáveis entre os ambiciosos.

A declaração de que os romanos tinham um jornal diário usado muitas vezes como propaganda não é um anacronismo. Tinham mesmo três jornais concorrentes, na época de Cícero, mas a *Acta Diurna* era o favorito. Tinham até colunistas, dos quais Júlio César era um exemplo típico. Tinham caricaturistas e escritores satíricos — sujeitos muito espirituosos, como se auto-avaliavam — e davam notícias das últimas negociações do Mercado de Valores e mexericos difamatórios.

Os discursos e cartas de Cícero são tão atuais e modernos hoje quanto eram apropriados aos romanos há dois mil anos — e tão portentosos quanto nossos jornais diários, contendo eventos semelhantes.

Sic transit Roma! *Sic transit* Estados Unidos? Rezemos que não, do contrário carregaremos conosco nosso mundo, assim como Roma carregou o dela consigo, e estaremos diante de outra longa noite da Idade das Trevas. Mas quando é que, como chorava Aristóteles, os homens aprenderam alguma coisa com a história? *Ostende nobis, Domine, misericordiam tuam, et salutare tuum da nobis.*

TAYLOR CALDWELL

Primeira Parte

A Criança e o Jovem

Os justi meditabitur sapientiam, et lingua ejus loquetur judicium; lex Dei ajus in corde ipsius!

Capítulo I

Marco Túlio Cícero encolheu-se quando o emplastro quente foi colocado em seu peito pelo médico e, na voz meio irritada de um semi-inválido, perguntou:

— Que porcaria é essa?

— Gordura de abutre — disse o médico, orgulhoso. — Dois sestércios no pote é garantia de cura para qualquer inflamação.

Os escravos atiçaram os carvões no braseiro e M. Túlio tremeu sob as cobertas. Tinham colocado a manta de pele sobre seus pés, mas ele continuava com frio.

— Dois sestércios — repetiu ele, com tristeza. — O que a Sra. Hélvia disse a respeito?

— Ela não sabe ainda — disse o médico. M. Túlio sorriu de antecipação.

— O dinheiro vai para a conta das despesas de casa — disse ele. — É uma coisa excelente ter uma esposa econômica, nestes dias de esbanjamento, mas nem sempre, quando algo como esse ungüento vil é acrescentado ao custo do feijão e dos utensílios de cozinha. Pensei que tínhamos uma conta de despesas médicas.

— Comprei a gordura de outro médico — disse o médico, com um tom de leve reprovação na voz. — A Sra. Hélvia prefere não lidar com os comerciantes, se puder evitá-lo. Se eu tivesse comprado isso nas lojas, o preço teria sido de cinco sestércios e não dois.

— Apesar disso, os dois sestércios irão para as contas de casa — disse M. Túlio. — As despesas com o linho e a lã para a criança que vai nascer também vão constar junto com as panelas, o peixe e a farinha. Sim, uma esposa frugal é excelente. Mas, de certo modo, como marido, não gosto de estar relacionado no meio de novos urinóis e queijo de leite de cabra. Eu vi isso em pessoa. — Ele tossiu com força e o médico ficou satisfeito.

— Ah, a tosse está bem mais solta — disse ele.

— Há ocasiões — prosseguiu M. Túlio — em que o paciente, a fim de salvar sua vida, tem de se apressar para ficar bom e fugir dos

18   *Taylor Caldwell*

cuidados e fedores do médico. É uma questão de autopreservação. Como está o tempo hoje?

— Muito feio e muito singular — disse o médico. — Tivemos uma tempestade de neve. Os morros e pastos estão afundados na neve e o rio está gelado. Mas o céu está azul, límpido e fresco e há um vento forte do norte. Isso ajudará sua cura, amo. É o vento do leste que tememos, especialmente o vento do sudeste.

M. Túlio estava começando a se sentir mais quente, não com o calor da febre, mas com a saúde que voltava. A camisa de lã que estava usando começou a espetá-lo; ele mexeu-se e o cheiro da gordura de abutre tornou-se forte. Depressa, ele puxou o cobertor de volta para cima do peito.

— É difícil saber — disse — se serei asfixiado pelo fedor ou pela congestão de meus pulmões. Acho que prefiro este último. — Ele tossiu, para experimentar. A dor nos pulmões estava cedendo um pouco. Olhou em volta do quarto e viu os escravos diligentemente enchendo o braseiro com mais lenha. O vidro espesso da janela estava pingando de umidade.

— Basta — disse ele, irritado. — Estou começando a me afogar em minha transpiração.

Ele não era, por natureza, um homem irascível e sim bondoso e muito dedicado; e sempre um tanto distraído. O médico ficou encorajado com aquela irritação; o paciente ficaria bom em breve. Ele olhou para o rosto magro e moreno sobre os travesseiros brancos e para os olhos grandes e castanhos que nunca conseguiam parecer severos, por mais que se esforçassem. As feições dele eram suaves e marcadas, a testa benévola, o queixo pouco resoluto. Era um homem jovem e parecia mais moço do que era, o que o aborrecia. Tinha as mãos calmas e meio passivas do estudioso. Seu cabelo castanho não se adaptava bem ao corte curto; ficava esticado sobre o crânio comprido, como se fosse pintado ali; e nunca se conseguia que se eriçasse, no estilo de um homem mais viril.

Ele ouviu passos e tornou a se encolher. O pai se aproximava do quarto e ele era um romano "antigo". Fechou os olhos e fingiu estar dormindo. Amava o pai, mas achava-o opressivo, com todas as suas histórias da grandeza da família, uma grandeza que Túlio por vezes desconfiava não existir. Os passos eram firmes e pesados e o pai, também chamado M. Túlio Cícero, entrou.

— Então, Marco — disse a voz alta e valente. — Quando é que vamos nos levantar?

M. Túlio via os raios do sol através das pestanas. Não deu resposta. As paredes de madeira branca de seu quarto refletiam o clarão, que de repente lhe pareceu intenso demais.

— Ele está dormindo, amo — disse o médico, desculpando-se.

— Eh-eh! Que cheiro é esse? — perguntou o velho. Ele era magro, alto e irascível. Usava a barba à moda antiga, o que, acreditava, o fazia parecer com Cincinato.

— Gordura de abutre — disse o médico. — Muito cara, mas eficaz.

— Levantaria até um morto — disse o velho pai, com seu tom dogmático.

— Custou dois sestércios — disse o médico, piscando para ele. Ele era um liberto e, como médico, então, também era cidadão de Roma e podia ter suas vantagens.

O velho pai sorriu, azedo.

— Dois sestércios — repetiu. — Isso deve fazer a Sra. Hélvia contar os níqueis da bolsa. — Respirou fundo e ruidosamente. — A frugalidade é uma virtude, porém os deuses reprovam a ganância. Pensei que eu era mestre na arte de fazer três sestércios crescerem, onde antes havia dois, mas, por Pólux! A Sra. Hélvia devia ter sido banqueira. Como está o meu filho, hein?

— Restabelecendo-se, amo.

O velho pai encostou-se na cama.

— Tenho uma teoria — disse o velho. — O meu filho se recolhe ao leito quando a Sra. Hélvia se torna por demais dominadora. E ainda mais estando grávida! O que acha de minha teoria, Félon?

O médico sorriu discretamente. Olhou para o paciente, que estava supostamente dormindo.

— Há temperamentos delicados — sugeriu ele. — E a retirada, muitas vezes, é um meio de se obter a vitória.

— Ouvi dizer — disse o pai — que a Sra. Hélvia recolheu-se ao leito de repente. A criança já está para nascer?

— A qualquer momento — disse o médico, alertado. — Vou vê-la imediatamente.

Ele retirou-se do quarto apressadamente, suas roupas de linho farfalhando. O velho pai debruçou-se sobre a cama.

— Marco — disse ele —, sei que você não está dormindo, e sua mulher está prestes a dar à luz. Não queira enganar-me, fingindo que está dormindo. Você nunca roncou na vida.

M. Túlio gemeu um pouco. Não havia nada a fazer, senão abrir os olhos. Os olhos do pai, pequenos, pretos e vivos, dançavam sobre ele.

— Quem disse que ela vai dar à luz agora? — perguntou ele.

— Havia muita agitação nos aposentos das mulheres e panelas de água quente e a parteira de avental — disse o velho. Ele coçou o rosto cabeludo. — Mas, como é o primeiro, com certeza vai levar muito tempo para nascer.

— Não com a Hélvia — disse M. Túlio. — Ela é despachada em tudo.

— Acho que ela é uma mulher de muitas virtudes — disse o velho, que era viúvo e feliz por isso. — Não obstante, está sujeita às leis da natureza.

— Hélvia não — disse M. Túlio. — As leis da natureza é que são subservientes a ela.

O velho pai deu uma risada ao ver a resignação na voz do filho.

— E nós todos, Marco. Até eu. A sua mãe era doce e dócil. Eu não a apreciava.

— Então o senhor também tem medo de Hélvia — disse M. Túlio, tossindo um pouco.

— Medo de mulheres! Tolice. Mas elas criam dificuldades, que o homem sábio evita. Você está com uma cor excelente. Por quanto tempo você acha que ainda poderá esconder-se na cama?

— Infelizmente, não por muito tempo. E não depois que Hélvia mandar me chamar, pai.

O velho meditou.

— Há vantagens em ficar de cama — comentou ele. — Estou pensando nisso, também. Mas Hélvia não irá se iludir. Dois homens de cama despertariam a desconfiança dela. Você, com certeza, dará o nosso nome à criança, se for menino.

M. Túlio tinha pensado em outro nome, mas suspirou. Abriu então bem os olhos e viu a neve acumulando-se na janela. As cortinas de lã na vidraça esvoaçaram ao vento frio, e M. Túlio estremeceu.

— Estou doente de verdade — disse ele, esperançoso. — Estou com uma inflamação nos pulmões.

— Os deuses já disseram, e os gregos também, que, quando o homem deseja fugir aos seus deveres, pode apelar para qualquer doença para ajudá-lo — disse o velho pai. Ele pegou o pulso do filho para senti-lo e, depois, empurrou a mão para longe. — Gordura de abutre! — exclamou. — Deve ser milagrosa. Está com o pulso ótimo. Ah, cá está a parteira.

M. Túlio encolheu-se sob as cobertas e fechou os olhos. A parteira fez uma reverência e disse:

— A Sra. Hélvia está para dar à luz.

— Já? — disse o velho pai.

Um Pilar de Ferro

— Muito em breve, amo. Ela recolheu-se ao leito há uma hora, pelo relógio de água que ainda não está congelado, e teve uma dor. O médico está com ela. O nascimento é iminente.

— Eu lhe disse — falou M. Túlio, infeliz. — Hélvia desafia as leis da natureza. Ela devia passar pelo menos oito horas em trabalho de parto.

— Uma pequena forte — comentou o velho pai. Ele tirou as cobertas, a despeito dos protestos do filho. — A mulher — disse o velho — deseja a presença do marido quando dá à luz, especialmente uma senhora com a ascendência de Hélvia, que é impecável. Marco, levante-se.

M. Túlio tentou apanhar as cobertas, mas o pai jogou-as ao chão de pedra.

— Sua presença, pai — disse o jovem —, dará muito mais forças a Hélvia do que a minha.

— Levante-se — disse o pai. Olhou para os escravos. — Tragam já um manto de peles.

Um manto de peles foi levado com uma ligeireza inconveniente e com ele envolveram o corpo franzino de M. Túlio. Sua tosse, agora violenta, não convenceu o pai, que lhe agarrou o braço com força e levou-o do quarto para um *hall* de pedra em que soprava um vento frio e forte. As Nonas de Jano: que dia para se nascer!, pensou M. Túlio com saudades das ilhas quentes na Baía de Nápoles, onde o sol era benigno, as flores trepavam por sobre os tijolos e muros e as pessoas cantavam. Mas o velho pai acreditava que havia uma virtude em se ser infeliz e nisso parecia-se com a nora.

Não é que eu não ame Hélvia, pensou M. Túlio, tentando fracamente acompanhar os passos do pai pelos salões frios e claros, muito embora eu tenha sido escolhido por ela e não tenha dito nada a respeito. Mas ela é uma moça temível. Talvez eu seja um mau romano, mas o fato é que prefiro vozes suaves, música, livros e tranqüilidade, ainda que admire os militares. A distância. A muita distância. Deve haver em mim sangue grego, de muito tempo atrás.

Eles passaram por um espaço aberto entre os salões e M. Túlio viu os jardins cheios de neve, a luz forte do sol, os distantes montes dos volscos, erguendo-se num fogo branco, como o próprio Júpiter. Até mesmo em Roma, a nordeste de Arpino, estaria mais quente do que ali; a multidão aqueceria o ar e os prédios altos suavizariam os ventos ou se oporiam a eles. Também havia abrigo a cada passo nos vãos de portas e liteiras aquecidas. Mas ali no campo não havia proteção contra o inverno, que naquele ano fora anormalmente rigoroso. O velho pai gostava de vestir-se de peles e couro e cavalgar pelos campos cercado de pajens, caçando veados, e voltar abominavelmente corado, animado e emanando a geada, batendo com os pés e se orgulhando do seu feito. Só de pensar nisso, M. Túlio tossiu de novo, agarrando-se ao manto de peles. Infelizmente, Hélvia também era muito vigorosa e achava que o ar livre era salutar, enquanto qualquer médico com um pingo de sapiência sabia que o ar livre poderia ser fatal, em certas circunstâncias. Ainda na véspera, ela apanhara dois coelhos numa armadilha na neve, mesmo pesada como estava com a criança. M. Túlio pilhou-se antipatizando solenemente com pessoas saudáveis, que gostavam do inverno. O velho pai não estava velho, na verdade; ele é que devia ter-se casado com Hélvia, pensou M. Túlio. Aí eles poderiam não só andar pela neve juntos, como ainda comparar genealogias, comer coelho cozido em molho de alho e beber o ácido vinho romano, felizes um na companhia do outro.

M. Túlio pensou nos anos que passara no exército; até aquele dia se orgulhava daqueles anos. Então, ele estremeceu. As pessoas saudáveis o irritavam; geralmente expiravam, muito repentinamente, por alguma indisposição que pessoas mais fracas teriam curado com uma simples xícara de chá de ervas. Tinham chegado à porta dos aposentos das mulheres. Não havia criada alguma ali, a não ser uma mulher muito velha, de buço e com um xale grosso sobre os ombros. Era uma das favoritas da Sra. Hélvia, pois fora ama-de-leite da jovem esposa. Ela levantou-se de seu banco, no frio penetrante do salão, e olhou com raiva para os intrusos, que sempre ficavam intimidados diante dela, até o velho pai que, em geral, tinha uma voz de trovão.

— Estavam esperando até que a criança estivesse vestida de *regilla*? — perguntou ela, com ironia. — Ou talvez de toga?

M. Túlio perguntou:

— A criança já nasceu? Não? Então como é possível saber, Lira, se a criança vai usar uma veste pueril ou uma *regilla*? — Ele tentou sorrir para a velha que, em particular, chamava de Hécate.

Lira resmungou alguma obscenidade baixinho, enquanto pai e filho procuravam não se entreolharem. A velha, então, foi andando na frente deles para uma porta distante, respirando com dificuldade.

— Uma hora de dores de parto — disse ela, numa voz enferrujada e de pesar. — Mas quem está perto quando a minha filha sofre, salvo os escravos?

M. Túlio e o velho pai não podiam conceber que Hélvia precisasse de alguém que a acalmasse ou ajudasse, pois era uma moça temível, mas M. Túlio disse, aflito:

— O médico está com ela e não estou ouvindo barulho algum!

UM PILAR DE FERRO

— O médico! — gritou Lira, com a mão na porta e virando-se para encarar furiosa os dois senhores. — De que servem os homens, a não ser para dar agonia às mulheres? Aquele médico, com seus cheiros e suas mãos enormes! No meu tempo homem nenhum se aproximava de uma senhora em trabalho de parto; isso é revoltante. Barulho! Minha senhora tem um sangue nobre e delicado; não é dessas que gritam como uma rapariga qualquer no feno.

— Abra a porta, escrava! — impacientou-se o velho pai, recuperando parte de sua coragem.

— Não sou escrava — exclamou Lira, numa voz igualmente alta. — Minha senhora libertou-me quando se casou. Casou! — repetiu ela, num tom de desprezo.

O velho pai ficou roxo como uvas maduras e ergueu o punho cerrado, que o filho segurou com habilidade, sacudindo a cabeça.

— Não sou o chefe da minha própria casa? — trovejou o velho M. Túlio Cícero. — Será esta a nova Roma, em que a sujeira da sarjeta ousa levantar os olhos para o amo?

— Ah! — zombou Lira, abrindo a porta para o quarto da senhora. Mas postou-se ali por mais um momento de raiva. Ela sacudiu o dedo para o velho pai. — É uma hora grande e nobre para essa família de ervilhaca: Cícero. A criança será um menino e houve presságios. — Ela sacudiu a cabeça velha, e seus olhos brilhavam sobre eles, com uma maldade triunfante. — Eu mesma os vi. Quando a minha senhora sentiu a dor, houve um clarão no céu, como um relâmpago, e uma nuvem em forma de mão poderosa, segurando um manuscrito de sabedoria.* A criança deixará o nome na história e, não fosse ela, o nome Cícero morreria no pó.

Viu algo nos olhos do velho pai que a fez afastar-se às pressas. Os dois homens entraram num quarto pouco mais aquecido do que o *hall*, pois tinha um braseiro muito pequeno, com apenas uma ou duas brasas. A pedra do piso era sentida até através dos grossos sapatos de couro de M. Túlio e o frio parecia jorrar das paredes de estuque branco. Hélvia nunca sentia frio e gozava sempre de excelente saúde. Três jovens escravas estavam de pé junto à janela, arrumando a esmo as cortinas de lã azul, enquanto a parteira colocava um punhado de gravetos no pequeno braseiro. O quarto era escuro, mobiliado com modéstia e dominado por uma cama de madeira simples. Na cama, cercada de seus livros de contas, estava sentada Hélvia, com um travesseiro nas costas. Lira correu para o lado dela, murmurando,

---

*Esse fenômeno foi de fato registrado.

mas Hélvia percebeu os visitantes e franziu a testa. Sua pena parara em meio a uma anotação num livro muito grande e pesado. O médico estava à cabeceira da cama, com ar de desamparo.

— Hélvia — disse M. Túlio. Ele compreendia, vagamente, que cabia ao marido correr para o lado da esposa nessas ocasiões importantes, pegar a mão dela, tranqüilizando-a e oferecendo-lhe uma oração. Hélvia fechou a cara.

— Há uma diferença de três sestércios — disse ela, em sua voz jovem e animada.

— Ah, deuses — resmungou o velho pai. Ele olhou para a pequena estátua de Juno, diante da qual brilhavam três luzinhas.

— O seu contador ou é analfabeto ou ladrão, Marco — disse Hélvia ao marido. De repente, ela bocejou, mostrando uma sadia caverna rosada e admiráveis dentes brancos, grandes e brilhosos. M. Túlio aproximou-se dela, timidamente.

— Levantei-me de meu leito de enfermo, meu amor — disse ele —, para ficar com você neste momento.

Hélvia pareceu ficar intrigada.

— Não estou doente — disse ela. Sua barriga enorme erguia-se no meio das cobertas. — Mas você não está com tosse, Marco?

— Levantei-me da minha cama de enfermo — repetiu M. Túlio, sentindo-se ridículo. Hélvia deu de ombros.

— Você está sempre doente — disse ela, impiedosa. — Não posso compreender isso, pois o ar aqui é muito saudável. Se você, Marco, montasse todo dia ou caminhasse no frescor do inverno, não pareceria uma sombra. Até o Félon concorda comigo.

As luzes votivas piscaram na brisa forte e gelada. M. Túlio viu que uma das janelas estava aberta e tossiu com força. Aproximou-se da cama e sentou-se na cadeira rústica de madeira, ao lado dela. Hélvia olhou para ele com uma afeição súbita, estendeu a mão competente, sentiu a testa dele, pediu para ver a língua e fez pouco da doença.

— Não é nada — disse ela, com firmeza. — Mas o que é esse cheiro horrível?

— Gordura de abutre — disse o jovem marido. — Num emplastro, para o meu peito.

Ela fez uma careta.

— Carniça — disse ela. — Bem que eu estava reconhecendo o fedor.

— Gordura de abutre — emendou Félon. — É muito eficaz, senhora. Aliviou a congestão pulmonar quase imediatamente.

O olhar de Hélvia tornou-se intenso.

— E, sem dúvida, muito caro. Quanto foi? — perguntou ela ao médico.

— Dois sestércios — confessou Félon.

Hélvia estendeu a mão para pegar um livro de contas e ali escreveu caprichosamente os dois sestércios. M. Túlio, o mais bondoso dos jovens, exasperou-se.

— É verdade que você está em trabalho de parto, Hélvia? — perguntou.

— Tive uma dor há uma hora — disse Hélvia, distraída. Ela fechou o livro, cerrou os olhos e pensou. — Aqueles três sestércios! Não posso descansar em paz até descobrir o erro... ou o furto.

— O meu contador é um homem de grande integridade — disse o velho pai. — Se isso lhe é tão importante, Hélvia, eu mesmo lhe darei os três sestércios.

— Isso não acertaria as minhas contas — disse a moça. Ela abriu os olhos e franziu a testa. Tinha olhos lindos, grandes e de cor variável, de modo que em uma luz pareciam azulados e em outra, esverdeados; e numa luz mais clara pareciam de um cinza profundo, dourado. Estavam em moitas de pestanas espessas e negras, que podiam varrer suas faces. Tinha um rosto completamente redondo, levemente oliva na cor, liso como seda e rosado como uma pêra madura. Suas sobrancelhas pareciam depiladas, de tão escuras e retas. A testa era meio baixa, o que levava o velho pai a dizer, em momentos de raiva contra ela, que era sinal de pouca inteligência. O nariz era levemente aquilino, com narinas boas e nítidas; tinha a boca grande, cheia e inocente como a de uma criança, um queixo gordo com uma covinha e um pescoço curto, que entrava pelos ombros encovados. Seus cabelos pretos eram tão espessos e cacheados que só lhe caíam aos ombros e não cresciam mais, apenas aumentando numa profusão desordenada e brilhando como carvão novo. Ela era da nobre família de Hélvio e, no entanto, ninguém se admiraria de encontrá-la na cozinha ou nos estábulos; e, de fato, ela muitas vezes estava lá, vigiando seus ladrões domésticos. O busto grande estava apertado na camisa e os braços curtos apresentavam covinhas, mas eram musculosos, e suas mãos, largas e fortes. Ela era toda saúde, vitalidade e vividez e, mesmo tendo sangue patrício, isso não era evidente.

Quando ela não o aborrecia ou tiranizava, o velho pai a considerava uma excelente matrona e o filho, um felizardo. Em geral, tinha medo dela, por mais mocinha que fosse, tendo acabado de atingir a idade de mulher, aos 16 anos.

— Não está com frio, meu amor? — perguntou M. Túlio, na esperança de aumentarem o fogo no braseiro. A mulher arregalou os olhos para ele.

— Não estou com frio — disse ela, com uma voz firme. — Há mais doenças provocadas pelo calor demasiado do que pelo frescor. — Ela olhou bem para ele. — E você, está com frio, com todas essas peles e couros?

— Muito frio — disse ele.

Ela suspirou, pegou uma de suas cobertas e a colocou em cima dos joelhos dele, com um ar maternal.

— Já vamos nos aquecer mais — disse ela e mandou que uma escrava jogasse outro punhado de gravetos no braseiro.

— Se pudéssemos ao menos fechar a janela — disse M. Túlio, encolhendo-se agradecido debaixo do cobertor quente. — Estou com tosse.

— Também está com mau cheiro — disse Hélvia. Seu rosto jovem contorceu-se um momento e o médico debruçou-se sobre ela, solícito. — Não é nada; já passou — garantiu ela, impaciente. Depois, ela corou e pareceu ficar constrangida. — Acho que a criança está nascendo — disse ela.

O velho pai saiu do quarto apressadamente. A velha Lira começou a entoar um cântico; as escravas ajoelharam-se diante da estátua de Juno. O médico pôs a mão debaixo das cobertas. M. Túlio desmaiou discretamente. O médico estava muito empolgado.

— A cabeça! — exclamou ele.

E sem mais esforço, nem confusão, nasceu a criança, um menino, a 3 de janeiro no ano latino de 648, para Marco Túlio Cícero e sua jovem esposa, Hélvia; e ele, por sua vez, recebeu o nome de Marco Túlio Cícero.

— A criança é o seu retrato, minha senhora — disse Lira à patroa, quatro dias depois. Hélvia estava à mesa, novamente com seus livros de contas, mas o médico pelo menos conseguira que ela ficasse no quarto durante o tempo necessário.

Hélvia lançou um olhar crítico para o bebê no colo de Lira; estava embrulhado em mantas de lã branca.

— Tolice — disse ela, tocando o rostinho magro com um dedo e depois fazendo uma festinha na criança, debaixo do queixo pequenino e sensível. — É o retrato do meu marido. Tem um aspecto distinto, não? Mas concordo que ele tem os meus olhos. — Ela abriu o corpete, pôs o bebê para mamar e, por cima da cabeça dele e de seus braços protetores, tornou a olhar para os livros. — Mais dez lençóis de linho — disse ela, severa. — Vamos à falência.

— A criança não se parece nada com o pai — disse Lira, teimando. — Tem a expressão do seu nobre pai, senhora. Há nele uma aura de grandeza. Algum dia já me enganei? Não lhe disse em que dia exatamente ela nasceria? E há alguém que saiba ler os augúrios com tanta certeza?

— E dois sacrifícios feitos por ele quando ele nasceu — disse Hélvia. — Um devia ter bastado.

— Um lindo bebê — disse Lira. — Roma ainda não sabe disso, mas nasceu um Herói. — Ela acariciou os cabelos finos e delicados do bebê que mamava. — Sabe o que dizem os judeus, senhora? Estão esperando um Herói. Estão todos empolgados. Dizem que está nas profecias. E em Delfos, ao que ouvi dizer, o Oráculo falou do Grande que está por aparecer. Houve presságios no céu. Os sacerdotes murmuram sobre isso nos templos. O Herói.

Hélvia disse:

— Ele parece mais um cordeiro nascido antes da hora, ou um cabritinho sem pêlo. Ainda não consegui encontrar aqueles sestércios...

— Ele é um Herói — disse Lira. — Ah, haverá acontecimentos magníficos em Roma quando isto for um homem!

Capítulo II

Muitos anos depois, a criança, Marco Túlio Cícero, o terceiro com esse nome, escreveu a um amigo: "Não é que a minha mãe, a Sra. Hélvia, da ilustre família de Hélvio, fosse avarenta, como já ouvi dizerem muitas vezes, com maldade. Ela era apenas econômica, como eram todos os Hélvios."

Ele pensava freqüentemente na casa modesta de Arpino, onde nascera, naquele dia muito frio no mês de Jano, pois de lá, por muitas razões, provinham suas mais doces recordações. Depois de ter recebido seu nome, para evitar confusão, o pai deixou de ser chamado de Marco Túlio e sim apenas de Túlio. Isso enfurecia o velho pai, que trovejava como se ele próprio tivesse perdido o nome depois do nascimento do neto.

— É aquela mulher! — gritava para o filho. — Sou o avô, a quem são devidos respeito e homenagem e, no entanto, já ouvi os próprios escravos se referirem a mim como o "velho pai"! Sou desprezado em minha própria casa.

Hélvia o achava pouco razoável. O velho pai não insistira para dar esse nome ao neto? A vida já era bastante complicada, sem três homens com o mesmo nome na mesma casa.

— Insisto que me chamem de "avô" — disse o velho pai —, pois isso agora me é devido.

Como Hélvia sempre o chamara assim, desde o momento do nascimento do seu primeiro filho, achou-o mais capcioso do que nunca e deu de ombros.

Os homens não eram para serem compreendidos. Era ilógico uma mulher esperar que o homem fosse lógico.

— Ele está velho, Hélvia — disse-lhe o marido, Túlio, com brandura, ao que ela respondeu:

— Meu pai é mais velho do que ele e tem um gênio melhor. Isso é por causa da minha mãe, que não permite berros em casa, nem com o mais vil dos escravos. Um dia — disse Hélvia, com uma expressão de prazer em seu rosto jovem e agradável — minha mãe jogou uma travessa de peixe com molho na cabeça do meu pai, quando ele se descontrolou à mesa.

Túlio, pensando no pai e sorrindo, perguntou:

— E o que seu pai fez nessa ocasião catastrófica?

— Limpou o molho e o peixe da cabeça e do rosto com um guardanapo — disse Hélvia, surpreendida com a pergunta. — O que mais poderia fazer?

— Não se opôs?

— Minha mãe era maior e mais forte — disse Hélvia. — Além disso, havia um prato de feijão ali perto. Meu pai olhou para o feijão e depois pediu a um escravo outro guardanapo. Havia poucas brigas em nossa família. Sua mãe não fez questão de ter autoridade quando se casou com seu pai. Isso tem de ser feito logo, conforme me disse minha mãe antes de eu me casar com você, meu amor. Mais tarde, o homem fica menos tratável.

— Eu sou tratável? — perguntou Túlio, ainda sorrindo, mas sentindo certo constrangimento.

Hélvia afagou o rosto dele com carinho.

— Tenho uma mãe sábia — disse ela.

Então, eu sou tratável, pensou Túlio, sem grande alegria. Hélvia não o tiranizava, como muitas matronas tiranizavam os maridos, aberta ou disfarçadamente. Ele sabia que a organização da casa era calma, o que era bom para sua digestão delicada, e que o pai berrava muito menos do que no passado, o que também era bom para a digestão. Ninguém parecia ter medo da temível Hélvia, pelo menos não obviamente. No entanto, ninguém ousava ser muito impertinente na presença dela, ou reclamar. Bastava ela olhar com seus belos olhos, olhar como olha uma criança, e até o velho pai se acalmava, se bem que não sem resmungar, para mostrar que ele ainda era chefe da casa, a despeito de uma filha dos Hélvios. Em particular, a sós com o filho, ele se tornava sardônico quanto às mulheres. Preferia, achava ele, uma casa em que a mulher conhecesse o seu lugar.

— Hélvia conhece o lugar dela — disse Túlio, melancólico. — É esse o problema.

Um Pilar de Ferro

Hélvia tinha o seu centro de autoridade, embora fosse forrado de forte serenidade. Ela raramente se perturbava ou se aborrecia de verdade e nunca ficava de fato zangada.

— Ela não tem emoções, nem fogo, nem paixões. Portanto, é burra — dizia o velho ao filho.

Túlio sabia que Hélvia era apaixonada na cama, coisa um pouco enervante para um rapaz de sua natureza retraída. Mas Hélvia, em sua paixão, era tão sincera quanto ao inspecionar as contas da casa. Não havia nada de sutil para ela, nada de infinito, nada de maravilhoso ou inexplicável. Não tinha dúvidas a respeito de nada. Desempenhava todos os seus deveres à perfeição e era muito admirada. Se ela realmente nunca vira uma estrela ou uma flor, nunca sentira êxtase diante da primavera, nunca fora presa de uma tristeza sem motivo ou se assombrara com paisagens imensas, isso significava que ela era burra? Túlio às vezes tinha a idéia de que Hélvia via as coisas como um animal calmo, aceitando tudo com simplicidade e sem se maravilhar, tendo apetites diretos e esperando um comportamento correto e são dos homens e dos animais, em todas as ocasiões. Uma vez, pouco depois que se casaram, Túlio leu para ela um dos poemas de Homero. Ela escutou educadamente e depois perguntou: "Mas isso significa alguma coisa? Todas essas palavras são uma confusão."

Ela não era falante, o que representava uma virtude numa mulher, como Túlio lembrava ao pai quando este começava a bater o pé como um touro, em sua irritação.

— Ela não tem nada a dizer! — berrava o velho, batendo ainda mais com o pé.

— Isso é sabedoria, não falar nada quando não se tem nada a dizer — retrucou Túlio, que achava que as palavras em si eram belas e capazes de significados infinitos além da simples aparência. Túlio sempre vivera encerrado em si mesmo, em retiros calados. Mas era solitário. Virou-se esperançoso para seu filhinho, que possuía fisionomia e expressão introspectivas.

A família não morava em Arpino propriamente, mas com Arpino gozavam dos privilégios romanos e, portanto, eram cidadãos romanos. Podiam ver a cidade em um dos montes dos volscos, uma cidadezinha de certa importância, contemplando seus choupos e carvalhos amontoados, íngremes, às margens do Líris, ribeirão de montanha, reluzindo escuro; tinham a visão do riozinho Fibreno, onde se juntava ao Lírio e à ilha em que viviam, que pertencia ao avô e que era por ele cultivada. A ilha tinha uma forma curiosa, como um grande navio cuja proa dividia as águas; vista a distância, lembrava velas amarradas e uma embarcação surpreendida na torrente violenta. A água batia na proa de terra com veemência ruidosa e o som de mergulhos. O ar era sereno, muito fresco e claro, não tocado pelo dourado da Úmbria, salvo em alguns crepúsculos resplandecentes. Tinha uma atmosfera mais do norte do que do sul, acentuada pela majestade de árvores em quantidade, especialmente o carvalho sagrado, as verdejantes campinas do interior, as vistas luxuriantes e a terra vigorosa, que, de vez em quando, surgia nas pedras de musgos. O local não tinha nada das cores turbulentas do sul da Itália nem de sua alegre exuberância. O povo era mais calmo e frio e falava de Roma com desdém, como de um tumulto de poliglotas. Ali ainda existia o espírito de Cincinato e da república. Os habitantes falavam da Constituição, que os senadores romanos e os tribunais estavam sempre violando, sem interpelação de uma população urbana passiva. O povo de Arpino lembrava-se dos velhos tempos, em que os romanos eram realmente destemidos e livres, reverenciando seus deuses e praticando as virtudes da piedade, caridade, coragem, patriotismo e honra.

O avô nascera na ilha fluvial perto de Arpino; o filho, Túlio, nascera ali. Também ali nascera o pequeno Marco. Hélvia referia-se à casa de fazenda como a Vila. O avô a chamava de a Casa. Túlio, mas só para si, pensava nela como a Casa de Campo. Portanto, opondo-se uma vez na vida ao pai e à mulher, ele começou a expandir a casa, tornando-a mais espaçosa e, de repente, o ar encheu-se com o ruído de marteladas, serras e vozes de operários. Hélvia, aceitando tudo com calma, vinha dos aposentos das mulheres para inspecionar, criticar e certificar-se de que os trabalhadores, todos muito espertos, de Arpino, e portanto libertos e não escravos, não estivessem se fartando demais com a comida gratuita das cozinhas vigiadas com tanta frugalidade. Era ela quem provava cada jarra de vinho levada aos operários pelas escravas domésticas, felizes, que há muito não viam tanta atividade e gostavam daquilo. Ao pôr-do-sol, ela se empoleirava numa pedra grande e cômoda, próxima à obra, anotando as horas que os homens tinham gasto no trabalho e seus salários exatos, com uma precisão de níqueis. Eles começaram a reclamar da qualidade do vinho, mas ela os ignorava, calmamente. Eles resmungavam que aquela família devia ser vulgar, devido à alimentação e sua quantidade; Hélvia registrava a comida em seus livros, até o mínimo pedaço de peixe, feijão ou pão. Quando se completou a ampliação da casa, ela conquistara o respeito casmurro dos operários, que, contudo, juraram nunca mais visitar aquela ilha com um martelo ou serra.

Os operários também sentiam fortemente a presença do "velho pai", que fechava a cara para as pedras e madeira e fugia da nora com seus livros de contas. Como todos os trabalhadores, eles eram fofoqueiros. A família,

UM PILAR DE FERRO

diziam entre si, não era nada aristocrata, mas sim completamente plebéia. Nenhum de seus membros tivera um cargo de curul, nem mesmo de edil e, portanto, não podiam andar de cadeira de marfim. O "velho pai", diziam, gabava-se de que a família Cícero pertencia à classe eqüestre e que os Túlios tinham uma antiga linhagem de realeza e eram filhos de Túlio Ácio, governante dos volscos, vencedor de uma guerra honrosa contra os antigos romanos. Quando a última parede estava colocada, os operários já riam abertamente dessas pretensões, e às vistas da própria Hélvia.

Ela falou sobre o assunto ao "velho pai" de maneira indulgente.

— Não é estranho que os homens mais humildes, que se gabam de sua condição modesta, se ressintam por serem empregados por gente que não esteja tão acima deles quanto o Olimpo está acima da planície? Realmente, a arrogância deles é proporcional à sua insignificância.

— Isso é porque, infelizmente, eles acreditam que são insignificantes — disse o brando Túlio, que não fora incluído na conversa. O pai e a esposa ultimamente começavam a se sobressaltar, quando ele falava, e a se espantar com sua presença. — É triste — continuou Túlio, enquanto os dois fechavam a cara para ele — que os homens hoje em dia não se orgulhem do simples fato de serem homens, bem superiores aos animais, tendo uma alma e um espírito. Não, eles devem ter suas pretensões próprias.

Hélvia deu de ombros.

— Só o que vale é o dinheiro — disse ela. — Dizem que se pode comprar uma linhagem ilustre em Roma, com dinheiro. Os que cuidam das genealogias inventam sangue nobre para os mais humildes libertos, desde que o peso do ouro seja suficiente.

Isso agradou ao "velho pai", que dava graças porque a filha dos Hélvios não se impressionava com a linhagem patrícia, só pensando em dinheiro e contas. Mas Túlio havia de estragar aquela ocasião tranqüila, observando que a nobreza do homem provinha de antepassados de mentes nobres e caráter heróico, por obscuros que fossem. Cada vez mais ele se retraía em sua biblioteca, levando os livros para a ala nova da casa de fazenda. Quase não tomava mais conhecimento de nada, a não ser de seus livros, da poesia escrita em segredo, dos passeios pelas margens do rio turbulento, das árvores, da paz e de seus pensamentos. Foi quando o filho, o pequenino Marco, estava em seu segundo verão, que o jovem isolado voltou-se para o seu primeiro rebento com alguma tênue esperança.

O pequenino Marco, embora magro como o pai e sujeito a inflamações, aprendera a andar sozinho com a idade prodigiosa de oito meses e, aos dois anos, dominava um vocabulário imenso. Isso devia-se a visitas secretas do pai ao quarto da criança. Túlio, mesmo sob os olhares ferozes da velha Lira, carregava o menino no colo e lhe ensinava a falar não como criança, mas como um homem letrado. O menino olhava fixamente para o pai, com os olhos grandes e variáveis que herdara da mãe; no caso dele, os olhos eram eloqüentes e místicos. Túlio ficava contente ao ver que, em outros aspectos, o filho se parecia com ele. Estava convencido, quando Marco tinha só 24 meses, que a criancinha o entendia completamente. É certo que Marco escutava o pai com uma expressão séria e pensativa, o rostinho magro tenso de concentração, seu raro sorriso doce e deslumbrante quando Túlio dizia alguma pilhéria. Ele tinha a cabeça comprida, os belos cabelos castanhos, o queixo suave e a boca sensível de Túlio. Também tinha, de vez em quando, um ar de decisão que faltava ao pai e uma expressão de determinação, ambos herdados do avô. O pequeno Marco herdara da mãe, além dos olhos, a calma e a perseverança.

Hélvia achava o menino muito frágil, muito parecido com o pai. Portanto, como tratava o marido com uma indulgência carinhosa, tratava Marco do mesmo modo. Ela o tratava com um carinho enérgico. Para ela, o filho era um cordeirinho que precisava de forças, um tratamento afetuoso, mas firme, e nada de mimos. Quando ele balbuciava muito sério com ela, Hélvia afagava-lhe os cabelos sedosos, acariciava-lhe o rosto e depois o mandava com Lira para tomar mais uma xícara de leite com pão. Ela acreditava, com toda sinceridade, que os problemas da mente podiam ser acalmados pela alimentação e que qualquer tormento do espírito — que ela nunca experimentava, pessoalmente — era apenas resultado de indigestão, podendo ser curado por um cálice de infusões de ervas do campo. Portanto, Túlio e o pequeno Marco muitas vezes eram obrigados a tomar infusões horríveis de ervas e raízes que a própria Hélvia colhia nos bosques.

O prenúncio doce e picante do outono reinava sobre a ilha e brumas frias, embora passasse pouco do meio-dia, vagavam nos galhos imensos dos carvalhos, cujas folhas estavam vermelhas como o sangue. Os choupos eram fantasmas dourados vivos, frágeis como um sonho, mas a grama mantinha-se viva como uma esmeralda. As águas corriam escuras e tumultuosas pelas margens da ilha, aquelas águas frias e reluzentes de que Marco se lembraria toda a vida e cujo colóquio misterioso estava sempre em seus ouvidos. Ali, nas margens, havia grupos de altas flores amarelas, ou arbustos não cultivados de botões vermelhos, ou laguinhos lilases de alfazema. As abelhas continuavam seu trabalho, zumbindo, a despeito de um toque frio na brisa, e nuvens de borboletas brancas e cor de laranja esvoaçavam diante das pessoas como pétalas delicadas. Os pássaros ainda cantavam nas

UM PILAR DE FERRO

árvores, estridentes; um ou dois abutres pairavam na abóbada vasta e de um azul profundo do céu outonal. As montanhas distantes dos volscos erguiam-se como bronze contra esse céu, sulcadas de fissuras e erosões escuras, acastanhadas; olhando-se para o outro lado do rio, via-se Arpino, subindo por um flanco de montanha, as paredes brancas como ossos, os telhados do tom de cerejas ao sol forte.

Não havia ruídos naquele local sossegado, a certa distância da casa de fazenda, a não ser a conversa dos rios apressados e unidos, os desafios dos pássaros e o leve sussurro de folhas de carvalho caídas, correndo adiante da brisa ocasional como animaizinhos secos e vermelhos, procurando abrigo aqui e ali no meio das raízes de arbustos, em pequenas valas, contra os troncos de amieiros, ou fugindo, lançando-se à água para serem carregadas como as manchas sangrentas de um homem ferido. As folhas de choupo caídas eram menos turbulentas; arrastavam-se em montículos de ouro cinzelado. E por toda parte sentia-se a fragrância da estação emanando das árvores, capim, flores e do ar aquecido pelo verão, as frutas amadurecidas nos pomares mais distantes, madeira queimando e pinho pungente, ciprestes escuros e cereais pesados.

Para Túlio, procurando o filhinho naquele dia, a cena parecia captada numa luz tranqüila e vívida, rústica e remota, longe daquelas cidades cujos pulsos não podiam sentir-se ali; longe dos homens briguentos que ele detestava; longe da ambição, da força e dos políticos que ele odiava; longe do esplendor, grandeza, corte, multidões e prédios apinhados; longe dos dias agitados de outros homens e música berrante, marchas, estandartes, paredes, câmaras e salões ressonantes; longe da voz do orgulho e do rebuliço daqueles que acreditavam que a ação somente e, não a meditação, era a verdadeira vocação do homem. Ali não havia templos construídos pela mão do homem, mas templos feitos pela natureza para ninfas, faunos e outras criaturas tímidas, que, como o próprio Túlio, temiam e evitavam as cidades. Ali o homem estava só, verdadeiramente só, sua essência contida dentro dele como óleo perfumado numa vasilha. Ali ninguém exigia que ele despejasse essa essência sagrada para se misturar com os despejos descuidados dos outros, de modo a perder sua identidade e a vasilha esvaziar-se, esgotada da coisa mais preciosa que distingue um homem do outro, em aroma e textura. Os homens tinham cores fortes, quando ficavam sós. As cidades destruíam os rostos dos homens, deixando-os sem feições. A opinião que Túlio tinha da civilização não era lisonjeira. Ele nunca ansiava por Roma. Não queria nada do teatro nem do circo, nem a alegria nem o mercado agitado. Só ali, naquela ilha paterna, ele se sentia livre e, sobretudo, seguro. Desde que se completara a nova expansão da casa, ele escolhera um quartinho para seu aposento de dormir, com uma porta resistente, que estava sempre trancada.

Ele ficou à margem do rio, escutando todos os sons que o extasiavam; e ali podia crer que não havia Roma nem cidades do mar, nada que o pudesse colocar contra sua vontade. Então, ouviu a risada do pequenino Marco, pertinho. Ele se dirigiu para o ruído, as folhas mortas farfalhando sob as solas dos sapatos. A brisa cedera; o ar estava mais quente. Túlio tirou o manto de lã branca e deixou o sol brilhar em suas pernas magras, que se moviam rapidamente sob a túnica de lã.

Encontrou a velha Lira, sentada com as costas cobertas contra uma árvore, vigiando seu pupilo, Marco, que tentava apanhar borboletas com as mãozinhas. A criança, que mal largara as fraldas, era alta e graciosa; não tropeçava como as outras crianças, sem jeito. Túlio parou um momento, ainda sem ter sido visto, para observar o seu primogênito com prazer. Sim, o menino se parecia muito com ele, ainda que ele reconhecesse que o queixo de Marco era mais firme do que o seu e que ele tinha uma espécie de força latente revelando-se em seus lábios doces e eloqüentes e no talhe do nariz. Aquele ali, refletiu Túlio, nunca teria muito medo de nada. Túlio sentiu uma ligeira inveja e, depois, um grande orgulho. Pois ele era seu filho, com os cabelos castanhos encaracolados sobre a testa e na nuca, com sua própria forma do corpo e molde de carne; embora o perfil fosse mais nítido do que o dele, ainda assim era o dele. O menino parou de brincar para olhar o rio, e Túlio viu seus olhos, sempre mudando de cor, como os de Hélvia. Agora estavam âmbar, no misto de luz e sombra, um âmbar claro como o mel. Não olhavam fixamente, como os de Hélvia. Contemplavam, clareavam ou escureciam em silêncio, conforme os estados de espírito.

O menino vestia uma túnica de lã azul, pois Hélvia acreditava na lã mesmo no auge do verão. O ar, agora que a brisa cedera, estava bem quente e na testa de Marco havia gotículas de suor; a umidade emaranhara os cabelos finos em cachinhos na testa. Túlio pensou na nobreza da alma, na realeza do espírito.

— Marco — disse Túlio, aparecendo ao menino, que se virou e olhou para ele, lançando-lhe um sorriso realmente ofuscante. Ele correu para o pai com um murmúrio de alegria e Lira virou a cabeça, furiosa, apertando os lábios com severidade.

— Já íamos voltar para a casa, amo — disse ela, numa voz rebarbativa. Começou a lutar para levantar-se. Túlio olhou para o filho, que estava abraçado a suas pernas, e pôs a mão tranqüila sobre os cachos úmidos do menino. Queria ficar a sós com o filho e beijá-lo, mas um romano forte não devia beijar uma criança, especialmente do sexo masculino; queria apertá-lo contra seu peito estreito, rezando por ele, mudo, enquanto o segurava.

Um Pilar de Ferro 35

E por que não?, pensou, enquanto Lira se dirigia pesadamente em direção a ele. Sentiu raiva e repugnância, raras nele, e disse:

— Talvez a Sra. Hélvia precise de seu auxílio, Lira. Deixe o menino comigo por mais uma hora. — Ele procurou tornar a voz severa, dispensando a criada. Lira olhou-o com raiva e depois expirou alto.

— Está na hora de ele dormir — disse ela, estendendo a mão nodosa para pegar o menino.

Não era comum Túlio fazer-se valer. Ele encontrara uma paz precária, evitando brigas e dissensões em casa, desde a infância. Sempre fora rodeado de personalidades fortes. Porém, quando opunha alguma resistência, tinha êxito, em parte porque os outros ficavam tão espantados e em parte porque algo no brilho do olhar fazia com que o respeitassem, de repente.

Túlio disse:

— Daqui a pouco eu o levo para a cama. Quero ficar um pouco com meu filho. Vá para junto da sua ama, Lira.

Ela não cedeu logo. As rugas do seu rosto ficaram mais fundas e mais escuras; os olhos espiavam através de dobras de carne velha, com um brilho de pura maldade. Ela cruzou os braços sobre o peito caído e encarou Túlio. Ele apelou para toda a sua força e manteve o olhar, até que ela baixou os olhos, emburrada, e pronunciou uma maldição, baixinho. Então, sem olhar nem para o pai nem para o filho, afastou-se, as roupas agarrando-se aos arbustos e gravetos. Ela puxou-as com um gesto sugestivo do que desejaria fazer com o próprio Túlio. Ele a viu partir, sorrindo de leve. Depois, sentou-se na grama quente, puxou o filho para o colo e beijou-lhe o rosto, a testa e a nuca úmidas, apertando uma das mãozinhas.

A pele do menino era fragrante como a terra nova na primavera; no entanto, também nele se sentia o aroma picante da estação. Ele afagou o rosto do pai e ficou feliz com os carinhos, pois era de sua natureza amar. Recostou-se no colo do pai para examinar o rosto dele com uma seriedade repentina, pois tinha uma grande sensibilidade. Fez um gesto com a cabeça, como se escutasse os pensamentos de Túlio e os achasse um tanto tristes.

Túlio tornou a beijá-lo. Meu filho, pensou. Onde estará você, e o que será, quando for homem? Vai fugir do mundo, como eu fugi, ou o desafiará? Acima de tudo, o que fará o mundo dos homens ao seu espírito, que é hoje como uma xícara de água límpida? Farão o seu espírito tornar-se turvo e toldado, cheio dos detritos de suas imaginações perversas, como o Tibre é cheio de excrementos? Eles o macularão com suas mentiras e maldades, como um poço é poluído pelos corpos de serpentes e animais daninhos mortos? Eles o tornarão um deles, os adúlteros e os ladrões, os desavergonhados e os ateus, os brutais e os injustos, os falsos e os traidores? Ou você será mais forte do que o seu pai, sobrepujando-os a todos, não os desprezando em silêncio, como eu fiz, porém com palavras como espadas flamejantes? Você lhes dirá que há uma Força que vive não nas armas, mas nos corações e almas dos homens de bem, e que não pode ser vencida? Você lhes dirá que o poder sem a lei é o caos, e que a lei não vem dos homens, mas de Deus? O que lhes dirá, meu filho?

A criança parecia estar escutando os pensamentos urgentes e desesperados do jovem pai, pois ergueu a mão devagar e tocou no rosto de Túlio com a palma. Túlio sentiu a pequenez da mão, mas sentiu também um calor forte, um consolo, uma promessa. É apenas a minha imaginação, ele ainda é uma criança, pensou Túlio, cujos olhos se encheram de lágrimas nada viris, indignas de um romano. Ele não pode compreender o que lhe pedi em minha alma e, no entanto, fica com a mão em meu rosto, como a mão de um pai e não de uma criança.

Túlio levantou os olhos ao céu e rezou. Rezou como rezavam os "velhos" romanos, não por riquezas ou renome para seu filho, nem pela fama e glória e o farfalhar de estandartes, nem pelo poder imperial ou ambição gananciosa. Rezou apenas para que o filho fosse um homem como um dia os romanos conheceram o homem, justo em tudo, resoluto na virtude, forte em patriotismo, ardoroso na piedade, corajoso em toda a adversidade, pacífico de temperamento, mas não servindo ao mal em segredo, protetor dos fracos, prudente em suas decisões, ansioso pela justiça, moderado e honrado.

Túlio ofereceu o filho a Deus, pediu misericórdia por ele, para que fosse livre da desonra e da ganância, da crueldade e da loucura, que não fugisse à luta, mas se empenhasse nela em nome do direito e que jamais temesse qualquer homem ou coisa, exceto o que pode prejudicar a alma. Rezou, como rezaram os pais antes dele, e sentiu-se consolado.

Capítulo III

Quando nasceu o pequeno Quinto Túlio Cícero, irmão de Marco e mais moço do que ele quatro anos, Hélvia não teve um parto tão fácil quanto o do filho mais velho. O trabalho de parto durou várias horas, o que levou Lira a adotar um ar muito sabido, movendo a cabeça criteriosamente, como se a própria Juno, mãe dos filhos, lhe tivesse dado alguma informação secreta.

— Com certeza é menina — disse o velho pai, que tinha medo das mulheres e, portanto, as desprezava. — Só mesmo uma mulher poderia causar tanto sofrimento mesmo antes do nascimento.

Mas a criança, que nasceu quando a terrível Hélvia estava já no limiar da consciência, era um menino.

Era muito maior do que Marco ao nascer. Muito mais saudável e barulhento. Ele era bonito e tinha a cara da mãe. Ele tinha seus cabelos escuros e crespos, sua coloração saudável, seus ombros largos e seus membros fortes. Desde o momento em que nasceu, tinha uma voz retumbante, que exercitava continuamente. Era muito robusto, em aspecto, um soldado em miniatura, e o velho pai, que ficara decepcionado com Marco, reservado e brando, regozijou-se com ele.

— Este não é uma criatura efeminada — disse ele, segurando o neto no colo e balançando-o para cima e para baixo, aos berros do pequenino.

— É um animal barulhento — disse Lira. Túlio olhou para o filho e, imediatamente, ficou ao mesmo tempo assombrado e intimidado com ele. Túlio voltou ao primeiro filho, Marco, e a seus livros. O velho pai disse:

— Será cônsul, pelo menos. É digno de seus antepassados.

Lira, embora solícita com a criança, fruto de sua ama querida, não se impressionou com ele. Via-o como fazendeiro, ou como simples soldado.

Quanto a Hélvia, recebeu o segundo filho com prazer, embora preferisse uma filha. Era seu retrato, embora não tivesse sua compostura. Os parentes dela foram visitá-la, inclusive seus pais. A mãe jurou que, se não fosse certo vigor masculino, o bebê poderia ter sido sua filha Hélvia, ao nascer. Quinto, berrando no berço, mamando prodigiosamente e agitando os punhozinhos e as pernas largas e fortes, era uma maravilha para o irmão mais velho. Quando Quinto fez um ano, os dois eram amigos e companheiros, e Hélvia, que aprovava o espírito de família, ficou feliz. Não sentiu qualquer ciúme quando Quinto pareceu preferir Marco às outras pessoas da casa, inclusive ela. Quinto, que mal sabia andar, acompanhava Marco por toda parte e o adorava, rindo de alegria ao vê-lo, estendendo os braços fortes para um abraço.

— É um homenzinho agradável — disse Túlio, que tinha certo ciúme.

Quando Túlio descobriu o seu favorito inocentemente oferecendo sua *bulla* (medalhão com amuletos) aos deuses tutelares da família em favor do irmão, resolveu que Marco deveria receber uma instrução mais apurada do que a que vinha recebendo das mãos de seu progenitor. Marco tinha uma sensibilidade para línguas acima do normal e estava pegando a vulgata duvidosa dos escravos, a despeito dos ensinamentos puristas do pai. Também chegara o momento de Marco aprender grego, idioma dos cavalheiros. Assim, Túlio foi a Antioquia, onde lhe haviam falado de um poeta e homem letrado grego, Arquias, e convenceu o mestre a voltar com ele para

Taylor Caldwell

a ilha da família, para ensinar ao filho mais velho. O velho pai e Hélvia sobressaltaram-se de novo, como sempre, quando Túlio manifestou independência, passando a agir sem consultar os outros. Arquias, que chamava Roma "a nação de merceeiros", como faziam todos os seus conterrâneos, ficou, não obstante, tentado com o vultoso salário que lhe oferecia Túlio e impressionado com seu jeito delicado, sua naturalidade e conhecimentos. Não devia ser uma família completamente bárbara, pensou Arquias, e os honorários lhe permitiriam comprar livros preciosos e as estatuetas delicadamente depravadas que ele adorava; além do quê, o isolamento da ilha seria propício à meditação. Assim, Arquias chegou e encontrou a desconfiança do velho pai, a indiferença declarada de Hélvia, que no momento estava ocupada com a manipulação de títulos — tendo-se metido nos negócios quando se tornou evidente que Túlio não era um investidor especialmente esperto —, e o antagonismo da velha Lira, que não podia suportar a idéia de que o seu pequeno Marco fosse partilhado por mais outro na casa.

A princípio, Arquias ficou desanimado diante da simplicidade da casa, sua falta de ornamentação, estátuas toscas e refeições campestres sem inspiração. Mas quando viu seus aposentos na ala nova, perto de Túlio — que pretendia que o poeta também o instruísse —, e quando se viu homenageado, cativado pelos honorários assombrosos e o belo ambiente natural, ele logo ficou satisfeito. A percepção e boa natureza de Marco não tinham sido exageradas pelo pai orgulhoso, pensou o poeta. Nem sempre era dada a um poeta a oportunidade de pegar uma mente tão jovem quanto a de Marco e treiná-la para atingir objetivos elevados. Arquias instalou-se na ilha e desenvolveu grande amizade por seu pupilo, amizade que duraria toda a vida do poeta.

Arquias, como todos os atenienses, era rápido em movimentos e palavras, a despeito de sua natureza contemplativa, e tinha grande senso de humor e um ar de repouso quando ensinava. Também era criterioso, sábio e tinha intuição. Sua proteção contra a solidão era sua muito jovem escrava cretense. Eunice, loura e de olhos azuis, como todos os seus conterrâneos, e agradavelmente burra, virtude nada desprezível para um poeta. Ela servia ao amo e temperava suas refeições na cozinha, sob o olhar formal de Hélvia, e tornou-se uma das melhores companheiras de folguedos de Marco, pois tinha apenas 12 anos. Era muito mais alta do que Arquias, baixo e esguio, e sua cabeça dourada aparecia por cima da dele, lisa e escura, como um sol em miniatura. Dócil, adorando Arquias, que tinha belas feições morenas e olhos pretos e brilhantes, ela tornou-se logo a favorita, mesmo entre os escravos da casa. Considerava Hélvia uma dama nobre, a ser ad-

Um Pilar de Ferro

mirada e imitada, e tornou-se logo aluna desta na arte de tecer roupas fortes, de linho e de lã, e na frugalidade. Eunice foi um grande sucesso e um dia Marco escreveria sobre ela: "Embora ignorante e analfabeta, e dotada de um espírito simples, sua presença era um prazer, de tão afetuosa, sincera e carinhosa. Há muitas damas romanas que poderiam tê-la copiado, para satisfação dos maridos."

Marco, conforme Túlio contara a Arquias, tinha de fato mente prodigiosa. Aceitou o grego como se fosse sua língua materna. A natureza bondosa e divertida de Arquias logo conquistou o afeto do menino, que aprendeu cedo a apreciar as sutilezas do mestre. Aos seis anos, Marco já escrevia poesia, que Arquias considerava um dos primeiros atributos de um homem civilizado e que fazia muita falta aos romanos. O grego e o velho pai tornaram-se inimigos figadais desde o princípio, pois Arquias, tão precisamente depravado em seus pensamentos e atos íntimos, e nada propenso a muita atividade física, logo se desinteressara do Marco mais velho, um simples fazendeiro e romano típico. Ele mesmo, confessava, só para aborrecer o velho pai, não distinguia um carneiro de um bode, nem se interessava pelas colheitas, a não ser a da uva. Um dia, disse ao pequeno Marco que a semente da uva era a profecia da vinha, das próprias uvas, e finalmente do vinho que daria prazer e alívio à alma, inspirando-a com uma sabedoria além da que poderia conhecer um homem abstêmio e sóbrio.

Ele era também agnóstico, coisa que prudentemente ocultou daquela família piedosa. Mas suas insinuações ao jovem Marco, nas lições, eram destinadas a ensinar ao menino a ser cético diante de todas as opiniões expressas com insistência, embora Arquias sabiamente não prejudicasse a piedade natural do menino e sua séria devoção a Deus. Foi Arquias quem o apresentou ao Deus Desconhecido dos gregos e Marco o adorava em suas orações.

— Ele não mora no Olimpo — disse Arquias, com um sorriso. — Tampouco mora em Israel, embora os judeus garantam que sim, com armas, quando necessário.

Arquias achava mais fácil crer no Deus Desconhecido do que na variedade de deuses orientais, gregos e romanos. Obscuro, oculto, mas poderoso, Senhor dos Universos, onisciente e forte, Criador de toda a beleza e sabedoria, Ele atraía o grego sutil.

Vendo o pequeno Quinto exatamente como ele era, o poeta sentia-se meio aborrecido diante do amor mútuo dos irmãozinhos. Como era possível que um menino como Marco, profundo, pesquisador e perceptivo, amasse um soldadinho que tinha a atividade de um grilo e era barulhento

40   *Taylor Caldwell*

como uma gralha? Ele flagrou Marco ensinando grego ao irmão, mas isso não comoveu Arquias, que se assombrava com a paciência e ternura juvenis de Marco. Os dois meninos exercitavam-se juntos, nos saltos e lutas, atirando o disco, na lança e no arco. Arquias se contrariava com o fato de que Marco não parecia desgostar muito de todo aquele negócio cansativo.

O ambiente da casa, mais ou menos tranqüilo, acalmava a irascibilidade inata do grego civilizado. Ele conseguia produzir cantos que o satisfaziam e que publicava em Roma. A tranqüilidade deu-lhe certa fama e ele se contentou. Ele e Túlio tornaram-se amigos. Ele se convencia de que tinha mais um aluno no pai solitário e por piedade procurava a companhia de Túlio, embora preferisse ficar só, de noite. Mas não comparecia à mesa da família. Tinha horror ao cheiro de feijão assado, de peixe cheio de óleo, alho e pasta afundado no queijo ralado. Também tinha horror do vinho da casa, importando o próprio vinho para seu paladar exigente.

— Um homem civilizado se conhece pela sua apreciação sensível da boa comida — dizia ele a Marco.

— Seu filho tem caráter, nobre Túlio — disse Arquias ao pai. — É firme, mas não dogmático. É tolerante, mas não é fraco. É tenaz, mas não é teimoso nem obstinado. Em sua alma, ele se impôs os padrões mais elevados e os deuses ajudem os que se opuserem à virtude diante dele.

Assim, Arquias se encantava com seu pupilo, escrevia muita poesia, conversava com Túlio nas noites tranqüilas e escuras e acariciava a sua Eunice de um modo que teria escandalizado Hélvia e provocado sua dispensa imediata, se ela soubesse.

Quando Marco tinha sete anos, escreveu: "A melhor arquitetura surge quando o arquiteto constrói seus templos pensando em como eles aparecerão aos olhos de Deus, e não como aparecerão aos olhos do homem. Os prédios criados apenas segundo a natureza do homem são vulgares. Refletem os ímpetos do corpo e não os anseios da alma." Arquias ficou satisfeito ao ver essa pequena filosofia e congratulou-se por ser um excelente mestre, embora apertasse os lábios, divertido, diante da alusão a almas.

— Os deuses gregos são poesia — disse Arquias um dia ao seu aluno. — Os romanos apropriaram-se de nossos deuses e os rebatizaram. Mas tiraram sua poesia. Minerva é uma megera de mau gênio e sua virgindade é rígida, mas Palas Atenéia é a sabedoria armada e nobre e sua virgindade é como o mármore ao luar.

Marco sempre escutava constrangido qualquer ataque aos romanos, por mais bem-humorado que fosse.

UM PILAR DE FERRO

— Os nossos deuses foram pervertidos pelo homem — disse ele — e o homem lhes atribuiu o gênio do homem. Nem sempre foi assim, na nossa história. Por que o homem tem de acabar degradando até os seus deuses?

— Faz parte do gênio do homem, como você bem disse, meu Marco — concordou Arquias. — Só os gregos não fizeram isso. Talvez devido a alguma sabedoria inata, ou talvez porque os gregos amam a poesia e deixam os deuses em paz. O homem não deve dissecar Deus impunemente, tornando-o antropomórfico. Sócrates compreendeu isso e, por isso, foi condenado pelos anciãos da cidade que se haviam tornado provincianos e mesquinhos e, no fundo, ateus. O homem inseguro em sua fé, e que não tem certeza da existência da Divindade, é o mais intolerante.

— Você não é intolerante, meu mestre — disse Marco, com seu sorriso encantador e malicioso.

— Nunca despreze a incongruência. É a melhor salvaguarda do homem contra a tirania. A Lei de Deus — e então Arquias hesitou um momento — ao que se crê, e provavelmente com razão, é imutável. Mas as leis dos homens nunca podem ser dogmáticas, pois se tornariam como a pedra insensível.

— Qual é a Lei de Deus? — indagou Marco.

Arquias riu-se.

— Não sou autoridade. Os judeus acham que sabem; passei dois anos em Israel. Mas não é possível ao homem conhecer a Lei de Deus, embora os judeus digam que ela seja explicada por um tal Moisés, que libertou seu povo, com as jóias da coroa dos faraós do Egito. Os judeus, aliás, acreditam que foram forçados a sair do Egito devido à devoção ao seu Deus. Não acredito nisso. Sou de opinião que os judeus, sendo inteligentes, astutos e sábios, e manipuladores por natureza, além de grandes filósofos, tornaram-se poderosos demais no Egito, nas finanças, na política e nos relacionamentos complexos. Não há nada que aborreça tanto o homem quanto ter um vizinho mais sutil. Ele pode tolerar os vícios e até imitá-los. Mas, quando lhe pedem para pensar, ele se enraivece.

"Aliás, os judeus esperam um Salvador para breve. Os judeus são um povo muito misterioso. Acreditam que o homem originariamente era perfeito, como Deus pretendia, não conhecendo a morte nem o mal, mas por sua própria vontade ele caiu da perfeição para o poder do mal e da morte. Acho isso muito inacreditável e místico. Em todo caso, eles esperam que o seu Salvador lhes esclareça toda a vontade de Deus com relação à humanidade e toda a Sua Lei, para que eles nunca mais se desviem dela. Está escrito em seus estranhos livros, que eles estudam sem cessar. Eles também acreditam que a alma do homem é imortal, não para vagar depois da morte em algum submundo plutoniano, mas para ser levado pelo Salvador, ou o Messias, como O chamam, para Ilhas de Felicidade iluminadas e eternas. E o corpo, dizem eles, no último dia será ligado à sua alma e todo o aparato deverá ser entregue intacto ao seu céu. Achei esse conceito muito interessante. O Deus deles não é alegre e belo como os nossos. Parece ter um temperamento muito desagradável."

Marco, porém, pensou no Messias dos judeus e na iminência de Sua manifestação. Seria possível que ele mesmo estivesse vivo, naquela ocasião portentosa? O entusiasmo brilhou em seus olhos variáveis, enquanto ele pensava.

— Ele é o Deus Desconhecido — disse ele.

Arquias deu de ombros.

— Vamos continuar com o que sabemos e não aborrecer Deus com a nossa curiosidade de macaco — disse ele.

Eunice, que tinha permissão para ficar na sala de aula porque seu amo gostava de olhar para sua beleza e se tranqüilizava com aquilo, estava costurando e, aparentemente, ouvindo a conversa. Ela ergueu os grandes olhos azuis, que brilhavam com inocência e tolice intrínsecas, e disse:

— Os deuses não gostam de ser compreendidos.

Arquias riu-se e pôs a mão sobre o ombro rosado e nu da moça.

— Ela não tem a menor idéia de sua sutileza — disse ele. — Não compreendeu nada de nossa conversa; portanto, também ela é sábia. Há algo de muito tolo, além da tolice da minha pobre Eunice, nos pronunciamentos dos estudiosos e homens sábios. Esperemos que os eruditos, com sua concepção mesquinha da vida e emaranhados em suas teorias obtusas e em seus sonhos irrealistas, nunca alcancem o poder no governo. Se o fizerem, então a loucura se apoderará da humanidade e o Messias dos judeus não encontrará nenhuma criatura sã para saudar Sua chegada. Mas, quando falo dos eruditos, não me refiro aos filósofos sobre quem escreveu Platão.

A despeito das esperanças de Arquias, Marco não se tornou um verdadeiro poeta lírico. Mas ele bem cedo começou a escrever uma prosa maravilhosa e lia o que tinha escrito com uma voz que encantava o mestre, de tão possante, segura e eloqüente. Tinha certos tons de paixão, mas nunca era irracional ou cheia demais de emoção impensada. Arquias informou a Túlio que naquela casa havia um Demóstenes em embrião.

— Eu preferia que você definisse seus termos com maior precisão, ao modo de Sócrates — disse Arquias. — Não obstante, Marco, você me enfeitiça e, contra a minha lógica, você me convence. Não tenha tanta certeza, porém, de que o mal é o mal e a virtude é a virtude. Os dois se abraçam inextricavelmente.

Nem como uma criança Marco acreditou naquilo. Havia em seu caráter o ferro dos romanos, embora a sua natureza ainda fosse animada e viva como ouro em pó.

Capítulo IV

Arquias, o homem da cidade, cheio de caprichos e apreciações urbanas, ficou desolado quando se decidiu que a família ia mudar-se para Roma.

Ele não gostava de Roma. Tinha antipatia por Roma, como um grego de princípios. Não devia haver disputas, quando uma nação superior conquistava uma inferior, mas ser conquistado por romanos era intolerável. Ele queixou-se da mudança para Túlio, que ele tiranizava porque este raramente conseguia tomar coragem para discordar de alguém, mesmo num assunto tão abstrato quanto uma discussão filosófica.

— Adoro esta ilha — disse o grego sofisticado. — Permita que eu cite Homero, patrão: "Um solo rude, no entanto berço de filhos fortes, terra mais querida meus olhos não contemplarão." Por que temos de ir para Roma?

— A minha saúde — disse Túlio, desculpando-se, como se sua fraqueza cada vez mais acentuada fosse um erro pessoal. Ele vacilou. Era quase incapaz de magoar alguém e sofria quando tinha de fazê-lo. Mas Arquias, sempre alerta, fixara os olhos pretos e brilhantes sobre ele e Túlio tentou sorrir ao dizer: — Meu pai acha que seria melhor para Marco estudar numa escola com outros meninos, além de ter um preceptor particular em casa. O menino aqui não tem amigos, só os escravinhos. Tem de conhecer outros, pelo menos do mesmo tipo de família que a nossa.

Arquias tinha sua opinião própria sobre os romanos e o legado romano.

— Roma é vulgar — disse ele. — Copia a Grécia, como escrava. Se não se pode ter o original, lhe adiantará ter uma imitação desinteressante?

O rosto brando de Túlio enrubesceu; por um momento seus olhos suaves brilharam com o patriotismo.

— Isso não é bem assim, Arquias. A nossa arquitetura é nossa, embora seja verdade que, em muitos casos, tomamos emprestados alguns dos aspectos mais nobres da arquitetura grega. Veja o que fizemos com o arco! Além disso, embora você fale muito sobre a glória da Grécia, devemos lembrar que no seu apogeu, quando havia em Atenas cerca de um quarto de um milhão de habitantes, apenas 47 mil eram homens livres. Uma tal desproporção não se aplica a Roma, onde, por uma taxa baixíssima, as crianças das famílias mais modestas podem freqüentar uma escola, mesmo se forem filhos de antigos escravos. Políbio, há cem anos, advogou as escolas públicas gratuitas; é possível que em breve sejam fundadas para os filhos de todos os homens de Roma.

— Que os deuses nos livrem disso — disse Arquias, com ardor. — Um homem em seu juízo perfeito pode conceber uma nação educada por teorias fixas de educação, estabelecidas artificialmente e uniformes em todos os casos? Não existe nada tão desanimador e repugnante quanto a mente medíocre que foi obrigada a adquirir conhecimentos contra a sua capacidade inerente. Ela nunca pode ser sábia, mesmo que consiga citar os filósofos, recitar um canto da *Ilíada* e especificar a idade de Péricles. O conhecimento não deve ser desperdiçado com aqueles que não podem, por sua natureza, convertê-lo em sabedoria. É como o alimento não assimilado na barriga de um porco morto.

— A Sra. Hélvia, embora não seja uma Aspásia, assim mesmo é uma dádiva para esta casa porque aprendeu matemática — disse Túlio. — Há outras utilidades para a instrução, além da aquisição de sabedoria. Você gostaria de ter uma escola sua em Roma, Arquias?

O grego pensou nessa oferta generosa. Depois, pensou nos espíritos que ele teria de conhecer e ensinar e estremeceu. Sacudiu a cabeça, mas com gratidão.

— Se me for permitido permanecer com esta família, patrão, ficarei contente.

Túlio, que em geral acreditava no que dizem os homens e achava que a maior parte deles preferia dizer a verdade nua e crua em vez de mentirinhas, ficou comovido. Em conseqüência, imediatamente aumentou os honorários de Arquias e o abraçou, segurando os braços do preceptor, com suas mãos estreitas.

— Voltaremos muitas vezes a esta ilha, Arquias — disse ele —, pois meu coração está aqui, embora os invernos me sejam insuportáveis. Passaremos todas as primaveras e verões em Arpino.

Ele é um bom homem, pensou Arquias, e tem um coração afetuoso e uma alma heróica, embora delicada. Como é raro um homem bom! Nem os próprios deuses são mais admiráveis, pois é quase impossível ser bom diante da mortalidade e o mal onipresente no mundo dos homens. Você, Arquias, não é um bom homem e isso é muito errado de sua parte. Fico contente por você ter reprimido, desde o princípio, qualquer ridicularização da piedade de Túlio. Pode ser bem errada, mas que bela raça se tornariam os homens se abraçassem tal erro — se for realmente um erro! Devo pensar a respeito.

Marco, já com nove anos, ficou encantado com a aventura de ir morar em Roma. Disse ao irmão de cinco anos:

— Quinto! Vamos voltar à capital de nossos pais, onde veremos maravilhas!

Quinto, porém, sendo um espírito conservador como a mãe, opôs-se à mudança.

— Estou satisfeito aqui — disse ele. — Meu pai não gosta do clima, mas minha mãe diz que é imaginação dele dizer que fica doente no inverno. Vovô não quer ir para Roma, onde todos os homens são muito malvados, as ruas são quentes e cheias de gente, além de cheirarem mal.

Ele jogou uma bola para o irmão e os dois correram sobre a grama quente do verão. Era quase outono. Quando as folhas caíssem, a família partiria para Roma. Marco, segurando a bola que lhe fora atirada, com mãos tão parecidas com as do pai, de repente ficou melancólico.

— Jogue! — gritou Quinto, que nunca ficava deprimido e tinha a natureza da mãe.

— Estou cansado — disse Marco, sentando-se numa pedra aquecida pelo sol e olhando para o rio próximo.

Quinto nunca ficara doente e nunca se sentira cansado.

— Você não está tossindo, como o meu pai — resmungou. Se a pessoa estivesse doente, tossia; se não tossisse, não estava doente. Ficou ali esperando, impaciente, de pé, com suas perninhas fortes e morenas, a túnica amarela esvoaçando nas coxas grossas. Era tão bonito quanto Hélvia, com os cabelos pretos e crespos e o rosto quadrado e muito corado. Os olhos de Hélvia e de Marco eram pensativos, mas os de Quinto eram rápidos e impacientes. Ele atirou-se na grama aos pés de Marco e começou a mastigar uma folha de grama e a se contorcer, irrequieto. Ele adorava o movimento; gostava do movimento físico e dos jogos. Nadava muito melhor do que Marco, que achava a água do rio fria demais. Sabia trepar nas árvores muito mais depressa, porque não tinha medo das alturas, como Marco; corria com mais facilidade e ganhava do irmão nas corridas. Quando jogava a bola, era com força e segurança. Gostava de lutar com um garrote. No entanto, mesmo com aquela pouca idade, achava que tudo isso não era nada diante dos feitos do irmão adorado, a quem de bom grado acompanharia em qualquer perigo. Ele olhou então para Marco, os olhos muito brilhantes, e disse:

— Vou ser general em Roma.

— Ótimo — disse Marco. — Eu vou ser advogado e talvez cônsul.

Quinto não sabia o que significava advogado nem cônsul, mas olhou para o irmão com admiração.

— Você vai ser o que quiser — disse ele. Depois fez uma cara feroz e levantou um punho cerrado, sacudindo-o. — E ai de quem se meter em seu caminho!

Marco riu-se e livrou-se de sua melancolia; puxou um dos cachos do irmão, com carinho.

— Não há nada mais nobre do que a lei — disse Marco. — Distingue os homens dos animais, pois os animais são governados apenas pelo instinto e o homem é governado pela lei de seu espírito, sendo, portanto, livre.

Quinto não entendeu nada daquilo. Levantou-se de um salto e começou a trepar na árvore sob a qual estava sentado o irmão. Lascas da casca do tronco e gravetos caíam sobre a cabeça de Marco, enquanto os pés enérgicos pisavam nos galhos. Depois, o rosto vivo do irmão o espiou, rindo no meio da folhagem.

— Pegue-me — disse ele.

Marco, sempre de boa vontade, mesmo que não gostasse de trepar em árvores, começou a subir, meio sem jeito, ralando os joelhos. Mas ele adorava o irmão, e Quinto só tinha a ele para brincar. Subindo o mais que pôde, ele pegou a sandália de Quinto, depois a perna rija; e os dois riram juntos.

Marco escorregou. Imediatamente, e com facilidade, Quinto, sentindo a mão se afrouxar em sua perna, estendeu sua mão e agarrou a do irmão, segurando-a com força. Marco ficou pendurado na árvore, como um fruta balançando, impedido de cair só pela força da mão de Quinto. Marco olhou para baixo, para o espaço enorme diante de si, e trincou os dentes; seu pulso estava explodindo de dor.

Quinto, que estava sempre rindo, ficou muito sério e másculo.

— Não tenha medo, Marco — disse ele. — Agarre a minha mão com os dedos, bem firme. Eu vou descer, até você poder cair sem perigo.

Marco estava assustado demais para poder falar. Depois sentiu que estava sendo abaixado, pouco a pouco, enquanto o menino forte acima dele descia com cuidado, segurando-se com uma das mãos aos galhos da árvore. Em poucos minutos, Marco estava suficientemente perto do chão para poder ser largado com facilidade e sem perigo. Ele caiu na grama alta e rolou agilmente, como lhe havia ensinado o escravo que treinava ambos nas atividades físicas. Em um instante, Quinto estava ajoelhado ao lado dele, muito aflito. Marco sentou-se e riu.

— Você é um Hércules, Quinto — disse ele e beijou o irmão.

Por algum motivo, em anos bem distantes, ele se recordava vividamente daquele dia, e sentia seu coração partir-se, à lembrança.

UM PILAR DE FERRO

"Tive uma infância muito feliz", escreveu ele, anos depois. "Tive um pai que era não apenas sábio, mas também bondoso, carinhoso e meigo. Tive um avô que me ensinou a nunca fazer concessões ao mal e cujos gritos eram inofensivos. Tive uma mãe inalterável, que era sempre paciente e calma. Tive Arquias, meu mestre querido. E tive o Quinto. Meu Quinto, meu irmão, meu querido!"*

Hélvia achava uma tolice a família ter de mudar-se para Roma, pelo menos no inverno. Túlio estava só se mimando. Ele se recusava a continuar engolindo as infusões que ela lhe preparava quando a neve estava alta nos morros. Se Túlio ao menos aprendesse a apreciar os ventos frios, a trabalhar com eles e gritar com eles, a tosse desapareceria, seu apetite melhoraria e ele teria mais carne nos ossos. Nisso o avô concordava. Era uma pena que Túlio não gostasse de caçar, ainda mais sendo romano. Como tinha suportado o exército?

— Força de vontade — disse o filho, com certa amargura.

— Belas palavras para um romano — disse o velho, com desprezo.

— Lembro-me dos meus tempos, com a minha legião. Apreciei todas as horas em que lutei pela república.

Ele encontrou uma casa boa e respeitável, quase nova, nas Carinas, a ponta sudoeste da colina do Esquilino. Era de estilo moderno, única em Roma, e parecia a quilha de um navio, assim como suas vizinhas. Infelizmente, o bairro não estava mais na moda, pois as famílias que prosperavam estavam-se mudando para mais perto do monte Palatino, ou para o próprio monte. Isso não perturbou o avô, pois o preço era modesto para uma casa tão grande e quase nova. O átrio era confortável, muito maior do que o da casa de Arpino; os aposentos da família, agradáveis, com uma bela vista da cidade; os alojamentos dos escravos eram mais do que adequados; a sala de jantar, bem situada e arejada; o jardim tão grande quanto se poderia esperar de uma casa de cidade. O reboco era de um belo vermelho de Pompéia e havia um telhado de telhas brancas. Os pisos reluziam de mosaicos vivos e as colunas eram níveas. Enquanto o avô regateava o preço com os representantes do proprietário, Túlio foi passear do lado de fora para contemplar a cidade de seus antepassados daquelas alturas.

Túlio não estava contente por sua saúde exigir que ele abandonasse sua ilha querida durante os invernos. Tinha aversão ao tumulto, às ruas quentes, ao barulho, aos cheiros. Mas compreendia que o homem não

---

*Carta para Salústio.

pode permanecer para sempre em reclusão, que seus interesses se restringem cada vez mais durante um isolamento constante e que ele perde a capacidade de ser homem. Havia ainda os filhos a considerar. Não eram camponeses solitários, cujas vidas seriam sempre circunscritas. Os dons de Marco para a retórica, a prosa, a filosofia e a erudição não podiam ficar estagnados ou abandonados entre as árvores e gramados, por mais agradáveis e tranqüilos que fossem, e nem Quinto, o animado, apaixonado, amante da vida, poderia ser privado de companheiros e variedade. O homem devia ao seu mundo e ao *status* de homem partilhar com os semelhantes os talentos de que fora dotado e, na opinião de Túlio, todos os homens tinham algum dom raro, fosse nobre ou humilde. Havia uma hora para o retiro e uma hora para o mercado, uma hora para contemplar e uma hora para participar, uma hora para a paz e uma hora para pegar em armas, uma hora para dormir e uma hora para trabalhar, uma hora para amar e uma hora para deixar de amar. E uma hora para viver e uma hora para morrer.

O verão terminara e o outono se espalhava sobre a cidade gigantesca e palpitante, ao longe. O pôr-do-sol a cobria, turvo, vermelho-acastanhado, lúgubre, penumbroso, o sol parecendo uma pupila malévola e vermelha entre pálpebras carmesim, castanhas e dourado-escuro. Essas cores se refletiam numa cidade cujas cores, esmaecidas e caóticas, eram ocre, vermelho de Pompéia, cinza, marrom-claro e amarelo. Uma cidade muito veemente! As ruas íngremes e estreitas, parecendo gargantas de rio, reluzentes com a luz avermelhada do crepúsculo, corriam para cima e para baixo das sete colinas, fervilhando com multidões de romanos apressados e barulhentos. O troar era constante, acentuado pelo trotar de veículos eixo a eixo, encostados uns aos outros, pragas provocadas pela densidade do tráfego e ameaças vociferadas pelos que conduziam carros, carruagens ou carroças. Túlio via o Fórum, fervilhante, turbulento, com tantas cabeças a se agitarem. As distâncias próximas e remotas estavam enevoadas com uma bruma lamacenta e o ar parecia impregnado de cheiro de queimado, fedor dos esgotos, pedras e tijolos aquecidos e a terra e a vegetação do outono em decomposição. Uma lua pálida, nascente, começava a aparecer no oeste sépia, brilhando vagamente como um crânio. Atrás de si, Túlio ouvia o pai regateando, discutindo com os representantes, que se tornavam emburrados e irascíveis, e o burburinho de dois chafarizes cheios de folhas no jardim murado. Por mais barulhenta que fosse a cidade, a luz sombria e o céu ameaçador davam um ar de melancolia à cena. Estava soprando

Um Pilar de Ferro

um vento adstringente, esfumaçado, com um quê de advertência em si. Então, as tochas e lanternas começaram a brilhar vermelhas na névoa, movendo-se em tumulto de rua em rua. O barulho aumentou quando os romanos foram saindo de suas repartições públicas, de suas lojas, seus lugares de negócios, seus templos, em direção às casas nas várias partes da cidade; o ruído do tráfego erguia-se como um matraquear áspero sobre tudo.

Túlio suspirou. Em Arpino, ele gostava de pensar em Roma como sendo uma cidade polida e não uma cidade de tijolos e pedras foscas. (Ele não estaria mais vivo quando Caio Otávio, César Augusto, deveria torná-la uma cidade de mármore.) Olhou em volta para o pequeno gramado diante da casa, que não era murado, pois os arquitetos modernistas tinham resolvido fazer uma cidade "aberta" onde pudessem. Viu o pequeno vulto de uma criança espreitando-o atentamente, do gramado da casa ao lado.

Túlio sempre ficava intimidado diante de crianças, com exceção de Marco. Até mesmo Quinto, o agressivo, loquaz e simples, o intimidava. Ele afastou os olhos do menino, que parecia ter a idade de Quinto, esperando que a criança não o tivesse notado. Mas o menino aproximou-se, levado pela curiosidade.

— Saudações, senhor — disse ele, numa voz aguda e penetrante.

Não era usual nem cortês uma criança dirigir-se primeiro a um adulto. Túlio pensou quem seria responsável pela triste falta de educação da criança. Ele tentou tornar severa sua voz branda, mas não conseguiu de todo.

— Saudações — murmurou ele. O menino aproximou-se e Túlio viu seu rosto mais claramente, pontudo, vivo, um pouco expressivo demais, com olhos negros e dançantes e cabelos lisos, ralos e pretos. Dava a impressão de nunca estar em repouso, imbuído de uma agitação além da simples agitação animal do pequeno Quinto. Parecia mover-se com todos os músculos, embora no momento estivesse parado, perto de Túlio, olhando-o com muito interesse. Não era muito alto.

— Vai comprar essa casa, senhor? — perguntou, naquela voz estridente e insistente.

Mais falta de educação. Túlio sentia-se muito vexado. As crianças andavam tão exigentes e ousadas. Os pais eram omissos, bem como os professores.

— Não sei — disse Túlio.

Ele queria retrair-se, mas os olhos do menino, ardentes, embora sorridentes, o petrificavam. Era como se ele estivesse se divertindo à custa do homem e gozando a sua confusão evidente. A fim de desviar de si a atenção do menino, Túlio disse:

— Como você se chama e onde mora?

O menino disse, surpreso:

— Moro nessa casa, vizinha à sua. Meu nome é Caio Júlio César, meu pai tem o mesmo nome e minha mãe é Aurélia. Estou no colégio de Filo, o liberto. O senhor tem meninos como eu?

Túlio não gostava especialmente da casa, em relação à qual o pai estava então nos últimos estágios de negociações vitoriosas, e gostou menos ainda diante da idéia de ter tal vizinho para seus filhos bem-educados. Procurou assumir um ar temível.

— Dois meninos, Caio — disse ele. — Bem-educados. E um deles é muito estudioso. Foram criados com muito cuidado.

Os olhos do menino dançaram, divertidos. Conhecia um adulto tímido assim que o via e gostava de perturbá-los.

— Todos me chamam de Júlio — disse ele. — Os seus filhos vão ao colégio comigo?

Túlio tinha vontade de fugir daqueles olhos zombeteiros, mas sempre se sentia indefeso diante da falta de educação, em crianças ou adultos. Assim, disse:

— Tenho um filhinho de sua idade, Quinto Túlio Cícero. Meu filho mais velho chama-se Marco Túlio Cícero, mas ele tem nove anos e, portanto, não brincaria com você.

Júlio riu-se com aspereza.

— Cícero! Grão-de-bico! Mas que nome engraçado! — Ele olhou para Túlio, encantado. — É um nome plebeu, não é? O meu é muito antigo e nobre. E o seu filho, Marco, que tem nove anos, não é muito velho para mim, embora eu só tenha cinco anos. Meu melhor amigo é mais velho ainda, onze anos, e o nome dele é Lúcio Sérgio Catilina. Ele é muito patrício, mais patrício ainda do que a minha família. Somos todos patrícios.

Era tolice ficar tão magoado com as palavras descuidadas de uma criança, disse Túlio para si mesmo.

— Não somos plebeus — disse ele, meio aborrecido. — Este não é um bairro elegante — e ele se odiou por falar assim —, portanto, por que vocês patrícios estão morando aqui?

— O dinheiro — disse o menino, com grandeza — nos abandonou. Mas nós não abandonamos os nossos nomes. Não ficaremos morando aqui para sempre. Em breve vamos mudar-nos para o Palatino.

— Bom — disse Túlio, virando-se para ir embora. O menino deu um assobio alto, de chacota, e Túlio entrou na casa para ver o pai assinando papéis que os representantes tinham apresentado e escrevendo uma ordem de pagamento ao banco para o pagamento do sinal. — Espere, pai — disse Túlio. — Acho que temos vizinhos indesejáveis.

— Os Césares? — perguntou um dos robustos corretores, surpreendidos. — Uma das melhores famílias de Roma.

— Temos de pensar em nossos filhos — disse Túlio, que gostava cada vez menos da casa. — Esse menino, Júlio César, não me parece agradável e, como meus filhos vão freqüentar a escola de Filo, o grego liberto, serão forçosamente colegas de Júlio.

— Tolice — disse o avô. — É verdade que as crianças da cidade são muito livres em seus modos e não têm respeito pelos mais velhos, mas Marco e Quinto foram educados com cuidado e não se estragarão pelo contato com qualquer moleque como esse... Júlio? César? Já ouvi falar dos Césares. É uma boa família. Além disso, fiz um excelente negócio.

— Excelente demais — disse um dos corretores, que estava irritado por ter sido vencido por um sujeito do interior.

Não havia nada que conseguisse dissuadir o avô de aproveitar uma pechincha, mesmo que não fosse agradável. Portanto, Túlio cedeu, como sempre. O avô, que antes tinha depreciado a casa diante dos corretores, passou a enaltecer suas vantagens.

— Veja essas salas! — exclamou ele, diante da expressão reprovadora do filho. — O vestíbulo, o átrio, os quartos de dormir, a sala de jantar, os alojamentos dos escravos, os jardins, o espaço! Grande! Confortável! Arejado! E que vista da cidade, do pórtico externo! Veja esse vestíbulo! Esses belos pisos, essas vidraças, belas como qualquer vidro de Alexandria! — Ele fechou a cara para Túlio, que se mantinha calado. — Não foi por minha vontade que saímos de Arpino. Foi por causa de sua saúde. Não poderíamos encontrar uma casa mais apropriada em toda a Roma, Túlio, portanto, por que esse seu capricho contra uma criança?

Túlio pensou na insolência do menino — Grão-de-bico, mesmo! — e disse:

— Todo cuidado é pouco com as crianças. Muito bem — suspirou. — É realmente uma bela casa.

Os corretores resmungaram.

— O restante do pagamento — disseram ao avô — deverá ser efetuado quando tomarem posse da casa.

— Verá que meus negócios no banco estão corretos — disse o avô. Ele esfregou as mãos. — Foi um bom negócio — disse. — Até mesmo Hélvia ficará satisfeita. — Olhou para os corretores. — Minha nora, esposa do meu filho, é da nobre família dos Hélvios.

52   *Taylor Caldwell*

Túlio sentiu-se humilhado ao ver o pai tentando impressionar os corretores. Eles pareceram ficar devidamente impressionados, o que humilhou Túlio mais ainda.

— É pelos atos que se conhece a nobreza — disse ele, mas ninguém lhe deu ouvidos, como sempre.

Capítulo V

A família estava bem instalada na casa romana antes que aparecessem as primeiras neves nas colinas. Hélvia ficou satisfeita com a casa, especialmente quando viu que de fato fora uma pechincha. Gostava dos Césares, que sua família conhecia bem. Sendo de família nobre, ela não se importava com o fato de que a vizinhança se tornasse menos elegante, mês a mês. Até mesmo Túlio reconciliou-se com a casa. Na cidade ninguém insistia para que ele desse longas e frias caminhadas por causa da saúde e ele podia ficar encolhido, tranqüilo, junto do braseiro maior e mais quente sem ter de enfrentar discussões. Havia um consenso de que a cidade era perigosa e o tráfego uma praga e, como a família não se dava ao luxo de ter liteiras decadentes, Túlio era largado em paz na biblioteca, entre seus livros e as conversas com Arquias.

Marco foi para a escola de Filo, o grego liberto, e na volta estudava com Arquias. Ficou resolvido que Quinto estudaria só com Arquias durante um ano, pelo menos. Isso agradou a Túlio e ele pensou no pequeno Júlio César, do vizinho, de quem gostava cada vez menos. Ele nunca conseguiu vir a gostar de qualquer dos Césares, especialmente Aurélia, a presunçosa. O pai, Caio Júlio, era um homem taciturno, com negócios na cidade, e tinha uma cara azeda e evidentemente não era intelectual. Ele e Túlio se encontravam raramente, o que Túlio achava ótimo. Mas o pequeno Júlio invadia a casa livremente e Hélvia, com seu bom gênio, não se importava, pois não tinha medo de crianças. Dava um tapa em Júlio com a mesma facilidade com que dava em Quinto, o seu favorito, e o menino ria muito. O avô arranjou companheiros, velhos veteranos como ele, que tinham pontos de reunião na cidade, como por exemplo o Tonsória. E ele mesmo conduzia a carruagem ao Fórum, ou ia a pé, quando o tempo estava bom, para se encontrar com os companheiros e trocar histórias das antigas campanhas. Todos, portanto, estavam satisfeitos, embora Túlio tivesse saudades da primavera da ilha e de sua tranqüilidade. Sua vida, a despeito das resoluções originais, se tornara quase uma réplica de sua existência isolada em seu amado Arpino.

O jovem Marco achou a cidade empolgante, cheia de maravilhas, e se demorava olhando para ela a caminho da escola e de casa. Havia na cidade um cheiro que o revigorava e que estava na base dos muitos maus cheiros. Ele adorava as lojas, os tribunais, o barulho da vida e da agitação, o mundo de gente, as fachadas dos templos, as pilastras isoladas e altas, sustentando as estátuas dos heróis ou as figuras de divindades aladas conduzindo carros, as escadarias em leque erguendo-se por toda parte, de uma rua para outra rua superior, os cheiros de peixe frito, pão e bolos assando, carnes grelhando e vinho, que saíam pelas portas das hospedarias, os pórticos cheios de gente, o alarido repentino de música vindo de pequenos teatros, quando os músicos se exercitavam, o ar de poder e trabalho, os edifícios do governo fervilhando com burocratas ávidos, os circos sempre rodeados por multidões segurando as entradas ao alto, a todas as horas do dia, o estrondo do tráfego que cada dia se tornava mais perigoso, o relinchar de cavalos, o matraquear das rodas, os gritos, as mulheres correndo de porta em porta, o sol sobre os tijolos vermelhos, as ruas bem pavimentadas em que as crianças brincavam a todas as horas do dia e a voz geral do poder, vociferante e estrondosa.

Era a cidade de seus antepassados. Ele viu o que era ser um romano, vivendo em Roma. Ansiava por Arpino, que parecia estar longe e era tão querido; mas também amava Roma e sentia-se em casa ali, na confusão e no barulho insone. Adormecia ninado pelo ruído do tráfego, passos irrequietos e vozes alertas na rua abaixo de sua casa. Despertava entusiasmado a cada novo dia. Mas não gostava do colégio, embora não incomodasse o pai com reclamações.

Filo era um homem austero e dogmático, com ar de pompa, pois já fora escravo e agora sentia-se importante; era inflexível e nutria um respeito abjeto pelas pessoas que tinham grandes nomes. Sua atitude era um misto de autoridade e servilismo para com os meninos de famílias notáveis, embora de bolsos vazios. Para com os de origem mais plebéia, embora com mais dinheiro, ele se mostrava condescendente. Eram novos-ricos e não deveriam se esquecer disso. Ele e Arquias tinham tido um encontro, que deixara o orgulhoso e inflexível Filo abalado.

— Nunca fui escravo — disse Arquias, que levara Marco ao colégio no primeiro dia —, portanto — acrescentou ele, amavelmente — sou um democrata. A taxa que cobrou para ensinar a esse menino, que foi mandado para cá não porque eu não tenha competência, mas porque ele precisa da companhia de meninos, é maior do que a habitual. Já andei indagando. Portanto, a fim de que eu não informe esse fato ao meu amo, você dividirá a taxa comigo. Não preciso dela, mas você precisa de uma lição. Lembre-se de que

Marco é filho dos Hélvios, além dos Túlios, que também têm antepassados antigos. Não ensine a Marco afetações nem atitudes impróprias para com os superiores e inferiores. Não o despreze pelo fato de ele vir do interior. Afinal de contas, Cincinato, pai da pátria, também era lavrador. Ele tem mente excelente; trate de não corrompê-la.

Ele esfregou um dedo delicado em volta dos lábios e sorriu para Filo, que era alto, magro e murcho.

— Somos gregos — disse ele, em tom de conciliação. — Somos cativos de bárbaros. Estou treinando Marco para respeitar o que representamos, embora a nossa glória já tenha passado há muito, mesmo que a nossa recordação seja como um brilho dourado no horizonte. Lembre-se de que você é grego. Ouvi dizer que você se esqueceu disso, na presença desses romanos.

Ele assustou Filo, ao mesmo tempo que o agradou. O homem, a princípio, estava resolvido a ser bondoso com Marco. Não achou isso muito difícil. O temperamento do menino, calmo, firme e agradável, não dava trabalho, e seu aspecto era cativante, com os cabelos castanhos, bonitos e cacheados, e os olhos brilhantes e de colorido estranho. Marco, além disso, tinha um ar de uma autoridade delicada e seu perfil, concordou Filo, era positivamente aristocrático.

Como ele estava muito mais adiantado do que os meninos de sua idade, Marco foi colocado numa turma de meninos mais velhos. A sala de aula de Filo era grande e arejada e, atrás dela, ele tinha dois quartinhos, para si e para um escravo que preparava as refeições e fazia a limpeza. Marco gostava da escola em si, mas não de alguns de seus colegas. Veio a detestar, com um ódio de toda a vida, o grande amigo de Júlio César, Lúcio Sérgio Catilina. Lúcio era um dos favoritos de Filo, pois sua família era antiga e aristocrática, acima de quase todos os outros nomes de Roma, embora estivesse empobrecida.

Lúcio era sobretudo um menino extremamente bonito, não com uma beleza efeminada, mas com uma virilidade intensa e delicada. Tinha um imenso magnetismo pessoal, que a maioria das pessoas achava irresistível, até seus inimigos, que eram poucos, o que era de estranhar, levando em consideração o seu caráter. Ele era um líder natural e mesmo os que não o estimavam e desconfiavam dele o seguiam. Marco aprendeu, pela primeira vez, que a virtude e uma boa educação não atraem forçosamente os amigos, como também não se consegue isso com a grandeza de coração e de espírito. Aliás, descobriu que essas mesmas qualidades muitas vezes tinham um efeito repulsivo, sendo a maior parte dos homens o que são, por natureza. Um homem mau era mais suportável para a maioria dos homens do que um homem bom, que era uma reprovação constante e, portanto, devia ser desprezado.

Ele nunca havia de compreender totalmente os motivos de pessoas como Lúcio Sérgio Catilina. Como todos, ficou fascinado com o aspecto daquele menino patrício, dois anos mais velho do que ele. Lúcio tinha uma altura acima da média e um corpo gracioso. Parecia um bailarino exímio; e era mesmo. Era bem-dotado em tudo, inclusive nos esportes. Era eloqüente e tinha uma voz singularmente sedutora, que encantava igualmente amigos e inimigos, pois era cheia de tons e murmúrios e um humor extraordinário e muito musical. Quanto ao resto, tinha rosto liso e moreno, bem modelado e belo, com uma testa nobre, sobrancelhas e pestanas espessas, negras e sedosas, cercando olhos azuis extraordinários, grandes e brilhantes, um nariz com narinas marcadas, boca expressiva e vermelha como uma amora e com uma covinha no canto direito, reluzindo com dentes perfeitos como pérolas, e um queixo redondo como um grego. Possuía um porte perfeito, como se tivesse consciência de sua beleza rara e de seu encanto perverso; e tinha mesmo. Seus gestos eram delicados, o sorriso sedutor, o gosto impecável. Ele aprendia depressa e com facilidade e empenhava-se em discussões sutis com Filo. Tinha uma inteligência bem acima do normal, e na verdade, aos onze anos, poderia levar a melhor sobre muitos dos filósofos menores.

Marco reconhecia-lhe os dotes fascinantes e a beleza. Mas não podia suportar o que inocentemente adivinhava estar por baixo de todo aquele encanto: que Lúcio era corrupto.

O ódio era coisa que Marco não conhecia; nunca o encontrara, nem em si nem em sua família. Portanto, ficou aturdido quando descobriu, logo no princípio, que a implicância de Lúcio com ele não era simples provocação de colegial, baseada no bom humor, e sim inspirada por uma rejeição perturbadora, extensiva a todo estranho e, especialmente, aos virtuosos. Tudo o que Marco era — generoso, calmo, paciente, bondoso e estudioso, persistente, embora um pouco diligente — despertava a inimizade, o desprezo e o riso de Lúcio.

Havia no colégio meninos adolescentes, alguns mais velhos do que Lúcio e muitos mais moços. Ele era o líder indisputável de todos. Pedia dinheiro emprestado e nunca pagava — e o credor considerava-se homenageado. Ele não tinha anéis, nem pulseira de ouro ou belos sapatos; suas túnicas e mantos eram do tecido mais simples. No entanto, os meninos mais ricos sentiam-se lisonjeados se Lúcio notava sua existência. Ele insultava Filo com uma graça indolente e este sorria, encabulado, arregalando os olhos para o menino como um pai tolo arregalaria os olhos para o filho único, muito esperado. O escravo lhe servia as melhores iguarias e vinho.

Era inevitável que uma pessoa como Lúcio Sérgio Catilina perseguisse outra como Marco Túlio Cícero. Bastou que seus olhos se encontrassem para que eles vissem imediatamente que havia uma inimizade entre os dois, que suas naturezas eram adversas e em violenta oposição. Mesmo assim, Marco poderia ter tolerado e suportado Lúcio, até admirando-o a distância, se Lúcio não o procurasse sempre para despejar sobre ele seu ódio e ridicularizá-lo. Anos depois, Lúcio diria a Marco: "Eu o detestei, Grão-de-bico, desde o momento em que o vi, e não sei o motivo. Você me fez contorcer todo por dentro."

Estar cercado por meninos da mesma idade que ele, ou só um pouco mais velhos ou mais moços, foi uma experiência nova para Marco, que Lúcio logo começou a chamar de "labrego". Ele descobriu o acanhamento. Os meninos olhavam para ele num exame franco. Viram logo que ele não era um sofisticado menino da cidade, mas talvez até um simplório. Seu aspecto brando os divertia. Sua tranqüilidade, sua dedicação séria ao estudo, seu respeito pelo professor os constrangia. Ele não aprendera a jogar dados nem outros jogos de adultos; não sabia nenhuma história escabrosa. Não se ria diante da dor dos outros. Não gostava de atirar pedras em passarinhos nem em cavalos doentes, que bebiam água na sarjeta. Como resultado, os meninos fizeram dele um alvo de suas chacotas. Ora, diziam, o pequeno Júlio César era mais homem do que aquele rebento desmamado do campo distante. Filo não via defeitos nele e esse foi o pior defeito de todos.

Pela primeira vez na vida, Marco defrontou-se com o mal que é o homem e aquilo o enojou. Quando ele disse para si que o mal também deve ser suportado, entrou na idade adulta bem antes da adolescência. Os lábios infantis tornaram-se menos suaves e seu contorno endureceu.

Hélvia disse:

— Ele está precisando de um fortificante. — E como tinha levado muitos sacos de suas ervas do campo, começou a preparar infusões que faziam o menino vomitar. Mas ele não reclamou; o gosto amargo que sentia na boca não era mais amargo do que o novo conhecimento de seus semelhantes.

Deve haver alguma coisa errada em mim, disse ele consigo. Não sou como os outros. Ele sempre tivera a segurança de uma criança muito amada pela família, mas então a sua segurança tornou-se menos certa, especialmente na escola.

Ele e o pequeno Júlio César iam à escola juntos, balançando os livros. Afastado de Lúcio, seu ídolo, Júlio era bom companheiro e cheio de seu próprio encanto e tinha tendências para ser muito espirituoso. Era muito precoce e achava Quinto, que era de sua idade, aborrecido. Gostava de

Marco, que achava meio tolo. Mas Marco era sempre bondoso; sempre era possível pedir-lhe alguns níqueis, no recreio, quando o vendedor chegava à porta da escola com doces e pasteizinhos quentes, recheados de carne temperada, tâmaras cristalinas, nozes e frutas douradas.

A princípio Marco não podia acreditar que Lúcio, de onze anos, pudesse realmente ser amigo íntimo de Júlio, de cinco anos, apesar de toda a precocidade de espírito e de fala deste. Mas era bem verdade. Júlio adorava Lúcio e o apoquentava; e Lúcio batia nele com uma aparência de carinho. Os dois tinham muitas coisas em comum, como falta de dinheiro para esbanjar, os pais serem velhos amigos muito ligados e os dois serem sofisticados e sem escrúpulos. Júlio nunca era expulso de um grupo de garotos mais velhos que estivessem conversando, pois Lúcio era seu protetor, a despeito de bater nele freqüentemente. Havia muita coisa perversa em Júlio César, pois ele sempre queria sobressair e, por vezes, era insuportavelmente dominador. Mas também havia muita coisa boa nele, como o humor e repentes de generosidade.

Júlio era quem mais ria quando Lúcio provocava Marco. Mas, longe de seu ídolo, ele se mostrava bastante afetuoso com Marco e bondosamente incumbiu-se de esclarecer-lhe o modo de vida na cidade. Era muito ambicioso, mesmo aos cinco anos. Sua família tinha pouco dinheiro; ele seria rico, confiou a Marco. Também seria famoso, asseverou. Marco ria para ele com a superioridade dos anos e Júlio fazia uma careta, sacudindo a cabeça com violência, os belos cabelos pretos voando.

— Você devia estudar mais — dizia Marco.

— O menino é sabido demais para a idade — disse Arquias. — No entanto, não é o tipo de sabedoria que dê segurança. É mais uma esperteza, a capacidade de se aproveitar dos outros, uma compreensão astuta das fraquezas dos que o cercam. Ele há de explorar seus semelhantes, quando for homem.

Mas Júlio já estava alegremente explorando seus companheiros; a Marco, em especial.

Quando os meninos iam juntos para a escola e Marco observava um aspecto da cidade ou um rosto que passava, Júlio logo fazia alguma brincadeira.

Um dia o menino disse a Marco, quando pararam para olhar os pombos voando em volta de uma estátua:

— Você não devia ter tanto medo de Lúcio.

— Não tenho medo dele — disse Marco, envergonhado. — Só tenho medo do que ele é.

— O que ele é? — indagou Júlio, intrigado.

Mas Marco não sabia explicar.

— Olhe aqueles pombos circundando a cabeça da estátua. É Pólux, não é? Por que estão se juntando ali?

— É a latrina deles — disse Júlio, fazendo um barulho obsceno, e Marco pilhou-se rindo.

— Isso é irreverência, Júlio — disse ele.

— Mas é verdade — disse Júlio. — A verdade é sempre irreverente?

Marco pensou e depois disse, com ironia:

— Muitas vezes, ao que parece.

Júlio saiu correndo na frente dele um momento; depois parou para tornar a fazer o barulho obsceno, o que divertiu uns homens que passavam apressados. Era o fim de dezembro, a época da Saturnália, e fazia frio. Esperando por Marco, Júlio executou uma dança hábil na calçada e mais homens pararam para olhar. Marco estava encabulado. Achou que o rosto alegre de Júlio parecia velho, apesar das feições infantis. Tinha uma certa agudeza esperta, como as dos moleques de rua, um certo caráter de sátiro e loucura, que levou Marco a pensar em Pã. Então, quando Marcos se aproximou dele, Júlio de repente mudou. Pegou a mão dele como um menininho.

— Gosto de você — disse e sorriu para o menino mais velho, com um olhar inocente. — Acho — disse Júlio, chutando um cão vadio que se esgueirava por ali — que você não é tão tolo quanto Lúcio acha.

— Não me importa o que Lúcio pense — disse Marco, friamente. Ele parou para abotoar o manto de Júlio com mãos fraternais. O vento estava forte e frio.

— Importa-se, sim — disse Júlio, levantando o queixo para facilitar o trabalho de Marco. — Você não sabe o que ele pensa e isso lhe dá medo! Mas eu sei o que ele pensa.

— E o que ele pensa?

— Ele o odeia, porque sabe o que você é.

— E o que eu sou, Júlio?

— Gosto de você — disse Júlio, esquivando-se. — Quanto dinheiro você tem em sua bolsa hoje?

Chegando à escola, Júlio se esqueceu de Marco até a hora do recreio, quando chegou o vendedor. Este trazia iguarias especiais em honra à festa que se aproximava, como bolinhos em forma de faunos e centauros com passas no lugar dos olhos. Também havia pasteizinhos de carne cortados em forma fálica, supostamente engraçados. Marco comprou alguns dos petiscos para si e para Júlio. Todos os meninos se reuniam ali em frente à escola, na calçada, que não estava cheia àquela hora, e Lúcio se encontrava

Um Pilar de Ferro

a certa distância, com seus amiguinhos particulares. Seu belo rosto estava iluminado pelo forte sol do inverno. Ele virou a cabeça e viu Marco pondo mais um docinho nas mãos vorazes de Júlio. Caminhou na direção dos dois.

— O que é isso, Júlio? — disse ele, com sua voz encantadora e indolente. — Está tão pobre que agüenta receber presentes de um inferior?

Júlio teve medo de que Marco lhe tirasse o tesouro e então disse, insolente:

— O que é um inferior? O que não tem dinheiro!

Os olhos azuis de Lúcio brilharam perigosamente, mas, rindo, ele bateu na mão de Júlio, de modo que o doce caiu na sarjeta; depois, bateu no rostinho moreno de Júlio com uma maldade displicente. Júlio não se importou com a pancada, mas sim com a perda do doce. Cedendo ao seu mau gênio, fez uma coisa incrível: deu um pontapé na canela de Lúcio.

Abismados, os outros garotos se juntaram em volta deles. Ninguém jamais se opusera à crueldade fácil de Lúcio e certamente não Júlio, que era louco por ele. Por um momento, Lúcio não pôde acreditar naquilo. Ficou ali parado, enquanto seus cachos escuros, tocados de sombras ruivas, esvoaçavam ao vento. Depois, sem esforço visível, agarrou Júlio com as mãos e atirou o menino à calçada, dando-lhe um pontapé no lado. Júlio, muito machucado, uivou de dor. Lúcio, já rindo, tornou a levantar o pé.

— Pare — disse Marco. Seu rosto estava muito branco e, involutariamente, ele cerrou os punhos.

Lúcio olhou para ele, sem acreditar.

— Você vai me impedir? — disse ele, com desprezo.

— Sim — disse Marco, colocando-se entre Lúcio e sua vítima.

Lúcio de fato recuou, mas de espanto. Ele era mais velho, mais alto e mais pesado do que Marco, aparentemente franzino, e era exímio na luta.

— Você? — exclamou.

— Eu — disse Marco. Ele sentia o coração batendo forte com a indignação e o ódio repentino por aquele menino bonito, com o rosto malvado e belo. Nunca na vida tivera vontade de bater em alguém. Todos as semanas de frustração, sofrimento e humilhação se juntaram como um nó de ferro em seu peito, pulsando, em fogo.

Lúcio olhou para os colegas em volta e ergueu as sobrancelhas.

— Esse cão de origem vil ousa desafiar-me — disse ele e, então, movendo-se como o brilho de uma espada, estava sobre Marco, sem o desafio preliminar e honrado. Deu uma pancada vil e Marco dobrou-se imediatamente, sufocado, sentindo a aflição explodindo em suas entranhas. Lúcio deu um grito de prazer e caiu sobre o outro antes que ele pudesse refazer-se.

Esquecendo-se da luta honrada, devido à dor e a seu ódio súbito, Marco agarrou Lúcio, apertou-o e mordeu-o fundo no pescoço. Lúcio recuou. Então, Marco agarrou as orelhas dele e puxou com força. Instintivamente, levantou o joelho e atingiu Lúcio na virilha. Lúcio cambaleou. Novamente Marco o golpeou e então, quando Lúcio caiu para trás, ele o chutou com toda a força no ponto delicado. Lúcio caiu por terra. Os garotos começaram a gritar.

— Luta suja! — berraram.

— Vocês não acharam suja quando ele me atacou à traição! — gritou Marco, em resposta. Ele ficou ali junto de Lúcio, que se contorcia, e estava tão inflamado que nenhum menino se aproximou dele. Mas ele ficou em silêncio. Filo, ouvindo o tumulto, saiu da escola depressa. Quando viu Lúcio e Marco por cima dele, parou de repente, estupefato. Júlio correu para junto dele.

— Lúcio me bateu e me chutou quando eu estava caído! — disse ele. — E eu sou um menino pequeno!

— Sujo — disseram os outros meninos. — Marco acertou Lúcio com um golpe sujo. Não foi romano.

Filo agarrou Marco pelo braço e levou-o para dentro da escola. Os outros meninos os acompanharam, dois sustentando Lúcio, que permanecia calado. Filo empurrou Marco para a sua frente e dirigiu-se aos meninos, numa voz trêmula.

— A honra da escola foi violada — começou.

— Lúcio deu-me um pontapé sujo — disse Júlio, no meio dos meninos.

— Silêncio! — ordenou Filo.

— Ele me chutou! — gritou Júlio, saltando para a frente e segurando o lado do corpo pateticamente. — Como se eu fosse um cão.

Filo respirou fundo, a mão agarrando o ombro de Marco. Marco estava tremendo, mas foi novamente com ódio que olhou para Lúcio.

— Você deve ter provocado o seu amigo ao máximo — disse Filo a Júlio. — Além do mais, você está mentindo, meu filho.

— Eu nunca minto! — protestou Júlio, que em geral mentia mesmo.

Filo não fez caso dele. Olhou para os outros meninos, que se amontoavam, ansiosos, junto dele.

— Qual é a verdade? — perguntou.

Um dos amigos mais dedicados de Lúcio, um menino mais velho, tomou a si a tarefa de esclarecer o mestre.

— Júlio foi insolente e Lúcio castigou-o com um tapa. Júlio caiu. Júlio não o chutou. E então...

Júlio berrou, batendo no peito com os pequenos punhos.

— Lúcio me chutou! E depois bateu no Marco sem desafio e de maneira suja, porque Marco lhe disse para parar de me chutar. E então Marco se protegeu!

— Isso é verdade? — indagou Filo aos outros.

Foi Lúcio quem falou, numa voz nauseada:

— Não, é mentira.

Os meninos se calaram e não conseguiram se entreolhar. Deixaram pender as cabeças e seus rostos enrubesceram. Mais que honra, eles amavam Lúcio, que não amava ninguém.

Filo compreendeu imediatamente. Estava num dilema. Ele amava o popular Lúcio, com seu belo rosto, sua voz e seu encanto apolíneo. Não ousava interrogar Marco, pois este contaria a verdade. Sacudiu o menino, em desalento, enquanto pensava. Se ele castigasse Marco, não haveria represálias. Marco não era de contar histórias.

Filo não ficou muito feliz ao fazer o que fez, por conveniência. Deu uma surra em Marco diante da turma, com toda a severidade, e o menino agüentou as açoitadas do chicote no mais total silêncio, olhando para a frente. Lúcio ficou assistindo, satisfeito, rindo em silêncio, mostrando todos os seus belos dentes.

Os meninos estavam envergonhados. Quando Marco voltou ao seu banco, não conseguiram levantar os olhos para olhá-lo. Mas eles amavam Lúcio. Abriram depressa os livros e mergulharam no estudo.

Marco e Júlio voltaram para casa juntos, como sempre, e a cada passo Marco fazia uma careta. Júlio segurava a mão de seu defensor como um irmãozinho confiante.

— Eu agora detesto o Lúcio — disse ele, com veemência. — Nunca mais vou gostar dele.

— Não tenha assim tanta certeza — disse Marco, que naquelas semanas tinha aprendido lições ainda mais dolorosas.

Júlio bateu o pé, zangado.

— Nunca mais vou gostar dele.

— Não fale nada disso em casa — disse Marco, severo. — Vai esquecer disso.

Claro, Júlio contou logo tudo à mãe, e Aurélia foi imediatamente procurar Hélvia.

— A mãe de Lúcio é minha melhor amiga — disse aquela senhora roliça, indignada —, mas Lúcio nunca me cativou como cativa os outros.

Hélvia mandou chamar o filho aos aposentos das mulheres. Quando o menino chegou e viu Aurélia, enrubesceu, zangado.

— Tire a sua túnica — disse Hélvia.

Marco, olhando para Aurélia com mais raiva ainda, tirou a túnica e Hélvia examinou os lanhos em seu corpinho novo. Ela mandou vir uma escrava com água quente e ungüentos. Sem comentários, esfregou os óleos pungentes nos vergões, depois de tê-los banhado até estarem em fogo. Depois ela disse:

— Você não vai voltar àquela escola.

Marco ficou muito perturbado.

— Mãe — pediu ele —, isso será vergonhoso para mim. Os outros meninos vão rir de mim, chamando-me de covarde, pois acreditarão que vim correndo me queixar a você como um bebê chorão.

Hélvia pensou no caso, os dentes mordiscando o lábio inferior. Olhou para a amiga, Aurélia, que estava balançando a cabeça em sinal de aprovação.

— Ele fala como um romano — disse ela. — Pode orgulhar-se dele, Hélvia.

— Sempre me orgulhei dele — disse Hélvia, para espanto de Marco. Ela sorriu para o filho e empurrou seu ombro, com carinho. — Estou contente por você ter lutado com Lúcio e o ter vencido. E me orgulho até de seus vergões, que você recebeu calado e em honra e em defesa de quem é mais jovem e mais fraco.

— Lúcio é maior e mais velho — disse Aurélia. — Não é errado nem sujo defender-se erradamente contra um homem sujo, se somente esta é a solução e o único meio possível.

— Lúcio não é realmente um romano em espírito — disse Hélvia.

— Mas a senhora não vai contar a ninguém? — disse Marco à mãe, enquanto recolocava a túnica com cuidado.

— A ninguém — prometeu Hélvia. Ela tornou a sorrir para o filho e seu belo rosto reluziu.

— E eu darei uma surra em Júlio, se ele disser uma palavra — prometeu Aurélia. Ela antes achara que Hélvia não tinha sido feliz com o filho mais velho, que era tão sossegado. Achara que ele era efeminado. No entanto, ele não só defendera seu mimado Júlio, que era seu prazer e seu orgulho, como ainda tinha vencido o altivo Lúcio, de quem ela não gostava. Aurélia procurou numa corrente de ouro que levava em volta do pescoço curto e rosado e puxou do seio quente uma medalha gravada com a imagem de Palas Atenéia.

— A deusa da sabedoria e da lei — disse ela. — Esta medalha a representa conforme ela aparece no Partenon, em Atenas. Você a merece, Marco. — E ela a colocou na mão dele.

UM PILAR DE FERRO

— É um presente maravilhoso — disse Hélvia.

— Parte de uma mãe agradecida — disse Aurélia.

Marco não se lembrava de ter sido beijado pela mãe antes, mas ela, naquele momento, puxou a cabeça dele e beijou-lhe a face, afagando-a depois.

— Estou orgulhosa — repetiu e ficou ali sentada, sorrindo para ele com orgulho, as pregas da estola caindo sobre os pés roliços.

A inimizade entre Marco Túlio Cícero e Lúcio Sérgio Catilina cresceu prodigiosamente. Porém, nunca mais Lúcio ridicularizou Marco diante dos colegas.

Marco usou o presente de Aurélia a vida toda e, anos depois, ele o mostrou a Júlio.

Capítulo VI

Muito antes de ser ritualmente iniciado no *status* da adolescência, Marco sofreu ainda mais na escola com a entrada de outros dois da mesma laia de Lúcio Sérgio Catilina: Cneio Piso e Quinto Cúrio, amigos íntimos de Lúcio. Cneio também tinha ar e aspecto patrício encantadores, mas era menor e mais ligeiro do que Lúcio e ainda mais altivo, menos interessado em ser líder no colégio, mais pensativo e maquinador. Tinha cabelos louros, olhos cinzentos, uns trejeitos meio femininos e uma risada leve e aguda como a de uma donzela. Em muitos sentidos, porém, isso era ilusório, pois ele não temia nada, tal era o orgulho que tinha de sua família patrícia, que era tão pobre quanto a de Lúcio. Ele exigia o servilismo de todos, menos de Lúcio e Cúrio, e invariavelmente o recebia, salvo da parte de Marco e do pequeno Júlio.

Q. Cúrio era um menino sério, moreno, grosseiro, mas intelectual. Herdaria uma cadeira no Senado e todos logo passaram a saber desse fato. Atlético e esguio, era mais alto até do que o alto Lúcio e tinha uma expressão furiosa e um rosto proeminente e emburrado. A família dele tinha mais dinheiro do que as Catilina e Piso, e ele era herdeiro do rico avô.

Esses dois se uniram ao desprezo que Lúcio nutria por Marco, que, conforme Lúcio lhes informou, pertencia à classe dos "novos", isto é, a classe média.

— Não se indisponham com ele — disse Lúcio, para ser ouvido por Marco —, pois ele luta sujo, é um tolo e uma pessoa sem importância nem princípios. Devemos associar-nos com gente assim?

Os dois concordaram que não.

O pequeno Júlio César, já quase com nove anos, ria-se do que chamava de "triunvirato".

— Um dia desses — disse ele a Marco —, quando eu for homem, vou fazê-los de idiotas em público, pois eles têm pretensões. As famílias deles são melhores do que a minha? Não. Só Cúrio é mais rico. — Júlio estalou os lábios. — Cúrio tem uma prima, uma órfã, que é muito linda. Dizem que ela vai ser Virgem Vestal, mas Lúcio quer casar com ela. Chama-se Lívia.

Um dia Cúrio levou à escola uma trouxa de roupas imundas, pertencentes a um escravo de sua casa, e jogou-a aos pés de Marco.

— Sua família é de pisoeiros, não? — perguntou ele, em sua voz grave, de 15 anos. — Ótimo. Então leve isso para o seu pai, para lavar.

Marco ficou olhando para ele muito tempo, calado; depois, foi buscar um balde d'água e o colocou aos pés de Cúrio.

— O homem que insulta outro sem provocação é um escravo — disse ele. — Portanto, escravo, lave a sua roupa.

— Ele ataca os genitais, para castrar, porque ele mesmo não tem órgãos genitais — disse Lúcio. Marco, que estava com pouco mais de doze anos, continuou a olhar fixamente para Cúrio. Este virou-se com um som obsceno de desdém.

— Não brigo com gatos — disse ele. Mas a escola sabia que Marco vencera aquele embate.

A integridade de Marco, percebida com raiva pelos três jovens, não os induzia a ter bons sentimentos para com ele. Chamavam-no de arrivista, impostor e macaco de imitação de seus superiores. Felizmente, o pai de Cúrio resolveu que o filho tinha de ter um preceptor particular e incluiu Lúcio e Cneio generosamente em seu convite. Marco sentiu um alívio imenso. Nunca mais vou encontrá-los, pensou. Mais tarde, quando soube que tinham ido para a Grécia, para completar sua educação, Roma pareceu a Marco mais limpa, devido à ausência deles. O mundo era menos luminoso por eles o habitarem.

Anos depois, já homem feito, Marco escreveu: "É errado criar as crianças num ambiente exclusivamente de afeição familiar e fraternal, sem esclarecê-las no sentido de que, além das paredes seguras do lar, existe um mundo de homens sem Deus, desonestos e amorais, e que esses homens são a maioria. Pois, quando um jovem inocente tem inevitavelmente de encontrar o mundo dos homens, sofre uma ferida da qual nunca se poderá restabelecer e um mal do coração que afetará sua alma para sempre. É melhor ensinar logo a seu filho, desde o berço, que o homem é intrinsecamente mau, que é um destruidor, um mentiroso e um assassino em potencial e que este filho deve armar-se contra seu irmão, para não morrer em corpo ou em espírito! Os judeus têm toda a razão quando dizem que o homem é desesperadamente perverso desde o nascimento, e mau desde a juventude. Possuindo esse conhecimento, o seu filho poderá então dizer a si mesmo: 'Com a ajuda de Deus, serei mais bondoso do que o meu irmão e lutarei pela virtude. É meu dever aspirar acima de minha natureza humana!'"*

No ano seguinte àquele em que Lúcio Sérgio Catilina e seus companheiros saíram da academia de Filo, um novo estudante tomou o lugar deles: um rapaz de 15 anos, chamado Noë ben Joel, filho de um judeu rico, corretor de títulos. Ele logo tornou-se querido de todos, embora Filo comentasse sarcasticamente que metade das grandes famílias romanas estava endividada com ele. Filo, claro, cobrava de Joel ben Salomão mais do que cobrava da maioria dos pais — assim como cobrara mais de Túlio Cícero pelo filho — pelo motivo, dizia ele com grandeza, de que os que tinham deviam partilhar com os que não tinham. Essa peculiar filosofia era uma coisa com a qual Arquias nunca concordou; a caridade era excelente, mas devia ser voluntária e não arbitrariamente imposta por aqueles cujos bolsos não eram tocados, ou em nome da "humanidade", palavra de que Filo gostava muito e que não lhe custava nada, mas o fazia sentir-se excessivamente virtuoso. ("Livrai-me dos hipócritas", dizia Arquias.)

Noë imediatamente interessou-se muito por seus colegas, por Filo e até pelo escravo que cuidava das necessidades do meio do dia na escola. Nada era insignificante demais para o seu exame e curiosidade. Ele era amável, generoso com sua bolsa, divertido e irreverente. Raramente parecia estudar e, no entanto, logo tornou-se o aluno predileto de Filo. Era fantástico em matemática, filosofia, línguas, ciências, retórica, poesia e mímica. Sabia imitar qualquer pessoa, diante dos risos frenéticos dos colegas e até da pessoa imitada. Mas nunca se mostrava cruel ou vingativo, nem imitava para ridicularizar.

— Por que tão sério? — perguntou ele um dia, encontrando Marco sozinho na sala de aula com os livros, enquanto os outros meninos estavam do lado de fora lutando, comendo doces proibidos e bebendo o vinho do meio-dia.

Marco corou. Já ia murmurar alguma palavra de disfarce, mas depois olhou para os olhos grandes, castanhos e lustrosos, dirigidos para ele com um sorriso bondoso. Então disse:

---

*Carta a Terência.

— Não sou muito querido, a não ser por aquele meninozinho, Júlio, que é um ator como você. Ele está sempre atrás de você, não é? — continuou Marco, na esperança de desviar de si o exame atento do outro.

— Ele é um ator incipiente. Eu já sou experiente — disse Noë. Ele estava com sua cestinha de merenda na mão e levantou o guardanapo branco que a cobria. — *Hammantashin* — disse ele a Marco, que abaixou a cabeça para olhar dentro da cesta que estava na mesa diante dele. Viu pedacinhos de guloseimas triangulares, que exalavam um aroma delicioso. — Coma um — ofereceu Noë. — Coma dois, três — insistiu Noë, com generosidade. Marco pegou um; era cheio de frutas açucaradas. Marco, devido à culinária da mãe, raramente se interessava por comida. Mas aquilo era delicioso. Noë observou-o com prazer, enquanto ele tornava a pôr a mão na cesta para pegar outro pastelzinho. — Temos três cozinheiras — disse Noë —, mas é a minha mãe quem dirige. Somos todos gordos — disse ele, batendo na barriga enxuta. — Meu pai está nas mãos de todos os médicos de Roma. Sofre de má digestão. Minha mãe diz que ele tem um estômago de gentio.

Noë não era bonito. Tinha apenas um aspecto agradável, feliz e alerta, com um perfil muito alongado. Os olhos eram brandos como os de uma menina, com pestanas cerradas. A boca era expressiva, sempre mudando, e o cabelo, a despeito de ser cortado rente, era grosso e crespo. As orelhas, infelizmente, eram muito grandes e salientes. Ninguém caçoava delas, pois ele mesmo zombava disso. Tinha a pele muito branca, o que acentuava os cabelos e olhos escuros.

Ele sentou-se ao lado de Marco e juntos examinaram os cantos da cesta, até não restar sequer uma migalha. Marco, de repente, se deu conta de que se sentia à vontade, como nunca se sentira com nenhum de seus colegas. Ficou espantado quando se pilhou rindo; não com relutância, mas francamente. Pois Noë sabia modificar sua voz, passando do tom agudo de uma mulher histérica aos tons mais graves de um homem adulto. Ele usava a voz como um músico usa seu instrumento. Falou sobre a peça que estava dirigindo, de Aristófanes, de que Filo não gostava. Marco era um dos poucos que recusara ter um papel na peça.

— Por quê? — perguntou Noë.

— Eu me sentiria um tolo — disse Marco.

— Mas nem sempre a tolice é tola — disse Noë, com sabedoria. Ele olhou para dentro da cesta de comida de Marco; e depois, depressa mas educadamente, recolocou o guardanapo grosseiro. — Ouvi dizer que você resolveu estudar Direito. Como é então que você vai encarar os juízes, os tribunais, se tem medo de se levantar e falar? Um bom advogado é sempre um ator.

— Eu estava pensando na jurisprudência — disse Marco.

Noë recostou-se no banco e examinou Marco, com olhar crítico. As roupas de Noë eram do linho mais fino, suas sandálias lindamente ornamentadas. Usava um grande anel de ametista, rodeado de pequenas esmeraldas, no comprido indicador da mão direita. Ele apontou o dedo para Marco.

— Você? Um pobre funcionário legal, aconselhando juízes gordos que roncam nos bancos, depois de suas refeições mais gordas ainda? Ridículo. Você tem a cara e o porte de um ator.

Marco não sabia se devia ofender-se ou ficar lisonjeado. Noë disse depressa:

— Não é que você seja escandaloso ou tenha presença de palco ou se pareça com um ator se pavoneando, cheio de gestos e gorgolejos atraentes e apelo às senhoras. São os seus olhos, sua voz, especialmente os seus olhos. São muito estranhos, muito arrebatadores. E, quando você fala, é com autoridade e eloqüência.

— Eu? — disse Marco, assombrado.

Novamente Noë apontou para ele.

— Você — afirmou. — Já o observei. Sou um ator de alguns recursos, e é o que serei, embora meu pai bata no peito e ameace levar-nos de volta para a Judéia, onde deverei deixar crescer a barba e só estudar a palavra de Deus e casar com uma moça judia e gorda e ter dez filhos, todos rabinos. Vou produzir peças; também escrevo peças. Meus dotes não são de se desprezar. Um ator sincero, como você, meu sério Marco, vale mais que rubis.

Marco, tornando a corar, pensou em tudo aquilo.

— Você consegue fazer com que o filósofo mais maçante soe como pérolas de sabedoria — disse Noë. — Sei que a *República* de Platão é uma tolice total, e mais tarde lhe direi por que acho isso. Não obstante, na semana passada, quando você falou sobre ela, chegou quase a convencer-me. Você acreditava no que estava dizendo, mesmo que Aristóteles tivesse toda a razão, a respeito de Platão. A sua voz é muito melhor do que a minha. Você é convincente. Eu não passo de um comediante, embora agora esteja me interessando por peças mais sérias, como a *Antígona*, de Sófocles. É um absurdo que os romanos só permitam que prostitutas apareçam em cena. Mas, voltando a você, Marco: você convenceria até Filo de que ele é um tolo, se tentasse, ainda que eu, de vez em quando, lamente a sua modéstia e acanhamento quando se levanta para recitar.

Ele se mostrava tão bondoso e sério, que Marco sabia que falava sem maldade.

68   *Taylor Caldwell*

— Você não se dá o devido valor — disse Noë. — Na certa, teve experiências infelizes. Seu pai o espanca muito?

— Meu pai? — exclamou Marco, pensando naquele pai querido e delicado. — É o melhor dos homens. Nunca fui espancado na vida, senão uma vez, e isso foi por Filo.

— Já ouvi essa história — disse o outro, apertando os lábios. — Você foi muito admirado por sua resistência, mas considerado burro, nas circunstâncias. Esse Lúcio deve ser um canalha. Sinto que ele não esteja mais aqui. Eu faria dele o bobo da escola. Meu pai conhece bem a família dele; o pai de Lúcio está tentando reaver uma fortuna perdida há muito, mas ele não é um homem astuto. Já vi o seu Lúcio, a distância. Reconheço a beleza dele, mas ainda assim, deve ser um canalha.

— Estou contente porque nunca mais o verei — disse Marco. — Ele não tem honra nem princípios. Não é um verdadeiro romano, embora seja considerado um patrício.

— A maçã — disse Noë — é uma fruta nobre, mas quando podre, não passa de uma maçã podre. Vamos considerar as famílias patrícias. Entram em decadência quando perdem suas fortunas, ou perdem suas fortunas quando entram em decadência? Meu pai acredita nesta hipótese, e concordo com ele. Ele tem a mão dura e eu sou seu filho único, objeto de suas orações constantes. Eu o amo, portanto, não o aborreço muitas vezes. Além disso, sou seu herdeiro e precisarei de dinheiro para as minhas peças. Mas ele sentirá orgulho quando a vir encenadas no teatro? Não. — Noë bateu a palma da mão na mesa e apertou os olhos, com tristeza.

— Tenho um irmão, chamado Quinto — disse Marco, sem saber que seus olhos podiam mudar tão brilhantemente do oliva claro ao cinza ardente, por amor.

Noë emocionou-se em seu coração volátil.

— Estou vendo que aqui não temos um Caim e Abel — disse ele.

— Caim e Abel? — perguntou Marco.

Noë lhe contou sobre Adão e Eva e seus filhos, e Marco, prestando atenção, moveu-se ansioso para a beirada do banco, movendo a cabeça repetidamente. A história o empolgou. Por fim, ele disse:

— Conte sobre o seu Messias.

— Ah! — disse Noë. — Nós o esperamos a qualquer momento, pois todos os portentos não estão presentes, para a vinda Dele? Meu pai reza para que ele chegue ao amanhecer... e os judeus se levantam ainda mais cedo do que os romanos, um costume bárbaro —, e ao meio-dia e à noite. Ele livrará Israel de seus pecados, dizem os rabinos, e será uma luz para os gentios. Mas o meu pai e os amigos dele acreditam que Ele dará a Israel o domínio sobre a terra, inclusive Roma e todas as suas legiões, sem falar nos hindus, gregos, espanhóis, bretões, gauleses e outras tribos e nações menores.

— Um país tão pequeno? — disse Marco, sentindo a surpresa incrédula do romano.

— Uma pérola, por pequena que seja, é mais valiosa do que um punhado do vidro mais polido — disse Noë, sentindo o orgulho de judeu. Mas seu espírito irrequieto largou o assunto. Ele pegou na orla púrpura da túnica de Marco. — Você ainda não é homem — disse ele —, embora tenha a mente de um homem.

— Em breve serei investido — disse Marco. — Já tenho quase 14 anos.

Quando Marco comunicou à família que desejava, quando ingressasse na idade adulta, tomar Palas Atenéia como padroeira, em vez da Minerva romana, Arquias riu disfarçadamente, Túlio sorriu com prazer, o avô trovejou, horrorizado, e Hélvia disse:

— Ele já está com 14 anos e, portanto, não é mais criança e deve tomar suas próprias decisões. Mas, certamente, está apresentando aquela preferência decadente pelas coisas gregas, que é escandalosa. Mas ele terá de viver com esse escândalo. Que importa um nome? Palas Atenéia é o mesmo que Minerva.

— Você é incongruente! — exclamou o avô. — Primeiro fala de escândalo; depois diz "o que importa o nome?". Considero os nomes sagrados.

— Minerva é mais musculosa do que Palas Atenéia — disse Hélvia, sem se perturbar. — Possui mais atributos masculinos. Não obstante, Marco tem de fazer o que deseja.

— A que degeneração caiu Roma! — disse o avô. — No meu tempo, o pai tinha poder de vida e morte sobre os filhos, conforme inscritos nas Doze Tábuas da Lei. Hoje, porém, os filhos, mal são desmamados, têm a pretensão de comunicar suas sábias decisões aos pais. Quando as crianças decaem...

— A nação decai — disse Hélvia, com paciência. — Ouvimos isso diariamente, não? Marco, você deseja que seja Palas Atenéia?

— Não se causar tanta infelicidade — disse o menino, que não gostava de ver o avô ficar de cara roxa.

— Não estou infeliz — disse Hélvia. O preceptor grego, sendo grego, não foi consultado. Hélvia levantou a mão da sua roda de fiar, que estava quase sempre usando diligentemente, para alisar os cabelos encaracolados do filho mais velho.

Taylor Caldwell

— Palas Atenéia — disse Quinto, o dedicado. O avô deu um leve sopapo nele. Hélvia mandou que ele fosse para a cama, pois já estava escuro. Marco empurrou o ombro dele, carinhosamente, e o preceptor grego ousou pensar que Quinto não era completamente tapado. Túlio fez-lhe um afago disfarçado, mas muito timidamente. Ele continuava com medo de todas a crianças, menos de Marco, que já não era mais criança.

Surgiu então a discussão sobre os sacrifícios a serem oferecidos na ocasião em que Marco assumisse a toga da virilidade, a roupa de homem. Ainda faltava um ano e seria na Liberália, festival de Líber, 16 das Calendas de abril. No entanto, todos os preparativos levavam tempo para serem planejados. Foram feitas listas de amigos e parentes distantes, a serem convidados. Hélvia tinha de escolher o linho para tecer a toga que — como Túlio era cavaleiro e, portanto, possuía obrigatoriamente 400 mil sestércios — seria roxa, listrada de vermelho e drapeada no ombro direito. Essa toga seria da máxima importância e necessitaria de cuidado na escolha, na costura e no tingir. Todas as outras peças do vestuário tinham de ser novas, como para uma noiva. Mas não, graças aos deuses, pensou Marco, com fervor, as calças de lã que minha mãe insiste em pôr em minhas pernas no inverno, obrigando-me, por vergonha, a usar uma túnica mais comprida do que os outros, para esconder a minha desonra.

Não era estranho o fato de haver mais discussões quanto aos sacrifícios a serem oferecidos aos deuses tutelares por Marco do que com relação aos convidados e à festa, que necessariamente seria frugal. Túlio, impensadamente, sugeriu quatro hecatombes, o que levou a esposa e o pai a olharem para ele fixamente, de cara fechada; como sempre, ele cedeu e resolveu-se que haveria duas, não com colares de ouro, mas de prata. No grande dia, Marco tiraria a sua *bulla* e seria oficialmente chamado pelo nome, Marco, embora fosse assim chamado desde que nascera. Seu nome seria inscrito nos registros públicos. Como aquele era o dia em que todos os rapazes mais ou menos da idade de Marco passariam à adolescência (estágio que perduraria até o 30° ano), tratava-se de uma festa nacional. As sacerdotisas de Baco ofereceriam bolos de mel branco ao deus, em nome dos novos rapazes, e o deus não aceitaria nenhum outro nessa ocasião importante. Uma procissão extensa acompanharia os jovens ao Fórum, onde seriam apresentados ritualmente aos seus conterrâneos e à Roma. Velhas e donzelas, com a cabeça envolta em mirtilo, cantariam louvores, e os rapazes, daí em diante, seriam conhecidos como cidadãos de sua pátria, com a responsabilidade de romanos. Depois voltariam aos seus lares e haveria uma festa, na qual se permitiria que eles se embriagassem. Marco duvidava que alguém fosse se

UM PILAR DE FERRO 71

embriagar, por causa da frugalidade de sua mãe. Ele teria sorte se conseguisse beber dois cálices do vinho precioso, que estivera envelhecendo justamente para aquele dia.

— Então será como um *Bar Mitzvah* — disse Noë ao amigo. — Mas o meu foi aos treze anos. — Ele fez uma mímica de avareza. — Vai ganhar muitos presentes?

— Não dos Hélvios. Nem do meu avô, que controla cada sestércio, mas que, provavelmente, vai investir em alguns títulos para mim, que serão guardados no banco dele até eu realmente atingir a idade da razão. Do contrário — disse Marco — eu certamente os esbanjaria em orgias e loucuras. — Ele sorriu. — Do meu pai vou ganhar um belo anel; já escolhi as pedras e será feito por um dos seus conterrâneos. Isso provocará acusações de extravagância contra o meu pobre pai. Quinto vem economizando sua mesada há três anos e está fazendo um grande mistério sobre o presente dele. E, como os convidados em geral copiam os presentes da família no preço, é certo que receberei presentes muito úteis, mas muito sem graça e não muito caros, dos amigos da família. Minha mãe? Como o meu avô, ela se separará de alguns títulos, pondo-os em meu nome, e depois os roubará, provavelmente até eu também ser pai. Arquias me dará livros raros.

— E a festa? — perguntou Noë, fascinado com essa visão da vida romana.

— Saudável — disse Marco. — Isto é, não será chamado doceiro algum para contribuir com seu talento. Com certeza haverá um boi assado, ou um touro, mas não recentemente morto por um gladiador na arena, conforme será murmurado pelos descontentes. Haverá bastante pão, assado em fôrmas apropriadas, cuja natureza não lhe direi, com medo de vexar seus ouvidos de judeu, muitas verduras sem molho, talvez um pouco de caça, alguns bolos assados na cozinha de minha mãe, por escravos treinados em economia, e o barril de vinho que está à espera e, se esse acabar depressa demais, o vinho da família, que é execrável.

Depois, ele disse:

— Antes de tudo isso, haverá demoradas conversas comigo, sobre o meu estado futuro.

— Lembro-me de coisa parecida antes do meu *Bar Mitzvah* — disse Noë, com tristeza. — Fiquei tão intimidado, que esperava que o dia seguinte àquele amanhecesse trovejando, e eu seria levado pela tormenta. No mínimo, o mundo estaria tremendamente mudado. Tinham sido sugeridos portentos, tinham-me olhado com caras severas. Fiquei bem surpreso ao ver que não houve trovões, nem tormentas, nem mudanças, no dia depois do meu *Bar Mitzvah*. Foi decepcionante. A vida continuou na mesma e meu pai me deu uns tabefes por minha burrice, por eu ter esquecido as palavras exatas de um dos Salmos. Portanto, será que a vida não passa de um anticlímax? Todos os nossos anos se passarão na expectativa, para não se chegar a nada senão outro amanhecer, outra lição a aprender, outra contrariedade a vencer, até que afinal chegue o dia em que seremos levados aos nossos antepassados?

O rosto expressivo mostrava melancolia e Marco sentiu-se deprimido. Ao ver isso, Noë falou:

— Mas você irá à Grécia. Não que os homens lá tenham a posição de deuses, mas pelo menos será outro país.

Ele sabia muito bem que todos os homens são iguais, mas estava com remorsos por ter deprimido Marco.

— E você será um advogado famoso, Marco — continuou ele.

— Com que objetivo? — perguntou Marco, que estava sentindo a angústia tenebrosa da adolescência.

Não para satisfazer ao espírito, pensou Noë. Mas disse:

— É muito importante ser um homem da lei, pois a justiça não é tudo, o mais nobre atributo de Deus?

— Não me venha com sermões — disse Marco. Os dois rapazes estavam sentados sozinhos na academia, como ficavam muitas vezes. — O que sua mãe colocou na cesta hoje? — Eles se esqueceram das terríveis previsões da idade adulta ao explorarem as delícias da cesta e apreciá-las.

Noë começou a instruir Marco sobre a religião dos judeus, não porque o quisesse, sendo um rapaz irreverente, mas porque Marco estava sempre perguntando.

— Ainda havemos de lhe fazer a circuncisão — disse Noë.

Marco, porém, falou:

— Só existe um Deus, e Ele é o Deus de todos os homens, e não apenas dos judeus. Ele não fez a mim, assim como fez você? Ele mora em nossos corações. Repita para mim as profecias do Mestre e a Sua vinda. Não me farto de ouvir.

Noë estava desconcertado. Não acreditava verdadeiramente, com todo o fervor, na fé de seus antepassados e achava o Messias profetizado uma esperança patética e triste de seu povo, que nunca seria realizada. Mas contou a Marco tudo o que sabia, pois era boa pessoa, e aplicou-se aos seus livros sagrados — para alegria do pai, inocente —, a fim de dar mais informações a Marco e iluminar aquele rosto que era sério demais para uma criatura tão jovem.

— "Uma Virgem dará à luz um Filho" — repetia Marco, sabendo que essa Virgem não era Minerva nem sua correspondente grega, Palas Atenéia, nem Diana nem Ártemis. — "E Ele se chamará Emanuel, pois Ele livrará o Seu povo de seus pecados!"

Ele pensava sobre a Virgem e não sabia por que, e se perguntava se ela já estaria entre os vivos, talvez uma jovem como ele. Um dia, num templo, foi ao altar do Deus Desconhecido, onde depositou uma braçada de lírios, e disse: "É para a Sua Mãe." Os fiéis em volta olharam para ele com estranheza, pois carregavam seus sacrifícios vivos aos vários sacerdotes.

Com Noë ele aprendeu o hebraico dos judeus, a língua dos homens sábios, que era uma língua vigorosa como o latim.

Capítulo VII

Como sempre, a família foi passar o verão na ilha perto de Arpino, onde o ar era puro e fresco, ao contrário dos ventos tenebrosos e abafados de Roma. Lá, entre os carvalhos sagrados, choupos, ciprestes e caminhos arborizados, Marco passeava sozinho, ou com o pai, ou com o preceptor. Lá começou a escrever sua primeira poesia de verdade e desesperava-se, ao pensar que nunca exprimiria em palavras a cor do céu, o som das águas, o emaranhado verde das folhagens, a fragrância da grama e das flores. Em seu coração havia tumultos imensos, pensamentos vastos e explosivos em sua mente dolorosamente para ele, tornavam-se banais no pergaminho e no bloco de escrever. Seria possível, pensou ele certa vez, que aquilo que se ama com tanto carinho e paixão esteja além das palavras, das expressões? A prosa dele, dizia-lhe Arquias, com sinceridade, era ainda melhor do que a sua, e mais eloqüente.

— Contente-se com isso — dizia ele. — Mas divirta-se com a sua poesia, pois a poesia é natural ao espírito jovem.

Arquias pegava uma pena e habilmente substituía uma palavra por outra, cantante, e Marco olhava com inveja e prazer.

— Só a poesia é imortal — disse Marco.

Arquias sacudiu a cabeça.

— O pensamento é imortal. Veja o homem, Marco, e observe como ele é frágil. Não tem escamas como o peixe, para se proteger, nem asas com que fugir do perigo; não tem um couro como o elefante para protegê-lo das mordidas e espinhos; não tem garras nem presas como o tigre, nem é terrível como o leão. Não é tão ágil quanto o macaco nem tão esperto quanto a raposa. Não é dotado de uma carapaça como o inseto. Não pode viver sem

74   *Taylor Caldwell*

um abrigo nem sobreviver muito tempo sem alimento, como fazem o urso e os outros animais que hibernam. Não sabe nadar muito longe nem por períodos prolongados. É presa da mosca venenosa e de muitos animais. Em todos os sentidos, é menos do que as feras, se pensamos apenas em sua carne e sua vida.

"No entanto, mesmo vulnerável como é, e fraco e frágil como a grama e tenro como a erva, o homem é grande! Ele pensa. O lobo pensa do mesmo modo que o homem pensa? O corvo pode construir um Partenon? A baleia pode conceber a idéia de Deus? A serpente é mais sábia, ouvi dizer, mas a serpente algum dia já ergueu um monumento à verdade e beleza? Sócrates, feio como era, não é mais poderoso do que a mais nobre das montanhas? Aristóteles não é maior do que o mundo físico e todas as criaturas nele? O bebê mais fraco não tem um valor maior, porque é um homem em potencial, do que um bosque das mais altas árvores? É porque o homem sabe pensar, e de seu pensamento criar o céu e o inferno, e se pôr ao lado dos deuses e dizer: 'Tenho mente, portanto, sou um de vocês.'"

Ele tocou no braço de Marco.

— O pensamento vem de muitas formas, assim como a vida aparece sob várias formas, e quem dirá qual a forma mais maravilhosa? Existem Homeros e Platões, há Fídias e Arquimedes. Seja grato por poder dominar a prosa, por ter uma voz eloqüente que consegue que até a Sra. Hélvia se separe de um sestércio a mais... e eu fico a admirar.

— Eu gostaria de escrever poesia como Homero — disse Marco.

— Então escreva poesia para seu próprio prazer — sugeriu Arquias.

— Eu não disse que a poesia é má. Já escrevi pior e alguma foi até aclamada. Mas o seu destino está em outra coisa.

Ele continuou:

— Há muito tempo venho querendo dar-lhe o conselho tão necessário a um rapaz na adolescência e que lhe servirá bem a vida toda. O homem, como você sabe, é um animal que gosta de catalogar. É uma criatura de razão e racionalidade, se cultiva esses dons. Cuidado, Marco, com o homem ardoroso e entusiasta, pois ele perdeu sua razão e racionalidade! É pouco mais do que o cão exuberante que corre e late a qualquer ruído e se empolga com todas as coisas. O homem verdadeiramente civilizado é imune a exclamações passageiras, novidades e modas do pensamento, atos, ou a palavra escrita ou falada, e tempestades emotivas. Não seja ardoroso, Marco! Seja moderado. Cultive a contemplação. Seja reverente diante das sabedorias e tradições colhidas com tanto trabalho quanto os cereais, através dos séculos.

UM PILAR DE FERRO

"O verdadeiro homem não se mistura com a clamorosa ralé do mercado, que está constantemente aclamando e, no momento seguinte, denunciando. O homem da rua nunca pode merecer confiança. Pense nos nobres e bondosos Gracos, com quem nunca estive de acordo. Não obstante, foram boas pessoas e deram todo o seu ânimo e seu coração ao povo. A própria ralé que eles desejaram elevar e erguer à altura de verdadeiros homens destruí-os na raiva e paixões febris, tão típicas do homem comum.

"Mas tenha igualmente cuidado com o homem das colunatas, que merece tão pouca confiança quanto o seu camarada das ruas. O primeiro é como uma pedra, preso só em seus pensamentos que, não tendo contato com a realidade, tornam-se perigosos. O segundo é como uma tempestade sem mente, feroz e incontrolável, arrancando florestas e afogando tudo em maremotos. O homem das colunatas crê que os homens são pensamento puro; esquece que são também animais com instintos e paixões animais. Nada em excesso. A Liga Jônica levou o luxo à Grécia, mas também sua destruição, pois então a Grécia tinha o lazer para cultivar o corpo — ídolo do homem vulgar e comum — que acha que o significado do homem reside na beleza física, força, atletismo, esporte, festas. Não há nada de errado em cultivar o corpo, contanto que esteja um passo atrás do cultivo da mente e sempre obediente à vontade.

"A Grécia, porém, tornou-se igual a uma mulher com um espelho, ou um homem vangloriando-se de seus músculos. Vejo esses sintomas de decadência também na República Romana. Roma admira sua imagem conforme vista aos olhos dos povos submetidos e se enamora de seu poder. Como a Grécia, ela será subjugada por uma raça mais forte, e todo o seu esplendor será sepultado em seu próprio esterco luxuriante."

Ele pegou um ramo com folhas e estendeu-o delicadamente sobre o polegar.

— Equilíbrio — disse ele. — É a lei da natureza. Aquele que o perturbar que se cuide. Cairá ao chão. O pedante e o homem comum são os perturbadores das balanças; o primeiro sem corpo, o segundo sem alma.

Atendendo ao seu dever, o avô procurou Marco num dia quente e dourado, enquanto ele passeava à margem do rio, compondo mentalmente poesias ardentes.

— Chegou a hora — disse o avô — de exprimir em breves palavras as coisas que um rapaz deve saber.

Marco, intimamente, descontou a brevidade das palavras do avô e sentou-se numa pedra lisa, depois de ter, polidamente, colocado seu manto sobre a grama para o velho. Mas o avô sacudiu a cabeça, mencionando o reumatismo, e apoiou-se no bastão que passara a usar recentemente. Afagou a barba, que quase não estava grisalha, e contemplou o neto com olhos brilhantes e jovens. Sua túnica comprida — não usava toga no campo — moldava-se contra os membros fortes e heróicos e o tórax largo. Ele examinou Marco, a testa lisa do rapaz, os olhos grandes e variáveis sob as sobrancelhas espessas e escuras. O belo nariz com as narinas marcadas, a boca séria e quase bela, a linha firme do queixo e pescoço, e os longos cabelos castanhos que se encaracolavam sob as orelhas. O que viu agradou-lhe e o tornou orgulhoso, mas ele manteve severo o seu rosto de Cincinato. Nunca se deve deixar que os jovens percebam a nossa aprovação.

Marco sorriu para o avô e esperou. Depois olhou para o rio, que estava com todos os tons de verde, correndo sob a sombra das árvores, e para a ponte distante que levava a Arpino, vermelha, branca e dourada no flanco do morro.

— O homem — disse o avô — é conhecido por seu caráter, pela essência de sua virilidade dada por Deus. Se ele honrar essa virilidade, e a dos outros, será justo, valente, patriota, de confiança, forte, inflexível no direito. Ele deve à virilidade ser sadio de corpo, prudente, cheio de resistência, honesto, orgulhoso de si, destemido, digno de seus antepassados e sua história, paciente na adversidade, intolerante diante da tibieza de caráter, parcimonioso, ascético, frugal, corajoso. Deve ser honesto, pois ser desonesto é diminuir seu *status* como homem. O covarde é mais temível do que o mau e, por parte dos governos, ainda é mais temido do que o traidor. Cuidado com a mente mendicante, a alma dependente. Elas destroem impérios. Com o tempo — disse o avô, com um pesar amargo — hão de destruir Roma, como destruíram outras nações. Não têm honra; não têm patriotismo; não têm virilidade.

— Sim — disse Marco, sério como o avô desejava.

O avô virou a cabeça e olhou para o céu, o rio e a terra, mas mentalmente estava vendo algo doloroso.

— Na nossa história — disse ele — houve ocasiões de perigo em que precisamos de rapidez de ação, rapidez de pensamento, sem empecilhos da lei no momento premente. Assim, nomeamos ditadores. Mas, na época, éramos sábios. Ao nomearmos os ditadores, afastávamos deles a tentação, negando-lhes honrarias, o luxo e os prazeres, e até mesmo os acessórios decentes da vida. Proibíamos que montassem a cavalo e até que possuíssem um. Precisávamos da vontade superior deles para a ação, sua rapidez, sua mente, sua coragem indomável. Não precisávamos, porém, do poder

UM PILAR DE FERRO

desejado por todos os homens, o poder sobre o destino dos pensamentos e das vidas dos homens, a não ser naquela hora. Depois que eles faziam o que tinham de fazer, tirávamos deles todo o poder, transformando-os novamente em homens simples e sem presunção.

"Mas o dia do ditador é quase chegado novamente, não o ditador de antigamente, mas o ditador que deseja um poder ilimitado, o poder prolongado sobre Roma. Roma não é mais o que era. Aproxima-se rapidamente o dia em que Roma não será dirigida pela classe média moderada e sim pelos ricos, que presidirão sobre barrigas queixosas e sem fundo e os escravos. Cada qual serve o outro, satisfaz o apetite do outro, numa simbiose perversa. Pelos votos da ralé, os poderosos trairão Roma. Embora Mário tenha recentemente repelido as hordas de invasores germânicos, não acabamos com a turbulência; e a turbulência é o clima em que florescem os tiranos. Portanto, temo pela minha pátria.

"Já vi uma Roma nobre, uma nação de homens livres. Mas você, meu neto, verá tempos terríveis, pois Roma decaiu no espírito e há aves ferozes que devoram carniça pousadas neste momento sobre os nossos muros, entre as paredes das casas dos ricos, nos becos e ruelas apinhadas de nossa cidade. É seu dever, no limiar de sua virilidade, repelir o inimigo, assim como Mário repeliu os germanos. Se muitos de vocês fizerem isso, resolutos, valentes e com honra, Roma ainda poderá ser salva, embora seja tarde e o verdadeiro patriotismo apodreça até sob os nossos estandartes marciais. Você tem coragem, Marco?

A princípio, Marco ouviu o avô com uma indulgência juvenil, lembrando-se de sua idade e sermões, os quais ouvia sem cessar. Mas, então, sua mente foi cativada e pegou fogo; seu coração batia apressado.

— Creio que sim, avô. Espero que sim.

O avô examinou-o com uma intensidade profunda e apaixonada. Depois, assentiu com a cabeça.

— Acredito que sim. Eu o venho observando, nesses dois últimos anos, porque em você e na sua geração está a minha esperança. Quando você encontrar os homens perversos, e com certeza encontrará, deve dizer-lhes: "Cá estou e cá está Roma. Vocês não passarão!" Você olhará para as caras e os monumentos de sua pátria e se lembrará do que significam. Olhará para as inscrições em nossos nobres edifícios e para os arcos de nossos templos. É esta a herança que eu lhe deixo. Você nunca deverá nos trair, nem por medo, nem por uma mulher, nem por lucro, nem por honras e poderes. Esta é Roma. Lembre-se sempre de que um dia bastaram três homens heróicos para salvá-la. Fique na ponte com Horácio e jure por nossos deuses e pelo nome de Roma que ninguém alcançará o seu coração para fazê-lo parar. Você é um só, mas é um. E lembre-se, acima de tudo, que nunca houve um governo que não fosse mentiroso, ladrão e malfeitor.* Quando o poder reside só no povo e seu governo é restrito, então esse povo floresce e nenhum homem perverso pode conquistá-lo.

Ele levantou as mãos e seus olhos brilharam, cheios de lágrimas. Então, abruptamente, virou-se e afastou-se com seu andar juvenil e alongado. Marco ficou olhando-o afastar-se. Depois levantou-se, ergueu a mão e jurou que nunca, enquanto vivesse, ele se esqueceria das palavras do avô e que nunca, enquanto vivesse, se esqueceria de que era um romano.

Naquela noite, Marco estava sentado com Túlio, na acolhedora biblioteca de campo do pai, pequena e quente, iluminada pelo lampião, com o cheiro de pergaminho e velino em volta deles e a fragrância doce da terra escura e da água entrando pelas janelas abertas. Ali Marco passara algumas das horas mais felizes de sua infância. Mas agora, olhando para o rosto delicado e abatido do pai, viu que a felicidade daqueles anos estava-se acabando e que ele nunca mais conheceria sua inocência, simplicidade e confiança.

Túlio já não tinha mais nem a força de seus anos da mocidade. Sofrera vários acessos de malária. Seus bondosos olhos castanhos estavam encovados, suas narinas, salientes. Os ossos do rosto estavam saltados e quentes sob a pele repuxada. Sua mão tremia, ao servir o vinho para si e para o filho. Os pés, nas sandálias abertas, eram nodosos e esqueléticos. Os cabelos castanhos e bonitos tinham ficado ralos e grisalhos nas têmporas. A túnica comprida parecia estar pendurada em tábuas.

Marco espichou-se na cadeira, o cálice na mão, e disse, com medo da resposta:

— Félon é um médico do interior. Por que não consultou os médicos de Roma, meu pai?

Túlio vacilou. Como e com que palavras um homem podia dizer ao filho que estava cansado de viver? Que palavras eram essas para despejar num ouvido que só ouvia o canto da juventude e a Circe de um futuro dourado? Quisera, pensou Túlio, poder dizer-lhe, em verdade: trabalhei muito e com afinco e minha vida foi difícil, com trabalhos e preocupações, e agora desejo o repouso. Mas isso seria mentir. Levei uma vida serena com meus livros e meus pensamentos, amei minha querida terra natal, a água e tudo o que me cerca. Não conheci tumultos, nem sofrimento, nem o

---

*Thoreau fazia essa citação freqüentemente.

verdadeiro desespero, nem angústia de corpo ou de espírito. Vivi na paz de uma baía tranqüila, num sol moderado, e nenhuma tempestade jamais me açoitou nem destruiu meu lampião ou apagou a minha luz. No entanto... estou cansado da vida.

Túlio disse, acalmando-o:

— Consultei os médicos de Roma. Estou com malária. Os acessos são muito debilitantes. Não fique triste. Já os tive muitas vezes.

Marco levou o vinho aos lábios e achou-o amargo como a morte. Por mais que tenhamos conversado, pensou o rapaz, nunca dissemos as coisas que estão mais perto de nossos pensamentos.

Anos depois, lembrando-se daquela noite, ele escreveu a um amigo: "O homem vive num isolamento terrível, preso por sua carne, sem poder mover sua língua de carne para pronunciar as palavras que estão em seu coração, sem poder mostrar aquele coração de carne a ninguém, nem ao pai nem ao filho nem ao irmão nem à esposa. É essa a tragédia do homem, que ele vive solitário, do momento de seu nascimento até à hora em que jaz sobre sua pira funerária."

Então Túlio, que não sabia o que dizer ao filho naquela noite, pensou de repente: Estou cansado, querendo Deus! A idéia inundou-o não de melancolia, mas de uma espécie de alegria exultante, um tanto triste, porém compreendendo tudo. Amei demais a beleza, pensou ele. Estive absorto em Deus desde a minha infância e por isso não pude ter um prazer real do mundo, pois estava sempre em discordância com o que eu compreendia espiritualmente e, portanto, me retirei dele. Agora estou cansado dos dias e horas passados longe de meu lar.

Seu rosto pálido e abatido encheu-se de um brilho e, vendo isso, Marco teve medo outra vez. Era como se o pai tivesse se afastado dele, para um lugar aonde ele ainda não podia acompanhá-lo e que não podia compreender.

— Falemos sobre você, meu querido Marco — disse Túlio e sua voz estava novamente jovem e entusiasmada. — Pois o que devo dizer-lhe agora é a única certeza que você jamais terá, a única segurança. Você terá deveres no mundo, mas o seu primeiro dever é para com Deus. Para isso Ele o criou, para conhecê-Lo, para servi-Lo acima de todos os outros na sua vida e para se unir a Ele para sempre depois da morte. O mundo é mesmo uma ilusão, pois nenhum homem o vê como o vê outro homem. A realidade do outro não é a sua, nem a sua a dele. Haverá quem lhe diga: "A política é o mais importante, pois o homem é um animal político." Outros dirão: "O poder é a força impulsiva de todos os homens, portanto, para ser importante, procure o poder." Outros ainda dirão: "O dinheiro é a medida da humanidade, pois somente um pobre coitado sem valor se contenta com a pobreza e a obscuridade." E outros ainda dirão: "O amor de seus semelhantes é tudo que é preciso, portanto, procure ser querido." Essas são as realidades deles. Podem não ser as suas, nem as de milhões de seus semelhantes.

"Para o homem bom, a felicidade neste mundo não tem importância e não tem realidade. Este não é o nosso lar. Um homem bom pode encontrar a felicidade só em Deus e na contemplação Dele, mesmo neste mundo. Mesmo então, é uma felicidade temperada com a tristeza, pois a alma não pode ser realmente feliz separada de seu Deus por sua carne."

Marco inclinou-se para o pai e, sem sentir, pôs-lhe a mão no joelho ossudo. Túlio colocou os dedos sobre os do filho e apertou-os com carinho; seus olhos encheram-se de lágrimas e ele suspirou e sorriu.

— O homem deve ter um quadro de referência — disse Túlio. — Antigamente, Roma tinha um firme quadro de referência, composto de Deus, pátria e uma lei justa. Assim tornou-se forte e poderosa, sustentada pela fé, o patriotismo e a justiça.

"A mão que expulsa Deus expulsa sua alma e sem alma a nação não pode sobreviver. Temos uma República, mas a República está em declínio. As cabeças perversas dos homens intrigantes já se destacam contra o crepúsculo de nossa vida e suas espadas estão visíveis. Como disse Aristóteles: 'As repúblicas decaem, tornando-se democracias e as democracias degeneram no despotismo.' Nós nos aproximamos desse dia.

"Os homens perversos nascem em todas as gerações e é dever da nação torná-los impotentes. Quando você descobrir um homem que busca o poder para si, com ódio ou desprezo por seus semelhantes, destrua-o, Marco. Se um homem procura um cargo porque secretamente despreza o que chama de 'massas' e deseja controlá-las reduzindo-as à escravidão, com promessas de luxos que não mereceram, denuncie-o. Você tem de pensar em Roma.

Túlio estava sentado diante do filho, as mãos entrelaçadas na sua urgência, e disse, ansioso:

— Você compreende, meu filho?

— Sim — disse Marco. — O senhor já falou nisso várias vezes, mas só hoje é que compreendi plenamente. — Ele tinha vontade de se levantar e beijar o pai na face, mas já era um rapazinho. Mas não conseguiu controlar-se totalmente, de modo que pegou numa das mãos do pai e encostou os lábios nela, num gesto filial. Túlio estremeceu, fechou os olhos e rezou pelo filho.

Túlio tornou a falar de Deus.

— Embora o conhecimento de Deus traga uma alegria inefável, também traz sofrimento. Quando contemplo a beleza do mundo que Ele criou, fico cheio de tristeza, pois é impossível para mim, como homem mortal, conservar aquele primeiro momento de exultação e percepção. Sei que a beleza que vejo não passa de um reflexo de uma beleza maior e mais imortal.

"Há momentos em que a própria idéia de Deus me enche de um êxtase agudo, perto do qual o simples encantamento dos sentidos e da mente é fraco. É um êxtase contido e completo, que não precisa de mais nada que o ornamente. Está no coração como um globo de fogo, dando vida, alegria e fulgor enquanto queima e consome tudo o que é vulgar e indigno. O que é essa coisa além da imaginação dos homens, que não pode ser realmente expressa por palavras? A memória da vida, antes do nascimento, quando a alma reconhece a mão do Criador? Saudades da visão celestial, perdida há muito e chorada para sempre? Ou de uma existência do homem da qual caímos? Nesse caso, como foi grande essa queda da sabedoria!

"Reze para nunca se esquecer de que sem Deus o homem não é nada. E todos os assuntos de sua vida não têm significado e são como o pó do deserto que sopra sem destino."

De repente, ele sentiu-se exausto. Recostou-se na cadeira e adormeceu logo, num sono profundo. Marco levantou-se e cobriu o pai com um cobertor, pondo um banquinho sob seus pés e abaixando o pavio do lampião. Eu me lembrarei, pai, prometeu ele a Túlio, levantando a mão solenemente, como num juramento.

Muitos anos depois, ele escreveria: "Como posso recapturar a certeza e a sabedoria incondicionais de minha juventude? O mundo é demais para nós. Não apenas destrói a nossa juventude, como ainda destrói a nossa certeza. Não obstante, devo agir como se eu ainda as possuísse. Deus não pode pedir nada mais de nós a não ser nossa intenção, pois somos essencialmente fracos e devemos confiar Nele para tudo, até para respirar."

Na manhã seguinte, Túlio estava muito mal, e Félon aplicou suas poções e remédios.

— Ele já passou mal assim, antes — disse Hélvia. — Há de se restabelecer. — Ela largou sua roca, dispensou as criadas e disse para Marco: — Sente-se. Preciso conversar com você. Você é um rapaz muito fora desse mundo e tem de ser sensato.

Marco, obediente, sentou-se. Olhou para a mãe e viu seu rosto cor de oliva rosado como o de uma mocinha. Para ele, ela continuava jovem. Ela tem sua certeza, pensou Marco. Seus cabelos estavam enrolados e presos à cabeça, cabelos muito parecidos com os de Quinto, desgrenhados, bem crespos e escuros. Ela estava mais gorda do que quando era moça, embora ainda tivesse apenas 32 anos. O busto volumoso estava apertado dentro do *chiton* amarelo e sua cintura era grossa, sob o cinto. Ela se parece com Ceres, pensou Marco, a mãe da terra e de tudo o que cresce.

— Seu pai e seu avô conversaram com você, bem como o seu preceptor — disse ela, balançando a cabeça como se dispensasse as fantasias dos homens. — Agora está precisando da sabedoria e racionalidade de uma mulher. Os homens têm os sonhos; as mulheres têm a realidade. Ambos são necessários.

"O que é o verdadeiro homem? Já ouvi discussões a respeito disso em nossa casa e, por vezes, elas me deixaram impaciente. O que fariam esses homens se eu largasse a minha roca e a minha cozinha e ficasse sentada aos pés deles? Não teriam linho nem lã para se cobrirem e seus pratos ficariam vazios. A despeito de seus sonhos e manias de grandeza, os homens são comilões tremendos. Comem muito mais do que as mulheres e podem ficar muito briguentos por causa de um molho ou a falta de um molho; e são muito petulantes à mesa.

Marco, a despeito de sua aflição pelo pai, começou a rir. A mãe riu com ele, à vontade.

— Seu avô é todo patriota e declarou que não existe nada além disso. Mas se uma escrava faz uma costura malfeita, ele fica furioso. Seu pai só pensa em Deus, mas se um prato estiver mal cozido ele o recusa, sofrendo. Seria de supor que pensadores tão formidáveis estivessem acima dos pequenos confortos deste mundo. Mas o homem preza sua comodidade e se ofende, se ela não é atendida. Se um dia as mulheres derem para ser filósofas ou cientistas, ou artistas, e largarem de lado o tear e as frigideiras, quem é que vai reclamar mais alto, a despeito de sua admiração prévia pelos prodígios femininos? Os homens.

O bom senso da mãe aquecia o coração de Marco.

— Nós somos criaturas da terra, bem como criaturas da mente — prosseguiu Hélvia. — O avô caçoa do que chama de meu materialismo e preocupação com as coisas do dia-a-dia. Mas ele é o primeiro a reclamar se a casa não anda em ordem. O seu pai, quando éramos moços, ofereceu-me livros sobre poesia e filosofia, sem dúvida na esperança de que eu fosse uma segunda Aspásia. Mas, se as botas dele não estivessem bem forradas de pele no inverno e suas cobertas estivessem esgarçadas sem que houvesse outras, ele me olharia com reprovação. Que paciência têm as mulheres com essas criaturas infantis! Não me espanto que algumas mulheres assassinem os maridos e sim que não haja maior números delas que o façam.

Marco tornou a rir. Disse para si mesmo: "Por que nunca a apreciei de verdade, até hoje? E aceitei tudo o que ela fazia por mim como uma obrigação? Será que eu pensava que as comodidades surgiam do nada? Que mãos invisíveis teciam minhas roupas e cozinhavam minha comida?" Ele olhou em volta do aposento, cheio de utensílios de trabalho, teares, rocas, mesas de costura, agulhas e rolos de linho, lã e algodão. O quarto tinha um ar alegre e de atividade. Este, pensou Marco, é na verdade o coração da casa. Embora Hélvia não notasse o verde variável das árvores, nem se empolgasse com o trinado de um pássaro, ela movimentava a casa com propósito e presidia sobre ela como Juno, a mãe de filhos. Um mundo em que as mulheres negligenciassem seus deveres seria um mundo sem arrumação e dominado pelo caos. As mulheres eram a roda de equilíbrio da vida e, se não existisse mais esse equilíbrio, o homem voltaria à animalidade.

— Vou falar dos homens — disse Hélvia — e entre eles incluo as mulheres, pois somos parte da humanidade; e talvez a parte mais importante. Os deuses masculinos se divertem; não contamos com Vênus, que só atende às paixões do homem. A sabedoria está com as mulheres, como está com Minerva. O autocontrole está com as mulheres, como está com Diana. O cuidado dos homens e crianças cabe às mulheres, como cabe a Juno. Você há de notar que as deusas que mais se preocupam com as paixões dos homens e a satisfação dessas paixões são as deusas não-produtivas. Não contribuem em nada para a ordem da vida. São forças perturbadoras. Nunca uma mulher tomou o lugar do homem sem lançar a vida num tumulto. Há um lugar para tudo, inclusive os papéis dos homens e mulheres. Você pode notar a ordem da vida, cada coisa em seu lugar e cumprindo o seu dever. Só o homem é desordenado, com suas exigências descabidas. Gostaria de dobrar até Deus à sua vontade, se pudesse. Isso não acontece com as mulheres. As mulheres são as servas de Deus. Somos as submissas.

Marco estava abismado. De onde a mãe tirara sua sabedoria?

— A romana moderna — disse Hélvia, pegando um pedaço de linho e começando a usar sua agulha ativa — foi seduzida pelos homens até acreditar que deve tomar parte nos negócios deles. Com que resultado? A mulher moderna está tão cheia de sonhos quanto os homens. Adotou os males dos homens e suas trivialidades. Não absorveu a superioridade de alguns homens. Só absorveu sua infantilidade. Ela é exigente, insistente, vingativa, enamorada do seu corpo, que apela para o desejo. Em todos os sentidos ela se tornou escrava, não uma mulher emancipada como acredita. É um brinquedo e torna-se aborrecida, depois de sua primeira juventude, em vez de ser a Aspásia que pretendia. Depois que desaparecem a juventude e os

84 *Taylor Caldwell*

encantos, o que lhe resta? Ela não domina as artes domésticas, não sabe consolar. É uma megera que envelhece. Quando se mete na política, é um desastre. Ela corrompe e não eleva. Abandona seus filhos pelos jogos, os esportes e o mercado. Os filhos refletem sua desordem e seus crimes tolos. Não têm respeito por ela, pois ela não merece respeito. O marido a desonra, pois ela nunca foi esposa.

— Mas certamente deve haver mulheres sábias — disse Marco.

— Por certo que há mulheres sábias — disse Hélvia, cortando um fio com os dentes. — Há aquelas que, não importa onde as lance a vida, se lembram sempre de que são mulheres. Consideremos Aspásia novamente. Ela era amada por Péricles e ele a consultava porque era um sábio e precisava da sabedoria sólida de uma mulher. Ela nunca se esqueceu de que era mulher, ao contrário das mulheres modernas, que só criaram a miséria. Ela atendia a Péricles e não exigia coisas além de sua natureza. Sempre foi uma mulher. Mas quantas iguais a Aspásia existem em Roma?

— A senhora, mãe, se interessa pelos negócios e os investimentos — disse Marco.

— É verdade. Quando é que as mulheres não se interessaram pelo dinheiro? Isso não significa invadir os interesses dos homens, que muitas vezes são jogadores e imprevidentes. Os homens são dados a fantasias, até mesmo o seu avô. Eu invisto com prudência, pois sou conservadora. Prefiro um lucro pequeno e sólido a promessas de ouro dos tolos. Não foi por acaso que Aspásia era matemática. As mulheres sempre preferem os totais e os balanços. Têm o espírito ordeiro. Aspásia morreu na penúria? Não. Podemos ter certeza de que ela possuía investimentos sólidos.

"Meu filho, quando eu lhe der conselhos sobre o seu futuro, você fará bem em me escutar. O verdadeiro homem é conhecido pelo controle de seus apetites. Caracteriza-se pela dedicação à família e aos negócios da família, não se enraivece com facilidade, preza o dinheiro porque representa trabalho e dá valor a quem o possui, rejeita todas as coisas que refletem mal sobre sua pátria, seu Deus e sua família. Tem uma paciência e uma calma infinitas, e sempre leva as coisas a um termo satisfatório, bom para si e sua família. É um bom administrador, cauteloso em tudo, paciente e indiferente à dor. Nunca se desilude porque nunca nutriu ilusões, fantasias falsas e sonhos improváveis. Cumpre com o seu dever. Acima de tudo, meu filho, cumpre com o seu dever, com prudência e depois de pensar muito.

Aí, ela o dispensou. Tinha de trabalhar.

Anos depois Marco escreveu: "Recebi conselhos de meu preceptor, meu avô, meu pai e minha mãe. No entanto, como as cinco pétalas de uma rosa

UM PILAR DE FERRO

silvestre perfumada, foram um só e constituíram uma flor perfeita. Em tudo o que era básico, não se chocavam. Abençoado o homem que tem um preceptor sábio, um avô severo, um pai espiritual e afetuoso e uma mãe prudente!"

Capítulo VIII

Nunca haverá um lugar tão querido de meu coração quanto esta ilha, pensou Marco, parado na margem do rio, contemplando o panorama distante e iluminado dos montes.

Ao crepúsculo, ele olhou para Arpino, que era uma linha interrompida de fulgor dourado, de um ouro brilhante, uma luz brilhante, contra a montanha de bronze reluzente em que se situava. Era o princípio do outono e todas as árvores assumiam um tom de vermelho ardente ou ouro ou cobre; os rios eram de um azul resplandecente. As águas gorgolejavam agitadas ou murmuravam de encontro à margem em que estava Marco. Os pássaros conversavam; o vento estava gentil com o capim bronzeado, com os frutos amadurecendo e com os cereais viçosos. Uma névoa azulada envolvia as árvores e as águas distantes. Uma garça parou, com suas pernas compridas, para olhar o rapaz, e depois pescou na água. Três gralhas, conversando alegremente, riram-se num galho. Uma vaca mugiu; uma ovelha baliu para suas crias. Em algum lugar as cabras explodiram em ruídos de alegria. Por que todas as coisas têm um riso inocente, menos o homem?, pensou Marco.

Ele viu a ponte que levava à terra firme. Ninguém jamais estivera ali, naquela ponte arqueada sobre as águas, pois a ilha era particular, de propriedade do avô dele. Mas naquele momento havia um vulto olhando para o rio veloz, o vulto de uma moça. Uma escrava da casa?, pensou Marco. Uma habitante de Arpino? Mas as moças de boa família não passeavam assim a esmo. Eram sempre acompanhadas. E as escravas da casa estavam sempre trabalhando, vigiadas por Hélvia. Aproximava-se a hora do jantar. Curioso, Marco encaminhou-se timidamente até junto do vulto, apertando os olhos contra o sol vermelho.

Chegou ao caminho que dava para a ponte. A moça, que estava encostada ao parapeito de pedra, virou-se para olhar para ele, com negligência e sem uma curiosidade aparente. Não disse nada. Marco vacilou. Devia dizer-lhe que a ponte era particular, bem como a ilha? Mas ela não se mexeu, nem pareceu encabular, nem tirou os braços dobrados de cima do parapeito. Era como se ele, e não ela, fosse o intruso.

— Saudações — disse Marco, por fim, pisando na ponte.

— Saudações — respondeu ela, na voz mais suave e límpida. Ela olhou para o rio, em seguida para a ilha, depois para Arpino. — É lindo — disse ela.

Marco aproximou-se devagar. Ela sorriu para ele, sem acanhamento. Era alta e graciosa, quase tão alta quanto ele e mais ou menos de sua idade. Estava com uma túnica verde e um pálio branco vaporoso e, por seus trajes e sandálias enfeitadas, ele viu que ela não era serviçal. Tinha um ar de segurança e uma dignidade simples. Depois, ele a fixou com mais nitidez e pensou que nunca havia visto moça tão linda. Parecia a primavera, com formas requintadas e desabrochantes. Os cabelos avermelhados caíam até bem abaixo da cintura, brunidos, ao sol poente, e ondulados como a água. Pareciam pegar fogo em volta do rosto dela, que era luminosamente pálido. Tinha olhos de um azul tão profundo que a cor transbordava, e suas pestanas eram avermelhadas como os cabelos e as sobrancelhas. O nariz era pequeno e belo como mármore, assim como o queixo e o pescoço. A boca era doce, cheia e fresca como framboesa, com uma cova profunda no lábio inferior, como se o riso o tivesse beijado.

— Eu sou Marco Túlio Cícero — disse Marco. Não conseguia afastar os olhos daquela criatura encantadora e ficou olhando-a fixamente.

A expressão dela mudou, mas apenas ligeiramente, e ela sorriu. Tinha dentes como porcelana brilhante.

— Eu sou Lívia Cúrio — disse ela. — Estou visitando uns amigos da minha família em Arpino. Esta ilha é sua, não?

— É de meu avô — disse Marco. Ficou imaginando por que a expressão da moça mudara tão sutilmente quando ele disse quem era. — Não sabia?

— Sabia — disse ela. Virou-se de perfil para ele, contemplando o rio. — Mas será que a beleza é proibida? Está ofendido por eu estar aqui?

Notava-se a altivez na voz dela.

— Não — disse Marco. O nome dela lhe dizia alguma coisa. Então lembrou-se. Quinto Cúrio, o rapaz temível, moreno, intelectual, amigo de Lúcio Sérgio Catilina, o rapaz emburrado e odioso que era inimigo de Marco só porque Lúcio era seu inimigo!

— Quinto Cúrio é seu primo, Senhorita Lívia?

A moça deu de ombros, displicente. Continuava a contemplar o rio.

— Primo distante — disse ela. — Sou noiva de Lúcio Sérgio Catilina. Parece que vocês foram colegas.

O que mais ela terá ouvido sobre mim?, pensou Marco, perturbado. Queria que a moça olhasse para ele, para vê-lo como ele era. E então pensou: Noiva!

— Lúcio também está aqui? — perguntou.

— Não. Está na Grécia, de novo. — O tom da voz dela denotava indiferença. — Vocês não se correspondem? — Ela então olhou-o bem de frente e o azul de seus olhos pareceu dançar.

— Não — disse Marco. — Somos inimigos.

Ele sabia que estava sendo brusco. Postou-se perto da moça, olhando para o rio.

— Deve saber disso, Senhorita Lívia.

— Sei, sim. Embora também saiba que Lúcio é um mentiroso. — Ela falava com calma. — Mas um mentiroso encantador. Vai casar comigo porque sou uma herdeira rica. Vamos falar de coisas mais agradáveis.

Marco ficou calado. Seria sua imaginação, ou era verdade que de repente as cores da terra e do ar se tornaram mais vívidas, alegres e quentes? Ele permitiu-se olhar para o lado. Viu os braços da moça, brancos, com covinhas, pousados sobre o parapeito arqueado. Viu as mãos bem-feitas, com os anéis e as pulseiras e as unhas pintadas. O vento levantou-lhe o véu, fazendo-o esvoaçar no rosto dele. Parecia ter um perfume natural, doce como a primavera.

— Por que vai casar com Lúcio? — perguntou ele, sabendo que estava sendo mal-educado, mas sentia certa urgência. — Diz que ele é mentiroso.

— Mas um mentiroso encantador. — Ela virou a cabeça, olhou para ele e riu-se. — E ele não é maravilhoso, fisicamente?

— Fascinante — disse Marco, secamente. — Mas exige-se algo mais de um marido.

A moça, ao olhar para ele, tinha um sorriso um pouco zombeteiro.

— Mostre-me sua ilha — disse ela, com uma súbita altivez de donzela.

— Já é pôr-do-sol — disse ele.

Ele se detestou por ser tão abrupto, mas estava pensando onde estariam os guardiães da moça e por que ela se movimentava tão livremente. Ela agora ria abertamente dele, mostrando covinhas em volta da boca.

— Ouvi dizer que você era muito circunspecto — disse ela. — Lúcio e o meu primo não costumam falar dos outros, mas falavam de você, como se os irritasse constantemente.

— Não fui educado para odiar, mas eu os odeio — disse Marco, incomodado pelo riso dela, que parecia estar dirigido a ele.

A expressão dela tornou a mudar.

— Não gosto do meu primo Quinto — disse Lívia. — É um rapaz amargo e bárbaro. Não fiquei ofendida com o que você falou. E, como você mesmo disse, Lúcio Catilina é fascinante. Além disso, meus guardiães combinaram e aprovaram o casamento. O que tenho a dizer? Troco o dinheiro por um nome importante. É uma troca justa.

Uma sensação de calamidade invadiu Marco. Teve vontade de agarrar o braço da moça e sacudi-la, dizendo que ela não devia casar-se com Lúcio. Mas ela o olhava com frieza, como se estivesse insultada.

— Mostre-me sua ilha — repetiu ela.

Antes que ele pudesse pronunciar outra palavra, ela já correra por trás dele e estava disparando pela ponte em direção à ilha, o pálio esvoaçando atrás dela como uma nuvem iluminada pelo sol. Seu espírito, suas mudanças de temperamento, suas expressões sutis aturdiram Marco. Ele a acompanhou mais devagar. Ela estava de pé junto à margem, como que impaciente com a demora dele.

— Olhe para aquela garça! — exclamou ela, mostrando com a mão o pássaro mudo e impassível. — Não tem medo de nós.

— Por que haveria de ter medo? Sabe que não a machucarei — disse Marco.

A moça ficou quieta de novo. O azul de seus olhos deteve-se no rosto pensativo de Marco. Então, quando ele julgava que a fizera compreender, ela riu-se dele alegremente, correndo da margem como um azougue. Ela quase não fazia ruído algum; parecia uma ninfa dos bosques, imprevisível, fugidia num momento, por demais aberta e livre no seguinte, quieta um instante e depois zombeteira. Marco acompanhou seus movimentos vagos e fragrantes para dentro do bosque da ilha. Ela não estava em lugar algum. Seria sonho que ele a tinha visto e falado com ela? Ele olhou em volta, pelas alamedas indistintas de choupos e carvalhos. Atrás dele as águas borbulhavam e se revelavam como uma luz azul e corrente, mas ali estava sombrio, o silêncio rompido pelas carreiras das criaturas da floresta e a queda lenta de folhas vívidas.

— Lívia? — chamou ele.

Não teve resposta. Teria aquela pequena intrigante feito um círculo, voltado à ponte e, atravessando-a, ido embora, esquecendo-se dele como uma coisa sem importância?

— Lívia? — chamou de novo, menos seguro então. Por que as trilhas da floresta agora pareciam tão vazias, tão estranhas, como nunca lhe haviam parecido antes? Por que a fragrância do outono, era mais suave e o vento, mais fresco?

Um pedaço de casca de árvore caiu bem em sua cabeça e ele soltou uma exclamação. Olhando para cima, viu Lívia empoleirada na árvore, com

UM PILAR DE FERRO

a agilidade de Quinto, rindo para ele como uma verdadeira ninfa dos bosques, seu vestido verde destacando-se contra as folhas vermelhas, seu pálio como uma névoa envolvendo-a, seu rosto lindo reluzindo de beleza.

— Você não entende das florestas — disse ela, em sua voz doce e penetrante —, do contrário, teria me encontrado logo. — Jogou outro pedaço de casca de árvore sobre ele, alegre, e depois, como Quinto, gritou: — Venha me pegar!

Marco nem parou para pensar que não ficava bem uma moça noiva comportar-se como um garoto. Já estava no primeiro galho quando percebeu. A pequena foi subindo na frente dele e ele sentiu o rosto arder ao ver de repente reveladas pernas e coxas jovens, lindamente formadas e lisas. Ela parecia estar trepando na árvore sem esforço, sem rasgar as roupas nem fazer barulhos irritados ao raspar nos gravetos ou galhos ásperos. Dali a pouco ela estava no topo da árvore, balançando-se suavemente. Ela não olhou para baixo, para o rapaz que subia. De seu poleiro, olhava para alguma cena distante e começou a cantar, numa voz suave, alguma melodia bizarra, indistinta. Marco parou no meio do caminho para olhar para cima, para ela, cheio de assombro. Nunca encontrara uma criatura tão estranha e encantadora, intocável, alheia, cheia de fantasia. Ela dava a impressão de um ser solitário, sem tomar consciência dos homens, envolta em segredo, imortal. A luz brilhava sobre seu rosto erguido e seus olhos fantasticamente azuis, e Marco, por um momento, sentiu certo receio. O véu dela, naquelas alturas livre de folhagem, voava ao vento; num segundo lhe escondendo as feições, como uma ninfa ao luar, e no seguinte revelando-as. Seus cabelos eram como um fulgor de fogo em seus ombros, peito e costas. Ela se balançava e cantava, isolada da terra, num isolamento que desafiava o rapaz, ou o separava dela.

Depois, ela olhou para ele, embaixo, e seu rosto tornou a mudar ficando solene, quase frio.

— É perigoso — disse Marco. — Para uma moça.

Ela o contemplou pensativa, como se ele falasse numa língua que ela não conhecesse, como quando escutamos a conversa de criaturas que não são da nossa espécie.

— Posso ajudá-la a descer? — perguntou ele, com medo do isolamento dela.

Ela não deu resposta. Sem qualquer esforço visível, foi descendo por entre os galhos, equilibrando-se graciosamente, descendo sem ruído, sem escorregar nem se agarrar uma única vez. Passou por, ele sem nem lançar-lhe um olhar. Deslizou do último galho ao solo com a leveza de uma folha que cai. Depois, a cabeça um pouco pendente, ficou esperando. Marco, descendo, pensou se ela estaria esperando por ele ou por alguma voz que ele nunca ouviria, ou algum chamado fora do alcance de seus ouvidos.

Depois, ele postou-se ao lado dela. Eles não se falaram, nem se encararam. Só olharam através dos arcos das árvores para a água incandescente, agora tingida de vermelho nas cristas apressadas. De repente, Marco sentiu-se invadido por uma sensação de paz e plenitude. Era raro ele fazer um gesto declarado a alguém, por causa da sua timidez e do seu respeito pelos outros. Mas ele moveu sua mão e pegou a da moça. Esperava que ela tornasse a mudar e puxasse a mão, ofendida ou rindo. Mas a mão dela ficou na dele, lisa como as folhas.

— O que você estava cantando? — perguntou Marco, numa voz tão baixa quanto conseguiu.

A pequena não disse nada.

— Era o ruído do vento na primavera — continuou Marco — ou como uma fonte, à noite, quando todos dormem?

— É a minha canção — disse a moça. Ela tornou a olhar para ele e novamente Marco ficou espantado diante do azul absoluto dos olhos dela, agora levemente escurecido pelas pestanas. — Dizem que sou uma moça muito esquisita. Não sabem de nada.

— Então eu também sou esquisito — disse Marco.

A moça sorriu para ele.

— Sim — disse ela. — Se não fosse, eu não estaria aqui com você agora. — Seu busto jovem, erguendo-se sob o vestido, arfou e tremeu. — Eles não sabem — repetiu ela. — Nunca contei a eles. Minha mãe querida teve uma doença fatal e, quando estava morrendo, meu pai enfiou o punhal no peito e morreu com ela. Eles pensam que não os vi, mas eu estava no vão da porta, ao luar. Quando meu pai estava morrendo, abraçou minha mãe, e eles morreram com os lábios juntos. E meu pai disse: "Aonde você for, minha amada, eu irei também." Nunca me esqueci. Canto a minha canção para eles, para que me ouçam nos Campos Elísios.

Marco não achou a história horripilante, mas sim infinitamente comovente. A moça disse, como se estivesse ouvindo seus pensamentos:

— Eu tinha cinco anos de idade, a minha mãe apenas vinte, e meu pai era um ano mais velho. Não chorei a morte deles; nem choro hoje. Eles não podiam suportar a idéia de se separarem. Nem mesmo os deuses puderam separá-los.

Marco pensou nos pais dele. Seria possível que, diferentes como eram em caráter, fossem uma só carne? Seria o casamento realmente sagrado, como diziam as antigas leis?

UM PILAR DE FERRO

A moça sobressaltou-o, falando numa voz diferente:

— Por que a garça não teve medo de você? São os pássaros mais tímidos que existem.

— Nunca fiz mal a nenhuma delas, nem a qualquer outra criatura — disse Marco. — Certamente, Deus também as ama. Respeito esse amor nelas.

A moça soltou a mão dele. Foi correndo na frente dele, seu pálio esvoaçando à brisa da tarde. Marco não a acompanhou. Ela correu para a margem e, em seguida, lá estava ela, sobre a ponte.

— Você virá de novo, Lívia? — gritou ele.

Mas ela não deu resposta. Desapareceu como desaparece uma ninfa e ele ficou só na floresta, para novamente se perguntar se aquele encontro breve e desconcertante realmente acontecera. Só teve certeza quando sentiu um abandono agudo, como se algo de inefavelmente belo o tivesse deixado depois de um vislumbre dos mais breves.

Ao jantar, naquela noite, ele mostrou-se incomumente calado, em companhia do avô, do pai e do irmão que o adorava, Quinto. A mãe, como cabia a uma romana antiga, não jantava com os homens. Conforme Hélvia previra, Túlio se restabelecera da doença que o levara às portas da morte.

— Alguma coisa perturbou o nosso Marco — disse ele.

— São as pontadas da juventude — disse o avô. — Como me lembro delas! Nessa idade, tudo me parecia maravilhoso e absorvente. Sim, à luz da idade, como eram comuns, na verdade!

Mas Túlio não se conformou, porque ainda tinha seus sonhos.

— Não permita que os seus sonhos morram, Marco — disse ele ao filho, em voz baixa.

Marco não conseguia entender seu curioso mal-estar e sua excitação interior. Sabia que foram provocados pela moça estranha que conhecera — se é que a encontrara mesmo. Mas o que prenunciavam, o que significavam, ele não sabia. Pensou no noivado dela com Lúcio Sérgio Catilina e sua mente recuou, incrédula. Era uma coisa descabida, fora da realidade, a não ser aceita. Um casamento entre aqueles dois seria como um casamento entre uma ninfa e um centauro malévolo. Um casamento entre uma pedra e uma flor. Um casamento entre uma dríade e um lobo. Ele largou a faca e ficou olhando para o prato, ausente.

— O que é, Marco? — perguntou Túlio.

Marco, porém, não pôde responder. Pela primeira vez na vida, não podia falar com o pai nem com ninguém. Alguma coisa estava lacrada dentro dele. Então, pensou, há momentos em que não há comunicação, nem mesmo entre os que amam. Poderia falar com Arquias, que era poeta e sábio? Não. De repente, ele pensou: não tenho certeza de nada. E passou totalmente à idade adulta.

Então Quinto, que estava sentindo seus primeiros latejos da adolescência, disse:

— Marco está amando. — E sorriu para o irmão, encantado.

— Tolice — disse o avô. — Ele não conhece moça alguma e ainda não passou pelas cerimônias da idade.

— Está amando a vida — disse Túlio, lembrando-se de sua própria juventude.

Estou amando Lívia, pensou Marco, e de repente foi dominado pelo êxtase e desolação e uma sensação de perda que em si era agradável.

Capítulo IX

As notícias de Roma eram graves e a família pensou se deveria voltar. Houve longas conversas entre o avô, o pai e o preceptor, Arquias.

— Por que Marco não se interessa pela pátria, nesta hora de crise? — perguntou o avô.

— No momento, ele está sonhando — disse Túlio, desculpando-o. Mas não sabia com que o filho sonhava. — Deixem-no em paz um pouco. — Estava magoado porque o filho não lhe fizera confidências.

Todos os dias, Marco andava pela ponte, as margens, as trilhas da floresta em que vira Lívia. Mas ela não reapareceu. Sem prestar qualquer atenção, ele escutava as conversas agitadas sobre Roma, no círculo da família; uma vez na vida, ele não se mostrou ansioso nem atento. Toda sua mente e coração, corpo e alma, estavam envolvidos com uma jovem misteriosa que ele só vira durante alguns minutos. Ele começou a escrever poesia num ritmo acelerado. Era como uma árvore nova, crescendo e absorta em si no limiar de um campo de batalha, consciente apenas do sol e do vento e do distender de seus membros e o nascer de suas folhas. Até Quinto, seu companheiro de folguedos, viu-se evitado. Vendo sua expressão sonhadora, seu ar vago e olhos ausentes, Hélvia pensou, com a sabedoria das mulheres: Meu filho está apaixonado. Por uma escrava? Ela não aprovava que um homem de família se ligasse a escravas, embora soubesse que isso era praticado em Roma. Para ela, isso era supinamente imoral e repelente e não podia ser tolerado. Mas nem toda a sua vigilância discreta lhe trouxe algum esclarecimento. Havia bonitas escravinhas de dez e doze anos e até mesmo da idade de Marco; ele nem olhava para elas.

O outono estava acabando; só ao meio-dia o sol era quente e dourado; o vento tinha um fundo frio. Marco começou a pensar que tinha sonhado com Lívia Cúrio, pois às vezes seus sonhos eram muito vívidos; e, ao despertar, tinha uma dificuldade momentânea em separar os fatos da fantasia. Um dia, lembrou-se — e acontecera ainda naquele verão —, ele estava meio adormecido no capim alto e quente, as costas contra uma árvore, enquanto Quinto rondava em volta dele, examinando, subindo, falando sozinho com seu modo exuberante de sempre, às vezes saltando no chão em cambalhotas, às vezes subindo numa grande árvore para ver um ninho de passarinho, às vezes imitando as gralhas barulhentas, às vezes apenas saltando longe ou atirando uma lança de madeira.

Então, pareceu a Marco que o sol escurecera e que homens ferozes e armados, de cara violenta, apareceram de repente da floresta e atacaram Quinto, matando-o de maneira selvagem. Marco não conseguia mover-se; ouvia os gritos de Quinto; ouvia o choque das espadas e os movimentos de inimigos terríveis. Tentava levantar-se, mas o ferro cobria sua carne, prendendo-o. Tentava gritar, mas de seus lábios não saía um único som. Então, tudo ficou em silêncio de novo e Quinto estava deitado, morto e estraçalhado, numa poça de sangue aos pés do irmão. Uma escuridão medonha cobriu os olhos de Marco. Quando conseguiu tornar a abri-los, viu Quinto agachado para saltar sobre uma rã e tudo novamente era luz e serenidade. Marco soltou um grito tremendo; levantou-se a custo, aturdido, o coração batendo feito louco, e agarrou o irmão, abraçando-o com força, para o assombro inocente de Quinto. Este ficou parado, deixando que Marco chorasse e o segurasse.

— Você estava dormindo, Marco — disse ele, por fim. — Deve ter sido um sonho terrível.

Marco deixou que ele se afastasse. Sim, fora um sonho terrível. Marco não era muito supersticioso, embora fosse bastante místico. Arquias, ainda que escarnecesse de augúrios e portentos, como indignos de um homem civilizado, ainda assim admitia que havia uma grande zona além das vistas e dos ouvidos do homem para a qual o homem era cego e surdo. De onde tinham vindo os deuses? Quem estabelecera os limites do mundo? Quem criara tudo, com sua complexa e delicada precisão? Quem criara o Direito? O homem, dizia Arquias, na verdade não sabia de nada.

— A superstição surge da falta de conhecimento — dizia Arquias. — Não obstante, milhões de coisas estarão sempre além da compreensão do homem. Dizem os cientistas que os pássaros ouvem sons e vêem cores que nós nunca veremos; os cães ouvem coisas que o ouvido embotado do homem nunca distinguirá. As estrelas estão além de nós; o que serão elas, além do que dizem os cientistas, qual deverá ser o erro deles? O homem não pode compreender Deus com seus sentidos; isso deve partir de sua alma. O pouco entendimento que o homem tem de Deus vem de algo intuitivo nele mesmo, mais profundo do que o instinto. Essa intuição é que é o agente civilizador no homem, a fonte de pilastras e colunas, pintura e música, o fundamento do Direito. Mas nós só ponderamos sobre isso, a não ser que sejamos um Aristóteles ou um Sócrates, para nossa confusão e desânimo.

Onde termina a fantasia e começa a realidade?, perguntava-se Marco, freqüentando diariamente os lugares onde tinha visto Lívia. Ele agora acreditava facilmente em ninfas da floresta, espíritos estranhos e aparições. E as vozes de Delfos? Os livros das sibilas? Havia homens intelectuais mundanos que, se não acreditavam nessas coisas, admitiam que os homens sabiam muito pouco e que era arrogância achar que a razão explica tudo e que o conhecimento total algum dia será do domínio da humanidade. Arquimedes dissera que, com uma alavanca de certas dimensões, e de pé no devido lugar, ele poderia levantar o mundo. Um dia, realmente, o homem, conforme diziam os livros antigos, voaria sobre os oceanos e os continentes, como uma ave migradora, e poderia invadir a lua. Mas o que lhe diriam essas coisas sobre as profundezas, abismos e estranhezas que viviam em sua alma e desafiavam os filósofos?

Todos os sentidos de Marco estavam acentuados naqueles dias. Ele via luzes em folhas que nem notara antes; a sensação da áspera casca da árvore em sua mão o empolgava. O grito das aves migradoras o enchiam de uma solidão alucinante. Ficava exultante ao ver as últimas flores. O rio lhe falava em tons misteriosos. Ele queria ficar só em todas as ocasiões, sentir a exultação que constantemente o invadia. Ansiava por Lívia, fantasia ou não. Era como um exilado e, no entanto, regozijava-se no exílio, sentindo uma melancolia deliciosa. Olhava para a lua e não era mais um simples satélite do mundo, como diziam os cientistas aborrecidos, porém um imenso segredo dourado em que moravam homens dourados, pronunciando palavras místicas. Aquilo estava nos ramos, na grama murcha, no telhado e nas mãos de Marco e ele tremia de alegria e tristeza. Pensava em Deus e Deus parecia mais próximo do que nunca, mais iminente, mais penetrante em tudo.

Resumindo, ele estava apaixonado. Os deuses estavam em volta dele.

Ele nunca considerava Vênus e seu filho Eros divindades dignas. Vênus era uma libertina. Eros não passava do Cupido romano. Antes Marco se aborrecia com histórias de amor. Por que os homens se deixavam dominar pela loucura, de modo que grandes homens se tornavam tolos e menos do que animais? Arquias dissera que a maior poesia vinha do coração do amor, mas Marco se mostrara incrédulo. Arquias sorrira para ele, divertido.

— Você está confundindo o amor com o desejo — dissera. — Ah, meu aluno, você aprenderá, com o tempo.

Agora Marco compreendia. Não adiantava ele se dizer que era impossível amar uma moça que ele só vira uma vez, sendo ela tão especial, fugidia e incompreensível. Mas no momento mesmo de sua racionalidade, e quando caçoava de si, ele lembrou-se do frescor e maciez da mão dela, o azul dos olhos, o fogo dos cabelos contra o sol. Um pingo de gente. Ele morreria se não a visse de novo. Uma moça estranha, risonha e indiferente, satisfeita com seu noivado com um monstro moral; não era digna de seus pensamentos. Ele morreria se não tornasse a vê-la.

— Nestes dias em que Roma está em perigo, devemos voltar — disse o velho avô e falou de Druso, que por enquanto não passava de um nome para Marco. Este vagava pela floresta, que se tornava menos cerrada. Não esperava realmente tornar a ver Lívia, mas procurava. Que cantos cantavam os rios! Que mistério eterno havia numa folha de grama! Como era tremenda a luz do sol! Que coração pulsava dentro da floresta! Como era azul o céu de outono! Que coisa era ser homem, consciente de membros jovens e firmes e um corpo jovem e mãos tenazes! Cada dia era uma maravilha. Cada passo uma exultação. Cada vista cheia de formas de beleza parcialmente percebidas. Era glorioso respirar. Era um êxtase estar vivo. Por que ele nunca sentira isso antes? Seus olhos nadavam cheios de sonhos.

Então, um dia ele tornou a encontrar Lívia. Ela estava sentada num monte de folhas vermelhas, sob um carvalho meio desfolhado, cantando baixinho e passando as mãos pelas folhas. Marco passara por aquela árvore uma porção de vezes. No entanto, lá estava Lívia, num vestido branco com um manto de lã azul sobre os ombros e um pano de seda azul esvoaçando sobre seus cabelos. Mas não eram tão azuis quanto seus olhos, que brilhavam e faiscavam em seu rosto pálido e luminoso. Ele parou e olhou para ela — parecia-lhe que toda a criação correra para aquele lugar —, prendendo a respiração, esperando; ele nunca experimentara tanto prazer, alegria e temor.

— Estive aqui todos os dias, mas você nunca me encontrou — disse Lívia, séria. — Você procurou por toda parte, mas não me viu; esqueceu-se de que eu vivo?

Marco dirigiu-se para ela lentamente.

— O que você estava procurando, sonhando e caminhando? — perguntou Lívia.

— Você — disse ele.

Ela sacudiu a cabeça, discordando.

— Mas sempre estive aqui. ·

— Se me viu, por que não falou? — perguntou Marco. Ele se agachou sobre os calcanhares e olhou para ela, com medo de respirar forte e fazê-la desaparecer, passando a ser novamente apenas uma fantasia.

— Não falo com homens que me ignoram — disse ela, num tom altivo. Depois riu, o rosto brilhando. — Eu estava nas árvores, espiando você lá de cima. Estava atrás de um tronco e você passou a alguns passos de mim. Fiquei sentada na grama e senti seus passos. Mas você não me encontrou!

Ela tem uma voz que parece a água do verão, pensou Marco.

Lívia não era uma jovem como as outras que ele tinha visto, nos aposentos das mulheres das casas do avô, ou nas ruas, com as mães e empregadas em volta. Não era como as moças que ele avistara nos templos, apresentando suas oferendas, silenciosamente e rezando. Ele era um rapaz e fora excitado por membros roliços e bustos jovens, erguidos, e pescoços e braços macios. Mas fora uma emoção passageira, que mais tarde o constrangera, quando olhara para a mãe e pensara como seria ela com o pai na cama. De certo modo, a própria excitação em suas entranhas lhe parecera vergonhosa e desleal para com os pais.

Mas ele olhou para Lívia com franqueza, sem constrangimento, apenas com o anseio mais urgente e amor mais apaixonado, essa moça que ele só vira uma vez e por pouco tempo, essa moça que poderia ter sido uma fantasia. Ele olhou para os lábios dela, vermelhos e com uma covinha no lábio inferior. Olhou dentro dos olhos dela e para a curva de seu pescoço. Olhou para o seu busto e a finura da cintura. Olhou como olha um homem, esquecendo-se de tudo o mais.

— Você se escondeu de mim — disse ele. A idéia era um prazer.

Ela deixou escorrer as folhas pelas suas mãos e mudou de novo, ficando séria. Parecia tê-lo esquecido, olhando para as folhas. A luz tremia sobre seu pescoço, suas faces, suas mãos.

— Por que é que você veio, afinal? — perguntou ele, encantado.

— Não sei — respondeu ela. — Quem é você? Lúcio o chama de Grão-de-bico, ou Ervilhaca. Você não é rico; não é nobre. Não nasceu em Roma e sim neste lugar isolado. Não é bonito, como Lúcio, que parece um deus. Não é um homem de sociedade. Suas roupas não são ricas. É um moço do campo. Sua conversa não era letrada, da última vez que o vi. Nunca será convidado para as casas importantes; nunca estará no Fórum, diante das multidões. Você é, como disse o meu primo, sem importância. — Ela olhou para ele, com franqueza. — Não obstante, o que eu disse não tem grande significado, nem o que disseram os outros. Por que vim aqui hoje e todos os outros dias? Para vê-lo, mesmo que você não me visse? Não sei.

Ela afastou para trás sua massa de cabelos reluzentes, com mãos agitadas, e olhou para longe.

— Por que lhe falei de meus pais? Nunca falo sobre eles com ninguém. Por que a sua presença me é agradável e reconfortante? Por que penso em você quando acordo, um rapaz com quem só falei uma vez?

Ela olhou para ele e franziu a testa, como se ele a tivesse ofendido.

— Diga-me, Marco Túlio Cícero.

— Também não sei — disse ele. — Mas você me viu procurando por você. Por que procurei?

— Nós nos fazemos perguntas — disse ela. — Isso não explica nada.

— Nada jamais poderá ser explicado — disse Marco. O mundo não existia. Só existia aquela moça naquele monte de folhas vermelhas, com seu *chiton* de lã branca delineando o corpo, como o nobre mármore delineia um vulto num monumento.

Ela refletiu e depois disse:

— É porque você fala como eu e pensa como eu. Eu posso dizer o que quiser, você não vai sorrir, como se fosse tolice. Quando estou com você, é tão maravilhoso como quando estou só. Não tenho noção de que você é outro ser.

Marco, que nunca amara antes, disse uma coisa sábia:

— Essa é a essência da unidade, não estar alienado, nem saber que o outro é um ser separado, mas sim apenas um conosco.

De repente, ele ficou deslumbrado, pois o rosto da moça estava radiante.

— Sim, é isso — disse ela. — É o que os meus pais devem ter conhecido.

Ela estendeu a mão para ele abertamente. Marco caiu de joelhos diante dela e pegou os dedos compridos e brancos. Lívia soltou um murmúrio de satisfação e olhou para ele com ternura.

Uma folha de carvalho despedaçada, grande e vermelha, voou da árvore, caindo bem em cima do seio esquerdo da moça, aparecendo sobre a brancura de sua roupa como uma mancha de sangue. A folha estava meio úmida e movia-se com a respiração dela. Lívia não notou nada.

Marco era romano e, como tal, supersticioso. O corpo dele se enrijeceu ao ver aquela folha, que tanto se assemelhava a uma ferida sangrenta. Não lhe importava que a sua mente lógica lhe dissesse que aquilo era absurdo; não passava de uma folha. Uma penumbra curiosa pareceu de repente invadir a floresta, em que o rosto da moça aparecia pálido como a morte e os olhos parados demais. A mancha perversa em seu peito pareceu espalhar-se sinistramente. Marco sentiu todo o medo e temor que experimentara quando sonhara com a morte violenta do irmão querido, Quinto, e estremeceu.

— O que foi, Marco? — perguntou Lívia.

Ele estendeu a mão e pegou a folha. Lívia ficou olhando assombrada, espantada com a palidez das faces dele e o tremor de seus lábios. Marco jogou longe a folha e parecia que tinha removido algo de mau e medonho.

— Foi só uma folha — disse ele. Segurou a mão da moça com firmeza; ele estava suando, mesmo no frescor do bosque, e ouvia seu coração batendo. A moça, curiosa, apertou os olhos, que estavam de um azul brilhante.

— Algo perturbou seu espírito — disse ela. — Será que um deus lhe sussurrou alguma coisa?

Isso perturbou Marco ainda mais. Conhecia os pressentimentos; já os tivera várias vezes e Arquias zombara dele. Havia pouco tempo sonhara que as sarjetas de Roma estavam cheias de homens sangrando e uivando, e Arquias se rira. No entanto, alguma coisa estava acontecendo agora em Roma e na Itália e ele, rapaz desmiolado, não dera ouvidos às conversas alarmadas do avô. Seus pensamentos estavam com aquela moça.

De repente, ela soltou as mãos dele e levantou-se de um salto, enquanto ele lutava com seus pensamentos, tentando controlá-los. Ela fugiu dele pela trilha da floresta e passaram-se alguns momentos antes que Marco conseguisse levantar-se para acompanhá-la. Ela agora estava esperando, em pleno sol do outono, na ponte, debruçada sobre o parapeito e olhando a água verde.

— Escute os rios cantando — disse Lívia e ele foi ter com ela; a jovem não olhou para ele. — Estão cantando as montanhas, florestas e avencas; as ninfas, sátiros e Pã com suas flautas; e cantam o inverno que se aproxima.

Marco conseguira controlar em parte suas emoções. Olhou para a água verde e turbulenta; estava cheia das vozes do Eco, melancólicas, mas tumultuadas e plenas de anseios. A ponte parecia mover-se, carregada pelas águas. O sol estava quente no rosto de Marco, mas havia um vento frio soprando em seus ombros. O cotovelo branco de Lívia estava junto dele, e Marco pôs a mão sobre ele, algo como uma proteção feroz. Ela começou a cantar com os rios, uma canção estranha, murmurante, distanciada do rapaz a seu lado.

— Você não deve casar-se com Lúcio Catilina — disse ele.

Ela cantou mais um pouco, depois virou a cabeça e olhou para ele.

— Mas sou noiva dele desde que tenho dez anos — disse ela. — Por que não devo casar com ele?

— Ele é perverso — disse Marco.

A moça virou-se pela metade e olhou para ele, pensativa.

— Não acho, Marco. As opiniões de um homem nem sempre são as mesmas que as de outros. Para mim, Lúcio é muito divertido e cheio de encantamento; parece um deus. Tem um grande nome. Eu sou rica. É uma troca justa.

— Não obstante, ele é mau.

— Pelo fato de vocês serem inimigos? — Os olhos da moça zombavam um pouco dele.

— Não. Sempre achei isso, antes de brigarmos. Ele é cruel e sem compaixão. Ataca os mais fracos e os menores. Tem a fascinação e a beleza de um animal mortífero. — Marco parou. — Ele a fará sofrer e isso eu não posso contemplar, Lívia, porque eu a amo.

Ela discordou com a cabeça.

— Você não me deve dizer isso, pois estou noiva. Meus guardiães combinaram tudo. É uma questão de honra. Não se pode repudiar uma coisa assim. Não, você não deve dizer que me ama, pois isso não posso ouvir.

Ela riu com meiguice e o azul de seus olhos brilhou.

— Você ainda não passou pelas cerimônias da adolescência, mas Lúcio é um homem e é com um homem que estou comprometida. Tenho quatorze anos e estou na idade de me casar. Se eu repudiasse Lúcio, minha honra estaria perdida. Sou uma moça obediente e meus guardiães sabem o que é certo. Você não deve tornar a me falar sobre isso.

Marco estava desesperado.

— Mas na floresta você declarou que sentíamos um pelo outro aquilo que os seus pais sentiam um pelo outro! Vai negar isso?

O rosto dela anuviou-se.

— O que tem isso a ver com o casamento? É bom e lindo sonhar, mas o casamento não é para os sonhadores. Minha mãe foi uma moça voluntariosa; estava noiva de outro e depois apaixonou-se por meu pai. Contra a vontade dos pais dela, casou-se com ele, sem dar atenção às lágrimas da mãe, que tivera um presságio. Ela ofendeu os deuses e especialmente Juno, a matrona virtuosa. Já lhe contei como meus pais morreram. Não ouso chamar a ira dos deuses contra nós, Marco.

— Você atrairá a calamidade — disse Marco, ainda segurando o cotovelo de Lívia com força. Sentir a carne branca e quente da jovem em suas mãos o deixava louco.

— É o que você diz. — A moça estava curiosa de novo. — Você é vidente, Marco?

— Não sei! Mas tenho sonhos e pressentimentos estranhos!

A moça fez o sinal contra o mau-olhado e perturbou-se. Mas disse:

— Sejamos sensatos por um momento. Estou noiva; você ainda não é nem um homem. Não devemos tornar a falar sobre isso. Você me assusta.

Ela puxou o cotovelo da mão dele e correu pelo arco da ponte até o continente, as roupas esvoaçando ao vento. Não olhou para trás.

— Venha amanhã! — gritou Marco para ela. Mas ela não respondeu. Tão depressa quanto sumira antes, ela desapareceu agora, restando com ele apenas o sol e o vento; e ele viu-se só na ponte.

A desolação o fez sentir-se mal. Marco olhou para as mãos no parapeito e teve a sensação de que elas não lhe pertenciam, porque estavam vazias e sem sentido. Ouviu o farfalhar de folhas mortas; uma nuvem de folhas de carvalho esvoaçou no ar e caiu sobre a água verde, sendo levada embora. Um pássaro cantou ao longe. A floresta estendia-se de ambos os lados da ponte, dourada, vermelha e lilás, cheia de uma luz azul opaca. Mas já não era mais bela para Marco, que estava dominado por terríveis pressentimentos. Acreditava que, de algum modo, ele podia e devia salvar Lívia de um perigo atroz. Pensou em Lúcio Sérgio Catilina e tão intensas foram suas emoções, que foi invadido de um desejo de matar e destruir, um desejo tão estranho à sua natureza que lhe pareceu que devia estar ficando louco. Pensou em tudo o que Lúcio era e disse em voz alta, batendo com o punho cerrado no parapeito:

— Não, não!

Olhou para Arpino, em sua colina, para o prateado dos olivais em volta e os ciprestes; aquilo assumiu para ele uma luz sinistra ao sol de outono, como se escondesse segredos perversos.

Então, pesadamente, ele voltou à ilha, caminhando infeliz pela margem do rio, olhando de vez em quando para Arpino, que mudava de aspecto enquanto ele caminhava. Com quem poderia aconselhar-se? Que deus poderia invocar? A quem contar seus temores desesperados e seu desejo frustrado? Havia a mãe dele. Ela conhecia ou tinha ouvido falar de todas as grandes famílias de Roma. Ele sentiu um alívio súbito. Ele agora não precisava de filosofia, de Arquias, nem da poesia dele; não precisava do olhar do avô, nem de sermões sobre honra e a palavra dada; não precisava da fé em Deus do pai, nem de sua obediência. Precisava do conselho sensato da mãe, que não tinha outra filosofia a não ser a que dizia respeito à vida doméstica da mulher, nem poesia a não ser o trabalho, nem uma resignação desesperançada.

UM PILAR DE FERRO

Encontrou Quinto, agachado, pescando num barranco íngreme. Estava jogando a isca na água murmurante e balançando-a. Ao lado dele havia uma cesta de caniços, onde contorciam-se diversos peixes.

Marco sempre ficava contente ao ver o irmão mais moço. O rosto moreno de Quinto, liso e cheio de vida, estava corado. Os olhos dele eram quase azuis ao sol, pois variavam como os da mãe, sendo porém mais vivos e vigorosos. Os cachos pretos e espessos derramavam-se sobre o crânio forte e redondo e caíam pela nuca. Tinha ombros largos e musculosos, sob a túnica marrom, e os joelhos descobertos eram domos de força, os dedos agarrando-se ao barranco lamacento.

— Por que não usa uma rede? — perguntou Marco. Olhou para trás e viu a ponte claramente.

— Nesse caso, eu só teria os peixes — disse Quinto, razoável.

— Não é esse o objetivo? — disse Marco, agachando-se junto dele e olhando com aversão e pena para os peixes morrendo no cesto.

— Em absoluto — disse Quinto. — Uma rede não dá oportunidade aos peixes; são apenas arrastados da água para serem comidos. Mas essa vara torna igual a luta entre mim e eles; também me dá prazer enganar o peixe, lográ-lo e atraí-lo à minha isca. Os peixes são muito espertos e não é fácil lográ-los.

Ele parecia, pensou Marco, com carinho, exatamente a mãe sensata falando. Nesse momento, Quinto deu um grito exultante e jogou a vara para o ar. Um peixe tinha mordido a isca e era um clarão molhado e cravejado de cores contra o céu. Estrebuchou no ar. Quinto puxou habilmente a fina corda de linho, agarrou o peixe e desprendeu-o, soltando-o no cesto, triunfante.

— O jantar vai ser bom! — exclamou. O peixe debatia-se desesperado sobre os corpos de seus companheiros.

— Parece crueldade — disse Marco.

— Você não falou isso há alguns dias, quando estavam fritos em gordura, no seu prato — disse Quinto.

— Eu não sabia como eram lindos — disse Marco.

— Não precisa comer estes — disse o irmão, tornando a lançar a isca.
— Assim, sobram mais para mim. Prefere comer ervas? Como o nosso pai, que treme ao ver carne, desde que passou a gostar de um cabrito.

Marco não respondeu. Quinto disse, balançando a isca com jeito:

— Ainda há pouco vi uma aranha devorando uma linda borboleta, uma criatura indefesa, toda vermelha e branca. A aranha era feia. Assim mesmo, vive conforme a sua natureza. Quando a borboleta era um verme, devorava frutas, deixando-as imprestáveis para nós. Era de sua natureza. O falcão pega o coelho bonito, e o coelho bonito destrói o jardim de nossa mãe, que ela planta na primavera. A águia pega o falcão, que come os vermes.

— Um filósofo — disse Marco, com indulgência. — Então Arquias está lhe ensinando bem?

Quinto fez uma careta.

— Arquias só tem pensamentos. Eu tenho a observação. Que coisa, a pessoa ser filósofa! O estômago nunca se revira.

Ele pegou outro peixe e Marco desviou o olhar. Viu a ponte ao longe. Lembrou-se do olhar maroto e malicioso de Quinto.

— Você me viu lá na ponte? — perguntou.

— Com aquela pequena? — disse Quinto. — Vi. Quem é ela?

— Está hospedada em Arpino. Chama-se Lívia Cúrio.

— Você parecia muito interessado nela — disse Quinto, preparando nova isca. — Ela pareceu bonitinha. Vai casar com ela?

Marco sentiu uma convulsão no coração.

— É o que desejo — murmurou.

— Ela fugiu — disse Quinto. — Como uma ninfa. Essas garotas são cansativas. E ela não é livre demais, passeando assim sozinha, longe dos parentes? E ela correu feito uma louca. Você a ofendeu?

— Não sei — disse Marco.

— Você já a tinha visto? — perguntou Quinto, muito interessado.

— Já.

— Mas nós não a conhecemos.

— Eu conheço.

— Então você tem de falar com o avô e a nossa mãe, Marco.

— Com nossa mãe, Quinto. Já resolvi isso.

— Ela é mais sábia do que o avô, o nosso pai e Arquias, todos juntos — disse o menino. — Não tem tolices. Se você quer essa pequena e a mamãe estiver satisfeita, então ela vai conseguir que você a conquiste.

— Não é assim tão fácil. Ela está noiva de Lúcio Catilina.

Quinto fechou a cara.

— Ela está satisfeita com isso?

— Ela obedece aos guardiães.

Quinto sacudiu a cabeça.

— Então você tem de procurar outra esposa.

Marco levantou-se. Olhou para a cabeça do irmão e depois puxou os cachos pretos e reluzentes, de brincadeira.

Um Pilar de Ferro

— Não é assim tão fácil — repetiu e afastou-se. Pensou que Quinto o esqueceria imediatamente, em seu esporte, mas o rapaz mais moço ficou olhando para o irmão e sua fisionomia estava perturbada. Quinto conhecia a obstinação séria de Marco e sua resistência passiva quando era contrariado nas coisas importantes. Era muito menos difícil mover uma pedra pesada do que Marco, quando empenhava sua vontade. Ele tinha a força de exércitos emboscados.

Marco encontrou a mãe, como sempre, entre as escravas, tecendo com afinco, pois estava preparando os novos cobertores para o inverno. Ela notou a expressão dele e dispensou as pequenas, com bondade; torceu um fio recalcitrante e depois comentou:

— Você está preocupado. O que é, meu filho?

Ele sentou-se num banco perto dela e Hélvia parou de fiar por um instante.

— Conhece a família Cúrio, minha mãe?

Hélvia pensou e depois inclinou a cabeça.

— Não intimamente, mas bastante. Estão passando por um período difícil, todos os ramos da família menos um. O que têm a ver com você, Marco?

Ele verificou, com espanto, que podia falar livremente com a mãe, contando-lhe a respeito de Lívia. A roca estava zunindo de novo; Marco via o perfil da mãe, pensativo, cheio de vitalidade jovem. A expressão dela nunca se mostrou descontrolada; uma vez ela franziu a testa ligeiramente, quando ele mencionou o nome de Lúcio Sérgio Catilina. Mas o resto ela ouviu com uma passividade calma, por vezes alisando um fio. Seus pés roliços nunca paravam na roda. O sol da tarde tocava em seus cachos pretos desordenados, reluzentes como os de Quinto. Depois, quando ele terminou, Hélvia deixou cair as mãos no colo e fixou os belos olhos no filho, examinando-o.

— Você só será considerado homem na primavera — disse ela. — Mas já está apaixonado. Não estou caçoando. Eu vi o seu pai de trás de uma cortina, nos aposentos das mulheres da casa de meu pai. Ele tinha ido lá nos visitar, com o pai dele. Assim que o vi, apaixonei-me logo. Ele pareceu-me um jovem Hermes e eu não era mais velha do que a sua Lívia.

— Hermes? O meu pai? — disse Marco, que achou a imagem muito divertida. Ela estava sorrindo para ele, como se acompanhasse seus pensamentos.

— Eu também era jovem — disse ela. — Naquela noite, eu disse a meu pai que não havia outro homem para mim. Eu não estava comprometida com outro; ainda não se dera nenhuma palavra de honra. Meu pai não gostou, mas eu era filha única e sabemos como os homens adoram as filhas. Foi uma grande surpresa para o seu pai — acrescentou Hélvia, os olhos fixos naqueles tempos. — Acho que ele ficou assustado. Ele era pouco mais velho do que você. Se ele pudesse fugir, tenho certeza de que o teria feito, mas as cabeças mais ajuizadas prevaleceram. Inclusive a minha.

Também fui ajuizado, consultando minha mãe, pensou Marco. Mas era difícil acreditar que um dia a primavera correra loucamente nas veias da mãe.

Hélvia falou:

— Mas no caso da sua Lívia... e como é terrível as moças de hoje andarem por aí tão livremente, conhecendo estranhos em lugares estranhos... foi dada a palavra de honra. Ela está noiva. Esse compromisso não é assumido levianamente, nem mesmo nestes dias de decadência de nossa pátria. Você não disse que ela está contrariada nisso.

— Não — disse Marco. — Mas ela é jovem. Não conhece Lúcio.

Hélvia sorriu.

— As mulheres sabem mais do que você. No entanto, concordo com você que os Catilinas, embora sejam uma grande família patrícia, se tornaram muito cruéis e decadentes. Assim mesmo, há casos em que homens perversos adoram as esposas. Além disso, ela falou de um compromisso de honra, não?

— Sim, é verdade. Mas ela não conhece verdadeiramente o caráter de Lúcio. Disse que ele era encantador.

— Todos os Catilinas são muito bonitos. E notavelmente perversos. — Hélvia agora não estava mais indiferente. — Essa moça não está destinada a você, Marco. Conheço a tragédia dos pais dela. A moça lhe contou sobre os pais e não reprovou o pai pela sua morte voluntária. Não obstante, embora tenha falado com coragem, e com o coração inocente de uma mocinha, na verdade ela não perdoou o pai por tê-la abandonado — uma criancinha de cinco anos.

Ela olhou bem de frente para o filho.

— A moça tem medo de amar. Ela não ama Lúcio e, portanto, compromisso ou não, prefere-o a você. O amor a absorveria, a acorrentaria. Ela quer casar-se com um que apenas a atrai agradavelmente com seu aspecto físico. Mas se ela amasse você, e caso se casasse com você dentro de dois ou três anos, isso a deixaria infeliz. Viveria apavorada com a idéia da sua morte.

Não é bom ter tais paixões e os filhos herdam as paixões dos pais. Existe violência em sua Lívia, uma liberdade que era do pai. Não, Marco, ela não é para o meu filho.

Marco estava doente de tão infeliz. Sua mãe, tão prática, parecia ter-se tornado sua inimiga.

— Mas eu a amo — disse ele. — Morrerei se ela se casar com Lúcio.

— Que tolice — disse Hélvia, recomeçando a fiar. — Vamos aconselhar-nos, Marco. Você vai à Grécia para estudar; é a vontade de seu pai. Era desejo dele também, mas seu avô se opôs vivamente. Seu pai pensava que passaria anos perambulando pela Acrópole de Atenas, vagando pelas colunatas do Partenon, numa eterna luz de sol azul, entre os sábios, conversando. Mesmo quando o seu avô disse que não lhe daria o dinheiro, ele não se perturbou. Não lhe ocorreu onde dormiria, onde se abrigaria, com que compraria pão e livros. Ele olhava e dizia: "sobre a cidade prateada sobre o mar prateado". Ele levou muito tempo para se convencer que as cidades prateadas em mares prateados também exigem dracmas e que os gregos não o alimentariam de graça, nem o abrigariam sem dinheiro. Que sonhos têm os homens, além dos limites do bom senso e das finanças! Ele ainda se lembra de seus sonhos; quer que eles se realizem em você.

"Além disso", continuou Hélvia, "você não é como seu pai. Parece-se mais com o avô, a quem respeito, apesar de ser um velho rabugento. Ele é sensato. Também acredito que você não vai vagar, sonhando, pela Acrópole. Você aprenderá com os sábios. Não o subestimo, embora me preocupe com a sua saúde.

"Você disse que morrerá se não tiver a sua Lívia; os homens não morrem por amor. Isso é poesia, e a vida não é poesia. Você irá à Grécia; a sua Lívia viverá em sua mente como algo sublime e com isso eu não me importo. Enquanto isso, ela se tornará de fato uma matrona. Para você, porém, na Grécia, ela permanecerá jovem para sempre, inacessível para sempre, perdida para sempre, e isso lhe deixará uma recordação belíssima. Permitam os deuses que você nunca a encontre mais tarde, rodeada de filhos, conversando alegremente com as amigas!

"Você tem um trabalho a fazer no mundo. Você é romano. É dever dos romanos não se esquecerem de sua pátria, por moça nenhuma. Você tem de ser inteligente e digno. E deve lembrar-se de que Lívia está comprometida, em sua honra, com Lúcio. A honra, acima de tudo, é o princípio dos grandes homens."

Cada uma de suas palavras sensatas e francas era uma pedra que caía sobre o coração ferido de Marco.

— Nunca me esquecerei de Lívia — disse ele.

— Pois então não se esqueça dela. Mas não se esqueça do seu dever, do seu futuro e dos sonhos do seu pai para você. E, aliás, os meus sonhos para você, e os de seu avô. Você tem esse dever para com sua família. Para com Roma.

— Nunca me esquecerei de Lívia — repetiu Marco.

Ela olhou para o rosto dele, fechado e pálido, e, por um momento, sentiu medo.

— Não a esqueça — insistiu ela. — Mas não procure tornar a vê-la. Que ela seja para você, para sempre, a Ártemis prateada, a inatingível, a adorável. Isso iluminará os dias escuros de sua vida futura e na vida há muitos dias escuros. O que é a vida sem um sonho?

— Que sonho tem a senhora, mãe? — perguntou Marco, com ressentimento.

Ela sorriu para ele, com uma surpresa forçada.

— Meus sonhos são os sonhos de Cornélia, cujas jóias eram seus filhos. O que mais pode uma mãe pedir, a não ser que os filhos não a desonrem, e que ela possa ouvir seus louvores dos amigos? O que mais hei de sonhar?

— Está se esquecendo do amor — disse Marco, obstinado.

— Não amo seu pai? E os filhos dele? — disse Hélvia, com um rancor raro nela. — O que seria do seu pai sem mim? Eu lhe dei filhos; cuido da casa dele e do seu conforto. Deixo-o em paz com seus livros e as conversas esotéricas com aquele poeta grego. Conservo a substância dele. A vida dele é mais agradável e mais fácil devido a mim. Porque eu o amo.

Ela sorriu.

— Nunca perturbei os sonhos dele. Nunca destruí suas ilusões. Ele devia ser-me grato.

Depois, ela ficou severa de novo.

— Há mais coisas na vida de um homem do que o amor das mulheres. Vá em frente, Marco, e seja homem.

Marco, em seu desespero, pensou em falar com o pai e Hélvia deve ter adivinhado seus pensamentos.

— Converse com Arquias, se quiser. Ele escreverá um poema para você, que poderá acalentar pelo resto da vida.

Ela chamou suas escravas.

— Enquanto isso, há os cobertores a fazer e as suas roupas a terminar, para as grandes festas. Vá colocar flores diante de uma estátua de Vênus, sacrifique um casal de pombos a ela e conte-lhe o seu amor por Lívia. Ou, pensando bem, não. Vênus é uma divindade perigosa e traz desastres à

UM PILAR DE FERRO

humanidade. Não entregou Helena a Páris, causando assim a morte de Tróia? Que coisas temíveis ela não causou entre os homens! Creio — disse Hélvia, com uma compaixão não isenta de malícia — que seria mais conveniente fazer um sacrifício à sua padroeira, Palas Atenéia, e implorar que ela lhe dê a sabedoria de que está precisando.

Marco, dispensado, saiu dos aposentos das mulheres, tomado de angústia.

— Nunca hei de me esquecer de Lívia — jurou ele para si mesmo.

— Nem desistirei dela assim tão facilmente. Os romanos não dizem: "Pensar é poder?" Sim, ainda não a vi pela última vez, Lívia, meu amor.

Mas Lívia nunca mais voltou à ilha.

Enquanto isso, nem mesmo o infeliz jovem podia mais fugir às notícias de Roma. E ele as escutava com um grande receio por sua pátria. A família voltou para Roma. Arpino não apresentava mais segurança para eles.

Capítulo X

Anos antes de nascer o jovem Marco Túlio Cícero, o povo desesperado da Itália tentara repetidas vezes obter reparação dos males que sofrera sob a dominação de Roma. Flaco, seu defensor, tentara conseguir privilégios, mas fracassara. Eram governados por todas as leis de Roma, porém não podiam defender-se contra a lei marcial; seus oficiais, servindo nos próprios exércitos romanos, podiam ser executados ao capricho de qualquer conselho de guerra de Roma. Não podiam votar e, no entanto, pagavam mais impostos do que qualquer cidadão romano; e seus bens podiam ser confiscados por qualquer coletor de imposto venal que achasse pouco o seu suborno. E os magistrados instalados em Roma podiam impor leis sobre comunidades que nunca haviam visto, oprimindo-as. Os cônsules romanos tinham o poder de vida e de morte sobre as províncias italianas; podiam apossar-se das coisas, saquear e violar à vontade, ou impor um regulamento súbito, insuportável e injusto sobre seus conterrâneos italianos, porque eles não eram cidadãos de Roma.

Somente a cidadania dava imunidade contra os caprichos do exército, dos magistrados e dos cônsules; sem essa cidadania, todos os homens eram cães sem alma, à disposição de seus amos. Em certa época, a cidadania romana era privilégio de todos os italianos dignos, bem como dos romanos, mas o desenvolvimento vigoroso das classes médias nas províncias e nas comunidades despertou o medo e a raiva dos romanos, que se consideravam (em virtude de uma residência prolongada na cidade) patrícios, nobres e homens importantes, que não podiam ser comparados com seus conterrâneos italianos dos lugares distantes da península. A classe média, por sua honradez, trabalho e por fim seu dinheiro, achou fácil, a princípio, adquirir a cidadania romana por solicitação. E eles levaram suas virtudes e seu amor à liberdade a uma cidade que, havia muito, se tornara arrogante, corrupta e dominadora, pelas conquistas e pelo ouro. A metrópole tinha ressentimento contra aqueles que acreditavam que todos os bons homens merecem a liberdade e o direito de dirigirem suas vidas sem a interferência do governo.

Foi o ódio e o medo das virtudes das classes médias provincianas que finalmente levaram Roma a tornar difícil, se não impossível, a cidadania para quem não tivesse antepassados ilustres, não tivesse nascido em Roma, não conhecesse senadores poderosos, desprezasse os subornos e resistisse aos impostos opressivos, usados para obter os votos do populacho romano e distribuir favores, como circo, alimentos e abrigos gratuitos a esse populacho. Disse um patrício romano, com desdém: "Se a classe média tem alguma função na vida, é a de trabalhar para nos pagar impostos, com os quais podemos subornar o povo de Roma, mantendo-o satisfeito e dócil. É verdade que a plebe de Roma não passa de um bando de animais, mas eles são muitos e precisamos dos votos deles para o nosso poder! Que a classe média seja nossa serva para esse objetivo, pois o novo homem está enamorado do trabalho, economia, indústria e todas essas outras ocupações vulgares."*

A classe média de Roma, sem desfrutar de boa parte dos privilégios da cidade, e a classe média das províncias, que não tinha privilégio algum, estavam numa situação desesperadora. Precisavam dos votos. Obtendo os votos, poderiam controlar os impostos, obrigar os "antigos" aristocratas a praticarem, ou parecerem praticar, as antigas virtudes de Roma, tirar-lhes privilégios que eles se haviam atribuído, controlar sua licenciosidade e ambições e o suborno criminoso às leis de Roma; e, em todos os pontos, obrigá-los a agirem como homens e não como feras. Por outro lado, o voto em poder da classe média significaria que o povo selvagem de Roma, que vivia sem trabalho, orgulho ou responsabilidade, à custa dos impostos extorquidos de seus superiores, teria de passar a trabalhar e assumir responsabilidades novamente, em vez de viver como feras dependentes, pechinchando alimentos de graça das mãos dos donos da cidade, devorando a carne dos que tinham o espírito reto e não se arrastavam diante deles.

---

*Caio Júlio César, o Antigo.

UM PILAR DE FERRO

"É difícil dizer qual é pior", disse Marco Lívio Druso, tribuno,* "se aquele que suborna as massas, ou as massas que recebem o suborno. É verdade que o que suborna corrompe; também é verdade que aquele que aceita o suborno é um criminoso maior. (Mas também, quando é que o governo não foi mentiroso, escravizador, assassino, ladrão e opressor, o inimigo de todos os homens, em seu desejo do poder?) Aquele que recebe um suborno para não ter de trabalhar para se cobrir, alimentar e se abrigar, é inferior ao cão amável que, pelo menos, dá sua lealdade e protege a família. O povo não protege nada a não ser sua barriga. E aquele que provê para essa barriga, para ter sua aprovação grunhida, deve aparecer diante dos olhos da história como inferior ao escravo mais vil, seja qual for a grandeza do nome de sua família ou sua situação diante dos banqueiros."

O nobre Druso era aristocrata, descendente de uma das famílias mais antigas e mais nobres de Roma. Acima de tudo, ele amava o que Roma fora um dia: orgulhosa, livre, virtuosa, envolta em honra, trabalhadeira, frugal, justa, moderada, honesta em pensamentos, palavras e obras. Seus pares da aristocracia consideravam-no um traidor à classe. Procuraram difamá-lo, mas a pureza e nobreza de sua vida pública e privada estavam além das buscas mais frenéticas. "Ele acredita", disse Lúcio Filipo ao exigente Quinto Cépio, "que todos os homens são dignos porque são homens, até mesmo a classe média, e talvez até mesmo a ralé de Roma!"

Mas o nobre Druso acreditava que todos os homens possuíam almas e, portanto, eram amados por Deus, e que aquele que degradasse a uma alma humana, ou a desprezasse, seria condenado para a eternidade.

Seus amigos, patrícios e conservadores como ele mesmo, eram aristocratas como Marco Scauro e Lúcio Crasso, o grande e heróico orador e defensor dos direitos do homem. Também eles eram homens que levavam vidas exemplares e da maior virtude; também eles eram amantes da liberdade e de sua pátria. Era uma agonia para eles observarem a nova criminalidade de Roma, os políticos poderosos, os cônsules covardes, o Senado venal e detestável, os "tribunos do povo" que traíam o povo, o vício, a lascívia e a crueldade daqueles que governavam, o luxo que corrompia e era corrupto, a morte de toda a honra na vida pública, a escravização das massas que tinham implorado para serem escravizadas e não precisarem trabalhar, o paternalismo que provocou o esmagamento do espírito humano, a opressão dos que queriam viver em paz, trabalhando para suas famílias,

---

*Carta a Crasso.

sendo bons cidadãos, conservando os deuses e praticando as virtudes da velha Roma. "É pelos impostos que um governo cruel e monstruoso pode atribuir-se o poder", disse Crasso, "pois então ele tem um sistema de recompensas e castigos: recompensas para os que permitirem a tirania e castigos para os que se opuserem a ela."*

"Houve nações que desmoronaram e foram reduzidas a pó pelos mesmos crimes ora cometidos em Roma", disse Druso. "Mas ainda temos tempo de salvar Roma, de recuar do abismo."

Ele não podia saber que as nações nunca recuam do abismo, pois ainda tinha ilusões, ainda acreditava que uma nação corrupta podia tornar-se piedosa e virtuosa novamente, "se o povo quisesse". Só no momento de seu assassinato é que ele percebeu que a corrupção é irreversível, quando está entranhada em uma nação.

(Ao saber do assassinato de Druso, seu irmão disse, com amargura: "É este o fim de todos os homens que realmente amam a sua pátria e amam a verdade! O que mais, senão a morte, poderia ser seu castigo?")

Antigamente, o Senado tivera a função dos júris, mas a Ordem Eqüestre tomara a si a maior parte dos encargos, a fim, diziam eles, "de aliviar o Senado do simples ritual da lei". A Ordem Eqüestre, então, começara a interpretar as Doze Tábuas da Lei à sua vontade, impondo à lei significados que nunca haviam existido antes e que violavam a Constituição. Druso pretendia devolver ao Senado a função total do júri e propôs ainda que o Senado fosse ampliado em mais 300 membros, para tratar de novas obrigações e restabelecer plenamente a república e suas leis. Também queria instituir um tribunal especial para investigar todos os jurados que aceitavam subornos ou se deixavam influenciar por vantagens políticas. "O cão de guarda da república", declarou ele. Ele propôs a reforma do sistema monetário, para que Roma pudesse conservar o ouro, que era seu poder, impedindo que ele fosse esgotado por dependências a nações estrangeiras em nome de empréstimos. Com o coração cheio de fúria e compaixão, ele propôs também que à classe média oprimida, conhecida por sua virtude, conservação e diligência, fossem dadas terras pouco cultivadas na Sicília e regiões da Itália. Mas, sobretudo, ele pedia os privilégios para todos os italianos além de Roma.

Habilmente, e com a sabedoria dos nobres, ele combinou todas essas idéias em uma lei a ser apresentada ao Senado. Não poderiam aprovar uma parte sem aprovar o todo. Na qualidade de tribuno, e na persecução de suas

---

*Carta a Scauro.

Um Pilar de Ferro   111

reformas, ele aprisionou Filipo. O Senado, porém, soltou-o, pois estava confuso, vacilante e inseguro. Uma coisa era lidar com os Gracos, que só agradavam à plebe de Roma e a honra que ela não possuía. Outra coisa era tratar com Druso, que agradava a todos os homens e, portanto, era suspeito. O Senado começou a dar ouvidos a histórias que diziam que Druso era traidor de Roma, que estava incitando outros italianos a se rebelarem contra a cidade, o que era alta traição. O Senado tremeu; por fim, rejeitou a lei proposta por Druso, alegando apenas "irregularidade". Submeteu-se aos aristocratas. Druso foi assassinado.

Estava declarada a Guerra Civil, entre a cidade e os homens das províncias.

O avô conhecera Lúcio Crasso, o grande e heróico orador, pessoalmente, e quando este morreu, muito repentinamente, em setembro, ficou tomado de pesar.

— Assim morre mais um homem honrado! — exclamou. — Quando morrem os grandes homens, então a nação está realmente despojada.

A família Cícero, embora fosse de cidadãos romanos só em virtude dos privilégios originariamente concedidos ao povo de Arpino, estava correndo perigo diante da fúria tremenda de seus conterrâneos vizinhos, que não eram cidadãos romanos.

— Não importa que simpatizemos com eles — disse o avô. — Não importa que nossos corações ardam com os deles por justiça. Como é terrível que homens do mesmo sangue tenham de se desafiar e se destruir. Afinal não somos todos italianos? A guerra entre as nações já é bem triste, mas a guerra entre irmãos nunca merecerá o perdão dos homens nem de Deus.

Marco pensou na história que Noë lhe contara, de Caim e Abel.

Os povos italianos, fora de Roma, fundaram a Confederação, que incluía os mársios, os pelignos e muitos outros. Os mársios foram os primeiros a declarar guerra ao governo central de Roma; além dos pelignos, também os marrucinos, os frentanos e os vestinos se uniram a eles. Houve ainda o grupo mais do sul, os sanitas, do Líris, o rio querido de Marco, até a Apúlia e a Calábria. O governo central de Roma, porém, tinha o apoio dos ricos, inclusive da Úmbria e de Etrúria, que haviam eliminado totalmente sua classe média. Havia ainda Nola, Nucéria e Neápolis, na Campânia, as colônias latinas como Esérnia e Alba. Havia Régio e os estados vizinhos. Não obstante, a classe média, acreditando que estava com a razão, recusava-se a desistir; os fazendeiros estavam com ela. Em Roma, porém, havia os ricos e os patrícios que odiavam a todos menos a si, os homens da cidade.

112 *Taylor Caldwell*

— O que poderá prevalecer contra o dinheiro e a corrupção? — indagou o velho avô, em sua tristeza.

— Surgirá um grande homem, que restabelecerá a justiça — disse seu filho Túlio.

O avô olhou para ele, os olhos brilhantes.

— Você é pai de filhos, um deles já quase homem; e, no entanto, fala como criança! Quando Roma era virtuosa, tinha seu Cincinato. Mas não é mais virtuosa. Portanto, não haverá um grande homem que a possa restaurar. Roma está condenada. Sou cidadão romano, mas nasci em Arpino. Choro pela minha pátria.

O coração do jovem Marco ardia, concordando. Em Roma, ele rezava pelos conterrâneos italianos que atacavam seu próprio governo. Ouvia dizer que a Itália inteira pretendia separar-se de Roma; pretendia não só marchar sobre a capital, como ainda esmagá-la e formar uma nova nação baseada na justiça e na lei. Corfínio recebeu o novo nome de Itálica, que seria a sede da nova nação. Centralizando-se ali o governo da Itália, foi construído um prédio para o Senado e a classe média e os fazendeiros passaram a chamar-se cidadãos de Itálica. Foram ressuscitadas as antigas leis da República e feitos os juramentos à antiga constituição, que Roma vinha destruindo tão ativamente nos últimos anos. As fortalezas dos romanos, espalhadas por toda a Itália, foram tomadas e novos estandartes erguidos. Um ar de alegria e liberdade soprou pela Itália. A intromissão e a corrupção de Roma, acreditavam os homens, estava no fim. Os estados e províncias não teriam mais de suportar a opressão, o desprezo, a taxação mortífera, a crueldade e a condescendência.

A capital, porém, não estava parada diante da revolta dos estados. Roma declarou que seus inimigos eram rebeldes (*dediticii*) e ficariam à mercê total da metrópole, quando esta vencesse. Tinham perdido seus direitos constitucionais.

Marco verificou que os Césares tinham deixado a vizinhança, mudando-se para o monte Palatino. Eles sempre haviam proclamado que não só eram patrícios (embora enfrentando dificuldades financeiras), como descendiam de Iulus, supostamente o semidivino neto de Vênus e Anquises. O jovem tio de Júlio acabara de ser nomeado cônsul e o pai pretor. Declaravam que pertenciam ao Partido Senatorial (*Optimates*). Portanto, o bairro modesto dos Cíceros não era mais digno deles.

— Bandidos exigentes! — disse o velho avô. — Por uma homenagem miserável, desertaram a Itália, em nome de uma Roma que não mais existe! E agora o pai declara que pertence ao Partido Senatorial! Muitas vezes ele insistiu comigo que era *populares*, a despeito de sua origem aristocrática... que sequer creio existir!

Hélvia disse:

— O homem tem de se adaptar às circunstâncias.

— Ridículo — disse o avô. — Você me espanta, Hélvia.

— Os Césares não são criminosos, a não ser a seus olhos — disse Hélvia. Mas ela suspirou. — Houve uma época em nossa história em que os homens preferiam a morte à desonra. Isso não existe mais. Se tivermos de sobreviver, existir, temos de fazer concessões, hoje em dia. Eu não aprovo isso. Se fosse homem, preferiria morrer. Mas sou mãe de filhos e esposa. O que diz Túlio de tudo isso?

— Ele acredita que surgirá um nobre herói que trará novamente a justiça a Roma e que unificará de novo toda a Itália, com Roma sob a nossa Constituição — disse o avô, cuspindo. — Não veremos a morte de Roma amanhã, mas ela certamente está morrendo. Pois ela esqueceu do que já foi, ou se ri disso. Estaremos entre as nações que morreram por sua própria vontade e artes.

Pouco depois, cedendo à conveniência e alarmada com a resolução dos rebeldes, Roma promulgou a *Lex Plautia Papira* para todos os aliados que comparecessem diante dos magistrados romanos dentro de 60 dias e procurassem a cidadania romana. A guerra continuou.

Capítulo XI

— Chegamos — disse o avô — à era dos tiranos. Os governos usam as emergências nacionais para restringir e depois destruir a liberdade. Não me falem de Sila, o "moderado"! Por que ele não foi banido permanentemente com os verdadeiros membros moderados do Partido Senatorial, que lutavam para chegar a um acordo com nossas comunidades italianas, ora revoltadas? Não me falem do general Mário, que de um lado fala em liberdade e depois apóia o governo central opressor! Na verdade, temos de considerar que tanto Sila como Mário agora oferecem seus serviços a Roma. Qual é o resultado? Estamos agora restritos em nossa alimentação e nossas bebidas; os militares governam Roma, com os políticos infames que almejam o poder. Nossas idas e vindas são controladas, a bem da emergência nacional. Esses impostos nunca serão cancelados, pois depois que o governo lança um imposto encontra sempre desculpas para conservá-lo para sempre.

"E o povo de Roma? Por acaso se interessa se uma guerra fratricida ameaça Roma, a liberdade e os direitos de todos os italianos? Enquanto nossas rações de milho são limitadas, o povo descobre que seus pratos estão transbordando. Enquanto apertamos o cinto, como tão nobremente nos solicitam os governantes, a fim de poupar dinheiro e suprimentos, o povo se vê belamente vestido e, em conseqüência, torna-se arrogante, considerando-se superior até aos seus governantes e gritando nas ruas que o seu dia chegou, escrevendo à noite nas paredes: 'Abaixo os privilégios!' Certamente ninguém nunca disse ao povo que os privilégios são conquistados, quando merecidos, e que os concedidos por um governo venal são ilusórios, hipócritas e falsos. Pois o que não é ganho não tem verdade.

"Se os militares tivessem imposto a disciplina militar sobre a cidade e defendido a justiça, não haveria reclamações. Mas eles só impõem disciplina sobre nós, que não precisamos de disciplina, pois sabemos qual é o nosso dever. O povo está desenfreado. Os fabricantes de material bélico enchem as mãos do povo de ouro, de modo que eles se divertem à noite nos bordéis e tavernas e não se controlam. Quem os restringirá quando terminar essa guerra, ensinando-lhes novamente a sobriedade e o trabalho honesto? Eles sequer sabem o significado desta guerra e nem se importam! Para eles basta que, de repente, estejam ricos e adulados pelo governo. Os ecos da vida desregrada desaparecerão deles depois que for feita a paz? Não!

"Há muito tempo que são servos dos políticos, até mesmo antes disso. Eles agora se transformarão em suas legiões do desastre, violência, decadência. O trabalho honesto e justo os desagrada; exigirão o lazer sem trabalho; gritarão que os superiores terão de sustentá-los por meio dos impostos. Mendigos! Traidores! Escravos! Mas o governo é pior ainda do que eles, pois é o responsável. O governo agora deseja o poder ilimitado. A república está condenada, bem como todos os nossos princípios democráticos. Os políticos e o povo ganancioso: essa tem sido a história da catástrofe, para sempre.

Túlio, seu filho, viu-se arrancado vagamente de sua apatia e sua moléstia, contra a vontade. Disse, com uma esperança piedosa:

— As guerras sempre provocam excessos; é o que nos ensina a história. Mas os romanos são romanos. Depois que isso passar, a ordem será restabelecida, nossas liberdades nos serão devolvidas, nossos impostos reduzidos, o povo controlado, os homens exigentes aposentados.

— Conta-se — disse o avô — que um leão, depois que prova o sangue e a carne do homem, não quer saber de outra carne. Nosso governo provou o sangue e a carne do povo; de repente provou o poder ilimitado.

Só ficará satisfeito com mais. Júpiter que se compadeça de nós! Mas temo que não, pois permitimos os excessos de nosso governo e não estabelecemos salvaguarda contra eles.

Arquias disse a seu pupilo Marco, com cinismo:

— Seu avô crê que alguma nação conservou-se virtuosa, justa e livre? Ele está na voragem da história, luta contra ela e se despedaça sobre as pedras. A Roma que ele conheceu está agonizando. Devo chorar? Isso também aconteceu com a Grécia e choro por ela na poesia. Marco, escrevamos os nossos poemas. Pense em Homero. A Grécia que ele conheceu está morta, assim como toda a sua glória. Tróia desapareceu. Ulisses já expirou há muito. O Partenon ressoa com pés estranhos. Meu povo está escravizado e desprezado. Mas Homero permanece. Muito depois que Roma for uma ruína, os meninos da escola continuarão a ler Homero e a admirar sua poesia.

Fora da sala de aula de Marco, Roma apresentava um quadro de motim e desordem; a guerra ressoava além de seus muros. Não havia nada nisso que envolvesse um colegial, a não ser seus receios e ansiedades. Devido à emergência nacional e ao terror na ruas, havia pouca vida social, a não ser o que se pudesse fazer durante o dia. Havia poucas festas, por causa do racionamento, a não ser entre os poderosos e a plebe, que não obedecia a lei alguma. A vida de Marco, como parte da classe média, sempre fora serena, firme e virtuosa, limitada pelos deveres e o culto. Agora, mais que nunca, ele se retraía, no apogeu de sua juventude.

Escrevia poesia — e pensava em Lívia Cúrio. Não fosse a guerra, certamente ele a teria procurado, com cerimônia ou não. Dizia-se que muitos dos ricos, temendo as novas e onerosas leis de Roma, tinham fugido para locais sossegados pelo mundo, especialmente para a Grécia. Era bem possível que os guardiães de Lívia a tivessem levado para um local seguro.

Até então, ele adorava somente Palas Atenéia. Agora, quando conseguia abrir caminho no meio da plebe fervilhante de Roma, e por entre os refugiados do interior, ele ia, sem que a mãe soubesse, ao templo de Vênus. Só lhe ocorreu muitos anos depois que, por ironia, apenas no templo de Vênus não havia um altar ao Deus Desconhecido. Ele sacrificava pombos a Vênus e rezava ao seu altar. Dava quase toda a sua mesada frugal aos sacerdotes, em troca de orações especiais por ele. Ela era, acima de todas, a divindade a ser invocada pelos que amam. Ele se esquecia de que ela era também a deusa da licenciosidade, da luxúria e de todos os excessos venéreos. Para ele, parecia belíssima, compadecida e compreensiva.

— Você anda pálido e retraído, ultimamente — disse Noë ben Joel a Marco, na escola. — É por causa da guerra?

Marco ficou encabulado. Não podia olhar dentro dos olhos sagazes e brandos de Noë, que viam tantas coisas, e dizer: "Estou amando." Era verdade que Noë estava quase casado com a filha de um banqueiro judeu e estava-se opondo fortemente a isso em casa — pois pretendia conservar-se livre por algum tempo e diziam que a moça era pouco atraente —, mas ele, a despeito de seu amor pela poesia, comédia e tragédia, tinha uma opinião objetiva e um tanto cética sobre a paixão, obtida de seus estudos do palco, se bem que ainda não por experiência própria.

Não, Marco não podia contar a Noë sobre seu sofrimento. Ficou ainda mais constrangido quando Noë disse, pensativo:

— Se eu não conhecesse tão bem a sua vida, meu caro Marco, diria que você está apaixonado. O amor! Os grilhões do espírito livre! O escravizador! O traidor! Você é sábio demais, e que voz eloqüente você tem, para amar alguma coisa a não ser a poesia e as virtudes.

Não sou sábio, então, pensou Marco. Sou escravo, escravizado por cabelos de outono, olhos azuis e um espírito jovem e selvagem. Meus sonhos são só de Lívia. Não ouço voz de moça que não compare à de Lívia. Não vejo boca de moça sem pensar como é feia comparada à de Lívia. Ouço o seu riso em todo riso de moça. Quando ando pelas ruas, ela está ao meu lado. Quando me deito de noite, ela está comigo. Quando me levanto, penso nela com meus primeiros pensamentos. Seu rosto está impresso em meus livros.

— Você está apático e desatento — disse Filo a Marco, que era seu aluno mais estudioso e letrado. Marco sabia que Filo não gostava dele, pois anos antes colocara o mestre numa situação desonrosa e os homens não perdoam aqueles a quem prejudicaram.

A cidade grande e ruidosa em volta dele, sombria, fumegante com seus tons de ocre, amarelo, vermelho e bronze, os estandartes desfraldados por toda parte, as legiões apressadas carregando suas águias e fasces, o barulho dos tambores de guerra, o galopar dos cavalos dos mensageiros, o clangor e ruído do tráfego aumentado à medida que mais refugiados leais inundavam Roma, em suas bigas, carros e liteiras, os templos apinhados, os crepúsculos sinistros e sangrentos, o ar de pressa e desastre, de idas e vindas, o murmúrio interminável de milhões de pessoas dentro dos portões, o choque do medo depois do anoitecer — todas essas coisas assumiram um ar de sonho para Marco, no sofrimento que não o largava, mas aumentava diariamente, em seu desespero.

— Ele está precisando de um fortificante — disse Hélvia, vendo o seu rosto severo e pálido. Ela cozinhou suas ervas mais tenebrosas e deuas ao filho. É estranho, pensou Marco, que só a minha mãe conheça até

UM PILAR DE FERRO

certo ponto o meu sofrimento. Ele bebeu as infusões com uma gratidão vaga. Entendeu que Hélvia estava-lhe dando não só as ervas, mas também seu apoio e que as infusões eram uma oferenda. Ela nunca falava de Lívia, mas seus belos olhos brilhavam sobre o filho, meio em advertência, meio em tristeza.

Nem mesmo Quinto, seu irmão querido, o divertia mais. Quinto estava agora na escola de Filo e, ao contrário de Marco, era muito admirado; não pelos estudos, que não existiam, mas pelo seu bom humor, sua amabilidade, sua vontade de se empenhar na luta, sua atitude de confiança em si mesmo e sua animação. Ele se envolvia nos mexericos da escola e em todos os seus assuntos. Como ele era mais alto e mais forte do que a média, e excelente nos esportes e todos os jogos físicos, logo alcançou certa liderança. Levava para Hélvia suas pequenas notícias, tesouros de escândalos, e ela o amava muito. Onde será que ele sabe dessas coisas?, perguntava-se Marco, apático, sem interesse. Ninguém jamais lhe contara coisas, nem ele se ocupara de escândalos.

Um dia, Quinto lhe disse, ao voltarem para casa no meio do povo que parecia apinhar-se em toda parte:

— Aquele Júlio! Ele agora tem um preceptor, Antônio Gnifo, um gaulês que, segundo ele, é mais sábio do que Sócrates. Mas Júlio sempre foi um prosa, como todos os Césares. O pai dele é um grande homem; a mãe é uma dama inigualável, embora todos saibamos como ela o tratava severamente. Tudo o que se refere a Júlio é magnífico, nobre, cheio de grandeza, indizivelmente esplêndido, importante, maravilhoso, assombroso demais para poder ser apreciado pela mente comum.

Marco sorriu um pouco.

— Onde é que você encontra esse paradigma, já que ele não é mais nosso vizinho, nem nosso colega?

— Na escola de esgrima — disse Quinto e sorriu, divertido. — Em horário diferente do seu. Ele é mau esgrimista e isso o enraivece. Mas ele sorri. Deus, como ele sorri! — Mas Quinto falava sem maldade e riu-se. — No entanto, poucos se igualam a ele em matéria de palavras. A voz dele parece mel, quando quer. Ele é exigente e sem escrúpulos.

Quinto aguçou o olfato.

— Como suas roupas estão cheirando a incenso, Marco! Você não sai dos templos. Está querendo ser sacerdote? Ou ainda está chorando por aquela pequena? — O tom dele era zombeteiro, mas simpático.

Marco esqueceu-se de que o irmão era muito criança e estava longe da adolescência. Enraiveceu-se por causa do seu pesar oculto e imenso.

— Você está sendo impertinente e detesto a impertinência! — exclamou. Pela primeira vez na vida, teve vontade de bater em Quinto, para aliviar a dor, mas limitou-se a cerrar o punho, sob o manto. O dia feio de fevereiro estava escurecendo e as tochas, lampiões e velas corriam por toda parte, subindo e descendo pelas ruas estreitas, entre os prédios altos. Marco apressou o passo. Era intolerável para ele que aquela criança pudesse escarnecer dele.

— Eu não quis ser impertinente — disse Quinto, alarmado diante da atitude resoluta do irmão. — Não acreditei mesmo que você ainda se lembrasse daquela moça. Nem me lembro do rosto dela, embora a tenha visto claramente! Você tem de me perdoar.

— Não tem importância — disse Marco, envergonhado da raiva que sentira. Mas suas emoções ainda estavam em tumulto. Ele pensou, com desespero: "Mesmo se ela estiver em Roma, como a poderei encontrar? Ela me é proibida."

Os pórticos dos templos estavam cheios dos fiéis retardatários, que desciam as escadas para se misturar ao povo das ruas. Quinto agarrou o braço do irmão, puxando-o vivamente para o vão de uma porta, pois um destacamento de soldados marchava rapidamente morro acima, suas sandálias de ponteira de ferro batendo nas pedras. Eles se moviam como uma falange inexorável, os tambores percutindo, as bandeiras esvoaçando. Tinham caras desumanas, fixas e aparentemente desprovidas de visão. Estavam a caminho de um dos portões e levavam mochilas nas costas. Passaram correndo pelos dois jovens com um barulho de vento e trovão. Outros vãos de porta estavam cheios de gente, apanhada na passagem deles. Marco olhou para os soldados marchando e pensou no seu futuro serviço militar com certa ansiedade. Não fora feito para ser soldado. Se a guerra civil não terminasse logo, ele seria chamado e já era quase adolescente. As pilastras e colunas dos templos e prédios públicos reluziam à luz das tochas; tinha chovido e a luz vermelha refletia-se nas pocinhas nas pedras. No oeste havia uma gigantesca impressão de um polegar sangrento, como se Marte tivesse parado displicentemente para pousá-lo ali.

Quinto estava muito interessado pelos soldados. Seus olhos brilhavam na última luz relutante do dia e ao brilho das tochas.

— Os tambores mexem comigo — disse ele. — Sinto não ter idade para ser soldado.

— Fico contente por você ainda não ter idade para assassinar seus irmãos numa guerra civil — disse Marco. Os soldados desapareceram no fim da rua alta, mas o rufar dos tambores permaneceu.

UM PILAR DE FERRO 119

— É para conservar Roma — disse Quinto que, aparentemente, nunca ouvira uma palavra do que dizia o avô.

— É para servir ao despotismo — disse Marco. — A guerra nunca existiu senão para isso.

Eles prosseguiram calados. Quinto tocou o braço do irmão.

— Vou fazer um sacrifício por você no templo de Leda, a mãe de Castor e Pólux — prometeu ele, querendo aliviar a infelicidade do irmão.

— Para quê? — perguntou Marco, levemente divertido, a despeito de tudo. — Não sou Zeus, perseguindo uma donzela, como ele perseguiu Leda. — Depois, corou e olhou depressa para o irmão. Era impossível a Quinto ser sutil. Não obstante, disse: — Tampouco sou um cisne.

Quinto ficou meio ofendido e isso era raro. Sentiu a condescendência de Marco.

— Então ofereça sacrifícios a Plutão, para que lhe devolva a sua Proserpina — disse ele. — Assim, a primavera estará em seu coração. — Seu ressentimento logo se fez sentir. — Você não sabe que entristece a casa toda, sem que se saiba o motivo? Há semanas que nosso pai não se levanta da cama e, no entanto, você agora raramente o visita no seu cubículo, como antes fazia todas as noites. Você só fica absorto na sua infelicidade.

Uma nuvem de remorso e alarma passou pela mente de Marco.

— Semanas? Ele está com outro acesso de malária? Ainda há alguns dias estava sentado à mesa.

— Semanas — disse Quinto, rispidamente.

E nem senti a falta dele, pensou Marco, triste, vendo de repente que os apaixonados tornam-se, de certo modo, monstruosos, emurados dentro de si, sem tomar conhecimento da vida que se passa em volta deles.

— Você não falou com os médicos, nem os interrogou — disse Quinto. Ele amava o pai, era seu dever, mas o achava estranho, modesto demais, sossegado demais, anulando-se demais.

— Chamaram os médicos? — disse Marco, desprezando-se.

— E fizeram várias sangrias nele — disse Quinto. — Você já reparou que mal toca no prato ao jantar e que, às vezes, o nosso avô fala horas e você nem o escuta? Olha para ele com atenção, mas seus pensamentos estão bem longe. Você aflige nossa mãe.

Marco envergonhou-se. Também estava constrangido porque Quinto vira essas coisas e as notara. Se Quinto, que simplesmente via a vida e a achava boa, percebera as abstrações do irmão, então o caso era sério mesmo. Marco controlou-se. Não podia vencer o seu pesar, mas, pelo menos, podia fazer de conta que não era tão grande, ou que ele o podia suportar.

Ele tinha, confessou a si próprio, esquecido até de Deus, suas dedicações, suas esperanças, suas ambições. Tinha ficado como Orfeu, gemendo inutilmente. Mas não podia evitá-lo. No entanto, podia esforçar-se para ter a decência de se lembrar dos que tinham de ser lembrados. Começou a correr em direção à casa, onde já se via a luz dos lampiões, Quinto correndo mais folgado ao seu lado. A colina, como toda parte, estava cheia de gente. A água das poças espirrava sobre as túnicas compridas dos rapazes e seus sapatos estavam cheios de lama.

Mesmo no topo da colina, o cheiro sufocante da cidade os alcançava, acompanhando-os como um miasma de poluição. Os romanos, embora tivessem casas com latrinas, lavadas por canais de água, muitas vezes não se davam ao trabalho de usá-las; e, embora todas as ruas tivessem a comodidade de latrinas públicas, também lavadas por água, o homem, numa emergência, usava um beco escuro. As sarjetas estavam cheias de sujeira; a lei determinava que cada dono de casa, prédio comercial e templo cuidasse da limpeza de suas instalações e havia enxames de guardas para verificar se isso era feito. Os romanos, porém, exerciam a sua independência e o direito que achavam que tinham de urinar e defecar onde quer que tivessem vontade, especialmente de noite.

O ar estava pesado e o fedor ainda mais intolerável, quando os jovens se aproximaram de casa. Mesmo Quinto, que tudo aceitava, disse:

— A cidade fede como um poço abandonado, cheio de cadáveres e detritos. Como tenho saudades de nossa ilha, onde o vento é puro e suave! Mas já ouvi você dizer que ama esta cidade, Marco.

Marco pensou que já fazia algum tempo que ele nem sequer olhava para sua cidade e ficou mais infeliz ainda. E estava morto de vergonha porque o seu terror inicial pela pátria tinha diminuído com os meses.

Naquela noite, durante o jantar frugal com o avô e o irmão, ele forçou-se a notar muitas coisas diante das quais ele antes estivera obstinadamente cego. A mãe e duas escravas serviam aos homens na sala de jantar e Marco reparou que o rosto sereno de Hélvia estava menos corado e que havia duas rugas entre seus belos olhos e que, embora ela estivesse controlada como sempre, parecia distraída. Havia apenas um lampião sobre a mesa de madeira, em vez dos dois de sempre — há quanto tempo o outro teria sido removido? Marco olhou para o lugar vazio do pai. Tinha medo de perguntar pela saúde dele, receando uma reprimenda merecida por sua indiferença recente. Depois, lembrou-se de que não vira o supervisor no vestíbulo. Quando é que o homem desaparecera? As vozes dos escravos eram menos numerosas do que as que ele se lembrava. Marco olhou furtivamente para

Um Pilar de Ferro

121

o avô e o irmão e, como não comentaram sobre essas coisas, deduziu que aquilo não era novidade para eles. Ele desprezou-se mais ainda.

Contemplou a fisionomia sombria do avô. Nunca fora alegre, mas agora parecia muito mais velha, mais magra e mais séria. O velho parecia absorto em pensamentos infelizes. Há quanto tempo estaria assim? Até Quinto parecia mais quieto. "Não vi nada, pois só tenho visto Lívia", pensou o rapaz. "Fiquei me consumindo e abandonei os que me são queridos." Ele queria indagar das coisas, desesperado, e não sabia como começar. Depois de algum tempo, comendo um prato sem gosto de farinha levemente adoçada com mel, procurou falar com naturalidade.

— Avô, acha que a guerra ainda vai durar muito tempo?

O avô largou a colher e olhou-o, irritado.

— Falei longamente sobre isso ainda ontem à noite, Marco — disse ele. — Falei durante uma hora, pelo relógio. Não estava escutando?

Quinto olhou para o irmão, os olhos arregalados, e neles havia um brilho de ironia compreensiva.

— Você não disse nada — prosseguiu o avô — portanto supus, talvez tolamente, que estivesse pensando em minhas palavras.

Marco procurou ser sutil; nunca fora falso e era difícil fazer isso agora.

— Mas as coisas mudam, de um dia para outro — disse ele.

O avô resmungou e limpou a barba.

— Não tão depressa assim. As folhas das notícias são afixadas aos muros só uma vez por semana. Ainda ontem li as últimas e as discuti com vocês. Acha que Mercúrio voa para o meu lado todas as noites, com novas notícias importantes, só para meus ouvidos?

Ele olhou para o prato.

— Sempre há boatos — disse ele, de má vontade —, mas não dou ouvidos a boatos.

Marco desejou ardentemente que ele desse, para que ao menos pudesse saber das notícias e discuti-las com inteligência.

— É apenas o começo dos desastres — disse o velho. — Os tribunos e os cônsules eleitos pelo povo estão traindo cada vez mais, para angariar favores do estado. Acabou-se o tempo da cidade-estado, mas os tolos não querem admitir isso. Nós nos tornamos complexos demais para as cidades-estados. Precisamos de uma única e grande nação, com as localidades administradas individualmente por vizinhos eleitos, individualmente responsáveis perante o povo, mas todos sob um governo nacional, que, no entanto, deve ser restrito, para não se tornar tirânico, com o poder centralizado. A autoridade deve ser completamente definida e nunca se pode permitir sua expansão, do contrário teremos o despotismo de alguns.

— Platão, em sua *Republica*, não concorda? — perguntou Marco, procurando mostrar interesse.

O avô soltou um grunhido.

— Platão ainda pensava na república como uma cidade-estado. Estou falando de um estado nacional.

— Um império — sugeriu Marco.

O avô ficou consternado.

— Nunca um império! — exclamou ele. — Que os deuses preservem Roma de algum dia tornar-se um império! Roma agora já está bastante mal, com seus roubos, burocratas e políticos ladrões e opressores, sua imoralidade e degeneração, a devassidão do povo, seu ateísmo e materialismo, sua ambição e tirania! Só lhe falta mesmo a espada do império para tornar-se totalmente depravada. Só lhe falta coroar um só homem e chamá-lo de *Imperator* para afundar num poço as suas últimas virtudes. Basta que um único homem governe um estado e esse estado estará condenado.

Ele sacudiu a cabeça, com tristeza.

— Mas nós caminhamos para a morte. Assim como os homens morrem, as nações também morrem. Não tenho esperanças para Roma, pois não tenho esperanças para os homens. Só uma nação governada por Deus e Suas leis pode sobreviver aos séculos. Um dia já fomos um povo assim, mas não o somos mais.

Marco estava profundamente deprimido. Bebeu um pouco de vinho. O avô não gostava que se mudasse o assunto da conversa de repente e Marco esperou até que os escravos levassem para a mesa pequenas tigelas de barro com água para os amos lavarem os dedos. Então, o rapaz falou:

— Como está meu pai hoje?

— Não está melhor do que ontem. — O avô acrescentou, sardônico, com bastante argúcia: — Mas é possível que você não saiba como ele passou ontem, pois não o visitou.

Marco corou. Não sabia para onde olhar e reprovou-se, envergonhado. Sua mente estava cheia de perguntas que não ousava formular. Olhou em volta da sala escura e despida e achou-a cheia de sombras. Seu coração estava doente de tristeza e, por mais que se esforçasse, não conseguia expulsar o rosto brilhante de Lívia, que parecia assombrar todos os cantos.

Ele disse com uma honestidade amarga:

— Tenho andado absorto e peço o seu perdão.

O avô pensou e disse:

UM PILAR DE FERRO

— Há muito tempo venho notando que seus pensamentos estão bem distantes. Viandante, já pensou no destino de Roma e da sua família? Ou não tomou conhecimento deles?

Hélvia apareceu, por trás da cortina de lã cinza e olhou para os homens. Tinha escutado a conversa e estava com pena de Marco. Examinou o lampião, naquele silêncio pesado de reprovação, e sacudiu a cabeça. Depois, fixou os olhos sobre o primogênito e disse:

— Temos de ser mais frugais ainda. A situação econômica de Roma está desesperadora devido à guerra. A desta família está ainda mais desesperadora. O valor de nossos investimentos diminuiu até quase desaparecer. Nosso maior investimento estava nos títulos marítimos. É estranho, mas nos períodos de guerra os próprios elementos ficam convulsionados. Quase metade dos navios em que investimos desapareceram com suas cargas, ou afundaram, ou foram apreendidos por piratas, perdendo-se. Nossos outros investimentos decaíram proporcionalmente devido à guerra. Várias minas em que investimos diminuíram até quase nada. Como muitos de nossos amigos, temos sido infelizes, e a culpa não é nossa. O avô de vocês teve juízo ao investir e, se não fosse a guerra, teríamos prosperado muito. Há muito tempo ele assumiu o encargo do dinheiro que levei para seu pai como dote, Marco, pois Túlio há muitos anos começou a se desinteressar. — Por um momento, seu rosto jovem e impassível empalideceu.

— A guerra — recomeçou ela — leva a calamidade não só às nações, como também aos indivíduos. Somente as pessoas diretamente interessadas em fornecer material bélico e atender às necessidades dos soldados estão fazendo fortuna, hoje em dia. Estão até desafiando os patrícios, com o seu ouro novo, e invadindo as velhas famílias com os casamentos de seus filhos e filhas. É a necessidade. Um dá o nome, o outro dá o dinheiro; e não se pode viver sem dinheiro, por mais importante que seja o nome. Mas isso dilui o sangue nobre e os princípios nobres, pois os novos-ricos não têm impulsos nobres, mas apenas apetites para a exibição externa de uma nobreza que não possuem. Um plebeu de roupas ricas, numa carruagem lindamente ajaezada, seguido por um cortejo de escravos, continua a ser um plebeu. Embora dê ordens aos senadores, pelo seu ouro, ainda é desprezível. Seus anseios são os de um animal, pois é um animal.

O avô concordou, sério.

— Quando um mendigo monta no cavalo e pega o chicote, é muito pior do que um velho patrício orgulhoso, que pelo menos tem uma história de honra, os modos de um cavalheiro e a tradição da nobreza. Eu pertenço à classe média. Se tivesse um processo a ser julgado, preferiria ser julgado por patrícios e não por um homem da rua, todo cheio de si, que não tem um ponto de referência quanto à justiça honrada e os métodos de homens honrados.

Ele sacudiu a cabeça.

— Mas mesmo entre os patrícios e os nobres há os exigentes, que ambicionam o poder. Sabem que o poder depende dos números, por isso hoje agradam a plebe, o povo comum, mas temido por todos os governos. E com razão, pois eles têm apetite e barriga e, como animais, não têm restrições nem controle. Portanto, os patrícios, se essa guerra terminar algum dia, darão sua atenção à plebe, utilizando-a para restaurar suas fortunas e conquistar o poder.

— Talvez o senhor esteja pessimista demais — disse Marco.

— Não, não! Não estou, pois nós rejeitamos Deus e O abandonamos.

Marco finalmente compreendia as sombras que haviam dominado sua família e que ele não tinha percebido. Preocupava-o o fato de que a mãe, sempre tão controlada e imperturbável, estivesse desesperada. Não se lembrava de Hélvia ter deixado de ser ajuizada e um pouco indulgente com o avô.

— Receio — disse Hélvia, preparando-se para tornar a retirar-se — que você não vá à Grécia quando esperava ir, Marco. Mal conseguimos guardar os 400 mil sestércios necessários para conservar a nobreza de seu pai. Não se deve usar isso.

— Já vendemos metade de nossos escravos — disse o avô. — Não podia ser de outro modo. Eu pretendia declarar em testamento que meus escravos fossem libertados por ocasião de minha morte; e o mesmo constava do testamento de seu pai. Agora não nos podemos dar a esse luxo nobre.

Marco nunca pensara em dinheiro. Sabia que o avô e a mãe eram sovinas e excessivamente frugais. Isso o divertia. Mas uma coisa era ser sovina e frugal quando se é rico; e outra sê-lo por pura necessidade.

— Eu vou ser soldado, um general — disse Quinto. — Então serei rico, com o futuro garantido. Não pretendo ser pobre.

Hélvia, junto à cortina, sorriu com carinho para o seu favorito. O avô levantou-se, depois de invocar os deuses brevemente, e saiu da sala calado, ainda emanando reprovação. Quinto bocejou e disse:

— Tenho de ir falar com Arquias, que cada vez tem menos respeito por Filo, se é que um dia teve algum. Tampouco tem respeito por minha mente.

— Vou ver o meu pai — disse Marco, odiando-se.

Primeiro, ele foi ao seu pequeno cubículo, que estava escuro. Não acendeu o lampião. O óleo, conforme descobrira, era precioso, naqueles dias.

Um Pilar de Ferro

Ajoelhou-se junto da cama estreita e rezou. Não rezou por dinheiro, pois isso era um insulto a Deus. Rezou por sabedoria e coragem, mas seu coração não estava naquilo. Estava assustado. Pensou, não sou mais criança. Sou um homem. Então, rezou pela paz da família e pela saúde do pai. Rezou para que tivesse a força para suportar o que acontecesse. Mas rezou sem fervor. Então, lembrou-se de repente que suas orações, já há algum tempo, vinham carecendo dessa virtude. Ele só pensara em Lívia e todas as suas orações eram dirigidas a Vênus.

Ele bateu com a cabeça na cama e murmurou em voz alta, em sua agonia:

— Ah, se eu ao menos pudesse esquecê-la! Serei tão criança ainda, que não consigo controlar minhas emoções? Ah, se eu fosse como Zeus, capaz de cair sobre Lívia, como Danae, num chuveiro de ouro!

Suas lágrimas caíram sobre as mãos postas. Ajoelhou-se, num silêncio súbito. Nunca se esqueceria de Lívia. Isso era impossível. No entanto, tentaria viver com sua angústia, sem nunca permitir que ela o cegasse a outras coisas. Os espartanos seguravam raposas contra a barriga, permitindo que os animais os roessem. Isso porém, não os impedia de serem excelentes soldados e levarem vidas normais. Ele seria menos do que um espartano rústico? Ele era romano. Ser menos era não ser homem.

Então, foi procurar o pai. Seu ódio por si lhe deu força e calma. Fixou um sorriso no rosto, enquanto afastava a cortina para o cubículo de Túlio.

Túlio tinha terminado o jantar frugal e o vinho e deitara-se, exausto com o esforço de comer. Ali havia um lampião fumacento, aceso na parede, e uma cadeira. Ele virou debilmente o rosto abatido para a cortina, quando Marco entrou; a luz do lampião mostrava seu rosto magro e encovado, os olhos caídos. Mas ele sorriu, com uma doçura radiante; sua testa estava coberta por grandes gotas de suor febril e os lábios apresentavam-se rachados e ressequidos. Marco sentiu como se tivesse estado ausente muito tempo, voltando para descobrir, devorado pela doença, alguém que ele deixara são.

— Meu filho — disse Túlio e o coração de Marco novamente bateu apressado, com raiva de si, pois a voz fraca do pai era a voz alegre de alguém que cumprimenta um viajante de volta. Ele sentou-se na cadeira. Não podia desculpar-se por seu abandono, pois isso magoaria ainda mais o pai. Portanto, limitou-se a indagar pela saúde dele. Túlio tornou a sorrir, como se isso o divertisse.

— É a minha malária — disse ele. — Não tenha receio, Marco. Não vou morrer. Hei de vê-lo, com esses olhos, quando você for um grande homem, com mulher e filhos ao seu lado.

Marco olhou com tristeza para aqueles olhos febris. E então viu neles o espírito poderoso contra a carne. Sua tristeza se abrandou. Se o pai decretara a vida para si, então viveria. Sentindo-se perdoado e aliviado, Marco lhe contou sobre o colégio.

— Em breve, vamos tirá-lo de lá — disse Túlio. — Temos de arranjar outro preceptor para você, além de Arquias. E você precisa começar a estudar as leis.

Ele falava serenamente. Não se referiu à guerra nem à situação financeira da família. Segurou a mão do filho na sua mão quente e esquelética e falou com orgulho do futuro de Marco e da honra que ele traria para a família. A sorte da pátria estava longe de seus pensamentos. Sempre vivera num pequeno mundo de sonhos, sendo por vezes sacudido para fora dele pelo pai.

— Lamento — disse Túlio, de repente, numa voz que quase não se ouvia — ter nascido.

Marco pensou no que a mãe dissera sobre o marido quando rapaz: "Parecia um jovem Hermes." Havia alguma coisa espiritualmente passageira e aérea no pai, algo que não podia ser tocado pelo mundo grosseiro, algo alado, remoto e fugidio.

Ele ama Deus, pensou Marco, com uma intuição profunda. Anseia por um lar que só ele conhece.

O rapaz pensou no altar do Deus Desconhecido. Esquecera-se disso, naqueles últimos meses. Pensou nos lírios que depositara no altar Dele, em honra da Mãe Dele. Também se esquecera do que Noë ben Joel lhe dissera sobre o Messias. E por quê? Por causa de uma pequena com cabelos de outono e olhos azuis como um céu de outono. Em algum lugar, em algum momento, pensou Marco, perdi o caminho. Em algum lugar, perdi a verdade.

Ainda assim, ele não podia entender a vontade do pai de deixar esse mundo.

Olhou de novo para Túlio, que caíra num sono que parecia a morte; mas estava sorrindo no sono. Sentindo-se pesado e sem jeito, Marco apagou o lampião, puxou a coberta do pai sobre o peito magro, coberto de linho, e saiu do cubículo. Estava ao mesmo tempo pensativo e abatido. Foi procurar Arquias com seus livros. O mestre estava animado.

— Temos más notícias das províncias — disse ele, como se estivesse contando boas novas. Marco fechou a cara.

— Isso lhe agrada? — perguntou.

Arquias deu uma risada.

UM PILAR DE FERRO

— Estou para me preocupar com os problemas de Roma? — perguntou ele. — Ora, Roma não cairá dentro de seus portões tão cedo, nem será devastada pelos bárbaros! Ela ainda terá o seu esplendor, mas será como a fosforescência que brilha de um cadáver em decomposição. O homem é a mais risível das criaturas, embora também a mais patética. Você não consegue ser um espectador, como eu, Marco? Olhe bem, a vida é a mais perigosa das experiências, o mundo o mais perigoso dos lugares e o homem o mais perigoso dos animais. Contemplá-lo é a essência da sabedoria; não se envolver com ele é o rumo mais sábio de todos.

— Você nunca se envolveu?

— Nunca — disse Arquias, com ênfase. — Eu me mantenho de lado. Adoro a poesia e a filosofia. Mas mesmo isso me diverte. São as tentativas do homem para chegar a termos com o que está escondido dele para sempre. A águia ou o leão indagam de onde vieram ou qual o seu propósito? O camundongo contempla e tenta resolver enigmas? A flor quer saber o que há além do sol? Não. Estão satisfeitos em serem, como eu. Aceitam. Não temem a vida nem a morte. São mais sábios do que nós.

— Um dia você disse, Arquias, que é impossível fazer uma pergunta, pela própria natureza das coisas, se não houver uma resposta. A própria existência de uma pergunta propõe uma resposta.

— Eu estava fazendo um exercício metafísico — disse Arquias. — Você não me deve levar a sério sempre, especialmente quando estou com problema de estômago, como devia estar quando disse esse absurdo. Mas vamos agora às nossas lições. O que foi que aquele pateta do Filo lhe disse hoje?

— Ele sabe que pretendo ser advogado. Então, observou que as leis não devem ser estáticas, ou imutáveis, mas devem progredir à medida que o homem progride.

— Mas que sofisma! — disse Arquias. — O homem progride? Não. Sua natureza permanece a única constante da vida. Ele cria a invenção; faz cidades cada vez maiores. Instala governos. Exulta na fantasmagoria da mudança. Imagina que o simples movimento é progresso e que a atividade em si é a mutabilidade. Se correr, acredita ele, chegará a um local mais alto. Mas não pode fugir de si, por mais que grite, por mais que mude o seu meio. Portanto, as leis baseadas na sua fantasia de mudança são ridículas. Ele alcançará a novidade, mas essa novidade não será a sabedoria, por mais que ele se glorifique e se gabe. Ele trocará uma opinião por outra sempre; mudará seus deuses, chamando-os por outros nomes. Mas sempre, e para sempre, o homem será o mesmo. É sobre essa verdade que a lei deve ser estabelecida e aplicada.

Marco escutou atentamente e depois disse:

— Noë ben Joel fala do Messias dos judeus, que mudará os corações dos homens.

Arquias fez um gesto de superioridade.

— Esses judeus! E onde está esse famoso Messias? Por que Ele espera tanto tempo? Se Ele vier, o que duvido, compreenderá os homens. Mas não creio que Ele consiga modificá-los.

Marco tivera muita perturbação emocional naquela noite e sua cabeça começou a doer. Ficou desatento e Arquias, impaciente, dispensou-o. Marco foi para seu cubículo, mas não conseguiu dormir.

Ficou deitado, agitado, escutando o troar imenso e insone da cidade que o cercava. Pensou nos vastos territórios submetidos a ela, espalhados pelo mundo, nos incontáveis milhões de pessoas dominadas, de múltiplas raças e idiomas. Pensou no poder romano, cada dia tornando-se mais tremendo. No entanto, quando Roma agora lutava com o seu próprio povo, em sua terra, as nações submetidas se agitavam, inquietas, na esperança de que as asas da águia se rasgassem, a cabeça fosse decapitada e que eles então se livrassem da espada curta e da garra de ferro que a empunhava. As bandeiras romanas nas muralhas intermináveis e fortalezas distantes eram vistas com olhos duvidosos; as pessoas passavam a língua nos lábios. O *fasces* era maldito secretamente. As legiões romanas que marchavam por toda parte eram contempladas por olhares de ódio e hostilidade. Se Roma se enfraquecesse e ficasse dividida, então os chacais avançariam sobre seus membros feridos.

Era verdade que Roma estabelecera sua lei estrangeira em terras conquistadas, ali introduzindo também seus costumes e deuses estrangeiros. Mas a lei ainda era relativamente justa, embora os impostos se tornassem mais onerosos. Os procônsules eram tão honestos quanto seria de esperar, levando-se em conta as pressões locais exercidas sobre eles e os subornos vultosos oferecidos por príncipes, chefes e coletores de impostos. A um mundo fervilhando em guerras constantes, Roma levara a paz, uma paz precária, mas ainda assim era paz. A espada curta era odiada, mas mantinha a lei e reforçava a ordem. Roma tivera a sabedoria de não impor seus deuses sobre as nações vencidas. Tinha sido astuta bastante para chegar a conceder às divindades estrangeiras uma certa homenagem, introduzindo muitas em seu próprio panteão.

Em toda a história, portanto, nunca houvera um governante tão relativamente benigno. A paixão romana pela jurisprudência poupara às populações o cerco constante. Mas se as nações submetidas davam mostras de rebelião, sentiam o peso esmagador do punho romano. Os romanos consideravam isso razoável. Também consideravam repreensível o orgulho

Um Pilar de Ferro

nacional e patriotismo nacional em terras conquistadas, pois não ameaçavam a paz romana? O mundo era romano; ele que não sonhasse em reaver a sua hegemonia, sua independência. O que lhes trouxera a independência, no passado? Guerras, ambições competitivas, destruição, desordem.

Marco, deitado em sua cama dura, pensava sobre essas coisas. Considerou a *Pax Romana*, aplicada com uma eficiência fria e impiedosa. Era contra a natureza! As nações não podiam ser fundidas como pedaços de ferro! Eram constituídas de homens, de diferentes raças, línguas, costumes, deuses. Tinham direito à sua terra e só eles tinham direito. Roma procurara destruir a individualidade e a variedade, em nome da paz e em nome de Roma. Mas os homens persistem em nascer com suas feições próprias e almas para sempre alheias à *Pax Romana*. Era um sonho louco e contra a natureza — que todos os homens tivessem um só governo e procurassem a lei naquele governo único e pagassem impostos a esse governo. Os impérios mortos tinham tido esse sonho, inclusive a Grécia, e ele fora destruído, pois o espírito do homem não pode sofrer o escárnio. O que Noë ben Joel citara a Marco, acerca dos escritos dos judeus? Que Deus estabelecera os limites das nações, criara as várias raças e homem nenhum devia intrometer-se com elas.

— Uma coisa é certa — dissera Arquias um dia. — Os homens não aprenderam nada com o passado. Seguem o mesmo caminho antigo até a morte e são cegos aos avisos.

E agora, quando Roma lutava com seus irmãos na terra italiana, as nações dominadas esperavam e rezavam pela sua queda, para que ficassem livres de sua paz onerosa, seus impostos e sua lei — pois tudo isso era alheio ao seu espírito.

Os pensamentos de Marco cada vez estavam mais inquietos. Pensou se estaria sendo desleal para com a sua pátria. Levantou-se, acendeu o lampião do corredor e depois mirou-o sem rumo, e com uma agitação íntima. Orgulhava-se de sua pátria. Mas outros homens também tinham o direito de sentirem orgulho de suas pátrias e de conservarem suas leis.

A cabeça de Marco zunia com muitos pensamentos e estava doendo mais ainda. Arquias tinha um mau conceito sobre a humanidade, pensou ele, lembrando-se das palavras do outro naquela noite. Para Arquias, o homem era divertidamente mau, totalmente mau; era pior quando pretendia ser virtuoso. No entanto, na verdade, Marco disse consigo, há certa virtude no homem. Ele tinha impulsos magnânimos, bem como impulsos cruéis. Construía hospitais para os pobres e os escravos, como em Roma. Protegia os escravos por meio de várias leis. (Os romanos não consideravam os escravos simples "objetos", como os gregos.) Tinha uma honra arraigada na verdade e na justiça, mesmo quando ele era mentiroso e injusto, pessoalmente. Respeitava a virtude, embora muitas vezes lhe faltasse a virtude.

Marco encontrou-se no átrio frio e pensou vagamente como chegara ali. Não havia mais qualquer escravo dormindo no vestíbulo. O rapaz abriu a forte porta de carvalho e o vento frio penetrou em sua camisa de lã, mas ele contemplou a cidade, embaixo. Os romanos se deitavam cedo, mas ainda havia muitos pelas ruas, nas festas e diversões. O murmúrio de carros correndo chegou a Marco, num trovejar metálico de rodas. A cidade parecia em fogo, na névoa, pois as tochas afixadas nas paredes de pedra flamejavam numa extensão de quilômetros, como um mar agitado e em chamas. As lanternas ainda piscavam por toda parte e o céu de inverno, em nuvens baixas sobre a cidade, refletia a luz das tochas. Gritos próximos e distantes, risos e vozes pesadas eram levadas pela névoa baixa. Marco fechou a porta.

Chegara novamente à cortina de seu cubículo quando ouviu um gemido rouco. Parou, procurando ouvir. O gemido repetiu-se e depois ouviu um grito fraco e sufocado. O primeiro pensamento de Marco foi para o pai e, de repente, encheu-se de medo. Mas quando chegou ao cubículo do pai, não ouviu nenhum barulho, a não ser um virar inquieto na cama. O gemido fez-se ouvir de novo, forte, cheio de sofrimento, e Marco correu pelo corredor frio e estreito até o cubículo do avô.

— Vovô? — chamou ele, em voz baixa.

O velho tornou a gritar. Marco afastou a cortina e entrou no cubículo, que estava numa escuridão de breu. Marco foi depressa ao seu cubículo e pegou o lampião. Levantou-o sobre o avô.

Ele nunca tinha visto a face da morte, nem sua sombra. O velho estava sentado na cama, agarrando a garganta, e seus olhos rolavam loucamente, à luz baça. Ele viu Marco. Engoliu convulsivamente e sua barba grisalha tremeu. Deixou cair as mãos.

— Estou morrendo — disse ele, com voz fraca.

— Não — disse Marco, apavorado. Ele levantou a voz e chamou Félon, o médico, que dormia ali perto. Félon chegou ao corredor, despido e sonolento, piscando à luz do lampião.

— Socorro! — disse Marco.

Capítulo XII

O cipreste do luto estava à porta da casa dos Cíceros.

— Você está com dezesseis anos, Marco — disse Hélvia, cujo rosto gorducho estava sério e pálido. — Só vestirá a toga do homem adulto daqui a sete semanas. Não obstante, você agora é o homem da família. Não há mais ninguém.

Para um rapaz cuja vida tinha sido serena, somente uma ou duas vezes iluminada pela paixão ou pela fúria, que levara uma existência muito bucólica no seio de uma família pacata, cujos dias tinham sido quietos e cheios de afeto, sem uma verdadeira responsabilidade, a situação parecia terrível. Ele não conhecera os dias inquietos ou turbulentos dos que se empenhavam em guerras ou tinham guerreiros na família; nem conhecera os dias de ansiedade que acompanham aqueles que têm uma renda incerta. Como não era patrício, não fora submetido a arrogâncias, nem insistências em protocolo, nem honras rancorosas, nem empenhos, nem ambição na luta pelo poder político, nem intrigas ou tramas, nem misturas com senadores, cônsules ou tribunos, nem terrores, suspeitas ou grandeza. "Sob todos os aspectos", escreveu ele, muitos anos depois, "minha vida na infância foi a proporção áurea dos gregos, sem excessos. Mas, infelizmente, não a admiro. É a experiência que faz o homem e, se for fogosa, então o metal tem a têmpera. O rio tranqüilo corre por um campo sossegado, mas não forma estuários vivos, nem troveja numa violência verde e fresca sobre as pedras. Não tem turbulência e tampouco vida. É estagnado."

Marco não conseguiu chorar pelo avô, pois estava por demais aturdido, sem poder crer que uma pessoa tão significativa e majestosa nunca mais seria ouvida, nem ofereceria a mão para ajudar a juventude, não teria mais palavras de conselhos explícitos. Marco sentiu certa amargura contra o pai, Túlio, que agora chorava como uma criança, escondendo a cabeça sob as cobertas e dizendo que a família estava arruinada. Quando Marco o visitava em seu cubículo, o pai lhe estendia a mão trêmula, pedindo ajuda, reconforto. Só depois de algum tempo é que o rapaz, desesperado, conseguiu se forçar a tocar naquela mão de criança.

— Se ao menos fosse eu que tivesse morrido, em vez do meu pai! — exclamava Túlio e, em sua miséria e confusão, Marco uma ou duas vezes repetiu a idéia mentalmente.

O pequeno Quinto olhava para o irmão mais velho com o respeito devido ao chefe da família. Os escravos submeteram-se a ele. Durante certo tempo, Arquias calou sua língua ferina. Hélvia o olhava com severidade e esperava. E ele não sabia o que devia fazer primeiro. O seu próprio pesar era avassalador; mas não lhe era permitido entregar-se, pois a família esperava por ele.

O avô morrera em seus braços e foi só então que Marco compreendeu o quanto ele amara o velho, que na família parecia um grande carvalho no meio de brotos. Seus galhos os haviam protegido de ventos violentos; suas folhas os abrigara contra o sol abrasador; seu tronco fora o refúgio deles. Agora, num instante o carvalho fora derrubado e os brotos estavam expostos. Durante muitos dias, ao acordar, Marco dizia, em voz alta: "Não é possível!"

Foi preciso observar o terrível ritual da morte, sacrifícios a serem feitos, os templos visitados, as orações pronunciadas pelo repouso da alma severa e virtuosa do avô, dinheiro a ser distribuído aos pobres em sua homenagem, os sacerdotes a serem recompensados, ofertas feitas para as orações das Virgens Vestais, velas a serem acesas em nome do avô ao pôr-do-sol — acesas por Marco —, exortações, dinheiro dado aos escravos por suas orações e a lembrança de seus deveres, visitas a receber, pêsames a suportar, o testamento do avô a ser ouvido, enquanto era lido gravemente pelos advogados e, sobretudo, dispor de seu corpo nodoso e majestoso. Um homem não morre e simplesmente desaparece.

Prudentemente, Hélvia não deu conselhos ao filho, nem mesmo ajudou-o. Ele já era homem e tinha de assumir as responsabilidades como tal. Hélvia era uma romana à moda antiga. Quanto mais cedo o jovem se tornasse homem, melhor. Ela limitou-se a colocar os livros diante dele, explicando seu significado, e depois mandou Marco procurar os advogados e banqueiros. Em mais de uma ocasião, Marco teve vontade de recorrer a ela, mas seu rosto calmo e impassível lhe avisou que ele não era mais criança e que tudo isso era seu dever.

Ele se sentia mole, fraco e vulnerável, mas como Hélvia esperava que ele assumisse o encargo, suas asas endureceram, tornando-se fortes, como têm de ser as asas molhadas e novas de uma borboleta quando ela sai da crisálida. Do contrário, nunca voará e ficará logo à mercê de qualquer pássaro, indefesa e exposta. Não havia tempo para chorar, nem para se comiserar. Os dias avançavam sobre Marco como muros intimidantes ou exércitos invasores. Ele tinha de lidar com eles. Sabia tratar bastante bem dos problemas de vulto, pois havia os advogados e banqueiros. Mas os pequenos problemas o atormentavam e irritavam. Pilhou-se enfurecendo-se até com o mais humilde dos escravos. Seus livros estavam secos como pó. Ele, que raramente tomara alguma decisão, agora tinha de tomar todas as decisões.

— Tenho a família mais desamparada! — exclamou ele um dia para a mãe. Hélvia limitou-se a rir levemente.

— Você queria ficar criança para sempre? — perguntou.

O testamento do avô era bem simples, à primeira vista. A renda de seus investimentos ficava para Túlio, mas Marco era o beneficiário residuário, como filho mais velho. A casa era carinhosamente dada a Hélvia. Quinto, como cabia a um futuro soldado, recebia as velhas lembranças de guerra do velho, sua

Um Pilar de Ferro

querida espada curta, seu escudo, sua armadura, seu busto de Marte, suas citações por bravura no campo, suas medalhas. O avô ainda nomeava Marco seu inventariante; deixava-lhe também a ilha paterna de Arpino.

Pela primeira vez Hélvia deu um conselho. Quem sabia o que tinha acontecido à casa ancestral na ilha? A família, disse ela, estava necessitada de dinheiro, devido ao fracasso de tantos investimentos. Quando a família poderia voltar à ilha? Quem sabia quanto tempo a guerra ainda duraria? Enquanto isso, a propriedade pagava impostos altos, devido à guerra, e estes aumentavam cada vez mais. Marco devia vender a ilha.

— Não — disse Marco.

Hélvia apertou os lábios.

— Nós voltaremos lá — disse Marco. — Até as guerras têm de acabar um dia.

Hélvia notou, pela primeira vez, que Marco tinha sobrancelhas muito salientes e, por um momento, sobressaltou-se, pois parecia que era o avô quem a estava fitando com seus próprios olhos, ainda que a cor e a forma fossem iguais aos dela.

— Vou levar as cinzas dele para a ilha e enterrá-las lá, no lugar que ele amava — disse Marco. — Enquanto isso, temos de viver com a maior economia possível, para poder pagar os impostos. É estranho — disse ele, com amargura — que os poderosos pareçam não ser afetados pelos impostos, florescendo mesmo durante as guerras, não?

— Eles são amigos dos senadores — disse Hélvia. — Os corruptos e influentes nunca são sobrecarregados, como são os responsáveis e os justos. É o preço que pagamos ao governo venal, que protege seus favoritos e castiga aqueles que o desprezam.

— Não foi sempre assim — disse Marco. — A nossa história nos ensina que quando um governo é honesto, justo e virtuoso, os impostos são reduzidos. Mas, quando um governo se torna poderoso, é destruidor, extravagante e violento; é um usurário que tira o pão da boca dos inocentes e priva os homens honrados de sua subsistência, por votos com que se perpetuar.*

Marco falou sobre isso com Arquias, que deu de ombros, sorrindo para ele com ironia:

— Agora você deve interessar-se pela política, pois aquele que se retrai com palavras elevadas não tem patriotismo nem honra. Foi Péricles quem disse: "Não dizemos que o homem que não se interessa pela política está cuidando de seus negócios. Dizemos que ele não tem negócio nenhum no mundo."

---

*De *De Republica*.

Marco descobriu que o pai de Noë ben Joel, Joel ben Salomão, tinha sido o conselheiro de investimentos do avô. Assim, Marco visitou Joel ben Salomão, por quem tinha um afeto filial, já tendo jantado várias vezes à sua mesa suntuosa. O senhor idoso, pai de muitas filhas — que por fim conseguira fazer casar — e um filho incomparável, recebeu-o amavelmente em seu gabinete no Fórum. Sua barba grisalha lembrava o avô a Marco, bem como os olhos brilhantes e espertos. Marco olhou para ele e, pela primeira vez, desde a morte do avô, seus olhos se encheram de lágrimas. Joel ben Salomão pareceu compreender. Ficou ali sentado pacientemente à mesa de ébano, olhando para Marco com um ar paternal. Por fim, falou:

— Tenho de agradecer-lhe, Marco, porque o meu filho agora se interessa pela religião. Eu já havia perdido as esperanças nele. — Joel ben Salomão sorriu com bondade. — Também espero que ele entre para este escritório de contabilidade — disse.

Marco voltou para casa e disse à mãe que, embora a família já vivesse com modéstia, era preciso restringir as despesas ainda mais. Ela inclinou a cabeça, séria.

— Diga-me — disse ela. — Algum dia fui esbanjadora? Possuo uma escrava cujo único dever é ungir meu corpo depois do banho e arrumar meu cabelo? Tenho três cozinheiras em minha cozinha? Sou eu a cozinheira, meu filho. Minhas roupas são extravagantes, meus sapatos cheios de jóias? Uso jóias no pescoço ou nas orelhas? Os poucos escravos que conservamos são necessários; além disso, estão velhos e estão comigo ou com minha mãe há muitos anos. Vamos vender essas pobres criaturas velhas? Quem as compraria? Vamos lhes dar a liberdade, largando-as para morrerem de fome nas ruas? As *manes* delas nos amaldiçoariam! Você tem de me dizer o que devemos fazer.

Marco vacilou, triste.

— Há o estipêndio de Arquias — disse ele. — Não podemos pagá-lo.

— Sócrates disse que um homem, para ter valor no mundo, deve ter instrução — disse Hélvia.

— Quinto não é um estudioso — replicou Marco. — Detesta os livros. O que ele paga na academia de Filo é a metade dos honorários de Arquias.

Hélvia ficou ali sentada com seus livros, esperando, enquanto Marco, intimamente contraído, ia aos aposentos de Arquias para lhe comunicar a decisão. O grego escutou calado.

Depois disse:

— O seu pai me pagou generosamente todos esses anos e sou um homem de poucos luxos, a não ser um vinho de qualidade, que eu mesmo compro. Além disso, minha Eunice é preciosa para a Sra. Hélvia. Economizei

UM PILAR DE FERRO

meu dinheiro; conhecendo o caráter dos homens, eu o investi em certos empreendimentos. Portanto, permita que eu permaneça com vocês, meu caro Marco, sem qualquer estipêndio. Não tenho outro lar. — Ele vacilou. — Se os meus parcos fundos puderem ajudá-lo nesta crise, conte com eles.

Pela segunda vez naquele dia, e a segunda desde a morte do avô, as lágrimas encheram os olhos de Marco. Ele se agarrou ao pescoço de Arquias e abraçou-o.

— Não me deixe, meu mestre querido — disse ele.

— Psiu — disse Arquias. Ele franziu a testa. — Tire Quinto, aquele tolo amável, da academia de Filo. Eu ensinarei a ele de graça, embora, confesso, trema diante dessa idéia. Mas ele tem uma natureza alegre e isso não é de se desprezar. Dentro de alguns anos estará no exército, pelo que dou minhas graças devotas.

— E eu, dentro de algumas semanas, vou começar a estudar Direito — disse Marco. — Não preciso mais ir à academia de Filo. Ele já me ensinou tudo o que sabe.

— O que não é grande coisa — disse Arquias.

Marco voltou para junto da mãe, bem mais satisfeito. Ela sorriu, sem demonstrar surpresa.

— Sem o auxílio de Eunice — disse ela — seria impossível para mim sozinha vestir essa família. Esperava que Arquias fizesse o que fez.

— Ainda assim, temos de cortar as despesas, como uma faca corta a casca de um nabo — disse Marco, sentando-se de novo ao lado dela.

— Tenho um plano — disse Hélvia. — Temos de providenciar o seu noivado com uma moça que lhe traga um dote excelente. Tenho uma jovem em mente: Terência.

Pela primeira vez, desde a morte do avô, Marco permitiu-se pensar em Lívia Cúrio. A lembrança da jovem permanecera em sua mente infeliz como uma dor latente; agora, acendeu-se numa chama.

— Não! — exclamou ele.

— Por que não? — perguntou a mãe, com calma. — Ela tem doze anos, uma idade para se ficar noiva. Não é muito bonita, mas é filha única, embora tenha uma meia-irmã sem importância. A notícia de seu noivado com ela, depois que você assumir a toga de adulto, por si já nos trará boa sorte. O casamento poderá realizar-se dentro de dois anos.

— Não! — exclamou Marco, de novo.

A mãe olhou-o com estranheza.

— Não é preciso tanta veemência. Será possível que você ainda esteja pensando em Lívia Cúrio? Fui informada por Aurélia César de que o casamento dela com Lúcio Catilina se realizará este verão. Ele já voltou da Grécia. Voltou para servir à pátria, foi o que disse.

Marco sentiu-se mal de verdade. Cerrou as mãos nos joelhos e olhou fixamente para a frente, sem ver nada.

— Não importa — disse ele, por fim, em voz baixa. — Mesmo que ela se case com outro, nunca a esquecerei, nem me casarei com outra.

Hélvia deu de ombros.

— Veremos — disse ela. Mordeu o lábio, pensativa. — Você não pode mais ir à Grécia, conforme planejara, Marco. Tampouco tem aptidão militar; o exército não é para você. Combinei para você estudar Direito com o velho Cévola, *augur e pontifex*. É um privilégio extraordinário e você deve essa honra ao meu pai, que é amigo dele. No entanto, ele também é jogador de dados. Não permita que ele o prive de sua mesada! — Ela tornou a sorrir.

Embora de repente entusiasmado com a idéia de estudar com Cévola, o famoso velho advogado, Marco não conseguiu sorrir diante da implicância da mãe.

— Não posso esquecer — murmurou ele. — Por Zeus, não posso esquecer.

— Mas pode suportar — disse Hélvia. — Mais que isso, nem os deuses podem.

Quinto ficou feliz com a notícia de que seria liberado da academia, embora lastimasse ser privado das conversas. Estavam na primavera e ele não participaria dos esportes da escola; e era esse o seu único pesar.

— E a esgrima? — perguntou ele a Marco.

Marco teria dispensado a esgrima com prazer. Era excelente esgrimista, pois achava que isso era seu dever. Hélvia disse:

— Temos de continuar com a escola de esgrima. O que é um homem, se ele não tem meios de se defender? Além disso, se nos retirarmos de tudo, isso provocará comentários desagradáveis.

Brisas suaves sopravam da Campânia agora e as andorinhas chilreavam, mesmo nas ruas mais movimentadas, e pequenas papoulas vermelhas apareciam em todo pedaço de terreno baldio. Hélvia trabalhava muito com Eunice em sua pequena horta, pois a comida era cara na cidade atingida pela guerra. Ela comprou uma cabra para ter leite e visando a futuras crias. Marco muitas vezes via a mãe na horta, a estola enrolada no alto de suas pernas fortes, os pés descalços na terra quente, uma enxada na mão. Eunice, com seus cabelos dourados, trabalhava com ela. Um velho escravo as ajudava, tagarelando como um pássaro.

Hélvia não deixava que Marco a ajudasse. Ele tinha de estudar Direito. Ela não falava do marido, novamente enclausurado com seus livros, mas

UM PILAR DE FERRO

agora também com sua dor. Mas Quinto, depois das aulas, ficava feliz quando levava esterco para a horta e cavava com gosto. Arquias concordava em plantar cebolas.

— O que é um prato sem sabor? — dizia ele, agachado, o rosto moreno e magro destacando-se ao sol.

Hélvia tirou dinheiro de sua conta particular secreta para proporcionar a Marco as cerimônias próprias da adolescência, embora ele protestasse contra as despesas.

— Guardei um pouco de dinheiro — disse Hélvia. — Não podemos comemorar como queríamos, por causa da guerra, mas temos de fazer o que podemos. Se não, como vamos conservar nossa honra?

Marco, então, para agradar a mãe, fingiu estar interessado nas cerimônias. O pai saiu da biblioteca e do seu cubículo, gasto e sem vida, para receber os convidados e beber ao futuro do filho. Uma vez Marco pensou: não é varonil retrair-se da vida e de suas responsabilidades. Ficou ao mesmo tempo pesaroso e horrorizado diante dessa deslealdade para com o pai querido. E viu, então, com maior pesar, que desde a morte do avô ele andava impaciente com Túlio, pois não cabia ao pai ser um rochedo de refúgio e consolo para a família? Nem uma vez Túlio perguntara a respeito dos negócios da família. Sempre os deixara nas mãos do pai e da mulher. Parecia não querer saber como estava vivendo a família, embora uma vez tivesse reclamado que o vinho estava pior. Hélvia dissera, sem se perturbar:

— Temos sorte em ter este.

— Ah, a guerra — suspirou Túlio. Logo se esqueceu da guerra. Não lhe interessava. Tinha inveja do pai, que terminara com a vida.

Marco agora assumira a toga de homem adulto. Ela cobria seus ombros como um peso de ferro. Há muita coisa de meu pai em mim, pensou ele, com certa tristeza, e ficou infeliz de novo.

Mas os estudos estavam começando a absorvê-lo. Ficava fora de casa do nascer ao pôr-do-sol. Mesmo sua dor por causa de Lívia diminuiu no meio de seus deveres e de seus livros difíceis.

Então, um dia, no templo de Vênus, ele viu Lívia.

Capítulo XIII

Anos depois, Marco escreveria sobre os Césares: "Serão lembrados como grandes e, no entanto, ninguém saberá ao certo onde repousa sua grandeza. Acredito que decifrei o enigma: eles só amaram a si mesmos. Em ocasião alguma eles se esqueceram de seu dever para consigo mesmos, ou sua vantagem própria. Por essa mágica, conseguiram convencer a todos os homens que os Césares eram homens invulgares, na verdade, e que mereciam a homenagem e o amor."*

Para com os poderosos, os Césares eram lisonjeiros, reverentes, sinceramente dedicados, altruístas, leais, servindo-os obsequiosamente. Para com seus pares, eram bondosos e tinham consideração, sendo porém ligeiramente reservados; eram sempre amáveis e recebiam bem, raramente entrando em discussões, concordando mesmo quando discordavam secretamente, simpáticos, hipócritas, não obstinados em suas palavras, desonestos, encantadores, totalmente insinceros mas maleáveis, acessíveis às conversas que pudessem virar em sua vantagem, porém referindo-se com admiração aos amigos e vizinhos. Para com os inferiores — os que mais os estimavam — eram frios, exigentes e arrogantes, impressionando-os com a poderosa superioridade da família, fazendo cada um crer que uma simples palavra de condescendência de parte dos Césares era um favor igual a um favor dos próprios deuses. Os poderosos, portanto, fizeram progredir as fortunas da família, pois os poderosos adoram os bajuladores; seus pares queriam recompensá-los por sua bondade; os inferiores só queriam servir seres tão nobres e superiores à simples humanidade.

"Era uma arte que praticavam", escreveu Marco, com certo pesar. "Não é uma arte que eu admire."

Hélvia também não se iludiu com os Césares. Sua família era superior à de Aurélia. Ela não dava atenção aos membros masculinos. Não se impressionava com sua prepotência pesada e ria-se de seus encantos. Conseqüentemente, Aurélia era muito sua amiga. Mesmo quando a família mudou-se para o monte Palatino, Aurélia continuou a visitar Hélvia, só pelo alívio de não ser obrigada a ser encantadora, bondosa, insincera, agradável e ficar constantemente em guarda.

Aurélia, que tratava com severidade o pequeno Júlio César, não o deixava longe de suas vistas, de modo que sempre o levava nas visitas aos Cíceros, dizendo que o filho lembrava-se dos antigos colegas com amizade. Marco achava o jovem Júlio, então com doze anos, irritantemente divertido. Quinto o achava afetado, e ele era mesmo. Na arte dos esportes, Quinto era superior. Júlio falava dos militares com entusiasmo e declarou que seria um oficial importante. Mas demonstrava grandes cuidados com

---

*Carta a Salústio.

sua pessoa e preferia a estratégia a provas de força. Era ágil, gracioso e sempre conseguia fugir aos convites de Quinto para lutar, dizendo não ser gladiador.

O pequeno Júlio era um conversador fascinante, mas até Quinto, em sua simplicidade, desconfiava de que muitas das histórias que ele contava sobre suas aventuras eram mentiras levianas. Não obstante, Quinto gostava de ouvi-las, pois o divertiam.

— Você é um Homero, Júlio — disse ele, um dia. — Mas continue a falar.

Júlio não se ofendeu nem protestou, dizendo que estava contando a verdade. A verdade, para Júlio, era uma coisa muito restritiva e muitas vezes aborrecida. Seu espírito vivo e imaginoso e seu gênio para a invenção o faziam saltar por cima da verdade como se pula uma pedra no caminho.

No entanto, ele tinha por Marco uma afeição tão sincera quanto podia ter e preferia a companhia deste à de Quinto. Pois Júlio, aos doze anos, já possuía um espírito de homem, uma mente sutil e tortuosa. Não acreditava nos protestos de Marco, de que este não gostava de bisbilhotices. O que havia de mais interessante do que uma história maliciosa sobre os defeitos, erros e pecados dos outros? Não havia escândalo algum na cidade que Júlio não soubesse e ele adorava contrariar Marco, contando-os. Também inventava coisas. Portanto, quando Júlio falou acerca do casamento de Lívia Cúrio com Lúcio Sérgio Catilina e sobre o comportamento de Lúcio entre as moças mais dadivosas da sociedade romana, Marco deu o desconto às proezas do rival. Lívia não era suficiente para qualquer homem? Júlio achou que ele era ingênuo. Depois, notou a súbita palidez de Marco, com a astúcia e intuição famosa entre os Césares.

— Você já viu a moça? — perguntou.

— Duas vezes — disse Marco, com rispidez.

Júlio suspirou.

— Se eu fosse mais velho — disse ele —, desafiaria Lúcio, que hoje desprezo, apesar de ele ser capitão. Eu o desafiaria por Lívia, que é virtuosa, além de bela. Mas ela é muito estranha. Ele também é estranho. Eles têm o mesmo sangue.

Marco não sabia disso. Ficou horrorizado ao saber que Lívia era aparentada com Lúcio.

— Não são parentes próximos — disse Júlio, satisfeito ao ver que Marco, de repente, estava prestando atenção. — Parece que são primos em terceiro grau.

Marco lembrou-se então do azul extraordinário dos olhos de Lúcio, um colorido que parecia encher toda a órbita. Os olhos de Lívia eram iguais. Mas ele disse consigo mesmo; são só o colorido e a forma. A expressão não é a mesma.

Não obstante, ficou perturbado. Já era bem ruim pensar no casamento; pior ainda era pensar que aqueles dois eram aparentados, mesmo remotamente. Para Marco, era como se uma mão profana tivesse ousado pousar sobre a carne de uma Virgem Vestal. Lembrando-se de que Júlio era mentiroso, Marco perguntou à mãe se aquilo era verdade. Ela refletiu e depois disse que sim.

— É verdade, Marco. Não pensei nisso antes, senão já lhe teria dito. Você então teria esquecido essa moça mais depressa, pois os Catilinas têm um sangue mau.

Mas não há nada dos Catilinas em Lívia, pensou Marco, com a obstinação característica dele. Já sabia a data do casamento. Seria dentro de menos de quatro semanas. Ele procurara resignar-se, absorvendo-se em seus deveres para com a família e nos estudos. Havia horas em que ele não se lembrava de Lívia, de todo. Mas agora a agonia voltara.

O calor do princípio do verão dominava a cidade imensa e grandes tempestades desabavam sobre ela, refletindo as tormentas da guerra. Nunca as ruas apinhadas tinham estado tão intransitáveis, de gente, ou tão invadidas pelo cheiro do suor. Todas as cores pareciam vívidas demais, desde o azul escaldante do céu até o vermelho, açafrão, amarelo e ocre dos prédios altos, das praças fervilhantes aos templos, dos montes ao Fórum. A luz do sol reluzia nos capacetes e armaduras dos soldados. Os carros ficavam parados vários minutos, para passarem, roda junto de roda, enquanto os condutores praguejavam furiosamente e enxugavam os rostos transpirados. As flâmulas pendiam inertes dos mastros. Não havia um beco onde se pudesse parar, nenhum vão de porta vazio. Por vezes, Marco, carregado de livros, ficava parado, ofegante e imóvel, no meio da multidão, ensurdecido pelo tumulto de vozes e pragas clamorosas, os olhos cegos pela luz do sol quente. Não conseguia erguer os braços nem mover os pés. Parecia que o mundo inteiro se mudara para Roma. Não havia um único lugar de refúgio da humanidade. Os escravos gritavam, abrindo caminho para as liteiras dos amos; o povo os maldizia; as cortinas permaneciam discretamente fechadas. Tribunos e cônsules a cavalo esperavam, com sorrisos falsos de paciência, os cavalos resfolegando. Depois, as fileiras de liteiras, carros, soldados, cavalos e pessoas tornavam a mover-se, para pararem de novo no cruzamento seguinte.

Aqueles que tinham vilas ou sítios nos arredores não podiam voltar devido à guerra. Isso agravava o estado de superpopulação, bem como as torrentes intermináveis de refugiados e soldados. Era intolerável. O humor dos romanos, nunca muito tolerantes, estava em ebulição. Os esgotos, sempre fedendo no verão, nesses dias estavam pior ainda. Roma era um grande fedor de suor, humanidade e lixo. Marco pensou em Arpino com muita saudade e pesar.

Desde a morte do avô, ele parara de ir ao templo de Vênus com pombos, pois a sua esperança em Lívia se fora e ele estava atarefado demais. Um dia, enquanto suas pernas transpirantes se moviam obedientes, junto a milhares de outras pernas na rua, quando o tráfego andou de novo, ele viu a entrada fresca e sombria do belo templo de colunas. Era um refúgio do calor, do cheiro e do aperto e ele correu para dentro. Respirou fundo, em liberdade. O templo não estava vazio; em dias de paz, teria parecido cheio, mas comparado com a rua lá fora, estava em silêncio e os fiéis eram poucos. Marco encostou-se a uma coluna de mármore, enxugou o suor do rosto e mudou os livros de braço, sacudindo a túnica molhada e agarrada ao corpo. O frescor do mármore invadiu suas costas, reconfortadas; o cheiro de incenso era agradável ao olfato. O mármore sob os pés aliviou suas solas quentes. Ele olhou para a deusa no altar e sua grande e calma beleza aliviou-lhe o sofrimento. Velas ardiam diante dela como estrelas prateadas. Ele sentiu um aroma de flores.

Muitas moças, prestes a se casarem, ou amando, estavam de pé ou ajoelhadas diante de Vênus, oferecendo suas orações. Elas próprias pareciam jovens flores. Os pombos esvoaçavam em suas mãos. Cabelos de vários tons caíam pelas costas das moças, presos por fitas de diversas cores. Os seios pequenos arfavam sob os *chitons*. As acompanhantes estavam ao lado, severas em suas mantilhas. De repente, ocorreu a Marco que sempre havia mais mulheres e moças do que homens e rapazes no templo de Vênus. Pensou, com um cinismo repentino, que isso era porque os homens não confundiam a concupiscência com o amor, como faziam as mulheres. A guerra, o dinheiro, a ambição, o poder, a glória, o conflito: eram essas as realidades dos homens. O amor, ou o desejo, era apenas uma brincadeira.

Foi então que ele viu Lívia no meio das outras moças, oferecendo seus pombos.

Ele a vira tantas vezes em sonhos e devaneios despertos que pensou que aquilo não passasse de uma ilusão. A luz das velas brilhava sobre as faces pálidas e o perfil perfeito, nos poços azuis que eram seus olhos, em seu cabelo ruivo caindo sob o véu branco, no seio erguido e jovem sob sua coberta amarela, sobre as fitas brancas que lhe prendiam a cintura, sobre as pulseiras reluzentes nos braços brancos e compridos, sobre o brilhante anel de noivado em seu dedo. Ela parecia estar absorta na imagem de Vênus. Segurava os pombos junto ao peito, o queixo erguido sobre as asas. Atrás dela estava uma senhora muito idosa, vestida com sobriedade, mas ricamente.

Marco sentiu-se petrificado como uma estátua. Mas ouviu umas batidas pesadas nos ouvidos. A alegria, como uma luz, jorrou sobre ele. Depois, ele começou a tremer, a respiração ofegante, como se tivesse corrido. Todos os meses passados, tristes, se afastaram dele, como a lama seca; sua vida árida adquiriu aroma e verdor. A promessa e a esperança tornaram a florescer nas montanhas estéreis de sua existência. Pareceu-lhe ouvir música. Ele suportara; via agora como fora vazia e desesperada essa resistência. Ele pensava que quase tinha esquecido; mas sabia que apenas abafara seus pensamentos sobre Lívia. Ele se viu, qual um rio turbulento, correndo para a moça, despejando-se sobre ela, envolvendo-a com sua pessoa.

Os sacerdotes passavam entre os fiéis com cestos, onde colocavam os pombos. Um leve som de alaúde enchia o templo e as vozes mais suaves estavam cantando. As moças e as mulheres levantaram-se e prepararam-se para sair. Marco, tremendo como se tivesse febre, seguiu para o pórtico, esperando Lívia e sua guardiã. Uma tempestade musical de vozes femininas explodiu em volta dele; seus olhos pesquisavam as filas de mulheres, jovens e velhas. Então apareceram Lívia e a guardiã. O rosto da moça estava sério e distante.

— Lívia — disse Marco. Ela não o ouviu. Repetiu o nome e Lívia ficou ao alcance de sua mão. Ela teve um sobressalto e olhou para ele. Imediatamente, seu rosto ficou vermelho; seus lábios tremeram e seus olhos brilharam. Ela vacilou. Ele diminuiu a distância entre os dois e disse, com urgência: — Lívia?

Ele a viu lutar. Sabia que ela não queria conversar e sim passar por ele calada. Assim, estendeu a mão e tocou na dela. Lívia estremeceu e depois ficou muda, sem olhar para ele.

— Quem é essa pessoa impertinente? — perguntou a guardiã, numa voz áspera. Os olhos da mulher mais velha examinaram a túnica modesta de Marco, as sandálias simples, e notaram a ausência de jóias. — Quem é esse escravo? — perguntou a mulher.

— É meu amigo — disse Lívia, numa voz muito baixa. A guardiã olhou-o fixamente e depois pôs a mão em concha no ouvido, sob os cabelos brancos.

— Hein? — disse ela, em sua voz de papagaio.

Um Pilar de Ferro

— Minha tia Melina é surda — disse Lívia a Marco. Mas ainda não quis olhar para ele. Encostou os lábios vermelhos ao ouvido da tia e quase gritou: — Meu amigo! Marco Túlio Cícero!

Os que passavam por eles olharam, curiosos, e os circundaram.

— Não conheço nenhum Cícero! — gritou a tia. — Cícero! Grão-de-bico! O que é isso, minha filha?

Lívia disse a Marco, numa voz baixa e rápida:

— Sinto muito que seu avô tenha morrido. Sinto... — Ela respirou fundo e então seus olhos ficaram cheios de pesar. — Não nos retenha, Marco. Não me toque. Temos de ir.

— Lívia — pediu ele.

— O que você quer de mim? — exclamou a moça, em desespero. — O que me pode dizer? Não há nada, Marco.

— Não posso esquecê-la. Só vivo pensando em você — disse Marco. A tia estava puxando a moça, seus olhos enraivecidos fixos no intruso.

— Nada, nada — murmurou Lívia. — Esqueça-se de mim, Marco.

— Não. Isso está além de minhas forças — disse ele. — Lívia, diga que se lembra de mim, que pensa em mim.

Ele sentiu que, se ela o deixasse assim, ele morreria de desolação.

— Venho aqui muitas vezes rezar a Vênus para ter piedade de nós — disse ele. Falava em voz rouca, angustiada.

— Eu rezo para poder amar Lúcio — disse Lívia. — O que está fadado tem de ser. Nem mesmo os deuses podem mudar o destino.

Ela então olhou para ele severamente. Parecia estar dizendo que não era uma empregadinha que podia fugir com um criado. As circunstâncias de suas vidas eram inexoráveis.

— Diga apenas que você pensa em mim — suplicou ele.

De repente, os olhos dela encheram-se de lágrimas e seus lábios de framboesa tremeram. Mas ela disse, muito baixo:

— Penso em meu noivo, Lúcio.

— Lívia! — exclamou ele, juntando as mãos como em oração.

As pálpebras cobriram os olhos dela e seu rosto branco ficou rígido de sofrimento.

— Eu lhe imploro, Marco — murmurou ela. — Afaste-se de mim.

— Não existe nada impossível, enquanto vivermos — disse ele.

Lívia envolveu-se em seu manto diáfano e virou-se para a tia, que fitava Marco, ofendida. A moça pegou no braço da velha com delicadeza. Passaram por Marco e Lívia não olhou para trás. Uma liteira dupla as aguardava, embaixo. Elas entraram e os escravos as levaram embora. Nem uma vez as cortinas se moveram. Marco ficou olhando para a liteira até ela ser absorvida na confusão do tráfego.

Ele encostou a testa contra uma pilastra e chorou como não tinha chorado pela morte do avô. Ele sabia agora que a Dama do Cipreste era a mais poderosa de todas as deusas, mais poderosa até do que Zeus. Os cínicos podiam escarnecer ou pronunciar sacrilégios e obscenidades. Vênus permanecia incontestável, imortal, e nunca seria vencida.

Se ao menos eu fosse rico e poderoso, pensou ele, em agonia. Se ao menos tivesse um grande nome! Mas não sou nada, nada.

Voltou para casa num tormento atroz. Só via os olhos azuis de Lívia.

Capítulo XIV

A família não notou a palidez de Marco naquela noite, pois Túlio estava doente de novo, com uma crise de malária. Hélvia acabara de voltar de um dos três templos da Deusa da Febre e estava na cozinha, preparando apressadamente a refeição da noite. Quinto parecia infeliz, olhando para os livros. Só Arquias viu a cara de Marco.

— Como vão as coisas com o honrado Cévola? — perguntou ele, no átrio, fazendo conjeturas astutas sobre o motivo do aspecto de grande infelicidade de Marco.

— Não o vi hoje. Ele estava ocupado defendendo a Corporação dos Carpinteiros de uma acusação do Senado, por terem cobrado demais do governo — respondeu Marco, sem ânimo. — Houve outros casos, também, da Corporação dos Seleiros e dos Sapateiros. Extorsão contra o governo em tempo de guerra.

— Como o governo pratica a extorsão contra quase todos, é justo que outros a pratiquem contra ele — disse Arquias.

Marco tentou sorrir.

— Diz Cévola que a lei é um burro e o único cavaleiro que pode montá-lo é o governo — disse ele.

— Mas quem venceu nesse processo, ou processos? — perguntou Arquias.

— Cévola. — Marco então sorriu de verdade. — Ele tem histórias secretas de todos os senadores e da maior parte dos tribunos e cônsules. Portanto, eles levam os argumentos de Cévola a sério. Os carpinteiros, os seleiros e os sapateiros foram absolvidos da acusação de extorsão. Depois Cévola advertiu-os, em particular, que deviam ser menos gananciosos,

UM PILAR DE FERRO

durante algum tempo. Como sempre, recebeu presentes numerosos. — Marco fez uma pausa. — Basta Cévola olhar bem na cara dos senadores que eles se acovardam.

— É bom um advogado ter dossiês sobre os poderosos — disse Arquias. — Ah, os homens! Um advogado honesto, acreditando na lei honesta, morreria de fome por falta de clientes. Nunca venceria uma causa.

Marco franziu a testa.

— Então eu hei de morrer de fome — disse ele.

Arquias deu uma risada. Mas seus olhos penetrantes se demoraram no rosto do rapaz. Marco está sofrendo de alguma coisa, pensou ele. E o que mais faz os homens sofrerem na idade dele? O amor. É uma tolice, mas é verdade. Ele puxou Marco para o lado e disse:

— Escute aqui. Você está quase fazendo dezessete anos. No entanto, nunca conheceu mulher alguma.

O rosto pálido de Marco corou muito.

— Na sua idade — disse Arquias — as pessoas se sentem prontas para morrer de amor. Eu sou poeta. Não zombo do amor; pelo menos, não o desprezo. Mas ele tem outros aspectos agradáveis, que aliviam a chama; temporariamente, sufocam o ardor. Atordoam a mente febril por algum tempo, quando ela está ocupada com a contemplação de uma única imagem.

— Você me recomenda um bordel? — disse Marco.

— Não hoje em dia, quando o populacho tem ouro, e os soldados de todas as partes do mundo se divertem na cidade — disse Arquias. Depois, completou, com franqueza: — Recomendo a minha Eunice.

— Você está brincando!

— Estou falando sério. Não sou jovem, meu inocente Marco. E Eunice é jovem, agradável, terna e versada nas artes do amor. Eu mesmo lhe ensinei, quando era potente. Ela é voluptuosa e uma vida madura pulsa dentro dela. Ela me é fiel; hoje ela me adora como a um pai. Mas a natureza dela tem de se satisfazer. Leve-a para a sua cama. Prefiro isso a vê-la andando às escondidas com um gladiador ou um escravo, que poderiam torná-la impura e insegura nesta casa.

Marco fitou-o. Sentia-se violado. Arquias retribuiu o olhar, sorrindo.

— Você é um alcoviteiro? — disse Marco, quase odiando-o.

Arquias apertou os lábios.

— Suas palavras são duras. Isso quer dizer que você está profundamente ferido. Aparentemente, a sua amada é inatingível. Eu gostaria de ser seu benfeitor. Sei, por experiência, que as mulheres são bem semelhantes quando as luzes estão apagadas. Basta você fazer de conta que está nos bra-

146   *Taylor Caldwell*

ços de sua amada. Mandarei Eunice para você hoje à noite. Você estará prestando um favor a ela e a mim.

Marco calou-se. Arquias bateu com os nós dos dedos no peito do rapaz.

— Afrodite é a deusa do amor. Também é a deusa das artes do amor e da concupiscência. Sendo uma deusa experiente, ela não admira os que se mantêm inviolados devido ao fato de uma mulher amada ser inatingível. Uma autocastração dessas é abominável a ela e a todos os deuses sensatos... e homens. Se você oferecesse a ela os seus testículos, ela os rejeitaria, e com razão. Vamos, Marco, seja homem.

Marco pensou: se eu pudesse deitar-me com Lívia uma vez só! Talvez então conseguisse esquecê-la! Só a idéia de abraçar Lívia o fez arder de excitação pela primeira vez. Ele corou fortemente, Arquias sorriu e Marco, vendo isso, deu meia-volta e afastou-se.

Mas, naquela noite, enquanto Eunice estava ajudando Hélvia à mesa, Marco não tirava os olhos dela. Ela era pouco mais velha do que ele, e madura, de cabelos louros e lábios polpudos. Uma vez ela olhou para ele e lhe sorriu com carinho. Da segunda vez que os olhares se encontraram, o sorriso não foi mais tão fraternal. Da terceira vez, o sorriso foi provocador. Marco então tratou de seu jantar, sentindo desprezo por si. Mas não conseguia deixar de se lembrar de que os seios de Eunice eram cheios, os quadris arredondados, os braços como os de uma estátua. Suas faces pareciam duas peras. Quando ela serviu o vinho, inclinou-se para Marco, exalando uma fragrância como de cravos doces. Ele ficou tonto com o seu primeiro desejo verdadeiro.

Deitado na cama naquela noite, todo o corpo latejando, ele procurou ser severo consigo mesmo. Um romano controlava seus impulsos. No entanto, havia as escravas. Ele, Marco, não tinha esposa. Provavelmente nunca teria, por causa de Lívia. Deveria sacrificar-se? Deveria detestar sua natureza normal?

Ele lutou com esses pensamentos, desperto e revirando-se na cama. Depois, no escuro, ouviu o farfalhar da cortina e a risada mais suave. Um momento depois, o calor e a plenitude do corpo de Eunice estavam contra o seu, os braços da moça enlaçando-lhe o pescoço e os lábios apertando os dele. Havia nela uma inocência, uma generosidade. Não havia qualquer torpeza. Ele se esqueceu de que ela era escrava e que pertencia a outro. Ela era uma dádiva e só ela dava essa dádiva. Enquanto ele a aceitava, sem jeito, esqueceu-se de Lívia.

Alguns dias depois, Arquias levou Eunice ao pretor e deu-lhe a liberdade. Deu-lhe ainda, depois de relutar um pouco, com sua parcimônia de grego, uma terça parte de sua pequena fortuna. A moça foi ter com Hélvia, que a felicitou por sua boa sorte.

— Você agora pode arranjar um marido, Eunice — disse ela. Tinha grande afeição por aquela jovem meiga, embora ignorante, que se comprazia em servir.

— Permita que eu fique com a senhora — implorou Eunice.

— Não lhe posso pagar, hoje em dia, Eunice. Você não é mais escrava. Você trabalharia só por casa e comida e, de vez em quando, um manto e sandálias?

— Sim — disse Eunice, muito convicta.

Hélvia deu de ombros. Havia pouca coisa que lhe escapasse, em sua casa.

— Vou continuar a fazer minhas contas — disse ela. — Um dia não seremos mais tão pobres e então eu lhe pagarei.

Eunice beijou-lhe as mãos, cheia de alegria, Hélvia suspirou. Foi ao seu cubículo solitário e examinou-se ao espelho de prata, presente da mãe. Estou velha, velha, pensou ela. Estou com 33 anos e a seiva da vida me abandonou.

Ela sabia que Eunice não prejudicaria Marco. Esperava, porém, que Marco também não prejudicasse Eunice. Isso seria imperdoável.

Enquanto isso, a palidez de Marco diminuía. Ele parecia menos abstrato. Aumentou de estatura. Sua voz foi ficando cada vez mais grave e as sobrancelhas mais marcadas. Havia nele uma autoridade, uma tranqüilidade que agradava à mãe.

O velho Cévola parecia uma moeda gigantesca. Tinha uma enorme cabeça redonda e calva, um pescoço escondido, uma vasta papada que rolava sobre seu peito largo, uma barriga imensa e pernas curtas e gordas. Tinha um rosto de sátiro incrivelmente pequeno, cheio de sabedoria maldosa e de inteligência. Gostava quando lhe diziam que ele tinha o nariz feio e rombudo de Sócrates, sobre lábios grossos e sensuais. Sua pele brilhava como uma romã e era cheia de fios avermelhados. Ele tinha uma voz de touro e, se bem que já fosse avô, revelava uma paixão intensa pela vida e uma alegria esfuziante.

Achava que os rapazes compenetrados e sinceros eram tolos; achava que aqueles que acreditavam que o homem tinha a capacidade de ser virtuoso eram mais tolos ainda. Não desprezava os perversos, nem os condenava ou denunciava. Aceitava o mal do homem com bom humor e risos. Para ele, o Direito era um jogo empolgante, mais empolgante ainda do que os seus queridos dados. Era um encontro de inteligências. Se carregava seus

148 *Taylor Caldwell*

dados contra os magistrados e senadores com o que sabia sobre eles, fazia isso com satisfação. Sabia que também eles jogavam com dados viciados. Apenas os dele eram infinitamente melhores e ele sabia jogar com mais astúcia. Adorava seus clientes, embora raramente acreditasse em sua inocência.

— Você diz que não é assassino, meu caro — dizia ele a um homem apanhado quase em flagrante pelos guardas. — Estou disposto a acreditar nisso, embora nós dois saibamos que é mentira. Vamos ver o que se pode fazer.

Ele defendia todos os que o procuravam, até mesmo os que não possuíam dinheiro. Tinha fortuna pessoal e era patrício. Era adorado pelas multidões pelo que se acreditava ser sua caridade e seu fervor por defender os acusados. Ele aceitava os aplausos, feliz. Ganhara a partida. Não havia regulamento, por mais obscuro que fosse, inventado por algum burocrata desconhecido, que ele não conhecesse. Sua biblioteca era famosa até entre outros juristas ilustres. Ele inventara um jogo próprio — um tabuleiro em que bolinhas de vários cores podiam ser movidas ou apanhadas de acordo com as jogadas dos dados. Era difícil saber o que ele preferia: ganhar um processo ou ganhar uma partida à sua mesa. Seus discípulos, como Marco Túlio Cícero, eram sempre obrigados a jogar com ele depois das aulas. Ele os derrotava invariavelmente, sentindo um prazer quase infantil.

No princípio, ele olhava para Marco com incredulidade, vendo que o rapaz acreditava sinceramente que a lei era a base das nações e que o governo pela lei era a verdadeira civilização. Balançava a cabeça repetidamente, como que aturdido. Uma vez disse ao rapaz:

— Você está sempre citando o seu avô. Ele deve ter sido notavelmente inocente, além de uma boa pessoa. Mas confiava no que não existe: a justiça desinteressada. Por Apolo, meu filho! Nunca houve isso, na história do homem. A justiça não é representada como sendo cega? Você fala como uma criança de colo.

Ele pensava ter liquidado aquela tolice sensatamente. Marco, porém, voltava obstinadamente ao assunto e Cévola, afinal, teve de levá-lo a sério. O velho estava estupefato.

— Você já esteve nos tribunais comigo. Já me viu defender todo tipo de gente. Pensou que os meus clientes fossem inocentes? Um em mil, meu caro, um em mil. Eu apenas fui mais hábil do que o magistrado, ou aqueles senadores do diabo. A lei é uma prostituta; sorri para os que têm a carteira mais recheada.

— Não deveria ser assim — disse Marco, obstinado.

Cévola ergueu as mãos e os olhos.

Um Pilar de Ferro

— São as coisas da vida! — bradou ele. — Eu, ou você, podemos fazer oposição a isso? Que imbecil você é. Retire-se para o deserto, ou vá para as margens do Indo, contemplar seu umbigo. Você não nasceu para ser advogado.

— Nasci, sim — disse Marco, firmando a boca.

Os olhinhos azuis o examinaram com uma dureza de diamantes, pensativos.

— Por que você quer ser advogado, meu caro?

— Porque acredito na lei e na justiça. Acredito nas nossas Doze Tábuas da Lei. Acredito que todos os homens têm o direito de serem representados diante de seus acusadores. Se não temos lei, então somos animais.

— É esse o problema — disse o velho. — Somos animais mesmo.

— O senhor mesmo disse, mestre, que um em mil de seus clientes é inocente. Isso não basta, que um escape à injustiça e ao castigo? Não foi para isso que se escreveu a lei? — Marco vacilou. — Meu avô sempre dizia que, quando os romanos forem governados pelos homens e não pela lei, então Roma decairá.

O homem soltou um forte arroto e Marco foi envolto numa onda de alho. Cévola coçou-se, através de sua túnica manchada, e tornou a contemplar Marco.

— Roma já decaiu — disse ele, por fim. — Você não sabia disso? — Marco ficou calado. — Mesmo que você consiga ser advogado, não terá clientes... se só aceitar os que considerar inocentes. Então, por que estuda Direito?

— Já lhe disse: acredito no governo da lei estabelecida. Também desejo ganhar a vida honestamente.

Cévola sacudiu um dedo grosso na cara dele.

— Você está condenado à amargura e, provavelmente, ao suicídio, ou até a ser assassinado — disse ele. — Este sempre foi o destino dos homens que desposam a virtude ou acreditam na justiça. Também está condenado à penúria. Está desperdiçando seu dinheiro, sentado aqui comigo e nos tribunais.

— Então quer que eu desista? — perguntou Marco.

Cévola resmungou e coçou a cabeça. Por fim, falou:

— Não. Já provei de todos os divertimentos que os homens conhecem, na minha vida, e continuo a tê-los. Com exceção de um. Nunca na vida vi um advogado honesto. — Ele deu uma gargalhada.

Por princípio, ele não gostava de seus discípulos. Viu que tinha menos antipatia por Marco do que pelos outros. Isso porque ele admirava a inteligência e encontrava a inteligência nos olhos de Marco, seus olhos severos e testa ampla. Um dia, ele chegou a dizer, como que cedendo uma partida:

— É possível que, sem a pouca lei que de fato respeitamos, tivéssemos o caos. Até mesmo uma prostituta comprada é melhor do que ficar de todo sem mulher. Mas eu lhe digo que está chegando o dia em que Roma não terá lei alguma senão os decretos dos tiranos.

Outro dia, Marco puxou o assunto dos Dez Mandamentos de Moisés. Cévola sabia tudo sobre eles.

— Você pode observar — disse ele — que quase todos dizem "*Não farás*". Se existisse alguma virtude nos homens, isso não seria necessário. Se os homens *não* fossem por natureza assassinos, ladrões, adúlteros, mentirosos, invejosos, blasfemos e traidores, os Mandamentos não teriam sido dados àquele Moisés. Se algum homem obedecê-los, será por um medo supersticioso e não por alguma boa tendência de seus corações. Se os piedosos algum dia forem privados da superstição e religião, então você verá realmente o caos. O tigre não é mais feroz do que o homem, nem o leão mais terrível, nem o rato mais sabido ou sanguinário, nem o leopardo mais selvagem. Abençoemos os deuses, embora eles não existam — disse Cévola, revirando os olhos, com ar solene.

Entrementes, Marco ouviu a notícia do casamento de Lívia Cúrio com Lúcio Catilina. Ouviu-a mesmo acima do trovejar da guerra. Cévola e a família foram convidados para as festas e o velho falou com aprovação das iguarias servidas. Em geral muito perceptivo, vendo imediatamente qualquer mudança de expressão em alguém, ele não notou a palidez de Marco nem a agonia em seus olhos.

— Não condeno a ambição, pois não foi ela que me elevou à minha eminência atual? Mas o jovem Catilina não possui uma única virtude, a não ser o seu aspecto físico. Sequer finge possuir alguma virtude! Enquanto os homens aparentam alguma virtude, podemos caminhar com alguma segurança, nem que seja apelando para o orgulho. Mesmo um demônio deseja estar bem perante os outros. O jovem Catilina não deseja nem mesmo isso.

— No entanto, ele é muito estimado — disse Marco.

Cévola concordou, franzindo a testa.

— Talvez seja porque um homem totalmente mau tenha um encanto irresistível e provoque a inveja e a admiração dos que não ousam revelar-se tão completamente.

— Então a maldade completa tem uma espécie de virtude própria — disse Marco. — Uma honestidade.

Cévola ficou encantado e bateu no ombro de Marco com tanta força que o rapaz desequilibrou-se na cadeira.

— Meu caro, você disse palavras sábias! Um ancião é esclarecido por um rapaz ainda relativamente imberbe! Por isso, eu o recompensarei com três partidas, em vez de uma.

Marco estava tão absorto em sua agonia, e tão distraído, que nem tomou conhecimento do jogo maçante e do rolar dos dados. Conseqüentemente, acabou ganhando duas partidas das três. Cévola ficou abismado; fez beicinho, como se fosse chorar, e disse:

— Estou ficando velho. Não estou mais tão esperto.

Foi a última partida que Marco venceu do seu mentor, pois, numa espécie de vingança, Cévola encheu-o de livros e levou-o numa ronda interminável dos tribunais. Pareceu-lhe que veio a conhecer todas as pedras da Basílica da Justiça e a cara de todos os magistrados.

Mas, sem dar consideração ao que Cévola não cessava de lhe informar, ele nunca se desviou de sua crença de que a lei era inviolável, a despeito das provas. Era uma questão, estava convicto, de uma apresentação certa. Era uma questão de acreditar no triunfo final da justiça, por pervertida que fosse. Era uma questão de verdade.

Um dia, Cévola disse a Marco:

— Você tem uma presença que é valiosa na lei. A beleza não é vantagem; se fosse, eu não teria tido sucesso algum. Não sei o que é, mas, com o seu jeito seco, você é impressionante. Não obstante, você demonstra modéstia e humildade por demais sinceras. Não é um paradoxo eu afirmar que a modéstia e a humildade são valiosas num advogado. Mas devem ser teatrais... e falsas! As verdadeiras modéstia e humildade provocam o desprezo, como acontece com toda a verdade. É a afetação e a arte teatral que impressionam até os inteligentes. Pense sempre que você deve impressionar os magistrados e então a hipocrisia lhe virá naturalmente. Lembre-se de que um advogado, para ter sucesso, deve ser um ator, com a sensibilidade de um ator por seu público. Estou falando em enigmas?

— Não — disse Marco.

— Primeiro, meu caro, deve fazer os outros sentirem que você tem algum poder secreto... e então poderá ser tão modesto e humilde quanto quiser. Tenha confiança; diga a si mesmo que Marco Túlio Cícero é um homem importante, e diga isso constantemente, mesmo enquanto ainda lhe falte importância. O que é a importância? É a crença de que um homem tem mais fortuna, poder, inteligência, conhecimentos, origens, ou seja, o que for, do que o seu antagonista. Não é preciso que isso seja verdade; basta crer nisso e, por osmose, essa crença se estende a outros. Nem mesmo é necessário que você seja plenamente instruído na lei; os nossos funcionários podem procurar os dados empoeirados quando precisar deles.

O velho gordo sacudiu a cabeça e recitou, de um ensaio que Marco tinha acabado de escrever:

— A verdadeira lei é a razão certa em harmonia com a natureza, de âmbito mundial, imutável e eterna. Não podemos nos opor nem alterar essa lei, não podemos aboli-la, não podemos nos livrar de suas obrigações por qualquer legislatura e não precisamos procurar fora de nós quem nos explique isso. A lei não é diferente para Roma ou Atenas, para o presente ou o futuro, e uma lei eterna e imutável será válida para todas as naturezas e todos os tempos. Aquele que a desobedecer estará negando a si e à sua própria natureza.*

Cévola apertou os lábios grossos e cuspiu.

— Tolice — disse ele.

Marco, porém, retrucou:

— Tolice por quê?

— Porque os homens fazem leis que sejam convenientes para suas facções políticas e para si mesmos, quando se torna necessário. "Lei imutável!" As leis se modificam conforme os homens precisem que elas se modifiquem; como eu já disse, a lei é uma prostituta.

Mas Marco guardou suas anotações e mais tarde utilizou-as, ao escrever a sua história do Direito Romano. Nunca se desviaria de sua crença de que a lei está acima das exigências e dos desejos do homem.

— Onde é que você conseguiu essa presença que possui? Seu pescoço é comprido demais e você é magro demais para ser naturalmente imponente — disse Cévola.

— Com o meu amigo, Noë ben Joel, o ator, dramaturgo e produtor de peças — confessou Marco, corando. — Foi ele que me ensinou a pose, os gestos, os movimentos de um ator.

— Excelente — comentou Cévola, examinando-o com olhar crítico. — Então você vê, meu caro, que a arte teatral é a coisa mais importante na carreira de um advogado. A sua voz, quando você se esquece de ser respeitoso, é doce. Podemos atribuir também isso ao astucioso Noë ben Joel?

— É verdade — disse Marco. — Tenho um mestre maravilhoso, Arquias. Recitamos poesias compridas e sonoras.

---

*Da Lei de Cícero.

UM PILAR DE FERRO

— Recomendo a poesia para um advogado — disse Cévola, aprovando. — Ele, então, pode aprender seus discursos de cor, aperfeiçoando-os e burilando-os em particular e depois pronunciando-os em público sem gaguejar nem hesitar, como um ator recita suas falas. Ao fazê-lo, ele pode pensar em seus presentes, e a idéia de presentes vultosos podem dar eloqüência à voz do homem. O dinheiro é melhor do que uma mulher; nunca trai o homem. Portanto, discordo de outros advogados que recomendam que se pense na amante, ao defender uma causa. É o dinheiro que dá fervor ao tom de voz do homem e paixão a seus olhos. Você há de observar que a maior parte dos casos que vêm a juízo dizem respeito ao dinheiro e à propriedade. São essas as maiores preocupações dos homens.

A guerra civil foi imediatamente sucedida pela guerra com Mitridates IV. Os italianos, acabando de receber seus privilégios, descobriram que, longe de terem sido realmente libertados por Roma, o governo central, só podiam votar em suas localidades e em suas tribos. O quadro tornou-se mais agudo, mais violento. O virtuoso P. Sulpício Rufo, o tribuno, tentou fazer reformas no Senado e procurou dar a anistia a todos os italianos acusados de cumplicidade na revolta italiana contra Roma.

— Eles agiram de acordo com suas convicções de honra — disse Rufo. — O que mais se pode pedir de um homem? E nós, agora que lhes demos os privilégios, não devemos estender isso a todas as cidadanias e chamar os líderes exilados, que lutaram por sua honra e pela justiça?

Desprezando o Senado corrupto, ele propôs que todos os senadores que estivessem endividados, devido ao desregramento, fossem destituídos dos cargos. Defendeu a causa dos libertos. Lutou para que o comando dos exércitos fosse dado ao general Mário, que lhe parecia menos venal do que Sila, embora este fosse legalmente o general comandante dos exércitos contra Mitridates. Mas os cônsules, companheiros de Sila, consideraram-se atacados pessoalmente, quando essa proposta foi apresentada contra um deles. Então os romanos, dentro dos portões da cidade, se olhavam com fúria, preparando-se para uma violência sem limites. Os cônsules, para tornar maior ainda a confusão, decretaram um feriado público. Rufo então armou seus adeptos e expulsou os cônsules do Fórum. Sila, comandando as legiões em Nola, marchou sobre Roma para derrubar Rufo. Mais tarde, entraria na cidade em triunfo e em nome da república — que ele desprezava, secretamente. Mário e Rufo fugiriam, em desonra e temendo por suas vidas. Mas isso ocorreu dois anos depois nessa guerra.

Cévola tinha suas opiniões a respeito, mas como eram satíricas, fatalistas e divertidas, Marco, seu pupilo, não conseguiu distinguir qualquer coerência no meio do terror e da confusão geral da guerra civil.

— Não tenha opiniões, se prezar o seu futuro, meu caro — disse Cévola ao discípulo favorito. — Concorde com Sila, e depois novamente com Sulpício Rufo, com uma voz moderada em todas as ocasiões. Mas nunca discorde deles, tampouco! Um advogado, sendo apenas um homem, naturalmente tem suas opiniões. Mas elas nunca podem ser conhecidas, se ele quiser ter sucesso e, sobretudo, sobreviver. Ele que diga: "Sim, tem razão. Mas, por outro lado, se me desculpa, pode haver alguma coisa a favor da opinião contrária." Ele que seja vago e maleável e pareça deixar-se convencer por seu antagonista. Deve sempre sorrir amavelmente. Então, ele se tornará conhecido por ser um homem equilibrado, de grande tolerância, e nenhum político o poderá acusar de alguma coisa desastrosa. Ele não só sobreviverá, como será próspero.

— Cometo então o primeiro pecado — disse Marco. — Discordo do senhor, no sentido de achar que um advogado deva ser hipócrita.

— Então ponha o seu dinheiro numa manufatura de tijolos — disse Cévola. — Não queira ser advogado. — Ele lançou um olhar furioso sobre Marco. — Já profetizei isso antes: você não morrerá pacatamente em sua cama. Fabrique cobertores, se os tijolos não lhe agradam. Mas, infelizmente, hoje até os fabricantes de tijolos e cobertores são servos dos políticos! Se você não concordar com os mestres do momento, não terá contratos. O melhor é ficar calado, seja na lei ou na manufatura. Aliás — disse Cévola, com uma melancolia rara nele — seria melhor não ter nem nascido. Como é possível um homem honesto suportar os seus semelhantes? Fazendo conchavos com eles. Fazendo calar seus próprios pensamentos. Adulando. Tornando-se um mentiroso hábil. Não ofendendo, mesmo quando está na oposição. Chama-se a isso boas maneiras. Prefiro chamá-lo de prostituição. Mas perdoe-me, meu filho. Afastei-me de minhas próprias convicções, que são de nunca ter qualquer convicção, e apenas rir da humanidade.

Ele gritou, irritado:

— Dane-se! Já estou muito velho e sabido para ficar deprimido pelos olhos cândidos de um colegial!

Balançou a cabeça.

— De uma coisa podemos ter certeza: a guerra nunca deixa uma nação no mesmo ponto em que a encontrou. Qual será o aspecto de Roma quando isso terminar, eu não sei. Mas não será bom.

A fim de castigar Marco por tê-lo abalado um pouco, ele obrigou o rapaz a jogar quatro partidas de dados com ele.

O crepúsculo precoce do outono estava cinza e frio quando Marco, por fim, foi liberado dos dados e do tabuleiro. A caminhada para casa, nas Carinas, era comprida, desde a casa de Cévola. As tochas ainda não tinham sido acesas, as lanternas ainda não se moviam pelas ruas apinhadas. Mas o barulho, o cheiro e o tráfego eram onipresentes. O céu cinza dominava tudo, sombrio, sem estrelas ou lua. Marco não sabia se o frio que o envolvia vinha de seu coração ou do exterior, mas o desânimo o fez andar mais devagar e abaixar a cabeça. Raramente sorria, desde o casamento de Lívia. Pensava que cada dia diminuiria sua dor, mas isso não aconteceu.

Às vezes, ele achava que o fardo era mais do que poderia suportar. Legalmente, o pai era seu guardião até ele atingir a maioridade, mas Túlio não tomava parte alguma nas decisões do filho e não sabia nada sobre as finanças da família. Parecia estar cada vez menos envolvido no processo da vida e uma brecha invisível foi-se abrindo entre o pai e o filho — o que confundia e entristecia Túlio, mas Marco só podia ver com sofrimento e uma sensação de injustiça. Marco, agora privado da força do avô, sentia sua inexperiência e sua solidão. Só completaria 17 anos no mês de Jano, dali a três meses. No entanto, tinha de pensar em investimentos, dirigir uma família, tomar conta de um irmão mais moço, aconselhar a mãe, iniciar uma carreira, com estudos que se tornavam cada dia mais complexos. E tinha ainda o seu sofrimento particular.

Caminhando para casa, naquela tarde, quase foi vencido pela desolação. Sua vida era acanhada e restrita, cheia de deveres. Não havia nada da leveza da juventude para dar alguma alegria a seus dias; ele não tinha amigos; a família não podia receber, devido ao luto recente, à guerra e à falta de dinheiro. Não havia guerreiros na família, nada da empolgação da guerra. Só havia os impostos. Marco sentia-se tão desanimado quanto um túmulo.

De repente, lembrou-se de que devia ir à aula de esgrima, antes de voltar para casa. Suspirando, abriu caminho entre uma muralha humana, movendo-se devagar, e tomou outro rumo.

A escola de esgrima era famosa e freqüentada não só por rapazinhos, mas também por oficiais e homens de meia-idade. O diretor chamava-se Caio e havia vários instrutores, todos mestres da arte. A escola era iluminada por lanternas e, quando Marco abriu a porta, sentiu um sopro de calor, dos corpos transpirando. Os instrutores estavam todos ocupados; o ar impregnava-se de gritos, advertências e clangor de espadas. Caio ia de grupo em grupo, observando, sacudindo a cabeça, aconselhando. Marco largou os livros num banco, tirou o manto e a túnica comprida e ficou ali com uma túnica curta de lã cinza. Pegou a espada de um cabide na parede de estuque e olhou em volta, à procura de um instrutor desocupado e um adversário adestrado. Estava-se sentindo muito fatigado e isolado.

Havia três oficiais rindo muito num dos grupos. Eram três rapazes trajando armadura completa, de capacete. Estavam de pé, os polegares enfiados nos cinturões de couro, as pernas afastadas. Eles gracejavam, implicando com os homens e rapazes suados, provocando-os com palavrões e exibindo-se bastante. O assoalho de madeira vibrava com as melhores entre muitas solas adestradas.

Um dos jovens oficiais tirou o elmo e Marco, que acabava de verificar se o protetor estava firme na ponta de sua espada, levantou os olhos. Viu cabelos ruivos e um perfil bonito. Havia anos que não os via, mas seu coração deu um salto. Reconheceu Lúcio Sérgio Catilina imediatamente, bem como seus companheiros, Cneio Piso, esguio e louro, e Quinto Cúrio, alto, moreno e sério, primo de Lívia.

Lúcio enxugou o rosto esplêndido num lenço, que depois meteu no cinto, descuidadamente. Os três amigos observavam atentamente um grupo de três esgrimistas e seus instrutores. Marco ficou ali parado, rígido, o rosto muito branco e imóvel. Se conseguisse mover-se, teria tornado a pendurar o florete, agarrado a túnica comprida, a toga e os livros e fugido. Mas só conseguiu ficar ali parado, olhando para o marido de Lívia, odiando-o com um ódio selvagem e desesperado. O coração tremia e rugia aos seus ouvidos; os pulmões pareciam ter-se isolado de todo o ar; a carne se arrepiava, tremia e seu sangue latejava. Havia em sua garganta uma pressão como a de dedos de ferro e sentia náuseas.

Se Lúcio parecera bonito anos antes, ele agora parecia um deus, um jovem Marte. Não fazia pose; seu corpo era cheio de linhas de uma graça heróica. Tinha em volta de si uma aura de um magnetismo intenso, que cativava a vista. Quando ele lançava a cabeça para trás, para rir, seus dentes brancos reluziam à luz das lanternas. Estava de pé, as mãos nos quadris, gritando gracejos, ou virando-se para os amigos, com pilhérias.

Caio, o mestre, baixo e gordo, parou diante dos três e Lúcio deu-lhe um tapa afetuoso no ombro. Marco, no meio de todo o tumulto em seus ouvidos, ouviu-lhe claramente a voz:

— Aqui não há ninguém que eu possa recomendar ao meu general, Caio — disse ele. Era um insulto, mas o mestre limitou-se a sorrir, não obsequioso, mas com divertimento e simpatia sinceros.

— Você foi um de meus melhores esgrimistas, Lúcio — disse ele. — Por que não demonstra aos meus discípulos, os mais jovens, o seu talento? Ou você, Cneio, ou você, Cúrio?

— Não, não! — exclamou Lúcio. — Esses não passam de colegiais! Aqui não há ninguém que conheçamos; apenas paramos aqui a caminho de um belo jantar. — Ele olhou em torno com seu encanto tremendo, risonho, e seus olhos encontraram Marco, na parede oposta. O sorriso não desapareceu; apenas mudou, perdendo o encanto e tornando-se feio.

— Ah! — exclamou Lúcio. — Lá está um que conhecemos. Olhe, Cneio, olhe, Cúrio. Não o conhecemos, ou estarei enganado? Será um liberto, um pisoeiro? Parece que me lembro desses traços insignificantes. Depressa! Digam quem é.

Os amigos viraram-se, olharam para Marco e o reconheceram.

— É a ervilhaca, por certo — disse Cúrio.

— Grão-de-bico — disse Cneio.

Eles deram uma gargalhada e ficaram olhando fixamente para Marco, que só conseguiu olhar com fúria para Lúcio, aquele ódio terrível crescendo dentro dele, o horrível ímpeto de matar apoderando-se de seus sentidos. Ele só sentira isso uma vez na vida, aos nove anos, e fora por aquele mesmo homem. Suas mãos suavam. Sem afastar os olhos de Lúcio, ele esfregou as palmas na túnica. A espada em sua mão direita parecia leve como uma vara; tremia em seus dedos como se tivesse vida própria e quisesse saltar diretamente na direção do coração do jovem Catilina. Pois lá estava o profanador de Lívia, que arrasara com sua vida e suas esperanças.

— Você o assustou, Lúcio — disse Cneio, numa voz apaziguadora. — A tanga dele provavelmente está cheia agora.

Marco ouviu as palavras; suas narinas se dilataram e então os pulmões contraídos se expandiram numa expiração profunda. Mas ele só conseguia olhar para Lúcio num silêncio mortífero. Caio o fitava. O mestre gostava dele e seus olhos espertos apertaram-se, incertos, tanto diante da expressão do rapaz como diante das faces dos três amigos.

— O que é, Marco? — perguntou.

Lúcio recolocou o elmo. Caminhou até o seu antigo inimigo e depois parou, examinando-o de alto a baixo, como se fosse um sujeito vil, um escravo intruso.

— Você aceita gente como esse neto de pisoeiro em sua escola, Caio? — perguntou ele.

— Marco Túlio Cícero é um de meus discípulos de mais talento — disse Caio. Seu rosto redondo corou de aborrecimento. Sentiu o perigo no ar.

— Então você decaiu muito — disse Lúcio. Os amigos aproximaram-se dele, rindo. — Pensei que só aceitasse homens e rapazes de famílias tradicionais e não gente como... isso. — Ele estendeu o pé calçado de botas e tocou no joelho de Marco, como se faria com um cão.

Sem um propósito consciente, Marco afastou o pé, batendo nele com a parte plana da espada. Disse para si, com calma: "Tenho de matá-lo. Certamente hei de morrer de frustração se não o matar!"

Como se um sinal tivesse sido dado, ou uma ordem, a sala ficou em silêncio. Os instrutores e os discípulos ficaram ali, as espadas erguidas a meio, fitando o grupo. As lanternas piscavam; o pó esvoaçava no ar.

Então, os dentes de Lúcio reluziram, ele puxou a espada e o som foi um estrondo no silêncio. Caio pegou o braço dele, consternado.

— O que é isso? — exclamou ele. — Esta é a minha escola! Não é uma arena, Lúcio! Você está louco?

— Não passa de um animal — disse Cúrio, com desprezo. — Lúcio que o trespasse e depois o enterre em seu jardim.

Caio estava alarmadíssimo.

— Pare! — exclamou, agarrando o braço de Lúcio com mais força.

— Não permito que se cometa um assassinato em minha escola! Marco Cícero é um de meus discípulos ilustres; conheci bem o avô dele. Quer-me obrigar a chamar a guarda? Em nome dos deuses, senhores, saiam de minha escola imediatamente!

— Somos oficiais do exército de Roma — disse Cúrio. — Lúcio foi insultado pelo filho de um escravo, ou pior que isso. Ele está armado? É um homem? Não. É soldado? Não. E Lúcio foi ofendido por um sujeito da laia dele.

— Assassinato! — gritou Caio. — Lúcio, que é um homem honrado, assassinaria um jovem que ainda é discípulo, e tem um protetor na espada, que não passa de uma lança leve?

Lúcio não afastou os olhos de Marco, mas embainhou a espada.

— Dê-me uma igual à dele — disse, entre dentes.

— Com protetor — suplicou Caio, desesperado. — Isso é apenas uma escola.

— Com protetor — disse Lúcio, concordando. — Como você disse, meu caro Caio, isso é apenas uma escola, não uma arena ou um campo de batalha ou de honra. Farei esse canalha vil prostrar-se de joelhos e isso me bastará.

Ele ergueu a mão e deu uma bofetada na cara de Marco.

— Esse é o meu desafio, Grão-de-bico — disse ele.

Ainda sem afastar os olhos do rosto tenso e quieto de seu inimigo, Lúcio tirou depressa a armadura, até ficar apenas de botas e de túnica vermelha.

Os amigos pegaram a armadura dele e recomeçaram a rir. Caio pôs uma espada leve, com protetor, na mão de Lúcio.

— Em guarda, Grão-de-bico — disse Lúcio, adotando imediatamente uma posição de ataque forte e elegante. Estava novamente sorrindo, os dentes brilhando.

Tenho de matá-lo, pensou Marco. Mas sua espada tinha um protetor. Depois, pensou: pelo menos tenho de humilhá-lo, fazendo-o prostrar-se de joelhos.

Os instrutores e discípulos, de olhos arregalados e prendendo a respiração, os rostos brilhando de entusiasmo, espalharam-se pelas paredes. De repente fez-se um espaço em volta dos antagonistas. Suas espadas cruzaram-se imediatamente.

Marco era mais de dois anos mais moço e muito mais leve. Não tivera treinamento no exército e não era atleta. Sentiu a pressão da espada de Lúcio na dele, uma pressão forte e firme, como nunca experimentara. Aquele homem não era apenas um soldado treinado nas legiões e no campo de batalha. Era um dos melhores atletas de Roma, um dos espadachins mais notáveis. Já matara mais de uma vez.

Eles se separaram de um salto, as espadas zunindo. Marco só sabia de uma coisa: que precisava fazer aquele homem odiado ajoelhar-se. Seu propósito era como uma potência dentro de si, um impulso, uma determinação fatal. Seus músculos se contraíram sensualmente; os joelhos, seu ponto mais fraco, pulsavam com uma força estranha.

A espada de Lúcio movia-se como um relâmpago e a ponta protegida bateu no ombro esquerdo de Marco. Se a ponta estivesse descoberta, talvez Marco tivesse sido ferido fatalmente. Lúcio riu de prazer e seus amigos deram gritos de alegria.

Ele parece uma cobra, pensou Marco, cedendo um pouco. Mas, como a cobra, deve ter um ponto fraco. Lúcio deu um golpe, procurando atingir a garganta de Marco, mas dessa vez sua espada foi desviada. Ele é imprudente, pensou Marco. Lúcio estava de cara fechada. Sim, ele é imprudente, pensou Marco. Vou forçá-lo a uma imprudência maior. Assim Marco, dobrando os joelhos de repente, estendeu o braço por baixo da guarda de Lúcio, atingindo-o no peito em cheio.

Cneio e Cúrio soltaram gritos de indignação e raiva. Mas Lúcio ficou calado, chegou a recuar. Marco não o perseguiu; ficou esperando.

Como que tomado de uma impaciência enojada, Lúcio lançou-se para a frente, procurando, por simples força, empurrar Marco para trás, fazer com que tropeçasse e caísse. Marco desviou-se habilmente e Lúcio correu vários passos com a espada no vazio.

160   *Taylor Caldwell*

— O quê? — disse Marco, provocando-o, quando Lúcio se recuperou.
— Viu uma miragem de mim? — Era a primeira vez que ele falava.

Lúcio não podia acreditar naquilo. Seu rosto transfigurou-se numa palidez mortal, de fúria. Estava incrédulo. Tinha de acabar com aquilo imediatamente. Saltou sobre Marco com toda a sua força, recusando-se a crer que o rapaz mais jovem tinha realmente passado por baixo de sua guarda, recusando-se a crer no golpe que sentira. Ninguém jamais penetrara em sua defesa.

Vou enlouquecê-lo, pensou Marco. Não via ninguém, só Lúcio; seu olho vivo mantinha-se sobre a espada do outro. Quando Lúcio, que começava a perder a cabeça, de vergonha e ódio, lançou a espada diretamente no rosto de Marco, este a desviou com um movimento fácil. As armas entrançadas fizeram um ruído plangente, que ressoou no silêncio abafado.

Estou sonhando, pensou Caio, atento. Este Marco sempre se mostrara aborrecido com a esgrima. Esgrimia por dever, como se fosse algo sem prazer nem interesse. É verdade, estou sonhando. Parece um bailarino. Como se desviou agilmente desse ataque! Mas o que há com Lúcio, que conquistou todos os prêmios desta escola, quando eu lhe ensinei, pessoalmente?

Caio fora ferido muitas vezes no campo e vencera, muitas centenas de vezes, os melhores esgrimistas em lutas simuladas. Nunca, porém, fora impelido pelo ódio; nunca sentira o ódio mortal que Marco estava experimentando. Mesmo em combate, ele só quisera desarmar, pois era um homem de bom gênio.

As espadas bateram, cruzando-se. Marco e Lúcio se fitaram.

— Estarei de joelhos? — perguntou Marco, delicadamente.

Lúcio deu um salto para trás, rangendo os dentes. Estava alucinado de mortificação, diante dos amigos, que resmungavam, aflitos. Tinha de acabar com aquilo de uma vez! Aquele escravo era mais fraco e mais jovem, ainda que dançasse como um ator. E estava zombando de Lúcio Sérgio Catilina — e isso ele não poderia suportar. Ele, Catilina, servindo em uma das melhores legiões, ágil, um homem que matara facilmente, cara a cara com os inimigos mais experientes! Isso não era suportável.

Então, correu sobre Marco num fogo de movimentos relâmpagos, um gosto acre nos lábios e na garganta, como se fosse vomitar. Seus olhos faiscavam de raiva. O ataque foi tão feroz que Marco de fato recuou, fez um círculo, tropeçou uma ou duas vezes, foi atingido várias vezes no ombro, no peito, nos braços. Nem uma vez, porém, ele se sentiu inseguro; nem uma vez seu ódio e sua determinação diminuíram. Ele recuava e dava a volta; desviava apenas os golpes dirigidos a seu rosto. Lúcio perseguia-o, novamente sorrindo, certo da vitória. Seus amigos aplaudiam, uivando de rir, enquanto os dois davam a volta à sala. O suor escorria em grandes gotas pelas testas dos antagonistas, entrando-lhes nos olhos.

Marco não estava cansado, embora recuasse agilmente, apenas se defendendo. Se fosse numa lição, ele já se sentiria exausto havia muito. Mas aquilo não era uma lição.

Novamente as espadas se cruzaram, na metade dos punhos. Marco disse, com aquela delicadeza, enquanto eles se fitavam:

— O quê? Não lhe ensinaram a fazer melhor que isso no campo? Ou você lutou contra homens desarmados... ou moças?

Eles se separaram de um salto. Foi então que Lúcio, de repente, bateu com a espada no chão e desprendeu o protetor.

Caio gritou:

— Não, não! Isso é esgrima, não um assassinato!

Mas os amigos de Lúcio berraram com alegria sanguinária, enquanto os instrutores e discípulos protestavam. A espada subiu rápida, despida, ao peito de Marco. Pela primeira vez, ele sentiu um ligeiro temor. Lúcio pretendia matá-lo. Ele recuou e desprendeu o protetor de sua espada também. Eles então se defrontaram com a morte, reluzente e faiscante.

Caio gemeu, mas todos os outros estavam possuídos do desejo de ver sangue. Não era mais um jogo. Era grave; terminaria, se não em morte, em feridas seriíssimas. Era o esporte do campo de batalha, da arena.

— Desgraçado desonesto! — exclamou Marco. — Mentiroso! Covarde!

Mas Lúcio sorriu. Passou a língua pelos lábios. Estava agora tão seguro, que cometeu um erro fatal. Lançou-se e seu pé escorregou. Imediatamente ele sentiu o picar do metal nu no ombro direito. Antes que pudesse recuperar-se, Marco estava com a espada em sua garganta e ele, apoiado em um joelho. A espada de Marco faiscou, atirou longe a espada de Lúcio e a ponta voltou para a garganta dele, num ponto mortal.

A sala encheu-se de vozes. Caio avançou correndo. Marco disse, com a voz mais calma:

— Não. Se alguém se mover, eu o trespasso, e será o fim dele.

Ele pretendia que fosse o fim, em todo caso. Mas queria saborear o momento de vitória sobre aquele homem cruel e violento. Queria que Lúcio conhecesse a morte antes de experimentá-la de fato. Disse então:

— Daqui a um instante eu o matarei. Mas primeiro tenho de apreciar a idéia.

Os braços rígidos de Lúcio estavam dobrados para trás e ele se sustentava nas palmas das mãos. Olhou para o rosto de Marco e viu o ódio alegre, a boca contorcida, a exultação. E sabia que estava prestes a morrer.

162   *Taylor Caldwell*

— A escolha foi sua — disse Marco. — Você foi quem tirou a proteção de sua espada. Pretendia lutar até a morte. Pois está satisfeito. Agora tem de morrer, o grande e nobre Catilina, o mentiroso, o covarde, o torturador de crianças, o idiota e o detestável escravo na alma.

Lúcio disse:

— Mate-me. Acabe com isso.

A ponta enterrou-se de leve na carne dele.

— Não muito depressa — disse Marco. — Estou-me divertindo e os meus prazeres são lentos e calmos. Um pouco mais, agora. — E a espada enterrou-se apenas mais uma fração.

Ninguém jamais diria que Catilina não enfrentou a morte com bravura. Não pestanejou diante do metal. Tentou até sorrir. A dor parecia fogo em sua garganta.

E então Marco viu os olhos dele, abertos, sem piscar. Viu o seu azul cheio e intenso, cerrado por pestanas ruivas. E eram os olhos de Lívia.

Uma dor agonizante arrasou o coração de Marco, fazendo-o encolher-se e tremer. Seus olhos encheram-se de lágrimas e desespero. Ele recuou, puxando a espada. Não conseguiu falar.

— Nobre lutador! Vencedor magnânimo! — gritou Caio, abraçando o discípulo. Ele chorou em altos brados, de alegria e alívio. — Guerreiro magnânimo! Ele restitui a vida; não a toma, apesar de ter sido desafiado à morte! Eu o saúdo, Mestre de todos!

Os discípulos levantaram as vozes, saudando-o, abraçando-se como se a vitória tivesse sido deles.

Cneio e Cúrio aproximaram-se do amigo, calados, e ajudaram-no a levantar-se, apertando um lenço em sua garganta sangrenta. Mas Lúcio afastou-se depois de um momento. Olhou para Marco, a certa distância, e saudou-o, com escárnio.

— Eu o felicito, Grão-de-bico — disse ele.

Anos depois, Marco diria consigo, angustiado: "Eu devia tê-lo matado. Nunca devia tê-lo deixado viver. Lívia, Lívia! Que a minha mão murche, pois eu a traí."

Naqueles dias, mais tarde, uma vez Catilina disse a Marco:

— Por que você não me matou, Grão-de-bico? Será que, afinal, percebeu que um simples cidadão sem nome, que mata um oficial da República, seria punido e morto?

Mas Marco não pôde responder.

A notícia espalhou-se pela cidade, que se agarrava desesperada a ninharias para se aliviar da tristeza da guerra. O nobre patrício da casa dos Catilinas, Lúcio

Sérgio, oficial do exército e pertencente a uma das mais famosas legiões, fora vencido num duelo de espadas nuas por um estudante de Direito desconhecido, filho de um cavaleiro humilde, um rapaz de interior, nascido não em Roma, mas em Arpino, e de uma família que não se destacara em nada! (Os boateiros satisfeitos se aborreciam ao saberem que a mãe de Marco pertencia aos Hélvios, nobres, de modo que isso não era mencionado como coisa importante.)

Havia quem se alegrasse porque Lúcio fora tão humilhado, mesmo entre seus amigos e patrícios, seus pares. Marco, muitas vezes, via rostos que o olhavam de liteiras ricas, sorrindo. Grupos de artesãos e donos de lojas, considerando-o afetuosamente um deles, esperavam à porta de Cévola para vê-lo aparecer.

Cévola manteve-se calado sobre o assunto durante vários dias e, por fim, disse ao discípulo:

— Diga-me, meu caro, você deixou de matá-lo por piedade?

Marco sacudiu a cabeça.

— Não? — disse o velho, com prazer. — Por que, então?

Marco já sentia grande carinho pelo mestre. Não queria ofendê-lo ou decepcioná-lo contando-lhe a verdade, que teria parecido pouco viril para Cévola.

— Não foi — disse Cévola, perdendo o prazer — porque você temesse o castigo, como civil que mata um oficial ilustre e patrício?

— Não — disse Marco.

— Bom! Então você o poupou para que pudesse sofrer a humilhação que, para um homem como Lúcio, seria insuportável?

Cévola estava tão satisfeito com o seu próprio raciocínio e tão feliz com Marco, que abraçou o rapaz.

— Lúcio nunca o perdoará — disse Cévola, mostrando todos os seus dentes velhos e amarelos num sorriso alegre.

Hélvia disse ao filho:

— Você poupou Catilina porque temia as conseqüências da morte dele?

— Não — disse Marco.

Hélvia pensou e depois sorriu.

— Você o desarmara. Não podia matar um homem desarmado. Você é um herói, meu filho. Sinto orgulho de você.

— Eu também me orgulho — disse Quinto. — Não sabia que você era um espadachim tão maravilhoso.

Eu também não sabia, pensou Marco, com certa ironia.

— Por que não o matou, meu amigo? — perguntou Noë ben Joel. Os olhos castanhos e vivos de Noë começaram a dançar. — Não foi — arriscou ele — por estar-se lembrando do Mandamento "Não matarás"?

— Não — disse Marco. — Eu queria matá-lo.

Noë fez um ruído de zombaria.

— Então, por que não matou?

Marco sentiu que Noë, um ator, um artista, amante de peças e romances, compreenderia o que outros não poderiam compreender e teve vontade de desabafar.

— Porque ele tem os olhos da moça que eu amo, pois é seu parente afastado e casou-se com ela. Se eu não tivesse visto aqueles olhos plenamente, um instante antes de me preparar para enfiar a lâmina na garganta dele, ele teria morrido.

Ele não se enganara. Noë ficou encantado.

— Que peça isso daria! — exclamou ele. — Não tenha receio; não darei um nome ao herói, nem ao Catilina vencido. Mas um dia usarei esse episódio. — Ele disse exatamente o que dissera Cévola: — Ele nunca o perdoará.

— Tampouco — disse Marco, entre dentes — eu o perdoarei, jamais.

Segunda Parte

♦ ♦ ♦

O Homem e o Advogado

Protexisti me, Deus, a conventu malignantium, alleluia; a multitudine operantium iniquitatem.

Capítulo XV

— Só existe uma coisa certa — disse o velho Cévola, furioso. — O que esses novos canalhas chamam de democracia não passa de confusão! Você há de descobrir isso por si, se a sua vida for poupada, o que duvido. Não é provável que você goze de uma velhice como a minha, com as suas teorias absurdas dos direitos do homem e da democracia.

"Veja a lei de Sulpício, que concedeu aos libertos, esses vis libertos!, a igualdade em relação aos antigos cidadãos de Roma! Cina, que prega a democracia e liberdade e a Constituição de nossa nação, e que não passa de um déspota monstruoso, fez reviver essa lei, pois ele sabe onde está o seu poder, o canalha exigente! Ele se nomeava cônsul todos os anos, sem consultar o povo que diz amar. Prometeu reduzir os impostos e as dívidas e assim fez, para a nossa ruína econômica, deixando vazio o nosso tesouro, que foi saqueado para as guerras e em benefício de dependências e nações estrangeiras. Podemos ter certeza de uma coisa, meu caro: esse alívio temporário dos impostos resultará em tributos maiores e no colapso final. É simples contabilidade. Mas o povo por acaso se preocupa com o orçamento e com o duro fato de que não se pode gastar o que não se possui, sem ir à falência? Não! Eles gritam 'Salve!' ao tirano Cina, por um lucro imediato à custa da nação."*

O velho e nobre advogado sacudiu a cabeça, desanimado.

— Mário, outro democrata famoso, poupou-me a vida depois dos massacres que ele instigou quando voltou a Roma. Por que, não sei, pois detesto todos os hipócritas. Não foi por acaso que ele se uniu àquele plebeu que é Lúcio Cornélio Cina, que hoje tanto nos oprime em nome da democracia. — Ele coçou a orelha e deu uma risada melancólica. — Não obstante, às vezes fico tentado a crer no velho mito de que há alguma sabedoria no povo. Quando Mário morreu na cama, muito triste, pois deveria ter sido assassinado, como assassinou milhares de outros sem compaixão, não houve

---

*Carta ao filho de Cévola.

luto oficial por parte do povo, pelo seu libertador autonomeado. A Itália inteira e a própria Roma ergueram as cabeças, como se uma espada tivesse sido erguida e proclamada a libertação. Isso é muito curioso. Aqueles que gritavam mais alto pelos privilégios e a liberdade contentam-se com as opressões sanguinárias de Cina...

— Eles precisam respirar, recompor-se, depois de todos esses anos de guerra — disse Marco. — Estão exaustos. Mas certamente nos libertaremos de Cina!

— Não — disse Cévola. — Uma restauração da Constituição só trará novas lutas sociais e o povo, aturdido, compreende isso. É melhor a opressão com a paz, dizem eles, do que a liberdade com a guerra. Essa é a voz dos novos libertos, que se pavoneiam por Roma sem saberem nada sobre sua história, regozijando-se com Cina, o tirano, que os abraça em sua vulgaridade, gritando "democracia!". Estou decepcionado com as nossas províncias, onde pensei que ainda restasse alguma virilidade.

— Desejam a paz — disse Marco, de novo.

— Ha, ha — riu Cévola, numa voz de regozijo maldoso. — Ainda temos Sila no exílio, no oriente! Ele terá esquecido? Não. Em breve teremos notícias dele. As guerras geram guerras, assim como os gafanhotos geram gafanhotos, e sempre existem homens ambiciosos.

"Enquanto isso, consideremos que você amanhã apresenta o seu primeiro caso ao Senado. Não vou pleitear com você, mas estarei no meio do público. Está com vinte e um anos e eu lhe ensinei conscienciosamente, pois você foi menos burro do que os outros discípulos, que ainda não passam de funcionários. Informei a alguns amigos meus e eles lá estarão para aplaudi-lo..."

— Se eu vencer — disse Marco. Ele estava ali de pé, alto, magro e de pescoço comprido, calmo diante de seu mentor, que apertou os olhos para fitá-lo, inclinando a cabeça grande.

— Um advogado não se deve permitir um "se" — disse Cévola. — Já não lhe disse isso? Você não pode apelar para qualquer lei estabelecida de Roma, no caso do seu cliente, pois não existe tal lei. O seu cliente era um pequeno lavrador, com mulher, dois filhos pequenos e três escravos que o ajudavam na fazenda. Mas, como todos nós, ele se viu em dificuldades financeiras e diante da ruína econômica. Não pôde pagar os impostos. Assim, os coletores de impostos apossaram-se de sua pequena propriedade, prenderam-no e querem vendê-lo como escravo, bem como a mulher e os filhos. Esta é a lei: um falido, que não paga os impostos, ou tem dívidas que não pode pagar, é preso, sua propriedade confiscada e ele e a família são

UM PILAR DE FERRO

vendidos como escravos, a fim de satisfazer seus credores ou seu governo ganancioso. É esta a lei de Roma e quem, a não ser você, está sempre louvando as leis de Roma, meu caro?

— Antigamente o coração de Roma era humanitário — disse Marco, com tristeza. — Essa lei cruel deveria ter sido revogada. E teria sido, se não fosse a guerra civil. Ela permaneceu durante decênios nos livros, sem ser aplicada.

— O governo precisa de dinheiro. É sempre a sua queixa — disse Cévola, com desdém. — Vamos traduzir isso direito: os tiranos precisam de dinheiro para comprar os votos e a influência. Portanto, revivem as leis cruéis. Seus burocratas afundam-se nos manuscritos empoeirados e encontram um regulamento ou uma lei obscura que justificará suas opressões. É tudo muito legal e muito virtuoso. Quando essa lei apareceu nos livros, séculos antes disso, foi para desencorajar a irresponsabilidade e o esbanjamento em nossa nação, então nova, e para fazer os homens compreenderem que não devem empreender mais do que o que se coaduna com sua capacidade e a inteligência que a natureza houve por bem conceder-lhes. Mas hoje o governo, avidamente procurando meios de renda, explora uma lei antiga, que nunca foi aplicada porque o povo era frugal e previdente e seus governantes, humanitários. Essa lei agora está sendo aplicada porque o povo tornou-se esbanjador e irresponsável e seus governantes, monstros. É um paradoxo, mas os governos não são notáveis por sua congruência. E o governo não precisa de dinheiro? O seu cliente é apenas um entre milhares.*

Marco sentou-se e apoiou o cotovelo sobre a mesa arranhada, onde haviam estudado tantos discípulos de Cévola. Encostou o queixo na palma da mão e ficou olhando para a mesa.

— Vou apelar ao espírito humanitário do Senado — disse Marco.

Cévola balançou as nádegas gordas na cadeira e bateu na mesa num acesso de riso.

— Humanitário? O Senado? Meu caro, você está maluco! Apela a um governo por clemência, o próprio governo que é um destruidor por natureza? O governo, lembre-se, que precisa de dinheiro... do dinheiro do seu cliente? Você está apelando a um leão para soltar uma gazela, pela qual ele tem um apetite devorador, estando eternamente faminto. Não, não, minha criatura imberbe. Você terá de procurar outro meio, que não o de apelar ao leão.

— Mas o quê? — disse Marco, em desespero. — Já procurei.

---

*Carta ao filho de Cévola.

— Considero o seu caso — disse Cévola — um simples exercício para você. Não tenho a menor esperança de que consiga clemência para o seu cliente. Sejamos objetivos. Os romanos são atores natos. Espero que você os comova com a sua eloqüência, apesar de ser apenas um principiante. Espero que o escutem com seriedade. Espero que o aplaudam. Mas eles não abrirão mão daquele poder que acabaram de descobrir por meio de seus burocratas. O governo precisa de dinheiro. Ou estarei sendo redundante, lembrando isso?

— Apenas um exercício para mim? — perguntou Marco, corando. Seus olhos tornaram-se frios e irritados, pontilhados de âmbar.

— Só isso — disse Cévola. — Considero a sua defesa amanhã como um crítico considera um novo ator.

— O senhor disse que eu não me devo permitir um "se", mestre — disse Marco.

— Só estou pensando em você. Terá sucesso se conseguir comover o seu público até as lágrimas. Se não, então não é um verdadeiro defensor. O destino de seu cliente é secundário, pois você não pode vencer por ele.

— Qual é o outro meio que o senhor mencionou, então?

Cévola balançou a cabeça.

— Não existe. A não ser que a sua divindade, Palas Atenéia, lhe possa conceder um milagre.

— O poder e a lei não são sinônimos — disse Marco.

Cévola olhou para ele fingindo admiração.

— Você deve dizer isso ao Senado — disse ele. — Nunca lhes apresentaram um argumento tão original.

— Quando o poder é exercido de modo irrestrito, não existe lei — disse Marco, obstinado.

— É verdade. Mas o Senado deseja o poder. Não é assim com todo governo? Você quer privá-lo do seu próprio sangue? Meu leão metafórico, meu caro, representa todos os governos.

— Hei de salvar a minha gazela — disse Marco.

Cévola deu outra gargalhada e enxugou lágrimas de riso de suas faces gordurosas.

— Bravo — disse ele. — Palavras valentes. Mas nunca comoveram um leão.

Marco tornou a entrar na biblioteca de Cévola e procurou novamente um meio de obter justiça para seu cliente. Não encontrou coisa alguma. Ao meio-dia, foi ao templo de Atenéia e rezou. Parou junto ao altar do Deus Desconhecido e, de repente, ajoelhou-se diante dele.

Um Pilar de Ferro

— Certamente, Tu és a justiça — murmurou. — Certamente, não abandonarás Teus filhos. Não o disseste aos Teus profetas?

Era aquele o seu primeiro caso de defesa individual. Seu coração estava aceso de raiva e ardia pela virtude e honra a uma lei justa.

Ele voltou à casa de Cévola. Liteiras ricas diante da porta não eram novidade para Marco, que as via sempre. Mas quando as cortinas se abriram e ele viu Noë ben Joel aparecer, com o rosto pálido e desesperado, o caso era bem outro. Marco correu para ele, estendendo a mão. Noë apertou-a. Tentou falar. Depois rompeu em prantos e encostou a cabeça no ombro de Marco. Conseguiu respirar, enquanto Marco, espantado e temeroso, o segurava.

— Meu pai — gemeu ele.

Alguns meses antes, na primavera daquele ano, Joel ben Salomão chamara o filho Noë e lhe dissera, com firmeza:

— Dei grandes dotes a suas irmãs, pois Deus, bendito seja o Seu nome, não houve por bem dotá-las de semblantes de anjos nem de almas de uma Raquel. Quem somos nós para discutir Sua vontade ou duvidar de Seus juízos? Contudo, esses dotes e a perda de muitos de meus investimentos nessas guerras esvaziaram meus cofres. Sendo você meu filho único, eu pensara deixar-lhe uma vasta fortuna. É verdade que não sou pobre, mas a consciência agora me proíbe de continuar a encher a sua carteira, para que possa produzir peças e pagar a atores. Eu tinha esperanças — disse o velho, suspirando — de que você fosse trabalhar comigo em minhas casas de contabilidade e meus escritórios de investimentos. Mas você não quis, alegando amargamente que o dinheiro nada lhe significava e que era um homem acima dessas ocupações vulgares.

"Se as peças lhe tivessem dado algum lucro, eu poderia conformar-me, de certo modo. Infelizmente, isso não aconteceu. E isso é bem estranho, pois durante as guerras as pessoas procuram os divertimentos. Ouvi dizer que os circos não sentem falta de público...

— Os circos são gratuitos. O governo os financia — disse Noë, um pressentimento feio espalhando-se como chumbo em seu coração.

O pai fechou os olhos por um momento e depois continuou, como se não tivesse sido interrompido:

— Suas peças devem ser incrivelmente aborrecidas. Não sou crítico. Nunca assisti a uma peça. Mas li as que você deixou nesta casa...

— Foram escritas por Sófocles e Aristófanes — disse Noë, com um gesto da mão grande mas delicada — e uma variedade de outros notáveis artistas gregos.

— Incrivelmente insípidas — disse Joel, alisando a barba, cansado. — Os romanos são mais inteligentes do que eu supunha, se não aprovam as suas produções dessas peças.

— As peças são artísticas — disse Noë. — Tenho de admitir, com tristeza, que as multidões preferem os espetáculos sangrentos do circo, os gladiadores, lutadores, pugilistas e dançarinos, especialmente os que têm um caráter mais depravado.

O pai estremeceu.

— Artísticas ou não, não lhe deram substância alguma, mas os meus cofres minguaram. Eu acreditava que, nesses tempos degenerados, era preciso que um rapaz satisfizesse seus caprichos durante algum tempo, embora isso não ocorresse no meu tempo. No meu tempo...

Noë escutou, obediente, os olhos vidrados de tédio. Passara a vida toda ouvindo falar sobre o tempo do pai.

— Parece que ofendi ao Deus de meus antepassados — disse Joel. Noë achou que o pai estava chegando ao clímax da história e forçou-se a despertar. Joel sempre concluía suas lamentações com aquela frase. Aí o coração de Noë desanimou. Os olhos do pai estavam frios, brilhantes e fixos sobre ele. Não ia dispensar o filho depois de terminadas as lamentações, como fazia sempre.

— Portanto — disse Joel — arranjei para você um casamento com a filha de Ezra ben Samuel. O dote...

— Ela parece um camelo! — exclamou Noë, horrorizado. — É mais velha do que eu! Nem mesmo o dote poderia levar algum homem a casar-se com ela!

— Ela só tem vinte e quatro anos, não é velha — disse Joel. — Um camelo? A moça não é uma Judite ou Betsabé, mas não ofende a vista, embora, naturalmente — acrescentou o velho, com ironia — como não sou artista, mas apenas um homem de negócios vulgar, não possa julgar. É uma delicada filha de Israel, muito virtuosa, e uma boa esposa não vale mais do que rubis? Foi bem treinada pela mãe...

— Um camelo — disse Noë, em desespero.

— Não fale assim — disse o pai, com uma aspereza incomum. — O nariz dela poderia ser mais bem-feito, mais parecido com o de sua mãe, e os olhos maiores, como os de sua mãe, mas ela tem boa pele e dentes excelentes...

— Um homem não se casa com uma mulher por causa dos dentes dela, como se estivesse comprando um cavalo — disse Noë, recusando-se a acreditar naquela calamidade. — Além do mais, ela é gorda.

Joel disse:

— Parece-me, embora eu possa estar errado, e corrija-me, se estiver, que não é você quem está comprando uma esposa. É Lia quem está comprando um marido. Você.

— Não — disse Noë.

— Sim — disse Joel.

Noë refletiu. Viu a firmeza do pai. Viu como era firme a mão nodosa que afagava a barba. Se ele não concordasse com o casamento com aquele camelo, não haveria mais dinheiro. Caso se casasse com Lia bas Ezra, teria o dote dela. A moça tinha gênio bom, dócil e maleável, e seria dedicada ao homem que segurasse sua mão sob o dossel.

— Também combinei com Ezra ben Samuel que o dote da filha fosse bem investido — disse Joel. — É verdade que os investimentos no estrangeiro nessa época são desastrosos, portanto, aconselhei Ezra ben Samuel a comprar propriedades em Roma e investir em ouro. As rendas de tudo isso darão uma boa casa para você e Lia, com dois ou três empregados.

Estou perdido, pensou Noë, com vontade de arrancar os cabelos e pôr cinzas sobre eles. Mas, refletindo um pouco, reconsiderou as coisas. A renda seria muito regular, ao contrário dos donativos do pai, por generosos que fossem. Ele poderia continuar a produzir suas peças e rezar para que os romanos fossem atraídos pela pura arte.

No entanto, Noë apelou à mãe, a quem sempre conseguia influenciar. Mas tornou-se bem evidente que ela e Joel já haviam conversado sobre o assunto a fundo. Assim, ela limitou-se a suspirar e a falar da vontade de Deus, observando que Noë já estava com 23 anos e já passara muito da idade normal para casamentos.

— A moça não é feia — insistiu ela. — Você tem outra escolha?

Noë levou suas aflições ao amigo, Marco, que teve a falta de piedade de rir.

— É fácil para você, que é romano, ficar às gargalhadas — disse Noë, com amargura. — Pois, embora os seus casamentos sejam combinados, vocês têm outros consolos, se a esposa lhes desagradar. Com os judeus não é assim.

— Você já me regalou com algumas histórias muito notáveis de seus livros sagrados — disse Marco. — Não houve Davi e Salomão, para mencionar só dois? E Sodoma e Gomorra?

— Não obstante, espera-se que os maridos judeus sejam virtuosos — disse Noë. — Pelo menos, os judeus que freqüentam o círculo imaculado de meus pais... e de Ezra ben Samuel.

Marco foi convidado para o casamento. Achou a festa suntuosa e também achou que Noë fora injusto para com a noiva. Lia não era sedutora, sendo gorducha demais até para quem tivesse um gosto voluptuoso. Além disso, era baixa. Mas tinha faces coradas, um sorriso encantador, olhos modestos e maneiras delicadas. Também tinha um dote gordo, mesmo pelos padrões romanos. Eram virtudes nada desprezíveis.

Aparentemente, Noë também chegara a essa conclusão, pois Marco passou dois meses sem vê-lo. Quando Noë apareceu em casa dos Cíceros uma noite, Marco notou que ele estava menos gordo e tinha uma expressão de contentamento. Falou animadamente sobre uma nova peça. Havia conseguido os serviços de uma bela prostituta para representar em sua peça, que ele próprio escrevera.

— Uma porca de uma mulher — disse ele, feliz —, mas com uma atração admirável! Também estou pensando em aproveitá-la para *Electra*. Ela é rica, já foi amante de um senador.

Marco não tornara a ver Noë até aquele dia no fim do verão, quando ele caíra aos prantos nos braços do amigo, falando do pai, Joel ben Salomão.

Noë ficou ali sentado, as lágrimas escorrendo-lhe pelo rosto, na companhia de Cévola e Marco, e contou sua história.

Vários senadores, que ele citou, e que eram do partido de Mário e, portanto, não tiveram de fugir para o oriente com Sila, haviam feito muitos negócios com Joel, no passado, antes das guerras. Tinham investido muito em títulos que ele recomendara, ficando endividados com ele. Ele guardava os documentos em sua casa de contabilidade, onde empregava funcionários da melhor reputação. Se as guerras não tivessem atrapalhado, os investimentos dos senadores teriam sido não apenas seguros, como também plenamente compensados. E as dívidas teriam sido pagas a Joel. No entanto, como aconteceu com todos os romanos proprietários, os senadores foram infelizes em seus investimentos, a maioria dos quais tinha sido em navios, minas e propriedades. Parte do dinheiro fora investido em manufaturas que forneciam material bélico ao governo.

À medida que as guerras se prolongavam, o governo pagava cada vez menos aos manufatureiros, chegando a ameaçar, quando eles protestavam, o confisco de suas propriedades durante a crise. Portanto, os senadores perderam dinheiro ali também.

Além disso, grande parte das terras deles, inclusive os vinhedos, sofreram durante as guerras e estavam abandonadas, aguardando o dia da paz. Somente agora estavam recomeçando a produzir.

Cina, aquele homem perigoso, tinha reduzido as dívidas, era verdade. Mas essa redução fora uma faca de dois gumes. Enquanto reduzia consideravelmente aquilo que o homem devia, também reduzia as importâncias que lhe eram devidas por seus devedores. Portanto, a nova lei não ajudava muito os senadores, que se viram não só endividados com os banqueiros e corretores como Joel ben Salomão, mas também com vários outros devido aos seus gastos desregrados, que não tinham sido devidamente restringidos durante as guerras. Muitos deles, antes possuidores de grandes fortunas, tinham vivido como potentados em suas residências romanas. Entre estes havia clientes de Joel ben Salomão.

Os senadores consideravam que suas dívidas para com Joel eram as menos onerosas, pois ele não exigia o pagamento imediato, compreendendo a situação deles. No entanto, as dívidas, apesar da redução legal de Cina, ainda eram imensas. Assim, os senadores conceberam um plano vil: declararam que Joel não lhes entregara os títulos, pelos quais tinham pago totalmente, e que este alegava que apenas uma parte fora paga! Com um golpe só, portanto, eles não só tramaram livrar-se de suas dívidas para com Joel, como ainda apoderar-se de sua propriedade e de todo o dinheiro que ele possuía — desse modo enriquecendo-se — além de levá-lo à prisão, por estelionato.

Joel fora preso naquela manhã. Quando o agarraram, ele desmaiara, tendo sido brutalmente carregado de casa. A mulher e a família estavam desesperadas. As filhas e os maridos se consultaram, além dos pais dos maridos, para verem quanto dinheiro poderiam juntar para libertar o pai das acusações; talvez os senadores se satisfizessem, se a quantia fosse bastante vultosa. Vários dos maridos das filhas de Joel procuraram então os senadores, implorando e oferecendo uma quantia magnífica para o "pagamento total". Os senadores, porém, tinham zombado deles. Queriam parecer virtuosos aos olhos de seus clientes. Portanto, Joel deveria ser castigado.

Enquanto Cévola escutava, como um sapo gordo e imenso em sua cadeira, o ouvido atento às palavras desconexas de Noë, examinava a fisionomia de Marco, congelada numa expressão pálida de horror e incredulidade. Então, pensou Cévola, isso afinal ensinará a esse jovem estúpido — por quem nutro uma afeição inexplicável — que o que lhe venho contando é a verdade.

Depois que Noë terminou, enterrando o rosto nas mãos, Marco balbuciou:

— Não é possível! O seu pai não tem advogados, Noë?

— Não — disse o infeliz filho. — Ele é honesto. Sempre declarou que um homem honesto não precisa de advogados. Estava a salvo de todas as injustiças.

— Ah! — exclamou Cévola. — Joel ben Salomão, claro, é um tolo completo. Você está falando sério, Noë? Ele não tem advogados? Não?

Ele não podia acreditar nessa loucura. Noë foi obrigado a repetir a verdade, várias vezes. Depois, Cévola lançou-se para trás violentamente na cadeira, sacudindo a cabeça como um gladiador aturdido, sem conseguir falar, por um momento.

Marco disse:

— Mas o seu pai tem os documentos em ordem, não tem, Noë?

— Todos — disse Noë, numa voz exausta. — Nós os apresentamos aos senadores, para que eles mesmos vissem.

Cévola voltou à vida, furioso, e bateu na mesa com a palma da mão, de modo que ela percutiu como um tambor. O velho inclinou-se para Marco e berrou:

— Imbecil! De que adiantam documentos apresentados a tribunos, cônsules ou senadores, se o governo está resolvido a roubar e destruir um homem que o desagradou, ou que possui o que ele cobiça? Ah, deuses — gemeu ele —, será que realmente desperdicei todos esses anos com um idiota como esse Marco Túlio Cícero? Os anos de minha velhice! — Ele cerrou os punhos, brandindo-os no ar e maldizendo-se por sua estupidez.

Noë, durante esse fluxo rico de imprecações, piscava os olhos, com uma expressão vidrada, olhando para Cévola e depois para Marco. O nobre advogado, por fim, controlou-se. Olhou para Noë, furioso.

— Imagino que seu pai também esteja sendo acusado de ter sonegado os impostos devidos.

— Está. Esqueci-me disso, diante da barbaridade maior — disse Noë, com uma expressão de desamparo.

Cévola moveu a cabeça com uma expressão sábia e um sorriso amargo.

— Isso foi acrescentado para proclamar ainda mais a virtude dos senadores. Também eles foram vítimas do que chamam de tributos necessários. Mas não eram patriotas, não amavam a pátria e respeitavam as leis? Sim, três mil vezes sim! Pagavam seus impostos até a última moeda. Terão documentos falsos para prová-lo, e qual coletor de impostos ousará duvidar de suas declarações? Ele sabe que não estará livre do veneno, ou de meios de assassinato ou repressão mais desagradáveis. Todos os homens razoáveis compreendem que os poderosos não pagam impostos do mesmo modo que os cidadãos indefesos. — Cévola olhou para Marco.

— Você se lembrará de seu próprio cliente amanhã, quando for defender o caso diante desses mesmos senadores e pedir a clemência deles. Pois não são romanos de muita virtude? Os impostos não são o sangue vital do

UM PILAR DE FERRO 177

governo? Aquele que lesa o governo, você ouvirá amanhã, lesa todos os cidadãos de Roma que cumpriram com suas obrigações!

— Pensemos agora em Joel ben Salomão — pediu Marco. — Certamente, mestre, esta injustiça não pode ser permitida. Certamente temos leis.

Cévola implorou a Noë que condenasse aquele idiota com cérebro de macaco.

— Escute só — disse. — Ele fala da lei! Haverá alguma coisa mais desprezível, nos dias de hoje? Durante todos esses anos em que ele se sentou a esta mesa, em todos os anos em que me acompanhou ao Senado e aos tribunais, ele ouviu, com esses seus ouvidos impertinentes, que não existe lei senão a que é concedida por bondade dos tiranos... a certo preço. Muito antes de nascer o avô do avô dele, é o que tentei ensinar-lhe, Roma já era corrupta e depravada. A república morrera de obesidade, riquezas e barriga cheia. Morreu porque o povo não insistiu para que a lei fosse respeitada, a justiça observada e a Constituição mantida. No entanto, ele ainda fala da lei, diante do que disse Aristóteles sobre as repúblicas: que elas degeneram em democracias e depois em despotismo. Ele teve toda a história à mão e manteve-se cego como uma toupeira e surdo como uma pedra.

Marco disse, com toda a severidade calma que conseguiu emprestar à sua voz:

— Não obstante, as leis ainda estão nos livros. O meu avô, de quem tanto lhe falei, mestre, acreditava que homens vigorosos e honrados ainda poderiam restaurá-las, bem como a grandeza da justiça romana. De que outro modo poderei viver, se não acreditar nisso, também? Se os homens ignoram a lei, é porque os venais e os desprezíveis a desdenham e a burlam, ridicularizando-a e aproveitando-se dela. Os homens podem atirar lama sobre as vestes brancas da Justiça, mas não a podem derrubar, nem movê-la de seu lugar.

— Ora, bosta! — gritou Cévola, quase fora de si. — Há quase duzentos anos vêm jogando lama sobre ela e já a derrubaram e a moveram de seu lugar! Em nome de tudo o que é são, você não pode reconhecer a grande verdade que está na sua frente, criatura lamentável? Você declara que não poderá viver se essa verdade não for falsa. Então vá afogar-se. Caia sobre aquela espada com que derrotou Catilina há cinco anos. Tome emprestado o punhal enferrujado de seu avô e enfie-o nas entranhas. Este mundo não serve para você, Marco!

A respiração de Cévola era como um vento soprando pela biblioteca. Ele fitou a cabeça abaixada de Marco. Gemeu como um gladiador derrotado, que anseia pela morte.

— Subornos? — disse Noë, inseguro.

Cévola riu-se.

— Nem um sestércio. O que é mais valioso para um canalha poderoso do que dinheiro ou suborno, por sedutores que sejam? Sua imagem pública de virtude.

Ele fez um gesto de desdém em direção a Marco.

— Eis aqui uma chave. Debaixo de minha cama você encontrará um cofre. O que ele contém não está apenas ali. Está escondido, longe de Roma, em esconderijos secretos inacessíveis até para a raposa mais ladina. Enquanto isso, meu Noë, escreva nesse papiro os nomes dos senadores que devem dinheiro ao seu pai e dos que você viu hoje de manhã. No entanto... há alguns cujos crimes eu pessoalmente não conheço. Mas não importa. Todos os políticos e canalhas notáveis, todos os homens poderosos, têm segredos pelos quais morreriam. Basta insinuar que os conhecemos. E eles conhecem Cévola!

Quando Marco, movendo-se como uma criatura ferida, mas não mortalmente, voltou com o cofre, Cévola olhou para ele com grande prazer. Afagou-o com ar paternal.

— Cá está o meu poder, a minha reputação, tudo o que torna Cévola formidável, tudo o que lança os homens cruéis numa dança que seria a inveja de Pã em pessoa.

Ele abaixou-se e beijou a caixa com um estalo.

Disse:

— Quando os maus os atacarem, não os enfrentem ousadamente, atacando-os com lisura, acreditando terem a justiça de seu lado. Descubram os segredos deles.

Ele destrancou o cofre fechado com tiras de metal e contemplou seu conteúdo com prazer. Depois, tirou os rolos e examinou um deles, tendo antes olhado para a lista de Noë, fazendo em seguida um gesto feliz com a cabeça:

— O primeiro, Noë e meu Marco; ele é não só o avô do neto, mas também o pai. Seduziu a filha quando ela tinha doze anos. Envenenou a mãe dela, que ameaçou desgraçá-lo publicamente. Casou a menina com um homem que não tem a capacidade de dormir com mulheres e que prefere meninos. O senador não quer que sua filha querida seja contaminada por outro homem, portanto arranjou esse casamento. A moça é extremamente bela e estúpida e está sob a influência do pai, pois o adora. No momento, o senador está tratando de fazer com que a filha se divorcie do marido, para que ela possa voltar para sua casa, onde a abrigará, digamos... paternalmente, e protegerá o neto, que é também seu filho, pois adora o menino. Não é sempre — disse Cévola, divertindo-se — que um homem alucinado pode arrumar as coisas tão bem e de modo tão agradável. Veremos.

Cévola estava examinando outro rolo com satisfação.

— Ah, aqui temos um canalha refinado! Mandou assassinar o nobre e virtuoso Druso. O povo da Itália não se esqueceu de Druso, cujo assassino nunca foi preso. Mesmo hoje, eles destroçariam o nosso belo senador, membro por membro.

Ele puxou outro rolo, que quase o fez babar.

— Meu caro senador! Você escandaliza esse velho coração empedernido! Seduziu as jovens esposas de quatro de seus colegas mais dedicados do Senado! Um homem sábio não seduz as esposas de seus amigos, que poderiam arruiná-lo. Não há outras mulheres em Roma? Se seus colegas senadores algum dia souberem disso, eles o matarão pessoalmente, cada qual pedindo uma oportunidade para enfiar um punhal em sua carcaça.

Ele pegou outro.

— Caro amigo, você teve seis mulheres e nenhuma lhe deu um filho, nem mesmo uma filha. Mas o seu bom amigo Cévola sabe por quê. Você não é capaz. Cinco das mulheres eram senhoras de boa família. Nunca revelariam sua mortificação e o insulto à sua feminilidade. No entanto, você tem dois belos filhos. De onde vieram, amigo bonitão? São filhos de suas escravas, que há muito desapareceram no silêncio da morte. Foram gerados por escravos, que também não podem mais falar. Foi necessário que você tivesse esses filhos, pois o seu nome patrício dependia da existência deles, além de uma grande fortuna. Não quero prejudicar crianças inocentes. Se isso acontecer, será por vontade sua. O seu sobrinho, que você despreza, herdará então seu lugar no Senado, bem como sua fortuna. E pense na galhofa de Roma, que adora uma piada.

— Mas as esposas se divorciaram dele. Então, como ele explica esses filhos?

— Ele casou-se com uma sexta mulher, moça de família obscura, mas excelente e empobrecida. Uma moça muito jovem. Ele ameaçou-a, dizendo que, se ela negasse que o primeiro filho era dela, arruinaria seu pai. Tornou a ameaçá-la quando nasceu o segundo filho. Mas como as mulheres, até mesmo as mais intimidadas, têm o costume de falar, em determinadas circunstâncias, foi uma infelicidade que a jovem sexta esposa tivesse morrido por ocasião do nascimento do segundo filho. Dizem que teve uma hemorragia.

— Mas o médico... — começou Marco e depois ficou olhando para Cévola, como para um basilisco.

180   *Taylor Caldwell*

— Aconteceu quando o nosso amigo estava a sós com sua mulherzinha — disse Cévola, num tom de comiseração. — Estranho, não, que ambos os filhos tenham nascido tão depressa que o médico, ao ser chamado, só tivesse encontrado a menininha e um bebê recém-nascido na cama ensangüentada. Ah, a tristeza da vida!

Noë apertou os lábios; Marco engoliu em seco. Ele sabia desses dossiês, que existiam. Mas não sabia o que eram. Pensou que não podia mais suportar aquela ladainha de horrores, de coisas monstruosas. Fez um gesto para retirar-se, mas Cévola fixou-o com um olhar feroz e malévolo.

— Estou fazendo isso para livrá-lo de suas tolices — disse ele.

Cévola continuou, num tom rico e ronronante. Por fim, largou o último rolo. Cada um era mais terrível do que o anterior. Cévola dobrou as mãos sobre a barriga e começou a coçar o umbigo através da túnica, satisfeito. Contemplou os dois rapazes com benevolência.

— Já levei esses assuntos à atenção dos infelizes senadores — disse ele. — Por várias vezes, arrombaram minha casa. Os senadores sabem que esses dossiês são meras cópias. Depois que minha casa fora assaltada quatro vezes, eu os deixei saber dos fatos discretos. Eles não tentariam assassinar-me, ou ao meu filho. Tenho dois amigos que odeiam esses senadores. Eles têm ordem minha para entregar os fatos a um público que ainda conserva certo horror aos crimes, no caso de minha morte ou da morte de meu filho, por meios violentos.

Noë perguntou, em voz fraca:

— Como conseguiu essas informações?

Cévola fez um gesto, esfregando o polegar e o indicador.

— Ah, o que o ouro não consegue! E tenho os melhores espiões de Roma, cujos nomes não lhe direi. Basta acreditar na veracidade de minhas informações.

Marco colocou a cabeça entre as mãos e exclamou:

— A que ponto Roma decaiu!

— A que ponto o homem decaiu, desde o dia em que foi criado — disse Cévola.

Ele convocou mensageiros e dirigiu uma carta breve e respeitosa a cada um dos senadores que citara. As cartas lembravam discretamente aos senadores que ele, Cévola, ainda tinha as informações em seu poder. E também instava para que, em nome da justiça, consultassem os colegas para retirarem as acusações contra Joel ben Salomão e para que o banqueiro fosse imediatamente levado de volta à casa. "A paixão pela lei não continua a arder fortemente em seu peito, caríssimo amigo?", indagava Cévola em suas

UM PILAR DE FERRO

cartas. "Conhecemos a sua devoção para com a lei, em especial este admirador que tem a honra de ser um de seus amigos."

Aos senadores sobre os quais ele não tinha informações terríveis, escreveu apenas: "Estou de posse de dois de seus segredos que me afligem. Gostaria de conversar com você a respeito, para que, em sua majestade e honra, possa negá-los. O escândalo e a calúnia não deveriam existir."

Noë quase esqueceu o motivo de sua presença naquela biblioteca, enquanto pensava. Depois disse:

— Algum senador, homem de negócios importante ou político algum dia já o desafiou, como sugere nesta carta?

— Nunca — disse Cévola, enfaticamente. — Pois homem nenhum é inocente e nenhum homem poderoso pode não ser culpado. Cada um desses senadores, sobre os quais por enquanto ainda não tenho informações, embora deva ter com o tempo, há de examinar bem sua vida pregressa, ao receber a minha carta, e ficará terrivelmente alarmado, pensando qual de seus crimes eu terei descoberto. Chegará à conclusão de que deve ter sido o pior de todos.

Noë então acreditou, sem dúvida alguma, que Cévola logo salvaria o seu pai. Conseguiu sorrir.

— Não é agradável pensar que a justiça tenha de ser obtida por esses meios — disse ele.

— Não deveria ser assim — disse Marco. — Eu deveria ter ouvido meu avô mais atentamente. Era o mais sábio dos homens. Acreditava — acrescentou o rapaz, com um sorriso triste — que eu podia ajudar a salvar Roma e restabelecer o domínio da lei e abolir o domínio dos homens. — Ele olhou bem para Cévola. — Tentarei fazer isso.

— Bom — disse Cévola, piscando o olho para Noë. — Você tentará. É por isso que muitas vezes profetizei que você não morrerá pacatamente em sua cama, como morrem os perversos.

De repente, ele endireitou-se na cadeira e sorriu para Marco.

— Já sei! Você terá o seu milagre para o seu cliente amanhã! Pois estarei sentado junto de você e olharei para os rostos dos meus caros amigos, os senadores.

— Eu gostaria de vencer pelos méritos de minha causa — disse Marco, com um tom amargo que o mestre nunca vira.

Noë mostrou-se muito interessado, de modo que Cévola bondosamente esboçou o caso para ele. Noë disse:

— Em muitos aspectos, não é diferente do de meu pai. Mas esse homem não passa de um humilde lavrador. Por que o caso dele não é julgado por um magistrado local, num tribunal local? Por que tem de ir ao Senado?

— Como já expliquei ao nosso inocente amigo Marco, o governo precisa de dinheiro. Portanto, considera o pior crime de todos a incapacidade de pagar os impostos. Segundo eles, é pior ainda o homem tentar guardar para si e sua família uma parte do fruto de seus trabalhos. Assim, o Senado quer fazer um exemplo público do pobre cliente de Marco, pois você há de compreender que, como as coisas vão e com o governo se tornando mais poderoso, precisará de mais dinheiro para os seus maus propósitos. Não pode saber se suas necessidades serão atendidas se um só homem puder guardar o que é seu... pelo que ele trabalhou sozinho.

Noë virou-se na cadeira e olhou para o amigo.

— Tenho andado ocupado, Marco, e, portanto, não tenho tido a oportunidade de lhe ensinar, como antes. Levante-se, pois, e mostre como pretende apresentar-se ao Senado amanhã.

— Estou interessado — disse Cévola, parecendo amavelmente atento. Marco hesitou, constrangido. Depois lembrou-se de que um advogado deve estar preparado para dirigir-se a qualquer público, a qualquer momento, sem constrangimento, de modo que se levantou devagar, encarando o velho advogado cínico e seu amigo atento.

— Primeiro pense — disse Cévola — em Joel ben Salomão. Nunca afaste dele os seus pensamentos, ao dirigir-se amanhã aos meus caros amigos senadores. Pense nele agora.

Os ombros estreitos de Marco se endireitaram, seu pescoço comprido tornou-se uma coluna heróica, seu rosto corou de indignação e paixão. Ele olhou para seu público e seus olhos faiscaram. Antes de ele dizer qualquer palavra, Noë aplaudiu, entusiasmado, e Cévola ficou encantado.

Noë apontou para as pernas de Marco.

— Uma túnica mais comprida, porém — disse ele. — As suas pernas não são o seu melhor traço, Marco. Use uma toga até o pé. Tem de ser uma toga impecável, com intimações de uma toga de mármore. Tem de ser presa por um broche condigno, sério mas caro. Seus sapatos devem ser brancos, como a toga, para indicar a justiça imaculada. — Noë fez uma careta obscena. — Tenho a toga certa para você, volumosa, do linho mais fino. Permita que eu lhe dê, por minha afeição a você. — Ele inclinou a cabeça, com ar crítico. — Um cinturão, também, de prata finamente trabalhada. Incluirei isso. E pulseiras condizentes. Ah! Tenho um anel magnífico! O toque que acentuará o aspecto de austeridade!

— Eles sabem que sou apenas filho de um pobre cavaleiro, sem um grande nome — disse Marco, novamente constrangido.

UM PILAR DE FERRO

— Então, vão-se perguntar quem é o seu benfeitor secreto, o seu cliente desconhecido, mas poderoso — disse Noë. — Isso os perturbará.

— Excelente! — disse Cévola, divertindo-se.

Noë animou-se com esse louvor e com a idéia de que o pai em breve seria devolvido à família. Sua alma de artista alegrou-se. Ele brilhava com entusiasmo. Nunca preparara um ator para um papel daquele tipo. Levantou-se de um salto e rodeou Marco, examinando-o de todos os pontos, levantando o cotovelo aqui, baixando o ombro ali, virando o queixo numa direção, sacudindo a cabeça, retificando um engano. Cévola ficou assistindo, fascinado. Diante de seus olhos, o discípulo um tanto severo e acanhado tornou-se uma estátua de justiça jovem e vingadora.

— Não sacuda a cabeça muito repentinamente — disse Noë, absorto no trabalho. — Deixe que a cabeça se mova nobremente, heroicamente. Quando chegar ao auge de sua defesa, que a sua voz falseie e trema de emoção. Deixe-se dominar pelo pensamento de que você se dirige a homens dedicados à lei, possuidores da honra mais ilibada.

Cévola bateu palmas alegremente.

— Vou apreciar isso, amanhã!

Mandou vir o melhor vinho para os jovens amigos e para si, e um prato de bom queijo e uvas, ameixas e azeitonas de Israel, e pão branco e macio como o leite. Marco, com seus pensamentos sombrios, ficou calado.

Tenho certeza, pensou, de que hei de vencer. Mas o que não é certo é se vencerei baseado na justiça — pois a justiça abandonou Roma. Como poderei viver com essa idéia, que só me atingiu completamente hoje?

Capítulo XVI

A casa dos Cíceros estava sossegada. Hélvia, finalmente, não conseguindo mais lutar contra seu sentido de justiça, tinha convencido Arquias a procurar outro cliente, na cidade.

— Só os deuses sabem quando os seus honorários nesta casa poderão ser renovados — disse ela. — A sua presença aqui, meu bom Arquias, só me faz lembrar penosamente do nosso estado e de tudo o que lhe devemos.

Arquias, portanto, partira para a casa de um cliente rico, que tinha vários filhos. Fora com relutância, mas compreendia e louvava o amor-próprio de Hélvia. Também desconfiava que Hélvia por fim perdera a paciência com Túlio e estava resolvida a obrigá-lo a participar novamente da vida. Assim, todas as manhãs, Túlio arrastava-se penosamente de seu cubículo para ensinar ao filho mais moço. Conforme Hélvia esperara, a saúde dele melhorou e Túlio se interessou, embora pouco, pelas lições do filho.

Hélvia, dois anos antes, fizera a loura Eunice casar-se com Atos, o liberto, que era administrador da ilha próxima a Arpino. Nessa época já era seguro, até certo ponto, voltar à ilha. Atos e Eunice estavam trabalhando ativamente para restaurar a casa e o sítio.

Quinto, já com 17 anos, passara pelas cerimônias da idade adulta no ano anterior. Os novos trajes lhe ficavam bem. Ele estava resolvido a ser militar e Hélvia procurara uma patente para ele entre os amigos dos Hélvios. Enquanto isso, Quinto, de bom humor, mas também com impaciência, estudava grego com o pai e procurava compreender filosofia. Não achava nada disso necessário para um bom romano, mas não podia revelar o que sentia ao pai, pois, acima de tudo, tinha bom coração. Os cantos de Homero deixavam-no confuso e desanimado. Ele manchava os preciosos pergaminhos de Túlio com dedos rombudos e suarentos. Seu rosto rosado, tão parecido com o da mãe, ficava vermelho com o esforço que fazia. Seus belos olhos se enchiam de lágrimas de frustração por sua incapacidade de compreender o que o pai descrevia como sendo a mais nobre das sagas. Embora ele admirasse Aquiles, como soldado, achava-o meio tolo por não ter tomado precauções quanto ao seu calcanhar vulnerável. Achava Páris um idiota por ter lançado a pátria na ruína e no fogo por causa de uma mulher, por mais bela que fosse. Mas o que se poderia esperar de um homem que preferia ser pastor a ser militar? Príamo, o pai velho e tolo, deveria ter cortado o pescoço de Helena imediatamente, ou deveria tê-la devolvido ao seu marido legítimo. Só Heitor, o militar nobre, provocava a admiração de Quinto.

Não havia, pensou Quinto, nenhuma lógica romana na *Ilíada*. A *Odisséia* era pouco melhor. Como, à luz da razão, Ulisses poderia ter sido seduzido por Circe? Certamente não era possível que os homens racionais ficassem alucinados por causa de uma simples mulher. Quinto, a quem a mãe aconselhara que procurasse uma noiva conveniente, ainda não vira moça alguma que lhe tirasse o apetite por uma refeição.

Embora já tivesse saído da academia de Filo há muito tempo, Quinto conservava seus amigos, que muito o admiravam e estimavam. Entre eles encontrava-se Júlio César. Eles tinham assumido os trajes viris juntos, na mesma cerimônia. Júlio achava que Quinto não era muito inteligente, mas que tinha virtudes que Júlio admirava nos outros, embora não cultivasse em si. Quinto podia ser simples, mas era leal. As conversas de Quinto por vezes podiam ser ingênuas, mas ele nunca mentia. Quinto podia ter bem

UM PILAR DE FERRO

pouca imaginação, mas Júlio aprendera que é melhor os homens ambiciosos se cercarem de adeptos que tenham poucas fantasias, pois as fantasias criam conjeturas e essas conjeturas podem passar a experiências e as experiências a atos diretos — e tudo isso é perigoso para um homem ambicioso.

Quinto contara a Júlio que Marco estava para defender seu primeiro processo sozinho, diante do Senado. Júlio pensou bem no assunto, como fazia com todas as coisas. Gostava muito de Marco, embora muitas vezes achasse que este era ainda mais ingênuo do que o irmão. Não obstante, conhecia o intelecto, a virtude e a conduta honrada de Marco, bem como sua tendência de ajudar os indefesos. Isso não era de se desprezar em potenciais seguidores. Os homens ambiciosos, mais do que os outros, precisavam de uma fachada de nobreza e integridade públicas. Além disso, desconfiava que Marco representava uma parte ainda poderosa, ainda que em minoria, da população que rejeitara a corrupção.

Quando Marco, desanimado e severo, voltou para casa na noite anterior ao julgamento, abalado com o horror do que soubera naquele dia, Quinto recebeu-o entusiasmado. Seu amigo, Júlio, estaria presente para aplaudir o seu querido Marco Túlio Cícero.

— Júlio? — disse Marco, esquecendo um pouco a sua tristeza. — Quando Júlio passou a se interessar pela justiça? — Mas ele sorriu.

Um dia Júlio implicara com ele, chamando-o de Endymion.

— Então — dissera Marco — sou um poeta argênteo, a minha alma buscando em vão o que não a pode satisfazer?

— Você nunca ficará satisfeito — dissera Júlio.

Marco se virara para ele, examinando-o atentamente.

— Nem você tampouco, meu caro e jovem amigo. Os seus anseios são o caminho para a morte.

Júlio era muito supersticioso. Estremecera, fazendo o sinal para afastar o mau-olhado. Não gostou do brilho entre as pestanas de Marco. Disse, com insolência:

— E os seus anseios são do tipo que levam a uma velhice respeitável e a uma morte pacata na cama?

— Eu sou advogado, Júlio. Nunca procurarei controlar os homens.

— Você, além disso, é virtuoso. E quando é que um homem virtuoso alguma vez morreu em paz?

Eram essas conversas, misteriosas para Quinto, que paradoxalmente nutriam a afeição verdadeira entre Marco e Júlio.

Naquela noite, ele mostrou com orgulho um bastãozinho de marfim e prata que Júlio mandara à casa nas Carinas, para que Marco segurasse ao dirigir-se ao Senado. Era um bastão de autoridade, emprestado a Marco para aquela ocasião. Marco examinou-o com admiração e achando graça.

— Isso é bem de Júlio — comentou ele. Quinto ficou intrigado.

— Não se parece nada com Júlio — disse Quinto, sem entender. Marco riu-se.

— Ele poderia ter-me dado isso de presente e não emprestado. Seria isso uma sutileza consciente ou inconsciente?

Quinto abandonou aquela discussão estéril.

— Um escravo da casa de Joel ben Salomão trouxe um presente embrulhado em seda branca para você. Está no seu cubículo. Trouxe também uma carta de Noë.

Marco pegou uma lanterna do átrio e levou-a ao seu cubículo. Abriu a carta lacrada. Noë escrevera:

"Regozije-se conosco, caríssimo amigo! Cévola é realmente poderoso. Quando cheguei em casa o meu pai já fora solto da prisão! O Senado, por vezes, pode agir com eficiência. Estarei presente amanhã para assistir ao meu amigo e abençoá-lo. Você tem todas as minhas orações."

Marco fechou os olhos e agradeceu à padroeira, Palas Atenéia, por sua misericórdia. Quinto o acompanhara e estava curioso para saber o que continha o embrulho.

— Peça à nossa mãe para vir aqui — disse Marco. Quinto saiu correndo para chamar Hélvia, que logo veio com o caçula. Ela estava com 37 anos, mas em seus cabelos abundantes e pretos só havia alguns fios brancos e ela mantinha-se calma, roliça e controlada como sempre, uma matrona romana "antiga" que a vida não conseguia vencer.

Quando Marco desfez o embrulho, ela não conteve a admiração pela toga de um branco puro, as pulseiras, os sapatos, o anel. Ela fitou Marco com orgulho. Jogou a toga sobre a túnica dele, grosseira como era. Prendeu as pulseiras em seus braços e colocou o anel faiscante em seu dedo. Recuou, para admirá-lo. Quinto estava dominado pelo prazer e pelo orgulho. Mostrou à mãe o bastãozinho de autoridade que Júlio emprestara a Marco.

— Marco diz que isso é bem de Júlio — disse Quinto, franzindo a testa, novamente confuso.

Hélvia riu-se, entendendo. Com intuição de mãe, ela sabia que alguma coisa tinha deixado o filho nervoso de novo. Disse, observando-o:

— Você não receia esquecer partes de seu discurso?

Marco tirou o anel de Noë do dedo, depois segurou-o na mão e fitou-o, o olhar vazio, enquanto ele brilhava e reluzia à luz da lanterna.

UM PILAR DE FERRO

— Não — disse ele, por fim. — Não vou fazer aquele discurso. O que vou dizer será totalmente diferente.

Ela esperou. Mas Marco limitou-se a dobrar novamente a toga, calado, cobrindo-a com a seda.

— Então — disse ela — você o escreverá esta noite e o decorará. Tem de ter calma.

— Eu me deixarei mover pelo poder de Atenéia — disse ele.

Hélvia franziu a testa. Considerava aquilo muito imprudente, muito perigoso e incerto. Os deuses nem sempre vinham, quando convocados, nem mesmo diante das súplicas de seus servos mais dedicados.

— Você acha isso prudente, Marco?

De repente, ele estendeu as mãos, desamparado.

— Não sei — confessou. Abriu seu cofrezinho de tesouros e dele tirou o amuleto redondo que Aurélia César lhe dera havia tantos anos. Pendurou-o ao pescoço. Hélvia pensou: "Então, é muito grave e ele não me quer contar."

Naquela noite Marco acompanhou Túlio ao cubículo. Túlio ficou tanto alegre como espantado, pois fazia muito tempo desde que Marco o procurara espontaneamente pela última vez. Túlio sentou-se em sua cadeira simples, mas Marco postou-se de pé diante dele.

Marco disse, em voz baixa:

— Hoje aprendi muita coisa. Eu sabia pelos sermões de meu avô e pelos seus, meu pai, que Roma decaíra muito de sua inocência original, sua glória e virtudes republicanas. Mas não com toda a minha carne, sangue e compreensão; não com todo o meu conhecimento, espírito e aceitação. Hoje, aprendi tudo isso.

— Diga-me — insistiu Túlio.

Mas Marco sacudiu a cabeça.

— Não posso repetir a infâmia. Mas isso posso dizer: minha petição ao Senado amanhã será diferente da que escrevi. Mas preciso ter um ponto de partida. — Ele sentou-se no banco de madeira perto do pai e olhou para os olhos brandos de Túlio.

— Você quer que eu lhe dê um ponto de partida, Marco? — perguntou o pai, corando de orgulho e de prazer. — Você vai defender um lavrador honesto, que não pode pagar os impostos. O governo apoderou-se de seu pequeno sítio, prendeu-o; venderá a propriedade dele e o reduzirá à escravidão, com a família. — Túlio estremeceu. — Você já me contou isso.

— O que posso dizer? — murmurou Marco, em desespero. — O Senado representa a minha pátria.

— Não! — exclamou Túlio, com uma veemência súbita. — Um governo raramente representa o povo! O amor à pátria muitas vezes se confunde nas mentes simples com o amor pelo governo. Raramente são a mesma coisa; não são sinônimos. No entanto — acrescentou ele, com tristeza — os homens perversos no governo são obrigados a adotar uma aparência pública de simpatia pelos oprimidos e têm de fingir, em todas as ocasiões, que estão com eles, procurando retificar o próprio mal que secretamente cometeram.

Marco levantou-se tão de repente que o banco caiu. Exclamou:

— Já tenho o meu ponto de partida!

Ele dirigiu-se para a cortina. Túlio disse, infeliz:

— Não o ajudei, embora você seja meu filho.

Marco voltou para junto dele, os olhos brilhando, abaixou-se e beijou a face do pai, como uma criança.

— Nem sabe o quanto me ajudou, meu pai querido!

Túlio ficou pasmo, mas colocou as mãos sobre os ombros de Marco e retribuiu o beijo, com humildade.

Hélvia ajoelhou-se diante do filho e procurou drapejar a toga com um ar majestoso.

— Não sou criada — disse ela, manejando o instrumento de marfim com pouco jeito. — Quando eu era menina o sucesso de um homem não dependia do modo como estava dobrada e arrumada sua toga; não dependia de aparências tolas. Se Cincinato aparecesse hoje diante do Senado, como apareceu um dia, com sua túnica grosseira e empoeirada, o Senado ficaria indignado e chamaria a guarda para expulsá-lo. Declararia que ele ofendera sua augusta dignidade. Mas hoje o homem tem de se vestir como ator e enfeitar-se como uma mulher, cheio de jóias, para poder pleitear um caso simples.

— Naquele tempo — disse Marco — os senadores representavam o povo. Se ofendessem o povo, eram demitidos ou exilados. Não herdavam seus cargos. Tampouco a conservação de seus cargos dependia de criaturas vis e das paixões de homens baixos e gananciosos.

Hélvia concordou, com um gesto. Ficou de cócoras, para ver a toga. Também através das pestanas, olhou para cima, para o rosto do filho. Continuava muito pálido, mas agora denotava menos sua infelicidade. Ela ficou satisfeita. Disse:

— O grande amigo de Quinto, aquele pândego do Júlio, conseguiu um lugar para poder assistir a você. Ele me trará as notícias. Quem me dera ter uma liteira para levá-lo até o Fórum. Mas hoje não temos nem mesmo uma simples carruagem. — Ela tornou a examinar Marco. — Esse anel é muito teatral. Não lhe assenta bem.

— Hoje me assentará — disse Marco, com certa severidade.

— Não duvido — disse Hélvia.

Então, apareceu um dos poucos escravos que restavam na casa, para comunicar, com um orgulho entusiasmado, que uma rica liteira estava à espera do nobre Cícero, carregada por quatro escravos maravilhosamente bem trajados. Marco, esquecendo-se de que era nobre, e Hélvia, esquecendo-se de que era uma matrona respeitável, correram para o átrio e depois para as portas fortes de carvalho, que estavam abertas ao ar quente do fim do verão. Lá, quase no limiar da porta, estava uma liteira, com as cortinas de fina lã azul bordadas em prata, os carregadores trajados como príncipes, seus rostos brilhando como ébano polido.

— Noë! — exclamou Marco. As cortinas abriram-se e mostraram o rosto sorridente de Noë ben Joel. Noë levantou-se da liteira e saltou para abraçar o amigo e curvar-se sobre a mão de Hélvia.

— Você pretendia ir a pé ao Fórum, como um camponês? — perguntou Noë, agarrando os braços de Marco, em outro abraço.

— Cincinato caminhou até o Senado — disse Hélvia, mas sorriu.

— Não estamos mais nos tempos felizes de Cincinato, senhora — disse Noë. Ele olhou para Marco. — Meu pai manda sua bênção, e suas bênçãos não são de se desprezar, pois é um bom homem.

Quando os rapazes estavam na liteira, Noë disse, pegando o braço do amigo:

— Meu pai deve a vida e a reputação a você. — A voz dele estava trêmula. — Foi um impulso de Deus que me fez procurá-lo ontem.

— O seu pai não me deve nada — disse Marco, surpreso. — Foi Cévola, e é a ele que vocês devem dirigir sua gratidão.

Noë sacudiu a cabeça.

— Quem é o meu pai? Um banqueiro, um corretor, um homem sem importância para gente como Cévola. Para um patrício como ele, meu pai não é nada. Você há de se lembrar da metáfora dele sobre o uso de uma espada afiada. Ele não a teria usado pelo meu pai... a não ser por sua causa.

— Minha causa? — exclamou Marco. — Ele tem por mim uma aversão apenas ligeiramente menor do que a que tem pelos outros jovens advogados.

— Você está enganado — disse Noë. — Ele o ama como um pai, ou um avô. Ele fica magoado, mas não ofendido, porque você não é deste mundo, tem uma virtude irresistível e ainda acredita que o homem, no fundo, é bom. Ele teme pela sua paz de espírito, sua razão, seu futuro, seu destino. Gostaria que você se protegesse com a sabedoria; gostaria que você fechasse suas portas abertas. Do contrário, teme que você seja destruído.

— Não — disse Marco, depois de pensar um pouco. — Ele parece um touro bravo da Espanha, mas adora a justiça.

— Ele sabe que isso não existe em Roma.

Marco disse:

— Conte do seu pai. Sofreu muito?

Noë respondeu:

— Ele disse que, quando estava na prisão, rezou pela justiça de Deus, mas, acima de tudo, para que fosse feita a Sua vontade.

— E foi — disse Marco, um tanto nervoso.

— Sem querer — disse Noë. Marco olhou bem para ele. Noë era muitas vezes irreverente, quando se tratava do Deus de seus antepassados, e confessava que tinha muitas dúvidas. Ele mexeu-se, como se tirasse um peso dos ombros. Afastou uma cortina para olhar para o amigo em plena luz. — Você está maravilhoso — disse ele. — Quando você apareceu no limiar de sua porta, parecia um herói, uma estátua viva. Mas não me surpreendi. Que bastão esquisito é esse que você segura com tanta força?

Marco contou-lhe. Noë pegou-o e examinou-o.

— Júlio César — disse ele, pensativo. — Mas não tenho nada a ver com os que moram no Palatino.

— Você ainda ouvirá falar desse rapaz no futuro — disse Marco. — Vim a crer nisso, pois hoje Roma é o seu ambiente perfeito.

Ele afastou a cortina e olhou para fora, para as caras veementes e o aperto de corpos que cercavam a liteira, as túnicas multicoloridas, a luz do sol violento e quente sobre os lados dos prédios vermelhos, amarelos e cor de limão, os pilões com seus heróis, deuses ou deusas alados, as escadarias que subiam e desciam, os pórticos apinhados dos templos, as multidões que já se apressavam para os teatros e os circos. Ele já estava acostumado com o trovejar da cidade titânica, o rugido dos carros, os gritos das multidões de crianças, os berros, assobios e pragas e os gritos estridentes dos pombos. Agora, porém, o barulho pareceu-lhe forte demais. Se estivesse só, teria tapado os ouvidos. Olhou para o azul forte do céu, o brilho distante do Tibre, as pontes cheias de gente apressada. Sentiu o cheiro forte e penetrante da metrópole, em suas sete colinas.

Noë olhou para o perfil pálido do rapaz e pensou: O meu amigo hoje está muito perturbado, mais ainda do que estava ontem.

Noë procurou distraí-lo.

— Tenho novidades para você — disse ele.

Marco tentou sorrir.

— Você me faz lembrar o meu jovem amigo Júlio, que sabe o nome de todo mundo e conhece os piores segredos de todos.

Noë achou graça e disse:

— Lembra-se do seu famoso duelo com Catilina? Ouvi dizer que ele está na Ásia, com Sila.

Marco disse, devagar e com calma:

— Eu tinha esperanças de que estivesse morto.

— Infelizmente, não. A lança ou a espada não se cravam em gente como ele. Isso muitas vezes me leva a crer na velha história judaica de que Lúcifer protege os seus, método que recomendo fortemente ao Todo-Poderoso, que parece menos consciencioso nesses assuntos. Parece que Catilina é um dos oficiais preferidos de Sila. Se Sila algum dia voltar a Roma, e ele não pode ser pior do que este Cina que hoje nos aflige, então Catilina terá uma bela situação, com seu general. É uma pena.

— Já tive vontade de matá-lo muitas vezes — disse Marco. — Há momentos em que me arrependo de não o ter feito.

Seu rosto branco corou de ódio.

— Mas você o poupou e, desse modo, adquiriu uma reputação que não é de se desprezar. A crença geral, como sabe, é que você não conseguiu obrigar-se a matar um homem desarmado, ou que o poupou por magnanimidade. Ambos os motivos são excelentes para a reputação.

— A... mulher dele? — indagou Marco.

— Certamente não há de estar com o marido em manobras na Ásia! Portanto, deve estar em Roma.

— Então ela está em Roma — disse Marco e, de repente, toda a sua sensação de futilidade e exaustão o abandonou. Ele sabia que não havia esperança para ele, que Lívia estava perdida para sempre. Mas só pensar que ela podia olhar para aquele mesmo céu que ele contemplava, que ele poderia até ver o rosto dela em um templo, aliviou seu coração. Ele queria saber se tudo estava bem com ela.

A liteira desceu em direção ao Fórum. Lá, a multidão era mais densa e barulhenta. Liteiras levando outros advogados moviam-se rapidamente em direção à Basílica de Justiça. A respiração de Marco tornou-se ofegante e sua mão agarrou aquele bastão de autoridade emprestado. Ele procurou o amuleto sob a túnica. O anel majestoso em seu dedo faiscava com mil luzes.

Já se aproximavam do Fórum, descendo a encosta íngreme da Via Sacra. Tudo era conhecido de Marco, mas naquele dia ele observava as cosias com olhos novos, como se nunca as tivesse visto na vida. Pois hoje ele era parte do Fórum, sua arena de provas.

Tudo era uma confusão vasta, colorida e ruidosa, sob o céu brilhante. Mercados, templos, basílicas, pórticos, prédios do governo e arcos se apinhavam nas estruturas urbanas pintadas de vermelho, limão, marrom, amarelo claro, branco e cinza; muros de tijolos, cimento e pedra comprimiam-se furiosamente de cada lado do caminho, como que querendo avançar sobre ele e inundá-lo. Bancos e casas de corretagem apinhavam-se juntos em arcadas, ao lado de um ou dois pequenos teatros cujos pórticos ainda agora estavam cheios dos que procuravam divertimentos. Como o grande Fórum ficava numa depressão, o ar estava impregnado com o fedor de privadas, óleo, incenso, suor humano, detritos animais, poeira e pedras quentes. Os mercados eram uma algazarra; burocratas de caras sérias esforçavam-se por adotar um ar de dignidade ameaçadora em suas togas, mas muitas vezes eram derrubados pelas massas de concidadãos romanos empolgados, ocupados em seus negócios, nos escritórios, em casas de contabilidade, no Senado, nos templos ou nas lojas. Os carros rodavam e andavam aos trancos, no meio de um tumulto de liteiras e pedestres; os cavalos relinchavam, as rodas matraqueavam, os açoites estalavam, os guardas, tentando controlar o tráfego turbulento, agitavam varas ou bastões e tentavam manter-se de pé. Por vezes, tinham de saltar para um lugar nas escadarias, para não serem escoiceados por um cavalo ou pisoteados pela multidão.

Os romanos, tendo perdido a simplicidade republicana, agora procuravam superar uns aos outros na violência do colorido de suas túnicas, curtas ou compridas. Não havia uma cor, tom ou matiz que não fulgurasse ao sol forte, do vermelho ao carmesim, do azul ao amarelo, branco, rosa, verde e laranja. Era como se houvesse mil arco-íris enlouquecidos, girando, apressando-se, lançando-se e saltando no caminho e nas passagens entre os prédios. E, acima de tudo isso, espalhavam-se as colinas de Roma, reluzindo à luz, misturados com a massa alta e fragmentada de prédios infinitos, e tudo repleto de pessoas. O barulho incrível atordoava o ouvido, abafando qualquer voz individual e o espadanar indolente dos chafarizes diante dos templos.

Noë olhou duvidoso para a massa intransponível. O Senado estava a certa distância, alto, severo, de linhas retas, de tijolos amarelados. Era tão alto quanto comprido, com janelas finas, de vidro de Alexandria. Em frente, havia vários degraus de pedra branca, levando a quatro pilastras de pedra, guardando a entrada. Mais que qualquer outro prédio no Fórum, o salão do Senado informava aos olhos que aquela era uma nação não de poetas

UM PILAR DE FERRO

e artistas e sim de engenheiros, cientistas, homens de negócio e soldados, vigorosamente materialistas, ativos, enérgicos e ambiciosos. Era uma nação de um povo que, dizia-se, ficava em êxtase diante da arte e filosofia gregas, mas que intimamente considerava essas coisas um tanto efeminadas e mais próprias aos cavaleiros elegantes, cujos pensamentos não abrangiam projetos grandes e determinados para uma ordem mundial, governada com precisão e realismo em todos os seus planos.

Embora somente os advogados e as pessoas necessárias ao andamento da lei fossem admitidas na sala do Senado, era normal que os advogados que tivessem figurado em processos naquele dia, ou estivessem prestes a fazê-lo, ficassem perto ou na entrada da câmara, rodeados por clientes, simpatizantes, claque paga e amigos. Alguns, mas muito poucos, como o famoso Cévola, podiam até levar suas cadeiras e ficar sentados ali, regalando-se no meio de sua corte, pronunciando ditos espirituosos ou sábios, às vezes comendo doces de caixinhas prateadas. Os que não podiam entrar sentavam-se em suas cadeiras, protegidos do sol com toldos seguros por escravos, sobre suas cabeças. Por conseguinte, o barulho do lado de fora era muito maior do que dentro do venerando recinto da sala do Senado propriamente.

Cévola, que inspirava tal pavor entre os homens venais do Senado, estava sentado à esquerda da entrada, esparramado em sua cadeira, os admiradores apinhados em volta dele. Entre estes contavam-se Júlio César, Quinto (que correra tão depressa para o Fórum que ultrapassara a liteira de Noë), Arquias, o ex-preceptor de Marco e agora personagem famosa em Roma, devido à sua poesia publicada, vários rapazes desconhecidos e uma massa de admiradores, advogados inexperientes e antigos, discípulos e amigos dedicados. A corte dele era muito maior do que as de outros advogados, quase tão ilustres quanto ele, e havia uma migração constante dos outros círculos para o de Cévola. Sempre se podia esperar um dito espirituoso, amargo e mordaz dos lábios do imponente velho, que, em seus trajes, desprezava a dignidade, mas que a possuía em sua pessoa, e cuja cabeça grande e calva brilhava como uma lua.

Marco sabia que Cévola não estava ali, em pessoa, para "usar sua espada para mover uma pedrinha". Não obstante, ficou contente ao vê-lo. Declarou sua missão aos guardas à entrada e depois entrou depressa com Noë, dirigindo-se logo ao seu velho mestre. Cévola estava esparramado na cadeira, à vontade, coçando a grande verruga em seu rosto, que, por ter pêlos pretos, parecia uma aranha. Sua corte ria-se empolgadamente, de alguma brincadeira. Todos viraram-se para olhar Marco e Noë, como se fossem intrusos. Cévola olhou para o discípulo com aqueles olhos incrivelmente pequenos, mas vivos e azuis, e sorriu levemente, mostrando os dentes compridos e amarelados.

— Saudações, senhor — disse Marco, cerimoniosamente, cumprimentando-o com uma mesura.

— Saudações, Marco — disse Cévola. Ele examinou o rapaz. — Estamos esplendidamente enfeitados hoje. Não o reconheci.

— Saudações, senhor — disse Noë, cumprimentando-o também com uma mesura.

Cévola inclinou a cabeça, sem responder. Continuou a examinar Marco.

— Não — disse ele. — Eu não o teria reconhecido. O Senado pensará que você é um patrício. — Ele falava satirizando, mas Quinto, ao lado de Júlio César, sorriu com orgulho para o irmão.

Arquias disse:

— É uma ocasião de orgulho para mim, meu caro Marco — E abraçou seu ex-aluno com muita afeição.

O povo em volta de Cévola olhou com curiosidade para o jovem advogado. Muitos olhares eram de respeito.

Então Júlio disse:

— Meu caro Marco, invoquei Marte a seu favor.

— Não estou prestes a travar uma batalha — disse Marco, não conseguindo deixar de sorrir para aquele rosto travesso e atraente.

— Não está? — disse o rapaz, com insolência.

— Esse Júlio... — disse Cévola, com um gesto de sua mão gorda. — O tio dele era o grande Mário, agora... hã, infelizmente?... morto. O que acontecerá com ele e sua família quando Sila voltar, como certamente voltará?

Júlio tinha uma voz cativante.

— Acha que a minha família, mestre, coloca todo o dinheiro em uma biga nas corridas... ou toda a sua influência? — Ele era magro, não tão alto quanto Marco, e dava uma impressão de uma vivacidade intensa. Virou-se para o rapaz atento ao seu lado, muito bonito e de olhos cinzentos, espertos e com uma luminosidade especial. — Permita-me, Marco, que lhe apresente o meu amigo, Cneu Pompeu. O pai dele é muito amigo de Sila — piscou com humor. — Somos como irmãos. Cá entre nós, Pompeu também lutou com Sila.

— Ah — disse Cévola. Ele mexeu os grandes ombros, num riso mudo.

Pompeu cumprimentou Marco, que era de sua idade.

— Espero que tenha todo o sucesso, Marco Túlio Cícero — disse ele, sério. — Os amigos de Júlio são meus amigos.

UM PILAR DE FERRO

— Sempre faça o maior número de amigos que puder — disse Cévola. — Então, numa emergência, se você tiver um monte de amigos, poderá contar com um deles. Às vezes.

— Tenho muito mais que um monte de amigos — disse Júlio, erguendo a voz acima do alarido em torno deles, dentro do Senado e fora. — Sou dedicado à raça humana. — Ele falava com voz e expressão sérias, mas seus olhos pretos dançavam.

Marco estivera olhando para o jovem Pompeu e não sabia dizer se gostava ou não do aspecto dele. Não era um qualquer, embora não usasse insígnia alguma que o pudesse identificar. Pelo ar de condescendência de Júlio, Marco deduziu que Pompeu era plebeu. No entanto, sua roupa, uma túnica branca e simples, bordada com uma grega em vermelho, não era grosseira.

— Estou aqui — disse Cévola — porque concluí alguns casos diante do Senado e porque tenho mais alguns ao meio-dia.

Então, pensou Marco, ele agora está deixando bem claro para mim e para os outros que não me dará auxílio algum.

— No entanto, se você vencer — disse Cévola, com um ar supremo de neutralidade —, serei o primeiro a aplaudir. — Ele tornou a coçar a verruga, sem tirar os olhos de cima de Marco. — Não está nervoso? Já decorou bem seu discurso?

— Não vou usar o que o senhor ouviu — disse Marco, abaixando-se para falar ao ouvido do mestre. Cévola lançou para trás sua cabeça grande, olhando para a cara do rapaz, e, malgrado seu, os olhos mostraram sua preocupação.

— Não? No seu primeiro caso? Isso é loucura. Você o arruinará na confusão.

— Creio que não. Espero que não — disse Marco.

Júlio, que sempre escutava tudo o que se dizia, declarou:

— Quem pode ouvir a voz musical e dominadora de Marco, com tons de altivez e uma humildade majestosa, sem se comover?

Arquias, habilmente, arrumou uma dobra que caía do ombro de Marco e disse:

— Comove-nos sobretudo a sua sinceridade apaixonada e crença na justiça final. Podemos discutir essa inocência, mas temos de respeitá-la pelo que ela é.

Mas Cévola, apesar de todo o seu ar de neutralidade, ficou mais perturbado do que qualquer dos presentes poderia supor. Como estava perturbado, ficou zangado com Marco.

— Vá para o seu lugar — disse ele, abruptamente, mandando Marco para o fim de uma fila de advogados que esperavam ser chamados. Havia quatro antes dele e Marco foi ter com eles. Era mais alto do que qualquer um deles; seu pescoço comprido erguia sua cabeça bem-feita, embora um tanto pequena; a luz do sol, penetrando pelas portas abertas atrás dele, dourava o contorno de sua cabeça, que ondulava com os cabelos castanhos e macios. Isso dava ao seu perfil, com o nariz comprido — e devido à palidez desse perfil —, o aspecto de uma estátua. Os ombros eram estreitos demais, mas as dobras pesadas da toga os drapejavam com elegância. Houve um instante em que ele se virou pela metade e o sol bateu na pupila do seu olho, mostrando cores misteriosas e mutáveis. Ele há de se sair bem, pensou Cévola e, embora não acreditasse nos deuses, invocou irritadamente vários deles. Será que nada, refletiu ele, jamais transformaria aquela testa serena e petrificada numa testa cravada de rugas? Será que os anos — se ele sobrevivesse — tirariam aquele brilho de luz de seus olhos? Que coisa, pensou Cévola com uma compaixão irascível, é a gente observar um homem de princípios, hoje em dia! É como encontrar Apolo, iluminado pelo sol, quando esperávamos o escuro Pã com seus cheiros, seus cascos dançantes, suas pernas de bode e suas flautas enlouquecedoras.

Naquele dia, só havia 30 senadores presentes. Cévola ficara alarmado ao ver que alguns deles — embora apenas alguns — eram homens de integridade e honra, sem qualquer imperfeição em sua vida pública ou privada. Os senadores sabiam que o grande Cévola estava ali; os perversos estariam inseguros quanto a Marco, sem saber se a espada secreta de Cévola o protegia. Os senadores íntegros seriam indiferentes.

Além disso, estava presente o senador Cúrio, homem muito perverso, pai de Quinto Cúrio, que era amigo de Lúcio Sérgio Catilina. Cúrio se lembraria da história da vitória de Marco sobre Lúcio; ele era um homem orgulhoso, além de mau, e muito ligado aos Catilinas, sendo parente de Lívia. Só por rancor — e os homens perversos que ocupam altos cargos são conhecidos por seu rancor — ele seria hostil a Marco, primeiro por se tratar do filho de um cavaleiro obscuro, que sequer nascera em Roma, e, depois, por causa de Lúcio.

Cévola virou-se para Noë, que estava perto, observando Marco com atenção. Cévola chamou-o e, autoritariamente, dispensou com um gesto uma porção de clientes, amigos e admiradores, mostrando que queria falar sobre um assunto particular. Noë curvou-se em sua direção e Cévola disse:

— O seu pai voltou para o seio da família querida. Ele sabe de que modo isso foi conseguido?

— Deus Todo-Poderoso e misericordioso o libertou — disse Noë.

— Bah — disse Cévola, sacudindo a cabeça. — Você não o desiludiu?

— Ele se limitaria a repetir sua crença na misericórdia de um Deus Todo-Poderoso, que usa Suas criaturas para fazer prevalecer Sua vontade.

— Bah — repetiu Cévola.

— Ele acredita na honra de Roma — disse Noë, piscando o olho. — Orgulha-se por ser cidadão romano, por seu filho e três de seus genros também serem cidadãos romanos.

Cévola deu um suspiro.

— Não obstante, meu caro Noë, ele e a esposa, sua mãe, devem fugir de Roma imediatamente e voltar para a sua querida Jerusalém. Será fatal para eles permanecerem aqui. Posso morrer hoje mesmo e quem garante se o meu filho terá coragem de usar o que eu uso?

— Aquela velha história — disse Noë, franzindo o rosto, aflito.

— Os judeus são uma raça sábia e muito antiga — disse Cévola. — Portanto, prudentemente, cercam-se de valores que podem ser removidos com facilidade, de uma hora para outra.

— Meu pai — disse Noë — cita sempre o velho dito hebraico de que o filho ingrato morde a beira da mesa. Sou seu filho ingrato, segundo ele.

— Deuses — disse Cévola, impaciente. — Como posso ainda suportar esses inocentes? Não me importa de que jeito você o faça, Noë, mas os seus pais têm de fugir de Roma imediatamente.

— Lá estarão mais seguros?

— Sim. A presença de seu pai em Roma é uma lembrança para esses canalhas da infâmia que é a vida deles. O seu pai já está velho; pode ter um cômodo colapso cardíaco ou um acidente, ou um escravo poderia envenená-lo, ou ele poderia cair de uma escada no escritório, ou uma serpente, rastejando dentro do cubículo dele, poderia atacá-lo.

Irritado, ele esperou, para ver a expressão de Noë transformar-se numa de horror. Mas Noë apenas demonstrou alarme e ficou pensativo.

— Vou pensar no assunto — disse Noë. — Tem de ser rápido?

— Sim. Ah, o nosso Marco está no segundo lugar da fila. Não está magnífico, preparado assim?

Noë, depois de olhar rapidamente para Marco, abaixou a cabeça, cobrindo-a disfarçadamente com parte da toga. Havia anos que não rezava com devoção. Viu que estava implorando a Deus com fervor.

— Agora é o primeiro! — disse Júlio César, empolgado.

— Meu nobre irmão — disse Quinto e bateu palmas, baixinho.

Marco começara a tremer, à última hora; sua mão suada agarrava o bastão de marfim de Júlio. Um veio de suor escorria em sua face direita. A luz brilhava pelas janelas altas; embora a câmara fosse imensa, o calor era medonho. O teto altíssimo, pintado de branco, era feito de madeira, muito bem unida, e tinha um desenho de quadrados esculpidos em que fora dourada uma decoração de uma rosa. O efeito era calmo e monumental. As paredes também eram de madeira, dispostas por cima do tijolo, pintadas do branco mais puro, ornamentado com linhas e volutas de ouro. O piso brilhava como um lago, pois era composto de mosaicos complicados, dispostos em padrões em espiral de branco, ouro, azul e roxo. Nichos ovais, altos e com fundos de mosaico, ornados de colunas brancas e esguias, apareciam de quando em quando, pelas paredes, e nesses nichos havia estátuas lindamente esculpidas de heróis e deuses, a maioria roubada da Grécia. Diante de cada estátua havia um altar estreito, onde ardia o incenso, enchendo o ar aquecido com névoas finas e azuis e intensificando o calor com os odores. No final da sala do Senado, havia uma alta plataforma de pedra, sobre a qual ficava uma imensa cadeira de mármore, estofada de veludo, onde o cônsul se sentava, com grande pompa. Ele era um homenzinho moreno, com uma cara que parecia a de um macaco triste, mas os olhos brilhavam de inteligência e de uma irascibilidade pior do que a de Cévola. Sua toga branca estava amassada; seus sapatos vermelhos pareciam incomodar os pés.

Três largos degraus de mármore, como pódios, estendiam-se rasos por dois lados do salão, e sobre eles sentavam-se os poucos senadores que haviam comparecido naquele dia, imponentes em suas togas brancas, cinturões, pulseiras douradas e sapatos vermelhos enfeitados. Estavam sentados numa negligência fatigada, as cadeiras em ângulos diferentes. Era evidente que estavam aborrecidos, calorentos e impacientes. Conversavam juntos, displicentes, e bocejavam.

No centro da sala, estava o cliente de Marco, Perso, algemado, e sua jovem esposa, chorando, com grilhões mais leves, e os filhinhos, também acorrentados pelos pulsos.

A princípio, Marco não viu seus infelizes clientes. Estava olhando para os senadores, e seu coração fraquejou. Um dos senadores, ele viu com alarme, olhava-o muito atentamente e com uma expressão tensa e vingativa, como se exultasse com a derrota próxima de Marco. Ele examinou o patrício com uma atenção súbita. Seu rosto era conhecido e, no entanto, Marco tinha certeza de que nunca o vira. Então, com outro aperto no coração, ele notou que o senador tinha uma semelhança notável com Cúrio, amigo de Lúcio, e entendeu que aquele era o senador Cúrio, o pai.

Ele dirigiu a vista para os clientes, que estavam todos olhando-o com uma expressão suplicante, os rostos molhados de lágrimas, iluminando-se

UM PILAR DE FERRO

à vista de seu suposto libertador. Foi o seu sofrimento abjeto, os grilhões sobre eles, seu desamparo diante da tirania, seus corpos magros e mirrados, seus olhos arregalados e abalados que o levaram a esquecer, por um momento, os senadores, e até mesmo o senador Cúrio. Dirigiu-se logo para junto de Perso e pôs a mão delicadamente sobre o ombro do prisioneiro.

— Console-se e tenha esperança — disse ele. Desprezou-se por suas palavras, pois nem ele mesmo acreditava nelas.

O edil estava entoando, numa voz monótona:

— Prisioneiro, de nome Perso, plebeu, pequeno lavrador fora das portas de Roma, e a mulher, Maia, e dois filhos, um menino de dez anos, uma fêmea de seis anos. A acusação é a falta de pagamento de impostos devidos e cobrados de Perso pela autoridade e lei da República Romana, e de ter fugido ao pagamento desses impostos justamente cobrados, para escândalo e mágoa de seus conterrâneos e desafiando a majestade de Roma. O sítio de Perso já foi confiscado como parte do pagamento dos impostos devidos, e também os escravos, dos quais ele possuía três. Seus pertences domésticos e gado também foram confiscados. Não obstante, a dívida ainda não foi paga nem pela metade. O prisioneiro é culpado de todas as acusações.

O edil era um homem insignificante e imitava obsequiosamente os seus superiores saturados de tédio. Bateu no rolo que estava lendo, com um dedo demonstrando seu desdém, e parou, olhando para o teto alto.

— O advogado. Certamente deve haver um advogado — disse um dos senadores, que tinha o rosto do formato de uma moeda e um aspecto imponente.

— De nome — disse o edil, olhando para o rolo como se tivesse dificuldade em decifrar um nome tão indigno — Marco Túlio Cícero, filho de um cavaleiro desconhecido, nascido em Arpino. — Ele fez uma pausa, para permitir que esse fato ridículo impressionasse os senadores. Acrescentou, com relutância: — É filho da Sra. Hélvia, da nobre família dos Hélvios, e discípulo do *Pontifex Maximus* Cévola.

— Suas qualificações estão aceitas — disse o velho senador.

— Peço o seu perdão, senador Sérvio — disse o senador Cúrio, numa voz fria, fina e venenosa como vitríolo. — Está indicado que esse... esse advogado é cidadão de Roma?

A questão, claro, era supérflua, e o senador sabia disso. O senador Sérvio olhou para o seu colega mais novo com altivez e constrangimento.

— Por certo! Quem pode advogar diante de nós sem ser cidadão? Cúrio deseja humilhar-me, pensou Marco.

200 *Taylor Caldwell*

— Cícero — repetiu o senador Cúrio, com o tom ligeiro que tornava o nome absurdo. — Grão-de-bico. É extraordinário.

— Quando consideramos a humildade de todos os nossos antepassados, que fundaram Roma, é muito extraordinário estarmos aqui sentados — disse o senador Sérvio, e Marco percebeu logo que o velho não era amigo de Cúrio, animando-se um pouco. Cévola lhe ensinara que era preciso que o advogado conquistasse, primeiramente, a simpatia de pelo menos um dos juízes.

Os senadores, por sua vez, viram um rapaz muito jovem, alto e magro, com pescoço comprido demais e mãos longas e estreitas. Seu rosto mostrava grande virilidade, embora estivesse tenso de expectativa. Os olhos eram belos. Seus cabelos castanhos e ondulados encaracolavam-se em volta das faces pálidas. Suas roupas, notaram os senadores, eram distintas e ricas. Em sua mão esquerda havia um anel caro e ele portava um bastão de autoridade, ricamente incrustado em prata brilhante. Seus sapatos eram brancos como a neve. Sobretudo, tinha uma testa nobre.

Depois, viram sua expressão decidida, a firmeza gravada em seus lábios. O senador Sérvio inclinou-se em sua cadeira, para poder observá-lo melhor. Aquele gesto pareceu simpático a Marco e ele sorriu. Imediatamente, seu rosto tornou-se encantador, terno, quase deslumbrante, com uma luz própria. Ele não sabia o valor de seu sorriso.

Eu já fui assim, pensou o velho senador Sérvio. Mas não sou mais. Assim foi o meu filho, que morreu na guerra civil e que acreditava na nobreza inerente ao homem. É sempre a inocência que morre, e é sempre o mal que prevalece.

Não obstante, o senador era um homem honesto e respeitava a lei com a mesma rigidez de Marco.

O edil disse a Marco, mal lhe lançando um olhar:

— Qual é a sua alegação, mestre?

— Inocente de qualquer crime contra Roma — disse Marco.

Os senadores se remexeram, ressentidos. Do povo, antes e depois da porta, ergueu-se um burburinho de vozes. Um guarda mandou que se calassem, com severidade. O prisioneiro, a mulher e os filhos choraram; a menina, com sua túnica grosseira, soltou um grito trêmulo e tentou chegar junto da mãe, mas não conseguiu.

— Inocente de um crime comprovado? — perguntou Sérvio. Ele olhou para o rolo que tinha nas mãos, de cara fechada.

— Sim.

— A lei é clara — disse Cúrio, com um gesto de desdém, visando indicar a baixeza do advogado. — Esse lavrador deve impostos ou não? Deve. A lei não diz que, nesse caso, seus bens e propriedades serão confiscados

UM PILAR DE FERRO

para pagamento da dívida? Diz. Também não diz que, se os bens e propriedades não forem suficientes, ele e a família serão vendidos como escravos para completar o pagamento? Diz. É a lei. No entanto, esse Cícero pretende declarar que ele é inocente?

— É a lei — disse Sérvio. Sentia uma certa pena de Marco, mas também estava irritado. — Quer refutar a lei, Cícero? Não tem respeito por ela?

— Senhor — disse Marco, numa voz ardente que ressoou no salão —, não há ninguém mais dedicado à lei honrosa do que eu, em toda Roma! Pois os homens sem lei são animais e, sem ela, as nações caem na anarquia. Eu me curvo perante as Doze Tábuas da Lei Romana. Ninguém as serve com maior profundidade, orgulho e solicitude. Por isso digo que o meu cliente é inocente.

Sérvio fez uma careta, enquanto os outros senadores sorriam diante da presunção do rapaz.

— A lei referente ao seu cliente existe — disse Sérvio. — Portanto, segundo o que disse, você deve respeitar também essa lei.

— Respeito uma lei justa — disse Marco, sentindo o seu coração prestes a explodir. — Respeito as leis de Roma, fundadas sobre a justiça, patriotismo, destemor de espírito, um devido respeito pela liberdade, a caridade e a virilidade. Mas não respeito uma lei perversa.

Sérvio franziu a testa.

— Não obstante, apesar de sua opinião, Cícero, esta é a lei. É a verdade. A verdade é aquilo que existe; e essa lei existe.

Ele gostava dos silogismos. Acrescentou:

"A verdade é o que existe.

Esta lei existe,

Portanto, a lei é a verdade."

Mais uma vez, teve pena de Marco. Considerou que o caso estava encerrado. Olhou para o cônsul em sua cadeira, aguardando o sinal. Marco levantou a mão.

— Por favor, senhor, deixe-me acrescentar uma coisa. Esse silogismo que fez é válido. Mas a validade nem sempre é a verdade, como sabe. Vou dar-lhe outro, que é não apenas válido, mas verdadeiro:

"Uma realidade é aquilo que existe.

O mal existe,

Portanto o mal é uma realidade.

É verdade que o mal existe. Existe tão objetiva e plenamente quanto o bem. É pelo menos tão poderoso quanto a virtude e, em muitos casos, é mais poderoso, pois há mais homens maus do que virtuosos. Mas quem, se for um homem de probidade, se apressará a abraçar o mal porque, na filosofia e no fato, ele existe, tem realidade e sua medida de verdade?"

Sua bela voz, jovem e sonora, elevava-se pela câmara, e todos estavam calados, até mesmo o povo antes e depois dos portais. Cévola cutucou Noë com o cotovelo e deu um sorriso ladino.

A atenção dos senadores estava garantida plenamente. Os que eram venais olhavam inquietos para Cévola, a distância, conjeturando quanta coisa ele teria contado àquele discípulo.

Marco continuou, seus olhos grandes faiscando como ouro pálido:

— A pestilência existe e, portanto, tem sua veracidade. Nós nos apressamos, então, para nos lançarmos num estado pestilento e de contágio, devido à verdadeira existência do terror? Pois, novamente, existem verdades más e existem verdades excelentes. Evitamos um tipo a todo custo, em consideração a nossas próprias vidas e espírito, e abraçamos a outra, que nos torna verdadeiramente homens, preservando-nos como nação. Apressamonos a eliminar a pestilência. Portanto, deveríamos eliminar as leis más sem demora. O mal desta lei, segundo a qual foi preso o meu cliente, é antigo, e mais do que meio esquecido; e foi novamente encontrado, não faz muito tempo, em algum arquivo empoeirado.

— Deseja abolir os impostos, dos quais subsiste a nossa nação, que não pode sobreviver sem eles? — indagou Cúrio, com desprezo e numa voz crescente de paixão.

— Não — disse Marco, com uma calma que contrastava com a fúria do outro. — Permita-me lembrar-lhe por que essa lei foi promulgada, no início de tudo. Foi para impedir que o povo da república nova e incipiente contraísse dívidas facilmente, abandonando a responsabilidade. Foi para ensinar-lhe a economia e a sobriedade, a santidade da palavra dada. Sem isso, o indivíduo perece. Os governos também perecem.

Ele fez uma pausa, olhando lentamente de um para outro rosto interessado dos senadores. Seus olhos severos pousaram no senador Cúrio.

— A intenção daquela lei era fazer uma advertência não só aos cidadãos esbanjadores, mas também aos governos esbanjadores. Pois não é fundamento do Direito Romano que o governo não é mais do que o povo? Se o governo é culpado de atos criminosos, não é dever do povo restringi-lo e castigá-lo, como se fosse um indivíduo sem lei? Assim está escrito; assim é verdade. Uma assembléia de homens poderosos representando o governo não é menos culpada do que um indivíduo de crimes comuns a ambos. Mas, no caso do governo, o crime é maior e mais hediondo, pois arrasa os muros de uma cidade, deixando-a exposta ao inimigo!

UM PILAR DE FERRO

— Deuses!

— Os romanos — continuou Marco, e agora seu rosto estava corado por sua própria veemência — sempre se impuseram impostos, desde os primeiros dias da república, pois os bons impostos são necessários à sobrevivência. Para que, porém, foram inventados esses impostos? Para pagar aos soldados para nos protegerem de nossos inimigos, fora de nossos muros. Para pagar aos guardas dentro da cidade. Para instalar tribunais de justiça; para pagar os honorários dos legisladores, do Senado, dos tribunos, dos cônsules. Para construir estradas e templos adequados. Para a conservação dos esgotos, a construção de aquedutos para dar-nos a bênção da água pura. Para criar um departamento de saúde, visando ao bem-estar do povo. Para impor uma tarifa sobre as nações que negociam conosco; e essa tarifa nos tem prestado bons serviços. Ele tornou a sorrir, encantador.

Então, de repente, sua expressão mudou e encheu-se de um furor heróico.

— A lei, porém, não foi promulgada, e caiu na obscuridade porque os romanos obedeciam àquela lei mesmo sem saber que era uma lei escrita, para o propósito de aventuras exteriores; nem para extorquir o fruto do trabalho de um homem para sustentar os que são vadios de propósito, os indignos e despreocupados e os que não têm responsabilidade para com seus vizinhos nem sua pátria! Não foi promulgada para fornecer a uma ralé depravada alimentos, abrigo e circos gratuitos. Tampouco foi essa lei promulgada para a sua cobiça invejosa! Tampouco foi promulgada para comprar seus votos! Pois quando os nossos antepassados moldaram uma civilização das rochas, ermos, florestas, feras selvagens e bárbaros, a ralé do mercado não existia, os covardes ainda não haviam nascido, os ladrões não clamavam junto ao tesouro, os fracos não gemiam às portas das casas dos senadores, os irresponsáveis não se sentavam à toa nas ruas e na terra.

"Tínhamos uma lei para tais indivíduos. Nós os obrigávamos a trabalhar para ganhar o seu sustento. Não éramos solícitos para com eles, porque tinham pouca inteligência, paixões vis e um espírito covarde. Nós lhes dizíamos: 'Trabalhem, do contrário não comerão.' E eles trabalhavam, ou pereciam. Não tinham voz em nosso governo e eram desprezados pelos heróis. E os nossos pais eram heróis.

Ele teve de parar para tomar fôlego. Estava ofegante. O suor escorria por seu rosto e ele não ligava. Abaixou a cabeça, para facilitar o movimento dos pulmões. Sua mão agarrava o bastão de autoridade.

E no salão reinava o silêncio, bem como na escada e na entrada. Cévola não estava mais de cara fechada, nem revirando os olhos.

204   *Taylor Caldwell*

Então, Marco tornou a erguer a cabeça. Havia muito que se esquecera do fato de que se dirigia a senadores perigosos, que poderiam destruí-lo. Ele falava à alma de Roma, como romano.

— Somos tributados no nosso pão e nosso vinho, nossa renda e nossos investimentos, nossas terras e propriedades, não só por criaturas vis, que nem merecem o nome de homens, como ainda por nações estrangeiras, por nações condescendentes que se curvam diante de nós, aceitam nossa generosidade e prometem auxiliar-nos a manter a paz... essas nações mendicantes que nos destruirão assim que mostrarmos um momento de fraqueza, ou que nosso tesouro estiver vazio. E, certamente, ele se está esvaziando! Somos tributados para manter legiões no solo deles, em nome da lei e da *Pax Romana*, documento que se transformará em pó quando convier aos nossos aliados e nossos vassalos. Nós os conservamos num equilíbrio precário somente à custa de nosso ouro. O sangue vital de nossa nação valerá isso? Um italiano deverá ser sacrificado pela Bretanha, a Gália, o Egito, a Índia, até pela Grécia e uma dezena de outras nações? Se estivessem ligadas a nós por laços de amor, não pediriam o nosso ouro. Pediriam apenas as nossas leis. Tomam a nossa própria carne e nos odeiam e desprezam. E quem dirá que merecemos mais que isso?*

— Vão matá-lo — disse Cévola. — Pois falou a verdade, e quando se permitirá que um homem viva, quando fala a verdade?

Mas os senadores de probidade escutavam com os rostos pálidos e sérios. Os senadores venais entreolhavam-se calados, com desprezo.

Marco continuou com uma voz que tremia, mas era forte.

— Então, por causa dos vis dentro de nossos portões, e os nossos inimigos em potencial em todo o mundo, Roma está, lentamente mas com certeza, sendo destruída. Por votos. Por uma paz que não tem um fundamento honesto. Algum dia houve uma nação tão desrespeitada e ameaçada por dentro e por fora, como Roma o é agora? Sim, a Grécia é só uma. O Egito é só um. E os que os precederam. E caíram; morreram. É uma lei da natureza. Também é uma lei econômica. As dívidas e o desregramento só podem levar ao desespero e à falência. Sempre foi assim.

"Essa lei, pela qual meu cliente foi condenado, é uma lei antiga. Lembremo-nos das intenções daqueles que a redigiram e atentemos para as intenções sinistras dos que hoje a utilizam. Pois os primeiros foram heróis. Os que a utilizam hoje são criminosos.

---

*De Republica.

UM PILAR DE FERRO

— Ele não chegará a ver o dia raiar — disse Cévola.

— Traição — murmurou o senador Cúrio. — Vamos acorrentá-lo.

Um dos amigos dele sussurrou, por trás da mão:

— Deixe que continue. Que Sérvio e seus amigos escutem essa afronta monstruosa ao governo e ao povo de Roma e que aprendam para sempre o que significa quando gente como esse Cícero nos atormenta. Sérvio e seus amigos que o condenem, eles mesmos, e assim Cévola não nos poderá culpar.

Sérvio e os amigos tinham escutado, pálidos e de testa franzida, num silêncio total. Esperaram que Marco continuasse.

A voz dele baixou, eloqüentemente. Ele estendeu as mãos para o Senado e o anel maravilhoso faiscava, como miríades de estrelas coloridas.

— Senhores, consideremos a lei justa. Ela traz tranqüilidade, ordem, piedade, justiça, liberdade e prosperidade a um povo? Alimenta o patriotismo e um modo de vida viril e virtuoso? Então é uma boa lei e merece a nossa obediência cega.

"Porém, se ela traz sofrimento, encargos insuportáveis, injustiça, ansiedade insone e medo da escravidão a um povo, então é uma lei má, promulgada e mantida por homens maus, que odeiam a humanidade e desejam subjugá-la e controlá-la. Se isso for traição de minha parte, senhores, acusem-me então disso e digam por que é traição. Aqueles que escutam, que ouçam suas acusações diante deles e diante de Deus."*

Ele calou-se. Apertou bem as mãos diante de si. Seus pobres clientes apinharam-se atrás dele, tentando tocar suas roupas com mãos tímidas. Então, ele fez avançar seu cliente Perso, exibindo-o ao Senado.

— Olhem para este homem, senhores — disse Marco. — Os antepassados dele lutaram com os nossos, por Roma. Os ancestrais dele deram origem à república, assim como fizeram os nossos. Os antepassados dele construíram as nossas muralhas, lutando com as dificuldades e o deserto, como os nossos. Ele é carne de nossa carne, sangue de nosso sangue. Mas o seu espírito, embora independente, ainda é humilde. Nunca procurou o poder. Amava a terra, um pouco de paz e o sol em alguns hectares. Pedia pouco à vida, a não ser o consolo de uma mulher e filhos trabalhadores. Embora este homem não tenha dado origem a senadores, cônsules ou tribunos, ainda poderá dar origem à força antiga de Roma. Ele, mais que muitos de nós, é a própria Roma.

"Qual foi o crime que o nosso irmão cometeu contra seu semelhante e sua pátria? Recebeu subornos ilícitos? É culpado de traição? Ele um dia

---

*De Direito, de Cícero.

lutou pelo inimigo e no dia seguinte perseguiu-o, por dinheiro? É um assassino? É ladrão, ou pervertido? Traiu uma amizade ou a confiança de alguém? Praticou a simonia ou suborno, ou algum outro mal? É vil, detestável, adúltero, um mentiroso perigoso, blasfemando contra os deuses?

Marco fez uma pausa; depois ergueu os punhos e exclamou:

— Não! Ele apenas não pôde pagar os impostos, que dizem serem justos! Por isso, ele será difamado, castigado, destruído, passará fome, até ser enterrado na terra, que é mais misericordiosa do que nós? De que crime é acusado? Não pôde pagar os impostos! Então, um pouco de dinheiro é mais importante para um governo, mais valioso, do que uma vida humana, uma vida romana e, acima de tudo, a dignidade humana? Um cidadão romano valerá menos do que sua casa, seu gado, seu humilde *lares e penates*, sua mobília modesta?

"Deus deu vida a esse homem e, no entanto, querem destruí-la por algumas moedas de ouro. Acreditam, então, que são mais sábios e urgentes do que Deus, que o ouro vale mais do que uma alma humana? Então, senhores, pronunciaram a mais terrível blasfêmia de todas!

— Traição! — exclamou Cúrio, levantando-se e olhando com uma fúria violenta para o advogado. — Cão! Provocou-nos com as suas obscuridades, alegações estúpidas, mentiras e insolência! Guarda!

Sérvio levantou-se também. Virou-se para Cúrio e disse:

— Você é que está mentindo, Cúrio. Ele só falou a verdade. E que os deuses o defendam. Certamente os homens não o farão.

Elevou-se uma grande algazarra no salão e nas portas e ouviam-se gritos distantes de: "Herói! Nobre Marco Túlio Cícero! Liberte os oprimidos!" Uma grande multidão se juntara de repente às portas e sacudia os punhos erguidos, mostrando seus rostos turbulentos.

— Sente-se — disse Sérvio ao outro senador. — Você quer uma insurreição, enquanto estamos no meio de uma guerra? Sabe como a ralé romana é volúvel e facilmente excitável. Cuidado! Esse homem pode destruí-lo com sua língua.

Cúrio sentou-se, mas cerrou os punhos, as mãos sobre os joelhos, e olhou para Marco com ódio. E em seus olhos havia um brilho mortal.

Marco esperou. Passou o braço afetuosamente sobre o cliente. Rezou intimamente. Então, de repente, descontrolou-se e seu coração transbordou. Não conseguiu impedir as lágrimas. Seus soluços foram ouvidos claramente. Seu corpo todo tremia devido às emoções. E os senadores ficaram olhando, alguns com expressões duras e amargas, outros com compaixão e vergonha.

Então, Marco conseguiu falar novamente. Tornou a pousar a mão sobre o ombro do cliente e mostrou-o ao Senado.

— Olhem para um concidadão romano, senhores. É uma vítima dessas guerras devoradoras do ouro. Assim como os senhores são vítimas. Ele tinha um filho jovem, quase criança ainda, que morreu na guerra civil, cheio de patriotismo e amor à nação. Assim como alguns entre os senhores perderam filhos nesta guerra. Porém... ele perdeu tudo o que tinha nessa calamidade! Era pouco, mas ele o perdeu. Mas os senhores não perderam tudo o que tinham. Ainda conservaram muita coisa. A Perso não resta nada senão a mulher e os outros filhos. Vão privá-lo desse pouco? Tirarão de um irmão romano aquilo que lhes é caro? Só os Fados impediram que nascessem na cama dele e com o destino dele. Não foi nenhum mérito da parte dos senhores. Foi uma jogada de dados.

Marco abriu os braços e adiantou-se um ou dois passos em direção aos senadores. Não ouviu o clamor surdo e trovejante vindo das portas, enquanto cada vez se ajuntavam mais e mais homens para ouvi-lo. Não tomou conhecimento da tensão no salão, as paixões insuportáveis, o rápido bater de corações com compaixão ou raiva.

— Façam a justiça para com o meu cliente. Dizem que os deuses gostam de ver a misericórdia nos homens, pois a misericórdia dá uma divindade até aos mais humildes. Sejam magnânimos. Que a notícia de sua caridade e bondade alcance os portões da cidade e os ultrapasse. Não são homens honrados, romanos, que respeitam os antepassados? A virtude não é a toga mais bela que o homem pode usar? O que resplandece mais? O que é mais louvável? O que mais desperta a admiração na alma dos homens, senão exemplos de bondade, misericórdia e justiça? O que os homens veneram mais que ao poder? A honra e a nobreza e fazer o que é direito. Pois, por vil que seja o homem, adora a virtude.

A maioria dos senadores então lembrou-se de inscrições feitas à meia-noite nos muros da cidade. Seus nomes tinham sido difamados. Leram inscrições, em vermelho: *"Adúltero! Assassino! Traidor! Sedutor! Libertino! Ladrão!"*

A multidão em Roma nunca era realmente simpática, nem mesmo com um herói. Tinham bons olhos e ouvidos para as particularidades dos que detinham o poder. Eram como um leão, agarrado precariamente pela cauda. O que tinham escrito as sibilas? Que Roma cairia primeiro por dentro, que as ruas romanas seriam banhadas de sangue vermelho, que Roma arderia. Os romanos podiam bajular pelo milho e dinheiro e podiam dar seus votos a um benfeitor. Mas está na natureza dos homens não gostarem dos poderosos, quer por inveja, quer por desconfiança.

Mil legiões não conseguiriam contê-los, caso se revoltassem; nem mil prisões poderiam intimidá-los.

Os senadores venais ponderaram. Naquele momento, estavam precisando de novas bajulações, novos clientes, novos seguidores, novos eleitores. Tudo isso agora era difícil de se obter. Mas se a sua virtude fosse proclamada daquela câmara, levada pelo vento por muitas vozes, então poderiam ficar descansados, pelo menos por algum tempo.

E lá estava Cévola perto da porta, observando-os com seus olhos zombeteiros, o polegar virado para cima, Cévola, que sabia demais.

Os senadores íntegros tinham ficado profundamente comovidos com as palavras de Marco. Franziam a testa, diante da lei. Também eles pensaram na repercussão dos fatos passados naquela câmara. Outros lesariam o fisco, esperando clemência, se Perso fosse libertado?

O cônsul então levantou-se e todos se ergueram com ele. Ele disse, numa voz de velho, porém firme:

— Todos ouviram. Recomendo que o prisioneiro seja libertado e, com ele, sua mulher e filhos. Como perdeu tudo, por ordem nossa, ordeno que o que lhe foi tirado lhe seja devolvido. De que nos adiantam mais mendigos pelas ruas?

Ele olhou para Perso, sua mulher e seus filhos, que se tinham prostrado de joelhos, ao ouvirem aquelas palavras, levantando as mãos numa adoração chorosa. A fisionomia dele era severa.

— Vocês foram libertados não por terem sido vítimas de uma lei que não existe. Ela existe. Ao seu advogado, digo que essa lei não pode ser revogada, apesar da eloqüência dele. Revogar essa lei seria destruir toda a nossa estrutura legal complexa e as suas muitas ramificações, o que certamente, para muitos cidadãos sóbrios, seria muito salutar.— Ele parou, apertando os lábios num sorriso irônico. — Dizem que, por causa de Roma, temos um compromisso para com o mundo, que precisa do dinheiro dos contribuintes romanos, por mais desesperador que seja o encargo imposto sobre o nosso povo. Que importa se um romano passar fome ou se desesperar ou perder a fé no governo justo? Quem é o romano moderno? É um escravo de nações que só o consideram um meio de subsistência fácil, proteção e concessões infinitas. É um escravo às ambições de seus governantes, que utilizam o dinheiro dele para adquirirem poder pessoal e se eternizarem no cargo.

"Eu disse que esta lei não pode ser revogada. Retifico isso, dizendo que só poderá ser revogada quando os romanos, conscientes de seu perigo extremo, exigirem que ela seja revogada. Infelizmente, os povos só despertam para o perigo quando já é tarde demais.

UM PILAR DE FERRO

Ele olhou para Perso, a mulher e os filhos, dizendo, numa voz triste:

— Vão em paz. Sejam trabalhadores como sempre. Implorem aos deuses para que eles, e os seus concidadãos romanos, não os aflijam mais. Todos nós, os romanos, não sofremos, nesses anos? Que os deuses tenham piedade de todos nós.

Ele desceu de sua alta plataforma de pedra e foi avançando, sem olhar para os lados, pela passagem entre os senadores, que ficaram ali de pé, como estátuas. Os guardas abriram caminho para ele, que saiu do salão.

Ao avistá-lo, imediatamente a multidão prorrompeu em gritos: "Herói! Hércules!" Ele deu um sorriso sombrio e contemplou a turba por um momento. Depois, inclinou a cabeça, à maneira de alguma divindade, e o populacho gritou diante daquele reconhecimento de sua existência, arrancando grinaldas e fitas da cabeça para lançar aos pés dele.

— Júpiter! — fez-se ouvir o grito possante. O objeto dessa saudação sorriu para um lado e para outro, pensativo e com certa ironia, e entrou na liteira que o esperava. Mas, antes de fechar as cortinas, seu olhar encontrou o de Cévola, e este lhe fez um cumprimento irônico.

Os senadores, ouvindo a aclamação de seu líder, saíram ansiosos, num grupo distinto, e tiveram a satisfação de também serem aclamados como heróis. Seriam esquecidos no dia seguinte, mas como nenhum político sinceramente acredita nisso, aceitaram a ovação. Somente o Senador Sérvio se perguntou: Sabem por que nos aclamam, ou o que aconteceu aqui nesta hora, ou qual é o seu significado? Não.

Marco ficou para trás, para consolar e felicitar seus clientes, que se ajoelharam em volta dele para lhe beijar as mãos, os pés e as vestes. Deu-lhes a sua própria bolsa com dinheiro minguado. Os advogados romanos não recebiam honorários dos clientes, apenas presentes esparsos, se os beneficiados fossem suficientemente agradecidos. Perso chorou:

— Eu lhe mandarei dois de meus cabritos novos, mestre abençoado!

Marco disse:

— Então, mande-os para a minha ilha paterna em Arpino, se não lhe fizerem falta.

De repente, ele pensou em Arpino e encheu-se de uma saudade tão forte por aquele lugar pacato que imediatamente jurou que, com ou sem perigo, em breve ele visitaria a ilha. Ficou ali, meditando, e só depois de muito tempo levantou os olhos, encontrando-se só, diante da vasta estátua da deusa cega da Justiça, com a balança nas mãos.

Ele pensou: Há muita gente que comenta com sarcasmo a cegueira da Justiça. Mas ela não usa a venda por motivos óbvios. Usa-a para que o seu julgamento não se deixe influenciar pelo simples "aspecto" de quem ela julga em sua balança, pelo patético declarado ou falso, ou a infelicidade agradável mas ilusória. Em todas as ocasiões, ela é imparcial. É esse o significado da Lei.

Ele dirigiu-se devagar para as grandes portas e encontrou apenas os amigos à espera. Sorriu para eles, meio amargamente.

— A quem devo a honra do coro grego variado, que fervilhava junto dessa porta ainda há pouco, aclamando os "heróis"?

Cévola, em sua cadeira, assumiu uma expressão injustiçada.

— Eu sou o *Pontifex Maximus*. Meus aprendizes não devem ser desprezados. Portanto, pedi aos meus ex-discípulos, que me são gratos, que mandassem seus funcionários para acalmá-lo. Ingrato!

— E eu — disse Noë, também fazendo-se de indignado. — Minha família ama o meu pai e, se queriam aclamar seu salvador, deveriam ser reprimidos?

Arquias piscou o olho para o seu discípulo querido e disse:

— Os gregos admiram aqueles que os admiram. Você não admira os gregos, meu caro Marco? Quer negar-lhes a oportunidade de exprimir seu afeto por você?

Júlio César revelou:

— Meus amigos no Palatino adoram um homem justo. — Ele sorriu para Marco e cutucou-o nas costelas. — Também me adoram. São jovens e adoram uma brincadeira à custa dos senadores. Você lhes negaria esse divertimento?

— E cada um desses homens dedicados trouxe consigo o rebotalho da ralé dos becos e das bodegas — replicou Marco.

Cévola mostrou-se extremamente virtuoso.

— É melhor que o povo berre exuberantemente pela justiça do que pela morte de um gladiador tombado no circo... embora eu admita que eles não saibam distinguir.

— Eu preferia que a minha eloqüência os tivesse comovido, ou que a justiça tivesse impressionado seus corações — disse Marco.

Cévola girou os olhos, como se implorasse desesperadamente que os deuses lhe dessem paciência. Não encontrava palavras. Disse apenas:

— Bah!

— Vocês não compreendem — disse o jovem Marco, com ardor — que, a uma palavra de vocês, todo aquele povo teria atacado e talvez assassinado uma porção de senadores, sem sequer saber o que estava fazendo?

— Ótimo — disse Cévola. — Perdi uma oportunidade.

Noë, na liteira com Marco, comentou:

— Você se esquece de que venceu sua causa. Isso não lhe dá certa satisfação? Muitos dos que o ouviram não são tolos, a despeito do que diz Cévola. São rapazes sérios. Eles se lembrarão.

Marco estava um pouco aliviado. Além disso, sentia-se exausto, de suas próprias emoções. Disse:

— Fique para tomar um vinho comigo, enquanto recebo as felicitações de meus pais. Estou vendo que o meu irmão já correu para casa com a novidade. — Ele fez uma pausa. — E depois vou devolver-lhe todas essas maravilhas com que me adornou. Você notou que o jovem Júlio tirou habilmente de minha mão o bastão de autoridade que me emprestou?

Noë riu-se.

— Isso é típico do jovem César. Ouvi dizer que ele é epilético e você sabe que os supersticiosos acreditam que é um dom divino, pois se ouvem coisas estranhas e se vêem coisas mais estranhas ainda, durante as convulsões. Não. Você não vai me devolver o que lhe dei. É um pagamento, de parte de meu pai e de mim, pelo que você fez por ele.

— Não fiz nada — insistiu Marco.

— Você é que fez tudo — disse Noë, muito impaciente. — Que modéstia é essa? Dizem que Deus gosta da modéstia nos homens. Mas a humanidade a despreza.

Mais tarde, Marco abraçou o pai, Túlio.

— Foram as suas palavras que me inspiraram — disse ele. Beijou as mãos do pai e este o abençoou com ternura.

— Tive poucos momentos de orgulho — disse Túlio, chorando. — Mas hoje sou um homem orgulhoso. Não vivi em vão.

Capítulo XVII

Marco estava apreciando o sol da primavera, que inundava os jardins em Arpino. Encostou-se a um carvalho e releu uma carta de Noë ben Joel, que estava morando há mais de um ano em Jerusalém, com a família.

"Saudações ao nobre Marco Túlio Cícero, de Noë ben Joel:

"Recebi sua última carta, alegrando-me com o seu sucesso cada vez maior. É uma sorte você ter conseguido clientes que o possam enriquecer com seus presentes. Como lembrança, e em gratidão eterna a você, meu pai lhe está enviando vários potes daquelas pequenas azeitonas judias que você aprecia e vários barris de precioso azeite, itens que não se pode con-

212   *Taylor Caldwell*

seguir em Roma na situação atual e que valem seu peso em ouro. Além disso, envio-lhe várias peças de linho egípcio, branco e colorido, um rolo de Fédon, inscrito por um estudioso judeu muito notável, para seu pai; duas pulseiras de fio de prata incrustadas com pedras preciosas — arte em que os meus conterrâneos se destacam —, para a senhora sua mãe; e um escudo gravado com as armas de sua família para o seu irmão, Quinto. Aceite isso, caro amigo, dado de coração pelos que o amam e anseiam por tornar a ver o seu rosto.

"Acabamos de comemorar o primeiro aniversário de meu filho, Josué, em casa de meu pai, onde moramos todos, como você sabe. Foi uma festa tranqüila. O procônsul romano, homem digno e amigo de meu pai, compareceu à festa. Deu de presente a meu filho uma bela espada curta romana, com uma bainha enfeitada de pedras preciosas. Meu pai não sabia ao certo de que modo exprimir sua gratidão — se é que tinha alguma — mas, como sempre, fui ligeiro com a minha língua fluente e o romano inocente ficou satisfeito. A arma ocupa um lugar de honra na casa.

"Não estou desgostando de ficar aqui um pouco, à sombra dourada do templo com suas torres e no meio do meu povo. Como você sabe, eu temia a vida austera e a presença em Jerusalém de meus conterrâneos, que vivem enamorados de Deus e não da vida. Mas a influência helenística é muito poderosa entre os judeus mais jovens, de boa família, que têm muitos amigos entre os gregos residentes na cidade. Falam mais grego do que aramaico e mais latim do que hebraico, a língua dos homens letrados. A princípio, meu pai ficou perturbado. Teme por sua pátria. Mas aqui o espírito helenístico é recebido com simpatia. Parece haver maior semelhança entre a *arête* dos gregos e a *virtu* espiritual dos judeus do que entre a fria unidade do classicismo de Atenas e a ardente variedade de Roma. Até o meu pai percebe isso, embora seja um homem de uma obstinação única. Ele passa horas nos portões com os sábios, que falam sobre a vinda quase imediata do Messias, que, naturalmente, expulsará todos os romanos, gregos e outros estrangeiros de dentro do recinto sagrado desses muros amarelos, elevando Jerusalém nas asas dos arcanjos para governar as tribos menos importantes da Terra. Penso em Roma e sorrio.

"Fiz o que pediu e procurei mais profecias do Messias para você. Aqui há muitos mercadores egípcios e travei conhecimento com eles, pois devem ser educados em Jerusalém, ao fazerem seus negócios. Disseram-me que um antigo faraó, Áton, profetizou que Hórus descerá do céu para encarnar em um homem e levar todos os homens à justiça, ao amor, paz e fé, reconciliando-os com Deus. Também conheci comerciantes indianos, que se demoram aqui um pouco, repousando entre um navio e outro, e eles me informaram que seu Gita, que se assemelha vagamente ao nosso Torá, declara que o homem é corrupto desde a sua concepção e que não conseguirá elevar o seu estado por nenhum esforço próprio. Ele é mau desde o momento em que respira pela primeira vez, pois foi concebido no mal, vive no mal, morre no mal e sofrerá a morte, mas em algum dia distante Deus o poderá salvar de sua maldade predeterminada. Novamente, talvez, quando algum deus assumir a carne do homem e o conduzir ao estado de graça.

"Ouvi dizer que Hamurabi, o grande rei da Babilônia, diz em seu Código: 'Como o homem poderá livrar-se do mal em si mesmo? Pela contemplação de Deus, pela penitência e sacrifícios, pela confissão dos pecados, pelo poder de Deus, apenas. Num determinado dia Deus Se manifestará aos olhos dos homens, em sua própria carne.'

"Você há de observar o tema entrelaçado nessas profecias e palavras de sabedoria: a maldade do homem, sua falta de graça, sua sentença à morte eterna e sua possível salvação por um Deus compadecido, que assumirá a carne da humanidade. Você se lembrará, nesse contexto, das palavras de Aristóteles: 'Não existe bem no homem, salvo o que é concedido por Deus, em virtude de Deus e por Sua bondade. Pois o homem nasceu para o mal e não se pode libertar da rede de iniqüidade sem Deus, por mais que lute ou tenha boa vontade'.

"Meu pai gosta que eu procure a companhia dos homens sábios nos portões, porém eu os procuro apenas para obter novidades para você, relativas ao Messias. Li os livros de Isaías sobre Ele, O que nascerá dos judeus. Isaías escreve: 'Pois um Filho nos nasce, e um Filho nos é dado, e o governo está sobre o Seu ombro, e o Seu nome será o Maravilhoso, Conselheiro, Deus o Poderoso, Pai do mundo futuro, Príncipe da Paz. Seu império será multiplicado e não haverá o fim da paz. Ele sentará sobre o trono de Davi e sobre seu reino, para fundá-lo e fortalecê-lo com julgamento e com justiça, de hoje em diante e para sempre.'

"No entanto, infelizmente, parece que, segundo Isaías, haverá poucos que O conhecerão e O seguirão, quando ele encarnar e quando morar entre os homens. Escreve Isaías: 'Quem deu crédito ao que nós ouvimos? E a quem foi revelado o braço do Senhor? E ele subirá como arbusto diante Dele e como raiz que sai de uma terra sequiosa. Ele não tem beleza, nem formosura, e vimo-lo e não tinha aparência do que era, e por isso não fizemos caso dele. Ele era desprezado e o último dos homens, um homem de dores e acostumado aos sofrimentos; e o Seu rosto estava encoberto; era desprezado e por isso nenhum caso fizemos Dele'.

"Mas, meu caro Marco, quando os homens estimaram os verdadeiramente grandes entre eles e quando honraram os justos e os nobres? Preferem os que chegam com arautos, estandartes e o rufar de tambores, com servos à sua frente, cantando os louvores do que vem na carruagem dourada, conduzida por vários cavalos com arreios de pedrarias. Se o Messias aparecer, como profetiza Isaías, como Homem humilde, não assombrando pela beleza, nem com os hosanas dos anjos ressoando em todos os Seus passos, Ele certamente será desprezado e rejeitado por aqueles que veio salvar. Pois o homem faz a imagem de Deus com o metal vil de seu próprio coração. Deus desceria até o homem com misericórdia e amor, sem nuvens de acompanhantes angelicais, armados e terríveis, coroado pelo Sol? Não.

"Isaías continua: 'Verdadeiramente, Ele foi o que tomou sobre Si as nossas fraquezas e Ele mesmo carregou as nossas dores; e nós o reputamos como um leproso e como um homem ferido por Deus e humilhado. Mas foi ferido por causa das nossas iniqüidades, foi despedaçado por causa dos nossos crimes; o castigo que nos devia trazer a paz caiu sobre Ele, nós fomos sarados com as Suas pisaduras. Foi oferecido porque Ele mesmo quis e não abriu a Sua boca; como uma ovelha que é levada ao matadouro, e como um cordeiro diante do que o tosquia, guardou silêncio e sequer abriu a Sua boca.'

"Aparentemente, então, o Messias será levado à morte de um modo terrível, por homens cegos e ignorantes, pois Ele não virá de panóplia e em companhia do Serafim, com o manto da majestade celestial sobre os ombros. O que dirá Ele, nesses dias, e quem escutará? Ele é a Aliança entre Deus e o homem. Ele será, como escreve Isaías, 'uma luz para os gentios', também. Mas quem O conhecerá?

"É possível que eu O veja e você também. Por qual marca O reconheceremos? Nós nos lembraremos das profecias? Ou diremos: 'Não há beleza nele, nem formosura, e por isso não o desejamos?'

"Passei a vida toda ouvindo essas profecias e não lhes dei crédito, pois sou um judeu cético e um cidadão romano que conhece muitas religiões. Tampouco os aristocratas e os religiosos de Jerusalém dão mais ouvidos às profecias. Só os velhos nos portões da cidade, que pensam e olham para os céus escuros e esperam com uma impaciência crescente. Eles O reconhecerão, quando Ele chegar? As crianças lêem sobre Ele em seus livros e recitam as profecias. Elas O conhecerão?

"Sim, há um ar de entusiasmo na cidade, como se a notícia de um Rei poderoso o precedesse. Quem pode compreender isso?

Um Pilar de Ferro

"Acho que você, meu caro Marco, acharia Israel não só interessante, como também agradável, em clima e ambiente. Jafa, no Grande Mar, vale uma visita de pelo menos um mês, nem que seja só para contemplar o pôr-do-sol, a cada dia. Contemplando as conflagrações celestes, o assombro grandioso e mudo refletido no mar, podemos repetir com Davi: '... a obra de Seus dedos, a lua e as estrelas que Ele ordenou... o que é o homem que Tu o consideras, e o filho do homem, que Tu o visitaste?' Até eu faço essa pergunta sem resposta. Certamente, é presunção crer que Deus se interessa por nós!

"Jerusalém é o coração de nossa nação, um coração empoeirado, colorido, fervilhante, apinhado, malcheiroso, ruidoso, intoleravelmente quente durante o dia e com um frio de deserto à noite. Aqui há muitos povos, não apenas judeus; comerciantes, mercadores, canalhas, saltimbancos, banqueiros, historiadores, soldados, marinheiros, homens de negócio, antiquários de todas as partes do mundo, sírios, romanos, samaritanos, jordanianos, egípcios, indianos, gregos, e sabe Deus o que mais. Contanto que respeitem a lei judaica, são ignorados e desprezados. O judeu, como o romano, adora a lei. 'Deus disse, Ele revelou', declaram os velhos sábios, dogmáticos, e que se cuide o estrangeiro que discutir isso! Os judeus não têm leis, salvo a Lei de Deus. Somos uma Teocracia, e é maravilhoso observá-la. Seria de supor que numa Teocracia não houvesse discussões. Mas os velhos sábios nos portões tecem comentários e tramas sutis sobre o mais simples dos Mandamentos. Deus fala com simplicidade, mas o homem tem sempre de ser tortuoso, fazer mil perguntas e dar mil respostas.

"Como os judeus são violentos e intensos por natureza, os romanos respeitam suas convicções. Um povo morto não é lucrativo para Roma, de modo que os romanos têm o cuidado de não insistir no que os judeus chamam de idolatria em Jerusalém. As moedas cunhadas aqui não trazem a efígie de deus nenhum e os judeus não são forçados aos exércitos romanos, como são em outros países. Enquanto os judeus pagam impostos razoáveis, os romanos não os perturbam. Pelo contrário, são simpáticos com eles, e muitos oficiais romanos casam-se com moças judias.

"O seu Políbio ficaria encantado com a Judéia, onde temos escolas gratuitas para todos os jovens e onde o ensino universal é obrigatório. Não sei bem se isso é acertado. Torna soberbos os ignorantes incapazes de absorver verdadeiramente o ensino. Mesmo que adquiram as palavras da Lei, não compreendem seu espírito. Há muitos que nascem mentalmente analfabetos e eles têm seu lugar no mundo. Mas são como corvos, com a língua fendida, e aprendem palavras mas não o seu significado. Quem

216   *Taylor Caldwell*

é mais perigoso do que o homem que sabe citar a sabedoria, mas não a pode aplicar à sua própria vida e ao seu governo? Mas, pelo menos, somos profundos em um sentido: insistimos para que todos os homens, mesmo os rabinos, aprendam um ofício e trabalhem, sem levar em conta a fortuna da família. Cuidado com o homem das colunatas, que não trabalha em nada com as mãos! Mas cuidado ainda com o homem rico e ocioso, que tem tempo de adquirir o desejo pelo poder para encher seus dias vazios! Os judeus sabem disso. Portanto, trabalhamos. Eu cuido dos jardins do meu pai. Eu, que não entendia nada da terra, das estações e de cultivar coisas, até vir para Jerusalém.

"A cidade é muito mais barulhenta do que Roma, pois somos um país pequeno e estamos tremendamente apinhados na cidade. Jerusalém é como uma colméia de abelhas, uma célula aninhada sobre a outra; seria possível correr por toda a cidade, por cima dos telhados, sem pôr os pés no chão. Aliás, do topo de nossos muros amarelos parece que não vemos nada senão telhados ondulantes estendendo-se a distância, dourada e empoeirada, interrompidos aqui e ali por bosques de ciprestes, ceratônias e palmeiras, como oásis. Todos os telhados são amarelos ou brancos, erguendo-se e caindo confusamente, a não ser depois do pôr-do-sol, quando ficam apinhados de gente que fica ali, de pé ou sentadas, para tomar o ar da tarde. Então ouve-se música saindo de várias casas, a cidade ressoa com um vasto zunido e, de vez em quando, uma trompa soa estridente do templo. Somos trancados dentro de nossas muralhas amareladas e tortuosas e ouvimos os gritos dos guardas que patrulham os topos.

"Além dos portões ficam os teatros construídos pelos gregos ou romanos. Os gregos produzem peças; os romanos produzem espetáculos sangrentos. Dir-se-ia que um é civilizado, o outro bárbaro. Mas esse é um juízo superficial. A crueldade grega brilha e reluz nas comédias eruditas. Quem foi que disse que todo o riso é cruel, mesmo quando parece mais inofensivo? Pois o riso tem de ter um alvo, de preferência o homem, ou homens, que o provoque, e quem, senão um homem obtuso, pode contemplar a sorte da humanidade sem compaixão? Não há compaixão no riso. A alegria é coisa totalmente diversa; é inocente e não faz caricatura, não escarnece, não zomba. Diverte-se com as palhaçadas do homem, mas não com o homem em si. Você percebe que eu mudei. Porém eu, sendo apenas um homem, gosto das peças gregas, trágicas ou cômicas. Assisto às apresentações com regularidade, assim como outros judeus influenciados pelo helenismo. Mas nem mesmo os gregos assistem aos espetáculos romanos, a não ser para observar e deplorar, enojados. Como você sabe,

Um Pilar de Ferro

a crucificação é um método de execução romano. Os romanos produzem regularmente espetáculos de crucificação em massa de criminosos, inclusive judeus. Perguntam aos judeus que se opõem violentamente: 'Isso é pior do que o método de vocês, que é o apedrejamento?'

"Escrevi várias peças, em que a comédia é entremeada com a tragédia, e os gregos as receberam com bastante aplauso. Mas tenho de fazer tudo isso anonimamente, por causa de meus pais. Fiz paródias das peças gregas mais importantes, inclusive *Édipo Rei* e *Electra*, e até mesmo os romanos riram muito com elas, embora não se destaquem por seu senso de humor. Preferem os bufões e palhaços e situações evidentes às sutilezas. Isso não demonstra que persiste certo primitivismo neles? Os gregos adoram os jogos, mas preferem jogos que mostrem a forma humana com uma graça ágil e que não sejam provas de força. Mas também, em Roma, o poder ressoa na pedra. Na Grécia, a beleza surge no mármore.

"No entanto, sinto falta de Roma. Meu pai deseja ver as filhas que estão lá, e os maridos e filhos delas. Pretende não fazer negócios, quando voltar. Disse-me: 'Se a pessoa quiser viver até uma calma idade provecta, não se deve fazer conhecer pelos governos. Não deve permitir que as vistas dos políticos pousem sobre ela!' Acredito nisso.

"Querido amigo, seja cauteloso e circunspecto. Não provoque mais animosidade do que o necessário. Nós lhe enviamos a nossa afeição e as nossas bênçãos."

Marco reenrolou a carta, com um forte sentimento de amor pelo amigo. Mas também sorriu. A preocupação de Noë com ele era engraçada. Ele era apenas um jovem advogado moderadamente bem-sucedido, agora quase o único sustento da família, através dos presentes de clientes agradecidos. (Alguns não podiam dar-lhe nem uma moeda.) Estava praticando sua profissão fazia pouco mais de um ano. Os clientes iam à sua casa nas Carinas, ou à casa de Cévola. O velho advogado lhe dera uma salinha em sua casa, mobiliada austeramente, com apenas uma mesa e duas cadeiras e estantes para os livros de Direito, sem janela nem luz, a não ser um lampião fraco. Por isso, Marco pagava ao mestre uma taxa reduzida, mas regular. A sala era abafada mesmo no inverno, pois não tinha ventilação alguma, exceto o ar que entrava pela porta, que tinha de permanecer fechada durante consultas e confidências. Inevitavelmente, exalava cheiro de suor, pergaminhos, pedras úmidas e óleo queimado.

— O odor do conhecimento — dizia Cévola, com ar solene. — Ou talvez o odor da perfídia. Quando é que um advogado não foi pérfido, especialmente nos dias de hoje?

Ele tivera muitas discussões com Marco a respeito dos clientes.

— O quê? — exclamava. — Você não quer aceitar um cliente que é um criminoso declarado? Mas você não concordou que até os criminosos têm direito a uma representação justa perante a lei? Que idiota você é, Apolo. Mas não devo chamá-lo de Apolo. A luz apolínea brilha sem restrições sobre todos os homens, mas a sua luz só quer brilhar sobre os justos. Ora!

— Não hesito em defender criminosos — protestara Marco. — Mas tenho de ter certeza de que, no caso desse crime específico, em discussão, o homem é inocente, sem levar em consideração o seu passado. Então, como poderei defendê-lo de todo o coração?

— Ainda assim, ele tem direito a ser representado. Ponha de lado os seus escrúpulos, do contrário nunca será rico. Mas você não dá importância à riqueza!

Nisso Cévola se enganava. Marco começara a gostar da riqueza, mas era prudente por natureza e não desprezava a idéia de que o homem é digno de seus esforços. Tinha uma família, que precisava proteger. Não obstante, não conseguia ser eloqüente a favor de um homem que era evidentemente culpado de um ato perverso.

— O credo dos advogados é que nenhum homem que eles defendem é culpado, a despeito dos fatos — disse Cévola. — É uma questão de um pouco de malabarismo mental.

Marco não podia fazer trampolinices mentais para formar um quadro que desejasse.

— Não sou malabarista — disse ele, ao que Cévola respondeu:

— Então não é advogado. — Acrescentou: — Se você só defender aqueles que achar inocentes do crime de que são acusados, passará fome. Lembre-se, o homem é inocente até prova de culpa diante de um magistrado. Esse é o Direito Romano. A lei é um exercício de inteligência. É como uma luta numa arena, meu simplório.

Marco compreendeu e isso o deixou ansioso por seu futuro.

— O advogado deve acreditar que é mais esperto do que todos os outros homens e, especialmente, que é mais astucioso do que um magistrado. Mas você não tem senso de ironia. Quem sabe qual era a intenção dos criadores das leis? Um advogado inteligente deve interpretá-las em benefício de seu cliente.

Mas Marco estava muito preocupado porque o tirano Cina andava reinterpretando as leis fortes, masculinas e justas da antiga Roma. Nem mesmo Cina ousava desafiar as leis escritas e a Constituição, mas ele tinha uma plêiade de advogados subservientes, eternamente ocupados na sua

UM PILAR DE FERRO

interpretação. Isso levaria inevitavelmente ao caos, injustiça, violência e tirania. A lei declarava que a propriedade do homem era inviolável. A nova legislação tributária de Cina, porém, violava aquele antigo preceito de um país orgulhoso. A propriedade do homem, ao que parecia então, só era inviolável contra ladrões particulares. Não contra o governo, empenhado num roubo gigantesco constante, absorvendo a substância das pessoas e só devolvendo detritos e dívidas. E fazia isso com uma impunidade incontestre e os romanos modernos não protestavam; isso demonstrava o estado de pusilanimidade a que tinham caído. O povo agora glorificava os Gracos, que tinham roubado o milho dos trabalhadores para dá-lo aos ociosos e desregrados. Sem dúvida, os Gracos, embora indivíduos honestos em suas vidas privadas, tiveram as mentes corrompidas pelo sentimentalismo. Tinham sido mortos a pedradas por uma multidão enfurecida e por muito tempo seu castigo parecera justo. Agora eles passavam a heróis de um populacho degradado, que desprezava o trabalho honesto e preferia pão e circo de graça.

Não era a primeira vez que Marco chegava à conclusão de que os governos são inimigos do povo. Então, ali ao sol da primavera em sua ilha paterna, ele pensou na Teocracia da Judéia, acerca da qual Noë lhe escrevera. As leis que não se baseiam sobre as leis de Deus são más. O fim era a morte da nação.

Por quanto tempo duraria Roma, sua pátria amada?

Ele ficou com a carta de Noë na mão, encostado ao carvalho sagrado, olhando perturbado o rio rápido, cor de limão à luz da primavera. Mas uma parte pensativa de seu cérebro estava absorta na admiração da cena e da estação. A primavera era dourada, não verde. Os tufos tenros das árvores brilhavam, amarelos, e os arbustos e moitas explodiam na luz clara em todos os tons e matizes do âmbar ao amarelado, do dourado delicado ao mel reluzente. Tudo parecia ter sido mergulhado em fontes áureas e depois recolocado no lugar entre os dois rios, que rejeitavam aquilo e o céu tingido de amarelo. Só a grama, levemente cor de esmeralda, perturbava o aspecto dourado de todo o restante da vegetação. A vida de Arpino, do outro lado do rio, parecia mergulhada no ouro sombreado, subindo pelos morros ainda bronzeados do inverno. O verão e o outono não eram tão fragrantes quanto a primavera, tão jubilosos na renovada comemoração da vida. A terra exalava e o coração se comovia, mesmo o coração de um romano jovem, preocupado e um tanto desanimado.

Ele olhou para a ponte que levava à terra firme, a ponte arqueada da recordação, e pensou em Lívia. Pensou nela do modo como a conhecera, havia mais de dez anos, moça frágil e selvagem, de cabelos brilhantes, estranhos olhos azuis e seio virgem. Conforme Hélvia profetizara, para ele Lívia permaneceu para sempre jovem e casta, livre dos anos e do tempo, livre do sofrimento e da mudança. A leve brisa primaveril parecia sua canção, da qual ele se lembrava, extraterrena, pura e pensativa. Como as ninfas em muitos vasos gregos, ela era perseguida, mas nunca capturada. Era um sonho que não passava e não deixava sombras.

Pensando nisso, o antigo e atroz sofrimento dominou-o novamente, assim como os velhos anseios insatisfeitos. Ele sentiu que estava numa grande embarcação, descendo o rio inexoravelmente, enquanto Lívia permanecia na ilha, como donzela, os cabelos e o véu esvoaçando ao vento, a mão erguida em despedida. Ele correu com o tempo; ela permanecia como um tom puro, sempre aprisionado, mas brilhante, no vidro de Alexandria. Em volta dele havia atividade, mas onde estava Lívia as árvores não mudavam de cor, o céu não escurecia nem se inflamava ao nascer e pôr-do-sol, o sol não se arqueava de horizonte em horizonte. Era sempre primavera e ela era jovem para sempre e para sempre perdida. O rio o levou, mas Lívia cantava sua canção para o vento e a eternidade.

Ele aprendera a fechar severamente a tampa de sua mente sobre Lívia, assim como fechamos a tampa de uma caixa de pedrarias sobre um tesouro e depois nos esquecemos dele, por algum tempo. Mas havia alguma coisa na luz daquele dia, o sol poente, o aroma da terra, que mantinha a tampa aberta, contra suas mãos que a forçavam. Lívia era viva; não era um sonho. Não importava que em Roma ninguém pronunciasse o nome dela para ele, que ele não soubesse onde ela morava, ou mesmo se ela ainda vivia. Para ele Lívia era uma presença viva; ele ouvia sua voz, clara e um pouco zombeteira, como se lembrava. Ele sentia que, se virasse a cabeça depressa naquela luz da Úmbria, tornaria a ver Lívia, como uma dríade sob as árvores, veloz como um sopro, radiante como uma visão.

— Lívia — disse ele, em voz alta. Não virou a cabeça, mas tinha certeza de que alguma emanação dela estava junto dele, como o espírito querido de alguém que morreu e, no entanto, vive. A Lívia que ele conhecia e amava não era a esposa de Lúcio Sérgio Catilina, tendo uma existência sob um teto desconhecido, esquecida dele, ocupada com várias coisas e apreensões. Era Lívia, e não tinha outro nome. Estava ligada ao espírito dele como a vinha é ligada a uma árvore. A mãe dele insistia para que se casasse, pois Quinto estava no exército e podia ser morto. O nome dos Cíceros ainda vivia sem forma em suas entranhas.

Mas ele sabia que teria de se casar um dia, por causa dos filhos por nascer. Mas essa época não seria agora, enquanto Lívia continuasse a abraçá-lo nos sonhos e fantasias. Casar-se seria cometer adultério. Ele receava que o casamento lhe tirasse algo de inefável, algo de poético que parecia um chuveiro brilhante ainda na cidade mundana da realidade. A mulher qualquer em Roma, sim. Mas — ainda não! — uma esposa junto à lareira e um tear em sua casa. Lívia ainda ocupava todos os aposentos de seu coração.

O vento da primavera estava ficando mais fresco; ele o sentia mesmo através do manto de lã, nas dobras de sua longa túnica azul e nas rachas de seus sapatos de couro. A luz agora não era mais tão ardente; estava desaparecendo dos muros e dos telhados vermelhos de Arpino. O rio cantava; escurecia, tornando-se de um castanho forte. Ele ouvia o mugido do gado distante, voltando dos pastos. Eunice e Atos deviam estar dirigindo os cinco escravos que moravam com eles nas tarefas da noite. Ele tinha de se afastar dessa margem, essa floresta dourada e voltar à casa da fazenda para jantar. E então, calado e abandonado, ficaria no que antes era a biblioteca do pai, para ler antes de se recolher ao leito vazio.

No entanto, como se imposta sobre essa cena, essa ocasião, a ilha áurea permanecia, com sua encantadora dríade que nunca partia. Fora para tornar a conhecer aquela visão que ele voltara à ilha, passando por aldeias e cidades perigosas, naquela época muito perigosa, contra as súplicas da mãe e suas advertências. Mas ninguém perturbava Eunice e seu Atos trabalhador. Eles viviam em paz e era essa paz que ele buscara. Havia momentos em que ele a encontrava. Havia momentos em que ele se esquecia da guerra, dos tribunais, até mesmo dos pais e do irmão. Vivia no âmbar. Toda noite ele dizia, tenho de voltar; e cada manhã era uma réplica da que se passara antes. Não era apenas o amor por aquela ilha e sua tranqüilidade que o prendiam ali. Era um sonho e o sonho era só o que importava. Eurídice estava ali, nos campos de liliáceas, e ele hesitava em voltar a um mundo de barulhos, deveres e sofrimento, o som áspero do poder e as ardentes exigências dos homens. Ele tinha de voltar, como Orfeu, deixando Eurídice atrás para sempre. Mas não hoje! E certamente não amanhã.

A solidão, com formas diáfanas de prazer, para ele ainda era preferível à vida plangente. Ele não viera em vão. A ilha dos sonhos era mais real para ele, mais desejável, mais feliz do que tudo o que o mundo de Roma podia oferecer-lhe, mesmo que fosse poder e fortuna. Lá ele podia escrever os poemas e os delicados ensaios que lhe tinham proporcionado um editor em Roma. Por vezes, ele se perguntava se todos os homens guardavam dentro de si um sonho, até uma idade avançada, se todos tinham uma ilha secreta onde seus membros fossem livres e eles contemplassem outros sóis e olhassem para outras luas. Senão, então, certamente estariam mortos mesmo.

Ele não ouviu o deslizar furtivo de um barco grande perto dele. Não se assustou com os olhos ferozes que o fitavam. Estava ouvindo o coro dos cantos nas árvores; estava observando o vôo urgente dos pássaros no céu. Portanto, não ouviu passos abafados aproximando-se dele. A luz amarelada brilhava sobre as casas mais altas em Arpino e o ocidente era um lago de ouro em que flutuava uma névoa rosada.

Quando ele sentiu braços de ferro agarrando-o de repente, não pôde acreditar. Assim, a princípio, só lutou debilmente, numa indignação muda. Não estava assustado. Virou a cabeça e viu que estava cercado por quatro homens de capa, os capuzes caindo e escondendo tudo menos as bocas, que pareciam cruéis e triunfantes. Um dos homens bateu-lhe com força no rosto. Ele tentou recuar, mas estava preso. Outro falou, agressivo:

— Não, não deve haver marca alguma, sinal algum! Controlem-se.

Ele não reconheceu a voz. Por um momento pensou que aqueles homens fossem seus próprios escravos; havia boatos de que, em toda a Itália, os escravos se haviam revoltado contra seus senhores. Mas outro homem disse:

— Temos de fazer conforme foi ordenado. Sejamos rápidos, pois estou ouvindo o ladrar de um cão e talvez algum animal possa saltar sobre nós.

A voz não era vulgar, como a voz de um escravo. Tinha o sotaque culto de Roma. Ainda incrédulo, Marco olhou para baixo, para as mãos que o prendiam de modo tão seguro. Não eram as mãos de escravos, embora fossem fortes. Numa luz repentinamente mais clara, ele viu que em uma das mãos havia um anel, um anel bonito, bem-feito.

— O que é isso? — exclamou. — Quem são vocês? Soltem-me, animais! — Ele pensou em ladrões, vagabundos, criminosos de Arpino. Abriu a boca para gritar por socorro, mas imediatamente meteram-lhe um pano entre os dentes.

Foi então que, pela primeira vez, ele pensou: a morte.

Ele lutou com todas as forças, enterrando os pés na terra fresca e mole. Então maldisse sua atitude anterior, de superioridade para com as proezas físicas e a habilidade de derrubar utilizando a força do adversário contra ele. No entanto, um pavor repentino e terrível deu-lhe alguma força; num momento ele chegou a livrar-se de seus captores, mas logo o agarraram de novo, rindo-se alegres, entre os dentes. Ofegante, ele tentou distinguir os rostos na sombra dos capuzes, mas só pode ver as bocas violentas.

Começaram a despi-lo, com muito cuidado, segurando-o com força, apesar de ele se debater, como se não quisessem rasgar-lhe as roupas. Um deles tirou-lhe a capa, dobrando-a e colocando-a sobre a grama. Outro tirou-lhe a túnica comprida, com muita habilidade, e soltou o

UM PILAR DE FERRO

cinturão de couro com a bolsa e algumas moedas. Colocaram isso, arrumado, sobre a capa. Desataram-lhe os sapatos, pondo-os junto à pilha de roupas. Marco ficou tão fascinado com aquela arrumação meticulosa de seus pertences que permaneceu parado, observando, agarrado pelos braços que o prendiam. Um dos homens quis pegar o amuleto de ouro de Palas Atenéia, que Aurélia César lhe dera havia tanto tempo, mas outro disse:

— Não, ele não tiraria o amuleto para nadar. Seria sua proteção.

Então, Marco compreendeu que sofreria um "acidente", e isso explicava o fato de que não fora usada nenhuma faca ou punhal afiado para despachá-lo com segurança e de uma vez.

— Os pés dele não se podem sujar de terra nem se arranhar com pedras — disse um dos homens, aparentemente o chefe. Assim, Marco foi erguido por braços fortes e levado à margem do rio, que de repente pareceu arder ao sol poente. Ele foi posto quase com carinho no barco, os tornozelos e pés seguros por mãos duras. Então, dois dos homens remaram furtivamente até ao meio do rio, enquanto Marco olhava com desespero para o céu chamejante e rezava por socorro e pela vida. A morte, abstratamente, nunca lhe parecera horrível, pois ele podia filosofar com Sócrates que um homem bom nada tinha a temer, nesta vida nem na outra. Agora, em sua juventude, estava dominado pelo terror. Nada lhe importava, salvo o fato de precisar sobreviver. Sentiu o barco deslizando sobre as águas rápidas; a corrente ali era muito forte e seria difícil até para os nadadores mais exímios; e como o rio fora alimentado pelas fontes geladas das montanhas, o frio seria mortal e paralisante, até para quem tivesse grande força muscular. Nem mesmo Quinto, o grande nadador, se aventurava a entrar no rio antes de chegar o verão.

— A correnteza está tremenda — disse um dos remadores, num tom satisfeito. — Ele não vai durar muito.

O ar já estava frio sobre a pele nua de Marco, mas ele suava de medo e pavor, seguro ali no fundo do barco. Dois dos remadores examinavam atentamente a ilha, para se certificarem de que não haveria espectadores, ninguém para dar um alarme. As águas balançavam o barco, impacientemente, e as ondas batiam dos lados.

— Não seria melhor esperar o anoitecer? — perguntou um dos homens.

— Não, pois ao anoitecer sentiriam falta dele e haveria buscas, com cães — respondeu outro, impaciente. — Tem de ser feito depressa.

Os remadores tinham chegado ao meio do rio estreito. Viraram de costado para o rio, para conter o barco. Os quatro olharam para Marco sem animosidade; ele sentia a intensidade dos olhos escondidos. Sorriram para ele, quase com simpatia.

— O afogamento — disse um deles — não é uma morte desagradável. Há maneiras piores de se morrer. Dê graças por nós não o termos estripado, nem arrancado a carne de seus ossos.

Os olhos de Marco, fixos e de um azul variável, enquanto contemplavam o céu e seus captores, olhavam receosos para os homens. Eles o pegaram e, aos poucos, afundaram seu corpo na água, segurando-o por sob os braços. Depois, depressa, um deles puxou a mordaça da boca dele. Mas, antes que pudesse gritar, já tinham empurrado a cabeça dele para debaixo d'água. Um deles agarrou um punhado de seus cabelos castanhos e compridos. Instintivamente, ele fechara a boca no momento em que o rio a cobrira, prendendo a respiração.

Marco via seu corpo branco deslizando e dobrando-se na água, como o corpo de alguém que já tivesse morrido. Viu um cardume de peixes prateados, e corpos escamosos raspavam pelo seu, como num vôo de pássaros. O rio imediatamente entorpeceu sua carne com o frio, de modo que ele não sentia nada. Os pulmões começaram a sofrer uma pressão tal, que ele mal sentia a dor que atravessava por seu couro cabeludo. Então, ele veio a si, alucinado. De algum modo, tinha de livrar-se daquela mão que lhe agarrava os cabelos. Parecia extremamente necessário fazer isso, nem que fosse para evitar a ignomínia de ser afogado passivamente, embora ele certamente fosse se afogar no momento em que escapasse. Ele não era bom nadador, ainda que Quinto tivesse tentado ensinar-lhe, em vão, inclusive ficando ofendido diante da brincadeira de Marco, de que não havia nenhum Herói esperando para recebê-lo de braços abertos. Marco se amaldiçoou por sua estupidez no passado.

Os pulmões estavam inchados, protestando contra a respiração presa, e os ouvidos pareciam estar a ponto de arrebentar. O quê? Então ele ia morrer sem pelo menos lutar por sua vida? Ele flexionou os músculos, num espasmo de pânico terrível; fingiu amolecer o corpo, olhando com olhos semicerrados para os vultos distorcidos de seus assassinos através da água da superfície. Eles agora não falavam. Só estavam esperando que ele morresse.

Haviam-no considerado uma coisa flácida, desprezível, e isso mostrava que sabiam a respeito dele, nem que fosse por ouvir dizer. Ele fez com que o corpo ondulasse debilmente no rio, como se já estivesse morto. Fechou os olhos. Abriu a boca, mas fechou a laringe contra a água. O rio bateu contra sua língua e céu da boca. Como ele pedira em suas orações, a mão que lhe agarrava os cabelos afrouxou um pouco. Imediatamente, Marco puxou a cabeça para baixo e para a frente; uma dor lancinante lhe atravessou o crânio, quando parte de seus cabelos foram arrancados. Seu coração trovejava no peito. Ele desceu nas águas, parcialmente obscurecidas pela lama trazida dos morros. Depois a torrente o envolveu e ele foi levado embora.

Mas agora ele tinha de respirar para salvar a vida. Esticou as pernas, que estavam dominadas pela cãibra. Apesar disso, estava tão apavorado, que conseguiu subir à tona. Não conseguia pensar em nada, a não ser expelir o ar preso e inspirar o ar da vida. O céu acima dele era uma chama só e se refletia em seu rosto azulado. Ele respirou fundo, com um som de estrangulamento. Ouviu um berro abafado. Seus assassinos o haviam visto e ele virou a cabeça, enquanto, instintivamente, se mantinha flutuando no mesmo lugar. Os quatro homens tinham pegado os remos e avançavam no barco em sua direção. Marco os ouviu praguejando. Queria gritar, mas sabia que tinha de poupar o fôlego, além do que estava longe demais da margem para ser ouvido. A tortura de seus músculos em espasmos quase o matava. Só com o esforço mais sobre-humano é que ele conseguia mantê-los em ação. Rezou num frenesi, como nunca o fizera antes.

Esperou até que o barco estivesse quase sobre si, antes de se deixar afundar novamente debaixo dele. A correnteza o fazia girar, como um pássaro ferido gira ao cair por terra. Marco via a água turva, sentindo-a bater em sua carne gelada. Acima dele, via a sombra do barco que o procurava, como uma nuvem vingadora. Forçando-se, ele nadou no fundo para afastar-se. Seus braços e pernas gritavam como entidades separadas e ele estava novamente precisado de ar. Se eu viver, pensou ele vagamente, hei de tornar-me um verdadeiro Leandro!

A água estava tão lamacenta que ele não via mais o fundo do barco. Lutou para subir de novo à superfície. Para seu pavor, o ombro, ao emergir, bateu no lado do bote. Então sua cabeça saiu da água e ele respirou, gemendo.

Os homens, já furiosos com a fuga de Marco e só pensando na morte dele, levantaram os remos para esmagar-lhe o crânio. Marco viu as pás molhadas, parecendo sangrentas à luz do crepúsculo, erguidas sobre ele. Deixou-se afundar de novo. Seu coração batia, descompassado. Ele não poderia suportar aquilo por muito mais tempo. Pensamentos vagos passavam por sua mente, acalmando-o. Como seria fácil morrer, manter-se bem no fundo da água e dormir, para escapar àquele horror, vagar rio abaixo... e dormir, só e em paz. Por que ele havia de lutar? O que era a vida? Um sonho, uma fantasia dolorosa, uma ilusão, um cansaço. Ele deixou que o corpo vagasse com a correnteza mais apressada e vislumbres esgarçados de luz vermelha e dourada faiscavam por trás de suas pálpebras fechadas.

Então, a voz do avô, aquela voz silenciada havia anos, trovejou em seus ouvidos embotados: "Você morrerá assim, como um escravo? Não lutará pela vida, como romano e homem?"

Os pés dele sentiram o leito pedregoso do rio. A voz do avô estava em volta dele, imperiosa, cheia de desprezo. Mas estou cansado, meu corpo está entorpecido, morto e cheio de agonia, respondeu sua mente. "Levante-se!", exclamou o avô. Ele não podia desobedecer. Moveu os braços e as pernas débeis e subiu preguiçosamente à superfície. Seus olhos glaucos viram que o barco estava a alguma distância. Mas os homens tinham visto sua cabeça molhada, como a cabeça de uma foca. Eles viraram o bote e o perseguiram. Marco esperou até estarem quase sobre ele e, novamente, dobrou o corpo e deixou-se afundar.

Será que aquela brincadeira mortal continuaria até que ele morresse? A margem lhe parecia estar a léguas de distância. Ele tinha sido levado à deriva e agora nadava perto do contorno da ilha. Por um momento, vira as Campinas sossegadas, os topos das árvores distantes, vermelhos ao pôr-do-sol, a casa branca da fazenda, parecendo de brinquedo, os montes inflamados. Nunca lhe pareceram tão preciosos, mas nunca pareceram tanto uma miragem. Ele sentia-se um homem olhando para a terra amada pela última vez, antes de se retirar para as trevas da morte. Certamente, não poderia resistir à correnteza do rio. Mesmo que conseguisse viver ainda um pouco, seria arrastado para o rio principal, longe demais para alcançar qualquer margem.

Seus pulmões enfraquecidos exigiam ar. Mas ele ouvia o barco em cima, os remos batendo, embora não os pudesse ver.

Deus!, rezou sua mente debilitada. Ele tinha de voltar à superfície, mesmo correndo o perigo de uma morte mais rápida do que a por afogamento. A água parecia estar viva, como um arco-íris correndo e fundindo-se com outros, envolvendo-o, arrastando-o pesadamente para baixo. Mas ele moveu-se; subiu à superfície. Com surpresa e alívio, viu que estava a certa distância do barco. No entanto, os homens o haviam visto. Ele respirou fundo. A ilha era um navio dourado afastando-se dele. Novamente enchendo os pulmões de ar, Marco esperou até ver os remos levantados; depois, abaixou a cabeça e deixou-se afundar.

A correnteza, seguindo para o mar, era uma parede de força. Ele deixou-se levar por ela, sob o seu teto. Começou a sonhar, sonhos compridos e mudos. O corpo não o torturava mais; os pulmões não pareciam mais berrar

Um Pilar de Ferro 227

por ar. Era como um fiapo de nuvem, flutuando sem destino. Não tinha mais qualquer identidade.

Aí, ele sentiu um puxão brutal no pescoço, um rasgar de carne. Abriu a boca para gritar e a água entrou nela, sufocando-o, fazendo-o bater braços e pernas. Um segundo depois, o ar abençoado seguiu-se à água e ele estava sufocado e tossindo, mas incapaz de se mover. Alguma coisa o agarrara com brutalidade, levantando seus lábios horizontalmente acima d'água. Continuava puxando seu pescoço. A parte posterior de sua cabeça e as orelhas estavam sob a água. Só os olhos, lábios e nariz tinham aparecido acima d'água, de modo que ele não podia ser visto nas ondas.

Estava tão atordoado, tão exausto, tão entorpecido, que durante algum tempo não conseguiu fazer nada senão flutuar como um cadáver, sustentado por aquilo que forçava sua boca a ficar acima d'água. Ele não via nada; nuvens moviam-se diante de seus olhos. Ele se sentia desencarnado. O rio corria em volta dele, mas não podia levá-lo de novo. Marco esqueceu-se de seus assassinos; esqueceu-se do barco e até mesmo do motivo por que estava ali. Seu corpo descontraiu-se, consciente apenas de uma sensação de corte e aperto na base do crânio e de alguma coisa arranhando-lhe a carne como se estivesse sendo esfolado vivo.

Depois, ele lembrou-se. Virou a cabeça na água e viu o barco, agora diminuído e pequenino, a distância. Estava sendo levado para a ponte, uma ponte tão pequena que um homem podia segurá-la na mão. O céu estava escurecendo, de um vermelho forte e nublado. A ilha era um naviozinho com espuma na sua quilha. As águas tinham muitas vozes viris, indagando, batucando respostas, chorando, rindo. E Marco flutuava, indefeso, apoiado por algo que ele não sabia o que era.

Então, como se alguma coisa tivesse batido em sua mente como um punho impaciente, ele voltou à vida. Viu que uma grande árvore tinha flutuado rio abaixo, de algum lugar distante nos morros, e seu tronco estava encalhado nas pedras no fundo do rio. Não era visível da superfície. Mas os galhos mais altos tinham prendido o amuleto de Marco, quando ele flutuava, levantando-o de modo que seus lábios e olhos emergiram. Isso lhe salvara a vida; os assassinos, por fim, convenceram-se de que ele se afogara, pois sua cabeça não tornara a vir à tona. Deviam ter esperado durante algum tempo. Marco sentiu que se passaram muitos minutos enquanto ele mantinha-se seguro, como um pássaro morto, em cima da árvore emaranhada. Seus olhos cautelosos viram o bote aportar na margem de Arpino, embora agora tudo estivesse de um vermelho nublado e turvo. Viu os homens puxando o bote para a terra, figurinhas tão distantes que eram pouco mais que um de seus dedos. Então, eles se perderam na névoa cada vez mais cerrada, de terra e água, e Marco ficou somente com as mil vozes do rio em seus ouvidos.

O rio ali era um verde pesado, esfumaçado de névoa. O corpo de Marco começou a doer insuportavelmente. Os galhos secos e ramos do topo da árvore tinham rasgado sua pele e, sem dúvida, ele estava sangrando. Seus braços pareciam de ferro, de tão pesados, mas ele forçou-os, para conseguir atingir a abençoada árvore. Ele agarrou-a, aliviando a pressão do amuleto preso em sua nuca. Passou as pernas em volta de um galho. Esperou, descansando. A água não parecia mais tão fria depois que a circulação voltou ao corpo. Então, seu coração tremeu de novo.

Ele estava longe demais da ilha e a noite caía depressa. Apenas uma mancha de luz avermelhada iluminava o ocidente. As estrelas estavam começando a brilhar, bem como a beirada de uma lua arredondada. A água levantava-o e abaixava-o e a árvore balançava.

— Seja razoável — disse ele, alto, com uma voz fina. — Você não pode ficar aqui. Vai morrer de frio. Então, o que resta a fazer, se for um homem sensato? Nadar até a ilha. Impossível? Mas Deus o salvou, portanto não é impossível.

Noë ben Joel dissera que com Deus nada é impossível. Deus o conservara, portanto tinha de trabalhar com a mão de Deus, em gratidão. Não obstante, teve de apelar para toda a sua coragem, a fim de soltar a corrente do amuleto, presa nos galhos que o haviam salvo. Seus dedos pareciam ter três vezes o tamanho de dedos normais; tateavam grosseira e pesadamente. Por fim viu-se livre, mas tornou a abraçar o galho. Um peixe curioso cutucou seus dedos e mordiscou-os. A escuridão desceu sobre as águas como um manto. Tinha de ir agora, ou se perderia para sempre na noite.

Ele virou de lado e afastou-se da árvore em direção à ilha. Marco não era bom nadador e estava nadando contra a correnteza. Mas Quinto lhe ensinara a boiar; ele lembrava-se de ter resistido às lições com indulgências e pensou como fora estúpida a sua atitude. Tudo o que o homem visse, aprendesse e ouvisse era valioso, por mais que ele fizesse pouco daquilo e não lhe desse importância. Marco, quando ficou exausto, boiou e olhou para o brilho ardente das estrelas. Nunca se sentira tão junto de Deus. Não se sentia mais oculto, em sua insignificância, dos olhos do Eterno. Deus desejara que ele continuasse a existir; portanto, havia um motivo.

Nadou obstinadamente, na escuridão cada vez maior. Era apenas um homem sem importância. Mas tinha sido atacado por homens que o haviam considerado perigoso por algum motivo misterioso. Eles o teriam con-

UM PILAR DE FERRO

fundido com outro? Não. Um deles mencionara seu nome, zombando. Era um grande mistério.

Sentia-se incrivelmente cansado. A correnteza parecia uma parede sem fim, que ele tinha de escalar. O que Noë dissera sobre Deus, na carta? "Deus, o Pai." "Pai", rezou Marco, "ajuda-me, como me salvaste." Por um instante, ele lembrou-se de que nem mesmo os filhos dos deuses ousavam tratar os progenitores de "pai". Era blasfêmia. No entanto, Marco rezou: "Pai, sustenta-me com a Tua Mão. Carrega-me sobre ela."

As estrelas o ofuscavam; a lua o confundia. Tudo parecia girar. Uma luz prateada corria sobre o rio. Formas, criadas pela névoa, cavalgavam a água, a luz nas dobras de suas roupas, a luz em suas cabeças. Moviam-se sobre o rio, em missões místicas, inconscientes do homem esforçando-se debilmente. Havia uma velocidade em seus movimentos, como se levassem notícias portentosas e estivessem preparando um caminho.

Ele não podia acreditar, mas foi sustentado por algo mais do que a água. Uma pedra. Uma escuridão maior estendia-se diante dele. Não, ele não podia acreditar, mas tinha de aceitar aquilo. Estava perto da margem da ilha.

Lágrimas quentes e salgadas escorreram por seu rosto molhado. Ele caminhou pelas águas rasas e chegou à maravilhosa terra firme. Caiu ao chão, beijando a terra, esfregando as mãos estendidas no solo quente, cheirando a fragrância de grama e ervas amassadas. Certamente, ainda era cedo para o jasmim, mas ele teve a ilusão de o estar aspirando, doce, reconfortante e penetrante. A alegria o dominou, como uma onda se despedaçando. Não se fartava de abraçar a terra abençoada.

Capítulo XVIII

Ele devia ter dormido um pouco, em sua fadiga avassaladora, pois voltou a si com grande sobressalto. A lua pontuda estava mais alta, sobre sua cabeça. Ele contemplou-a um pouco, arrasado demais para poder mover-se; depois mexeu os braços, enrijeceu-os, levantou-se apoiado nas mãos e joelhos, sacudindo a cabeça como um cão ferido. O vento da noite fustigava sua pele nua sem piedade. Não obstante, ele começou a pensar.

Seus atacantes o tinham dado por morto. Haviam cuidado para dar à sua morte o aspecto de um acidente. Não tinham feito mal aos outros habitantes da ilha, Eunice e o marido, Atos, e o filho recém-nascido, nem aos escravos que trabalhavam nos campos. Não tinham ateado fogo à casa do sítio. O único objetivo fora a pessoa dele. Marco lembrou-se do anel magnífico no dedo de um dos encapuzados. Ele se lembraria daquilo para sempre, brilhando ao sol. Um dia havia de descobrir o homem pelo anel.

Alguém estaria vigiando a casa do sítio, para certificar-se se Marco, afinal, teria escapado da morte planejada para ele? Não; já se passara tempo demais; ele não aparecera; a noite o protegera. Então, de repente, ele ouviu alguém chamando, fracamente, e percebeu o brilho de uma lanterna ao longe. Eram as vozes de Atos e dos escravos, procurando por ele. Havia desespero e desesperança nos gritos fracos. Na certa, tinham descoberto suas roupas na margem do rio. Ele queria gritar em resposta, mas não o fez, prevendo a possibilidade muito remota de haver alguém vigiando. No entanto, os escravos deviam estar armados, ou pelos menos Atos devia ter um punhal. Devagar e fazendo o mínimo de barulho possível, Marco foi engatinhando, em meio aos arbustos florescentes e o capim alto, em direção à lanterna, os olhos fixos nela como se olhasse para um farol. As vozes se aproximaram; a lanterna piscava de um lado para outro.

Agora, estava muito perto, e ele a via passando do ombro ao quadril e à mão. Chamou, numa voz baixa:

— Atos. — Os homens pararam. Ele tornou a chamar: — Não falem alto, pelo amor dos deuses!

Eles murmuraram, contentes entre si, vendo que ele estava salvo. Mas seguiram cautelosamente, os instintos alertas, os olhos vigilantes, procurando-o. Marco agachou-se na grama, depois levantou a mão, e a luz da lanterna bateu sobre ela. Atos correu logo para ele, afastando-se dos outros.

— Largue a sua lanterna — disse Marco. Atos obedeceu imediatamente. Como um animal rastejando, ele chegou junto de Marco, caiu de joelhos e abraçou-o, dizendo, choroso:

— Senhor, senhor! Pensamos que tivesse morrido, que se tinha afogado!

— Psiu — fez Marco, levantando a cabeça para escutar. Atos também escutou. O luar fraco brilhou sobre seu rosto melancólico de bárbaro.

Marco estava com dificuldade para falar, devido à exaustão.

— Fui atacado por gente que me queria matar, como se fosse um acidente e eu tivesse morrido no rio — disse ele. — Não me pergunte mais nada. Quanto menos você souber, mais seguro estará. Tenho de regressar imediatamente a Roma. Minha presença é um perigo mortal para vocês todos. Se soubessem que sobrevivi e voltei para casa, eles trancariam a porta e atteariam fogo à casa e todos morreriam. Portanto, tenho de ir. — Ele parou, ofegante.

— Senhor! Nós os encontraremos e os mataremos! — exclamou Atos.

UM PILAR DE FERRO

— Não os encontrarão. Planejaram isso muito bem. Vocês não podem saber de nada. Está armado? Excelente. Fique comigo e chame um escravo, para que sejamos três em vez de dois. Mande outro escravo ir até a casa para me trazer roupas, sapatos, uma capa e minha espada; e o melhor cavalo e uma bolsa cheia, que encontrarão na arca do meu cubículo. Mande também outro escravo preparar provisões...

Ele não conseguiu dizer mais nada. Ficou descansando nos braços de Atos, fechando os olhos e procurando recuperar as forças. No meio de uma penumbra ondulante, ele ouviu Atos chamar os escravos e dar as ordens. O escravo que ficara colocou o seu manto de lã grosseira sobre o corpo trêmulo e despido de Marco. Atos esfregou as mãos dele e depois levantou as suas, apavorado.

— Senhor, está sangrando!

— Não faz mal — disse Marco, numa voz fraca. — É só um arranhão. Atos, se amanhã aparecer alguém perguntando por mim, diga que não voltei de meus passeios e que você receia que eu esteja perdido. Portanto, deixe passar vários dias antes de contar o caso a Eunice, pois ela é mulher e pode falar inadvertidamente. Deixe que ela pense que estou morto, por certo tempo, para que o pesar dela seja convincente. Você tem de pensar em seu filho e nas vidas de todos vocês.

— Senhor, não pode passar a noite montado no cavalo, nesse estado — disse Atos, com solicitude, enxugando o corpo ensangüentado de Marco com a túnica.

— Posso. É preciso. Não posso fazer outra coisa. — Marco tornou a fechar os olhos e descansou. O coração lhe batia pesadamente no peito. Ele falou: — Você tem de mandar que os escravos se calem, que finjam que estou morto. Eles são de confiança.

— Se um deles falar, eu o matarei com minhas mãos — disse Atos, enxugando as lágrimas. — Ah, senhor, como foi terrível encontrar suas roupas e pensar que tinha morrido! Vou acender uma vela votiva a Netuno todas as noites, por tê-lo salvo de suas próprias águas.

— Agradeça a Ceres, pois uma de suas árvores me agarrou, e agradeça a Minerva, já que foi seu amuleto que me levantou do rio — disse Marco. — Bom. Se alguém vir a luz votiva, acreditará que foi acesa por minha memória e minha alma.

— Deixe que eu vá com o senhor, protegendo-o noite e dia, até Roma.

Marco pensou e depois sacudiu a cabeça.

— Sua ausência aqui poderia ser notada. Para ficar ao menos um pouco seguro, tenho de ir sozinho. Depois que estiver em Roma, não deixarei de andar guardado. Pode ter certeza disso! Além disso, tenho amigos influentes na cidade.

— Mas o país está em tumulto, senhor, e é perigoso.

— Já estava quando vim para cá. Não é mais perigoso agora.

Ele tornou a se assombrar por ter sido atacado. Quem haveria de desejar a sua morte? E, se a desejassem, por que tinham concebido um plano tão complicado? Essas tramas só eram concebidas contra os poderosos e influentes, para evitar a evidência de um assassinato declarado e, conseqüentemente, a vingança. Ele, Marco Túlio Cícero, não era importante para ninguém, a não ser para sua família.

Roma confiscara todos os melhores cavalos para a guerra. Portanto, o animal que lhe seria levado não teria grande fibra, nem seria muito novo. Isso não era uma idéia agradável para um fugitivo. Atos exprimiu esse pensamento e Marco concordou. O melhor cavalo de que dispunham chegou, conduzido por um escravo, enquanto outro trazia roupas quentes, alimentos, uma espada e a bolsa de Marco.

Atos ajudou-o a levantar-se. Só então Marco se deu conta de como estava incrivelmente fraco. Seu coração fraquejou e ele cambaleou nos braços do liberto.

— Não pode ir, senhor! Aconteça o que acontecer, deve voltar para casa e descansar um dia e uma noite.

Marco sacudiu a cabeça, relutante.

— Não. Suas vidas não estariam a salvo. Tenho de ir já. Não me impeça, Atos.

O liberto e o escravo o vestiram. Todo o seu corpo tremia, de exaustão. Os ossos pareciam sacudir, dentro de sua carne; sua pele estava dolorida e ferida. A túnica de lã e o manto escuro e pesado com seu capuz não conseguiam esquentá-lo. Os pés estavam inchados, de tanto permanecerem dentro d'água, e ele lutou para calçar os sapatos altos de couro. Atos colocou em Marco o pesado cinturão de prata que Noë lhe dera e prendeu ali a espada, que ele raramente usava, acrescentando o punhal de Alexandria, presente de Quinto em seu aniversário, havia tanto tempo, antes dos ritos da idade adulta. A bolsa também estava presa ao cinturão. Marco olhou para o cavalo, criatura mansa, de muitos anos, como que para tranqüilizá-lo. O animal resfolegou uma vez e encostou o focinho na mão dele. O saco de provisões foi levantado e preso à sela.

Foi preciso um grande esforço, mesmo com o auxílio de Atos, para conseguir montar e enfiar os pés nos estribos. Ele pegou as rédeas. A lua estava muito mais brilhante, embora fosse apenas um quarto crescente, e havia mais brilho de estrelas. O pior é que a única saída da ilha era pela ponte. Ele inclinou-se da sela para apertar o ombro de Atos.

— Venha comigo até eu atravessar a ponte. Posso precisar de seus punhais.

Atos foi caminhando de um lado e o escravo do outro, enquanto o cavalo avançava, nervoso. Era velho, estava cansado dos campos e tinha sido despertado cedo demais. Os homens não falavam, enquanto se dirigiam para a ponte. Prendiam a respiração e ficavam olhando de um lado para outro, os punhais preparados. Marco mantinha a mão na espada desembainhada.

Ele só ouvia o som dos cascos do cavalo, o farfalhar do capim e das árvores e o murmúrio do rio. Ninguém falava. Chegaram à ponte e o cavalo provocou um pequeno trovão sobre ela. Atos e o escravo aproximaram-se mais do cavalo e do cavaleiro. Mas ninguém se aproximou deles. Arpino, adormecida, estava às escuras e apenas o luar fraco banhava os seus telhados. O rio escuro corria num prateado interrompido. E, então, os três homens atravessaram a ponte, e a estrada para Roma estendeu-se à frente deles, livre e desimpedida.

— Vai pela estrada, senhor, ou se afastará dela? — perguntou Atos, com certa ansiedade. — Os inimigos devem estar viajando por ela e podem ouvi-lo aproximando-se.

— Não tenho escolha. Preciso seguir pela estrada, do contrário me perderei. Se meus inimigos desconhecidos estiverem nela, devem ter cavalos melhores e estar bem distanciados. Duvido que se revelassem em Arpino, como estranhos, despertando suspeitas.

Marco pensou na longa viagem. Ele chegara ali naquele mesmo pobre cavalo e levara dois dias e uma longa noite. Não ousara parar numa hospedaria, pois o país ainda estava no caos e em toda parte havia homens armados e bandidos, aproveitando-se de todo cavaleiro que viajasse sozinho. Os únicos que ousavam viajar à vontade eram os legionários e eles andavam sempre em companhia, de armadura e espadas desembainhadas. Com a exceção de idiotas como eu, pensou Marco. De noite, ele dormira embrulhado na capa, longe da estrada, o cavalo preso perto dele, a espada na mão. E, como naquela noite, levava suas provisões. Encontrara alguns viajantes esparsos como ele, que o tinham olhado com hostilidade. Ele retribuíra, pois todos os estranhos eram suspeitos. Até mesmo os mensageiros viajavam acompanhados. Ele escapara de qualquer assalto porque estava vestido pobremente, o cavalo não era notável, sua bolsa estava escondida e ele não parara em lugar algum. Tinha esperanças de poder escapar com facili-

234   *Taylor Caldwell*

dade de novo. Em muitos sentidos, era mais seguro viajar de noite, pois os assaltantes pensavam que só os soldados estariam viajando.

Ele debruçou-se da sela para abraçar Atos, muito assustado, e beijar a face dele. Atos apertou-lhe a mão.

— Senhor, tenho medo — disse ele.

— E eu também — disse Marco. — Reze por mim. Agora tenho de ir. Volte e não fale nada.

Ele pegou as rédeas, lembrando-se com tristeza de que também era mau cavaleiro e sempre ficava esfolado ao contato com o couro. Era excelente ser um homem de letras. Mas naqueles tempos um homem que tivesse coxas e nádegas resistentes e costas fortes era ainda mais excelente.

— Não embainhe a sua espada, senhor — disse Atos, agarrando-se à sela.

— Nem por um instante — prometeu Marco. Ele ainda estava tremendo, mas seu coração parecia mais firme. Então ele ergueu a mão, esporeou o cavalo com jeito e saiu pela estrada brilhante que levava a Roma, o cavalo fazendo ressoar a paisagem noturna. Marco não olhou para trás, para os seus fiéis servidores. Seus cabelos ainda estavam molhados, sob o capuz, e se grudavam à face. Ele procurou não se lembrar de como era comprido o caminho para a poderosa cidade em suas sete colinas e como a jornada era perigosa.

Ele não encontrou ninguém, indo ou vindo, e começou a respirar mais tranqüilo. Não atormentou o velho cavalo. De vez em quando falava com ele com bondade, encorajando-o.

— Pelo menos — disse ele — você dormiu um pouco. Também jantou. Isso porque você é mais sábio do que eu.

Ele só parou quando o cavalo estava ofegante e todo suado, na hora mais escura, perto do amanhecer. Desmontou, levou o cavalo até o rio que corria perto da estrada e deixou que a pobre criatura bebesse o que quisesse. Então, um cansaço total dominou-o também. Tinha de descansar, se não quisesse cair da sela num estupor. Levou o cavalo para o outro lado da estrada, para um bosque, onde as rãs coaxavam, chamando Pã. Quando teve certeza de estar escondido, embrulhou-se em sua capa e deitou-se, de espada na mão. Adormeceu instantaneamente.

Acordou com o sol alto. A floresta estava mais densa do que os bosques da ilha, apesar de ele estar viajando para o norte. Marco viu em torno de si um verdor precioso e marcantes sombras douradas, que escapavam das árvores. O cavalo também tinha dormido e agora pastava no capim verde. Virou-se com olhos brandos para Marco e resfolegou com simpatia. Marco coçou suas picadas de mosquitos, bocejou e esfregou a cabeça dolorida. Desamarrou seu saco de provisões, comeu um pouco de pão com queijo e carne fria e bebeu um pouco de vinho tinto. Em poucos minuto estava novamente a caminho, não muito depressa, na esperança de ser confundido com um campônio vulgar caso passasse por algum viajante desconfiado. Mas seguiu várias horas sem encontrar ninguém.

O sol estava forte, apesar de ainda ser primavera. Marco desmontou uma vez para refrescar-se com um punhado de tâmaras esquecidas numa palmeira e banhar o rosto no rio. O cavalo também comeu e bebeu.

— Você é um verdadeiro romano — disse Marco ao animal. — Vive da terra, mas eu sou refinado demais para fazer isso, apesar de ter nascido no campo. — O cavalo respondeu com um leve relinchar e balançou a cabeça, como se compreendesse. — Ainda assim, caro amigo — disse Marco —, sou-lhe suficientemente grato a ponto de parar para lhe comprar um pouco de aveia, mesmo que seja perigoso.

Ele tornou a montar e seguiu pela estrada deserta, os cascos do cavalo batendo nas pedras.

— Ah, mas você é valente — disse Marco. — Eu lhe dou minha palavra de honra que nunca mais há de trabalhar e pastará em campinas verdejantes o resto da vida.

Ele, então, procurou em torno por alguma casa de fazenda isolada, onde pudesse comprar aveia para o cavalo e talvez refazer suas provisões, pois o animal estava meio manco e não podia mais viajar depressa. O campo estava verde, dourado e silencioso. À direita, havia campos cultivados, mas nenhuma casa. À esquerda, o rio corria depressa. Por fim, desapareceu, quando a estrada tomou um rumo mais firme para o norte, para Roma.

Marco cochilava na sela, de vez em quando acordando abruptamente. Seu corpo latejava; as coxas e os tornozelos já estavam bem esfolados. Não pensara em pedir ungüento para aliviá-los e os escravos tinham-lhe arrumado as coisas depressa demais; era muita coisa para lembrar. Além disso, não eram gente decadente da cidade, como ele. Podiam passar dias viajando sem sentir nada. O cavalo e o cavaleiro passaram entre olivais, prateados e nodosos à forte luz da primavera, e fragrantes laranjais e campinas cheias de ovelhas e cabras. Mas não havia nenhuma casa.

Então, ele ouviu um trovejar de cavalos atrás de si. Fez parar a montaria e começou a tremer de medo. Conduziu o cavalo para fora da estrada, para um bosquete de árvores, e pôs a mão no focinho do animal, para ele ficar quieto. Mas ouviu também, quando os cavaleiros se aproximaram, o rumor de uma carruagem e vozes fortes de homens. Espreitou pelo meio das árvores e viu um destacamento de legionários passar majestosamente por ele, os estandartes esvoaçando, os rostos erguidos. Eles cercavam uma carruagem com uma ornamentação respeitável, conduzida por um soldado; no interior, estava um centurião de capa, o capacete reluzindo bravamente.

Esquecendo-se de que seu cavalo era velho e estava manco, Marco esporeou-o para a estrada de novo e ergueu a voz num grito. Gritou várias vezes, até que um dos cavalarianos afinal o ouviu e virou a cabeça. Evidentemente, o soldado falou aos companheiros, pois todos diminuíram o passo e as cabeças se viraram, para ver Marco aproximando-se com galhardia. A carruagem parou e o centurião, um homem barbudo como um bárbaro, olhou de cara fechada para o cavaleiro que se aproximava.

— Ave! — exclamou Marco, com gratidão, levantando a mão direita, em uma continência militar rígida.

— Ave — disse o centurião, sem grande entusiasmo. Ele franziu ainda mais a testa.

— Marco Túlio Cícero, advogado de Roma, dos Cíceros e Hélvios — disse Marco, sorrindo de prazer.

— Ah — disse o centurião, olhando para a túnica e manto humildes do outro. Seus olhos castanhos se apertaram ao ver a espada desembainhada. Estava desconfiado. Os soldados nem se moveram, os rostos duros, olhando para a frente, como se Marco nem existisse. — Por que nos fez parar? — perguntou o centurião.

— Para garantir uma viagem segura para Roma — disse Marco, feliz demais para se intimidar com os modos do velho soldado. Nunca ficara tão feliz ao ver as bandeiras de sua cidade e a fisionomia de seus severos conterrâneos. — E aveia para o meu cavalo — acrescentou.

— Só temos provisões para nós — disse o centurião, que, evidentemente, considerou Marco um pobre coitado. Olhou para o cavalo, com expressão séria. — Esse não é um bom animal, Cícero. Não acompanharia o nosso passo. Você disse que é advogado? Por que está viajando sozinho nesses tempos perigosos?

— Uma pergunta sensata, mas devo confessar que, infelizmente, não sou um homem sensato — disse Marco. O centurião não sorriu. Os muitos cavalos resfolegaram, impacientes. Marco percebeu a antipatia que o cercava. Disse, apressado: — Meu irmão é Quinto Túlio Cícero, centurião também, e atualmente na Gália.

— Ah — disse o centurião novamente, como se achasse aquilo uma bela história.

UM PILAR DE FERRO 237

Marco ficou um pouco desanimado. Olhou para o centurião, que lhe pareceu ser um homem de seus 50 anos ou mais. Disse:

— Meu avô também se chamava Marco Túlio Cícero, era soldado e romano, veterano de muitas guerras.

— Marco Túlio Cícero — repetiu o centurião, pronunciando com cuidado as palavras. Depois, seu rosto bronzeado e fechado descontraiu-se um pouco. — Ele, o seu avô, era de Arpino?

— Era.

— Lembro-me bem dele — disse o centurião e começou a sorrir. — Eu era apenas subalterno, mas ele era meu capitão. Um nobre soldado.

Os soldados começaram a notar a existência de Marco, mas seus olhos estavam assombrados com o aspecto dele e o estado de seu velho cavalo.

— Por que você também não é soldado? — perguntou o centurião.

— Sou advogado — repetiu Marco. Depois disse: — Pretendo passar um período como voluntário nas legiões. — Isso era mentira, mas serviu para fazer o centurião sorrir de novo.

— Com seu irmão Quinto — disse ele.

Marco disse, sério:

— Com meu irmão Quinto.

— Na Gália.

— Na Gália — repetiu Marco, tremendo por dentro.

O capitão sorriu e, de repente, seu rosto tornou-se paternal.

— Você é um mentiroso, Cícero — disse ele. — As suas nádegas, com certeza, já estão em carne viva. Você não é cavaleiro. Nota-se isso, pela sua posição. Mas não duvido que seja advogado, apesar de seu aspecto de camponês. Quem é seu mentor em Roma?

— O grande *Pontifex Maximus*, Cévola — disse Marco.

— Cévola! — exclamou o centurião. — Meu caro amigo! Que bandido ele é, que Marte o proteja! Ainda vive? Há muito tempo que estou afastado de Roma.

— Está vivo e lhe agradecerá por me proteger — disse Marco.

O centurião ficou sério e grunhiu, aborrecido consigo mesmo por ter demonstrado um prazer momentâneo. Suspirou e remexeu-se no assento.

— Mais vale você vir comigo. Puxaremos seu cavalo, que estaria melhor no mercado, como carne. Ainda não entendi como um advogado, subordinado de Cévola, filho de uma grande família e neto de meu capitão, pode estar viajando nessas circunstâncias e ter uma cara tão suja e abatida. Não compreendo.

— Nem eu — disse Marco, desmontando feliz e capengando até a viatura. — É uma história longa e triste. — Ele entrou na carruagem.

— Sem dúvida — disse o centurião. — É possível que você esteja mentindo de novo. Mas é mais provável que você seja um tolo.

— Concordo plenamente — disse Marco, sentando-se com uma careta no largo assento de couro. — Sou um imbecil completo. Devia ser preso, para a minha própria segurança.

— E eu concordo com você mais plenamente ainda — disse o centurião. — Vamos embora. Já me atrasou bastante.

E assim Marco, a despeito de seus temores anteriores, entrou em Roma majestosamente, no dia seguinte. E, pela primeira vez na vida, abençoou os militares. Tornaria a abençoá-los muitas vezes, mas não com o mesmo ardor.

Capítulo XIX

Hélvia ficou espantada ao ver o filho, pois só o esperava dali a alguns dias. Marco, para não alarmá-la — pois o pai estava novamente com uma crise de malária e a mãe parecia cansada, apesar de toda a sua energia —, não lhe contou sobre seu encontro com os inimigos desconhecidos e misteriosos. Disse apenas que estava ansioso por tornar a vê-la e com saudades da família. Hélvia, cética, olhou bem para o filho.

— É compreensível que você nos ame — disse ela, com sagacidade. — Mas também compreendemos que você ama a ilha. Além disso você parece exausto e sério demais. Mas imagino que eu não possa esperar confidências. — Havia bem mais fios grisalhos em seus cabelos abundantes e rugas em seu rosto corado. E tudo isso acontecera no último ano.

De repente, ela mostrou-se aflita:

— Não houve nenhuma desgraça na ilha?

— Não, está tudo bem. — Ele tornou a abraçá-la. Hélvia aceitou o abraço dele e sorriu, com um expressão marota.

— Quanto menos a mulher souber a respeito das travessuras de seus homens, mais serena poderá ser — disse ela.

Cévola ficou tão espantado quanto Hélvia, quando Marco entrou em sua casa, no dia seguinte.

— Seu bandido! — exclamou ele. — O que foi isso que me contou o meu velho amigo, centurião Márcio Basilo, que o encontrou na estrada para Roma, vestido como um vagabundo, com um cavalo manco e parecendo

UM PILAR DE FERRO

um criminoso foragido? Isso é coisa que se faça, um de meus advogados parecer fugitivo, clandestino, sujo?

— Deixe que lhe conte — disse Marco, sentando-se. Seu ar era tão sério e grave que Cévola esqueceu-se tanto de seu ressentimento quanto do prazer secreto por rever seu discípulo favorito.

Escutou, a princípio com incredulidade, os olhos fixos, sem acreditar no rosto de Marco, depois com um aturdimento total, a seguir com raiva e depois novamente com espanto. Quando Marco acabou, ele ficou sentado ali, esparramado na cadeira, coçando a verruga no rosto, puxando o pesado lábio inferior, piscando, resmungando. Pensou em toda aquela história, calado.

Por fim, disse:

— Se qualquer pessoa que não você, seu imbecil, me tivesse contado isso, eu não teria acreditado! Eu não disse sempre que você era brando como leite e inofensivo como uma gota de orvalho?

Marco não achava mais que isso fosse um elogio, tendo em vista a falta de habilidades atléticas que quase tinha resultado em sua morte. Antes, ele ficava satisfeito ao ouvir aquilo, pois acreditava que os homens, para serem civilizados, não deviam ser perigosos; deviam ser conciliadores, interessados na paz e na justiça, bondosos para com todos os homens, tolerantes e educados. Esses homens, estava quase convencido agora, incitavam ao assalto e ao assassinato.

Cévola tentou esconder a sua preocupação por meio de uma risada.

— Você não andou seduzindo a mulher de um senador ou outro homem importante?

— Claro que não — disse Marco. — Minhas damas são de aluguel.

Cévola piscou o olho.

— Quais não são, especialmente as mulheres desses senadores? Que inimigos você tem? A quem você ofendeu?

— Nenhum deles se enfureceria a tal ponto que planejasse minha morte com tanto cuidado, para que parecesse acidente. Nenhum dos clientes que o senhor me mandou é rico ou importante e eu, em geral, tenho ganhado as causas. Tampouco me interesso pela política, nem sou ambicioso, como o nosso Júlio César, nem rico, para ter herdeiros gananciosos pela minha fortuna. Não entrei em nenhuma trama a favor nem contra Cina; sou por demais ocupado. Não ofendi nenhum marido, não traí mulher alguma. Não sou um soldado poderoso.

Cévola ergueu a mão.

— Em resumo – disse ele, com impaciência —, você é uma xícara de cerâmica cheia de água pura. Compreendo. Não obstante, alguém desejou a sua morte. Os seus pretensos assassinos, pelo que você contou, pareciam ser homens cultos e finos, e um deles tinha um anel maravilhoso. Repita para mim a descrição desse enfeite.

Marco disse:

— Era de ouro amarelo pesado, em forma de duas serpentes escamadas, cujas bocas eram unidas por uma grande esmeralda, que brilhava como fogo verde ao sol. A pedra em si era gravada com uma figura de Diana, segurando uma lua em quarto crescente na mão erguida.

— Eu lhe ensinei bem a ser observador — disse Cévola. Ele tornou a refletir em silêncio. — Não estou reconhecendo esse anel; nunca o vi, pessoalmente. No entanto, era tão precioso para o seu dono, que ele o usou mesmo quando o atacou. Não queria separar-se dele. Portanto, é devoto de Diana, a noturna. Hum... Não é asiático; é romano. Você não viu mais detalhes dos rostos, só as bocas? Deveria ter reconhecido algum deles?

— Não. Ouvi as vozes, mas nenhuma era conhecida.

— E eles não queriam realizar um assassinato simples, que poderia ser investigado por mim, e sim um acidente simulado, ocasionado por você mesmo, devido a um mergulho insensato no rio. Seria possível que fosse algum inimigo meu?

Marco pensou naquilo, com dúvidas. Depois, sacudiu a cabeça.

— Eles pretendiam matar-me, de modo que falaram abertamente. Não mencionaram seu nome, nem o nome de qualquer outra pessoa. Mas escarneceram de mim com o meu próprio nome. Só eu era o objeto de suas atenções.

— Incrível! — murmurou Cévola. Depois bateu no joelho e riu obscenamente. — Já sei! É essa poesia infernal, que publicou! Enraiveceu um verdadeiro devoto das artes!

Marco não achou graça alguma. Franziu a testa e disse com dureza:

— Pensei no senador Cúrio, a quem ofendi tão gravemente há quase um ano.

— Tolice! — disse Cévola. — Cúrio é um patife, mas também é um patrício. Não ordena o assassinato de camundongos, como você. Além disso, ele sabe que sou seu mentor, seu protetor. Um advogado pobre e insignificante seria considerado por ele, se por acaso pensasse em você, como a gente considera um mosquito.

A vaidade natural de Marco ofendeu-se. Disse:

— Meu amigo, Noë ben Joel, escreve-me que é imprudente atrair a atenção do governo, ou fazer-se notar por ele.

Ele ficou esperando a explosão de riso de Cévola e sua exclamação: "E como foi que você atraiu uma atenção tão maligna?" Mas, para sua surpresa, o sorriso de Cévola desapareceu e seus olhinhos brilhantes se fixaram atentamente sobre ele, numa reflexão profunda. Por fim, ele disse, como que para si:

— Em breve saberão, se é que ainda não sabem, que você escapou, que está vivo. Portanto, o perigo que corre ainda é extremo.

— Mas por quê? — exclamou Marco. — O que foi que eu fiz?

Cévola virou-se para a mesa e começou a pegar livros, rolos de pergaminho e papiros e fingiu estar estudando-os, esquecendo-se completamente dele. Marco esperou. Cévola arrotou, esfregou as orelhas, puxou os lábios e coçou as axilas, o corpo grande e esquisito ondulando sob a túnica curta e deplorável que ele insistia em usar. Depois, o velho fingiu ter um sobressalto, tomando outra vez conhecimento de Marco.

— O quê! Ainda está aqui? Tem um cliente à sua espera.

Quando Marco, perplexo, ia se levantando, Cévola mandou que se sentasse.

— Ainda não acabei com você. Quantos escravos há em sua casa de Roma?

— Só quatro e todos eles são velhos, membros de nossa família, há muito tempo a nosso serviço. Meu testamento os liberta com uma renda... se algum dia eu tiver uma.

— Você não tem nenhum escravo jovem, hábil com o punhal e a espada, ou com mãos aptas a estrangular?

— Não. Nem mesmo em Arpino. Somos pessoas rurais, pacatas e inofensivas.

— É evidente, meu caro idiota, que alguém não o considera nada inofensivo! Considera-o potencialmente muito perigoso. A quem, potencialmente, você ameaça, agora ou no futuro?

— A ninguém — disse Marco, prontamente.

Cévola assumiu uma expressão de incredulidade e vergonha.

— Você é tão inocente. Potencialmente, você é extremamente perigoso para alguém, que o quer ver morto. É alguém poderoso. Você não irritou o jovem Júlio, não é?

Marco sorriu.

— Não. Somos amicíssimos.

— Não o menospreze. Ainda há pouco ele deu uma demonstração pública de sua epilepsia. Falou de modo misterioso de uma estranha visão, para quem quisesse ouvir, mas não quis descrever a visão. Ele agora anda por aí com um ar muito distraído.

— Ele sempre foi um ator — disse Marco.

— Não há ninguém tão perigoso quanto um ator que não trabalha abertamente como ator. Os tiranos mais brilhantes e malignos foram saltimbancos bem-dotados. Estou irritado. Há alguém que deseja sua morte, por um acidente, aparentemente. Portanto, suspeita-se que você tenha amigos poderosos, que não podem ficar ofendidos nem procurar vingar-se. Que amigos poderosos você tem? A situação tem de ser consertada. Você precisa ter muitos amigos poderosos. Darei um jantar para você. Tenho um cozinheiro excelente, um sírio, que faz coisas notáveis com folhas de parreira. Recheia-as com uma mistura exótica que faz o paladar delirar de prazer. Não é um cozinheiro romano. Portanto, a minha mesa é sempre homenageada por homens importantes.

"Você está sob a minha proteção. Vou convencer outros a protegeremno. Enquanto isso, você precisa de um guarda. — Cévola elevou a voz, num berro, e logo apareceu um jovem escravo, um núbio negro como a noite, alto, forte e armado. Cévola apontou para Marco. — Sírio — disse ele — eis o seu novo amo. Não se afaste dele nem por um minuto, seja onde for. Durma à porta do cubículo dele. Tenha o seu punhal pronto a qualquer momento.

Marco olhou para Sírio, desanimado, calculando a quantidade de comida que ele haveria de consumir e o estado da despensa da casa nas Carinas. Sírio lhe fez uma mesura respeitosa, pegou a bainha da sua túnica e beijou-a, em sinal da mais total obediência.

— Como poderei alimentá-lo? — perguntou Marco, com franqueza.

— Sírio é um patife e um jogador. Em breve ele fará com que todos os escravos das Carinas, e os amos também, apostem com ele nas corridas e nos jogos. Ele prospera inevitavelmente. Como romano, vive da terra disponível. Obrigue-o a partilhar seus ganhos ilícitos com você; verá que passará a ter alguns luxos.

Cévola fez um gesto para Marco, como se estivesse zangado.

— Por que você devora tanto do meu tempo? Vão os dois para o escritório, juntos. Sírio ficará postado ao seu lado e isso será muito imponente. Há um cliente à espera, um caso insignificante de divórcio. De hoje em diante, para combinar com o seu novo *status*, meu caro Marco, eu lhe mandarei casos mais complexos, embora isso me custe um bom dinheiro.

Pela primeira vez, Marco ficou nervoso. Pensara estar seguro em Roma. Mas Cévola não concordava. O assassino oculto se tornaria mais audacioso.

Marco estava grato pela presença de Sírio, de quem sempre gostara e que já lhe era dedicado. Mas como explicar sua aquisição a Hélvia? Infelizmente, seria preciso esclarecê-la.

A tentativa de assassinato permaneceu um mistério. E Marco olhava sempre para as mãos dos homens, procurando um anel de serpentes.

Era de novo o verão e a guerra civil continuava, esporadicamente, em toda a Itália. Mas os romanos já conviviam com a guerra havia muito e aceitavam as restrições e inconveniências de sua vida como coisa natural, resmungões e fatalistas. O fatalismo não fazia parte da natureza romana, que era pragmática, materialista, expediente e otimista. Marco sentia, alarmado, que a natureza de seus conterrâneos já começara a deteriorar-se, pois agora, aparentemente, adotara uma filosofia oriental; e ele se lembrava de que muitos sábios se haviam preocupado com isso, no passado recente.

Quanto a ele, continuava seguindo sua carreira, obstinadamente. Cada vez mais magistrados passaram a conhecer sua voz forte e melíflua, seu ar de integridade e autoridade, seus modos que indicavam que ele acreditava sinceramente na inocência dos clientes.

Um dia Cévola levou-lhe um cliente novo. O velho advogado lhe disse, com um ar de desprezo:

— Cá está um caso estranho para você. Não consigo convencer-me a defendê-lo, mas a sua mente tortuosa talvez encontre algum motivo para a sua defesa.

O homem se chamava Casino. Era de meia-idade e de aspecto forte e obstinado, e suas roupas, embora de boa qualidade, levando-se em conta o estado de coisas naqueles dias, não eram elegantes. Ele sentou-se diante de Marco e examinou-o, com um ar de revolta e desafio desconfiado. Era evidente que não o achava muito importante, pois Marco era magro e esguio e tinha uma expressão branda, nada beligerante.

— Duvido que me possa ajudar — disse o homem.

— Conte o caso, Casino — pediu Marco, dando toda a sua atenção ao outro.

O homem resmungou, irrequieto, mexendo-se na cadeira e fechando a cara. Depois explodiu:

— Detesto essa guerra! Perdi um filho e dois irmãos numa luta fratricida. Enquanto brigamos entre nós e esgotamos o nosso sangue e dizimamos as fileiras romanas, nossos inimigos no estrangeiro escarnecem de nós e esperam nossa destruição. Mas esta é uma guerra pela liberdade e meu coração está com os que lutam por isso. Por que não é possível ao governo chegar a um acordo com nossos irmãos, concedendo-lhes a verdadeira liberdade e igualdade, como já conhecemos?

Marco olhou para ele, pensativo. Disse:

— Eu já me fiz essa mesma pergunta várias vezes, sem achar resposta. Mas há homens perversos entre nós, que instigam as dissensões, por ambição e cobiça. Que lhes importa o destino de Roma? No entanto, vamos julgar o seu caso pessoal. O que há?

Casino possuía uma manufatura que fazia objetos variados de todos os metais, de cobre e estanho a bronze, prata e ouro. Até a Guerra Civil ele prosperara, confeccionando desde as jóias mais complicadas e valiosas até relhas de arado e utensílios de cozinha. Empregava 40 artífices. Não tinha objeções a fazer material bélico sob encomenda do governo, desde escudos e lanças até espadas curtas, punhais e armaduras. Isso fazia parte de seu negócio.

— Sou o melhor, em Roma — disse ele, orgulhoso. — Há outros, mas nenhum se pode igualar a mim; os meus fornos são inigualáveis. Possuo várias minas, aqui e no estrangeiro. Portanto, o que fabrico tem muita procura. Há vários anos, sou muito requisitado em Roma; o governo convocou muitos bons artífices para a minha manufatura. Eu lhes pagava ordenados excelentes. No entanto, considerava os instrumentos de guerra como apenas uma de minhas artes e não a que mais me agradava. Afinal, sou um artista.

Então, várias semanas antes, ele tinha recebido uma ordem dos tribunos, e do próprio Cina, por meio de um funcionário público, para que cessasse a produção de tudo, menos de material bélico, concentrando-se apenas nisso.

— Meus homens foram treinados por mim, em muitos e longos anos de aprendizado. Não há ninguém que se compare a eles, em arte, desenho e beleza de concepção. As damas mais nobres usam suas criações; têm mãos delicadas e vistas extraordinariamente aguçadas. Fazer com que manufaturem grosseiros artigos de guerra os estragaria. O governo, porém, exige que esses homens que são artífices e artistas raros e virtuosos, passem para a manufatura enfumaçada e trabalhem grosseiramente, enrijecendo os excelentes músculos de seus dedos, queimando suas mãos irreparavelmente e calejando-as de modo definitivo. Certamente deve haver operários mais rudes que o governo me pode enviar! Se a arte é destruída, também não se destrói a alma da nação? O governo não quer dar ouvidos. Eu não obedecerei! — gritou Casino, seu rosto largo corado de raiva e repugnância.

Ele atirou um papiro sobre a mesa de Marco e este viu o grande timbre da águia do poder romano estampado nele. Marco examinou a ordem dogmática. Depois virou-se na cadeira, puxou um livro de Direito e abriu-o. Leu pensativo, por algum tempo. Por fim falou:

— Está escrito na lei que nenhum cidadão romano livre poderá ser obrigado a fazer algo que não queira, com a exceção do serviço nas forças armadas ou durante grandes emergências, quando a existência nacional esteja em jogo.

— Sei disso, mestre! Mas tem havido exceções. Um concorrente meu, chamado Verrono, ficou isento dessa lei; a mulher dele herdou uma fortuna. Não estou sugerindo o suborno, mestre! Estou declarando-o! Verrono produzia instrumentos de guerra, como eu, mas as suas ourivessarias não foram fechadas. Além disso, um de meus contramestres foi procurar-me para confidenciar que Verrono já o havia sondado com uma boa oferta... e isso antes de eu receber minhas ordens do governo! Isso é justo?

O dia de verão estava quente e Casino, cheio de indignação e calor, enxugou o rosto e as mãos com um grande lenço de linho; depois olhou para Marco com olhos arregalados, cheios de raiva e indignação.

— Os meus ourives adoram o contramestre. Mais do que isso, eles o acompanhariam para ir trabalhar com Verrono, nem que fosse para conservar sua classe, suas mãos hábeis e seu modo de vida. Mas eu protesto contra essa ordem arbitrária do governo, que deveria proteger a minha liberdade e minha dignidade e não abusar delas!

— Ah — disse Marco.

— Estou disposto a aceitar muitos outros operários e adestrá-los para fazer o material bélico. Mas não quero nem pretendo obedecer a essa exigência de enviar meus artistas para a mina e a fundição, destruindo a arte deles e seu meio de vida no futuro. Como Verrono teve tanto êxito em fugir a essa preciosa lei... por meio de suborno, posso jurar... ele ficará em posição de dominar o mercado de todos os artefatos e jóias, mais tarde. Ouvi dizer até que, se ele conseguir meus artesãos, não os mandará para a escuridão e o calor sufocante para fazer material bélico, mas os deixará continuar tranqüilamente com seu ofício, mesmo durante essa guerra!

Marco pensou um pouco e depois disse:

— Gostaria de conversar com esse seu contramestre que foi abordado por Verrono.

Casino levantou-se de um salto.

— Está aqui comigo. — Correu para a porta da rua e chamou-o. Um momento depois, um homem alto, moreno e sério entrou com ele, obviamente nervoso e alarmado. Casino pôs a mão, orgulhosamente, no ombro do homem. — Samos, meu contramestre, um grego de grande habilidade e um artista incomparável!

Samos olhou para baixo, para suas mãos compridas, dobradas, com uma expressão que revelava ansiedade.

— Samos — disse Marco —, você foi procurado por um homem de nome Verrono, para trabalhar na manufatura dele?

— Sim, mestre — murmurou o homem.

— Verrono lhe prometeu que você continuaria a trabalhar em sua arte e que os homens que o acompanhassem também poderiam trabalhar sossegados?

Samos vacilou. Marco viu o seu temor. O homem molhou os lábios, olhou de esguelha para Casino, muito sério, e murmurou:

— É verdade.

— Você é cidadão romano, Samos?

— Sim, mestre.

— Não deseja trabalhar para Verrono?

— Não. Mas o homem deve conservar o que tem de melhor, mesmo que precise fazer concessões para isso.

— Uma escolha difícil — disse Marco. — É uma situação infeliz. — Ele tornou a refletir. — Samos, você testemunhará que Verrono o procurou, se levarmos esse caso ao magistrado?

O medo estampou-se no rosto moreno do homem.

— Tenho medo da lei e dos magistrados, mestre! Tenho medo de advogados; sei como são tortuosos. Quero evitar controvérsias. Nisso só há perigo.

— Concordo — disse Marco, num tom seco. — Não obstante, se todos os cidadãos agissem só nessa convicção, a justiça morreria e resultaria o caos, e não haveria lei alguma, nem governo. Não foi o próprio Aristóteles quem disse que só os deuses e os loucos podem viver em segurança sem a lei?

— Sou um homem pacífico — repetiu Samos. Suas pestanas estavam úmidas. — Sou um homem fiel, mas tenho medo.

— Você terá mais a temer, meu Samos, do que se mostrar diante dos magistrados, se a lei desaparecer.

— Um nobre sentimento — disse Samos que, evidentemente, era homem de certa cultura. — Mas milhares já morreram no passado, por sentimentos nobres. E de que isso lhes adiantou?

— Adiantou aos filhos deles. Você tem filhos, Samos?

O homem fez que sim, infeliz.

UM PILAR DE FERRO

— Então, como pai, você deseja a justiça para eles. Que mal lhe pode acontecer se você sustentar a lei no caso de Casino, seu patrão?

Samos chupou os lábios e o medo fez seus olhos brilharem. Marco esperou. Então Samos disse, balbuciando, desesperado:

— Verrono insinuou que tem muita influência e que, se eu recusar, nunca mais poderei trabalhar em meu ofício.

Marco fechou a cara.

— Isso é uma ameaça, mas não deixa de ser uma realidade. — Ele pensou um pouco, enquanto os dois homens o observavam, aflitos. Depois disse: — Aceitarei o seu caso, Casino. Quanto a você, Samos, eu o chamarei como testemunha. Prometo que não lhe acontecerá mal algum.

— As promessas — disse Samos, com tristeza — parecem as flores sem frutos da cerejeira silvestre.

Marco foi ao escritório de Cévola.

— Conhece o caso, senhor. Qual o seu conselho?

— Não o aceite — disse Cévola, imediatamente.

— Por que não?

Cévola fitou-o.

— Deseja outro acidente?

Marco espantou-se.

— Certamente isso é um *non sequitur*!

— Será? — Cévola fez uma careta e suspirou. — Não importa. Vai aceitar o caso?

— Já aceitei.

— Acho que você é um tolo. No entanto, eu o felicito, embora seja evidente que você esteja condenado a morrer cedo. Não estamos em tempos difíceis? O governo não está se apossando de um poder cada vez maior? Quando você se opõe ao governo agora, mesmo nos assuntos mais insignificantes, coloca-se no maior perigo.

— Então me aconselha a abandonar o exercício do Direito?

Cévola deu um tapa violento no tampo da mesa.

— Há milhares de casos a aceitar que não atingem o governo! Todos os seus casos lhe chegam com um pergaminho em que está afixado o timbre da autoridade? Não!

— Aceitei este caso — repetiu Marco.

Cévola gemeu e olhou para o teto.

— Você sempre foi pertinaz. Nunca deixe que Sírio saia de seu lado, nem mesmo no tribunal. E, antes de aparecer no tribunal, diga o que quer que eu recite junto da sua pira funerária.

Marco riu-se.

— Certamente, isso é um exagero. A ordem que Casino recebeu era assinada por um burocrata modesto...

— Quanto mais modesto o burocrata, maior o perigo, pois os homens modestos são impiedosos e maldosos, cientes de sua autoridade.

Nos dias seguintes, Marco trabalhou para que o seu caso aparecesse diante de um magistrado de família nobre e de posição. Mas isso era impossível, pois tudo estava confuso. Dizia-se que Sila em breve voltaria a Roma, em triunfo, e que todos os que se haviam oposto a ele se veriam em maus lençóis, se não fossem massacrados imediatamente. Conseqüentemente, as famílias nobres de Roma, que tinham tomado o partido de Mário, estavam num estado de alarma e dominados por pressentimentos de desastre. Muitos preparavam-se para fugir, entre eles vários senadores e outros das famílias mais nobres e patrícias. Só os homens "humildes" não estavam muito assustados, inclusive os burocratas modestos. Para eles, as mudanças de governo não eram nada ameaçadoras. Serviam a um governo com a mesma fidelidade com que serviam a outro, contanto que conservassem o seu exíguo poder pessoal, seus estipêndios e o privilégio da autoridade mesquinha sobre os outros.

Marco, com relutância, foi procurar seu jovem amigo, Júlio César, que poucos meses antes se casara com a filha de Cina, uma moça muito jovem chamada Cornélia. Júlio era agora um flâmine Diális, ou sacerdote de Júpiter, e membro do partido *Populares*, no governo. Dizia adorar Cornélia e parecia dedicado a Cina. Marco, que detestava Cina, tinha evitado o velho amigo o mais possível. Portanto, foi preciso um grande esforço da parte de Marco para ir à casa de Júlio, numa noite quente de verão.

Júlio recebeu-o com uma zombaria afetuosa.

— O quê?! Você afinal conseguiu resolver suportar a companhia de uma pessoa que acredita ter traído Roma?

— Cada um tem suas convicções — disse Marco, obrigando-se a falar sem um tom de reprovação.

Júlio sorriu para ele. O rapaz mais jovem andava muito elegante, naqueles tempos, e estava rapidamente burilando tendência para a sofisticação e o artifício com que fora dotado ao nascer. Seus cabelos pretos e lisos, sempre finos e bonitos, estavam perfumados. Sua toga era do linho mais fino, roxa e lindamente bordada. Todos os pêlos tinham sido arrancados cuidadosamente dos braços esguios e elegantes. Tinha o pescoço comprido e dele pendia um colar egípcio de muitas placas de ouro, cravejadas de pedras preciosas; usava também pulseiras de ouro trabalhado e um cinturão condizente. Os sapatos eram de couro dourado, com correias brilhantes. Seu rosto, expressivo, moreno e malicioso, exprimia grande inteligência e humor e mudava rapidamente de expressão. Os lábios eram de um vermelho vivo. Marco esperava que ele não os tivesse pintado, segundo a nova moda depravada assumida pelos jovens patrícios. Mas certamente havia uma pintura preta em volta dos olhos brilhantes.

— Chegou tarde para o jantar — disse Júlio.

— Já jantei — disse Marco, com certa cerimônia. Ele olhou em volta, para a casa grande e bonita, iluminada por lampiões alexandrinos de vidro, bronze e prata. O luar brilhava, formando sombras pálidas e quentes em altas colunas coríntias no átrio e no pórtico. A luz dos lampiões bruxuleava sobre mesas de madeira e ébano, onde estavam arrumadas flores luxuriantes. Tapetes orientais enfeitavam os pisos de mármores; bustos de famílias ilustres e de heróis observavam dos cantos. A mobília era primorosamente entalhada. Por toda parte ouvia-se o gorgolejar de chafarizes.

— Você se cuidou bem, Júlio — disse Marco.

— Ah, você faz restrições! Mas você sempre foi sóbrio demais. — Júlio passou o braço magro pelo de Marco. — Vamos para os jardins, beber vinho.

Eles foram para os jardins e Marco ficou abismado ao ver o esplendor formal de ciprestes e árvores perfumadas, alamedas de cascalho vermelho, muitos chafarizes em que se viam ninfas e sátiros de mármore, caramanchões e terraços tratados meticulosamente, para dar a maior beleza e a linha mais suave possível. O jasmim enchia o ar com intensidade; ali o luar banhava todos os objetos numa onda luminosa e as estátuas úmidas reluziam como carne branca e parada. Mas, além dos jardins, a voz rouca e incessante da possante Roma trovejava insistentemente, como a voz de um gigante que não queria dormir, ou resmungava no sono.

Uma escrava belíssima levou-lhes vinho, enquanto se sentavam os dois, lado a lado, num banco de mármore. Cornélia, claro, era rica, e seu pai era o atual tirano de Roma. No entanto, naqueles tempos, as embarcações romanas não andavam carregando objetos de luxo. Júlio, observando Marco, envolvendo a cintura da escrava com um braço displicente.

— Não é encantadora, essa pérola de Cós? — perguntou. — Comprei-a ontem.

Marco não olhou para a moça, e Júlio riu-se, encantado.

— Esqueci-me de que você é um romano "antigo" — disse ele.

Marco calou-se, pois receava, se falasse naquele momento, empregar um tom sentencioso e que Júlio escarnecesse dele.

— Você é estóico? — perguntou Júlio, dispensando a escrava carinhosamente.

— Não. Tampouco sou priapista — disse Marco.

Mas Júlio riu-se. O riso lhe vinha com facilidade e isso era parte de seu encanto. Isso aborreceu Marco ainda mais e ele não se conteve.

— Você acha que vai conservar toda essa grandeza e luxo, e o seu novo poder, depois que Sila voltar?

— Ele não voltará — disse Júlio. Estendeu a mão para um prato de figos, uvas, limões e tâmaras, insistindo para que Marco tomasse alguma coisa. — Sila — disse ele — não ousará atacar Roma.

— Com certeza Cina lhe garantiu isso — disse Marco, mastigando um figo.

— O meu sogro é um homem muito sábio — disse Júlio, bebendo mais vinho. — Não me escolheu para marido da filha?

Marco não conseguiu deixar de rir, a despeito de seus esforços. Sempre se divertia com as palavras displicentes e a insolência alegre de Júlio. Além disso, tinha muita afeição por ele. Olhou para o rosto jovem e expressivo ao luar e discretamente cheirou o perfume que lhe chegava daquela pessoa alegre. Arquias tinha razão: as repúblicas são austeras, augustas, moderadas e másculas, mas quando decaíam, passando a democracias, tornavam-se vis, irrazoáveis, femininas, luxuosas. Cincinato falara do "homem ideal", que só apareceria nas repúblicas. Os únicos homens que apareciam nas democracias eram homens descabelados, dados à irresponsabilidade de princípios e atos.

— Você foi sempre uma pessoa que tinha um motivo para tudo — disse Júlio, tornando a encher o cálice de Marco, que não só tinha sido gelado, mas também caprichosamente envolto em hera fresca. — Portanto, não me lisonjeio pensando que você só veio aqui hoje para renovar a nossa doce amizade e perguntar por minha saúde. Você tem um propósito.

— Sim — disse Marco.

— Tem alguma coisa a ver com o fato de você andar sempre com um guarda-costas, como notei, aquele imenso escravo núbio de olhar desconfiado?

Marco hesitou. Devagar, procurou o amuleto que a mãe de Júlio lhe dera e resolveu que chegara o momento de confiar em outro, apesar de Cévola lhe ter prevenido para não contar nada sobre a sua aventura na primavera.

E contou. Júlio ouviu. O rosto sorridente tornou-se quieto, parado, atento. Os olhos negros fitavam o rosto de Marco, fixos. Mas Júlio não fez comentário algum. Então, Marco mostrou-lhe o amuleto de Aurélia e disse:

Um Pilar de Ferro

— Se não fosse isso, que me foi dado por sua nobre mãe, eu estaria morto.

— Deviam estar loucos — disse Júlio, em voz baixa, olhando para o amuleto dourado brilhando ao luar.

A voz dele era singular e Marco olhou para ele. Júlio continuava a olhar para o amuleto e seu rosto risonho tornara-se duro e sombrio.

— De que modo você os poderia prejudicar? — continuou ele, como se fizesse a pergunta a si mesmo.

— Quem são eles? — perguntou Marco.

Júlio desviou a cabeça e respondeu:

— Não sei. Por que você haveria de pensar que eu sei?

Ele levantou-se e começou a andar de um lado para outro numa alameda, o cascalho rangendo sob seus pés. Ele cruzou os braços sobre o peito e abaixou a cabeça, pensando. Marco ficou olhando para ele e depois disse:

— Não contei tudo ainda. Um dos que me atacaram usava um anel maravilhoso: duas serpentes de ouro unidas pela boca por uma grande esmeralda gravada. Tinha algum significado, para mim.

Júlio parou na vereda enluarada, mas não se virou.

— E esse significado?

— Não sei — disse Marco. — Será possível que você saiba, Júlio?

Mas Júlio tornou a sacudir a cabeça muitas vezes, calado.

— Cévola disse que achava que eu representava um perigo em potencial para alguém — prosseguiu Marco. — Para quem, Júlio?

O rapaz virou-se e seu rosto estava sorridente e alegre. Ele voltou ao banco de mármore, sentou-se e pôs a mão sobre o ombro duro de Marco.

— Para quem um homem tão bondoso, amável e pacato poderia ser perigoso? — perguntou. — Você é advogado. Defende casos sem importância nos tribunais. Não possui grande fortuna nem conhece homens poderosos. Você é um romano "antigo"... — Ele parou e o sorriso abandonou seu rosto; e pareceu que a lua também o abandonara, deixando-o no escuro.

— Sim? — disse Marco. — Sou um romano "antigo". O que mais?

Ele ficou espantado diante da gargalhada repentina de Júlio, pois ela não foi nada alegre.

— Portanto, embora você seja eloqüente, não é perigoso para ninguém! Mas diga-me. Por que veio procurar-me esta noite?

Marco ficou tão perturbado que, por um momento, não conseguiu responder. Depois, numa voz abstrata, ele contou que estava procurando um magistrado de família nobre, que não se deixasse influenciar em sua opinião e justiça por qualquer governo opressivo, e que fosse destemido e obedecesse à lei. Contou o caso do cliente, Casino.

— Só peço a justiça — disse o advogado. — Se Verrono está isento dessa lei, então é porque ele subornou alguém importante. Seremos governados por favores e não pelas leis imparciais? Por exigências e extorsão e não pela honra?

Comovido e perturbado, sua voz elevou-se e encheu o jardim com um ardor forte e musical. Júlio ouvia mais a voz eloqüente do que as palavras. Pois ela possuía o dom de comover o coração, de mexer com ele. Era reforçada pela paixão viril e o clarim da razão, pelo trovão da indignação e a probidade virtuosa. Agora eu vejo, pensou Júlio, por que acharam que ele devia morrer. Não obstante, embora eu seja um deles, ele não deve morrer. Preciso dele para os meus objetivos. Todo homem ambicioso não precisa ter ao seu lado um adepto que seja todo sinceridade e justiça, ardendo com um furor verdadeiro?

Ele percebeu que Marco se calara. Sorriu para ele, batendo de leve e com carinho no braço dele.

— Meu caro Marco — disse ele, com a voz mais cheia —, hei de lhe encontrar o magistrado que você deseja! Um homem — disse Júlio, seu rosto variável mudando de novo para uma expressão de profunda seriedade — que ouvirá o seu caso levando em conta apenas os seus méritos, que não poderá ser posto de lado por qualquer interferência ocasional e nem mesmo pelo meu sogro em pessoa!

Marco mostrou-se um tanto incrédulo.

— Eu lhe agradeço, Júlio — disse ele. — O meu caso vai ser julgado na própria Basílica da Justiça e haverá muita gente presente.

— E serão comovidos profundamente pelo seu ardor, eloqüência e retórica — disse Júlio. — Você defenderá as leis de Roma, exigindo a sua aplicação eqüitativa a todos os homens. Eu mesmo estarei lá para ouvi-lo!

Marco, embora continuasse inquieto, sem saber por que, ficou grato. Júlio tornou a bater-lhe no ombro e a encher os cálices. Levantou o seu.

— À Roma! — exclamou ele, rindo de cara para a lua.

— À Roma — disse Marco. — Que ela sobreviva a todos os tiranos.

— Ah, sim — disse Júlio, bebendo avidamente.

Ele acompanhou Marco de braço dado até o átrio.

— O quê! Você veio por essas ruas escuras a pé, só com um escravo? Que imprudência! Vou mandar levá-lo em casa numa liteira, carregada por seis homens armados. Não podemos perdê-lo, meu caro Marco.

Enquanto era levado para casa, Marco concatenou as idéias. Júlio, apesar de todos os seus gestos de amizade e amor, se mostrara ambíguo e perturbador. Havia nele, apesar de todo o seu riso juvenil, o cheiro perigoso

UM PILAR DE FERRO

do poder. Isso podia ser devido ao fato de se saber genro de Cina. Então Marco, no escuro da liteira, sacudiu a cabeça. Homens como Júlio César não dependiam de simples influência e favores. Só dependiam de si e era aí que residia sua força misteriosa e terrível.

Enquanto isso, Júlio estava escrevendo uma carta apressada. "Portanto, ele não pode falar, pois comoverá todos os corações. Mas é preciso lembrar que ele está sob a minha proteção, e portanto..."

Ele enviou logo a carta por um escravo, enquanto a areia ainda estava grudada na tinta.

Dois dias depois, Casino entrou no escritório de Marco, na casa de Cévola, regozijando-se, abanando um documento na mão erguida ao alto.

— A ordem foi revogada, mestre! — exclamou ele, com grande júbilo. — Olhe para isso, veja por si! Ah, que maravilha realizou!

Marco leu a ordem de revogação. Não compreendeu nada. Ele não era um advogado famoso, diante de quem um funcionário se acovardasse. Era desconhecido do vasto poder governamental de Roma. Levou o pergaminho a Cévola.

— Hum — disse o grande pontífice. — E por que isso foi revogado tão depressa? Verrono tem amigos importantes.

— É incompreensível — disse Marco. — Mas quem conhece as ramificações da mente de um burocrata?

— Esse burocrata — disse Cévola — estava obedecendo a ordens. — Ele virou-se e examinou Marco. — Com quem você andou conversando a respeito desse caso?

— Só com o senhor e com Júlio César. Não conheço ninguém importante em Roma, a não ser ele e o senhor.

O rosto imenso e gordo de Cévola, com suas papadas, endureceu e assumiu um ar estranho.

— O que foi? — perguntou Marco, novamente alarmado, sem saber por quê.

— Nada, não. Eu estava só pensando — disse Cévola. Atirou o pergaminho para longe e ficou olhando para ele. Depois acrescentou: — O que mais lhe contou?

— A Júlio? Contei sobre o atentado contra a minha vida. Fui imprudente; não cumpri sua sugestão de não falar sobre isso.

— Sei — disse Cévola. — O que Júlio disse?

As conjeturas que Marco fizera duas noites antes lhe voltaram ao espírito.

— Ele disse: "Deviam estar loucos." Perguntei o que era, mas ele não disse mais nada. Talvez eu tenha atribuído a essa sua frase uma importância maior do que merecia.

— Por certo — disse Cévola, depois de um momento. Ele lançou o seu sorriso satírico a Marco e dispensou-o.

Marco escreveu uma carta a Júlio César, explicando por que o seu caso sequer seria levado ao magistrado. Já ia mandá-la por um escravo de Cévola quando chegou uma carta de Júlio César.

"Saudações ao honrado e amado Marco Túlio Cícero.

"Escrevi aqui o nome do magistrado que deseja e falei com ele sobre o seu cliente. Você terá justiça."

Sem saber por que, Marco sentiu-se de tal modo aliviado que, naquela noite, ele tornou a visitar seu jovem amigo, sendo recebido com um carinho maior ainda.

— Pensei em escrever-lhe uma carta — disse Marco, entrando novamente no jardim. — Mas isso seria uma triste retribuição pela sua gentileza. Sabe, não é mais necessário. A exigência ao meu cliente foi retirada.

— Mas que coisa espantosa — disse Júlio, com uma cara inexpressiva e inocente. Ele sacudiu a cabeça, alegre. — Foi um engano, desde o princípio. Mas hoje em dia as coisas estão um tanto caóticas. — Ele insistiu para que Marco tomasse vinho e comesse doces com ele. Os rouxinóis cantavam na noite enluarada, de modo pungente, e logo Marco sentiu-se misteriosamente aliviado do nervosismo que o atormentava desde aquele dia em Arpino.

— Nunca me esquecerei de sua bondade, caro Júlio — disse ele, e seu coração estava cheio de amor pelo animado amigo.

Júlio ficou sério e quieto, e Marco olhou para ele, curioso. Mas o rapaz ficou olhando para dentro do cálice de vinho. Por fim falou:

— Não, você não se esquecerá. Todos os outros poderiam esquecer, mas não você, Marco Túlio Cícero.

Capítulo XX

Havia boatos, na cidade sobressaltada, de que Sila voltaria por terra e por mar, e esses boatos espalhavam-se por toda parte, como pombos assustados. Para Marco, tinham pouco interesse. Nunca fora admirador de Sila, que só conhecia por reputação. E ele mesmo era por demais obscuro e pouco significativo para chamar a atenção de algum Sila. O famoso romano não podia ser pior do que Cina, refletiu ele. Em todo caso, significaria o fim da guerra. Quando ele contou isso a Cévola, o velho disse, com aspereza:

UM PILAR DE FERRO

— Um saltimbanco ambicioso é igual aos outros. O povo adora saltimbancos e os merece. Como é que o seu encantador e jovem amigo Júlio recebe esses boatos sobre a volta de Sila?

— Há várias semanas que não o vejo.

— Há outros que também não tenho visto ultimamente — disse Cévola, com uma careta. — Se Sila voltar e Cina cair, então a vida de Júlio correrá perigo.

Marco foi à casa de Júlio e lhe informaram que ele estava passando uns tempos em casa de amigos. Marco não sabia se devia sentir-se aliviado ou alarmado. Enquanto ele vacilava diante do chefe do átrio, sem saber se devia deixar um recado, apareceu a jovem esposa de Júlio, menina-moça que mal passara da puberdade, de aspecto doce e inocente. O corpo pequeno e esguio parecia virginal e os olhos azuis eram límpidos e interessados. Os cabelos escuros caíam soltos pelas costas, como se ela tivesse saído de uma sala de aula.

Ela sorriu para Marco.

— Júlio está preocupado com muitas coisas — disse ela. — Falou-me muito de você. Fico contente que você seja amigo dele.

Marco ficou comovido e corou.

— Um amigo insignificante — disse ele. — A senhora me lisonjeia.

A filha de Cina parecia uma flor. Quando ele saiu, não pôde esquecer do brilho de seus olhos, sua doçura, sua inocência. Se Sila voltasse, qual seria o seu destino? Ela, mais ainda do que Júlio, seria objeto da vingança de Sila. Em que tempos terríveis vivemos!, pensou Marco. Houve um tempo em que Roma era segura para qualquer homem honesto ou mulher desamparada. Agora vivemos constantemente sob a sombra da violência e da morte.

Durante algum tempo não receberam cartas de Quinto e Hélvia estava aflita.

— Ele está seguro na Gália — disse Marco. — Devemos agradecer por ele não estar no caminho de Sila! O nosso Quinto é totalmente desprovido de ambição.

— Alguém, meu Marco, acredita que você tem ambições, do contrário você não teria sido atacado na ilha.

— Eu? — exclamou Marco, abismado. — Minha única ambição é ser melhor advogado para sanar a nossa situação financeira. Também tenho a ambição de ser considerado pelo menos um poeta e ensaísta menor. Essas coisas são chamarizes para assassinos? — Para animar a mãe, ele contou com pesar o comentário do velho Cévola sobre sua poesia. Hélvia riu-se, mas, para prazer de Marco, mostrou que também não aprovava o espírito de Cévola.

— Os seus últimos poemas e ensaios receberam muita aprovação da crítica — disse ela.

— E duzentos sestércios — disse Marco. — Com os quais comprei várias vacas para a ilha. Aliás, o meu pobre Casino, acreditando que, de um modo obscuro eu tinha conseguido melhorar os negócios dele, insistiu em me dar um presente de cem sestércios. Vou comprar mais ovelhas.

Mas também ele estava aflito pelo irmão e parou numa tarde quente no Fórum para visitar o templo de Marte e fazer uma oração àquele deus furioso, pensando em Quinto. O templo estava cheio, como sempre, durante períodos de guerras, e ele teve dificuldade em conseguir uma luz votiva. Quando saiu do templo, viu que grandes nuvens plúmbeas de tempestade se empilhavam sobre a cidade, juntando-se como exércitos enormes. Por enquanto não se tinham fundido. O Fórum estava mergulhado numa escuridão marrom, mas translúcida e sombria. No entanto, as colunas e prédios nos morros altos brilhavam no ouro vívido do sol, que ainda não estava obscurecido. Marco ficou parado no pórtico do templo, observando as nuvens, muitas de um roxo profundo ou quase negras. Os relâmpagos já faiscavam em suas profundezas sinistras. Ele disse a Sírio:

— Temos de ir depressa para as Carinas, ou seremos colhidos pela tempestade.

Mal, porém, chegaram ao templo de Vesta, refletindo-se branco e brilhante na comprida piscina que havia defronte, a tempestade desabou, incontida e com ferocidade. Marco abrigou-se no templo. De instante em instante, as colunas claras se tornavam sombrias e etéreas, no escuro cada vez mais acentuado. Relâmpagos ardentes explodiam no templo, iluminando as pilastras, o piso e o altar como uma conflagração. O trovão roncava com o relâmpago e o templo tremia um pouco. O vento chegara com asas destruidoras, gritando no ar sulfuroso. As tormentas romanas eram notoriamente intimidantes, mas aquela era extremada. Não se podia ver a cena lá fora devido às cortinas de chuva reluzente. Marco não gostava de tempestades e estremecia a cada trovão, a cada raio. Encostou-se a uma fresca coluna de mármore e seu braço tocou em outro, macio, maleável.

Ele virou a cabeça e deparou com os olhos de Lívia Catilina, iluminados pelos relâmpagos.

Ele ficou completamente imóvel, esquecendo-se da tempestade, esquecendo de tudo salvo aquela visão repentina e alucinada, pensando ser um sonho e uma fantasia. Seu coração começou a bater com uma velocidade

UM PILAR DE FERRO

doentia; seus joelhos amoleceram; ele sentiu um nó na garganta. Antes do relâmpago seguinte, ele virou a cabeça e viu um vulto envolto numa capa a seu lado, vago, alto e leve, um vulto tão quieto e imóvel, que era pouco mais que uma sombra nas trevas. Depois outro relâmpago iluminou o rosto de Lívia, voltada para ele, e ele a viu com uma clareza lancinante. E viu os olhos dela.

Antes seus olhos eram extraordinariamente azuis, grandes, apaixonados e intensos, cheios de uma vida jovem. Continuavam grandes e azuis. Mas era como se safiras, brilhantes, vitais e intactas, se tivessem despedaçado em mil cristais infinitos, de modo que, embora ainda refletindo a luz, refletiam-na numa ruína fria e sem sentido, pronta para se desintegrar num instante. Ele teve a sensação terrível de que a moça estava cega, pois não havia qualquer sinal de reconhecimento naqueles olhos infelizes, nenhum sobressalto, nenhum espanto. O rosto de Lívia continuava vazio e era pálido como a tristeza, até os lábios. Alguns fios de seus cabelos cor de outono tinham escapado do capuz do manto e estavam enroscados no pescoço, como se a vida os tivesse deixado.

Era assim que ela deveria parecer na hora de sua morte: desabitada, perdida, abandonada.

Estava novamente escuro no templo. Algumas pessoas junto ao altar faziam suas preces. Algumas luzes votivas ardiam diante da deusa de mármore. O trovão roncava selvagemente lá fora, invadindo o templo como uma fera rosnando. E Marco ficou imóvel como Lívia, a boca aberta, engolindo o ar sufocante.

O relâmpago tornou a brilhar e outra vez Marco a viu; e novamente seu coração deu um salto e ele se sentiu como se fosse morrer. Certamente aquela mulher calada, aquela mulher que nem parecia estar viva, aquela mulher abandonada, não podia ser Lívia, seu sonho, sua amada, que atormentava suas noites, a companheira radiosa de seus dias! Ele comprimiu-se mais contra a parede e sentiu um suor gelado na testa e nos lábios.

A tempestade estava passando tão depressa quanto chegara, como todas as tempestades de verão. Então, os relâmpagos escassearam, embora o trovão vagasse como se procurando uma vítima, como um leão faminto pelo que lhe escapara. Ainda assim Marco não se mexeu, tampouco Lívia. Ficaram a sós, sem ninguém por perto, sombras nas profundezas das sombras.

Então, Marco murmurou:

— Lívia?

Ela não respondeu. Um relâmpago refletiu-se nela, passando através da abertura redonda no teto pintado. Certamente era Lívia. Ele estendeu a mão. Encontrou uma carne macia mas sem vida, que não se retraiu nem correspondeu ao contato. Era a mão de quem jazia morta havia horas, fria e quieta. Ele a apertou; estava mole em seus dedos.

— Lívia! — exclamou ele. — Lívia?

Ela não disse nada. Ele continuou a apertar a mão dela freneticamente, como se quisesse infundir-lhe o seu próprio calor e sangue. Ela não resistiu, não se retraiu. Parecia estar inconsciente, drogada, além da fala ou da percepção.

De repente, o sol quente e rubro iluminou o Fórum lá fora, e a chuva parou abruptamente. Os fiéis ergueram-se, murmurando aliviados, e dirigiram-se à porta, passando pelas duas sombras encostadas à parede. As pessoas saíram e o barulho da cidade refrescada chegou com força aos ouvidos de Marco.

Marco virou-se e olhou diretamente para Lívia. Ela olhou para ele com aqueles olhos terríveis, que não tinham qualquer sinal de reconhecimento. Pareciam não piscar. Ele estendeu a mão e afastou o capuz dela. Sua mão roçou nos cabelos sedosos, que estavam em desalinho. A luz do sol forte, vinda de fora, lançou-se sobre eles, que começaram a brilhar como metal. Mas era um brilho sem vida. O rosto da moça, liso e fixo, era o rosto de uma estátua — igualmente sem expressão. Ela não envelhecera; não tinha o aspecto de uma matrona. Ficara congelada em sua juventude, um cadáver embalsamado e mudo.

Marco abaixou a cabeça e apertou a testa contra a parede, junto da face de Lívia, em sua agonia. Continuava a segurar uma de suas mãos. Depois, ouviu um ruído muito discreto, quase um murmúrio.

— Por que está chorando?

— Por você — sussurrou ele. — Por você, Lívia, minha adorada. E por mim.

Ela deu um suspiro. Parecia que o suspiro vinha não da pessoa dela, mas do mundo sublunar onde os mortos vagueiam mudos e cegos.

— Ah, Lívia — disse Marco.

— Não chore — disse ela, com indiferença. — Não há mais lágrimas a derramar. Já as chorei todas. — Ela parou. — Recebi uma mensagem de... dele. Vai voltar com Sila, muito em breve. Vai voltar para mim e o nosso filhinho. Para onde posso fugir? Para onde posso ir? Onde me esconderei? Onde esconderei o meu filho... dele?

Marco tinha a impressão de que ela ainda mal tomara conhecimento da pessoa dele e que estava falando com fantasmas, suas irmãs. Ele pensava ter sentido agonias antes na vida, mas aquilo estava além de tudo o que se podia suportar, além do exprimível. Ele disse, incoerente:

— Venha comigo. Eu a protegerei. Eu a manterei segura. A minha mãe... há lugares onde você poderia esconder-se, onde ninguém a encontraria. Deixe que eu seja o seu escudo, querida. Lívia, Lívia...

Ela suspirou de novo, e várias vezes, no ruído mais suave da tragédia.

— Ele me encontrará. Tenho medo. Mas tenho mais medo pelo meu filho, o meu pequenino.

— Lívia, o que ele lhe fez?

— Tirou a minha vida. Por que ele não morreu?

Maldito que sou, maldito que sou!, exclamou Marco, na profundeza de sua alma. Eu podia tê-lo matado, mas poupei-o, anátema, anátema!

Ele não sabia que estava abraçando Lívia, até sentir a cabeça da moça cair pesadamente em seu ombro. Então, ele a segurou com força, apertando-a contra seu peito, e tocou com os lábios a face e a testa frias. O que fizera Catilina com aquela moça, aquela criança inocente, aquela ninfa da floresta? Que horror ele levara a ela, pois seus olhos estavam arrasados, sua alma despedaçada, seu coração mal batendo contra o dele? Os braços dela estavam flácidos, caídos do lado. Ela não se moveu entre os braços dele, nem virou a cabeça. Tinha fechado os olhos e então parecia totalmente sem vida, um corpo morto apenas sustentado por ele.

— Venha comigo, querida — disse ele, a voz falhando. — Eu a esconderei. Eu a protegerei.

— Meu filho — murmurou ela, sem ouvir. — O tio dele tem a posse do menino, na casa em que moramos. Sou louca, eles se riem de mim. Meu filho. Não posso fugir sem ele. — A cabeça no ombro de Marco era como uma pedra caída, apertando a carne dele. A moça suspirou várias vezes, dolorosamente. — Não posso partir sem ele, pois aí ele também morreria. Não há compaixão alguma em Catilina. Ele voltará para se divorciar de mim, e nunca mais verei meu filho. Não há abrigo para mim em lugar algum. Nenhum, nenhum. Morri há muito tempo.

— Ele não está aqui em Roma, Lívia. Pode nunca voltar, pois Sila talvez nunca regresse. Sou advogado, Lívia. Divorcie-se dele! Você não tem parentes nem amigos?

— Meu tio também acha que sou louca — continuou a voz débil, sem prestar atenção. — É raro deixarem que eu veja o meu pequenino, que chora por mim. Eu o ouço chorando de noite, mas a porta me é trancada. Escute! Ele está chorando por mim agora!

Ela levantou a cabeça e olhou alucinada para a frente, empurrando Marco com uma força incrível.

— Tenho de ir! — disse ela. — Tenho de ir! Meu filho me chama!

Ele não a pôde deter. Lívia escapuliu da mão dele como uma sombra, correndo, a estola e o manto voando, os cabelos esvoaçando atrás dela, os pés faiscando.

Ele gritou:

— Lívia! Lívia!

Mas ela desapareceu pela porta. Ele a seguiu. O Fórum estava novamente cheio de gente ao sol vermelho do entardecer e as vozes do povo levantavam-se como um bando de pássaros zangados. Mas Lívia desaparecera no meio da multidão.

— Maldito, maldito que sou! — gritou Marco, em voz alta. E num ódio e repugnância arrasadores por si, bateu várias vezes no peito com o punho cerrado. Alguns dos que passavam embaixo, vendo-o ao alto da escada, olhavam-no fixamente, depois apontavam para o seu aspecto terrível e desgrenhado.

Ele baixou a voz e murmurou:

— Anátema, anátema!

Sírio, de quem ele se esquecera, também estava no templo. O escravo aproximou-se de Marco e olhou para o rosto desesperado.

— Senhor — disse ele, discreto —, vamos embora.

Mas Marco não podia voltar para casa naquele momento. Acompanhado por Sírio, ele vagou cegamente pelas ruas de Roma e só voltou a si muito tempo depois. Quando Hélvia notou seu rosto e seus olhos, não perguntou nada. Só sabia que algo de terrível acontecera ao filho. Ela o deixou ir para o cubículo dele sem dizer nada e depois interrogou Sírio.

Então ele não se esquecera de Lívia. Hélvia sentiu muita pena, mas também ficou muito impaciente. Mas era uma mulher de juízo e, no dia seguinte, falou com o filho num tom tranqüilo, conversando sobre assuntos banais. Ela observou os olhos dele, injetados devido à falta de sono, e disse que o pomar produziria muitos frutos excelentes naquele ano.

Capítulo XXI

Marco almoçou com Cévola e os outros advogados graduados ao meio-dia. Para alguns, era a única refeição do dia que valia a pena, pois eram pobres. Comeram com voracidade a carne cozida, cebolas, alcachofras ao alho e óleo, vinho, queijo, frutas do verão e pastelaria frita. Cévola os contemplava de lábios apertados e a cara fechada, mas isso era para disfarçar a sua bondade

UM PILAR DE FERRO

secreta para com seus aprendizes. Marco, conforme ele notou naquele dia, e vinha notando há vários dias, mal tocou na comida e bebeu uma quantidade incomum de vinho. O rosto do rapaz estava tenso e abatido e os olhos pesados e injetados.

Cévola disse:

— Tenho uma boa notícia para o nosso Marco e quero que vocês todos participem dela e o felicitem.

Os jovens advogados levantaram os olhos, alertados, mas Marco, que não ouvira, serviu-se de mais vinho da garrafa e começou a beber, olhando pesadamente para o nada. Cévola levantou a voz, irritado.

— Será que sou ignorado à minha própria mesa, Marco? — O rapaz teve um sobressalto tão violento diante desse ataque direto, que o cálice lhe escorregou da mão, derramando vinho em seus dedos. Cévola fitou-o nos olhos e disse, com uma paciência forçada: — Estava falando de sua boa sorte e me dirigia a você.

Marco murmurou uma desculpa. Viu os sorrisos divertidos e curiosos dos colegas.

— Eu estava pensando em outra coisa — disse ele.

— Sem dúvida — disse Cévola. — E quando o homem está tão absorto em seus pensamentos, não está pensando num processo judicial. Está pensando numa mulher. Isso é estupidez.

Os jovens advogados riram alegremente, para agradar ao mentor e porque conheciam a vida austera que Marco levava e suas muito raras digressões da virtude.

— Estupidez — repetiu Cévola. — Mas voltemos ao motivo de nossas felicitações. Há um ano, Marco teve a ocasião de defender um velho rico contra os filhos gananciosos, que queriam apoderar-se da fortuna dele. O velho, declararam os filhos, era incompetente para dirigir seus negócios e estava inteiramente louco. Por que estava louco? Publicou, à sua custa um livro pequeno de diatribes exortativas e polêmicas contra a corrupção e venalidade da Roma moderna. Profetizou a próxima era dos tiranos em nossa nação. Denunciou o Senado, antigamente uma assembléia de homens honrados, inimigos do suborno e outros pecados leves dos homens públicos. Combateu o novo método de se permitir que magistrados inferiores se tornassem senadores por meio da fortuna e outros caminhos tortuosos. Em longos parágrafos de lamentações, ele descrevia como decaímos da república à democracia e as conseqüências que em breve se tornarão evidentes. Suas frases pejorativas tinham um vigor assombroso, numa pessoa não idosa; parecia que ele estava ardendo. Ele denunciou Cina em termos violentos.

Portanto, segundo seus filhos ardilosos, estava louco. Concordo. Todos os homens virtuosos e patriotas têm em si uma certa loucura, pois é normal os homens serem perversos e traidores.

Ele sorriu com ferocidade aos rapazes que o escutavam.

— Não obstante, o nosso Marco não acreditou que ele estivesse louco. Acreditou que ele fosse um verdadeiro romano. E Marco ama Roma. Isso não é muito ingênuo, nos dias de hoje? Então, Marco o defendeu. E com tanta capacidade que até mesmo o magistrado se comoveu e chorou e, nesse estado emotivo, exprobou os filhos por sua velhacaria e felicitou o velho pai.

Marco olhou para o prato, em que mal tocara.

Cévola respirou fundo e com gosto.

— O velho morreu há três dias. Confiou-me o testamento. Deixou para o nosso Marco cem mil sestércios de ouro!

Os advogados gritaram e aplaudiram intensamente e aclamaram Marco, dizendo que ele alcançara um sucesso magnífico. Juntaram-se em volta de Marco para abraçá-lo, com inveja.

— Então, o nosso Marco está rico. Provisoriamente. Antes dos impostos — acrescentou Cévola. — Espero que ele invista em imóveis, se sobrar algum dinheiro depois que os abutres calcularem quanto ele "deve" ao governo.

Marco tentou sorrir. Mas todas as suas emoções, a não ser o ódio e o desejo de vingança, estavam embotadas, naqueles dias.

— É muito agradável — disse ele, numa voz fraca.

— É excelente! — exclamou Cévola. — Vamos beber mais um cálice de vinho em homenagem à sua boa sorte!

Depois do vinho, Cévola dispensou os advogados, mas não Marco.

— Quero falar com você — disse ele. E Marco, novamente sucumbido em sua apatia, e sem curiosidade, ficou ali. Estava sentado na cadeira parecendo uma estátua. Cévola, estalando os lábios, comeu um ou dois pasteizinhos, observando-o atentamente. Por fim, disse: — Há muitas coisas que o estão preocupando atualmente, mas uma mais do que as outras. Imagino que seja uma mulher. Não peço suas confidências, para não perder o respeito por você. Ouvi dizer, hoje de manhã... e a cidade só agora está fervilhando com a notícia... que Cina foi assassinado há pouco tempo, num motim perto da Tessália, aonde ele tinha ido para opor-se ao avanço de Sila sobre Roma. Agora temos Gneno Papírio Carbo, colega de Cina, como cônsul romano. Não é melhor do que o outro.

Apesar de tudo, Marco levantou os olhos, mudando de expressão. Cévola balançou a cabeça, sério.

UM PILAR DE FERRO   263

— Você desprezava Cina. No entanto, apesar da ligação dele com Mário, o velho assassino que dizimou os melhores senadores, Cina não era totalmente mau e desconfiava de Mário e seu partido, inclusive Júlio César, sobrinho de Mário. Já tivemos cônsules piores do que Cina, inclusive Carbo, o novo, que é um grande tolo, além de ser exigente. Digo isso friamente, pois, como tenho juízo, não me meto em política abertamente. No entanto, estou ameaçado. Quem sabe quando serei assassinado?

— Tolice — disse Marco. — O senhor não é o *Pontifex Maximus*, dono de um cargo muito sagrado? Quem levantaria a mão contra o senhor?

— Muitos — disse Cévola, prontamente. — E certamente Carbo, que eu detesto. Consideremos Sila, que desconfia do Senado, como todos os militares desconfiam dos civis. Mas ele é um homem genial, pois nasceu pobre e fez fortuna. Se ele conseguir conquistar Roma, então a multidão afinal terá encontrado o seu senhor; e só por isso já deveríamos desejar-lhe sucesso. Ele é um general frio e impiedoso. Não há de poupar seus inimigos, especialmente os senadores do partido de Mário, o *Populares*, ou "democrático", do seu caro e jovem amigo, Júlio César. Sila acredita na lei, o que deveria levá-lo a admirá-lo. Ele acredita especialmente em leis que inventa. O jovem Júlio está escondido, não está? Não escapará de Sila.

Marco pareceu alarmar-se. Cévola sorriu.

— Mas Júlio tem a faculdade de ser todas as coisas, para todos os homens. A natureza dele é tortuosa. Ainda pode escapar, apesar de Mário.

Cévola comeu um punhado de uvas frescas e ficou mastigando.

— Carbo, que me detesta, desconfia que sou a favor de Sila. Realmente, tenho um fraco por gente que sabe o que quer. Pense bem. Sempre evitei envolver-me com homens que têm sede de poder. Apesar disso, estou em perigo. Gostaria de ter um sucessor digno, no futuro. Você.

Marco estava incrédulo.

— Eu? Eu não sou ninguém!

— Permita lembrar-lhe que ainda há pouco atentaram contra a sua vida. Os joões-ninguém não são destacados para merecer um tratamento tão notável. Aliás, descobri uma coisa estranha. Você deve lembrar-se daquele amigo de Júlio, chamado Pompeu.

Marco franziu a testa, procurando lembrar-se, depois recordou-se do rapaz ambíguo, evidentemente plebeu, que estava com Júlio quando Marco se dirigira ao Senado.

— Pompeu? — disse ele.

— Pompeu — repetiu Cévola. — Eu o vi há um mês perto das portas do Senado. Estava usando um anel como o que você descreveu, quando você foi atacado.

Marco arregalou os olhos. Depois exclamou:

— Mas lembro-me da voz dele! Não foi a voz dele que ouvi na ilha! Cévola concordou.

— Por certo que não, pois você se teria lembrado. Portanto, o anel simboliza uma fraternidade secreta. Eu me pergunto se Júlio terá um desses anéis.

— Impossível — disse Marco. Mas ele empalideceu mais ainda, ao pensar no caso. — Júlio sacudiu a cabeça, confuso, quando lhe descrevi o anel, e garantiu que não conhecia ninguém que tivesse um objeto tão elaborado.

— E você acredita em Júlio — disse Cévola, com um ar divertido. — É uma grande falha em seu caráter, meu caro. Você está intrinsecamente convicto de que todos os homens falam a verdade e não são mentirosos natos. Júlio é um mentiroso. Manipula a verdade admiravelmente bem, para servir aos seus propósitos. É provável que ele sobreviva a Sila.

— Não posso crer que Júlio, que eu estimo, tenha sido responsável pelo atentado à minha vida — disse Marco, sacudindo a cabeça.

— Eu não disse que ele conspirou contra você! Disse apenas que, provavelmente, é membro dessa fraternidade secreta. Vamos pensar. Muitos de nossos romanos mais jovens têm grandes encantos pelo oriente, especialmente o Egito. Júlio é um egiptólogo razoável; sei que a casa dele no Palatino está cheia de tesouros egípcios roubados. Um desses é uma pequena pilastra de bronze em que se vê enroscada uma serpente dourada com um cristal brilhante na boca. Você há de lembrar-se de que no Egito a serpente é sagrada e dotada de poderes maravilhosos, inclusive a profecia e a força. É a guardiã dos que ocupam os tronos e empunham os cetros. É da natureza da serpente mover-se nas trevas e conseguir os seus objetivos. E ninguém pode impedi-la, pois é obscura, calada e sem piedade.

— Não vi esse ornamento em casa de Júlio — disse Marco.

— Não. Está no seu quarto de dormir. Ele o comprou muito caro. Foi tão ingênuo, que fiquei desconfiado, lembrando-me do anel que você descreveu. Quando homens como Júlio são ingênuos e francos, é sinal que devemos ter cuidado.

— É tudo uma coincidência — disse Marco, teimando. Cévola suspirou.

— Você não quer acreditar em nada de mau de parte dos que lhe são caros. Desconfie de todos os homens, inclusive de você. Sobrevivi até hoje porque respeitei esse princípio. Vamos levar em conta um fato poderoso: não houve mais tentativas contra a sua vida. Sírio é um escravo valente, mas não poderia vencer um grupo de homens. Se eles não tivessem resolvido deixar que você vivesse, a esta altura seria um homem morto. Você não se sentiu mais seguro depois que contou a Júlio a respeito do seu pretenso assassinato?

Marco teve um sobressalto.

— Estranho. É verdade. Nem pensei nisso antes. — Depois exclamou: — Foi Sírio quem me protegeu, ou então não houve mais atentados!

— Acredite no que quiser — disse Cévola, resignado. — Quem pode meter juízo na cabeça de um homem virtuoso? Mas eu, no fundo, sou um matemático e pensei nas probabilidades contra você. Com ou sem Sírio, você não estaria vivo hoje se alguém não tivesse intercedido a seu favor. Acredito que essa pessoa tenha sido Júlio César. Eu não o considerava um homem sentimental. — Cévola acrescentou, esperto: — Não lute contra as suas dúvidas. Os seus instintos são melhores do que a sua inteligência e virtudes. Um dia você me disse que Júlio César em si era um portento. Já se esqueceu?

Marco não disse nada.

Cévola mudou de assunto:

— Sobrevivi até hoje porque nunca me meti em facções, brigas e política. Assisto, com isenção de ânimo, à decadência constante da minha pátria. Quem se pode opor a isso? Quem pode restaurar a república e todas as suas virtudes? Ninguém. Quando uma nação se torna corrupta e cínica, preferindo o governo dos homens e não o governo da lei, é que começou a sua destruição. Isso é a história. Chegamos à era dos déspotas, como chegaram outras nações. O homem nunca aprende com a história de nações que pereceram no passado. Segue o mesmo caminho para a morte. É de sua natureza, que é inerentemente má. Vamos pensar nos tribunos, os representantes do povo. Quem recebe os votos do povo: o homem virtuoso ou o homem mau, que é extravagante em suas promessas? O homem mau, invariavelmente.

Marco não fez comentários.

— Nem importa que o mau não cumpra as promessas! O povo não liga, nem o faz lembrar-se delas. Basta saber que ele é mau e que os reflete. As multidões estão mais à vontade num clima maligno do que num clima de bondade, que os constrange e descompõe, pois é contra sua natureza. Voltemos à Sila. Não tenho dúvida alguma de que ele em breve conquiste Roma. Entre os seguidores dele está o seu velho inimigo, Catilina. Portanto, você está em perigo.

Cévola ficou sobressaltado diante da mudança súbita que se operou em Marco. O jovem advogado levantou-se e, mesmo depois que se sentou de novo, estava com os punhos cerrados sobre a mesa e sua respiração era pesada. Cévola esperou, as sobrancelhas grisalhas arqueadas, os lábios formando um O.

— Eu me desprezo — disse Marco, na voz mais calma possível. — Devia tê-lo matado. — Bateu na mesa com o punho. — Devia tê-lo matado. Nunca me perdoarei por não tê-lo feito.

— Sim, você o poupou. Por que está agora tão arrependido?

Marco sabia que Cévola desprezava o sentimentalismo. Mas suas emoções o dominaram e ele perdeu a calma e o controle. Em frases vacilantes, contou ao mentor a respeito de Lívia. Sua voz atingiu culminâncias calamitosas. As lágrimas escorriam por suas faces. Ele batia no peito. O aperto na garganta tornava suas palavras roucas e terríveis. Por fim, vencido pela angústia e pelo desespero, ele deixou cair as mãos na mesa e soluçou alto.

— Sou culpado — gemeu ele. — Eu mesmo a matei, entregando-a ao mal. Sou o mais fraco e desprezível dos homens.

Cévola olhou para aquela cabeça jovem, curvada, e Marco não pôde ver a compaixão no rosto daquele sátiro rude. Maravilhosas são as artes de Afrodite, pensou o velho advogado. Desesperados são os seus fiéis. Certamente, ela é a deusa da loucura.

Ele pensou, enquanto Marco continuava a gemer e a chorar, o rosto tapado. Todos os homens sábios e líderes do povo não deveriam ser castrados quando se tornavam poderosos? Assim se tornariam imunes ao desejo, à demência, ao mal e seriam governados pela razão. Conhecendo a lei, então, eles seriam movidos apenas pela virtude. Sacrificariam os seus testículos pela justiça e a dedicação ao bem de sua pátria. Era uma idéia interessante.

Cévola esperou até Marco conseguir controlar-se um pouco. A fim de não deixar Marco envergonhado, ele continuou a comer tranqüilamente. Quando Marco levantou a cabeça da mesa, viu Cévola calmamente devorando tâmaras e bebendo vinho. Aquela calma, diante de seu próprio tumulto, devolveu-lhe a razão. Viu os olhos azuis do seu mentor, aparentemente calmos, e enxugou os seus.

— Fiquei nervoso — disse ele.

— Ficou mesmo — disse Cévola. — Mas você é jovem e por isso eu o perdôo. Vamos pensar. Você jurou matar Catilina. Isso é ridículo. Você estaria apenas tirando-o do sofrimento, tornando-o imune à dor. Isso é algum triunfo? Um homem morto é sereno, embora o seu mal perdure depois de sua morte. É mais inteligente atrapalhar um homem desses, frustrá-lo, privando-o de suas ambições e seus desejos, do que matá-lo. Então, ele morre mil vezes.

Os olhos de Marco acalmaram-se.

— Pode estar certo — disse o ancião — de que Catilina tem desejos. É um homem ambicioso, como todos os Catilinas. É um patrício e orgulhoso. Descubra o que ele deseja e derrote-o.

— Quem sou eu? — perguntou Marco, desesperado. — Não tenho poder.

Cévola levantou-se.

— Você é muitas coisas. Sinto agitar-se uma profecia dentro de mim. Você fará o que deseja fazer. Sinto isso em meus ossos.

Naquela noite, no calor sufocante da cidade, Cévola estava sendo levado em sua liteira para jantar em casa do filho. Era, por natureza, fatalista e, embora seus jovens discípulos não o soubessem, estava enojado com Roma e tinha terríveis pressentimentos quanto ao seu futuro. Portanto, quando seus escravos deram gritos de terror e as cortinas da liteira foram afastadas, e a própria liteira caiu na rua, ele não fez qualquer movimento para defender-se ou pegar o punhal. À luz de um lampião seguro ao alto, ele viu as caras de seus assassinos e reconheceu-os. Não pronunciou nenhuma palavra antes de ser apunhalado no coração. Morreu tão imperturbável como sempre vivera, como morrem os romanos.

— Ave, Carbo! — gritaram os assassinos, brandindo seus punhais. Eles fugiram na escuridão da noite, lambida pelas chamas vermelhas das tochas enfiadas em encaixes nos muros. Quando os guardas chegaram, as sandálias de solas de ferro batendo nas pedras, encontraram os escravos estatelados e chorando e Cévola prostrado em seu sangue, os olhos abertos, com uma expressão de ironia.

Quando Marco soube da notícia, no dia seguinte ao chegar à casa de Cévola, a princípio não pôde acreditar. Depois, o pesar dominou-o. Lembrou-se das palavras proféticas do grande homem e odiou-se por sua impotência. Exclamou para os amigos e os filhos de Cévola:

— Quem haveria de matar um homem tão nobre, tão inofensivo e bom?

Um dos filhos disse, com amargura:

— Não o consideravam inofensivo. Um dos escravos ouviu o assassino dizer: "Ave, Carbo!" Parece que acreditavam que o meu pai fosse perigoso para este cônsul pusilânime.

Estou completamente só, pensou Marco, compreendendo que não são os mortos os mais dignos de piedade, e sim os vivos, que ficam para chorá-los. Ele foi ao escritório de Cévola, que estava vazio. Os muitos amigos e clientes de Cévola, que ele defendera, tinham ouvido o que fora levado pelas asas dos boatos e estavam resolvidos a não se arriscar, aparecendo em casa dele. Marco olhou para a mesa de mármore comprida, para as pilhas de livros, os rolos, a multidão de provas da obra do falecido Cévola, as estantes de livros e, acima de tudo, para a cadeira em que ele se sentava.

Aquela cadeira fora o único toque de luxo de Cévola, na sala simples, pois era de marfim, teca e ébano, lindamente esculpida. Fora presente de um cliente. Um dos filhos acompanhou Marco, que chorava, ao escritório e viu que ele tocava na cadeira.

— Ele tinha muita afeição por você — disse o filho. — Já vi o testamento dele. Ele lhe deixou cinqüenta mil sestércios de ouro, esta cadeira e todos os seus livros de Direito. E o escravo, Sírio.

Marco não conseguiu falar.

— Ele será vingado — disse o filho. — Não chore. Ele será vingado. Mais tarde choraremos.

Mas os assassinos nunca foram descobertos. Os senadores, tribunos e cônsules exprimiram seu horror e sua fúria. Poucos compareceram ao sepultamento. Foi Marco Túlio Cícero quem pronunciou a oração fúnebre, vestido em sua toga branca, com a espada do lado.

— Não é Cévola quem será vingado — disse ele, com sua possante voz de orador. — É Roma que será vingada. Pois um patriota foi calado para sempre e, quando morrem os patriotas, as espadas dos homens de bem não se devem embainhar até que essas espadas fiquem vermelhas com o sangue dos traidores. Dizem que houve três assassinos. Não, houve uma nação inteira de assassinos. Um povo corrupto e perverso concordou com essa morte, por sua apatia, ganância, maldade, covardia e falta de patriotismo. Ele foi condenado à morte há muito tempo. O povo tem a sua culpa.

"Nós o vingaremos, nunca o esquecendo e opondo-nos aos tiranos, às fúrias e às traições no coração dos homens maus. Que ele não tenha morrido em vão.

Carbo havia substituído o cônsul Cina, depois do assassinato deste, perto da Tessália. Seu caro amigo e colega de confiança era filho do velho Mário e, portanto, parente de Júlio César. Enquanto Sila lutava na volta a Roma, Carbo ordenou a morte dos senadores que não eram corruptos, e o filho de Mário cumpriu essas ordens. Uma por uma, naqueles dias de desespero, todas as pessoas importantes suspeitas de simpatizarem com Sila foram destruídas impiedosamente. Começara o fim da lei, não mais secretamente, mas abertamente.

Júlio César estava escondido em casa de Carbo durante vários dias. Disse a Carbo:

UM PILAR DE FERRO

— Cévola não devia ter sido assassinado. Dei opinião contrária a isso. O povo se lembrará dele; já estão começando a lembrar-se dele, se o que Pompeu me contou é verdade. Ele anda pela cidade. Há uma grande oposição a você, meu amigo.

Carbo deu de ombros.

— Quem dá importância à oposição da ralé? Cévola estava metido com Sila. Temos provas, apesar de suas manifestações de neutralidade. E quem mais se opõe a mim em Roma? Aquele advogado plebeu, aquele seu querido amigo, meu caro Júlio! Por que você interferiu por ele?

— Marco Túlio Cícero? — Júlio riu-se. — Aquele homem brando e afável?

— Ele não humilhou Catilina? O senador Cúrio não é inimigo dele?

— Cícero? — repetiu César, com uma expressão de incredulidade. — Foi sorte pura para ele vencer Catilina, que escorregou e caiu. Cícero não é inimigo de ninguém e o senador Cúrio, provavelmente, até já se esqueceu do nome dele. Não ande atrás de sombras, Carbo. Cícero pode gritar, mas ninguém lhe dá ouvidos. Não passa de um lavrador e é inócuo.

— Ele é advogado. Herdou os clientes de Cévola. O magistrado fala bem dele. Ele está ganhando uma fortuna. Está vendo que sei a respeito dessa sua nulidade, Júlio. Ele não é a pomba que você parece pensar que é.

Júlio estava intimamente alarmado com a expressão furiosa de Carbo. Mas continuou a sorrir e disse:

— Conheço Marco Túlio Cícero desde a idade dos cinco anos e ele tem um coração muito tímido. Não gosta de intrigas. É um romano "antigo".

— E os romanos "antigos" — disse Carbo, sério — são os nossos inimigos mais violentos. Digo que ele deve morrer.

— E eu digo que não — retrucou Júlio. — Se ele morrer, eu o vingarei.

Os olhos de Carbo se apertaram, ao olhar para o seu jovem e alegre cúmplice.

— Está me ameaçando, César? — perguntou, numa voz suave.

— Vamos ser sensatos — disse Júlio. — Não vamos nos entregar à mortandade e à carnificina por esporte. Nós mesmos estamos em perigo mortal e temos um trabalho a fazer. Diga que eu tenho um coração mole, com relação a Cícero. Sorrio acanhado diante dessa acusação. Mas se eu o considerasse perigoso, não sustaria minha mão contra ele. Já não provei isso, com relação aos outros?

Enquanto Carbo permanecia olhando para ele num silêncio brutal, César continuou:

— Cévola era *Pontifex Maximus*, um cargo sagrado. O povo não acredita mais nos deuses, mas os temem. Agora sabem que Cícero ocupa o lugar de Cévola.

— Você disse que ele não é importante.

— Ele não é um Cévola e já confessei que tenho certa afeição por ele. Que viva em paz. Ouvi dizer que ele tem certos amigos poderosos que ficariam muito aborrecidos se ele expirasse de repente.

— Você — disse Carbo.

Júlio levantou os olhos, com paciência.

— Eu — disse ele. — O meu aborrecimento seria maior do que o meu bom gênio.

— Nesse seu interesse há mais do que eu percebo.

— Sentimentalismo, Carbo. Não vamos descambar para a carnificina só por brincadeira. Sila se aproxima de Roma.

Carbo olhou para aquele rapaz elegante e sorridente com uma expressão maldosa. Depois fez um gesto de desdém, esquecendo o assunto.

— Já me esqueci do seu delicado protegido. Estamos com uma guerra civil nas mãos, desde que Sila desembarcou na península. Nossos exércitos, sob os nossos cônsules, estão lutando desesperadamente contra as forças de Sila, bem como os nossos samnitas e outros italianos descontentes. Nós venceremos Sila. Júpiter não é o seu padroeiro? Disseram que você venceria seus inimigos e entre eles encontra-se Sila. Dizem também que Sila tem mais de cinco mil nomes em sua lista de proscritos e nós estamos incluídos. Vamos sufocá-los com sua própria lista!

— Detesto os militares — disse Júlio. — Detesto ainda mais o Senado, pois pertenço ao partido *Populares*. — Estava aliviado porque Carbo se esquecera de Marco. — Tive um sonho.

Como Júlio se tornara famoso entre os políticos por sua epilepsia, considerada uma doença sagrada e cheia de profecias, Carbo lhe deu toda sua atenção. Júlio sorriu, pensativo.

— Vi a sombra de meu tio Júlio. Ele me disse que eu não pereceria. Meu tio disse que eu estava sob a guarda especial de Júpiter e que me envolveria em acontecimentos portentosos.

— Os acontecimentos já estão à nossa porta — disse Carbo, com tristeza. Mas estava profundamente interessado. Se Júlio sobrevivesse, isso significava que Sila seria derrotado, junto com seus exércitos.

Enquanto isso, Marco quase se esqueceu de sua própria dor em meio às notícias sinistras que os mensageiros a cavalo levavam a Roma. Sila avançava ininterruptamente. Os exércitos lançados contra ele recuavam. Se isso fosse verdade, Sila estaria às portas da cidade dentro de alguns dias.

Túlio disse ao filho, com receio:

— Esse é um dia muito triste para nossa pátria. Não compreendo esta guerra! Não bastou a guerra civil? Será que nunca teremos paz? Onde está Quinto, seu irmão? Ainda está na Gália, ou com os nossos exércitos, ou com Sila?

Marco procurou acalmá-lo, escondendo seus próprios temores.

— Quinto certamente ainda está na Gália. A última carta que ele escreveu não foi de lá? E Quinto não é político. Não nos deixemos sufocar pelas ondas de pânico periódicas que atualmente envolvem os sentidos dos romanos. Nossa família não ligava a mínima para Cina; nós não gostamos de Carbo. Estamos ainda menos interessados em Sila. Somos uma família tranqüila e vivemos em paz, sem inimigos. Temos de trabalhar, como sempre.

Túlio desejava acreditar em tudo isso, de modo que concordou de boa vontade. Mas Hélvia não se iludiu. Interrogou Marco em particular, no cubículo dele.

— Minha família não é a favor de Sila — disse ela. — Você será conhecido como pertencendo à casa dos Hélvios.

— Não obstante, minha mãe, não estou alarmado. Não passo de um advogado, seguindo seu caminho tranqüilo no meio de uma tempestade que não nos diz respeito. No vórtice do caos estridente, temos de servir à lei e à ordem. É esse o meu dever. Eu o cumpro.

Ele abraçou a mãe e disse:

— Não somos mais pobres. Hoje temos milhares de sestércios, graças ao nobre Cévola e a todos os meus novos clientes. Vamos ver o que faremos com o dinheiro quando Roma estiver em paz de novo. Cévola aconselhou-me a comprar imóveis. Gostaria de uma casa simpática na ilha de Capri, ou perto de Nápoles. Uma vila, talvez, com terras de cultura. Pois, como você deve lembrar-se, sou fazendeiro de coração.

Ele tinha muitos encargos e ansiedades e estava com medo. Muitas vezes não conseguia dormir, temendo pelo irmão, seu querido Quinto. Ainda estaria mesmo na Gália, ou teria recebido ordens para lutar contra Sila? Estaria ainda naquele momento resistindo ao avanço daquele homem formidável? Estaria morto, ou foragido?

Havia ainda Túlio, o pai, um inválido que tinha de ser protegido. Havia a mãe, filha dos Hélvios, cujos parentes estavam lutando contra Sila. As questões da família pareciam correntes sobre ele, deixando-o desanimado e muitas vezes fisicamente doente. Sim, ele não podia demonstrar nada, para que os pais tivessem o que poderia ser a sua última paz.

Ele não parava de lamentar a morte de Cévola. Mas Cévola parecia estar vivo e não morto em seus pensamentos, como Lívia. Seu espírito sardônico estava sempre junto de Marco, sua voz sempre em seus ouvidos.

— *Sic transit Roma* — disse ele a Marco, num sonho. — Não se aflija. Roma perecerá, mas a sua memória há de perdurar.

Prefiro não ser uma memória, pensou Marco, ao acordar. Prefiro ser potente. Prefiro ser um romano até o último dia de minha vida, e espero que a vida seja longa, a serviço de minha pátria. Não tenho desejos de encontrar Cérbero e atravessar o Styx. Portanto, serei prudente. Talvez devamos esconder a virtude.

Capítulo XXII

De repente, Roma estava na mais completa desordem e terror.

O calor abrasador na cidade e o sol forte de uma estação excepcionalmente quente pareciam confinar e conter a grande cidade dentro de suas muralhas guardadas e aprisionar os habitantes, que então não ousavam mais passar pelas portas, sob qualquer pretexto. Pois Sila se aproximava dessas mesmas muralhas, caso se acreditasse nos boatos e mensageiros ensangüentados e ofegantes dos exércitos derrotados de Carbo, que chegavam a Roma num golpe desenfreado.

Não havia motivo para duvidar dos mensageiros. Roma tornou-se uma praça de armas, varrida por violentos ventos de pavor. As turbas insensatas, que não davam a menor importância a Carbo ou Sila, e nada entendiam de política, achavam, no entanto, empolgante o clima de terror. As pessoas andavam apinhadas pelas praças e mercados, subiam e desciam as colinas, gritando, gesticulando, abraçando-se, correndo por toda parte como ovelhas desmioladas, rindo, chorando, berrando, por vezes gritando por Carbo — que, de repente, deixara Roma com uma nova legião, para enfrentar Sila — e por vezes uivando pelo general severo. Os boatos, com suas mil línguas, voavam sobre suas cabeças numa loucura alada. Eles gritavam que, quando Sila triunfasse, em Roma haveria mais cereais, pão, feijão e carne, distribuídos de graça aos ociosos e incompetentes, e que até mesmo vinho gratuito jorraria para multidões de cálices sequiosos. Eles sonhavam com saques e se babavam. Outras multidões aclamavam Carbo, que prometera outro tanto, ou mais. Surgiam facções de um dia para outro, uma gritando que Carbo era o herói, outra insistindo que Sila era o "libertador". (De que ele livraria as turbas gordas e gananciosas não estava bem

Um Pilar de Ferro   273

claro.) Havia danças tumultuadas nas ruas, noite e dia, embriaguez em
público e brigas nas lojas de vinho e, por toda parte, o riso exuberante e
louco de um populacho ignorante e invejoso. Os cidadãos de bem tranca-
vam suas portas e postavam os escravos numa vigília eterna, armados até os
dentes. O Senado reuniu-se, e uma vez na vida as portas da sala se fecha-
ram, enquanto os homens assustados discutiam a fuga e o desaparecimen-
to. E os portões de Roma abriam-se constantemente para admitir montes
de refugiados das províncias, além de soldados exaustos e feridos.

Marco Túlio Cícero, procurando tratar de seus negócios e manter a
vacilante lei, olhava as turbas de Roma com pessimismo. Se Sila vencesse,
eles não gritariam, nem ririam ou dançariam mais; nem viveriam facilmente do trabalho de seus vizinhos. Trabalhariam ou passariam fome, segundo
as antigas leis de Roma. Marco, pela primeira vez, viu-se esperando que
Sila de fato vencesse. Certamente não era um monstro como Mário, o falecido tio de Júlio César, nem um cônsul irresoluto como Cina, nem um tolo
confuso e tirano como Carbo, cujos adeptos tinham assassinado Cévola.

A poderosa Roma tremia nas sete colinas, como se houvesse um terremoto, nessa tempestade de acontecimentos, seus muros vermelhos, verdes,
amarelos e ocre parecendo balançar constantemente. A cidade transpirava
de entusiasmo e calor abrasador. As ruas ressoavam com a marcha dos soldados preparando-se para defender a cidade contra Sila. Todos aguarda-
vam notícias de Carbo. Por fim chegaram. Ele travara uma batalha feroz
com Sila perto de Clúsio, mas fora derrotado por Metelo Pio, o general de
Sila, perto de Favência. Depois fugira da Itália. A multidão parou, aturdida, para pensar nisso e considerar pela primeira vez o seu próprio destino.
Os que tinham gritado clamando por Carbo murmuravam sobre as virtudes de Sila. Os que tinham uivado por Sila estavam triunfantes. Corriam
em fileiras desordenadas pelas alamedas e mesmo no grande Fórum, diante do Senado, levando flâmulas esfarrapadas com o nome de Sila, gritando
para que todos se rendessem a ele. Entravam em bandos com olhos alucinados mas vazios nos templos, especialmente o templo de Júpiter, para
berrar suas orações em prol do temível general. Milhares assaltaram e saquearam as pequenas lojas, abatendo os proprietários. Guardas armados,
prontos para matar, cercavam os estabelecimentos maiores, as espadas
desembainhadas, e as turbas escarneciam deles e brandiam os punhos cerrados. Mas as multidões nem compreendiam nem se interessavam pelo que
gritavam. Só sabiam que em seus números havia o terror e sentiam-se
invencíveis, seu entusiasmo aumentando com os excessos. Eles rabiscavam
nos muros, à noite, com pigmentos vermelhos. Por vezes, sem motivo algum,

davam-se as mãos no meio das ruas e saltavam como dervixes, ou membros dos dois sexos se acasalavam nos becos, em plena luz do dia, no seu frenesi de exuberância.

E os cidadãos inteligentes e trabalhadores tratavam de seus negócios, sustentando a lei e procurando, com dignidade, ignorar as turbas que trovejavam sem cessar, noite e dia. Muitos dos prósperos e sensatos falavam de Sila com um temor abafado, pois sabia-se que ele era exclusivamente militarista, desprezando a todos os civis. Senadores e mais senadores foram escapando da cidade, na calada da noite, depois de subornarem os soldados nos portões.

Júlio César, refugiado com a jovem esposa na casa abandonada de um amigo senador, estava sempre a par não só dos boatos, mas também dos fatos. Um dia recebeu uma carta que o fez sorrir. Aproximou-se da mulher e disse:

— Não precisa mais ter medo. Recebi um recado de meu querido amigo Pompeu, que, como você sabe, hoje está com Sila. Foi o próprio Pompeu quem capturou Carbo em Cossira, há apenas uma semana, e o executou. Ah, você chora por seu pai, querida. Mas temos de ser realistas. — Em seus olhos não havia lágrimas. Para Júlio, todos os homens eram dispensáveis, salvo ele.

Ele era membro do partido *Populares*, ou democrático, e Sila desprezava e odiava aquele partido por ser aliado das turbas de Roma. Mas por algum motivo — que a história nunca explicaria — Júlio não estava muito alarmado. Ele consolou a jovem esposa. Ela derramava lágrimas pelo pai; ele as enxugou. Quando fosse oportuno, garantiu-lhe, ele faria grandes sacrifícios em nome de Cina e pagaria generosamente por orações pelo repouso de sua alma. Às vezes, bem disfarçado, ele saía de seu esconderijo para visitar o templo de seu patrono, Júpiter, pai de todos os deuses, o invencível. Lá, no meio da turba, acendia uma luz votiva. Estava começando a ter fé em Júpiter e a acreditar em suas próprias histórias de visões notáveis. Muitas vezes, no templo, trocava sussurros apressados com outros iguais a ele e recados eram passados de mão em mão e escondidos nas capas, para serem enviados a outros destinos, mesmo além dos muros de Roma.

Um dia, quando Sila estava a alguns quilômetros de Roma, Júlio encontrou Marco por acaso, quando este saía da Basílica da Justiça. Marco viu apenas um vulto esguio e apressado, encapuzado, naquela luz fosca e metálica; não se surpreendeu com as roupas, pois naqueles dias havia milhares desses vultos furtivos pelas ruas. Limitou-se a murmurar uma

UM PILAR DE FERRO

desculpa e teve um sobressalto quando a mão bronzeada e fina saiu das dobras da capa e pegou-lhe o pulso. Ele virou a cabeça e só viu uma boca sorrindo levemente na sombra do capuz. Mas havia algo naquele sorriso e nos dentes brilhantes que lhe era conhecido.

— Não pronuncie o meu nome, caro amigo — disse uma voz que ele reconheceu imediatamente. — Venha. Vamos encontrar um lugar sossegado, onde possamos trocar notícias de nossas saúdes.

Marco sentiu uma emoção alarmada. Olhou em volta para o povo no Fórum, apressadamente abrindo caminho contra as torrentes de pessoas que desciam do Palatino. Mas Júlio, ainda agarrando seu pulso, movia-se com graça sinuosa e com facilidade no meio do povo. Os dois rapazes caminharam sem uma pressa evidente para a base do Palatino e a grande escadaria que subia por ele. Lá a multidão era ainda mais densa, mas Júlio arranjou um lugar atrás da estátua monolítica de Marte. Marco soltou seu pulso e disse, em voz baixa:

— Isso é imprudência de sua parte. É muito perigoso. Há gente que gostaria de despedaçá-lo em um minuto, se fosse reconhecido.

— É verdade — disse Júlio, ainda mantendo o rosto na sombra. Seu sorriso era alegre e vasto. — O que dizia sempre o seu velho amigo Cévola? "Somente nas repúblicas e nos despotismos os homens estão realmente seguros, pois na primeira eles são livres e na segunda são escravos. Nas democracias, não são livres nem são escravos; portanto, vivem em perigo." Mas, diga-me, como vão as coisas com você, caro Marco?

— Bastante bem — disse Marco, olhando para as torrentes humanas que subiam e desciam pelas escadas. — E com você?

— Como diz você, bastante bem. Sinto que Cévola tenha sido assassinado, pois ele lhe era caro e eu o admirava muito. Mas ele teve a sorte de todos os homens justos que vivem nas democracias: a morte pela espada ou a morte pela calúnia. Ah, bem. Não teremos mais democracia quando Sila se apoderar do governo.

— Você não tem medo? É sobrinho de Mário.

Júlio riu-se.

— Nunca tive medo na vida. Mas você se preocupa com a minha segurança e isso me toca o coração. O seu interesse lhe deu essa palidez e esses lábios brancos, meu amigo?

Marco estava ficando cada vez mais assustado por Júlio, pois, de vez em quando, percebia um olhar curioso dos homens que passavam.

— Não seja frívolo — disse Marco, com impaciência e um medo cada vez maior. — Não quero presenciar sua morte. As turbas estão farejando sangue em Roma. Bastará uma cena sangrenta e elas correrão desenfreadas pelas ruas, matando alucinadamente e com prazer. Não lhes ofereça tal cena com sua pessoa. Como isso é imprudente de sua parte! Por que não fugiu de Roma, como fizeram centenas nesses dias, escondendo-se discretamente até não estar mais sendo perseguido?

— Não sou pusilânime — disse Júlio — e adoro o cheiro do perigo, embora prefira senti-lo de longe. Por que hei de fugir? Estou bem seguro. — Ele tornou a sorrir. — Você não me trairia, nem que tivesse um leão o atacando.

— É, eu não o traria — disse Marco, cada vez mais aflito. — Não seja absurdo. Não podemos ficar aqui. Um grupo parou ao pé da escadaria e nos está olhando com uma curiosidade que não me agrada.

— Eles o reconhecem, querido Marco. Ah, ouço falar coisas tremendas de você e me orgulho de ser seu amigo!

Marco foi obrigado a sorrir.

— Que mentiroso você é. Não podemos ficar aqui. Volte para o seu esconderijo. Você é indiscreto assim muitas vezes?

— Costumo venerar Júpiter no templo dele e pedir sua proteção. Ninguém acreditaria que uma pessoa como eu ousaria aparecer nas ruas, mesmo encapuzado, nesses dias em que Sila é aclamado de todos os pórticos. Esses cães volúveis! Ainda ontem aclamavam Cina, meu tio e Carbo. Amanhã, quem sabe? Aclamarão alguém que derrubar Sila.

— É verdade. Mas não posso mais atrasá-lo, pelo seu próprio bem.

Uma inquietação imensa dominava Marco. Era óbvio que Júlio não tinha medo de Sila. Isso significava que ele era ou um traidor de seu próprio partido e seu povo, ou que se estava vangloriando. Ocorreu a Marco que provavelmente eram as duas coisas.

Júlio agora estava seguro de que podia contar totalmente com a afeição e a boa vontade de Marco. Uma pessoa assim era extremamente valiosa para um homem ambicioso. Ele apertou a mão de Marco. Este viu os dedos magros e fortes e sentiu seu aperto.

— Você está bem seguro? — perguntou, aborrecido porque sua voz revelava profunda ansiedade.

— Estou seguro — disse Júlio. Ele levou, de leve, a mão à testa encapuzada, numa saudação. — Já vou. Mas não o esquecerei, Marco.

Marco agarrou o braço dele.

— Meu irmão Quinto. Não teve notícias dele? Temo por ele — acrescentou Marco rapidamente, sem saber por que interrogava Júlio, que não ousava mostrar-se nas ruas de Roma.

Júlio parou.

— Está vivo — disse, com simpatia, e Marco acreditou nele. Ficou olhando enquanto Júlio se dissolvia como uma névoa no meio da multidão nas escadas.

O coração de Marco ficou leve com o alívio. Fora a intuição que o levara a indagar a Júlio sobre o irmão. Júlio era mentiroso, isso era certo. Mas na voz dele havia convicção. Ele não mentiria só para me acalmar, pensou Marco, tornando a descer a escada. Marco teve outra idéia perturbadora: tinha certeza, conhecendo a natureza de Júlio, que se tivesse dado um alarma ali naquela escada, traindo-o, Júlio não vacilaria um momento, enterrando-lhe um punhal no coração. Ele teria matado e depois não sentiria remorso algum. Ele é muito ambíguo, pensou Marco, e então seu coração não estava mais leve. Pensou nas advertências enigmáticas de Cévola sobre Júlio, sua descrição da serpente de escamas douradas na casa do rapaz.

Lúcio Cornélio Sila, o general inclemente e inflexível, fez recuarem diante de si os pobres samnitas, até as próprias muralhas de Roma. Ali eles morreram aos milhares, junto à Porta Collina, às mãos dos exércitos romanos, enquanto as forças dos cônsules, dentro dos portões, se preparavam para depor as armas. Os oficiais e soldados de Sila, descansando depois do massacre de seus conterrâneos da península, ouviam o ronco da poderosa cidade contida além e os gritos trovejantes das massas saudando o general. Sila deu um sorriso sombrio. Era o homem que os inimigos chamavam de "metade leão, metade raposa" e tinha uma natureza friamente violenta que o fazia ficar de rosto roxo em seus freqüentes acessos de raiva.

— Se os exércitos dos cônsules me tivessem derrotado e prendido, aquele mesmo bando de chacais estaria gritando pelo meu sangue e a minha cabeça — disse ele aos seus oficiais. — Ah, veremos! — Seu rosto duro, talhado na carne apertada, reluzia como se a lâmina de uma faca tivesse passado por ele. Ele nascera de uma família pobre mas patrícia, que sempre fora do partido senatorial, como ele mesmo era. Acreditava no poder; passara a odiar os senadores fracos que recebiam subornos e estavam à venda para os clientes e amigos. Em muitos sentidos, era um romano "antigo", de espírito incisivo, feroz e dedicado, implacável em seus desejos e suas ambições. Agora ele estava resolvido a ter a sua vingança. Não aceitaria o título e cargo de cônsul de Roma. Pretendia declarar-se ditador. — E conservarei o meu cavalo — disse ele, aos seus oficiais, que riram.

278 *Taylor Caldwell*

Ele tivera o bom senso de prometer aos conterrâneos que sua vitória sobre Roma não significaria a abolição dos privilégios e liberdades em toda a península.

— Vim para restaurar a república — declarou. E não havia nenhum sorriso em seus lábios, ao dizer isso.

Ele entrou em Roma durante a mais tremenda tempestade, que assustou até um povo habituado a essas tormentas. Nunca, porém, que se lembrassem, houvera uma tão imensa e terrível. No momento em que Sila, envolto em sua capa e montado em seu magnífico cavalo preto, seguido pelas fileiras de oficiais, a infantaria e as bigas, chegou à Via Sacra, o templo de Júpiter foi atingido por um raio e as pilastras e as paredes incendiaram-se, caindo por terra em fragmentos despedaçados. O templo era onde se guardavam os famosos livros da Sibila e estes foram queimados juntamente com o prédio. Sila, a certa distância, contemplou o terrível incêndio, que desafiava até mesmo a chuva torrencial. Os que se tinham agrupado para dar as boas-vindas a Sila, dezenas de milhares de pessoas, estavam reduzidos a um silêncio apavorado. Aquilo era um portento, eles se diziam, os olhos arregalados e apavorados, os ouvidos ensurdecidos pelo trovejar constante que parecia pairar num furor mortífero sobre a cidade, procurando destruí-la.

Sila era romano e, portanto, supersticioso, apesar de toda a sua inteligência e instrução. Teria o templo de Júpiter sido destruído para revelarlhe que ele era mais poderoso do que o próprio Júpiter, ou seria um aviso sinistro? Ele, sendo egotista, optou pela primeira hipótese. Quando o trovão acalmou-se o suficiente para permitir que fosse ouvido, ele disse aos oficiais próximos, que contemplavam as ruínas incandescentes com assombro e palidez:

— Observem que o próprio Júpiter acendeu uma tocha para me guiar!

Eles esperaram que ele acompanhasse esse comentário com o seu riso rouco, mas ele sequer sorriu.

Um de seus oficiais, Cneus Pompeu, também não sorriu. Pensou em seu amigo, Júlio César, cujo padroeiro era Júpiter. Seria isso um portento? Pompeu ficou ali em seu cavalo, pensando, em meio à chuva escura e cheia de chamas. Sua posição em Roma, até bem pouco tempo, fora equívoca; fingira ser do partido de Mário para salvar a vida, apesar de pertencer ao partido senatorial. Servira a Sila como espião e oficial de ligação durante os anos que passara em Roma e, mais tarde, se unira a ele, nos últimos estágios da guerra. Embora fosse plebeu, tinha pretensões e ambições aristocráticas. Astucioso e mundano, frio e impassível, nunca duvidara de que

UM PILAR DE FERRO 279

Sila voltaria do oriente e se tornaria senhor de Roma. Enquanto isso, por meios sutis, ele conseguira sair de Roma à vontade, dando suas notícias aos mensageiros de Sila em lugares ermos e depois voltando.

O elmo de Pompeu reluzia numa mistura de relâmpago e reflexos do fogo. Era um rapaz jovem, mas seus olhos assim não pareciam. Seu rosto largo era impassível, o nariz curto saliente em sua forma carnuda, a boca pesada, reta e firme. Os cabelos escuros, espessos e crespos, brilhavam com as gotas da chuva e ele se mexeu um pouco no cavalo, pensando em Júlio César. Lembrou-se de que o nome do amigo aparecia em destaque na lista das proscrições de Sila; sabia do massacre iminente dos homens que haviam escolhido o partido de Mário. Também se lembrava de suas afirmações frias a Júlio; lembrava-se de muitas coisas sobre o amigo, entre elas o fato de que Júlio também possuía muitas informações sobre ele. Pompeu ficou olhando para o templo que ardia com uma expressão tranqüila e inescrutável.

Os relâmpagos continuavam a inflamar as colunas e pórticos brancos e todos os prédios do Fórum; iluminavam as residências apinhadas nos morros, que pareciam incendiar-se e depois eram cobertas pelas trevas. Entre os oficiais que assistiam ao terrível espetáculo de fogo e crepúsculo estava Lúcio Sérgio Catilina, de volta das guerras e conspirando sem cessar. Ele pensou em Sila, seu general, e sorriu um pouco, imaginando os assassinatos e tormentas que então afligiriam Roma. Inclinando a cabeça, via Sila em seu cavalo preto, acima de todos os outros, como um deus mudo, indiferente à fúria que o cercava e até sem tomar conhecimento dela.

Tudo quanto Catilina odiava e detestava estaria agora à mercê de Sila e de seus oficiais. As massas de Roma! Seu senhor agora estava repousando, até que pudesse se vingar delas e de seus covardes senhores. Catilina sentiu o anel de serpentes em seu dedo. Isso, pensou ele, era apenas o princípio.

Sila tocou no cavalo e o fez virar. Sua casa e todos os seus bens tinham sido confiscados quando ele fugira de Roma, partindo para o oriente. Mas agora sua casa, enfeitada de flores, aguardava sua volta.

A tempestade expulsava das ruas o povo que esperava para lhe dar as boas-vindas e a multidão agora procurava qualquer abrigo que pudesse encontrar. Portanto, com exceção dos trovões, havia pouco barulho nas ruas, e Sila continuou a marcha com os soldados. Só os seus passos ressoavam.

Os escombros do templo de Júpiter estavam reduzidos a brasas, expirando em negrume, as colunas quebradas lançadas longe como que por mãos gigantescas.

Não havia nenhuma sibila perdida na noite que se aproximava, avisando aos romanos que a república, que levara tanto tempo para morrer, por fim morrera, desaparecendo nas sombras negras da história. Só havia os espectros dos mortos para chorarem: *"Sic transit Roma!"*

Capítulo XXIII

Marco Túlio Cícero conhecera o terror como uma coisa alucinada e chamejante, vermelha como mancha de sangue fresco, como um raio escuro, como uma tempestade que desabava e se espalhava.

Nunca o conhecera como o via agora, como uma vastidão cinza e muda, um clima como o ferro. Mantinha a cidade na cavidade de suas palmas ressonantes; enchia o ar com uma areia silenciosa e esvoaçante. Suas sombras caíam dos prédios altos e pareciam apagar seus contornos. Passava num silêncio murmurante de portão em portão. Sua voz abafada estava em todos os limiares; sua presença estava nos templos e nas colunatas. Aonde quer que sua sombra crepuscular passasse, os homens baixavam a voz. Obscurecia as caras das massas numa escuridão variável, tornava turvas todas as cores; a própria lua estava fosca. Os becos estavam pesados de tristeza; as vastas escadarias em forma de leque que se elevavam em todas as colinas pareciam carregadas de espectros; as ruas, mesmo à luz da lua e de tochas pareciam ondular com formas que não tinham substância.

A poderosa Roma nunca conhecera tal terror, nem mesmo sob Mário, o velho assassino, que matara por maldade pura e infantil e sem plano algum. Sila matava implacável e metodicamente. Afixara os nomes de seus cinco e não eram conhecidos, salvo para os enlutados. Ele se declarara ditador supremo. Dissera: "Vou restaurar a república." Em nome da república, pois, ele assassinava sem emoção, sem remorso. Deu a Roma sua primeira experiência com a verdadeira ditadura, que era sem luz e terrível — quase sem som. Até mesmo as massas estavam caladas, as massas emotivas e animadas que, até então, nunca se haviam calado. Suas caras voláteis foram alisadas, tornando-se máscaras, diante do horror que andava pelas ruas; eles piscavam uns para os outros, o olhar vazio, e suas bocas se abriam. Sabiam que eram muito insignificantes para que o assassinato os marcasse e que nem seus nomes eram conhecidos. Mas sentiam a presença da morte por toda parte e viam funerais em toda rua. Eles se diziam, em voz baixa e balbuciante: "O que é isso?"

Um Pilar de Ferro

— Sinto o desespero na cidade — disse Túlio, que nunca saía, limitando-se a passear nos estreitos jardins de outono de sua casa, escutando o gorgolejar dos dois pequenos repuxos, vendo as folhas caindo, uma a uma, sobre o solo mudo. — Você precisa dizer-me, Marco, o que está acontecendo.

Mas ele era inválido e fraco, só lhe restando forças para se mover pelos pequenos aposentos da casa e pelo jardim, e não podia saber. Então, Marco disse:

— As coisas ainda não se resolveram, sob Sila. Enquanto isso, eu continuo com o Direito, no meio do caos.

— Não pode ser tão mau sob Sila quanto foi sob Cina, Mário e Carbo — disse Túlio, rabugento. — Que tiranos eles foram! Como profanaram o nome e a liberdade de Roma! Sila disse que pretende restaurar a república. Não é com isso que sempre sonhamos, você, eu, meu pai e os antepassados dele? — Como Marco não respondera, Túlio ergueu a voz: — Sila não está restaurando a república?

— É o que ele diz — respondeu Marco.

Ele e Hélvia não contaram a Túlio que um dos primos de Hélvia, um homem de negócios inofensivo, tinha sido assassinado por ordem de Sila. Não era político; não distinguia um tirano de outro. Fora um homem de sorrisos e grande amabilidade. Aceitara Mário, Cina e Carbo devido ao seu bom gênio e porque constituíam "o governo".

Ele fora um excelente comerciante, no ramo de tecidos. Tinha várias lojas na cidade; importava sedas, linhos e lãs da mais fina qualidade. Seus desenhistas e artífices eram dos melhores. Assim, mesmo durante as guerras prolongadas, ele enriquecera. "Vamos às lojas de Línio", diziam os romanos da classe média e muitos dos ricos. "Lá não nos roubarão; a qualidade das mercadorias dele é incomparável."

Línio, como milhares dos seus pares, não sabia que a classe média era objeto de um ódio profundo por parte de Sila, como sempre acontece no caso dos tiranos. Nunca saberia que um concorrente invejoso dissera que Línio era adepto de Cina. Portanto, Línio foi assassinado.

Túlio sentiu falta da presença calma e bem-humorada do primo da mulher em casa deles.

— Onde anda Línio? — perguntou ele a Hélvia, uma noite. — Ele nos abandonou?

O rosto indômito de Hélvia perdera seu colorido naqueles dias e seus cabelos estavam embranquecendo depressa. Não conseguiu responder ao marido, e então Marco disse, com calma:

— Agora que as guerras acabaram, Línio viajou para comprar sedas e linhos novos e mais tentadores.

Em outra ocasião, Túlio perguntou:

— Por que não temos notícias de Quinto? Certamente, agora que tudo se acalmou, as cartas poderiam chegar aqui. Receio que ele tenha morrido.

Marco respondeu, sufocando o seu próprio temor:

— As cartas muitas vezes se perdem. Ouvi falar na cidade que a legião dele está a caminho de casa.

Isso não era verdade, mas Túlio, o estudioso, o homem enclausurado, o filósofo enamorado de Deus, nunca deveria ser obrigado a enfrentar a terrível realidade daqueles dias. O pai o protegera em outros tempos; a mulher o protegera; o filho, Marco, agora tinha de protegê-lo, impedindo que ele ouvisse a voz do terror que murmurava nas ruas de Roma.

Até Marco vivia com medo, tristeza e ansiedade. Tinha tantos pavores mudos que, muitas vezes, não agüentava ouvir a voz petulante do pai, pedindo esclarecimentos que o poderiam matar, sua insistência para que lhe assegurassem de que tudo estava bem, não só com sua família, mas com o mundo. Uma noite, Hélvia entrou no escuro do cubículo de Marco, sentou-se na beira da cama e pegou-lhe a mão fria. Procurou falar com calma e compreensão. Mas ela, a forte e indômita, só conseguiu romper em prantos. Ele a segurou nos braços e Hélvia chorou com o rosto encostado ao dele.

— Onde está o meu Quinto? Por que Línio foi assassinado? E tantos dos nossos amigos?

Marco começou a fazer as suas próprias perguntas desesperadas à mãe. Viu que podia contar-lhe a dor terrível de seu próprio coração e o seu medo do futuro.

— Sou apenas um advogado; não sou político. No entanto, lá está Catilina entre os oficiais de Sila; e Catilina não me esqueceu, assim como eu não me esqueci dele. Não consigo esquecer-me de Lívia, minha mãe. Será que Lívia ainda existe? Ou será que morreu de seus ferimentos? Estarei vivo amanhã ao pôr-do-sol? Se eu morrer, quem cuidará da senhora e de meu pai?

— Palas Atenéia o protegerá, Marco — disse Hélvia, enxugando as suas lágrimas e as do filho também. — Os deuses não permitem que os bons morram à toa. — Ela parou e depois acrescentou: — Que tolice estou dizendo! Ainda assim, acredito que Palas Atenéia está vigiando os seus dias.

— Espero que Sila saiba disso — disse Marco. — Quantos nomes tombaram em Roma, nomes de senadores virtuosos, além dos perversos! Quantos homens como o seu primo, Línio, inocentes e confusos, morreram por nada! Qual o crime deles? Não se terem apressado a fazer amizade com os tiranos, ou bajulá-los. Só queriam viver em paz, sob qualquer governo que lhes permitisse ganhar a vida honestamente. Mas os governos não permitem que os homens vivam em paz!

Ele tinha muitos clientes, mesmo naqueles tempos, mas não possuía amigos. Os homens tinham muito medo de fazer confidências. Sila proclamara a liberdade, portanto os homens andavam com cuidado e falavam em voz baixa por trás de suas portas trancadas, imaginando se poderiam confiar nos filhos. Sila restabelecera a paz, conforme ele declarava, de modo que os pais olhavam apreensivos para os filhinhos nos berços.

— Tornarei a encher o nosso tesouro falido — disse Sila. E então os homens murmuravam desanimados, diante dos boatos de impostos ainda mais altos, e retiravam suas economias dos bancos, escondendo-as nos jardins, ou fugiam da cidade à noite com o seu ouro.

— Afinal, justiça! — exclamou Sila. E os cidadãos tinham medo de cada nova aurora e se abraçavam desesperados às esposas, sabendo que a justiça estava morta.

— Roma não é mais uma cidade-estado — disse Sila. — Somos uma nação e temos de marchar para a frente, para o nosso destino manifesto!

E assim milhares de romanos, que tinham dinheiro para pagar um suborno, fugiam de Roma, procurando locais sossegados na Grécia e mesmo no Egito, ou se perdiam em pequenas fazendas na Sicília, rezando para que o destino manifesto de Roma trovejasse ao longe.

Num dia escuro do inverno, Hélvia disse ao filho:

— Não somos mais pobres como éramos. Um de meus tios teve o juízo, durante todos estes anos, de agir com prudência, não inspirar inveja e esconder sua fortuna. Ele me ofereceu uma carruagem e dois bons cavalos. Vamos para Arpino, esquecer o nosso temor e nossa tristeza, por algum tempo.

— Meu pai vai desconfiar de que há algo muito errado, se fugirmos no inverno — disse Marco.

Um dia ele entrou no Templo da Justiça. Dirigiu-se calado, no crepúsculo do inverno, para o altar liso, vazio e branco do Deus Desconhecido. Marco tocou-o com a mão; o mármore parecia sensível sob seus dedos. Ele rezou: "Por que retardas o Teu nascimento? O mundo está mergulhando cada vez mais depressa numa destruição sangrenta. A morte espreita em cada sombra. O mal impera triunfante nas ruas de Roma. Não há mais esperança para o homem. Por que nos negaste a Tua salvação?"

O altar rebrilhava à meia-luz; a sombra vermelha das luzes votivas em outros altares lambiam o mármore tranqüilo daquele, que aguardava o sinal visível de seu Deus. Aguardava o seu sacrifício, suas flores, suas vasilhas, a voz de seu sacerdote. Marco encostou a face no altar e suas lágrimas molharam aquele vazio branco.

— Ajuda-nos — disse ele, em voz alta.

Públio Marco Cévola, o *Pontifex Maximus*, o velho mentor de Marco que fora assassinado, um dia lhe dissera: "Só estaremos perdidos como nação no dia em que os colégios dos pontífices forem tomados por um tirano e obrigados a satisfazer à vontade dele."

Sila declarou-se não apenas ditador da vida civil e do governo de Roma, mas também chefe dos pontífices, compreendendo astutamente que quem controla os deuses controla a humanidade. Não era a sua vontade que estava então sendo imposta a Roma, disse ele. Ele só falava conforme as ordens do Olimpo. Os pontífices patrícios não se revoltaram nem denunciaram Sila. Eles, como seus concidadãos romanos, há muito tinham perdido a virilidade.

— Vamos reunir-nos em conselho — disseram eles, em particular. — Devemos levar Roma a uma insurreição sangrenta e a uma catástrofe? Está em nossas mãos, mas não devemos fazê-lo. Sila que se declare ciente dos desejos de Júpiter. Os homens sábios se limitarão a sorrir. Por amor ao nosso povo, devemos permanecer calados.

Como a maioria dos romanos, eles eram homens práticos, mas não suficientemente práticos e sábios para compreender que, quando os sacerdotes renunciam à autoridade civil e aos tiranos, é que abandonaram Deus e o homem.

Sendo então senhor do abjeto Senado — outrora o poderoso Senado — Sila nomeou os seus favoritos para aquele órgão augusto, aumentando o seu número para 600 membros. Quase todos eram patrícios e homens de bens, pois Sila desconfiava das massas. A assembléia pública apressou-se a confirmar aqueles que ele nomeara. Alguns dos novos senadores eram prósperos homens de negócios que nunca haviam favorecido Sila. Eles não sabiam que tinham recebido aquela honra apenas porque Sila queria conseguir o favor da classe comercial — para que abandonasse seus interesses sólidos e princípios pragmáticos e se tornasse fiel a ele. Ao contrário de Cina, ele não subestimava o poder dos homens de negócio. Contrariando a antiga lei romana, que concentrava todo o poder nas mãos da assembléia pública, o Senado agora tinha poder sobre essa assembléia. Todas as medidas, antes oferecidas à assembléia da plebe para aprovação ou reprovação tinham primeiro de ter a aprovação do Senado — uma inversão direta da lei. A

UM PILAR DE FERRO

assembléia da plebe considerou essa medida com temor e desespero justificados, pois agora o governo não mais representava o povo.

— Desejo um governo responsável — disse Sila, que destruiu a Constituição com uma penada. Depois, ele atacou o cargo de tribuno. Nenhum tribuno, declarou ele, poderia, a partir de então, ocupar qualquer outro cargo, nem tornar a servir até que se tivessem passado dez anos depois do primeiro ano no posto. Os "representantes do povo", então, tornaram-se impotentes, e nenhum homem honrado, querendo servir à pátria honestamente e sob uma lei justa, sentia algum desejo de restringir de tal maneira sua vida.

Pela primeira vez nas suas centenas de anos de vida, a república romana tornou-se uma nação escrava, que só devia obediência ao seu senhor, Sila, e seus asseclas. O que ele não realizou por meio do assassinato, realizou por meio da lisonja, conferindo honrarias e poderes aos que um dia foram seus inimigos instintivos.

— Eu sou advogado — disse Marco, consigo mesmo. — No entanto, hoje não temos outra lei além de Sila. Porém tenho de proceder, como homem responsável, como se a lei ainda existisse, e tenho de rezar para que torne a existir, se não em Roma, em outra nação, talvez ainda por nascer.

Naquele ano, as festas da Saturnália foram muito moderadas. Sila queria que houvesse grande regozijo, como um tributo a ele, pois ele não restaurara a república? Mas o povo andava inquieto, confuso e temeroso, ainda que a massa não entendesse por que estava assim. Seus instintos sentiram o cheiro da tirania muito antes de entrarem em vigor as leis punitivas contra sua assembléia da plebe e seus tribunos, reduzindo o poder do povo. Sila, em homenagem à Saturnália, fez um grande gesto de magnanimidade e solicitude generosa pelo bem-estar de todos. Mandou que uma quantidade imensa de alimentos armazenados fosse distribuída ao povo, gratuitamente, e providenciou grandes festividades e jogos magníficos nos circos.

O povo aceitou tudo. Mas não estava alegre e vivia muito apreensivo. Lembrava-se dos primeiros dias de terror, os enterros em massa nas ruas, o clima como ferro cinzento. Passou-se muito tempo até que conseguissem sorrir de boa vontade e recuperar a animação costumeira.

O mês de Jano foi extraordinariamente frio.

Marco punha carvão no braseiro do escritório de Cévola, que ele agora ocupava. Mas, ainda assim, não conseguia aquecer direito a sala. As cortinas de lã azul ficavam puxadas sobre as janelas, mesmo ao meio-dia, mas a geada penetrava, com os ventos frios. O chão parecia uma lâmina de gelo e o frio atravessava os sapatos de Marco, forrados de peles. Quando ele parava seu trabalho incessante de escrever pareceres, ouvia o trovejar das ventanias de inverno e o silvar da neve. Não se lembrava de ter passado outro inverno assim em Roma. Parecia fazer parte da tristeza e pavor gerais na cidade.

Ele agora possuía seus próprios discípulos, tratando-os com uma paciência que Cévola nunca tivera. Seu rosto sensível podia estar pálido, de medo e frio, mas era sempre bondoso. Seus olhos mutáveis contemplavam os discípulos com brandura. Quando ele falava, fazia-o o mais serenamente possível.

— No meio da selvageria, a lei deverá prevalecer, do contrário a humanidade se perderá — dizia ele.

— Mas Sila modifica a lei — respondiam os alunos. A isso Marco respondia:

— Existem as leis naturais de Deus, que nunca poderão ser modificadas. Vamos estudá-las, pois ainda somos romanos e sempre invocamos a Deus.

Mas, ao ficar só, ele curvava a cabeça, passava os dedos pelos espessos cabelos castanhos e suspirava.

Um dia, enquanto estava preparando um caso civil, um de seus discípulos foi procurá-lo, num pavor muito grande, dizendo:

— Mestre, está aí um centurião à sua procura. Está acompanhado pelos soldados!

Tudo ficou muito quieto dentro de Marco. No entanto, ele conseguiu refletir.

— Ai de nós, hoje em dia, quando o aparecimento de nossos próprios soldados pode inspirar tal pavor! — Mas disse, com calma: — Peça ao centurião que entre e mande servir vinho.

O centurião, um jovem de couraça, com uma capa pesada e ondulante e um elmo reluzente, entrou com um clangor de calçados de sola de ferro e ergueu o braço direito rigidamente, na continência militar. Marco levantou-se.

— Ave — disse ele, apoiando as mãos na mesa e sorrindo para o militar, com um olhar indagador.

— Ave, Marco Túlio Cícero — disse o centurião. — Sou Lépido Cotta e tenho ordens de escoltá-lo para almoçar com o meu general, Sila. Ao meio-dia, isto é, agora.

Marco olhou-o espantado. O centurião observava-o com arrogância. Foi isso, por fim, que fez com que o rosto magro de Marco corasse de indignação; o fez lembrar-se de que a antiga lei colocava a autoridade civil acima da militar.

Um Pilar de Ferro

— É impossível eu sair agora — disse ele. — Tenho de apresentar um caso muito importante a um magistrado na Basílica da Justiça dentro de uma hora.

O centurião afrouxou o olhar; o queixo dele caiu. Depois disse:

— Mestre, apenas obedeço a ordens. Devo voltar a Sila com essa resposta?

Seja prudente; seja sempre prudente, pensou Marco. Mas sua indignação era cada vez maior. O homem tinha de lutar por seus direitos, do contrário não era homem.

— Deixe-me pensar — disse Marco, sentando-se. Sírio, o escravo negro e fiel, serviu vinho em dois cálices de prata. Marco fez um gesto convidando Cotta a beber e depois pegou um cálice para si.

— Esse meu caso já foi adiado duas vezes, Cotta — disse ele. — O magistrado não verá com bons olhos a minha ausência. Acho melhor eu ir imediatamente à Basílica da Justiça, para apresentar o meu caso o mais rapidamente possível. Depois, terei grande prazer em aceitar o honroso convite de Sila.

Cotta concordou, solene.

— Esse vinho é muito bom — disse ele, em sua voz juvenil. Sentou-se diante de Marco e serviu-se novamente de um cálice. — Mas temos uma liteira esperando-o.

Marco apertou os lábios com ironia. Então, não vou morrer, pensou. Pelo menos, não imediatamente. O que Sila desejava com ele, um modesto advogado, de uma família obscura e que levava uma vida pacata, só cumprindo o seu dever? Só os magistrados o conheciam, além dos clientes. Então, ele pensou em Catilina.

— Por que mereço essa honra? — perguntou ele.

O centurião deu de ombros.

— Mestre, eu só obedeço a ordens. Mas sei do seguinte: o grande Cévola era amigo do general. É possível que Sila deseje homenagear o discípulo querido de Cévola.

— Cévola não era político — disse Marco, incrédulo. O centurião lançou-lhe um sorriso juvenil que pretendia ser muito ladino. Então Marco teve uma idéia e deu uma gargalhada. Imaginou-se chegando ao Fórum escoltado por Cotta e os soldados, carregando as águias de Roma, as *fasces* e flâmulas. O magistrado fora obstinado no caso do seu cliente. Mas o magistrado era apenas um homem e essa escolta magnífica o assombraria.

O advogado disse ao militar:

288   *Taylor Caldwell*

— Tenho de comparecer em nome de meu cliente. Aceito a cortesia da liteira. E a sua escolta, meu bom Cotta. Vamos?

E assim Marco vestiu sua capa vermelha, forrada de peles — o primeiro luxo que ele jamais se dera —, puxando o capuz quente sobre a cabeça. Escoltado por Cotta, ele atravessou a casa de Cévola, e as fisionomias de seus discípulos de Direito ficaram cheias de medo e espanto. Marco lhes disse:

— Não me demoro, rapazes. Não descuidem dos estudos, enquanto estiver fora. Vou almoçar com o general Sila.

Sírio apareceu ao seu lado, os olhos negros e grandes fixos e brilhantes.

— Mestre, devo acompanhá-lo.

— Por certo — disse Marco, colocando a mão no ombro dele. Ele saiu para a nuvem rodopiante de neve e entrou na liteira aquecida que o esperava. Quatro escravos de capas vermelhas a levantaram, os soldados a cercaram, e, conduzidos por Cotta, todos saíram marchando, Sírio correndo atrás.

Conforme Marco suspeitara, o magistrado ficou assombrado, bem como os funcionários do tribunal. A voz desdenhosa do magistrado passou a ter um tom de respeito. Marco apresentou seu caso com habilidade. O magistrado concordou, sério, várias vezes. Depois puxou o papiro para si, assinou-o com um floreio e apôs seu carimbo.

— Não sei, nobre Cícero, por que haveria de ter dificuldade com esse seu caso.

Marco estava enojado, mas fez uma mesura para o magistrado e depois para os funcionários do tribunal, que lhe devolveram o gesto. Ele partiu, com sua escolta barulhenta.

As ruas estavam cobertas de gelo. O sol pálido saíra por trás das nuvens escuras e o gelo brilhava. Gotículas de gelo pendiam dos pórticos brancos dos prédios. O rio corria, escuro, entre as margens brancas. Mendigos e outros maltrapilhos tinham feito fogueiras perto de cada cruzamento e se aqueciam ou assavam pedaços de carne nas chamas. O povo andava apressado pelas ruas, as cabeças encapuzadas curvadas diante do vento. Uma fumaça acre esvoaçava por toda parte. As colinas apinhadas brilhavam sob o sol novo e os telhados vermelhos reluziam com a umidade e a neve. Então o céu apareceu em pequenas manchas, brilhantes, azuis e frias.

Não era longo o caminho até a casa murada de Sila, não muito distante do Palatino. Havia soldados postados ao portão; eles bateram continência. Um rufar de tambores anunciou a chegada de Marco. Agora eu sei, pensou ele, o que é ser um potentado. Os soldados e escravos marcharam sobre

Um Pilar de Ferro

o cascalho lamacento do caminho que levava à porta de bronze da grande casa branca de Sila. A porta abriu-se e apareceram mais soldados, rapazes de expressão feroz, de olhos negros e caras de águia, o sol reluzindo sobre as armaduras. Marco saltou. O centurião precedeu-o, com passos rígidos, e eles entraram num vestíbulo de mármore, de um calor suave, com grossas colunas brancas e perfumado como que por flores da primavera. Um repuxo murmurava musicalmente no átrio. Em algum lugar, por trás de portas fechadas, uma jovem ria alegremente.

Então, Marco foi escoltado para uma sala espaçosa, com piso de mármore branco e preto e deliciosamente aquecida. A mobília era pouca mas elegante, as mesas de madeira de limoeiro e ébano incrustadas com marfim. Havia tapetes persas espalhados pela sala. Um homem estava sentado a uma mesa imensa, com pés de mármore esculpido. Ele levantou a cabeça, franzindo a testa, pensativo, quando Marco entrou.

Parecia que ele mal tinha notado a presença de Marco, nem do centurião, nem da face preta, temerosa mas decidida, de Sírio, espiando por cima do ombro de Cotta. Este saudou o homem:

— Trouxe o advogado Marco Túlio Cícero, por sua ordem, meu general — disse o militar.

Marco fez uma mesura.

— É uma honra, senhor — disse ele. — Ave.

— Ah — disse Sila, tornando a franzir a testa. — Ave — acrescentou, impaciente. Ele olhou para o monte de rolos, papiros e livros sobre a mesa e depois afastou-os. Esfregou os olhos e bocejou.

Era um homem de seus 56 anos, magro, crestado pelo vento e pelo tempo, com um rosto curtido, com rugas fundas junto da boca fina e reta e na testa. Tinha as faces cavadas, o que lhe dava um aspecto faminto e zangado. As sobrancelhas eram muito escuras, retas como um punhal sobre os olhos mais pálidos e terríveis que Marco jamais vira, olhos como gelo, brilhando mordazmente. Os cabelos pretos eram cortados rentes ao crânio bem-feito e as orelhas pálidas encostadas à cabeça. Tinha um queixo firme e anguloso e ombros largos, quase esqueléticos. Usava uma comprida túnica de lã roxa, com um cinturão de couro que segurava o punhal. Não tinha pulseiras nos braços nem anéis nos dedos. A despeito de não estar fardado, ninguém o tomaria por outra coisa que não um militar. Sua voz era áspera e cortante.

Ele contemplou Marco, sem qualquer curiosidade ou interesse especiais, durante muito tempo. Viu o vulto alto e esguio, de capa vermelha com capuz e uma simples túnica comprida azul-marinho. Viu o rosto pálido e intelectual de Marco, as belas feições, os olhos grandes, os cabelos crespos e castanhos sobre a testa branca. Marco retribuiu o olhar com franqueza. Sila pensou: Este é um homem corajoso, apesar de ser apenas civil e advogado. O temível militar sorriu um pouco, azedo.

— Fico satisfeito por ver que aceitou o convite para participar de minha refeição frugal — disse ele. Fez um gesto dispensando o centurião. — Vamos almoçar a sós, à exceção de meu outro convidado — disse ele. Notou Sírio, então, pela primeira vez. — Quem é esse escravo? — perguntou. — Não é da minha criadagem.

— É meu, senhor — disse Marco. Fez uma pausa e depois continuou: — Protege-me contra os meus inimigos.

Sila levantou as sobrancelhas espessas e pretas.

— É possível que um advogado tenha inimigos? — perguntou. Riu-se, e o riso era desagradável. — Ah, eu me lembro como os advogados são canalhas! Tinha-me esquecido. — Disse a Cotta: — Leve o escravo para a cozinha e alimente-o, enquanto eu almoço com o patrão dele.

Cotta fez continência, agarrou o relutante Sírio pelo braço e levou-o embora. A porta fechou-se por trás deles. Sila disse:

— Sente-se, Cícero. Vai ter de contentar-se com a refeição de um soldado, servida não na sala de jantar, mas na minha base de operações. Nunca foi soldado no campo?

— Não, senhor. — Marco tirou a capa, colocou-a sobre uma cadeira e depois sentou-se sobre ela. — Mas o meu irmão, Quinto Túlio Cícero, é centurião. Na Gália.

Os olhos pálidos de Sila fixaram-se sobre Marco com uma expressão curiosa.

— Na Gália? — disse Sila.

— Sim, senhor. Há muito que não recebemos carta dele. Meus pais e eu estamos muito aflitos. É possível que ele esteja morto.

— A morte é sempre companheira dos soldados — disse Sila, com desdém.

Marco levantou os olhos.

— E companheira de todos os romanos — disse ele.

— Especialmente agora? — perguntou Sila. Para assombro de Marco, ele estava até sorrindo.

Marco não respondeu. Sila pegou a caneta e bateu na mesa, como se estivesse pensando.

— Sou um homem de sangue e ferro — disse ele. — Também sou um homem com um humor macabro. E venero os homens valentes.

UM PILAR DE FERRO

Marco não conseguiu falar. Lembrou-se que chamavam Sila de metade leão, metade raposa, e que ele não tinha misericórdia.

— Eu trouxe paz, tranqüilidade e ordem a Roma, coisas que ela não conhecia há muito — disse Sila. — Trouxe isso a toda a península.

Paz, tranqüilidade e ordem da escravidão, pensou Marco. Sila, observando-o, parecia estar-se divertindo.

— Já ouvi falar muita coisa de você, Cícero — disse ele. — Recebi muitas cartas de meu querido amigo Cévola. Antes de ele ser assassinado. — A voz de Sila tornou-se fria e lisa como uma pedra. — Ele nunca lhe falou de mim?

Marco ficou abalado.

— Meu mentor não admirava os militares — disse ele, por fim. — Lembro-me de ele ter dito que o senhor era preferível a Cina e Carbo. Ele era um homem que gostava muito de brincadeiras mordazes.

Sila sorriu.

— Também era muito discreto. Ele era mais valioso a mim, amigo dele desde a nossa juventude, do que uma legião de mensageiros. Tenho para com ele a maior dívida de minha vida. E você, a quem ele amava, nunca suspeitou disso!

— Não, senhor. — Marco de repente sentiu-se fatigado. — É por isso que ele foi assassinado. Pensei que os assassinos o tinham destruído porque ele era um homem justo e honrado, e Carbo não suportava homens assim.

— Não estou impugnando nem sua justiça nem sua honra — disse Sila. — Quem poderia saber mais a respeito disso do que eu, amigo dele? Um dia, ele me escreveu: "Quando nos defrontamos com dois males, devemos escolher o menor." Ele resolveu que eu era o menor. Também sabia que eu era inevitável. Mas, acima de tudo, ele me estimava. — Ele virou-se na cadeira e ficou olhando demoradamente para as muitas flâmulas penduradas nas paredes de mármore branco e preto. — Ele não teve maior amor, a não ser pela pátria. Eu também não.

Marco sempre pensara que só os homens profundamente justos, bons e íntegros, podiam amar a pátria como ela devia ser amada. No entanto, ele ouviu o tremor da emoção sincera na voz de um homem que não era justo, nem bom e só possuía a integridade feroz do militar. Eu sou ingênuo, pensou ele.

Sila fitou-o de novo com aqueles olhos pálidos.

— O seu avô foi meu capitão — disse ele. — Eu era subalterno dele. Ele era um romano "antigo" e venero sua memória. Ele não fazia concessões a ninguém quando acreditava estar com a razão. Roma perdeu muito com a morte dele. Cada ano vai ficando mais pobre, à medida que morrem os seus heróis. Mas eles eram heróis antiquados. Vivemos num mundo mutável e eles não mudavam.

Marco disse:

— Senhor, o mundo nunca foi estático. Será um outro mundo, dentro de mais um ano. No entanto hoje, de todos os lados, eu ouço: "Hoje vivemos num mundo mutável!" Dizem isso como desculpa para os excessos!

— Você gosta de discutir — disse Sila. — É o fraco de vocês, advogados. Vamos considerar. O povo não adora lemas e ditos grandiosos? Se hoje grita que é um mundo mutável, vamos acalmar o entusiasmo dele? Sempre acredita que as mudanças significam progresso. Não podemos desiludi-lo. — Seus dentes brancos e aguçados brilharam num sorriso mais largo. — Eu o admiro, Cícero. Você se parece muito com seu avô. Você também é um homem valente.

— Já disse isso, senhor — respondeu Marco, com ardor. — É assim tão raro os homens serem valentes?

— É muito raro — disse Sila. — Nem mesmo os soldados são sempre valentes. — Ele jogou a caneta para longe. — Eu queria conhecer o discípulo de Cévola. Queria conhecer um advogado honesto e estudar uma manifestação tão estranha. Ah, chegou o meu outro convidado.

Desanimado, pois agora o seu cansaço espiritual era muito grande, Marco virou a cabeça. Depois teve um sobressalto, muito espantado. Pois, entrando com toda a calma e vestido esplendidamente, vinha o seu velho amigo Júlio César, sorrindo alegre como o sol de verão.

Capítulo XXIV

Marco levantou-se devagar, e Júlio agarrou-o pelos antebraços num abraço exuberante, beijando-o no rosto com afeto.

— Meu querido Marco! — exclamou ele. — Sempre é uma alegria e um prazer vê-lo!

— E é sempre um assombro vê-lo — disse Marco. Júlio riu-se muito e deu um tapa no ombro dele, piscando o olho com um ar ladino.

Júlio, embora não fosse alto, dava a impressão de grandeza em sua toga nívea, suas pulseiras de ouro incrustadas com muitas pedras preciosas, seu colar egípcio, de ouro franjado, seus anéis brilhantes, seu cinturão dourado e seus sapatos. Os olhos pretos e alegres, maliciosos e velhos, brilhavam como que diante de uma brincadeira formidável. Seu aspecto, como sempre, era dissoluto e depravado e, no entanto, curiosamente animado e alegremente jovem. Ele enfiou o braço no de Marco e virou-se para Sila.

— Senhor — disse ele —, aprendi mais com o nosso Marco do que com todos os mestres que me torturaram. Ele foi o mentor de minha infância.

— E de nada adiantou — disse Marco. Mas, como sempre, não pôde deixar de sorrir para Júlio. — Não esperava encontrá-lo aqui.

Júlio riu de novo, como se Marco tivesse dito alguma coisa tremendamente espirituosa.

— Não nos encontramos nos lugares mais extraordinários? Mas aqui estamos em casa, você e eu.

Marco pensou em todas as coisas pungentes e arrasadoras que gostaria de dizer, mas conteve-se. Todas as suas suspeitas sobre o seu caro amigo lhe voltaram à mente. Havia muito que deixara de esperar que Júlio tivesse princípios, lealdades ou dedicações. Sabia que Júlio era exigente. No entanto, Júlio era sobrinho de Mário, o homem que Sila mais odiava. Júlio era membro do partido *Populares*, que Sila desprezava. Júlio proclamara a democracia na voz mais eloqüente, e Sila detestava a democracia. Eles deviam ser os inimigos mais mortais, o militar de meia-idade e o oportunista ardiloso e jovem, cuja primeira fidelidade sempre fora para consigo mesmo, bem como a última.

— Não estou assim tão surpreso por encontrá-lo aqui — disse Marco. — Não me surpreenderia se o encontrasse no Olimpo ou no Inferno. Você está sempre nos lugares mais improváveis.

Júlio assumiu uma expressão muito séria, mas seus olhos brincavam.

— Como você sabe, meu caro amigo, estou sob a proteção das Virgens Vestais. Portanto, sob a sua égide de pureza, posso aparecer em qualquer lugar. — Ele tornou a olhar para Sila e disse: — Senhor, o nosso Marco não é a mais nobre e delicada das criaturas, a mais sábia, a mais moderada?

Os olhos pálidos de Sila brilharam.

— Ele é nobre, mas não o considero delicado, nem mesmo muito moderado. Existe um grifo sob esse ar modesto; um leão espia pelos olhos dele. E não é manso.

— Senhor — disse Júlio —, como o exprimiu bem! Marco não é mais amigo das massas do que nós. É um aristocrata por natureza, um homem refinado, embora seja advogado. — Ele tornou a dar um tapinha no ombro de Marco. — Tenho um assunto interessante sobre o qual desejo conversar com você, diante do general Sila.

— Duvido que você respeite a lei — disse Marco. — Ou será uma nova fase de sua natureza?

— A lei é aquilo que existe... numa dada ocasião — disse Júlio, rindo. Sua atitude para com Sila era a de um filho favorito, a quem se tolera e a quem se fazem as vontades.

— O seu conceito da lei é muito interessante — disse Marco, friamente. — No entanto, é um conceito sobre o qual advogados demais baseiam seus processos e casos. E patifes demais.

Júlio não se ofendeu. Levou Marco de volta à sua cadeira e, sem ser convidado, tomou uma para si, diante de Sila.

— Sempre podemos confiar na probidade de Marco. Ele não é diplomata e, portanto, não é mentiroso. Não lhe disse isso, senhor?

— Acima de tudo — disse Sila — prefiro um homem honesto que não mude de opinião de acordo com o momento e em cuja palavra se possa confiar. — Ele olhou para Júlio e seu rosto duro mostrou certo divertimento. — Não obstante, homens como você, Júlio, são valiosos para homens como eu. Enquanto eu for poderoso, você se conservará fiel e dedicado. Pretendo permanecer poderoso.

Dois escravos entraram, trazendo uma mesinha coberta com uma toalha de linho. Colheres douradas e facas de lâminas afiadas foram arrumadas sobre ela. Os três homens ficaram olhando, calados. Os escravos saíram e voltaram com bandejas cheias de pratos, travessas e vasilhas contendo vitela fria, aves frias, queijo, maçãs rosadas, uvas e limões, pão preto, cebolas, nabos cozidos e vinho.

— Não é um banquete suntuoso — disse Sila. — Mas sou militar. — Ele próprio serviu vinho nos três cálices. Depois derramou um pouco, numa libação. — Ao Deus Desconhecido — disse ele.

Marco estava sinceramente assombrado ao ver que Sila, o poderoso romano, venerava Aquele de quem falavam os gregos e não Júpiter, ou seu padroeiro, Marte. Ele também fez uma libação.

— Ao Deus Desconhecido — disse, baixinho, e sentiu um espasmo de dor e desejo em si.

Mas Júlio, fazendo a sua libação, disse:

— A Júpiter, meu padroeiro.

— Cujo templo foi destruído — disse Sila.

— Mas que o senhor reconstruirá — replicou Júlio.

— Ah, sim — tornou Sila. — O povo ficou muito aflito porque o raio atingiu o templo no dia em que voltei a Roma. Acharam que era um presságio. As massas vulgares estão sempre descobrindo portentos, e um

UM PILAR DE FERRO

governante sábio lhes dá ouvidos. Proclamei que Júpiter deseja que o seu templo seja muito mais magnífico do que o que lhe era consagrado antes e que ele indicou seus desejos só a mim. — Ele nem sorriu. — Será um templo maravilhoso, como merece o pai dos deuses. Faremos uma rica loteria para financiá-lo, o que agradará ao povo. Agradará também aos frugais e sóbrios, pois eles sabem como nosso tesouro está falido e não querem que se esgote mais.

Marco quase não comeu. E ficou calado. Tornou a pensar, com maior alarma e confusão, no motivo por que fora chamado ali. Pensou em Catilina. Escutou melancólico a conversa espirituosa entre Júlio e o general, com apenas parte de sua atenção. Viu que Júlio distraía Sila. No entanto, Júlio não era propriamente um palhaço. Era um rapaz elegante e interessante, com uma voz maravilhosamente expressiva. Sabia estar sério num momento e cheio de riso no seguinte.

Estou aqui para algum propósito, pensou Marco.

Tinham acabado a refeição quando a porta se abriu e entrou Pompeu, com seus paramentos militares. Ele saudou Sila com rigidez, sorriu brevemente para Júlio e depois virou-se para Marco.

— Não nos vemos há muito tempo, Cícero — disse ele. — Recordo-me do seu sucesso milagroso no Senado, ao defender um cliente acusado de não poder pagar seus impostos devidos.

Marco olhou para aquele rosto largo e impassível, os olhos de um cinzento claro que não revelavam nada dos pensamentos do homem, a boca firme e pesada. Examinou as mãos fortes e largas, para ver se Pompeu usava o anel de serpentes de que Cévola lhe falara. O anel não estava lá. Pompeu o observava, sério.

— Você devia estar satisfeito, Cícero — continuou ele —, porque a lei e a ordem estão restauradas, pois não é advogado? No fim das contas, a lei tem de confiar na disciplina militar para sustentá-la, e portanto você devia estar grato. — Ele sentou-se e serviu-se de vinho num cálice que um escravo lhe trouxera.

Marco corou, mas, antes que pudesse falar, Pompeu continuou:

— A verdadeira lei é impossível sem o militarismo e, portanto, o exército é mais importante até do que a lei.

Estão me provocando, pensou Marco, mas não sei por que motivo. Ele falou, com um rancor calmo:

— Desejo corrigir o conceito comum de que o trabalho do soldado é mais importante do que o do legislador. Muitos homens procuram oportunidades de guerrear, a fim de satisfazer ambições, e a tendência é mais

296 · Taylor Caldwell

evidente nos homens de caráter forte, especialmente quando têm o gênio e a paixão da guerra. Mas, se pesarmos bem o assunto, veremos que muitas transações civis ultrapassaram, em importância e celebridade, as operações da guerra. Embora os feitos de Temístocles sejam justamente celebrados, ainda que seu nome seja mais ilustre do que o de Sólon, e embora Salamina seja citada como prova da brilhante vitória que eclipsa a sabedoria de Sólon ao criar o Areópago, apesar de tudo, a obra do legislador não deve ser considerada menos gloriosa do que a do comandante.*

— Assim fala o civil — disse Pompeu, com certo desdém, lançando um olhar significativo a Sila.

— Assim fala um homem honesto, que tem convicções — disse Júlio, também olhando para Sila. — E Roma não precisa de homens honestos?

— Falo como romano — disse Marco, cheio de ressentimento. Olhou para Sila, esperando vê-lo contrariado. Mas, para seu espanto, Sila parecia estar satisfeito. Sila disse:

— Não temos nenhum traidor aqui, na pessoa de Cícero. Portanto, podemos confiar nele.

Será possível que eles estejam com medo de mim?, perguntou-se Marco, incrédulo.

Sila continuou:

— O nosso Júlio me disse que você nunca confiou nas massas, Cícero.

— Desconfio das emoções descontroladas e veementes, que têm seu impulso não na razão, mas na malícia e confusão, senhor. Se o homem quiser elevar-se acima da simples animalidade, então tem de obedecer à lei justa, formulada por homens justos. — Marco falava com ênfase. — Repito: uma lei justa, formulada por homens justos, e não a lei variável e conveniente, que serve aos tiranos. A lei que agrada ao sentimentalismo barato e inculto das massas, ou à sua barriga, não é lei alguma. É apenas o desejo do bárbaro, o grito da selva. Essa lei nos leva de volta à selvageria dos dentes e garras sangrentos, a serviço de animais irracionais. Infelizmente, e com freqüência demasiada, essa lei selvagem é utilizada por homens sem escrúpulos para promover os seus próprios interesses e eles muitas vezes a encontram nas massas. Esses homens inescrupulosos descobrem, para sua própria ruína, que agarraram um tigre pela cauda.

— Como pode observar, senhor — disse Júlio —, Cícero não tem em alta conta as massas ruidosas. — Ele falava com afeto.

Marco exclamou:

---

*De *Deveres Morais*, de Cícero.

UM PILAR DE FERRO

— Não estamos falando da mesma coisa, em absoluto! O povo tem almas e mentes! O que peço é que os governantes apelem para essas coisas e não aos apetites vis!

— Cícero não é ambíguo, graças aos deuses — disse Sila. — Ele não é ambicioso. — Lançou um sorriso breve a Marco. — Estou satisfeito por encontrar um homem que ama as leis de Roma. Não posso pedir mais nada.

Marco olhou-o com amargura e disse:

— O senhor matou o meu primo, Línio, um homem bom e inocente, que não sabia nada de política e só queria viver em paz.

Sila largou o cálice de vinho.

— Não sei de nada sobre o seu primo Línio. — Virou-se para Júlio. — O nome dele estava em minha lista de proscrição?

Júlio franziu a testa, como se estivesse esforçando-se para lembrar-se. Depois levantou as mãos.

— Senhor, é impossível lembrar de todos aqueles nomes. Não me lembro do nome de qualquer Línio. É possível que algum informante tenha falado, por interesse pessoal, a um de seus oficiais, que então poderia ter ordenado a execução.

— Isso é militarismo, cru e impiedoso — disse Marco. — Não toma conhecimento de seus próprios crimes. Delega o assassinato a granel.

— A propriedade dele foi confiscada? — perguntou Sila.

— Sim. Assim como as propriedades de milhares de homens como ele, da classe média, homens inocentes que trabalhavam em suas ocupações cotidianas, acreditando que a lei estabelecida os protegeria.

Sila soltou uma leve exclamação e disse a Júlio:

— A propriedade desse Línio deve ser devolvida imediatamente à família dele. Cícero tem razão de estar aborrecido.

Estão querendo comprar-me, mas por quê?, perguntou-se Marco. Ele disse:

— Obrigado, senhor. Meu primo tem mulher e vários filhos. — Ele estava tão exausto por suas emoções que rezava para ser dispensado. Disse então: — Roma não é mais uma nação da lei. É este o meu pesar.

— Eu restabeleci a lei. Restabeleci a república — disse Sila. — Libertei o meu povo daquilo que você deplora. A necessidade. A desordem. Devolvi a disciplina ao povo.

É inútil, pensou Marco, com um desespero crescente. Não falamos a mesma língua.

Se ao menos eu pudesse voltar à ilha e esquecer esse novo mundo!, exclamava ele, em seu íntimo. Mas onde haverá paz? Onde haverá um lugar que não esteja invadido pela corrupção, a violência e as mentiras? Disse a Júlio:

— Você me falou de uma questão de lei. Diga o que é. Tenho clientes à minha espera.

Mas foi Sila quem falou:

— Júlio é casado com Cornélia, filha de Cina. Quero que ele se divorcie dela. Eu poderia ordená-lo, mas você há de notar, Cícero, que sou um homem que respeita a lei. — Ele disse isso sem um sorriso, com a expressão mais séria.

Marco tornou a assombrar-se. Se Sila queria que Júlio se divorciasse daquela moça jovem e linda, por que Júlio se obstinava? Júlio sorriu para ele.

— Eu amo Cornélia — disse ele. — O que tem o pai dela a ver conosco?

— Você se opõe ao general Sila? — disse Marco, num tom incrédulo.

— Nesse ponto, sim, meu caro Marco. — O sorriso de Júlio era sereno.

— É um assunto insignificante — disse Sila, impaciente. — A moça não é importante. Júlio que se divorcie dela e lhe devolva o dote. Por que não o faria, se ele é dedicado a mim?

Por que não, com efeito?, pensou Marco. Ele olhou atentamente para Júlio e sacudiu a cabeça, confuso. Júlio disse, então:

— Sacrificarei tudo o mais, em minha dedicação ao general Sila, mas não minha mulher.

Ah!, pensou Marco, com amargura. Agora eu vejo. Ele não quer divorciar-se de Cornélia porque quer convencer Sila de que não é totalmente submisso e, portanto, merece confiança.

— Vamos considerar a lei — disse Marco. — Não basta que a lei seja meticulosa, tem de ser justa também. Não basta que a lei seja meticulosa e justa, ela tem de ser compreensiva. Não basta que a lei seja meticulosa, justa e compreensiva; ela tem de ser misericordiosa. Não basta que a lei seja meticulosa, justa, compreensiva e misericordiosa; ela tem de ser baseada em verdades absolutas.

"Qual é essa verdade? Só Deus sabe. As leis dos homens não podem ser leis verdadeiramente, a não ser que se baseiem sobre as leis de Deus e propiciem essas leis. As nossas antigas leis estabelecem que o homem só pode divorciar-se da mulher por um motivo total, como adultério ou incapacidade de ter filhos, ou loucura ou traição. Cornélia não cometeu nenhum destes, por sua vontade ou por sua natureza. Portanto, Júlio não tem motivos para o divórcio.

— Então você apóia Júlio em sua desobediência? — indagou Sila.

UM PILAR DE FERRO

— É sempre melhor obedecer a Deus do que ao homem — respondeu Marco.

Sila virou-se para Júlio.

— Eu não sabia que você venerava as leis dos deuses e de Roma mais que tudo — disse ele e sorriu levemente.

Júlio, porém, mostrou-se muito sério.

— Senhor, eu não o poderia servir bem se não servisse melhor aos deuses.

Sila disse:

— Como militar, sou um homem que respeita a lei, um romano. Portanto, embora preferisse um juízo diverso da parte de Cícero, curvo-me às leis que restabeleci.

Marco viu então que Sila o estava examinando com concentração, que suas sobrancelhas pretas estavam cerradas, as mãos dobradas e apertadas sobre a mesa. Por fim, Sila disse:

— Como você obedece aos deuses, Cícero, então você obedece à lei. Isso basta para mim.

Sila estava sorrindo — o seu sorriso frio e de lobo.

— E agora, Cícero, tenho notícias muito importantes para você. Seu irmão, o centurião Quinto Túlio Cícero, está sob o meu teto, neste exato momento.

A primeira emoção de Marco foi uma descrença alucinada e atordoada, uma sensação de choque profundo e paralisante. Ele levantou-se devagar, os olhos fixos sobre Sila, depois sobre Júlio e finalmente sobre Pompeu. Nenhum deles lhe disse nada: cada rosto era como um busto esculpido no mármore, a expressão imutável. Depois uma poderosa emoção, de alegria incrível, percorreu-o como um raio, várias vezes. Quinto não tinha morrido! Quinto estava vivo! Num momento, ele ouviria a voz do irmão e o abraçaria, apertando-o junto ao seu coração. Ele deu meia-volta.

— Quinto! — exclamou ele. Seu coração tremeu.

Não houve resposta; a porta não se abriu; ninguém falou. Marco, de repente, tomou consciência do silêncio profundo na grande sala preta e branca. Voltou-se, confuso, para os que estavam sentados junto dele e viu seus rostos impassíveis. Foi então que a alegria e a felicidade o deixaram. Foi então que ele se encheu do maior medo de sua vida, muito maior do que o que ele experimentara quando os assassinos tinham tentado matá-lo. Ele se debruçou para a frente, tremendo, e agarrou a beira da mesa para não cair.

300   *Taylor Caldwell*

— Quinto — sussurrou ele, para o rosto bronzeado e imóvel de Sila. — Quinto?

Sila disse, numa voz que era quase bondosa:

— Sente-se, Cícero. Você está pálido como a morte. Tenho uma história a lhe contar.

Não há história nenhuma a contar, pensou Marco. Vão executar Quinto, como executaram milhares de outros. O que o meu irmão, tão bom e amoroso, fez contra eles?

— Conte-me — disse Marco, forçando as palavras a saírem por uma garganta que parecia cheia de ferro e sal. Depois exclamou, furioso: — Conte-me! Não me atormente dessa maneira! — E bateu na mesa com os punhos cerrados.

Sila levantou as sobrancelhas e depois olhou para Júlio.

— Por que o nosso Cícero está tão perturbado?

Júlio disse, depressa:

— Marco, controle-se. Quinto está vivo. É um nobre soldado e nós o respeitamos. Sila o considera como a um filho.

As mãos de Marco escorregaram da mesa e ele jogou-se numa cadeira. Seu coração batia descompassado contra as costelas. Estava fraco como se fosse morrer. Ficou olhando para Sila, que franziu levemente a testa.

Sila disse:

— Convoquei os oficiais dos exércitos romanos fora da cidade e nos territórios estrangeiros para se unirem a mim contra as forças dos cônsules. Era o dever deles, mas muitos mostraram-se estúpidos e obstinados, pensando que deveriam ficar do lado destes últimos; não condeno a lealdade deles, embora a considere mal dirigida. No entanto, o seu irmão não estava entre estes. Foi logo juntar-se a mim na Ásia, procedente da Gália, com seus soldados. O dever de Quinto, ao que ele entendia, era para com Roma e não Cina, nem Carbo, nem os cônsules.

Seus olhos pálidos contemplaram Marco, esperando um comentário. Marco não sabia o que Sila queria com ele; nem mesmo sabia se Sila queria alguma coisa. Só conseguiu murmurar:

— Quinto, Quinto.

Eles esperaram que ele se controlasse. Depois Júlio aproximou-se dele, com um cálice de vinho.

— Beba, querido amigo — disse ele. — Não há nada a temer.

— Por que Cícero há de temer alguma coisa, para si ou para o irmão? — perguntou Pompeu, numa voz lenta e cheia de intenções.

Um Pilar de Ferro

301

Marco empurrou a mão de Júlio para o lado e sacudiu a cabeça, repetidamente. No momento, não estava sentindo nada, a não ser um grande tremor nos nervos.

— Onde está Quinto? Por que não vem falar comigo?

— Ele não pode vir — disse Sila, com algo de compaixão em sua voz metálica. — Há muito tempo que está às portas da morte e chegamos a considerá-lo como perdido. Ele lutou contra os samnitas a meu lado, até as portas de Roma, e ali tombou. Foi levado para uma casa de fazenda perto das portas e o pessoal dele com o meu médico de confiança vêm tratando-o desde aquele momento. Ele só foi trazido para esta casa há três dias e então nos disseram haver uma possibilidade de que ele se salvasse. Ainda está correndo grande perigo e muitas vezes perde a consciência. Mas o meu médico acha que vai sobreviver.

Marco virou-se para Júlio num desespero frenético, só entendendo as coisas pela metade.

— Por que não contaram a mim, irmão dele? Eu e meus pais vivemos numa agonia há quase um ano! Você sabe onde moramos, Júlio! Uma palavra, apenas uma palavra teria aliviado a nossa aflição terrível, mas você não a levou!

A expressão de Júlio modificou-se. Ele hesitou.

— Eu não estava em condição de fazer isso.

Os lábios brancos de Marco se arreganharam e ele olhou para Júlio com um misto de raiva e ódio.

— Não — disse ele —, não devo perguntar, pois você nunca me dirá. — Ele virou-se para Sila de novo. — Por que não recebemos cartas de meu irmão, para nos tirar de nossa apreensão e sofrimento?

Sila impacientou-se.

— Já se esqueceu de minha situação com relação aos cônsules de Roma? Já se esqueceu que me consideravam um renegado, um revolucionário, um traidor a eles? Já se esqueceu de meu desterro, todos aqueles anos, enquanto Mário, Cina e Carbo governaram Roma e quase a destruíram? Queria que eu traísse meus próprios oficiais heróicos, como o seu irmão, para que os assassinos dentro dessas portas executassem sua vingança covarde e desprezível sobre suas famílias? Proibi que os meus oficiais se comunicassem com suas famílias. Você pensa que teria sobrevivido, assim como seus pais, se Cina e Carbo soubessem que o seu irmão era meu oficial, leal a mim? Pense bem, Cícero.

Marco estendeu a mão trêmula para o cálice que Júlio colocara perto dele e bebeu todo o vinho de um só trago.

— Você subestima sua importância nesta cidade — disse Sila, num tom paternal. — É modesto demais. Sua fama está por toda parte, Cícero. Não estaria vivo hoje, se o seu irmão tivesse desobedecido a minhas ordens e se comunicado com você, por mais secretamente que fosse.

Ele suspirou e mexeu-se na cadeira, irritado.

— Pense em Roma. O povo não é mais como os romanos antigos. Muitos são filhos e netos dos que outrora foram escravos. São originários de uma infinidade de raças e religiões diferentes, uma turba poliglota. O que sabem eles dos fundadores de Roma, de nossas tradições e instituições, nossa Constituição e nossa herança? Não há orgulho nas multidões de Roma, nem compreensão da história romana. Os poucos romanos antigos que restam são minoria; e Mário, Cina e Carbo os odiavam, pois suas virtudes eram uma reprovação. Já se esqueceu, Cícero, dos infindáveis massacres havidos nessa cidade enquanto eu estava no exílio? Só os deuses puderam preservá-lo e à sua família!

Parecia que Sila tinha tocado um grande sino no coração de Marco. Ele ficou totalmente confuso, pois Sila pronunciara as palavras que ele conhecia melhor e que aprendera com o avô. Sila disse:

— É impossível restaurar uma nação sem o uso da espada. Utilizei a espada. É por isso que você me detesta, Cícero. Mas você ainda é jovem. Ainda há de chegar à compreensão das coisas. — Ele suspirou de novo. — Não tenho a ilusão de que o que procurei restaurar sobreviva. Eu apenas atrasei a ruína final de minha pátria.

Ele fez um sinal a Pompeu, que tornou a encher seu cálice. Marco ficou calado. Mas estava pensando: Como o homem é complicado, como é tortuoso, indireto! Nele não existem absolutos! Tudo o que Sila disse está no meu próprio espírito e, no entanto, ele é um assassino impiedoso. Aboliu a Constituição de muitas maneiras e impôs o militarismo à minha pátria. Como são divididos os corações dos homens! Que confusões existem em suas almas!

Sila bebeu o vinho, depois dobrou as mãos magras sobre a mesa e ficou olhando para elas.

— O seu irmão teria morrido, Cícero, se Lúcio Sérgio Catilina não o tivesse socorrido no fragor da batalha.

Ao ouvir aquele nome odiado, Marco ficou muito quieto. Só conseguia olhar fixamente para Sila.

— O seu irmão — continuou o general — tinha sido derrubado do cavalo pelos samnitas, contra os quais lutava. Caiu ao chão e eles o penetraram com as lanças, no pescoço, nos braços, no peito. Ele teria morrido um

Um Pilar de Ferro

momento depois. Mas Catilina, que estava a certa distância, lançou-se no meio dos combatentes, com alguns homens, e liquidou os inimigos. O seu irmão deve a vida a ele.

Marco engoliu em seco várias vezes e depois disse, numa voz débil:

— Catilina não sabia que ele era meu irmão!

Sila deu um sorriso sinistro.

— Catilina conhecia o seu irmão. Lutaram juntos. Catilina é um grande soldado, acima de tudo. Um soldado de Roma ia ser sacrificado. Portanto, Catilina preservou-o. Catilina nada tem contra o seu irmão. Não está na hora de você se esquecer de sua disputa infantil com Catilina e de sentir gratidão?

Marco cobriu o rosto com as mãos.

— Deixe-me pensar — murmurou.

Ele sentiu o silêncio crescer, tornando-se como uma pedra em volta de si. Sua mente foi invadida por nuvens que se dissipavam quando ele tentava vê-las. Catilina salvara a vida de Quinto. Por isso, merecia gratidão. Catilina matara o espírito e a mente de Lívia, a amada de Marco. Não obstante, era merecedor de gratidão. Se eu o tivesse matado quando devia, pensou Marco, o meu irmão hoje não estaria vivo.

— Sou grato a Catilina por isso — disse ele, numa voz apagada. — No entanto, entre nós há outros assuntos de que não posso falar, pois isso está além de minhas forças.

— A vida — disse Sila, com bastante amargura — está além da maioria de nós.

— Sim — disse Marco. — Está completamente além de nós. — O cansaço, como cimento, pesava sobre seus membros. — Posso ver meu irmão?

Júlio levantou-se depressa.

— Querido Marco, querido amigo. Vou já levá-lo para junto dele. Ele pode não reconhecê-lo, mas fique certo de que se salvará.

Ele teve de ajudar Marco a se levantar, o que fez com carinho. Sila e Pompeu ficaram olhando, calados. Depois Júlio levou Marco ao átrio. A porta externa abriu-se, deixando entrar um remoinho branco de neve. Uma moça alegre, linda e risonha entrou pela porta, jogando o capuz para trás e revelando montes de cabelos louros e cacheados. Suas faces eram rosadas, os lábios entreabertos mostravam dentes brancos e brilhantes. Ela emanava um ar empolgante de vibração de vida e prazer. Seus olhos, quentes como seda castanha, brilhavam e faiscavam. Pedras preciosas reluziam em seu pescoço, pulsos e dedos. Os pequenos pés estavam calçados de dourado e ela usava um *chiton* de lã amarela, bordado com uma infinidade de flores coloridas. O riso dela parecia um tilintar de alaúdes.

— Júlio! — exclamou ela, estendendo uma mão perfumada para Júlio beijar.

— Divina! — exclamou Júlio, em resposta, beijando a mão branca estendida.

A moça olhou para Marco com curiosidade, por cima da cabeça curvada de Júlio. Tinha lábios voluptuosos, o seio rico em curvas, os braços brancos como a neve. Parecia a primavera em seu auge, cheia de promessas, ávida e sensual.

— Quem é este? — perguntou ela a Júlio, na voz mais doce, porém imperiosa.

— Um amigo de nosso senhor, Sila — disse Júlio, soltando a mão dela, com relutância. — Marco Túlio Cícero, advogado.

A moça pareceu ficar desapontada. Aparentemente, esperava algum nome importante.

— A Senhora Aurélia, Marco — disse Júlio.

Marco nunca a vira, mas tinha ouvido falar dela. Era uma moça muito rica, divorciada duas vezes, libertina e muito falada. Suas aventuras amorosas eram famosas na cidade. Havia canções sobre ela, muito lascivas. O nome dela muitas vezes aparecia escrito nas paredes de Roma, acompanhado de obscenidades. Tinha um aspecto incrivelmente vivo, vital e ávido. Seu rosto era o rosto de uma criança perversa, liso e sem virtude.

— Onde está Lúcio? — perguntou ela a Júlio. O rapaz olhou para Marco com o canto do olho.

— Estará aqui daqui a pouco — disse ele.

— Catilina? — indagou Marco.

Júlio pegou no braço dele, como se fosse um irmão mais moço.

— Não quer ver Quinto? — perguntou, levando Marco dali. Explicou: — Sila também se chama Lúcio.

— Não obstante, ela veio para ver Catilina — disse Marco, cheio de seu ódio antigo. — Não minta para mim, Júlio. Eu o conheço como um livro aberto, desde a idade de cinco anos.

— Que lhe importam essas coisas, Príamo? — disse Júlio.

Marco puxou o braço. Júlio estava rindo baixinho e tornou a pegar o braço de Marco.

— As mulheres são apenas mulheres — disse ele. — Não deixe que elas nos perturbem. Podem ser belas, mas nós somos homens.

Um Pilar de Ferro

Enquanto era conduzido por vastas salas brancas, brilhando ao rápido anoitecer do inverno, Marco pensou na presença de Catilina naquela casa, e seu espírito tornou a toldar-se, com desânimo. Catilina era vingativo e depravado, um homem sem consciência, muito pior do que Júlio, pois este tinha uma atitude humorística para com o seu próprio mal e o reconhecia. Quinto corria perigo naquela casa, de parte de Catilina, apesar de ter sido salvo por aquele sujeito.

Júlio chegou a uma alta porta de bronze e bateu depressa. Quem a abriu foi um homem idoso, vestido com uma toga branca austera, evidentemente o médico de quem Sila falara.

— Ave, Antônio — disse Júlio. — Trouxe o irmão de Quinto para ver o enfermo.

O médico cumprimentou Marco.

— Ave, nobre Cícero. Receio que terá de tomar muito cuidado para não perturbar meu paciente, que permanece às portas da morte, depois de todos esses meses. Só o Grande Médico, em pessoa, o salvou, e é um milagre. Houve várias ocasiões em que a respiração dele parou e eu tive certeza de que ele tinha morrido. Mas depois o seu coração possante se refez. Ele tem uma vontade que é quase sobre-humana; recusou-se a morrer. É um verdadeiro romano.

Marco levou um ou dois momentos até conseguir articular as palavras.

— Nunca lhe poderei pagar por sua dedicação, Antônio. Será que ele vai me reconhecer?

— Isso não sei — disse o médico. — Se não hoje, talvez outro dia. — O médico era alto e magro e sua calva brilhava um pouco, à luz pálida atrás dele. Olhou para Marco, com pesar. — Deve preparar-se para uma mudança no aspecto do nobre soldado.

Marco procurou preparar-se, mas suas pernas estavam moles e fracas, quando entrou num magnífico quarto de dormir de paredes de mármore branco, incrustadas de fileiras de pedras negras; o piso era coberto de grossos tapetes quentes de um vermelho-escuro. Um biombo de ébano esculpido, com desenhos complexos, escondia parcialmente a janela. Uma cama grande e larga estava no centro do quarto, feita da melhor madeira e cheia de cobertas de peles. Vasos chineses decoravam os cantos, faiscando discretamente em suas muitas cores vivas, e um busto de Marte, grande e feroz, estava sobre uma coluna baixa de mármore perto da cama, uma luz votiva ardendo rubra diante dele.

Marco correu até a cama e olhou para o rosto sobre os travesseiros de seda azul e ouro. Ele se preparara para uma mudança imensa no irmão, devido ao seu restabelecimento demorado e difícil, mas não podia acreditar que aquele homem abatido, que mal podia respirar, fosse o seu querido Quinto. Parecia velho e mirrado, muito magro, o corpo diminuído, mal erguendo as peles que o cobriam. A carne era cinzenta, os olhos cavados fechados num roxo sombreado, os lábios lívidos e puxados para dentro, a testa ossuda e enrugada. Uma cicatriz sarada, mas torta, corria de sua têmpora esquerda ao queixo, brilhando malvadamente.

— Não, não, não é o meu irmão — murmurou Marco, no meio de lágrimas. Seu olhar acompanhou o perfil, ausente e forte, puro em sua descarnação. Depois ele caiu de joelhos e encostou a cabeça do lado do homem inconsciente.

— Quinto — disse ele. — Quinto, está me ouvindo? *Carissime*, é o seu irmão Marco.

A neve silvava do lado de fora; o vento do inverno uivava contra a janela. A luz votiva erguia seu raio vermelho, depois o abaixava. As lágrimas de Marco molharam o travesseiro junto da cabeça do irmão. Quinto não se mexeu. Marco pegou uma das mãos, fria e sem vida, só ossos, pesada. Apertou-a contra o rosto. Então, devagar, os olhos foram-se abrindo, a cabeça virou-se e Marco viu os olhos distantes, turvos e vazios, olhos de quem vira a morte e ainda a contemplava.

— *Carissime!* — repetiu Marco. — Irmão querido!

Ele olhou desesperado para o rosto esquelético do irmão e para os olhos distantes. Então, a mão sobre a dele moveu-se só um pouco, como uma mão de criança; nos olhos surgiu o mais tênue brilho e os lábios secos se moveram. Marco inclinou a cabeça até aqueles lábios e ouviu um suspiro:

— Marco?

— Ele o reconheceu! — disse o médico, contente. — Pela primeira vez, reconheceu alguém! Ah, vamos recuperá-lo, levá-lo de volta ao seio da família.

— Querido Quinto — disse Marco, as lágrimas rolando pelas faces. — Descanse. Durma. — Ele segurou as mãos frias entre as suas palmas quentes, para dar-lhe parte de sua força. — Vou levá-lo para casa. Nossos pais o esperam. Você está seguro.

Os lábios tornaram a mover-se no sorriso mais ligeiro, uma sombra do amável sorriso de Quinto. De repente, o soldado deu um suspiro profundo, contente, e adormeceu. Mas seus dedos tinham agarrado os de Marco e o pulso estava mais forte. Marco sentiu a mão carinhosa em seu ombro e ouviu a voz de Júlio:

— Ele agora viverá.

Marco resolvera, antes de ver o irmão, que o levaria logo dali, mas agora via que era impossível. A centelha de vida de Quinto ainda estava por demais

UM PILAR DE FERRO

tênue, delicada demais para qualquer movimento. Qualquer esforço a apagaria. Depois, ele percebeu que dois jovens soldados, armados e de elmo, estavam atrás do busto de Marte, vigilantes e calados. Ele lhes disse então, controlando a voz:

— São legionários de meu irmão?

Eles se adiantaram, fazendo continência.

— Somos, senhor. Nós montamos guarda dia e noite, escutando sua respiração e ajudando ao médico, que também nunca o deixa. Ele é o nosso oficial. Significa mais para nós do que nossas vidas.

— Há... algum outro que seja comandante de vocês? — perguntou Marco.

— Nenhum, senhor, só ele. — Marco olhou para os rostos jovens e resolutos, o gênio feroz dos olhos negros. — Nós o adoramos mais que a um irmão.

— Que Marte os proteja e as bênçãos de Zeus caiam sobre vocês — disse Marco, passando então a amar todos os soldados.

Júlio, sutil e intuitivo, disse afetuosamente, depois de ter ouvido aquela conversa:

— Não fique aflito. Ninguém lhe fará mal. Ele está sob as vistas e a proteção de Sila, que o estima como a um filho.

Marco e Júlio voltaram ao aposento de Sila. Este olhou para a cara de Marco e fez uma expressão que demonstrava compreensão.

— Quinto vai viver — disse ele, servindo vinho para o rapaz. — Antes de chegar o primeiro dia da primavera, você o levará de volta para casa. Se o tivesse visto há alguns dias, pensaria que ele estava morrendo, ou morto. Tenha ânimo.

Marco estava tão aturdido que só conseguia murmurar:

— Estou grato, estou grato. — Aceitou o vinho, mas, antes de beber, fechou os olhos. Depois disse: — Tenho de falar a verdade. Temo pelo meu irmão, pois Catilina está nesta casa.

Sila deu uma risada breve.

— Isso é absurdo. Catilina salvou a vida dele. Tem orgulho que Quinto viva. São irmãos de armas e os soldados se amam. Além disso, estou aqui. Prometi libertar o meu médico, se Quinto viver, além de dar-lhe uma boa renda. Acha que ele vai querer arriscar isso?

Júlio levou Marco ao átrio de novo.

— A liteira está à sua espera. Vá e dê à sua nobre mãe a boa notícia. Tenho muita afeição por ela, pois foi uma verdadeira mãe para mim, quando eu era pequeno. Transmita-lhe meus cumprimentos.

Marco olhou para trás, ansiando por voltar para junto do irmão. Então viu, na sombra de colunas na extremidade do átrio, a Sra. Aurélia e

Catilina. Eles não o viram, ou não se importaram de serem vistos por ele. Estavam-se abraçando apaixonadamente, e Aurélia murmurava e ria, os lábios contra os de Lúcio.

— Um belo quadro — disse Júlio, com displicência. — Ah, como é belo o amor.

Depois que Marco partiu, após tê-lo novamente abraçado, Júlio voltou para junto de Sila e Pompeu.

— Eu não lhe disse, senhor, como o nosso Marco é inflexível em sua retidão?

Sila deu um sorriso sinistro.

— Como é possível que um homem desses possa ser seu amigo, César? Que mágica você possui? Ah, se ao menos Roma tivesse mais como ele!

Pompeu disse:

— Eu tinha aquele Cícero em baixa conta, pois é civil e advogado. Agora sinto uma simpatia por ele.

Capítulo XXV

Hélvia ouviu calada e atenta a história que Marco contou de seu encontro com Sila. Só as luzes cinza e esverdeadas que surgiam em seus olhos e os movimentos convulsivos das mãos mostravam a alegria que ela sentia por saber que o filho favorito estava salvo e sob a proteção de Sila. Ela disse:

— Amanhã tenho de ir ver Quinto.

— Foi o que combinei — disse Marco. — Quando ele se recuperar, nós o traremos para casa. Depois temos todos de ir para Arpino. Estou cansado.

— Sim — disse ela. Pôs a mão no braço dele e continuou: — Não posso mais odiar aquele Sila, agora. Sou mãe e regozijo-me porque Quinto está salvo. Mas você ainda odeia Sila.

— Detesto o que ele representa — disse Marco.

— Temos de ser gratos a Catilina, também — continuou Hélvia.

— Ele não fez mais do que seu dever de soldado — disse Marco. — Pensa que posso esquecer-me de Lívia, mulher dele, e o que ele lhe fez? Entre nós existe uma inimizade irreconciliável.

— O que vamos dizer a seu pai? — perguntou Hélvia.

Marco pensou; e pensou com uma amargura fria. Tremia diante da idéia de ver as exclamações líricas de prazer do pai, sua emotividade, sua abundante gratidão para com Deus e o homem, seu desdém por toda a prudência. Disse à mãe:

Um Pilar de Ferro

— Temos de ter cuidado, pois meu pai está fraco e, às vezes, a felicidade pode ser tão perigosa quanto a dor, para uma pessoa como ele. Vamos dizer a ele que recebemos um recado de Quinto, por um camarada militar, informando que ele está bem e em breve voltará.

Hélvia, compreendendo, sorriu um pouco.

— É melhor assim — disse ela.

Ainda assim, a alegria de Túlio foi extravagante e infantil. Seu rosto macilento encheu-se de luz e ele falou animadamente. Deus era bom; o homem era bom, mesmo naqueles dias. Ele abraçou Marco durante uma dessas ladainhas de graças.

— Você verá, vai dar tudo certo — declarou ele. — Roma ainda é Roma. O homem ainda é bom. Mas, ultimamente, houve alguma coisa que se interpôs entre nós, Marco. O seu rosto, embora jovem, muitas vezes fica triste demais, a sua fisionomia anuviada. Não espere muito do mundo, meu filho — disse o homem que sempre esperara que o mundo fosse melhor do que tinha a capacidade de ser e ficara sentido quando ele o repeliu. — Por que não conversamos mais, Marco? — perguntou ele, triste.

— Tenho de sustentar a família — disse Marco. — Não sou mais um rapaz. Sou um homem e um advogado. Quando volto para casa de noite, estou muito cansado. — Ele ficou observando Túlio, para ver se ele tinha alguma expressão de compreensão, mas o pai limitou-se a concordar com a cabeça. Os homens ocupados ficavam forçosamente cansados, freqüentemente.

O inverno começou insensivelmente a ceder aos princípios da primavera. Marco exercia a sua profissão com afinco. Por vezes, ele se enchia de desespero e de uma sensação de comicidade. Citava o Direito Constitucional diante dos magistrados, embora compreendesse perfeitamente que a antiga Constituição fora abolida, sendo substituída por outra, férrea, de inclemência e militarismo. Ele invocava a honra dos juízes, sabendo muito bem que essa honra estava morta. Muitas vezes se achava um ator grotesco numa comédia ridícula, escrita por um louco. Os juízes, todos hipócritas, concordavam, muito sérios, pois gostavam de pensar que ainda eram homens num mundo que se tornara caótico e cheio de feras. Por vezes, Marco quase não se controlava, com vontade de dar uma estrondosa gargalhada. Por outro lado, pensou ele, não era melhor que um criminoso e mentiroso fingisse respeitar a lei e a justiça do que desafiá-las e escarnecer delas abertamente?

Um dia Marco recebeu uma carta de seu velho amigo Noë ben Joel. "Alegre-se comigo, pois agora tenho uma filha, muito querida", escreveu Noë. "Um bebê doce como o jasmim. Meus pais resolveram não voltar para Roma. Mas eu estarei com você antes do calor abafar a cidade, e isso me dá grande prazer." As cartas de Noë eram sempre discretas, pois ele instintivamente desconfiava dos outros homens, e com motivos. "Ouvimos contar muita coisa de Roma e de Sila. Ainda assim, Roma não pode estar pior agora do que sempre foi."

Um dia, Marco voltou do tribunal especialmente deprimido. Um funcionário lhe disse que uma senhora misteriosa fora procurá-lo em casa de Cévola.

— Não quis deixar o nome, nem recado — disse o funcionário, que era muito jovem e gostava de mistérios. — Ela chegou numa liteira de cortinas cerradas e não levantou o capuz, portanto não vi seu rosto. Mas a voz não era de velha. Disse alguma coisa sobre o testamento dela.

— Ela há de voltar — disse Marco, cansado, tirando a capa e olhando para a mesa cheia de processos e livros.

— Não creio, mestre — disse o funcionário. — Quando eu disse que o senhor não estava aqui, ela levantou as mãos, resignada, e partiu como alguém a quem foi recusado um último recurso.

— Você tem uma imaginação fértil demais — disse Marco. — As senhoras muitas vezes são teatrais, especialmente senhoras que estão pensando em testamentos.

O funcionário teimou. Fora estudar Direito por achar que fosse um assunto intrinsecamente dramático. Achava Marco prosaico. Disse então:

— No entanto, a senhora era jovem, e nem mesmo a capa conseguia esconder a beleza de seu corpo. Os cabelos debaixo do capuz deviam estar em desalinho, pois uma mecha escapulida caía sobre o peito. Era de uma cor maravilhosa, embora pudesse ser tingido. A capa era de um tecido rico e a liteira magnífica.

Marco encostou-se à mesa e seu coração saltou. Procurou controlar sua emoção extraordinária. Procurou dizer a si mesmo que um colorido vivo nos cabelos das mulheres não era nada raro em Roma naqueles dias, quando as mulheres faziam experiências com tonalidades curiosas em suas madeixas. Até as senhoras de famílias importantes em Roma agora tingiam os cabelos de dourado, embora fosse um sinal de prostituição e provocasse gritos de "Cabelos Amarelos!". Mas Marco sentou-se de repente e fitou o escriturário.

— Não eram cabelos amarelos, mas da cor de uma folha de outono? — perguntou ele.

— Sim, Mestre — disse o funcionário, feliz. — E a voz dela era aristocrática e muito doce, embora leve e lenta.

Lívia, pensou Marco. Ele lutou contra aquela idéia incrível. Sempre, mesmo quando eles eram muito jovens, em Arpino, ela fora reservada,

UM PILAR DE FERRO 311

estranha, inatingível pelo tato ou pela voz, uma ninfa, tão fugidia e enigmática que escapulia pelas mãos ansiosas, como uma névoa. Marco ouvira dizer, através dos anos, que a mulher de Catilina era louca e certamente suas maneiras no templo, suas exclamações, tinham sido desordenadas e incoerentes.

Marco pensou furiosamente e com uma emoção cada vez maior. Agora havia muitos boatos sobre Lúcio Sérgio Catilina, o aristocrata, companheiro das criaturas mais vis de Roma: os filhos e netos desordeiros de escravos e libertos, atores, criminosos, gladiadores, pugilistas, lutadores, ladrões, cafetões de muitas prostitutas, agiotas a quem ele devia uma fortuna, jogadores de dados, descontentes, proprietários de cavalos e bigas de corrida e todo o vasto e imundo submundo de Roma. A lei romana declarava que o homem se torna senhor da fortuna da mulher por ocasião do casamento, podendo dispor dela à vontade. Mas dizia também que, em caso de divórcio, o marido teria de restituir o dote da mulher.

Dizia-se que Catilina tinha dissipado o resto de sua fortuna e toda a da mulher. Se ele se divorciasse dela, teria de restituir-lhe o dote. Mas não se dizia que ele ia divorciar-se de Lívia, apesar de ser do conhecimento de todos o seu interesse pela mulher dissoluta com cara de criança perversa, Aurélia Orestilla, "em quem nenhum homem de bem, em nenhuma ocasião da vida da moça, jamais elogiou algo além de sua beleza", conforme diria Salústio mais tarde. Até os lucros que Catilina obtivera com sua aparente dedicação a Sila tinham sido esbanjados numa alegre displicência. Ele tinha o desdém do patrício, ou o seu descaso, pelas normas de conduta de homens mais plebeus, que as mantinham em ordem. Era sabido que ele e os amigos, Cneio Piso e Q. Cúrio, levavam em Roma uma vida que provocava a reprovação até mesmo dos mais indulgentes. Cúrio, embora amigo de Sila, perdera seu cargo hereditário no Senado. Piso era um jogador inveterado, com muitos vícios. Marco pensou naquela trinca sinistra, à medida que se lembrava deles.

Aurélia Orestilla era uma mulher muito rica e amava Catilina. Casar-se-ia com ele, caso ele se divorciasse de Lívia. Mas ele teria de restituir o dote de Lívia. Então, por que Aurélia não dava a Catilina a quantia do dote, para que ele pudesse ser livre? No entanto, os ricos, mesmo quando tocados pelo poder do amor, são prudentes quanto à sua riqueza. Além disso, era possível que Aurélia não soubesse que Catilina esbanjara todo o seu dinheiro. As senhoras ricas podem ir para a cama com mendigos, mas raramente se casam com eles.

Os pensamentos de Marco corriam em disparada. A fortuna de Lívia fora gasta pelo marido. Mas, no caso de se divorciar de Catilina, ela exigiria que o seu dote fosse restituído e disso poderia dispor no testamento. Nesse caso, a falência de Catilina ficaria de domínio público e ele perderia Aurélia. Além disso, a lei seria punitiva. Sila dizia sempre que tinha restaurado a dignidade da lei romana. Homem exigente, ele não protegeria Catilina, apesar de ser este militar.

Marco dispensou o funcionário e deixou-se absorver pelos pensamentos. Se Lívia se divorciasse de Catilina, ou ele dela, então ela estaria livre para se casar de novo. Se ele, Marco, conseguisse ao menos chegar até ela! Ele lhe diria que seu dote não tinha importância alguma para ele e que consideraria que a própria Vênus se dignara homenageá-lo, se Lívia aceitasse ser sua esposa. Ele levaria ela e o filho para Arpino, onde viveriam em paz, alegria e êxtase. Ele juntou as mãos, no auge de seus pensamentos felizes. O dia de primavera invadiu a sala como uma glória, uma promessa proclamada de prazer e esperança. Pensou em Lívia em seus braços, os lábios colados contra os seus. Ele apagaria da memória de Lívia todo o horror de seu casamento com Catilina, toda a sua agonia. Apertaria a ninfa fugidia ao peito e conheceria a doçura de seu beijo. Ele levantou-se de um salto e olhou em volta.

Pensara ter conseguido controlar de algum modo seus pensamentos e anseios por Lívia. Agora via que o controle fora ilusório, que o arrebatamento de seu amor só esperava por aquele momento, por baixo do seu controle. O que fora sua vida, todos aqueles anos, senão um aborrecimento e monotonia? Não tinha vivido de todo. Tinha cumprido o seu dever, mas o dever era uma amante triste e pobre, sem flores nas mãos, nem luz nos cabelos, nem cantos nos olhos. Os homens que só desposavam o dever tornavam-se eunucos. Não criavam poesia, nem grandeza, nem feitos esplêndidos. Viviam numa cela cinzenta, trancados contra a manhã, os dedos sujos de pó.

Marco caminhava rapidamente de um lado para outro, em sua sala, esbarrando na mesa, na cadeira e na estante.

— Onde estive, todos esses anos? — disse em voz alta, para o sol à janela. Era como uma pessoa que tivesse estado morta e fosse chamada novamente ao reino dos vivos.

Por fim, ele se refez um pouco e sentou-se. Tocou a campainha chamando o jovem escriturário. O rapaz ficou curioso ao ver a fisionomia de Marco, pálida e tensa.

— Fale de novo da senhora que me veio procurar — disse Marco. — Não imagine coisas. Diga os fatos em palavras simples.

O funcionário repetiu o que tinha dito. Depois de dispensar de novo o rapaz, Marco pensou. Estava certo agora de que a visitante fora Lívia. Tinha de ir procurá-la imediatamente! Então, sua prudência natural, embora ele agora a desprezasse, prendeu-o. Uma coisa era ter certeza mentalmente, outra coisa era ter uma certeza objetiva. Deveria mandar algum recado a Lívia? Mas, se não tivesse sido Lívia, esse recado só aumentaria sua confusão perdida. Pior, a carta poderia cair nas mãos do próprio Catilina. Se Lívia tivesse realmente ido ao seu escritório, então Catilina provavelmente poderia tornar-se perigoso.

— O que farei então? — implorou Marco, em voz alta. Tinha um pressentimento de que o tempo se tornara uma emergência desesperadamente premente, como um rio tumultuoso. Não ousava demorar-se e, no entanto, não ousava agir. Depois pensou em Aurélia César. Era sua amiga. Esquecendo-se de sua prudência de advogado, escreveu uma carta a ela e chamou um mensageiro.

Escrevera na carta, com esforço: "Tenho motivos para crer que Lívia Catilina esteve no meu escritório hoje, enquanto eu estava ausente. Querida amiga de minha mãe, poderia dar-me algum esclarecimento?" Ele sabia que era uma mensagem quase histérica, mas não tinha outro recurso. Acrescentou: "Rogo-lhe que guarde essa carta para si. É amiga dos Catilinas e deve conhecer os assuntos da família."

Depois, teve de esperar. O crepúsculo vermelho da primavera entrou por sua janela e ele não teve resposta. O crepúsculo escureceu e o ronco da cidade parecia mais próximo; e nada de resposta. Por fim, quando já havia perdido as esperanças, veio uma resposta, escrita afetuosamente por Aurélia César. Ela não exprimiu surpresa diante da carta de Marco, pois era uma mulher prática. Lívia Catilina não estava em Roma e fazia semanas que se ausentara. Ela e o filho estavam em visita a parentes perto de Nápoles. Aurélia acrescentou: "Lívia está estranha há muito tempo e os que se interessam por ela acharam que devia repousar no campo."

A carta deixou Marco arrasado. Ele parecia o couro velho de uma botija de vinho, privado de sua substância vital e borbulhante. Ela não estivera lá de todo. Sua vida nova abandonou-o e ele olhou em volta, os olhos vazios, detestando sua existência, suas esperanças mortas.

Ele não podia mais iludir-se. Sem Lívia, não era nada. Sua auto-revelação abalou-o barbaramente. Seria possível que, em todos aqueles anos, ele tivera esperanças de que Lívia não se tivesse afastado dele para sempre e que um dia ela seria atingível? Ele pensara ter sido ferido, mas também que poderia viver com sua chaga, como viviam os outros homens. Mas, naquele dia, ele fora revelado a si mesmo, cabalmente. A luz, por algumas horas, fora clara e a vida se derramara sobre ele em êxtase, revelação e um colorido brilhante. Como ele poderia suportar o resto da vida, sem cor, comum, cheia apenas das coisas que ele tinha de fazer, as palavras cautelosas que ele tinha de proferir, os caminhos que tinha de percorrer com cuidado até o túmulo, os livros sem vida que tinha de ler, os casos desinteressantes que tinha de apresentar aos juízes?

Ele agora podia dar-se ao luxo de ter uma liteira, com dois escravos para carregá-la. Foi levado à casa nas Carinas. Cerrou as cortinas durante o curto trajeto. Não queria ver sua cidade, nem a multidão de caras nas ruas. Estava numa luta íntima. *Até hoje eu não achava a minha existência intolerável. Com certeza poderei retomá-la amanhã. Tenho de ser um homem.*

Quinto estava em casa, inválido ainda, mas restabelecendo-se rapidamente. Sua força vital voltava aos borbotões. Como sempre, estava cercado, em seu cubículo, de amigos que jogavam dados sobre as cobertas dele. Para Marco, que tinha poucos amigos, era um mistério tremendo Quinto tê-los e gostar da companhia deles e considerá-los agradáveis. Para Marco, eram jovens fortes e vigorosos, mas inexperientes, com esperanças na vida, como todos os inexperientes. Eles enchiam o cubículo, que era o maior da casa, como grandes filhotes de urso, gritando, rindo e praguejando enquanto jogavam os dados, batendo com os pés, fingindo raiva e bebendo vinho. Consideravam Marco um senhor sério e idoso, embora ele só fosse uns quatro ou cinco anos mais velho do que eles. Marco os considerava crianças. Naquele dia, queria fugir deles e de sua barulhada. Mas, cumprindo seu dever, como sempre, parou à porta para falar com Quinto, sendo recebido com um convite para tomar um cálice de vinho. E, ainda como sempre, ele sorriu amavelmente e recusou. Depois, parou um momento para observar Quinto e lembrou-se de que, desde seu restabelecimento, Quinto nem uma vez pronunciara diante dele o nome de Catilina.

O sofrimento moral de Marco estendeu-se além dele próprio. O mundo ruidoso e estrondoso: certamente devia haver um fim para o tumulto desarmonioso proveniente do homem! O tigre, a águia, o rio, o leão, o trovão: eles eram únicos, no clangor encantado da existência. Apenas o homem estava só: apenas o homem era a discórdia, o alaúde desafinado, o tambor rasgado, a trompa quebrada. Ele era um desterrado nessa terra, pois era afligido pelo pensamento; e o pensamento podia matar o homem, destruindo-o. Só o homem conhecia o verdadeiro sofrimento. Para que fora criado?

A cortina de seu cubículo afastou-se e Hélvia apareceu, as mãos ásperas e marcadas por seu trabalho incessante. Ela e Marco se olharam

UM PILAR DE FERRO   315

calados. Ele não conseguiu falar. Hélvia mexeu a cabeça, como que confirmando alguma coisa.

— Alguma coisa má lhe aconteceu, meu filho — disse ela. — Mas não acontece com todas as criaturas? Temos de suportar. É o nosso destino.

— Perdi a paciência — respondeu ele.

Hélvia sacudiu a cabeça.

— Você a recuperará, Marco. — Ela afastou-se e ele ficou só com o seu desespero.

Ele olhou para a mesa. Tinha começado uma longa série de ensaios para o editor. Estendeu a mão e varreu os rolos de cima da mesa, como se não pudesse suportar olhar para eles.

Capítulo XXVI

Os dias sombrios prosseguiram, implacáveis. Então, certa manhã, um funcionário foi procurar Marco e lhe disse, entusiasmado:

— O nobre Júlio César está aqui e deseja falar com o senhor, mestre! E com ele está o grande patrício, Lúcio Sérgio Catilina!

Marco foi dominado por imensa revolta e repugnância. Ele procurou dominar-se, dizendo-se que não fosse ridículo. Catilina, que salvara a vida de Quinto, apenas acompanhara Júlio, por simples amizade. Mas seria possível que Catilina tivesse esquecido a velha inimizade, o velho ódio? Não, não era possível. Marco fez sinal para o funcionário admitir os dois visitantes e levantou-se.

Ainda era o princípio da primavera, mas o sol estava quente e o escritório inundado de uma luz dourada e de calor. Júlio entrou, animado como sempre, cheio de sorrisos e afeição.

— Ave, Marco! — exclamou ele, abraçando o velho amigo. Estava vestido magnificamente, de branco e ouro. Seus olhos pretos e vivos brilhavam para o advogado. Então, Marco viu Catilina por sobre o ombro de Júlio.

Catilina estava fardado de capitão, com uma armadura reluzente completa e um elmo que brilhava como o sol, gravado e trabalhado em esmalte colorido. Sua espada curta estava dependurada do lado. Parecia belo e imponente como um deus; era um jovem Marte, porém sem barba. Seus extraordinários olhos azuis pareciam jóias resplandecentes. Os membros eram claros e maravilhosamente bem formados, como os de uma estátua. Os ombros eram largos, o pescoço impecável. Usava um manto curto e vermelho sobre a armadura e tinha pulseiras de ouro nos braços e anéis nos dedos. Ele reluzia. Emanava um ar de poder, esplendor e displicência dissoluta. Limitou-se a ficar ali calado, examinando Marco. Se sentia inimizade ou desprezo, não demonstrou nada.

Marco não conseguiu fazer coisa alguma. Então Catilina, que era sutil, deu um sorriso. Com uma expressão de candura, estendeu a mão para o advogado. Maquinalmente, Marco estendeu a mão também. Mas, no segundo antes do contato, ambas as mãos pararam no meio, sem se tocarem. Os dois baixaram as mãos. O espaço entre eles era como uma espada desembainhada, rebrilhando de ameaças.

— Ave, Cícero — disse Catilina, com sua voz musical. — Como está o nosso caro Quinto?

— Bem — disse Marco. A seus próprios ouvidos, sua voz parecia fina e distante.

— Preciso ir visitá-lo — disse Catilina, à vontade.

Marco obrigou-se a falar mais alto.

— Ainda não agradeci por lhe ter salvado a vida, Lúcio.

— Somos soldados — disse o outro. Catilina tornou a sorrir. — Além disso, gosto do seu irmão. Ele é ingênuo e tem o espírito simples. É um militar de verdade. O general Sila envia-lhe lembranças amigas.

Marco não suportava falar sobre o irmão com Catilina. Virou-se para Júlio que, displicentemente, se sentara e, durante a conversa entre os dois, estivera examinando os processos sobre a mesa, sem se desculpar nem procurar disfarçar sua curiosidade.

— Incrível — disse ele. — Cá está um lojista processando outro por causa de trinta sestércios! Trinta sestércios! Uma importância desprezível. Mas as vidas mesquinhas se ocupam disso.

— Para um dono de loja trabalhador trinta sestércios não são desprezíveis — disse Marco. Estava sentindo as faces quentes e tensas. Júlio recostou-se na cadeira e tornou a sorrir para o amigo. Depois, parou de sorrir, e seu rosto ficou sério.

— Estamos aqui para um assunto importante, Marco — disse ele. — Você é o décimo advogado que procuramos hoje. Deuses! Hoje está muito quente, e os maus cheiros piores do que nunca. E estamos cansados. — Seus olhos negros de repente pareceram ter um brilho divertido, apesar da seriedade de sua fisionomia. Não nos vai oferecer vinho, para nos refrescarmos?

— Você está com algum problema? Espero que não seja algo insolúvel — disse Marco, tocando a campainha sobre a mesa.

UM PILAR DE FERRO

— Sempre brincalhão — disse Júlio. — Não, não estou com problemas que devam preocupá-lo ou enchê-lo de solicitude. Mas nós sempre não nos estimamos com carinho?

— Será? — disse Marco. Ele desviou o olhar de Catilina, que continuava a certa distância. Continuou então: — Você me disse que sou o décimo advogado que procuram hoje. Acharam que os outros não serviam aos seus propósitos?

— Não nos deram informação alguma — disse Júlio. Sírio entrou, calado, com o vinho e os cálices. Serviu o vinho e ofereceu-o primeiro a Catilina, depois a Júlio e a Marco. Os dois outros beberam um bom trago, mas Marco não conseguiu forçar-se a beber com Catilina. Limitou-se a tocar a borda do cálice com os lábios e depois largou-o na mesa.

— Que informação você procura, Júlio? — perguntou.

— Uma questão envolvendo um testamento. Ou, possivelmente, um testamento que não foi feito — disse Júlio. Ele olhou depressa para Catilina que, displicentemente, bebericava mais vinho, indicando, pela expressão, que não o apreciava muito.

Mas o coração de Marco dera um salto violento.

— Testamento de quem? — perguntou ele.

— O seu gosto em matéria de vinho melhorou, caro amigo — disse Júlio, tornando a encher o cálice. Lembrou-se, por fim, de derramar um pouco, como libação. — Ao meu padroeiro, Júpiter — disse ele, num tom religioso.

— Testamento de quem? — insistiu Marco.

Catilina, como o leopardo com que se parecia, aproximou-se. De novo, Júlio olhou brevemente para ele, como que prevenindo-o desta vez.

— É uma história triste — disse Júlio. — Serei breve. O testamento da esposa de Lúcio: Lívia Cúrio Catilina.

Marco sentou-se de repente. Catilina assumiu uma expressão atenta. Júlio lambeu algumas gotas de vinho dos lábios, mas seu olhar fixou-se sobre Marco.

— Sabe desse testamento? — indagou, num tom brando.

Marco não conseguiu falar por um momento. Sabia que os dois o olhavam como tigres. Sabia que estavam desconfiados de alguma coisa. Estendeu a mão trêmula para pegar o cálice e o colocou na boca, obrigando-se a engolir. Por fim, no silêncio sinistro que enchia a sala, disse:

— Não sei desse testamento.

Mas os dois rapazes continuavam a olhar fixamente para ele, Júlio com uma bondade renovada e Catilina como um soldado que depara com um inimigo repentino e se prepara para atacar.

318   *Taylor Caldwell*

— Você nunca foi mentiroso, infelizmente — disse Júlio. — Portanto, tenho de acreditar. — Ele tornou a olhar para Catilina e novamente a expressão de advertência iluminou seu olhar. — Não é incrível, Lúcio, que possa existir um advogado que não seja um mentiroso e um ladrão? Veja o nosso Marco. É a probidade em pessoa e não nos mentiria.

— Por que eu haveria de mentir? — disse Marco. — Se existisse esse testamento, eu não teria dito: "Não sei desse testamento." Eu diria: "Os assuntos de meus clientes são confidenciais e não podem ser comentados." — Ele se sentia tolo e ridículo, um campônio desajeitado.

— Então — disse Júlio, pegando outro processo a esmo e examinando-o. Deu uma gargalhada. — Uma senhora deseja divorciar-se do marido porque ele andou brincando com a irmã dela! Ela, por certo, tem um espírito mesquinho e fútil. Afinal, isso é um assunto de família!

— Largue os meus processos! — exclamou Marco, com uma fúria repentina. Júlio olhou para ele, fingindo surpresa.

— Aceite minhas desculpas, caro Marco — disse ele. — Sempre fui curioso; é um velho vício que tenho.

— Os velhos vícios muitas vezes matam — disse Marco. Júlio cruzou os braços e pôs-se à vontade, mas seu olhar estava fixo sobre Marco.

— Nenhum dos outros advogados, caro amigo, tinha sido procurado por Lívia. Você foi?

A pergunta foi repentina e violenta, apesar do tom calmo.

Marco falou antes de poder se controlar:

— Como seria possível a Sra. Lívia visitar-me, se não está em Roma? — Um segundo depois, ele estava apavorado.

Novamente alguma coisa lampejou entre Júlio e Catilina. Mas foi Catilina quem falou, baixinho:

— Por que você havia de pensar isso? É verdade que ela passou algum tempo em um dos sítios da família, mas já voltou. Como sabia que ela estava fora?

— Boatos — disse Marco.

Catilina levantou as sobrancelhas.

— Falam sobre Lívia?

Marco não deu resposta. Júlio o examinava atentamente e com um sorriso vago e enigmático.

— Por que Lívia havia de ser importante para você, para ouvir falar dela? — disse Catilina. — Você a conhecia?

Marco teve vontade de matá-lo, como tivera antes, mas limitou-se a dizer:

UM PILAR DE FERRO

319

— Eu já a vi.

— E conversou com ela? — A voz patrícia o sondava como um punhal procurando suas entranhas.

— Quando éramos crianças — disse Marco. Ele cerrou os punhos nos joelhos. — Ela estava de visita a Arpino e foi à minha ilha paterna.

— As doces recordações de infância — suspirou Júlio, com uma careta sentimental. Ele viu a emoção de Marco e quis poupar-lhe maior sofrimento. — Vamos, Lúcio. Há outros advogados a interrogar.

— Acredito — disse Catilina, numa voz fria e mortífera — que esse advogado aqui presente sabe de alguma coisa que nós não sabemos. Desejo que ele nos conte.

Marco levantou os olhos para aquele rosto belo, e seu ódio e desprezo estavam vívidos sobre ele.

— Já lhes disse tudo que sei. Tenho de apresentar quatro casos diante do magistrado, dentro de uma hora. Devo pedir que me deixem em paz.

Mas Catilina insistiu, implacável:

— Minha mulher veio procurá-lo aqui?

Marco levantou-se e encarou seu velho inimigo.

— Se ela o tivesse feito, eu não lhe diria.

— Então ela o visitou — disse Catilina, e a mão dele procurou a espada, involuntariamente. — O que ela lhe disse, Cícero?

— Você está me ameaçando? Você? — exclamou Marco, tremendo de raiva. — Quer outra luta, Catilina? Desta vez não conterei minha mão!

Júlio colocou a mão depressa no braço de Marco, para acalmá-lo.

— Não seja imprudente e tolo, caro amigo. Você deve perdoar a aspereza de Catilina. Ele teve um grande desgosto.

Marco teve um sobressalto violento. Olhou alternadamente para os dois visitantes.

— Lívia? — murmurou.

— Você não soube? — perguntou Júlio, e, em seu tom, havia uma verdadeira compaixão por Marco. — A pobre esposa de Lúcio está louca há vários anos, talvez até mesmo desde o nascimento. Ela não lhe parecia estranha, mesmo em criança?

Marco mal podia falar.

— Ela não é louca. Isso é mentira. Foi uma órfã solitária, filha de pais jovens que tiveram uma morte trágica. Ela me contou isso, quando éramos crianças, nas duas vezes em que a vi em Arpino. É mentira — repetiu ele. — Lívia não é louca.

Júlio apertou os lábios numa expressão de tristeza.

— Com certeza ela lhe contou que, após a morte da mãe, o pai se matou sobre o peito da mulher. Com certeza também lhe contou que uma das tias também se suicidou, bem como a avó. Lívia era louca. É possível que o filhinho dela com Lúcio também tivesse herdado esse desvio.

— Não — disse Marco. Depois, ele notou uma atmosfera estranha no escritório. Era como se alguma coisa hostil se tivesse focalizado sobre ele.

— Você não é médico — disse Júlio. — Os próprios médicos de Lívia declararam que ela era louca.

— Sou advogado — disse Marco. Ele teve uma idéia repentina. — Conheci Lívia. Eu a vi em Roma, em duas ocasiões, ambas as vezes num templo. A minha reputação de prudência é bem conhecida, além de minhas opiniões. Se eu jurasse que, por conhecimento próprio, Lívia Cúrio Catilina é sã, então a minha palavra seria aceita.

A sensação premente de perigo aumentou em volta dele. A expressão de Catilina era maligna. Marco pensou: estou percebendo tudo. Ele pretende propor uma ação de divórcio contra Lívia para não ter de lhe restituir o dote. Pensa que vai vencer essa ação: basta jurar que vai manter a ex-mulher num lugar sossegado e bem guardado e isso bastará.

— O seu interesse é louvável — disse Júlio, suspirando. — Não obstante, Lívia esteve muito tempo sob os cuidados dos médicos da família, devido a suas aberrações. Eles prestarão juramento quanto ao estado dela. Aliás, já o fizeram, diante do pretor.

Então, a ação já fora iniciada. Marco mostrou os dentes num sorriso amargo.

— Quem aceitaria a palavra de médicos escravos contra a minha, cidadão de Roma, um advogado?

— Não eram escravos — disse Júlio. Ele pôs a mão para trás, para controlar Catilina, que já estava desembainhando a espada. — Marco, você é um homem prudente, de sensibilidade e inteligência. Eu lhe peço, não se meta nisso.

— E por que ele haveria de fazer isso, a não ser por um ódio vulgar por mim? — disse Catilina. — Salvei a vida do irmão dele. No entanto, ele não sente gratidão. Gostaria de destruir-me por um capricho, pois não passa de um plebeu e é invejoso. Que coisa é ser vil!

— Marco não é de origem humilde — disse Júlio, reprovando o outro. — Ele é da família dos Hélvios. A mãe dele é amiga de minha mãe. Não troquemos insultos, Lúcio. — Ele olhou para Marco com pena. — Como um amigo que o estima desde a infância, meu querido, eu lhe dou um bom conselho. Não se meta em controvérsias por vingança. Isso está

UM PILAR DE FERRO

abaixo de sua dignidade e só lhe trará aborrecimentos. Já é tarde demais para Lívia. Há duas noites, ela envenenou o filho, filho de Lúcio, e depois tentou envenenar-se também. Aparentemente, o veneno agiu devagar demais, e ela receou viver. Assim, matou-se com um punhal.

Marco ficou escutando. Não sentiu nada, a não ser que um grande silêncio e uma quietude o envolviam. Era como se ele estivesse no meio de um poço de água gelada que se estendia em volta dele e nada se movia. A água subia, anestesiando todo o seu corpo. Chegou aos seus lábios e os congelou. Chegou-lhe aos olhos e ele ficou cego. Depois, ele ouviu um tambor distante e triste ecoando no ar, nos ouvidos, na garganta, em todo o universo, e não sabia que era o seu coração. Ele agora via Lívia novamente na floresta, sentada debaixo de uma árvore; uma folha vermelha, como uma mancha de sangue, estava no peito dela.

Ele conseguiu raciocinar de novo e pensou: Não posso mais viver num mundo que não contém Lívia. Depois, teve outro pensamento: Ela está em paz, afinal, essa moça estranha e triste.

Ele percebeu que estava sentado de novo, a cabeça abaixada sobre o peito. Júlio levava um cálice de vinho aos seus lábios. Ele ergueu a mão, que parecia de ferro, e afastou-o. Mal ouviu Catilina dizer, com uma violência incrédula:

— Será possível que esse escravo tenha ousado tocar em Lívia?

— Calma — disse Júlio. — Conheço Marco muito bem. Se ele amou Lívia, foi como a uma ninfa distante, impossível de possuir, impossível de conhecer. Você sabe que isso é verdade e não lhe fica nada bem fingir que não.

Ela está em paz, pensou Marco. O gelo e a dor estavam pesados dentro dele, mas havia também uma grande calma, que, naquele momento, ele ainda não sabia ser apenas o desespero.

Júlio sentou-se diante de Marco e colocou a mão sobre o joelho do outro. Falou com delicadeza:

— Os escravos contaram que várias noites, antes de Lívia suicidar-se e matar o filho, ela falou sem parar. Falou de advogados e de seu testamento. Então, um dia ela desapareceu de casa, iludindo a vigilância de seus próprios guardiães aflitos. Voltou num estado de desespero incoerente e nunca mais tornou a falar racionalmente. Portanto, você compreende, caro Marco, que foi necessário que Lúcio descobrisse se ela de fato tinha consultado um advogado e feito um testamento. Quem sabe que tristes absurdos ela teria escrito nele, que acusações infundadas? Quanta desonra! Seria constrangedor para Lúcio, como marido. Ela não tinha fortuna a deixar.

Como tantos de nós, fora arruinada pelas guerras. Uma prova de sua loucura é ela não ter sabido disso.

Devagar, Marco levantou a cabeça do peito. Mas ele só olhou para Júlio e seus olhos estavam arregalados de horror. Júlio bateu no joelho dele, tornou a suspirar e pareceu mais triste.

— Vejo que você compreende, Marco — disse ele. — É um assunto horrível.

Marco virou a cabeça imensamente pesada para Catilina e falou só para ele:

— Sim, é um assunto horrível. Lívia queria divorciar-se. Pretendia dispor de seus bens no caso de morrer depois do divórcio, pois sabia que você teria de lhe restituir o dote. Mas você já havia esbanjado o dote. Não tinha dinheiro algum, a não ser os presentes de Aurélia Orestilla. O processo de divórcio público de Lívia teria revelado tudo isso, para sua desonra e a ação punitiva da lei. E mais a perda de Aurélia Orestilla, que é uma mulher rica.

"Portanto — disse Marco, numa voz rouca e forçada —, você tinha de impedir a ação de divórcio de Lívia, até poder apresentar a sua ação contra ela, alegando loucura. Mas você soube que Lívia tentou consultar um advogado. O que lhe restava, senão o assassinato? — A voz dele ergueu-se como um grito de águia. — Você a assassinou!

Júlio levantou-se, como se estivesse chocado até o coração.

— Marco! — exclamou.

Marco, porém, apontou para Catilina, que ficou calado.

— Olhe para ele! A culpa está escrita na cara dele, em seu coração negro! Ele matou a mulher e o filho por causa de uma mulher, que é uma depravada e que é rica! O veneno bastou para o seu filho, não foi, Catilina? Mas não bastou para Lívia. Você não ousou deixar que ela falasse em sua agonia. Assim, enterrou o punhal naquele coração inocente e depois colocou-o, rubro de seu sangue, na mão dela! — Ele levantou-se, ainda apontando para o soldado. — O que você fez então, Catilina, assassino vil? Fugiu em silêncio para junto dos amigos, que jurariam que você estava com eles enquanto sua mulher e filho agonizavam? Subornou esses amigos? — Ele virou-se para Júlio. — Você será um deles, pronto a jurar que Catilina estava com você, enquanto a mulher e o filho estavam morrendo?

— Ele estava realmente em minha casa! — exclamou Júlio. — Bem como o general Sila.

— Então ele foi procurá-lo, as mãos ensangüentadas, depois de ter assassinado a mulher e o filho!

Um Pilar de Ferro

— Calúnia! — disse Catilina. — Apelo a você como testemunha, Júlio, dessa calúnia perversa, essa acusação malévola, essa mentira vingativa de um homem que sempre me odiou!

— Tenhamos calma — disse Júlio, mas seu rosto animado empalidecera acentuadamente. Ele contemplou Catilina demoradamente, pensando, e em sua boca havia uma expressão impossível de entender.

— Sim, tenhamos calma — disse Marco, numa voz trêmula. — Consideremos o caso de um assassino que tem de ser levado à justiça. Lívia está morta. Mas eu serei seu advogado. — Ele virou-se para Catilina. — Você foi transformado em pedra, assassino, pela cabeça da Górgona? Ou nasceu da morte? Em você não há um tremor de culpa, nem de vergonha? Não. Você não é um homem. É um abutre, um chacal. Olho para o seu rosto e o conheço, com todos os instintos de minha alma, e reconheço o que você é. Você fala de calúnia, Catilina. Existe uma reparação para a calúnia. Vai propor uma ação contra mim, Catilina? Ousará deixar que eu fale diante dos magistrados daquilo que sei? Ou também providenciará o meu "suicídio"?

Então ele olhou para Júlio César.

— Será possível que também você seja assassino, em seu coração? Será cúmplice na ocultação de um assassinato? Eu o estimei desde que você era criança, embora não me tenha iludido com você, Júlio. Pensei que você também me estimasse. Suplico-lhe que fique do meu lado e fale a verdade.

Júlio disse:

— Marco, eu lhe juro que Lúcio estava comigo, o general Sila e outros, em minha casa, enquanto Lívia agonizava, ao lado do filho. Juro que chegou um mensageiro, enquanto estávamos jantando, para dar o recado de que Lívia e o filho de Lúcio tinham acabado de expirar, por meio do veneno e do punhal.

— E quando foi — disse Marco — que Catilina chegou em sua casa, Júlio?

Júlio calou-se. Olhou para Catilina por algum tempo. Depois disse, em voz trêmula e baixa:

— Ele estava conosco havia várias horas.

— Você mente, Júlio! — exclamou Marco.

Mas Júlio disse, olhando dentro dos olhos de Marco:

— Estou preparado para jurar, com honestidade e honra, e outros comigo, que Catilina estava conosco desde o fim da tarde.

— Então — disse Marco —, isso já foi comentado entre vocês todos, antes que me procurassem.

Ele levantou os braços num gesto lento de desespero, mantendo-os para o alto.

— Não existe um Deus que vingue esse crime, esse assassinato de uma jovem e seu filho?

— Está louco, o cão — disse Catilina. Seu rosto bonito estava tenso com o mal e a raiva fria. — Vamos pedir um mandado para que ele seja confinado no sanatório do Tibre, para que não cometa algum desatino, em sua loucura.

Júlio, porém, disse a Marco, que parecia uma estátua da ira:

— Você pronunciou uma calúnia, caro amigo, uma infâmia contra um cavaleiro de uma grande família de Roma, contra um oficial e soldado de Roma. E isso baseado em nenhuma prova, salvo as suas próprias emoções e seu pesar por uma moça conhecida há muitos anos, que nem se lembrava de você. Uma coisa é ser romântico e ficar desolado de dor; outra é acusar quando não há provas. Conhecia Lívia há muitos anos, e não momentaneamente, como você a conheceu. Mesmo em seus momentos mais calmos, ela não era igual às outras mulheres. Nos mais emotivos, e esses também eu vi, era irrazoável e perturbada. Não foi o casamento com Catilina que a fez ficar assim, pois a conhecia desde minha infância. Nós meninos tínhamos o costume de dizer a nossas irmãs: "Você é maluca igual a Lívia Cúrio."

"Quanto à ligação de Catilina com Aurélia Orestilla, ele não tem procurado ocultá-la. O casamento foi uma calamidade para ele. Quando voltou para Roma, ansioso pelos braços da mulher e carinho do filho, descobriu que Lívia sequer o reconhecia! Fugia dele como das garras de Cérbero. Ao ver aquele estranho terror da mãe, o filho de Catilina também ficou louco. Foi uma amarga recepção para um herói de Roma. Ele tinha esperanças de que a mulher se tivesse restabelecido.

— Lívia tinha motivos para ter medo — disse Marco, numa voz de lamento, deixando cair os braços. — A última vez que a vi foi no templo de Vesta, durante uma tempestade. Ela me contou de seu terror, do medo que tinha pelo filho, das acusações feitas contra ela quanto à sua loucura. Vi seu rosto agoniado, os olhos mortos e sem luz. Ela temia, acima de tudo, a volta de Catilina. E temia com razão.

Ele olhou para o rosto de Júlio. Os olhos negros do rapaz brilhavam de um modo muito especial e as sobrancelhas negras estavam unidas.

— Júlio — disse Marco, estendendo-lhe a mão —, em nome da honra, em memória de nossa longa amizade, dê-me seu apoio para levar um assassino à justiça.

Júlio pegou a mão dele e apertou com força.

UM PILAR DE FERRO

— Se tivesse havido um assassinato, eu o apoiaria, Marco. Mas a assassina da criança foi a mãe, que por sua vez se matou. — Um véu toldou seus olhos. — Estou convencido dessa verdade. E Catilina estava conosco quando foram cometidos esses tristes crimes. Que a infeliz repouse em paz, com as cinzas dos pais. Proferir acusações intempestivas, que você, em momentos de mais calma, seria o primeiro a condenar, não servirá em nada a Lívia. Nós, os companheiros de Catilina, declaramos hoje, com a concordância dos médicos, que Lívia e o filho pereceram inadvertidamente devido a alimentos contaminados. Isso foi feito para preservar a honra de Lívia. Nós lhe contamos a verdade, confiando em sua discrição. Pode ter sido imprudente confiar em você.

Mas Marco perguntou:

— Quem mais pereceu devido àqueles alimentos?

Todas as feições de Júlio se apertaram e alongaram. Parecia que Marco nunca o vira na vida.

— Dois escravos — disse ele.

— Quatro crimes — disse Marco.

Ele virou-se para encarar Catilina, que estava agora languidamente encostado a uma parede, olhando para a parede oposta com indiferença.

— Veja — disse Marco —, o marido desgostoso, o pai pesaroso! Olhe para suas lágrimas, as marcas de tristeza em sua fisionomia!

Júlio disse com calma e frieza:

— Ele é um aristocrata, Cícero. Você queria que ele rasgasse suas roupas em público, como um plebeu indecente, um escravo, uma mulher de rua histérica?

Marco, porém, mal o ouviu. Sua mente de advogado, acima até de sua angústia, dizia-lhe que ele estava impotente, que não tinha prova de assassinato algum, que aqueles homens eram mais fortes e poderosos do que ele, que, se denunciasse Catilina, se estaria expondo não só ao perigo das leis punitivas, mas também da raiva de Sila.

— Catilina está aqui comigo, hoje, procurando um testamento ridículo que mancharia a honra de sua família, por causa da própria Lívia e do filho. Não tinha outro propósito.

Marco tornou a olhar para Júlio.

— Eu o conhecia, César, mas nem mesmo eu, que nunca me iludi com você, sonharia que pactuaria com os assassinatos de uma mulher indefesa e de uma criancinha, inocentes, que passaram a vida apavorados. Tenho um amigo judeu, que você conhece, Noë ben Joel, e ele me contou sobre o que está escrito nos Livros Sagrados dos judeus e sobre a ira de Deus. "Aquele que vive pela espada morrerá pela espada."

Ele olhou de novo para Catilina.

— Há muito tempo, tive um pressentimento de que Lívia morreria como morreu, quando éramos crianças, juntos, na ilha do meu pai. E agora digo a ambos: vocês morrerão como morreu Lívia, em seu próprio sangue.

Seu rosto pálido estava em fogo. Catilina endireitou-se, junto da parede. Júlio recuou depressa, afastando-se de Marco. Como bons romanos, ambos eram supersticiosos. Ficaram petrificados diante dos olhos arregalados e eloqüentes de Marco; e de sua atitude de oráculo.

Depois, ambos fizeram o sinal apressado de proteção contra o mauolhado, e Marco, vendo aquilo, riu-se alto, no meio de seu desespero. Eles fugiram e Marco ficou só.

Ele sentou-se, apoiou os cotovelos sobre a mesa, enterrou o rosto nas mãos e chorou.

Naquela noite, Marco mandou chamar a mãe e o irmão, para falarem com ele. Postou-se atrás de uma mesa, como um juiz, não como filho e irmão. Contou-lhes da morte de Lívia e do filho, falando com calma, apesar de estar com a fisionomia abalada pelo sofrimento.

Depois, levantou os olhos para Quinto e disse:

— Você é meu irmão e eu o amo mais do que a própria vida. Não pronunciou o nome de Catilina para mim, pois sabia de minha paixão por Lívia e do meu ódio por Catilina. E agora eu lhe digo, Quinto, embora você me seja mais caro ainda do que os meus próprios pais, chegaria a preferir que você tivesse morrido no campo de batalha a dever sua vida a um homem como ele.

Mais tarde, deitado na cama sem conseguir alcançar o sono, ele se lembrou das palavras do velho Cévola, advertindo-o de que para homens como Catilina, a morte não bastava, nem servia. Contra Catilina, só havia uma vingança justa: a destruição daquilo que ele mais desejava.

E hei de descobrir o que é, nem que isso consuma todos os anos de minha vida, jurou Marco, levantando as mãos num grande voto.

Capítulo XXVII

A ilha parecia um navio vermelho, dourado, verde, ardente, no mar do cálido ar de outono; uma opala brilhante em mãos de cristal. A paz a envolvia; a calma só era perturbada pelo som do gado, ovelhas e cabras distantes, o ladrar de um cão, os últimos gritos dos pássaros e o espadanar da água resplandecente. Serena, do outro lado da ponte, Arpino dormitava ao sol, subindo pelo flanco da montanha dianteira, seus telhados cor de cereja reluzindo como rubis partidos. O vento suave soprava aromas das últimas rosas, mel, folhas secas e mornas, relva e grãos, fundindo-os no silêncio.

Há muito o que louvar no campo, pensou Noë ben Joel, piscando aprovadoramente ao sol ameno, ouvindo a melodia terna da terra aquecida. Apesar de tudo, de certo modo, é inquietante. O homem percebe seu despropósito neste mundo, sua intromissão intempestiva, sua dissonância ruidosa, o absurdo de suas meditações e suas perguntas — e esse despropósito o diminui e lhe causa desconforto. A terra é augusta. É alegremente unida a Deus. É como um templo na aurora, antes que o homem o profane com sua presença. Prefiro a cidade, onde me posso iludir, pensando ser alguém importante, que sou na verdade a realização máxima de Jeová, onde o que digo merece um certo respeito de parte dos papagaios meus companheiros e onde o barulho que faço, por mais ridículo, inconseqüente e blasfemo, parece merecer valor somente porque sou um homem! Senhor Santo, porque afligiste este Teu mundo com uma raça tão feia e por que prometeste salvar-nos, jurando dar-nos um Filho? Talvez isso não passe de um sonho do homem arrogante. Contempla-me, Senhor, a menos valiosa de Tuas criaturas, a menos bem-feita, a menos inofensiva, a menos significativa, a menos sagrada, e permite que eu diga com Davi: "O que é o homem, que Tu penses nele, e o filho do homem, que o visites?" Devíamos passar as nossas vidas revoltantes com a cara no pó, como as serpentes que parecemos. Posso oferecer a minha simpatia a Lúcifer, pois merecemos sua execração. Somos o Teu mistério mais inexplicável, pois não passamos de adúlteros, mentirosos, ladrões.

Nesse estado de espírito humilhado e incômodo, Noë saiu da casa do sítio, procurando companhia. Quinto, o verdadeiro camponês, estava nas campinas com os pastores. Túlio estava com seus livros em sua biblioteca fresca e escura. Hélvia estava com as mulheres; Noë ouvia o murmúrio de vozes femininas e o zunir diligente dos teares. Onde estaria Marco? Sem dúvida em sua solidão tristonha, junto do rio. Noë, sentindo a atração calmante das vozes das mulheres, foi procurar Hélvia, que gostava dele, sorria ao vê-lo e o considerava como um filho.

Noë encontrou Hélvia e as mulheres aproveitando o tempo maravilhoso no pórtico externo, onde tinham instalado suas rocas e teares e mesas de tecidos. Noë parou um momento para olhar para elas, contemplando com prazer sua placidez, seus rostos calmos, suas mãos ágeis, os pés morenos descalços, os sorrisos de lábios rubros, as sobrancelhas escuras e cabelos

328 *Taylor Caldwell*

desfeitos. A conversa delas era inocente como o canto dos pássaros e, às vezes, uma moça ria baixinho. Houve uma época, pensou Noë, em que todas as mulheres romanas eram assim, virtuosas, simples e bondosas. É uma prova da decadência de Roma, o fato de a maioria de suas mulheres serem apenas imitações de homens, de voz estridente, ocupadas com os bancos e corretores; ou frívolas, ou tolas ociosas, só se ocupando de sua aparência, cabelos perfumados, excessos, corpos fragrantes, vestimentas, aventuras, jóias, escândalos, seu barulho e riso vulgar, suas loucuras infinitas que parecem uma podridão.

Hélvia o notou e levantou a mão da roca, para cumprimentá-lo. Seu sorriso maternal era convidativo e ele se aproximou e sentou-se num banquinho junto dela. A harmonia do colorido dela voltara naquela paz sublime e ar benéfico. Os olhos reluziam de saúde e vitalidade. As madeixas, embora agora muito grisalhas, caíam desordenadamente sobre os ombros cálidos. A boca firme parecia uma romã e as mãos morenas voavam. Noë não conseguia afastar seus olhos dela. As escravas ficaram encabuladas e calaram-se diante dele.

Havia uma cesta de maçãs e uvas sobre uma mesa perto de Hélvia. Noë, pensativo, pegou uma maçã e cravou os dentes naquela doçura e textura deliciosas, mastigando satisfeito. Os teares e rocas pareciam música embaladora. O vento era inebriante. Sombras compridas e ensolaradas espalhavam-se pela relva espessa e verde. Abelhas ativas paravam, demorando-se sobre os frutos. As paredes da casa eram espelhos brancos de claridade. Noë pensou, contemplando as mulheres: são essas as mulheres da velha república.

Entristecendo-se de repente, Noë pensou em Sila e sua ditadura sombria. Aquilo era, pensou, o prelúdio do tumulto e da tirania. Por que Sila tardava em proclamar-se imperador? Os ditadores, com o tempo, faziam questão de continuar, por meio dos filhos, dos irmãos. No entanto, Sila não estabelecera nada disso. Era possível que alguma virtude militar ainda existente nele recuasse diante do crime final. Mas a culminação não se faria esperar. Existe no homem um impulso suicida que conduz inevitavelmente à loucura, à morte e à fúria, quando não controlado pelos princípios e pela retidão. Sila, aparentemente, o estava contendo como um condutor contém sua biga na corrida. Não desprezo Sila, pensou Noë, tenho pena dele.

Hélvia sorriu para Noë, com um ar indagador, como se tivesse ouvido seus pensamentos, e depois suspirou.

Noë inclinou-se para ela, abaixou-se e tocou na bainha do vestido de Hélvia, dizendo:

Um Pilar de Ferro

— Uma boa esposa é mais preciosa que todas as riquezas e tudo o mais que se deseja não se pode comparar com ela. Na sua direita está uma larga vida; e as riquezas e a glória na sua esquerda. Os seus caminhos são caminhos formosos e são de paz todas as suas veredas. É árvore da vida para aqueles que lançarem mão dela e bem-aventurado o que não a largar.

Hélvia não era mulher sentimental; não obstante, seus olhos de repente encheram-se de lágrimas, e ela disse:

— Isso é lindo. Você é um poeta, Noë, e eu lhe agradeço.

— Não me elogie — disse Noë. — Foi Salomão quem falou assim sobre as mulheres. E penso isso quando vejo ou lembro da senhora.

Hélvia disse:

— Os homens romanos não pensam assim de suas mulheres.

— Senhora, as romanas abdicaram do trono das mulheres, e isso é uma grande pena para o mundo.

— Conte-me de sua esposa, Noë.

Noë olhou para o céu.

— Quando os homens e mulheres judeus se casam, trata-se de uma coisa sagrada diante de Deus, um sacramento. No entanto, os homens muitas vezes esquecem, e Deus está ocupado com uma eternidade de mundos. Mas as mulheres judias não permitem que seus maridos e seu Deus esqueçam! Insistem muito para que se lembrem.

Hélvia riu-se como uma menina e mordeu um fio de lã da roca. Olhou para Noë, alegre.

— Imagino que Lia o faça lembrar-se — disse ela.

— Sem parar, senhora.

Noë esticou o corpo comprido no banquinho, bocejando e espreguiçando-se satisfeito. Seu rosto agora magro e fino estava dourado de sol; os olhos castanho-claros brilharam; a boca larga entreabriu-se, mostrando os belos dentes. Seus cabelos castanhos ondeados estavam despenteados pelo vento e seu nariz muito bem-feito franziu-se, enquanto ele aspirava o aroma fino da lã e do linho perto dele e a fragrância das frutas e da relva. Suas orelhas grandes pareciam ter uma vida própria. Ele usava uma túnica curta de linho amarelo, cinturão e sandálias de couro, como uma concessão à vida do campo, e estava-se achando muito rústico. Mas tinha acrescentado a esses trajes pulseiras de ouro cravejadas de pedras e um punhal alexandrino também com gemas.

Aos poucos, a fisionomia de Hélvia tornou-se séria. Ela hesitou.

— Marco ainda não lhe falou de assuntos sérios, Noë?

— Não, senhora. Os ferimentos dele ainda estão sangrando muito. Ele só conversa comigo sobre assuntos ligeiros e só faz comentários sobre o tempo. Diz que está agradecido por eu ter vindo para cá. Às vezes ri de minhas brincadeiras. E devemos ser gratos por isso.

Ele sorriu para Hélvia como um filho mais velho referindo-se a um mais jovem.

— Ele devia casar-se. Duvido que se esqueça daquela moça infeliz, que morreu de modo tão monstruoso. Se ele se tivesse casado com ela, teria sido uma tragédia, pois ela era muito estranha. Ouvi dizer que ela era como vinho e fogo e enigmática como as formas das nuvens. Isso é excelente numa amante, mas desconcertante numa esposa. Os homens são poetas e falam de ninfas, murta e mercúrio ao luar. Mas, quando se casam, preferem pão e queijo na mesa. Assim será com Marco.

— Mas ele não a esquecerá.

— Não. Não a esquecerá. Fará com que Catilina se lembre. E esse dia será terrível.

— Ele só viu a moça quatro vezes na vida. Não compreendo os homens. Como Marco pode ter-se apaixonado tanto em tão pouco tempo?

— Já lhe disse, senhora. Os homens são poetas. É por isso que vocês nos acham tão encantadores.

Hélvia tornou a rir e as moças riram junto.

— Tenho dois filhos do meu corpo — disse ela. — No entanto, quando me casei, tive o meu primeiro filho: o meu marido.

Noë achava Túlio meio cansativo, apesar de toda a sua bondade. Também o achava etéreo. Em Jerusalém, encontrara muitos homens como Túlio, que ficavam sentados nos portões falando sobre Deus e filosofia, interminavelmente, enquanto as mulheres lutavam para cuidar da casa, contavam a prata e os fardos de algodão, davam ordens aos empregados e davam à luz os filhos que aqueles homens delicados geravam distraídos, em momentos esparsos da noite. Noë pensou na mãe, que se parecia tanto com Hélvia, e jurou que nunca seria para Lia um marido como o pai era para a mãe ou como Túlio era para a mulher. Ele comprara uma casa em Roma, e Lia estava atarefada, preparando-a para a família. Ele lhe escreveria uma carta, dizendo que voltaria em breve. Havia muitas vantagens em se ter um bom pão com queijo numa mesa de madeira branca. Ao contrário do que diziam os poetas, isso também alimentava a alma.

— Vai voltar logo para Roma, senhora Hélvia? — perguntou.

— Vou. Os dias estão ficando curtos; as noites são frias.

Noë levantou-se.

— Vou procurar convencer Marco a voltar comigo. A vida o está chamando, embora ele se recuse a encarar isso por enquanto. Que nome ele fez em Roma! Não existe ninguém como Marco, mas ele não sabe disso, em sua modéstia. — Noë fez uma pausa. — Ainda não informei a ele. Lúcio Sérgio Catilina casou-se com Aurélia Orestilla, embora à sua porta ainda esteja o cipreste de luto pela morte de Lívia.

— Mas que desfaçatez! — exclamou Hélvia, horrorizada.

Noë deu de ombros.

— Para um aristocrata, nenhum de seus desejos é desfaçatez. Por que medida, perguntam-se, os seus inferiores podem julgá-los? A decência e a respeitabilidade são coisas para criaturas burras, o mercado e a classe média. Catilina e seus semelhantes que se cuidem.

— Contra que, Noë?

— Contra a ira de Deus — disse Noë. Ao ver a fisionomia triste e cética de Hélvia, ele acrescentou: — É esse o destino do homem, e seu desespero final, que Deus não esquece.

Com uma mesura para Hélvia, ele se afastou, meditando. Foi até o rio. Viu Quinto, bem distante, montado num cavalo fogoso, e estremeceu. Pensava em Quinto com condescendência e afeto. No entanto, preferia que os homens não tivessem sempre o cheiro de feno, ou de ferro lubrificado.

O rio corria e cantava, roxo, prateado e dourado sob o sol. Noë encontrou Marco sentado na margem, olhando para a água, as mãos cruzadas sobre os joelhos nus. Seu perfil estava pálido e quieto. A tristeza sombreava-lhe o rosto, escurecendo sua boca, fazendo o queixo e a testa parecerem osso puro. Mas, quando ele viu Noë, deu um sorriso de prazer.

— Seu preguiçoso — disse ele. — Faz vida de cidade no campo.

Noë sentou-se na grama ao lado dele.

— Você está me censurando injustamente. Tive uma conversa demorada e proveitosa com sua mãe. Sua conversa satisfaz como uma refeição excelente. Ela me lembra Lia.

— Que você muitas vezes se esquece que existe — disse Marco.

— Que não me deixa esquecer que ela existe — disse Noë. — É essa a minha única objeção às boas mulheres. Estão sempre por perto. Prefiro mulheres mais arredias.

— Mas que não têm cofres abertos — disse Marco.

— Não estou falido, Marco. Os lucros de minhas peças na Judéia foram satisfatórios. Os gregos apreciam a arte. Bem como os judeus mais jovens.

— Eu não pretendia ofendê-lo, caro Noë.

— Claro que sim! — riu-se Noë. — Quando fica pronto o seu próximo livro de ensaios?

332   *Taylor Caldwell*

Marco moveu-se inquieto, como se sentisse uma dor repentina.

— Não sei. Não sei se tornarei a escrever, um dia. Meu editor está impaciente. Descobri que os editores acham que os escritores, poetas e ensaístas não têm uma vida real, além do negócio da publicação. Somos mercadorias, como são os outros artigos para os comerciantes.

— Sem um editor, Marco, você não conseguiria manter essa ilha, nem as outras propriedades que adquiriu.

— É verdade — disse Marco. — Mas gostaria que o meu editor compreendesse que sou de carne e osso e não composto apenas de papel e tinta. Noë, segui os conselhos de seu bom pai. Comprei terras e sítios e uma ou duas vilas. Hoje estão bem valiosos.

— E você não os possuiria sem um editor.

Marco sorriu e depois deu uma risada.

— Você vê como a incongruência nos persegue a todos. Não obstante, tenho recebido muitos belos presentes de meus clientes e, recentemente, três legados magníficos de antigos clientes agradecidos.

Noë tossiu.

— Não lhe contei. Tive uma sorte estupenda! Róscio, o grande ator, concordou em aparecer em minha próxima peça. É um canalha e um trapaceiro, um charlatão e embusteiro, um homem sem moral... era inevitável que as senhoras de Roma o adorassem. O meu contrato com ele, devida e gravemente anotado pelo pretor, exige uma importância tão imensa que hesito em mencioná-la. Mas Roma já está empolgada com a próxima exibição de sua arte e eu lhe confesso, embora nunca o confessasse a Róscio, que ele é um artista sob todos os aspectos. Adoro os artistas, embora os deplore. São ao mesmo tempo deuses e crianças e cheios de maldade e inveja. Ah, Róscio!

Marco saiu um pouco de sua apatia.

— Róscio! — exclamou ele. — Ele pode pedir o que quiser!

— E pediu mesmo — disse Noë, com pesar. — E eu, precisando muito dele, concordei. Ele é sovina como um espartano. Seu esplendor em matéria de trajes é pago por maridos inocentes; ele tem jóias incrivelmente magníficas, originárias dos dotes de esposas. Uma senhora, cujo nome devo omitir em nome da caridade, acabou de lhe comprar uma residência no alto do próprio Palatino. Ele tem um sítio na Sicília, outro em Atenas, olivais sem conta e laranjais idem, ações e títulos de fazer inveja a um banqueiro, tapetes que deixariam um patrício envergonhado, carruagens de acordo com sua vontade e cavalos para as corridas, escravos aos montes e mulheres adoradoras aos milhares. Também é proprietário de vários teatros. Aluguei um dele, portanto você pode compreender a minha situação.

UM PILAR DE FERRO

— Como pode pagar um prodígio desses? — perguntou Marco, divertido.

— É verdade que não posso — disse Noë. — Que rosto ele tem! Faz Apolo parecer um limpador da cloaca. Basta ele andar pela rua para fazer com que cada veículo pare imediatamente, coisa que seu caro amigo Júlio César não conseguiu realizar, a despeito de suas rigorosas leis de trânsito. Aliás, é possível que você não saiba que o nosso jovem Júlio proibiu a entrada de todo o tráfego de veículos no Fórum e nas ruas principais durante as horas de movimento dos negócios. Justiça seja feita, essa lei era coisa de que Roma andava precisando há muito tempo. Mas, voltando a Róscio, não existe nenhum ator, nem atleta, nem aristocrata em toda Roma que se compare com o aspecto dele. Eu o detesto. Ele me roubou. Como você sabe, a fortuna de Lia é cuidadosamente dirigida pelos advogados do pai dela e seus banqueiros. E embora ela seja generosa para comigo, Deus a conserve, eu me vejo numa situação difícil.

— Em resumo — disse Marco, demonstrando um interesse maior — você não consegue satisfazer as condições que jurou legalmente atender.

— Como você é perspicaz, caro Marco! — exclamou Noë. Depois, seu rosto comprido mostrou desânimo. — Preciso de mais quarenta mil sestércios antes de minha peça estrear em Roma. Para a bolsa desse sedutor. Se eu não o estivesse empregando, lançaria sobre ele algumas antigas maldições que aprendi em Jerusalém.

— Quarenta mil sestércios! — disse Marco, incrédulo. — Você está maluco.

— Sem sombra de dúvida — concordou Noë. — Lembra-se de que eu disse "mais"?

Marco fitou-o.

— Vai dar-lhe mais, além disso?

— Já dei vinte mil.

Marco abriu a boca. Começou a balançar a cabeça devagar, de um lado para outro.

Noë assumiu uma postura lírica. Levantou as mãos.

— Mas hei de ter um lucro cinco vezes maior! Estou-lhe dizendo, Marco, escrevi uma peça estupenda e contratei músicos que já vão custar uma fortuna, só eles. Róscio já a leu, ou melhor, o escriba leu para ele, pois diz que não se dá ao trabalho de ler. Em minha opinião, ele é analfabeto. Está tão entusiasmado quanto eu com a excelência da peça. Ah, tenho aqui um exemplar para você poder lê-la à vontade. — Noë sorriu para o amigo.

Marco ficou apreensivo. Olhou atentamente para Noë, que sorriu ainda mais para ele.

— É no estilo grego, claro. Uma tragédia maravilhosa. Mas não vou estragar o seu prazer contando-a agora. Prefiro que você a leia.

Marco colocou a cabeça entre as mãos, balançando-a de um lado para outro e gemendo.

— Nunca poderia acreditar que um Cícero seria tentado a investir numa peça teatral! — disse ele. — Num teatro vulgar, para um povo vulgar.

— Não lhe pedi para investir em minha peça — disse Noë. — Estou-lhe oferecendo uma terça parte de minha participação em Róscio. Por que você considera as peças vulgares? O próprio Sócrates, além de Platão e Aristóteles, as considerava como a arte mais elevada.

— Não conheceram Róscio — disse Marco, com um gemido mais alto.

— Você deve admitir que é impossível comprar entradas para os espetáculos dele. É uma ocasião magnífica em Roma, ou em Atenas, ou em Alexandria, quando ele aparece. É um feriado.

— Quanto? — perguntou Marco, numa voz abafada.

— Vinte mil sestércios.

— Vinte mil sestércios!

— Não é uma fortuna — disse Noë. — É apenas a metade do que terei de pagar àquele ladrão num futuro próximo. Por essa modesta importância, você será proprietário de uma terça parte de Róscio. Só a você, Marco, eu faria essa proposta. Basta eu procurar os banqueiros...

— Então, por que não o fez ainda?

— Já fui procurá-los — disse Noë, suspirando. — Eles concordam que a minha peça vai assombrar os romanos, que Róscio é incomparável e deixará a cidade alucinada de amor e êxtase. Mas sabe como são os banqueiros.

— Sei. Respeito a perspicácia deles. Conheço a reputação de Róscio. O que pode impedir Róscio de recusar-se a aparecer na peça depois das primeiras apresentações?

— Tenho um contrato. Conceda que tenho certa inteligência, Marco! Se ele falhar um espetáculo que seja, perde uma certa quantia. Cada ausência lhe trará mais prejuízos. E ele é avarento como um dono de loja ateniense.

— E igualmente falso — disse Marco.

— Uma senhora que ele muito admira no momento possui outra terça parte dele — disse Noë, piscando o olho. — E o marido dela tem mau gênio, e o irmão é um dos generais de Sila. Marco, esta é uma oportunidade que você nunca mais encontrará!

— Pelo que dou graças aos deuses com fervor — disse Marco, suspirando. Noë ignorou aquilo.

UM PILAR DE FERRO

— Você não só terá a devolução de seu dinheiro rapidamente, como ainda receberá depois uma certa quantia... quantia surpreendente... todas as semanas, enquanto a peça estiver em cartaz, e espero que ela seja um sucesso retumbante. Depois dessa bela fortuna que está aparecendo em seu horizonte, como uma galera carregada de ouro, você só terá de praticar a advocacia como divertimento.

— Às vezes penso que é isso mesmo que faço — disse Marco. — Noë, você veio me visitar com o propósito de explorar a minha bolsa? Ah, eu o magoei, caro amigo. Estou brincando. Hoje mesmo eu lhe farei um saque no meu banco.

— O que é ter uma alma apaixonada pelo teatro! — disse Noë, com um gemido feliz. — Que momento, para o autor de uma peça, quando seus personagens aparecem no palco declamando suas palavras! Ele fica arrebatado. Parece o próprio Zeus. É um criador. Eu devia ter sido ator; amo a todos e detesto a todos.

Ele levantou-se de um salto e tirou a túnica.

— Vamos nadar nessa água deliciosa. Vou-lhe contar, estou numa febre de prazer. O sol ainda está quente; o rio está cheio de ninfas aquáticas, cantando do fundo de seus doces coraçõezinhos.

— O rio é traiçoeiro — disse Marco. Mas Noë correu pela margem íngreme abaixo e, com um grito, lançou-se à água e começou a nadar com vontade. Marco, lembrando-se de sua terrível experiência, hesitou. Depois, despiu a túnica e foi juntar-se ao amigo. E, juntos, brincaram como meninos. Marco, porém, ajuizadamente ficou cautelosamente perto da margem.

Saíram do rio, pingando e reluzentes, e deitaram-se sobre a relva morna, para se enxugarem. Noë disse com um tom crítico:

— Nem você nem eu, Marco, jamais seríamos convidados por um escultor para posar para uma estátua de Hermes; nem mesmo a de um senador. Temos corpos de intelectuais e somos pálidos como larvas e os nossos músculos não são notáveis. Isso mereceria a aprovação dos velhos de Jerusalém, que desprezam a beleza corporal e preferem a beleza do espírito, que não aparece. Já lhe disse que Jerusalém é uma teocracia. Infelizmente, isso não é mais bem verdade, pois os fariseus, nossos advogados e guardiães de nossas leis espirituais, e não existem outras, são minuciosos e sérios como o seu Vulcano. Ai do nosso Messias, se e quando Ele aparecer, se negligenciar um pingo da lei, conforme está escrita!

— Ainda O esperam? — perguntou Marco, num tom pasmo e curioso.

— A qualquer momento — disse Noë, começando a mastigar um longo talo de capim.

336   *Taylor Caldwell*

— Você acha que Ele vai nascer?

Noë pensou.

— Não sou teólogo. Por mim, não posso dizer nem sim nem não. Só lhe posso dizer o que aprendi e o que li nos Livros Sagrados. "Quem é aquela que olha para a manhã radiosa, bela como a lua, clara como o sol e terrível como um exército com flâmulas?"

— Quem é ela? — perguntou Marco, com um interesse renovado.

— A Mãe do Messias. E assim os homens santos e os fariseus procuram seu rosto por toda parte, declarando que a conhecerão por sua beleza e majestade, essa Virgem das Virgens, essa jovem Rainha escolhida por Deus em Pessoa. Também dizem que a conhecerão por sua "comitiva", mas isso certamente é simbolismo, pois Salomão era um poeta e não um advogado que só se ocupava de declarações secas. Por que o Filho dela havia de precisar de exércitos, estandartes, trompas e tambores rufando?

— Como então O conhecerão?

Noë refletiu.

— Como já lhe disse, pelas profecias, é mais provável que não O reconheçamos de todo. Ele só será conhecido por um ato de fé.

— "Só por um ato de fé" — repetiu Marco, amargamente, dando de ombros. — Isso é pedir demais da humanidade. Somos exortados, em nossa dor e desespero, nossa solidão, nossa nuvem de perguntas sem resposta, em nossa tristeza, nossa confusão e nossos pés enterrados no barro da terra, a subir como um pássaro ou uma flecha para uma luz ainda não vislumbrada, a atirar-nos nos ventos do firmamento, apenas confiando. Assim nos exortam os sacerdotes. Mas é um ato estupendo demais para os simples mortais.

— Ao que eu saiba, isso já foi feito antes — disse Noë.

— E de que adiantou? Qual a voz que nos responde do túmulo? Que sinal há nos céus, mostrando o nosso vasto salto no silêncio? Aristóteles confiava com um êxtase explícito. Não voltou para nos esclarecer. Há apenas um vazio.

Noë virou a cabeça e discretamente examinou o rosto cansado do amigo, notando a exaustão de espírito que tinha tornado pálidas as suas faces. Noë disse, com brandura:

— Se soubéssemos tudo o que há a saber, como poderíamos suportar essa nossa vida por mais um dia sequer? Cairíamos sobre nossas espadas, ansiosos por nos juntarmos à glória além de nossas vistas. Ou ficaríamos sentados à toa, aguardando a nossa libertação da vida. A confiança em Deus certamente não é vã. Vi os rostos transfigurados dos velhos em Jerusalém, quando falam sobre Ele, e são homens gastos pela vida e cheios de tristezas. Além disso, houve os nossos profetas. Houve Moisés, que nos deu a Lei. Não eram homens tolos, encantados por seus próprios sonhos inventados. Haviam tido revelações. Aristóteles comparava Deus a um cristal perfeito, brilhando cheio de luz, o Doador de vida ao qual toda a vida devia retornar. Estariam todos iludidos, loucos, enamorados de fantasias?

— Você fala com eloqüência, para um realista — disse Marco. — Quanto a mim, cheguei ao fim da esperança, como todos os homens têm de chegar, afinal.

— Não há um fim para a esperança, pois não há um fim para Deus — disse Noë, aflito com as palavras de Marco e com o que significavam.

— Então, você crê? — perguntou Marco, com um sorriso vago e triste. Noë hesitou e depois disse, decidido:

— Tenho de crer, ou tenho de morrer. Não sou insensível à agonia do mundo. Não posso contemplá-la com complacência, embora o meu pai me considere leviano, sem profundidade. Rio para não chorar. Confio para poder perdurar. E — acrescentou Noë, pasmo — nem sabia quanto eu acreditava até este momento!

Ele parou e depois falou:

— Se quiser, pode retirar a sua promessa de adquirir uma terça parte de Róscio.

Marco fitou-o e depois deu uma gargalhada, a primeira em muito tempo.

— Ah, a virtude e a honestidade o dominam, devido à sua fé! Noë, meu caro, querido amigo, insisto na minha compra de um terço dessa divindade viva, Róscio! Ficaremos ricos, pelo menos.

Hélvia, ainda entre as empregadas, ouviu o riso dos rapazes ao se aproximarem da casa do sítio e fechou os olhos um instante para agradecer à sua padroeira, Juno, por aquela graça. Quinto, voltando dos campos, parou para escutar, incrédulo, vestido com sua túnica grosseira de pastor, de tecido cinza. Seus pés morenos e fortes estavam empoeirados. O espírito valente brilhava em seus belos olhos; os braços pareciam bronze sob o sol. Ele meneou a cabeça, feliz, e pensou: Meu irmão voltou para nós. Sorriu, contente, para o ocaso vermelho.

Uma certa paz voltara a Marco, depois das horas passadas no rio com o amigo. No entanto, ele sabia que aquela era uma paz diferente de todas as que jamais conhecera; e sabia também que nunca tornaria a conhecer o êxtase que sentira, a alegria, o sobressalto de prazer ao ouvir um nome, o assombro apaixonado diante do mundo. Tudo isso se fora dele para sempre e jamais voltaria. Como dissera Noë, ele podia suportar. O que mais se poderia pedir de um homem?

Noë pensou, deitado em sua cama campestre: O morto reviveu, graças a Deus. Julguei que ele estivesse a ponto de acabar com a vida, ao chegar. Em seus olhos havia uma fatalidade, em seus lábios, uma mortandade. Ele abandonara a vida, dera as costas à existência. Agora retornou.

Capítulo XXVIII

A peça de Noë ben Joel, *O Portador do Fogo*, fez um sucesso retumbante em Roma. Isso deveu-se, em grande parte, à enorme popularidade e adoração desfrutada por Róscio.* Mulheres de todas as idades o consideravam seu ídolo divino; homossexuais ansiavam por ele, sem sucesso. Os maridos o desprezavam, xingando-o. Os pais declaravam que ele corrompia suas filhas. Os rapazes e garotos imitavam seu jeito de andar delicado e suas poses e largaram a moda romana de cortar o cabelo muito curto e rente ao crânio, copiando o estilo de Róscio, de ondas brilhantes e cachos na nuca. Como Róscio gostava de usar roxo-claro e amarelo brilhante, todos os homens de sua idade ou mais moços passaram a usar esses tons. Ele adorava jóias; assim, os romanos másculos usavam colares egípcios como os dele, pulseiras complicadas de ouro trançado e sandálias e sapatos bordados. Ele era observado em todos os detalhes — aparência, roupas e modo de falar — pelo público, comerciantes e joalheiros.

Lúcio Sérgio Catilina era conhecido por sua beleza romana, forte e máscula. Róscio possuía uma beleza diferente, graciosa, ágil e extremamente requintada. Era alto e esguio, e todos os seus gestos eram um poema. Tinha cabelos pretos e lustrosos, as sobrancelhas como seda pintada. Os olhos eram de um tom violeta encantador, entre cílios longos e espessos como os de uma mulher. Suas feições, em seu rosto moreno liso, eram nítidas e sardônicas, a boca parecia uma ameixa madura. As mulheres escreviam poemas dedicados àquela boca, ao queixo com covinha e às orelhas bem-feitas. Ele tinha a agilidade flexível de um bailarino, a força de um leão, o aspecto

---

*A situação de Róscio em Roma, naquela ocasião, era semelhante à que desfrutou nos Estados Unidos um grande ator, John Barrymore. Há uma estátua dele em bronze no Museu do Vaticano.

UM PILAR DE FERRO

de um Hermes prestes a alçar vôo e um sorriso tão cativante que até o homem mais zangado sentia-se obrigado a reagir àquele brilho de dentes brancos e lábios cheios. Além disso, ele era um homem dotado de inteligência, espírito e ironia naturais, além de ser um ator de imenso potencial. Bastava falar com sua voz cheia e ondulante para conseguir a atenção imediata até dos mais relutantes.

Os atores não mereciam muita estima em Roma. Os desportistas eram muito mais considerados. As demonstrações de energia, poder, força bruta e espírito sanguinário eram lisonjeadas e recompensadas. Os gladiadores podiam pedir o que quisessem; os lutadores mereciam estátuas em sua homenagem. Um pugilista de fibra podia contar com tantas amantes quantas desejasse, entre as famílias importantes de Roma, e todo o ouro que cobiçasse. Já os atores não tinham tanta sorte. Róscio era uma exceção. Os homens romanos podiam lamentar o fato de suas senhoras se diminuírem, ao adorarem um ator em vez de um gladiador, lutador ou pugilista. Mas isso não perturbava as senhoras, nem diminuía a generosidade das dádivas ao seu ídolo. Quando Róscio declarou ser patrono das artes, as senhoras e os rapazes de Roma descobriram grandes méritos na arte grega e na sutileza egípcia. Se ele comprasse uma estatueta de algum escultor desconhecido, esse escultor se tornava famoso de um dia para outro, e suas obras eram vendidas imediatamente.*

Róscio era também astucioso e mesquinho. Conhecendo o caráter efêmero e volúvel do favor do público, ele investia seu dinheiro sabiamente nos empreendimentos mais sólidos. Róscio nunca aparecia de graça em homenagem a quem quer que fosse, nem mesmo Sila, e nunca comparecia a um banquete sem alguma recompensa, de uma forma ou de outra. No entanto, era sempre o primeiro a condenar a avareza e a declarar o seu amor pelo povo.

— As palavras não custam nada — dizia ele, cinicamente. — As obras de caridade são dispendiosas e desprezadas. — Portanto, ele sabiamente guardava todos os seus atos de generosidade, e eram muitos, em segredo. Ele era considerado um escândalo e fazia questão de espalhar essa mentira, sabendo que isso o tornava irresistível às mulheres e objeto de inveja aos homens.

---

*Róscio, famoso ator romano, pode na verdade ser considerado o pai do teatro moderno. Todos os teatros gregos e romanos eram gratuitos para o povo, com as entradas dadas em loterias. Mas Róscio foi o primeiro a criar pequenos teatros de propriedade particular, em que se cobrava a entrada. Isso resultou em apresentações melhores e mais destacadas, para platéias mais exigentes, além do público geral, que não pagava.

O Portador do Fogo era baseada na lenda de Prometeu, o Titã que roubou o fogo da carruagem de Apolo, levando-o para a terra para uso dos homens, e que assim mereceu a ira dos deuses, que queriam que o homem fosse uma simples criatura e não como eles. O castigo de Prometeu foi terrível: aves de rapina devoravam o seu fígado eternamente e este era eternamente renovado. As aspirações e a dor do homem: o tema empolgara Noë. Ele chegara à conclusão de que as tragédias gregas eram pesadas demais e os coros grandiosos e lamentosos tornavam-se cansativos. Portanto, sua peça tornou-se a tragédia concentrada da humanidade, intensa, central e individualista. Prometeu se apossara da luminosidade e da vida da luz e desejava colocar a dádiva nas mãos de seus companheiros de alma negra, que ele criara. Então a peça tornava-se simbólica. Donzelas saltitavam pelo palco numa dança frágil e pungente, como mariposas cegas. Mas Prometeu colocava lampiões em suas mãos e as moças soltavam exclamações de alegria quando a luz iluminava seus rostos; então, abriam os olhos e passavam as lanternas de mão em mão, e a dançarinos também, e era como uma cadeia de luzes. Davam o presente a outros que corriam para o palco, depois punham máscaras representando a idade provecta e agonizante e desapareciam nas sombras e no olvido, significando a morte; e dessas mesmas sombras saltava a juventude, ávida, chamando e cantando, pronta para receber a dádiva, por sua vez, passá-la adiante e depois morrer.

E sempre, no fundo, os deuses mudos, dominantes e vingativos, observando a criatura que se tornara imortal, o animal frágil e abatido pela morte que conseguira uma alma. Mas Atenéia disse: "O homem tornou-se semelhante a nós. Portanto, eu lhe darei sabedoria." Marte disse: "Ele se tornou semelhante a nós. Portanto, eu lhe darei o ódio e a guerra." Vulcano disse: "Ele se tornou semelhante a nós. Portanto, eu lhe darei o trabalho." Vênus disse: "Ele se tornou semelhante a nós. Portanto, eu lhe darei o desejo e o amor."

Apolo disse: "Ele se tornou semelhante a nós. Portanto, eu lhe darei a glória das artes, o conhecimento do corpo e o poder de criar a beleza do pó."

Mas Prometeu disse, contorcendo-se em sua agonia: "Nós nos tornamos maiores do que os deuses, pois adquirimos a dor."

Róscio deu majestade, sofrimento e dignidade ao seu papel. Nunca fora tão aclamado. Recebeu a coroa de louros. Alguns disseram que, em seu papel como Prometeu, sempre no palco e habilmente trajado, iluminado por luzes colocadas astuciosamente, ele retratava Sila. Róscio recusava-se a negar isso, embora piscasse o olho para seus íntimos. Os artistas estavam acima da política, que era uma ocupação humilde.

UM PILAR DE FERRO   341

— O dinheiro — sugeriu Noë — é uma qualidade ainda mais ignóbil.
— Mas com isso Róscio não concordava.

Em duas semanas, Marco recuperou parte de sua participação em Róscio; e estava recebendo uma agradável quantia, além disso. Ele resolveu conservar o que "possuía" de Róscio e, como a imaginação de Noë estava sempre em atividade para produzir novos efeitos e novos bailarinos, a peça cresceu em poder e beleza. Antes de cair a primeira neve, Noë pôde dizer, exultante:

— Somos um sucesso! — E passou a escrever uma peça ainda mais ambiciosa.

Quando caiu a primeira neve, Quinto, já plenamente restabelecido, voltou para o exército.

O editor e impressor de Marco era Ático, rapaz corpulento, com olhos joviais, rosto solene e cabeça redonda. Usava toga mesmo na intimidade da família e estava sempre perfumado com verbena, aroma adstringente com que, de certo modo, pretendia dar a impressão da elevação dos livros. Parecia estar sempre com um ar atarefado, que era apenas em parte hipócrita. Adorava os autores, pois um dia aspirara escrever, e também os detestava, o que era eminentemente natural. Os autores, por sua vez, fingiam considerá-lo um ladrão e um homem sem qualquer consideração pelas artes, mas respeitavam a cultura e a integridade dele. Em resumo, Ático e seus autores eram típicos deles mesmos.

Ele achava que Marco estava perdendo tempo na prática do Direito, pois era um poeta notável, já reconhecido pelos cavalheiros inteligentes de Roma, e um ensaísta de poderes formidáveis, que os políticos olhavam com certa inquietação. Marco deveria dedicar todo o seu tempo a escrever.

— Excelente — dizia Marco —, mas, então, como vou viver e sustentar minha família?

Ático desdenhava tudo isso com um gesto soberbo.

— Quando os deuses concedem alguma coisa, devem ser obedecidos.

— Então os deuses que paguem meus impostos — disse Marco. Eles em geral se despediam com expressões de carinho e admiração, depois de algum estímulo, da parte de Ático, a respeito de mais um livro, e alguma menção, da parte de Marco, de não ter encontrado seu último volume de ensaios em certas livrarias.

Pouco antes da Saturnália, Ático foi anunciado a Marco, enquanto este trabalhava em seus processos no escritório em casa de Cévola. Marco recebeu-o com prazer.

342   *Taylor Caldwell*

— Vai me pagar algum direito autoral, caro amigo? — perguntou ele. — Acabei de receber um aviso muito desagradável sobre os meus impostos. — Então, ele viu que Ático estava aflito. Marco ajudou-o a tirar o manto de espessa lã azul forrada de pele macia. Mandou vir vinho e depois sentou-se diante do editor, olhando para ele com uma atenção afetuosa. — Você parece estar com algum problema, Ático — disse ele. — Teve algum choque com a lei?

Ático suspirou. Não era o suspiro comum de um editor perseguido diante de um autor. Era um suspiro vindo do fundo do coração e, naquele dia, os olhos joviais não estavam sorrindo. Estavam cheios de pesar. A princípio, não disse nada. Bebeu o vinho de Marco e estava tão perturbado que nem comentou que era de uma qualidade inferior. Esvaziou o cálice imediatamente e Marco tornou a enchê-lo.

— De certo modo — disse Ático, brincando distraído com a corrente comprida, de ouro com pedras, pendurada no pescoço. — No entanto, não corro grande perigo.

— Você publicou um livro que um dos severos censores de Sila considerou um perigo para a juventude? — disse Marco, pensando na falta de luzes da ditadura.

— Por assim dizer — disse Ático, suspirando de novo. — Mas o livro não é lascivo, o que seria um crime menor. Era apenas honesto.

— E portanto, imperdoável — disse Marco.

— Imperdoável — concordou Ático. Seus olhos, azul-claros e salientes, continuavam distantes e infelizes. — Foi escrito por um velho soldado, capitão de Sila.

Marco interessou-se logo, pondo-se reto na cadeira e sorrindo, alegre.

— Ah, o capitão Catão Sérvio! O grande soldado que perdeu a vista lutando com Sila, e também o braço esquerdo. Li o livro dele. Um romano antigo, homem honrado e de muitas virtudes. O livro era tosco em muitos trechos e, várias vezes, cru em sua expressão. Mas foi escrito com ardor e paixão, em prol das virtudes romanas e contra o governo opressor e todo-poderoso. Também exigia uma volta à solvência nacional, ao orgulho, trabalho e patriotismo... todas virtudes antigas, mas também desaparecidas. Ao lê-lo, pensei: "Roma ainda não morreu, se um homem desses pode escrever, ser publicado e seu livro ser comprado nas livrarias."

Ático lançou a Marco um olhar de fadiga e ironia.

— Foi o que eu também pensei — disse ele.

— O quê?! — exclamou Marco. — Quem se opôs a ele?

— Dizem que o próprio Sila.

UM PILAR DE FERRO

Marco não podia acreditar.

— Sérvio foi um dos militares mais queridos e condecorados de Sila, Ático! Foram colegas. Ele não denunciou Sila nem uma vez naquele livro.

— Permita que eu avive sua memória — disse Ático, que levara consigo um exemplar do livro. Ele virou uma série de páginas e depois leu em voz alta, com palavras lentas e enfáticas. Marco escutou, meneando a cabeça, a fisionomia melancólica aos poucos desanuviando-se, em apreciação e aprovação. Ático fechou o livro. — Isso enraiveceu muita gente que rodeia Sila, Marco.

— Isso é ridículo — disse Marco. — Nós todos sabemos...

— Quem? — disse Ático. — Mesmo os que provavelmente sabem se recusam a admiti-lo.

— Sila não é um homem ignorante — disse Marco. — Ele sabe.

— Sila não está em toda parte. Tem comandantes, servidores e soldados que o cercam, além de políticos vis e senadores e tribunos comprados. Forçosamente, tem de deixar muita coisa nas mãos deles. Foi nessas mãos cruéis que caiu o livro de Sérvio. — Ático parou, olhando para Marco com tristeza. — Catão Sérvio está agora na prisão Mamertina, acusado de traição contra o estado, acusado de subversão, acusado de tentar derrubar o governo estabelecido, acusado de insurreição e incitamento à revolta, acusado de um preconceito violento e extremado contra o povo de Roma, acusado de desprezo pela sociedade e autoridade, acusado de loucura incontrolável, acusado de desrespeito ao Senado e, claro, acusado de más intenções contra Sila. Essas são apenas algumas das acusações.

Ático deu um sorriso triste.

— Há uma ordem para que o Senado, e não os magistrados, julgue o caso dele. E a pena que pedem é a morte. Os promotores são dois, Júlio César, o seu caro e jovem amigo, e Pompeu, que Sila denominou de Magno. Eles se pronunciarão pelo governo contra Sérvio.

Marco ficou calado. Mas seu rosto pálido empalideceu mais ainda, de raiva e indignação. Depois ele disse, por fim:

— Eu ainda me esqueço. Ainda pensava, em alguns momentos, que Roma fosse uma nação livre e os livros, sagrados.

Ático fez que sim.

— Meu caro Marco, você nunca há de se esquecer de como é perigoso falar a verdade, e como é imperdoável. Um mentiroso leva uma vida muito confortável, sob qualquer forma de governo, e morre pacatamente na cama. Quem fala a verdade...

Uma sensação indizível de calamidade e desolação apoderou-se de Marco, como se ele tivesse ouvido palavras do destino referentes a ele.

344   *Taylor Caldwell*

— Vim procurá-lo — disse Ático — para lhe pedir que defenda Sérvio. Não sou um homem rico; sou apenas um editor — acrescentou ele, depressa.

— Eu? — disse Marco. De repente pensou no irmão, que voltara ao serviço de Sila, e continuou: — Quinto, meu irmão, está comandando uma legião na Gália, no momento. A mão dos tiranos é comprida.

— Eu tinha me esquecido de seu irmão — disse Ático. Ele pegou o manto. — Deveria ter-me lembrado. Você não ousa arriscá-lo.

— Quinto é militar — disse Marco, puxando o manto de perto do editor. — Ele gostaria que eu fizesse o que bem desejasse. Vou visitar Sérvio na Mamertina imediatamente.

Os olhos de Ático encheram-se de lágrimas.

— Você é um homem corajoso e decidido, caro Marco — disse ele.

— Não tão corajoso nem tão decidido — disse Marco. — Em toda a minha vida segui um caminho de prudência, como fazem os advogados. Portanto, sob muitos pontos de vista, traí minha pátria, pois quem não se declara, quando mandam a honra e o brio, é tão culpado quanto qualquer traidor. A covardia muitas vezes é companheira dos advogados. — Ele repetiu: — Vou procurar Sérvio imediatamente.

— Não sei como tiveram a coragem de acusá-lo e prendê-lo — disse Ático, com pesar —, pois ele é muito querido do povo de Roma, dos soldados de infantaria que comandava e dos velhos soldados que foram seus companheiros e que são veteranos, como ele, de muitos combates pela pátria. É conhecido por sua valentia e integridade, coragem e firmeza, por todas as qualidades que levam um nobre soldado a merecer o amor de seus conterrâneos. Ele partilhou do exílio de Sila. Seus bens foram confiscados sob os governos de Cina e Carbo. Perdeu dois filhos nas guerras, sob o comando de Sila, que também os estimava. Sila restituiu as terras e a fortuna a Sérvio, fazendo um discurso diante do próprio Senado, e abraçou o velho militar publicamente, beijando-o na face e exigindo todas as homenagens que Roma pudesse lhe conferir. No entanto, ousaram prender e acusar um homem desses, um homem como ele!, por ter escrito um livro sincero, que denuncia a corrupção e o despotismo no governo de hoje.

— Não é um insulto desprezível — disse Marco, com uma voz seca e amarga. — Ático, farei o que puder. Mas, quando os governos estão resolvidos a difamar, desgraçar e assassinar um herói, fazem isso com impunidade nos dias atuais. Pois agora somos governados pelos homens e não pela lei.

— Então não acha que possa salvar Sérvio?

— Você já não insinuou que, como homem honesto, ele merece a morte?

Um Pilar de Ferro

Para alívio de Marco, quando entraram na prisão fria e úmida, verificaram que o capitão Sérvio tinha sido instalado num aposento confortável, aquecido por um pequeno fogareiro, aposento reservado para respeitáveis homens públicos que tivessem aborrecido o governo. Além disso, não eram os guardas da prisão que cercavam Sérvio. Ele era vigiado por dez de seus legionários dedicados, que o serviam com um carinho feroz. Marco considerou aquilo um bom sinal. Mas, depois de olhar para as caras dos soldados, percebeu que a pátria vinha em primeiro lugar para eles, antes mesmo do seu querido capitão. Se ele fosse condenado por traição, eles sem dúvida chorariam, mas se curvariam severamente diante do que consideravam a justiça de Roma, que não podia ser posta em dúvida.

Catão Sérvio era um homem de seus 60 anos, de uma família pobre mas patrícia, da *gens* Cornélia. A mulher lhe dera terras e um dote imenso, além de um amor profundo. Agora ele estava pobre como fora na infância e não tinha mais esposa, nem filhos, nem terras, nem fortuna. Mas estava sentado ereto e com grande dignidade, na cadeira diante do fogareiro, todo fardado. A janela da sala tinha grades e a porta de ferro, uma tranca. Mas havia no chão de pedra um tapete de pele de urso e o catre estreito era coberto de mantas limpas e quentes; e na mesinha havia uma jarra com vinho, dois cálices e uma cesta de frutas.

Sérvio virou o rosto marcado e cego para os visitantes, que ficaram mudos de emoção, e disse, com sua voz seca e irascível de militar:

— Quem entrou aqui?

Um dos soldados fez continência, esquecendo-se de que Sérvio não o podia ver, e respondeu, respeitosamente:

— O seu editor, Ático, meu capitão, e um advogado, Marco Túlio Cícero.

Sérvio deu um grunhido. Estendeu a mão direita, tudo o que lhe restava, e disse:

— Ave, Ático. Mas não preciso de advogado.

— Meu caro Catão, você precisa de um advogado, sim — disse Ático, sentando-se no catre.

Sérvio sacudiu a cabeça comprida e branca.

— Por que um soldado de Roma, um capitão de Roma, um cidadão de Roma, homem de um grande nome, que não fez mal algum, haveria de precisar de um advogado? Não cometi crime algum. Ri na cara daqueles que me leram uma ridícula lista de ofensas que, dizem eles, cometi contra minha pátria. Sila também deve estar rindo, ao ler a carta que ditei hoje, dirigida a ele e entregue por um de meus homens. Aliás, pensava que era a minha ordem de livramento que chegara, ainda agora quando vocês entraram. Ah, Sila está muito ocupado, hoje em dia. Isso é compreensível. Mas — a voz do velho soldado alteou-se, num brado profundo de indignação — quando ele souber que o seu capitão, o seu querido amigo, foi preso, vai pedir a cabeça dos responsáveis! — Ele parou e tornou a apresentar a Ático o seu rosto valente e cego, cheio de altivez e ressentimento. — Ele herdou esse governo nojento de ladrões, traidores, mentirosos e assassinos. Não concordo, e isso eu escrevi, com os métodos que ele está usando para restaurar a república. Temia a sua ditadura e a tenho execrado, mas sei em meu íntimo que Sila a detesta como eu, com uma paixão igual, e que em breve a dispensará.

Ático e Marco trocaram olhares.

O editor disse com delicadeza:

— Catão, você não acredita em tudo isso. Não quer acreditar que foi Sila quem assinou a ordem de prisão contra você, embora eu mesmo tenha visto essa ordem e lhe tenha contado.

O velho capitão calou-se. Sua fisionomia morena, de águia, endureceu; os lábios murchos, tão destemidos e orgulhosos, tremeram de repente. As órbitas sem olhos pareceram encher-se de água à luz do dia sombrio. Depois, ele começou a bater nos joelhos ossudos com o punho cerrado, murmurando:

— Não posso acreditar. Não ouso acreditar.

— Mas precisa — disse Ático. — Embora não tenha mencionado o nome de Sila em seu livro, ele entendeu a quem você se referia. Esta é uma Roma estranha e degenerada, governada por canalhas, homens exigentes e homens sem honra. Não ousam deixar que você viva.

— Não desejo viver nesta Roma — disse Sérvio, numa voz diferente. Ele sacudiu a cabeça várias vezes. — Não desejo viver numa Roma que não é mais livre, não mais o berço de homens honrados e valentes, não mais a sede da justiça, da lei e do orgulho.

— Você se esquece — disse Ático. — Tem dois netinhos, que usam o seu nome. Os pais deles morreram por Roma. Quer legar a seus netos a vergonha e a desonra, desgraçando um nome nobre? Quer deixar que enfrentem um mundo brutal, tendo sobre eles o estigma da traição de um avô, de modo que todas as portas se fechem sobre eles para sempre e seu nome seja um anátema? Eles agora não têm fortuna. Não têm protetor algum, a não ser você; não têm outro nome que não o seu.

O rosto de águia ficou cinzento e quieto como a morte, e igualmente engelhado.

— O seu nome — repetiu Ático. — Isso há de perdurar, na infâmia. É esse o seu legado para seus netos?

Marco falou pela primeira vez:

— Senhor, meu nome é Cícero. Mas sou da família dos Hélvios, que deve ser de seu conhecimento. O homem não vive só para si. Vive para os filhos e os filhos dos filhos, e vive neles. Se o senhor se resignar a morrer sem fazer um esforço para se defender, estará desonrando o seu nome, a memória de seus filhos e a existência dos filhos deles.

Um dos soldados à porta olhou para seu capitão, espantado, como se percebesse pela primeira vez a enormidade daquela situação. Depois, encheu um cálice com vinho e o colocou na mão estriada do oficial. Catão levou o cálice aos lábios e depois, num gesto de repugnância, largou-o sobre a mesa.

Declarou numa voz grave e severa:

— Você falou que não acredito no que digo, Ático. É verdade. Eu me tenho iludido com falsidades. — Ele pôs a mão sobre os olhos e gemeu. — Ah, se eu ao menos tivesse morrido antes deste dia! Se tivesse morrido em combate!

— Então — disse Ático — não teria escrito o seu livro. Ele não significa nada para você? Gostaria que nunca tivesse sido escrito?

Sérvio ficou calado vários minutos. Era como se ele nem tivesse ouvido. Depois, deixou cair a mão, levantando a bela cabeça: suas faces enrugadas se encheram de sangue.

— Não! Escrevi por causa dos meus netos! Escrevi na esperança de que houvesse muitos homens de bem que o lessem, restaurando Roma para aquelas crianças! Pois não posso encarar a idéia de que eles não vivam em liberdade, como romanos, depois que eu morrer.

— Então — disse Marco — lutemos por Roma.

— Não tenho olhos e, portanto, não tenho lágrimas para derramar pela minha pátria — disse Sérvio, fazendo uma pausa. Depois acrescentou: — Marco Túlio Cícero. O nome me lembra alguma coisa.

— Também era o nome de meu avô, senhor.

— Eu o conheci bem! — exclamou Sérvio, estendendo a mão. Marco a apertou. — Diga-me! — disse Sérvio. — Você pode restaurar o meu nome, Cícero? Minha vida não vale nada para mim, mas o meu nome é tudo.

Marco hesitou.

— É possível que eu não lhe possa salvar a vida, senhor. Mas, com o auxílio de minha padroeira, Palas Atenéia, que também usava o elmo, o escudo e a espada, limparei o seu nome em Roma, para que não seja mais desonrado.

Sérvio fez que sim com a cabeça. Depois, seus lábios se abriram num sorriso severo, militar.

— Sua voz parece um clarim, Cícero. Comove meu coração. Perdi a vista, mas meus ouvidos me servem bem. Você salvará meu nome e isso é tudo o que importa.

Os jovens soldados junto à porta se entreolharam e seus rostos estavam duros, numa raiva súbita.

Ao ver aquilo, Marco teve uma recordação rápida de seu velho mestre, Cévola. Depois que ele e Ático saíram da cela da prisão, virou-se e olhou lentamente do rosto de um soldado para o do outro. Teve de escolher as palavras com delicadeza.

— O general Sila — disse ele, pausadamente — é um grande soldado, sem dúvida. Livrou-nos de Cina e de Carbo e, por isso, que os deuses lhe conservem a vida. O meu irmão, Quinto Túlio Cícero, é um de seus capitães, e ele era como um filho para Sila. — No entanto — disse Marco, enquanto os rapazes o observavam com uma expressão atenta — Sila não é onipresente. Tem, forçosamente, que delegar a autoridade e a responsabilidade. Tem de confiar em muitos homens em volta de si e ai de quem tiver de dar essa confiança! Tem de confiar na integridade deles em tudo o que lhe apresentam, e se forem homens sem integridade, como os políticos e oportunistas, não só ele, mas a pátria sofrerá. E os militares honestos também.

Os soldados o ouviram num silêncio sombrio e de cara fechada. Depois de alguns momentos, Marco suspirou.

— Eis um homem que sacrificou os filhos, os olhos e o braço esquerdo à pátria amada. Um homem que comandou soldados que o amavam e que ele considerava como seus filhos. Um homem que nunca, por covardia ou pusilanimidade, desonrou a Roma que amamos. No entanto, ele está na prisão por causa de alguma mentira, inveja ou ódio de um traidor desconhecido! A que ponto chegaram as legiões romanas, quando vemos um dia assim? Fomos governados por assassinos... até a ascensão de Sila. (Nesse ponto Marco recusou-se a enfrentar o olhar irônico de Ático.)

Portentosamente, então, ele olhou de modo penetrante para cada par de olhos jovens e violentos e afastou-se devagar pelas arcadas de pedra, como um homem que carrega um fardo terrível, pesado demais para sua força. Ático acompanhou-o.

— Foi uma sorte — disse Ático — você não se demorar o suficiente para que aqueles rapazes perguntassem por que você não ia logo procurar Sila, para contar-lhe da prisão de seu querido capitão!

Um Pilar de Ferro 349

— Ora — disse Marco. — Um advogado tenta evitar perguntas constrangedoras. O espírito do militar é simples. Meu irmão não é capitão? Há ocasiões em que dou graças por esses espíritos, pois são incapazes de má-fé e, acima de tudo, amam seus irmãos de armas e sua pátria.

Ático apertou a mão dele.

— Não posso exprimir a minha gratidão, caro Marco. Ele agora lutará como deve lutar um militar. Acha que o poderá salvar?

— Duvido que ousem deixar que ele viva, pois um tal herói não se pode calar. Mas espero ver restituídas suas terras e sua fortuna, bem como a honra do nome dele, para os netos.

Marco voltou ao escritório e ficou ali sentado, de testa franzida, absorto em seus pensamentos. Depois escreveu a Júlio César, que não via havia vários meses:

"Saudações ao nobre Júlio César, de parte de seu amigo, Marco Túlio Cícero:

Hoje aceitei o encargo de defender o capitão Catão Sérvio contra o Estado. Seus soldados o amam e seu nome é respeitado entre os militares. Ele foi companheiro de armas do general Sila e sua morte inconveniente, ou conveniente, se quiser, na Mamertina, causaria grande pesar aos militares e provocaria muitos protestos indignados entre os soldados."

Marco deu um sorriso sombrio, ao juntar sua mensagem de amizade e cumprimentos à mãe de Júlio, Aurélia, mencionando o amuleto que ela lhe dera e que ele usava sempre. Depois, Marco escreveu uma carta a Noë ben Joel, enviando-lhe seu exemplar do livro de Sérvio, pedindo-lhe que o lesse imediatamente.

Depois de ler o livro, Noë ficou pensando muito tempo. Depois foi à vila de Róscio, onde encontrou o ator desfrutando da companhia de muitas moças suas admiradoras e comendo docinhos.

— Ei — disse Noë — não tínhamos chegado à conclusão, meu sedutor, de que os doces prejudicam a aparência? Não tínhamos combinado abandoná-los?

— Tome uns — disse Róscio, oferecendo uma tigela de prata a Noë. — Foi você, e não eu, quem abandonou os doces. O que você quer? Vai pedir que reduza o preço do aluguel do meu teatro? Não.

Noë comeu um docinho, depois outro e mais outro. Sorriu para as bonitas moças romanas, admirando-as francamente. Disse:

— Tenho um assunto a falar com você.

— Isso significa dinheiro — disse Róscio, os olhos cor de violeta apertando-se. — Mais uma vez, não.

350   *Taylor Caldwell*

— Não é dinheiro — disse Noë. — É honra. Glória.

— Sem dúvida — disse Róscio, sem acreditar em absoluto. Olhou para as moças. — Vão para casa, queridinhas. Tenho negócios a tratar com este ladrão. — Ele acompanhou as moças até as liteiras, pavoneando-se e exibindo generosamente toda a sua beleza. Voltou para junto de Noë, no *hall*, esfregou as mãos sobre o fogareiro e novamente apertou os olhos.

— Você está tramando alguma, seu judeu esperto — disse ele.

— Como você também é judeu, aceito isso como um elogio — disse Noë.

— Então eu o retiro. O que está tramando?

— Uma oportunidade que raramente se apresenta a um ator em Roma. Se estivéssemos na Grécia, o país inteiro estaria aos seus pés, pois os gregos apreciam os artistas. Os atores, porém, não são tidos em alta estima nessa Roma grosseira, pois os romanos são intrinsecamente vulgares. Somos ambos cidadãos de Roma, mas sendo homens honestos, conhecemos nossos defeitos. O que é mais caro ao coração de um artista, como você? Não o dinheiro.

— O dinheiro, sim — disse Róscio, cada vez mais desconfiado, à medida que Noë se entusiasmava.

Noë não fez caso.

— Certamente está brincando — disse ele. — Você deixaria de representar, se não recebesse dinheiro por isso?

Róscio mastigou um figo recheado, engoliu-o, tirou as sementes dos dentes e disse:

— Sim.

— Não acredito! — exclamou Noë, levantando as mãos, horrorizado.

— Está tomando o meu tempo. Conte qual é o seu plano, que imediatamente recusarei, por ser caro demais... para mim.

— Estou-lhe oferecendo a glória e a honra, caro Róscio. É só isso que estou oferecendo.

— Nisso eu posso crer — disse Róscio.

— A simples notícia de que você aparecerá em certo lugar, a certa hora, atrai toda Roma àquele lugar, como as moscas são atraídas pelo mel — disse Noë. — Os homens e jovens levantam-se das pedras das ruas, bem como as matronas e donzelas.

— Concordo — disse Róscio. — Qual o espetáculo, em que você investiu alguma coisa, que exige a minha presença? Isso lhe custará dinheiro.

Noë suspirou.

— Deixe-me continuar. Como já disse, os artistas desfrutam de pouca glória verdadeira em Roma. Não são considerados iguais aos gladiadores

UM PILAR DE FERRO

351

vis que suam, gemem e sangram numa arena como porcos espetados. São menos do que os discóbulos absurdos. Quem se interessa em lançar discos? Mas Roma é assim! No entanto, quando um ator se torna um herói, até os romanos se curvam diante dele.

— Isso me parece muito perigoso — disse Róscio. — Você estará tramando a minha morte?

— Já pensei nisso várias vezes — confessou Noë. — Mas já investi demais em você. Também temos o meu querido amigo Cícero, que possui parte de você.

Róscio franziu as sobrancelhas pretas e sedosas.

— Você fala cruamente. Lá na sua querida Jerusalém, você ousaria dizer a outro judeu: "Tal homem possui certa parte de você?" Isso é contra a Lei...

— Conheço muito bem a Lei e duvido que você também a conheça — interrompeu Noë. — Deixe que eu continue. Resolvi dar-lhe a oportunidade de ser um Herói em Roma, além de um ator querido. Os romanos adoram os heróis e firmam o nome deles na história. Pense nisso, Róscio!

— Não vou morrer de tristeza se isso não acontecer — disse o ator.

— Vão fazer estátuas de bronze de você, em seu papel de Prometeu. Vão aclamá-lo como herói no meio das ruas! Você será maior do que Sila!

— Você está maluco — disse Róscio. Mas ouviu com a atenção profunda de um ator enquanto Noë contava tudo. Calado, pegou o livro de Sérvio, examinando uma ou duas páginas, o que surpreendeu Noë, que o julgava analfabeto, coisa rara num judeu.

Então, comovido e empolgado, sua alma de ator em chamas, ele começou a andar de um lado para outro no saguão; e o seu aspecto era tão encantador que, observando-o, Noë quase se esqueceu do motivo que o levara ali. Depois, ele parou diante de Noë, olhando-o intensamente.

— Sila com certeza vai mandar assassinar-me — disse ele.

— Nem mesmo Sila ousaria fazer isso com o queridinho de Roma.

— É perigoso demais.

— O heroísmo não é comprado com a segurança — disse Noë.

— Nem por um momento indiquei que tinha desejo de ser herói. Prefiro continuar a viver.

— Garanto que você viverá — disse Noë.

— Ah! E você jura pela cabeça de seu pai, não é?

Noë parou. Então disse, resolvido:

— Sim. Posso dizer mais que isso?

— Você já disse demais — replicou o ator. — Cícero sabe dessa sua bela idéia teatral?

— Não. A inspiração foi minha mesmo.

No final, porém, Róscio concordou. Era uma oportunidade que sua alma de ator não podia recusar. E, como Róscio sugeriu um pequeno pagamento, como uma jóia preciosa, em sinal de apreço, Noë despediu-se dele com o coração leve.

Enquanto isso, Marco estava escrevendo uma carta para o seu velho amigo e preceptor, Arquias, que recentemente se havia retirado para uma pequena vila junto dos portões de Roma, onde cultivava um olival e criava algumas ovelhas.

Depois de despachar a carta por mensageiro, Marco começou a esboçar seu caso. Uma hora antes do crepúsculo de inverno, chegou Júlio César, magnífico e bem-humorado, cheio de afeto, e fardado de general, em uniforme completo.

— Querido Marco! — exclamou Júlio, como se tivessem se separado, tantos meses antes, na maior felicidade. — Eu o tenho abandonado! Perdoe-me. Parece que está gozando de boa saúde.

— Aprendi a suportar — disse Marco.

Júlio deu-lhe um tapa animado no ombro e riu alto.

— Essas são palavras de um velho, caro amigo. Os jovens comemoram a vida; só os velhos suportam.

— Desisti de comemorar em Roma — disse Marco. — Imagino que você tenha recebido a minha carta e tenha vindo aqui para falar sobre ela.

— Por causa de você, que me é tão caro — disse Júlio, tirando a capa vermelha e sentando-se.

— E o preocupo muito.

Ele teve um sobressalto ao ver desaparecer o sorriso de Júlio, e os olhos pretos e vivos se fixaram sobre ele, numa seriedade sincera.

— Sim — disse Júlio. — Não desejo vê-lo morto, nem que lhe aconteça algum mal, embora você tenha profetizado o mal para mim.

— Então há alguém que pretenda assassinar-me?

— Nos dias de hoje, *Carissime*, muitos homens desejam a morte de muitos homens.

— Enigmático, como sempre — disse Marco. — Só morrerei quando os deuses o decretarem, portanto, não se preocupe.

— Estamos numa época perigosa — disse Júlio.

— E quem a tornou perigosa? Responda-me, Júlio. Quem fez com que os romanos livres, orgulhosos de sua liberdade, orgulhosos de sua lei invencível, orgulhosos da justiça romana, temessem por suas vidas?

UM PILAR DE FERRO

Júlio deu de ombros.

— Não fui eu que fiz esses dias. Os seus olhos suaves têm a capacidade de se iluminarem como fogueiras, e isso é desconcertante para os que o estimam.

— Como você.

— Como eu.

Marco pediu vinho e os dois beberam calados. Depois, Júlio disse:

— Vou mandar-lhe vinho de minha adega. Não é que você seja pobre. Você hoje é relativamente rico e próspero, apesar dos impostos que lastima.

— Poupo o meu dinheiro. Por que veio aqui, Júlio? Não foi só o interesse por mim.

Júlio tornou a encher o cálice, bebeu e fez uma careta. Olhou para Marco.

— Comentei a sua carta com Sila.

— Naturalmente. Eu esperava isso mesmo.

— Sila, embora seja militar, deseja que Roma tenha paz. Ela está sendo dilacerada há muito tempo. E ainda temos aliados, satélites rebeldes, inimigos. É preciso que apresentemos aos nossos conterrâneos romanos, e aos do exterior, uma imagem de um poder inflexível. Você está pondo isso em perigo. Está pondo a sua pátria em perigo.

Marco não se alarmou.

— Não sou eu que estou pondo minha pátria em perigo. A culpa não é minha. E que me importa a mim, como romano, o que os estrangeiros pensem de Roma? Desde quando levamos em conta a boa opinião deles, que pode mudar à vontade, com a direção do vento?

— Você não compreende. Só posso dizer que a sua defesa de Sérvio vai contrariar a paz e a tranqüilidade de Roma.

Marco levantou as sobrancelhas.

— Como?

— Você conhece o povo?

— Mas de que modo a minha defesa de Sérvio pode interessar à plebe de Roma?

— Ele também é militar.

— Coisa de que Sila se esquece. Também é cego e ficou aleijado ao defender a pátria.

— Você está sendo propositadamente obtuso. Vamos considerar Sérvio. Está bem louco. Não lamentamos o patriotismo, mas esses velhos soldados, perturbados pelas lutas e sofrimento, muitas vezes se excedem e falam como alucinados. Deliram. Gritam seu desespero, proclamam a ruína. São extremados em suas emoções. Mas o povo, facilmente inflamado, não compreende.

354 *Taylor Caldwell*

— Falando francamente, você não quer que o povo o ouça falar e defender sua pátria e pedir que ela volte à sua dignidade, valor e integridade legal. Não quer que o povo ouça suas exortações apaixonadas. Tem medo delas.

Júlio ficou calado. Seus olhos negros brilharam de inimizade.

— Há ainda seus colegas de armas, suas legiões, seus oficiais. Você não quer que ouçam Sérvio. Os militares estão inquietos, hoje, sob Sila, que os iludiu.

— Isso é traição.

— Se é traição, condene-me, castigue-me.

Júlio torceu a boca. Pensou: Ele me é necessário. De muitos modos, eu estimo e admiro este homem valente.

— Será traição se um homem que ama a pátria procurar defendê-la na pessoa de Sérvio? — perguntou Marco.

— Você fala como se Roma fosse apenas uma província frágil, uma nação vulnerável, Marco. Ela não é nada disso.

— Então que ela não tema a verdade, nem a Sérvio.

Júlio sacudiu a cabeça, contristado. Depois falou:

— Marco, estamos dispostos a fazer concessões extraordinárias. A cidade inteira sabe do caso de Sérvio. Já existe um descontentamento. Restituiremos a ele todas as honras militares, sua fortuna, suas terras, e que ele se vá em paz.

— Com o nome maculado, bem como o nome dos netos.

— Faremos saber que Sila, devido ao seu velho afeto e seu pesar, perdoou a Sérvio, concedendo-lhe a misericórdia.

— E o povo então aclamará Sila, por sua compaixão majestosa, embora tivesse sido cruelmente ofendido; e o nome de Sérvio ficará desonrado para sempre.

— O que é um nome? — perguntou Júlio.

Marco foi dominado por uma raiva fria.

— Para você, Júlio, não é nada. Para Sérvio, é todo o mundo. Ele agradece a oportunidade de se defender, e a Roma, diante do Senado.

— Na idade dele, não desejará ficar em paz?

— Um velho soldado, ferido e indignado em seu íntimo, não procura a paz. Almeja a honra, palavra que você não conhece.

— Sou um homem sensato e prático. Acompanho os tempos. Mas você enterrou os pés na lama escura do passado e jamais se moverá.

— O passado — disse Marco — também é o presente e o futuro. A nação que se esquece disso está condenada.

Júlio não respondeu. Marco lançou-lhe um olhar penetrante.

— Sila tem medo de Sérvio!

Júlio continuou calado.

— Eu também tenho amigos, homens honrados e íntegros. Se eu for assassinado, eles não se calarão. Informei a todos sobre o caso de Sérvio.

— Está ameaçando Sila?

— Ameaço todos os tiranos.

Júlio levantou-se e disse:

— Estamos dispostos a oferecer-lhe uma importância magnífica, não para trair o seu cliente, mas para retirar-se. E prometemos libertar Sérvio, como já disse, deixando-o ir em paz e restituindo-lhe sua fortuna e terras.

— Não quero o dinheiro de Sila. Ele que restaure o nome de Sérvio e eu me retirarei.

— Isso é impossível. — Júlio virou-se para a porta. — Eu sabia que você se mostraria recalcitrante, pois é um homem obstinado. Disse isso a Sila. Portanto, trago um convite para você ir jantar hoje com ele, para que ele possa expor o caso a você.

— E se eu recusar?

— Eu não recomendaria isso — disse Júlio, numa voz baixa e ameaçadora. — Posso lembrar-lhe uma coisa? Você deve a vida de seu irmão a Sila, que cuidou dele com carinho, como um filho. Não seria vergonhoso mostrar-se ingrato?

A fisionomia de Marco mudou.

— Como você é sutil, Júlio. E — a voz de Marco falhou — se Quinto sofrer alguma coisa devido à minha decisão, hei de proclamar a notícia ao povo. Ele havia de preferir morrer com honra do que na desonra.

— Honra! — exclamou Júlio, irritado, finalmente. — Isso significa coisas diferentes para homens diversos! Que idiota você é, Marco! A honra é o último refúgio do impotente.

Ele foi até a porta, depois postou-se ali, frio e implacável.

— Está anoitecendo. Eu lhe ordeno que me acompanhe à casa de Sila.

Capítulo XXIX

Eles foram à casa de Sila. Marco em sua própria liteira e Júlio num imenso cavalo negro, acompanhado de três jovens oficiais, também montados. A última mancha vermelha do sol delineava os montes cheios, correndo como uma água ensangüentada sobre os telhados dos prédios. O ar estava frio e revigorante e Marco conservou fechadas as cortinas da liteira. Os cavaleiros faziam uma algazarra de cascos em volta dele; ele ouvia o ronco da multidão nas ruas, o trovejar de carros, carroças e bigas, as gargalhadas estridentes, as invectivas ainda mais estridentes.

Arquias lhe dissera que ele era, por natureza, político. A princípio, Marco se rira; desprezava a política e os políticos. Mas então ele percebeu que a lei não bastava, nem mesmo a grandeza da lei romana.

A casa grande e bela de Sila estava quente e iluminada, tinindo com os repuxos e levemente perfumada. Havia no ar um aroma de samambaias e de frescor. As colunas polidas brilhavam. Os pés de Marco se enterravam em tapetes espessos e brilhantes. Foi recebido no átrio por Sila em pessoa, educadamente cordial. Ele disse:

— Ave, Cícero. Estou satisfeito que tenha me dado o prazer de vir jantar comigo.

Chegou a sorrir, ao abraçar o rapaz mais jovem.

— Somos poucos — disse ele. — Só eu, Júlio, Pompeu, Crasso, Piso e Cúrio. Prefiro os jantares pequenos. Sim, também há senhoras, algumas simpáticas, além de jovens atrizes e cantoras e bailarinas, que consentiram em nos acompanhar.

— Não estou devidamente vestido — disse Marco —, pois me fizeram vir só com minha túnica de lã, como pode ver.

— Ah, hoje não vamos fazer cerimônia alguma — disse Sila, que estava com sua túnica favorita de lã roxa, bordada a ouro. Estava magro, como Marco se recordava dele, e igualmente bronzeado; seus olhos pálidos continuavam terríveis.

Como um pai carinhoso, Sila conduziu Marco e Júlio à comprida sala de jantar. Lá, uma mesa havia sido posta com rendas orientais e adornada com lampiões de bronze alexandrinos, cujos óleos perfumados emanavam perfumes luxuriantes. Belas pinturas em madeira e afrescos de mosaicos cobriam as paredes de mármore. Cortinados de seda e lã escondiam as janelas, concentrando o calor lá dentro. Os outros convidados estavam à espera, os velhos inimigos de Marco: Piso, do rosto bonito, sorriso maldoso e cabelos louros; Cúrio, o emburrado; Pompeu, prematuramente denominado o Grande, por Sila, com seu rosto impassível mas simpático, e Crasso, os cabelos castanhos dispostos em pétalas sobre a testa. Eles já estavam recostados em divãs macios em volta da mesa, bebendo vinho de lindos cálices gregos de ouro e prata e provando dos pratos dourados de anchovas, peixes condimentados, azeitonas, pasteizinhos recheados de carne e queijo, vitela no vinagre, salsichas em molho picante e pequenas ostras

UM PILAR DE FERRO

britânicas boiando em azeite e especiarias. Entre cada divã havia uma cadeira e cada cadeira estava ocupada por uma moça bonita, vestida com uma túnica comprida, de cores vivas, os braços e pescoço descobertos, os cabelos penteados de modo fantástico.

Marco condenava a nova moda de se deitar durante as refeições, pois era um romano antigo. Sentou-se entre Pompeu e Júlio. Sila preferiu uma poltrona similar a um trono, de madeira dourada, marfim e ébano, com almofadas de seda vermelha com passamanaria dourada. Estava sentado à cabeceira da mesa, em sua pose militar inconsciente, com ombros retos e cabeça erguida. Marco provou, hesitante, as iguarias da mesa; achou-as apetitosas, comeu mais e bebeu um bom vinho adocicado. Três escravas sentadas no chão, a um canto, com cítaras e alaúdes, começaram a tocar canções sentimentais, muito baixinho, e uma delas cantou numa voz agradável e jovem.

Os rapazes e as moças junto de Marco conversavam animadamente. Piso e Cúrio ignoraram Marco e, quando se dirigiam a Júlio ou a Crasso, olhavam por cima ou em volta de Marco, como se ele fosse um objeto inanimado. Suas faces pálidas e magras começaram a arder, com raiva, diante dessa descortesia. Mas, por sua vez, ele esperava até encontrar o olhar de um de seus inimigos, quando então olhava para ele com frieza e desprezo, dando levemente de ombros. Ficou satisfeito ao ver que isso tinha um efeito constrangedor sobre os jovens aristocratas, cujos olhos, a despeito de seus sorrisos, começaram a faiscar. Enquanto isso, a conversa à mesa era fácil e alegre, e as moças tagarelavam, dando risadas, bebendo muito vinho e lambendo os dedos com um ar delicado.

Marco não sabia que Sila tinha paixão por atrizes de má reputação, cantoras e conversas alegremente lascivas. Mas Sila estava-se divertindo. Brincava com as mãos, as faces e os cabelos das moças que estavam sentadas de ambos os lados de sua cadeira. Elas o lisonjeavam; encostavam as cabecinhas bonitas no ombro dele; implicavam com ele; eriçavam-se felizes diante dos afagos dele, que se tornavam cada vez menos controlados, com o passar do tempo. Riam-se alto quando ele abaixava seu nobre nariz romano e beijava seus pescoços e ombros brancos e encovados.

Ninguém conversou com Marco. Ele esperou até os pratos serem retirados para dar lugar ao jantar, e depois disse, num momento de mais sossego:

— Estou vendo que o nosso caro amigo Catilina não está aqui hoje.

Pompeu e Júlio se entreolharam. Piso riu-se com maldade. Cúrio fechou a cara diante do atrevimento de Marco, ousando mencionar o nome de um grande patrício. Os olhos de Sila mostraram que ele estava-se divertindo muito. Ele disse:

— Não, ele hoje está gozando os abraços da noiva.

— Eu pensava — disse Marco — que estivesse lamentando o assassinato da esposa.

— Assassinato? — disse Sila.

— Há alguém que duvide disso? — perguntou Marco.

— Caro amigo — disse Júlio —, você sabe que isso é calúnia. Temos testemunhas.

— Então Catilina que me processe — disse Marco. — Andei investigando. — Agora todos os olhos estavam sobre ele. Ele deu de ombros. — O cipreste ainda está à porta da casa dele, por Lívia?

Ninguém lhe respondeu. Marco limpou as mãos com calma num guardanapo de linho entregue por um escravo. Não se apressou.

— Antigamente, em Roma, o assassinato era considerado uma coisa bárbara. O assassinato, em Roma, era castigado por meio da morte. Mas os tempos mudaram. O assassinato da própria esposa, mesmo praticado toscamente como no caso de Lívia, parece ter como resultado grandes honras, uma rica segunda esposa e prestígio.

— Você está sendo propositadamente desagradável — disse Júlio, com um ligeiro sorriso. — Continue. Tem a nossa atenção.

— Sou advogado — disse Marco. — Não dou informações sem honorários.

Ele olhou diretamente para Piso e Cúrio.

— Se alguém quiser disputar comigo pela espada, terei prazer em combinar hora e lugar.

Júlio deu uma gargalhada e bateu no braço de Marco.

— Que piadista é ele! — exclamou.

— Pensei que teríamos um jantar agradável — disse Sila. — Parece que hoje temos entre nós um touro, bufando por ventas vermelhas.

— Ele é o espírito da elegância — disse Júlio, cutucando Marco fortemente nas costelas com o cotovelo. — Meu general, o seu vinho deve ser forte.

— Não tão forte quanto a minha indignação — disse Marco.

Os escravos chegaram com os outros pratos, que consistiam em um leitão assado numa imensa travessa de prata, peixes grelhados, vários legumes com molhos e pequenos pães brancos enrolados em panos de linho, para conservar o calor. Serviram mais vinho. As moças entoaram uma canção mais animada.

Um Pilar de Ferro

— Vamos tratar de assuntos mais agradáveis — disse Sila.

— Sou um homem que trabalha — disse Marco. — Não durmo tarde, à moda moderna. Chamaram-me aqui com uma finalidade e sei qual é, senhor. E o propósito, suponho, é a minha defesa de Catão Sérvio na próxima semana, diante do Senado.

Sila levantou as sobrancelhas negras. Não estava mais sorrindo.

— Eu o tenho em alta conta, Cícero. Os advogados não devem ter inimigos. Em geral, são homens de grande discrição e prudência. Não é do feitio deles se entregarem a extravagâncias e fazerem de seus casos um espetáculo público. Júlio já lhe falou de nossa proposta quanto a Sérvio. Por que você é tão obstinado?

— Querem desonrar o nome dele, para que nenhum homem de valor e coragem, que queira falar a favor da pátria, possa levantar a voz no futuro, pois um homem desses considera o seu nome sagrado.

Sila falou, num tom simpático:

— Ele não é jovem, está doente e não tem muito tempo de vida. — Levantou a mão. — Você vai falar da desonra em que terão de viver seus netos. A desonra pública, meu caro amigo, não é mais o estigma que já foi em Roma. Hoje em dia os homens têm a memória curta; consideram a honra antiquada e aborrecida. Os netos nada sofrerão.

— Sérvio não se esquecerá, bem como os netos, criados de modo a venerar a honra mais do que a própria vida. Eu o protegerei desse sofrimento.

— Não conseguirá — disse Sila.

— Tentarei, com toda a minha alma e o Direito que conheço.

Júlio bateu palmas com certo desprezo. Piso e Cúrio riram alto.

— Palavras heróicas! — disse Júlio. — Dignas de um Cícero.

— Dignas de um Grão-de-bico — disse Cúrio, em voz rouca.

— Dignas de um romano — replicou Marco. — Mas aqui quem as há de compreender?

— Eu — disse Sila, numa voz sossegada, e o pequeno alvoroço na sala parou de repente.

Marco olhou-o, sobressaltado.

— Então o senhor sabe que tenho de fazer o que pretendo. Por causa de Sérvio; por causa da alma morta de Roma.

Sila largou a faca e a colher com uma violência controlada. Seu rosto moreno ficou áspero e magro de raiva. Ele inclinou-se para Marco.

— Responda-me com sinceridade, Cícero, e do fundo de sua própria alma, que parece impregnável e resoluta.

Sua voz amarga encheu a sala. Apontou um dedo magro e moreno para Marco, como um acusador.

— Vamos considerar essa nossa Roma, Cícero, essa Roma de hoje e não a de ontem, do seu avô. Vamos considerar os senadores, os senadores de sandálias vermelhas em suas togas imponentes, os senadores em suas liteiras macias, leitos macios e cortesãs macias, os senadores de privilégios, poder e dinheiro, de ricas propriedades dentro das muralhas de Roma, sítios no interior, vilas em Capri e na Sicília, vastos investimentos internos e externos... esses senadores, que tomam banhos quentes e perfumados, ou dormem sob os dedos untados das que fazem massagem em corpos corruptos, e que se cobrem e a suas amantes de jóias antes de irem às orgias e banquetes, ao teatro, a exibições privadas de dançarinas desavergonhadas, cantoras, gladiadores, lutadores, atores... vamos considerá-los!

"Um dia os antepassados deles, dos quais a maior parte herdou os cargos, compareciam a um tosco salão do Senado de pés descalços, para mostrar a humildade deles diante do poder de seu povo e, acima de tudo, diante do poder dos deuses e da lei eterna. Sentavam-se, não em togas bordadas, em assentos de mármore com almofadas, mas em bancos de madeira, feitos toscamente; e suas túnicas ainda estavam manchadas pela terra inocente, o trabalho simples. O cônsul do povo era mais do que eles. Quando falavam, aqueles velhos senadores, falavam com o sotaque do interior; falavam com virilidade, sabedoria, verdade, justiça e orgulho. Eram prudentes; desconfiavam de toda lei que não proviesse da lei natural, do coração da nação.

"Olhe os seus herdeiros! Os senadores atuais abdicariam de uma parcela de seu poder, da metade de suas fortunas, para refazer o nosso tesouro falido? De suas amantes vis e extravagantes, da ambição de suas esposas, seus clientes bajuladores, sua ociosidade e prazeres lascivos, sua multidão de escravos e suas casas ricas, uma parte de seus investimentos, para salvar Roma e reintegrá-la à grandeza de seus antepassados?

Marco empalidecera. Não conseguia afastar os olhos de Sila.

— Não — disse ele. — É verdade. Não.

Sila abriu a boca para tomar fôlego.

— Vamos considerar os censores, os tribunos do povo, os políticos! Haverá algum homem tão vaidoso, brutal ou criminoso quanto o que tem o bolso cheio de um pouco de autoridade e que se pode pavonear altivo diante dos que o elegeram? Existe alguém que se possa gabar de ser um ladrão mais desesperado do que esses representantes do povo, que não venda seus votos pela honra de sentar-se com os patrícios à sua mesa, ou de

UM PILAR DE FERRO

beijar a mão da amante de um senhor poderoso? Quem é mais traidor do povo do que o homem que jura servi-lo?

"Olhe para eles! Acha que se afastarão do negócio de encher seus cofres se você lhes pedir para salvarem Roma? Cederão suas modestas varas de ofício em nome do povo, para servir ao povo que os elegeu sem medo nem favor? Denunciarão o Senado, exigindo que respeitem a Constituição e não promulguem leis que os beneficiem? Clamarão pela 'liberdade' em vez de pelo privilégio? Exortarão o eleitorado a praticar a virtude e a economia de novo, sem pedirem nada aos tribunos, a não ser que sejam justos? Encararão o povo de Roma dizendo: 'Sejam homens e não gado?'. Você poderia encontrar um destes entre os representantes do povo?"

Marco largou os talheres reluzentes que tinha nas mãos, embora mal houvesse tocado no porco e no peixe. Olhou para o prato, desolado.

— Não, senhor — disse ele.

Sila levou aos lábios uma taça e bebeu um grande trago. Ninguém, nem mesmo as mulheres, moveu um dedo.

Sila falou:

— Você, Cícero, considere a classe média, da qual faz parte. Os advogados, os médicos, os banqueiros, os comerciantes, os donos de frotas mercantes, os corretores, os homens de negócio, os donos de lojas, os fabricantes de mercadorias, os importadores, os fornecedores. Eles, por sua livre vontade, serviriam a Roma um mês só a cada ano, cedendo seus lucros acima dos impostos, para ficarmos solventes de novo? Assediarão os senadores, patrícios, tribunos ou cônsules, pedindo que Roma seja restaurada à antiga grandeza e, acima de tudo, à sua paz? Desistirão dos proveitos da guerra, não se apoderando deles? Um de seus advogados desafiará os legisladores, dizendo-lhes: "Isso é inconstitucional, uma afronta ao povo livre, e não pode ser promulgado?" Um desses seus colegas levantará a vista dos livros o suficiente para examinar as Doze Tábuas do Direito Romano e depois denunciar aqueles que as violam, ajudando a tirá-los do poder, mesmo ao custo de suas vidas? Esses homens gordos! Meia dúzia deles, nesta cidade, sem considerar sua segurança pessoal, se levantarão de seus escritórios para comparecer ao Fórum, mostrando ao povo o destino inevitável dos romanos se eles não voltarem à virtude e à economia e expulsarem do Senado os homens maus que os corromperam pelo poder que eles têm a conferir?

— Diante de Deus, senhor, não — disse Marco.

Sila fechou os olhos de repente, aparentemente exausto.

— Cícero, vamos considerar as turbas poliglotas e sufocantes de Roma, os homens que abafaram sua face com a própria imundície. As turbas de

Roma, as turbas de boca de gato e voz de chacal! Os vilões dos esgotos e dos becos, que rabiscam as paredes! O povo audacioso e insolente, o rebotalho entusiasmado, incontrolado e incontrolável de nossas cidades e muitas nações! Se um homem honesto lhes implorasse para trabalharem com afinco, praticarem a austeridade e voltarem aos credos simples... permitiriam que ele vivesse? Se um homem lhes dissesse que eles não poderiam mais depender do governo para se alimentarem, se abrigarem, se vestirem, se divertirem... eles lhe dariam ouvidos? Se um herói os recriminasse por sua preguiça e ganância, o que fariam?

Marco juntou as mãos na mesa e olhou para elas.

— Senhor, eles o matariam, ou o reduziriam ao silêncio com seus uivos.

— É verdade — disse Sila, num tom sombrio. — Consideremos então os antigos romanos, homens como você, que ainda vivem nesta cidade e no interior. São eles os verdadeiros herdeiros daquilo pelo que morreram nossos pais. Gabam-se dos militares em suas famílias, dos guerreiros mortos carregados em seus escudos depois do combate. Falam com orgulho de Horácio, de todos os heróis de Roma, considerando-se unidos a eles. Suas casas estão marcadas pelas armas antigas. Os filhos têm nomes de homens poderosos, que hoje dormem no pó. Estão por toda parte, esses homens, em todas as classes sociais.

"Você poderá reunir uma dúzia desses antigos romanos, pedindo que se postem na ponte de Horácio, a seu lado? Será que eles dirão ao populacho: 'Silêncio!' Aos senadores: 'Honra, lei e justiça!?' Aos vorazes das casas bancárias: 'Por certo tempo, renunciem aos seus lucros pelo bem de Roma?' Dirão aos tribunos: 'Representei-nos, ou largai a vossa vara do ofício?' Dirão a mim e a meus generais: 'Afastem-se de nós, para podermos recuperar nossa liberdade e nossa lei?' Existirá uma dúzia desses antigos romanos que dirão essas coisas, empenhando suas vidas, suas fortunas e sua honra sagrada para recriar Roma à sua imagem antiga*

Até mesmo os lábios de Marco estavam brancos. Ele sacudiu a cabeça.

— Perante Deus, senhor, eles não fariam isso. São pusilânimes, esses descendentes dos heróis. Têm medo de levantar a voz.

Sila tapou o rosto com as mãos escuras e magras por um momento. Todos os outros estavam petrificados, mal tocando na comida de seus pratos. Até as músicas haviam cessado.

---

*Patrick Henry citou essas palavras de Sila, que ele admirava.

Então Sila disse, por entre as mãos, numa voz abafada:

— Consideremos os lavradores de fora dos nossos muros, que cultivam a terra. Durante muitos anos venderam os cereais aos depósitos do governo, recebendo por isso grandes quantias, e esses grãos foram dados aos preguiçosos, que os pediam. Os lavradores estão satisfeitos. Não lhes importa que o nosso tesouro esteja falido. Se eu lhes dissesse: "Lavradores romanos, a nação está falida e em perigo e, portanto, eu lhes rogo que dispensem os favores até agora despejados em suas mãos, por sua própria vontade, pelo amor de Roma", eles levantariam os braços afirmativamente, por amor a Roma?*

A fisionomia de Marco estava cheia de sofrimento.

— Não, senhor, não diriam isso.

Sila deixou cair as mãos, virando o rosto para Marco, e sua fisionomia estava carregada de paixão.

— Olhe para mim, Cícero, um militar, o ditador de Roma! Lembre-se de que estou aqui, nesta casa, em Roma, com este poder, não porque o quisesse para mim em algum sonho de fantasia numa noite solitária. Se cem homens que eu pudesse respeitar me tivessem encontrado nos portões e me tivessem dito: "Largue suas armas, Sila, e só entre na cidade a pé e como cidadão romano", eu teria obedecido, agradecido. Acima de tudo, sou um velho soldado e um velho soldado respeita o poder da lei estabelecida e da coragem. No entanto, não houve cem homens que me interpelassem nos portões, ou que oferecessem suas vidas às nossas espadas em nome da pátria! Não houve nem mesmo cinqüenta, nem vinte, nem dez, nem cinco! Não houve nem um!

Marco olhou para ele e viu como eram fortes sua dor e seu desespero.

— Ainda agora — disse Sila —, pondo em risco minha vida, eu tentaria restaurar Roma ao que ela já foi um dia, e o Direito Romano, e as virtudes romanas e a fé, honestidade, justiça, caridade, virilidade, trabalho e simplicidade romanas, se isso adiantasse. Mas você sabe que eu morreria em vão! Uma nação que chegou ao abismo que hoje se abre diante de Roma, por sua própria vontade, sua própria ambição e ganância, nunca recua desse abismo. O leproso não pode tirar as marcas de sua doença, assim como o cego não pode recuperar a vista; o morto não se pode levantar de novo.

---

*Os lavradores romanos recebiam subsídios do governo.

"Você me tem considerado perverso, a imagem da ditadura. Mas sou o que o povo merece. Amanhã, morrerei como morrem todos os homens. Mas eu lhe digo que homens piores se seguirão a mim! Há uma lei mais inexorável do que qualquer outra jamais concebida pelo homem. É a lei da morte para as nações corruptas e os instrumentos dessa lei já se agitam nas entranhas da história. Há muitos que estão vivos hoje, jovens, fortes e sem fé. Eles não falharão. Assim termina Roma. Ele levantou o cálice e bebeu até a última gota, num gesto triste e desprendido. — Bebo ao cadáver de Roma.

Ele olhou para os rostos que o rodeavam, os rostos vivos dos rapazes em seu silêncio mesquinho, as caras vazias das mulheres.

— Olhe para estes, Cícero — disse ele. — São o futuro de Roma. São os seus carrascos. Então, rapazes, não vão oferecer um brinde ao seu amanhã terrível e dourado?

Júlio encontrou aqueles olhos exaustos ousadamente com os seus.

— Senhor — disse ele —, está nos fazendo uma injustiça. Amamos Roma como o senhor a ama.

Sila lançou para trás sua cabeça de militar e deu uma gargalhada demorada. Aquele ruído ressoou terrivelmente na sala. Os outros se entreolharam com sorrisos estranhos, os lábios apertados, e deram ligeiramente de ombros.

Marco levantou-se, colocando as mãos sobre a mesa, e esperou até que cessasse o riso de Sila. Depois, quando tinha captado a atenção repentina do general, disse, numa voz sossegada:

— Senhor, sinto-me acusado diante do senhor. Eu não estava nos portões para contestar a sua entrada. Fui um homem prudente e cauteloso, um advogado. Fui escritor de processos; fui um poupador de dinheiro; fui o guardião de minha família. Em resumo, fui um covarde.

"Senhor, tenho de pagar essa minha culpa. Nem que seja apenas por esse motivo, tenho de defender Sérvio. Na pessoa dele, estarei defendendo a Roma que traí.

Ele fez uma mesura. Depois, no silêncio, saiu da sala e fechou a porta.

Um escravo tornou a encher o cálice de Sila. Ele agora sentia-se mal, com o vinho e seu pesar furioso. Disse aos rapazes:

— Lá vai um romano marcado para a morte, se não amanhã, então no futuro. É o seu destino.

— Um traidor — disse Cúrio, com ódio e desprezo.

— Um tolo — disse Piso. — Um tolo ignóbil.

Um Pilar de Ferro

— Um homem emotivo e apressado em seus juízos — disse Júlio.

— Um homem de paixões despropositadas — disse Crasso.

Sila abriu a boca, num sorriso.

— Um homem — disse.

Capítulo XXX

Marco jantou com Róscio na luxuosa casa do ator. Noë também estava presente.

— Os políticos — disse Róscio — têm de ser saltimbancos, do contrário não são políticos.

— Ainda não sou político — disse Marco.

— Meu caro amigo — continuou Róscio —, todos os advogados são políticos incipientes. E ambos são atores. Não é pelo que dizem diante dos magistrados e do povo. É o modo de dizerem as coisas, as poses que tomam, a manipulação da voz. Um de meus primeiros mestres, um ator muito velho, tinha a capacidade de contar até dez numa voz tão comovente, tão trágica a sua aparência, que os espectadores rompiam em prantos.

— Marco tem uma voz muito eloqüente — disse Noë — e muito comovente. E eu lhe ensinei a ter uma postura elegante e usar certos gestos.

— Já o observei diante dos magistrados — disse Róscio, tornando a encher seu cálice e depois virando-se para examinar Marco com um olhar crítico. — Também já observei que ele muitas vezes ganha a causa depois de algum recurso, quando os documentos são lidos minuciosamente. Por que ele não ganha sempre em primeira instância, a despeito desses belos gestos de que você fala, Noë? Eh! Ele não é grande coisa, como ator.

— Obrigado — disse Marco. — Sei que sou seco, mas tinha a impressão de que os advogados ganham as causas devido aos pontos da lei e a justiça de suas causas.

— Que tolice — disse Róscio.

— Foi o que lhe dissemos Cévola e eu — afirmou Noë. — E qual foi a nossa recompensa? Perguntou-nos sarcasticamente por que tínhamos convocado um "coro grego". Cévola se desesperou com ele.

Róscio deu um suspiro, simpaticamente.

— Levante-se — disse ele a Marco. — Faça de conta que sou um senador. Dirija-se a mim como se fosse apresentar o caso do capitão Catão Sérvio.

Marco obedeceu, procurando disfarçar o seu aborrecimento. Fitou Róscio fixamente; parecia alto, com sua toga branca e simples e o largo cinturão de couro. Róscio apertou os lábios.

— Gosto dessa chama em seu olhar — disse ele. — Você consegue isso à sua vontade?

— Eu não sabia que existia — disse Marco. — Eu só estava pensando em lhe quebrar alguns de seus dentes, esses seus dentes maravilhosos.

— Excelente — disse Róscio, batendo no joelho. — Pense nos dentes dos senadores venais. Não devoram a substância do povo? Não são a praga das viúvas e órfãos? Recue e torne a aproximar-se, para eu poder observá-lo mais de perto.

Marco obedeceu. Parou diante de Róscio, que se levantou para examiná-lo. Depois, o ator meneou a cabeça e voltou a sentar-se.

— Você tem um ar altivo — disse ele. — Não será conveniente, nessa ocasião. Você deve parecer alquebrado. E deve usar as vestes do luto e levar um cajado para se apoiar, como se precisasse de amparo. Deve ter cinzas na testa e um lenço na mão, com o qual poderá enxugar lágrimas ocasionais, lágrimas que, espero, possa produzir com facilidade.

Ele levantou a mão quando Marco começou a protestar em voz alta.

— Escute, meu caro amigo, e escute bem.

Ele falou durante algum tempo. A expressão de Marco deixou de ser indignada. Ele começou a sorrir. Seus olhos brilhavam com um ar maravilhado e divertido. Quando Róscio terminou, riu de prazer, sacudindo a cabeça.

— Vou sentir-me um idiota — comentou.

Marco dedicou sua atenção exclusivamente ao caso de Catão Sérvio nos dias seguintes; e passou noites e dias redigindo seu discurso, até o ponto da exaustão. Nada lhe agradava. Depois, lembrou-se de seu primeiro comparecimento diante do Senado e foi procurar o pai, explicando-lhe tudo.

Túlio, pálido, macilento e doente, escutou com um novo fervor.

— Então as coisas chegaram a esse ponto, em Roma — disse ele, como já dissera muitas vezes, numa voz pesarosa e alquebrada. — Você diz que é possível, meu filho, salvar a honra de Sérvio. Acha que isso é suficiente? Tem de salvar-lhe a vida, também, e não tem esperança disso. Os netos dele são muito pequenos. Quem será guardião deles, depois da morte do avô? Sérvio tem de viver, para poder instruir os netos num orgulho destemido e na fé romana.

Marco calou-se. Depois, sua fisionomia iluminou-se. Pôs as mãos nos ombros do pai, abaixou-se e beijou a face dele.

— Tem razão, meu pai — disse ele. — Mas o senhor tem de rezar pelo meu sucesso, pois tenho receio de não vencer. — E ele tornou a assombrar-se, ao pensar que uma pessoa tão isolada, tímida e fora do mundo pudesse chegar tão diretamente ao centro do assunto.

— Hoje em dia, os homens de bem — disse ele ao pai — são como o pássaro que finge estar com a asa quebrada para despistar o destruidor que queria pilhar seu ninho e matar seus filhos. Temos apenas asas quebradas. O destruidor vencerá.

— Sim — disse Túlio, os olhos suaves cheios de água. — Não obstante, algumas avezinhas sobrevivem. O que você salvar de Roma hoje será lembrado por alguns, que passarão a luz da verdade através das idades a outros homens, para iluminar as trevas.

Lúcio Sérgio Catilina disse a Júlio César:

— Não conheço os seus motivos, mas você devia ter permitido que Cícero fosse assassinado. Ainda é sentimental?

— Não — disse Júlio. — Mas ele tem sua reputação e há multidões de pessoas que o amam.

— Ora — replicou Catilina. — O povo se esquece de seus heróis; só obedece a seus senhores.

Júlio sorriu. Catilina riu prazerosamente.

— Você! — exclamou ele. — Não, é outra coisa. Não vai me contar, claro.

— Não — disse Júlio. Ele fez uma pausa. — Mas Cícero continua sob a minha proteção.

— Embora ele se oponha a você e a Pompeu no Senado.

— Embora ele se oponha a mim.

— Você acha que vencerá?

— Sem dúvida. Você não sabe que ele escreveu a Sila dizendo que vai denunciar seu nobre cliente, o capitão Catão Sérvio, diante do Senado?

— Não! Não é possível!

Júlio deu um sorriso complacente.

— É verdade. Sila me mostrou a carta de Cícero.

Catilina estava estupefato.

— Está falando sério? Cícero escreveu que denunciaria aquele velho tolo diante do Senado?

— Sim. Vi a carta com os meus olhos.

— Então ele não é tão terrível quanto eu o julgava — disse Catilina, ainda incrédulo. Ele pensou e depois disse com raiva: — É um embusteiro! Não acredito que ele esteja recuando agora.

368   *Taylor Caldwell*

— Isso ele nunca foi — disse Júlio, alisando os cabelos negros e lisos. — Solicitou respeitosamente que Sila estivesse presente.

Catilina fitou-o e depois franziu a testa.

— Aquele Grão-de-bico não teria a audácia de humilhar o grande Sila diante do Senado — disse ele.

Júlio pensou. Disse:

— Duvido que Cícero não tivesse a audácia de fazer alguma coisa. Você o considera brando e ineficiente, e acha que ele o venceu apenas por acaso, porque você tropeçou. Mas eu o conheço bem. Não tem medo de nada. Não derrotou aqueles que o quiseram assassinar?

— Mas ele não ousaria humilhar Sila! Isso lhe custaria a vida.

Júlio, que mal o ouvira, disse:

— Pode ser que eu o tenha subestimado, pois lembro-me dele como um rapaz manso e divertido, cheio de honra e integridade. Mas o que ele ganharia, se apostasse tudo num jogo que não pode vencer?

Marco estava sentado com seu velho amigo e preceptor, Arquias, na casa do grego, diante de um fogão redondo de bronze, contendo carvão quente e reconfortante.

— A sua estratégia, meu caro Marco, é muito perigosa — disse o grego.

— Sempre fui extremamente cauteloso, para meu pesar no momento.

— Eu aconselhava a cautela, você deve lembrar-se, mas hoje me arrependo. As nações cautelosas tornam-se escravas. Deixe que eu torne a ler o seu discurso para o Senado.

Arquias sacudiu a cabeça.

— Os anos me pesam, pois do contrário eu estaria encantado com tudo isso. Por que me agarro ao pouco tempo que me resta? É simples. O conhecido é menos terrível de ser contemplado do que o desconhecido. Rezo novamente, mas a quem, não sei. — Ele fez uma pausa. — Você compreende, com certeza, que essa sua causa pode resultar em triunfo ou morte... para você?

— Sim.

O capitão Catão Sérvio virou o rosto ofendido para Marco. Os dois estavam sentados lado a lado na cadeia.

— Não posso fazer isso — disse Sérvio, sacudindo a cabeça.

Marco disse, cansado, como já dissera uma dúzia de vezes:

— Não lhe estou pedindo que faça nada de desonroso, pois eu mesmo não o faria. O pó da terra está cheio dos restos de heróis irresponsáveis. Se

UM PILAR DE FERRO

um homem subir a uma pilastra alta e depois se atirar tolamente ao vento, exclamando que os deuses o sustentarão com suas asas, eles o farão? Não. Espera-se dos homens que usem a inteligência e prudência de que foram dotados e que não tentem os deuses. De que adiantou a imprudência de Ícaro? Apolo fez derreter a cera de suas asas presunçosas e deixou que ele morresse no mar.

— Você nunca me falou assim, Cícero — disse Sérvio.

— Nunca lhe aconselhei a aparecer desarmado na presença de seus inimigos, senhor. Não podemos comparecer diante deles como crianças, balbuciando e tagarelando. Mais uma vez, imploro que se lembre de seus netos.

Ele sentia uma dor no coração quando o velho militar tentava olhar para ele de suas órbitas vazias.

— Senhor — disse ele, tristemente —, não lhe estou falando com artifícios, eu lhe juro. Horácio e seus amigos estavam desarmados sobre a ponte que defendiam? Não. O senhor é um soldado. Tem de enfrentar o inimigo em seu próprio terreno e portar as armas que ele mesmo porta.

— Nunca mais serei feliz — disse o velho soldado.

— Quando os seus netos se sentarem em seu colo, senhor, será feliz — assegurou Marco.

— Eu chego quase a preferir que eles morram antes desse dia.

— Assim Roma seria mais pobre.

Sérvio mais uma vez tentou vê-lo.

— O seu avô me aconselharia como você me aconselhou, Cícero?

Marco vacilou. Por fim, disse:

— Juro que não sei, senhor. Não insista. Pense em seus netos.

— Mas a que preço tenho de comprar as vidas deles!

Marco deixou o velho soldado num estado de espírito deprimido. Naquela noite ele foi ao quarto dos pais e contou tudo a eles. A fisionomia de Hélvia tornou-se sombria, mas, para espanto de Marco, Túlio começou a rir, primeiro de leve e depois com uma alegria cada vez maior. Hélvia ficou abismada e Marco também.

— Acho isso uma comédia maravilhosa! — exclamou Túlio. — Ah, Marco, não seja como o advogado Estrepsíades na peça de Aristófanes, que, quando lhe mostraram um mapa, e ao observar nele um ponto que o tutor disse ser Atenas, comentou, perplexo: "Não pode ser! Ao que eu veja, aí não há nenhum tribunal em sessão!" Não há integridade em sessão no Senado hoje em dia, meu filho.

Hélvia olhou para o marido com orgulho e sorriu para o filho.

— O seu pai falou bem, Marco.

370   *Taylor Caldwell*

Encorajado e entusiasmado pela admiração da mulher, Túlio acrescentou:

— Se esta fosse uma acusação em que se fosse discutir um ponto do Direito, eu o animaria a argumentar a sua causa baseado nele e depois a deixá-la nas mãos dos deuses. Mas como podem prevalecer os deuses quando os homens escolhem o mal em seu governo?

Sila, sozinho na noite da véspera daquela sessão do augusto Senado que ouviria as acusações contra Sérvio, pensava na carta extraordinária de Marco, escrita com aparente humildade. Sila foi acometido por uma emoção estranha. Depois, ele, que não acreditava nos deuses, mas só em si, foi ao santuário de Marte, em seu átrio, e acendeu uma vela diante da estátua feroz. Disse em voz alta:

— Há soldados que nunca carregaram uma espada e homens valentes que não morreram em combate.

Capítulo XXXI

O vento mudou para o norte durante a noite e a neve caiu branca e pesada sobre a grande cidade. Ao ver aquilo, Júlio César ao lado de Pompeu em sua bela liteira coberta, disse, satisfeito:

— Haverá pouca gente nas ruas ou no Fórum hoje. Tenho mais medo das turbas do que de tudo o mais.

— As turbas não se interessam por velhos soldados e seus destinos — disse Pompeu.

— É verdade — disse Júlio. — Mas Cícero se interessa por Sérvio e até eu me assombro com a influência que o meu amigo nada guerreiro exerce sobre esta cidade. Ele é conhecido como um homem honrado e até as turbas respeitam a honra... nos outros. Não saúdam os homens justos nas ruas, antes de voltar à sua mendicância e seus furtos? E não gritam imprecações contra os que partilham de seus próprios crimes, embora num grau mais amplo?

Tiveram uma surpresa desagradável quando chegavam ao Fórum na liteira. Todas as ruas ali estavam cheias de homens com capuzes que deixavam entrever rostos escuros e tensos. Os soldados que dirigiam o tráfego de homens — pois não se permitiam carruagens, carroças e bigas nas ruas locais ou no Fórum durante as horas de trabalho — estavam atarefados e roucos de gritar. Um verdadeiro oceano de humanidade apressava-se para dentro do Fórum; bandos intermináveis já se haviam aglomerado ali, irrequietos. As novas ondas os comprimiam. As imprecações

UM PILAR DE FERRO

ressoavam furiosamente no ar frio e luminoso, enquanto cada homem lutava por um lugar onde pôr os pés. Pequenas escaramuças surgiam aqui e ali, quando os homens eram empurrados de seus lugares para outros, no meio de pancadas. O vasto poço fervilhante de cabeças escuras contrastava vivamente com as frias pilastras e colunas brancas que as rodeavam. Parte da multidão estava nas escadarias dos templos, as cabeças viradas para o Senado. Alguns chegavam a subir ao topo dos pórticos, ignorando as ordens irritadas dos soldados. Empoleirados ali, cuspiam sobre os guerreiros, rindo tenebrosamente. Os soldados levavam as mãos às espadas, ameaçando-os, e os homens riam-se. O Fórum zumbia como uma gigantesca colméia de abelhas, um murmúrio perigoso. A escada do Senado estava entulhada de gente, de modo que os soldados tinham de ficar de espada desembainhada, abrindo caminho para as liteiras dos senadores, em cujas fisionomias se lia sua consternação.

Os vendedores de doces quentes, pasteizinhos de carne, vinho, salsichas e cebolas assadas e pão de alho moviam-se habilmente no meio da multidão, anunciando suas iguarias. Os homens compravam, ávidos, segurando os petiscos quentes nas mãos e comendo com gosto.

Os telhados vermelhos da cidade fumegavam, enquanto a neve acumulada se derretia ao sol brilhante. As pedras do Fórum eram cortadas por riachinhos de água escura, em que as pessoas pisavam, sem se importarem. Os pórticos pingavam; as colunas estavam rajadas de uma umidade reluzente. E continuava a chegar mais gente, avançando pelo Fórum até parecer que os homens não conseguiriam levantar os braços dos lados. O ar começou a vibrar, como num trovejar constante. Os soldados se entreolharam, desanimados, e deram de ombros.

— Deuses! — exclamou Júlio, olhando para o Fórum, depois de afastar as cortinas de sua liteira.

— Ah! — disse Pompeu. — Então, não haviam de estar aqui! Eu não sabia que o seu Cícero era tão famoso.

A liteira parara junto da base do Palatino, pois naquele momento não podia avançar mais. Júlio mandou que um escravo com um cajado tentasse romper aquela fortaleza humana, que subitamente se abriu. Apareceu uma companhia de homens a cavalo, com flâmulas, e Júlio ficou olhando fixamente, sem acreditar no que via. O líder era nada menos que Róscio, o ator, majestosamente enfeitado, rodeado de velhos soldados montados em corcéis magníficos, veteranos de muitas guerras. Correndo atrás deles, a pé, havia uma torrente turbulenta de jovens soldados, de armadura e elmo, trotando em uníssono, as caras duras e resolutas. Levavam flâmulas, lictores e estandartes coloridos, indicando sua legião. A companhia a cavalo dirigiu-se para o Fórum, desimpedida, carregando os pedestres atrás, como que num pé-de-vento.

— Róscio e seus malditos soldados, que ele protege com carinho! — exclamou Júlio.

— Foi por ordem de Sila que vieram para cá? Por certo que não. Então, por que vieram?

Mas Júlio disse:

— São os soldados de Sérvio. Estão de licença.

— Onde está Sila? — disse Pompeu. — Quando ele aparecer, vai mandar que partam imediatamente.

Júlio sorriu com ironia.

— Até mesmo Sila, especialmente nos dias de hoje, em que não é muito querido pelos militares, há de refletir antes de exercer seu direito de dispersar os soldados. Vai permitir que fiquem, ainda que constituam um estorvo.

A liteira tentou prosseguir, depois tornou a parar. Outra resoluta horda de homens despejou-se no Fórum, bem-vestida e até armada com punhais e espadas de pedrarias. Júlio olhou para eles e, depois de um momento, riu, mas sem achar muita graça.

— Conheço bem o líder, naquela bela liteira. É o velho Arquias, antigo preceptor de Cícero, que vi muitas vezes em casa dos Cíceros. E essa turba é de amigos dele. Reconheço as feições de vários atores que tenho visto nos teatros. E gladiadores! Deuses!

Os soldados que chegavam misturaram-se aos amigos que já estavam no Fórum. O sol começou a brilhar sobre um mar de elmos e plumas vermelhas. Os soldados confabulavam. Os que haviam chegado antes olhavam por cima dos ombros cobertos, inquietos. Os recém-chegados riam-se. As flâmulas oscilavam sobre as cabeças. O povo bradava sua aprovação, satisfeito, aplaudindo e batendo com os pés. O ar estava repleto do cheiro de corpos, lã, couro, comida e alho. O sol ficou mais forte.

— Onde está Sila? — indagou Pompeu.

Júlio respondeu, com cinismo.

— Seria menos perigoso para ele estar ausente do que presente.

Pompeu se impacientou.

— Mas esse seu Cícero não lhe escreveu uma carta de capitulação, implorando a presença dele?

Júlio debruçou-se para fora da liteira, mandando que dois dos escravos da frente tornassem a forçar caminho no meio do paredão humano. Depois, ele olhou para Pompeu e levantou as sobrancelhas.

UM PILAR DE FERRO

— É verdade que Cícero escreveu aquela carta. Mas não foi propriamente uma capitulação.

— Então qual é a sua explicação, ó Oráculo?

— Creio — disse Júlio — que vamos assistir a uma comédia.

De repente, os clarins estraçalharam o ar na elevação do Monte Palatino e ouviu-se o rufar imperioso de tambores. Os muros humanos se abriram. Os soldados correram pelos muros e se postaram com as espadas desembainhadas, opondo suas costas e ombros à multidão que berrava. Então, por entre o corredor que tinham formado, veio um tropel de cascos e o ronco de uma biga à frente de um destacamento de cavaleiros armados. E nessa biga, sozinho, de pé, como o próprio Júpiter, estava Lúcio Cornélio Sila, ditador de Roma, fustigando seus cavalos, a cabeça despida ao sol frio, vestido com armadura e túnica douradas, com um manto vermelho bordado esvoaçando de seus ombros.

Os romanos adoravam um espetáculo. Raramente viam o seu tirano, com aqueles olhos pálidos e terríveis e rosto magro e ascético, e, quando o haviam visto, ele estava vestido seriamente, movendo-se com uma dignidade fria e acentuada. Agora, porém, ele lhes parecia imperial, claro como o meio-dia, magnífico e heróico, e eles ergueram as vozes num rugido que ressoou de todos os montes num estrondo.

Sila não olhou para aqueles que o saudavam por simples admiração pelo seu aspecto. Fustigou os cavalos de um modo esplêndido. Correu para o Fórum como um vento brilhante, acompanhado por oficiais com vestes reluzentes de prata, couraças negras e elmos em que esvoaçavam plumas azuis e vermelhas, os cavalos brancos como a neve.

Júlio gritou, numa gargalhada irreverente:

— Róscio encontrou um rival! — exclamou ele, enquanto os escravos da liteira acompanhavam habilmente o rastro da companhia no meio das hordas que gritavam e saltavam. Júlio recostou-se nas almofadas e riu até as lágrimas rolarem, enquanto Pompeu olhava para ele como quem olha para um louco. Quando chegaram à escada da sala do Senado, Júlio continuava tomado pelas convulsões do riso. Seu rosto moreno estava contorcido; começou a ficar vermelho; um fio de espuma apareceu na borda de seus lábios. Pompeu, agarrando-o, sacudiu-o com violência.

— Controle-se! — exclamou ele. — Senão vai ter um ataque!

A "doença sagrada" raramente podia ter uma crise impedida por um esforço da vontade e Pompeu estava desesperado. Então, de maneira incrível, ele viu Júlio ponderadamente descerrar os punhos, abrir a boca e respirar lenta e pausadamente, e fixar os olhos, que já tinham começado a rolar para cima. O tom vermelho de seu rosto foi substituído pela palidez. A espuma cessou de se espalhar em seus lábios e ele a lambeu. O suor cobria sua testa. Com calma, ele a enxugou com as costas das mãos e depois olhou para Pompeu com um momento de confusão. Respirou com calma e por fim falou:

— Chegamos.

Enquanto Pompeu, que tremia, o olhava abismado, Júlio saltou da liteira e dirigiu-se para a escada do Senado.

A multidão, ansiosa e agitada, viu Júlio. Eles amavam a alegria dele; amavam e admiravam sua juventude; escutavam com avidez as histórias de suas dissipações e sua vida dissoluta, suas brincadeiras, suas extravagâncias imaginosas que agradavam ao senso de humor dos romanos. Ele era patrício, mas sofria intimamente, diziam, pela Urbe, pelos plebeus. Se essa solicitude por eles era inteiramente falsa, o mito fora espalhado cuidadosamente por seus seguidores em muitos lugares. Portanto, o povo estava encantado ao vê-lo e trovejou sua alegre aprovação de tudo quanto imaginavam que ele fosse. Júlio parou com elegância na escada do Senado, tirou o elmo e cumprimentou os admiradores, sorridente. Depois subiu correndo o resto da escadaria, como um rapazinho muito jovem, e desapareceu dentro das portas de bronze. Pompeu seguiu-o, mas devagar.

Os senadores estavam todos reunidos na sala, sossegados e sérios com suas túnicas e sandálias vermelhas e togas brancas. Suas mãos reluziam com pedrarias. Eles olhavam impassíveis para o lugar do Cônsul do Povo, em que agora estava sentado Sila, reluzente e resplandecente. O incenso diante dos nichos dos heróis e dos deuses fumegava azul à luz do sol que penetrava pelas portas e pelas vidraças altas e estreitas. O frio ar branco do inverno entrava por todas as aberturas. Então, a despeito dos soldados, a multidão aglomerou-se na escada, chegando a penetrar pelas portas, onde parou, restringida. Mais atrás havia uma planície infindável de cabeças irrequietas e bocas que gritavam, até os limites do Fórum.

Duas cadeiras tinham sido colocadas sob o assento do cônsul, cadeiras de uma bela madeira, com almofadas de seda azul. Sérios, Pompeu e Júlio dirigiram-se para essas cadeiras e sentaram-se com uma dignidade lenta, olhando para a frente com uma expressão de severidade distante.

Houve outro tumulto junto às portas e protestos. Então, rodeado pelos soldados de sua legião, Sérvio foi conduzido para a sala, a cabeça branca erguida com altivez, as feições calmas e pálidas, os olhos cegos e vazados virados para a frente. Estava vestido com toda a sua armadura e farda de capitão de Roma e caminhava com firmeza, como se pudesse ver, dirigido

Um Pilar de Ferro 375

delicadamente a cada passo pelo toque da mão de um dos soldados. Quando ele chegou a uma área diante do lugar do cônsul, certa mão filial o fez parar e ele ficou ali diante de Sila, o rosto parado como uma pedra — e da mesma cor.

Sila olhou-o calado, aquele seu velho amigo, seu camarada de armas, seu capitão. Os senadores espiavam por cima dos ombros uns dos outros, para não perderem aquela confrontação trágica. Olhavam de um rosto para outro e não conseguiam ler coisa alguma. Os olhos pálidos de Sila estavam sombreados; ele apoiara um dos cotovelos sobre o braço da cadeira e a mão tapava parcialmente a boca. Um leve tremor começou a percorrer as feições de Sérvio. Ele ouvia o murmurar inquieto da multidão imensa; ouvia a respiração de todos os que o cercavam; sentia o cheiro do incenso.

Então, Sérvio disse, numa voz baixa, indagadora:

— Lúcio?

Sila mexeu-se, como que abalado por aquela palavra. Os senadores suspiraram. Um sussurrou a outro:

— Que sofrimento para Sila!

Por fim Sila falou:

— Catão.

Sérvio sorriu. Manteve o rosto virado para o inimigo, enquanto os soldados arrumavam seu manto vermelho e colocavam o capacete no braço direito, pois o esquerdo ele não tinha. Todos viram suas cicatrizes, sua cegueira, seu estado arrasado e seu orgulho. E todos se sobressaltaram quando ele estendeu o capacete a um soldado e depois bateu no peito com o punho direito, curvando a cabeça imponente para o homem que ele não podia ver, numa saudação que não continha qualquer medo ou servilismo.

— Onde está o advogado do nobre capitão Catão Sérvio? — indagou Sila, sua voz ressoando no silêncio relativo da sala.

— Aqui, senhor — respondeu uma voz clara e confiante junto às portas e Marco entrou. Um rumor profundo partiu dos senadores, mostrando o seu espanto, pois Marco estava vestido de luto fechado, com cinzas na testa e não tinha na mão o bastão da autoridade. Seu rosto estava muito branco. Ele moveu-se lentamente entre as fileiras dos senadores, postando-se ao lado de Sérvio e olhando para o rosto de Sila.

Sila olhou para ele, e sua boca fina e comprida contorceu-se de raiva.

— Que trajes são esses? — indagou ele. — Isso é um insulto a mim e ao Senado.

— Não, senhor — disse Marco, com humildade. — É um luto pelo crime do meu cliente.

Sila levantou as sobrancelhas negras e ferozes.

— Então você admite, antes de qualquer julgamento, que o seu cliente é culpado dos crimes alegados?

— Não estou inteiramente familiarizado com os crimes alegados — disse Marco.

A multidão junto às portas transmitiu essa conversa surpreendente aos que estavam atrás e a mensagem espalhou-se.

— Pelos deuses, leiam a lista para ele — exclamou Sila, fazendo um gesto para Júlio, que se levantou majestosamente e desenrolou um pergaminho, segurando-o ao alto.

Com uma voz ressonante, Júlio falou:

— Catão Sérvio, prisioneiro, é acusado de alta traição contra o Estado, contra Lúcio Cornélio Sila, de subversão, de tentar a derrubada do governo legal, de insurreição e instigação ao motim, de preconceitos violentos e extremados contra o povo de Roma, de desprezo pela sociedade e pela autoridade, e de malícia.

Sila escutou. O Senado escutou. Os soldados e o povo escutaram. Marco tinha abaixado a cabeça no princípio da leitura e a manteve assim depois que Júlio acabou de ler e se sentou de novo.

— Fale, Marco Túlio Cícero — disse Sila.

Lentamente, Marco levantou a cabeça do modo dramático que Róscio lhe ensinara. Ergueu as mãos no gesto do próprio Róscio de implorar aos deuses. Róscio, de pé com Noë ben Joel junto às portas, observou com olho crítico e depois meneou a cabeça, satisfeito.

— Nada sei sobre esses crimes — disse Marco, em tons reverberantes que eram ouvidos até por muitos fora das portas. — Mas sei de um crime maior.

Uma sombra anuviou o rosto de Sila. Ele recostou-se na cadeira. Apertou os lábios e examinou Marco. Depois olhou para os senadores e para os soldados tensos e depois viu Róscio, em todo o seu esplendor. Sua fisionomia ficou mais sombria. Ele olhou para Marco com desprezo.

— Você é o responsável por essa multidão no Fórum hoje? É assim tão famoso, que uma tal multidão se apresse para ouvi-lo?

— Dizem, senhor, que os romanos amam a justiça mais do que todas as coisas. Vieram aqui para ouvir a justiça. A lei é como o granito eterno. Não é uma borboleta aérea, criatura das brisas ociosas, nem um capricho das paixões, vinganças e invejas dos homens mesquinhos. É a alma de Roma. O povo a preza mais do que suas vidas.

Róscio meneou a cabeça para Noë, feliz.

UM PILAR DE FERRO

— Ele fala bem, ainda que tenha sido escrito por você — sussurrou ele ao amigo.

— Então — disse Sila — essa... multidão... reuniu-se para comemorar a lei.

— Senhor, este é um caso de uma importância tremenda para o povo de Roma, em cujo nome estamos aqui reunidos. — A voz de Marco levantou-se sem esforço, penetrando por toda parte, e como ondas que ganhavam som e força o povo murmurava e depois gritava, fora do Senado. — E como o senhor foi caluniado, segundo foi dito, isso despertou a atenção dos romanos.

— Você é ambíguo, Cícero — disse Sila.

— Não sou mais que um modesto advogado — disse Marco, num tom tão melífluo que novamente provocou um lampejo de raiva na fisionomia de Sila. — Tenho certa fama como advogado. Mas foi o seu nome, senhor, que os atraiu para cá.

Ele olhou para Sila com uma ingenuidade solene. Sila mexeu-se no assento.

— Você me lisonjeia, Cícero. E considero-o mentiroso.

Marco curvou-se.

— Não o contestarei, embora a acusação seja injusta.

Os inúmeros amigos de Róscio, Noë e Arquias estavam à espera do sinal combinado e, quando o perceberam, discretamente, ergueram as vozes num berro tremendo.

— Ave, Cícero! Cícero! Cícero!

O grito espalhou-se até os confins do Fórum, sendo repetido arrebatadamente até mesmo por pessoas que nunca tinham ouvido falar no nome de Cícero e pelos que estavam bem distantes do Senado. O clamor desse ruído imenso varreu o Senado em grandes ondas de som e Sila escutava com atenção. Novamente, ele se recostou na cadeira e contemplou Marco, sombrio.

— Não é o meu nome que estão berrando — disse ele.

— Estou dominado pela confusão, senhor.

Marco sentiu Sérvio mexendo-se ao seu lado e teve medo da impaciência do velho soldado, temendo que ele não suportasse por muito tempo mais aquilo que prometera com relutância. Teve um sobressalto nervoso quando Sila dirigiu-se diretamente a Sérvio.

— Catão — disse ele, abruptamente —, você é responsável pelo aparecimento desses veteranos de muitos anos, e da sua própria legião, desafiando o andamento normal da lei?

— Não, Lúcio! — exclamou o velho militar.

Marco pôs a mão no braço de Sérvio e disse:

— Vieram como um tributo ao seu velho comandante, senhor. É muito comovente, não é?

Se Sérvio, com sua honestidade, disser o que não deve ser dito, então tudo estará perdido, pensou Marco, e eu também. Ele apertou mais os dedos no braço de Sérvio.

— Não acho isso nada comovente — disse Sila, que não tinha ignorado o pequeno drama encenado diante de si. — Você tentou coagir o Senado, Cícero, com essa presença de meus soldados?

— Senhor! — disse Marco. — Quem sou eu para comandar os militares?

— É verdade — disse Sila. Seus olhos passaram lentamente para os soldados, velhos e jovens, reunidos às portas e mesmo dentro do recinto. Os soldados o observavam com uma intensidade demasiada. Ele lembrouse de que aquele ator infernal, Róscio, com cujas atrizes ele se divertia freqüentemente, era protetor dos veteranos e os amava muito, dando-lhes o que o governo não podia fornecer. Construíra dois pequenos sanatórios para eles, pagando excelentes cirurgiões e médicos. Por um momento, Sila comoveu-se. O tesouro nacional continuava falido. Ele gostaria de ter feito pelos velhos camaradas o que Róscio fizera.

Sila olhou para Júlio, cujos olhos brilhavam, com uma graça irresistível.

— É você o promotor, César. Fale!

Júlio levantou-se com gestos elegantes e confiantes. Esperou até conseguir um silêncio quase absoluto. Depois, levantou um exemplar do livro de Sérvio, para que todos vissem. Adotou uma pose de estátua, girando sobre os calcanhares; sua longa túnica de lã era tingida de roxo e ele usava um largo cinturão dourado de madeira, incrustado de pedras, e as botas eram de couro roxo e forradas de pele.

O rosto alegre assumiu um ar de gravidade, embora os olhos negros continuassem a brilhar. Júlio olhou para os escribas, anotando ativamente em compridos pergaminhos.

— Atentem bem, senhores — disse Júlio aos senadores —, pois isso é de suma importância. Um livro que está cheio de traição, escrito pelo nobre Catão Sérvio, antes um querido capitão sob o general Sila. Com que gratidão Sérvio pagou ao seu governante, ao seu antigo governo? Ele os denunciou! Acusou-os de violência contra o povo de Roma, de tirania, de opressão, de inúmeros crimes, de obscenidades cometidas em nome da Constituição, da perversão de nossa sagrada Constituição, de exigên-

UM PILAR DE FERRO

cia e oportunismo cínico, de cruedades impiedosas e supressão da liberdade, de terem flagrantemente interpretado as leis para a sua própria vantagem, de instigarem o ódio e inveja no povo, de governarem por decreto
e não pela lei!

Marco escutou atentamente a voz de Júlio. Um ator!, pensou Marco
e, malgrado tudo, pilhou-se sorrindo um pouco, com aquele velho carinho
debilitante por seu jovem amigo. Depois, teve um sobressalto, pois Júlio o
fitava bem nos olhos; e nos olhos do outro havia um brilho de humor.

Os senadores murmuravam, irritados; Sila recostou-se na cadeira e
novamente escondeu sua boca fria e violenta.

— Estamos numa época perigosa! — exclamou Júlio. — Saímos de
um período de tirania, e quem diz isso sou eu, o próprio sobrinho do velho
Mário, que foi um assassino! Sila, o nosso nobre ditador, restaurou a Constituição e a República e não há homem algum, de discernimento ou sabedoria, que possa negar essa verdade!

"No entanto, Catão Sérvio, com incontinência e irresponsabilidade, um
homem que foi militar quase a vida toda e, portanto, não é autoridade em
filosofia ou política ou governo, achou por bem atacar, em sua santa ignorância, o trabalho heróico de Lúcio Cornélio Sila para restituir-nos tudo o
que perdemos sob Mário, Cina e Carbo! Ele esperava que em tão breve
espaço de tempo pudéssemos ver restaurado tudo o que perdemos sob os
tiranos? Aparentemente ele acredita em milagres instantâneos, esse homem
que é cego em mais do que um sentido!

Ele olhou para os senadores de modo insistente.

— O edifício derrubado em muitos anos será reconstruído em um só
dia? Isso está além dos esforços mais heróicos do homem mortal. Se o homem é um escravo, é difícil para ele aprender a viver novamente no ar da
liberdade. Ele não deve ser levado a crer que as correntes e a escravidão
podem ser abolidos em uma hora, nem a mancha em sua alma removida
instantaneamente. Ele deve aprender a liberdade, como uma criança aprende
a ler, e é esse trabalho árduo que Sila tem empreendido.

"Durante esse trabalho, não se deve levantar voz alguma que seja
empolgada, ou ignorante, ou sem compreensão, do contrário cairemos novamente no caos. Mas, mais do que isso, temos o espectro da traição neste livro, além da instigação à revolta e à subversão, e a traição é um vício
antigo.

Ele parou, com imponência, e Marco aproveitou-se desse silêncio para
bater palmas baixinho e sorrir com ironia. Imediatamente captou a atenção
e a reprovação dos senadores.

— Excelente! — disse Marco. — A traição é realmente um vício antigo e multiforme. Sábio é aquele que a reconhece em seus múltiplos disfarces. Catão Sérvio é um desses. Posso pedir ao nobre Júlio César para ler o trecho do livro de Sérvio que mais ilustra o ponto que ele está tentando... provar?

Júlio hesitou. Olhou depressa para Sila, que não se mexeu. Depois olhou para os senadores.

— Para que hei de repetir trechos deste livro, quando todos conhecem seu conteúdo? Isso será desperdiçar o tempo do Senado...

Marco disse com uma solenidade escarninha:

— Na qualidade de advogado de Catão Sérvio, tenho permissão para fazer perguntas até ao Senado. — Ele virou-se e enfrentou a augusta reunião. — Senhores, estão cientes deste livro e de seu conteúdo?

As fileiras de senadores se moveram, de modo que as cadeiras pareciam uma onda de vermelho e branco. Depois, um velho senador disse, consternado:

— Estamos cientes.

Marco tornou a sorrir.

— Senhor — disse ele, dirigindo-se ao velho senador —, em consideração a essa assembléia, que não leram o livro, poderia repetir ou interpretar um parágrafo ou frase que o tenha ofendido especialmente?

O velho senador corou, irritado.

— Não gosto de repetir traições, embora não as tenha escrito.

Marco olhou para seu servo Sírio, que o acompanhara e cujos braços negros estavam cheios de rolos. Com imponência, Marco pegou um deles e o desenrolou devagar. Examinou-o. Em seguida, fez uma mesura, primeiro a Sila e depois ao Senado.

— Senhores, com sua licença, lerei para todos uma parte da antiga lei, ainda poderosa, ainda viva, concebida por nossos Pais Fundadores, cuja memória veneramos e por cujas almas rezamos em nossos templos e cuja orientação eterna imploramos. "O homem não será acusado levianamente por ouvir dizer, ou por acusações intempestivas. As testemunhas contra ele, os juízes que o julgarão, devem, em todas as ocasiões, apresentar provas irrefutáveis e testemunhos diretos. E os juízes determinarão sempre que apenas tais testemunhos sejam admitidos aos livros dos escribas e à atenção dos magistrados e cumpridores da lei."

Marco tornou a fazer uma mesura ao velho senador.

— Senhor, não apresentou tal testemunho. Estamos aqui para julgar provas dadas imparcial e inteligentemente, sem consideração por personalidades, nem sentimentos, nem preconceitos. — Ele parou e olhou para Sila. — Esta é a lei.

Os senadores resmungaram em altas vozes, furiosos. Sila deixou cair a mão e disse com indiferença:

— Essa lei não foi revogada, Cícero. — Ele levantou a mão e cobriu a boca, para que não vissem seu sorriso tenebroso.

Marco curvou-se acentuadamente.

— Eu lhe agradeço, senhor, por dar essa informação ao Senado. — Então, foi interrompido por gritos de "Insolência!", de parte de muitos senadores, que se levantaram a meio nas cadeiras. Sila não se alterou. Voltou seus olhos pálidos para os senadores; aquele olhar os dominou e eles tornaram a sentar-se, resmungando.

Engolindo uma ponta de exultação na garganta, Marco disse a Júlio:

— César, é evidente que você leu este livro, e parece que é um dos poucos que o fez. Posso abusar de você, pedindo que leia algum trecho que tenha achado especialmente censurável?

Mais uma vez Júlio hesitou e olhou para Sila. Esse consentiu. Júlio olhou para Marco. Virou algumas páginas do livro. Reinava um silêncio mortal na sala. Então, Júlio começou a ler. Marco o fez parar.

— Devo pedir que leia mais alto, César.

— Mais alto! — gritou uma voz musical junto à porta, que Marco reconheceu como a de Róscio.

Júlio deu de ombros. Seus olhos expressivos dançavam loucamente no rosto sério. Ele ergueu a voz e leu:

— "O valor não reside em homem algum e acautele-se a nação que se pilhar considerando o seu governante temporal como uma divindade, adulando-o, comprazendo-se com as notícias de suas atividades, reverenciando-o, escutando suas palavras como se partissem do Olimpo com o som do trovão, repudiando os que divergem dele, elevando as vozes como trompa aclamando tudo o que ele fizer e iludindo-se, ao imaginar que ele seja superior àqueles que o elevaram pelo voto ou devido a uma emergência."

Marco ouviu sério, observando as fisionomias dos senadores, que se ensombreavam, e tornou a sentir uma exultação. Deixou passar um breve silêncio, depois que Júlio concluiu sua leitura, e disse aos senadores:

— Têm alguma objeção a isso, senhores?

— É um ataque a Sila! A insinuação é óbvia! — exclamou o velho senador.

Marco deu de ombros e disse:

— Espero que os escribas tenham anotado essa leitura integralmente.

382   *Taylor Caldwell*

Os escribas fizeram que sim. Sila mordeu os lábios para impedir que uma risada áspera lhe escapasse da garganta. Marco estendeu as mãos, num gesto de desamparo, e arregalou os olhos.

— Como seria possível que Cincinato, Pai de sua Pátria, que disse isso diante do novo Senado de Roma há quatrocentos anos, conhecesse a existência de Lúcio Cornélio Sila e se referisse a ele?

Uma gargalhada irrompeu involuntariamente dos soldados e do povo perto das portas e a turba do lado de fora acompanhou-a, embora sem saber o motivo. Pompeu puxou a roupa de Júlio, murmurando irritado:

— É verdade?

— É verdade — murmurou Júlio, rindo.

Depois que a sala voltou ao silêncio, Marco olhou para os senadores perplexos e disse, com simpatia:

— Mas, por certo, essa assembléia majestosa reconheceu as palavras do grande Cincinato, a quem diariamente veneram e a quem dedicaram seu dever?

Nenhum dos senadores replicou, mas os muitos olhares fixos sobre Marco eram de inimizade.

Sila disse, com displicência:

— Não há traição na citação que Sérvio usou. Honramos as palavras de Cincinato.

— E eu — disse Marco — rendo honras ao senhor, por seu respeito pelo Pai de nossa Pátria. — Ele olhou para Júlio. — Continue, por favor.

Júlio, a essa altura, não sabia o que fazer. Intimamente, estava-se divertindo, pois adorava uma brincadeira mais que tudo. Olhou para o temível Sila, esperando algum sinal, mas a expressão de Sila não podia ser interpretada. Assim, Júlio voltou a citar:

— "Há ocasiões de grave emergência em que o poder é concedido a um homem, mas esse período deve ser limitado e os dias desse homem devem sofrer um exame minucioso, para que ele não seja devorado pela ambição. Se ele se tornar dominador e tirano, se passar a dizer: 'A lei sou eu', então deverão depô-lo imediatamente, por causa dele e por causa de vocês. Pois, nesse momento, tal homem estará no limiar da morte e do sangue e constituirá um perigo terrível para tudo o que tem vida, inclusive ele mesmo. Nunca permitam que ele lhes diga: 'Mais do que qualquer outro homem, sou necessário à minha pátria e, portanto, vocês não me podem dispensar.' Vocês o terão corrompido e ele deve ser removido e evitado, sendo abandonado para redescobrir a sua alma no silêncio... ou no exílio."

— Traição! — gritou o Senado, a uma só voz.

Sila levantou a mão e disse, numa voz cansada:

— Isso também é uma citação do discurso de Cincinato diante do Senado.

Eles se acalmaram, mas olharam furiosos para Marco, que novamente curvou-se diante de Sila.

Marco falou com o Senado delicadamente:

— Certamente essa augusta assembléia não acredita que Cincinato, morto há quatrocentos anos, tinha um conhecimento prévio de Sila! Se o acreditam, então há uma traição secreta em seus corações.

Júlio falou:

— Deixemos as divinas palavras de Cincinato em paz, por enquanto. Todos conhecemos essas palavras imortais. — Ele tossiu.

— Então continue, César, com outras leituras — disse Marco.

Júlio tossiu de novo, virando as páginas do livro. Lançou a Marco um olhar inescrutável. Leu:

— "Se devemos considerar apenas a existência do Estado, então pareceria que todas, ou pelo menos algumas dessas pretensões, são justas; mas se levarmos em consideração uma vida boa, então, como já disse, a educação e a virtude têm pretensões superiores entre os homens. No entanto, como os que são iguais numa coisa não devem ter uma participação igual em tudo, nem os que são desiguais em uma coisa devem ter uma participação desigual em tudo, é certo que todas as formas de governo que se baseiem sobre algum desses princípios são perversões. Todos os homens têm uma pretensão em certo sentido, como já admiti, mas todos não têm uma pretensão absoluta. Os ricos têm uma pretensão certa, porque possuem maior participação das terras — e a terra é o elemento comum do Estado — e, em geral, serão mais dignos de confiança nos contratos. Os livres pretendem pelo mesmo motivo que os nobres, pois são quase semelhantes. Pois os nobres são cidadãos num sentido mais verdadeiro do que o homem comum ou ignóbil; e uma boa origem tem sempre valor na terra do homem. Outro motivo é que os que descendem de antepassados melhores provavelmente darão homens melhores, pois a nobreza é a excelência da raça. A virtude também pode ser considerada como tendo seu direito à pretensão, pois a justiça foi reconhecida por nós como sendo uma virtude social e implica todas as outras."

Os senadores entreolharam-se constrangidos, pois todos eram ricos, e a maioria formada de patrícios. Era óbvio que concordavam com aquela citação. Não obstante, o velho senador levantou a voz rouca e disse:

— Isso é um desafio à democracia que Sila estabeleceu e, portanto, é traição!

— Traição da parte de quem, senhor? — perguntou Marco.

O velho senador olhou-o com um ódio terrível.

— Da parte de Sérvio.

Marco balançou a cabeça tristemente.

— Sérvio estava apenas citando Aristóteles. Da *Política* daquele nobre filósofo.

O velho senador calou-se. Olhou para Sila, esperando um gesto, mas Sila manteve-se impassível. Marco virou-se para ele.

— Nobre Sila, existe em Roma alguma lei que proíba o estudo da *Política* de Aristóteles?

— Reverencio Aristóteles — disse Sila. — Você sabe, Cícero, que não existe essa lei.

Novamente, o grupo junto à porta deu um sinal. O povo berrou e a sala encheu-se com sua aclamação entusiástica:

— Ave, Cícero! Cícero! Cícero!

Marco esperou, com os olhos modestamente abaixados, até passar o clamor. Depois, disse a Júlio:

— Por favor, prossiga com a leitura, nobre César.

Júlio disse:

— Sérvio fala de um tirano mitológico, que se fazia passar por amigo do homem do povo e da democracia, mas que, em seu coração, desprezava tanto o homem quanto a democracia. Ele apareceu diante da multidão com suas cicatrizes de militar, apelando pela restauração da lei, e o povo, emotivo, votou-lhe um grande grupo de soldados, para a sua proteção e a do Estado. O tirano mitológico, então, exultante, passou a escravizar todo o povo para o seu próprio esplendor e poder. Prometeu o maior bem ao maior número de pessoas... e passou a sujeitar todos à sua ambição inclemente e insana e a mergulhar sua pátria na maior miséria.

O velho senador exclamou:

— Ele calunia Sila!

Marco estendeu a mão para pegar com Sírio o seu exemplar do livro de Sérvio e, franzindo a testa, fez de conta que procurava o trecho. Depois, deu um suspiro de alívio, olhou para Júlio e levantou as sobrancelhas.

— "Mitológico", César? Ah, será que sua educação foi falha? Sérvio não inventou tal personagem. Referia-se a Pisístrato, tirano de Atenas, morto há uns quinhentos anos!

Mais uma vez, os soldados jovens e velhos romperam em risadas altas e escarninhas, e o povo, ao ouvi-los, também riu-se, satisfeito, embora sem compreender.

UM PILAR DE FERRO

— Certamente, César — disse Marco —, você não compara Pisístrato ao nosso nobre Sila?

— Então por que Sérvio o faz?

Marco tornou a examinar o livro e depois fechou-o.

— Ele não o faz! Apenas narra a história e permite que o leitor tire suas próprias conclusões. O Direito Romano não faz objeção alguma a que os homens leiam o que quiserem e cheguem às suas conclusões. Ou será que você, César, deseja controlar as mentes do povo livre, censurando o que lê e resolvendo quais livros devem ser lidos?

— Tirania! — gritou o povo perto das portas. Marco sorriu para Júlio. Sila disse:

— Em Roma não há censura sobre o que se pode ler, pois acreditamos na liberdade de publicação, e aqui não há guardas controlando o que os homens lêem. A nossa lei proíbe a censura.

Marco fez uma mesura quase até os joelhos.

— Eu lhe agradeço, senhor.

Os senadores olharam para Sila, consternados, e ele deu um sorriso enigmático.

— No entanto — completou Sila — proibimos a traição.

— O senhor considera — disse Marco — que Cincinato, Aristóteles e a história da Grécia são traição?

Sila, pela primeira vez, sorriu abertamente.

— Não me provoque, Cícero — disse ele.

Ele olhou para Júlio:

— O que mais?

Júlio, que vira o sorriso de Sila, sentia-se muito aliviado. Disse, numa voz de pretensa irritação:

— Parece que quase todo o livro de Sérvio é composto de citações dos homens mais ilustres e de grandes patriotas e filósofos, venerados por Roma.

Um murmúrio profundo percorreu a sala. Os senadores olharam para Sila, que estava esfregando o rosto e sorrindo levemente de novo.

Marco disse:

— É proibido o homem citar fontes honradas? Sim! Pois diz a lei que, se o fizer, deve dar o crédito a essas fontes! E isso Catão Sérvio não fez. Escreveu de um modo que insinua ser ele o autor desses nobres pronunciamentos. Portanto, ele é culpado!

Marco levantou os braços num gesto de angústia e luto; depois, abaixou-os lentamente, deixando pender a cabeça, como que em remorso, sobre o peito, dizendo:

— Vim acusar meu cliente de um crime. O plágio. É proibido pela lei de Roma. Peço que ele seja devidamente punido.

Sila recostou-se na cadeira e fechou os olhos. Todos esperaram por suas palavras com a respiração suspensa. Mas vários momentos passaram-se e ninguém conseguia interpretar sua fisionomia.

Marco tornou a falar:

— Desgraçado que sou, tendo um cliente que infringiu a lei do plágio! Se eu soubesse desse crime antes, não o teria defendido! Qual é o castigo? Vou ler para os senhores: "O criminoso será multado em cem a mil sestércios de ouro!" Deixo o julgamento em suas mãos misericordiosas. — Ele fez uma mesura humilde ao Senado, depois a Sila e, em seguida, enxugou os olhos com o lenço. Sila o observava e sua garganta vibrava, como que por um riso abafado. Um sinal foi dado junto das portas e o povo também se riu, bem-humorado.

Sila moveu-se para a frente, na cadeira, e olhou para o Senado.

— Temos aqui uma grave infração da lei. Senadores, qual o vosso julgamento?

Eles o fitaram e viram o seu estranho sorriso. Depois, entreolharam-se. Sila, então, disse a Júlio:

— Qual a sua opinião, César?

Júlio, sutil, manteve-se sério.

— Catão Sérvio é culpado de plágio. Portanto, senhor, sugiro que o seu livro seja apreendido até o momento em que ele der crédito a suas fontes. Além disso, ele devia ser castigado. Permita, senhor, que eu deixe em suas mãos o grau do castigo legal.

Sila falou:

— A lei não está em minhas mãos. Reside com o Senado. Senhores, qual o vosso julgamento?

O velho senador disse:

— Uma multa de duzentos sestércios de ouro, nobre Sila.

Sila disse:

— Está feito. Como Catão Sérvio não é culpado de traição, mas apenas de plágio ilegal, ordeno que suas propriedades e fortuna lhes sejam restituídas e que ele seja libertado.

Marco cutucou o cliente. Sérvio teve um sobressalto. Voltou suas órbitas cegas para seu antes querido general. Seu rosto estava dilacerado pelas emoções. Marco tornou a cutucá-lo.

Então, Sérvio disse, numa voz amarga e de desespero:

— Não me submeto, a não ser que Sila, o meu antigo general, me perdoe pelo meu... crime! Do contrário, cairei sobre minha espada.

Todos esperaram, a respiração presa. Sila olhou para Marco e este retribuiu o olhar candidamente. Depois Sila levantou-se da cadeira e desceu os degraus com uma majestade acentuada. Chegou junto de Sérvio e parou, enquanto todos olhavam, esticando o pescoço. Como todos os romanos, ele adorava um drama. Estendeu os braços e abraçou Sérvio. Beijou-lhe a face. Depois, tornou a beijá-la, e os olhos terríveis encheram-se de lágrimas.

— Eu lhe ordeno, Sérvio, a não cair sobre sua espada, por qualquer crime que tenha cometido! Você está sob a minha proteção, de hoje em diante, contra si mesmo e contra todos os outros. Eu lhe perdôo pelo crime de plágio. Vá em paz.

Os amigos de Marco novamente deram o sinal e então o povo gritou:

— Ave, Sila! Sila! Sila! Ave, Cícero! Ave! Ave!

Sérvio encostou a cabeça, prostrada, sobre o ombro de Sila, como que desamparado, e disse numa voz que somente Sila ouviu:

— Você ainda é um tirano e inimigo da minha pátria.

Sila sussurrou para ele:

— Não me culpe, Sérvio, pois foi o povo quem o quis assim. Que caiam sobre ele as maldições e as imprecações e não sobre mim. Sou apenas a criatura dele.

Sérvio levantou repentinamente a cabeça e seu rosto estava comovido. Pela primeira vez, retribuiu o abraço de Sila e beijou-o na face, com tristeza e uma compaixão compreensiva.

Terceira Parte

O Patriota e o Político

Est quidem vera lex recta ratio naturae congruens, diffusa in omnes, constans, sempiterna, quae vocet ad officium iubendo, vetando a fraude deterreat; quae tamen neque probos frustra iubet aut vetat nec improbos iubendo aut vetando movet, huic legi nee obrogari fas est neque derogari ex hac aliquid licet neque tota abrogari protest, nee vera aut per senatum aut per populum...

— CÍCERO

Capítulo XXXII

O verão foi extremamente quente e a cidade monolítica suava, sufocada, sob os ferozes raios de luz bronzeada que vinham do céu. Cada pôr-do-sol era uma conflagração tão sinistra quanto um incêndio percebido ao longe que se aproxima inexoravelmente.

Marco recebeu uma carta de seu amigo e inimigo querido, Júlio César, da Ásia, onde ele estava servindo em sua primeira campanha militar sob o comando de Minúcio Termos:

"Saudações ao nobre Marco Túlio Cícero, de seu amigo Júlio César.

"*Carissime*, alegrei-me ao receber sua carta e saber que tudo está bem com você e que venceu suas recentes grandes causas jurídicas. Que homem é o nosso Cícero, que patriota! Basta tornar-se político para estar completo e estou feliz por ele estar considerando esse assunto como um dever. Mas quando terei o prazer de ouvir a notícia de seu casamento? Um homem não está completo sem uma esposa. Eu não sei disso? Não me agarrei amorosamente à minha Cornélia, diante das ameaças de Sila, mesmo quando ele me privou do meu sacerdócio? Como você me dizia sempre: 'É melhor obedecer a Deus do que ao homem.' Eu, portanto, devo ser virtuoso diante de Deus, pois honrei a santidade do casamento."

(Diante disso, Marco fez uma careta que, com relutância, se transformou em um sorriso, quando ele se lembrou da devassidão e dos adultérios do amigo.)

"Tristemente", continuava a carta de Júlio, "lamentei saber da morte de Sila em Puteoli, apenas um ano depois de ele ter renunciado à sua ditadura em Roma. Mas esperava que isso se desse há muito tempo, pois embora seu rosto e corpo não indicassem que ele tivesse alguma pletora que levasse à apoplexia, era um homem de grandes paixões e violências íntimas. Detestava muita gente e odiava muita gente, mas, por motivos de estado, reprimia toda expressão dessas emoções; e uma tal repressão tem um efeito temível sobre o organismo e a alma. Foi lamentável, para a sua memória, que ele tenha morrido de repente, nos braços de sua última atriz, pois isso maculou a sua verdadeira imagem, de homem espiritualmente austero e estóico. Mas alegremo-nos que ele tenha vivido a ponto de poder completar suas memórias. Estou ansioso por lê-las."

(Disso tenho certeza, pensou Marco, a essa altura.)

"Em sua última carta, Marco, você disse que tinha receio que eu fosse ambicioso. Será mau ser ambicioso, desejar de todo o coração servir à pátria com justiça e coragem? Se isso for ambição, que os romanos sejam novamente dotados de uma virtude tão preciosa! Você, mais que todos, deveria regozijar-se com os homens ambiciosos. Mas por que me acusar do que parece considerar uma coisa sinistra? Quem sou eu, senão um humilde soldado, servindo ao meu general nesta província quente, ingrata e rebelde? Minha ambição é servi-lo bem. Com toda modéstia, declaro que não procurei nem desejei a Coroa Cívica por ter salvo a vida de um companheiro em Mitileno. Ria, se quiser."*

(Marco riu-se.)

"Meu general está pretendendo mandar-me servir sob as ordens de Servílio Isaurico contra os piratas cilícios. Que povo são esses piratas, uma raça composta de antigos fenícios, hititas, egípcios, persas, sírios, árabes e outros resquícios do Grande Mar! Não obstante, não se pode deixar de admirar sua audácia e topete, pois não desafiam Roma? É como se uma formiga estivesse desafiando um tigre. Eles não vacilam em se apoderar até de navios romanos, matar marinheiros romanos e roubar as nossas cargas. Nós os arrasaremos rapidamente.

"Com prudência, você não exprime sua opinião sobre Lépido, o nosso atual ditador, e também eu sou discreto, embora você sempre tenha parecido duvidar disso.

"No entanto", continuava a carta de Júlio, "embora seja homem de posses, ele não possui a fortuna que tinha Sila. Então você não se referia a ele ao citar Aristóteles: 'Certamente é mau que os mais altos cargos sejam comprados! A lei que permite esse abuso torna a fortuna mais importante do que a nobreza num político e, então, todo o Estado se torna avaro. Pois sempre que os chefes de Estado consideram alguma coisa honrada, os cidadãos certamente seguem o seu exemplo; e quando a capacidade não ocupa o primeiro lugar, não há a verdadeira aristocracia de mente e de espírito.' Não, você não se referia a Lépido.

---

*De cartas a Cícero.

"Ou seria possível que você me estivesse prevenindo? Incrível! É verdade que não sou mendigo, mas também é verdade que não há nenhum cargo em Roma que eu tentaria comprar, pois não desejo nenhum deles."

(Ah!, pensou Marco.)

"Eu gostaria que não fosse sempre tão ambíguo", continuava a carta. "Mas você possui a sutileza do advogado, que está além da compreensão de um pobre militar como eu."

("Ó Júlio!", exclamou Marco, em voz alta, em seu gabinete.)

"Eu tinha esperanças", escreveu Júlio, "de que os caminhos de seu irmão Quinto e os meus se cruzassem, mas isso não estava escrito em nossos destinos, embora em certa ocasião encontrássemos a menos de duas léguas de distância. Ouvi falar do respeito e consideração que o general de Quinto tem para com ele. É um nobre romano, apesar de sua simplicidade."

(Que você não admira, pensou Marco.)

"Tenho um pressentimento, *carissime*, de que em breve estarei contemplando o seu simpático semblante, pois não o amei sempre, considerando-o um paradigma de probidade e de todas as virtudes? Espero voltar para Roma depois de extintos os piratas, o que será feito rapidamente. Enquanto isso, meus pensamentos mais doces são para o meu amigo e orientador de minha juventude. Pense que acabei de abraçá-lo e de beijar sua face. Também beijo a mão de sua querida mãe e a face de seu pai, como se fosse filho deles. Que o meu padroeiro, Júpiter, olhe por você com fervor; e que minha antepassada, Vênus, lhe conceda o dom de uma donzela desejável como esposa; e que Cupido, filho de Vênus, penetre o seu coração com sua seta mais deliciosa."

(E você acha que isso é me querer bem!, pensou Marco.)

Ele largou a carta, ainda sorrindo. Depois, o sorriso desapareceu. Ele foi dominado pela lassidão e fadiga. Tinha apenas 29 anos de idade, mas sentia-se envelhecido e pesado. Não conseguia esquecer Lívia, a esposa assassinada de Catilina. Anos se haviam passado desde a morte horrível, mas a fisionomia de Lívia não saía de seu olhar interior. Ela permanecia apaixonadamente jovem para ele, mais bela do que todos os sonhos fantásticos, como uma sibila, fugidia como uma dríade, ágil como uma ninfa, selvagem como um vento da primavera, um espectro de uma terra desconhecida.

Sendo um homem que analisava tudo, a si mesmo inclusive, Marco ainda não sabia por que amava Lívia e por que o rosto e a voz da moça o perseguiam, por que todo aquele ser era vivo para ele como nenhum outro. Ele se recordava quando bem queria da voz dela, e de seu canto místico, tão nitidamente como se o tivesse ouvido naquela hora. Lembrava-se de seus sorrisos, o toque de sua mão, como uma folha, seu riso leve, a luz de seus ardentes olhos azuis. Era como se ele tivesse acabado de deixá-la e depois olhasse para ela, por sobre o ombro, e tornando a ver seu rosto.

Os fatos terríveis que tinham abalado Roma e ele mesmo naqueles anos não eram tão vívidos para ele quanto Lívia Cúrio Catilina. Quando em visita à ilha perto de Arpino, passeava pelo bosque e ouvia a voz dela ressoando para ele das sombras; às vezes, parecia-lhe captar o brilho de seus cabelos, o esvoaçar de seu véu, entre as árvores misteriosas. Quando o vento soprava entre os galhos, ele ouvia o canto de Lívia, o murmúrio de sua canção extraterrena. Seus braços nunca deixavam de ansiar por abraçá-la; ele sentia a doçura do beijo dela em seus lábios. A sombra dela passeava pela ponte entre a ilha e a cidade e as pedras sussurravam baixinho a seus passos leves. Era na ilha que ele sentia a presença dela mais fortemente, e não em Roma, onde Lívia tinha vivido e morrido.

Ele disse à mãe:

— Não, nunca poderei casar-me. Não posso esquecer-me de Lívia. Não tenho nada a oferecer a outra mulher senão a sombra de mim mesmo. E isso não é suficiente.

Por vezes, parecia-lhe que sua vida exterior era um sonho e que a única realidade que ele jamais conhecera era Lívia e a ilha, seus estudos intermináveis, sua poesia e seus pensamentos. Anos depois, ele escreveu a Ático: "Durante algum tempo prestei serviço militar, sob Sila, e não fui considerado o mais capaz dos soldados. Não obstante, toda essa experiência não parece ter muita verdade para mim, sendo apenas uma fantasia a que me entreguei por uma hora ou mais. Hoje nem me recordo do nome do meu general, ou de meus companheiros, que nunca tentaram aproximar-se realmente de mim. Nem eu deles, confesso. Eles se compraziam com a guerra, considerando-a o mais nobre e empolgante dos esportes, mesmo com a probabilidade da morte sempre presente. Eu não achava que as guerras fossem um prazer para um homem inteligente e a breve campanha em que me empenhei — porque Sila e minha mãe achavam que eu não deveria perder qualquer experiência, por mais árdua e aborrecida que fosse — me enchia de um tédio mortal. Não condeno os exércitos e soldados, pois o homem, sendo como é, amante da guerra, não merece confiança, especialmente se inveja a sua nação e almeja as suas possessões, ou deseja o poder sobre você."

Marco continuava a receber felicitações de parte de muita gente por ter vencido o processo de Catão Sérvio e, um pouco mais tarde, o caso de um Sexto Róscio (não era parente do ator). Mais uma vez, no caso de Sexto

Róscio, ele fora obrigado a se opor a Sila, diante de um júri terrível, e teve de acusar Crisógono, amigo de Sila, ex-escravo grego, durante o julgamento por assassinato de Sexto, para quem conseguiu a absolvição. Em conclusão, e referindo-se ao triste estado da lei em Roma, Marco disse: "O espetáculo diário de atos atrozes sufocou nos corações dos homens todo o sentimento de piedade. Quando a cada hora presenciamos um ato de crueldade terrível, perdemos todo o sentimento de humanidade. O crime não nos horroriza mais. Sorrimos diante das enormidades da juventude. Desculpamos as paixões, quando devíamos compreender que as emoções incontroladas do homem produzem o caos. Antes éramos uma nação controlada e austera, reverenciando a vida e a justiça. Isso não existe mais. Preferimos os nossos políticos, especialmente se eles pavoneiam a sua juventude e são brincalhões e mentirosos consumados. Adoramos o divertimento, até mesmo na lei, mesmo no governo. A não ser que haja uma reforma, o nosso destino terrível é inevitável."*

(Ao recordar-se desse caso, Marco escreveria, décadas depois: "Mereceu comentários tão favoráveis, que não me consideravam incompetente para tratar de qualquer tipo de litígio. Seguiu-se uma série rápida de muitos outros casos, que levei ao tribunal, cuidadosamente estudados e, como dizem, cheirando como a vela da meia-noite.")

Em resumo, ele enriqueceu. Não era tolo ao ponto de desprezar as riquezas, lembrando-se de sua vida de asceta na juventude. E ele nunca acreditou que a privação fosse mais nobre do que o dinheiro. "A pobreza não enrijece a alma, nem a fortalece. Cria escravos."** No entanto, com outra parte de sua mente, ele via sua nova fortuna com indiferença. Ela existia; ele podia dar-se ao luxo de esquecê-la.

Hélvia, embora ainda não tivesse conseguido arranjar uma esposa aceitável para o filho mais velho, apesar de todos os seus esforços, conseguira manobrar o casamento de Quinto, seu favorito, com Pompônia, irmã de Ático, o editor de Marco. Quinto, que intimamente tinha um coração mole, depois de muitos esforços conseguira uma reputação de soldado rude. Mas Pompônia, moça esperta e inteligente, logo conseguira conquistá-lo, e foi um escândalo na família o fato de ele ter se tornado um típico marido romano dos tempos modernos — com medo da mulher, dócil, bem-mandado. Com relação a isso, Marco lembrou-se da declaração irritada do velho

---

*Discurso final de Cícero no julgamento de Sexto Róscio.
**Carta a César.

Pórcio Catão: "Os romanos governam o mundo, mas são, por sua vez, governados pelas mulheres." Lembrou-se também que Temístocles, o antigo estadista grego, reclamara dizendo que, enquanto os atenienses governavam os gregos e ele governava os atenienses, a esposa o governava e o filho governava a ela. Marco não tinha desejo algum de ser governado por uma mulher. Bem-humorado, visitava a casa de campo de Quinto, quando o irmão estava de licença, e sorria amável para Pompônia, mas estremecia diante do terror que Quinto tinha da jovem esposa. Quinto, o destemido, o impulsivo, Quinto, cujo próprio gênio entre os homens tinha conquistado uma reputação respeitável! Como que para contrabalançar a opressão da mulher, Quinto muitas vezes se metia a aconselhar Marco sobre política, assunto que, tinha certeza, era totalmente ignorado pelo irmão.

— É preciso ser estrategista, como na guerra, e você, caro Marco, detesta a guerra.

Aos 29 anos, o trabalho, suas lutas infindáveis, sua fama crescente, seu desânimo e tristeza começaram a dominar Marco. Ele descobriu, alarmado, que aquele seu belo instrumento, sua voz — tão cuidadosamente treinada por Noë e Róscio — mostrava sinais de decadência. Havia dias em que ele acordava e se dizia: "É-me impossível enfrentar esse dia." Nunca tendo sido excepcionalmente forte, ele sentia uma fraqueza nos membros. Continuou a lutar contra dores e incapacidade cada vez maiores, sem dar atenção a conselho algum, nem do médico nem dos pais. "O tempo é tão pouco", dizia ele, com uma irritação alheia à sua natureza afável.

Então, num dia quente de verão, teve um colapso no gabinete, e os discípulos o levaram desmaiado para um sofá. Chamaram o médico, que disse:

— Não terei esperança de salvar sua vida, se você não deixar Roma e o trabalho e repousar a mente e o espírito.

Marco escarneceu daquilo. Mas, nos dias seguintes, ele verificou que mal conseguia levantar da cama e que suas juntas e cabeça latejavam de dor. O médico disse:

— Você deve ir à Grécia, ao santuário do grande médico, filho de Apolo, Esculápio, que, dizem, cura os doentes pelos sonhos. Você está com reumatismo; o seu corpo reflete o cansaço e a dor de sua alma.

Quinto disse:

— Vou à Grécia com você. Você não sonhou sempre com aquele país?

Marco sorriu para ele, pensando que Quinto poderia estar desejando descansar um pouco, longe de Pompônia.

— Vamos visitar o irmão de Pompônia, que também é meu editor — disse ele. Ático fugira discretamente de Roma antes do julgamento do velho

Sérvio e fizera fortuna na Grécia por vários meios. Mas sua editora continuava a prosperar muito em Roma e ele ainda empregava cem escribas.

Levando a coisa a sério, Marco começou a preparar-se para ir à Grécia.

— Você vai caminhar por onde caminharam Sócrates, Platão e Aristóteles! — exclamou Túlio. — Ao seguir os passos deles, quem sabe o que suas sombras lhe sussurrarão? Nunca me esqueci do que disse Sócrates, a respeito do Deus Desconhecido: "Nascerá para os homens o Divino, o Homem perfeito, que tratará de nossos ferimentos, que levantará as nossas almas, que dirigirá os nossos pés no caminho iluminado para Deus e a sabedoria, que entenderá os nossos males, partilhando-os conosco, que chorará com o homem e conhecerá o homem em sua carne, que nos devolverá ao que perdemos e que levantará as nossas pálpebras para podermos novamente contemplar a Visão."

Marco estava de tal modo enfraquecido naqueles últimos dias de verão, na cama, que não conseguia controlar suas emoções. Lembrava-se de seu sonho juvenil de ver o Divino cara a cara, em carne e osso, e lamentou que Ele ainda não tivesse aparecido entre os homens. Por que Ele tardava, naquele mundo imenso de confusão, dor, mal e lutas, de desconfiança infindável, traição e choque de armas?

Noë foi visitar o velho amigo e ler sua última peça. Róscio, o bandido, estava em Jerusalém.

— Sem dúvida tentando expiar seus muitos crimes, especialmente os cometidos contra mim — disse Noë. — Está com um exemplar da minha peça, pedindo um preço exorbitante para representá-la. Também está deixando crescer a barba. Preferiria pensar que está criando uma cauda e cascos de cavalo, como um centauro.

Noë sentia-se orgulhoso e satisfeito ao ver que inúmeros ex-clientes e admiradores iam diariamente à casa das Carinas para saber da saúde de Marco, enchendo a rua na frente dela e até entrando pelos jardins dos fundos. Noë disse:

— Parece que somos famosos. Quando é que você vai comprar uma casa mais imponente, caro amigo, largando esse bairro decadente?

— Quando voltar da Grécia — disse Marco.

Os amigos de Cévola foram visitá-lo, homenageando tanto Cévola quanto seu discípulo favorito. Contemplando aqueles rostos idosos com um novo espírito de caridade, devido à doença, Marco começou a pensar que, através dos anos, eles podiam ter facilitado sua vida, pois tinham acontecido muitas coisas inexplicáveis.

Certo dia, um escravo entrou correndo no cubículo dele, com a notícia de que Júlio César e Pompeu tinham chegado. Marco sentiu a velha sensação

398   *Taylor Caldwell*

de prazer carinhoso e divertimento, ao ouvir o nome do jovem amigo, e sentou-se na cama para poder recebê-lo melhor. Mas espantou-se com a presença de Pompeu, forte e taciturno. Júlio deslizava graciosamente, como sempre, numa roupa comprida e rica de seda vermelha muito fina, de sapatos prateados e cinturão e pulseiras cravejadas de turquesas. Ele emanava seu ar habitual de exuberância, boa-vontade e prazer de viver. Também estava perfumado.

— Caro amigo! — exclamou ele, debruçando-se sobre a cama para abraçar Marco. — O que foi isso que ouvi dizer a seu respeito?

— Pensei que você estivesse matando os piratas — disse Marco. — Pensei que houvesse um prêmio por sua cabeça, novamente, em Roma.

— Sou um homem muito valioso — disse Júlio, sentando-se ao pé da cama, olhando para o amigo mais velho com muito afeto. — Sobrevivo.

— Isso é um grande talento — concordou Marco. Ele olhou para Pompeu, de trajes militares, ao pé da cama, os polegares grandes enfiados no cinturão de couro. Pompeu o olhava com bondade e isso espantou Marco. Depois, ele notou o anel de serpentes na mão de Pompeu e desviou o olhar. Júlio estava tagarelando alegremente, costume que tinha quando queria esconder seus pensamentos. — Você está perfumado como uma rosa — disse Marco, um tanto azedo.

Júlio riu-se e bateu no pé descalço de Marco.

— Sou a rosa de Roma — disse ele.

— Roma tem o cheiro da cloaca — disse Marco, e Júlio riu com entusiasmo. Pompeu sorriu e seus dentes brancos e grandes luziram.

Júlio disse:

— É difícil de acreditar, mas o nosso Marco é um homem de muito espírito, de um espírito sutil. Também é um áugure.

— É mesmo? — disse Pompeu, sério, e Marco viu que ele acreditava em Júlio. Marco disse:

— Você veio procurar-me por causa de um augúrio, Júlio?

— Disseram-me que você estava doente! — exclamou Júlio, em tom de reprovação. — Só voltei ontem, para ver minha mulher e minha filhinha, Júlia. Mas, quando soube de sua doença, há uma hora, vim vê-lo às pressas. E é assim que você me agradece...

Mas Marco disse:

— Lépido ainda não tentou assassiná-lo?

— Não constituo uma ameaça para Lépido — disse Júlio. — Sou um homem de muitas facetas e valioso em todas elas. Além disso, tanto Lépido quanto eu pertencemos ao partido *Populares*. Deixei a política. Sou apenas um simples soldado.

UM PILAR DE FERRO

Marco riu-se. Os dois rapazes riram com ele.

— Respeito o cônsul do povo — disse Júlio. — Pompeu também. Pompeu não ajudou Lépido a ser eleito cônsul? E Pompeu é meu amigo.

— Sei distinguir uma conexão tortuosa — disse Marco.

— Como já lhe disse, Marco, deixei a política.

Marco ficou fitando-o, enquanto dizia:

— Lépido está tentando derrubar a Constituição de Sila. O Senado está contrariado. Dizem que o Senado vai exilá-lo para a província dele, a Gália Transalpina. Ele é ambicioso.

Júlio suspirou. Serviu-se de um cacho de uvas da mesa de Marco. Um escravo chegou para servir vinho. Júlio olhou-o desconfiado, antes de beber, e depois sacudiu a cabeça, pesaroso.

— Dizem que você é um homem rico e, no entanto, o seu gosto em matéria de vinhos continua deplorável. O que é isso que falou de Lépido? Que ele é ambicioso? Ah, a que excessos nos leva a ambição! Mas quando é que os homens não foram ambiciosos? Com exceção de minha pessoa.

Pompeu ficou calado, o cálice de vinho na mão.

— Você não era admirador de Sila — continuou Júlio, vendo que Marco não dizia nada. — Deveria preferir Lépido, que pelo menos é um homem amável, de quem o povo gosta.

— Também é um ditador e um tirano — disse Marco. — Sila obrigava o povo a trabalhar honestamente, ou a passar fome. Lépido tornou a aposentar muitos deles, à custa do povo, desse modo aumentando os impostos cobrados dos trabalhadores. Será que os cargos e o poder têm sempre de ser comprados por meio do estômago dos desprezíveis, os que odeiam o trabalho, os mendigos? O nosso tesouro está vazio novamente, graças a Lépido e suas turbas fanáticas de bandidos, rabiscadores de muros e exescravos. Não obstante, tenho de manter a lei mesmo em face do caos uivante, confiando em que no fim ela prevaleça, e a justiça também.

Os dois rapazes o observavam com silêncio e atenção. Ele bebeu um bom gole de vinho, pois, de repente, sentiu sede. Júlio tornou a encher o cálice e ele bebeu mais. Depois, recostou-se nos travesseiros e fechou os olhos, cansado.

Disse então:

— Estou farto da humanidade e da sua degradação natural. Nós todos não nos exaltamos ao falar em Sócrates, Aristóteles, Platão, Homero e os outros imortais? Isso é presunção. Eles não são dos nossos. São astros brilhantes de um outro mundo invisível que caíram em nossas trevas. Caminharam em nossa carne. Mas não são dos nossos. Foram gloriosos, mas a glória deles não é nossa.

Ele abriu os olhos e Júlio deu-lhe mais vinho. O rosto estreito e animado de Júlio estava muito quieto. A fadiga de Marco voltou-lhe com uma força imensa e ele novamente fechou os olhos. Tinha diante de si um caos num redemoinho, cheio de fagulhas de fogo, estranhas formas e rostos meio vislumbrados. Ele se esqueceu de onde estava e quem estava com ele. Depois, o caos começou a tomar uma forma mais clara e ele olhou com violência para o que via. Sem abrir os olhos, murmurou:

— Nenhum de nós neste cubículo hoje morrerá pacatamente na cama. Seremos traídos e pereceremos em nosso sangue. — Ele começou a tremer. O vinho lhe entorpecia a percepção de sua própria realidade e seus sentidos corporais.

— Quem me trairá, Marco? — perguntou Júlio, em voz baixa, debruçando-se sobre o amigo, cujo rosto parecia o de um morto.

Marco sussurrou:

— Seu filho.

Júlio olhou para Pompeu, que, muito pálido, deu de ombros.

— Tenho apenas uma filha — disse.

Marco não disse nada.

— E eu? — disse Pompeu, finalmente falando. — Quem me matará?

— O seu melhor amigo — disse o advogado, naquela voz fraca e vaga.

Os olhos de Júlio e de Pompeu se encontraram com violência. Depois, Júlio disse:

— Ele tem vários melhores amigos.

O homem doente e sonhador não deu resposta. Júlio pegou-lhe a mão fria e flácida e olhou para ela como se estivesse meditando.

— Quem haveria de matá-lo, Marco? — perguntou ele.

Marco murmurou:

— Não lhes vejo os rostos.

— Você está sonhando — disse Júlio, ainda segurando a mão do outro. — Está doente e tem as visões das doenças. Vê Catilina?

— Fogo e sangue — disse Marco. — Lívia está vingada, afinal.

Ele caiu num sono profundo. Os dois rapazes ficaram olhando fixamente para o rosto pálido e abatido, para as sombras escuras debaixo dos olhos fechados, para a exaustão branca de sua boca. A cortina abriu-se e Hélvia apareceu no limiar. Júlio e Pompeu beijaram a mão dela, mas seu olhar aflito procurava o filho.

— Ele cai assim em sonos repentinos — disse ela. — É por estar tão fatigado. Vocês não devem sentir-se insultados. — Hélvia, então, olhou para

UM PILAR DE FERRO

os visitantes e ficou espantada ao ver suas expressões perturbadas. — Ele está muito melhor — disse ela, pensando que estavam tristes. — Em breve poderá viajar à Grécia com o irmão. Ele não se poupou, todos esses anos. Na Grécia poderá repousar.

— Ele nos falou de modo muito misterioso — disse Júlio. — E sobre nós.

— Marco é supersticioso — disse Hélvia, com uma indulgência de mãe. Pôs a mão debaixo do travesseiro de Marco e tirou um pequeno objeto de prata, muito antigo, pois estava gasto e brilhava pouco com antigos riscos. Os rapazes olharam para aquilo com uma repugnância horrorizada, pois era a cruz da infâmia, o topo curvo num laço para segurar uma corrente.

— Isso lhe foi dado por um comerciante egípcio, que foi cliente dele há uns dois anos — disse Hélvia, recolocando a cruz debaixo do travesseiro. — É originária, segundo o comerciante, de algum túmulo violado de faraó e tem séculos de idade. Disse o mercador ao meu filho que era o sinal do Redentor da humanidade, profetizado há séculos, na névoa da juventude de nosso mundo. Como sabemos, é apenas o sinal da morte infame de criminosos e malfeitores, traidores, ladrões e escravos rebeldes. No entanto, meu filho a venera e me diz, em momentos de distração, que é o sinal da redenção do homem. Ele espera a cada momento o nascimento do filho dos deuses.

Júlio estava sorrindo abertamente.

— Os deuses vão descer novamente do Olimpo, para mais travessuras? — perguntou ele.

Mas Pompeu, novamente com medo, olhou para trás, enquanto ele e Júlio saíam do quarto do doente. Quando estavam na liteira de Júlio, este viu pela primeira vez o anel na mão do amigo.

— Que imprudência a sua! — exclamou, aborrecido. — Marco reconheceu esse anel! Para vingar-se, ele propositadamente perturbou-nos, enchendo-nos de desânimo. — Depois, ele sorriu e sacudiu a cabeça, em admiração. — Marco é mais sutil do que eu pensava. Com sua maldade delicada, quis que sofrêssemos em nossos pensamentos.

Marco, sem saber que os amigos o haviam deixado, sem saber que falara com eles no seu meio-sonho, estava sonhando de novo. Caminhava por um campo que não era iluminado por nenhum sol que ele pudesse ver. Não havia limites para o horizonte. Seus pés enterravam-se na grama macia e verde e havia um ruído murmurejante de abelhas e pássaros no ar suave. A cada passo, as flores surgiam diante dele, enchendo a atmosfera de uma fragrância maravilhosa. De repente, ele viu uma grande cidade a distância, brilhante e reluzindo como se fosse construída de alabastro e ouro. Ele apressou-se para ela, ansioso, mas a cidade sempre recuava, suas colunas e domos resplandecentes afastando-se dele. A brisa farfalhava como se tivesse uma multidão de asas invisíveis. Logo além dos limites de sua audição ele ouvia vozes cantando, cheias de alegria e prazer. Mas, quando virava a cabeça, só via flores, grama e grandes bosques de árvores que lhe eram desconhecidas. Cada árvore tinha ramadas de brotos que exalavam um aroma de perfume intenso. E a cidade distante aparecia radiosa, como que emanando uma luz própria. E era essa luz que iluminava o mundo.

Ele sentiu que pegavam de leve em sua mão e, de sobressalto, virou a cabeça. A jovem Lívia estava a seu lado, rindo, vestida com roupas que brilhavam e com uma coroa de flores nos cabelos de outono. Seus olhos eram mais azuis do que ele se lembrava e sentia-lhe a mão macia e cálida. Lívia apertou a mão de Marco, que olhou para ela em êxtase.

— Você não morreu, amada — exclamou ele.

— Não, não morri. Nunca estive morta, meu querido — respondeu ela com aquela voz que ele nunca esquecera. Ela se pôs na ponta dos pés e o beijou nos lábios. O contato foi como um fogo delicioso. — Lembre-se sempre de mim — disse ela, repousando a cabeça no ombro dele.

Então, fez-se uma escuridão sobre tudo; e tudo tornou-se esmaecido e distante. Marco, apavorado, pegou Lívia nos braços de novo.

— Diga-me! — exclamou ele. — Você me amou algum dia, Lívia? Você me conheceu... e ao meu amor por você?

O rosto dela se tornava igual ao rosto de uma sombra, transparente e branco, mas os olhos pousaram sobre ele numa paixão azul.

— Sim, mas não estava fadado a acontecer. Foi a vontade de Deus que não nos possuíssemos naqueles dias, pois você tinha muito a fazer, e eu o teria impedido.

As palavras dela pareceram-lhe muito misteriosas e ele não conseguia entendê-las. Tentou segurá-la, mas era como segurar a névoa.

— Lembre-se de mim — disse ela, como que falando em ecos. — Acima de tudo, lembre-se de Deus e nós nos veremos de novo e depois nunca mais nos separaremos.

A escuridão caiu mais depressa e então ele viu-se sozinho em vastas trevas, exclamando:

— Lívia! Lívia!

Só o silêncio lhe respondeu. Ele abriu os olhos e viu o rosto aflito da mãe inclinado sobre ele.

UM PILAR DE FERRO

— Vi Lívia! — disse ele, numa voz débil.

Hélvia concordou, com indulgência.

— Todos nós não sonhamos, meu filho? — Ela deu-lhe o elixir que o médico deixara. — O que é a vida, sem um sonho?

Capítulo XXXIII

— É bem fácil para você aconselhar paciência, Júlio — disse Lúcio Sérgio Catilina —, pois você tem mais tempo. Mas eu estou com trinta e um anos e me sinto impaciente.

Os dois rapazes estavam sentados no ar quente e perfumado do jardim da casa no Palatino, comprada com o dinheiro de Aurélia. Os pavões passeavam, exibindo-se, abrindo seus leques na sombra azul-escura, que contrastava com a luz ofuscante sobre as alamedas de cascalho vermelho, os canteiros de flores e fontes brilhantes e os topos dos escuros ciprestes e murtas. Um bando de pássaros vermelhos como o sangue esvoaçaram pelas folhas esmaecidas de um carvalho, chilreando com veemência ao discutirem a próxima migração. O primeiro aroma do jasmim da noite surgiu no ar cálido.

Júlio e Lúcio estavam sentados num frio banco de mármore, à sombra de um murto, bebendo um vinho doce como o mel da cor de rosas pálidas e comendo figos, uvas e limas.

— Observe aquele saltimbanco — disse Júlio, rindo e mostrando um pavão novo que, atento à raiva de um mais velho, experimentava levantar sua cauda brilhante, com olhos vigilantes. — Ele quer cortejar as donzelas do bando, mas o velho pavão olha para ele com severidade, advertindo-o. Ainda não chegou o momento dele.

— Imagino que esse comentário signifique que ainda não chegou o meu momento também. Nem o seu — disse Catilina. — Você tem só vinte e cinco anos. Estou com trinta e um. Não considero com calma o fato de que o meu momento poderá chegar quando eu estiver grisalho. Estávamos seguros, sob Sila. Mas, novamente, a coisa nos escapou. Agora temos Lépido. Ele é como a água que escorrega pelas mãos antes que se possa beber. Sabe o que ouvi dizer? O Senado está cansado dele. Ele restringe o poder deles em prol daqueles que chama de "o povo". Assim, o Senado em breve o exilará para a sua província, a Gália Transalpina. Eles adoram o poder que Sila lhes deu. Então, o que será de nós?

404   *Taylor Caldwell*

Júlio bebeu, refletindo; depois, parou para sorrir de novo, observando o jovem pavão.

— Lépido está precisando de uns conselhos. Tem certeza de que o povo de Roma está do lado dele. Se ele for exilado, o que acontecerá se resolver organizar um exército e marchar sobre Roma?

Lúcio examinou-o com um leve sorriso sombrio.

— Suponho que lhe deram esse conselho.

— Lépido pediu meus conselhos? Não.

— Mas você tem amigos.

— Tenho amigos.

Catilina tornou a encher o cálice de cristal e depois segurou-o nas mãos, olhando para o centro do vinho brilhante.

— Bem — disse Catilina, depois de um momento. — E depois disso?

Júlio deu de ombros.

— Temos de observar e considerar. Jogamos os dados. Só os deuses sabem de que jeito cairão.

Catilina riu-se.

— Mas os seus dados estão sempre viciados, Júlio.

— É bom ajudar os deuses, de vez em quando.

— Você é ambíguo, César. Há ocasiões em que não confio em você.

— Sou o mais leal dos homens — disse Júlio.

— A você mesmo.

Júlio mostrou-se ofendido.

— Meus astros indicaram que os que nasceram sob eles estão impregnados da mais profunda dedicação aos amigos. Que amigos perdi por traição?

Catilina olhou para ele.

— Você me disse que o seu caro amigo Cícero lhe repetiu que você morrerá por traição, no seu próprio sangue. Se ele insinua isso quanto ao seu assassinato, então está tramando contra você.

Júlio deu uma gargalhada.

— Cícero? Caro amigo, você está maluco. Ele pode ser sutil, como você mesmo viu, mas nunca mau. Acima de tudo, ele é um homem bom, amável e irônico. Júpiter dotou-me com a capacidade de olhar dentro do coração dos homens.

Catilina virou para ele, com desprezo, o seu rosto belo e depravado.

— Ele também profetizou o meu assassinato. Não disse também o mesmo sobre Pompeu? O que há de bom num homem tão declaradamente vingativo?

UM PILAR DE FERRO

— Os oráculos não são movidos por paixões nem personalidades, Lúcio. Falam do futuro que vêem.

— Você o considera um oráculo?

— Não. Ele vem profetizando a morte de Roma há muito tempo. Está morta? Fomos assassinados? Não. Ele disse que o meu filho me mataria. Mas tenho apenas uma menina.

Catilina sorriu.

— E M. Júnio Bruto? Aquele menino?

O rosto de Júlio tornou-se frio. Ele fixou os olhos negros e brilhantes sobre o amigo.

— Você está difamando a mãe dele. E o pai, que considero muito e é meu amigo.

Catilina, porém, sorriu mais ainda.

— Seus amigos não podem calar os boatos de que o jovem Bruto é seu filho. Antes de você aparecer, a mãe dele era estéril.

— Ouvi dizer que ela é devota de Juno e fez muitas visitas ao altar da deusa. — Os olhos de Júlio, que às vezes tinham a capacidade de se assemelharem a pontas de lâminas abertas, mortíferas e violentas, estavam sorrindo de novo. — Boatos! — exclamou ele. — Se déssemos ouvidos a boatos ficaríamos malucos. Prefiro os fatos. Sobre esse fundamento podemos construir cidades.

— Você está construindo muito devagar.

— Mas o faço bem.

Catilina mexeu-se inquieto no assento de mármore.

— Você não é ousado, Júlio.

— Quando é necessário, sou um leão. O momento de rugir ainda não chegou. Esperemos até que Lépido se destrua.

— Voltando àquele Cícero. Ele persegue a minha mente, como um sonho mau. Ele é poderoso em Roma, agora. Além disso, está estudando a política. Pode erguer-se para nos confrontar e desafiar.

— Ele está muito doente. Pode morrer.

— Então, acabemos com o sofrimento dele.

Júlio colocou o cálice com cuidado na mesa e disse:

— O que você aconselha, Lúcio? Veneno?

Ele levantou os olhos devagar e fixou-os sobre Catilina. Os olhos azuis de Catilina se esquivaram, como o movimento da língua de uma cobra.

— Veneno é arma de mulher.

— Ah, sim. Lívia usou o veneno. Eu deveria lembrar-me.

— Está me ameaçando, César?

Júlio ficou espantado.

— Eu? Por que haveria de ameaçá-lo, Lúcio?

— Para salvar o seu amigo incrível, o Grão-de-bico.

Júlio riu-se.

— É verdade que tenho um sentimento de afeição por Cícero, que foi meu mentor na infância, protegendo-me de você, meu caro amigo. As amizades da infância não se esquecem facilmente. No entanto, se ele se intrometesse em meu caminho, eu o despacharia. Não acredita?

Catilina olhou para ele, pensativo. Depois disse com relutância:

— Acredito. Então, o que devo pensar? Que você acha que o Grão-de-bico lhe poderá servir para alguma coisa.

Júlio, que raramente se sobressaltava, não se espantou. Mas olhou nos olhos de Catilina com candura.

— De que modo ele me poderia ajudar?

— É isso que me desorienta. Mas sinto que você acha isso.

— Você tem tanta imaginação quanto uma mulher. Meu caminho não é o caminho de Cícero. Eles nunca se cruzarão. Estimo Cícero, por muitos motivos que lhe pareceriam absurdos. Minha mãe lhe deu um amuleto...

— Que, ao que eu saiba, lhe salvou a vida.

— Você é supersticioso. Voltando a Cícero, ele tem muitos advogados poderosos em Roma, embora poucos amigos íntimos. Se ele morresse, seria vingado. Suas ambições políticas, se é que as tem, são insignificantes. Não deu nenhum passo para satisfazê-las. Está falando em ir à Grécia. É um intelectual, um poeta, um ensaísta orador, um advogado. Eu o admiro. E o irmão dele é militar. Você acha que Quinto, que o adora, aceitaria a morte dele com calma? Não vamos complicar nossos negócios.

— Ele falou de sua própria morte, você me contou — disse Catilina, satisfeito. — Ele viu meu rosto entre seus assassinos?

— Ele não fala de você, Lúcio. Agora falemos sobre coisas reais.

Enquanto o verão quente cedia vez ao outono, Marco apresentava poucas melhoras. Suas articulações estavam inchadas. O médico se alarmava com os barulhos do coração dele.

— Você deve ir logo para um clima mais ameno — disse ele.

Marco, então, viu que teria de ir, se quisesse sobreviver. Os jovens advogados que trabalhavam com ele foram visitá-lo para se aconselharem sobre assuntos legais que teriam de ser considerados nos meses seguintes. Quinto, ansioso para ir com o irmão e para escapar da jovem

UM PILAR DE FERRO

esposa, insistia que ele se apressasse. Olhava apavorado para o rosto pálido e abatido do irmão.

No mês seguinte, Marco quase se esqueceu de suas dores e sua doença, devido aos acontecimentos. Emílio Lépido, o ditador de Roma, foi realmente exilado para sua província da Gália Transalpina pelo Senado irritado. Ele concordou, com aparente docilidade. Mas parou na Etrúria e começou a organizar um exército composto de veteranos descontentes de muitas guerras, que achavam terem sido tratados com falta de consideração pelos senhores de Roma. O Senado declarou-o inimigo público e os boatos se espalharam ativamente pelas ruas, como uma tocha passada de mão em mão. O exército de Lépido estava cada vez maior e diziam que ele em breve marcharia sobre Roma, para tomar o poder supremo e vingar-se do Senado.

Pompeu foi designado para enfrentá-lo com armas. Levando Catulo, Pompeu encontrou-se com Lépido no Campo de Marte, derrotando-o. Lépido, fugindo, partiu para unir-se a Sertório nas Espanhas.

Mas, enquanto viveu, constituiu uma ameaça para Roma.

— Ah — dizia Júlio para seus muitos amigos secretos no Senado. — Se ao menos possuíssemos um elmo de Hades, para nos tornarmos invisíveis e abordar Lépido de noite, para destruir esse inimigo de nossa pátria!

— Somos um órgão legal — diziam os senadores. — Além disso, Lépido ainda tem muitos amigos em Roma e nas províncias, entre os militares.

— Eu não sou soldado? — perguntou Júlio. — Lépido tem muitos guardas. Não obstante, tem de morrer. É um traidor.

— É verdade — disseram os senadores, desviando os olhos do rosto de Júlio. — Mas ele ainda tem amigos. Passamos por um período difícil e perigoso. Se ele morrer, tem de ser por acidente, ou de um modo tão misterioso que sua morte não possa ser atribuída a nós.

Júlio, satisfeito, concordou. E foi assim que Lépido, que se considerava um Sila maior, morreu misteriosamente na própria casa de seu amigo Sertório, que jurou vingar seu assassinato por pessoas desconhecidas. O Senado publicou uma proclamação a favor de Lépido, dizendo que, embora ele se tivesse indisposto com o Senado e o povo de Roma, fora um nobre soldado. Era óbvio que ele ficara perturbado das faculdades mentais. O Senado decretou um período de luto por ele e homenageou publicamente sua família.

Marco, que desprezara e temera Lépido, por seu caráter instável e violento, ainda assim ficou muito perturbado com o assassinato. Para ele, aquele era mais um exemplo da desordem vencendo a lei em prol da conveniência. Quando Júlio foi visitá-lo, Marco manifestou o seu alarme. Júlio concordou com ele.

Marco olhou para Júlio com a perspicácia própria de um doente grave.

— Você nunca se importou com a lei, caro e jovem amigo. Passaram-se algumas semanas, Júlio, em que você não me visitou. Estava nas Espanhas?

Júlio mostrou-se abismado e ofendido.

— O que está insinuando, Marco?

— Nada. Eu estava só pensando — disse Marco, cansado. Júlio apertou os olhos ao fitá-lo. Mas não falou mais sobre Lépido.

Tampouco falou Sertório, o amigo do cônsul. Roma acalmou-se. Muitos veteranos, insatisfeitos e aleijados, ficaram contentes ao receberem punhados de sestércios de ouro de um tesouro quase vazio e também eles se esqueceram de Lépido.

Duas noites antes de Marco partir com o irmão para a Grécia, o pai foi visitar o filho mais velho no cubículo deste.

— Tenho notado uma certa tristeza de espírito em você, Marco, que me parece maior ainda do que a sua doença. Você não me fala mais de Deus; afasta-se do nome Dele. Por quê?

Marco murmurou:

— Estive pensando se Ele estará morto. Cala-se diante das monstruosidades.

— Ele se ocupa do homem e não dos homens — disse Túlio, sentando-se e pegando a mão do filho.

Marco mexeu-se, inquieto, mas Túlio não largou sua mão.

— Vou repetir-lhe, Marco, o que Plotino do Egito disse há mais de cem anos: "Mas a mente contempla sua origem não porque esteja separada dela, mas porque vem logo depois dela e não há nada entre elas." Isso também se aplica ao caso da mente e da alma. Todas as coisas amam e anseiam por aquilo que as gerou, especialmente quando só existe Um que gerou e um que foi gerado. E quando o Supinamente Bom é Aquele que gerou, aquele que foi gerado é necessariamente unido a Ele, de modo tão íntimo, que só é separado no sentido de se tornar um segundo ser.

— Os gregos — disse Marco, desanimado — conheciam Plotino e assim inventaram o Deus Desconhecido, que seria gerado pela Divindade e desceria à terra. Os judeus também têm essa fábula e ela existe em nossa própria religião.

— Porque Deus o desejou, pois é a Sua verdade.

UM PILAR DE FERRO

Marco, porém, sentia-se vencido no espírito e no corpo, sem saber por quê. Sempre tivera vontade de ir à Grécia. Agora contemplava a idéia com desânimo e sem desejo.

Hélvia lhe disse:

— Quando você voltar, já restabelecido, precisa casar-se. Já esperou bastante.

Ele não discutiu com ela, pois não tinha forças.

Ático, em Atenas, exprimira sua alegria numa carta ao seu autor. Marco e Quinto tinham de ser seus hóspedes queridos e homenageados. Marco, naquele clima ameno de mar, sol, céu azul e sabedoria logo recuperaria a saúde. Também recomeçaria a escrever, para a edificação da humanidade. Marco riu-se.

Os amigos sempre lhe levavam notícias do interesse dos romanos pelo grande advogado e orador. Mas Marco limitava-se a olhar para eles, incrédulo, dizendo consigo mesmo: "Estarão dizendo a verdade? Que tolice!" Quando ele movia os membros doloridos, parecia-lhe que a dor do corpo era menor do que o sofrimento moral. Quanto a ele, preferia morrer ali naquela cama, vencido e só, e unir seu espírito ao de Lívia. Por vezes ficava irritado diante da preocupação e do sofrimento da família por ele. Parecia que era obrigado a viver, por eles. E não foi sempre assim?, pensou, com amargura. Na véspera de partir para a Grécia, ele sonhou com o avô, que o olhava com severidade.

— Você é um cão ou um romano? — perguntou o velho, que parecia ser altíssimo.

Ele recuperou um pouco as forças durante a noite. De manhã, encolheu-se na carruagem da família, enquanto Quinto conduzia os belos cavalos. Em poucas horas, zarparam para a Grécia.

Marco ficou sentado no convés do galeão, enquanto a brisa do mar bafejava seu rosto e o sol banhava-lhe as faces. Ele estava muito exausto. Sírio, que acompanhava os irmãos, cobriu-o de mantas, para protegê-lo do frio. Ele se recostou na cadeira e fechou os olhos, deixando-se levar pelo embalo suave. Nunca viajara por mar. Por fim, abriu os olhos e olhou para a água e, pela primeira vez, depois de meses, sentiu o corpo vibrar. Disse ao coração: Fique sossegado. E à mente inquieta: Fique tranqüila. Basta eu ter olhos.

Quando o irmão lhe levou vinho, Marco sorriu para ele, e o rosto forte e vivo do irmão palpitou de emoção.

— Sinto-me muito melhor — disse Marco. — Estou contente que você me tenha obrigado a fazer essa viagem.

410   *Taylor Caldwell*

Ele olhou para o mar, que passava pelo navio espumando e em milhões de arco-íris. Os mastros rangiam; havia um cheiro de óleo, alcatrão e madeira quente. As velas encerravam a luz vermelha do sol. Os marujos cantavam. Marco disse:

— Receio sobreviver. — Mas sorriu.

Capítulo XXXIV

— É uma coisa estranha, que eu já ouvi antes — disse Marco ao anfitrião carinhoso, Ático. — Os templos gregos e até mesmo os seus grandes teatros e edifícios públicos foram construídos não para agradar aos olhos do homem e sim aos de Deus. É por isso que são tão maravilhosos, tão misteriosamente fascinantes. Já vi edifícios magníficos em Roma, assoberbantes com o seu poder e glória e colunas e arcos. Esses só foram construídos para a exaltação e ostentação do homem.

O clima seco e quente, escorchado como a terra prateada da Grécia, tinha restabelecido a saúde dele. Ele fizera a vontade de Quinto — e até de Ático, o cético — e fora a Epidauro, onde dormira uma noite no templo de Esculápio, chamado pelos gregos de Asclepius. Era o refúgio final dos doentes que os médicos consideravam incuráveis. Marco, porém, notou que os sacerdotes do divino, filho de Apolo, discípulo de Chitron, eram todos médicos notáveis, que tratavam os incuráveis não só com solicitude, mas também com os melhores remédios e suas próprias habilidades.

— Dizem — comentou com Marco um velho sacerdote, simpaticamente, percebendo que ele não era supersticioso (ou melhor, não mais supersticioso do que os demais pacientes romanos) — que Deus cura. Isso é verdade. Ele é o Grande Médico, como Hipócrates muitas vezes asseverou. A fim de demonstrar uma lição de piedade, Ele muitas vezes cura instantaneamente, por um milagre, para atrair a si as mentes dos homens. Mas Ele dotou médicos bons e dedicados como Seus delegados, Seus mensageiros.

Quinto e Marco tinham encontrado alojamento numa bela hospedaria em Epidauro, entre outros que se podiam dar a esse luxo. Havia muitos oficiais e cavalheiros romanos, com esposas e filhos. Alguns eram judeus helenísticos, nobres educados de rosto pálido e letrado e as feições delicadas do judeu aristocrata e bem-nascido. Era óbvio que eles evitavam a companhia dos romanos, fosse qual fosse a sua situação, mas simpatizavam com os gregos, especialmente os que tinham instrução e sabedoria. A maioria era de saduceus, homens mundanos e cínicos, que Noë ben Joel deplorava. Quando Marco lhes falou sobre o Messias, riram-se com um ar tolerante, como se uma criança lhes tivesse falado sobre um mito. Faziam uma exceção para ele, pois, apesar de ser romano, era advogado, assim como muitos deles.

Marco ficava sentado com eles, nas tardes azuis e frescas, quando o sol se punha, nos terraços da hospedaria, contemplando as planícies distantes. Conversavam sobre o Direito Internacional e o respeito que tinham por Marco aumentava. Tinham ouvido falar dele, disseram, em Atenas e até em Jerusalém. Mas troçavam um pouco dele por causa de sua dedicação. O Direito, diziam, fora inventado para se controlar as massas veementes e torná-las obedientes à ordem. Eles sorriam para Marco tocando em suas pulseiras, colares e anéis, quando este dizia que a Lei vinha de Deus, para todos os homens.

— Por que, então — perguntou-lhe um deles — a sua fisionomia fica tão triste e reservada quando fala em Deus? Suspeita que Ele esteja morto, ou que nunca tenha existido?

— Em Roma, fui dominado por uma sensação de um desastre inevitável — retrucou Marco, com relutância.

— Chegou a uma conclusão, então? — perguntou o judeu, com um sorriso.

Marco olhou para aquele rosto belo e sério, com olhos divertidos, e disse, de repente:

— Sim. Mas é uma conclusão de que eu me esquecera. Deus não interferirá se o homem estiver disposto à destruição. Ele nos deu o livre-arbítrio.

O judeu levantou as sobrancelhas delicadas.

— Você conhece a teologia judaica.

— O tema está presente em todas as religiões, desde a mais antiga dos egípcios até hoje. Um conceito tão universal, então, só pode ter uma fonte original, e essa fonte é Deus.

O saduceu ficou decepcionado com Marco e zombou um pouco dele por sua superstição. Mas outros saduceus, gastos pela doença, olhavam para ele com uma incerteza vacilante. Pensavam que se até um romano acreditava no que lhes tinham ensinado na infância, então deviam reexaminar seu ceticismo.

Marco disse:

— Um poeta muito jovem e ainda desconhecido em Roma mandou-me um de seus poemas. Leu algumas obras minhas e queria a minha opinião. Posso citar esse poema, escrito por Lucrécio, que ainda é quase menino?

"Nada isolado perdura, mas tudo flui,
Fragmento preso a fragmento; as coisas que crescem,
Até as conhecermos e denominarmos,
Aos poucos
Encontram-se e não são mais as coisas que conhecemos.

Tu também, ó Terra — teus impérios, terras e mares —
Mínima com tuas estrelas de todas as galáxias,
Englobadas da corrente como estas, como estas também tu
Irás. Estás indo, de hora em hora, como estas.

Englobados dos átomos, caindo lentos ou rápidos,
Vejo os sóis, vejo os sistemas erguerem
Suas formas, e mesmo os sistemas e seus sóis
Voltarão lentamente à corrente eterna.

Nada permanece. Teus mares numa névoa delicada
Desaparecem; essas areias enluaradas abandonam seu lugar,
E onde estão outros mares, por sua vez,
Ceifarão com suas foices de brancura outros portos."

O saduceu cético pensou sobre aquilo alguns momentos e depois disse:

— Então, como nada perdura, nada é importante.

— Salvo Deus e Seus filhos. Pois eles são imortais, embora o mundo e os sóis, e seu mundo em ordem, sejam passageiros.

De repente, o langor e a dor de Marco diminuíram e ele se sentiu cheio de uma coragem brilhante e uma nova fortaleza, como se a Mão divina o tivesse tocado.

— Eu pensava — meditou Marco — que só Roma era importante, que sua morte significaria a morte de toda a humanidade. Mas agora, de repente, sei que, mesmo que Roma passe, Deus permanecerá e também todo o Seu plano para a humanidade. Não obstante, isso não é pretexto para que eu cesse a minha luta pessoal contra o mal, pois os que combatem o mal são soldados de Deus.

UM PILAR DE FERRO

— E você acredita que Deus se manifeste através de Seu Messias? — perguntou outro saduceu, com muito interesse.

— Sim. Essa crença existe em todas as religiões do mundo. Sócrates O chamava de Divino. Aristóteles O chamava de Libertador. Platão falou Dele como o Homem de Deus que salvaria as cidades. Os egípcios O chamaram de Hórus. Nós todos O aguardamos.

Um dos saduceus, que antes exprimira a opinião de que a história do Messias era algo para consolar as massas, disse:

— Mas o Messias só pertence aos judeus!

— Não — disse Marco. — Mesmo os seus livros sagrados falam dele como "uma luz para os gentios". Isaías disse isso. E os seus sábios, nos portões de Jerusalém, falam dele como estando iminente.

— Ah, os velhos de olhos remelentos e barbas brancas! — disse o saduceu. — Eles sonham.

— Os sonhos dos velhos são o nascer do sol das crianças — disse Marco, pensando por que ele, que estivera tão doente da alma, estava falando assim agora.

Mas o saduceu, que estava misteriosamente perturbado ao ver um romano materialista acender sua consciência mundana com um dedo de fogo, disse, com escárnio:

— Os romanos comem à mesa de todos e não residem na sede filosófica de homem algum. Vocês não criaram nada; apenas tomaram emprestado, um fragmento aqui, uma urna ali, uma lei acolá, uma teoria das névoas mortas além, uma coluna de um túmulo, um muro de uma cidade perdida, um mito de algum panteão esquecido, um cálice de água de um riacho que provém de uma fonte desconhecida para vocês.

— Mas o homem persiste — disse Marco. — Seus impérios morrem, mas ele permanece. Tudo o que o homem conhece é uma síntese do conhecimento dos mortos. Vocês não tomaram emprestado dos egípcios, dos fenícios, dos hititas, dos babilônios, dos persas e de outros povos hebraicos? O seu Abraão era babilônio, mas não hebreu, bem como vocês não são hebreus, embora assim se denominem, erradamente. Vocês se consideram judeus, mas isso apenas porque o fundador de sua pátria, Judá, filho de Abraão, reivindicou a parte de Israel conhecida como a Judéia. De onde vêm vocês? Vocês, homens como eu, que nunca foram iguais aos babilônicos morenos e os egípcios escuros, que os expulsaram, porque vocês se agarraram à Fé de seus Pais e não quiseram ter nada a ver com os deuses locais? E por que a sua pele é clara?

414   *Taylor Caldwell*

— Ele fala a verdade — disse um dos saduceus, tocando no queixo de barba raspada. — De onde viemos?

— Quem sabe? — disse Marco.

Ele falou sobre Atenas.

— Há muitos que se detêm diante das Pirâmides. Pensam nos egípcios mortos. Mas o que são as Pirâmides comparadas à Acrópole de Atenas? E, digam-me, por que vocês, da crença judaica, olham para a Acrópole com o coração enaltecido e se identificam com ela? Porque é de vocês. Porque é nossa.

Ele olhou para aqueles rostos perturbados e nobres e sorriu. Levantou-se.

— Rezem por mim — disse ele. — Estou muito mal.

— Nós também estamos muito mal — disse um dos saduceus mais velhos. — Reze por nós também.

Os romanos presentes adoravam Marco. Mas, quando lhe falavam de política, não compreendiam suas respostas, pois eles mesmos eram pragmáticos e só se ocupavam do momento presente. Marco falava sobre os balanços legais e os outros falavam ansiosos sobre a ascensão dos ditadores.

— A culpa é nossa — disse-lhes Marco — se temos ditadores. Deus nos deu o dom da liberdade. Nós o desprezamos em nome das exigências de hoje.

Um dos romanos escreveu a seu senador favorito, denunciando Marco como subversivo e traidor de Roma. Os outros romanos, porém, o escutavam sérios, concordando com ele. Marco disse:

— Assim como um construtor deve ter um plano no papel, a fim de construir sabiamente e bem, também um povo deve ter uma Constituição que o dirija. Nós, porém, abandonamos o nosso plano e o nosso mapa, forjado com tanta dificuldade pelos antepassados. Portanto, temos ditadores, homens que ambicionam o poder centralizado a fim de nos oprimir.*

O famoso santuário de Asclépio, conhecido em todo o mundo civilizado, era não só um altar religioso e milagroso, mas uma comunidade inteira. A hospedaria, ou *Katagogion*, em que moravam Marco, o irmão e o servo, era um prédio de dois andares de cerca de 150 aposentos, a maior construção do santuário, e aceitava até os mais pobres, que dormiam nas cozinhas ou estábulos ou mesmo sob os pórticos externos por um ou dois dracmas. Os muitos ricos tinham vários aposentos para as famílias e

---

*De *Direito Moral*, de Cícero.

UM PILAR DE FERRO 415

escravos. Não obstante, ricos e pobres comiam a mesma comida simples da região, com exceção dos vinhos e dos artigos de luxo que os ricos podiam levar consigo. Pois Asclépio amava todos os homens. A hospedaria era construída de tufo e tinha em volta uma colunata branca e atarracada, sem ornamentação, por onde os homens podiam passear e conversar, aproveitando o frescor da tarde. Em torno havia um grande jardim circular, onde as crianças brincavam e riam dos pássaros e animaizinhos engaiolados e os alimentavam. Suas amas e as mães ficavam no meio delas, sorrindo.

Marco tinha pena de muitas das crianças, pois algumas eram tortas e coxas, outras cegas, outras surdas, outras com a fisionomia parada e vazia dos débeis mentais. Algumas tinham braços como asas torturadas, imóveis. Outras tinham feridas que não saravam. Algumas apresentavam costas curvadas como as de velhos. Mas naquele clima, na sombra daquele que tinha amado tanto a humanidade, preservando-a a ponto de merecer a ira de Plutão e Zeus, até mesmo aqueles entezinhos sofridos riam-se como se sentissem a sombra sorridente daquele que se compadecia deles e não os achava desprezíveis, como os outros deuses.

O recinto do santuário continha um bom ginásio e um agradável teatro ao ar livre, pequeno, onde todas as tardes peças eram representadas ou belas músicas eram tocadas, além de um templo dedicado a Apolo, pai de Asclépio, de estilo dórico e aspecto muito branco e arejado; um estádio para corridas de cavalos e atletismo; o santuário em si; construções para os reservatórios de água; morada dos sacerdotes, ajudantes e servos, termas romanas de águas salutares, um templo a Higéia, outro a Afrodite e mais outro à deusa Têmis, e outro à irmã de Apolo, deusa da castidade, Ártemis. Cada templo fora construído do mais puro mármore branco e era em si um poema épico, rodeado de terraços, chafarizes e jardins verdes, animados com o canto dos pássaros. Em volta dos muitos prédios havia pequenas construções, onde os doentes muito graves e as mulheres grávidas se hospedavam e rezavam, sendo visitados pelos sacerdotes-médicos, pois dentro do prédio sagrado do santuário não era permitida a entrada dos enfermos à beira da morte, nem das que estavam prestes a dar à luz.

Todo esse santuário e todas as construções exteriores ficavam num vale raso, rodeado por morros baixos, escurecidos pelos ciprestes, carvalhos sagrado e murtas. Sobre tudo isso elevava-se o azul incrível e brilhante do céu grego, de um azul tão intenso e tão incandescente que Marco nunca se cansava de olhar para ele com certa descrença. Essa descrença lhe surgira pela primeira vez durante sua viagem a Epidauro, quando passara pelo istmo que ligava os mares Jônio e Egeu, que eram de um roxo brilhante, não encontrado em nenhum outro lugar do mundo. Que misteriosa alquimia de terra e céu tinha sido fermentada ali, para dar origem àquele céu e à cor daqueles mares? Pois certamente era um fenômeno único! Na viagem, ele vira pequenas baías semelhantes a ametistas reluzentes, rodeadas por morros de uma cor mais profunda e envoltos de mistério. E toda a terra era argêntea, pura como a neve, sob o tom fantástico do céu. Certamente aquela era a terra de Apolo, cheia da luz infinita, insistente e ardente — a terra do sol. Marco não considerava mais um enigma o fato de ser aquela a terra dos deuses, a sede da sabedoria, da beleza, da poesia, da glória, de uma comemoração em que aqueles do Olimpo se encontravam com os que habitavam a terra escura e então falavam juntos como camaradas. Nenhum homem poderia visitar a Grécia, ou viver ali, sem assombro. Por vezes Marco pensava que a Grécia fosse o Paraíso de que falara Noë ben Joel, sem mácula, faiscando como um diamante, colorido de um azul absoluto, roxo e prata. Lá a carne humana se tornava mármore, lisa e brilhosa, nos muitos templos. Ali a cor não era ambígua, mas apaixonada. Lá o sol permitia a cura e as montanhas se regozijavam. Era ali que Zeus — e não o severo Júpiter dos romanos — envolvera Dânae num chuveiro de ouro e Ártemis dormira nas florestas radiosas da Lua. Daquela terra partira a luz que iluminara as selvas do mundo ocidental, dando-lhe o pensamento e a filosofia. A harmonia, a cor e o brilho eram portentos da imortalidade e a sabedoria o eco da voz do Senhor. Não havia uma arte — e a arte é divina — que a Grécia não tivesse produzido, fosse a matemática, razão, teatro, poesia, escultura, pintura, coluna ou pórtico, ciência, medicina, astronomia, filosofia ou simetria, proporção ou música.

A Grécia forçava sobre o homem a noção de que sem Deus ele não era nada, fosse um lavrador no campo ou um ditador sentado num trono esmaltado. Pois, conforme dissera Epicteto: "Aonde quer que eu vá, ali ainda encontrarei o sol, a lua e as estrelas, ali encontrarei sonhos e presságios e conversarei com Deus."

Marco sempre acreditara naquilo, desde a infância, mas o poder cínico de Roma finalmente o tinha confundido e deprimido. Ele fora apanhado no redemoinho do desespero. Abandonara a esperança. Conversara seriamente com o homem, esperando esclarecê-lo, quando não havia esclarecimento possível. A humanidade, pensou ele agora, não dá a sabedoria. Muitas vezes a distorce, pois os homens muitas vezes se tornam escravos do momento. Ele pensou de novo nas palavras de Epicleto: "Entregai-vos com maior diligência à meditação. Conhecei-vos. Aconselhai-vos com a Divindade. Sem Deus, não vos dediqueis a nada!" E a minha infelicidade?, pensou Marco. Epicleto tinha uma solução: "Se alguém for infeliz, que se lembre que é infeliz só por sua culpa. Pois Deus fez todos os homens para gozarem da felicidade e da constância de Deus."

Quinto e Sírio carregaram Marco, uma tarde, até o propileu do recinto sagrado, pois ele mal se podia mover devido às dores em todas as articulações e aos espasmos nos músculos. Lá, os servos do deus o banharam em águas curativas e o vestiram com um traje branco. Ele fez sacrifícios no altar. Os raios baixos do sol entravam pelas belas portas de bronze, que só seriam fechadas ao anoitecer; elas transformavam as nuvens de incenso em ondas de um roxo profundo. Outros pacientes já estavam ali, deitados nas esteiras colocadas para eles, entre os quais o saduceu Judá ben Zakai, que interrogava Marco de modo mundano. Ele sofria de um mal cardíaco que nenhum médico conseguira curar. Sorriu para Marco, quando este se debruçou sobre ele.

— O quê? — disse Marco, mexendo com ele, delicadamente. — O cético também está aqui?

Judá respondeu:

— Permita que lhe lembre do que dizem os estóicos: "Sacrifiquemos aos deuses. Se eles não existirem, não haverá mal algum. Se existirem, podem ficar satisfeitos e atender às nossas orações."

— Você reza para Asclépio ou ao Deus dos seus antepassados, Judá?

Judá sorriu, o rosto pálido mostrando seu divertimento.

— Ao Deus de meus antepassados.

Marco ficou sério.

— Os homens dão muitos nomes a Deus, mas Ele é apenas Deus. E quem sabe qual o Seu Nome Sagrado? Os meus amigos judeus não me disseram que nenhum homem conhece aquele Nome? Nós que O chamemos como quisermos; isso não é importante para Ele, que ama Seus filhos.

Judá disse para Marco, com uma intensidade súbita:

— Você acredita de verdade!

Marco sorriu de novo.

— Acredito, neste momento. Mas quem não é tomado por dúvidas? Hoje digo: "Abençoado seja Ele." Amanhã, diante de alguma dificuldade, poderei dizer: "Onde está Ele, se é que vive de todo?"

O templo, castamente dórico em sua arquitetura, possuía 25,50 metros de comprimento e 13,20 metros de largura, tendo sido construído havia mais de 200 anos pelo arquiteto Teodoto. Consistia em *pronaos* e *cella*, e era construído de pedras revestidas de estuque branco. O telhado era de abetos e ciprestes e nos quatro cantos havia estátuas de ninfas. Uma grande estátua de Nique erguia-se no frontão, heróica e austera. O piso do templo era revestido de mármore preto e branco. O altar de mármore branco e puro tinha uma chama rubra acesa dia e noite e era cuidado pelos sacerdotes, havendo um certo número destes sempre rezando ajoelhados, a todas as horas.

Mas a grande estátua de ouro e marfim de Asclépio ficava abaixo do piso do templo, num silêncio total. Trasimedes, o famoso escultor, tinha esculpido a estátua, que ficava sobre um trono, com uma das mãos apoiada num bastão e a outra sobre a cabeça de uma serpente sagrada. Um cão estava deitado, humilde, a seus pés. O rosto da estátua exprimia a compaixão calma e a sabedoria do médico, seu distanciamento da paixão, sua contemplação do mistério. Era impossível observar aquele rosto elevado sem veneração. Marco, apoiado sobre o irmão e o servo, olhou para a estátua e escutou o sossego profundo do santuário. Depois foi novamente carregado para cima, para o ádito, e colocado sobre a esteira preparada para ele, ao lado de Judá.

— É uma bela estátua — disse Judá. — É verdade que os judeus piedosos detestam todas as estátuas, pois as semelhanças em relação a tudo no céu e na terra são proibidas pelo Dez Mandamentos. Eu, porém, sou um judeu helenístico e admiro a beleza. Além disso, esse Mandamento foi feito porque os analfabetos e estúpidos raramente sabem distinguir entre um simples símbolo e a realidade que ele representa. Deus temia a idolatria das coisas feitas pelo homem.

— Mas nós, que somos tão mais sábios, não confundimos os símbolos com a realidade — disse Marco.

Judá sorriu.

— Está zombando de mim.

— Não tenho bom conceito sobre a humanidade — disse Marco. — Talvez isso seja falta de virtude em mim. Um dia alguém me disse que o homem e o rato são duas criaturas que se assemelham mais do que quaisquer outras na criação. São selvagens e ferozes, matando por simples esporte ou leviandade e amor à crueldade; eles estragam e destroem. Atacam as fêmeas e os pequeninos de sua espécie, ao contrário dos outros animais. São canibais. Além disso, seu dejeto é venenoso. Deixam doenças atrás de si. Não foi Sófocles quem disse que não tinha dúvidas de que os ratos também têm um deus? Muitas vezes me pergunto se o deus deles não terá a forma de um homem, pois os ratos têm pelo homem o mesmo ódio que nós temos por Deus.

Ele se deitou na esteira. Um sacerdote aproximou-se dele com uma xícara na mão, que ofereceu a Marco.

— É um destilado da casca do salgueiro, eficaz no tratamento das doenças reumáticas. Pelo menos aliviará a sua dor, temporariamente.

Marco bebeu a poção, acre e de gosto avinagrado, que provocou uma constrição em sua boca e garganta.

Judá examinou o rosto de Marco, que repousava sobre o travesseiro. Viu o perfil contemplativo, o nariz comprido, o queixo delicado mas firme, os lábios levemente sorridentes, a testa inclinada, os cabelos castanhos e ondulados e, acima de tudo, a funda ruga de humor que ia de cima da narina, na face, até bem abaixo da boca. Os olhos abertos pareciam estar fixos e pensativos no teto, brilhando, mutáveis, aos últimos raios do sol, como se pensamentos infinitos desfilassem diante dele como num mural. As mãos estavam dobradas sobre o peito. Uma ou duas vezes, um esgar de dor percorreu sua testa e o levou a torcer os lábios, mas sua atitude era de paciência e resignação.

O sol se pôs. O templo então passou a ser iluminado apenas pela luz vermelha sobre o altar. Outras pessoas, deitadas em suas esteiras no chão, gemiam baixinho. Os sacerdotes passavam por entre elas, falando em vozes tranqüilizadoras e dando remédios e água. Outros sacerdotes rezavam em silêncio, ajoelhados diante do altar. Depois, começaram a cantar, ou entoar, suas vozes erguendo-se em cadências heróicas e majestosas:

"Ó Tu, que nunca abandonaste o homem,
Tem piedade de nós, que Te abandonamos!
Ó Tu, Cujo amor é maior do que todos os universos,
Tem piedade de nós, que retribuímos o amor com o ódio!
Ó Tu, Cuja mão é cheia do perfume da cura,
Tem piedade de nós, que não curamos nada e apenas destruímos!
Ó Tu, Cujo outro Nome é Verdade,
Tem piedade de nós, cujos lábios estão negros de mentiras!
Ó Tu, que Te moves na beleza eterna,
Tem piedade de nós, que difamamos a terra com a feiúra!
Ó Tu, que és Luz pura e eterna,
Tem piedade de nós, que moramos em nossas trevas!
Tem piedade, Deus!
Deus, tem piedade!"

Tem piedade, Deus, rezou Marco, em silêncio. Ele adormeceu. Seu último pensamento consciente foi que a dor deixara suas articulações e sua carne e que o cântico contínuo dos sacerdotes era como uma onda fragrante

420 *Taylor Caldwell*

que o levava para a paz. Pela primeira vez em muitos meses, dormiu um sono sem sonhos, quente e seguro como uma criança.

Na manhã seguinte, acordou com o nascer do sol, sentindo um alívio maravilhoso, e seu corpo, embora ainda fraco, estava sem dor e flexível. Os sacerdotes já se movimentavam entre os pacientes que despertavam, levando tábuas nas mãos, onde anotavam os sonhos. Muitos dos pacientes exclamavam em voz alta, com alegria, que seus males os haviam deixado. Os sacerdotes sorriam, paternais. Ministravam mais medicamentos. Marco virou a cabeça e olhou para Judá, que disse:

— Dormi sem sufocação nem esforço. Meu coração está tranqüilo.

Um sacerdote aproximou-se de Marco, que disse:

— Não sonhei de modo algum.

— Isso é o melhor do sono — disse o sacerdote, dando-lhe outra poção. — Os pesadelos são a labuta da mente.

— Estou bem — disse Marco. — Isso continuará assim?

O sacerdote ficou calado um momento. Depois disse:

— Nem os melhores médicos conhecem a causa das doenças reumáticas. Mas sabemos que o reumático é um homem triste e melancólico em sua mente, desanimado e sem esperança em seu coração. Só os inteligentes podem sentir isso e já notamos que as pessoas inteligentes são as mais comumente afligidas por este mal. A dor da mente muitas vezes é refletida no corpo. A sensação de frustração na alma é transmitida às articulações presas. Os espasmos musculares indicam as lutas apaixonadas do espírito atormentado. O homem reumático é um homem num estado de constante tensão, tanto do pensamento quanto da carne. Só lhe posso lembrar, nobre Cícero, que, se sua mente descansar em paz, o seu corpo fará o mesmo.

— Mas quem pode ter paz neste mundo?

— Podemos ter ânimo e aceitar aquilo que não podemos mudar.

— Mas quem sabe se não podemos mudar?

O sacerdote riu-se, com simpatia.

— É essa a maldição do reumático. Você só pode rezar para que Deus abençoe os seus esforços; deixe todo o resto nas mãos dele.

O sacerdote voltou-se para Judá.

— Você sonhou, meu amigo?

Judá hesitou.

— Sonhei com minha falecida mãe. Ela me segurava no colo, como se eu fosse criança de novo, e eu chorei. Então, ao chorar, a angústia em meu coração passou e a respiração ficou fácil. Quando acordei, a aflição me deixara.

UM PILAR DE FERRO 421

— Você estava chorando em sua alma — disse o sacerdote. — Por que você chora, Judá ben Zakai? Reconcilie-se com Deus.

Os dois saíram do templo juntos, reanimados, depois de terem deixado grandes dádivas de gratidão. Os amigos se regozijaram, ao vê-los movendo-se com saúde, e os abraçaram. Quinto, o militar, teve dificuldade em reprimir lágrimas de alegria e Sírio beijou as mãos de Marco. O calor violento e seco do sol os fazia piscar os olhos e avermelhava suas faces. Marco ficou sentado sozinho na hospedaria por muito tempo, meditando. Quando saiu, seu rosto estava em paz.

No dia seguinte, ele retornou a Atenas, com Quinto e Sírio.

Capítulo XXXV

Terra resplandecente!, pensou Marco, sentado na carruagem conduzida pelo irmão. Os cavalos e as rodas criavam grandes torrentes de pó branco, iridescentes, que ficavam pairando no ar quente e radioso atrás deles, reluzindo como um fogo pálido. À direita, o Egeu estava de um roxo verdadeiramente real, cheio de luzes argênteas. À esquerda, erguiam-se os morros cobertos de bosques de ciprestes, escuros e luxuriantes. Passaram por muros brancos e campinas cheias de ovelhas e vacas, pomares de oliveiras torcidas e prateadas, jardins verdes e repletos de flores chamejantes. Passaram por cidadezinhas coroadas por acrópoles cheias de templos e aldeias amontoadas de casinhas brancas, em forma de cubos. Cada casa possuía uma treliça horizontal que se adiantava, trançada de videiras cheias de frutos. Entraram em Nauplia e repousaram numa tranqüila hospedaria sobre o mar, no meio de montanhas azul-escuras. Marco ficou sentado no alto terraço eu dava para a água colorida. Enquanto comia uma refeição simples de mel, carneiro frio, salada temperada, pão preto e queijo, olhava para o céu, o céu da Grécia, incrivelmente cor de safira, sem fundo e brilhoso. Não era difícil imaginar que essa refulgência fosse um reflexo dos próprios deuses. Era fácil compreender que aquele céu, o calor ardente mas estimulante, aquelas colinas aromáticas, aquele esplendoroso mar cor de ameixa, podiam dar origem à sabedoria mais nobre que o homem jamais tivesse concebido. O mar, àquela hora, estava salpicado de velas vermelhas de lânguidos barcos de pesca, que ondulavam como bailarinas sonhadoras. Em algum lugar, atrás da hospedaria, rapazes cantavam, as vozes harmoniosas e cheias de alegria. As abelhas esvoaçavam sobre o pote de mel na mesa branca diante de Marco e ele as contemplava com amor e paz. Um pombo desceu para comer as migalhas de pão; os pássaros piavam docemente; a brisa soprava, cheia de fragrância e cheiro de especiarias.

A lembrança de Roma era um fundo veemente das reflexões de Marco. Mas, naquele momento, ele não conseguia pensar objetivamente em sua cidade. Não era uma pressão tão violenta em sua mente. Ele tinha de voltar a ela, pois era sua cidade, mas voltaria aliviado e com maior força de espírito.

Marco ceara sozinho. Preferia isso, embora Quinto, o gregário, não o compreendesse. Para Quinto, a presença de outros era necessária à sua alma efervescente. Ele gostava de risos, conversas alegres e brincadeiras grosseiras. Seu rosto bonito e cheio de vida, então, se abria em sorrisos. Suas brincadeiras eram as de soldados e homens viris. Adorava o irmão e tinha respeito por ele, mas passara a considerar Marco um tanto alquebrado e pálido de tanto pensar. Ficara ofendido porque Marco não apreciara a breve experiência militar que tivera. O que era o homem, senão um guerreiro, que se comprazia em lutar e morrer pela pátria? Os que preferiam os livros e as profissões eram homens rançosos, sempre reclamando que os soldados não compreendiam a arte da civilização. Mas as civilizações eram fundadas sobre a guerra e a conquista. A luta era necessária à vida. Os homens dos livros preferiam as bibliotecas, conversas secas e diálogos intermináveis. Quinto sacudia a cabeça, sem compreender. Não obstante, Marco inspirava-lhe respeito, fidelidade e dedicação.

Assim, enquanto Marco fazia sua refeição simples no terraço sobre o mar, Quinto pilheriava com os homens nos estábulos e com o negro Sírio, que tinha um humor irônico e que amava os cavalos quase tanto quanto Quinto. Todos beberam grandes tragos de vinho e contaram histórias que teriam provocado caretas por parte de Marco. Respiravam o cheiro do esterco e o achavam revigorante. Todos na hospedaria estavam encantados com Quinto, com seus cabelos negros e crespos, faces coradas e seu jeito rude de romano. Até mesmo os gregos lhe perdoavam o fato de ser romano.

— Meu irmão — disse Quinto — conhece muito Direito, mas não entende nada de política. Estou procurando esclarecê-lo.

Eles tornaram a partir, o vigoroso Quinto de pé na carruagem, tocando os belos cavalos negros, Marco recostado no assento estofado e Sírio acompanhando-os com determinação no seu cavalo branco, ao lado da carruagem. Quinto ia cantando; Marco cochilava, maravilhosamente livre das dores e da rigidez que o haviam afligido, e sentia, mesmo cochilando, a volta da saúde em sua carne. As estradas estavam cobertas de um pó branco e

Um Pilar de Ferro

eram bastante razoáveis, embora estreitas; o sol poente estava agora morno e não mais escorchante; o som das rodas e dos cascos embalava Marco. Ele sorria, sonolento, diante das irreverentes e barulhentas canções do irmão, protegendo o rosto do sol com o braço dobrado. Por vezes, outras carruagens e cavaleiros os ultrapassavam com um trovejar de rodas e um cumprimento gritado. Pretendiam passar a noite em uma hospedaria tranqüila, perto de Corinto.

Ao crepúsculo, Marco levantou-se nas almofadas e bocejou, satisfeito. A carruagem rolava pela estrada num isolamento relativo, entre duas cidades. O poente era um oceano mudo de ouro, sem uma única nuvem erguendo-se sobre ele. O mar, à direita, estava da cor do vinho e muito tranqüilo. Extensas campinas verdes, com gado pastando, espalhavam-se à esquerda. Da terra soprava uma brisa suave e aromática, cheia de odor de uvas amadurecendo e ciprestes escuros. A leste, o céu era de um tom veemente de água-marinha e nele flutuava a curva fina de uma lua nova prateada.

Marco ouviu o som de cascos atrás de si e percebeu dois cavaleiros encapuzados ultrapassando rapidamente a carruagem. Que cavalos magníficos, pensou ele, vendo o brilho dos grandes corpos brancos. Os cavaleiros montavam com destreza, protegidos contra o pó. Então, Marco ficou meio aflito. A estrada ali era estreita demais e o barranco até o mar muito íngreme e cheio de pedras grandes e afiadas. Se os cavaleiros pretendiam ultrapassar a carruagem, deviam fazê-lo em fila única e não lado a lado, como estavam naquele momento.

— Imbecis — disse Quinto, olhando por sobre o ombro. Sírio ficou um pouco para trás, dando mais espaço à carruagem.

Os cavaleiros se aproximaram mais depressa, numa espécie de fúria, como se o carro diante deles não existisse. Marco sentou-se ereto, alerta, agarrando o lado da carruagem. Sírio gritou. Quinto puxou as rédeas. Então, no último instante, o segundo cavaleiro pôs-se atrás do primeiro e os dois investiram para a esquerda da carruagem, numa arremetida de pó e estrondo. Foram juntar-se à frente da carruagem e reduziram a velocidade. O ar se impregnara de pó sufocante e brilhante; Quinto, Marco e Sírio ficaram momentaneamente cegos e tossiram.

De repente, um dos cavaleiros olhou para a carruagem, embora seu rosto estivesse quase todo escondido pelo capuz. Com um lampejo, uma lança comprida, ou um forcado, surgiu em sua mão. Ele a atirou: a arma descreveu um arco, à luz do crepúsculo, e voou em direção à carruagem. Houve um ruído surdo quando o projétil atingiu um dos cavalos no peito. O animal empinou com um relinchar mortal, caiu na trela e a carruagem passou sobre seu corpo. O outro cavalo ergueu-se nas patas traseiras e, de um salto, livrou-se do carro, correndo para a esquerda. O carro desabou sobre o cadáver do primeiro cavalo e Quinto voou pelos ares, como Ícaro. Caiu na estrada, com um baque ruidoso, e ficou deitado, imóvel. Marco foi arremessado ao chão do carro tombado e depois rolou para trás, caindo na estrada, a testa batendo violentamente nas pedras.

Sírio teve mais sorte. Estava montado à direita do carro e quase emparelhado com ele. Ao perceber o brilho da arma na mão do cavaleiro, compreendera instintivamente, freando o cavalo e puxando-o para trás. Portanto, embora seu cavalo tivesse tropeçado na carruagem, quase lançando-o fora da sela, ele pôde controlar o animal e fazê-lo girar sobre as patas traseiras. Mas tal sorte só durou um momento, pois, enquanto dominava o cavalo, sentiu uma segunda lança penetrando-o. Depois, as trevas lhe cobriram os olhos e ele caiu morto do cavalo, esparramando-se no pó, junto a Marco.

Então, tudo se transformou num silêncio empoeirado. Os cavaleiros pararam a certa distância e olharam para a ruína violenta que haviam desencadeado.

— Vamos nos certificar — disse um deles, preparando-se para desmontar.

O outro cavaleiro hesitou. Na quietude profunda, ele ouviu o som de muitos cascos, a distância.

— Não! — exclamou ele. — Sem dúvida, estão todos mortos. Vamos correr através do campo, para não sermos vistos pelos que se aproximam! Estarão aqui em momentos. — Ele estava ofegante. Sorriu, limpando o rosto suado. — Ninguém poderia ter sobrevivido a isso, nem mesmo Quinto, de armadura de couro e com sua cabeça dura!

Eles viraram os cavalos para a esquerda e mergulharam na grama verde do campo.

Quinto não estava morto, apenas atordoado. Sua couraça o salvara, embora tivesse perdido a respiração por um instante. O elmo militar lhe protegera a cabeça. Nunca, nem por um instante, perdera os sentidos. Era soldado e estava acostumado a esses acidentes. Ouviu as vozes dos homens e compreendeu o que disseram. Assim que eles viraram as montarias para os campos, ele se ajoelhara, sacudindo a cabeça, cuspindo o sangue que lhe enchia a boca. Alerta, olhou para trás e viu o cavalo de Sírio junto ao corpo do dono. As pernas de Quinto tremiam, mas ele correu para o cavalo e, num instante, estava montado. Era um bom cavalo. Quinto olhou brevemente para o irmão e Sírio, deitados no pó; depois, virou o cavalo e seguiu os assaltantes, que pareciam pequenas figuras correndo nas campinas

Um Pilar de Ferro

distantes. Ele os perseguiu, esporeando o cavalo sem piedade, a espada militar na mão. Sua mente feroz de soldado esqueceu-se de tudo o mais, de modo que não viu a comitiva que aparecera numa curva da estrada e agora examinava o desastre com exclamações aflitas. Ele só tinha um objetivo: alcançar os assaltantes. E matar.

Fora uma comitiva de comerciantes e seus batedores que encontrara a carruagem acidentada e os homens caídos. Eles desmontaram com consternação e ansiedade. Viram logo que Sírio, o fiel servidor negro, estava morto, a lança encravada em seu peito. Examinaram Marco, que sangrava no rosto e cujo braço esquerdo estava claramente quebrado. Embora gravemente ferido, ele ainda respirava. Os mercadores começaram a tratar dele, ajoelhando-se em volta e perguntando-se que calamidade teria atingido aquela comitiva.

— Ladrões! — disse um dos mercadores e todos soltaram os punhais.

— Que sorte os termos encontrado antes que pudessem roubar e completar o morticínio! — disse outro.

— Mas quem é aquele que está perseguindo os salteadores? — perguntou outro, apontando. — Olhem! Ele os alcançou! Está lutando com eles!

Todos protegeram os olhos do brilho dourado do pôr-do-sol para observar os vultos distantes, empenhados numa luta de morte e delineados como estatuetas contra o fundo do céu completamente iluminado. Depois, enquanto olhavam numa fascinação palpitante, viram um dos cavaleiros separar-se e fugir, deixando o companheiro para lutar sozinho com o soldado. Um instante depois, Quinto enfiava a espada no corpo do cavaleiro solitário, e o homem caía por terra. Quinto estava sobre ele num segundo, novamente enfiando a espada no homem caído. Permaneceu debruçado sobre ele, sem se mexer. Olhou só uma vez para o cavaleiro em fuga, que, a essa altura, estava muito longe para ser novamente perseguido.

— Que homem valente! — exclamou um dos mercadores ajoelhados junto de Marco. — Lutou contra dois, afugentou um deles e matou o outro! Vejam, ele está montando de novo e voltando.

Marco acordou dolorosamente à luz do lampião e viu-se na cama; percebeu Quinto, machucado e ferido, sentado ao lado. Seu braço esquerdo latejava como fogo e estava imobilizado por ataduras que o prendiam ao lado do corpo. Sentia o rosto em chamas e mal podia abrir os olhos inchados. Durante vários momentos ficou olhando com uma expressão vazia para a face do irmão, sonolenta e pálida, com um lábio ainda sangrando um pouco,

426 *Taylor Caldwell*

sem entender e pensando que estivesse sonhando. Depois, foi dominado pelo pavor, ao lembrar-se do assalto insensato na beira da estrada. Ladrões!, pensou. Mas ali, na mesinha ao lado, perto do lampião vacilante, estavam suas bolsas e seu punhal alexandrino cravejado de pedras.

— Quinto! — murmurou ele. Quinto, o soldado, que conseguia dormir profundamente num segundo e estar plenamente desperto no segundo seguinte, empertigou-se na grande poltrona de carvalho em que estivera cochilando. Sua boca ensangüentada abriu-se num sorriso e Marco viu que lhe faltava um dente. Viu também, com pavor crescente, que o braço esquerdo de Quinto estava envolto em ataduras manchadas de sangue. Viu as muitas contusões no rosto do valente irmão.

— Eh! — disse Quinto. — Estamos vivos e isto é o que interessa.

— Ladrões? — indagou Marco, sua garganta machucada tornando cada som uma agonia.

— Não, não foram ladrões — disse Quinto. Seu rosto dilacerado tornou-se sério e pesado. Ele respirou fundo. — Tenho de fazer um sacrifício especial a Marte, que nos salvou. Estávamos destinados a morrer. — A voz dele estava rouca e difícil. Ele contou rapidamente a Marco o que acontecera. Marco começou a chorar.

— Temos de dar graças por estarmos vivos — continuou Quinto —, pois planejaram nossas mortes. Se os mercadores não tivessem se aproximado, fortuitamente, estaríamos agora cumprimentando Plutão no palácio das sombras, pois os cavaleiros se teriam certificado de nossa morte. Nunca fui grande admirador de mercadores, mas estes foram bondosos, tiveram consideração e nos trouxeram para esta hospedaria. E três dos servos deles estão no momento montando guarda à nossa porta. — Quinto parou. — Também eles compreenderam que fomos atacados por assassinos e não ladrões.

— Quem terá sido? — perguntou Marco.

Quinto, desajeitadamente, pôs a mão dentro da bolsa e retirou um objeto; depois, abriu a palma morena e mostrou a Marco uma coisa pequena e reluzente.

— Não reconhece isso? — perguntou. — Você me contou sobre isso uma vez, há anos. Eu o tirei da mão de um dos que quiseram assassinar-nos.

Marco piscou ao ver o anel de serpente com pedras preciosas e seu temor tornou-se angustiante. Não conseguia falar. Quinto, com um gesto de repugnância, atirou o anel sobre a mesa, dizendo:

— Quando vi isso, comecei a compreender. Era você o objetivo do ataque. Era você que queriam matar.

Marco, então, conseguiu falar, em voz débil.

UM PILAR DE FERRO

— Não reconheceu nenhum deles, Quinto?

— Não, nunca vi nenhum deles, mas eram romanos. E, enquanto lutavam, percebi que também eram soldados, bem treinados e adestrados.

Os dois irmãos se entreolharam em silêncio.

Quinto assombrou-se como que consigo mesmo:

— Você não é um grande oficial, que tenha provocado inveja de parte de militares. Não é um general, de quem os soldados se queiram vingar. É apenas um civil, um advogado de Roma. Não é nem um político que tenha sido um opressor; não exerce cargo algum. Não é inimigo de ninguém, nem tramou a morte de alguém importante. Não figura nos conselhos dos poderosos. É verdade que tem certa fama em Roma, como advogado. Por que, então, Marco, desejam tão ardentemente a sua morte? — Quinto deu uma risada. — Você não é um devasso, nem seduziu a mulher de algum nobre que queira vingar sua honra! É um mistério.

— Sim — disse Marco.

— Pretendiam que parecesse um acidente ou um ataque de ladrões — disse Quinto. — Outro mistério é por que motivo teriam esperado tanto tempo. A sua morte foi planejada; poderiam ter envenenado sua comida em Epidauro.

— Nesse caso não teria parecido um acidente, nem obra de ladrões — disse Marco, sentindo-se mal de horror. Acrescentou: — Mas por quê?

Quinto deu de ombros, depois gemeu um pouco com a dor provocada pelo movimento.

— Quem sabe? Mas é óbvio que a sua morte é muito almejada.

Seguros enfim em casa de Ático, no flanco de um morro verdejante da Acrópole, Marco escreveu a Júlio César, em Roma:

"Saudações ao nobre Júlio César, de seu amigo Marco Túlio Cícero:

"Estou devolvendo um anel que creio ser seu conhecido. Foi tirado da mão morta de um dos dois cavaleiros que assaltaram a mim e a meu irmão Quinto na estrada de Epidauro a Atenas há duas semanas. Considerando que já vi um anel como esse antes, quando atentaram contra minha vida em Arpino, conforme lhe contei há anos, não posso chegar a outra conclusão que não seja a de que os mesmos homens novamente desejaram minha morte.

"Sempre o amei como a um irmão mais jovem. Não posso levar-me a crer que você seja responsável por esse segundo atentado à minha pessoa, nem que tenha sido responsável antes. Não obstante, no íntimo, estou certo de que você conhece as pessoas que me desejam ver morto e acho até possível que você faça parte do grupo. Suas mentiras, portanto, não serão apreciadas, Júlio. Não estou disposto a ouvir evasivas e minhas desconfianças não serão aplacadas nem mesmo por seus protestos mais persuasivos. Lamento a perda do meu dedicado Sírio, que me foi dado pelo meu velho mentor, Cévola, e que morreu a meu serviço. Fiz sacrifícios pelo repouso de sua alma. Nunca hei de perdoar os que causaram a sua morte inocente. Um dia eu o vingarei.

"Devolva o anel ao seu amigo, informando-lhe que me lembrarei dele para sempre e que o sangue dele apagará o sangue de um escravo."

Marco deu um sorriso sombrio, ao concluir sua carta; jogou areia sobre a tinta e depois selou a carta com o anel que o avô lhe deixara e que levava a insígnia dos Túlios.

Júlio estava sentado à mesa de sua magnífica casa, com vários de seus amigos. Sobre a toalha prateada que cobria a mesa estava o anel reluzente que Marco lhe enviara. Júlio olhou devagar para os rostos dos homens que o cercavam e que tinham partilhado de seu excelente jantar.

— Já disse a todos vocês — afirmou Júlio, fixando os olhos negros sobre um de cada vez — que Cícero está sob a minha proteção. Um de vocês desprezou meus pedidos e escarneceu de minha amizade. Você, Catilina? Você, Crasso? Você, Piso? Você, Cúrio? Você? Você? Você? Você? Você, Pompeu?

Cada um, por sua vez, olhou para Júlio com um ar ofendido ou de desprezo, sacudindo a cabeça.

— O Grão-de-bico não tem importância — disse Catilina, com indiferença.

— Tolices — disse Júlio. — Um dia você me disse, Lúcio, que ele deveria morrer, que é perigoso. Mudou de idéia?

— Sim — disse Catilina, com um belo sorriso. — Você me convenceu, César.

Júlio retribuiu o sorriso.

— Observei que nenhum de vocês está usando o anel hoje. Será que se consultaram e chegaram à conclusão de que ninguém deve usá-lo, até que o culpado mande fazer outro?

— Seja razoável — disse Piso, o louro. — Temos estado sempre com você nestas últimas semanas. Se qualquer de nós estivesse na Grécia, a ausência teria sido notada.

Júlio, porém, falou:

— Notei, Cúrio, que você não parece estar muito bem. Está com o rosto pálido e abatido e treme quando se move de repente. Será que foi ferido por Quinto, esse bravo soldado?

Cúrio olhou para ele pesadamente, as feições morenas e casmurras frias de raiva.

— Fui ferido num duelo com o marido da senhora que amo.

— Há três semanas que não o vejo, Cúrio.

— Eu estava convalescendo de meus ferimentos.

— E o marido da senhora... sobreviveu? Não ouvi falar da morte de nenhum nobre.

— Está se recuperando.

— O quê?! E ele permitiu que você vivesse? Os romanos não lutam mais até a morte?

— Pensávamos que ele tivesse morrido. Infelizmente, só estava gravemente ferido. Quando eu o deixei, pensei que o tivesse liquidado.

— Quem é o cavalheiro, Cúrio?

— Oh, teremos de presenciar a humilhação de um romano? — perguntou Catilina. — Que o homem se recupere em paz, com sua honra intacta. — Catilina pôs a mão afetuosamente no ombro de Cúrio. — Espero que não esteja mais vendo a senhora, meu amigo.

— Mulher nenhuma vale um duelo — disse Cúrio, com um sorriso sombrio.

Júlio não achou graça. Ficou fitando Cúrio.

— Você algum dia conheceu Quinto Túlio Cícero?

— Não, nunca nos encontramos.

— Então, se ele visse o seu rosto, não o teria reconhecido.

Cúrio bateu na mesa com força.

— Você duvida de minha palavra, César! Está me acusando de mentir! Júlio não se alterou.

— Estou procurando a verdade. Alguém aqui é culpado do atentado à vida de Cícero. Torno a adverti-los de que, se ele morrer, aparentemente em um acidente, ou se for envenenado... arma de mulher, não, Catilina?... não descansarei até que ele seja vingado.

Ele falava com um aspecto de calma indiferença. Todos olharam para ele num silêncio sinistro e ameaçador. Depois Piso disse languidamente:

— O que significa para você esse advogado branquelo, Júlio?

— É meu amigo de infância; é como um irmão para mim. Quem não haveria de vingar um irmão? — O rosto bizarro de Júlio estava sem expressão.

Catilina riu baixinho.

— Você, César, não vingaria um irmão, se esse irmão constituísse uma ameaça para você? Na verdade, você mesmo o mataria, sem raiva mas sem consciência.

— Foi você quem atacou Cícero, Lúcio?

— Eu? Não o tenho visto quase diariamente? Pelos deuses, por que vamos perder um momento sequer discutindo sobre um pobre advogado mal-nascido que é pouco mais que um liberto?

— Ele não é um advogado mesquinho. Seu nome ressoa por toda Roma.

— Então, ele que se limite a seus processos e à atenção dos magistrados. Temos assuntos mais sérios a discutir.

— Muito bem — disse Júlio, bebendo seu vinho. — Mas não se esqueçam de que ele está sob a minha proteção.

Quando Júlio voltou à mesa para pegar o anel, mais tarde, descobriu que não estava mais lá. Chamou os escravos que tinham servido o jantar. Não, senhor, ninguém vira qual o convidado que o levara.

Júlio ficou ali muito tempo, pensando.

Escreveu a Marco Túlio Cícero, que ainda estava em Atenas:

"Não posso compreender, caro amigo, por que me mandou aquele anel tão curioso, cujo desenho nunca havia visto. É muito belo e bem-feito. Mandei fazer uma miniatura dele para dar de presente a uma senhora que muito admiro e que é dada a jóias de estilo egípcio. Supus que você não quisesse que ele lhe fosse devolvido.

"Sinto imensamente que tenha sofrido um ataque desses, que foi, sem dúvida, obra de ladrões. É bem possível que um dos ladrões tivesse roubado o anel e estivesse se exibindo. Por favor, aceite minhas expressões de alarme e meus sentimentos por ter sido atingido desse modo. Fico contente ao saber que seu irmão Quinto sobreviveu com você, pois ele não é um soldado valente, querido nas legiões?

"A sua carta áspera feriu o coração de alguém que o ama muito; suas insinuações me assombraram. É verdade que você me contou de um anel semelhante na mão de uma pessoa que tentou matá-lo há anos, em Arpino, mas nunca o vi na mão de homem algum e, portanto, não posso compreender a sua carta.

"Quem havia de desejar sua morte, você, um advogado íntegro, que não fez inimigos e que tem inspirado a admiração de multidões de homens? O seu nome evoca a veneração e tenho orgulho de ser seu amigo. Roma está diminuída devido à sua ausência. Rezo ao meu padroeiro, Júpiter, para que a sua saúde tenha sido restituída e que você regresse em breve.

"Há pouco tempo visitei sua amada Hélvia, que é como uma mãe para mim. Ela está gozando de excelente saúde. O seu pai fala em você com orgulho e alegria. Que tesouro é para os pais terem um filho como você!

Não há mais nada de importante a lhe dizer. As democracias são notáveis por não apresentarem emoções. Suponho que isso seja bom. Já passamos por muitos períodos tempestuosos e a paz é muito bem-vinda.

"Caro amigo, esses olhos brilharão mais ao contemplarem o seu semblante. Rezo por sua volta. Abraço-o e beijo sua face."

Marco, ao receber a carta, mostrou-a a Quinto, com uma expressão de ironia. Quinto a leu com seriedade.

— Receio que você tenha ofendido Júlio — disse ele.

Marco deu uma gargalhada, o que deixou o irmão perplexo.

Capítulo XXXVI

O procônsul romano estava aborrecido com Marco. Este, por sua vez, estava contrariado, especialmente com o irmão, Quinto, cuja língua solta nas tavernas levara o procônsul à bela casa de Ático, num dos morros verdejantes que davam para a Acrópole. Quinto estava de pé, um tanto contrito, ao lado de Marco, no pórtico arejado da casa, enquanto o proncônsul bebericava vinho e lançava olhares contrafeitos a ambos os irmãos.

— Não posso acreditar que fossem romanos os que o atacaram, nobre Cícero.

— Não vi o rosto deles — disse Marco. — Não obstante, Quinto, que lutou com eles e ouviu suas vozes, diz que eram romanos.

— Você estava atordoado — disse o procônsul, um homenzinho irritadiço, de muita altivez e uma arrogância indistinta.

— Sou militar e acostumado a ficar atordoado, mas conservando o raciocínio — replicou Quinto, que ouvira dizer que o procônsul nunca fora militar. — Confesso que isso está além da capacidade de um civil.

Marco olhou para ele com admiração e sorriu.

— Eu prefiro, a bem da paz e da tranqüilidade em assuntos diplomáticos, acreditar que não fossem nem mesmo gregos — disse o procônsul.

— Não eram gregos. Eram romanos — disse Quinto.

O procônsul tossiu.

— Os gregos admiram o seu irmão, capitão. Mas, por outro lado, não amam os romanos. Já estão cantando nas tavernas, onde creio que você, capitão, é conhecido, a incapacidade dos romanos suportarem uns aos outros e sua ansiedade por destruir seus homens virtuosos e ilustres. Um dos versos menos ofensivos nas canções mais recentes diz respeito ao canibalismo e ao barbarismo. Pode compreender por que me sinto ofendido.

— Se tivesse examinado o cadáver do homem que matei verificaria que ele era romano — disse Quinto, que começara a franzir a testa.

— Já lhe disse. Quando o destacamento que enviei de Atenas chegou ao local, o corpo desaparecera. Quem o levou? Só temos a sua palavra, nobre capitão, que, lamento dizer, você espalhou pelas tavernas ruidosas da Grécia. Os mercadores viram os homens fugindo; não viram seus rostos nem ouviram suas vozes. Um era um egípcio de uma nobre família de Alexandria. Eles o admiraram, capitão, pois, ferido e machucado, perseguiu os... ladrões... apanhando-os, matando um e levando o outro à fuga.

— Não desejo que as autoridades levem esse assunto adiante — disse Marco. O procônsul olhou-o com um ar de reprovação e disse com um tom pesado:

— Esquece-se, nobre Cícero, de que somos gente de Lei. Se eu ignorasse esse ataque à sua pessoa, desse modo dando crédito aos boatos de que os atacantes eram romanos, os atenienses ficariam encantados. Dizem eles: "O lobo protege suas crias", insinuando assim que os romanos podem assassinar-se e roubar-se impunemente, sem a menor consideração pela lei.

— Na minha experiência — disse Marco, que estava fatigado — quanto mais se mexe numa ferida, mais inflamada ela se torna.

O procônsul estava irritado.

— Mas, se eu não levar isso em consideração, o resultado será o mais total desrespeito à lei. Eu o tinha em mais alta conta, Cícero, por ser advogado.

O procônsul parou para beber mais do excelente vinho.

— Eu gostaria de ver aquele anel famoso que o nobre Quinto tirou da mão do... ladrão.

Marco olhou para o irmão, aborrecido, e Quinto corou e mexeu-se nervosamente.

— Que anel? — perguntou Marco, com um espanto aparente. — Não sei de anel nenhum!

— Não? — disse o procônsul, claramente aliviado. — Então por que ouvi dizer que o nobre Quinto Cícero o arrancou da mão do morto?

— Os boatos não têm pernas e, por isso, não podem andar; mas têm asas e, por isso, podem voar — disse Marco.

O procônsul não era tolo. Percebera a expressão consternada de Marco.

— Há só uma coisa que, espero, possa explicar, nobre Cícero. Você afirmou acreditar nas palavras de seu irmão, no sentido de que os assaltantes eram romanos. Então por que, considerando-se que quase foi morto, está protegendo aqueles que desejaram sua morte? Será possível

UM PILAR DE FERRO

— continuou o procônsul — que conheça a identidade deles, ou tenha alguma suspeita?

— Não conheço a identidade deles.

— Mas protege-os com suas negativas. Já se esqueceu de que, como romano e advogado, é seu dever manter a lei?

— Também é meu dever como advogado não fazer acusações loucas, sem provas — disse Marco. — Também é minha intenção enfrentar esses assassinos eu mesmo um dia. Eu lidarei com eles.

— Então é uma disputa particular? — disse o procônsul, que adorava vendetas. Ele levantou-se. — Então, nobre Cícero, você não terá objeções se eu espalhar a notícia de que foi assaltado por ladrões de uma raça estranha e que falavam um idioma estranho?

— Considerando — disse Marco — que nós romanos na Grécia somos uma raça estranha e falamos um idioma estranho, estará correto.

O procônsul não tinha bem certeza se isso lhe agradava. Despediu-se muito cerimoniosamente e exprimiu seu desejo de que Marco apreciasse a viagem à Grécia. Também insinuou, por olhares e gestos, que esperava que Marco partisse brevemente, para não tornar a ser motivo de algum incidente lamentável. Depois que ele se foi, Marco disse ao irmão, com raiva renovada:

— Que língua você tem, Quinto, especialmente quando bebe! — Lamento ter sido a causa do seu constrangimento — disse Quinto, num tom meio emburrado. Ele coçou os cachos espessos. — Por que você deseja proteger esses assassinos, mesmo que sejam romanos?

— Não sabemos quem foi.

— Mas você reconheceu o anel.

— É verdade. Mas só vi um homem usando esse anel cujo nome eu saiba. Duvido que Pompeu fosse um desses que me atacou.

— Você sempre me achou um idiota!

Marco imediatamente arrependeu-se e pôs a mão no braço do irmão.

— Não, *carissime*, isso não é verdade. Sempre o considerei um verdadeiro romano "antigo" e não posso imaginar um elogio maior.

Ele saiu para o lindo jardim da casa de Ático, ergueu os olhos para a Acrópole distante e novamente foi dominado pelo assombro profundo que sentira na primeira vez. O ar luminoso estava tão límpido, o extraordinário céu tão brilhante e reluzente, que a Acrópole parecia estar quase ao alcance da mão, nítida em todos os detalhes, confundindo os sentidos, reduzindo todos os homens em seu aspecto de grandeza total e beleza heróica, chamando a atenção para a vida efêmera do homem e, no entanto, frisando sua importância. Pois não fora o homem que criara aquilo?

Era estranho que o homem, havia séculos, tivesse edificado aquele esplendor em homenagem aos deuses, que sempre o haviam odiado, desejando destruí-lo. Zeus decretara a extinção do homem, indignado que essa criatura de barro se assemelhasse aos imortais. Mas Prometeu, o Titã, imortal mas oriundo da Mãe Terra, tivera piedade da humanidade e lhe levara o fogo eterno, inspirando-a, e fora acorrentado à rocha para expiar seu crime de misericórdia, compaixão e amor. Ele chorara em sua agonia e, no entanto, desafiara os deuses, que teriam expulsado o homem do mundo; e também e ao mesmo tempo afrontando os deuses, implorara piedade tanto para si quanto para as criaturas que tinham provocado a ira divina. Eles não podiam mais destruir o homem, pois ele aprendera o segredo da imortalidade e da sabedoria.

O desafio entre deuses e homens não terminaria nunca, até que os deuses se arrependessem de sua repugnância e ódio e o homem se arrependesse de suas monstruosidades bestiais. Era raro os deuses interferirem nos negócios dos homens, em nome da justiça, da verdade e da lei. Parece que eles só interferiam por maldade e para proteger sua própria majestade, ou para ampliar as próprias disputas privadas, que tinham entre si. Ah, por vezes, os deuses eram mais malignos do que os homens, em sua petulância! Pois os homens, por vezes, tinham misericórdia.

O jardim onde Marco se encontrava estava brilhante, aos primeiros raios do pôr-do-sol. As fontes, onde havia estátuas de ninfas ou de Eros, cantavam, musicais, espirrando suas águas de arco-íris em lisas bacias de mármore, onde nadavam peixes dourados e prateados, refletindo a luz em suas escamas metálicas. As alamedas do jardim eram de cascalho vermelho, serpeando entre os canteiros de flores, e as murtas, abetos e ciprestes se misturavam em frescos amontoados. Havia um pórtico de mármore, ao ar livre, para proteger do sol a pino e repousar a mente fatigada. As colunas brilhavam contra o fundo escuro das árvores e o piso era coberto de mármore níveo. As vozes doces dos pássaros ressoavam no ar dourado e se erguiam contra o azul absoluto do céu. Brisas suaves e aromáticas subiam dos montes que rodeavam a Acrópole.

Marco olhou para a cidade amontoada embaixo, onde fachadas brilhavam com a luz amarela ofuscante e cujos telhados brancos e planos estavam cheios de vermelho e cujos jardins coloridos pareciam pedras preciosas

UM PILAR DE FERRO 435

incrustadas nas sombras escuras das árvores. Ele viu os homens apressados fervilhando nas muitas ruas; os homens já estavam saindo de suas lojas e da Ágora e podia-se ouvir claramente o leve ruído de vozes e risos. O calor do dia permanecia na cidade e subia pelos morros, um bafo quente com muitas fragrâncias de pedras aquecidas, pó e especiarias secas, um novo odor de água e o aroma árido de palmeiras refrescando-se ao ar fulgurante. Através dos morros circundantes, Marco podia vislumbrar a água roxa do mar, já fumegando com uma névoa prateada, e as velas vermelhas que o povoavam. E viu as estreitas estradas de mármore que subiam pelos morros até a Acrópole, enchendo-se de peregrinos que cantavam em tons distantes e melodiosos.

Marco levantou novamente os olhos para a Acrópole imponente e os possantes contrafortes ciclópicos, feitos pelo homem, que a sustentavam. Coroando esses contrafortes, e em volta deles, brilhavam muros de mármore, refletindo os raios vermelhos, dourados e roxos do pôr-do-sol. Bem abaixo dos contrafortes e muros brancos estavam os jardins em terraços, cheios de santuários brancos, pequenos templos, fontes, flores, grama verde e árvores escuras, até se encontrarem com as ruas da cidade. E lá no morro, sob os muros, estava o círculo branco e elevado do teatro de Dionísio, filas e mais filas de assentos de pedra branca, onde as peças imortais da Grécia eram produzidas diariamente, para deleite dos atenienses. Lá Antígona defendera a teoria de que os direitos do indivíduo são superiores aos do governo e de que a liberdade nunca deveria ser ameaçada pelas leis perversas de homens orgulhosos, que alicerçassem seu governo e atendessem a suas ambições calando o grito pela liberdade. Nas palavras de Antígona, a ditadura de um homem fora denunciada e desafiada e ali Antígona morrera, como devem morrer todos os homens livres, pelo capricho de tiranos. Mas o ditador perecera num exílio infame, e a voz de Antígona ainda ressoava no mundo moderno, que incessantemente disputava o grito pelo poder emitido por homens perversos. O homem e o Estado. Sempre teriam de ser inimigos, pois os homens tinham recebido seu livre-arbítrio de Deus e o Estado odiava Deus; e odiava também os homens e lutava eternamente contra os direitos deles. A liberdade do indivíduo desafiava o luxo e os privilégios daqueles que se consideravam maiores e mais sábios do que os semelhantes e queriam escravizar seus irmãos. Os deuses detestavam o homem, mas como era maior o ódio do homem pelo homem!

Mas era dentro das paredes brilhantes de cima que o homem ao mesmo tempo adorava os deuses e os desafiava, procurava apaziguá-los e os glorificava. A agonia do homem encontrava o silêncio frio dos deuses e ali, numa pálida consciência, permanecia o mistério, para desafiar e confundir os filósofos que um dia haviam caminhado naquelas colunatas elevadas. O antagonismo perdurava, esculpido na pedra muda, colorido nos frisos dos frontões, batido no mármore. A questão perdurava.

Não era respondida pela glória imperial dentro dos muros brancos, nem pelas colunas ambiciosas, entre as quais o céu veemente, chamejando como um intenso metal azul, brilhava com uma incandescência dura. Templo e Partenon, o fogo branco das colunatas, o mármore pavimentado, a majestade esplêndida de fachada e pilastra, a graça das estátuas reunidas: nada disso resolvia o mistério que havia entre o homem e Deus. As pequenas figuras escuras dos homens vagavam no meio dos vastos edifícios, que eram totais em sua perfeição. Homens caminhavam pelas colunatas em que Sócrates, Platão e Aristóteles tinham meditado, bem como todos os poetas e maravilhosos dramaturgos da grandeza da Grécia. Eles levavam oferendas, flores e incenso aos templos repletos. Observavam assombrados a imensa estátua de Atena Pártenos, de Fídias, que olhava para o oriente, aquela figura de ouro puro e marfim cor de âmbar, várias vezes a altura do homem mais alto, com elmo de plumas douradas, a mão esquerda pousada sobre o escudo reluzente, ornamentado com a serpente sagrada enroscada, a mão direita abraçando um pedestal de ouro e mármore em que estava uma pequena figura alada. Seu rosto vasto e virginal olhava, impassível, para os séculos; sua atitude de repouso não era perturbada pela infinitude de homens que tinham vindo e desaparecido. Os olhos grandes e calmos contemplavam o leste, onde sempre um amanhã surgiria, anunciando sabedoria, austeridade, altruísmo, justiça e pureza. A poderosa estátua brilhava contra o céu de pavão como se respirasse ou se movesse, guardando o templo atrás de si e erguendo os olhos e o espírito além dos confins do mundo.

Pilonos com seus alados condutores de bigas, colunas fulgurantes, templos arredondados, o Partenon, a estátua de Atena Pártenos, as muitas outras estátuas e pequenos santuários, as construções dos prédios de ensino e de música, os caminhos brancos, as escadarias elevando-se, o brilho de telhados brancos... tudo isso encerrava-se dentro dos muros e tudo isso negava a verdade de que o homem, e não os deuses, tinha criado aquela maravilha titânica, aquele clímax dos séculos, aquela coroa gloriosa, aquele coro celestial captado no mármore. A beleza terrível e monumental afirmava o sonho encerrado, como uma pedra preciosa, dentro do pequeno crânio do homem. Refletia o esplendor do céu conforme brilhara nos olhos de alguns homens, cujas mãos tinham recriado esse esplendor na castidade da pedra, para que a visão perdurasse, para que o homem se lembrasse que não era apenas um animal, mas que era revestido de divindade.

Não admira, pensou Marco, que homens do mundo inteiro venham olhar para essa Acrópole, subir suas escadas, passear em seus jardins e terraços floridos, adentrar os muros para se curvarem diante de Atena Pártenos, vagar pelas colunatas do Partenon, parar diante dos santuários e ali deixar uma oferenda, repetindo os passos dos filósofos e poetas que nunca mais teriam quem se comparasse a eles, não, nem em todos os séculos vindouros! Que o homem do futuro admirasse sua própria ciência, sabedoria e filosofias. Que se gabassem como se gabariam. Nunca mais qualquer raça de homens edificaria uma tal glória em mármore de perfeição absoluta e nobreza sob o sol. O homem atingira o seu auge de encanto e sabedoria nessa Acrópole. Dali em diante, ele teria de decair e se apequenar.

O ocidente tornou-se um arco de luz dourada e a fragrância do jardim acentuou-se em torno de Marco, sentado ali no banco de pedra, olhando para a Acrópole. Invariavelmente, ele se sentia ao mesmo tempo deprimido e exaltado diante daquela visão; deprimido porque o homem agora parecia tão pequeno e exaltado por já ter sido, um dia, tão grandioso. O que era o poder do império comparado àquilo? Se os homens permanecessem ignorantes, todos os seus exércitos barulhentos e cheios de estandartes não passariam da marcha sem sentido das selvas, todas as suas leis seriam inscritas no pó e toda a sua jactância não passaria do eco de vozes animalescas, todas as suas cidades seriam inevitavelmente habitadas pelo lagarto e a coruja, o burro selvagem e a serpente, os escombros mudos do orgulho decaído.

O Demônio e Deus: o homem era um mistério maior ainda do que a própria Acrópole de Atenas.

Agora tudo estava vermelho, roxo e prateado, sobre e dentro da cidade. Marco não sentiu o frio da noite. Estava absorto em suas meditações. Por isso, teve um sobressalto quando o ruidoso Quinto levou-lhe cartas que haviam acabado de chegar.

— Vou ser pai! — gritou ele, batendo no peito com o punho cerrado, à moda militar. — Alegre-se comigo, Marco!

Marco levantou-se e abraçou-o, beijando-lhe a face.

— Já contou a Ático? — perguntou.

438 *Taylor Caldwell*

— Não — disse Quinto. — Ele ainda não voltou da cidade e de seus negócios.

— Rezemos para que você tenha um belo filho — disse Marco.

Quinto começou a andar, de maneira juvenil, pelas alamedas do jardim, enquanto Marco o olhava com carinho. Quinto respirou fundo; olhou para a Acrópole, mas era evidente que ele não a estava vendo de verdade. Disse então:

— Meu filho será um homem valente, um homem de Roma. Eu lhe ensinarei bem as coisas.

Marco não sugeriu que a criança que estava por nascer poderia ser menina. Por um momento, ele sentiu inveja do irmão. Pompônia, a jovem esposa, podia ser dominadora, mas amava o marido, e ele a amava, embora também a temesse. Ele sempre voltaria aos braços dela, para ser repreendido e admirado, advertido e aconselhado, apreciado e querido. O que tinha ele, Marco, esperando por ele em Roma? O Direito perduraria sem ele e Hélvia tinha seu filho predileto e em breve seria avó. Também tinha o marido, embora ele fosse uma criança sensata e solitária. Pela primeira vez, Marco pensou seriamente em casar-se. Com certeza, em Roma, devia haver alguma mulher que o amasse mais que a todos os outros, tomasse conta de sua nova casa, orientasse os empregados e tivesse filhos, que seriam uma alegria para ele. Não seria Lívia. Mas seria uma mulher querida nessa terra em que Lívia não existia mais. Ele estava farto da mulher fácil, cujos carinhos nada significavam e cuja cama não lhe dava um conforto real. Estava farto de mudar de caras, por mais lindas e atraentes que fossem. O amor fortuito, ou o amor comprado, não era amor algum. O homem precisava de uma mulher que amasse somente a ele, cujos braços fossem um abrigo para seus desânimos, cujo sorriso fosse uma cura para sua melancolia, cujos olhos se sombreassem de compaixão por seus sofrimentos. Afinal, não havia nenhum substituto para o casamento.

— Você não leu as suas cartas — disse Quinto. — Há uma carta de nossa mãe e muitas outras.

Marco abriu a carta da mãe. Era cheia de bom senso, como sempre. Hélvia fora visitar as várias vilas de Marco no interior e fora até a Sicília para ver a fazenda dele e organizá-la. Ela não aprovava muito a idéia da "nova casa luxuosa" em Roma, mas pelo menos estava supervisionando os jardins e comprando os móveis. Ela e Túlio tinham passado algumas semanas na ilha. Estava com saudades dos filhos. Alegrava-se especialmente com Quinto, porque a mulher deste ia dar-lhe um filho. Tinha revisto as especulações de Marco no mercado de títulos e aconselhava a

UM PILAR DE FERRO

venda de alguns que pareciam precários. Os juros tinham aumentado nos bancos, o que era motivo de satisfação. Túlio, o pai, estava menos retraído; ia muitas vezes à cidade e fizera alguns amigos simpáticos, que até despertaram um interesse nele por jogos. Os olivais e vinhedos de propriedade de Marco estavam produzindo bem, em plena safra. Em resumo, as coisas iam muito bem.

Ela escreveu com uma firmeza que era muito penetrante:

"Há muito tempo venho procurando fazer com que você pense na Sra. Terência como sua esposa, pois não apenas é de uma família patrícia, como ainda é irmã de Fábia, a Virgem Vestal, que augura uma bênção divina para a união de Terência com o marido. Terência tem um dote de cem mil sestércios — fortuna nada desprezível mesmo diante de seus bens pessoais — e possui várias casas em Roma, que lhe dão uma renda razoável, e ainda tem uma fazenda perto de Arpino. É muito virtuosa e nenhum escândalo se ligou ao seu nome. Ela é, em todos os sentidos, uma mulher desejável, embora já tenha passado dos vinte e um anos. Suas habilidades domésticas merecem a minha aprovação, pois a família dela é verdadeiramente romana, com todas as virtudes do passado. É modesta e agradável e sua inteligência encantaria até a você, Marco. Tem um aspecto bonito e nunca tingiu os cabelos, que são de um castanho natural. Embora seja uma esperta mulher de negócios na cidade, ela ainda conserva o antigo aspecto romano de retraimento e comportamento delicado e não tem uma língua ferina, como a minha nora Pompônia, irmã de seu querido amigo Ático. É verdade que ela não possui a beleza majestosa da irmã, a Virgem Vestal, que poderia ter escolhido um marido entre as famílias mais nobres de Roma, mas a beleza muitas vezes é amaldiçoada pelos deuses invejosos."

Marco perguntou ao irmão:

— Você conhece a Sra. Terência?

— Hã? — disse Quinto, que estava observando a Acrópole. Ele virou a cabeça e olhou para Marco. — Fábia, a irmã, a Virgem Vestal, é de uma beleza notável! Quando ela passa na procissão com as irmãs virgens em direção ao altar de Vesta, o povo curva-se mais em assombro diante do rosto dela do que devido à sua situação divina. Que olhos maravilhosos, brilhando como a lua! Que cabelos magníficos, mesmo parcialmente escondidos pelo véu! São da cor do ouro. O pescoço é como uma coluna, a cintura...

— Temos um poeta — disse Marco. — Mas não estávamos falando de Fábia. Parece que mencionei a Sra. Terência. Suponho que ela não seja tão bela quanto Fábia.

Quinto refletiu, apertando os lábios e esfregando-os com o dedo moreno e rombudo.

— É amiga da minha Pompônia. Já foi à nossa casa. O aspecto dela não me ocorre no momento, mas lembro-me que tinha uma voz agradável e firme e os modos retraídos e autênticos de uma romana antiga. Ah, espere! Já me lembro melhor. Tem cabelos e olhos castanhos e uma pele pálida. Pensei que fosse inválida, mas Pompônia diz que ela tem ótima saúde. Fala baixo.

— Cabelos castanhos, olhos castanhos e uma pele pálida — disse Marco. — Podem ser atributos de uma bela mulher ou de uma jovem Fúria. Não é uma descrição que se preze.

Quinto, porém, estava pensando, sério, e balançou a cabeça uma ou duas vezes.

— O aspecto dela é agradável; não é linda, mas tem uma fisionomia meiga. Você há de se lembrar que a minha Pompônia também tem uma fisionomia meiga e uma língua de serpente.

Marco riu-se.

— Você desconfia que Terência também possa ter uma língua assim?

Quinto sorriu.

— Desconfio sempre dessas mulheres de fala macia, comportamento meigo e olhares que convidam lindamente, sem prometerem nada. Acredito que Terência seja muito virtuosa. Como poderia não ser, com uma irmã que é Virgem Vestal? A linda Fábia...

— Não é com Fábia que estou pensando em me casar — disse Marco.

— Você! Casar! — exclamou Quinto, espantado.

— Não sou decrépito, nem tenho muita idade, *carissime*. Tampouco sou um Virgem Vestal masculino. Nossa mãe ficaria contente se eu me casasse com Terência.

— Isso é um assunto sério — disse Quinto, sentando-se sobre o parapeito que cercava o jardim. Ele olhou sério para Marco. — A gente não se casa assim à toa. Quando entramos no matrimônio, toda a nossa vida muda, torna-se restrita, ordenada. Não há mais liberdade, nem farras, nem aventura. Sugerem que a pessoa é lograda.

Marco procurou esconder o riso.

— Você não o considera um estado feliz, nem o recomenda.

Quinto olhou cautelosamente para a porta da casa e depois debruçou-se para a frente, falando em voz baixa.

— Não existe marido que, mesmo possuindo uma esposa bela e virtuosa, não deseje muitas vezes nunca ter posto os olhos nela!

Marco não conseguiu mais esconder o riso.

— Ah, traidor! Considero Pompônia adorável e você o mais feliz dos homens! Se Terência se parecesse com Pompônia...

— E parece — disse Quinto, num tom meio triste.

— Então, pensarei nesse assunto com o maior interesse. Estou cansado de não ter ligações íntimas. Minha nova casa no Palatino precisa de uma dona.

— A nossa mãe não está assim tão velha — disse Quinto, num último esforço heróico para salvar o irmão do desastre. — Tem apenas quarenta e quatro ou quarenta e cinco anos. Há senhoras em Roma que com essa idade já tiveram quatro ou até seis maridos e continuam alegres, animadas e desejáveis. A nossa mãe poderia tomar conta de sua casa.

— Você não é nada encorajador.

— Há ocasiões — disse Quinto — em que o invejo. — Sua túnica vermelha curta mal cobria as coxas grossas; ele bateu em uma delas, com o ar de um homem trágico.

Como Marco não deu resposta, Quinto disse:

— Você está falando sério? Eu tinha esperanças de que estivesse pilheriando!

— Não.

Quinto deu um suspiro, como que aceitando o destino inexorável.

— Então case-se. Tanto faz com Terência quanto com outra. — Ele parou e lançou ao irmão um olhar demorado e penetrante. — Você não... tem remorsos?

— Refere-se a Lívia Cúrio?

Marco levantou-se e apoiou o cotovelo do braço quebrado na palma da mão direita.

— Não me esqueci de Lívia. Não posso dar a mulher alguma o que dei àquela moça. Meu coração permanece nas mãos mortas de Lívia. Minha vida, porém, não está ali. Não sou mais jovem. É verdade que, por vezes, minha vida me parece uma coisa muito fatigante, mas o homem não tem outra escolha, senão viver até que os deuses decretem sua morte e os Fados cortem o fio de sua existência.

— Você fala como um homem infeliz — disse Quinto, com uma preocupação carinhosa, pondo a mão no ombro do irmão. Marco olhou para ele, surpreso.

— Infeliz? Não, não creio que seja infeliz. Não sou mais criança. Se estamos aqui com alguma finalidade, não é para a felicidade, que é o estado das criancinhas.

442 Taylor Caldwell

— Não há finalidade alguma — disse Quinto. — Ou, se houver, não é dado ao homem saber.

Capítulo XXXVII

Marco e Quinto passaram seis meses em casa de Ático. Durante esse período, Marco estudou na Escola de Ptolomeu. Tendo recuperado o antigo vigor na voz, ele tomou aulas de elocução e retórica com Demétrio, o famoso sírio. Antíoco de Ascalão teve prazer em instruí-lo em filosofia. Ele também se inclinara para a escola de Epicuro e estudou com Fedro e Zeno. Nunca, em Roma, ele sonhara com toda a majestade e o conhecimento da Academia. Conhecia a tremenda importância da Academia no mundo e havia muito que tinha vontade de freqüentá-la. Ainda assim, ultrapassou suas expectativas.

Escreveu aos pais:

"Eu tinha conquistado certa fama em Roma com a minha oratória. Mas que guinchos e gritos eu dava em Roma, na verdade, em comparação com a eloqüência de meu nobre mestre, Demétrio! A voz dele faz o ar vibrar em grandes períodos; juro que até os pássaros escutam, encantados. Quando ele cita Aristóteles, sinto o próprio Aristóteles falando em tons que lembram o mármore polido, pois parecem reluzir e brilhar, nítidos à vista ofuscada.

"Como é agradável voltar a ser estudante! Os homens nunca deveriam deixar de estudar, de voltar àquelas fontes que de tal modo intoxicaram sua juventude, pois nos livros há muita sabedoria e não há limites para o que o homem pode adquirir em matéria de conhecimento. Tudo sacia, menos o saber. Tudo o que é do corpo torna-se rançoso e passado, mas o que é da mente e do espírito nunca se satisfaz, nunca se esgota. É como se possuíssemos a juventude eterna, pois estamos sempre descobrindo e sempre exultando diante de algum novo tesouro que nos é revelado. Cada caminho é o primitivo; nunca foi pisado por pé algum. Cada portal abre-se sobre uma nova vista, jamais contemplada antes daquele momento por outro homem. As palavras de Sócrates ou Platão significam algo de especial para cada estudante, pois ele lhes leva uma mente única e uma alma nova. Assim devem ser as Ilhas dos Abençoados, jamais totalmente exploradas — sem horizonte, varridas pelos ventos que vêm da eternidade.

"Depois vamos à Ásia Menor e a Rodes, para novos estudos, quando estes forem completados, se é que se pode dizer em verdade que o estudo algum dia se completa. Quando eu voltar, casar-me-ei com a Sra. Terência,

UM PILAR DE FERRO

pois, conforme me escrevem, ela concorda com o casamento. Abrace-a por mim e convença-a a dar o consentimento final e implore a Fábia, irmã dela, pela sua divina intercessão por nós."

O inverno em Atenas foi excepcionalmente ameno, nevando em poucas ocasiões. Depois sucediam-se céus radiosos e novo calor. Uma ou duas vezes houve chuvas pesadas e torrenciais, que transformaram as ruas da cidade em caudais violentos. Mas não foi um inverno como os invernos de Roma. O reumatismo de Marco não voltou e sua saúde melhorava dia após dia. Sua voz estava mais possante do que jamais fora. Tinia com musicalidade e um grande poder. Suas declamações sempre tinham sido impressionantes. Quinto, então, passou a pedir que ele recitasse poesias ou alguma frase de *Fédon* e escutava com um êxtase comovente. Nem sempre o soldado compreendia. Bastava-lhe ouvir a voz de Marco, elevando-se, dominadora, falando como que sem esforço. Era como um vinho que é despejado com facilidade de um cálice de pedrarias.

Quando Hélvia escreveu dizendo que Pompônia tinha abortado, Quinto ficou desolado. Disse então:

— É a vontade dos deuses. A alma de meu filho subiu à felicidade, pois ele não tinha cometido mal algum. Quem sabe se será como dizem os hindus, que ele nascerá em outro corpo, dado a ele por Pompônia e por mim, ou por pais melhores?

Foi Quinto quem convenceu Marco a aprender muitas coisas sobre artes do corpo, o que o fortaleceu ainda mais. O braço havia sarado. Pela primeira vez ele tinha prazer no pugilismo, esgrima, luta livre, corrida e salto, embora o seu físico esguio nunca se tornasse musculoso. As tristes névoas que lhe tinham envolvido a mente nos últimos anos passados em Roma se levantaram de seu cérebro e houve momentos em que ele teve de confessar a si mesmo: "Estou feliz! Não é a felicidade da criança ou do rapaz. É a alegria da plena maturidade, tranqüilidade e aceitação." Ele começou a se ensinar a não ser tão condescendente quanto era por natureza; começou a descobrir que a prudência por vezes pode ser um conchavo, e que uma irritação justa nem sempre devia ser restringida em nome da razão. O mundo tinha necessidade do fogo inclemente e até devorador, além da voz doce da razão e da diplomacia.

— Espero — disse ele a Ático, meio triste — lembrar-me de ser tão destemido quando voltar para Roma!

Alguns dias antes de deixar Atenas, ele recebeu duas visitas. A primeira, para espanto seu, foi de Róscio, o ator, barbado e bronzeado pelo sol da Palestina, mas elegante e bonito como sempre. Marco mal reconheceu aquele homem elegante que assumira os modos pomposos de um homem maduro e cumprimentou-o com prazer, abraçando-o com efusão.

— Noë me disse que você estava em Atenas — disse Róscio — e desembarquei para visitá-lo. Caro amigo, como você está forte! Tornou-se um verdadeiro gladiador. — Ele beliscou o bíceps de Marco que, embora mais duro, não era muito notável. — E perdeu o traseiro, que por vezes se empinava sob a túnica comprida de um modo muito aflitivo — continuou o ator.

— E você não perdeu suas formas apolíneas — disse Marco —, apesar de todas as excelentes iguarias de Jerusalém. Pensei que você tivesse passado o tempo nos portões da cidade, com os sábios.

— Não. Eu encantei as damas. Fui uma visão nos teatros que os romanos tiveram a gentileza de construir naquela terra obcecada por Deus. A Judéia está muito decadente; os judeus mais novos estão hoje mais gregos do que os próprios. Não era necessário — continuou Róscio, virtuoso — imitar os gregos em tudo. Já lhe contei que Noë escreveu uma nova peça para mim?

— Ele sempre faz isso — disse Marco. — Mas você terá de tirar essa barba que deixou crescer como um judeu devoto.

— Nada disso — disse Róscio. — Deixei crescer a barba porque a peça que aquele bandido do Noë escreveu é a respeito de Jó. Já ouviu falar de Jó? Um homem muito angustiado, muito perseguido, difamado, ultrajado e sofredor. E um homem da eloqüência mais furiosa e afetante. Ele era justo e virtuoso, mais que todos os outros homens. No entanto, Deus permitiu que Satanás o afligisse, a fim de demonstrar a Satanás que há alguns homens que não podem ser desviados de sua atitude de probidade, devoção e moral. A luta foi muito desigual. Jó não passava de um homem, um camundongo entre Deus e o mal. Seria de supor que não descessem ao ponto de atormentar uma criatura tão ínfima. Tenho fortes sentimentos quanto a Jó; meu coração arde de indignação e compaixão por ele. Você acha que os romanos vão gostar da peça?

— A luta entre o bem e o mal não é desconhecida, mesmo entre os romanos — disse Marco.

— Vejo que você não perdeu a sua língua ferina — disse Róscio, em aprovação. — Sabe como termina a história de Jó?

— Creio que Deus lhe respondeu com perguntas majestosas — disse Marco.

— Sim, sim. Mas que resposta! Na peça de Noë, Deus não responde de todo. As perguntas que Jó Lhe fez permanecem sem resposta, e a situação do homem continua a ser uma acusação contra o céu. O que acha disso?

— Ésquilo escreveu algo parecido com isso. Prefiro a versão autêntica.

Os dois estavam sentados no terraço da casa de Ático, ao meio-dia de um dia ameno. Róscio estava maravilhoso, com roupas de seda e um manto da pele mais macia. Sua cabeça nobre parecia a cabeça de uma estátua de herói, destacada pela barba crespa, de um preto brilhoso. Parecia um profeta. Ele pensou nas palavras de Marco e depois sacudiu a cabeça, discordando.

— Deus só responde por enigmas que homem nenhum consegue decifrar. Ele é a Esfinge original. Os velhos judeus não me aprovaram. Pronunciaram as palavras grandiosas e sonoras de Deus para Jó: "Onde estavas quando deitei a pedra angular do mundo? Quando os astros da manhã me louvaram juntos e todos os filhos de Deus estavam transportados de júbilo?" E assim por diante. Jó devia ter lembrado a Deus que ele na verdade não estava lá, mas que a pergunta não tinha nexo e não devia ser feita a um homem perplexo e sofredor, afligido por chagas e que perdera tudo o que lhe era caro. Se Jó era pequeno, cego e confuso e não entendia de assuntos celestiais... era esse o crime dele e, por isso, devia ser repreendido? Não fora Deus quem o criara tão mesquinho e sem sabedoria? Se um homem fizer uma roda que não for inteiramente redonda e tiver um eixo fraco, que se quebre ao primeiro esforço, esse homem deve maldizer a roda, lançando-a nas trevas completas, absolvendo-se de culpa? É esse — disse Róscio — o centro do problema. — Vendo que Marco não dizia nada, Róscio continuou. — Estou abismado diante da resposta de Jó àquelas perguntas incríveis. 'Por isso, acuso-me a mim mesmo e faço penitência no pó e nas cinzas. "Isso foi indigno de Jó, que tinha suportado tanta coisa. Imagino que a roda de que falei devesse ter-se humilhado diante do seu criador, atirando-se contra uma pedra, em arrependimento por ser da forma como a tinham feito?

— Você virou filósofo — disse Marco. Ele pensou e disse: — A eterna pergunta de Jó sempre é feita. Os homens deviam contemplar as maravilhas do universo, considerar as leis estupendas e a milagrosa complexidade da criação e as provas do poder e glória imortais. É essa a resposta divina. Isso não cura as chagas do homem, nem lhe restitui suas terras e campos, nem a mulher e os filhos e tesouros. Não lhe devolve sua juventude e sua força. Mas lhe dá paz. — No entanto, a despeito de suas palavras, Marco se sentia melancólico.

— A paz da resignação. Não basta.

— Não obstante — disse Marco — é um grande dom. Ora, vamos! Jó foi um homem de uma coragem tremenda, diante da qual a coragem do gladiador não é nada. É a fortaleza do homem que inspira o respeito e o amor, até de Deus. Pois temos a medida do homem pelo modo como ele pode vencer o medo e apertar a cinta, conforme foi ordenado a Jó... e ser um homem. Não, não, não gosto das conclusões de Noë. O homem não foi feito para sentir pena de si diante do Eterno e descrever-se como uma coisa fraca, não responsável por seu estado de espírito, alma e corpo. Ele foi feito para tornar-se igual a um dos deuses, ele mesmo.

— Que judeu você é no íntimo! — disse Róscio, com admiração.

Marco sorriu, sentindo uma exaltação súbita.

— Deus não precisa se justificar diante do homem. O homem não tem direito algum, a não ser os que lhe foram dados livremente pelo Criador, devido ao amor e à misericórdia desse Criador. Ele nunca mereceu esses direitos, pois não tem o poder de merecê-los. São um dom, concedido por uma afeição além da compreensão. Pois o que é o homem? Uma criaturinha de barro, condenada a desintegrar-se. Mas Deus, com o Seu amor ilimitado e incompreensível, lhe deu uma alma, bem como um corpo. O homem devia passar a vida na mais completa gratidão por esse dom incomensurável. Não lhe basta ele estar vivo e ser capaz de contemplar os tesouros inesgotáveis em volta de si, as maravilhas, a glória e a beleza? Isso seria suficiente, mesmo diante da morte eterna, sem despertar. Mas Deus também prometeu a vida imortal. Por quê? É essa a verdadeira questão, que nos deveria abalar até o íntimo.

Róscio refletiu, seus ardentes olhos azuis sobre o rosto de Marco. Depois, ele exclamou:

— Você acredita nisso! Ah, aquele Noë estúpido! Ele se considerava muito sábio e sofisticado. Os homens que se consideram assim são tão tolos, não acha? Suas bocas são cheias de palavras cínicas e eles as acham muito sutis, quando não passam de ganidos de crianças imbecis e risos de idiotas. Por que Noë havia de escrever uma peça dessas? É piegas e falsa.

— Ele pensou que seria mais compreensível para os romanos, que adoram chorar nas tragédias, embora prefiram danças e comédias vulgares no teatro. Somos uma raça carnal. — Marco sorriu. — Nem sequer questionamos ou desafiamos os deuses, como fazem os gregos. Estamos muito satisfeitos com a nossa vida, e ficamos satisfeitos enquanto tivermos bastante comida e bebida, um bom abrigo, concupiscência e todos os outros prazeres do corpo. Somos complacentes. Regozijamo-nos em nosso poder. Adoramos as mulheres e gladiadores, os esportes, cantores e bailarinos, tavernas, as lojas de vinho e jóias, belos cavalos, carruagens enfeitadas, tapetes macios e todo o luxo. Só desejamos que os deuses permaneçam no Olimpo e não se metam nos negócios dos homens.

UM PILAR DE FERRO

— Isso talvez fosse sábio da parte dos deuses — disse Róscio, comendo tâmaras e cuspindo as sementes. — Não me senti muito feliz em Israel. Falavam demais nas almas e em Deus. Que perplexidade é a nossa vida!

Marco hesitou.

— Ainda falam do Messias, em Israel?

Róscio piscou os olhos.

— Sim. Esperam-no todos os dias. Não estão desencorajados.

Marco apreciou a curta visita de Róscio. Quinto, como sempre, ficou enciumado. Ático ficou cativado. Ofereceu banquetes ao ator, que logo ganhou admiradores em Atenas. Depois de certa persuasão e uma forte indicação de que lhe seria oferecida alguma coisa de valor, ele condescendeu em participar, no teatro de Dionísio, da encenação de *Antígona*, de que ele gostava. Obteve um sucesso maravilhoso e partiu de Atenas num estado de grande exultação. Também levava cartas de Marco para os pais e amigos.

Alguns dias depois, um criado foi procurar Marco, que estava lendo no terraço ensolarado e aproveitando o sol quente da primavera.

— Senhor — disse o servo —, está aí um mercador egípcio para vê-lo. Deu o nome de Anótis e diz ter livrado o senhor de ladrões.

Marco levantou-se e exclamou:

— Traga-o aqui. Ele vai almoçar no terraço comigo!

Ele não chegara a ver nenhum de seus salvadores, embora eles tivessem deixado recados solícitos com Quinto, depois de acompanharem os dois irmãos a uma hospedaria e providenciarem um médico.

O egípcio foi levado ao terraço florido, onde ele e Marco trocaram mesuras cerimoniosas. Depois, Marco o abraçou à moda romana, beijando-lhe a face, e disse:

— Nobre Anótis, não se demorou e, por isso, não lhe pude agradecer por ter salvo a minha vida e a de meu irmão. Como poderei pagar-lhe?

Anótis sorriu.

— A princípio eu não sabia que tínhamos ajudado o famoso advogado de Roma, Marco Túlio Cícero. O senhor nunca saiu de minha cabeça. Tem perseguido meus pensamentos.

Ele era um homem alto e muito magro, de meia-idade, vestido em roupas compridas e largas de linho vermelho, verde e amarelo, com um manto de seda azul sobre os ombros ossudos. Os sapatos eram de fino couro azul, ornamentados com ouro em relevo; na cintura estreita tinha um cinturão igual, no qual estava pendurado um punhal de Alexandria cravejado de pedras preciosas. Os cabelos negros e compridos chegavam até os ombros e a cabeça estreita estava envolta numa faixa dourada com um estranho medalhão grande, à altura da testa, que brilhava ao sol com suas muitas pedras. Era uma figura magnífica, mas Marco achou sua fisionomia mais interessante do que as roupas ou mesmo seu ar de imensa dignidade e poder tranqüilo. O rosto fora bronzeado pelo sol, mas os olhos eram de um cinza límpido e transparente, as feições delicadas embora fortes, a boca indicando tanto a aristocracia quanto um orgulho de nobre. No queixo crescia uma barba negra e rala, cortada rente formando uma ponta.

— Estou às suas ordens, Anótis — disse Marco, sentando-se perto do convidado. — Pode ver que o meu braço está completamente são. Eu não estaria aqui hoje, se não fossem você e seus amigos.

Anótis sorriu um pouco.

— Não me deve nada. Foi um privilégio poder auxiliá-lo.

Ele fez uma pausa e aqueles olhos cinza e brilhantes fixaram-se no rosto de Marco.

— Tenho certa experiência como médico. Sou mercador apenas por necessidade, pois a fortuna de minha família, como aconteceu com as de todos os egípcios, foi confiscada há séculos pelo grego Lagos, quando Alexandre colocou o grego Ptolomeus no trono de minha terra sagrada, Khem. Nós não esquecemos. Fui iniciado nos antigos mistérios da medicina e da minha antiga religião.

Ele parou. Marco ficou esperando.

— Eu o acompanhei, enquanto você estava inconsciente, ao seu quarto na hospedaria perto de Corinto. Ajudei a despi-lo e vi um objeto estranho pendurado de seu pescoço, numa bela corrente ornamentada com o falcão sagrado de Hórus.

— Ah — disse Marco, puxando a corrente de dentro da túnica e mostrando a cruz de prata riscada. — Refere-se a isso? Ganhei de presente de um cliente egípcio, que me disse ser o sinal do Sagrado, que nascerá para os homens. Foi tirada de um túmulo egípcio e tem milhares de anos.

Anótis olhou para o objeto, levou dois dedos aos lábios, depois estendeu a mão e pôs os dedos na cruz, com veneração.

— Está certo — disse ele.

— Uso isso como uma promessa — disse Marco — e como sinal de esperança. — Ele estava profundamente interessado. — Precisa contarme. Penso sempre no Messias dos judeus. Isso O representa?

Nesse momento, porém, os criados levaram para o terraço uma mesinha e começaram a servir a refeição do meio-dia. Marco e seu convidado ergueram os cálices num brinde calado e mútuo e depois serviram um pouco de vinho, numa libação aos deuses. Marco estava fascinado pelo belo perfil, compenetrado e pensativo, de Anótis.

— Vou-lhe contar, Cícero — disse o egípcio, enquanto comiam as excelentes iguarias da casa de Ático. — É possível que você conheça a história de nossos deuses antigos, que foram substituídos por outros estrangeiros, sobretudo Serápis, a quem não venero. Eles foram levados ao Egito pelo grego Lagos e nós, egípcios de famílias antigas e sabedoria antiga, não os adoramos. Lembramo-nos dos nossos deuses.

"Pode ser que se lembre da Sagrada Ísis, nossa Mãe, esposa de Osíris, que foi assassinado por homens e se levantou dentre os mortos na primavera, quando o Nilo está na cheia, e deu vida novamente à terra. "Anótis puxou um medalhão de dentro do pano que lhe cobria o peito. "Veja a Santa Mãe e seu Santo Filho", disse ele, e Marco, inclinando-se, viu que na medalha dourada havia uma pintura lindamente esmaltada de uma mulher de rosto meigo com um filho no colo. A pintura era não só de grande técnica, como também tinha muito encanto e beleza, inspirando uma veneração imediata.

— Ísis, a Santa Mãe, e seu Santo Filho Hórus — prosseguiu Anótis — partiram do Egito para sempre, pois não puderam suportar os Ptolomeus gregos que infestam a nossa terra sagrada. Saíram da memória da maioria das pessoas do nosso povo, que agora adora os deuses gregos ou outros igualmente estranhos, que foram importados.

"O símbolo de Hórus não era apenas o falcão, Cícero. Também era essa cruz, que aparece em nossas velhas pirâmides e representa a ressurreição do corpo, bem como da alma. E os velhos sacerdotes predisseram que Ele nascerá de uma mulher e conduzirá a humanidade para fora das trevas. Ele nascerá num país estranho, que desconhecemos."

— Dizem, nos Livros Sagrados dos judeus, que Ele nascerá da casa de Davi, em Belém — replicou Marco. — Foi isso o que me disseram.

Anótis deu um suspiro.

— Não há uma raça que não cultive a lenda de que o Sagrado aparecerá nesta terra — disse ele. — Portanto, o conhecimento oculto deve ter vindo de Ftá, Deus, o Criador Todo-Poderoso. Ele deve tê-lo transmitido a todas as nações, pois os gregos não falam de Adônis, que foi morto incontinenti e depois ressurgiu dos mortos nas festas de Astartéia? Estive em muitos países e a lenda está sempre presente em suas religiões.

"Quando verifiquei isso, passei a ter dúvidas quanto a Ísis e Hórus. Não creio mais que Ísis seja a Santa Mãe e Hórus seu Santo Filho. Acredito

450   *Taylor Caldwell*

que também nós, egípcios, recebemos a profecia, como as outras nações. Se Ísis e Hórus fossem realmente os profetizados há séculos, então nunca o culto de Hórus teria parado, nem mesmo durante a opressão dos Ptolomeus. Portanto, a Santa Mãe e o Santo Filho ainda estão por vir. Há ainda o mistério da Cruz. De que modo se aplica realmente a Hórus? Não se aplica. Então Hórus não é o nosso Salvador, como antes pensávamos. Ele ainda não nasceu. Minha medalha, que uso em volta do pescoço noite e dia, continua a ser apenas a profecia daquela que ainda não é conhecida e do Sagrado ainda no seio de Ftá, o Criador."

Marco pensou e disse:

— Tampouco eu acredito que Ísis e Hórus sejam os deuses das profecias. Ainda virão, mas quando?

O egípcio ficou calado algum tempo. Ele levantou os olhos e fixou-os sobre a Acrópole luminosa, cujos muros e prédios chamejavam como uma luz branca e pura sob o sol.

Então, Anótis disse:

— Há alguns de nossos sacerdotes que ainda estão escondidos em Khem, nossa terra sagrada. Como sou de uma família de sacerdotes, às vezes me admitem na presença deles, enquanto rezam e meditam nos recantos de nossos templos em ruínas. Eles me contam grandes portentos e presságios.

— Ele vacilou, olhando para o romano como se esperasse ver um sorriso de ironia. Mas os olhos de Marco se sombrearam de emoção e ele largou a faca e a colher, inclinando-se para seu convidado.

— Diga-me! — exclamou ele. — Meu coração está faminto e sedento de esperança!

Os olhos do egípcio se vidraram e animaram, como se estivessem cheios de lágrimas. Ele curvou um pouco a cabeça.

— Sou proibido de contar o que me foi narrado e nós não gostamos dos romanos. Porém, devido a esse objeto sagrado que você ama e usa constantemente como amuleto, e devido ao que ouvi de você, vou-lhe contar um pouco.

"Os sacerdotes me relataram as visões estranhas que têm percebido nos fogos de seus altares secretos. Viram uma mulher vestida com o sol, radiante como a manhã, coroada de estrelas e com uma serpente sob o pé, cuja cabeça ela está esmagando. Ela está grávida e enorme e seu rosto parece a lua. É muito jovem, simples menina-moça, mas toda sabedoria e beleza estão em seus olhos, além de toda ternura e toda promessa. Quando os sacerdotes tiveram essa visão, tremulando numa luz intensa sobre o altar com seus fogos, eles exclamaram em altos brados e se prostraram de joelhos, murmurando: "Ísis! Ela está de volta!'"

Anótis balançou a cabeça.

— Mas não é a Ísis que adorávamos no passado distante. Descobri que os judeus tiveram uma revelação semelhante, referente a uma que chamam de Virgem, que terá um filho e Ele será chamado de Emanuel, pois Ele libertará Seu povo dos pecados e será uma luz para todos os povos.

Marco sentiu um triste desânimo.

— Será possível que os judeus tenham adquirido a história de Ísis e Hórus durante o seu cativeiro no Egito, incorporando-a a suas próprias crenças?

Anótis sacudiu a cabeça.

— Não, pois eles já chegaram ao Egito com essa profecia. Detestavam os nossos deuses e nunca os conheceram. Viveram na Caldéia antes de irem ao Egito, uma raça branca misteriosa, separando-se por muros dos vizinhos de pele morena, que eles chamavam de babilônios. Os caldeus também tinham essa profecia, da Santa Mãe e seu Santo Filho, mas os hebreus nunca conheceram os deuses caldeus, assim como não conheceram os nossos. Também eu já li os Livros Sagrados dos judeus e a mulher descrita neles é uma das que os sacerdotes que citei reconheceram em suas visões sobre os altares em chamas.

Anótis fez outra pausa.

— E eles tiveram outras visões, como a do Glorioso dependurado na Cruz sagrada, morrendo, com a luz de Ptá, o Criador Todo-Poderoso, derramando-se sobre Ele. Isso os sacerdotes não são capazes de interpretar. Estão perplexos. Quando li os Livros Sagrados dos judeus, as profecias de um profeta, Isaías, pude compreender, mas guardei para mim esse conhecimento. Também li os Livros de Davi, o antigo rei dos judeus.

"E deixe que lhe conte uma coisa muito estranha. Sou mercador e encontro companheiros de profissão de todo o mundo. Os persas estão empolgados. Afirmam que o deus deles em breve nascerá para todos os homens, para sua salvação, esperança e alegria. Dizem que seus astrônomos viram os presságios no céu e seus sacerdotes olharam para o belo rosto de criança daquela que há de gerar o Sagrado em suas visões. Mas também eles estão perplexos, pois seus sacerdotes tiveram uma visão do Sagrado morrendo de modo infame, pela mão do homem. Como, perguntam-se, o Sagrado poderá ser morto pelos homens, Ele que é imortal? Eles não têm uma interpretação. Você tem, Cícero?

— Não — disse Marco. Ele mexeu-se, irrequieto. — Mas quando Ele vai nascer e onde está Aquela que lhe dará à luz?

Anótis suspirou e estendeu as mãos.

— Isso eu não sei, assim como você não sabe, nem os sacerdotes. Mas não pode ser num futuro muito distante, pois todas as nações, de repente, estão esperando, impacientes. Com exceção — disse Anótis, numa voz irônica — dos gregos e romanos, que veneram os seus deuses com ceticismo; os gregos, devido ao seu amor à beleza, personificada pelos seus deuses; os romanos, devido ao seu amor ao poder, personificado por Júpiter. Na verdade, nem gregos nem romanos acreditam em Deus, afinal. Não é esquisito que aqueles que negam Deus em seus corações sejam, apesar disso, cheios de superstição? Escutam avidamente as adivinhações de seus sacerdotes ateus, visitam Delfos, que é uma fraude, e procuram os astrólogos e adivinhos. Acreditam neles. Mas não crêem em Deus.

— Os judeus são o povo do Livro — disse Marco.

Anótis sorriu e inclinou a cabeça.

— E para eles, que são do Livro e nunca abandonaram Deus, nascerá o Sagrado. Ele não tardará muito. Rezemos para que os nossos olhos O contemplem.

Eles ficaram ali, lado a lado, olhando para a Acrópole. Anótis disse:

— E quando Ele vier, quem O reconhecerá? Só há uma coisa certa: Ele nunca passará ou morrerá nas mentes dos homens, como Hórus saiu da memória do culto dos egípcios. Não, Ele nunca passará, mesmo que os homens O desprezem, como sempre desprezaram Deus, fugindo Dele. Faz parte de nossa natureza detestar e execrar tudo o que é bom e imortal e endeusar o que é mau. Quem pode avaliar o escuro que é o homem e os tenebrosos impulsos de seu espírito? No entanto, parece que Deus o ama e o visitará. Não se pode compreender.

Anótis pegou a corrente com o medalhão e entregou-a a Marco.

— Guarde-a com esperança e use-a com fé, Cícero. Não sei por que lhe dou isso, mas vim com esse intuito. O nome dela não é Ísis, nem o dele é Hórus. Os nomes deles ainda estão ocultos no Céu.

Capítulo XXXVIII

Quinto alegrou-se por voltar a Roma, depois das longas temporadas na Grécia, Ásia Menor e Rodes. Declarou que mal podia esperar para abraçar a mulher, Pompônia, que não via há mais de dois anos. No entanto, continuava a prevenir Marco acerca do casamento.

— O homem não é mais um ser livre, quando tem uma mulher — disse ele.

UM PILAR DE FERRO

— Já estou com quase trinta e dois anos — replicou Marco. — Já é hora de ter mulher e filhos.

Quando ele e Quinto voltaram a Roma, encontraram os pais com boa saúde. Hélvia agora já era uma matrona gorducha, com os cabelos grisalhos, mas sempre com sua antiga força de espírito, tranqüilidade enérgica e riso breve e divertido. Túlio abraçou os filhos, feliz, mas seus olhos pousaram ansiosos sobre Marco.

— Conte-me da Grécia — implorou ele. Mas só queria que lhe contasse da Grécia de seus sonhos, em que os deuses caminhavam pelas ruas de Atenas. Não queria saber da Ágora nem das lojas ou dos atenienses vivazes, que gostavam do dinheiro, riam, tinham olhos negros e eram céticos e animados. Queria acreditar que os atenienses eram uniformemente claros e não faziam nada, a não ser posarem de toga, pronunciarem ditos filósofos e citarem Homero, Sócrates, Platão e Aristóteles. É evidente, pensou Marco, com certa irritação, que meu pai deseja crer que os atenienses não têm nenhuma das preocupações da humanidade. Os atenienses não têm intestinos, nem bexigas; não sentem coceiras, nem se coçam; não fornicam nem cospem. Vestem-se de mármore e seus acentos são poesias. Ah, pensou Marco, por que os homens têm fantasias tão tolas?

Marco amava o pai, mas se aborrecia com a inocência dele e se aborrecia consigo mesmo por sua contrariedade. Ocorreu-lhe de novo, como lhe ocorria sempre, que o homem vive só em sua triste solidão e ninguém pode entrar nela com ele, para aquecê-lo em sua situação fria. Por temperamento, ele estava mais próximo do pai do que da mãe e do irmão; era possível que a própria semelhança de natureza, a própria percepção de que havia algo do pai refletido nele, provocasse sua irritação. Ambos tinham tendência para conciliar, para procurar o meio-termo, e Marco deplorava esse fato, embora muitas vezes fosse prudente.

Marco poderia ter vacilado quanto ao casamento, se o seu jovem amigo Júlio não o tivesse ido visitar, no seu estado habitual de exuberância alegre e afetuosa.

— Ah, como senti falta de você, nesses quase três anos! — exclamou Júlio, abraçando-o efusivamente e depois afastando-se, para examinar o rosto de Marco. — Você se restabeleceu, graças aos deuses! Fiz sacrifícios a Júpiter, meu divino padroeiro, muitas vezes, por você, *carissime*.

— Duvido disso — disse Marco. — A quem você deu aquele anel?

— A uma senhora.

— Duvido disso — disse Marco. — Espero que tenha avisado ao seu amigo que um dia hei de encontrá-lo, espada contra espada.

454   *Taylor Caldwell*

— Um gladiador! — exclamou Júlio, batendo no ombro dele. Com um farfalhar de roupas de seda, ele se atirou numa das sólidas poltronas de madeira de Hélvia e sorriu.

— Estou falando sério — disse Marco.

— Duvido disso — escarneceu Júlio. — Mas que história toda é essa sobre anéis? Conte-me da Grécia e das mulheres gregas.

— Conheci gente muito interessante — disse Marco.

Júlio fez uma careta.

— E filosofou com elas.

— Era esse o meu propósito.

— Nada de banquetes, nem orgias com as ninfas?

— As senhoras da Grécia são muito satíricas.

Júlio beijou os dedos unidos e jogou o beijo ao ar.

— Ah, adoro as senhoras satíricas! Em Roma só há dois tipos de mulheres, os montes de gordura e as lascivas. Nenhum espírito, nem brilho.

— A que tipo pertence Cornélia?

A fisionomia de Júlio mudou.

— Eu suporto — disse ele. — Eu a respeito. Mas conte, você não se divertiu, não sentiu o vinho da Grécia e a juventude correr nessas veias austeras?

— Às vezes. Mas prefiro não falar sobre alcovas. Como vai sua filha?

A fisionomia de Júlio abrandou-se, mas se isso era sincero ou não, Marco não sabia dizer.

— Desabrocha como uma rosa! Já estou pensando num marido para ela, embora ainda seja criança. Mas vamos falar mais de você, caro amigo. Roma ficou empobrecida com a sua ausência. Não há nenhum advogado como você.

— O que você andou fazendo, Júlio?

— Já lhe disse! Não me interesso mais pela política. Vivo, me divirto, rio, amo, canto... e não evito essas alcovas que você mencionou. Isso não basta?

— Não acredito em nada do que você está dizendo. O que andou tramando?

Júlio deu um suspiro.

— Não tramo nada. Você sempre teve a pior opinião sobre mim. Sou um homem pacífico, com exceção dos meus serviços anuais nas legiões. — Ele fitou Marco com os olhos brilhantes, mas, como sempre, aqueles olhos, em sua farsa de candura, franqueza e simplicidade, escondiam muitas coisas turvas. — A sua casa no Palatino é muito bonita e ornamentada. Você aderiu ao luxo. Sabia que você agora é vizinho de Catilina?

Marco fechou a cara. Júlio riu-se.

— Ele comprou um terreno junto ao seu; também está construindo uma casa nova, não tão bela quanto a sua. Os investimentos de Aurélia não têm dado muita renda, ultimamente. A fortuna dela ainda é grande, mas, aparentemente, não tanto quanto a de Cícero. — Ele olhou para Marco, indagador, mas este não tomou conhecimento da provocação.

Júlio, observando o outro atentamente, bebeu um pouco de vinho e disse, com um ar de menino:

— Ah, mas isso é excelente! Como o seu gosto melhorou, desde que passou essa temporada na Grécia! Além disso, você está com um jeito requintado. Observei suas roupas; têm classe. Não servem mais apenas para cobri-lo. Têm estilo e elegância.

Júlio tornou a beber. Depois, olhou para o fundo do cálice.

— Andei ouvindo um boato que me pareceu absurdo. Ouvi dizer que você pretende casar-se com Terência.

— O que há de errado com Terência?

— Ela não é mulher para você, em seu novo estado, ó Baco! Ainda não a viu?

— Só quando ela era menininha. Parecia bem bonita e agradável.

— Uma mulher não é uma criança. Ela não é nenhuma beldade; não tem atrativos. Não vou dizer que seja uma Hécate, ou uma Górgona. Tem a fala muito macia. Não confio em mulheres que têm a fala macia e que riem pouco, especialmente se seus rostos forem por demais controlados e espertos. Ela tem um ar brando; isso esconde o granito. Também é incomodamente esperta. Como tem influência na cidade, é muito admirada pelos homens ambiciosos. Não há um dia em que a liteira dela não vá ao Fórum, visitando as casas de contabilidade, bancos e corretoras.

— Aurélia Catilina também costuma fazer isso.

— Mas com que diferença! Aurélia também entende de negócios, mas você há de convir que ela é uma mulher desejável, de carnes quentes, seios rijos e uma beleza notável. Aurélia se veste como uma deusa, com sedas, veludos, brocados e peles, e está sempre provocantemente perfumada. Terência veste-se com sobriedade, usa poucas jóias, nada de perfumes, e as mãos dela são grandes e nodosas, como as de um homem. Isso contradiz a brandura e modéstia de sua fisionomia. Nunca se case com uma mulher de mãos masculinas. Outros, embora admirassem sua mente e argúcia, não procuraram casar-se com ela, que já é solteirona, com seus vinte e tantos anos, bem além da idade núbil. Deve haver um motivo.

— Ela é patrícia.

— E isso é tudo? — exclamou Júlio, que só gostava dos aristocratas. — Quando se está na cama com uma mulher, a gente deseja membros macios, seios palpitantes e braços curvilíneos. Terência não tem nada disso.

— Como você sabe? Já foi para a cama com ela?

— Que os deuses me livrem! — disse Júlio, com horror. — Ouvi dizer que ela ainda é virgem, naquela idade!

— Sua descrição me convence de que ela será uma excelente esposa e mãe.

Então, para espanto e curiosidade de Marco, Júlio largou o cálice e ficou muito sério.

— Não se case com ela, Marco. Ela o fará infeliz. É virtuosa e tem caráter. Um homem precisa de mais que isso. Precisa de riso e doçura. Precisa de uma mulher que seja ao mesmo tempo mãe, companheira, uma irmã querida, uma ninfa escusa, uma concubina, um mistério, uma mulher de delicadeza e rendição deliciosa. Posso imaginar o que será Terência como esposa! Dizem que ela tem um gênio violento e uma ambição nada feminina. Você será menos prudente do que outros jovens, que a respeitam mas a evitam, a não ser quando ela lhes pode ajudar?

— Em resumo, você está muito empenhado em não me ver casado com Terência.

— Pois eu não o estimo? — exclamou Júlio, batendo a mão na mesa. — Você quer que eu o veja como um marido atormentado e assustado? Pompônia, esposa do coitado do seu irmão, é uma verdadeira Leda, comparada a ela. No entanto, ela é famosa pelo gênio e os modos grosseiros. Temo por você.

— Estou desvanecido com a sua solicitude — disse Marco. — Mas você precisa me dizer qual o verdadeiro motivo de sua aversão.

— Ó deuses! — disse Júlio, levantando os olhos, com um ar súplice. — Você será o homem mais lamentado em Roma, se casar com ela. É verdade que, sendo jovem, ela ainda possui os atributos do frescor da juventude. Mas, dentro de alguns anos, será um dragão. Há de persegui-lo como Juno persegue Júpiter, o meu infeliz padroeiro. Você nunca poderá divertir-se com mulheres mais atraentes.

— Pretendo ser um marido virtuoso e fiel.

— Excelente. Só que a virtude e a fidelidade deveriam ser escolha do próprio homem e não forçadas sobre ele por uma mulher exigente. Você será encontrado esgueirando-se, temeroso, pelos becos, encontrando seus prazeres secretos com o maior receio e no maior segredo.

Marco sorriu.

UM PILAR DE FERRO   457

— Você consegue imaginar-me como um marido furtivo?

— Você será obrigado a ser furtivo. Terência vai ocupar-se de todos os seus negócios. Ela lhe dará conselhos severos e o repreenderá vivamente, se os ignorar. Vai saber de tudo o que você faz. Ela é dominadora e avarenta. Você será um verdadeiro escravo dos caprichos dela. Em breve, vai convencê-lo de que é um tolo.

— Há alguma outra pessoa, que lhe seja cara, que deseje desposá-la?

— Não! Ninguém a quer, apesar de todas as suas virtudes, dinheiro e família. São mais perceptivos do que você, caro Marco.

— Deve deixar que eu resolva. Terei em mente tudo o que me disse e julgarei por mim.

— Prevejo um desastre, do qual gostaria de salvá-lo. — Júlio fez uma pausa. — Já viu a irmã dela, Fábia, a Virgem Vestal, em cujas orações eu me deleito?

— Não, mas parece que é uma beleza.

— Sim. Embora lhe tenham cortado os cabelos quando ela foi iniciada nos ritos sagrados da virgindade, já tornaram a crescer. Felizmente, hoje permitimos isso, contrariando os tempos mais antigos e mais severos. Os cabelos dela são como a chuva que envolveu Dânae. Seu rosto puro desafia meus poderes de descrição. Sua natureza é doce como o bálsamo. Mas não devo falar assim — disse Júlio, os olhos negros faiscando —, pois as Vestais são sagradas e é blasfêmia falar delas em termos que se poderia aplicar a outras mulheres.

— Sim — disse Marco. — Além disso, uma Vestal apanhada faltando à castidade é enterrada viva, e seu amante é no mínimo decapitado. O que tem isso a ver com Terência?

Mas Júlio o estava observando atentamente. Depois de um instante, pareceu estar satisfeito e aliviado, o que intrigou Marco. Júlio disse:

— Quando conhecer Fábia, vai notar um tal contraste com a irmã, que nem vai pensar no casamento.

Marco sorriu, impaciente.

— Não vamos falar de meus assuntos, caro amigo. Sinto muito que você tenha fracassado em sua acusação aos governantes senatoriais, Cornélio Donabella e C. Antônio, por extorsão na Macedônia e na Grécia.

— Ah, bom — disse Júlio, parecendo aceitar a mudança de assunto e estar pesaroso. — Não tenho o seu dom da paixão forense. É por isso que pretendo ir a Rodes, estudar retórica com Mólon. A não ser, claro, que tenhamos uma terceira guerra contra Mitridates. — Ele levantou-se.

— Você vai achar Rodes muito bela — disse Marco. Os dois amigos tornaram a abraçar-se. Antes de sair, Júlio disse:

458   *Taylor Caldwell*

— Vou rezar para que você não se case com Terência.

Essa conversa foi um dos motivos que levaram Marco a casar com a moça escolhida pela mãe. O outro foi a morte do velho Arquias, o querido preceptor de Marco. Eles não se viam há tempos, embora se correspondessem quando Marco esteve na Grécia, Rodes e Ásia Menor. Mesmo antes disso, eles se haviam encontrado raramente. Não obstante, sentia que o velho poeta grego era uma coisa importante em sua vida, uma estátua num aposento que ele não visitava muitas vezes, mas que era lembrado com afeto e regularidade. Agora essa estátua no aposento de sua mente se desfizera em escombros e não fazia mais parte de sua existência. Por mais que esse corredor espiritual se enchesse de gente no futuro, haveria para sempre a ausência de um rosto e um corpo. Marco sentiu a pressão do tempo que mata, a sensação dos anos passando depressa e a transitoriedade da vida. Se ele não se casasse e tivesse filhos, não restaria nada dele para o futuro.

Júlio disse a Catilina, na casa deste:

— Vamos para longe, nos seus jardins, para podermos conversar num lugar em que a bela Aurélia não nos ouça.

Eles foram para os jardins mornos sob a lua dourada e encontraram um lugar isolado numa gruta. O luar parecia mel despejado e sob ele Catilina estava tão belo que Júlio tornou a admirar-se com o fato do outro parecer tão inconsciente de sua beleza máscula e de seu encanto perigoso. Catilina já completara 34 anos; continuava a parecer com Adônis, eterno, viril de juventude e paixão. A luz do céu brilhava em seus olhos, azuis, ardentes e alertas; seu perfil tinha uma majestade imperial, embora as rugas em volta da boca mostrassem sua depravação. Ele é como Jacinto, que se tornou alcoviteiro, pensou Júlio, com certa inveja daquele rosto extraordinário e corpo magnífico.

Havia ocasiões em que Júlio se perguntava, inquieto, depois de suas conversas com o amigo, se a loucura de Lívia também não fora herdada pelo parente distante, o marido. Sem dúvida, muitas vezes havia nos olhos de Catilina um brilho que não era muito são, e muitas vezes, apesar de sua indiferença fria, ele era dado a repentes de fúria. Sua voz nunca perdia o desprezo duro por tudo e todos, mesmo quando estava sendo muito divertido e encantador.

— Convenceu o Grão-de-bico a desistir da bela Terência? — perguntou Lúcio.

— Infelizmente, não. Aurélia, sua esposa, também nada conseguiu em seus conselhos a Terência, nem com as insinuações no sentido de que Cícero é impotente ou que lhe falta a verdadeira virilidade, que ele tem vícios secretos e indizíveis, que não é tão rico quanto se diz, que pertence a uma família humilde e tem um gênio aborrecido. Terência está obstinada; não é mais tão jovem.

Lúcio disse, com desprezo e uma raiva súbita:

— A própria Aurélia está ficando curiosa com a minha insistência para que ela convença a amiga a não se casar com o Grão-de-bico. Até agora consegui convencê-la que é por causa de meu ódio mortal por ele.

— Se Marco se casar com ela — a voz de Júlio tornou-se um sussurro —, é mais que possível que ele descubra a sua paixão por Fábia. Pode falar mal dele à vontade; a verdade é que ele é sutil e tem discernimento. Eu lhe suplico que desista de perseguir Fábia. É mais que perigoso, é mais que calamitoso. A moça ainda não cedeu, ao que você me conta. Que pena que as nossas leis mais recentes hoje permitam que as Vestais apareçam em público só parcialmente veladas, e que compareçam aos jogos, mesmo em um camarote isolado! O nosso futuro é valioso demais para ser arriscado. Você vai arrastar consigo os seus amigos, pois nem mesmo hoje os romanos toleram a violação das Virgens Vestais.

Lúcio deu um sorriso frio.

— No entanto, eu já o vi olhando para Fábia com olhos lascivos.

Júlio levantou as mãos e as deixou cair.

— É permitido que um homem olhe para uma mulher, mesmo que ela seja uma Virgem Vestal. Se acontecer algum mal a Fábia, ou mesmo o prazer realizado em seus braços, ela inevitavelmente fará confidências a Terência, que tem uma virtude rígida. Ela não pouparia o homem responsável pela defloração de Fábia, mesmo que isso significasse a destruição da própria Fábia. Ou então Cícero descobrirá o crime e contará à mulher, pois também ele ficará incrivelmente horrorizado. É isso que você sempre temeu, não é?

— É verdade. — Lúcio levantou-se e começou a andar pela grama morna e fragrante do verão. Disse, em voz baixa: — Continuo a insistir que ele deve morrer, se necessário, para evitar esse casamento.

— Não me canse de novo com os seus argumentos, que vêm se repetindo através dos anos. O que é uma mulher, mesmo uma tão linda quanto Fábia? Somos homens, ou jovens, empolgados por paixões desenfreadas? Temos coisas demais em jogo, para arriscar. Eu lhe suplico que desista de perseguir Fábia.

— Para alguém que tem uma legião de mulheres bonitas, você agora está estranhamente virtuoso — disse Lúcio.

— Nenhuma delas é uma Virgem Vestal. Nenhuma está ameaçada de uma terrível morte pública se descoberta em delito. Quem o ameaça? Roma inteira, pois embora hoje poucos romanos ainda acreditem nos deuses, todos acreditam na santidade das Virgens Vestais. Eu lhe suplico, esqueça-se de Fábia; se não por você, por ela e por seus amigos.

— Não — disse Lúcio, balançando a cabeça várias vezes. — Nunca amei e adorei tanto uma mulher quanto Fábia! Ela é o meu sangue, meu coração, meus órgãos, meu cérebro, todos os meus pensamentos. Estou possesso. Estou perdido. Tenho de possuí-la, ou morrer.

Júlio olhou para ele, refletindo. Isso não seria má idéia, pensou. Arrependido, contudo, Júlio balançou a cabeça para si mesmo. Catilina era muito precioso. Seus seguidores em Roma eram muito importantes, tremendos, entre as turbas perversas e secretas do submundo.

Catilina virou-se para ele tão repentinamente e com tal brilho no rosto que Júlio alarmou-se. Parecia que Lúcio lera seus pensamentos.

— E então? — disse Lúcio. — Vamos agir, algum dia? Os anos se passam e não realizamos nada. Até você fracassou em sua acusação aos governantes senatoriais. O êxito dessa acusação deveria firmar-nos na opinião pública. Estou farto de toda a sua paciência! Vamos dar o golpe e pronto.

— As pirâmides e a Acrópole de Atenas foram construídas em um dia, ou os jardins suspensos de Babilônia, ou o farol de Alexandria, ou a nação de Roma? O que propomos é enorme demais, tremendo demais, para uma ação apressada. Esqueça-se de Fábia.

— Nunca — disse Lúcio.

Júlio suspirou e levantou-se.

— Só posso implorar a Júpiter que ele o vença.

— Só posso implorar a você que permita a morte do Grão-de-bico.

— Vamos mudar de assunto. Estou alarmado diante da indiscrição de Cúrio. Ele ameaçou a amante, Fúlvia, dizendo que se ela não for fiel a ele, ele se vingará dela "depois que acontecer uma grande coisa". Fúlvia é uma mulher muito esperta. Cúrio bebe demais. É possível que nos braços dela ele revele alguma coisa que conduza às nossas execuções. Ele é mais temível do que Cícero. É seu parente, primo afastado de sua esposa morta, Lívia. Fale com ele severamente. Eu lhe aviso que isso é muito importante.

— Grão-de-bico tem de morrer, antes que se case com Terência.

— Não — disse Júlio. — Se ele morrer, também hei de me vingar.

Júlio então o deixou. Olhou para trás uma vez. Lúcio o observava com uma expressão tenebrosa e raivosa.

Hélvia e o filho, Marco, foram à casa grande mas modesta de Terência, onde ela morava com parentes, seus guardiães.

UM PILAR DE FERRO

— Você tem de fazer uma boa impressão imediatamente. É uma sorte que Terência já me considere como sua mãe. Não é verdade que ela não seja requisitada, como lhe disse aquele Júlio, tão vivo. O seu avô aprovaria essa escolha.

— E o meu pai?

Hélvia sorriu, no seu canto sombrio da liteira.

— Ela o intimida. Um dia ele me disse que ela se parece comigo. Sou assim tão terrível?

Marco beijou a face da mãe.

— Se ela se parece com a senhora, minha mãe, então já conquistou meu coração.

A tarde quente de verão passara ao crepúsculo, e nuvens baixas corriam pelo céu, prenunciando uma tempestade. Foi sob essa penumbra vaporosa que Marco e a mãe entraram na casa de Terência. O supervisor do átrio informou-lhes que a Sra. Terência estava no jardim com a irmã Fábia, a Vestal sagrada, que lhe fazia uma visita. A Sra. Terência dera ordens para que os convidados fossem levados ao jardim, onde soprava uma brisa. Marco teve uma impressão favorável da austeridade e do gosto da casa. Foi para os jardins com a mãe.

A noite abafada estava caindo rapidamente. Os visitantes pisaram numa grama que já estava com cheiro acre e intenso, com a tempestade iminente. Sombras corriam sobre a terra. Duas senhoras se levantaram de um banco de mármore, onde estavam sentadas juntas. Naquele momento, um relâmpago brilhante iluminou o ar furiosamente e Marco viu Fábia reluzindo nele como um sonho de Astartéia. Ele se esqueceu da irmã. Só conseguiu olhar para Fábia.

Nunca vira uma mulher tão bela. Era muito jovem, alta e graciosa, vestida de linho fino que a envolvia como o mármore. Seu véu azul só escondia parcialmente a teia de cabelos dourados, macios e reluzentes, que lhe caíam até os ombros como asas de borboleta. Seu rosto era oval e terno, corado nas faces lisas e lábios cheios, e os olhos, quase tão dourados quanto os cabelos, brilhavam docemente e eram grandes e sombreados por cílios escuros. Marco só podia imaginar como seria seu corpo, envolto nas roupas das Vestais; mas, por seus movimentos flexíveis, ele podia adivinhar que era heroicamente jovem e arredondado. A expressão dela era infantil, confiante e pura. No entanto, em sua pureza, insuportavelmente atraente, inspirava a veneração assombrada de quem a contemplasse. Ela parecia menos menina do que Ártemis. Sua testa assemelhava-se à testa de Atenéia. A timidez de seu sorriso revelava dentes pequenos, como pérolas iridescentes.

462   *Taylor Caldwell*

Ela estava ali, humilde, as mãos dobradas na frente do corpo, mãos brancas como a neve, mesmo contra a brancura de suas vestes. Era intocável, divina.

— Terência — disse Hélvia, beliscando o braço do filho —, meu filho, Marco Túlio Cícero.

Marco, enfeitiçado e extasiado, teve um sobressalto e virou-se para a dona da casa, seu rosto ficando quente em sua confusão e constrangimento, pois olhava para Fábia como uma pessoa possessa. Lembrou-se de fazer uma mesura.

Terência não era tão alta quanto Fábia, nem tão esguia. O linho vermelho de suas roupas compridas cobria um corpo de matrona. O rosto era meio estreito e a pele pálida. Os cabelos, penteados severamente, eram de um castanho médio e ondulados naturalmente. Tinha o nariz um pouco grande e forte demais e a boca, embora rosada, era um tanto apertada. Os olhos, porém, eram de um castanho límpido e puro, sendo o seu traço mais bonito. Revelavam caráter e inteligência, a despeito do que Júlio dissera dela. O queixo, muito comprido, exprimia firmeza e obstinação. Não usava jóias e as mãos eram grandes.

Minha esposa, pensou Marco, com convicção, sentindo-se deprimido.

A voz de Terência era baixa e sossegada, mas não hesitante. A voz tímida de Fábia parecia uma flauta. Terência tinha para com a irmã a atitude de uma mãe carinhosa. Fábia corava a todo momento. Uma irmã Virgem Vestal chegou para buscá-la quase imediatamente, levando-a para os aposentos secretos reservados às servidoras de Vesta. Terência disse com um afeto extremo:

— A minha querida Fábia queria vê-lo, nobre Cícero, pois somos como unha e carne. — Sua voz reservada tremeu e, então, seus olhos castanhos pareciam realmente lindos.

— Sabemos o que Fábia representa para você, Terência — disse Hélvia.

— Foi uma grande honra para a família o dia em que Fábia resolveu ser Vestal — disse Terência, com gratidão. — No entanto, não há um só homem das mais nobres famílias de Roma que não tenha desejado desposá-la, depois da puberdade. Mas seu coração foi sempre tão singular, tão casto, tão devoto, que ela não podia imaginar um destino melhor do que esse que escolheu.

— Ela é a própria Europa — disse Marco, ainda extasiado com a visão de Fábia. Ele notou que Hélvia o olhava com um ar de reprovação e que Terência estava corando. — Sem o touro — acrescentou ele, depressa, piorando muito as coisas. — Eu deveria ter dito Leda — continuou ele,

UM PILAR DE FERRO   463

sem jeito. Hélvia pegou o braço de Terência, com um jeito maternal, e conduziu a moça para a casa. Suas roupas varriam a grama. As nuvens enchiam-
se com a tempestade e se tornavam brancas. Um vento forte teve início.

— Você há de notar, minha querida Terência — disse Hélvia, num
tom alto demais — que o meu filho é desajeitado com as mulheres. Isso
porque ele é um grande estudioso, um estóico.

— E não ouço como o aplaudem na cidade? — disse Terência. Ela
apoiou-se no braço de Hélvia como uma filha. Depois olhou por sobre o
ombro para Marco e, de repente, seus olhos grandes e castanhos mostraram-se bondosos e carinhosos. Estava tudo resolvido. Parecia que ele não
tinha voz no assunto.

Os primeiros pingos caíam das nuvens quando eles chegaram ao pórtico. Os relâmpagos se aproximavam. De repente, Marco pensou em Lívia
e sentiu vontade de chorar.

Capítulo XXXIX

O noivado foi muito sensato e sem ilusões. Mais tarde, Marco escreveria a
um amigo: "Marcou o ritmo do meu casamento."* Ele deu muitos presentes a Terência, como manda o costume. Ele preferia dar-lhe jóias e cor-
tes de seda, numa última tentativa triste de emprestar certo romantismo à
situação, mas Terência lhe disse, embora com modéstia, que desejava presentes que fossem "úteis em nossa nova casa no Palatino". Ela visitara a
casa com Hélvia nos últimos estágios de sua construção, durante a permanência de Marco no exterior, e seu espírito positivo não a aprovara totalmente. Ela viu os muitos tesouros que Marco levara para casa e, embora
sorrisse amavelmente, era óbvio que os considerava decadentes. Assim como
ocultara de Marco sua capacidade de ter um gênio inclemente e até violento, Terência também escondeu sua aversão pela extravagância e pela beleza
exótica em excesso.

Marco, que tinha muita intuição, adivinhava muita coisa que ela escondia, mas Terência tinha tantas virtudes que ele depressa resolveu que
essas virtudes deveriam sobrepujar quaisquer defeitos. No entanto, ele descobriu uma falta de humor desanimadora na moça. Quando ele tentava ser
espirituoso, ela sorria amavelmente. Quando ele fazia um epigrama de sua

---

*Carta a Ático.

própria lavra, ela o olhava com ingenuidade. Todo o conhecimento dela era prático e pragmático. Gostava de falar sobre a carga dos navios em que investira. Era controlada e um tanto complacente, mas as conversas sobre dinheiro a levavam a prestar mais atenção. Nunca se cansava de ouvir casos sobre os amigos influentes de Marco na cidade e um brilho calculista lhe iluminava os olhos. Tinha para com ele uma atitude de afeição confiante, quase de irmã. Uma vez, ele pegou a mão dela e depois beijou a dobra do braço gorducho. Ela teve um sobressalto, ficou muito vermelha e lançou-lhe um olhar ultrajado, puxando a manga para tapar o membro ofendido. Serei repugnante a ela?, perguntou-se ele, desanimado. Ele fez a pergunta francamente à mãe, que levantou as sobrancelhas espessas e pretas.

— Você esperava que Terência fosse sofisticada nessas coisas? — perguntou ela, num tom de reprovação. — Ela irá para a sua cama virgem e isso não é coisa que se despreze.

— Estarei me casando com uma contadora ou uma mulher? — retrucou ele.

Hélvia disse:

— Ela será a boa guardiã de sua carteira e a guardiã de seu coração. Os *lares e penates* de sua casa nunca serão desonrados por ela. O que mais pode um homem esperar de uma mulher?

O casamento foi à moda romana antiga. No dia da cerimônia, Terência vestiu, com a ajuda de mulheres da família, uma longa túnica de linho branco, sem bainha. Esta era presa em volta da cintura baixa por meio de um cinto de lã com dois nós, o *cingulum herculeum*. Por cima, usava um véu amarelo pálido, com sandálias do mesmo tom. Os cabelos tinham sido penteados à moda antiga, cobertos por tufos de cabelos artificiais, presos à cabeça por uma rede vermelha. Sobre tudo isso foi colocado um véu cor de laranja vivo, que lhe caía sobre o rosto. Havia ainda uma coroa de manjerona e verbena. Não tinha jóia alguma a não ser um colar de prata finamente tecida, que Marco a convencera a aceitar e usar. (Ela teria preferido o colar tradicional de cobre ou ferro.)

Esses trajes não eram destinados a fazer com que o noivo esperasse, impaciente, a alcova nupcial. Marco achou que Terência estava medonha, pois todos os casamentos a que comparecera na vida tinham sido alegres e lindos, e a noiva se arrumara mais à moda moderna, com os cabelos perfumados e soltos, os lábios pintados de vermelho e cintilando com as jóias da família ou do noivo.

Terência ficou em casa, com os parentes, e recebeu Marco e os parentes do noivo. Quinto ficou consternado ao avistar Terência. A mulher dele,

Um Pilar de Ferro

Pompônia, parecia uma verdadeira ninfa, comparada à outra. Ele achou que Marco merecia muita piedade e estava tão desesperado que seu rosto ficou todo suado, embora o dia de início de outono estivesse fresco. Túlio, que demonstrava muita indiferença, acreditando vagamente que algo do Olimpo interferiria para salvar Marco de um destino tão cruel, estava muito infeliz. Então, ao ver aquelas feições fortes e resolutas através das malhas do *flammeum*, ele ficou mais do que apreensivo, mais do que desanimado. A moça era uma estranha; suas maneiras eram cerimoniosas. Não era a noiva tímida da fábula e das esperanças patéticas do homem. A competência se irradiava dela como uma luz dura. Túlio tinha vontade de gritar ao filho: "Fuja enquanto é tempo!" Ele viu o rosto sério e pálido de Marco e sacudiu a cabeça, desesperado e assombrado. De todas as mulheres de Roma, teria sido necessário que o filho se casasse com uma assim, certamente excelente em todos os sentidos, mas com mãos tão grandes e feias e uma fisionomia tão severa?

Os presentes ao casamento foram para o átrio, onde se ofereceu uma ovelha tenra como sacrifício aos deuses. Todos participaram com os dedos. Terminada essa parte, as testemunhas estamparam seus selos no contrato de casamento. O *auspex*, embora não ocupasse um cargo sacerdotal, declarou que todos os presságios eram auspiciosos e que as vísceras da infeliz ovelha indicavam uma vida conjugal longa e feliz para os nubentes. Depois, o casal trocou os votos diante dele: *"Ubi tu Gaius, ego Gaia."* (Onde vais tu, Gaius, lá vou eu, Gaia.) As testemunhas, amigos, parentes e convidados ao casamento então deram muitos vivas, exprimindo suas bênçãos e votos de felicidade ao casal.

Fábia não estava presente ao casamento de sua única irmã, pois naquele tempo as Vestais ainda não participavam das festividades ou festas livres. Mas enviara suas orações e uma carta comovente, que Terência passou a ler, de pé, majestosa, no meio de todos. Pela primeira vez seu rosto se abrandou e suas faces se inundaram de lágrimas ternas. De repente, ela parecia encantadora e jovem e não uma mulher cheia de certezas. Virou-se para Marco e apoiou a cabeça no ombro dele, para se controlar, e ele involuntariamente a tomou nos braços, sentindo afeto por Terência. Afinal, ela ainda era jovem, era sua esposa e Marco fizera um voto de que a amaria e protegeria, tendo carinho por ela, mesmo que sua conversa não fosse propriamente estimulante, nem suas maneiras sedutoras.

A festa durou até bem depois do anoitecer. Não foi uma festa notável, nem inspiradora. Marco bebeu vinho até os ouvidos tinirem e sua mente ficar embotada. Chegara o momento de levar a noiva de seu lar para a casa do marido. Os músicos, conduzidos pelos portadores de archotes, caminhavam à frente dos recém-casados, cantando canções discretas, em vez das modinhas maldosas e lascivas dos casamentos modernos. Cantavam sobre o lar e a virtude da noiva, a nobreza do noivo e os filhos heróicos que nasceriam para servir a Roma e para venerar os deuses tribais. Os transeuntes paravam para olhar o casal na liteira, seguido por amigos e parentes, achando que era um casamento plebeu, pois não havia belas bailarinas nem faunos brincando na procissão, nem doces nem moedas jogadas às mãos ávidas. Ninguém na procissão ria, nem mostrava sinais de embriaguez. As cortinas da liteira estavam fechadas. Era tudo muito solene e contido, a despeito dos meninos saltitantes que torciam gravetos de espinheiro como augúrio para os filhos por nascer.

A bela casa nova de Marco estava toda iluminada, com muitos lampiões e todos os empregados alinhados pela alameda florida que levava à porta, cujo limiar tinha sido coberto por um pano branco, significando que uma noiva virgem passaria por ali. Marco desceu da liteira e deu a mão à mulher. Terência saltou com o véu laranja ainda escondendo parcialmente o rosto. Então, chegara o momento em que ele devia carregar Terência por cima do limiar. A comitiva olhava para ele, sorrindo e esperando. Ele pôs os braços em volta de Terência, levantou-a... e cambaleou. Ela era inesperadamente pesada e sólida. Para ajudá-lo, e evitar qualquer impropriedade, Terência passou os braços em volta do pescoço dele, apertando-o. O andar de Marco não estava muito firme e ele suava de um modo inconveniente quando por fim conseguiu depositar Terência do outro lado do limiar. Depois, as damas de honra os acompanharam, carregando a roca e os fusos de Terência, e entoaram uma canção sobre as virtudes da matrona.

Marco ofereceu à esposa fogo e água. Notava-se que ele estava mesmo muito pálido e com os olhos vidrados. Túlio o observava, triste, a distância; Quinto estava numa infelicidade evidente. Hélvia observou o filho e depois fixou os olhos resolutamente sobre a jovem noiva, tão conveniente, esperando que mais tarde a moça demonstrasse um pouco de ardor pessoal. Marco, pensou ela, tinha a alma de um cordeiro manso. Mas, refletiu, os homens possuíam uma natureza frágil, facilmente sensível, apesar de seus modos rudes, vozes graves e domínio dos negócios. Em comparação, as mulheres eram feitas de ferro.

Era costume alguma mulher mais velha sussurrar ao noivo, se ele fosse seu parente: "Seja delicado! Seja paciente!" Mas Hélvia dirigiu-se à jovem e comedida noiva e murmurou:

— Seja bondosa, minha querida, pois ele ama a bondade mais que tudo.

Terência virou-se e olhou para ela, não em confusão, mas com uma expressão vazia. Apesar de recém-chegada à casa do marido, ela não estava corando, nem demonstrando timidez, nem sustos meigos. Já era a dona daquela casa; a segurança irradiava-se de seu semblante.

A madrinha então pegou Terência pela mão, no meio da comitiva, e levou a noiva, extremamente calma e confiante, para o aposento nupcial. Mal as cortinas caíram sobre a porta, os convidados e a comitiva do casamento deixaram Marco, para este gozar os prazeres de seu leito. Onde antes havia cantos e vozes, agora reinava o silêncio e os restos de uma última libação, pastelaria e bolos diversos. Marco ouviu o supervisor fechar e trancar as portas de bronze do átrio, que ele importara de Rodes. Até mesmo as vozes dos escravos fatigados se haviam calado. Os lampiões brilhavam fracamente e o cheiro de seu óleo tornou-se enjoativo e sufocante. O supervisor voltou do átrio e, fazendo uma mesura, disse:

— Patrão, há mais alguma coisa?

Ele era um homem de meia-idade, de uma imensa dignidade. Marco disse, numa voz desesperada:

— Aulo, beba um cálice de vinho comigo!

Aulo sorriu e, com respeito, encheu o cálice enfeitado de Marco e outro para si. Eles beberam num silêncio profundo.

O supervisor baixou os olhos.

— Que os deuses abençoem o seu casamento, nobre senhor, e conservem sua felicidade.

Ele começou a encher bandejas com pratos e cálices. Os lampiões piscavam. Em breve amanheceria. E a esposa de Marco o aguardava no aposento nupcial.

Aulo saiu da sala e Marco ficou inteiramente só. Certamente nunca houvera um noivo tão relutante, pensou ele. Marco estava cheio de aflição e muito assustado. Contemplou sua situação. Que loucura envolvera seu cérebro, levando-o a se casar? Ele estava cansado e aturdido, pois bebera vinho demais. Se eu fechar os olhos, pensou como uma criança, depois os abrirei e descobrirei que tive um pesadelo. Ele não se lembrava nem do rosto nem do corpo de Terência. Uma estranha o esperava, uma mulher que ele nunca vira na vida. Ela se dirigira com serenidade à alcova nupcial, como, sem dúvida, se dirigia aos seus bancos. Por que ele algum dia achara que ela se parecia com a mãe dele, Hélvia? Hélvia tinha humor e sua força era quente como a terra. A força de Terência — e quem, em nome dos infernos, havia de querer uma mulher forte? — era a força do concreto.

Marco então lançou para trás seus ombros magros. Serei um homem ou um rapaz que ainda não atingiu a puberdade?, perguntou-se ele, severo. Sou anos mais velho do que aquela pobre moça que, provavelmente, está tremendo em minha cama e manchando meus travesseiros com suas lágrimas virginais. Ele caminhou com passos decididos para fora da sala e dirigiu-se para as cortinas do aposento nupcial, afastando-as num gesto másculo.

O quarto era grande, mas aconchegante. Havia belos móveis, dispostos sobre o piso de mosaicos coberto por um tapete persa de muitas cores radiosas. A cama era de ébano e mogno, incrustada de marfim e com muitos dourados, e fora trazida do Oriente. As cadeiras eram de limoeiro, bem como as mesinhas delicadas. Um lampião cheiroso ardia discretamente junto ao leito. Terência dormia profundamente. As cobertas azuis e amarelas estavam puxadas quase até o queixo da moça. Era evidente que ela usava uma camisola modesta de linho branco, pois um dos braços estava para fora das cobertas e a manga chegava até seu pulso grande. Ela dormia como dorme uma criança, os cabelos castanhos em tranças espalhados pelos travesseiros.

Marco ficou ali, contemplando a mulher. Lágrimas? Tremores? Que nada! Uma noiva, e estava dormindo, sem esperar pelo noivo! Uma virgem e não tinha tremores nem temores. Seu perfil estava sossegado; era evidente que estava apreciando seu sono. O lampião brilhava sobre a palidez ligeira de suas faces lisas, a sombra de seus bonitos cílios. E, infelizmente, também sobre seu nariz formidável, queixo resoluto e pescoço curto.

Eu deveria estar agradecido por ela não ter apagado o lampião, pensou Marco. Seria possível que aquela moça não tivesse a menor idéia do ato conjugal? Essa idéia o excitou. Ele tirou as roupas, levantou as cobertas e deitou-se ao lado da mulher, depois de ter apagado o lampião.

Ele ouvia os últimos foliões cantando, falando e rindo, subindo o monte Palatino para chegarem a suas casas. Sentia rajadas do ar pungente do outono pela janela aberta. Pôs a mão no ombro de Terência e depois debruçou-se, no escuro, procurando seus lábios. Ela despertou, murmurando, não com antecipação ou amor, mas aborrecida, como uma criança contrariada. Era evidente que sabia muito bem onde se encontrava e quem estava procurando o seu corpo.

Ela pegou a mão dele num aperto muito competente.

— Já é tarde — disse ela, com firmeza — e estou cansada, Marco.

Ele teve vontade de bater nela. Descobrira que Terência tinha seios grandes e cálidos e isso o excitara. Tornou a procurá-la. Novamente, ela pegou a mão dele.

— Amanhã — disse ela.

— Não!

— Sim. Agora deixe-me dormir, pois tenho muito o que fazer de manhã.

E, incrivelmente, ela adormeceu de novo, virando-se resolutamente de lado, de costas para ele.

Marco, ultrajado e ardendo de humilhação, resolveu que odiava a mulher e que se divorciaria dela imediatamente, devolvendo-a a seus livros, corretores e banqueiros no dia seguinte. Alegrou-se com a idéia prazenteira de levar a noiva indesejável de volta à sua casa e seus parentes, rejeitada e mortificada, aos prantos.

Então, de repente, o humor da situação o dominou e ele deu uma gargalhada. Instalando-se comodamente, ele adormeceu, ainda rindo. Em algum momento da noite, Terência, em seus sonos quentes, devia ter pegado na mão dele, pois quando Marco acordou, no amanhecer azul e dourado, encontrou seus dedos entrelaçados com os dela. Ele ficou comovido e beijou-lhe a face, dando um suspiro.

Mais tarde, Terência correspondeu ao marido com competência, como fazia em tudo. O ato do amor não tinha para ela maior significado do que seus outros assuntos; tinha um lugar na sua vida e devia ser atendido com presteza e eficiência. Além disso, era seu dever e ela prezava o dever acima de tudo.

Marco não sabia se ela o amava ou não. Terência tinha grande afeição por ele. Teria prazer com o corpo dele? Ele nunca o saberia. Ela o olhava com simpatia. Marco tinha certeza de que ela era sua amiga.

Capítulo XL

— Aquele maldito Grão-de-bico! — exclamou Catilina. — Ele agora é político. E você há anos vem dizendo que ele é inofensivo! Um político algum dia já foi inofensivo? Quem sabe onde terminará a carreira dele, se não o destruirmos? Desde a minha infância sei que ele é uma ameaça a tudo o que somos e a tudo o que desejamos.

— Um simples questor — disse Júlio —, o mais humilde de todos os cargos políticos humildes ao qual se poderia eleger. E vai para a Sicília, que, em minha opinião, é o ânus dos Infernos. Pobre Cícero. Na idade dele, esperava um filho, e a Sra. Terência lhe apresenta uma filha. Você se atormentava, meu caro Lúcio, quando ele subia cada vez mais na estima do povo, devido à sua oratória forense. Via sombras dele em toda parte, vingativas. Ele o obceca!

470   *Taylor Caldwell*

Há ocasiões em que acho tanta graça nesse absurdo que nem me posso controlar. Ele nunca pronuncia o seu nome.

"Não é segredo que ele o despreza, Apolo. Não é segredo em Roma o fato de você o detestar. Você diz que ele se lembra de Lívia. Baseado em quê? É um homem manso, casado, amado pelo povo de Roma por sua virtude e probidade e sua eloqüência e maestria nos tribunais, onde é sempre o gladiador defendendo a justiça. E hoje é questor, um cargo muito modesto. No entanto, você o teme! Falemos de assuntos mais importantes. De Fábia, por exemplo.

A expressão de Catilina mudou de modo sutil, mas ele encarou diretamente os olhos negros e vivos que olhavam nos seus.

— O que tem Fábia?

— Você não é o meu amigo querido? Eu não visito Cícero e seu lar tranqüilo... ou que seria muito tranqüilo, não fosse a ambição de Terência... e não o vejo carregando a filha pacatamente nos jardins, e ele não me fala de seu infernal Direito e de seus livros? Mas eu o visito, não só por uma velha afeição da infância, mas porque quero verificar o que se diz, captar qualquer modificação na expressão dele. Falo a ele de Fábia da maneira mais displicente, indagando sobre sua saúde sagrada. Ele responde com bastante amabilidade, dizendo que a moça visita a irmã com freqüência. Você não compreende? Você queria que ele fosse assassinado para impedir que se casasse com a temível Terência, que é irmã de Fábia. No entanto, ele não sabe de nada. Devo felicitá-lo pela discrição em seus encontros com Fábia, ou devo sentir alívio ao ouvi-lo dizer que abandonou a moça?

Lúcio ficou calado.

A casa de Júlio era uma residência magnífica, que ele construíra fora de Roma, cheia de chafarizes, estátuas, mármore, ouro e prata, vidro de Alexandria, candelabros de cobre e bronze forjados, flores, piscinas azuis, tapetes reluzentes, reposteiros de seda, pisos de mármore, murais, quadros, livros e artefatos de todas as terras do mundo. Os dois amigos estavam juntos nos jardins, verdejantes e em flor, sombreados por murtas, carvalhos e ciprestes, sob um céu mais claro e límpido do que o da cidade. Bem no centro dos gramados havia uma gigantesca estátua de metal do deus egípcio Hórus, filho de Ísis, em forma de um falcão com as asas abertas e fazendo sombra na grama. O bico majestoso erguia-se, arrogante; as asas enormes pareciam tremer ao sol. Júlio tinha um fraco pelo Egito e suas artes e possuía muitos tesouros egípcios roubados, além da serpente sagrada que escondia no quarto. Ele gostava de contemplar o grande falcão e ver a sua sombra ampliar-se sobre a terra. Nesses momentos, sentia-se inspirado.

Um Pilar de Ferro

471

Ele olhou para Catilina com insistência. Catilina disse, então:

— Pode escolher a dedução que preferir.

— Isso não é um assunto particular! O que qualquer um de nós fizer agora é importante. Se Fábia sucumbiu, abandone-a imediatamente. Se não, esqueça-se dela. Escute-me! Sabe o que ouvi dizer na cidade? Que Fábia, de repente, ficou com o rosto pálido e desmaiou diante dos fogos de Vesta, e as irmãs tiveram de levá-la embora. E isso há apenas alguns dias. O povo pensou que fosse um augúrio de desastre, pois todos conhecem Fábia, a mais bela das mulheres, e todos conhecem sua doçura e juram que seu olhar os restabelece. Portanto, quando ela desmaiou, isso provocou boatos. Está envolvido nisso, Lúcio?

Novamente, o rosto de Catilina mudou e, então, seus terríveis olhos azuis lampejaram.

— Não permito que você me interrogue, César! Acabe com isso.

— As Virgens Vestais são minhas guardiãs, as guardiãs de minha casa antiga. São as guardiãs do fogo da lareira de Roma. Uma Vestal que é seduzida, cujo nome é difamado, é um escândalo e um horror para o povo. O povo se vinga dos homens que corrompem uma Vestal, e também se vingam da Vestal que permitiu essa corrupção. É um crime capital. Por quanto tempo ainda terei de lhe lembrar isso?

— Pode parar imediatamente.

— Deuses! — exclamou Júlio. — Não me fale com esse desprezo! Fale assim com seus escravos, ou sua mulher, ou seus preciosos companheiros. Mas não comigo, Catilina, não comigo!

— Estamos ficando insolentes — disse Catilina.

— Insolente? Eu? Com você? Serei inferior a você?

Catilina deu um sorriso irônico.

— Você quer ser meu superior. É ambição, César, e há ocasiões em que não confio em você.

— Não mude de assunto. Que não se fale mais sobre Fábia.

Catilina virou-se para ele depressa.

— Fale? A moça desmaiou. Os dias têm sido quentes. Sobre essa pequena premissa você constrói uma torre de iniqüidades e mentiras.

— Ela ainda é donzela, Catilina? Minhas suspeitas são mesmo iniqüidades e mentiras?

— Quanto a tudo isso, por certo. Você falou de boatos. Quais são os outros?

Observando-o atentamente, Júlio disse:

— Ela chora de noite, com suas irmãs Vestais, e acorda dos sonhos gemendo, acusando-se de crimes vis mas não declarados.

— Ah, então você dorme com as Vestais!

Júlio levantou-se de um salto, um fio de espuma aparecendo em seus lábios, e ficou mortalmente pálido. Lutou visivelmente para controlar as emoções que estavam para culminar na síndrome de sua doença. Tal foi sua força de vontade que, depois de um momento, enquanto Catilina o olhava inquieto, ele conseguiu reprimir o ataque súbito. Tornou a sentar-se e deixou cair a cabeça sobre o peito. Depois, devagar, levou a mão à cabeça, com um jeito aturdido. Olhou em volta e disse, como se falando sozinho:

— O que foi que eu vi?

Lúcio Catilina foi até uma mesa de mármore, pôs um vinho rosado num cálice e levou-o para Júlio. Este o tomou como um homem num sonho. Estava cor de chumbo. O suor corria de sua testa como lágrimas. Ele começou a beber o vinho muito devagar, olhando para a frente, como que tentando captar um vislumbre de algum horror que tinha visto antes.

Depois disse, numa voz pesada:

— Não pode haver nada mais com Fábia, se é que já houve alguma coisa.

Depois, ele levantou os olhos, que estavam turvos mas cheios de força.

— Não costumo ameaçar à toa, nem por uma raiva passageira. — Sua respiração estava lenta e ofegante. — Há mais um assunto. Dizem que você está ligado àquele Trácio, a Espártaco e, àqueles escravos, Crixo e Enomau, que ele incita. Vivemos em Roma, que hoje está apavorada com os escravos. Você é um dos conspiradores, Catilina? Não espero ouvir a verdade de seus lábios. Mas tenha cuidado! O momento não é oportuno. Uma revolta dos escravos não nos conduzirá ao poder.

— Alguma coisa deve fazê-lo — disse Catilina, com amargura. — Os anos passam e permanecemos os mesmos, como conspiradores colegiais.

— Você quer ver os romanos, seus concidadãos, assassinados nas ruas por escravos revoltados?

Os olhos de Catilina se moveram, mas seu rosto assumiu uma expressão sombria.

— Vamos usar a razão — disse Júlio. — Não queremos ver o nosso povo massacrado. É verdade que esperamos que você utilize a sua influência sobre os seus amigos monstruosos, para tornar-nos irresistíveis, para que, por medo, ninguém ouse opor-se a nós. Mas não desejamos que o sangue de romanos corra pelas ruas.

Catilina mexeu a boca arrogante, mas manteve-se calado.

Júlio continuou.

— Sim, vejo bem que o sangue dos romanos nada significa para você. Você tem ódio de tudo; está na sua natureza. Há violência demais em você,

UM PILAR DE FERRO

e a violência sempre foi o seu primeiro amor, a violência por si só. Se eu dissesse uma única palavra a Crasso, você não tornaria a ver o sol nascer, nem seduziria mais nenhuma mulher.

A mão de Catilina buscou o punhal. Mas Júlio, já refeito, levantou-se e sorriu para ele, divertindo-se de verdade.

— Seja valente, Catilina, quando chegar o nosso dia, mas não seja violento. Eu o estimo. Não gostaria de oferecer sacrifícios aos seus *manes*.

Ele dirigiu-se com firmeza, embora um tanto devagar, até a estátua negra e enorme de Hórus, olhando para a cara feroz, com seu bico imenso. Quando por fim se virou, viu que Catilina havia partido, sem se despedir.

Terência, que achava que nenhum aposento da casa podia ser interdito a ela, entrou na biblioteca onde Marco estava ocupado com mais ensaios que prometera a Ático.

Ela não batera à porta antes de entrar e Marco teve um sobressalto; nervoso e aborrecido, fechou a cara. Não era um romano tão "antigo" a ponto de achar que a mulher devesse restringir sua presença aos alojamentos femininos e à companhia de suas escravas e da sogra e ao quarto onde dormia sua filhinha, Túlia, aos pórticos exteriores reservados às mulheres e ao pátio privado delas. Mas acreditava que os que invadiam a intimidade de outrem deviam pedir desculpas ou primeiro pedirem permissão.

— Já lhe pedi, querida Terência, para não invadir minha biblioteca quando eu a estou ocupando — disse Marco, com toda a severidade que conseguiu, o que não era grande coisa.

— Tolices — disse Terência. — O que você está escrevendo? Ensaios obscuros para os homens ociosos lerem no banho? Há assuntos mais importantes.

Como é um axioma o fato de todo escritor achar que o que escreve é imortal, Marco ficou justificadamente contrariado e irritado. Ficou mais contrariado ainda quando Terência sentou-se sem permissão — ela que não se sentava na presença de homens, à mesa, e ficava discretamente perto da porta para supervisionar as travessas nas mãos dos escravos antes de dar sua aprovação. Ele gostava muito de Terência. Da Sicília ele lhe escreveria: "Você tem mais coragem do que qualquer homem", e a chamaria de "mais verdadeira das ajudantes". Mas, por algum motivo, ele ficava mais feliz longe do que junto dela. Estava sempre querendo desconcertá-la, pois Terência tinha sempre tanta certeza de que tudo o que fazia era perfeito, que não podia ser questionado por um simples homem. Para uma matrona romana "antiga", pensara Marco, ela tem pouca consideração pelo meu sexo.

474   *Taylor Caldwell*

Mas seria possível que as matronas romanas "antigas" realmente tivessem essa opinião e por isso evitassem os homens?

Suspirando, e vendo que Terência estava firmemente acomodada em sua cadeira, com uma expressão que mostrava que ninguém a intimidaria, Marco largou a pena.

— Estou ocupado com um ensaio que, creio, lançará alguma luz sobre um assunto muito importante — disse ele, com muita pompa. Ele nunca sabia bem se falava de um modo intelectual com Terência a fim de esclarecê-la ou para definir a linha divisória entre a mente dela e a dele, com desmerecimento para a dela. — Onde termina a razão e começa a emoção? Quem pode dizer que pensa racionalmente sobre a maioria dos assuntos, o que é estimável, ou se é impelido, sem ele mesmo saber, por alguma força profunda oculta em sua natureza, que não tem nada a ver com seu intelecto? E, se assim impelido, como pode ele apresentar a idéia de que sua "razão" é objetiva e portanto deve ser aceita sem discussão pelos outros homens? Eu amo a lei porque sinto repugnância e medo da ausência de lei. Mas será isso devido à razão pura? Existem homens que, instintivamente, amam a ausência da lei e a imprudência, encontrando motivos racionais para serem assim, como a aparente anarquia que encontram na natureza e o pouco caso da natureza para com as nossas idéias e motivos humanos. Dizemos que a lei é sagrada. A natureza, porém, não considera nada sagrado. Detestamos o assassinato, mas a natureza o encara tranqüilamente. Temos compaixão pelos mais fracos, mas a natureza os elimina impiedosamente, porque fraqueza gera fraqueza e no mundo não há lugar para os que não são fortes. Vamos brigar com a natureza porque ela decretou que o progresso de homens e animais e vegetais depende da eliminação daqueles que não são dotados do gênio de sobreviver? Ela mostrou que não deseja a sobrevivência de um bebê fraco. Mas nós usamos a nossa arte da medicina para garantir essa sobrevivência. Estaremos errados, ou estará errada a natureza? Usamos a razão? Ou seremos meramente emocionais?

— Túlia não é fraca; é um bebê muito forte — disse Terência. — Portanto não vejo motivo por que ela deva servir de tema para um de seus ensaios.

Marco levantou os olhos para o teto com uma paciência forçada, que sempre irritava Terência, a prática.

— Eu não estava escrevendo sobre minha filhinha Túlia — disse ele, numa voz de mártir, de marido muito incompreendido, de quem é paciente até com a idiotice. — Vejo que não posso alcançá-la.

Um Pilar de Ferro

— Deixe-me tentar, então, alcançar a sua mente exótica, Ó Mestre — disse Terência, com aquela sua rara ironia, que sempre assustava Marco de um modo desagradável.

— É verdade — continuou Terência — que não sei escrever ensaios nem conduzir um processo nos tribunais com sutileza e argumentos abstratos. Mas sei ler os livros de contabilidade e sei avaliar a nossa situação. Embora tenha uma mente inferior, sou capaz de saber se devo ou não vender certo investimento, ou se determinado banco merece a minha preferência. Sei qual dos meus amigos nos pode favorecer e sei quais os que são um estorvo. Sei com detalhes qual o nosso saldo nas casas de corretagem e o valor de nossos bens em terras. Mas certamente tudo isso é desprezível para a sua mente magnífica, Marco.

— O que há de errado agora? — perguntou Marco, numa voz resignada. Terência serviu-se de um punhado de figos e tâmaras. Ela abocanhou os petiscos ruidosamente, olhando para a parede logo acima do ombro de Marco. Seus olhos estavam grandes e pensativos. Mastigava com prazer.

— Quase tudo — disse ela, depois de engolir com muito propósito.

— Não pode falar a respeito amanhã, quando eu estiver menos ocupado?

— Quando? Nos tribunais? Nos seus gabinetes? Não. Tem de ser agora. — Ela procurou em suas roupas volumosas e feias e puxou um papel. — Marquei isso aqui organizadamente. Mestre: dedique alguns minutos de seu tempo valioso à sua escrava. Serei breve.

— Por favor — disse Marco, num tom forçado de polidez.

— Você me disse que quer dar um jantar a certos cavalheiros. Mestre, o jantar será servido à sua vontade. Anotei os nomes dos convidados. Quase todos são aborrecidos advogados e homens de negócio. Não faço pouco deles; são os seus associados. Mas nenhum é homem de importância real e, se você quiser progredir, tem de procurar homens importantes.

— O objetivo do jantar é uma troca de opiniões sobre o Direito, Terência.

— A vida é muito curta para a simples satisfação dos caprichos — disse Terência, com firmeza. — Você tem prazer nessas discussões. O prazer é suspeito. Você foi eleito questor. Agora é um político. Quem pode ajudar às suas aspirações políticas?

— Quem? — repetiu Marco, com uma paciência ainda mais forçada.

— Júlio César, Pompeu, Lúcio Catilina. O nobre Licínio Crasso, o triúnviro, o homem mais rico de Roma, o financista. Esses são apenas alguns. Marco recostou-se na cadeira.

476   *Taylor Caldwell*

— Acho Júlio aborrecido e astucioso demais. Acho Pompeu de intelecto pesado. Não preciso tornar a lhe dizer como odeio Catilina. Quanto a Crasso, eu o desprezo, no íntimo, pois deve sua riqueza à desapropriação dos infelizes quando Sila voltou da Ásia. Ele é um homem exigente; pode comprar cargos à vontade, para si e os amigos, e quem compra cargos é desprezível.

— Todos os políticos compram cargos — disse Terência, também paciente. — Você pensa que os homens são eleitos devido à sua probidade, inteligência, dedicação e esperança de fazer progredir a pátria? Todos os cargos políticos estão à venda e todos os políticos de sucesso contribuíram com o ouro necessário.

— Pois eu não — disse Marco, irritado.

Terência deu de ombros.

— Você deveria ser procônsul, pelo menos. Devia ter comprado um cargo, como fazem todos os homens inteligentes. Posso citar uma dúzia de triúnviros que compraram cargos ou que tinham pais com dinheiro suficiente para comprá-los para eles. A virtude não tem nada a ver com isso, nem a conveniência, nem o valor. Se só fossem eleitos homens virtuosos, convenientes ou de valor, então certamente a metade dos cargos, ou mais, estaria vazia, em Roma!

— O povo deve procurar os melhores homens — disse Marco.

— Mas quem, em sua opinião, são os melhores homens? Os que lhes prometem trabalho e luta pela pátria, ou os que lhes prometem dádivas?

Marco afastou os olhos do teto e olhou para a mulher com respeito. Ela sorriu para ele com um ar maternal.

— Andei lendo alguns de seus velhos ensaios — informou-lhe. — Não cheguei a essas conclusões apenas pelo poder de meu pobre cérebro feminino.

— Você é minha discípula aplicada — disse Marco, pegando a pena de novo.

— Espere. Você insiste nesses homens entediantes para seus jantares ou quer seguir os meus conselhos? Se você não quiser os quatro que mencionei, há outros.

— Relacione aqueles que você considera importantes, Terência. Com exceção de Catilina.

Marco era muito bondoso e tinha muita afeição pela mulher, embora não fosse amor. Terência ficou aliviada.

— Voltemos ao número de convidados, querido marido. Acrescentei outros nomes. — Ela os citou e Marco fechou a cara. Depois olhou para a mulher.

UM PILAR DE FERRO 477

— Descobri que a minha estátua de bronze, de uma ninfa e um fauno, desapareceu do vestíbulo.

Terência sorriu para ele com doçura.

— A minha lista é muito completa, quanto aos seus convidados, meu querido. Achei a estátua indecente. Mas, se você quiser, mandarei repô-la no vestíbulo.

— Também estão faltando do nosso quarto de dormir as minhas estatuetas de Vênus e Adônis, em alabastro.

— Que atitude obscena! Contudo, como você parece gostar delas, vou mandar repô-las. Você é um marido muito estranho — disse Terência, dobrando o papel que continha os nomes. — Confesso que não o compreendo. Você tem estados de espírito incompreensíveis. Lembro-me da irritação de minha mãe com o meu pai. Mas você é mais caprichoso do que qualquer outro homem. Na qualidade de sua mulher, recebi os livros das mãos de sua mãe, que é muito competente. Você sabia que, por ter comprado tantas terras, casas de campo, olivais e pomares, está devendo mais de duzentos mil sestércios, além de várias outras dívidas?

— Meus clientes têm tido excelente saúde e vidas longas, ultimamente. Não têm morrido, mencionando-me em seus testamentos — disse Marco. — Duzentos mil sestércios!

— Sim. — Terência fez uma pausa e olhou-o friamente com seus grandes olhos castanhos. — Observei pelos livros de contabilidade do seu escritório que, ultimamente, você tem atendido muitas clientes femininas, cujos divórcios tem ganhado. Eu pensava que você não aprovasse o divórcio.

— E não aprovo mesmo. Mas, nesses casos, as senhoras tinham justificativas.

— Elas não lhe pagaram honorários.

— Terência, pela lei, os advogados não podem receber honorários. Só podemos receber presentes e legados.

Os olhos de Terência ficaram ainda mais frios.

— As senhoras não lhe mandaram presentes. Elas lhe dão outros presentes, Marco, que não sejam dinheiro?

Marco ficou abismado.

— O que está insinuando?

Ela deu de ombros e abaixou os olhos.

— Está com ciúmes? — disse Marco, muito interessado.

— Eu? — exclamou Terência. — Como você me difama, Marco! Não sei então que você é o mais fiel dos maridos?

Marco apertou os lábios.

— Hoje em dia, em Roma — disse ele —, isso não é considerado um elogio. O marido de sua amiga Aurélia é conhecido por seu adultério.

— E Aurélia também — disse Terência. Ela levantou-se e depois ficou muito séria. — Marco, você deve fazer insinuações mais claras aos seus clientes para que lhe dêem presentes. As nossas contas bancárias estão com saldo muito baixo. — Ela sorriu. — Quer ver Túlia antes de ela dormir?

Eles foram para o quarto da menina, iluminado por lampião, um quarto encantador e cheio do ar fragrante do outono. O bebê ainda estava acordado. Olhou para o pai e balbuciou, estendendo os bracinhos. Ele viu o seu próprio rosto no dela, um pouco pálido, mas sadio e brilhando de inteligência. Os olhos eram os dele, mutáveis e grandes, passando do âmbar ao azul e ao cinza, de momento em momento. Marco levantou a filha, pegou-a no colo e beijou-a com alegria.

— Meu amor — disse ele. A criança fez bolhas com a boca junto do rosto dele, pegou-lhe uma mecha do cabelo e puxou, satisfeita. Terência, que desejara ter um filho, ainda assim olhou com orgulho para o pai e a filha. Pôs a mão no ombro do marido e depois encostou a face nele. Ele era muito estranho. Mas era virtuoso e famoso, embora um tanto imprevidente quanto ao que se referia aos presentes de clientes; e também não ligava para as relações com os homens que pudessem ajudá-lo a progredir.

Ela disse:

— Marco, resolvi que eu e o bebê não devemos acompanhá-lo à Sicília. Parece que o clima não é o mais salutar para crianças.

Marco, secretamente, tinha rezado para não ser sobrecarregado com uma família grande na Sicília. Também desejava fugir, por algum tempo, da esposa exigente que falava de livros de contabilidade e convidados importantes e cuja conversa em geral não era muito edificante, tratando apenas de assuntos monótonos. Ele disse, então:

— Ficarei muito só.

Terência disse, com firmeza:

— Será apenas por um ano, e você vai visitar-nos na ilha, no verão. Mas tenho de insistir que zelemos pela saúde de Túlia.

— Concordo com você, querida esposa — disse Marco, num tom de tanta aquiescência que os olhos de Terência se apertaram, em conjeturas.

Marco voltou à biblioteca, onde encontrou o supervisor, Aulo, esperando por ele.

— Mestre, o nobre Júlio César deseja um momento do seu tempo.

— A essa hora?

Aulo baixou a cabeça e olhou para o chão.

— Mestre, a hora não é tardia, nestes dias. Com ele está Pompeu, o Grande.

Marco fechou a cara. Sabia que Pompeu gostava dele, mas ignorava o motivo. Disse a Aulo:

— Traga-os à biblioteca.

Era óbvio que Júlio e Pompeu, embora não estando bêbados, tinham bebido bastante e jantado muito bem. Eles brilhavam com aquele bem-estar especial que só se adquire com a garrafa e a mesa. Marco sentiu-se pesado e de meia-idade na presença cintilante deles. Sentia-se enfadonho e totalmente marido e pai — com livros de contabilidade.

— Perdoe a nossa invasão tardia, caro amigo — disse Júlio, abraçando seu anfitrião constrangido.

— Sejam bem-vindos — disse Marco, pedindo a Aulo para levar-lhes vinho.

— Duvido — disse Júlio, zombando. — Mas como gostamos de você! Pompeu disse, ao nos aproximarmos do Palatino: "Vamos visitar o nosso caro amigo Cícero, pelo menos para cumprimentá-lo." Ele é muito persuasivo. E cá estamos.

Marco olhou para Pompeu, aquele homem de cara larga, olhos cinzentos e um tanto impassível. Pensou por que eles estariam ali. O vinho chegou. Os rapazes o beberam, aprovando-o.

— Tenho de elogiar Terência — disse Júlio. — Ela aperfeiçoou o seu gosto.

— Ela se considera elogiada. No entanto, você deplorou o meu casamento.

— Marco tem uma memória notável — disse Júlio a Pompeu. — Nunca provoque a inimizade dele. Ele se lembrará para sempre.

— É verdade — disse Marco.

Júlio estendeu o braço, com grandeza.

— Se eu me lembrasse de todos os meus inimigos e guardasse rancor, minha vida seria realmente infeliz. Prefiro reconciliar-me com meus inimigos, tornando-os meus amigos.

— E aliados — disse Marco.

— Todos os homens precisam de aliados — disse Júlio, olhando para ele com seus olhos negros e brilhantes. — Nós o amamos, Cícero. Por isso, procuramos aliados para você. Queremos que a nossa nação inteira o aplauda e se curve diante de você.

— E o faça progredir — disse Pompeu, que não tinha uma conversa exuberante.

480   *Taylor Caldwell*

— O que estão tramando agora? — perguntou Marco. Ele bebeu um pouco de seu vinho e ficou agradavelmente surpreso ao ver que não se sentia mais pesado.

Júlio rolou os olhos para cima.

— Cícero está sempre falando de "tramas". Desconfia de nós, seus amigos. Não acredita em nossa afeição. Não levamos vidas dedicadas e virtuosas?

— Não — disse Marco.

— Como ele é brincalhão — disse Júlio, rindo para Pompeu. Ele curvou-se para perto de Marco. — Trouxemos um convite para você, de parte do nobre Licínio Crasso, que hoje falou muito bem de você. Quer que você vá jantar com ele daqui a uma semana, antes de partir para a Sicília.

— Não — disse Marco.

— Mas um triúnviro? Um homem de fortuna e influência!

— Não.

Júlio bebericou seu vinho.

— Crasso era muito amigo de Sila. Os papéis de Sila estão arrumados. Crasso encontrou uma carta de Sila, escrita a ele. Quer lê-la para você. Diz respeito a você, caro Marco.

Marco estava mais curioso do que o normal.

— Como?

Júlio sacudiu a cabeça.

— Não lhe direi. Você tem de ouvi-lo dos lábios de Crasso, que o aprecia.

— Ah... — disse Marco, hesitando. — Já ouvi falar dos jantares de Crasso. Depravados.

Todo o semblante de Júlio brilhou. Ele olhou em volta pela austera biblioteca. Olhou para os trajes severos de Marco.

— O quê?! Quer morrer antes de conhecer o prazer?

— Não sei o que você quer dizer com prazer — disse Marco. — Eu acharia isso enfadonho. — Ele parou. — Vou comparecer a esse jantar de Crasso, que eu desprezo. Gostaria de ler a carta de Sila.

Júlio disse, triunfante:

— Alegre-se! Os seus queridos amigos, Noë ben Joel e aquele admirado ator, Róscio, também estarão presentes.

Capítulo XLI

Júlio César disse a M. Licínio Crasso:

— Senhor, é muito mais fácil corromper, ou tornar inofensivos, os honestos e virtuosos do que corromper ou tornar inofensivos os que são inatamente desonestos e não virtuosos. Pois os primeiros não podem acreditar, ou não se querem permitir acreditar, que os homens sejam o que realmente são; isso os deixaria muito melancólicos e aflitos. Mas os segundos se perguntam apenas duas coisas, quando abordados: "Por que querem que eu faça isso e não aquilo? E o que ganharei por fazer ou não fazer?" Eles são duros e perigosos. Portanto, senhor, como eu disse a Sila, basta convencer Cícero de que o senhor ama Roma acima de tudo, a não ser os deuses. Ele então não se oporá ao senhor, sejam quais forem as... circunstâncias... ou a contradição aparente. A falta de oposição de Cícero é mais valiosa do que a participação e a assistência da maioria dos homens. O povo o ama, não como um ídolo popular, como um gladiador, um general, um ator ou político. Amam-no pela virtude que ele tem e que o povo acha que também possui.

— Ele é imbecil? — perguntou Crasso.

— Não, senhor. É apenas um homem bom.

— Então, qual a diferença?

Júlio riu-se e balançou a cabeça.

— Cícero tem uma influência tremenda em Roma. Alegremo-nos com o fato de que ele não tem ciência disso.

Crasso era um homem de seus 45 anos, troncudo, pesado e musculoso, um tanto baixo e com ombros muito largos. Por isso, era estranho ver a cabeça fina e comprida sobre aquele esqueleto grande, as feições estreitas, os olhos cinzentos fundos mas cintilantes, sob uma testa baixa. Os cabelos eram espessos, duros e grisalhos, com um aspecto desalinhado. Era patrício, como o falecido Sila, porém não possuía o verdadeiro orgulho de raça e família que tinha Sila, nem tampouco a honra de Sila, pervertida como era. A despeito de tudo o que fez, Sila amava a pátria. Crasso não amava nada, senão ele mesmo e o dinheiro. Era imensamente rico e um financista sagaz. Negociava com escravos e fazia agiotagem. Não havia um único meio de fazer dinheiro que ele não tivesse empregado. Agora que ele era o homem mais rico da república, estava inquieto. De fato, o dinheiro dava poder. Mas o poder do dinheiro numa república era um tanto restringido pela lei e, embora desse influência, não era suficiente para um homem como Crasso.

A fim de conquistar o poder que desejava, o poder absoluto, primeiro era preciso seduzir o povo. Mas uma nação republicana, por mais venal que se tornasse, desconfiava das panóplias e das cerimônias ostensivas da riqueza. Crasso descobrira isso por si, quando sua jovem e bela esposa aparecera em público com uma pequena coroa de ouro na cabeça, cravejada de pedras preciosas, usando um manto roxo bordado com lírios dourados. O povo a vaiara no próprio circo. Faziam ruídos depreciativos e obscenos, enquanto gritavam: "Rainha! Majestade! Imperatriz!" A senhora tivera de retirar-se, aos prantos e apavorada, diante da raiva, desprezo e indignação crescentes do povo. Roma ainda não estava preparada para o Império. Ainda se oporia até a morte ao passo seguinte: os arautos da realeza.

Crasso não pretendia cometer os mesmos erros que Sila. O general errara por ter sido antes de tudo um militar, mantendo uma disciplina de militar e sua coibição inerente, além de amar a pátria. Crasso não possuía nenhuma dessas virtudes. Abordava o povo de mansinho, com habilidade, traiçoeiramente. Era rico; tornou-se filantropo. Fazia discursos diante do Senado, declarando que só desejava o bem-estar da república e o poder constitucional do povo. Aquilo que o povo desejasse, era o que faria. Sua bolsa estaria sempre aberta para os merecedores e virtuosos. Ele cultuava a liberdade. Não era mais que um servo de Roma. Roma que o comandasse. Tudo o que tinha era de Roma. Fingia desprezar sua classe e os ricos. Acusava os patrícios por sua "ociosidade, luxo e indiferença para com a miséria das massas". Reprovava nos ricos o egoísmo, a indiferença para com seus semelhantes. "Se os privilegiados têm algum privilégio, é o de possuírem o poder de ajudar os desamparados e aliviar seu sofrimento." Apelando aos libertos, sempre sensíveis ao seu antigo estado, ele declarou que todos os homens tinham sido dotados de liberdade, por Deus. Para aqueles que possuíam escravos e podiam zangar-se com ele por essas palavras, Crasso dizia: "Os deuses decretaram o *status* dos homens e quem ousa se opor a eles?" Aos ricos de sua classe ele dizia, em particular: "O povo tem de ser acalmado e adulado, para não se apossar de tudo o que temos, destruindo-nos."

Ao Senado ele dizia: "Sois o poder romano." À plebe dizia: "Sois o único poder. Comandai-nos."

Construiu sanitários gratuitos para os indigentes. Quando a ração de pão e grãos não era suficiente para alimentar os famintos, ele abria sua própria bolsa para atender às necessidades. Era um patrono das artes. Os atores e gladiadores o adoravam e espalharam sua fama entre o povo. Quando ele aparecia em público, seus libertos carregavam bolsas de ouro, que jogavam às turbas barulhentas. Todas as manhãs, com a fisionomia devota e séria, ele recebia reclamações em seu pórtico externo, escutando com ar atormentado a exposição dos vários males, fazendo promessas convictas. "Minha porta está sempre aberta", dizia ele. Suplicava ao povo por orações.

Havia poucos que suspeitassem ou não gostassem dele, pois ele não amava o povo, distribuindo suas riquezas entre os pobres e homenagean-

UM PILAR DE FERRO

do-os? Entre os que suspeitavam dele encontrava-se Marco Túlio Cícero, que conhecia a origem de sua fortuna. Se Cícero resolvesse denunciá-lo, então o povo poderia olhar sem ilusões para aquele amigo dos humildes e miseráveis.

Ele disse a Júlio:

— Como poderemos corrompê-lo?

Júlio disse:

— Senhor, isso não se pode fazer. Só pode iludi-lo quanto aos seus desejos finais e sua ambição.

— Catilina deseja a morte dele.

— Catilina é um tolo louco.

— É verdade. Mas a melhor cura para o perigo inerente em gente como Cícero é o assassinato.

— O povo o ama, senhor.

Crasso sorriu para o rapaz.

— Catilina reclama que você invariavelmente defende Cícero e que o estima.

— Ele foi o mentor de minha infância. Hei de me colocar entre Cícero e a morte, enquanto viver.

Crasso riu-se.

— Não me tornei triúnviro, nem consegui minha fortuna, aceitando como verdade tudo o que os homens me dizem. Você tem outro motivo. Vamos receber esse Cícero e convencê-lo de minhas boas intenções... e torná-lo inofensivo.

Marco nunca vira uma casa tão esplêndida quanto a de Crasso, nem tão luxuosa e decadente em sua ornamentação. Também notou que ela era fortemente guardada, aparentemente contra aqueles que Crasso tanto amava em público. Marco nunca vira tapetes como aqueles; estavam empilhados uns sobre os outros, tão espessos que os pés afundavam neles. A bela residência nova de César, fora de Roma, parecia um casebre, em comparação. A casa de Marco não passava de uma caverna. Os escravos tinham sido escolhidos por sua beleza e juventude; seus cabelos compridos, tanto dos rapazes quanto das moças, eram presos em redes douradas com pedrarias. Muitos estavam despidos, para revelar seus encantos raros. O palácio estava cheio do som de fontes, música e risos suaves, a fragrância de perfumes, doces, ungüentos e flores. Tinha um ar de alegria, amizade e descontração. Crasso usava uma coroa de louros; os convidados usavam diademas de flores. Escravos núbios, altos, belos e reluzentemente negros em sua nudez, moviam-se pela sala com leques de plumas e postavam-se atrás dos convidados, abanando-os suavemente, pois a noite de outono estava cálida.

Austeridade republicana, pensou Marco, observando tudo aquilo. Seus sentidos estavam extasiados. As lâmpadas de vidro alexandrino tremulavam com as luzes; havia ouro, prata e pedrarias por toda parte: nos pratos, facas, colheres, travessas e tigelas. A toalha sobre a comprida mesa de jantar era de tecido de ouro, com um centro de flores e samambaias. Os murais e quadros das paredes de mármore branco pareciam viver e mover-se em suas cores alegres.

Ocultos por um biombo de marfim esculpido, os músicos tocavam lindamente enquanto os convidados jantavam. Moças cantavam em coro. Grandes bandejas carregadas por cozinheiros orgulhosos foram colocadas sobre a mesa, fumegantes, com peixes cozidos no vinho, gansos, patos assados, leitõezinhos e cordeiro tenro. Havia enormes tigelas contendo as frutas mais selecionadas e saladas delicadamente temperadas com vinho, azeite, alho e alcaparras. Havia pães brancos como a neve, azeitonas da Judéia, limas, aipo claro, peixe em conserva e cabeças de javali assadas com ervas. Havia não só os melhores vinhos de todas as nações, servidos de garrafas enfiadas em neve das montanhas, como ainda uísque sírio, dourado, acre e forte. Para quem tinha gostos plebeus — e Crasso confessou publicamente os que tinha — havia cerveja gelada, espumante e brilhante como o âmbar.

Cada canto da sala de jantar continha uma estátua de um dos deuses, em tamanho natural ou maior, diante da qual havia vasos persas cheios de flores e coloridas folhas de outono. O aroma das flores misturava-se com um sussurro de incenso e tudo se misturava à música e aos aromas dos alimentos ricos. Marco notou que seu guardanapo, de linho branco, era bordado de ouro tecido. Ele sentou-se à direita de Crasso, como convidado de honra. À esquerda de Crasso, sentou-se Júlio e, junto deste, Pompeu. Naquela noite estavam presentes advogados e homens de fortuna, médicos e três senadores. Também estavam Noë e Róscio que, encontrando o olhar de Marco, de vez em quando, piscava para ele. Noë estava ficando calvo; seu rosto comprido era cheio de humor. Róscio parecia um deus, em sua toga vermelha.

Não havia mulheres presentes naquela noite, com exceção de escravas lindas e nuas, que ajudavam os convidados, enchiam seus cálices e sorriam diante de toques lascivos.

Por que estou aqui?, perguntou-se Marco. Quando ele ficava confuso e perturbado, tinha uma tendência a beber vinho demais. Ficou muito calado; os outros convidados riam e pilheriavam com a maior boa vontade,

Um Pilar de Ferro

amizade e afeto. Róscio começara a declamar alguns versos da última peça de Noë e todos pararam para ouvir sua voz possante e musical. Noë sorria, orgulhoso, aceitando com Róscio o aplauso e os elogios. Marco começou a entender que seus amigos tinham sido convidados não por eles próprios, mas como um engodo para si. Largou seu cálice cheio de vinho e aguçou os ouvidos.

— Espero, nobre Cícero — disse Crasso, em sua voz rude mas dominadora — que esteja apreciando o meu modesto jantar.

— Não estou acostumado a jantar tão modestamente — disse Marco. Júlio, ao ouvir isso, riu-se e cutucou o dono da casa.

— Não lhe disse que ele é um comediante?

Crasso, porém, a despeito do sorriso, contrariou-se. Disse:

— Estou vendo que é sardônico, Cícero.

— Em absoluto, senhor. Estou apenas deslumbrado. Todos os campeões do povo vivem assim e jantam tão magnificamente?

Crasso observou-o por baixo de suas sobrancelhas negras e espessas.

— Gostaria de ver todos os homens de Roma vivendo assim. Não merecem os frutos de seus trabalhos? Infelizmente, são privados de seus direitos, de seu luxo honesto. Todos os romanos não merecem carruagens, bigas, belos cavalos e casas esplêndidas? Quem lhes nega isso?*

— O governo, sem dúvida — disse Marco. — Os privilegiados. Os gananciosos. Os avaros. Os exploradores do povo.

Crasso fingiu considerar sua ironia uma demonstração de sinceridade.

— Certo. Espero remediar a situação. Os romanos não são dignos do melhor que o mundo pode produzir? Sim! Os que negam isso são inimigos do povo.

— Nem as riquezas de Creso, nem todos os tesouros do mundo, senhor, bastariam para dar a cada romano o que vejo aqui esta noite.

— É verdade — disse Crasso. — Mas há um meio-termo entre o luxo e a miséria. Há conforto em algumas das amenidades da vida. E segurança. É isso que desejo para o meu povo.

Ele falou com ênfase e autoridade e olhou nos olhos de Marco. Este não acreditou nele nem por um momento.

— Por que há de haver fomes periódicas e festas periódicas, Cícero?

— Eu tinha a impressão — disse Marco — que a natureza é quem as decreta.

---

*Toda essa conversa consta de cartas entre Crasso e Cícero.

486   *Taylor Caldwell*

— Guardamos os grãos para o povo depois de uma boa colheita — disse Crasso. — Mas não é essa a solução.

— Qual é, senhor?

Crasso bebeu de seu cálice e fixou os olhos no teto, sério, como que implorando aos deuses.

— Uma distribuição eqüitativa das terras, ao alcance de todos — disse ele, por fim.

Marco disse:

— Os fazendeiros podem opor-se a isso.

— Ah, os fazendeiros! Não os amo? Mas há terras para todos, Cícero.

— Onde? — disse Marco. — A Itália é um país de montanhas e terras pobres.

— O mundo — disse Crasso, misterioso. — Este não é um mundo grande, cheio de terras não cultivadas?

— Cujos habitantes poderiam discutir os direito dos romanos caírem sobre eles, como fazem, e realizarem o que bem entendem com terras que não são suas.

— Você não me entende bem, Cícero. Todas as terras do mundo deveriam ser propriedade comum.

— Então, o que será do direito à propriedade privada, garantido pela nossa Constituição?

— Não discuto esse ponto — disse Crasso. — Não sustento a Constituição?

Ele não é tolo, pensou Marco. Portanto, suas declarações tolas têm um propósito. Marco observou que todos estavam escutando Crasso atentamente e com aprovação, a não ser Noë e Róscio, que sorriam de modo desagradável.

Crasso continuou:

— Alexandre tinha um sonho de um mundo unido. Também eu tenho esse sonho. Um governo, um povo, uma lei, sob Deus. Será realizado durante a minha vida? Não sei. Mas nós, como homens, deveríamos trabalhar sem cessar para atingir essa meta.

— Por quê? — disse Marco. — Então estaríamos destruindo a variedade infinita da humanidade. Destruiríamos os deuses de outros povos. Destruiríamos seu modo de vida, que decretaram para si. Quem tem a insolência de dizer que a nossa maneira é melhor do que as outras?

— As diferenças que você nota, Cícero, são superficiais. Não somos todos homens, com as mesmas necessidades?

Um Pilar de Ferro

— Somos todos homens — disse Marco. — Mas não temos todos as mesmas necessidades. Nós, romanos, não temos autoridade, humana ou divina, para impor a nossa vontade aos outros, por mais nobre que finjamos que ela seja.

— Finjamos? — disse Crasso, levantando as sobrancelhas.

— Finjamos — repetiu Marco.

Catilina tem razão, pensou Crasso. Ele deve ser assassinado. Olhou para Júlio, que acompanhava a conversa com um largo sorriso.

— Só poderemos impor o nosso governo — disse Marco — por meio da espada, da guerra e da violação dos direitos de outros homens. Evitemos isso.

— Você não compreende, Cícero. Sob uma só autoridade, uma só lei, todas as terras seriam cultivadas, exclusivamente em benefício do povo. Todo o tesouro seria utilizado, e com justiça.

— Inclusive o seu, nobre Crasso?

— Inclusive o meu — disse Crasso.

É um mentiroso perigoso, pensou Marco. Ah, esses amantes da humanidade! São os homens mais traiçoeiros e terríveis.

— Acredito na lei e no processo ordenado da lei — disse Marco, tentando esconder sua repulsa. — Não acredito na força, nem em mentiras, a fim de fazer com que todos os homens vivam como poderíamos desejar que vivessem. Se o nosso modo for realmente bom, então todos os homens acabarão por reconhecê-lo. Se for mau — e então Marco fez uma pausa — só poderemos forçá-lo por meio do assassinato.

Crasso disse:

— Esperemos que a nossa nação seja justa. Cícero fala certo. Admiro sua argúcia e sinceridade. É um verdadeiro romano.

Ele pôs a mão no ombro de Marco e olhou sério de um lado ao outro da mesa.

— Um verdadeiro romano — disse Crasso, em tom meloso e reverente.

— Como verdadeiro romano — disse Marco —, respeito os outros homens e gostaria de deixá-los em paz. Mas não devemos tocar o coração ou a mente de outros, pois isso é um terreno sagrado e nossos pés não são dignos de pisá-lo.

— Você desmerece os seus semelhantes, Cícero.

— Não. Tenho compaixão por eles e os compreendo. — Marco olhou em cheio nos olhos de Crasso, o homem mais rico de Roma. — É verdade que estamos novamente empenhados numa guerra contra Mitridates da Pérsia, aquele tirano e déspota oriental, homem arrogante que nos despreza,

488 *Taylor Caldwell*

e cujos antepassados já lutaram contra Roma. Diariamente nossos jovens tombam no campo de batalha. Em nome da paz, não podemos chegar a um acordo com Mitridates? Ele não é um louco. A nação dele também sofre.

— Não é possível que você não saiba que os nossos enviados já procuraram essa paz?

— Sei o que dizem. Mas sei também que Roma cobiça os tesouros da Pérsia. O nosso tesouro está falido; nossos soldados não são pagos.

— Então, como patriota romano, desejo para Roma os tesouros de Mitridates! — exclamou Júlio, e quase todos riram com ele.

— Como romano, prefiro a economia no governo — disse Marco. — Assim não teríamos necessidade de guerras.*

Crasso ergueu sua mão, como se fosse um magistrado.

— Concordo com Cícero. Ele falou bem. Instarei com o Senado para concluir essa guerra rapidamente, se bem que fomos provocados a travá-la. Tenhamos a paz.

Marco observou-o, mas o rosto estreito estava resoluto e ele olhava em volta à vontade, como se desafiasse todos ali.

— Vamos trabalhar como trabalharam os nossos pais fundadores, cuja memória veneramos. Eu lhe digo, Cícero, desejava a sua presença para que me pudesse ouvir, pois falo do coração.

Noë trocou um olhar com Róscio e depois murmurou para ele:

— Muito melhor ator do que você, meu caro saltimbanco.

Crasso deixou que seus olhos se abrissem bem, com uma expressão de franqueza, ao encontrarem os de Marco.

— É provável que você não acredite, mas eu amo Roma. — Ele disse a Júlio: — Já não conversei com os senadores a esse respeito? Hoje estão aqui conosco três deles, que podem jurar a verdade.

Crasso puxou um rolo que estava sob suas ricas roupas.

— Tenho uma carta que me foi escrita por Sila antes de morrer. Quero lê-la para você, Cícero. "Entre estes, Licínio, as pessoas em quem você pode confiar, está o advogado Marco Túlio Cícero, cuja mãe é dos nobres Hélvios. Ele me odiava, mas sabia que eu tinha de fazer o que fiz. Ao contrário de outros, não é mentiroso, nem hipócrita. Cultive-o bem! Um homem honesto não é mais raro do que rubis? Não é abençoado o governo que se pode gabar dele em sua coroa? Ele nunca trairá sua pátria ou seus deuses. Tem valor, entre homens que não podem mais dizer que possuem valor. Abrace-o por mim, pois nesses maus

---

*Cícero dissertava freqüentemente, em ensaios e discursos, sobre esse tema.

dias o meu coração me falha. Estou perto da morte; vejo sua sombra caindo sobre minha mão ao lhe escrever estas palavras. Se há algum homem que poderá salvar Roma, é Cícero... e os que têm sua mente e espírito."

Marco ficou muito comovido. Tinha corado de constrangimento diante daquele elogio. Refletiu que Sila não poderia ter escrito aquilo a um homem que representava uma ameaça à sua pátria. Disse em voz baixa:

— Não sou digno de tal louvor.

Crasso, porém, abraçou-o.

— Deixe que os outros julguem isso, Cícero. Só lhe peço que prossiga em seu caminho de honra e que me aconselhe quando eu o solicitar, pois, embora eu seja muito mais velho do que você, não sorrio diante das palavras de homens mais jovens.

Sozinho com Júlio e Pompeu, Crasso disse:

— Foi uma sorte ele não ter pedido para ler aquela carta, pois é possível que reconhecesse que a caligrafia não era a de Sila.

— Mas você falou em tons tão heróicos! — disse Júlio. — Até mesmo eu, por um momento, pensei que fosse mesmo uma carta de Sila. Agora está convencido de que Cícero é inofensivo?

Crasso pensou.

— Estou convencido de que o enganei. Isso é outro assunto.

— Esperemos que ele nunca descubra o poder que tem em Roma — disse Pompeu, sorrindo. — É estranho, mas tenho afeição por ele. E um pouco de pena.

Júlio estava aliviado, achando que agora nada ameaçava Marco. Por isso, disse:

— Sim. Ele nos encanta, pois é de confiança. Portanto, nós o amamos; não precisamos ter medo dele.

Crasso franziu a testa.

— Já foi dito: cuidado com a ira do homem bom, pois é como o raio e pode destruir uma cidade. Não obstante, deixem que ele viva. Precisamos dele para disfarçar nossos semblantes.

Marco, que não acreditara que sua administração na Sicília lhe daria prazer, descobriu que, de repente, amava aquela ilha de selvagens montanhas bronzeadas, terra pedregosa e sol violento. Gostava do povo pobre mas volúvel, suas canções, seus rostos estranhos formados por muitos sangues. Ele admirava a luta deles com a terra agreste e suas proezas como marinheiros. Era um povo que matava à menor provocação e detestava os romanos, pois estes diziam que os sicilianos não pertenciam à raça italiana e sim ao rebotalho do Grande Mar. Mas, desde o início, eles tinham amado Marco, confiando nele. Não diziam dele, como diziam de outros questores: "Vai nos moer para arrancar os impostos e devorar o pouco que temos." Diziam sobre ele: "É um homem justo, o que é estranho num romano." Levavam-lhe frutas frescas, peixes recém-pescados e verduras boas, e ele ficava comovido, pois sabia que sacrifício isso representava para aquela pobre gente. Ele se comprazia na afeição deles. Sua porta estava sempre aberta para eles e tinha paciência com as reclamações, sempre procurando endireitar um mal. Quando um deles não podia arcar com os impostos romanos e temia por sua liberdade e a de sua família, Marco pagava a pequena quantia de seu próprio bolso e não a registrava em seus livros.

Ele encontrava paz e sossego em sua pequena vila. Sentia-se feliz por estar vivendo só de novo, embora se achasse culpado por essa felicidade. Escrevia freqüentemente à esposa e aos pais e suas cartas revelavam o amor pela filhinha. Estava então tão sereno, que podia suportar as compridas cartas de Terência, cheias de notícias sobre os investimentos, mexericos da cidade e advertências para que ele fosse frugal com seus estipêndios. Seu espírito de amabilidade lhe voltou. Ao ficar só, retomou os antigos hábitos de leitura, estudos demorados e passeios a pé, olhando para o mar chamejante ao pôr-do-sol. Havia outros romanos na ilha, em sítios que tinham adquirido, mas Marco não procurou a companhia deles. Eles o procuraram. Marco era amável e por vezes jantava com eles, mas não fez amigos.

O sol bronzeou-lhe a pele; a alimentação simples e a tranqüilidade aumentaram seu peso. As caminhadas demoradas e a meditação lhe fortaleceram os músculos. Mal pôde acreditar quando se deu conta, de repente, de que se havia passado quase um ano e ele deveria preparar-se para o retorno à casa. Certamente, não se sentira só. Comprou terras na Sicília e disse aos camponeses que lá trabalhavam que o fruto do trabalho deles lhe pertencia e que bastava pagarem os impostos com o produto das colheitas; e nem mesmo isso, se não pudessem. Os romanos não confiavam nos sicilianos, pois estes eram ardilosos. Marco, porém, confiou neles e pegou aquelas mãos morenas, sorrindo afetuosamente nos olhos deles.

— Um dia voltarei, e viverei para sempre com vocês — disse ele.

Eles beijaram as mãos dele e choraram lágrimas sinceras, mesmo aqueles que por natureza não eram honestos. Uma velha deu-lhe um amuleto, abençoando-o, beijando a fímbria de suas roupas e chorando. Ela disse aos filhos:

Um Pilar de Ferro

— Os homens honestos já não morrem pacatamente em suas camas. Ele morrerá pela mão de homens perversos. — Todos a olharam com respeito, pois ela era adivinha.

Marco recebeu uma carta de Júlio, informando que Crasso era agora Pretor de Roma, e que os romanos o amavam por sua virtude e justiça. Júlio e Pompeu eram seus conselheiros. Estavam todos perturbados devido aos crescentes indícios de revolta entre os escravos. Espártaco, o trácio, os estava instigando com maior insistência. Os senhores romanos não mais cuidavam dos escravos, respeitando seus *manes* depois da morte, prestando-lhes sacrifícios ou mantendo-os como parte do lar. Pensando nos escravos, Marco sentiu aflição por eles e amargura contra seus cruéis senhores. Ele escreveu à mãe (mas não à mulher): "É meu desejo que aqueles que nos serviram bem durante sete anos sejam levados perante o magistrado e libertados; e depois, se quiserem permanecer conosco, que lhes paguemos um salário justo." A escravidão nunca o revoltara como agora. Parecia-lhe que a escravidão degradava mais o senhor do que o escravo. Os romanos tinham recentemente adotado o costume dos gregos, usando a palavra "coisa" para seus escravos, como se não possuíssem almas e fossem simples animais! Quando Terência escreveu uma carta protestando contra "sua prodigalidade", Marco não respondeu.

Sua correspondência era muito vasta e ele gostava de cartas e passava horas respondendo-as. Noë lhe escrevia, além de Róscio, Quinto, Ático e muitos outros por quem ele tinha estima. Centenas de pessoas que tinham lido seus ensaios lhe escreviam, com gratidão. Ele ficou surpreendido ao ver que também Pompeu lhe escrevia. O saduceu que ele conhecera em Epidauro lhe escreveu, bem como Anótis, o egípcio. Ele não sabia que tinha tantos amigos e que tanta gente gostava dele e o admirava. Escreveu muitas cartas aos seus discípulos, aconselhando-os. Eles lhe mandavam cópias das novas leis, que ele estudava demoradamente e a sério, às vezes franzindo o rosto. Os impostos tinham sido novamente elevados. A classe média estava de novo sendo assaltada e seu dinheiro e propriedades confiscadas sob vários pretextos, principalmente por dívidas de impostos imensos ou acusações de subversão. "E é assim que Crasso está restaurando o nosso tesouro", disse Marco para si mesmo, com amargura. Roma vencera a guerra contra Mitridates, que fora assassinado, e a Pérsia pagou um tributo imenso e curvou a cabeça diante de Roma. Nós nos mexemos, pensou Marco.

Ele agora tinha mechas grisalhas nas têmporas e fios brancos espalhados por seus espessos cabelos castanhos. Na ilha havia belas mulheres camponesas, que o olhavam com simpatia, mas ele nunca fora um libertino. Acreditava, como romano "antigo", que se devia ter certo respeito pelas mulheres e que os homens não deviam explorá-las em troca de presentes, se fossem pobres. Ele levava uma vida ascética na Sicília e encontrava seus prazeres sensuais na paisagem, no mar variável e em escalar as montanhas. Escrevia constantemente. Dormia mais tranqüilamente do que havia dormido em muitos anos. Por vezes, chegava a se esquecer de Lívia durante dias inteiros.

Um mês antes de sua partida da Sicília, recebeu uma carta de Terência, cheia de agonia e sofrimento e manchada de lágrimas.

"A minha querida, minha adorável, minha divina irmã Fábia morreu por suas próprias mãos, como Araneida, com ajuda de uma corda de seda. Mas, infelizmente, não foi Atenéia que ela incitou e sim Eros. Pelas artes dele, ela violou os fogos sagrados de Vesta, tornando-se assim indigna de viver. E quem foi seu parceiro nesse crime abominável? Aquele contra quem você me preveniu, meu querido marido: Lúcio Sérgio Catilina! Minha mão treme. Todo o meu ser está abalado; meu coração está irremediavelmente partido. Eu, a sua irmã querida, nem sonhava com esse horror, não, nem mesmo quando ela me visitava e eu via o seu rosto pálido, o corpo inerte e os lábios mudos e brancos. Mas parece que toda Roma sabe e sabia há meses. Por que ela não confiou em mim? Eu não era mais ligada a ela do que uma mãe? De que modo a terei traído, para perder sua confiança? Ela morreu porque compreendeu que tinha cometido o maior de todos os pecados.

"Depois da morte de Fábia, Catilina foi preso e levado a julgamento por seu crime. O seu amigo, Júlio César, em quem você nunca confiou, foi o advogado dele no julgamento. Catilina foi absolvido graças à eloqüência de César, que jurou que Catilina nunca havia olhado para a Vestal, e ao testemunho de Aurélia, que jurou que o marido nunca saíra de seu lado à noite. No entanto, Roma inteira conhece a verdade. Quem vingará Fábia, a minha pomba, minha doce irmã, que sucumbiu à sedução de Catilina e que agora jaz numa cova sem nome e vergonhosa? Mais que tudo, temo por sua alma, pois ela faltou aos seus votos de castidade e apagou os fogos de Vesta. Não posso mais escrever, pois estou cega com minhas lágrimas."

Marco ficou aturdido com a notícia. Pensou naquela presença luminosa e radiante em sua casa, aquela linda Vestal que só transpirava timidez e inocência, que abençoara sua filha, cujo olhar era modesto e claro, cuja voz parecia a de um pássaro cantando na aurora. Agora o nome dela era maldito em Roma, entre suas irmãs Vestais. Marco amassou a carta na mão e sentiu-se tomado pela paixão do ódio e pelo desejo de matar. Correu da casa para a praia, e o céu e a água lhe pareceram inflamados, o coração lhe trovejando no peito. Ele sentou-se numa pedra e ficou ali, ofegante. Sua cabeça girava. Em Roma, havia assassinos pagos, assassinos secretos que não deixavam rastro algum. Como ele contrataria um desses? Ou deveria ele mesmo cometer o ato? O suor lhe escorria pelo rosto.

Ele pareceu ouvir a voz do velho Cévola: "Descubra a ambição dele e frustre-a. Isso é pior do que a morte." Mas, depois de todos esses anos, ele ainda não descobrira o que Catilina desejava mais que tudo. Seguira sugestões, mas em vão. Discretamente, indagara a outros, mas nunca descobrira nada, infelizmente.

Mas Catilina tinha de ser destruído. As névoas da noite fervilhavam sobre o mar e nelas Marco distinguia os tristes vultos de Lívia e do filho e de Fábia, a inocente. Eles lhe estendiam braços apagados e ele rompia em prantos de novo. "Vingue-nos", lamentavam no vento da tarde.

Marco levantou-se, ergueu a mão e tornou a renovar seu voto de que Catilina tinha de ser destruído. Se ele tivesse algum motivo para viver, este seria o motivo. Ele voltou para casa no escuro e deitou-se na cama, sem conseguir dormir. O ódio parecia uma espiral de fogo em suas entranhas.

Capítulo XLII

Crasso olhou para Marco com pesar.

— Meu caro Cícero, você, como advogado, deve ser a última pessoa a dar crédito a boatos. Estive presente ao julgamento de Catilina. Não houve uma só testemunha que não fosse impugnada depois de ter deposto contra ele. Você sabe como as mulheres são vingativas. Se houvesse a menor sombra de verdade nas acusações, Aurélia Catilina, que sabia da gravidade do crime e é uma mulher que não permitiria a traição de seu leito, teria sido a primeira a denunciar o marido. No entanto, ela falou com ardor, por ele, os olhos faiscando de indignação. Se o marido não estava com ela, estava com amigos, e os amigos testemunharam que isso era verdade. Ele compareceu diante dos magistrados e jurou por tudo que lhe era sagrado que fora caluniado, que só vira a moça duas vezes na vida e assim mesmo a distância. Ele processou os caluniadores e venceu o caso. Hoje está com sua fortuna aumentada de mais 300 mil sestércios de ouro! Isso não é prova suficiente?

— Não — disse Marco, com desespero. — Acredito nas Vestais que testemunharam contra Catilina, pois Fábia contou às irmãs, antes de morrer por sua própria mão.

— Veneramos as Vestais — disse Crasso, as pálpebras grossas caindo sobre os olhos. — Mas conhecemos a falta de experiência delas. É bem possível que a moça estivesse louca.

— E como se provou que as Vestais estavam mentindo? — perguntou Marco.

Crasso olhou para ele, ofendido.

— As Vestais não mentem! — exclamou. — Elas só tinham a palavra de Fábia, que confiou nelas. Mas a moça podia estar louca. Venero os votos das Vestais, mas sabemos que a castidade às vezes provoca delírios cerebrais. Não gosto de Catilina. Como você, desconfio dele, pois ele é depravado e ocioso, irrequieto e ambicioso. Se eu acreditasse que ele era culpado, não teria deposto a favor dele, dizendo que tinha jantado comigo nas próprias noites em que foi acusado de ter estado com Fábia.

— Senhor, tem uma memória notável!

Crasso sorriu. Seus olhos apertados faiscaram para Marco.

— Confesso-me culpado disso. Como político, tenho de conservar a memória afiada.

Marco levantou-se. Olhou para aqueles olhos astutos e disse:

— O senhor sabe que Catilina é culpado. Para servir aos seus propósitos, testemunhou pela inocência dele.

Crasso disse:

— Uma língua imprudente pode levar seu dono à forca. Cuidado, Cícero.

Marco deu meia-volta e deixou-o. Foi à casa de Júlio César.

Júlio disse:

— Você acha que eu defenderia um homem culpado do maior dos crimes?

— Sim — disse Marco.

Júlio deu um suspiro.

— Você nunca teve confiança em mim, desde que éramos meninos, e, no entanto, eu o estimo. Juro que Catilina é inocente. Isso não o satisfaz?

— Não.

— Acha que estou mentindo?

— Sim.

Depois que Marco o deixara, Júlio mandou chamar Catilina.

Um Pilar de Ferro

— Estamos com um problema — disse. — Não o adverti quanto a Fábia, não lhe avisei que só poderia advir uma catástrofe se você não seguisse os meus conselhos? No entanto, você me ridicularizou e negou minhas acusações. Em nome de nossa fraternidade, eu o defendi, embora soubesse que estava mentindo. Crasso o defendeu, sabendo que você estava mentindo e que era culpado. Pompeu o defendeu. Você foi absolvido. Processou três homens que o viram a distância com Fábia e ganhou uma indenização. Foi necessário salvá-lo, para não cairmos todos. Agora Cícero sabe que você é culpado.

— Então ele deve morrer, como já lhe disse várias vezes.

— Então, certamente, todos saberão que você é culpado.

— A mulher dele poderia envená-lo, à mesa da própria casa.

Júlio sorriu.

— Ah, sim. Veneno é arma de mulher. Não é isso que diz sempre, Lúcio? Você não sentiria remorso algum se Cícero morresse à sua própria mesa, pela mão da esposa, Terência, que é conhecida por sua virtude e dedicação ao marido.

— Ele é um obstáculo. E perigoso.

— E Terência morreria acusada do assassinato do marido.

Catilina deu de ombros.

— Não se pode assar um javali sem matá-lo primeiro.

— Como você arranjaria para Terência envenenar o marido?

— Isso é muito fácil. Podemos corromper um dos escravos dele, que poderá jurar que viu Terência pondo o veneno no cálice do marido.

Júlio olhou para ele, pensativo.

— Você tem uma solução para todo problema. Não gosto dessa sua inclinação pelo veneno. Repito, se Cícero morrer por qualquer casualidade, você também morrerá. Jurei isso em nome do meu padroeiro, Júpiter.

Catilina riu-se.

— Então, qual é o problema a que você se referiu?

— Seja circunspecto. Comporte-se durante algum tempo como um cidadão sério. Dedique-se a Aurélia, que o ama, a despeito de sua culpa. Você amava Fábia?

— Não a conheci — disse Catilina. Mas, de repente, seu belo rosto contorceu-se. Ele tapou os olhos com as mãos. Júlio, o dissoluto, observou-o com uma piedade constrangida.

— As mulheres — suspirou ele. — E ela era a mais bela de todas. Como elas nos desarmam! O seu sofrimento é o seu castigo.

— É mais do que posso suportar. — Catilina deixou cair as mãos. Seu rosto estava desfigurado pelas lágrimas.

— Pode estar certa de que vingarei Fábia — disse Marco à mulher. Nunca falara de Lívia com Terência. Ela ficou impressionada com a fúria dele. Chorou nos braços do marido.

— Poderei levar algum tempo — disse Marco, afagando seus cabelos compridos. — Mas vingarei sua irmã.

— Catilina é um assassino — disse Hélvia ao filho.

— Sei disso há muitos anos — disse Marco.

— Também é perigoso. Temo por você.

— Só morrerei quando o destino determinar — disse Marco.

Mas, como ele era prudente, evitou as situações perigosas. Sentia que ele e Catilina eram inimigos visíveis e que o próprio ar que ele respirava estava carregado do ódio mútuo. Retomou suas aulas de esgrima. Usava sempre um punhal. Nunca comia nem bebia antes de seus companheiros comerem e beberem das mesmas vasilhas. Falava a respeito de Catilina com os amigos mais distantes, a fim de observar suas idas e vindas. Em algum lugar, Catilina tinha um calcanhar-de-aquiles, pelo qual ele encontraria a morte ou, pior do que a morte, seria ferido para sempre.

Enquanto isso, Marco se alegrava com a beleza de sua filhinha, Túlia, que era o prazer dos pais e dos avós. Marco estava encantado com seu espírito e seu amor. Túlia tinha as feições dele, seus olhos e cabelos castanhos cacheados e sua simpatia, tudo transfigurado em suavidade feminina. Ela se sentava no colo dele e ronronava contra a face dele. Nenhum filho poderia lhe ser tão querido quanto aquela filha. Hélvia o acusava de ser um pai fraco, mas até ela tinha grande carinho pela neta. Esta era a essência do amor para Túlio, o avô, que passeava a pé com ela na ilha e lhe contava histórias empolgantes. Ela olhava para Túlio e depois lhe beijava a mão, compreendendo. Era pouco mais que um bebê, mas tinha muita sabedoria.

A fama de Marco, como orador e advogado, crescia cada vez mais em Roma. Sob a administração inteligente de Terência, sua fortuna cresceu. Quando ele denunciou o romano Verres por exploração e roubos na Sicília e, pior ainda, seus atos de extorsão e crueldade contra os próprios romanos, o afeto do povo por ele cresceu ainda mais. Ele foi nomeado edil curul por instâncias de Júlio César.

— Senhor — dissera Júlio a Crasso —, vamos homenagear publicamente o nosso caro Marco, para que a plebe aclame a nossa benignidade, nossa sinceridade e amor à justiça.

Pompeu concordou. Catilina ficou furioso. Mas Marco foi nomeado. Crasso estava ficando farto da veemência de Catilina e de suas ambições, mas ao mesmo tempo o temia, pois ele tinha nas suas mãos patrícias o tenebroso submundo de Roma. Além disso, a crucificação de milhares de escravos que se haviam rebelado sob o comando de Espártaco deixara o povo romano inquieto e alarmado com seus governantes. Ainda que os romanos não se compadecessem facilmente, havia multidões deles que eram filhos de libertos e outras multidões que corriam elas mesmas o perigo da escravidão, se incorressem em dívida.

O próprio Marco interviera sem sucesso a favor dos escravos condenados. Nunca se esqueceria do espetáculo daquelas cruzes lamentáveis com seus frutos humanos pendurados sangrando. O que haviam feito aquelas pobres criaturas, além de pedir um alívio para a sua desgraça? Quando isso lhes foi negado, eles se rebelaram. Mas os romanos não prezavam mais os seus escravos e, na época, havia tantas centenas de milhares de escravos em Roma que a sua simples presença era uma ameaça. Além disso, contavam em Roma com a simpatia de muitos estrangeiros, que tinham conhecido a opressão em suas próprias terras. Embora Marco não tenha conseguido salvar a vida dos crucificados, logrou mitigar a sorte de outros, que foram capturados mais tarde. Dissera a Júlio César:

— Desejam anarquia e revolta? Estou-lhe dizendo: estou mais próximo do povo do que você, Crasso, Catilina, Pompeu e os outros. Ouço o que murmuram. Consideram a crucificação dos escravos um presságio de um governo tirânico; por enquanto, ainda não sabem que já estão vivendo sob tal governo. Gostaria que eu os informasse?

Crasso, então, com magnanimidade, libertou as centenas de escravos que se achavam presos, advertindo-os bondosamente.

— Esse Cícero é precioso — disse Júlio a Crasso. — Ele tem o ouvido do povo e ouve sua língua.

— Como disse Labério, o seu Cícero acende uma vela a Deus e outra ao diabo — disse Crasso.

— Por quê? — perguntou Júlio, com indulgência. — Porque ele é justo e sabe ver a justiça no populacho, os "homens novos"... a classe média... e também entre os patrícios, os mercadores, os lojistas e banqueiros, em situações especiais e definidas? Ele também encontra injustiças nesses. Defende a lei em todas as circunstâncias.

— Ele é ambíguo. Portanto, é perigoso.

— Catilina andou envenenando sua mente, senhor. Os homens bons parecem ambíguos para os maus. Embora Marco não seja a seu favor, ele o defenderia se fosse acusado injustamente. E se voltaria contra o senhor, perigosamente, de fato, se estivesse convencido de que o senhor constituísse uma ameaça a Roma. Sua única lealdade é para com a justiça e a lei. Os homens maus só se interessam pelas lealdades cegas e não pela honra. Defendem vilões, se gostarem deles, e se põem ao lado de déspotas cruéis, se for vantajoso para eles. Prefiro a lealdade de Cícero.

Crasso sorriu.

— Então, respeitemos a lei em todas as ocasiões.

Terência ficou temporariamente satisfeita e muito contente por Marco ser um edil curul, com uma cadeira de marfim e o privilégio de ter o seu busto no átrio, desse modo adquirindo a nobreza. Ela contratou um artista famoso para esculpir o busto de Marco em mármore e convidou toda a família e os amigos para a inauguração. Não podia compreender a relutância que tinha Marco para aceitar as homenagens públicas.

— Você não o merece? — dizia ela, exasperada. — Só posso dizer que você sofre da pior das afetações: a falsa modéstia. Certamente não ignora os serviços que prestou à pátria.

— Eu me oponho a que a minha estátua fique ao lado da de Atenéia — disse Marco.

— Ora, ela é sua padroeira. Eu também não faço sacrifícios a ela, nos templos?

— É verdade. Mas você é muito religiosa, Terência.

Hélvia ficou satisfeita com o busto de Marco. Túlio olhou para ele num silêncio angustiado. Ele temia o exibicionismo. Tinha medo de que o filho ficasse impressionado com sua grande fama e se tornasse convencido. Lembrou-se das orações que fizera por Marco quando o filho era pequeno. Hélvia, um tanto impaciente, notou o silêncio do marido e sua expressão concentrada.

— O seu pai consideraria isso uma grande honra e digna de Marco — disse ela.

Túlio, porém, não disse nada. Naquela época ele raramente falava, a não ser com Túlia, a neta. Tinha perdido completamente qualquer intimidade com o filho e isso o deixava perplexo e desesperado. Marco evitava Túlio o quanto podia, pois sabia que o pai estava magoado por achar que o filho se afastara muito dele. Isso não era bem verdade, mas o assunto era tão sutil que nem mesmo Marco, tão eloqüente com as palavras, sabia exprimi-lo.

Marco estava deixando grande parte de seu trabalho jurídico aos jovens advogados e escrivães, pois seus deveres como edil curul eram

UM PILAR DE FERRO 499

urgentes e prementes e lhe tomavam a maior parte do tempo. Ele tinha o encargo de supervisionar os templos e prédios públicos, os mercados e as ruas, os jogos anuais, a observância precisa dos festivais religiosos. Eram os jogos que provocavam ansiedade em Marco, pois a turba romana se acostumara ao esplendor e à extravagância nos circos e à importância de gladiadores e atores. De ano em ano, os governantes, desejando conquistar admiração e lealdade, tinham tornado os jogos mais magníficos. Marco estava num dilema. Esperava-se que o edil curul contribuísse generosamente para os jogos, de seu próprio bolso, além de usar fundos do Tesouro. Marco não era favorável a nenhuma dessas idéias. Terência estava dividida entre seu desejo de aumentar a popularidade do marido e sua parcimônia. Como sempre, Marco chegou a um meio-termo. Ele era prudente demais para frustrar o povo logo de início, assim como para esgotar o Tesouro e seu próprio bolso. Assim, fez algumas economias cautelosas, que não seriam muito aparentes às turbas invejosas, e concentrou-se em conseguir popularidade por outros meios, como aceitando clientes que tivessem sido injustamente acusados. Gostava especialmente de processar os poderosos que eram culpados de extorsão, roubo declarado e vultoso e escândalos públicos. Isso lhe conquistou o favor das multidões invejosas. Elas raramente notavam que os gladiadores pareciam menos numerosos do que antes e que as ofertas gratuitas de vinho, pastelaria e carnes no circo eram um tanto reduzidas.

Além disso, ele convenceu seus amigos Noë e Róscio a produzirem espetáculos nos circos. Isso não foi pouca coisa, pois Róscio sabia que não seria pago por seus serviços e Noë estava ocupado com novas peças.

— Querem que eu provoque a falência tanto do Tesouro quanto a minha? — indagou Marco.

— Você é um homem rico — disse Róscio, aborrecido.

— E você é ainda mais rico — replicou Marco. — Ora, vamos, não somos amigos?

Como gostavam de Marco, eles consentiram. O povo ficou encantado e assim Marco poupou tanto o Tesouro como os seus fundos particulares. Às vezes, ele tinha uma crise de consciência, por estar explorando seus melhores amigos. Estava aprendendo que a política não é uma coisa simples, afinal, e sim um convés de estado móvel, em que se tinha de ser muito ágil para não cair ou, usando outra metáfora, uma corda bamba em que o político bem-sucedido tinha de dançar com aparente facilidade e esconder seu suor e seu medo sob um vasto sorriso. Pior que tudo, descobriu que gostava da política, à qual antes chamara de prostituta da vida pública. Ele consolava sua consciência, não cedendo à prostituta com muita freqüência. Evitá-la completamente era impossível, se desejasse continuar na política. Esse era outro assunto que ele não podia explicar ao pai e, na verdade, nem à mãe. Mas Terência era compreensiva e entendia.

— Você nunca fará nada de errado — disse ela.

Marco desejava isso ardentemente. "Se não se pode fazer o bem na política", escreveu ele, "pelo menos a pessoa deve ser inofensiva." Uma ou duas vezes ele se alarmou, quando se pilhou sentindo uma simpatia secreta por Sila, já falecido, e até mesmo por Crasso. Eram apenas homens e o povo era muito veementemente humano. Embora Sócrates sempre exprimisse seu amor pela humanidade, Marco estava começando a perceber que isso era simples para um filósofo, mas não tão simples para um político. O político aprendia coisas a respeito de seus semelhantes que não estavam ao alcance dos filósofos que passeavam pelas colunatas de mármore.

Ele andava muito ocupado. Seu querido irmão, Quinto, muitas vezes se ausentava de casa, em regiões estranhas, e adquirira uma ligeira arrogância, por culpa de sua geniosa mulher, Pompônia, que lhe dera um filho. Pompônia o tiranizava e, em defesa própria e para aliviar sua virilidade ferida, ele tentava tiranizar o irmão. Marco não devia fazer isso; Marco não devia fazer aquilo. Quinto imaginava-se um político maravilhoso. Acusava Marco de ser falso. Às vezes, eles discutiam abertamente, nervosos. Mas o amor entre os dois era forte demais para se corromper. Marco aprendeu a não discutir política em demasia com o irmão; se Quinto abordava o assunto, Marco conseguia habilmente mudar de conversa.

Marco começou a conversar demoradamente com a filhinha, Túlia, dissertando didaticamente sobre Direito e atacando a política. Ela escutava com um ar sabido, como criança, enquanto passeavam juntos pelo jardim no Palatino ou na ilha.

— Você entende a minha situação, Túlia — dizia Marco.

Túlia o beijava com ardor, afagava seu rosto cansado e sorria para ele com admiração. Sua falta de compreensão e seu amor o consolavam e ele a abraçava e dava graças a Deus pelas crianças. Eram inocentes demais para sutilezas ou nuanças. E, graças a Deus, não entendiam nada de política, nem da humanidade. Assim como o pai temera por ele, também ele

Capítulo XLIII

Marco não sabia que ele era a fachada virtuosa de mármore branco que ocultava as atividades de Crasso, Júlio César, Pompeu, Catilina e muitos outros. O povo olhava para sua integridade e lembrava-se que ele não seria edil curul se não fossem Crasso e seus amigos. Portanto, Crasso e os outros também tinham integridade. Os homens do povo se diziam, sabidos: "Não diz o ditado: 'Diz-me com quem andas, dir-te-ei quem és?' O nobre Cícero anda com os nossos governantes. Portanto, também eles devem ser virtuosos."

— Ouvi dizer — disse Crasso a Júlio — que o seu Cícero está fazendo investigações longas e exaustivas a respeito de Catilina. Aliás, as atividades dele nesse sentido estão se ampliando a cada dia.

— Foi o que também ouvi dizer — replicou Júlio. — Ele começou isso há muitos anos. É natural. Houve Lívia e Fábia. Marco nunca se esquece.

— Se ele descobrir... — disse Crasso.

— Temos de ser hábeis quanto a Catilina — disse Júlio. — Ele me cansa, embora nos seja necessário. Não devemos demonstrar nenhuma simpatia por ele em público, mas precisamos mantê-la em particular. Assim poderemos cortar os laços, em nome da nossa popularidade, caso seja necessário.

— Você é muito sábio para um jovem — disse Crasso. — Façamos o que você diz.

Júlio sorriu para ele de um modo cativante e agradecido. Se Crasso pudesse adivinhar-lhe os pensamentos, Júlio não teria sobrevivido por muitas horas. Ele disse a Pompeu: — A nossa hora está próxima. — Disse a Catilina: — Em nome de Vênus, a sua divindade favorita, evite os escândalos públicos. Não seja impaciente. Eu lhe digo que estamos às vésperas de grandes acontecimentos.

— Há alguma coisa fermentando na cidade — disse Noë a Marco. — Como judeu, tenho percepção e pressentimentos. Se não fôssemos dotados assim, teríamos perecido há muito.

— O quê? — disse Marco, com um sorriso. — Está juntando os bens móveis?

502   *Taylor Caldwell*

— Não se ria — protestou Noë. — Estou pensando nisso mesmo.

— Você não tem confiança em Roma — disse Marco.

— Não tenho confiança em nações ambiciosas. Mas desde quando as nações não são ambiciosas?

— Então você não confia nos homens.

— E você confia? — indagou Noë.

Marco pensou e depois balançou a cabeça.

— Não. — Ele contemplou aquilo com tristeza e em seguida repetiu: — Não. — Pouco depois, acrescentou: — Lembro-me do que disse Ésquilo em *Agamenon*: "Deus nos conduz no caminho da lei eterna da sabedoria, que a verdade só se aprende sofrendo-a."

Noë concordou e comentou:

— Então, você a sofreu. Quanto a mim, vou levar minha família para Jerusalém.

— O que farei para os próximos jogos? Róscio partiu para Alexandria.

— Você não seguirá o meu conselho — disse Noë. — Sugiro que você se retire para Arpino.

— Na minha idade?

— O homem precisa ter barbas grisalhas para ser sábio?

— Tenho de servir à minha pátria — disse Marco. Ele fez uma pausa. — Todos os homens são trágicos. O mal é universal. Os gregos o disseram e eu o repito. Mas há nobreza na tragédia. O homem é misteriosamente amaldiçoado. Mas ele se eleva acima de sua tragédia, e da maldição, porque tem a coragem de se opor ao mal. A tentação mais terrível que temos é a de abandonar a luta. Isso Deus não nos perdoa.

Ele sorriu vagamente para Noë.

— Não me abandone, amigo. — Entristeceu-se de novo. — Sócrates disse aos amigos: "Alguns de vocês me dirão: 'Certamente, Sócrates, você pode tratar da sua vida e assim escapar ao ódio do governo!' Mas não posso. A vida não examinada não vale a pena ser vivida." E o mínimo que se pode esperar de nós é que sejamos homens.

— Em todo caso, você não é um detalhista e construtor de paradoxos, como Sócrates. Por isso, você evita irritar aqueles que lhe poderiam arruinar.

Marco refletiu sobre isso. Lembrou-se de que o haviam acusado de acender uma vela a Deus e outra ao diabo.

— Você está insinuando que eu hoje faço conchavos — disse ele a Noë.

— Sim, isso é verdade e, por vezes, receio que seja uma fraqueza. No entanto, posso dizer com sinceridade que só cedo quando não será feita ne-

Um Pilar de Ferro

nhuma injustiça a qualquer dos litigantes. Tenho horror à força bruta e isso também pode ser uma fraqueza.

Ele tinha um escritório espaçoso em um dos grandes prédios públicos perto do Fórum. Encontrava as pessoas mais irritantes que podem afligir um político com alguma consciência: burocratas e os que procuravam a influência dele em contratos com o governo. "Um burocrata", escreveu ao seu amigo Ático, "é o mais desprezível dos homens, embora seja necessário, como são necessários os abutres, mas não chegamos a admirar os abutres com quem se parecem tão estranhamente os burocratas. Ainda não encontrei um só burocrata que não fosse mesquinho, aborrecido, quase débil mental, ardiloso ou burro, opressor ou ladrão, de posse de um pouco de autoridade, que o encanta, como um garoto adora possuir um cão feroz. Quem pode confiar em criaturas assim? Mas as nações as excretam quando do se tornam complexas.

"Quanto aos fabricantes, mercadores, construtores de estradas e esgotos, arquitetos de aquedutos, fornecedores de material bélico, construtores de prédios e todos os outros fornecedores do governo, oferecem propinas pela minha influência. Mas eu só aprovo o que é o melhor. Você pode considerar isso loucura, como fazem muitos desses homens. Vivo agradavelmente sem a aprovação deles."

Contudo, ele tinha o cuidado de ocultar de Terência o assunto do suborno. A mulher era virtuosa e uma romana "antiga" que mantinha a moral e a integridade na vida privada. Mas Marco tinha suas dúvidas se ela consideraria aceitar propinas um ato hediondo de parte de um político.

Quando alguns homens reclamavam a Crasso por causa de vários assuntos que ofendiam sua probidade — homens influentes e importantes demais para serem assassinados discretamente — Crasso respondia:

— Vejam o meu amigo Cícero. Eu seria tão benévolo para com ele, e o aprovaria tanto, se fosse um homem perverso? O mal não admira o bem; só o destrói.

Marco fez muitos amigos em seu cargo de edil curul, mas ele dava o desconto aos seus protestos de lealdade e afeição. No meio da agitação do trabalho, de seus processos jurídicos e clientes, ele achava a vida árdua. Tinha de comparecer a banquetes públicos em homenagem a vários políticos, senadores e patrícios, pois não pretendia ser edil para sempre. Também era muitas vezes convidado por Crasso, Júlio César e Pompeu. Em certa ocasião, ele confessou que os canalhas muitas vezes eram mais divertidos e interessantes do que os homens virtuosos, e muito melhor companhia. Isso ofendia o seu senso de probidade. Os canalhas deveriam ser repugnantes, os virtuosos deveriam ser encantadores. Muitas vezes se provava o contrário. Ele lembrava-se que Noë lhe dissera um dia: "Os filhos das trevas são mais sábios em sua geração do que os filhos da luz." Ele acrescentava para si: "E mais atraentes." Os filhos das trevas não eram perseguidos pela consciência e, portanto, podiam ser exuberantes e alegres. Mas os filhos da luz tinham semblantes pesados, lamentando o mal do mundo. Isso não conduzia à alegria e às coisas mais divertidas da vida. "Esperemos que recebam uma recompensa numa existência eterna. Certamente não a recebem aqui."

Havia muitas ocasiões em que ele era dominado por um cansaço intenso. Lembrava-se do que disse Aristóteles: "Um homem sábio não entrega a vida à toa, pois sabe que há poucas coisas pelas quais vale a pena morrer. Não obstante, em períodos de grandes crises, o homem sábio entrega sua vida, pois, em certas circunstâncias, não vale a pena viver."

Ele sentia, ainda mais do que Noë, que algum mal se agitava nas profundezas de Roma, algo que tinha um aspecto enigmático e não podia ser perseguido nem exposto. Era como uma sombra vista apenas pelo canto do olho, que, ao menor movimento, desaparecia e não podia ser vista de todo. Havia em Roma um movimento de tormento, ao mesmo tempo urgente e silencioso, como os movimentos de ratos em celeiros fundos. A atmosfera da cidade estava pesada. No entanto, à primeira vista, tudo parecia próspero e calmo, e o povo dizia que os Grandes Jogos nunca tinham sido melhores. Tudo era complacência, negócios, risos e muitas idas e vindas. Marco sabia que isso era uma ilusão, e uma ilusão proposital, mas de parte de quem era a trama, ele não sabia.

— Você está ficando mais grisalho — disse Terência. — Está trabalhando demais.

— Você só passou quatro semanas na ilha este ano, meu filho — disse Hélvia, que estava então muito roliça e sólida e cujos cabelos adquiriam cor de prata.

Ele fundou a primeira Biblioteca Pública em Roma, inspirada no formidável museu de Alexandria. "Um povo bem informado há de desconfiar dos políticos", escreveu ele a Ático, numa carta em que pedia doações de manuscritos e livros para a biblioteca. Mais tarde, ele se riria melancolicamente dessas palavras ingênuas. Um povo alfabetizado, descobriria depois, constituía um público maior para os impostores e saltimbancos. A alfabetização não garantia a discriminação, o ceticismo ou a sabedoria. Quando, seguindo o seu exemplo, as províncias também fundaram bibliotecas, ele diria: "Há muitas vantagens na falta de conhecimento do

UM PILAR DE FERRO

bárbaro. Aí, ele tem de usar a inteligência e não os livros. Ele ouve com um ouvido inocente, não confundido por uma babel de palavras."

Capítulo XLIV

Era ao pôr-do-sol que Marco se sentia ao mesmo tempo velho e muito jovem, quase uma criança. A limpidez do ar, a pura transparência da luz purgada do calor, a quietude suave que parecia ter absorvido em sua boca todos os clamores do dia, silenciando-os, o leve tom dourado sobre galhos, ramos e folhas, o doce burburinho das fontes, o diálogo chilreado dos pássaros, a frescura silenciosa de uma brisa amena — tudo isso parecia-lhe uma bênção dos deuses, profunda e intimamente pessoal, concedida aos homens, um hiato de refrigério e reflexão, uma hora sagrada. Então era possível esquecer a cidade tão próxima, embaixo, a opressão dos morros, o Tibre aquecido, os muros duros e as muitas estradas de Roma; e era possível a contemplação por um período abençoado, aliviado tanto da pressão do dia quanto das sombras da noite.

Os templos egípcios, e outros orientais, possuíam sinos. A essa hora badalavam sobre a cidade poderosa e ofegante, docemente, insistentes, falando somente à alma, pedindo a oração e a meditação, que os homens deixassem escritórios e bancos, os mercados, e entrassem na quietude dos pórticos sombrios, fogos de altares e incenso; que os homens compreendessem, nem que por uma hora apenas, que eram espíritos além de animais.

Marco estava muito fatigado. Sentia de novo aquele peso na mente e no coração que tanto o afligira anos antes, imobilizando seu corpo e atormentando seu cérebro. Agora o peso estava quase sempre presente nele, uma presença tangível que ele carregava nos ombros; era como um dos infelizes condenados que deve carregar às costas o peso da cruz na qual, em sua agonia final, ele tem de expirar. Ele não se dizia mais: Amanhã estarei refeito e animado. Amanhã serei ávido de novo. Sabia que isso era uma ilusão da primeira juventude. Para o homem maduro e pensante, amanhã era a estrada pedregosa que só levava à frustração, à extinção e à pergunta eterna: Por que estou vivo, e com que propósito, e para que fim? Por que, amanhã, hei de retomar o que larguei hoje?

Muitas vezes ele pouco se consolava, quando se dizia, decidido: Vivo para a justiça abstrata e eterna; sirvo a Deus, quando me lembro Dele.

Antes, a tardinha era para ele um período de expectativa tranqüila. Agora, sabia que a expectativa era apenas a posse da juventude inocente e que era um logro convencer ao organismo inteligente que continuasse e não morresse em desespero. Ele tinha muito dinheiro, terras, pomares, bosques, campos, pastos, gado; tinha vilas e sítios; tinha a sua ilha ancestral. Tinha mulher, filha e pais. Tinha uma fama considerável. Mas, assim mesmo, agora não tinha mais nada a esperar. Não tinha o desejo de se exceder aos olhos dos outros. Para ele, essas eram as vaidades da infância, os sonhos da juventude inexperiente, e não a preocupação de homens maduros. Crasso era velho, mas ambicioso. Crasso era velho, mas ainda desejava ser aclamado. A conclusão, portanto, era que alguns homens nunca amadurecem, não importando sua idade, e ele, Cícero, não era desses. Havia ocasiões em que ele sentia inveja de uma ilusão, uma mentira. Então, ele não teria horas como aquelas, à espreita dos sinos nos templos orientais, ansiando pelo que não sabia, olhando para um futuro que não encerrava mais que isso.

Contentamento! A droga e a estupefação de pequenas almas! Que homem de raciocínio podia estar contente? Felicidade, ventura: significavam coisas diversas para os diferentes homens, e também elas não tinham realidade. Marco olhou para o céu vasto e dourado. Olhou para a fachada em colunas de sua casa, que também era dourada como a manteiga e brilhava à luz do sol poente.

Simplicidade, diziam os estóicos, olhando com inveja para os que não eram simples nem pobres. Resignação, diziam os deuses orientais — mas resignação a quê? Deus, diziam os judeus. Mas Ele não podia ser conhecido e estava calado, se é que existia de fato. No entanto, se ao menos a pessoa pudesse conhecê-Lo, talvez conhecesse o êxtase. E a vida, no seu melhor e pior, seria suportável.

— Por que tão sério? — disse uma voz junto de Marco, ao mesmo tempo zombeteira e amiga. Marco virou-se no banco de mármore sob as murtas e viu Júlio César, magnífico como sempre, sorrindo para ele.

Marco levantou-se depressa e apertou as mãos do velho amigo com uma veemência e um sorriso que espantaram agradavelmente o rapaz e o levaram a olhar indagadoramente para o rosto de Marco. Este riu-se, como se tivesse se libertado de alguma coisa, e abraçou Júlio, afastando-se depois para observá-lo.

— Quando você voltou da Espanha?

— Só ontem à noite, muito tarde. O quê! Será possível que você esteja contente por me ver?

— Sim. Não me pergunte o motivo. Sente-se ao meu lado. Deixe-me olhar para você. Faz dois anos que nos vimos pela última vez. Ah, você não envelheceu, naqueles quentes sóis de Espanha! — Marco bateu palmas com força para chamar um escravo e depois sorriu para Júlio, que estava sentado ao seu lado. Em seguida, seu sorriso desapareceu.

— Esqueci. Você ainda está de luto pela sua doce mulher, Cornélia, que morreu enquanto servia como questor na Espanha.

— A mais doce das mulheres — disse Júlio e, por um momento, ficou olhando fixamente para a terra dourada e arenosa que cercava os canteiros de flores, as árvores e ciprestes, e seu rosto moreno e cômico ficou sério. Depois, ele tornou depressa a sorrir. — Ela ficou livre da dor que sentiu durante anos e está em paz.

Por algum motivo, obscuro até para ele, isso contrariou Marco.

— E você ainda é jovem — disse ele.

— Não perdemos nossa língua ferina — disse Júlio, e seus dentes brancos brilharam num sorriso mais largo. Ele sempre fora elegante e sempre houvera nele o aroma férreo do poder. A elegância perdurava; a aura de poder era quase visível, agora, e Marco pensou nos terríveis raios de Júpiter, patrono de Júlio. Isso tudo não era em nada diminuído pelo esplendor de seus atavios, a armadura de prata, o manto de leopardo nos ombros, a carne mais pesada mas ainda viril, o comprimento estrangeiro da espada, com sua bainha espanhola esmaltada, e as altas botas prateadas, bordadas e com borlas. Júlio completara 34 anos naquele verão, havia apenas seis semanas, e seus belos cabelos pretos estavam manchados com os primeiros fios grisalhos nas têmporas. Mas ele estava animado, como sempre, e emanava uma força delicada, sua imensa inteligência brilhando irrequieta em seus olhos escuros e irônicos.

Júlio, por sua vez, examinou o amigo e viu as rugas cansadas em volta dos olhos ainda belos e mutáveis, manchas mais pálidas na massa de cabelos castanhos e crespos, os sulcos que encerravam os lábios controlados e a ruga fina que corria horizontalmente pela testa nobre que, havia muito, perdera sua inocência e adquirira uma sabedoria exausta.

Um escravo trouxe alguma coisa para tomarem e, num breve silêncio, serviu o vinho. Aquele ruído do vinho despejado pareceu forte e musical na quietude; os raios do sol penetravam a coluna do líquido que caía, iluminando-a e fazendo-a parecer com sangue vivo. Depois, Júlio disse:

— Encontrei o seu irmão Quinto na Espanha.

— Eu sei, ele me escreveu dizendo isso. — O escravo colocou uma bandeja de iguarias na mesa redonda de mármore, ali perto, e Marco dispensou-o. Júlio levantou o cálice num brinde, despejou uma pequena libação e levou o cálice aos lábios. Marco também bebeu. O seu prazer inicial estava passando. Sentia-se estranhamente deprimido. Continuou: — E os seus deveres, Júlio, estão concluídos, na Espanha?

— Concluídos.

Marco indagou sobre a família de Júlio, especialmente sobre a pequena Júlia.

— Vai ficar noiva de Pompeu — disse Júlio.

— Aquela criança?

— Ela não é criança, Marco. Já completou 14 anos e deveria estar noiva. — Júlio fez uma pausa e depois riu, olhando para os olhos de Marco. — E eu, que não fui feito para ficar chorando a vida toda, vou-me casar de novo. Com Pompéia. O homem precisa de uma companheira querida, quando vai envelhecendo.

— Nunca lhe faltaram companhias, Júlio. E você sempre criticou o casamento. No entanto, deseja tornar a assumir seus encargos.

(Não era possível que os dois soubessem que, naquele mesmo instante, a léguas de distância, do outro lado do mar cintilante, na cidade de Alexandria, no Egito, um tolo faraó grego, desdenhosamente chamado de "flautista divino", se debruçava sobre o berço da filha recém-nascida e dizia, em sua voz fina e musical: "Ela se chamará Cleópatra, pois é a glória de sua pátria." Enquanto os dois homens estavam ali no jardim romano, o bebê abriu os olhos, da cor de violetas, e olhou para o pai, com suas faces rosadas.)

— Mas Pompéia será o meu último amor — disse Júlio, os olhos brilhando. A pele dele, bronzeada pelo sol de Espanha, irradiou-se em linhas finas de alegre zombaria.

— Estou certo disso — disse Marco, com sarcasmo. — Quais são as suas tramas atualmente?

— Sinto um certo tédio repetido em suas palavras — disse Júlio. — Você nunca deixou de me fazer a mesma pergunta e a minha resposta não mudou: eu não faço tramas. Amo a vida e aceito cada dia como ele é, sem pensar no amanhã. Não sou ambicioso.

— Não?

— Não. Mas falemos de você, caro amigo. Está cada vez mais famoso. Mas não parece estar satisfeito ou feliz.

— Talvez eu não tenha o dom da felicidade. E falta-me o contentamento, mas o que desejo, não sei. — A fisionomia de Marco ficou melancólica de novo. — Tenho tudo o que a maioria dos homens deseja e, no entanto, não conheço a paz.

— Ouvi dizer que no jardim de cada homem espreita um tigre, esperando para devorá-lo. Qual é o seu tigre, Marco?

UM PILAR DE FERRO

Marco não respondeu. Júlio examinou-o com um sorriso secreto e depois disse:

— Seria o seu dom para a conciliação, que, ao que ouço dizer, se torna mais evidente a cada dia?

— Não concilio por princípio — disse Marco, com certa irritação. — Se sou exagerado ou ardoroso demais em algum assunto, então aguardo os argumentos de homens mais objetivos e os equilibro contra os meus. Quando não se pode obter todo um objetivo, concordo em dividir.

— Ainda assim, é o seu tigre, Marco. Este é um mundo eminentemente irracional e irrazoável. O homem que concilia e transige é considerado astucioso e, portanto, perigoso e indigno de confiança. Nós todos proclamamos a nossa admiração pela restrição e a razão, mas elas são as virtudes mais detestadas. O homem de sucesso, e que por isso é adorado, é o homem que nunca concilia, para o bem ou para o mal, especialmente para o mal. A quem são dedicadas as nossas estátuas e monumentos? A Sócrates, Homero, Platão? Não. São erigidas aos generais que foram obstinados e não podiam ser demovidos. São erigidas a assassinos políticos, que seguiram o seu caminho e não davam ouvidos aos outros. Em resumo, tiveram sucesso e o mundo adora o sucesso, seja qual for o meio de obtê-lo.

— E qual é o seu tigre, Júlio? — indagou Marco.

Júlio levantou as sobrancelhas.

— O meu? Possivelmente o amor pelas mulheres. Um tigre muito prazeroso.

— Creio que o seu tigre tem outro nome.

Júlio sacudiu a cabeça.

— Não. Até isso já lhe deveria ser evidente, a essa altura. Não tenho poder político; nunca demonstrei cobiça por isso, a respeito do que você diz sempre. Não sou mais um jovem. Só fui questor na Espanha e isso me aborreceu. Agora só peço uma vida agradável.

Marco estava novamente seguindo os seus pensamentos melancólicos.

— E isso o contenta?

De repente, ele notou que se fizera um silêncio marcante. Levantou os olhos e viu Júlio sorrindo para ele, com ironia. Mas Júlio disse:

— Estou contente.

— Então que Deus nos livre dos homens contentes!

Júlio não se ofendeu. Riu-se. Marco disse:

— Você me lembra Eresícton, que derrubou o carvalho sagrado, por desprezo a Ceres, deusa da terra e do contentamento calmo. Ceres entregou-o à sua irmã terrível, a Fome, que lhe deu um apetite insaciável. Ele chegou a vender a filha única e adorada para poder satisfazer seu estômago voraz. Por fim, foi obrigado a devorar o próprio corpo. É essa a história da ambição.

— Está querendo ofender-me, Marco? A mim, seu convidado, seu amigo que você não vê há dois anos? Ou são as suas próprias meditações tristes que inspiram essa sátira amarga?

— Perdoe-me! — exclamou Marco.

Júlio tocou depressa na mão dele. Seus olhos dançavam.

— Não estou "vendendo" minha filha a Pompeu, a despeito de suas insinuações. Ele tem idade para ser pai dela, Deus sabe, mas esses casamentos são comuns em Roma. A menina concorda, pois é sensata e mais amadurecida do que se suporia nessa idade. E eu sei discriminar meu apetite por todas as coisas, ao contrário de Eresícton.

Mas a tristeza obscura que dominava Marco o fez esquecer de novo a cortesia, ele que um dia dissera que um homem mal-educado era um bárbaro. Ele disse, o rosto pálido faiscando, como se a sombra de um vidro iluminado tivesse passado sobre ele:

— Antes de você partir para a Espanha, Crasso e Pompeu privaram o Senado de grande parte de seu debilitado poder. É mais do que simples boato, Júlio, que você teve influência nisso e que instou com Crasso para restabelecer o poder da Ordem Eqüestre, de modo que hoje ela controla os tribunais. No entanto, a fim de manter a mentira de que Crasso realmente amava o homem da rua, você carregou o busto do seu tio, o velho assassino Mário, numa procissão dos *Populares* que aclamava Crasso! Eu não o vi naquela procissão, antes de você partir? Como você explica essa hipocrisia?

Júlio só achou graça.

— Chame isso, se quiser, de sua própria vontade de conciliar as coisas. A Ordem Eqüestre não é apenas rica; é intelectual e entendida em Direito. Você acha impossível que gente como os Eqüestres tenha simpatia pelas massas? Pelo contrário! Somente os ricos e poderosos têm solicitude para com o povo. Os defensores que surgem das massas são opressores, pois as conhecem bem demais. Os ricos e poderosos, porém, têm ilusões quanto à sua virtude e muitas vezes acreditam que a voz do povo é a voz de Deus. Se você estivesse para ser julgado, preferiria ser julgado pelos Eqüestres ou pela ralé pulguenta?

— Preferiria homens honestos.

— Você não os encontrará nas ruas, nem nos becos escusos.

Marco mexeu-se, inquieto; depois falou:

— Você não é só hipócrita, Júlio, mas também me parece incongruente.

Um Pilar de Ferro

— Você não deveria menosprezar a incongruência. O quê! Você não ajudou a processar Caio Verres, por causa de extorsão na Sicília, e depois não defendeu Marco Fonteio numa acusação idêntica de extorsão na Gália?

Marco controlou-se para não responder: "Mas amo a Sicília e não amo a Gália."

Observando-o, divertido, Júlio disse:

— Político nenhum, caro Marco, pode permanecer livre da corrupção, pois o negócio da política lida com o povo. E o povo, inevitavelmente, corrompe. Somente no reino do abstrato é que o homem pode permanecer bom... isto é, se desejar sobreviver.

— Não faço conciliações por princípio — repetiu Marco, obstinado.

— Não? Então como você explica Verres e Fonteio?

— Você não compreenderia a minha explicação.

Júlio riu-se alto e alegremente.

— O aforismo do político! Vamos, Marco, antes você tinha senso de humor. Tenho pena de você; um homem honrado que, de alguma maneira, tornou-se político. Por que você entrou na política?

— Para poder ajudar a retardar o despotismo inevitável, que certamente envolverá Roma, e para garantir que sobreviva alguma lei.

— Você é um bom homem, Marco. Sua virtude é aclamada em Roma. Não obstante, tenho pena de você. Virá um dia em que você não fará transigências e esse dia marcará seu fim. Espero não o presenciar, pois sofreria mortalmente.

Marco explodiu, fora de controle, sem saber por quê:

— Não sofra! Você morrerá antes de mim!

Ele ficou horrorizado. Mas a fisionomia de Júlio mudara supersticiosamente. Ele observou Marco e depois sussurrou:

— Por que diz isso, se você é mais velho?

— Perdão — disse Marco, com uma contrição avassaladora. — Fui de uma grosseria imperdoável.

Júlio, porém, tornou a encher o cálice, pensativo, e depois bebeu devagar.

— Tenho tido muitos sonhos — disse ele — e me tenho visto morrendo, embebido no meu próprio sangue. Mas quem haveria de me querer assassinar, e por quê? Você tem a reputação de áugure.

— Isso é realmente superstição. Não sou áugure e agora me ocorre que sou muito estúpido, do contrário não o teria insultado. Só posso dizer que ultimamente tenho andado muito deprimido. — Marco pôs a mão no braço do amigo, num gesto de súplica. Júlio imediatamente cobriu a mão dele com seus dedos e a apertou.

Foi naquele momento que Terência surgiu, aparentemente sem saber que o marido recebia uma visita. Ao seu lado, vinha a pequenina Túlia, a menina dos olhos do pai. Terência teve um sobressalto ao ver Júlio e baixou os olhos, com modéstia. As pestanas caídas sobre as faces eram bonitas, mas isso não diminuía a determinação da boca rígida e a dureza do queixo, ambos tendo crescido nos últimos anos. Marco contemplou-a irritado, mas Júlio levantou-se e beijou-lhe a mão, com uma mesura.

— Eu não sabia que você tinha voltado, Júlio — disse Terência, com sua voz enganadoramente suave e mostrando uma perturbação matronal que irritou Marco mais ainda. — Se soubesse que meu marido tinha visita, não teria incomodado. Perdão, tenho de voltar para casa. — Mas ela permaneceu ali e então seus brilhantes olhos castanhos examinaram Júlio não só com curiosidade, mas com avidez e empolgação.

— Não nos prive de sua amável presença — disse Júlio. — Eu já estava de saída.

Terência lançou um olhar impaciente a Marco e, vendo que ele não falava, disse:

— Mas certamente você fica para jantar com... com meu marido. Esta casa se sentirá honrada.

Júlio ficou sério, olhando para Marco de soslaio.

— Vou jantar com o nobre Crasso, Terência.

Terência, esquecendo-se de que era uma romana "antiga" e reservada, e desprezando Marco por seu silêncio obstinado, disse imediatamente:

— Mas, com certeza, amanhã! Esteve fora tanto tempo!

Marco, quase sempre cortês, continuava obstinadamente calado, e Júlio controlou o riso com dificuldade. Disse, então:

— Obrigado, Terência. Eu é que fico honrado, pois quem não aclama o grande Cícero e se considera lisonjeado com um convite de parte dele?

Naquele momento, Terência não só sentiu impaciência com o marido, mas chegou a detestá-lo por seu silêncio e sua boca fechada. Júlio era poderoso; Júlio poderia ajudar a carreira do marido; mas ele ficava ali sentado, como um monte de banha, sem dizer coisa alguma. Era uma afronta a ela. Ele nunca deixava escapar uma oportunidade de humilhá-la, pensou ela, com um ressentimento ardente. Os seios arfavam sob o linho marrom que cobria o peito, agora muito amplo.

Por fim, Marco disse:

UM PILAR DE FERRO

— Amanhã vou receber uns advogados e Júlio acha o Direito aborrecido. Júlio, porém, exclamou com vivacidade:

— Não! Adoro advogados! Vou comprazer-me com a sabedoria deles. — Depois, ele teve pena do amigo e deu atenção à pequenina Túlia, tocando bondosamente no rosto dela, com a mão morena e fina. — Mas o que é isso? Não é uma beldade que temos entre nós? Ela vai deixar Roma encantada.

A menina riu, mostrando covinhas, e olhou para Júlio com os olhos do pai, azuis um momento, cinzentos no seguinte e depois com a cor de um âmbar límpido. Ela fez uma reverência educada. Tinha apenas sete anos, mas possuía a inteligência e a percepção do pai. Seus cabelos castanhos e cacheados apanhavam o dourado do sol. Como criança bem-educada, não falou nada, ficando pacientemente de pé ao lado de Terência.

Terência dobrou as mãos e fixou seu olhar límpido sobre Júlio.

— Como sofremos com você, Júlio, quando morreu Cornélia!

— Ele já vai se consolar — disse Marco.

Júlio achou que aquele era um momento estratégico para partir. Tornou a beijar a mão de Terência, abraçou Marco, ainda sentado, afagou a cabeça de Túlia e saiu, numa onda de panos e perfume. O jardim ao crepúsculo pareceu menos luminoso depois que ele partiu. Terência disse à filhinha numa voz tensa:

— Deixe-nos, Túlia.

A menina beijou o rosto do pai e depois correu para a casa. Marco ficou olhando para o chão. Terência cruzou os braços musculosos sobre o peito e contemplou-o com amargura, o rosto todo vermelho.

— A sua grosseria é imperdoável — disse ela, com aspereza.

— Não tenho desculpas, Terência. Júlio me aborrece.

— Tenho notado que muitas coisas o aborrecem, ultimamente. Você raramente conversa com seu pai. Raramente se permite falar comigo. Sua conversa, que é muito rara, parece limitar-se a Túlia e sua mãe. Eu já o ouvi empenhado em controvérsias brutais com eminentes advogados e juízes, que jantavam nesta casa. Antes você era um paradigma de discrição e controle. Agora sua voz é ríspida e você não se controla em presença daqueles que poderiam ajudar sua carreira.

— É o que você já disse várias vezes.

— É sempre verdade. Você acha que eu me contento com a sua situação de hoje? Não! Espero mais de você. Venho de uma família importante e você tem um dever para com a sua família. Você deveria ser pretor da cidade, pelo menos. Crasso sequer o nomeou Grande.

514   *Taylor Caldwell*

— Esse título perdeu o significado quando Pompeu foi nomeado. — Marco se envergonhava por sua irascibilidade e aversão crescente pela mulher. A tristeza e o nervosismo o dominaram novamente. — Deixe-me em paz — disse ele.

— Devo aos meus antepassados trabalhar para que o meu marido não os envergonhe.

Marco levantou-se de repente.

— Para o inferno com os seus antepassados! — exclamou ele. Seu rosto pálido estava vermelho. As mãos estavam cerradas dos lados do corpo. Terência, de repente, personificava tudo o que ele mais desprezava, tudo o que mais temia.

Terência recuou, realmente pasma e pálida.

— Os *manes* deles o amaldiçoarão, Marco!

— Que seja assim. Criaturas mais concretas do que os *manes* dos seus antepassados já me amaldiçoaram. Já lhe disse muitas vezes que não procuro os favores de homem algum. Em especial não procuro os favores de César, pois ele é mentiroso, hipócrita e exigente.

— Você não liga para o seu futuro! Portanto, fica tudo a meu cargo.

— Controle-se — disse Marco. — Eu lhe peço, controle-se.

— Não vou me controlar! — exclamou Terência, com paixão.

Marco sentou-se pesadamente e seu rosto estava lívido. Terência tinha a respiração ofegante. O canto dos pássaros estava mais insistente. O vento fragrante fez-se ouvir e as folhas das árvores responderam. Terência contemplou o marido, seu rosto calado e pálpebras abaixadas. Pensou em muitas coisas. Os homens eram homens. Disse, acusadoramente:

— Você tem uma amante?

— Sim — disse Marco. — São demais para poder contá-las, demais para serem citadas. Estou falido de tanto pagar pelos favores delas.

Sua voz irônica aborreceu Terência.

— Apesar de tudo, você ama outra mulher — disse ela, sem acreditar naquilo.

Devagar e dolorosamente, Marco levantou as pálpebras e olhou para ela, cara a cara.

— Isso é verdade — disse ele, levantando-se e retirando-se. Terência ficou olhando para ele. De repente, levou a mão fechada aos lábios. Seus olhos encheram-se de lágrimas.

Marco estava sozinho na ilha ancestral, no outono, como desejava. Comia, dormia profundamente, nadava nas águas murmurejantes, caminhava pe-

UM PILAR DE FERRO

las florestas, inspecionava seus rebanhos de ovelhas, cabras e vacas, conversava a esmo com os escravos, lia, contemplava, escrevia o seu próximo livro de ensaios.

Nada o consolava, nada o aliviava, nada lhe dava satisfação.

Estou ficando velho, pensou. Há trevas em minha mente que nada consegue penetrar, nada alivia. Não quero nada e isso certamente é um prelúdio para a morte. Não há nenhuma promessa em minha vida que eu possa vislumbrar. Estou vencido; estou perdido. As inúmeras cartas que lhe chegavam de Roma permaneciam fechadas, os selos intactos. Ele olhava no espelho e não via ali um homem de olhos vitais e brilhantes, e faces morenas e lábios vermelhos, resultado de sua estada na ilha. Via um homem gasto e que envelhecia. Pois Lívia assombrava a ilha como não o fazia há muitos anos.

Estava viva como mulher alguma jamais estivera viva para ele. Ele ouvia sua canção misteriosa nas árvores, percebia o esvoaçar de seu véu entre os escuros troncos da floresta, ouvia sua voz no rio. Às vezes, não podia suportar seu pesar, a despeito de todos os anos passados desde que Lívia fora repousar em seu túmulo. Ele perseguia sua sombra luminosa; às vezes, os escravos ouviam seus chamados desesperados. Estou ficando louco, dizia ele consigo, enquanto corria como um rapazinho pelos bosques escuros, à procura de Lívia. Às vezes, abraçava uma arvorezinha, como Apolo, apertando o rosto contra o tronco vivo, e chorava. Sentia que estava abraçando Lívia, que, como uma ninfa, fugira dele e se transformara num rebento. Uma agonia misteriosa o dominava, como se tivesse acabado de perder alguém.

É por mim que choro, pensou ele um dia, com uma clareza repentina. É pela minha juventude que sofro, minhas esperanças e meus sonhos, meu espectro de promessa mentirosa, os anos coroados em que eu acreditava que a vida tinha algum significado. Como os outros homens suportam esse peso? Como o meu avô suportou, e Cévola, e Arquias, e todos os outros queridos, cujas sombras habitam as salas do meu passado? O que os sustentava? Não há nada senão vasilhas vazias em minha mesa e a jarra de meu vinho está cheia de borra seca. Por que eles nunca disseram: "Você está ávido e sedento, mas será frustrado e não quererá beber de novo!"

— Lívia! — chamava ele na floresta. Ficava na ponte com Lívia, como ficara naquele tempo, e via a curva branca e morna no braço dela junto do seu, e o azul ardente dos olhos da moça olhando dentro dos seus. Punha a cabeça sobre o parapeito de pedra.

Pensou no pai, que abandonara, impaciente. Teria um dia Túlio sonhado, sido impedido, vertido um cálice que não continha nada? Ele ficou na biblioteca de Túlio e olhou para os livros silenciosos; depois abriu-os, como que procurando uma mensagem. Encontrou uma, e isso o encheu de um desespero renovado, pois Túlio escrevera numa margem: "Sonhar é viver. Despertar é morrer."

O médico de Arpino lhe disse:

— Quando os homens chegam à sua idade e não são nem jovens nem velhos, eles se questionam, e as suas vidas. Sofrem. Mas isso passa. Tenho setenta anos, e lhe digo que isso passa.

Marco não acreditou nas palavras dele.

— Não há nada que eu deseje — disse ele.

O médico sorriu.

— Existe Deus — disse o médico. — Existe a eternidade.

— Então, a que o homem pode ser reduzido! — exclamou Marco. — Se não há nada senão isso, como a vida é sem paixão!

O médico sorriu de novo.

Por fim, ele se obrigou a ler as muitas cartas que havia recebido.

Terência lhe escrevera uma carta amarga. Lúcio Sérgio Catilina fora nomeado pretor de Roma por Crasso. "Isso foi escondido de você, meu caro marido", escreveu ela. "Agora o assassino de minha irmã, seu sedutor, ocupa um cargo importante. Se você estivesse presente, isso nunca teria acontecido."

Uma onda imensa de raiva e paixão dominou Marco e ele se esqueceu de que nunca mais sentiria qualquer emoção. Esqueceu-se de que sua vida terminara e que não tinha mais sentido. Esqueceu que a existência fora reduzida à esterilidade e que não havia nada por que um homem pudesse lutar honestamente, dando sua vida.

No dia seguinte, de manhã, partiu para Roma. Parecia-lhe que Lívia estava montada a seu lado, incitando-o, e seu véu esvoaçava em seu rosto.

Capítulo XLV

Crasso, o homem com o imenso corpo gordo e a cara e cabeça estreitas, olhou para Marco com frieza, enquanto Júlio sorria sozinho e Pompeu observava as mãos cheias de jóias.

— Confesso — disse Crasso — que não compreendo sua veemência, Cícero. Você está sendo incoerente e isso não se coaduna com um advogado. Que lhe importa se Catilina é pretor?

Marco disse, o rosto vermelho de emoção:

Um Pilar de Ferro

— É como se um leopardo fosse nomeado para guardar as ovelhas. O homem, por sua natureza, é um desastre! Certamente não preciso dizer-lhe o que ele é! É amigo e protetor dos elementos mais desprezíveis de Roma, inclusive criminosos notórios. O seu clima natural é mau. Não há nada em sua natureza nem em seu caráter que o tornem digno de uma situação tão elevada e poderosa. Ele não é advogado; nunca foi magistrado. É libertino e corrupto, ocioso e viciado. Hoje tudo isso constitui qualificações para pretor? Nesse caso então Roma está realmente degradada.

Ele pedira e conseguira uma audiência com Crasso, na magnífica residência deste. Recusara-se a comer ou beber qualquer coisa. Estava diante da mesa esculpida em marfim e ébano, às vezes batendo nela com o punho, enquanto os outros jantavam e bebiam, imperturbáveis. Eles o ouviam com cortesia, embora Crasso, que sempre o temera e odiara, e suspeitara dele, não pudesse ocultar o brilho maligno de seus olhos cinzentos quando pousavam sobre o homem mais moço.

Disse ele:

— Catilina é muito querido. O fato de ele ser pretor agradou a muita gente.

— A quem agradou?

Júlio disse, sério:

— À democracia, meu caro Marco, que concede a todos os homens livres a mesma oportunidade. Não é isso que você sempre advogou? Ou você agora estará dando para trás, declarando que a competência do homem deve ser julgada apenas por suas excentricidades pessoais ou sua filiação política?

— O comportamento pessoal do homem não pode ser separado do seu procedimento público; são os dois aspectos da mesma moeda.

— Acalme-se — disse Pompeu. — Por que crimes Catilina foi condenado? Nenhum. De onde provém a sua má reputação? Adultério? Se todos os adúlteros fossem excluídos dos cargos públicos, então todos os cargos estariam vagos e teríamos o caos. O homem pode trair a mulher e permanecer decididamente leal à pátria. O homem pode ser decadente e depravado em sua vida privada, e não somos todos sujeitos aos nossos vícios secretos?, e, no entanto, ser íntegro e virtuoso no cargo público. A casa de um homem pode ser extravagante em gastos, mas já notei que esse homens são parcimoniosos no governo. O inverso também é verdade: o homem severo pode ser um libertino com a liberdade do povo; o homem que conta seu tesouro particular e não gasta nada pode jogar fora o tesouro do povo com ambas as mãos, para ganhar votos.

518   *Taylor Caldwell*

Esse foi um sermão comprido de parte de Pompeu, geralmente taciturno e observador. Marco olhou em seus olhos claros e calmos e ali só viu tolerância e amizade; e, mesmo assim, ele não podia deixar de se espantar ao pensar por que Pompeu dava amizade a quem nunca lhe retribuíra essa amizade.

Marco disse:

— Pode ser verdade que Catilina nunca tenha sido publicamente condenado por um crime. Não obstante, sabemos que ele é um criminoso.

— Você não tem provas do que está dizendo — disse Crasso. — Você não sabe se os muitos seguidores de Catilina são unicamente, ou principalmente, criminosos. Se fosse assim, você acha que ele hoje seria pretor, que nós o suportaríamos ou o recomendaríamos?

— Sim — disse Marco, olhando diretamente para ele. — Acho que sim.

O rosto magro de Crasso ficou lívido de raiva e seus dentes inferiores apareceram por cima do lábio.

— Você é insolente e arrogante e está desafiando a autoridade! — exclamou ele. — Você é edil curul e, como funcionário público, me deve obediência. Deseja que o dispense de suas funções?

Marco, porém, estava por demais excitado e agitado para dar atenção a essa ameaça. Disse:

— O senhor me acusa de insolência, arrogância e desacato à autoridade. Suas acusações estão mal dirigidas, senhor. Está-me confundindo com Catilina?

Crasso bebeu lenta e propositadamente de seu cálice; seu olhar hostil estava pousado sobre o advogado. Foi Júlio César quem lhe respondeu, num tom de indulgência afetuosa.

— Para um homem que ultimamente tem dado aos amigos uma impressão de fadiga, desânimo e resignação, Marco, e para um homem de que já se ouviu dizer: "Com que propósito nascemos?", você está demonstrando uma reserva espantosa de paixão e uma energia frenética em protestos veementes. Será possível que você agora acredite que há um propósito para a nossa existência?...

— Sim! — exclamou Marco. — Fui um tolo. Estava-me espojando na complacência e na segurança e isso conduz à morte e à desintegração. Eu estava tão absorto nos encargos públicos e na prática particular do Direito que perdi de vista o que está acontecendo na minha terra. Acuso-me do crime de indiferença e estou resolvido a fazer reparações.

Ele virou-se de novo para Crasso.

— A pátria vale mais para mim do que segurança, riqueza, fama, aclamação, honrarias. Portanto, protesto contra Catilina. Já se deu conta de que eu o encontrarei nos tribunais e que, como ele me odeia, estará de espírito preconcebido até contra a justiça das causas? A cada passo ele impedirá o que é justo, o que obviamente deveria ser reparado, se eu tiver qualquer coisa a ver com isso.

— Duvido disso — disse Júlio. — Afinal, há a considerar a opinião do povo, e o povo o ama. Catilina não ousaria desafiar a lei estabelecida e decidir contra você por maldade. — Ele fez uma mesura a Crasso. — Posso confiar um segredo ao nosso tão beligerante Marco, senhor? Sim. — Ele sorriu para Marco. — Já advertimos Catilina de que não deverá, quando o encontrar nos tribunais, pronunciar um julgamento que viole a lei, a dignidade e a razão.

Algum entendimento misterioso ocorrera entre Crasso e Júlio e o tom de voz de Crasso era quase brando quando ele disse a Marco:

— O mandato de Catilina é de apenas dois anos. Quem sabe se não será você, Cícero, quem o sucederá?

Querem fazer-me calar, pensou Marco, mas não me calarei. Disse:

— Durante o curto espaço de tempo em que Catilina foi pretor, ele já violou a Constituição três vezes, em suas sentenças. Dois traidores condenados foram libertados por ele, devido a detalhes técnicos, embora a sua culpa tivesse sido provada cabalmente e com justiça. Um conhecido assassino profissional, que empregava vários matadores, foi libertado por Catilina graças ao detalhe técnico de que as autoridades que o prenderam o mantiveram confinado durante cinco horas além do período permitido pela lei, a fim de o interrogarem. Tecnicamente, isso era verdade, mas precisaram do tempo a mais a fim de extrair dele uma única admissão que permitisse levá-lo a julgamento. Isso não é uma trivialidade! É uma violação da justiça eterna.

Júlio curvou-se sobre alguns papéis.

— Tenho aqui, caro Marco, notícias de casos que você defendeu baseado no mesmo detalhe técnico. Existe uma lei para você e outra para Catilina?

Marco enrubesceu.

— Mas os homens eram inocentes! Os criminosos de Catilina não!

— Ninguém pode julgar a inocência ou culpa de alguém até essa pessoa estar diante de um tribunal. É verdade, caro amigo, que os detalhes técnicos às vezes podem libertar homens que são culpados. Mas esses mesmos fatores agem principalmente em favor daqueles que são presos injustamente e acusados. Como já foi observado há séculos e em outras nações, a lei é um instrumento cego. Não obstante, protege os inocentes.

— Isso não se dará com Catilina.

Júlio riu-se de leve.

— Catilina é indolente por natureza para ser exageradamente ativo num tribunal, em qualquer caso. Em resumo, ele recebeu uma honraria pública e um ordenado público, ainda que raramente deva aparecer em algum tribunal ou dar-se ao trabalho de ler algum processo.

— Então por que foi nomeado pretor? O nosso Tesouro não está bastante esgotado, para ainda termos de sustentar canalhas à custa do dinheiro proveniente dos impostos?

Os outros não lhe deram resposta, limitando-se a sorrir vagamente.

Marco olhou de um rosto silencioso para outro e sua mente agitou-se. Disse com amargura:

— Então é verdade que lhe devem alguma coisa; e quem deve alguma coisa a Catilina é culpado de um crime contra a pátria.

Crasso não estava mais sorrindo.

— Basta — disse ele. — O quê! Você, um simples advogado, um simples edil curul, pretende lançar insultos e acusações de traição na minha cara, a mim, que sou triúnviro de Roma? Cuidado, Cícero. Eu o tenho suportado por muito tempo devido à amizade de César por você. Sugiro que não se apresente mais à minha atenção. — O rosto dele estava inchado de sangue, raiva e ódio, e seu punho cerrado e estreito ergueu-se da mesa.

Marco afastou-se da mesa. Por um momento ou dois, tremera de pavor diante de sua audácia. Pensou nos pais, na mulher, na sua adorada filha. Então, a raiva insurgiu-se contra si, por colocar sua vida e a de sua família antes da segurança, honra e justiça da pátria.

— Então, senhor — disse ele —, reconhece que o cargo de Catilina é de sua responsabilidade?

Crasso levantou-se a meio em sua cadeira de pedrarias e ergueu o punho como que para bater em Marco. Mas Júlio, terrivelmente alarmado, agarrou o braço dele e empurrou-o praticamente de volta à cadeira. Pompeu estava sentado perto e também ele olhou para Crasso, consternado.

— Idiota destemperado — disse Júlio a Marco. — Nunca pensei vê-lo tão diminuído por suas próprias palavras. Uma pessoa não lança acusações de mau procedimento na cara do mais alto magistrado do país...

— Por que não, ser for verdade?

— Deuses! — exclamou César. — Você é um idiota completo?

— Não estamos num país livre? — perguntou Marco. — Os mais altos magistrados não têm de prestar contas àqueles que lhes confiaram esse cargo?

Júlio olhou para Crasso, que se acalmara um pouco. Depois disse, numa voz sem expressão:

— Não. Não é mais assim, Cícero. A sua querida democracia alterou os costumes de Roma.

— Não me refiro à democracia, César. Refiro-me à república de Roma. Há um abismo entre a democracia e a república que nunca poderá ser transporto, a não ser com a ruína do republicanismo. Quem derrubou a nossa república e declarou que ela não existe mais? Não vi nada disso; não ouvi tal declaração. Portanto, a república permanece e, sob a liberdade que ela concede, tenho o direito de exigir explicações dos magistrados públicos quando traírem a confiança do povo e subverterem a Constituição.

Eles o fitaram. Todos os rostos estavam pálidos e um deles maldoso.

— Não ordenem a minha morte, embora o assassinato seja uma das armas das democracias — disse Marco, com um sorriso amargo. — Tenho influência demais em Roma, além de muitos amigos poderosos. Pertenço aos Hélvios e minha mulher também é de uma grande família. Vocês podem acreditar que os romanos não mais se importam com o tipo de gente que os governa, e que não se perturbam com os assassinatos, por mais hediondos que sejam. Mas só estão precisando é de uma voz. Eu serei essa voz ou, se for assassinado, levantarei outras vozes.

— Você se esquece — disse Pompeu, num tom peculiar — que é possível a qualquer governo, ou homens influentes, voltar a violência do povo sobre quem quer que desejem, se quiserem proteger os culpados. Se você fosse assassinado, seria muito fácil para... os homens de poder... declararem que você na verdade fora um traidor, e o povo, que não quer tumultos em suas vidas, nem confrontos com a verdade, pois é indolente por natureza, aceitará a explicação agradecido, para não ter de se perturbar ou ser obrigado a pensar.

— Então você acusa o povo de Roma de loucura?

— Não — disse Pompeu, novamente naquele tom peculiar. — Só de pusilanimidade.

Marco tornou a enraivecer-se; então olhou para Pompeu atentamente e pensou que nunca o conhecera de verdade. Viu que Júlio e Crasso estavam olhando para Pompeu com certo desagrado. Depois, os dois se entreolharam e uma pergunta foi feita e respondida. Assim, Júlio sorriu com simpatia para Marco e disse, num tom confidencial:

— Queremos contar-lhe a verdade, Marco. Acredite se quiser. É a verdade.

522 *Taylor Caldwell*

— Quando, em algum dia, você disse a verdade, Júlio?

— Não obstante — disse Crasso, num tom tão firme e numa voz tão áspera que Marco virou-se para ele depressa e viu que ele, afinal, ia falar francamente — será a verdade e você a ignorará, com risco para a segurança de Roma. Fale, César.

Júlio dobrou as mãos finas e morenas sobre a mesa e olhou diretamente para Marco.

— Você conhece em parte o poder de Catilina, a quem desprezamos, mas que não podemos ignorar. Mencionamos os libertos, escravos e criminosos primários que são seus adeptos. Estes, em si, não são assim tão perigosos. Eles, porém, não são os únicos adeptos de nosso amigo patrício. Há homens ambiciosos que são íntimos dele, como Piso e Cúrio, para só mencionar dois.

"Tem também muitos senadores e tribunos pagos por ele, ou cujos crimes secretos são de seu conhecimento. Além destes, há as dezenas de milhares de atletas em Roma e homens de uma perversidade indizível mas poderosa, que vivem do vício. Existem os descontentes; e não os subestime, pois são uma multidão! Há homens, mundos de homens, que não são romanos mas que são ricos, cuja fidelidade não é para com Roma, mas para com o seu próprio serviço. Existem homens que fazem da traição o seu ofício, pois detestam Roma e o que ela representa e desejam o despotismo.

"Entre esses descontentes está a grande classe dos patrícios, que desprezam a república e querem governar uma nação escravizada. Estes têm uma multidão de clientes que obedeceriam aos seus senhores, que obedeceriam a Catilina, que é um deles.

"Há também a ralé das sarjetas, obcecada pela ganância e a satisfação de seus estômagos e seus desejos. O que significa Roma para eles? E a solvência de Roma? Eles a trairiam por uma panela de feijão ou duas entradas para o circo. Depois, há as várias criaturas de apetites hediondos, depravados, atores, cantores e bailarinos, que adoram gritar à sombra dos patrícios e da autoridade real, devido à luz que recai sobre eles. Há os homossexuais e pervertidos, que se contorcem de prazer diante da idéia da exploração e dos açoites e da promessa de proteção legal.

"São esses os seguidores de Catilina, Marco. São esses que, a uma palavra dele, destruiriam nossa nação.*

— É verdade — disse Pompeu.

---

*Extraído de uma carta de César para Cícero, depois da publicação de *De Republica*.

Marco já sabia disso. Não sabia, porém, de sua terrível imensidão, de sua extensão, invasão e integração no corpo da política.

— Quer que massacremos uma terça parte da cidade? — indagou Crasso, numa voz terrível. — Ou, o que é mais provável, a metade?

— De que modo você o justificaria, em nome da república? — perguntou Júlio.

— A virilidade será recuperada por meio do assassinato? — perguntou Pompeu. — Desceremos ao nível do populacho, a fim de livrar Roma dele?

— Sila tentou restaurar a república — disse Crasso. — Isso foi há mais tempo, antes que as massas se tornassem tão poderosas. Foi vencido e fugiu da arena.

Marco jogou-se numa cadeira e deixou pender o queixo sobre o peito. Fez-se um silêncio demorado, afinal rompido por Júlio, que disse:

— Foi para apaziguar Catilina, que controla o que tanto tememos, que ele foi nomeado pretor. É um preço vil para pagar por Roma.

— É chantagem — disse Marco, num tom apagado.

— É verdade — disse César. — Se o chantagista age sozinho, pode ser destruído. Mas se tem muitos, muitos amigos, então tem de ser suportado e seu apetite voraz satisfeito de vez em quando. Em resumo — acrescentou Júlio, com um olhar irônico para Marco —, temos de transigir, mesmo por princípio.

— E se ele quiser ser cônsul da cidade?

— Já lhe disse: ele foi avisado de que não receberá mais do que isso que já recebeu.

Marco ficou calado um pouco, pensando, enquanto os três outros trocavam olhares cautelosos mas irônicos. Depois, Marco falou:

— Tem de haver um meio de nos livrarmos dos inimigos. Tão gradativamente quanto a república decaiu, assim também ela deve ser restaurada. Já temos leis...

— Foi Sila quem primeiro lhe mostrou as impossibilidades de aplicar as leis que já temos, a improbabilidade de que qualquer classe em Roma se levante a favor dela. A quem você vai recorrer, Marco, em nome de Roma?

Marco ergueu os olhos pesados para o rosto de Júlio.

— Não a você, César, não a você.

Pompeu disse, em sua voz baixa e calma:

— Temos de lidar com a realidade e não com fantasmas de esperanças. Os nossos avós sabiam que a república estava decaindo, mesmo em sua juventude. Eles o poderiam ter evitado, então? É possível. O fato é que não o fizeram. Nós herdamos o fruto da indiferença deles, seu egoísmo, sua falta de orgulho, virtude e patriotismo.

— Tem sido comum todas as nações chegarem a esse ponto — disse Júlio. Ele levantou a mão e depois deixou-a cair sobre a mesa. — As causas residem na própria natureza do homem. Se eu fosse fundar uma nova nação, ela teria um despotismo benevolente e não uma república, que inevitavelmente decai e se torna depravada.

— O homem a cavalo — disse Marco.

— É verdade. Só ele conseguiu sobreviver mais tempo do que qualquer república. E sua nação com ele. As repúblicas são fundadas sobre a fantasia de que os homens são capazes de se governarem, se disciplinarem e cultivarem virtudes heróicas. Mas isso não passa de um sonho, é falso e deve morrer na aurora da realidade, a realidade do que o homem de fato é e não o que deveria ser.

Marco levantou-se devagar, olhando de um para outro.

— Minha razão me diz que estão falando a verdade. Apesar disso, meu espírito insiste para que eu lute contra essa verdade, que eu faça o que puder para tornar o homem mais do que ele é.

"Muito antes de nossos dias, os costumes de nossos antepassados moldaram homens admiráveis e, por sua vez, esses homens eminentes mantiveram os costumes e instituições de seus antepassados. A nossa era, porém, herdou a república, como um belo quadro de dias idos, as cores já desbotadas devido à idade; e a nossa era não só deixou de restaurar as cores do quadro, como ainda deixamos de conservar sua forma e traços. Pois o que nos resta hoje dos antigos costumes sobre os quais, dizem, foi fundada a comunidade? Nós os vemos tão perdidos no esquecimento, que estão não só desprezados, mas inteiramente ignorados. E o que lhes posso dizer? Nossos costumes se perderam por falta de homens que os defendessem, e somos chamados a prestar contas, de modo que aqui estamos, como homens acusados de crimes capitais, levados a defender as nossas próprias causas. Pelos nossos vícios, e não pelo destino, conservamos a palavra República muito tempo depois de termos perdido a realidade.*

Ele estendeu as mãos, calado, e depois acrescentou:

— Também eu sou culpado. Minha única defesa é que eu pelo menos tentei, mesmo que não tenha adiantado.

---

*De *De Republica.*

Ele virou-se para sair e depois acrescentou aos três homens calados, que o olhavam com uma expressão estranha:

— Não deixem que Catilina atravesse em meu caminho. Tenho uma diferença com ele. Um dia nos encontraremos e esse dia será escolha minha e não dele.

Seu rosto pálido perdera toda a simpatia e humor. Ele saiu da sala e o piso de mármore continuou a ressoar com seus passos. Todos ouviram o fechar da porta de bronze, ao longe. Depois, Júlio pegou uma pêra de uma salva de prata e poliu-a na manga, mordendo-a com uma expressão de prazer.

Crasso disse:

— A nossa nobre fachada branca rachou. Não precisamos mais dela. Deixemos que desmorone.

— Assassinato? — perguntou Júlio, limpando os lábios com um guardanapo de linho. — Não. Precisamos dele mais que nunca. Já ouvi rumores sobre Catilina, que se poderiam transformar em trovoada. Se Cícero morrer, esse trovão certamente desabará sobre nós. Já disse a muita gente: "Catilina seria pretor se Cícero se tivesse oposto seriamente?" Creio que Cícero se calará. Nós o convencemos de que a oratória de nada adiantará... e não adianta mesmo.

— No caso de se planejar algum assassinato — disse Pompeu —, recomendo que a vítima seja Catilina.

Mas Júlio riu-se e sacudiu a cabeça.

— Você pensa que ele já não se garantiu para essa contingência? Se agirmos contra ele, por mais sutilmente que seja, ele fará o teto desabar sobre todos nós, mesmo se morrer como resultado. Você está subestimando o poder daqueles a quem ele cativou. Os homens morrem de bom grado por gente como Catilina.

Crasso disse, com uma raiva violenta:

— Estamos entre um homem virtuoso e um homem perverso e, pelos deuses, não sei qual o mais perigoso.

Quando Marco voltou para casa naquela noite, cheio de tristeza, receio, pesar e uma raiva sufocada, teve a desagradável surpresa de encontrar Terência esperando por ele no vestíbulo. Disse-lhe de imediato:

— Estou cansado. Já é tarde. Não estou disposto a discutir.

— Espero por você há horas — disse Terência, teimando. — Tenho de saber o que você fez contra o sedutor e assassino de minha irmã.

Marco passou por ela bruscamente e foi para o quarto de dormir, mas ela o acompanhou, os olhos castanhos duros e decididos. Marco virou-se para ela e disse, numa voz abafada:

— Não pude fazer nada. É tarde demais para Roma.

Terência ficou piscando para ele. Ocorreu a Marco, como estava acontecendo freqüentemente, que ela era uma mulher estúpida, pois nunca conseguia apreender toda uma frase, mas apenas partes. Ela disse:

— O que tem Roma a ver com a demissão de Catilina do cargo?

— Tudo — disse ele. — Ele é pretor devido ao que aconteceu a Roma.

— Então você fracassou, Marco. — Os olhos dela eram provocadores e cheios de desprezo.

— Fracassei no dia em que nasci. O meu pai fracassou, e o meu avô antes dele. O pai do meu avô foi culpado por Catilina.

— Você fala por enigmas, meu marido. Catilina permanece porque você é impotente e não tem o poder de exigir a demissão dele.

— Eu não tenho poder. — Ele tirou a toga e atirou-a sobre uma cadeira. A luz do lampião mostrava seu rosto abatido.

— Pensei que você fosse o grande advogado e orador de Roma, um edil curul! Parece que estou enganada, já que uma coisa tão insignificante lhe é negada por Crasso!

Ele teve vontade de bater nela, tal era seu desespero. Trincou os dentes e sentou-se na cama para tirar os sapatos. Mas ela não o deixou em paz.

— Fui ludibriada. O objeto do meu orgulho não existe, na verdade. Fui enganada. E a minha irmã permanece sem vingança.

Mas Marco pensou em Lívia, não em Fábia. Olhou para o punhal que colocara sobre a mesa e disse para si:

— Não, isso é fácil demais, não satisfaz. Os deuses não me negarão.

— Eles assim fizeram esta noite — disse Terência. Ela deu um suspiro de autocomiseração. — Lá se vão os meus sonhos. Lá se vão as minhas esperanças. Sou casada com um homem sem importância.

— É verdade — disse Marco, apagando a luz e deixando-a esbravejando no escuro.

Mas Marco não conseguia dormir. Ficou deitado na cama, todos os músculos e tendões tensos, o pescoço arqueado, o coração batendo descompassadamente, os pensamentos saltando uns sobre os outros, revirando-se numa grande confusão, como que procurando palavras que magicamente resolvessem o caos na ordem e tornassem o mundo de novo habitável.

Ele lembrou-se das palavras de um profeta antigo, sem nome, de que lhe falara Noë ben Joel: "Eles não dormem se não fizerem mal, e seu sono é tirado se não fazem tombar alguém. Pois comem o pão do mal e bebem o sangue da violência."

Mas, disse consigo, sou eu que não posso dormir, enquanto os que comem o pão do mal e bebem o sangue da violência dormem tranqüilamente, como crianças de colo. Ele sentiu sua mente tateando no escuro, para descobrir homens insones como ele, acometidos dos mesmos pensamentos terríveis. Certamente estariam ali, naquela vasta cidade, mas ele não os podia tocar com os dedos diáfanos do espírito. Ele se virou de lado e viu a aurora cinza-azulado rodeando sua vidraça. Os outros homens também a veriam, com as mesmas pálpebras ardentes, desesperando-se pela pátria, como ele?

Como iria viver? Havia quem soubesse que a tormenta se abatia sobre a cidade, mas eles davam as costas, decididos, bebendo seu vinho e fingindo até o último momento de vida que tudo estava bem. Havia outros que se recusavam a se iludir e morriam no tumulto de um coração despedaçado. E outros desafiavam a tormenta e corriam para lutar contra ela, sendo por ela destruídos. Quem seria o mais sábio e quem teria alguma leve possibilidade de sobreviver? Os homens que fingiam acreditar que não havia tormenta alguma. Mesmo que não sobrevivessem, eles teriam gozado seus últimos momentos como seus semelhantes mais sensíveis não teriam.

Por puro excesso de emoção, que não se podia exprimir, a mente de Marco, em defesa própria, de repente esvaziou-se. Recuso-me a sentir mais, pensou ele, e adormeceu.

Quarta Parte

O Herói

Facto quod saepe maiores asperis bellis fecere, voveo dedoque me pro re publica! Quam deinde cui mandetis circumspicite; name talem honorem bonus nemo volet, cum fortinae et maris et belli ab aliis acti ratio redunda aut turpiter moriundum sit. Tantum modo in animus habetote non me ob scelus aut avaritiam caesum, sed volentem pro maxumis beneficiis animam dono dedisse. Per vos, Quirites, et gloriam maiorum, tolerate advorsa et consulite rei publicae! Multa cura summo imperio inest, multi ingentes labores, quos nequiquam abnuitis et pacis opulentiam quaeritis, cum omnes provinciae, regna, maria, terraeque aspera aut fessa bellis sint.

— Parte do discurso de GAIO COTA

Capítulo XLVI

Durante um período considerável, Marco Túlio Cícero gozou de relativa tranqüilidade, o que por vezes o deixava inquieto. Ele escreveu a Ático: "Estarei entorpecido ou resignado? Estarei ficando velho? Ou terei alcançado a sabedoria final, que acha que nenhuma batalha vale a pena? Considere-me, caro amigo, um homem que não mais olha atentamente para coisa alguma nem pessoa alguma. Cheguei ao período que é considerado a meia-idade dourada, os anos que voam sem deixar traço e decaem para a abnegação, que é a antecâmara da morte."

Conforme Júlio lhe dissera, ele não se encontrou com Catilina — que, já com 40 anos, continuava belo como uma estátua, embora se dissesse que ele bebia demais, tornando-se incoerente e blasfemo —, pois ele raramente aparecia no tribunal. Tinha assessores que trabalhavam em nome dele, alegando que Catilina lhes dera instruções à noite. Isso não era verdade, pois as noites eram passadas numa libertinagem agitada. Se os amigos estavam presentes, ele os recriminava por ofensas imaginárias ou por não lhe darem atenção. Havia ocasiões em que ele falava de forma misteriosa e se mostrava exultante. Muitas vezes, ao amanhecer, ele era encontrado cambaleando pelas ruas com desordeiros que nunca apareciam em companhia de outros patrícios, nem esperavam ser admitidos em alguma casa que não a de Catilina.

Um louco e um porco, pensava Marco, quando lhe chegavam notícias de Catilina. Marco começou a pensar que Crasso, Júlio César e Pompeu se haviam livrado de um homem perigoso, dando-lhe um poder que ele não era capaz de exercer; mentalmente, ele os felicitou pela esperteza. Como sempre, os deuses estavam destruindo aqueles que tinham enlouquecido. Em outros tempos, Marco teria desconfiado daquela placidez que o cercava, pois sabia que os deuses, sendo maldosos, muitas vezes embalavam a pessoa no sono, para que ela só sentisse tarde demais que fora atingida mortalmente. Eu tinha esperanças de ser um herói em minha pátria, pensou ele. Mas a época dos heróis parecia ter passado. Às vezes, Marco tinha a idéia pérfida de que na república nada tornaria a ocorrer, que cativasse a imaginação, quer para o bem, quer para o mal. Parecia que tudo conspirava para embotar a percepção, embalar o espírito, fazer com que todo homem dissesse: "Tudo está em paz, tudo está próspero, tudo está controlado." Naqueles dias, onde haveria um homem como Cipião Africano, um homem com classe, colorido e fogo? Os romanos, os romanos modernos, olhariam um homem desses com desconfiança e reprovação. Os romanos não queriam excitar-se com a oratória e o brilhantismo. Queriam seus bancos, seus prazeres, suas famílias, seus passeios, suas satisfações mesquinhas. Não queriam mais saber do destino. Não queriam ver um arco-íris no seu céu, nem tempestades nem perturbações do *status quo*. Trabalhadores e materialistas, eles preferiam os teatros, os circos, seus esportes, seus divãs e suas famílias obesas.

Insensivelmente, Marco foi apanhado na torrente da complacência; sentia a sua atração. Começou a crer que era ridículo que algum homem quisesse tentar despertar a alma de Roma e se perguntava se seria bom, em todo caso, ou para que os homens deveriam ser despertados. Crasso seguia um meio-termo. Não atraía uma atenção declarada, tampouco o faziam o Senado e os tribunos. Um ator era mais célebre do que Crasso. O sol brilhava pacificamente sobre Roma e as ruas estavam movimentadas. Havia muita especulação e cada vez mais notícias de prosperidade. O mundo dava a impressão de ter alcançado um lugar fixo de calma, e todas as batalhas foram esquecidas. Não havia sinal de um mal impressionante, nada que inspirasse indignação ou resistência. "Uma bela época para se viver", diziam os veteranos de muitos holocaustos, dando graças. "Estamos estáveis. Vamos gozar dos prazeres da vida nesse ambiente úmbrio."

— Em breve, partirei para Jerusalém — disse Noë ben Joel ao amigo. Noë estava calvo e muito rico, pois suas comédias eram extremamente populares. — Não gosto do que estou sentindo. Roma não serve para um homem de meia-idade que tem pesadelos. E eu os tenho.

— Não seja absurdo — disse Marco, inquieto.

— Partirei para Jerusalém — repetiu Noë, olhando para o amigo de um modo estranho. — Os judeus sabem dizer quando as facas estão saindo das bainhas e sentem o cheiro do trovão antes de aparecer a primeira nuvem. Eu lhe suplico que se retire para Arpino.

— Foi o que me aconselhou há alguns anos. No entanto, pode observar que vivo em paz.

Ou estultificado, pensou Noë. Uma mudança se operara em Marco, como se algo nele estivesse esgotado ou em repouso. Pior, talvez ele tivesse abandonado a luta, pois não via os clarões no nascente. Ele engordara, suas

UM PILAR DE FERRO

faces compridas estavam mais cheias, os olhos haviam perdido seu fogo mutável, adquirindo agora uma expressão de quietude.

— Tenho ouvido muitas conversas em público sobre você, a respeito daquele animado jovem político, Públio Clódio, chamado de Púlquer — disse Noë, desviando o olhar, por delicadeza. — E... provavelmente são boatos... a irmã dele, Clódia. Ah, mas como as línguas são escandalosas!

Quando ele levantou os olhos, com suavidade, viu que o rosto de Marco ficara incomodamente vermelho.

— Ah, Públio — respondeu ele, com um ar displicente. — Um desses rapazes ambiciosos, hoje na política, espumando como vinho estragado e ressoando como um tambor. Só barulho e ar. Deploro o zelo dele. Fala de "outros tempos, outras leis", para fazer face a nossos problemas em mutação. Ele parece não compreender que o homem nunca muda e que seus problemas são sempre os mesmos, embora ele lhes dê novos nomes. Públio acha que tudo é novo e deve ser atacado de um modo ousado, e ainda que o próprio homem moderno é único, enquanto qualquer homem amadurecido lhe poderia dizer que o que ele considera "novo" é velho como a morte e que, como você mesmo já citou, Noë, "não há nada de novo sob o sol". Os anos vão acalmar os entusiasmos de Públio e sua atual convicção de que o homem, de repente, embarcou numa experiência prístina de vida e o passado morreu.

— Ah — disse Noë, ainda observando o amigo disfarçadamente e lembrando-se dos rumores sobre a bela Clódia e Marco. — Você acredita no que dizem, que Clódio, ao processar Catilina por extorsão durante o seu mandato, foi subornado para absolvê-lo?

Marco desviou o olhar; parecia estar acometido por alguma dor.

— Não acredito que Clódio tenha aceitado suborno, apesar do que dizem. Podia estar convencido de que Catilina fosse inocente. Catilina não pára de declarar que é amigo do homem comum; Clódio, como muitos rapazes jovens e vazios, está convencido de que o homem comum, o homem das ruas, possui uma santidade misteriosa, embora não se possa compreender bem de que modo eles chegam a essa conclusão. Portanto, é bem provável que o ladino patrocínio do homem comum por parte de Catilina tenha tocado em um ponto afim de Clódio, que por isso não só lhe perdoou o pecado da extorsão, como até negou que tivesse existido. Apesar de tudo, gosto do rapaz. Ele me diverte e, ao mesmo tempo, me entristece com sua juventude e sua crença de que é dono de toda a sabedoria, doença comum da idade dele.

Noë notou que Marco não falou de Clódia, a comentada e linda irmã de Clódio. Noë não condenava Marco; aliás, esperava que Marco estivesse gozando a vida até certo ponto com Clódia, que era não apenas encantadora, mas também conhecida por seu espírito e vivacidade. Como Noë gostava muito de falar da vida dos outros, ele sabia de quase tudo o que acontecia em Roma, principalmente dos escândalos. Sabia que Marco e Terência brigavam muito, que Terência era não só uma mulher esperta no que dizia respeito a dinheiro e investimentos, mas que era muito ambiciosa e queria conquistar fama em Roma, na qualidade de esposa de um homem famoso e poderoso. Noë ouvira dizer que Marco e Terência dormiam em quartos separados; que Marco, um dia, dera um tabefe na cara da mulher diante dos escravos; que, outro dia, ela jogara uma travessa de massa com molho na cabeça dele, com resultados desastrosos, como um olho preto, um corte no rosto de Marco e um nariz muito inchado; que Marco pedira o divórcio, que Terência recusara e que eles agora viviam mais ou menos como estranhos, cerimoniosamente, a não ser quando Terência era levada a invectivas raivosas por assuntos inconseqüentes, como Clódia. Você é um marido virtuoso, Noë, elogiou-se ele. E você teve muitas oportunidades, mas as atrizes não são muito dadas a banhos e são descuidadas com os cosméticos. Além disso, são dispendiosas e a minha querida mulher toma conta de todas as minhas finanças.

Marco perguntou:

— Mas você vai voltar de Jerusalém?

— Não. Desta vez, não. Eu lhe escreverei diariamente; quem sabe você poderá passar uns tempos comigo? Agora que os meus filhos estão em idade de casar, acho que devem conhecer suas tradições antigas. Eles adquiriram costumes cosmopolitas em Roma, os quais devem ser contrabalançados com assuntos mais sérios. — Noë começou a rir. — Ainda não posso acreditar que o nosso querido, ganancioso e posudo Róscio se tenha tornado um essênio nas cavernas da Judéia! Quando Deus toca num homem, por mais improvável que seja esse homem para a escolha, acende um fogo dentro dele. Assim Róscio, para fugir à identificação e à fama, assumiu o nome de Simão e diz, com toda a seriedade, que não morrerá até ver o rosto do Messias com seus próprios olhos. É por isso que ele muitas vezes sai das cavernas, onde estuda e reza pelos outros essênios, e freqüenta o Templo na cidade, olhando para os rostos de todos os bebês que são levados ao altar. Pobre Róscio.

— Eu poderia pensar isso de todos, menos de Róscio — disse Marco, sorrindo com pesar porque nunca mais tornaria a ver aquele rosto expressivo, aqueles olhos magníficos, nem ouviria aquela voz forte e musical. Sua expressão mudou e ele disse: — Não me diga, eu lhe suplico, que não o verei mais, Noë. Fomos crianças juntos, e adolescentes e rapazes, e agora estamos na meia-idade. Você faz parte de minha vida.

— Estou-lhe dizendo: não posso mais permanecer em Roma. Tenho medo — disse Noë.

— Não parta depressa demais — disse Marco e ocorreu-lhe que cada ano reduzia, pela morte, exílio ou mudança de residência, a substância de sua própria vida. — E, quando for, não venha para a última despedida. Não quero saber o dia.

Então, Noë não lhe disse que partiria discretamente em dois dias. Ao abraçar o amigo, na despedida, mal conseguiu se controlar para não chorar abertamente.

— Você tem as minhas orações — disse ele, falando com dificuldade.

Mais uma vez a expressão de Marco mudou e ele olhou para frente, pensativo.

— Dizem que, quando o homem envelhece, começa a pensar mais em Deus — comentou ele, como que para si mesmo. — Mas isso não é verdade. Eu vivia ardendo de amor por Deus quando era rapaz, como um jovem adulto. Agora, penso Nele raramente e a cada ano a idéia me ocorre menos.

— O mundo interfere. Ficamos exaustos só dos nossos esforços para viver — disse Noë. Mas Marco não o ouviu. — Na juventude — continuou Noë — temos energia para o mundo inteiro; e para tudo que há nele e fora dele. O homem deveria poder retirar-se do tumulto quando tivesse seus trinta e cinco anos, para poder dedicar-se de corpo e alma a Deus, antes de se esquecer Dele. Mas isso é impossível para a maior parte dos homens.

Marco olhou para Noë, os olhos meio apertados, como se tivesse ouvido uma frase muito importante, mas que no momento não podia compreender, nem lembrar-se de onde a tinha ouvido antes, ou quem a dissera. Quando Noë partiu, Marco continuou sentado no jardim, naquela quente tarde de verão, tentando lembrar-se. Nem um eco despertou nele. Começou a pensar em Clódia, jovem e linda, e sorriu.

Hélvia, aquela mulher prudente e equilibrada, nunca se metera nas questões da casa desde que Marco se casara. Ela aprovava a economia de Terência e a sua habilidade com o dinheiro e os investimentos; aprovava suas convicções de romana antiga e sua piedade, que aumentava à medida que ela envelhecia. (Terência estava sempre nos templos, quando não estava nos bancos e escritórios de corretagem.) Aprovava-a como mãe dedicada, esposa escrupulosa e hábil dona de casa. Mas suspirava por causa dos violentos acessos de mau gênio de Terência, que ultimamente se tornavam mais freqüentes, a rabugice com que ela atormentava Marco pelos assuntos mais insignificantes e sua intolerância para com todos os que não participassem de suas convicções bitoladas. Hélvia lastimava a existência de Clódia, mas compreendia. No entanto, não sabia se devia ou não sentir-se mais aliviada porque Marco andava mais sereno e as coisas não o afligiam como antes. Todos nós envelhecemos, pensava Hélvia, suspirando. É uma grande pena que também fiquemos mais sintonizados com o mundo e briguemos menos com ele.

Marco ficou sentado no jardim, ao pôr-do-sol, depois que Noë partiu. Disse consigo mesmo: "Serei feliz, ou não? Estarei menos interessado pela vida, ou apenas a aceitei, afinal? Estou num porto. Isso é desejável, ou não? Sei que não posso modificar o mundo e sei que Roma está perdida. Estarei ajudando, se me dilacerar? Não. Rezo para que cada dia não seja mais tormentoso do que a véspera." Só quando o rosto de Catilina se erguia diante dele é que Marco sentia um forte espasmo no coração e ouvia um eco de seu velho ódio. Mas Catilina se estava matando competentemente com sua devassidão. Não era mais pretor.

Eu, porém, em breve serei pretor, pensou Marco. Ele sorriu, satisfeito, mas sem qualquer entusiasmo. Pensou em Clódia, tornou a sorrir e levantou-se para preparar-se para jantar em casa dela, onde havia sempre risos, companheiros inteligentes e música. Diziam que ultimamente ela tomara como um de seus amantes o jovem Marco Antônio, mas Marco não acreditava.

Caminhando devagar, com prazer, Marco entrou em sua bela casa, à qual ele acrescentara mais aposentos, luxo e ornamentos. Não sem certa contrariedade, encontrou o pai, que aparentemente o estava esperando no átrio. Havia dias em que ele se esquecia até de que o pai existia e sempre tinha um sobressalto ao ver sua sombra magra sobre as paredes de mármore ou se lhe ouvia a voz fina e tímida.

O cabelo de Túlio embranquecera, o rosto fino estava caído e esmaecido; tinha o corpo magro e o andar incerto, como se os pés mal sentissem a terra. Só os grandes olhos castanhos denotavam vida e agora pareciam eloqüentes.

Ele começou a falar depressa e aos borbotões, como se achasse que, se não conseguisse a atenção do filho imediatamente, Marco não o ouviria nem o veria. Disse:

— Meu querido filho, preciso falar com você; é muito necessário.

Marco franziu o cenho ligeiramente. Não conseguiu controlar a impaciência, o desejo de trancar o pai fora de sua percepção. Disse:

— Estou atrasado. Vou jantar...

UM PILAR DE FERRO 537

— Eu sei. Você está sempre atrasado, Marco. Está sempre indo jantar. Sempre tem compromissos. — O rosto do velho estava cheio de tristeza e ele curvou a cabeça. — Há alguma coisa muito errada, Marco. Sinto que preciso falar com você antes que seja tarde.

— Bem, e então? — disse Marco, resignado. As paredes e o piso brancos do vestíbulo brilhavam ao sol poente, a fonte no centro reluzia e cantava e os pássaros engaiolados piavam docemente nos cantos.

— Nós todos o perdemos, até mesmo a sua filha — disse Túlio, com humildade.

— Não sei o que está dizendo, meu pai — disse Marco, irritado. Ele olhou para o relógio de água. Tinha de tomar banho e vestir-se e já era tarde. — Não podemos continuar quando eu voltar?

— Nunca ouço quando você chega — disse Túlio, implorando. — Quando acordo de manhã, você já saiu. Quando está em casa, tem clientes ou convidados e só escuto sua voz a distância.

— Sou um homem ocupado — disse Marco. — Tenho uma família a sustentar. Tenho encargos públicos.

— Sim — disse Túlio.

— Ainda não me contou qual é a coisa "necessária".

Túlio levantou a vista e olhou com muita intensidade para o filho.

— Esqueci — disse ele e afastou-se para deixar Marco passar. Marco vacilou. Sentia uma leve dor no peito, uma espécie de tristeza. Mas tudo foi sobrepujado pela impaciência. Ele disse, como que se defendendo:

— Também escrevo livros, tratados e ensaios. Este mundo é diferente daquele que o senhor conheceu, pai.

O pai, por algum motivo intangível, constituía uma reprovação para ele. Ele não gostava de reprovações; recebia-as em excesso de Terência, que agora o atormentava mortalmente e perdera a pouca graça que tivera um dia.

— É sempre o mesmo mundo — murmurou Túlio. — Você vai descobrir isso, para sua agonia, antes de morrer.

Os lábios amáveis de Marco se apertaram. Ele curvou a cabeça e dirigiu-se aos seus aposentos, para preparar-se para a noite. O sol na vidraça escureceu, tapado por uma nuvem; depois, o quarto ficou de novo quente e claro.

Era muito tarde, quando ele retornou. Encontrara Clódia a sós, conforme o combinado. Marco bocejou várias vezes e pensou em sua cama com prazer. Então, quando saltou da liteira, viu que as portas de bronze da casa estavam abertas e cheias de luz e que todas as janelas estavam iluminadas, embora a aurora já aparecesse cinza no leste.

O coração dele deu um salto. Pensou na filha, Túlia. Entrou depressa em casa e foi recebido no vestíbulo por Terência, aos prantos, e ela imediatamente caiu sobre ele com uma fúria chorosa.

— Enquanto você estava nos braços de sua prostituta — gritou ela —, a sua mãe morreu!

As cinzas de Hélvia foram colocadas com as do pai dela. As carnes do funeral já tinham sido consumidas, o cipreste fora plantado à porta, os convidados já se tinham ido. O sol ainda estava quente e dourado, o ar ainda doce e os pássaros no átrio continuavam a cantar extasiados. O jardim permanecia fragrante e a cidade abaixo do Palatino zunia, matraqueava e gritava, e os morros além, caóticos com suas construções, captavam os raios do céu poente. A dor atinge todas as casas, mas sua sombra é expulsa o mais depressa possível. Os mortos passam a parecer nunca terem vivido, mesmo os poderosos e de casas importantes.

Uma multidão compareceu para os pêsames, inclusive todos os Césares. Até Crasso enviara Pompeu para representá-lo. E os Hélvios tinham velado sua irmã, tia e prima. Quinto e Terência choraram, mas Túlio e Marco estavam de olhos secos, pois eles foram os que mais sofreram. A pequenina Túlia chorou pela avó e Marco não conseguiu consolá-la.

No quarto dia, sentou-se em seu local favorito, no jardim, sob as árvores de murta, e suas mãos caíram flácidas sobre os joelhos. Ficou ali sentado muito tempo. Depois, viu que o pai estava sentado perto, olhando para ele. Túlio parecia uma sombra.

— Perdi, mais que uma esposa, uma companheira querida — disse Túlio, numa voz que farfalhava como folhas mortas. — Perdi uma verdadeira mãe.

E isso é verdade, pensou Marco, com amargura. Fez de Terência sua tia e empregada e determinou que Túlia seja uma irmã para você. Sempre dependeu dos outros, apoiando-se sobre eles, as mãos estendidas como as mãos de um mendigo, chorando pelas esmolas de amor e proteção. Para o meu avô, você sempre foi uma criança. Mas não conseguirá me transformar em seu pai.

Ele não sabia por que sentia algo perversamente semelhante ao ódio pelo pai, só que sua própria perda era tão grande que ele tinha de se voltar contra alguma coisa para aliviar seu sofrimento. A casa das Carinas estava então ocupada por Quinto, Pompônia e o filhinho. Marco disse:

— Com certeza, meu pai, o senhor se sentirá mais consolado se for morar com Quinto e a família dele, pois Quinto se parece muito com minha mãe e era o favorito dela. E o filho dele se parece com ela.

Túlio levantou os olhos derrotados e examinou Marco em silêncio. Depois disse:

— Assim seja.

Levantou-se devagar, com dificuldade, e afastou-se para as sombras, como um velho.

— Você não tem nenhum sentimento filial? — exclamou Terência. — Expulsou seu pai de sua casa, e quem faz isso é amaldiçoado!

— Eu não o expulsei. Ele ficará mais feliz com Quinto. Se ele quisesse ficar, era só dizer. Mandei o escravo especial de meu pai, para cuidar dele e consolá-lo, dormindo ao pé da cama dele. Minha porta não está fechada para ele. Sempre será um convidado de honra em minha casa.

— Não o compreendo, Marco. Você não é mais o homem que conheci.

— Ninguém jamais é.

Terência estava toda vestida de preto. Estava gorda e macilenta, os cabelos castanhos tinham perdido o brilho e tinha uma grande papada. As mãos no colo exibiam os dedos longos, de grande habilidade. Ela tem as mãos mais feias que já vi numa mulher, pensou Marco. Ele se sentia mortalmente cansado.

— Quer divorciar-se de mim? — perguntou Terência, enxugando as lágrimas.

— Se você quiser.

— Você não se importa com nada? — exclamou ela.

— Procuro abster-me de me importar — respondeu ele. — É o único meio de suportar.

— Suportar o quê? — Terência estava indignada. — Você é pobre, carente, sem casa, sem mulher nem filhos, sem um níquel no bolso? Dorme debaixo dos aquedutos, no meio de escravos fugidos? Não! Você é rico e famoso, tem uma casa maravilhosa, é amigo dos poderosos e possui outras casas e terras e vilas e sítios. Sua saúde é boa; não lhe falta nada. Em sua mesa há ouro e prata, móveis de limoeiro nas salas, e ébano, vidro de Alexandria e bronze, suas paredes são cobertas de murais caros e seus pisos, de ricos tapetes. Os banqueiros apressam-se para efetuar suas ordens de pagamento. Seus escritórios se enchem de clientes notáveis. Você está para ser nomeado pretor. E, no entanto, fala em "suportar"! Cuidado, Marco, para que os deuses não retirem os dons de um tal ingrato!

Marco, porém, não lhe deu resposta. Levantou-se e deixou-a.

Na manhã seguinte, ela o enfrentou, decidida.

— Não — disse ela —, não vou me divorciar de você. O divórcio é uma coisa má. Você não me ama mais. Ama aquela prostituta, Clódia, que perfuma o corpo, é jovem, joga ouro em pó nos cabelos e mostra o contorno de seus seios desavergonhadamente. Eu o amo, Marco. E não vou privar Túlia do pai que ela adora. Pode me desprezar e rejeitar, como vem fazendo há anos. Você me encontrará aqui para recebê-lo, quando quiser notar minha presença.

Ele comoveu-se, com piedade e vergonha.

— Não pensei que você se divorciaria de mim, embora já tenhamos falado sobre isso. Pode crer, Terência, eu sempre a considerei como minha mulher, mãe de minha filha, centro do lar. Se eu a traí, não me vou desculpar, nem a repreendo, pois você não merece reprovações. Se não converso com você, é porque não posso.

Para surpresa dele, ela começou a sorrir no meio das lágrimas.

— Era isso que o meu pai dizia para minha mãe: "Não posso conversar com você." Todos os homens são iguais. São como crianças que consideram seus pensamentos grandiosos demais para serem comunicados. Na realidade, são muito simples, e as mulheres os compreendem facilmente. Agora, por que e como eu tornei a ofendê-lo?

Ele descerrou o cenho e pôs a mão brevemente sobre o ombro dela.

— Você não me ofendeu. Hoje estou com dor de cabeça. Há tantas coisas...

— E poucas são importantes — disse ela, numa voz sábia e consoladora, e tornou a sorrir como se ele tivesse dez anos de idade e ela fosse sua mãe indulgente. A fim de controlar a raiva, ele virou a cabeça para o lado e ficou escutando, à espera dos escravos que levariam sua liteira.

— Ah, é bom que as mulheres compreendam tão completamente — disse Terência — e entendam que o que mais absorve os homens é o que tem menos importância.

Marco só faltou correr do átrio para a liteira. Disse para si mesmo, depois de se instalar nas almofadas, que estava ficando irascível e detestável.

Ele pensou na falecida mãe e de novo desejou poder chorar.

Sabia que precisava fugir. Passaria uns tempos na ilha, para tentar lembrar-se de por que estava vivo.

Ele procuraria recordar o significado das palavras de Isaías, de que Noë lhe falara: "Por que você gasta dinheiro no que não é pão e o seu trabalho no que não lhe satisfaz?"

Não havia respostas ou significados nas ruas uivantes da Urbe; na companhia de intelectuais impotentes; nos pórticos repletos dos que questionavam não ao céu, mas aos enigmas míticos; nos homens poderosos com aspecto de tigre; no terrível complexo da cidade dos homens, com seus desperdícios de ruas e templos sem deuses; nos políticos e nos negócios perversos, que não tinham objetivo; nos filósofos de lábios brancos, que criavam paradoxos sem substância e nada sabiam dos mistérios de uma simples árvore; nos homens de olhos vazios que falavam de razão e nunca haviam conhecido a realidade; nas crianças barulhentas, que nunca sentiram a terra viva sob os pés; nos mercados, nas lojas, no centro de comércio, casas de contabilidade, *fora* e repartições das leis expeditas dos homens; nos colégios e lavatórios; nos rios poluídos e becos malcheirosos; na música discordante daqueles que nunca ouviram a música de uma floresta; e em todos os homens mesquinhos e perversos, que falavam do futuro do homem como se este fosse um princípio e um fim em si mesmo!

Somente quando o homem largava os homens é que encontrava a *Civitas Dei* — a Cidade de Deus —, sem atropelos, doce, cheia de luz, emoção e êxtase; a lei luminosa, em harmonia com paixões angelicais, pronunciando as verdades imutáveis, brilhante de espaços e habitada apenas pela beleza, liberdade e muitos silêncios. Os abençoados silêncios em que o homem não existia!

A ilha agora tinha outro fantasma, que era o de Hélvia. Era estranho pensar que Hélvia, bem como o velho avô e Lívia, ali pareciam mais vivos do que jamais haviam parecido em vida. Marco deitava-se na grama quente e conversava com eles e, aos poucos, foi-lhe chegando um pouco de paz e a resposta para o que procurava parecia estar quase ao alcance de seus olhos e ouvidos. Mas ele já não se sentia tão tranqüilo e, por isso, dava graças aos deuses.

Capítulo XLVII

— Concordo com você que a república está perdida — disse o jovem político Públio Clódio, apelidado Púlquer. — E concordo com você que o futuro de Roma pertence aos Césares. É uma lástima. Meus antepassados acreditavam na república.

— Quando uma nação se torna tão desmoralizada, corrupta e sem brio quanto Roma, essa nação está perdida para sempre — replicou Marco. — Então chegam os Césares.

— O homem a cavalo. Sim — disse Clódio. Ele era um rapaz vivo e espirituoso, esguio e não muito alto, de rosto moreno, meio imprudente, e com olhos negros muito brilhantes. — O homem não monta no cavalo sozinho; o povo oferece as mãos para ajudá-lo a montar. É assim que César montará, um dia desses. Conheço homens piores.

Marco olhou-o, curioso.

— Caso se tratasse de uma disputa entre mim e César, a quem você daria apoio?

— Gosto de você, Marco, mas a causa de Cícero é uma causa perdida. Prefiro continuar a viver. — Ele parou e olhou para Marco com sua própria curiosidade. — Por que continua a se opor aos Fados?

— Copiando-o, porque prefiro continuar a viver... comigo mesmo.

— Então, tem esperanças?

Marco, porém, sacudiu a cabeça.

— Não tenho esperanças. Mas posso ter a ilusão de todos os soldados numa causa perdida... que haverá reforços. — Marco estava começando a imaginar e a ter vagas esperanças. Ele agora era pretor de Roma. Clódio disse:

— Você me lembra Heitor, o nobre herói troiano que, mesmo sabendo que a sua pátria estava errada e que fizera um grande mal, lutou por ela com ardor patriótico e tinha esperança de salvá-la, ciente de que era impossível, por seu destino ser inevitável. Você é ambicioso, Cícero?

— Só por minha pátria e sua honra — disse Marco.

— Palavras antiquadas — disse Clódio. — Estamos em tempos modernos.

— Sempre são, Clódio. Por que os homens se iludem achando que o passado não é o presente, o futuro o passado? Todas as eras exclamaram: "Estamos numa nova era!" No entanto, é sempre o mesmo, pois o homem não muda. Já não se disse que a nação que não aprende com a história está condenada a repetir seus erros? Eras ainda não existentes dirão: "Nunca houve nada igual a nós." Mas serão como Roma.

Clódio deu um sorriso indulgente.

— Então não há esperanças para o homem?

Marco hesitou.

— A não ser que Deus nos dê um novo caminho e um novo rumo para o futuro, e Se revele.

Clódio, aquele jovem rapaz, pensou: Cícero está envelhecendo e fala como todos os homens nessa condição. Ele lembrou-se de sua linda irmã, Clódia, e imaginou, com humor, se Cícero esquecia suas mágoas naqueles braços brancos e macios. Era possível, pois ele não acabara de publicar um livro de poemas, que causara muita controvérsia e proporcionara muita fama a ele? Um homem não é levado a uma poesia tão brilhante quando está desesperado. Ele é um paradoxo.

Foi então que Clódio, que também tinha suas ambições secretas, começou a se sentir inquieto quanto a Marco. Os paradoxos, embora emocionantes de se observar, não representavam uma conduta de confiança e não eram previsíveis, especialmente quando eram ao mesmo tempo prudentes e líricos. Clódio foi procurar Júlio César e disse:

— O nosso amigo Cícero é um paradoxo.

Júlio riu-se.

— Os homens honestos sempre parecem paradoxais para homens como nós. Não pertencem a nenhuma categoria que possamos definir. Assim, dizemos para nós mesmos: ele deve ser assassinado, ou destruído de alguma outra maneira, ou tornado impotente. — Júlio refletiu um momento, ainda sorrindo. — Você sabia que tanto os patrícios como o povo confiam nele? Isso em si também não é um paradoxo? Tenho pena desses poucos homens honestos, que acreditam que a honestidade seja uma recomendação para a admiração de uma nação.

— Ele me parece incongruente — disse Clódio.

— E não somos todos assim? — disse Júlio. — O homem, por sua própria natureza, é incongruente; hoje amigo, amanhã inimigo, defensor da justiça de manhã, subornado de noite. Por que insistimos na congruência, nós que somos os incongruentes?

— Cícero diria que é porque, no final de tudo, a vida é congruente e nós a repetimos, embora traindo-a.

— Você está virando filósofo — disse Júlio e bocejou. — Uma hora com Cícero basta para nos levar a duvidar de nossas ambições e de nosso objetivo na vida. Isso é desconcertante. Vamos evitar o nosso caro Cícero e pensar no que desejamos.

— Não trabalhei sem descanso para fazer com que você fosse nomeado edil? — perguntou Marco, irritado, ao irmão Quinto. — Você conhece os meus preconceitos contra os militares. Você está cada dia mais irascível. É porque Pompônia o irrita? Qual a mulher que não irrita o marido? Você tem um filho. Está rico, devido aos meus esforços e, confesso, aos conselhos que a minha Terência lhe deu sobre os investimentos. O que você está querendo?

— Sou um homem simples. Portanto, estou próximo dos animais simples — disse Quinto, franzindo a testa. — Não creio que você esteja em segurança, meu irmão. Levanto o nariz e cheiro o ar. Estou cheio de apreensões. Você me julga ambicioso, mas só sou ambicioso para protegê-lo, você que me é mais querido do que minha mulher ou meu filho.

— Eu não sei disso? — disse Marco, muito comovido. — Mas você ainda não explicou por que está de tão mau humor. Antigamente você era o mais indulgente dos rapazes, o mais sorridente e calmo. Agora fica andando de um lado para outro. Lembra o nosso avô e não mais a nossa querida mãe.

Quinto passou a mão pelos cachos pretos e depois abriu os braços, em desespero.

— Não sei! — exclamou ele. — Mas as coisas em Roma estão cada dia mais caóticas. Estão mais complexas, mais inexplicáveis, e eu sou um homem simples! Por que as coisas não permanecem simples, preto e branco, bom e mau?

— Não permanecem assim porque nunca foram assim — disse Marco.

— Você antigamente acreditava que a ordem, os bons princípios e a virtude entre os homens conquistariam tudo — disse Quinto, perplexo.

Marco respondeu com tristeza:

— É verdade. No entanto, esses são termos subjetivos, os termos da alma. O mundo objetivo não se adapta à alma do homem e de quem é a culpa? Mas, por enquanto, controle o seu gênio, do contrário alguém o assassinará.

Marco tapou o rosto com as mãos.

— Cada dia que se passa, fica mais confuso. Ainda assim, tenho de cumprir o meu destino, pois não tenho outro.

Quinto franziu a testa.

— Que destino tem o nosso pai? Ele está cada dia mais abatido, mais retraído. Parece uma sombra em minha casa e Pompônia está reclamando. Ele mal se dá conta de que é avô e raramente fala com o meu filhinho. O que o preocupa? Ele não é um homem complexo como você, Marco.

— E como é que você sabe disso? — disse Marco, com melancolia e aquele espasmo de dor íntima que sempre sentia quando mencionavam o pai.

— Ele acha que você transige — disse Quinto.

— Ele nunca transigiu porque nunca tomou uma atitude — disse Marco, irritado. — Você acha que para mim é fácil suportar César, Crasso e Pompeu e todos os amigos deles? Não. Mas eles existem em meu mundo e tenho de suportá-los.

— Inclusive Catilina?

Marco levantou-se abruptamente e seus olhos faiscaram sobre o irmão.

— Não.

Quinto sentiu-se tranqüilizado, embora não soubesse por quê. Depois, tornou a fechar a cara.

— Estou preocupado com o meu filhinho. É dissimulado e não se pode confiar nele. Tem um sorriso cativante. Receio que ele seja sutil e exigente.

Marco sabia que isso era verdade. O pequeno Quinto escapulia com agilidade por entre os dedos das pessoas. Marco tinha pena do ingênuo irmão e pensou na filha, Túlia, com um alívio ardente. Marco disse:

— Em breve vou tentar ser cônsul de Roma. — Queria distrair o irmão.

Quinto contemplou-o, com uma seriedade repentina.

— Tem ouvido os boatos? Dizem que Catilina será cônsul de Roma. Quem se poderá opor a ele, que tem as massas na palma da mão?

Capítulo XLVIII

Os romanos, sendo realistas e materialistas pragmáticos, desconfiavam dos intelectuais. Amavam Marco por sua justiça; mas não lhe podiam perdoar os livros de ensaios e poesia, embora poucos lessem essas obras. Os que liam, os próprios intelectuais, falavam numa controvérsia violenta, a favor ou contra eles. Alguns fingiam acreditar que Marco, fazendo parte dos homens "novos" ou da classe média, não era capaz de pensamentos realmente abstratos. Ele tratava do "dever", "patriotismo", "honra" e "lei" como se fossem coisas imutáveis! Havia coisa mais ridícula para o homem culto? Mas alguns dos intelectuais discordavam, pensando tristemente em si, pois haviam traído aquilo que fora prezado pelos pais. Isso os deixava irritados com Marco, que despertava a consciência deles.

— Vamos sorrir com indulgência quando mencionarem os livros de Marco — disse Júlio aos amigos. — Assim o povo, que raramente lê, se rirá dele e ele se conservará relativamente inofensivo.

— No entanto, todos lhe dão ouvidos nos tribunais e no Fórum — disse Catilina.

— O que o homem fala depressa se esquece — disse Júlio.

— O povo o ama — disse Catilina, com ódio.

— Uma coisa é certa — disse Júlio. — O que o povo ama hoje poderá facilmente detestar amanhã. Sobre isso construímos as nossas vidas.

— Já leu a última dissertação de Cícero? — indagou Crasso a César. — Vou citar uma parte: "Os homens ambiciosos não escutam a voz da razão nem se curvam à autoridade pública ou legítima, mas recorrem principalmente à corrupção e às intrigas, a fim de obterem o poder supremo e se tornarem senhores pela força, em vez de iguais pelo direito. Esses homens inevitavelmente acabam escravizados pelas massas e, portanto, escravos de uma ralé tão caprichosa e ignorante, eles mesmos por fim não são mais homens de poder."* Refere-se a nós.

Júlio, porém, riu-se.

— É verdade. No entanto, quem o lê senão nós? Além disso, nós o toleramos e, portanto, até os inimigos em potencial entre os letrados terão dúvidas quanto a saber se ele se refere ao nobre Crasso e seus amigos. Para homens como nós, é uma grande vantagem considerarem que temos vistas largas e tolerância para com os dissidentes.

Júlio examinou seu querido amigo Crasso por um momento. Estavam jantando em casa de César — Júlio, Crasso, Catilina e Pompeu. Mas antes que Júlio pudesse falar de novo, Catilina disse:

— Tenho de ser cônsul de Roma. Já esperei demais e não sou mais jovem.

Júlio suspirou.

— É o que você diz todo dia. Espere mais um pouco. Você serviu bem como governador da África e noto que o sol africano aumentou sua beleza, em vez de diminuí-la, caro Lúcio. No entanto, como sabe — acrescentou Júlio com delicadeza —, nem mesmo os romanos depravados de hoje podem esquecer-se de que foi impugnado por extorsão, o que o desqualifica para o cargo de cônsul.

— Fui absolvido desse crime graças ao trabalho de meu querido amigo Clódio — disse Catilina, com aquele desprezo declarado por todos, que ele mostrava invariavelmente.

Júlio estava pensativo.

— E a irmã de Clódio é amante de nosso cativante e inocente Cícero.

— Você quer insinuar que ela o cega? — perguntou Crasso, com um sorriso.

— As mulheres são uma faca de dois gumes — disse Catilina. Seus olhos de um azul profundo brilharam de raiva enquanto os outros caíam na gargalhada. Depois que se calaram, ele repetiu: — Tenho de ser cônsul de Roma. Vocês não me desviarão disso, como fizeram até hoje, por meio de missões no estrangeiro ou pequenos cargos na cidade. — Ele bateu com o punho na mesa e sua pulseira de pedrarias faiscou à luz dos lampiões como uma chama colorida. — Estou-lhes avisando — disse ele, com sua voz mortífera — que a minha paciência chegou ao fim. Nenhuma promessa nem ameaça me farão desistir agora.

---

*De *Sobre os Deveres Morais,* de Cícero.

Eles já tinham ouvido tudo aquilo antes, mas cada vez tornava-se mais difícil enganar Catilina. Ele solicitara a reunião naquela noite, quase como se a impusesse. Júlio pensou: devíamos tê-lo envenenado como ele envenenou a mulher e o filho, há muito tempo. Alimentamos o tigre para podermos utilizá-lo quando houvesse necessidade. Mas, mesmo antes desse dia de necessidade, ele se libertou de seu cativeiro e nos ameaça.

Júlio olhou cautelosamente para Pompeu e Crasso. Este deu de ombros, depois levantou as sobrancelhas. Júlio escolheu uma tâmara de um prato de prata, comendo-a com elegância. Era a época da Saturnália e Roma estava fria e brumosa, um presságio do inverno. Os braseiros aqueciam a sala de jantar agradável e luxuosa.

— Que artista você é, César! — disse Catilina, com mais desprezo ainda. — É quase tão cauteloso quanto aquele seu odioso amigo Cícero, por cuja morte eu anseio e cuja morte, eu juro, hei de arranjar no meu tempo, sem qualquer deferência para com você.

Ele nunca se exprimira com tanta ferocidade antes, embora fosse um homem violento, nem com um tal desprezo frio. Nunca os desafiara tão completamente e num tal tom. Todos pensaram nas turbas imensas e terríveis que ele controlava, a escória do submundo de Roma. Ele se virou na cadeira e, com um sorriso forçado, olhou de um para outro.

— Chegou o momento — disse ele. — O que estão esperando, seus pusilânimes? Você, César, espera por um augúrio de seu padroeiro Júpiter? Ele é um deus, audacioso, o maior de todos; você não é um servidor digno dele. Você me é suspeito, César, por essa demora.

— É bom ter certeza antes de agir — disse Júlio, mas falava distraído e tornou a olhar para Crasso.

— Deuses! — exclamou Catilina, tornando a bater na mesa. — Ainda é preciso ter mais certeza? Quem se poderá opor a nós, se agirmos amanhã?

— E você começaria assassinando Cícero? — perguntou Júlio, com displicência.

— Sim! Você finge não acreditar, César, mas ele é um perigo monstruoso para nós. Não insultou Crasso na cara dele e não ousou avisá-lo?

— Você mesmo já insultou Crasso, caro Lúcio, em suas ameaças declaradas hoje a esta mesa.

— Ora — disse Catilina —, olhem para mim! Minhas têmporas estão grisalhas, tenho rugas na testa. Não vou esperar mais.

— Você não vai assassinar Cícero — disse Pompeu, que quase sempre se limitava a escutar e raramente falava.

Catilina olhou-o, sem acreditar.

— Você também? Que conspiração é essa?

— Conspiração nenhuma — disse Pompeu, com sua voz curiosamente calma e impassível. — Apenas inteligência. Sabemos que o povo ama Cícero. Ele tem muitos amigos poderosos, mesmo entre os patrícios. Todos os advogados de Roma têm respeito por Cícero. E são eloqüentes. Se Cícero for assassinado, estaremos perdidos.

— Concordo — disse Júlio. Mas Catilina agarrou suas têmporas bronzeadas onde os cabelos escuros, tintos pelas cores do outono, estavam de fato ficando grisalhos. Havia também uma loucura crescente em seus olhos, que revelavam, quando emocionados, paixões estranhas e incontroláveis, cada vez menos obedientes a uma disciplina precária.

Ele exclamou:

— Eu agora não tenho medo de homem algum! Nem do povo, nem dos patrícios meus iguais, nem de advogados de cara de coalhada! Ah, César, você me olha, fazendo conjeturas. Está pensando em mandar assassinar-me discretamente. Escute uma coisa: se algum braço se erguer contra mim, mesmo que seja o de Crasso, Hades dominará Roma e vocês todos serão arrasados. Pensam que estive à toa, esperando pacatamente, desde que voltei da África? Se não agirem imediatamente, eu o farei. E que se acautele aquele que se opuser a mim.

Ele certamente está louco, assim como Lívia estava louca, pensou Júlio. Tornou a trocar olhares com Crasso e depois sorriu amigavelmente para Catilina.

— Eu também não sou mais mocinho, Lúcio — disse ele. — Minha filha está casada com o nosso irmão, Pompeu. — Ele riu de leve. — E estou ficando calvo, um mal, Adônis, que não lhe aconteceu.

Catilina, porém, olhou para ele com um ar implacável.

— Ou você age comigo imediatamente, ou agirei sozinho, César. Já disse. — Ele voltou seus olhos ardentes para os outros e todos viram nele a loucura avassaladora, o desejo já totalmente incontrolável, a ganância e a determinação.

Então, Crasso disse, com calma:

— Você se esquece, Catilina, de que eu sou um triúnviro. Sou o homem mais poderoso em Roma, embora hoje você faça de conta que não sabe disso. Agiremos quando eu determinar. E isso não será amanhã.

Mas Catilina não se intimidou.

— Já disse que será. — A voz dele estava áspera de fúria. — Não vim aqui hoje para ser desviado, tranqüilizado, enganado e posto de lado de novo. Vim com o meu ultimato.

UM PILAR DE FERRO 549

— De que não havia necessidade — disse Júlio, com uma voz afável. Catilina despejou sobre ele todo o poder de seus olhos e um rubor profundo espalhou-se sobre seu rosto. — Estamos preparados para agir, embora não seja exata e literalmente amanhã, Lúcio — acrescentou o outro.

— Digam a data — falou Catilina, com aquele modo imperioso que ao mesmo tempo irritava Júlio e lhe inspirava admiração.

— Sejamos razoáveis — disse o mais moço. — Você pediu para ser cônsul de Roma. Os cônsules já foram eleitos, para a cidade e para as províncias. Digamos que não estamos satisfeitos com as escolhas tanto do partido *Optimate* quanto do *Populares*. Digamos que desejamos substituí-los. — Júlio tocou os lábios com a ponta da língua.

— E de que modo você realizará isso? — perguntou Catilina.

Crasso falou com uma autoridade fria.

— Enquanto você estava na África, não estivemos parados. Não nos limitamos a comer e defecar, como você parece crer, Catilina. Você fala que não é mais jovem. Mas eu sou muito mais velho do que você e tenho paciência. Não jogo os dados antes de saber que são os meus; e viciados. Se você não tivesse pedido para vir aqui hoje, eu teria mandado chamá-lo. — Era mentira, mas continha certa verdade. A verdade, conforme fora acertado antes, não deveria ser revelada a Catilina, o imprudente, por medo que ele precipitasse uma crise antes de estar tudo preparado. No entanto, não era mais possível controlar Catilina, de modo que tinham de apaziguá-lo.

— Conte-me! — exclamou Catilina, o rubor do rosto tornando-se um vermelho vivo, devido à excitação.

Júlio disse, num tom muito baixo, quase inaudível:

— Queremos substituir os cônsules eleitos. Queremos ver os cargos ocupados por amigos nossos. Agora, se quiser ouvir e aproximar sua cabeça de meus ouvidos...

Marco Túlio Cícero não acreditou no boato que o irmão Quinto lhe contara. A simples idéia do monstruoso e dissoluto Catilina ser cônsul de Roma era incrível para ele. Crasso, César e Pompeu não eram loucos. Sem dúvida, eram conspiradores, se bem que Marco não soubesse claramente qual a natureza exata da conspiração de que desconfiava; ele só sabia que, de algum modo, era a tomada do poder absoluto em Roma. Mas certamente não ofereceriam Catilina ao povo romano e ao *Optimates*, para que aprovassem o oferecimento do consulado a ele! Catilina, o louco, o furioso, o assassino, o depravado, em quem não se podia confiar, o patrício cuja arrogância devia ofender até mesmo os amigos e companheiros de conspiração, o endividado, inescrupuloso e venal, o profundamente desprezível. Não, nem mesmo Crasso, César ou Pompeu permitiriam que um homem desses fosse cônsul de Roma, pois ele estaria em situação de despejar sobre todos suas fúrias extravagantes e até de destruí-los.

Não obstante, Marco havia muito descartara a idéia de que alguma coisa pudesse ser realmente incrível. Ele falou discretamente com vários amigos, homens bons como ele. Também eles não podiam acreditar. Não podiam crer que aqueles três homens pragmáticos e ambiciosos apoiassem Catilina para o consulado, emprestando seus nomes augustos aos propósitos de um louco perverso e totalmente irresponsável.

— Contudo, é possível que tenham medo dele — disse Marco. — Temos de levar em conta o submundo de Roma, que Catilina controla. Ele não tem freios: com uma palavra poderia soltar sobre Roma os criminosos, gladiadores, escravos, libertos, jogadores, assassinos, veteranos dissidentes, descontentes, mendigos e pervertidos.

Os amigos de Marco se admiravam. Achavam estranho que um advogado tão inalterável e sensato se estivesse tornando extravagante, vendo Fúrias na noite. Um cochichou para outro:

— Tenho certeza de que à noite, antes de dormir, ele procura embaixo da cama para ver se encontra um leão catilinário, desgrenhado e sujo. Mas isso é histeria irracional e até coisa de mulher. E quem diz isso sou eu, que gosto de Cícero. É verdade que Catilina delira e é um louco cruel e depravado, que odeia todos os homens. Mas também é certo que ele não possui o poder terrível que Cícero lhe atribui. O povo romano, no fundo, não daria ouvidos a tipos como Catilina. As forças que ele domina, embora incômodas e até perturbadoras, não constituem uma ameaça real para Roma. Fazer o que Cícero aconselha, isto é, vigiar em todos os momentos os lacaios de Catilina, proscrevendo-os abertamente, não só provocaria o riso de Roma, como ainda violaria a liberdade individual, repercutindo desastrosamente sobre a reputação do próprio Cícero. Ele certamente não quer ser considerado um violador dos direitos dos homens, um autocrata de opiniões veementes e acusador de todos os que discordam dele!*

"O momento em que devemos estar preparados ao máximo é durante os períodos de tranqüilidade", escreveu Marco a Ático, em Atenas. "Os métodos que sugiro para a segurança de Roma provocam

---

*Carta de Catolo Lutácio a Silano, em que ele também apelava por moderação.

consternação entre os meus amigos, ou até mesmo acusações de que não sou moderado e estou perdendo o sentido da proporção. Um homem que pode dominar a escória de uma nação e que não tem amor pela pátria, que é revolucionário, raivoso, vingativo, invejoso, perverso e traidor, não é objeto de riso nem deve ser desconhecido. Meus amigos são complacentes demais; acreditam que Roma é fundada sobre uma rocha e que a nossa Constituição é invulnerável e a nossa lei é forte demais. Adoram considerar-se tolerantes para com todas as opiniões dos homens e recusam-se a crer que alguns homens são por natureza profundamente maus e monstruosos. Contemplam seus próprios rostos agradáveis e paternais e acham que seus espelhos refletem os de todos os outros. Sabe o que me dizem? Que os adeptos de Catilina constituem uma minoria muito pequena em Roma!"

Ático, o editor, escreveu em resposta: "Só existem dois tipos de políticos: os que amam a tolerância por si e acham que todos os homens a amam, por sua natureza, e os que adotam a tolerância a fim de esconder as atividades dos perversos que os apóiam."

É a essa categoria, pensou Marco, com desânimo, que pertencem Crasso, César, Pompeu, Piso, Cúrio e todos os seus amigos. Até então ele não conseguia citar um só nome no meio das trevas que o cercavam. Visitou senadores que o admiravam e expôs a eles sua proposta: que Catilina fosse submetido a uma investigação rigorosa e levado ao Senado para um interrogatório. Esses senadores, porém, também olhavam para Marco com certa inquietação. A verdade é que todos sabiam o que Catilina era. Mas que prova tinha Marco de suas atividades no submundo de Hades? Ninguém ouvira dizer que Crasso concordasse com a idéia de Catilina ser cônsul de Roma. Além disso, o povo já elegera os cônsules, que seriam empossados no mês de Jano, depois da Saturnália de dezembro.

Marco disse:

— Por que não me querem dar ouvidos? Catilina é louco. É bem possível que tenha chegado a ameaçar o próprio Crasso.

Quanto maior a resistência sorridente e incrédula que encontrava, mais obstinado se tornava Marco. Além disso, sua intuição estava desperta. Que dissessem que ele toda noite procurava um inimigo debaixo da cama. Melhor seria que fizessem o mesmo!

Disse a Quinto, seu irmão:

— Você me falou de um boato sobre Catilina. Soube de mais alguma coisa?

552   *Taylor Caldwell*

— Soube. E, como todos os boatos, dissolveu-se como a fumaça ao ser tocada.

— Então estamos em perigo mesmo.

Públio Clódio, cognominado Púlquer, era dedicadíssimo à sua bela e alegremente promíscua irmã Clódia, cujo cabelo fora comparado, sem muita originalidade, à asa da graúna, os olhos a estrelas à meia-noite e o seio ao peito da pomba. Clódia tinha um marido, Cecílio Metelo Céler, de uma família muito ilustre, que descobrira que ela era a única mulher com quem ele podia ter relações normais. Querendo disfarçar as preferências, ele a desposara, para grande inveja dos muitos admiradores da moça. Mas, após alguns meses de uma intimidade decorosa, ele ansiava por seus antigos companheiros e os velhos prazeres.

Ela era exigente e seus amantes eram escolhidos com cuidado. Tinha seus favoritos e entre eles estava Marco Túlio Cícero, que gostava de crer que era seu único amante, embora soubesse que não. Clódia, além da beleza, espírito e encanto, tinha ainda uma inteligência notável. Havia muitas noites em que eles não se recolhiam ao luxuoso quarto de dormir de Clódia e ficavam até o amanhecer conversando sobre filosofia, política e o destino do homem, com grande contentamento e satisfação. Marco sabia que nunca poderia amar outra mulher depois de Lívia, morta há tanto tempo, mas tinha grande afeição e admiração pela bela Clódia, considerando-a uma amiga querida, além de sua amante. Para Clódia, ele comprava as jóias que Terência desprezava; muitas vezes enchia a casa dela de flores e perfumes.

Clódio, o irmão dela, considerava-se um homem "moderno", de modo que era tolerante diante das afáveis travessuras sexuais da irmã. Além disso, por meio dela, ele sabia de muita coisa que se passava em Roma, pois Clódia tinha também muitas amigas íntimas, que escutavam avidamente as palavras de seus maridos poderosos. Clódio considerava a irmã uma Aspásia romana e por vezes referia-se a Marco, rindo, como "o seu Péricles".

Um dia ela disse ao irmão, que fora partilhar com ela a refeição do meio-dia:

— Você conhece Marco Antônio. É um jovem soldado inocente, com o espírito de um menino eterno, embora tenha valor. Ele adora o seu amigo ambíguo, César; espoja-se à sombra dele. Por que, não sei, pois desconfio de César e não gosto dele; já tentou seduzir-me.

— César nunca vê uma mulher desejável sem tentar seduzi-la — disse Clódio.

Um Pilar de Ferro

— Não aprecio libertinos — disse Clódia, com uma severidade que fez o irmão sorrir. Ela parou e examinou o irmão com seus grandes olhos negros. — Você acha que sou uma mulher estúpida? Sei de suas relações com César e os amigos dele. Mas ouvi um boato, contado pelo meu inocente Marco Antônio.

Clódio alertou-se logo. Embora pertencesse à fraternidade secreta e possuísse um dos anéis de serpente, não era um dos companheiros íntimos que rodeavam Crasso, como César, Cúrio, Piso, Catilina e Pompeu. Era um político. Não obstante, só sabia o que os outros queriam que ele soubesse. Disse:

— Ninguém confiaria num tagarela como Marco Antônio. Não se pode acreditar em nada que ele repita.

— Disse-me ele que foi providenciado o assassinato de Marco Túlio Cícero para a primeira parte do mês de Jano, quando os cônsules eleitos tomarão posse.

Clódio ficou decepcionado. Riu-se.

— Que tolice! Ele está sob a proteção de César.

— Está sim... ou estava. Mas César, como você deve estar lembrado, tem crises de epilepsia. Marco Antônio é o favorito dele, entre todos os rapazes que o cercam. Numa dessas crises de epilepsia ele falou coisas incoerentes a Marco Antônio, que estava em casa sozinho com ele. César parecia estar fora de si, com raiva e emoção. Falou sobre o assassinato próximo do meu Marco na primeira semana de Jano, chorando, debatendo-se e lançando-se contra a parede, gritando que não podia fazer nada, pois Catilina o exigira e Crasso não podia mais evitá-lo. — Clódia olhou para o irmão com severidade. — Marco Antônio não se interessa por Cícero, nem pelo destino dele. Achou muito empolgante o fato de que um homem famoso como Cícero, e tão "enfadonho", como disse ele, estivesse prestes a morrer.

— Tolices — disse Clódio, mas estava preocupado. — Por que Cícero haveria de ser assassinado? Marco Antônio não é só um tagarela bobo, é um idiota. E é preciso lembrar que, quando uma pessoa é vítima de um ataque epilético, não se deve levar em conta os seus delírios, pois ela não é responsável por eles.

Mas Clódia disse friamente:

— Marco Antônio também me falou de outro assunto. Catilina exigiu ser cônsul de Roma. — Clódia fez um gesto com a mão. — Não me importa o que possa acontecer com os cônsules, mas me preocupo com o meu Marco.

Clódio continuou a sorrir, mas por trás do sorriso estava terrivelmente alarmado e irritado. Não era um dos "patriotas delirantes", como chamava os que amavam a pátria. Mas não era traidor. Se os funcionários eleitos legalmente fossem assassinados, isso seria o fim. Havia políticos que criavam e amavam o caos porque esse era um meio em que eles manobravam melhor. Ele ainda não se enquadrava nessa categoria.

Mas de que modo Cícero poderia ser avisado? Procurá-lo abertamente, prevenindo-o da conspiração — em que Clódio ainda não estava acreditando muito, pois quem havia de dar ouvidos a uma pessoa como o jovem Marco Antônio? —, seria trair aqueles a quem dera o voto de secreto sangue da fraternidade. Eles então decretariam o seu próprio assassinato. Então, o que poderia fazer?

— Não pense que eu me basearia apenas na palavra de Antônio — disse Clódia, que o observava atentamente. — Você sabe que sou amiga de Fúlvia, a amante de Q. Cúrio. Ainda há três noites, contou-me, empolgada, que Cúrio gabou-se, bêbado e muito excitado, que era chegada a hora e que os seus amigos darão o golpe na primeira semana de Jano.

— Fúlvia é uma vagabunda faladeira — disse Clódio.

Clódia sacudiu a cabeça.

— Você não acredita nisso, meu irmão.

Clódio disse:

— Já que soube desses famosos boatos, por que você mesma não previne Cícero?

— Já disseram — comentou Clódia — que os romanos são dominados pelas mulheres. Como defesa, eles escarnecem abertamente do que chamam de "conversa de mulheres". Cícero não me daria ouvidos.

Clódia sorriu, sedutora. Depois, acrescentou:

— Amo o meu Cícero à minha moda. Que nada de mau lhe aconteça. Se os seus amigos puderem destruí-lo impunemente, você acha que hesitarão em assassinar qualquer outro de quem possam desconfiar, por uma série de motivos?

Quando chegou em casa, Clódio ficou pensando. Voltaram-lhe sua raiva e sua sensação de humilhação. Também estava receoso. O único recurso seria uma carta anônima dirigida a Cícero.

Capítulo XLIX

Túlia era uma mocinha jovem e graciosa, de uma beleza doce e retraída e uma inteligência lúcida. A mãe, materialista, não podia compreender a

UM PILAR DE FERRO

suavidade de Túlia; Terência considerava aquilo preguiça mental e incapacidade de resolver as coisas. Túlia tinha, de fato, herdado do pai a tendência à conciliação em assuntos sem importância; mas não nos princípios. Costumava dizer:

— Pode ser verdade o que a senhora diz, mãe, com base no que ouviu dizer. Mas também pode não ser verdade e sim maldade do povo.

Por ocasião de sua puberdade, o pai lhe dera uma bela estatueta de Atenéia, dizendo-lhe:

— A sabedoria é baseada no conhecimento. Mas o conhecimento nem sempre é sabedoria. Não é um paradoxo. Existe um conhecimento intuitivo, que é fonte da sabedoria. E há o conhecimento objetivo, que é uma coleção de fatos irrelevantes. O homem sábio custa a dar sua opinião, pois tem de descobrir os intangíveis. O homem que só tem o conhecimento é muito rápido em seus conceitos, pois não reconhece nem vê as vastas forças imponderáveis que operam no mundo. É perigoso.

Túlia adorava o pai. Havia ocasiões em que ela, no íntimo, concordava com a mãe, achava que os homens eram românticos que acalentavam sonhos e outras fantasias, sendo muitas vezes emotivos. Mas acreditava também que o materialismo da mulher era por demais restrito e que uma vida sem sonhos não era vida alguma. Admirava Terência por suas muitas virtudes; mas não entendia como o pai a suportava. Quando Terência reclamava e exprimia seu descontentamento furioso com o marido, Túlia escutava calada, compreendendo que a mãe tinha muitos motivos para reclamações — mas logo perdoava o pai. Havia, contudo, uma coisa que Túlia não lhe podia perdoar. Terência estava grávida.

Túlia sentiu-se traída. Sendo uma criança inteligente, sabia que essa sensação de traição era ridícula. Como menina, meio apaixonada pelo pai, ainda se sentia traída. Ainda não compreendera plenamente os instintos de compaixão e os laços que mantinham unidos marido e mulher, a despeito de amargas controvérsias, raivas, repugnância e até desprezo. Ela se envergonhava por ambos, pai e mãe, pois sua mente jovem ainda era singular.

Preferia não tomar conhecimento da gravidez da mãe. Nisso ela se parecia com o pai que, quando jovem, estava convencido de que o melhor era não mencionar os assuntos desagradáveis e que, se a pessoa não lhes desse importância, eles minguariam e acabariam desaparecendo. Os sofrimentos físicos de Terência — pois ela não era mais tão jovem — repugnavam a Túlia. Terência reclamava:

— Não quero ter mais filhos. Isso me foi imposto. O seu pai não tem consideração. — Mas ela sorria, satisfeita, por dentro.

Marco, a despeito de todo seu conhecimento do mundo e seu próprio bom senso, acreditava que podia proteger a filha da vida. Bastava ensinar a Túlia as velhas virtudes e exortar seu amor a Deus e tudo estaria bem. Quando ele pensava em Túlia, não tomava conhecimento de Roma. Havia de criar para Túlia uma ilha de paz e tranqüilidade. Escolheria um marido para ela com cuidado, procurando a ternura, a proteção e o bom caráter. A esse marido ele entregaria um vaso de ouro cheio da essência da pureza e doçura — e que ele custasse bem a chegar. A existência de Túlia seria protegida para sempre, longe do tumulto, da dor, do sofrimento e da amargura. Quando não se podia mais deixar de tomar conhecimento da gravidez de Terência, Marco disse à filha:

— Você será sempre a primeira em minha vida, Túlia. Você será sempre a primeira.

Túlia ia muitas vezes visitar o avô, em casa do tio Quinto. Nenhum dos dois possuía a fluência verbal de Marco nem sua eloqüência. Eles passeavam a pé pelos jardins da casa nas Carinas, calados, de mãos dadas. Mas comunicavam-se no espírito e muitas vezes Túlio, cada dia mais abatido, virava-se de repente para a neta alta e a abraçava, e suas lágrimas corriam pelos cabelos castanhos vivos, que caíam em cachos suaves pelas costas. Às vezes, iam visitar os templos juntos, ajoelhando-se sem falar nem rezar alto no sossego perfumado. Ambos sentiam-se traídos pelo filho e pai.

Ambos detestavam o filho de Quinto, alegre, maldosamente travesso e ambíguo, e nenhum falava sobre ele. Túlia temia Pompônia, que possuía uma língua preparada e ferina. Um dia, Pompônia lhe dissera:

— Não leve nada muito a sério, minha querida sobrinha. Há mais problemas causados nesse mundo por homens sem humor do que se pensa.

Quinto, que adorava Túlia porque ela era tão parecida fisicamente com o irmão, dizia:

— Meu amor, você é uma alegria para o coração.

Numa fria tarde, pouco antes do mês de Jano, Túlia entrou na biblioteca onde o pai, como sempre, estava escrevendo. Marco recebeu-a com carinho e beijou a face que ela lhe ofereceu. Túlia sentou-se, serenamente ciente de que ele gostava de tê-la como companhia naquela hora de calma. Ele largou a caneta, sorriu para ela e disse:

— Estive pensando em quem, no futuro, poderá vir a ser um bom marido para você, minha filha. No futuro — acrescentou ele, depressa.

— Eu ficaria contente se ficasse com o senhor por toda a vida, meu pai — retrucou ela, com sua voz suave.

Ele ficou lisonjeado, mas balançou a cabeça.

— Isso não pode ser. — Ela notou que ele parecia estar anormalmente abatido e distraído. Ele brincou com a pena na mesa. Continuou, embora seus pensamentos, na verdade, estivessem longe do assunto: — Você está aprendendo a arte de ser esposa e mãe com Terência. Abençoado o homem que receber a sua mão em casamento. Mais tarde.

Ele pegou a pena para voltar a escrever e Túlia ficou sentada na poltrona, retomando o livro que largara na véspera. A luz do lampião bruxuleava; uma corrente de ar frio agitava as cortinas da janela. Em breve, haveria neves e ventos uivantes. A grande casa estava quieta. A biblioteca ficava longe dos aposentos das mulheres. Marco serviu um cálice de vinho doce para a filha e outro não tão doce para si e eles beberam num silêncio satisfeito. Mas, de repente, a pena parou na mão de Marco e ele ficou olhando em frente, muito sério.

Aulo, o supervisor do átrio, bateu à porta discretamente e entrou.

— Senhor — disse ele —, tenho aqui uma carta para o senhor, de parte de um personagem misterioso, todo encapuzado, que não mostrou o rosto. Implorou que o senhor lesse e compreendesse.

Marco pegou a carta, que estava selada, mas sem qualquer marca característica.

— Não o reconheceu, Aulo?

— Não, senhor.

Marco abriu a carta. Túlia ergueu os olhos, observando o rosto atento de Marco. Este leu o seguinte:

"Saudações ao nobre Marco Túlio Cícero, de um amigo desconhecido:

"Cuidado! O seu assassinato está tramado por aqueles que conhece para a primeira semana do mês de Jano. Se desprezar essa mensagem, estará correndo um grave perigo. Vigie a sua casa e suas idas e vindas e não vá a lugar algum sem uma escolta armada."

— Pai? — disse Túlia, levantando-se e dirigindo-se à mesa de Marco. Ela nunca o vira com uma expressão tão terrível. Ele procurou sorrir, vendo-a tão assustada.

— Já é tarde, filha — disse ele. — Quero ficar só. — Ele aceitou o beijo de Túlia. — Disse a Aulo: — Acompanhe Túlia aos aposentos e mande que um escravo durma na soleira da porta do quarto dela. — Depois de um momento, acrescentou: — Mande outros escravos dormirem em cada porta e que todos estejam armados.

— Sim, senhor — disse Aulo, em sua voz controlada. — Também colocarei escravos armados à porta do átrio e ordenarei que patrulhem os jardins.

Túlia estava com medo, mas Aulo esperou por ela, curvado. Marco disse:

— Não nos alarmemos sem necessidade. Mas que seja como eu e Aulo dissemos, filha.

Quando ficou só, Marco releu a carta. Não estava especialmente surpreso. Seu instinto o havia alertado semanas antes. Ele ficou absorto em seus pensamentos. Se o seu assassinato fora tramado, então Roma estava num perigo mortal. Ele bateu palmas, chamando Aulo, para mandar um escravo procurar o irmão, Quinto. De repente, ficou muito assustado; não por si, mas pela família e a pátria. Aulo entrou, o rosto perturbado, e antes que Marco pudesse falar, ele revelou:

— Senhor, está aqui outro personagem misterioso, que acaba de chegar. Pede uma entrevista com o senhor. Sozinho.

— Está armado?

Aulo sorriu discretamente.

— Só um punhal, senhor. Mas também está de capa e capuz, o rosto escondido. Veio a pé.

— Peça que lhe dê o punhal, Aulo, e depois faça-o entrar na biblioteca. E poste-se preparado no limiar externo.

Aulo não fez perguntas. Retirou-se e, um minuto depois, voltou acompanhado de um vulto alto e corpulento, encapuzado e calado, Aulo fechou a porta e os dois ficaram a sós.

— Ó ser enigmático — disse Marco. — Revele o seu rosto.

O visitante atirou para trás o capuz e Marco viu o rosto largo e impassível de Pompeu, fitando-o com olhos muitos vivos.

— Ave — disse Marco.

— O seu escravo é de confiança, Cícero? — perguntou Pompeu, com uma voz curiosamente tensa.

— Sim.

— Ouço sua respiração na soleira da porta.

— Sim.

Pompeu, que parecia estar sem fôlego e muito aflito, atirou-se pesadamente sobre uma cadeira.

— Não confio em ninguém — disse ele. — Mande que o seu escravo saia dessa porta.

Marco avaliou. Olhou demoradamente para os olhos de Pompeu, o homem por quem ele não sentia amizade alguma e que sempre lhe demonstrara uma simpatia fria. Depois levantou-se, foi até a porta e dispensou Aulo, após lhe pedir que mandasse buscar o irmão.

UM PILAR DE FERRO 559

— Vejo que a minha visita terá de ser breve — disse Pompeu. — Ninguém pode saber que o visitei esta noite. Cícero, você está correndo o risco de ser assassinado.

Marco entregou-lhe a carta.

— Foi você quem mandou isso? — perguntou.

Pompeu leu a carta e teve um sobressalto. Por fim, largou-a e ficou olhando para a frente, o olhar vazio, ainda respirando como se tivesse acabado de correr.

— Então — disse ele — você tem outro amigo.

— César?

Pompeu balançou a cabeça.

— Não — disse, sem expressão. — Não foi César.

— Nem Crasso, então.

Pompeu ficou calado um momento e depois disse:

— É verdade. A sua morte foi tramada com cuidado e por isso vim procurá-lo hoje. Não desejo vê-lo morto, por muitos motivos.

— Catilina é um deles?

— Catilina.

Marco recostou-se na poltrona e os olhares dos dois se encontraram.

— Duvida disso? — perguntou Pompeu, por fim.

— Não. Eu quase o estava esperando. — Marco segurou a carta na mão e olhou para a caligrafia. — Não sei por que você me veio procurar, pois não somos amigos. Por outro lado, tenho de lhe agradecer.

De repente, a expressão de Pompeu tornou-se impenetrável. Ele inclinou-se para Marco e disse em voz baixa:

— Sou casado com a filha de César, aquela mocinha. Apesar disso eu o temo e não confio nele. Ele não concordou facilmente com o seu assassinato. Na verdade, ficou desesperado e saiu da cidade, indo para a vila dele, fora dos muros.

— Por que consentiu?

Pompeu deu um sorriso sinistro.

— Catilina não lhe deixou outra opção, pois está louco e não só o odeia, como ainda acha que você representa um obstáculo...

— Para quem?

Pompeu não respondeu imediatamente. Depois disse:

— Para todos nós.

— De que modo sou um obstáculo?

Pompeu ficou calado. Seus joelhos enormes e esparramados estavam despidos, sob o manto, mas ele usava paramentos militares. Ele esfregou os lábios salientes com as costas da mão.

— Você não sabe — disse, depois de alguns momentos.

— Conte-me — disse Marco.

Pompeu torceu a boca. Olhou para o teto abobadado da biblioteca. Começou a falar, como que para si mesmo:

— Nunca confiei em nenhum deles. Sou, por natureza e vocação, um militar. Os meios dos militares não são os meios de um Crasso ou um César. Se quisermos conquistar o poder, então que seja abertamente, como homens de bravura. Que não seja por conspirações, com assassinatos ocultos e malícia, como fazem os escravos.

Pompeu baixou a mão e lançou a Marco um sorriso profundo e cínico.

— Já se esqueceu, ou nunca soube, do poder que Catilina tem sobre as massas? Ele nos ameaçou a todos, até ao poderoso Crasso, com seus degenerados, ladrões e assassinos. Devíamos agir... — Ele parou — ... depois de sua morte — acrescentou, respirando fundo.

— De que modo iam agir, Pompeu?

Pompeu levantou-se e fez um gesto de quem se despede. Depois, virou-se e apoiou os punhos com força sobre a mesa de Marco, fitando-o.

— Assassinando os cônsules recém-eleitos e colocando nossos amigos nos lugares deles. Fazendo de Catilina, esse Cérebro louco e perigoso, cônsul de Roma. Na primeira semana de Jano.

Marco levantou-se devagar, tremendo. Estava então quase face a face com Pompeu e este não recuou.

— Estão loucos? — perguntou Marco, sem poder acreditar.

— Não. Eles... nós... já esperamos muito tempo. Pelo poder.

— Não temem a ira do povo de Roma?

Pompeu lançou para trás sua cabeça grande e riu-se. Seus enormes dentes faiscaram à luz do lampião.

— Cícero, Cícero! — exclamou ele. — Você é assim tão inocente? Será que ainda é um colegial, como diz Catilina? O povo esquece de seus heróis quase antes de esfriarem suas cinzas. Você ainda tem esperanças, Cícero, de que essa Roma seja a Roma de seus antepassados? Vou-lhe dizer, embora você seja amado, que poderia ser assassinado amanhã e o povo nem falaria em seu nome daqui a uma semana. Poderíamos agarrar o poder pelo assassinato dos cônsules e o povo, no momento, poderia ficar histérico, mas depois se conformaria, deixando as coisas andarem serenamente e, se o permitirmos, bondosamente. Os ensinamentos de Cévola não lhe valeram de nada? Você sempre desconfiou de conspirações. No entanto, hoje, diante da conspiração mais terrível contra Roma, você me olha sem acreditar.

Um Pilar de Ferro

Marco sentou-se e cobriu o rosto com as mãos, enquanto Pompeu o olhava com uma simpatia desdenhosa. O militar disse:

— Vim aqui porque não confio em César e temo por meu futuro, se essa conspiração miserável tiver êxito. Também vim porque tenho respeito por você.

Pompeu recolocou o capuz sobre os olhos.

— Sou um militar. Deixo a solução em suas mãos. Esqueça-se de que vim visitá-lo. Lembre-se só de sua segurança. E de Roma. — Ele acrescentou as últimas palavras como se estivesse sofrendo muito. Um momento depois, a porta fechou-se e Marco ficou só.

Quando Quinto chegou, tinha o manto salpicado de neve, seu rosto vigoroso estava vermelho e ele parecia ofegante. Abraçou o irmão e exclamou:

— Você não me teria mandado buscar a essa hora da noite se não fosse um assunto grave.

— É verdade — disse Marco. Ele perguntou: — Quantos soldados de confiança você tem às suas ordens?

Quinto olhou para o irmão e seu rosto perdeu todo o colorido.

— Uma legião — disse ele, molhando os lábios.

— Não estou pedindo uma legião. Só estou pedindo soldados de confiança.

Quinto franziu a testa, pensando. Depois disse:

— Sou muito querido na legião que comando. No entanto, só confiaria a minha vida, ou a sua, a vinte homens.

Quinto pegou o braço do irmão e disse, com veemência:

— Conte-me!

Naquela mesma hora, a neve caía, misericordiosa, sobre a vasta cidade. Caía sobre as pontes e templos, prédios, becos, ruas e telhados. Invadia o Tibre num véu branco e mudo, cobrindo os locais desagradáveis com o hálito puro do frescor. Caía sobre uma pedreira abandonada de um bairro sinistro além do rio, usado como depósito de lixo e ponto de encontro de bandidos perigosos. Os guardas estavam estranhamente ausentes naquela noite, embora o local da pedreira estivesse iluminado por dezenas de tochas acesas e fumegantes, vacilando na penumbra esbranquiçada. Elas mostravam os perfis ferozes ou exaltados de muitos homens encapados, jovens, de meia-idade ou velhos, iluminando órbitas de olhos ferozes ou a linha de um lábio sério, avermelhando mãos, revelando dentes subitamente à mostra ou uma testa morena. Os muros da pedreira iluminada pelo fogo os cercavam e de suas úmidas roupas de lã emanava vapor. Alguns dos rostos iluminados brevemente eram patrícios; muitos pareciam grosseiros, selvagens e rudes. Acima da pedreira surgia o céu negro e tempestuoso.

Catilina estava de pé sobre uma grande pedra, contemplando os homens abaixo dele. Sorria, parecendo um deus magnífico na plataforma natural, com sua farda militar: calças de lã vermelha, couraça de couro marrom sobre a túnica vermelha, um manto carmesim sobre os ombros, o elmo iluminado por muitas pedras que faiscavam e brilhavam à luz das tochas. Ele mantinha a mão na espada curta. Suas mãos reluziam de pedrarias, assim como as pulseiras. Seu vulto era alto, esguio e gracioso e o rosto, embora já fosse homem de meia-idade, tinha o fogo e a animação de um jovem. Os olhos azuis pareciam possuir uma chama própria.

Ele começou a falar com sua voz veemente, mas controlada e fascinante:

— Eu vos reuni hoje, camaradas, brevemente, para vos dizer que é chegada a nossa hora! Antes que nasça e desapareça outra lua, o vosso sinal será dado, em nome de Roma e da liberdade, justiça, igualdade social e humanidade!

"O que é o nosso governo hoje, submetido ao Senado, aos tribunos do povo e aos tribunais? Privilégios para a minoria! Escravidão para a maioria! Desprezo para o nobre liberto, desprezo para o trabalhador, desprezo para os humildes! Vantagens para os poderosos, os estabelecidos e os orgulhosos! Leis para proteger os proprietários de vastas terras, vilas e ricas casas de cidade; leis para oprimir os que têm fome e estão cansados e cujos olhos nunca viram um sestércio de ouro! Uma nação pode considerar-se livre e grande, se há multidões famintas e sem esperança? Não! Todas as noites, dentro dos portões desta cidade, dezenas de milhares de homens sem esperança, com suas famílias, recolhem-se a seus catres de barriga vazia. Seu trabalho não lhes vale nem uma única refeição que os alimente; seu trabalho não pode proteger os filhos; eles se dizem livres, mas eu vos digo que o escravo mais humilde na casa dos ricos é mais feliz do que a média dos romanos! Isso é digno e valoroso? Não!

Os homens rugiram de volta:

— Não! Não! Não!

Entre eles havia não apenas patrícios invejosos, cuja devassidão os levara à penúria, lançando-os nas dívidas, como ainda mercenários descontentes que tinham lutado com os exércitos de Roma, fracassados nos negócios, membros invejosos da classe média inferior, alcoviteiros, jogadores, criminosos, dissidentes sempre em busca de uma revolução que eleva-

UM PILAR DE FERRO 563

ria sua inferioridade a situações de comando e supremacia sobre os outros, gente que buscava o poder pessoal, desgraçados vadios que odiavam os homens e procuravam um meio de controlar os outros e saqueá-los, subversivos sem qualquer lealdade para com a pátria e que cobiçavam o ouro alheio e, em sua maioria, a ralé agitada e faminta de Roma, que não tinha lealdade, por nascimento ou antepassados, para com Roma, a gentalha poliglota, que tem sido sempre a maldição dos Estados, e alguns jovens que acreditavam que a violência em si bastava para fazer surgir a nova e gloriosa condição do homem.

Catilina ouviu aquele rumor feroz e sorriu sinistramente por dentro, desprezando a gente que o adorava e que o acompanharia até o rubro inferno da morte, com sua paixão e seu ódio contra os fortes, os dignos, os honrados e os cumpridores da lei.

— Eu vos digo que hoje não vos posso ver em volta de mim a não ser com lágrimas por vosso sofrimento, vossa situação oprimida, vosso sacrifício, vosso tormento desprivilegiado! Suportastes demais. Desde que o governo caiu sob o poder e jurisdição de alguns, reis e príncipes adquiriram o hábito de render tributo a eles, em todo o mundo; as nações e os estados lhes pagam impostos. Mas nós, por mais valentes ou dignos, patrícios ou plebeus, somos considerados por eles como uma turba sem importância alguma, esmagada sob os pés que, se as coisas estivessem certas, deveríamos assustar terrivelmente! Daí estar toda a influência, o poder e o lucro nas mãos deles, dádiva deles. Para nós, reservam apenas o escárnio, ameaças, perseguições e pobreza. Por quanto tempo suportaremos isso com humildade e submissão? Por quanto tempo mais, vós, os esbulhados, suportareis isso? Não é melhor morrer tentando modificar o atual estado de coisas, do que viver fracamente sofrendo a insolência deles, num estado infeliz e triste de miséria e infâmia?

— Sim! Sim! — trovejou a turba, cerrando os punhos direitos e erguendo-os acima da cabeça, sendo captados à luz ardente das tochas.

Cães!, pensou Catilina. Doces cães, que abrirão um caminho na carne para que eu avance... para depois subjugá-los e escravizá-los! Sirvam-me bem, cães, e eu lhes lançarei um osso ao acaso ou as migalhas do meu pão.

Ele esperou que a ovação delirante se acalmasse. Centenas de olhos ávidos brilhavam e faiscavam sobre ele, à luz das tochas; os lábios molhados eram lambidos; os rostos exprimiam sua veemência.

Catilina levantou as mãos cheias de jóias, como se estivesse fazendo um importante voto. Seu belo rosto estava ardente, brilhando como o rosto de um deus compadecido, entusiasmado e dedicado.

— Mas juro que o sucesso será fácil! Somos jovens, o nosso espírito é indomável. Nosso opressores, ao contrário, não passam de velhos ricos e esgotados. Portanto, basta começarmos, e o resto se seguirá!

"Camaradas! O sinal será dado em breve! Preparai-vos para o dia! É chegada a nossa hora!* Para mim, poder para proteger-vos; para vós, liberdade e saque! Roma é nossa!"

A turba ficou alucinada de exultação e adoração, raiva e ódio. Formigava em volta de Catilina, beijando-lhe as mãos, os pés, os joelhos. Os patrícios, seus pares, o abraçavam, piscando sutilmente para ele e sorrindo. Entre eles encontrava-se Públio Clódio, cognominado Púlquer.

A luz cinza da manhã caía sobre Roma, revelando uma fina camada branca sobre o solo. O ar estava frio e desagradavelmente úmido e os telhados da cidade exalavam vapor. Cada casa soltava uma nuvem de fumaça acre. Havia pouca gente na rua quando Marco Túlio Cícero e o irmão Quinto, acompanhados por doze soldados resolutos, montados a cavalo, saíram da cidade. O leste era uma mancha avermelhada, antes do nascer do sol.

Eles chegaram à casa de Júlio César, mas os escravos e guardas ao portão, depois de um olhar, não detiveram os cavaleiros militares ou seus líderes. Afastaram-se sossegados, abriram os portões e depois se juntaram, sussurrando. O nobre Cícero, pretor de Roma, o nobre capitão Quinto Cícero e os oficiais da legião não poderiam ser detidos nem interrogados. A respiração dos escravos e dos guardas juntou-se numa nuvenzinha de agitação enquanto viam o grupo dirigir-se rapidamente até a casa.

Quinto, todo fardado, sério e terrível, desmontou primeiro, correndo para as portas de bronze esculpido e batendo nelas com toda a força de seu punho armado. O eco do golpe ressoou pelos campos brancos e quietos do subúrbio. Os cavalos sopravam torrentes de vapor pelas ventas. Os outros soldados frearam os cavalos e depois se espalharam numa falange diante da casa. O nascente iluminou-se como um metal puro. Marco desmontou e juntou-se ao irmão; seu rosto abatido parecia de chumbo, à luz matutina. Seu manto estava coberto de gotas d'água.

As portas se abriram e o supervisor do vestíbulo teve uma reação de susto. Marco falou:

---

*Todo esse discurso de Catilina não é invenção nem ficção de parte da autora. É citado *verbatim* dos escritos de Salústio, que estava presente na ocasião.

— Sou Marco Túlio Cícero, pretor de Roma. Peça ao nobre Júlio César que venha ter comigo imediatamente.

O supervisor olhou para o destacamento de cavalaria além da escada e depois para o rosto obscuro de Quinto. Curvou-se, tremendo visivelmente. Admitiu Marco e Quinto no átrio quente e perfumado, onde repuxos gorgolejavam placidamente, e sumiu.

Mas a primeira a aparecer foi Aurélia, a mãe de Júlio, de cabelos brancos, a estola drapejada apressadamente sobre o corpo roliço. Ela olhou para Marco, os olhos assustados.

— Marco! — exclamou ela. — O que é isso, a essa hora? — Ela voltou o olhar para Quinto e seu temor aumentou. Quinto olhou para ela com a expressão dura e retraída do soldado.

Marco ficou agastado. Não esperava que Aurélia, a quem chamava de "tia", estivesse presente naquela casa. Pegou as mãos gordas nas suas e beijou-as, procurando forçar um sorriso em seu rosto enrugado.

— Tia querida — disse ele —, temos uns assuntos a conversar com Júlio. Não se alarme, eu lhe peço.

— Querido Marco, mas é muito cedo e muito estranho... disseram-me que vocês trouxeram muitos soldados da cavalaria.

Marco curvou-se e beijou o rosto dela, que tremia, e mais uma vez procurou sorrir.

— A senhora sabe que hoje em dia há muitos ladrões por aí, tia, e nós saímos antes do amanhecer. Os romanos não têm mais segurança, a não ser quando possuem uma guarda.

— É verdade — disse Aurélia, numa voz vaga. Mas seus olhos pretos e espertos ainda se detinham assustados sobre Marco. Ela agarrou-se à mão dele, como que implorando. — Aconteceu alguma coisa, filho?

— Não, nada. Lamento o adiantado da hora. Mas, como sabe, tenho encargos públicos, bem como meu trabalho legal. Portanto, foi necessário vir agora.

— Necessário? — repetiu Aurélia. Seu rosto gorducho estava riscado por rugas trêmulas. Mas, antes que Marco conseguisse pensar numa resposta, uma mulher bela e jovem apareceu no átrio. Era Pompéia, esposa de Júlio. Seus cabelos longos e claros caíam-lhe pelos ombros, chegando até bem baixo nas costas. Tinha o rosto como um lírio, pálido e liso, e olhos azuis tão claros que mal pareciam ter algum colorido. Usava uma roupa comprida de tom vago, lilás, debruado de ouro, e, apesar da hora, estava cheirosa e arrumada, os dedos e pulsos enfeitados de jóias. Os pés, porém, calçavam prudentemente botas douradas forradas de pele branca.

— Querido Marco — murmurou ela, quando ele lhe beijou as mãos. — Que prazer tornar a vê-lo.

Ela sorriu, cativante. Tinha um rosto um pouco bobo, mas muito lindo. Seus olhos claros brilharam para ele. Depois ela suspirou.

— O meu pobre Júlio, lamento dizer, não está bem. Teve várias crises.

Foi Quinto, porém, quem respondeu, numa voz áspera.

— Precisamos falar com ele. — Ele não fez caso do olhar irritado de Marco. Aurélia levou a mão aos lábios trêmulos e olhou para Marco, novamente apavorada.

— Não é uma coisa banal — disse Marco. — Tenho de falar com Júlio. Espero que ele se levante.

Pompéia disse:

— Ah, mas ele não está de cama. Deixe que o leve, Marco, à sala de audiências de Júlio. Ele estará com você dentro de alguns minutos.

O rosto matronal de Aurélia ainda estava tremendo de medo. Ela lançou à nora um olhar curiosamente duro e depois disse:

— Não o prenda por muito tempo, Marco.

— Pode estar certa de que não o farei — disse Marco e tocou no ombro roliço da mulher com um carinho delicado. As mulheres o conduziram à sala particular de audiência de Júlio, com Quinto acompanhando-os ruidosamente. Quinto, como acontecia muitas vezes, achava que Marco era hipócrita. A situação perigosa não pedia cortesias com as mulheres, nem conversas polidas.

Ele disse ao irmão, quando estavam a sós na sala, cheia de estantes e prateleiras com livros:

— Como pode fazer mesuras, sorrir e falar calmamente quando você e Roma estão numa situação desesperadora?

— Não tão desesperadora que devamos assustar mulheres inocentes sem necessidade.

Quinto sorriu.

— Pompéia não é tão inocente assim. Ouvi dizer que ela e Clódio são amantes. Isso provavelmente explica a presença de Aurélia César.

A porta abriu-se e Júlio César entrou, vestido com um roupão comprido de lã vermelha, preso na cintura estreita por um cinturão largo de ouro com pedrarias. Ele havia emagrecido; sempre fora magro, mas de repente se tornara esquelético. Entretanto, movia-se com a agilidade de sempre e estava sorrindo com alegria. Marco olhou para ele e notou a palidez, que ele procurara esconder com pinturas de mulher. Os olhos pretos brilhavam, mas estavam encovados. Dirigiu-se logo a Marco, abraçando-o. Marco

UM PILAR DE FERRO

percebeu, com certa surpresa, que o abraço não foi displicente, mas quase grato, como se Marco o tivesse salvado de um perigo reconhecido por ambos.

— Não lhe posso dizer como me alegro em vê-lo, querido Marco — disse Júlio. Ele afastou o amigo um pouco, com as mãos magras, e depois tornou a abraçá-lo. — Mas o que é isso que ouvi dizer? Você veio acompanhado não só pelo nosso valoroso Quinto, mas por um destacamento de cavalaria!

Quinto disse, com um modo rude:

— A proteção era necessária.

— Ah — disse Júlio, num tom distraído. Ele continuou a olhar para Marco, com expressão indagadora.

Marco, que passara a noite sem dormir, sentiu os nervos à flor da pele e encheu-se de uma impaciência e raiva incomuns.

— Júlio, você não está preso, neste momento, mas não vamos fazer mesuras e mentir e dançar como artistas depravados. Vamos jogar os dados com lisura e falar um com o outro como homens, para variar. Sinto muito que você esteja passando mal, mas não tenho tempo.

Júlio inclinou a cabeça. Sentou-se como se, de repente, se sentisse exausto e desfeito.

— Sentem-se, por favor — disse.

Marco sentou-se rigidamente numa cadeira de ébano e marfim, mas Quinto continuou de pé ao lado, a mão sobre a espada.

— Júlio — disse Marco —, vim aqui por causa de certas informações. — Ele jogou a carta anônima no colo de Júlio. Este pegou a carta, com dedos trêmulos, embora continuasse a sorrir. Leu a carta. Sua fisionomia mudou, tornando-se tensa, e ele umedeceu os lábios. Depois, um tremor prolongado percorreu-lhe o corpo, e uma gota de espuma apareceu-lhe no canto da boca. Ele soltou uma exclamação. Levou a mão à garganta e disse, numa voz sufocada:

— Água. Depressa.

Havia uma jarra dourada com água e um cálice sobre a mesa de mármore escuro. Marco despejou depressa água no cálice e levou-o aos lábios de Júlio. A testa de Júlio ficou vermelha e a pele pareceu engrossar. Os tendões do pescoço estavam salientes; o peito arfava. Ele engoliu a água ruidosamente e com evidente dificuldade. Seu corpo estava rígido e tremendo. Depois, ele cerrou os punhos com força e lançou a cabeça para a frente, muito ofegante. Marco o observava, com uma preocupação relutante, mas o rosto de Quinto estava amargo e remoto.

Passou-se um longo período de silêncio, rompido apenas pela respiração difícil do homem abalado. Os primeiros raios do sol entravam pelas janelas, iluminando o piso de mármore branco e reluzindo nas lombadas douradas dos livros. Ouvia-se a distância o barulho alegre dos escravos cumprindo suas tarefas matutinas. Depois, finalmente, Júlio levantou a cabeça. Ele estava mais pálido do que a própria morte e as cores falsas em suas faces eram patéticas. Mas ele sorriu.

— O que significa essa carta idiota? — perguntou ele. Sua voz estava quase normal.

— Não sei — disse Marco. Depois, continuou, numa voz fria: — E você sabe, Júlio?

— Eu? Confesso que me parece loucura. Quais são os seus inimigos?

— Você, Júlio?

Júlio fitou-o, incrédulo.

— Eu, Marco? Eu...

— "Não me ama como a um irmão?" Já ouvi isso. Mas, na história, vemos muitas vezes os irmãos se assassinarem, como Rômulo que matou Remo. Quer me ver morto, César?

— Nunca, nunca — disse Júlio e, de repente, sua voz parecia um gemido. — Você tem de me acreditar.

— E acredito — disse Marco. — Espere. Ouça até o fim. Não é só esta carta, que me foi entregue ontem à noite por um visitante misterioso. Sei de muitas outras coisas. Sei que estão tramando matar os cônsules eleitos, na primeira semana de Jano. Eu, para evitar alguma interferência, deveria ser assassinado primeiro. Você nega isso, César?

De repente, Júlio levantou-se, postando-se em seguida no meio da sala, olhando em volta com estranheza, como se não soubesse onde estava. Depois disse:

— Não sei de nada disso. Você fala como louco. Algum maluco lhe escreveu essa carta. Juro...

— Por Júpiter, seu padroeiro?

Júlio calou-se. Levantou a cabeça e olhou para Quinto, cuja mão estava na espada e cujo rosto de militar se mostrava feroz, ameaçador.

— Vamos acabar com as mentiras e evasivas, Júlio — disse Marco. — Eu podia mandar prendê-lo imediatamente e deixá-lo na prisão, aguardando o julgamento como conspirador contra Roma. Deseja isso?

Júlio respirou fundo. Procurou a cadeira e tornou a sentar-se. Começou a sorrir debilmente e sacudiu a cabeça.

Um Pilar de Ferro

— Você sempre falou de tramas e conspirações, Marco. Mas eu acreditava que você fosse um homem moderado e sensato. Nunca suspeitei que recorresse a uma tal demonstração... de força e tragédia... como uma peça mal escrita.

— Quer que eu o prenda já e depois prenda Pompeu, Catilina, Piso, Cúrio e todos os outros? Fale, César!

A voz de Marco soava forte, límpida e áspera na biblioteca. Júlio franziu o rosto como num espasmo de dor insuportável. Depois disse:

— Essas são palavras imprudentes. Já se esqueceu de que Crasso é ditador de Roma e o homem mais poderoso de todos? Não o compreendo! Trouxe-me uma carta vil e sem assinatura e espera que eu a leve a sério!

— Você a leva bem a sério — disse Marco. — Crasso, de fato, é ditador de Roma. Não obstante, o exército é mais poderoso do que Crasso, e ele o teme. Devo dar a palavra de ordem a meu irmão, que comanda uma legião, para prender vocês todos, para aguardarem o julgamento e execução pelos crimes contra a nossa pátria? Olhe bem, César. Sou capaz de fazer tudo isso e você bem sabe disso. Não pense que Crasso há de interferir!

Júlio esfregou as costas da mão trêmula na testa molhada.

— Não sei de nada — disse ele. — Não há conspiração alguma contra os cônsules, nem contra você. Se houver, não participei dela nem nunca ouvi falar.

— Mentiroso — disse Marco, com calma. — Você sabe que está mentindo e nem se envergonha.

Júlio ficou calado. Sua respiração soava alto na sala.

— A sede de poder em você, Júlio, nunca morrerá. Você nasceu com ela. Não sei se vencerá; Roma está depravada. É bem possível que eu não me possa opor a você, ou impedir a ruína de minha pátria. Ela já caiu demais para ser salva. Posso destruí-lo neste momento, Júlio. Se Quinto enfiar a espada no seu corpo agora, quem há de julgá-lo, ou reprová-lo? Os militares são mais poderosos do que quaisquer de vocês, inclusive Crasso. E basta que eu revele o que sei, que é tudo, de todas as suas conspirações, para que o povo aclame o meu irmão, com unanimidade e entusiasmo.

Marco rezou para que Júlio aceitasse sua palavra e não o desafiasse. Júlio tinha erguido a cabeça e o olhava com uma expressão penetrante, como se procurasse descobrir tudo o que suspeitava que Marco soubesse, mas que de fato não sabia. Os dois pares de olhos se enfrentaram. Quinto aproximou-se um passo de Júlio e sua espada estava meio desembainhada.

Júlio sorriu.

— Se existe essa tal conspiração... e isso eu nego e até acho graça... não sei de nada a respeito. Quem dá ouvidos a Catilina, que é louco? É possível que ele tenha conjurado alguma coisa, em sua loucura, e você tenha ouvido algum boato ridículo. Eu lhe digo que ele será advertido, se é que tem tal plano.

— Bom — disse Marco. — É só o que preciso saber. Cuidado, César. O caminho para o poder não é seguido por homens tolos e irresponsáveis, com pequenas e vis conspirações.

— Concordo com você de todo o coração — disse Júlio. — Sou um soldado.

— Você não é um verdadeiro soldado de Roma — disse Quinto, com aversão. — Escute bem o que vou dizer, Júlio. Se o meu irmão morrer, ou se os cônsules forem assassinados, o exército se apoderará de Roma. Isso eu lhe prometo com fervor.

— E isso — concluiu Marco, numa voz branda — não seria o melhor destino para Roma. Também concorda com isso, César?

— Concordo — repetiu Júlio. Ele bateu com força nos joelhos e obrigou-se a rir. — Que comédia!

— Que continue assim — disse Marco, levantando-se e prendendo o manto. — Deixei de prendê-lo e entregá-lo, junto com seus companheiros, à justiça não por medo de vocês, mas porque tenho mais temor do governo dos militares. Lembram-se de Sila e sua ditadura de ferro. Eu me recordo de Sila com certo afeto, pois foi um militar de verdade. Mas, César, há alguns generais que não são em absoluto como Sila. Eles também têm a sede do poder. Escolhi dos males o menor.

Ele encontrou Aurélia no vestíbulo. Pegou a mão dela depressa, apertando-a. Ela olhou para o rosto dele, com medo, e sussurrou:

— Está tudo bem, Marco?

— Está tudo bem, tia querida — respondeu ele, com bondade. E acrescentou para si. — Pelo menos provisoriamente.

Júlio olhou para Crasso, Pompeu, Cúrio, Piso e Catilina.

— Eu disse a vocês todos que era um plano apressado, desde o início. Um plano miserável, como nos avisou Pompeu. Foi a sua impaciência, Catilina, e a sua, Piso e Cúrio, que nos forçaram a isso. Havemos de vencer com o tempo, mas não por meio de imprudência e irresponsabilidade infantis e entusiasmos de menino. Temos de agir com uma aparência de legalidade e o peso da dignidade inexorável. Isso não virá amanhã. O que fizermos terá de parecer direito e dentro dos fatos humanos e da história inevitável. Assassinar cônsules devidamente eleitos! Já se viu uma idéia mais ridícula? Piso e Cúrio: foram vocês que

Um Pilar de Ferro 571

a sugeriram. Comunicaram suas idéias febris a Catilina, que então nos desafiou. Agora vemos plenamente todo esse absurdo.

— Não posso esperar — disse Catilina, entre dentes. — Já alertei os meus seguidores.

Júlio, porém, não fez caso dele e sacudiu a cabeça, sorrindo, para Piso e Cúrio.

— Crasso, Pompeu e eu nunca acreditamos no êxito disso, nem por um momento. Estou contente que Cícero tenha descoberto tudo. Ele nos prestou um grande serviço. Por outro lado, estou interessado em saber quem mandou aquela carta anônima a Cícero. Só nós aqui sabíamos da conspiração.

— Foi você, César? — disse Catilina, numa voz furiosa.

— Eu? — Júlio olhou para ele com desprezo.

Catilina levantou-se da cadeira. Estavam todos em casa de Crasso.

— Alguém mandou! — exclamou Catilina. — Hei de lhe tirar a vida!

— Eu não lhe escrevi carta alguma — disse Pompeu, o impassível. — Deixo as cartas anônimas para os canalhas covardes.

— Eu não escrevi nada — disse Crasso, com um sorriso vago e sinistro.

— Nem eu. Nem eu — disseram os outros.

— Contudo, ele soube — disse Júlio. Virou-se para Catilina. — Assassine Cícero e Roma inteira estará atrás de nós.

Diante do silêncio que se seguiu, Júlio continuou:

— Agora consideremos métodos de homens sensatos e corajosos; e não de garotos.

Mais tarde, a sós com Crasso e Pompeu, Júlio disse:

— Eu ordenaria imediatamente o assassinato de Catilina, se ele não tivesse nas mãos aquela gentalha inominável. Ele devia ter sido envenenado, como envenenou mulher e filho, há muito tempo, antes de se ter tornado tão poderoso. Agora temos de lidar com ele.

— E ainda temos os amigos dele: Piso, o louro e Cúrio, o bêbado — lembrou Crasso. — Serei ditador ou o instrumento desses renegados?

— Um ditador, caro senhor, é sempre portador de renegados — disse Júlio. — Ele os coleciona assim como um navio acumula detritos. Mas ainda há de chegar o dia em que poderemos raspá-los, livrando-nos deles! Depois de terem servido seu propósito.

Capítulo L

Quando Túlia nasceu, a luz fulgurante da Grécia ainda orientava os pensamentos de Marco, de modo que, a despeito de suas convicções íntimas, ele ainda achava que havia esperança para o futuro e que muitas coisas de valor poderiam ser realizadas por ele e sua pátria. Na época, ele era jovem, e o nascimento da filha lhe parecera a própria continuidade e o brilho da vida, o dedo da esperança apontando vivamente para anos ainda por nascer, a promessa sempre renovada de manhãs frescas como a rosa.

Agora, naquele cálido dia de verão, Terência se encontrava em trabalho de parto e Marco procurou pensar com algum interesse na criança que estava para nascer. Ele esperara com prazer o nascimento de Túlia; ele a carregara no colo com orgulho e amor. Agora ele fugia da simples idéia do segundo filho, que não fora gerado na afeição e esperança e sim no sentimento de culpa e na tristeza. Ele disse ao filho: Por que eu o gerei, pobre abandonado, que merecia coisa melhor de mim? Não tenho vontade de ver o seu rostinho. Não tenho futuro algum a lhe oferecer, a não ser a sua pátria desintegrada e violada. Não tenho alegria a lhe dar, do meu coração de meia-idade, que está nas trevas e no medo. Até o meu pai tinha mais a me apresentar do que eu tenho para você. Perdoe-me por lhe ter dado vida.

Ele permanecia sentado no jardim e não ouviu o médico aproximar-se; teve um sobressalto quando o homem falou:

— Senhor, a Senhora Terência deu à luz um filho! Pede um momento de sua atenção.

Um filho, pensou Marco, levantando-se pesadamente e entrando em sua casa grande e bonita. Meu filho, Marco Túlio Cícero. Terência, esfuziante de triunfo e parecendo quase jovem de novo, recebeu-o com lágrimas de alegria, mostrando-lhe a criança no colo.

— Marco! — exclamou ela. — Eu... nós... temos um filho!

Nela não havia tristeza, nem dúvidas, nem receio. Ela considerava a vida uma coisa que não se movia, nem mudava, e que nunca era sinistra. O nascimento do filho era sua vitória pessoal.

Marco olhou para o rosto do filho. Achou que parecia velho e cansado, como se o peso da vida futura já o tivesse exaurido. Marco debruçou-se sobre o filho e então notou as marcas pesadas e salientes das sobrancelhas, os labiozinhos firmes, o queixo forte e pensou: A criança parece-se com o meu avô! Pela primeira vez, a asa alegre da esperança esquecida tocou seu coração. Ainda nasciam romanos.

Marco então sugeriu a Terência, cuja face macilenta ele acabara de beijar, que mandassem escravos à casa de Quinto, para comunicar a notícia. Terência, erguendo uma sobrancelha e sorrindo, indulgente, informou ao marido que mensageiros já haviam sido enviados por ela.

UM PILAR DE FERRO

— Que pena eu tenho de Quinto e Pompônia por causa do filho que têm! — exclamou ela. — Malvado e fingido, cruel e sem coração, até para a idade dele! — Isso era bem verdade, mas Marco fechou a cara e afastou-se da mulher. O filho recém-nascido abriu os olhos, que eram de um azul-escuro e brilhante, como uma estrela nas profundezas.

Marco encontrou a jovem Túlia no átrio, esperando por ele. Ao vê-la, ele a abraçou, e ela olhou para ele com uma zombaria terna.

— Ainda sou a primeira em seu coração, meu pai? — indagou.

— Sempre — respondeu ele, beijando a palidez suave da face dela. — Depois disse: — Mas eu não serei sempre o primeiro no seu.

Nos dias seguintes, ele foi felicitado pelo nascimento do filho. Clientes agradecidos mandaram presentes generosos; parentes da família dos Hélvios, esquecendo-se de sua frugalidade inata, tornaram-se pródigos, e até os parentes de Terência competiam uns com os outros.

— Parece que estão demonstrando que me aprovam — disse Marco — depois de uma longa negligência e uma recusa obstinada a ter um filho.

Júlio César compareceu pessoalmente com uma bolsa de rubis — a bolsa em si tecida de ouro. Foi um presente fantástico e, levando em conta o fato de que Júlio e Marco não se haviam encontrado desde aquele dia de inverno em casa de Júlio, foi como uma oferenda de paz.

— Estou vendo que você se restabeleceu completamente, Júlio — disse Marco. O outro levantou a sobrancelha preta. — Sem dúvida — continuou Marco — devido ao fato de eu continuar vivo.

Júlio respondeu, com brandura:

— Será que nunca é possível a você falar diretamente, Cícero?

— Ora — disse Marco, sorrindo —, você não é assim tão obtuso. Por falar nisso, quando a bela Pompéia também lhe dará um herdeiro?

Júlio, que a cada ano se tornava mais formidável, suspirou, dizendo:

— Ela permanece obstinadamente estéril. Parece que estou fadado a nunca ter um filho.

Marco levantou as sobrancelhas, pensando num certo jovem Bruto, mas calou-se. Afinal de contas, não era todo dia que se via um gesto magnífico como aquele, do presente. Enquanto conversavam no jardim de Marco, cheio de visitantes comendo, bebendo e fazendo intrigas, chegou Pompeu, o Grande. Marco, perceptivo, viu logo que existia certa frieza entre ele e Júlio, pois, embora tenham se abraçado, os cumprimentos foram corteses mas indiferentes. Ah, pensou Marco, é sempre assim, quando os homens ambiciosos desconfiam uns dos outros. Mas ele sentia simpatia por Pompeu, que lhe salvara a vida, e aceitou com uma gratidão sincera o presente que ele deu ao bebê, satisfeito por poder exprimir outra gratidão que não podia mencionar. Como Marco raramente se mostrava efusivo, Júlio, muito perspicaz, sentiu certa curiosidade. Parecia que Marco cumprimentava alguém que lhe fosse caro ou que lhe tivesse rendido uma grande homenagem. O rosto largo e impassível de Pompeu também se iluminou e a mão dele deteve-se um pouco sobre o braço de Marco, enquanto seus olhos cinzentos luziam com simpatia.

Então, Pompeu virou-se para Júlio e disse:

— Onde está o seu escravo Marco Antônio, aquele rapazinho tolo, César?

— Ele hoje está se refazendo de uma festa que dei em casa ontem — disse Júlio. Fez uma pausa. — E como vai minha filha, sua mulher, Pompeu?

O ar estava ameno e cheio do calor, fragrância e brilho do verão, mas Marco, de repente alerta, pensou ter ouvido o choque de espadas sob o ruído de risos e vozes nos jardins. Júlio comentou, com displicência:

— Embora você possa considerar Antônio um tolo, caro amigo, ele tem qualidades notáveis. É um excelente soldado, tem maneiras cativantes e faz um sucesso estrondoso com as senhoras, dotes que não são de desprezar.

A simples presença daqueles homens lembrou a Marco intensamente a terrível conspiração contra Roma e contra ele, que quase tivera êxito. Ficou melancólico. Pareceu-lhe que o sol estava menos luminoso, o colorido menos intenso e que seu filho estava ameaçado. Ele já vivera bastante tempo com seus pressentimentos e não os desprezava mais; e o alarme levantou-se como uma asa negra diante de seus olhos. A conspiração estaria realmente esquecida? Ele conhecia bem aqueles homens, bem como Crasso, Catilina e até Clódio. Por que achara, durante os meses passados, que tudo estava tranqüilo de novo, que o perigo passara, tendo sido restabelecida certa paz? Homens como César não dormiam e podiam esperar, como tigres no escuro da floresta, que aparecesse uma presa maior, se a menor tivesse escapado.

Marco, refletindo, não sabia que tinha ficado muito pálido e que seus olhos se haviam fixado no espaço, como se percebessem algum terror que os outros não viam. Não sabia que Júlio e Pompeu o olhavam sérios e interessados e teve um sobressalto quando Júlio disse:

— O que está vendo o nosso áugure, que obscurece a felicidade de sua expressão?

Marco sobressaltou-se e corou.

— Não sou nenhum áugure, Júlio — retrucou ele, um tanto constrangido. — Estava apenas considerando que mundo perigoso é este ao qual eu trouxe um filho.

UM PILAR DE FERRO

— Não é sempre perigoso? — perguntou Júlio, sorrindo de novo, mas ainda observando o amigo. — Também era perigoso para os nossos pais.

— Eles não conheceram traidores — disse Marco e depois ficou horrorizado diante de suas próprias palavras, pronunciadas em seus próprios jardins, aos seus próprios convidados. Pompeu e César se entreolharam e, de repente, a frieza entre os dois desapareceu e eles se riram.

— O nosso querido Marco! — exclamou Júlio. — Está obcecado pelas tramas. Não só é pretor, como já nasceu pretor. Diga-me, Marco, qual é a trama de que está suspeitando agora?

— Uma maior do que a sua conspiração anterior, César.

— Não sei de conspiração alguma, Marco.

— Nem eu — disse Pompeu, com um gesto displicente. Seus olhos cinzentos não brilhavam mais; parecia que um véu glauco havia descido sobre eles. Então, pensou Marco, desta vez não serei prevenido. Procurou livrar-se de seu desânimo, mas o rostinho do filho ergueu-se diante dele e sua inquietação gritou mais alto, como um bando de corvos agitado grita ao rodopiar diante do sol.

— Já é tempo de nossa filha se casar — disse Terência, depois que a família regressou de sua temporada anual na ilha. Terência não via nenhuma beleza na ilha; só se ocupava em contar as ovelhas e dar ordens aos escravos. Era uma mulher urbana e passava as semanas no campo de má vontade.

— Ela ainda é uma criança — disse Marco e depois, um tanto asperamente, acrescentou: — Você, minha esposa, era uma mulher madura quando nos casamos, mesmo mal acabada de sair da puberdade. — Depois, ele se envergonhou, pois o rosto de Terência, agora já tão sem atrativos, ficou vermelho. Seus olhos, que antes eram tão modestos e retraídos, e o que ela tinha de mais bonito, se haviam estreitado e endurecido com o correr dos anos, de modo que agora pareciam cristais marrons entre pálpebras castanhas.

— Eu tinha de cuidar dos negócios da família e de uma irmã mais moça — disse ela.

Como ela falou num tom de ressentimento e sua mágoa era sincera, Marco arrependeu-se e quis agradá-la.

— Então, vamos pensar num marido — disse ele. — Quem?

— O jovem C. Piso Frugi — respondeu Terência, prontamente. — É de excelente família, tem dezessete anos e o avô lhe deixou uma fortuna. Também vai herdar os bens dos pais, que são amigos de minha família.

Marco conhecia o rapaz, que parecia ter um rosto agradável e maneiras bem patrícias, mas que não se destacava em nada. Ele achava que só um príncipe ou um potentado mereceria a sua querida Túlia.

— Ou então — disse Terência, que era muito ambiciosa — temos o jovem Dolabella, rapaz muito brilhante e de uma das mais importantes famílias de Roma.

— Os deuses que nos livrem disso — exclamou Marco, com um pavor sincero, e Terência sorriu, satisfeita. Ela suspirou, resignada.

— Então será Piso Frugi — disse ela. Só mais tarde Marco se deu conta de que Terência, como sempre, jogara com cartas marcadas contra ele.

Terência, tendo vencido, continuou:

— Mas vamos retardar o casamento até você ser cônsul de Roma.

— Então o casamento ficará retardado para sempre — disse Marco, novamente de bom humor.

Ele era muito dedicado aos filhos. Como a maioria dos pais, achava os seus rebentos extraordinários. Estava convencido de que o pequenino Marco seria um grande filósofo, embora a criança demonstrasse diariamente uma certa teimosia que não prometia ser nada propícia a um homem pálido das colunatas. Terência o adorava.

— Ele será um grande militar e atleta — disse ela. Marco, tão perceptivo quando se tratava de pessoas de fora da família, riu-se dela.

— Vai falar grego corretamente antes dos três anos — disse ele à mulher. Ele não via mesmo as cores fortes no rosto do pequenino Marco e o riso novo nos olhos do bebê. Dizia a si mesmo que tinha visto a alma séria do filho quando a criança acabara de sair do ventre materno.

— Esteve com o seu pai? — perguntou Terência, amamentando o filho com a liberdade de uma mãe romana "antiga". — Quinto por certo estava alarmado demais, quando lhe escreveu, enquanto estávamos na ilha.

Marco envergonhou-se de novo. Quinto lhe escrevera duas vezes durante o verão, dizendo que Túlio estava "piorando de hora em hora e os médicos dizem que o coração dele não vai agüentar muito mais". Mas Marco dissera a si mesmo que não se lembrava, desde a infância, de uma ocasião em que Túlio não estivesse "à morte"; isso era uma velha história e os Túlios tinham vidas muito longas. Mas a verdade era que Marco não queria pensar no pai, nem mesmo vê-lo. A velha sensação de culpa e irritação estava sempre viva nele, quando se falava no pai. Só o vira uma ou duas vezes durante a gravidez de Terência e só uma vez depois disso. Túlio o felicitara numa voz débil, com olhos súplices, quando nascera o menino, mas Marco achava que Túlio não tinha a noção exata — como nunca tivera — dos fatos naturais e que o nascimento de mais um neto não fora para ele uma ocasião portentosa. Com ressentimento, Marco se dissera: Meu pai passou a vida procurando as estrelas e esquecendo-se das pedras no caminho; e nunca pôs os pés na terra, de verdade. Como o próprio Marco desconfiasse de que isso não era bem verdade, o seu próprio sentimento de culpa só o irritava mais ainda. Para ele, era doloroso demais analisar suas emoções com relação a Túlio, pois então se lembrava de dias em que o pai lhe parecera um deus pálido e esguio, de olhos brilhantes, mão terna e a voz cheia de amor e compreensão. Mas as nossas impressões da infância são sempre uma ilusão, dizia-se ele. E passava a pensar decididamente em um Túlio que dependia do pai para ter forças, da mulher para o conforto e orientação, de um filho para a solicitude e ajuda paternal e do filho mais moço, no final (com a mulher), para um lar. Quinto levara o pai para casa como se leva uma criança órfã e o nutrira vigorosamente com o seu afeto particularmente fácil.

Marco disse, respondendo às perguntas de Terência:

— Nunca houve um momento em minha vida, desde pequenino, em que o meu pai não estivesse agonizando. Quando não era congestão pulmonar, era malária. Quinto sabia o dia em que devíamos voltar da ilha. Já se passaram três dias e já teríamos tido notícias. Se meu pai estivesse correndo perigo, nós o saberíamos.

Terência, porém, tinha muito sentimento de família. Disse com um ar reprovador:

— Contudo, como há meses você não vê seu pai, deveria ir procurá-lo imediatamente.

— Amanhã — disse Marco, impaciente. — Meu pai está só com sessenta anos e eu lhe garanto que há de sobreviver ainda por muito tempo.

Mas, na manhã seguinte, uma fria aurora de outono, Marco recebeu um chamado urgente de Quinto, o irmão. Túlio estava agonizando e em coma. Marco levantou-se, não acreditando na notícia. Assim mesmo, foi à casa de Quinto nas Carinas, bocejando na liteira e tremendo um pouco, sentindo-se impaciente. Fora das cortinas da liteira a majestosa cidade despertava e começara o trovejar de tráfego, passos e vozes. Era um barulho antigo e conhecido. Não era mais empolgante. É esse o problema de se envelhecer, pensou Marco, melancólico. Não há mais novidade no mundo, nem conjeturas. Não há mais assombro. O que nos pode consolar pela perda de tudo isso? A vida para mim agora é apenas um retiro e o que é um nascer do sol para os jovens é o crepúsculo para mim. Quanto às aventuras, não posso mais esperar por elas, se é que um dia me couberam. Depois dos quarenta, o homem mal vive. Hoje só vivo para os meus filhos, e isso deve bastar.

578   *Taylor Caldwell*

Marco continuava a bocejar quando sua liteira chegou à velha casa das Carinas, que lhe fora tão conhecida e agora era tão estranha. Era uma casa de sonhos e do passado. Ele conhecia todos os aposentos e o jardim. Estava cheia de recordações nítidas e definidas, ou apagadas e irreais. Ele sempre ficava meio espantado ao tornar a vê-la, como se acreditasse que não existisse mais, assim como não existiam mais sua infância e juventude. No entanto, lá ele chorara por Lívia e lá morrera o avô; lá o seu futuro parecera cheio de entusiasmo, paixão e esperança. Lá tinham caminhado os seus velhos amigos, amigos que se tinham ido para sempre. A casa permanecia. No entanto, não era bem a casa de que ele se lembrava, e ele não podia explicar isso. Respirava a própria sutileza do tempo.

Quinto, o militar alto e corpulento, foi quem o recebeu à porta, em vez do supervisor do vestíbulo. Ele chorava. Marco, então, soube imediatamente que o pai estava morto e se firmou no braço do irmão, sentindo-se fraco, desfeito, abalado. De repente, a casa entrara em foco diante de seus olhos e era como ele se lembrava dela, e era uma casa da morte, de que ele também se lembrava. A casa não era mais o refúgio de um homem nada mundano, que inspirava ao filho um misto de irritação e culpa. Era a casa de um pai e, em sua morte, ele estava mais vivo do que parecera desde a juventude de Marco.

Túlio estava deitado na cama em seu pequeno cubículo, que o próprio Marco ocupara quando criança, menino e rapaz solteiro. As cortinas da janelinha ainda não tinham sido cerradas. Os primeiros raios mortos do sol frio caíam sobre o rosto de Túlio, revelando-o plenamente. Não era um rosto de que Marco se recordasse. Era um rosto calmo, distante, limpo das poeirentas teias da vida e de todos os seus sofrimentos. Tudo o que lhe levara a idade, o mal-estar e o tormento tinha desaparecido, deixando para trás a carne exorcisada para juntar-se à sua terra tranqüila. Aquele não era mais Marco Túlio Cícero, o Antigo; era a tranqüilidade das árvores e da grama, não perturbadas pelo espírito alheio humano.

Marco olhou para as mãos do pai, que não estavam mais enrugadas, e sim plácidas como o mármore. Também não eram as mãos de que se lembrava. Ele curvou-se, tocou a sua frieza com os lábios e no momento do contato estava completamente alienado da efígie sobre a cama, como teria estado alienado da pedra. Murmurou uma oração pelo espírito do pai, mas sentiu que era um escárnio, pois o pai não precisava de suas orações, ele que levara uma vida tão sem pecados quanto possível e nunca fizera parte do mundo que abandonara de bom grado. Virou-se e saiu do quarto, acompanhado por Quinto, que estava perturbado com a calma do irmão. Quinto explodiu:

UM PILAR DE FERRO 579

— Você nunca o amou. Por isso não está triste.

Marco hesitou. O irmão não compreenderia, mesmo que ele conseguisse encontrar palavras para exprimir o que sentia. Assim, pôs a mão com brandura sobre o ombro largo de Quinto e disse:

— Nós todos temos maneiras diversas de exprimir a nossa dor.

Mas nos dias que se seguiram — e durante o terrível aparato da morte que os acompanhou — ele ficou impressionado com a inconstância, a fragilidade e a sensação de falta de significado da vida. E também, incoerentemente, com a aflição da morte. Sua própria existência estava menos segura porque o seu pai não existia mais. Outra estátua se espatifara no salão de sua vida e seus escombros sem sentido sujavam o chão.

Capítulo LI

Noë ben Joel escreveu ao amigo, de Jerusalém:

"Saudações, querido amigo! Você me escreveu com a maior gentileza, sem qualquer sugestão de condescendência, ou sequer majestade! No entanto, foi eleito cônsul de Roma, o cargo mais poderoso da nação mais poderosa do mundo! Como me regozijo e com que carinho divertido me recordo de suas primeiras cartas, em que exprimia seu pessimismo quanto à idéia de estar esse cargo ao seu alcance! Você não acreditou nem por um instante que o partido senatorial (os *Optimates*) o apoiaria, pois sempre soube do ressentimento e desconfiança que tinham dos 'homens novos', a classe média. Você diz que recebeu esse apoio apenas porque eles temiam mais ainda a Catilina, o maligno e tresloucado, que era um dos seis candidatos que concorriam com você ao mesmo cargo. Você se difama, com essa modéstia; até senadores venais, por vezes, podem comover-se diante do espetáculo da virtude pública e privada, e apoiarão um homem sábio. Tampouco você acreditava que os 'homens novos', os seus partidários, o apoiariam, achando que teriam inveja de que você se estivesse tornando superior a eles. Tampouco acreditava que o partido do povo (os *Populares*) daria o voto a você, pois nesses últimos anos você tem exprimido, com amargura, a sua convicção de que o povo prefere canalhas que lisonjeiam, mimam e os compram com presentes ao homem que só promete tentar restabelecer a grandeza republicana e a honra à nação e que fala com a voz severa do patriotismo, em vez de prometer, em brilhantes maiúsculas, benefícios cada vez maiores para uma cidadania depravada.

"No entanto, todas as pessoas de quem você desconfiava não recorreram de todo ao voto lento, mas o elegeram por unanimidade, com aclamações veementes e entusiásticas! Não me contou isso, mas tenho outros amigos em Roma que me mantiveram informado sobre você, através dos anos. Você é muito querido, apesar de se queixar por ser considerado incongruente e apesar de toda a timidez e reserva naturais. Além disso, Deus tem meios estranhos de se manifestar, quando percebe que uma nação está correndo algum grave perigo. Muitas vezes, como na história de Israel, Ele tem convocado homens de suas vidas privadas e lugares afastados para conduzir seu povo à salvação e à vida, quando estão mais ameaçados e mais perdidos. Gosto de crer que Ele interferiu a seu favor por amor a você e para salvar Roma de Catilina, a despeito de subornos, mentiras e promessas. Mas nunca devemos esquecer de que foi o povo, no final de contas, quem o elegeu, num gesto espontâneo de afeição e orgulho de você e amor por seu gênio e virilidade.

"Há algum tempo você me escreveu dizendo que achava que sua vida já chegara ao fim e que se encontrava diante do muro de tijolos da realização final. No entanto, apareceu uma porta nesse muro, conduzindo-o a uma cidade infinita de poder e glória! Moisés não era um simples pastor desconhecido quando Deus o chamou para salvar Seu povo, um exilado que ninguém conhecia, embora tivesse sido príncipe no Egito e amado pela mãe, a princesa? Ele caíra, pela ira, tristeza e sofrimento virtuosos, num abismo de solidão, sem lar, num lugar ermo, e achava que sua vida terminara. Mas como Deus é grande e onisciente! Preparou Seu príncipe em silêncio e no exílio para um destino majestoso, maior do que o de qualquer homem que jamais nasceu neste mundo. Enquanto o homem viver, viverá o nome de Moisés e, como me sinto profético neste momento, o nome de Cícero nunca há de desaparecer enquanto os homens tiverem línguas e memórias e for escrita a história.

"Embora você se confesse abismado e perplexo diante da sua eleição, eu não estou. Esperava feitos heróicos de sua parte desde que fomos crianças juntos. Não lhe dizia sempre isso? A luz do Dedo de Deus estava sobre a sua fronte, mesmo quando menino, e eu a vi. E não me venha acusar de ser extravagante por ainda escrever peças e ter uma imaginação fértil!

"Até mesmo o nosso amigo ardiloso como a serpente, Júlio César, o apoiou, além do próprio Crasso. Por que motivo? Deus moveu as almas deles a seu favor, embora você diga que eles provavelmente o preferiam a Catilina por motivos próprios. César também parece estar-se dando bem em suas atividades, pois mesmo antes de você me dar notícias dele eu já ouvira dizer que ele fora nomeado grande Pontífice e pretor de Roma. Você pensa nisso com suas dúvidas costumeiras. Mas devemos lembrar-nos de que homens de força, ambição e intelecto, como César, também chegam inevitavelmente ao poder, e isso também pode ser obra de Deus, cujos meios são extremamente misteriosos. Concordo que César é um vilão, mas Deus muitas vezes usa vilões, além dos homens bons, para atingir os Seus propósitos. Você duvida do patriotismo dele. No entanto, não é de todo impossível que um vilão seja patriota!

"Você tem um filho de quem se gaba, dizendo que, aos dois anos, já é um prodígio. Como poderia deixar de sê-lo, com esse pai? Não leio as suas obras, cada vez mais numerosas, e os seus livros, que os amigos em Roma me enviam? Eu pensava que era eloqüente. Infelizmente, comparado a você, sou um burro de pedra. Partilho de sua alegria pelo casamento de sua linda e jovem filha com o patrício Piso Frugi, pois sei o quanto você a ama. Mais uma vez, você está cheio de dúvidas, mas nelas percebo o ciúme natural do pai que tem uma filha única e muito querida. Você gostaria que ela se casasse, pois é natural que as moças se casem; mas, por outro lado, preferiria que ela não amasse outro e saísse de sua casa! Fiquei tão feliz quando minha filha se casou, mas quando a entreguei, sob a panóplia, detestei o esposo dela, receando que ele a fizesse infeliz. Não obstante, ela está feliz, já sou avô e me alegro com os pequeninos que se sentam no meu colo e me adoram, com seus olhos enormes.

"Muitas vezes, considero como é estranho o fato de nossos pais terem morrido ambos há dois anos, no mesmo dia e possivelmente à mesma hora. Você me escreveu que só veio a sofrer por ele e sentir falta dele depois de quase seis meses; e que depois ficou impressionado, achando que não lhe tinha dedicado bastante afeição em vida e lhe causado sofrimentos. Mas foi isso mesmo que senti quando morreu o meu pai e me lembrei de suas advertências, em minha juventude, e como as desdenhava como caduquices de um homem idoso e antiquado. Você deveria ficar satisfeito por ter sido o seu pai libertado da vida, pois Sócrates não dizia que o homem bom não tem nada a temer nesta vida, nem na próxima?

"Você me escreveu sobre o amor de César pelo sobrinho-neto recémnascido, chamado Caio Otávio César. César não tem filho homem, como tem você; pelo menos não que ele possa reconhecer publicamente. Isso é sempre triste para um homem ambicioso, que pensa em dinastias.

"Você escreve sobre Catilina num tom sinistro e teme sua atual obscuridade mais do que o temia quando ele era pretor de Roma. Diz você: 'É melhor ter um inimigo mortal à vista do que ele ficar escondido e você sem saber o que ele está fazendo em seus silêncios obscuros.' Isso pode ser verdade. Mas ele caiu no desagrado de César, Crasso e Pompeu e todos os outros amigos. Isso deveria tranqüilizá-lo, pois não são homens irresponsáveis nem desatentos. Esteja certo de que os olhos deles penetram nas trevas de Catilina e que perdem o sono quando pensam nele.

"Você torna a indagar sobre o Messias, se bem que com mais conjeturas do que de costume. Ele continua a ser esperado a qualquer momento! Os fariseus enviam os sacerdotes a toda parte em Israel, em busca da Mãe e o Santo Filho, enquanto os saduceus mundanos se riem deles. Pois os saduceus se consideram homens pragmáticos e desprezam todos os ensinamentos do outro mundo e ridicularizam as profecias do Messias. Preferem a razão helenística. Param em suas liteiras douradas quando algum rabino esfarrapado, os pés sujos de terra, fala sobre Belém e Aquele que deverá nascer ali de uma Virgem Mãe, o Lírio de Deus. Mas param para mostrar que se riem, sacudindo a cabeça admirados diante da credulidade dos pobres e desamparados, que anseiam por seu Salvador que se chamará Emanuel, pois Ele libertará o Seu povo de seus pecados. Mas eu não me rio mais, com os saduceus. Todas as noites vou para a fria luminosidade da lua e das estrelas no terraço da minha casa e indago aos Céus: 'Terá Ele nascido a essa hora? E onde O encontrarei?'

"Eu o abraço com os braços da alma, caríssimo amigo, querido Cícero. Se não nos tornarmos a encontrar na vida, esteja certo de que nos encontraremos no além-túmulo, onde a cada dia a glória se torna mais iminente e que certamente em breve irromperá sobre o mundo como um novo sol."

Se por um lado Marco Túlio Cícero, mesmo sendo cônsul de Roma, continuava a alimentar apreensões, vagos temores e dúvidas, por outro lado Terência, sua mulher, irradiava exultação, alegria e contentamento. Ela era agora a primeira-dama de Roma. Sua liteira, carregada por quatro imensos escravos núbios magnificamente paramentados, era reconhecida e saudada nas ruas. Sua casa no Palatino estava sempre repleta de patrícias e senhoras de origem nobre, que iam solicitar sua intercessão a favor de seus maridos ambiciosos. Ela tratava as outras com uma condescendência amável, prometendo-lhes o que pediam, e apresentava devidamente as petições ao marido com palavras e gestos majestosos, como se apresentasse dádivas. Não compreendia a expressão contrariada do marido, nem suas palavras impacientes, seu aborrecimento e declarações no sentido de que se as petições fossem justas, ele as estudaria no devido momento. Ela o achava enfadonho e insípido. Muitas vezes, ela se perguntava como o marido atingira uma

UM PILAR DE FERRO 583

posição tão elevada, ele que era um "homem novo", sem berço e um simples advogado que um dia fora pretor de Roma e um homem que não se cercava só dos poderosos. Ela chegou à conclusão extraordinária de que Cícero só era cônsul graças, misteriosamente, aos méritos dela, que os deuses estavam homenageando publicamente, e suas virtudes, que eles admiravam. Pois, certamente, Cícero não merecia o que lhe havia sido lançado aos pés, uma vez que não tinha qualquer esplendor em seu aspecto, escrevia livros e ensaios que poucas de suas amigas pareciam ter lido e seus gostos eram austeros, embora morasse numa casa imensa no Palatino. Ele muitas vezes ia a pé ao Fórum e aos escritórios, nos dias amenos, o que era um gesto plebeu da parte dele.

Terência, por fim, chegou à conclusão de que ele devia todas as coisas a ela. Pois ela não o estimulara a tentar conseguir o mais alto de todos os cargos, incansável em sua insistência, e a família dela não era muito ilustre? O seu gênio inato estava comprovado no fato de ter conseguido arranjar para a filha um marido que pertencia a uma grande família. Sem ela, Cícero teria permanecido um advogado obscuro, dependente da boa vontade e indulgência de magistrados mesquinhos. Quando os amigos lhe diziam: "Cícero é muito amado pelo povo e os senadores curvam-se diante dele", ela sorria enigmaticamente e levantava as sobrancelhas, num gesto especial, de quem sabe de muita coisa. Quando Crasso lhe beijava a mão, ou César, ou Pompeu, elogiando o marido e dizendo que se alegravam por Cícero e tudo o que ele era, Terência ficava completamente convencida de que, na verdade, elogiavam a ela, curvando a cabeça em sinal de admiração pelo caráter dela, sua decisão, seu valor e outros atributos.

Terência, que nunca se afeiçoara muito a Túlia, disse à filha:

— Toda a boa fortuna que nos coube, a honra, a glória e a adulação, devem-se exclusivamente aos meus esforços. E não se esqueça disso, minha filha, se algum dia ficar toda inchada de orgulho por seu pai.

Túlia, assustada, começou a achar que a mãe estava louca, mas Piso, seu jovem marido, riu-se alegremente e disse:

— Sua mãe está cheia de sua própria vaidade e está ficando velha. Portanto, deixe que ela tenha seus convencimentos.

— Mas ela só tem desprezo pelo meu sábio pai, que é o homem mais nobre de Roma. Isso é imperdoável, meu marido, e não se pode compreender.

— É um fato sabido — disse o jovem Piso — que a família de um homem muito aclamado acredita que, na verdade, ela conquistou a fama para ele e que é uma maldade e uma injustiça da parte dos deuses que não sejam esses familiares que recebam a aclamação. Pois não é a família mais digna, mais sábia, mais inteligente e mais culta do que o herói?

Não me interessam a lisonja e as honrarias públicas, pensava Cícero. Isso me cansa e toma o meu tempo, que só deveria ser dedicado ao meu Deus e à minha pátria. O que hoje é famoso, amanhã é lançado ao pó, com maldições. Amo a lei e a justiça e trabalharei por isso, embora em meu coração haja uma grande fadiga e um pressentimento de desastre. Até meus ossos doem de cansaço e eu me retraio das aclamações de meus semelhantes. O que terá acontecido, para eu ter-me convencido de que nada vale a pena, no meio dos homens?

Ele consultou vários médicos e eles não podiam compreender esse mal do espírito. Disseram-lhe, com uma indulgência respeitosa, que ele na verdade não fugia das honras públicas, pois todos os políticos as cobiçavam. Por que outro motivo haviam de lutar? Achavam que Cícero era afetado.

— Todos os homens inferiores não o invejam, senhor? — perguntaram-lhe, também com inveja.

— Não quero a inveja — disse ele. Os médicos não acreditaram e deram-lhe poções e pílulas, dizendo uns aos outros que ele era afetado e que desejava mais honrarias e maior riqueza. E assim, Cícero criou mais inimigos, que falavam mal dele e de sua ambição avarenta.

Enquanto isso, ele trabalhava prodigiosamente e era somente em seu trabalho, dedicado à pátria, à lei moral e à virtude, que ele encontrava alívio para a dor estranha que lhe inundava o coração, como uma doença. Tinha prazer com o filho e a filha, mas a esposa era para ele um cansaço e um constrangimento. Ele começava a sofrer de dores de cabeça desde o momento em que entrava em casa, além de uma fadiga estranha e avassaladora. Já se cansara de Clódia, que agora estava mais interessada no jovem Marco Antônio e sua virilidade, pois a juventude dele dava-lhe uma sensação de que também ela era novamente jovem. Nenhuma outra mulher, no meio da prisão que eram os seus dias e as suas tremendas responsabilidades, oferecia atrativos para Cícero.

C. Antônio Híbrida, um patrício no princípio da meia-idade e homem de fortuna, de classe e presença marcantes, conseguira o segundo lugar na votação para cônsul romano e, portanto, tornou-se colega de Cícero. Como acontecia com muitos patrícios ricos, suas maneiras, pensamentos e modo de vida eram displicentes e tolerantes. Detestava homens veementes e insistentes e aqueles dados a explosões de paixão — salvo se fossem patrícios como ele. Não que Antônio fosse arrogante ou altivo; ele acreditava sinceramente que os deuses haviam criado alguns seres superiores à maioria e, portanto, que esses poucos deviam governar, por direito divino. Aceitando a sua superioridade natal como coisa certa, ele era, pois, livre de inveja e de uma ambição desmedida. Em Roma era muito querido por sua atitude democrática em relação aos plebeus, para com quem Antônio nunca se mostrava condescendente, por achar que eles compreendiam que os deuses o haviam criado para ser senhor deles e que assim deviam venerar os deuses em sua pessoa. Ele também era bonito e tinha muitas virtudes públicas.

Contudo, como muitos homens de sua origem e posição na vida, era vítima de um engano fatal: de que a maior parte da humanidade, dada a devida oportunidade, poderia atingir culminâncias grandiosas e altruístas, que o homem era naturalmente bom e preferia a virtude ao mal, que o coração do homem tendia para a nobreza e que somente as circunstâncias e o ambiente distorciam esse coração. O homem, patrício ou trabalhador humilde, rico ou pobre, ilustre ou obscuro, era o rei da natureza, segundo a filosofia de Antônio. Essa idéia lhe dava uma expressão benévola, que atraía milhares de pessoas, sendo suas maneiras sempre brandas e moderadas. Lúcio Sérgio Catilina era seu velho conhecido e patrício como ele. Embora Antônio tivesse ouvido falar muitas coisas perversas e vis sobre Catilina, ignorava-as com certa indulgência.

Alguns amigos de Antônio achavam essa liberalidade infantil, embora comovente, mas nenhum a considerava perigosa, a não ser Cícero, que gostava muito dele, pelo seu desejo sincero de não errar e de não ofender ninguém. Ao abraçar Cícero, com generosidade e sinceridade, por ocasião do voto por aclamação, Antônio parara um momento para dizer:

— Talvez seja uma pena Catilina ter sido terceiro na contagem dos votos para o consulado. Ele deve estar sofrendo e devemos apressar-nos a consolá-lo.

A essas palavras Cícero respondeu, com uma paixão controlada:

— É difícil acreditar que o povo de Roma lhe dê o terceiro lugar nos votos! Isso é muito sinistro.

Cícero olhou para o rosto alegre e bonito do colega, para seus olhos sedutores, e balançou a cabeça, desanimado. Educado segundo as virtudes republicanas, Cícero muitas vezes ficava perplexo diante de Antônio. Este concordava plenamente com ele, achando que o orçamento deveria ser equilibrado, que o Tesouro deveria ser refeito, que as dívidas públicas deveriam ser reduzidas, que a arrogância dos generais deveria ser moderada e controlada, que o auxílio aos territórios estrangeiros deveria ser diminuído para que Roma não fosse à falência, que o populacho deveria ser obrigado a trabalhar e não depender do governo para sua subsistência e que a prudência e a frugalidade deveriam ser praticadas assim que possível. Mas quando Cícero apresentou fatos e cifras, mostrando de que modo todas essas coisas deveriam ser efetuadas por meio da austeridade, disciplina e bom senso, Antônio ficou perturbado.

— Mas isso ou aquilo traria dificuldades para essa ou aquela classe — disse Antônio. — O povo está acostumado a exibições luxuosas nos circos e teatros, e às loterias, além de cereais, feijão e carne de graça, quando estão na miséria, e abrigo, quando estão desabrigados e uma parte da cidade é reconstruída. O bem-estar de nosso povo não é de importância primordial?

— Não haverá assistência social se nós falirmos — disse Cícero, com severidade. — Só nos poderemos tornar solventes de novo, e fortes, se nos sacrificarmos e gastarmos o mínimo possível, até que seja paga a dívida pública e o Tesouro se refaça.

— Mas não podemos, se tivermos coração, privar o povo do que vem recebendo há muitos decênios de parte do governo. Isso criará as dificuldades mais terríveis.

— É melhor que nós todos apertemos os cintos do que ver Roma sendo derrubada — disse Cícero.

Antônio ficou ainda mais preocupado. Parecia-lhe muito claro que o povo devia ter tudo o que desejasse, pois não eram cidadãos romanos, habitantes da nação mais poderosa e rica do mundo, motivo de inveja de todos os outros povos? Por outro lado, os fatos e as cifras de Cícero eram inexoráveis. Antônio, animado, sugeriu a elevação dos impostos, para se encher o Tesouro e continuarem os gastos públicos maiores e mais vastos.

— Eu, por mim, estou disposto a aceitar impostos mais elevados — disse o rapaz, com tanta sinceridade que Cícero deu um suspiro.

— Mas há centenas de milhares de cidadãos romanos, bons e decentes, que neste momento mesmo estão batalhando sob impostos insuportáveis — disse Cícero. — Com mais um pouco de pressão, quebraremos as costas dos fiéis cavalos. Então, quem carregará Roma?

A mente de Antônio, ou pelo menos a parte de sua mente que não estava tão totalmente cheia de boa vontade a ponto de se tornar cega e surda, reconheceu a lógica desse argumento. Ele gostava de levar uma vida agradável e não compreendia por que todos os homens não podiam ter uma vida assim. Fechava a cara diante de livros de escrituração e contabilidade, suspirando repetidamente.

— Como é que chegamos a essa situação? — murmurou ele.

UM PILAR DE FERRO 587

— Devido à extravagância. Pela compra dos votos dos mendigos e dos indignos. Adulando a plebe. Pelos nossos esforços no sentido de elevar as nações indolentes ao padrão de Roma, nelas vertendo nossas riquezas. Pelas concessões imensas aos generais, para que pudessem ampliar suas legiões e suas honrarias. Pelas guerras. Acreditando que os nossos recursos eram inesgotáveis.

Antônio lembrou-se então de que tinha um compromisso na sua livraria favorita, onde estava à venda um pretenso manuscrito original de Aristóteles. Ele arrumou sua toga nívea e saiu depressa, deixando Cícero com os tristes destroços. Cícero compreendeu que o colega tivera a segunda maior votação graças à sua natureza afável e seu interesse e amor pelo povo romano. Porém Antônio, que nunca encarara os fatos, tinha de encará-los agora; e os fatos eram Górgonas terríveis a serem encaradas pelos idealistas. Tinham a mania de transformá-los em pedra ou expulsá-los apavorados, na esperança de um milagre.

— Dois e dois são quatro — disse Cícero, em voz alta — e isso é irrefutável. Mas os homens como o meu caro Antônio acreditam que por alguma taumaturgia, misteriosa e oculta, dois e dois podem chegar a fazer vinte.

Naturalmente, ele não estava presente naquela noite na bela vila de Antônio, quando Lúcio Sérgio Catilina foi visitar seu amigo patrício.

Capítulo LII

Antônio ficou encantado ao cumprimentar Catilina, a quem ele admirava pela beleza que nem a meia-idade apagara ou deformara, e porque, além de culto, Catilina era divertido, fazendo com que até uma frase depravada soasse leve e sofisticada. Catilina não estava empoeirado, cheio de livros de escrituração e de fatos. Ele se movia de forma majestosa e com uma pose natural e falava nos tons e palavras naturais a Antônio; e suas alusões lhe eram familiares. Além disso, ele podia ter certeza de que Catilina não falaria da necessidade de dinheiro — os patrícios desdenhavam o dinheiro — ao contrário de Cícero, que estava sempre tratando desse assunto sórdido. Antônio preparou-se para passar uma noite agradável. Eles foram sentar-se juntos na biblioteca de Antônio — ele, afinal, não comprara o manuscrito de Aristóteles, tendo descoberto que era uma falsificação —, beberam vinho e comeram frutas e doces, falando sobre o frio do inverno, e pilheriaram e se riram, comentando as notícias da cidade. Aquilo foi um grande alívio para

Antônio, que gostava de pensar que a vida seria muito feliz se os homens deixassem de ser carrancudos, apontando para os livros com dedos manchados de tinta e falando sobre a economia, assunto extremamente desanimador.

Foi só depois de algum tempo que Antônio notou a fixidez terrível e a luz viva nos belos olhos de Catilina e que todo o poder de sua personalidade começara a centralizar-se sobre ele. Catilina estava estranhamente pálido; a boca tinha um tom azulado; suas narinas estavam brancas e dilatadas de tensão. Antônio, sempre solícito, disse:

— Você está passando bem, Lúcio?

— Bastante bem — disse Catilina. — Não pense que estou sofrendo por não ter conseguido ser cônsul de Roma. — Ele fez uma pausa. — E o que acha do nosso sebento Cícero, o Ervilhaca, o Grão-de-bico, o homem enfadonho que morde cada moeda que gasta, seja sua ou do Tesouro?

A voz dele estava tão cheia de ódio e maldade que Antônio ficou perturbado. Sabia que Catilina "não gostava" de Cícero, desprezando-o por ser um "homem novo", e que desejara ardentemente ser eleito cônsul a despeito da oposição (estranha para Antônio) daqueles que ele acreditava serem seus amigos. Mas um ódio frio e violento era estranho à natureza do colega de Cícero e ele não o podia compreender. Sorriu, sem jeito.

— Cícero é um homem muito realista — retrucou ele. — Fiquei muito chocado ao ver como o nosso Tesouro está insolvente e como é melindrosa a nossa situação. Digo sempre a Marco que as coisas vão melhorar e que nossa nação no fundo é sólida e rica. Ele, porém, não é tão otimista.

— O Ervilhaca é um plebeu — disse Catilina, sua bela voz dura como o ferro. — Certamente você já deve ter percebido isso por si. Ele destruirá Roma, pois não sabe nada sobre o seu espírito e vitalidade, os tempos mutáveis em que vivemos e as oportunidades que estão sempre aparecendo para o homem inteligente. Gostaria que regressássemos aos dias parcos e de pés descalços de Cincinato e, como Cincinato, nos curvássemos no arado, esquecendo-nos de que somos hoje uma nação civilizada, complexa e poderosa, cercada de miríades de problemas que não podem ser resolvidos com medidas triviais.

Antônio ficou ainda mais constrangido.

— Não obstante — murmurou ele — existem problemas. Eu mesmo os vi.

— Nada que não se possa resolver — disse Catilina. De repente, ele se levantou e fechou a porta de bronze da biblioteca. Tornou a encher seu cálice de vinho e depois ficou ali calado, olhando para o vinho, as pernas

UM PILAR DE FERRO

bem-feitas e fortes afastadas, as mãos, o pescoço, pulsos e braços cintilando de jóias, os cabelos ruivos escuros pontilhados de cinza. Parecia uma estátua reluzente, enquanto meditava.

— Você não é nenhum tolo — disse ele, de súbito, a Antônio —, embora se recuse a admitir os fatos. Tenho um meio de salvar Roma. Um meio heróico, o meio de homens valorosos, o meio de patrícios, o meio do homem que conhece a sua terra e o povo que nela habita, como o Grão-de-bico não os conhece.

Ele voltou os olhos ardentes para Antônio, que o fitava.

— Você é valoroso, Antônio? É valente, viril, aristocrático? Eu o conheço desde nossa infância e creio que seja. Está me ouvindo? O Ervilhaca tem razão numa coisa: Roma está prestes a ser destruída.

Antônio endireitou-se em sua cadeira de ébano gravado como se tivesse levado uma bofetada. Seus olhos castanho-claros se fixaram sobre os olhos de Catilina e pareceu-lhe que estava olhando para um relâmpago azul.

— Eu disse que Roma está prestes a ser destruída — repetiu Catilina.

Antônio não podia acreditar no que ouvia. A luz morna do lampião sobre as mesas de teca e limoeiro tremeluzia numa leve corrente de ar. As cores dos tapetes persas fundiam-se umas nas outras. O braseiro estava quente com carvões rubros. Os livros brilhavam nas estantes, as estatuetas estavam iluminadas e havia um perfume de rosas no ar. Antônio lançou um olhar fascinado em volta de si, sem acreditar no que ouvira. Depois, virou-se novamente para Catilina, de pé, lançando-lhe um sorriso súplice, que pedia ao outro para retirar suas palavras terríveis.

— É verdade que o Tesouro está quase vazio — disse ele. — Mas certamente pode ser restaurado, se dermos a isso uma consideração prolongada e séria.

— Não me refiro ao Tesouro — disse Catilina. — Refiro-me a uma parte do próprio povo romano, que destruirá Roma amanhã.

— Esses de quem Cícero tem falado, o populacho que não quer trabalhar e que depende de propinas, favores e dádivas do governo?

— Ah, então o Ervilhaca continua a odiar o povo, é? Não tem compaixão pelos pobres e miseráveis, os desabrigados, os doentes, os explorados, os infelizes, os coitados que vivem na miséria e desespero sem culpa alguma?

Catilina sabia que Antônio era idealista. E era para o idealista que ele falava, conquanto o detestasse em seu coração violento.

— Não creio que Cícero seja inclemente e deteste o povo — disse Antônio. — Ele quer apenas restringir ou anular leis que encorajem a vadiagem e a mendicância e uma facilidade de vida infundada, à custa dos contribuintes. Quer aliviar o fardo dos trabalhadores e empreendedores, que têm orgulho. — Antônio fez uma pausa. — Eu sei, Lúcio, que seu coração sempre se enterneceu com as massas e que você tem sempre desejado aliviar-lhes os sofrimentos; e isso me fez respeitá-lo. Mas existem as multidões que não têm honra, nem orgulho, nem patriotismo... — Ele estava abismado diante das próprias palavras.

Catilina sentou-se e, mais uma vez, fitou-o com seus olhos terríveis.

— Estou vendo que o Ervilhaca já o corrompeu, meu amigo.

Antônio balançou a cabeça, confuso.

— Não. Não. É verdade que Cícero sempre fala sobre isso, mas nunca me impressionou com tanta clareza.

Catilina naquele momento passou não só a desprezar o amigo, como também a odiá-lo. Mas ele falou baixo e com delicadeza, com sua voz musical, como quem fala a uma pessoa muito querida.

— Você não me entendeu, *carissime*. Aqueles que desejam destruir Roma são os "homens novos", os vulgares comerciantes, banqueiros, homens de negócio, fabricantes, corretores e todos os seus companheiros repugnantes, que exploram o povo indefeso e roubam os seus empregados. Estão instigados a uma conspiração contra a nossa pátria pelos senadores avarentos, e até alguns de nossa própria classe, que amam mais o dinheiro do que a nação. Eu os conheço bem. Conheço César, Crasso, Clódio e Pompeu, que são ambiciosos não por Roma, mas pelo saque e poder. E qual será o fim? O caos, a infâmia. A destruição. A decadência. A queda de Roma. É inevitável, a não ser que atinjamos seus corações e os arranquemos de suas posições de poder e restauremos a república novamente, em todo o seu orgulho, força e virtude.

Ele esperou um pouco e depois continuou:

— Conhece Mânlio?

Catilina tinha noção do magnetismo de sua voz e da força tremenda do seu encanto. Viu que Antônio o fitava bastante transtornado e pensou consigo mesmo que o outro fora seduzido como que por uma sereia. Não sabia que, para Antônio, suas palavras e sua voz tinham soado como o trovejar de um terremoto, como se montanhas despencassem e o abismo apresentasse formas terríveis diante de seu olhar apavorado. Era como se o seu espírito tivesse sido despertado do sono por um raio da mão de Zeus e, à luz temível desse raio, ele contemplasse uma paisagem nunca vista.

Antônio fechou os olhos, pois é uma coisa terrível o idealista de repente ver o mundo como ele é e não o agradável jardim que ele acreditava que

Um Pilar de Ferro

fosse, povoado por homens de uma nobreza nata, homens de razão, homens que preferiam a bondade ao mal e homens civilizados que se interessam pela sorte de seus semelhantes, procurando sempre a justiça.

Tudo aquilo de que ouvira falar, sem acreditar, Catilina lhe devolveu em cem vozes fortes e enfáticas. E ele disse consigo: É verdade. É bem verdade.

Antônio retrucou, numa voz débil:

— Sim, conheço Mânlio.

— C. Mânlio — disse Catilina, com sua voz profunda, quente e vibrante — é um velho general, um dos heróis de Sila, um homem que deu tudo pela pátria e que é amado pelos veteranos das legiões. Mânlio pediu a Cícero que auxiliasse os velhos veteranos e aumentasse suas pensões miseráveis. Cícero recusou. Também, ele não é pessoalmente nenhum herói militar e sim um macilento homem da cidade, sem valor nem bravura. Nós todos não devemos tudo o que temos a velhos generais como Mânlio e seus legionários? Vamos abandoná-los e deixar que morram de fome, ou obrigá-los a se venderem como escravos a fim de poderem ser abrigados e alimentados? Isso é o que Cícero permitiria, Cícero, o traidor, que é muito ambicioso e ganancioso, conhecido por sua avareza.

Antônio fingiu estar comovido e muito inseguro. Disse então, obrigando-se a enfrentar aqueles olhos transtornados, fixos nele:

— Cícero tem sido bom para com os veteranos de muitas guerras, para com os incapacitados e os doentes, tendo generosamente aumentado suas pensões. Só deseja que os jovens e capazes se sustentem, a fim de que o país não vá à falência.

— Ah — exclamou Catilina, batendo no joelho forte com o punho enfeitado de jóias. — Ele mente! Posso dizer-lhe que neste momento há dezenas de milhares de veteranos desesperados, velhos, infelizes, sem terras, sem poder encontrar emprego por terem passado anos a serviço da pátria! Posso falar-lhe de suas lágrimas, seu desabrigo e suas imprecações amargas contra os que os abandonaram!

— Ah! — murmurou Antônio, em tom compadecido. — Não vi esses veteranos. Onde estão? Qual o seu lugar de reunião, para que eu possa dirigir-me a eles, inspirando-lhes esperança?

Catilina ficou calado, os punhos ainda sobre os joelhos. Seus olhos faiscavam como um fogo azul sobre Antônio, cuja expressão inocente era mais inocente do que nunca. Então Catilina, chegando à conclusão de que aquele tolo desinteressado falara sem maldade, respondeu:

— Estão com C. Mânlio, que lhes dá o que pode, na Etrúria, e o abrigo de que dispõe, embora tenha poucos recursos.

O coração de Antônio deu um salto. Lembrou-se de vagos boatos, a que não dera crédito, que diziam que o general C. Mânlio tinha reunido em torno de si milhares de mercenários descontentes, que se haviam alistado nas legiões pelo soldo e que esperavam em recompensa o saque e pequenas fortunas.

— Por que Mânlio não se apresenta a Cícero e ao Senado, solicitando ajuda para seus homens? — perguntou Antônio.

— E ele já não fez isso? — exclamou Catilina. — Não propôs, sob a nova lei agrária (*lex agraria*), entregar aos veteranos porções das terras públicas, para usufruto? Eu mesmo falei diante do Senado, como você pode estar lembrado, apoiando a reforma agrária. E quem se opôs à lei, fazendo com que os senadores e tribunos votassem contra? O seu colega superior: Cícero!

— Cícero opôs-se a ela não porque fosse contrário à distribuição de terras, mas porque ela dava poder demais ao governo — disse Antônio, lançando um olhar suplicante e indagador a Catilina, que estava muito exaltado. — Lembre-se do que ele disse:

"Ao estudar esta lei, verifico que não se pretende nada mais do que criar dez 'reis' que, sob o nome e o pretexto da lei agrária, tornam-se senhores de toda a república, dos reinos, das nações livres — em resumo, do mundo inteiro. Eu lhes asseguro, homens de Roma, que por meio dessa lei de reforma agrária capciosa e publicitária, nada lhes é dado, mas todas as coisas são concedidas a alguns indivíduos. Há um simulacro de se conceder terras ao povo romano e aos veteranos, quando, na verdade, eles estão sendo privados de sua liberdade. A fortuna de particulares é aumentada, bem como o seu poder, sob esta lei, mas a fortuna pública é reduzida. Em resumo, por meio do governo — o tribuno do povo, que foi destinado pelos nossos antepassados a ser protetor e guardião da liberdade — serão criados no estado pequenos reis sem restrições."*

Catilina lançou para trás sua cabeça magnífica e deu uma gargalhada, enquanto Antônio fingia olhar para ele, perturbado. Antônio acrescentou:

— Não só os veteranos deveriam receber as terras ricas, mas também a ralé de Roma, que queria, segundo Cícero, apenas saquear, explorar e revender por lucros fabulosos.

---

*Conforme relatado pelo historiador Salústio.

— Se isso é verdade, e não é, quem tem mais direito à terra do que os romanos, para a utilizarem como quiserem? Não trabalharam e lutaram por ela? Quem é esse Ervilhaca que ousa se opor à lei agrária, a qual concede ao povo aquilo a que ele tem direito, seus direitos civis?

Antônio sacudiu a cabeça, como que concordando com tristeza e muito preocupado, mas ainda na maior confusão. O coração batia em seu peito como um martelo e ele disse consigo mesmo: Por que nunca compreendi antes e nunca acreditei nos inimigos de minha pátria, sorrindo, incrédulo, quando Cícero falava deles?

— Vou-lhe dizer — exclamou Catilina. — Apenas por isso Cícero está correndo o risco de ser assassinado pelas mãos indignadas dos próprios cidadãos que o elegeram!

— Ah, não pode ser — disse Antônio. — Certamente o povo compreende sua oposição. Você se lembra que Cícero disse, ao opor-se à *lex agraria*, que os pequenos "reis" se cercariam de uma corte real e legal, a fim de aplicarem a lei, desse modo aterrorizando o populacho e revogando suas liberdades. Até mesmo o Senado, até mesmo aqueles que favoreciam a lei, riram-se muito quando Cícero mencionou a probabilidade ridícula de que Rulo poderia mandar convocar o general Pompeu, o Grande, para ficar de prontidão com seu poderio militar enquanto ele, Rulo, punha à venda as terras que o próprio Pompeu conquistara pela espada! Quando um direito civil, disse Cícero, invade os domínios dos direitos de todo o povo, então ele se torna um direito especial de uma classe especial.

Eu o estou convencendo a ir contra as suas próprias convicções tolas, pensou Catilina, exultando. É mais fácil convencer um homem bom e tolo do que convencer um patife, graças aos deuses. Catilina falou:

— Cícero se esquece de que o tempo corre, que uma nação está sempre diante de novas situações e mudanças e que o que era excelente para os nossos antepassados é hoje anacronismo.*

— Cícero disse — comentou Antônio, numa voz de súplica — que, embora as aparências mudem, a natureza do homem não muda. Portanto, o que era verdade ontem será verdade hoje e amanhã.

— Palavras de um verdadeiro plebeu! — disse Catilina. — Mas nós, patrícios, sabemos que não existe essa coisa de natureza humana imutável. Ela pode ser facilmente moldada e manipulada pelas leis. O

---

*De um discurso de Catilina diante do Senado.

romano de hoje não é o romano de ontem. O velho romano declarava que quem não trabalhasse não comeria. Mas nós, hoje em dia, temos mais consciência de nossos deveres públicos. E temos compaixão, não deixando morrer de fome um homem que não encontre emprego, ou que não goste do trabalho que lhe foi oferecido. Não é um direito do homem recusar um trabalho pelo qual não se interesse, ou se o salário for insuficiente?

Ontem, pensou o alarmado Antônio, eu teria concordado com todo o coração e entusiasmo! Ele disse:

— Então, as massas de Roma estão unidas aos mercenários... quero dizer, aos veteranos de Mânlio?

Mais uma vez Catilina examinou-o, para ver se descobria alguma falsidade, mas nada encontrou naquela fisionomia aberta e nos olhos brilhantes e ansiosos. Ele disse, sério e com ênfase:

— Sim, o povo de Roma está com os veteranos. Assim como os pobres gladiadores, os atores famintos e os intelectuais que amam o povo e se irritam com as injustiças que lhe são feitas; e os artistas, ensaístas e todos os que sentem alguma responsabilidade para com o bem comum, o que inclui muitos senadores, tribunos e os libertos a quem não se permite esquecer que um dia seus antepassados foram escravos e servos.

Catilina levantou-se e começou a andar de um lado para outro na biblioteca, como se acometido por uma agitação e um sofrimento insuportáveis e uma raiva nobre. Seu rosto modificou-se, tornando-se cheio de raiva e de emoção. Ele levantou o punho direito bem alto, brandindo-o com violência.

— O que posso fazer, eu que amo o povo e choro pelos seus males? A que deuses posso implorar?

Antônio disse, em tom de lamento, os ombros caídos e as mãos penduradas entre os joelhos:

— Sim, o que havemos de fazer?

Catilina parou de andar. Sentou-se numa cadeira e debruçou-se sobre o outro, falando numa voz abafada e ofegante:

— Você e eu, Antônio, deveríamos ser cônsules de Roma; você o primeiro cônsul e eu o seu colega. O Ervilhaca não venceu por direito. Venceu por astúcia e pela eloquência. É essa a maneira dos verdadeiros romanos? Nossas injustiças não serão reparadas?

Antônio assumiu um ar de imensa ansiedade.

— Você acha que eu deveria ser cônsul de Roma, Lúcio?

Catilina deu um sorriso sinistro.

UM PILAR DE FERRO

— Acho mesmo. E eu seu colega, em nome de Roma. — Ele parou, depois continuou: — Vamos raciocinar juntos. As situações desesperadoras exigem soluções desesperadoras.

Júlio César disse a Crasso, Clódio e Pompeu:

— Então, ele visitou Antônio esta noite, segundo os nossos espias, e saiu de lá em estado de euforia. Sem dúvida, irá imediatamente ter com Mânlio. Que tolo é esse Antônio! Será que Catilina lhe designou a tarefa de assassinar Cícero em público, em nome de Roma?

— Sem dúvida — disse Crasso, mastigando um figo, meditando e escutando a ventania do inverno do lado de fora de suas vidraças quentes. — Um homem estúpido pode ser levado a fazer qualquer coisa, especialmente se for emotivo. E as emoções de Antônio são bem conhecidas. Ele podia ser irmão dos Gracos.

— Devíamos ter suportado Catilina, muito embora a loucura dele nos repugne — disse Júlio. — Mas eu me cansei dele. Achei que até o povo haveria de perceber a loucura dele. Parece que me enganei.

— O político que promete pode sempre conseguir adeptos entusiastas — disse Clódio, cognominado Púlquer. — É verdade que Catilina é louco. Mas essa loucura mesma atrai a ralé irresponsável. Já não se disse que os homens são loucos, embora o homem seja racional? O que devemos fazer para proteger Cícero, esse orador de toga branca?

— Ele tem de ser protegido a todo custo — disse Júlio. — Catilina agora está pronto para soltar os seus criminosos sobre Roma. Vai agir sem nós. Até agora, nós o controlamos, mas não podemos mais fazê-lo. Graças ao nosso estúpido Antônio.

— Sugiro que Catilina seja assassinado — disse Clódio, displicentemente, tornando a encher seu cálice.

— Como? — perguntou Crasso. — Ele se cerca de guardas. Nunca dorme sem eles. Se ele for assassinado, ou se houver sequer um atentado contra a vida dele, a ralé se levantará contra nós e será o fim.

Júlio mexeu nos seus anéis.

— Estamos diante de um dilema desesperador. Se avisássemos Cícero, ele tornaria a falar em "conspirações". Se o vigiássemos, ele rejeitaria a guarda. Não confia em nós.

— Estranho — disse Pompeu.

Os amigos deram gargalhadas.

Aquele riso momentâneo foi um alívio, mas todos sabiam que teriam de agir imediatamente. No entanto, de que forma deveriam agir era um enigma. De um lado tinham Cícero, que não confiava neles. De outro lado tinham Catilina e o seu joguete, Antônio, que acreditaria em qualquer coisa, se lhe falassem, em períodos sonoros, da falsidade dos virtuosos.

No meio de suas discussões sérias e alarmadas, o supervisor de Crasso entrou na sala de jantar com a notícia de que um visitante encapuzado pedia para ser levado à presença de Crasso e falar com o ditador em particular. Crasso foi ao átrio, enquanto os convivas se entreolhavam e caíam num silêncio inquieto.

Quando Crasso apareceu no átrio cheio de colunas, com seus repuxos musicais, o visitante jogou para trás o capuz, revelando as feições pálidas e esculpidas de C. Antônio Híbrida. Crasso, que o conhecia desde que nascera, abraçou-o, exclamando:

— Meu caro e jovem amigo! Que prazer em vê-lo! Estou com convidados. Junte-se a nós.

Mas Antônio, que parecia estar muito agitado, agarrou o braço dele e disse:

— Quem são os convidados, Licínio?

Os olhos de Crasso pareciam uma centelha de granito sobre ele. Ele parou e depois disse, devagar:

— César, Clódio e Pompeu.

— Catilina não?

— Catilina não.

— Pensei que você não se desse mais com Pompeu, Licínio.

Crasso sorriu, mas seus olhos permaneceram fixos sobre o outro.

— Uma disputa insignificante, Antônio, que já passou. Em que isso lhe interessa?

Antônio, porém, pareceu ficar ainda mais agitado.

— Há muito tempo, Licínio, ouvi dizer que você, César, Catilina, Pompeu, Clódio, Cúrio, Piso, Sítio Nucérimo e muitos outros tinham feito uma conspiração para assassinar Cícero, e depois apoderar-se do poder e de Roma, declarando-se governantes do mundo. Isso foi quando Cícero era pretor de Roma. Licínio! Declare que o boato era falso!

Crasso colocou a mão sobre os dedos que lhe apertavam o braço. Ergueu as sobrancelhas marcadas.

— Não sei dessa conspiração, meu amigo. Foi Cícero quem lhe informou sobre essa calúnia ridícula?

— Então, não é verdade? — Os simpáticos olhos castanhos, agora com uma expressão tensa e aflita, olharam dentro da escuridão cinza dos olhos do amigo do pai dele.

— Não é verdade — disse Crasso, com uma ênfase lenta. — Cícero levou a sério essa calúnia?

Antônio suspirou profundamente e deixou cair a mão.

— Rezo aos deuses para que você não me esteja enganando, Licínio, pois Roma inteira depende da possibilidade de que você esteja falando a verdade.

Crasso falou com calma, mas o lampejo de granito estava mais fundo em suas órbitas.

— Pode estar certo de que estou falando a verdade, Antônio. O que você tem a me dizer?

Mas Antônio hesitou e sua palidez foi tingida de um rubor súbito nas faces.

— Você sabe que nunca fui amigo dos boatos e que sempre acreditei no que havia de bom sobre meus semelhantes. Nunca dei crédito à existência de vilões, salvo nos mitos e nas histórias. Preferia pensar bem dos outros. Não sou excitável, Licínio, nem dado a fantasias, ou alarmes femininos, nem vejo inimigos onde só há sombras. Não obstante, esta noite me contaram uma coisa estranha... estranha... — Ele balbuciou e calou-se.

Crasso conservou a calma.

— Que coisa estranha, caro amigo?

Antônio corou mais ainda, como se estivesse ao mesmo tempo envergonhado e constrangido.

— Não se ria, Licínio. Mas, pensando bem, eu preferiria que você risse e me tranqüilizasse logo. — Mais uma vez se calou. De repente, Crasso pegou no braço dele.

— É Catilina, não é?

A voz dele penetrou como uma espada no rosto de Antônio, que empalideceu de novo, ficando mais branco do que antes.

— Sim, é Catilina. Mas como foi possível que você soubesse?

Crasso levou-o do átrio.

— O que você tem a dizer tem de ser dito diante de César, Pompeu e Clódio. Estávamos falando sobre Catilina antes de você chegar.

— Deuses! — exclamou Antônio, em desespero, tentando recuar, mas preso pela mão dura que lhe segurava o braço. — Então, não me assustei à toa! O seu rosto, Licínio, seu rosto...

Crasso levou-o para a sala de jantar, onde três rostos se voltaram para eles, da mesa; mas ninguém falou nem se levantou. Crasso empurrou Antônio para a frente e depois fechou e trancou as grandes portas de bronze. Sua respiração estava ofegante e acelerada naquele silêncio. Mas, em um momento, ele se recuperou e conseguiu falar com voz controlada.

— O nosso amigo, Antônio Híbrida, colega de Cícero, tem um assunto a nos confiar. Vamos ouvi-lo com a maior atenção.

Antônio olhou de um para outro, com muito medo. Procurou sorrir. Conseguiu até lamentar, por um instante, o fato de que o plebeu Pompeu, o Grande, que não era patrício, estivesse presente para ouvir o que ele tinha a dizer sobre um patrício, Lúcio Sérgio Catilina. Crasso estava de pé ao lado dele. Tinha medo de que Antônio desmaiasse e disse a Júlio:

— Dê um pouco de vinho a Antônio.

Júlio levantou-se e encheu um cálice e o levou, segurando-o com as duas mãos, ao colega de Cícero. E ele mesmo levou o recipiente aos lábios pálidos do outro. Antônio fechou os olhos e bebeu. Depois, abriu-os e olhou para César, César que sempre tinha um gracejo e talvez agora dissesse alguma coisa, só para lhe dar ânimo, diminuir o seu medo e suavizar um pouco a sua dor. Mas César o fitava com seriedade e os olhos brincalhões estavam brilhantes e imperiosos como pontas de punhais.

— Fale, Antônio — disse Crasso, autoritário.

Antônio umedeceu os lábios. Mais uma vez, olhou de um para outro, do rosto pétreo de Crasso aos olhos de César, da fisionomia larga e impassível de Pompeu à cara severa do jovem Clódio. Tentou falar, mas não conseguiu. Tentou de novo. Tinha noção do silêncio imenso na magnífica sala e do cheiro de alimentos e de vinho. Depois, com grande esforço, gaguejou:

— É... é Catilina. Foi procurar-me hoje à noite. Saiu de minha casa há coisa de uma hora, com uma história estranha e uma solicitação ainda mais estranha. É inacreditável. — Ele parou e virou-se para Crasso, que disse:

— Nada é inacreditável, tratando-se de Catilina. Fale, Antônio.

Assim, numa voz trêmula e olhos que imploravam o riso incrédulo, Antônio contou sua história aos quatro homens que não tiravam os olhos de seu rosto, sem pronunciar uma palavra, não fazendo qualquer gesto, nem mesmo para se mexerem em seus lugares.

— É uma história louca — concluiu Antônio. — Só posso acreditar, e esperar, que Catilina estivesse bêbado, esta noite.

Os três homens, César, Clódio e Pompeu, porém, não disseram nada. Limitaram-se a olhar para Crasso. Mas Antônio disse:

— Vocês têm de me garantir que essa história absurda não só é incrível, mas que Catilina ficou louco.

Crasso conduziu-o delicadamente a uma cadeira. Depois inclinou-se sobre ele, dizendo:

UM PILAR DE FERRO

— É verdade que Catilina é um louco. Mas a história que ele lhe contou é verdadeira. Não lhe contou tudo, meu pobre Antônio. Disse que tem a seu lado os homens de bom coração de Roma, muitos senadores e patrícios, que choram por Roma e sua multidão de desesperados. Eles não têm bom coração, embora sejam realmente senadores e patrícios: são traidores da pátria. Catilina prometeu-lhes o perdão das dívidas, dívidas essas que contraíram por esbanjamento e exageros, ou pela ruína financeira das famílias.

"Eles têm a seu lado, conforme declarou, os mercenários de Roma, que não se satisfizeram com o produto do saque que lhes foi permitido e clamam por mais. Poucos são verdadeiros romanos, sendo muitos da Etrúria, de famílias pobres, amargurados pelo destino e procurando vingar-se dos deuses e dos homens. Entre os que são romanos verdadeiros, há os veteranos de Sila, que já gastaram as verbas que lhes foram generosamente concedidas e esperavam viver o resto da vida no lazer, à custa do povo. Catilina lhe disse que são 'veteranos injustiçados e patriotas'. Ele mentiu.

"Quando ele quis comover o seu coração bondoso com a história das 'multidões oprimidas' de Roma, contou-lhe de fato quem são elas? Não! Em sua grande maioria são asiáticos e outros de uma dúzia de outras nações, criminosos, aventureiros, gladiadores, pugilistas, piratas, bandidos, a escória de todas as sarjetas do mundo, que vieram a Roma na esperança da pilhagem e de uma fortuna fácil, ou por terem sido perseguidos em suas terras, procurando abrigo dentro desses muros. São cães e porcos inomináveis, mendigos e esmoleres, ladrões e doentes, e muitos são escravos fugidos ou libertos vis.

"Depois há em nossa própria classe aqueles que não se contentam com as honrarias de seu berço e situação, e seu dinheiro, e que anseiam por poder e império. Estes também apóiam Catilina, que prometeu satisfazer-lhes os sonhos. Sabemos os nomes deles; podemos controlá-los. Mas eu lhe digo, Antônio, que não podemos controlar os outros!"

Antônio levantou as mãos e depois deixou-as cair, desanimado.

— Vocês sabiam disso e não fizeram nada?

— Sabíamos. — Crasso lançou, por sobre o ombro, seu olhar faiscante aos três homens calados, ainda sentados à mesa. — Mas há muito tempo que temos tido pouco contato com Catilina, pois sabíamos que ele está louco e temíamos sua loucura, embora não subestimássemos o seu poder tremendo sobre esses de quem falei. Tínhamos esperanças de que ele tivesse perdido os adeptos, que sua loucura cada vez mais acentuada os impressionasse. Devíamos ter mandado assassiná-lo discretamente.

Antônio olhou para ele, apavorado.

600   *Taylor Caldwell*

— Assassinado? Você, Crasso, o triúnviro de Roma, um homem da lei? Você fala de um assassinato com essa calma?

Júlio César foi obrigado, mesmo naquele momento, a pôr a mão na boca para controlar um desejo repentino de rir daquele homem sério que não acreditara nos boatos de Roma, os quais nem sequer se aproximavam da virulência dos limites da verdade. O rosto largo de Pompeu não exprimia nada. Clódio apertou os lábios para esconder um sorriso cínico.

— Será errado matar um traidor, um louco, um homem que destruiria a sua pátria?

— Meu caro Licínio — disse Antônio, a voz falhando —, é errado fazer a justiça por suas próprias mãos. Isso você sabe, com certeza.

— É verdade — disse Crasso, com a maior seriedade. — Mas estamos num período desesperador, embora você não pareça ter tomado conhecimento disso, meu caro amigo. Estamos em estado de guerra. Já procrastinamos demais. Sim, sabíamos de Catilina e suas tramas diabólicas. Mas havia uma coisa que ignorávamos: quando ele agiria. Você agora nos disse e, por isso, Roma inteira renderá homenagem e venerará para sempre o seu nome.

"Você me perguntou por que ele foi procurá-lo, você, que é colega de Cícero. No coração dele, negro e transtornado, ele achava que, como você foi o segundo mais votado, depois de Cícero, deveria estar ressentido e frustrado em sua ambição, assim como ele está. Quem não desejaria ser cônsul de Roma, o mais alto cargo deste país? Portanto, raciocinou Catilina, você devia estar perdendo noites de sono, de tanta raiva. Você é patrício, como ele. Ele achava que esse Cícero fosse algo que você não pudesse suportar. E depois... — então Crasso parou, propositadamente, e prendeu a atenção de Antônio com o poder de seus olhos inteligentes — Catilina pensou que você fosse um homem que ele pudesse iludir com promessas de torná-lo cônsul de Roma. Pensou que você fosse vil como ele.

Antônio, de repente, cobrira o rosto com as mãos, como que para se isolar do que não suportava ver. Crasso lançou outro olhar aos três homens calados na mesa e sua boca dura sofreu um ligeiro espasmo. Ele continuou:

— Você nos contou dessa trama dele contra a vida de Cícero, pois para Catilina é necessário, por muitos motivos, que Cícero morra. Vou repetir isso, conforme você contou, para que não nos enganemos em nada. Numa certa noite, na semana que vem, você deve mandar uma mensagem a Cícero, pelo seu liberto, Sólus, à meia-noite, pedindo que Cícero fale com você imediatamente, sobre um assunto da maior importância. Você é amigo e

UM PILAR DE FERRO

colega de Cícero e o estima muito. Ele confiaria em você e lhe concederia uma entrevista imediatamente, a qualquer hora que fosse.

"Como Cícero é cônsul de Roma, tem guardas que o protegem. Porém, ao receber o seu pedido urgente de uma audiência, mesmo à meia-noite, ele informaria aos soldados que você era esperado e que não lhe impedissem a entrada. Como as ruas àquela hora são sempre perigosas, você, naturalmente, iria com uma escolta de seus próprios libertos, ou escravos de confiança, de manto e capuz, e eles entrariam com você. Mas, na realidade, seriam Catilina e vários amigos dele. Uma vez em presença de Cícero, todos cairiam sobre ele, de uma só vez, matando-o. "Crasso olhou para o infeliz sentado diante de si e então sorriu plenamente, num misto de desprezo e piedade.

— Você já pensou em uma coisa, Antônio? Os soldados e seu capitão teriam sido informados de sua chegada e o teriam admitido com os conspiradores. Também o teriam reconhecido, pois o conhecem bem. Catilina, então, teria permitido que você vivesse, para traí-lo? Não. Você teria morrido um instante depois que Cícero morresse.

Antônio deixou cair as mãos. Olhou para o rosto de Crasso, mudo, e Crasso pensou: Será possível que nem mesmo essa idéia tenha ocorrido a essa mente crédula?

Crasso disse:

— A infâmia dele é de tal modo monstruosa que ele pode subestimá-lo. Felizmente para Roma, para Cícero e para você mesmo, você não é o homem que Catilina julgava que fosse.

— Mas o que podemos fazer? — exclamou Antônio, numa voz desanimada.

— Muita coisa — disse Crasso. — Podemos procurar Cícero imediatamente, mesmo que ele já se tenha recolhido, para contar a ele da proximidade do desastre e do caos. Mas o perigo ainda não passou! Há muito tempo sabemos que esse louco, essa criatura estarrecedora, pretende governar Roma sozinho! Por quê? Por perversidade, pelo negro espírito de destruição que vive em seu coração desumano.

— Não! — exclamou Antônio. — Não é possível acreditar nisso, nem mesmo de Catilina!

— Você tem de crer nisso — disse Crasso, com severidade. — Pois é verdade. Já lhe disse, Antônio, que estávamos iludidos ao pensar que ele não mais representava ameaça a Roma, ou pelo menos que não era uma ameaça tão grande quanto hoje sabemos que é, graças a você. Cícero, o ilustre e honrado, o querido de Roma, tem de saber de toda a trama contra ele e a nação. Ele há de despertar o povo, até mesmo os mais apáticos, levando-os não só à indignação, mas ao horror e vingança, e a esmagar o perigo que nos ameaça a todos. Todos há muito tempo vêm ouvindo os boatos sobre Catilina e suas turbas horrendas; a apreensão os tem abalado com freqüência. Mas não o suficiente! Ouviram falar da dissensão na Etrúria e de Mânlio, aquele militar velho e grosseiro. Ouviram falar da cobiça dos criminosos e da traição de muitos dos patrícios. Tudo isso, de tempos em tempos, tem passado sobre a consciência deles como um vago vento negro. Mas não o suficiente! É chegada a hora de se denunciar Catilina, expondo-o como ele realmente é. E Cícero é o único homem que o pode fazer.

Capítulo LIII

Cícero, Antônio, César, Crasso, Pompeu e Clódio estavam sentados na fria biblioteca de Cícero, bem depois da meia-noite. Ao lado do irmão estava Quinto, o militar, que Cícero chamara às pressas. Cícero pusera um roupão de lã vermelha sobre seus trajes de dormir, uma roupa simples, presa apenas por um cinturão de couro. Os pés estavam calçados em botinas forradas de pele. Ele olhou para os visitantes por muito tempo, num silêncio total, depois que Antônio terminara de falar, e depois de César e Crasso terem feito seus comentários sinistros.

Antônio, o patrício, estimava Cícero, apesar de ser este um "homem novo" de uma família nada ilustre, exceto pelos Hélvios do lado materno. Cícero, da classe desdenhada pelos aristocratas, a classe dos comerciantes, fabricantes, profissionais, donos de lojas, corretores, mercadores e ricos fazendeiros. Antônio tinha grande admiração por Cícero, o famoso advogado e orador e agora cônsul de Roma, mas raramente o convidara à sua casa. Não devia alguma coisa ao seu nome? Mas, enquanto examinava Cícero, Antônio teve de confessar intimamente, com certo assombro, que ele tinha a nobreza e a reserva do patrício. Os cabelos espessos e ondulados estavam bastante grisalhos; o rosto fino era fechado e sério; as mãos magras e longas estavam dobradas, levemente pousadas sobre os joelhos. Os olhos mutáveis examinavam os homens, um após outro, indo depois pousar em Antônio. Mas ele continuava calado. Estava pensando e seus pensamentos eram amargos. Seus olhos começaram a brilhar com uma luz amarela e fria. Por fim, ele falou, somente a Antônio:

— Sou cônsul de Roma, Antônio, e você é meu colega. Somos considerados os homens mais poderosos de nossa terra. Estamos enganados!

UM PILAR DE FERRO

Crasso e César são os mais poderosos, os mais fortes. Ao lado deles, somos criancinhas na presença de Titãs inclementes! Você falou em Catilina com medo e pavor. O seu medo e pavor são justificados. Mas quem fez de Catilina uma ameaça tão terrível contra Roma? Esses homens que estão ao seu lado.

Ele, então, olhou para César e disse:

— O tigre que passeava em seus jardins está agora dentro de sua casa, Júlio. — Novamente ele se virou para Antônio, que estava perplexo e chocado diante de suas palavras. — Antônio, esse homens, que se dizem nossos amigos, sempre viveram conspirando contra a nossa pátria, em prol de seu poder pessoal. Veja os rostos deles! Estão cheios de desprezo e raiva contra mim. Mas sabem que estou dizendo a verdade. Não vieram com você hoje por temerem pela pátria, ou por mim. Vieram porque agora temem por si; o louco que encorajaram para seus próprios fins está prestes a destruí-los, bem como ao governo, à cidade, a nós. Pensavam que o tinham prendido na corrente, mas ele se libertou; ronda e vagueia pelas ruas e suas sombras rubras caem sobre todos os muros. "Homens iníquos e imorais!" — Os olhos de Cícero lampejavam sobre os outros. — Vejam a que reduziram Roma, a ponto de Catilina, com seus malfeitores, gladiadores, pervertidos e turbas, libertos, criminosos, ladrões, assassinos, mercenários e dissidentes, ser hoje mais forte do que vocês! Roma nunca enfrentou um momento tão desesperador. Chamei Catilina de traidor, mas vocês também são traidores, a tudo o que fundou a nossa pátria. São traidores dos princípios e da honra, da boa vontade e do valor, da coragem e da virtude. Se Catilina hoje está diante do tribunal de Roma, como inimigo, vocês também estão com ele.

Antônio olhou para ele, novamente apavorado.

— Pobre Antônio — disse Cícero. — Pode ser que a sua força moral tenha salvo Roma... por algum tempo. Nação alguma jamais conseguiu recuar plenamente de um abismo desses, em toda a história do mundo.

Ele olhou para Pompeu, que lhe salvara a vida antes. Ao ver o rosto largo e calmo, por um instante a sua própria fisionomia se abrandou. Depois, tornou a ficar sombria.

— Não tem nada a dizer, você, poderoso Crasso, ditador de Roma, ou você, o forte César, ou você, Clódio, o conspirador?

— Nós o escutamos porque somos pacientes e tolerantes, Marco — disse Júlio, que agora sorria vagamente. — Você sempre teve a mania das "conspirações". Torno a dizer que nada sabemos de "conspirações", salvo a que nos foi revelada por Antônio, de que apenas vagamente suspeitávamos, mas que não acreditávamos constituir uma ameaça verdadeira. Mas não contávamos com o poder de Catilina, que não vemos há muito tempo e a quem desprezamos, como você o despreza. Acabemos com essas recriminações e acusações tolas. Temos de trabalhar juntos para deter Catilina.

— Mentiroso — disse Cícero. — Você sempre foi mentiroso, Júlio.

— Suas opiniões, nobre Cícero, a respeito de César não interessam — disse Crasso. — Eu, ditador de Roma, vim procurá-lo esta noite porque você é cônsul de Roma e a nação inteira está correndo perigo. Não vou enaltecer suas acusações, discutindo-as com você. Catilina está prestes a marchar sobre Roma com suas turbas monstruosas; ele há de incendiar a cidade, por perversidade e ódio de tudo o que é vivo. Vamos pensar juntos. Não ousamos prendê-lo publicamente. Ele vai convocar seus adeptos para assaltarem Roma numa destruição total. O que faremos, então?

Cícero foi até a mesa e começou a escrever depressa com sua pena. Depois, jogou areia sobre a tinta, derreteu a cera na vela alta sobre a mesa e pôs seu timbre sobre o papel. Com um olhar chamou o irmão, quieto mais temível, e lhe deu o papel.

— Procure Catilina nas próximas horas, Quinto — disse ele. — Diga que eu o convoquei comparecer diante de mim e do Senado imediatamente, para responder a acusações de traição contra Roma.

Júlio sorriu, bem como Crasso e Clódio. Pompeu ficou olhando para o chão. Antônio disse:

— Não tem medo dele, Marco?

— Não — disse Cícero. — Nunca tive. Nunca temi nenhum desses que estão aqui. Suspeitei muito deles nestes últimos anos, mas não tinha prova alguma, só conjeturas e a minha intuição. César, o Grande Pontífice! Crasso, ditador de Roma e o homem mais rico e poderoso do país! E outros, muitos outros. Sim, eu sabia o que cobiçavam. Não pretendem ceder, nem mesmo agora. Desejam apenas que seja destruído seu companheiro de conspiração, que escapou do controle deles. — Ele lhes fez uma mesura irônica de sua cadeira; seus olhos brilhavam de repugnância. — Senhores de Roma, nós que estamos prestes a morrer detestamos a vossa traição!

Cícero agira sabiamente. Sabia que Catilina, que o odiava e desprezava, haveria de rir da convocação e apareceria, conforme determinado, perante o Senado, seguro, em seu poder imaginário, de que ninguém ousaria provocar uma violência declarada. Ele apareceria, arrogante, para denunciar o "homem novo" Cícero e exibi-lo ao escárnio público diante dos patrícios do Senado, muitos dos quais eram seus companheiros de conspiração. Ele

UM PILAR DE FERRO

próprio falaria em sua voz musical e lânguida, elegante e poderosa, e Cícero seria banido para sempre pelo grande riso de que seria alvo.

Catilina, tendo recebido a convocação pouco antes do amanhecer, riuse, deliciado. Chegara a sua hora. Antes do pôr-do-sol Cícero seria exilado, desterrado vergonhosamente da cidade. Catilina só lastimava uma coisa: agora não teria a oportunidade de incendiar Roma até o chão, como queria.

Assim, vestindo com uma toga vermelha debruada de ouro e um lindo manto da pele mais branca e macia, Catilina deitou-se em sua liteira e mandou que os escravos o levassem à sala do Senado. Estava com um colar de pedrarias, à moda egípcia; suas pulseiras reluziam de pedras e suas pernas estavam envoltas em tecido vermelho, os pés calçados de botas de pele; levava do lado a terrível espada curta de Roma, pois era militar. Como sempre, parecia um deus radioso, em seu esplendor físico natural e em sua dignidade e orgulho. Estava controlado. Só os olhos intensamente azuis mostravam a perturbação e o mal de sua alma, pois pareciam estar em fogo.

O sol dourado e gelado acabara de tocar nos telhados mais altos da cidade turbulenta quando Catilina saiu; embaixo, tudo era um crepúsculo arroxeado sob os arcos e pilastras e as ruas pedregosas estavam escuras de neve derretida e poças d'água. Catilina esperava uma audição sossegada diante do Senado, que ele em breve deixaria em convulsões de riso. Portanto, não convidara nenhum dos seus íntimos para o acontecimento. O general Mânlio não compareceu, nem qualquer dos líderes sinistros que eram os servos dedicados de Catilina.

— A própria ausência de meus adeptos tornará ridículas as acusações de Cícero, sejam quais forem — dissera Catilina a todos.

A pressa da convocação garantia a Catilina que apenas uma parte dos senadores se faria presente e nesse quórum estariam vários de seus amigos secretos. O povo em massa não estaria presente. Seria tudo muito circunspecto, salvo pelo riso aristocrático daqueles que ouviriam Cícero com incredulidade, ressentindo-se de suas acusações contra um patrício, como eles. Ele, Catilina, se mostraria desdenhosa e displicentemente surpreendido por ter sido convocado — e com base em quê? Catilina sabia que, havia muitos e muitos anos, Cícero o mandara vigiar, esperando que ele tropeçasse, que se traísse. Mas ele fora muito cuidadoso, ou pelo menos os seus adeptos haviam tido a esperteza de não só reconhecer os espias de Cícero, desarmando-os com uma aparência inocente, mas também de relatar as atividades do rival ao seu senhor. Não havia possibilidade de Cícero conhecer todas as ramificações da conspiração contra Roma. Nem por um instante Catilina desconfiou de Antônio Híbrida, patrício também, que ele procurara baseando-se na herança comum e a quem ele convencera a se apoderar do governo em certa noite da semana seguinte.

Quanto a Crasso, César, Pompeu, Clódio e os seus amigos, Catilina tinha agora a maior aversão e um desprezo imenso por eles, achando-os homens pusilânimes, tímidos demais para agirem por si, se bem que já fossem de meia-idade e Crasso estivesse velho. Suspeitar de uma traição era impossível e Catilina nem por um momento pensou nisso. Ele sabia que os outros o temiam; achava que não gostavam de Cícero e o odiavam, já tendo-os visto rirem-se dele muitas vezes. Sabia bem que haviam apoiado Cícero em segredo, embora muito antes tivessem prometido a Catilina seu apoio. Covardes vacilantes e prudentes! Não tardaria muito e eles morreriam, por ordem de Catilina, assim como Cícero. Mas, antes disso, Cícero deveria ser banido pelo escárnio do Senado e por ordem deste, pois sua permanência em Roma como cônsul seria um constrangimento para toda a nação.

Absorto em seus pensamentos felizes, vingativos e alucinados, Catilina não ouvia nada, no conforto aquecido da liteira, salvo as batidas tumultuadas de seu coração. Se havia barulho de passos apressados, eram ruídos e uma pressa conhecida de seus ouvidos, de modo que ele não se alterou. Depois, a liteira parou de repente e não se mexeu mais. Ele esperou, refletindo. Após concluída a audiência, deveria ele iniciar um processo por calúnia contra Cícero, desse modo refazendo suas finanças? Era um assunto a considerar e o entusiasmo de Catilina aumentou. Grão-de-bico! O caipira que ainda tinha chèiro de esterco, feno e chiqueiro! Já esperei muito, pensou Catilina, cerrando os punhos cheios de jóias, mas não perdi o apetite!

Então, de repente, ele percebeu que a liteira não se movia há muito tempo. Impaciente, afastou as pesadas cortinas de lã e olhou para fora. Ficou abismado. A Vila Sacra estava repleta de soldados alinhados, ombro a ombro, escudo a escudo, espada a espada, uma legião inteira. E atrás deles havia uma multidão de homens, agasalhados contra o vento do inverno, os perfis tensos voltados para o Fórum e o Senado. O barulho de sua passagem parecia o ruído de um rio no tumulto da primavera, embora não passasse do correr dos pés deles. Por algum motivo inexplicável, não estavam gritando, pilheriando, clamando ou conversando como de costume. Serpeavam pelas pilastras brancas reluzentes, correndo pelos pórticos e pelas vastas escadarias, penetrando pelo Fórum numa onda de cor e mudo tumulto. Catilina notou seus olhos faiscantes, empolgados e ansiosos. Pareciam lobos silenciosos, seguindo de perto o rastro da presa, e ele viu-lhes os dentes de repente à mostra, nítidos e afiados ao sol nascente.

Ele, então, reconheceu a legião. Era a legião de Quinto Túlio Cícero, Quinto, cuja vida ele salvara havia anos, Quinto, o irmão de Cícero. Os legionários usavam túnicas, perneiras e capas vermelhas, adornos de couro marrom e elmos reluzentes de cristas também vermelhas. Ele notou que seguravam as flâmulas ao alto, as bandeiras de sua legião. Viu as fasces, os lictores e as espadas desembainhadas. Estavam de pé, imóveis, olhando para a frente, aparentemente sem nada verem, ignorando as multidões imensas que se despejavam à sua retaguarda.

A mão de Catilina deixou cair a cortina da liteira. Ele rocostou-se nas almofadas. Pela primeira vez, ficou cheio de medo, inquietação e pressentimentos. Como Quinto convocara sua legião em tão pouco tempo? E por que a multidão estava correndo para o Fórum? Quem a convocara, mesmo com as mil línguas de Roma? Fui traído, pensou Catilina. A liteira começou a mover-se, novamente, devagar, vacilando, devido às ondas de pessoas que se atravessavam em seu caminho nos cruzamentos. Os montes apinhados pareciam incendiar-se de ouro sob o sol e as trevas arroxeadas levantavam-se em névoas das ruas, passando a ser brancas, à luz. E os passos que corriam tornavam-se cada vez mais prementes e iminentes ao homem na liteira fechada. Catilina tentou pensar, mas suas idéias estavam desordenadas e caóticas. Depois, a liteira parou. As cortinas foram afastadas por um escravo e Catilina viu que chegara à escada do Senado, que também estava repleta de soldados. Além deles, o Fórum estava apinhado até os muros, e cada vez chegava mais gente, acotovelando-se, abrindo espaço e querendo ver.

Catilina desceu da liteira e olhou em volta. Viu os soldados e o povo. Viu as fachadas dos templos claros, os prédios e o Senado. Viu, acima de tudo isso, as colinas eriçadas de Roma e sobre elas o céu de inverno, azul e prateado. Bastou um instante para ver isso. Bastou um instante para observar que quando ele apareceu, não foi aclamado por uma única saudação, nem uma única mão levantada. Ele olhou para milhares de olhos impassíveis e estes retribuíram o olhar, sem que um som escapasse de qualquer boca. Era como olhar para estátuas de soldados e homens, transformados em pedras coloridas como à vista da cabeça de uma Górgona. Só ele se movia, no meio de um silêncio imenso e estupendo, de modo que ouvia o barulho de suas próprias botas nos degraus de mármore da sala do Senado. Seus joelhos começaram a tremer, enquanto subia, mas manteve a cabeça erguida e sua fisionomia não exprimia coisa alguma a não ser um desprezo impessoal e altivez. Ele entrou na sala do Senado e viu que estava repleta e não quase vazia, como acreditara. Os senadores estavam todos lá, em suas roupas

608   *Taylor Caldwell*

brancas e vermelhas, e observaram a entrada de Catilina com a mesma impassividade dos soldados e do povo do lado de fora. O único movimento era o dele — e o lânguido evaporar do incenso diante dos altares. Só ele denotava vida, numa floresta de estátuas sentadas.

Então, do centro do piso de mosaico onde estava de pé, Catilina avistou Cícero em sua cadeira de cônsul. Um pouco abaixo dele, viu Antônio Híbrida, o rosto desesperado e virado para o lado. Ele não esperava ver Antônio ali. Nem esperara ver César, Crasso, Pompeu e Clódio. Estes também estavam de rosto virado. Ninguém olhava para Catilina, salvo Cícero, vestido com sua toga de lã de um branco puro e sapatos também brancos. Os olhos dos dois se encontraram, como um dia suas espadas se haviam encontrado. Por um segundo apenas, ao ver aqueles olhos friamente ferozes sobre ele, Catilina vacilou. Depois, seu orgulho dominando-o, pensou na presença de Crasso e César e seus amigos e o modo estranho de que Antônio se furtava a olhar para ele.

Cícero estava calado, revoltado, cheio de ódio, sem qualquer exultação, sentindo apenas ira, nojo e a indignação mais forte que jamais sentira. Lá estava o traidor mais perverso de Roma e assassino de Lívia, assassino do próprio filho, o louco que sonhara em ser rei, o patrício que era mais vil do que o mais desprezível dos cães da sarjeta, o militar que difamara as armas da pátria, que desonrara seus estandartes, o aristocrata que hoje os aristocratas desprezavam, o destruidor que ele, Cícero, tinha de destruir para que Roma pudesse viver. O fogo apoderou-se do coração de Cícero e uma fúria amarga o abalou. Ninguém, contudo, poderia adivinhá-lo, tão quieto estava ele, aparentemente tão sem paixão, tão objetivo. Nem mesmo seus olhos revelavam o que ele sentia, ao olhar para o velho inimigo. Por esse dia ambos esperamos muitos anos, pensou ele, e este dia mostrará se os romanos ainda são romanos ou se serão escravos para sempre. Ele não dormira nada naquela noite; estivera por demais ocupado, convocando, escrevendo e pensando no que deveria dizer. Estivera por demais ocupado, rezando pela pátria. Portanto, seus olhos estavam fundos e sombreados, mas a sua força e poder, mudando do azul ao âmbar de segundo em segundo, eram acentuados pela própria exaustão.

Depois, sua voz soou como uma trombeta no sossego terrível da sala, e Catilina pela primeira vez ouviu seu tom especial e arrebatador:

— Lúcio Sérgio Catilina! Fostes intimado a comparecer perante essa augusta assembléia e perante mim, cônsul de Roma, perante C. Antônio Híbrida, meu colega, perante Licínio Crasso, ditador de Roma, perante Júlio César, Grande Pontífice e pretor, perante Pompeu, o Grande e perante a face da própria Roma, para responder à acusação de traição e conspiração contra a pátria! Os vossos crimes e tramas e os vossos companheiros são conhecidos. Se tiverdes um advogado, chamai-o.

Catilina escutara atentamente. Não sabia que instrumento poderoso aquele Cícero possuía em sua voz e como seu som batia nas paredes da sala e delas ressoava, trovejante. Ele sentia, sem ver, o povo comprimindo-se fora das portas abertas do Senado e aquilo parecia um peso enorme contra suas costas. Ele sentia, aliás, o peso da cidade que ele há tanto tempo tramava destruir, para satisfazer seus próprios ódios e desejos. Sentiu-se só como nunca se sentira em todos os dias de sua vida. Mas sorriu com frieza e repúdio na cara de Cícero, como quem sorri para um inferior insolente que ousa falar com o seu senhor e patrão, e o desdém brilhava em seus olhos azuis. Ele fez uma mesura zombeteira.

— Não tenho advogado, Cícero, pois não preciso disso. Não cometi crime algum, nem sei de conspiração alguma. Não sou traidor. Apresente, pois, as suas testemunhas diante dessa augusta assembléia, que venero.

A atitude dele era elegante e divertida e aristocraticamente desdenhosa. Estava ali postado, com sua capa de pele branca, as vestes vermelhas e douradas e suas jóias. Olhou depressa para as caras dos amigos que tinha no Senado. As fisionomias estavam impenetráveis. Olhou para Quinto, seu irmão-de-armas, de armadura e elmo, que estava à direita de Cícero, Quinto, cuja vida ele salvara. O troncudo soldado olhou para ele, sem se comover, como uma estátua de si mesmo. Os raios de sol entravam pelas portas e formavam uma poça aos pés de Catilina, fazendo as pedras de suas botas faiscarem em arco-íris. Então, da multidão lá fora, ouviu-se um som vago mas terrível, um murmúrio primitivo e vasto, como se proveniente de uma congregação de feras excitadas. Todos lá dentro o ouviram; levantaram o rosto, numa inquietação instintiva e pareceram cheirar o ar, com alarme.

Mas Catilina então não estava alarmado nem inquieto. Também ele ouvira aquele ruído primitivo e sem palavras e pensou: Animais! Porcos! Escravos! De repente, empolgou-se de novo. Pensou no dia que se aproximava para ele, quando teria essa ralé na ponta da espada e o Senado se prostraria diante dele e lhe beijaria os pés. Pensou no dia, que chegaria em breve, em que Cícero, Crasso e César estariam mortos em seu próprio sangue diante dele e ele tocaria em seus rostos com a bota, fazendo-os rolar para longe, com asco. Pois agora sabia quem eram seus traidores.

Embora os pensamentos de Catilina fossem desordenados e dementes, ainda assim ele conseguiu tornar a perscrutar os rostos de seus amigos secretos no Senado. Quando seu olhos encontraram os deles, alguns retribuíram o olhar azul com seriedade, outros desviaram a vista e os demais sorriram, inquietos. Mas, pensou ele, com uma exultação crescente, eles são meus companheiros, patrícios como eu! Crasso, César, Clódio e Antônio também eram patrícios; eles o haviam traído ao lado do caipira desse Cícero por motivos pessoais e porque o temiam ou invejavam. Mas os patrícios do Senado eram outro assunto. No final, não permitiriam a ruína de um deles, pois na queda dele eles também se sentiriam caídos.

Cícero observou o rosto eloqüente e desdenhoso diante dele e percebeu todos os pensamentos terríveis que passavam como relâmpagos pelos olhos ardentes. Disse consigo: Ele, e não eu, é o futuro de Roma. O meu dia está-se passando diante de meus olhos, mas o dele está apenas raiando, o dia do poder nas mãos das fúrias, centauros, opressores, devotos de Pã, sanguinários, prepotentes e temíveis, tiranos e os indizivelmente corruptos e mortíferos. Não obstante, nem que seja por pouco, tenho de atrasar esse dia e escrever nas paredes de Roma o aviso para ser lido pelas nações futuras e ainda sem nome, para que não caiam no mesmo abismo.

Cícero olhou para César, Crasso e seus amigos. Pensara em chamá-los como testemunhas contra aquele criminoso hediondo. Mas eles haveriam de proteger Catilina, temendo serem expostos, por sua vez. Dariam respostas evasivas e olhariam para os senadores com olhares comunicativos e tudo estaria perdido. No final, não abandonariam outro patrício, por mais detestável que o achassem. Se quisesse o apoio deles, ele não os poderia trair.

Ele disse a Catilina, com severidade:

— Este não é um julgamento pelo Senado, nem por mim. É uma investigação de suas atividades contra a paz e a liberdade de Roma para verificar a sua traição evidente.

Catilina, que observava Cícero com a percepção da loucura, compreendeu. Ele esboçou o seu sorriso belo e sinistro.

— As leis de Roma exigem que um acusado seja defrontado por testemunhas. As leis de Roma me dão o direito de não me incriminar e de me recusar a responder, mesmo durante essa suposta investigação. — Ele virou-se e tornou a contemplar o Senado. — Como não estou preso e apenas acusado de crimes vagos, cuja existência nego, não há nada que me impeça de deixar esta sala. Senhores, permaneço por deferência à vossa presença e não por restrição declarada.

"Clamo contra os métodos desse Cícero, cônsul de Roma, que procura intimidar-me e assustar-me com acusações infundadas e sem testemunhas. Curvo-me ao seu cargo, mas não ao homem.*

---

*Discurso real pronunciado no Senado por Catilina, conforme narrado por Salústio.

Uma sensação de frustração doentia apoderou-se de Cícero. Ele disse, com sua bela voz:

— Quer negar a verdade de tudo o que Roma sabe, pedindo testemunhas que não apresentarei, embora as tenha, devido ao perigo em que elas mesmas incorrerão. Durante muitos anos Roma inteira o tem conhecido no tenebroso submundo. Todos os delinqüentes, tolos, joguetes, dissidentes e ambiciosos de Roma são seus seguidores e você tem convivido com eles nos porões e esgotos de nossa pátria, conspirando com o fim de derrubar tudo o que é Roma. Conspirou com eles o meu assassinato, numa noite da próxima semana, para poderem provocar o caos e alarme na cidade, desse modo tomando o poder para saquear, incendiar, subjugar e governar em sua loucura total. Nega isso?

Catilina voltou a ferocidade de seu olhar para Antônio. Então, também ele ponderou. Viu a infelicidade e o sofrimento estampados no rosto do colega de Cícero. Somente ele poderia testemunhar contra Catilina, pois não tinha crimes que pudessem ser revelados às vistas de Roma. Portanto, Catilina disse:

— Nego isso. Não peço uma testemunha, pois a alegação é absurda. Ele sorriu languidamente.

— Pode negar, se quiser, Catilina. Você, eu e muitos outros sabemos que é verdade.

O povo apinhado às portas do Senado o ouviu e as palavras correram pela multidão como uma torrente num rio.

Então, Cícero levantou a voz em toda a majestade de sua força convincente:

— Até quando, Catilina, você continuará a abusar de nossa tolerância? Por quanto tempo ainda o seu gênio destemperado continuará a desafiar a nossa coibição? Que limites você dará a essa demonstração de audácia descontrolada? Não se impressionou com os vigorosos guardas sobre o Palatino, pelas sentinelas que vigiam a cidade? Não lhe afeta o susto da população, a arregimentação de todos os cidadãos leais, a reunião deste Senado neste local bem guardado, os olhares e expressões de todos os que aqui estão reunidos? Não percebe que os seus desígnios estão desmascarados? Não vê que a sua conspiração neste momento mesmo é do pleno conhecimento de todos os que estão aqui reunidos? Tudo o que fez ontem à noite e na noite da véspera, onde estava, quem convocou e que planos traçou; imagina que aqui haja uma pessoa que não saiba disso? Infelizmente, vivemos em dias desesperadores! O Senado está bem ciente dos fatos, o cônsul percebe tudo. Ainda assim, o criminoso está vivo! Vivo? Sim, vivo;

e ainda chega ao Senado, arrogante, participa dessas deliberações públicas, marcando com olhares sinistros cada um de nós para ser massacrado! E nós — e então Cícero voltou os olhos faiscantes de desdém para o Senado —, tal é a nossa bravura, achamos que estamos cumprindo o dever para com a pátria se nos limitarmos a ficar fora do alcance das palavras e atos sangrentos de Catilina!

"Não, Catilina, muito antes disso você devia ter sido executado por ordem do cônsul, recaindo sobre a sua cabeça a destruição que está agora tramando para nós!

Catilina escutara tudo com as sobrancelhas negras erguidas e um sorriso divertido e displicente. Ele olhou para o Senado, com humor.

— Que bela voz possui o nosso Cícero, o nosso Grão-de-bico! Eu mesmo estou quase convencido de ser culpado dessas vagas acusações! Ainda lamento os métodos dele, senhores, e sua incontinência ao falar, mas, como patrício, eu os suporto com desprezo.

Os senadores se entreolharam furtivamente. Queriam sorrir com Catilina. Mas o que lhes fora revelado de noite e o que eles próprios sabiam os apavorara. Além disso, os murmúrios da turba, que ouvira Cícero com a maior atenção, agora se elevaram no ar de inverno fora da sala, com um ruído de uma torrente muito veemente de raiva. Agora podia-se ouvir gritos isolados e terríveis: — Morte para Catilina, o traidor!

Cícero, como se Catilina não tivesse dito coisa alguma, recomeçou a sua primeira oração contra ele, mostrando ao Senado que existiam precedentes para o interrogatório de criminosos e traidores suspeitos, sem acusações reais e escritas, nem testemunhas. O Senado escutou, sem fazer qualquer movimento e com uma intensidade concentrada.

— Este é um interrogatório e uma denúncia, não um julgamento de Catilina, senhores. Já promulgamos resoluções do Senado contra gente como Catilina, mas permaneceram documentos não-publicados. Ainda são uma espada na bainha. São resoluções, Catilina, que, bem compreendidas, exigem a sua execução imediata. No entanto, você está vivo! Vive, não para abandonar, mas para dar mais força à sua audácia.

Cícero hesitou e seu rosto pálido e magro ficou escuro de desespero, com uma amargura cada vez maior.

Disse ele ao Senado:

— Num momento tão crítico para o Senado, não desejo parecer negligente, mas, neste momento mesmo, estou-me condenando por uma conduta que é ao mesmo tempo tíbia e perversa, ao não solicitar que Catilina seja preso e executado imediatamente. Agora, na própria Itália foi instalada uma base de operações contra o povo romano, no meio dos desfiladeiros das montanhas da Etrúria. O número de nossos inimigos aumenta dia a dia. Mas o líder desses inimigos vemos dentro dos muros de Roma e, sim!, dentro do próprio Senado, todo dia conspirando por algum novo meio de trazer a ruína eterna à nossa pátria!

Um murmúrio profundo fez-se ouvir entre os senadores e o branco e rubro de suas vestes se misturou, em agitação. Catilina sorriu e depois apertou os lábios, como se estivesse resistindo a um riso irreprimível.

Cícero levantou a mão e apontou implacável para Catilina e, diante desse gesto, todos se calaram e aquietaram.

— Se, portanto, Catilina, eu ordenar afinal a sua prisão e execução, e ambas as coisas estão dentro de meus poderes, supostamente terei maior motivo para temer que todos os cidadãos leais declarem o meu ato muito atrasado, do que temer que uma única pessoa o considere duro demais. Mas essa determinada medida — e então Cícero lançou a Crasso e seus amigos um olhar de raiva e amargura — que deveria ter sido tomada há muito tempo, tenho certas razões para não ser levado a tomar imediatamente. No final você há de perecer, Catilina, mas só quando ficar bem certo de que não haverá ninguém em Roma tão desavergonhado, tão desesperado, tão exatamente igual a você, que não admita a justiça de sua execução. Enquanto houver um único homem que ouse defendê-lo — e Cícero dirigiu seu olhar para Crasso e companhia — você viverá! Mas viverá como vive agora, mantido a distância pelos leais defensores que postei por toda parte, a fim de impedir qualquer possibilidade de que você venha a atacar o Estado. Além disso, muitos olhos e muitos ouvidos, embora você não se aperceba deles, estarão vigilantes, como estiveram até agora, acompanhando todos os seus atos.

"O que você espera agora, Catilina, se as sombras da noite não podem mais ocultar suas reuniões abomináveis, e se as paredes de sua própria casa particular não podem mais conter as frases de seus amigos conspiradores? E se tudo estiver sendo exposto à luz e saindo de seus esconderijos? Abandone os seus planos e sua espada! Você está cercado de todos os lados; seus planos para nós são mais claros do que a luz do dia; e você pode passar a revisá-los.

"Tudo está sabido. A minha vigília é muito mais perseverante do que os seus esforços para arruinar o Estado. E agora declaro, diante dessa augusta reunião do Senado de Roma, que na noite de anteontem você foi à rua dos Foiceiros — não farei mistério disso — à casa do M. Laeca, e ali encontrou-se com vários de seus cúmplices nesta aventura louca, alucinada e criminosa. Ousa negá-lo?

614   *Taylor Caldwell*

Catilina, pela primeira vez, mostrou-se visivelmente abalado. Seu belo rosto empalideceu e ficou tenso. Ele olhou para os senadores, a quem conhecia bem, um por um. Qual o teria traído?

Cícero riu-se, cansado.

— Qual o significado do seu silêncio? Provarei as minhas declarações, se você as negar. Fale!

Cães!, pensou Catilina, numa fúria aturdida. Que pressão o Grão-de-bico exercera para que o traíssem, esses covardes que haviam conspirado com ele? Não ousou negar. Haveria entre os senadores alguns que se levantariam, com uma bravura fingida, asseverando que tinham apenas espionado pelo bem de Roma, fazendo suas próprias acusações verídicas. Assim sendo, Catilina controlou-se. Lutou por esse controle como uma serpente luta para se enroscar; e isso ficou bem visível.

— Sim — disse Cícero, numa voz tremenda, que alcançou uma grande distância no Fórum —, vejo que estão aqui presentes, no Senado mesmo, certas pessoas que se encontraram com você lá! Deuses da misericórdia! Onde estamos? Em que país, em que cidade vivemos? Que governo é esse sob o qual vivemos? Há aqui, aqui entre os senadores nossos companheiros, senhores — e a voz de Cícero elevou-se como uma águia ao teto da sala e ressoou do lado de fora —, nesta assembléia deliberativa, a mais augusta, a mais importante do mundo, homens que pensam na destruição de todos nós! A ruína total desta cidade e, de fato, do mundo civilizado! Essas pessoas vejo à minha frente agora e — ele fixou os olhos sobre o Senado, com raiva e um ódio ardente — diariamente eu lhes peço sua opinião sobre assuntos de Estado, sem os magoar sequer por uma expressão áspera, homens que deveriam ter sido executados com você, Catilina, a fio de espada!

Agora, pensou César, ele destruiu tudo. Mas, um instante depois, as multidões gritaram, numa voz terrível, das maiores distâncias: — Morte aos senadores traidores! Morte! Morte aos inimigos de Roma!

Diante disso, todos os senadores, culpados ou inocentes, tremeram violentamente, pois conheciam o poder de uma multidão de cidadãos irritados. Catilina ouviu a voz do povo de Roma, a voz que ele desprezava e odiava, e também ele tremeu. Ele tinha uma coragem enorme; não temia a morte. Só temia que o povo o agarrasse e esquartejasse, pois considerava isso um sacrilégio para sua pessoa sagrada. Ele olhou para Cícero, viu a cara do cônsul — e sabia que só ele tinha o poder de conter o povo — e notou sua luta íntima, sem saber se devia controlá-lo ou soltá-lo.

Cícero deixou cair a mão. Baixou os olhos ao chão e seu peito arfava, como se ele tentasse controlar as emoções. Lágrimas severas apareceram em suas faces. O rumor da multidão era um trovejar constante ao fundo. Por fim, ele tornou a olhar para Catilina e o brilho âmbar de seus olhos parecia brasas acesas.

— Saia de Roma, por fim, e logo, Catilina. Os portões da cidade estão abertos; parta logo. Leve consigo todos os seus companheiros, ou leve todos os que puder. Livre a cidade da infecção de sua presença. Se eu disser uma palavra, a cidade entrará em convulsões e não haverá mais lei ou ordem, devido à ira do povo. Isso não posso permitir, por causa de Roma. Os inocentes morrerão com os culpados, pois, quando o povo está furioso, quem lhe pode pregar pedindo que se refreie? Em Roma não existe um só homem, Catilina, excluindo o seu bando de conspiradores desatinados, que não o tema, nenhum que não o odeie. Pois existe algum tipo de imoralidade pessoal que não tenha maculado a sua vida de família? Existe algum escândalo de comportamento privado que não se ligue à sua reputação? Existe alguma paixão perversa que não se tenha emanado de seus olhos, algum ato vil que não tenha maculado suas mãos, algum vício ultrajante que não tenha deixado marca sobre o seu corpo? Existe algum jovem, fascinado por seus ardis sedutores, cuja violência você não tenha estimulado e cuja cobiça você não tenha inflamado?

"Será possível que alguma coisa possa influenciar um homem como você? Será possível que um homem como você algum dia se reformará? Quem dera, na verdade, que os céus lhe inspirassem tal pensamento! Mas não, Catilina, você não é um homem que se possa afastar do mal pela vergonha, do perigo pelo alarme, ou da irresponsabilidade pela razão. Volte aos seus criminosos! Que empolgação você há de sentir! Que prazeres há de ter quando souber que dentre todos os seus seguidores você não ouvirá nem verá um único homem honesto! Você tem agora um campo para exibir seu decantado poder de suportar a fome, o frio e a privação de todos os meios de vida. Mas em breve verá que sucumbirá!

"Quando superei os seus esforços para conseguir o consulado, consegui o seguinte: obriguei-o a atacar Roma de fora, como exilado, em vez de persegui-la de dentro, como cônsul, e fiz com que os seus planos criminosos pudessem ser mais corretamente descritos como banditismo do que como guerra civil, o que era o seu objetivo.

Ele então dirigiu suas advertências severas ao Senado e todos os rostos, numa indignação inocente contra Catilina, ou com uma vergonha assustada, se voltaram para ele. Mas Crasso e César trocaram sorrisos rápidos. Antônio havia muito se entregara a uma letargia de infelicidade, desde que compreendera toda a conspiração contra sua pátria. Clódio escutara com uma admiração relutante. E Pompeu, por algum motivo, se limitara a observar César.

616   *Taylor Caldwell*

Cícero concluiu com uma voz triste e impressionante:

— Já faz tempo demais, senhores e senadores, que estamos cercados pelos perigos dessa conspiração traiçoeira. Mas quis a sorte que todos esses crimes, essa antiga audácia e temeridade tenham amadurecido, afinal, e explodido com toda a sua força no ano do meu consulado. Se, então, de todo o bando só removermos esse único vilão, poderemos pensar que por um breve período estaremos livres de cuidados e alarme. O verdadeiro perigo, porém, só terá sido submerso à força e continuará a infectar as veias e os órgãos vitais do Estado. Assim como os homens acometidos de uma doença perigosa, quando ardendo em febre, muitas vezes parecem aliviar-se com um gole de água fresca, mas depois passam muito pior, também esse mal que acometeu o Estado pode ser temporariamente aliviado pelo castigo e exílio de Catilina! Mas voltará com maior gravidade!

Crasso franziu o cenho, olhando para César, que deu de ombros. Antônio murmurou:

— Que os deuses nos livrem!

Clódio ficou olhando para o teto branco e dourado, com um ar de isolamento. Catilina adotou uma atitude de tédio, como se Cícero lhe tivesse esgotado a paciência com seus absurdos. Mas Cícero tornou a olhar para Catilina com toda a sua repugnância e ódio, exclamando:

— Com essas sinistras palavras de advertência, Catilina, para a verdadeira preservação do Estado, para o seu mal e sua desgraça e a destruição daqueles que lhe são ligados por todo tipo de crime e traição, desapareça para a sua campanha medonha, abominável e impotente!*

Ele desceu a escada que levava à sua cadeira, e o Senado, num silêncio profundo, levantou-se respeitoso, para vê-lo se retirar. A meio caminho da passagem, ele se viu face a face com Catilina. O silêncio tornou-se intenso, enquanto todos observavam a confrontação. O rosto pálido de Cícero ficou quase incandescente com o fogo de seu ódio íntimo e ele pensou: Assassino! Lívia será vingada, e Fábia, e todos os inocentes que você assassinou! Destruidor! E Catilina olhou naqueles olhos e os leu. Fingiu reprimir um sorriso e fez uma mesura profunda, com uma humildade afetada. Cícero continuou, Quinto caminhando ruidosamente ao lado com sua armadura. Os soldados fizeram continência. Cícero chegou à porta e ouviu a aclamação trovejante que já ouvira tantas vezes:

— Ave, Cícero, Salvador de Roma! Ave o Herói!

---

*Esta primeira oração de Cícero contra Catilina foi muito condensada.

Ele levantou o braço direito em saudação e sorriu um pouco, com um humor irônico e sombrio. Ele não salvara Roma. Só adiara a catástrofe final e sabia disso.

Naquela noite, Catilina partiu para a Etrúria, nas trevas. Estava novamente exultando. Ninguém lhe impedira a passagem. Saíra da sala do Senado e, embora a multidão olhasse para ele com um ódio feroz e vingativo, não houvera um gesto contra ele. Ele cumprimentara os senadores, sorrindo com desprezo na cara deles; fizera uma mesura mais profunda ainda a Crasso e sua comitiva. Sorrira, silencioso, olhando para os olhos de Antônio, que o traíra. Não, ele ainda não acertara as contas com Roma, nem com nenhum deles.

Quando ele alcançou Mânlio, disse:

— Não sofremos coisa alguma, caro amigo! Tenho um plano, muito ousado e audacioso. Em breve, teremos o Feriado dos Escravos. Temos de apressar-nos para dar o golpe nesse dia, definitivamente. Os auspícios estão do nosso lado.

Crasso e César foram à casa de Cícero, que os recebeu com uma frieza amarga.

— Pensam que isso é o fim? — perguntou ele. — Está apenas começando. Não me felicitem! Vocês são uns mentirosos descarados. Removi um perigo de vocês apenas momentaneamente. Ele voltará... graças a suas prolongadas conspirações no passado com Catilina. Eu os saúdo, a vocês que quiseram utilizar Catilina para os seus próprios fins e agora desejam utilizar-se de mim para se defenderem dele. Vocês venceram. A história o registrará. Agora deixem-me.

Capítulo LIV

À meia-noite, pouco depois de sua primeira oração contra Catilina, Marco Túlio Cícero estava deitado na cama, insone. A cidade, porém, embora mais sossegada do que ao meio-dia, ainda murmurava e trovejava ao longe, como um Titã inquieto, com pesadelos. Os olhos de Marco estavam secos, de esforço e exaustão. Um fraco luar entrava por uma abertura das cortinas e batia na parede em frente. Ele olhou para aquilo, sem atenção. Então, de repente, a luz foi se tornando mais forte e ele ficou atento, erguendo-se um pouco, apoiado no cotovelo. De momento em momento a luz ficava mais forte, tornando-se mais nítida, até transformar-se num rosto. O coração de Marco começou a bater forte, num misto de assombro e medo. As feições se tornaram mais nítidas e então apareceu o rosto do pai dele, não de Túlio idoso, mas de Túlio na juventude, como Marco o conhecera em criança. Ele viu os olhos límpidos e castanhos, o sorriso ansioso e terno, os cabelos castanhos e lisos, o pescoço magro.

— Marco! — exclamou a aparição, numa voz urgente. Marco não conseguiu responder. O rosto aproximou-se dele e então Marco pôde distinguir os contornos, muito vagos, dos ombros e do roupão.

— Marco! Fuja imediatamente de Roma! — Mãos sombreadas se ergueram, como que implorando.

— Não posso abandonar minha pátria — sussurrou Marco.

Estou sonhando, pensou ele. Olhou depressa pelo quarto e viu as formas vagas dos móveis, o retângulo turvo da janela. Olhou de novo para o pai e sentiu uma pontada de dor.

— A sua pátria, e a minha, estava perdida antes de eu nascer — disse a visão, com tristeza. — A república estava agonizante quando o meu pai entrou neste mundo. Fuja, Marco, e termine os seus dias em paz e segurança, pois os maus triunfarão, como sempre, e o assassinarão se você ficar.

— Não posso abandonar Roma — disse Marco. — Não, mesmo que eu morra por isso.

A aparição ficou calada. Parecia estar escutando atentamente vozes de outros seres invisíveis. Depois, levantou as mãos sombreadas numa bênção e desapareceu.

Marco voltou a si com um sobressalto violento e viu que estava molhado de suor. O luar fraco permanecia na parede.

— Estive sonhando — disse ele, em voz alta. Estremeceu. Levantouse e então, pela primeira vez, acendeu uma vela votiva em memória do pai, sentindo um abalo de tristeza como nunca sentira por Túlio. No entanto, a despeito de seu ceticismo de romano, sentiu-se reconfortado. Era bom saber que os mortos ainda amavam os vivos e que os guardavam e rezavam por eles. Ele ponderou, lembrando-se das palavras da aparição. Sempre soubera que estava correndo perigo; agora o perigo era desesperador, apesar de ele ser aclamado como herói e de ter dobrado a guarda de sua casa. A todo momento, o assassino estava à espera, o homem quieto, paciente e mortífero, despercebido no meio da multidão, pronto para dar o golpe com a rapidez de uma víbora. Ou então as próprias massas que aclamavam o herói num dia o destruíram no dia seguinte, em seus caprichos e gênios inconstantes. Quem podia confiar nos homens? Um homem valente tinha prazer em dar a vida pela pátria, se isso adiantasse à pátria. Mas nunca adiantava.

Cícero pronunciou a segunda e a terceira orações contra Catilina, que não estava presente. Era intenção de Cícero fornecer a seus compatriotas toda a história da conspiração e o grande papel que representaram nela, com a sua apatia, complacência, tendência para esperar pelo melhor, otimismo e tolerância pelos vilões e inimigos do Estado.

— Há tempo demais nós nos dizemos que "a intolerância da política de outro é bárbara e não se pode tolerar num país civilizado. Não somos livres? Será negado ao homem o direito de falar sob a lei que estabeleceu esse direito?". Eu vos digo que a liberdade não significa a liberdade de explorar a lei a fim de destruí-la! Não é a liberdade que permite que o Cavalo de Tróia seja levado para dentro dos portões e que os que estão dentro dele sejam ouvidos em nome da tolerância de um ponto de vista diferente! Quem não é a favor de Roma, do Direito romano e da liberdade romana é contra Roma. Aquele que defende a tirania, a opressão e os velhos despotismos mortos é contra Roma. Aquele que conspira contra a autoridade estabelecida e incita o povo à violência é contra Roma. Não pode acender uma vela a deus e outra ao diabo; não pode ser a favor de decretos legais e, ao mesmo tempo, ser a favor de uma conspiração estrangeira! A pessoa ou é romana ou não é romana!*

O seu próprio secretário, a quem ele ensinara a taquigrafia que inventara, escrevia furiosamente com os outros escribas. Cícero falava com força apaixonada; sentia que se dirigia não só ao Senado e ao povo de Roma — que, ele rezava, se lembraria de suas palavras —, mas também às gerações futuras.

— Embora a liberdade seja estabelecida pela lei, temos de estar vigilantes, pois a liberdade de nos escravizar está sempre nessa mesma liberdade! A nossa Constituição fala do "bem-estar geral do povo". Em respeito a essa expressão, todo tipo de abuso pode ser cometido, de parte de tiranos cobiçosos, no sentido de reduzir-nos todos à servidão.

César, Pompeu, Crasso, Clódio e muitos amigos sempre estavam presentes para ouvirem o apaixonado Cícero; e todos olhavam para eles e viam suas expressões sérias de aprovação, pensando: Nesses defensores do povo vemos os amigos de nosso herói. Cícero fala por eles. Cícero, por sua vez, pensava: Saltimbancos! Quem me dera poder denunciá-los também, diante daqueles contra quem vocês conspiraram!

---

*Preâmbulo da segunda oração contra Catilina.

Entre os que o ouviam com sinceridade e o coração ardente estava Marco Pórcio Catão, neto do velho censor e patriota ardoroso; era filósofo, apesar de sua juventude, e conhecido do público leitor como "Uticense". Era tribuno e um dos líderes da aristocracia senatorial e admirador dedicado de Cícero. Era ainda um homem de conhecida probidade e virtude, bem como ensaísta e político eloqüente. Foi ele quem convenceu Cícero, o cauteloso — que sabia como era perigoso o pântano sobre o qual pisava no momento — a mandar prender alguns dos lugares-tenentes de Catilina, tais como Cetego, Gabino, Cepário, Lentulo e Statilo, todos patrícios e conspiradores, que tinham permanecido na cidade para demonstrarem o seu grande desprezo por Cícero.

— Patifes de segunda categoria — dissera Catão —, mas devem ser presos, para que o povo não pense que você é impotente, caro Marco. Vão dizer que você só sabe falar palavras valentes e começarão a se perguntar por que, apesar de seu poder como cônsul, esses inimigos reconhecidos do Estado continuam livres. Hão de começar a sugerir, entre si, que afinal não devem ser assim tão perigosos e que você não passa de um demagogo barulhento. Sim, já sei que você receia precipitar o caos. Mas há ocasiões em que é preciso enfrentar esse perigo pelo bem da pátria.

Cícero, o prudente, vacilou. Era um traço de sua natureza, que lhe dava tanto força como fraqueza, considerar todos os aspectos de um ato antes de se comprometer. Por vezes, isso resultava numa paralisia total. Ele se lembrava dessas ocasiões. Então, agiu com decisão contra os lugares-tenentes de Catilina, alguns dos quais eram parentes dos próprios senadores, mandando prendê-los como conspiradores contra Roma. Os romanos ficaram alucinados, conjeturando e louvando Cícero, que ousava afrontar os poderosos por causa do povo. Muitos dos senadores se enraiveceram. Alguns foram procurar Crasso e César, apresentando reclamações furiosas contra aquele "homem novo insolente, aquele Grão-de-bico, aquele caipira vulgar, aquele plebeu! Por quanto tempo teremos de suportar a insolência dele?".

César disse, com brandura:

— Vocês se esquecem. Ele foi eleito pelo povo, com o auxílio de muitos senadores patriotas. Eles o amam, todos eles. Tem o poder de fazer o que fez... embora eu o deplore.

Uma noite, quando César estava na biblioteca, tentando ler, mas dominado por pressentimentos e inquietação, seu supervisor foi procurá-lo e disse baixinho que o nobre patrício Lúcio Sérgio Catilina estava lá fora e desejava urgentemente conversar com ele. O rosto alegre de César empalideceu diante da perigosa insolência e ameaça para ele. Mas controlou-se e mandou que levassem Catilina à biblioteca. Depois, foi depressa cerrar as cortinas das janelas, que davam para a neve perolada banhada pelo luar. Também afrouxou o punhal em sua bainha. Meditou, enquanto esperava, puxando o lábio inferior com os dedos.

— Ave, César! — exclamou Catilina, ao entrar, jogando para trás o capuz do manto. Seu rosto belo e depravado estava iluminado pela exultação sinistra. Ele estendeu a mão bem-feita e coberta de jóias. César olhou para ela um momento e depois apertou-a. Aquela mão lhe pareceu febril e trêmula, como se Catilina estivesse vibrando com um fogo interior. Catilina, sem ser convidado, jogou-se numa cadeira; seus pés afundaram no tapete de pele que cobria o piso de mármore. César voltou-se para o vinho que tinha pedido e lentamente encheu um cálice para si e outro para Catilina. Deu um cálice ao seu visitante nada bem-vindo e olhou para ele por sobre a borda do copo; a expressão do outro estava cada vez mais exultante.

— Por que está aqui, Lúcio, seu audacioso? Não sabe que Roma é perigosa para você?

— Era a cidade de meus antepassados, antes que os Cíceros sequer a tivessem visto! — exclamou Catilina. — Roma será privada de seu filho? — Havia na voz dele um escárnio profundo e uma paixão que ele não conseguia controlar.

Seus olhos azuis imperiosos fixaram-se sobre César.

— Caro amigo — disse ele, numa voz mortífera e acariciadora —, caro amigo, doce amigo, fiel amigo! Amigo da maior confiança! Vim para agradecer-lhe o seu nobre apoio, as lágrimas derramadas por mim.

César contemplou-o calado, embora mexesse uma das mãos num gesto de quem afasta a zombaria perversa do outro.

— Levando em conta a sua coragem valorosa, a sua amizade imorredoura por mim, pode ser que eu me incline a ser misericordioso... mais tarde — disse Catilina, rindo um pouco e bebendo de seu cálice.

— É muita bondade sua, Lúcio — disse César, com um leve sorriso. — Mas duvido que você seja obrigado a ter tais considerações. Aceite o meu conselho imediatamente. Saia de Roma. Cícero tem sido moderado; podia ter decretado a sua prisão e execução. Não torne a desafiar os Fados.

— Ah! — exclamou Catilina. — Não sabe que os Fados estão do meu lado? — Ele então se inclinou para César, seu rosto brilhante, veemente. — Vim para exultar à sua custa, César, amigo infiel, inimigo traiçoeiro.

César ficou calado. Deveria dizer a Catilina que Fúlvia, a amante de Cúrio, traíra tudo a Cícero naquele mesmo dia? Por um preço alto, muito alto mesmo, pois ela se cansara das promessas e da jactância de Cúrio e não era mais nem jovem nem rica.

Catilina continuou a falar em sua voz musical mas desordenada.

— Estou pronto para dar o golpe — disse ele. — Você pensa que me pode deter, você, Crasso, todos vocês e aquele inominável Grão-de-bico?

César disse:

— Amanhã, Cícero falará novamente contra você no Templo da Concórdia, diante do Senado. Pode pedir a sua prisão e execução. Eu lhe imploro, fuja logo, como ele já lhe aconselhou uma vez. Na ocasião, eu o achei comedido...

— Ele estava com medo! Não ousou me tocar, com medo de mim! Seria realmente moderação, ou uma prudência oriunda do terror? Mas vou-lhe dizer agora, César: se tocarem num único fio de meus cabelos, vocês cairão comigo, vocês todos. Já lhe avisei antes e estou avisando agora.

César ficou alarmado, não com suas palavras, mas com seu aspecto. Ele sempre achara que Catilina fosse louco; era uma doença de família.

— Comparecerei amanhã ao Templo da Concórdia — disse Catilina — e falarei aos senadores e aos meus companheiros, os grandes soldados, e destruiremos Cícero com uma explosão de riso.

— Você não pode aparecer! — disse César, sem acreditar naquela loucura transtornada. Ele tinha quase certeza de que, se Catilina aparecesse, o Senado concordaria com a execução dele. Mas havia muitos imponderáveis a considerar e só se podia confiar que o homem fizesse o inesperado. Catilina tinha uma eloqüência estranha e brilhante e falaria ao coração dos orgulhosos senadores, que secretamente desprezavam Cícero, por ele ser da classe média. Se Catilina fosse absolvido da acusação de conspiração, continuaria a açular o seu submundo tenebroso, violento e cobiçoso e a assaltar Roma, até que ela por fim fosse destruída. Se Catilina fosse condenado, então esse submundo poderia sublevar-se numa revolução e Roma acabaria destruída. Mas os malfeitores, por sua própria natureza, são muito covardes; eles representariam um perigo menor, se Catilina fosse eliminado. O corpo não funciona sem a mente.

— Hei de comparecer — disse Catilina, gabando-se.

— Então, você certamente será condenado, pois o seu próprio comparecimento será uma afronta ao Senado, que acredita que você partiu de Roma para sempre e está em paz com ela.

— Eu não serei condenado, meu doce César mentiroso. Terei um advogado.

Um Pilar de Ferro 623

— E quem é esse advogado imprudente?

Catilina rompeu numa gargalhada. Levantou-se e tornou a encher o cálice. Ergueu-o e brindou a seu anfitrião forçado.

— Você, César.

— Eu?

— Você. — Catilina bebeu com prazer. Depois parou de rir. Jogou longe o cálice ornado de pedras, contra uma parede de mármore, partindo-o em mil pedaços. Perdeu o pouco controle que tinha sobre si. Avançou para César, o punho cerrado sob o queixo do outro. Pela primeira vez, César sentiu ódio dele e desejou ter envenenado o vinho.

— Você já me disse, amigo querido e traiçoeiro, que Cícero sabe de tudo, do papel que vocês todos representaram em nosso plano original e que vocês expuseram tudo a ele por amor a Roma. Mas naquele Senado há muitos homens virtuosos, patriotas simples. Eles não sabem de nada. Então eu os esclarecerei, se você se recusar a ser meu advogado! E então, grande César, nobre soldado? Acha que Crasso o salvará, irá em seu socorro, ao socorro de Pompeu, Piso, Cúrio e Clódio e os outros de nossa fraternidade? Ele o condenará à morte comigo. Não morrerei sozinho.

Ele riu, com prazer, na cara de César.

— Nem pense em mandar assassinar-me quando eu sair daqui, meu leal companheiro. Tenho uma grande guarda me esperando lá fora.

A boca pálida de César contraiu-se. Um belo lampião alexandrino começou a fazer fumaça, numa mesa mais afastada. Júlio foi até ele, fingindo preocupação, e o aparou. Fiapos de fumaça preguiçosa esvoaçavam pela biblioteca e ele os olhou com displicência. Mas estava raciocinando agitadamente. Havia muita coisa nas ameaças de Catilina, coisas demais para serem tratadas com complacência. Era inútil apelar para a razão de Catilina, pois isso ele não possuía. Era absurdo apelar para qualquer patriotismo, pois ele não era dotado dessa virtude. César, porém, disse:

— Foi só você quem abandonou o nosso plano original, pois não tem paciência, Lúcio. Se nos tivesse dado ouvidos, ainda seria um de nossos companheiros, estaria conosco quando nos apoderarmos de Roma de um modo organizado. Mas...

Ele parou diante do gesto de desprezo desatinado de Catilina. Os olhos azuis tinham perdido qualquer sanidade que tivessem um dia possuído, e o rosto dele estava contorcido.

— Ouça-me, César, pela última vez! Roma não me interessa em absoluto. Não me interessa em nada a sua lei e ordem, ecos lamentosos de um Cícero desprezível! Pense só nele! Acredita que um homem virtuoso e de boa vontade pode ser reconhecido até pelos mais burros ou desonrados e que pode ser respeitado por eles. Ele nunca descobriu, aquele advogado ridículo, que a virtude só provoca o escárnio dos outros, pois a virtude não pode ser compreendida por uma mente comum, nem pela alma de um escravo, nem por um homem cuja alma resida na bolsa ou no estômago. Assim, a virtude recebe a sua recompensa justa — o exílio ou a morte, ou, no mínimo, o riso provocador da multidão.

— Então você — disse César — admite que ele tem virtude e fala com aversão dos que não respeitam nem admiram essa virtude.

— Eu detesto a virtude dele, que constrói cidades insípidas, sociedades insípidas e uma paz infame. Você sabe para que eu nasci, César? — Os olhos brilhantes se aproximaram de César, que sentiu um alarme maior ao vê-los. — Nasci para destruir os vis e os desprezíveis! Ah, você fala de Roma! Observe a nossa pátria, César. Devo contar-lhe as suas virtudes, os seus pequenos vícios imundos, suas perversões servis? Não! Eu a destruirei.

"A destruição não é menos divina do que a criação. Se um escultor se ofende com a feiúra de sua estátua, ele a destrói com seu martelo. Mas o Grão-de-bico quer que essa feiúra permaneça, pelo motivo estúpido de que foi criada, de que existe. Mas eu tenho planos mais ambiciosos! Esta Roma será purificada e demolida pelo fogo e sobre suas brasas, ao se resfriarem, construirei uma cidade branca, de mármore, mais luminosa do que o sol, onde o escravo será escravo para sempre, o patrício será patrício para sempre e um imperador um imperador. Utilizarei as próprias massas, que mais tarde destruirei, para alcançar essa felicidade e você, César, clamará de suas cinzas: 'Muito bem, Salvador da civilização!'

— Estou certo de que você não delirou assim diante de seus libertos, malfeitores, descontentes e veteranos velhos e indispostos — disse César, com ironia.

Catilina riu-se e seus dentes alvos reluziram em seu rosto.

— Não. Mas, se eu lhes dissesse, eles se alegrariam em morrer para que Roma se curasse de sua pestilência!

Ele levantou-se e colocou o manto de pele sobre os ombros imponentes, sorrindo para César.

— Amanhã, meu nobre advogado, você me defenderá, pois não me ama e não somos irmãos de sangue pelo nosso voto? E não somos ambos patrícios?

Depois que ele saiu, César chamou um escravo às pressas e enviou a Cícero um recado, dizendo que Catilina compareceria, no dia seguinte, ao Templo da Concórdia. Enviou recados semelhantes a Crasso e aos outros.

Um Pilar de Ferro

Depois ficou ali sentado, até que aparecesse o amanhecer azul, às suas janelas, pensando no que teria de fazer.

Ele tem de morrer, pensou Marco Túlio Cícero, a caminho do Templo da Concórdia, no Fórum. Passou-se o momento da prudência, da moderação. Ele tem de morrer e seus sequazes com ele. Não há outro meio de salvar Roma — se, de fato, Roma ainda pode ser salva. Ah, por que retardei isso? Tive o assassino em minhas mãos e o deixei escapar. Na verdade, não tenho valor algum; sou um contemporizador; sou um advogado; detesto a violência, os atos sangrentos, a morte; amo a lei. Mas, às vezes, tudo isso é pusilanimidade, quando a pátria corre um grande perigo. Então, é preciso agir, ou ver nossa prudência destruir aquilo que procuramos salvar.

O Senado estava reunido no templo, a fim de ponderar sobre a sorte dos lugares-tenentes de Catilina, presos por Cícero. A essa altura já deviam saber que Catilina estaria presente em pessoa. Os boatos sempre corriam como relâmpago em Roma, dos palácios do Palatino às sarjetas além do Tibre. Assim Cícero, acompanhado pelo irmão e a legião deste, não se surpreendeu ao ver que o Fórum mais uma vez estava tomado por uma multidão imensa, apesar da neve do inverno e do vento frio que soprava da Campanha. Os primeiros raios de sol começavam a bater sobre os telhados vermelhos mais altos dos morros, embora a cidade baixa ainda estivesse envolta em brumas e névoa.

Estou cansado, pensou Marco. Estou mortalmente cansado. Passei a vida toda lutando pela pátria e hoje parece que acabei de entrar na peleja. Isso nunca terá um fim? Não, disse o sangue severo de seus antepassados em suas veias. Nunca terá um fim, enquanto alguns homens tiverem ambição e muitos homens, espírito de escravos.

O Senado já estava à espera dele, para ouvir sua quarta oração contra Catilina e os inimigos de Roma. Ele trajava novamente sua toga de lã branca e empunhava o bastão do cargo, mas todos notaram as marcas da tensão em seu rosto pálido e que, nas últimas semanas, o cabelo tinha ficado mais grisalho e que os olhos maravilhosos estavam encovados. Mas seu passo era lento e firme, ao chegar ao meio do templo, depois de ter primeiro rendido seu preito perante o altar e acendido uma luz votiva. (Ele vira a luz fugidia bruxulear, como se estivesse decidindo sobre sua vida, e depois acender-se com brilho, fazendo outra mesura e voltando ao centro do templo.)

Ficou ali calado, pensando. O quadro medonho lhe parecia confuso, cheio de pestilência e sombras fugidias. Estaria o povo menos confuso do que ele? Ele tinha de tornar as trevas mais claras para o povo, bem como para si, do contrário tudo estaria perdido. Ele levantou os olhos e procurou Catilina naquela escuridão apinhada e enfumaçada. O sol se escondera atrás das nuvens; somente a luz de velas e tochas iluminava parcamente o amanhecer de inverno. Então, uma das velas grandes ardeu mais forte e Cícero avistou Catilina, majestoso como antes, com sua capa de pele branca, suas jóias e seu sorriso belo e frívolo. Estava sentado perto da porta do templo, como se tivesse entrado ali apenas por acaso, para ouvir um sacerdote sem importância recitar o seu ofício enfadonho. De repente, Cícero lembrou-se de sua infância e das histórias que Noë ben Joel lhe contara sobre o terrível adversário do homem — Satanás, aquele que era um arcanjo da morte, do terror e destruição, mas ainda assim um arcanjo cheio de uma beleza assombrosa e um esplendor medonho.

Cícero começou a falar calma e pausadamente, porém numa voz que parecia um clarim ressonante. Dirigiu-se aos senadores, fitando-os com seus olhos muito brilhantes.

— Senhores, estamos hoje aqui para deliberar sobre a sorte dos lugares-tenentes de Lúcio Sérgio Catilina, o patrício, militar e conspirador contra a paz e liberdade de nossa pátria. E estou aqui como advogado de Roma, como já compareci muitas vezes na qualidade de advogado de muitos que estavam correndo o maior dos perigos: a morte.

"Percebo, senhores, que os olhos e rostos de todos os presentes estão voltados para mim. Percebo que estão ansiosos, não só quanto ao perigo para vós e para a pátria, supondo-se que esse perigo se possa evitar, mas também quanto ao meu perigo pessoal. — Cícero deu um sorriso triste, levantou as mãos e deixou-as cair. — O que é o perigo para mim, quando o destino de minha pátria é muito mais importante?

"Realmente, é gratificante essa mostra de vossa boa vontade, no meio de minhas desditas e no meio do sofrimento. Mas, pelo amor aos céus, deixai de lado essa boa vontade, esquecei-vos de minha segurança e pensai só em vós, vossos filhos e Roma! Sou cônsul de Roma, senhores, para quem nem o Fórum, em que se centraliza toda a justiça, nem o Campus, sagrado pelos auspícios das eleições consulares, nem o Senado, asilo do mundo, nem o lar, santuário universal, nem o leito dedicado ao repouso, não, nem mesmo esta honrada sé do cargo jamais estiveram livres de perigo, da morte e da traição secreta.

"Tenho-me calado até demais; com paciência tenho suportado muita coisa. Tenho feito muitas concessões; tenho remediado muita coisa com certo sofrimento para mim —, embora o motivo de alarme fosse vosso. Neste momento, se for desejo do céu que a obra culminante de meu consulado seja a preservação de vós e do povo romano de um massacre cruel, de vossas esposas, filhos e Virgens Vestais da mais cruel perseguição, a preservação de Deus em nossa terra, contra aqueles que gostariam de exilá-Lo dos templos e santuários e desta pátria mais bela de todos nós contra as chamas mais hediondas, de toda a Itália contra a guerra e a devastação, que eu possa agora enfrentar quaisquer terrores que a fortuna reservou só para mim!"

Ele estendeu os braços e expôs seu pescoço, como que se oferecendo em sacrifício por Roma, como que se oferecendo por sua salvação e redenção. Foi um gesto extremamente sincero e comovente e os senadores se remexeram em seus assentos. Catilina, porém, riu-se abertamente, embora sem fazer qualquer ruído. Seus olhos luminosos procuraram as filas de senadores e ele pareceu ficar satisfeito. Cruzou os braços bronzeados sobre o peito e fixou o olhar desdenhoso sobre Cícero.

Cícero continuou, com sua voz ardente:

— Senhores, pensai em vós, precavendo-vos para a vossa pátria, preservando-vos, e a vossas mulheres, filhos e propriedades. Defendei o nome e a existência do povo de Roma! Forçai todos os nervos para a preservação do Estado, procurai em todos os cantos as tormentas que se abaterão sobre vós se não as virdes a tempo. Prendemos os sequazes de Catilina, que profana o nome de Roma por sua simples presença hoje entre nós, esses homens que permaneceram em Roma a fim de incendiar a cidade, massacrar-vos a todos e receber Catilina em triunfo. Estão incitando a população escrava, o submundo escuro e sangrento de criminosos e perversos, os dissidentes, os traidores, em prol de Catilina. Em resumo, eles conceberam a trama de que, assassinando-nos a todos, não restará um único homem para chorar em nome do povo romano e lamentar a queda dessa grande nação. Todos esses fatos foram relatados pelos informantes, confessados pelos próprios acusados e julgados verdadeiros por essa augusta assembléia do Senado. Já os declarastes culpados!

Alguns dos senadores olharam para Crasso, que apertou os lábios com um ar de integridade solene, concordando com a cabeça. Poucos notaram que Júlio César estava ali sentado, de cara fechada, abstrato.

Cícero ergueu o braço e apontou para Catilina, exclamando:

— Eis o terror de Roma, o traidor, o assassino, o espírito maligno que concebeu o nosso destino! Contemplai o seu rosto. Nele o crime está estampado! Eu o conheço bem, senhores. Há muitos anos o venho observando. Conheci suas tramas e as senti.

"Há muito tempo percebi que uma grande temeridade desordenada dominava esta cidade, e que se processava alguma nova agitação e se armava alguma discórdia. Mas nem mesmo eu, que conheço Catilina tão bem,

628 *Taylor Caldwell*

imaginei um dia que os cidadãos romanos estivessem empenhados numa conspiração tão vasta e destruidora como esta. Na presente situação, seja qual for a questão, e qualquer que seja a direção para onde tendam vossos sentimentos, deveis chegar a uma resolução antes do pôr-do-sol. É muito grave o assunto levado ao vosso conhecimento; se pensais que apenas alguns homens estão implicados nele, estais seriamente enganados. As sementes desta conspiração perversa foram levadas mais longe do que imaginais; o contágio não só se espalhou pela Itália, como ainda atravessou os Alpes, já tendo contaminado várias das províncias, em seu progresso traiçoeiro.

Cícero então levantou a voz, até que ela ressoasse contra as paredes do templo, e todo o seu corpo esguio se sacudiu com uma paixão indignada e seus olhos brilharam com uma ira severa. Catilina levantou sua bela cabeça, de repente, e o fitou, como se tivesse levado um golpe.

— Isso não pode ser eliminado por uma suspensão de julgamento ou pedidos ponderados de "tolerância a opiniões" ou procrastinação! Seja qual for a vossa decisão, deveis tomar medidas severas imediatamente, sem demora. Em nome de Roma, em nome da liberdade de Roma, em nome de tudo o que tornou Roma livre e grandiosa!*

Um dos senadores, passado um silêncio considerável no templo, dirigiu-se a Cícero.

— Qual o seu desejo quanto a essa assembléia?

Cícero não respondeu logo. Olhou com uma amargura repentina para Crasso e seus amigos, para o rosto meio escondido de César, para os olhos de Pompeu, muito quieto e para o rosto expressivo de Clódio. Depois, olhou em cheio para Catilina. Levantou o braço e tornou a apontar para o belo patrício. Numa voz imponente como o rufar de um tambor exclamou:

— Exijo a morte para os lugares-tenentes desse homem, que temos em custódia, e exijo a morte para esse renegado, esse pretenso destruidor de Roma, esse traidor, esse vândalo, esse difamador de nosso nome, esse inimigo, esse tigre em forma humana, esse lacaio do que é vil e inominável... em resumo, Lúcio Sérgio Catilina!

Então, como antes, o povo fora do templo levantou a voz, num grito possante e terrível:

— Morra Catilina! Morram os traidores!

Os senadores escutaram. Alguns se viraram para seus vizinhos, sussurrando:

---

*Quarta oração, consideravelmente condensada.

UM PILAR DE FERRO

— Cícero atiçou o povo. Não é o povo de Roma que está falando.

E outros responderam:

— Tendes o ouvido do povo e a sua voz? Ou é só a vossa?

O interior do templo estava então no mais completo silêncio, como que cheio de estátuas sentadas e de pé nas sombras marrons e ardentes, entre a fumaça do incenso e das tochas, um rosto branco aparecendo aqui e ali no tremular de uma chama, ou mãos dobradas, ou ainda um ombro, ou uma boca pálida, parecendo cinzelada. Lá dentro o aspecto era o de uma caverna sombria, onde os Fados espreitavam, com seu fio e suas rocas, num silêncio total. Mas, do lado de fora, a luz pálida e azulada do inverno brilhava sobre as cabeças encapuzadas do povo reunido, revelando rostos sinistros, olhos expressivos e o movimento de mãos erguidas.

O desafio da morte fora pronunciado no templo. Ninguém olhou para Catilina, em seu esplendor desdenhoso e sorridente. Todos olharam para Cícero, de pé no centro do piso de mosaicos, alto e esguio, de vestes brancas, um homem grisalho com um rosto branco e decidido e olhos que pareciam pedras preciosas mutáveis. Ele recomeçou a falar e sua voz, embora forte, tremia como um carvalho numa tempestade.

— Eu, senhores, sou um advogado, um jurista, e o era muito antes de ser político ou sequer me interessar pela política. Já fui pretor de Roma. Hoje sou cônsul. Em todos esses anos de serviço público, tenho defendido os homens contra uma iminente sentença de morte. Como pretor, observei as leis de Roma, mas não pedi que homem algum sofresse a humilhação final. Como cônsul, não pedi a magistrado algum, nem a essa augusta assembléia do Senado, que condenasse qualquer homem.

"A morte é a grande ignomínia. Cantamos a morte dos heróis e veneramos sua memória. A morte, porém, em muitos sentidos, é um sacrilégio contra a vida, pois mortifica a repressão de nossos sentidos. Falamos dos nobres rostos dos mortos. Não mencionamos o repentino afrouxamento dos músculos do esfíncter, que inundam de excrementos e urina a carne que expirou. Não o mencionamos porque instintivamente reverenciamos a vida e viramos o rosto para não ver as mortificações que a morte lhe inflige. Todo o nosso ser se revolta contra esse aviltamento do homem, esse escárnio declarado da natureza por ele, como se ela tivesse declarado: 'Ele não é melhor do que o animal dos campos e tem uma morte igualmente voluptuosa e vergonhosa, despejando o que se contém em seus intestinos e sua bexiga.'

"Mas nós sabemos que o homem não é um animal dos campos, pois Deus impregnou-nos de um horror à morte, a maior aversão por ela, uma revolta de nossos sentidos contra sua humilhação. Aquilo que animou a carne, embora tendo desaparecido, deixa sobre ela uma santidade e, embora não possamos fugir ao último desprezo da natureza pelo que sempre a desafiou, mantemos um silêncio decente. Portanto, em nossa decência, hesitamos em condenar um homem aos processos impiedosos da natureza, pois quando um homem é mortificado, todos os outros homens são degradados. Isso para mim é pior do que a própria morte.

"Não obstante, os homens muitas vezes são obrigados a se defenderem, e às suas famílias e à sua pátria. Muitas vezes somos obrigados a vencer o nosso horror instintivo pela morte e suas obscenidades. Só um homem privado de toda humanidade pode-se regozijar diante da extinção de outro, mesmo um inimigo. Só uma fera pode sentir-se triunfante diante do espetáculo de um campo de batalha sangrento, mesmo que a sua própria nação tenha sido a conquistadora. O verdadeiro homem, contemplando esse campo de batalha, deve curvar a cabeça e rezar pelas almas de amigos e inimigos, igualmente... pois todos eram homens.

"É sem qualquer maldade, portanto, e sem exultação, que peço que essa augusta assembléia do Senado condene Lúcio Sérgio Catilina à morte. E seus sequazes com ele. Em sua ignomínia final, até os justos têm de partilhar. Mas a nossa pátria é maior do que nós. Tudo o que Roma representa é mais nobre do que qualquer homem individualmente. Estamos diante da mais terrível das opções: ou Catilina vive ou Roma morre!

Catilina então se moveu, naquela reunião de estátuas, e a sua perversidade bela e adornada de jóias pareceu captar mil fogos nas sombras bronzeadas, brilhando de seus olhos aos ombros, aos braços, às botas de couro vermelho incrustado de pedrarias. Ele encontrou dezenas de olhares que se fixaram sobre ele, mas só olhou para Cícero e seus dentes brancos, expostos num sorriso altivo e desdenhoso, reluzindo como pérolas iluminadas. Cícero retribuiu aquele olhar, e entre eles interpunha-se o vulto etéreo de uma moça que fora morta de modo medonho, e ambos o sabiam, sem sombra de dúvidas.

Durante algum tempo, todos no templo se calaram, esperando. Era como se tivessem entrado num transe do qual ninguém despertaria. Então, todos se sobressaltaram diante do farfalhar e movimento de um vulto e viram que Júlio César, sério mas com olhos sorridentes, se levantara e estava diante do Senado, além do vulto de Cícero.

— Meu querido amigo, Marco Túlio Cícero, falou com eloqüência e fervor patriótico — disse ele, com sua voz sonora. — O patriotismo é uma virtude muito digna de admiração e veneração. Somente os seus excessos devem ser temidos.

UM PILAR DE FERRO

631

Cícero teve um sobressalto. Olhou para Júlio com uma amargura incrédula, ultrajado e raivoso. E Júlio, embora sem olhar para ele, ergueu a mão em protesto, como se Cícero tivesse se pronunciado.

Júlio continuou, falando aos senadores sem expressão:

— Catilina foi denunciado, sua morte exigida pelo nobre cônsul de Roma. Mas ele tem o direito de se defender, pelas próprias leis que Cícero mantém. Portanto, que Catilina fale em sua defesa, para que não nos envergonhemos.

Ele sentou-se, sem olhar para Cícero. Crasso apertou os lábios e olhou para o chão. Cícero não se podia mover; nem parecia estar respirando. Catilina levantou-se e, como que a um sinal, as tochas rubras arderam mais fortemente, inundando-o com uma luz sangrenta, deixando-o com o aspecto de um demônio terrível mas magnífico. Foi então, ao contemplá-lo em sua arrogância e segurança, que uma onda de imensa emoção percorreu o rosto de Cícero, como água, parecendo aumentar suas proporções.

Catilina fez uma mesura cerimoniosa e lenta a todo o Senado, a Júlio, Crasso e ao resto da comitiva. Todos os seus gestos eram graciosos e soberbos. Quando ele falou, sua voz aristocrática elevou-se sem esforço e com orgulho.

— Senhores — disse ele —, eu, Lúcio Sérgio Catilina, patrício de Roma, filho de gerações de romanos, oficial, guerreiro de Roma, fui acusado em quatro ocasiões distintas e histéricas, diante de vós, dos crimes mais perversos contra a minha pátria. Fui acusado de conspirar contra a minha nação e meus irmãos de armas, meus generais, meu próprio sangue, partilhado por muitos de vós hoje aqui. Fui acusado da traição mais detestável contra Roma, contra seus decretos, sua salvação, bem-estar e segurança. Sem poder acreditar, ouvi, enquanto me denunciavam como inimigo do Estado! Eu, Lúcio Sérgio Catilina!

Ele fez uma pausa, como se o que dissera fosse tão incrível que o tivesse deixado aturdido, ou que estivera sonhando e não tivesse ouvido bem. Olhou de rosto em rosto. Seu próprio rosto encheu-se de uma raiva fria e proibitiva. Ele pareceu crescer em altura. Cerrou o punho sobre a espada. Seu rosto revelava uma beleza contorcida e afrontada, e sua respiração rápida se fazia ouvir no templo silencioso.

— Certamente, senhores, vós que partilhais de minha situação e meu sangue, não acreditais nisto. Certamente, estais tão horrivelmente ofendidos quanto eu! Meus antepassados lutaram por Roma e morreram em seus muitos campos de batalha defendendo sua honra... como os vossos. Foram levados para casa, para as mulheres e filhos aos prantos, como os vossos, carregados sobre seus escudos. Suas espadas heróicas mancharam-se com o sangue de muitas raças, durante batalhas olímpicas travadas diante dos próprios deuses! Os anais de Roma soaram com os seus nomes viris e abençoados, tal como os nomes de vossos antepassados, também. Em lugar algum se ouve um sussurro de desonra sobre eles, ou a mácula da covardia ou da deserção. Na guerra e na paz, serviram à pátria. Como eu.

"Olhai para mim, senhores! Olhai para meu peito ferido e minhas cicatrizes, recebidas a serviço de minha pátria!

Ele abriu a parte superior de sua túnica comprida e mostrou o peito, que realmente estava cruzado várias vezes por cicatrizes de velhas feridas. O Senado olhou para elas e não falou nem se moveu, embora a emoção tenha invadido muitos rostos, quando as recordações dos velhos militares se agitaram dentro deles.

— Eu, Lúcio Sérgio Catilina, recebi medalhas e honrarias de meus generais, e fui abraçado por eles pelos serviços que prestei à pátria! Sila seria mentiroso, senhores, ou traidor, para me homenagear assim? Uma multidão de meus conterrâneos votou em mim para cônsul e, assim fazendo, se estigmatizaram como mentirosos e traidores? Quando eu era pretor, saqueei a minha pátria e a traí? Por acaso Crasso, aqui, ou Júlio César, ou Pompeu, o Grande, ou o nobre Públio Clódio, cognominado Púlquer, levantaram-se para me denunciar, a mim, seu companheiro de muitas batalhas, um irmão, um patrício como eles, um companheiro de armas? Não! Eles não se levantaram. Nenhuma voz me acusou ou me denunciou. Salvo uma.

Ele ergueu o braço e apontou para Cícero, como quem aponta para um cão de tal modo obsceno que prefere omitir o nome. Sua atitude era tão ofendida, tão cheia de repulsa, tão vibrante de ira, que vários senadores virtuosos chegaram a acreditar nele, mexendo-se nos assentos e deixando que os olhos revelassem sua indignação.

— Salvo um! — exclamou ele. — Salvo um só! E quem é esse que me acusa? Não um romano nascido dentro dos muros de Roma, mas apenas um romano por cortesia, nascido perto de Arpino, no interior, um "homem novo", um homem destituído de honra, um arrivista, um homem que não pode saber o que é ser nascido romano e criado dentro desses portões sagrados, dentro de salas que ressoam com as bênçãos de antepassados heróicos, à vista de altares erguidos aos deuses de heróis!

"Será ele militar, senhores? Trará em sua carne o que vedes em minha carne? Onde está sua espada, seu escudo, sua armadura de Roma? Ele fala da lei, mas foram meus ancestrais que escreveram a lei, legando-a a gerações de romanos ainda não nascidos! Foram os meus ancestrais que escreveram nossa Constituição com penas mergulhadas em seu próprio sangue. Foram os meus ancestrais que administraram as leis que criaram e os meus ancestrais que guiaram os passos dos romanos no caminho da glória, da força e da majestade. Senhores! Foram os ancestrais desse homem que o fizeram, esse homem de família sem brilho, esse homem, filho de comerciantes e insignificantes donos de lojas e pequenos mercadores? Não! No entanto, ele fala da lei como um burro zurra para a lua!

Ele bateu no peito com um punho cerrado. Seu rosto estava inflamado, seus grandes olhos azuis alcançando cada rosto como raios.

— Esse homem, neste templo sagrado, diante de vós, diante de vossa honra e vosso amor à pátria, vosso berço e educação, diante das memórias de vossos antepassados, diante dos lictores, fasces e estandartes de nossa pátria, diante da impressionante história de Roma, ousa acusar-me, a mim, dos crimes mais monstruosos que jamais desgraçaram o espírito dos homens, das corrupções mais inomináveis, de traição! Traição!

Novamente ele bateu no peito e o terrível fogo azul de seus olhos voltou-se para Cícero, com desprezo e ódio.

— Senhores, sabeis o que na verdade o preenche agora, e o que o preenchia antes? A inveja! A cobiça. O ódio por tudo a que nunca poderá aspirar, enquanto Roma existir! Ele é cônsul de Roma. Para ele não basta. Por meio de astúcia e uma voz melíflua, ele seduziu os espíritos dos romanos e conquistou certa fama para si. Para ele não basta. Ele passou da pobreza à riqueza. A riqueza de Roma. Para ele não basta. É invejoso. Quer ser o que eu sou: um patrício. Não o conseguindo, prefere destruir e devorar aquilo que nunca poderá atingir, o que os deuses lhe negaram.

"Em quatro ocasiões diferentes, ele me atacou furiosa e loucamente, em sua inveja e frustração. Eu o ouvi duas vezes. Por duas vezes, não vim aqui, com vergonha de minha pátria. Eu não o temia. Não temia que lhe dessem crédito, com suas terríveis acusações contra um filho de Roma. Desdenhei a idéia de ouvi-lo, pois quem daria ouvidos a um homem de origem humilde e linhagem mesquinha? Somente animais, gulosos como ele.

"E agora ele tem a audácia, que nunca teria sido permitida nos tempos de vossos pais e dos meus, de exigir que eu morra ignominiosamente por crimes que nunca cometi e que, como patrício romano, não poderia cometer, não, nem mesmo que eu estivesse perturbado! Eu o suportei. Senhores, não posso mais suportá-lo. Peço que vos lembreis de nosso sangue comum e das almas de nossos antepassados e vos pergunteis se eu poderia ser culpado dos crimes tremendos de que fui acusado... por esse Marco Túlio Cícero, cujos antepassados eram pisoeiros e lavavam nossas roupas! Olhai para os vossos corações e vossas memórias, senhores, e depois olhai para o que Roma vomitou hoje, quando homens humildes e vis podem levantar-se, com impunidade, e denunciar homens, como eu, que são o próprio espírito de Roma!

Ele jogou-se de novo em sua cadeira e cerrou os punhos sobre os joelhos, o peito arfando. Ficou olhando para o chão como se tivesse uma visão tremenda e apavorante, que repudiasse com todo o seu sangue e a força de suas paixões.

Quinto, que estava perto do irmão, sentiu a boca encher-se de bile e do desejo de matar. Seu rosto forte, em geral tão vermelho, estava branco como um lençol. Ele levantou a mão grande e agarrou o braço de Cícero. Viu que estava duro como pedra e notou que o irmão fitava Catilina como se olhasse para uma cabeça de Górgona.

Então, no silêncio mortal e profundo, Júlio César levantou-se de novo, com suas vestes esplêndidas, sorrindo vagamente. Dirigiu-se ao Senado, que, com relutância, afastou o olhar de Catilina para ouvi-lo.

— Senhores — disse ele, numa voz branda e razoável —, ouvimos o acusador e o acusado. As palavras de Catilina realmente atingem o coração de qualquer homem de brio. Mas, senhores, temos as provas! As acusações de Cícero não se baseiam sobre a inveja, nem o vento. Temos as confissões dos lugares-tenentes de Catilina, que na justiça e na busca da verdade, não lhes fora extraídas por meio de maus-tratos ou tortura, mas que foram ditas livremente pelos próprios patrícios. E todos conhecemos o desprezo dos patrícios pelas mentiras.

Catilina levantou a cabeça bela e terrível e olhou diretamente para Júlio, que sorriu, com certa indulgência.

— Infelizmente, não estamos mais nos tempos de nossos antepassados — disse Júlio, com tristeza. — Antigamente, os patrícios não se cercavam de fanáticos loucos e conspiradores, ambiciosos e excitáveis. Mas a vida era mais simples nos tempos de nossos pais, e não tão desmoralizada, complexa e atordoante, nem tão abalada pelos muitos ventos das mudanças e diferenças. Naqueles tempos simples, o homem sabia qual era o seu dever. Não ficava perplexo, pensando no que seria o melhor para sua pátria. Lutava por ela, simplesmente, e morria por ela. Sua política não era embaralhada, abstrata e complexa como é hoje. Da confusão, mesmo da boa vontade e amor ao próximo, inevitavelmente surge, por vezes, certo atordoamento, certa tendência a ser enganado por línguas cativantes, certa insegurança de objetivos. O que parecia bom para nossos pais não o parece mais para muitos que, infelizmente, têm um caráter instável. Poderemos

Um Pilar de Ferro

chamar a essa instabilidade, essa confusão de traição, o mais imperdoável dos crimes? Ou chamaremos isso de uma coisa deplorável, tendo compaixão dos tolos responsáveis?

Crasso reprimiu seu sorriso sinistro. Clódio mexeu-se, constrangido. Pompeu olhou para César e os olhos impassíveis se apertaram. Mas o jovem Marco Pórcio Catão, neto do velho censor e ardente patriota, contemplou César com horror e com a mesma raiva muda de Cícero.

— É sabido — continuou César, novamente com tristeza — que até os aristocratas podem se iludir e confundir. Catilina foi acusado por seus próprios subordinados de ter conspirado contra Roma, de ter desejado incendiá-la e destruí-la, numa espécie de loucura exultante. Devemos lembrar-nos que esses subordinados, ansiosos por escaparem de um castigo justo por seus próprios crimes, podem ter exagerado. Concordemos que Catilina lhes tenha dado ouvidos, sonhando sonhos grandiosos e loucos. Afinal, são patrícios, como ele. Mas são jovens, senhores, e sabemos quais os excessos de homens jovens e ardentes! Catilina não é mais jovem. E já foi ferido muitas vezes a serviço da pátria, já sofreu de muitas febres em regiões distantes, e isso em si basta para transformar a mente de um homem e para afetar seu juízo. Eu o conheço bem, desde a infância. Já lutei ombro a ombro com ele e nunca houve um soldado mais valente ou dedicado! Nunca notei nele, durante nossa juventude, sinal algum dessa perturbação que dizem o estar acometendo agora; conseqüência de dar ouvidos a homens de paixões impacientes e desejos ainda mais impacientes.

"Pode haver muita verdade no que seus sequazes disseram... e muita imaginação da parte deles. Se Catilina os ouviu e ficou confuso e não sabia o que fazer nesses tempos árduos e mutáveis, e diante das complexidades da vida e do governo, então a sua própria atenção a isso foi estupidez. Mas isso constitui traição? Talvez. Talvez não.

"Não obstante, isso exige uma punição e eu a aprovo.

Ele olhou para Catilina, cuja boca perfeita esboçava uma expressão de desânimo triste e cuja cabeça estava curvada novamente.

— Que ele parta! — exclamou Júlio, como que torturado pelo pesar e pela indignação, mas também pela piedade. — Que ele passe os últimos anos de sua vida no exílio, onde poderá pagar penitência por sua loucura e lembrar-se, sem proveito, da cidade de seus ancestrais. Asseguremos a ele que não haverá sentinelas nos portões, nem emboscadas para assassiná-lo nessa estrada para o exílio. Esqueçamos do nome de Catilina, como ele mesmo deve desejar ser esquecido. Tenhamos misericórdia, recordando seus serviços para a pátria no passado, sua bravura e heroísmo. Que ele parta, para meditar sobre suas loucuras e lembrar-se, com o passar dos anos, de que seus conterrâneos romanos puderam comover-se, tendo a compaixão de o pouparem. — Ao dizer isso, Júlio pôs as mãos sobre o rosto, como que para esconder as lágrimas, e depois virou o rosto e sentou-se numa atitude de exaustão e sofrimento.*

Cícero disse a si mesmo, com o maior desespero: Ele traiu a mim e a Roma. Como Catilina conseguiu alcançá-lo, para ele se desonrar desse modo? Ah, Júlio, não o considerava mais do que antes, mas tinha as minhas esperanças! Pensei que, no final, você apoiaria a sua pátria. Agora tudo está perdido.

Cícero viu os rostos dos senadores, sua luta íntima, o medo e as trevas. E, pior que tudo, dúvida e insegurança.

Foi então que o jovem Catão levantou-se, o homem de rosto fino, olhos destemidos e raivosos e feições delicadas. Catão foi postar-se ao lado de Cícero, pegando na mão dele com o gesto simples de um companheiro. Olhou para os senadores e seus olhos tornaram-se brilhantes e firmes. Depois, devagar, virou-se para Júlio, que repentinamente se refizera de seu pesar e estava empertigado em sua cadeira de marfim, como se visse um Hermes de mármore adquirir vida e enfrentá-lo. Catão levantou a mão e apontou para César. Começou a falar com uma voz que tremia e a princípio parecia tímida, mas que, aos poucos, foi ganhando força.

— César! Filho de uma família grande e honrada! César, o Grande Pontífice, o ilustre militar! César, que hoje desonrou tudo que ele é, e sua pátria também!

Os senadores se endireitaram nos assentos, sem poderem acreditar em seus olhos e ouvidos. Eles se entreolharam, pasmos.

— César, o fingido, o mentiroso! — exclamou Catão, com toda a força de sua raiva. — Ele sabe que o que Cícero disse é verdade; sabe que o que os sequazes de Catilina disseram é verdade! Por que o nega? Diga-me, César, de que você tem medo? Que emoções enchem o seu coração sutil? Que perturbação de mente e de alma?

"Você já ouviu a verdade muitas vezes e, no entanto, agora fala baixo. Baixo! Que brandura é essa a favor de traidores, César? Por que você insulta a nossa inteligência, o nosso conhecimento, a nossa razão como homens, a nossa consciência da verdade? Deve haver brandura para traidores, para os inimigos de nossa pátria? Pode haver a desculpa de que foram

---

*Discurso de César.

UM PILAR DE FERRO 637

iludidos, de que estavam confusos, de que não sabiam o que faziam? De que sua intenção era boa, da bondade de seus corações, e que só o resultado era vil, mas não a intenção? Quando eles disseminaram a traição, eles o fizeram só por amor ao homem e um ardoroso desejo de justiça, embora mal orientado e perigoso? Estavam apenas insatisfeitos e fizeram o que fizeram só para melhorar a situação de todos os romanos, em especial os que chamavam de 'oprimidos'? Seria a sua impaciência, como diz você, apenas a impaciência daqueles que procuram melhorar a sociedade? Estavam apenas frustrados diante da morosidade da lei e da correção lenta do que é indigno na lei? Ou, César, eram o que você sabe que são: traidores, assassinos, homicidas e renegados, com a noção exata de seus crimes e a sede do poder?

A voz dele foi abafada por sua emoção e ira divinas. E os senadores, novamente comovidos e como que saindo de um devaneio, ficaram ouvindo. Júlio sorriu, pensativo. Crasso não revelou nada por sua expressão. Pompeu deu um sorriso enigmático. Clódio fingiu estar examinando as unhas.

Catão continuou, tremendo diante de todos, mas não de medo:

— O que recomendo, o que agora exijo e o que todos os romanos exigem comigo, é o seguinte: já que o Estado, devido a uma combinação conhecida e traiçoeira de cidadãos dissolutos, foi levado a um perigo monstruoso, e já que os conspiradores, inclusive Catilina, estão entre nós, e ainda por cima condenados por suas próprias confissões por terem concebido massacres, motins, incêndios e todo tipo de ultrajes desumanos e cruéis sobre os seus concidadãos, que lhes seja aplicado o castigo de acordo com o precedente antigo e velho, destinado a homens considerados culpados de crimes capitais!*

De tal modo estavam os senadores fascinados, tão impressionados com a simplicidade, ardor e honestidade apaixonada do rapaz, que conheciam como cavalheiro brando e sério, um patrício estudioso, romano valoroso mas despretensioso, que nem notaram que Catilina se levantara, de seu lugar distante, e de repente desaparecera, absorvido no meio do povo e até dos soldados à porta, que estavam tão impressionados quanto eles. Nem o povo amontoado do lado de fora percebeu sua passagem rápida, deslizante, pois estavam escutando César e Catão, espantados e absortos, as cabeças erguidas e tensas, para não perder uma única palavra, com suas vozes, sem-

---

*Discurso real, documentado, de Marco Pórcio Catão.

pre tão exuberantes, caladas uma vez na vida. Não notaram nem prestaram atenção à fuga furtiva de Catilina; se perceberam alguma coisa, foi um mero empurrão sem importância. Só lhes ocorreu que ele tinha escapado quando já era tarde demais. Além disso, o sol de inverno estava ofuscante, de modo que os olhos ardiam e choravam, tentando penetrar a luminosidade para ver o que se passava dentro do templo.

Só uma pessoa viu aquela retirada furtiva: Júlio César. E ele não teve nem um sobressalto, nem mostrou que vira alguma coisa, conservando uma expressão pensativa. Por fim, quando não ouviu nenhum tumulto fora do templo, percebeu que estava contendo a respiração e que seus pulmões protestavam. Sorriu intimamente, com um alívio imenso, e olhou para Cícero, com cuidado. Mas a cabeça de Cícero estava curvada, pois ele se comovera profundamente com as palavras de Catão e o toque de sua mão. Cícero ouviu o murmúrio dos senadores, quando Catão acabou de falar, e refletiu antes de levantar a cabeça para novamente dirigir-se a eles, sabendo que muitos lhe eram hostis e o desprezavam.

— Senhores, Catão é de opinião que homens que tentaram privar-nos da vida, destruir a república e apagar o nome do povo romano não devem gozar nem por um minuto do privilégio da vida e da respiração que todos partilhamos; e ele tem em mente que esse determinado castigo tem sido aplicado muitas vezes em Roma, em se tratando de cidadãos desleais. Entende que a morte não foi ordenada pelos deuses imortais como método de castigo, mas que se trata de uma conseqüência inevitável da existência natural, ou uma libertação pacífica dos trabalhos e aflições. Assim, os sábios nunca encararam a morte com relutância e os bravos muitas vezes a receberam com alegria. Mas a prisão e, especialmente, a morte foram certamente concebidas como a penalidade excepcional de crimes abomináveis. César, contudo, propõe que Catilina e seus conspiradores sejam exilados de Roma e distribuídos por outras infelizes cidades ou aldeias da Itália, o que me parece, senhores, um ato de injustiça para com essas cidades ou aldeias! — Ele suspirou e balançou a cabeça.

— Se adotardes a proposta de César, que está de acordo com a sua própria vida política, que é considerada "popular", terei menos motivos para temer uma explosão de ressentimento público, pois há muitos que gostam de Catilina. Se adotardes a alternativa da morte, estarei atraindo sobre mim um perigo maior. Mas quero dizer a César o seguinte: certamente ele está ciente de que a Lei Semprônia foi promulgada em benefício dos cidadãos romanos apenas e de que um homem que é um inimigo declarado do Estado não pode realmente ser um cidadão e, portanto, não pode sofrer apenas o exílio!

UM PILAR DE FERRO

"Senhores, concluí as minhas exortações e a decisão agora cabe a vós. Somente vós podeis determinar, à luz das provas, e com coragem, quanto ao supremo bem-estar vosso e do povo romano, quanto a vossas mulheres e filhos, quanto a vossos altares e lares, santuários e templos, prédios e casas de toda a cidade, quanto à vossa soberania e liberdade, a segurança da Itália, de toda a comunidade de Roma. Sou vosso cônsul. Não hesitarei em obedecer às vossas instruções, sejam quais forem. E arcarei com toda a responsabilidade.*

Ele olhou para os senadores com uma severidade tranqüila e não desviou o olhar. Ficou ali de pé, com o irmão de um lado e Catão do outro. O destino de Roma estava nas mãos daqueles senadores e Cícero resignou-se à hesitação deles e à rejeição final do seu pedido pela morte de Catilina.

Mas o povo lá fora transmitira rapidamente suas palavras finais até os confins do Fórum. E então o templo, enquanto Cícero esperava e os senadores se consultavam em sussurros, foi subitamente invadido por um rumor intenso e trovejante: "Morte a Catilina e a todos os traidores! Morte! Morte!"

Cícero ouviu aquilo e um vago sorriso passou por suas feições severas. César ouviu e olhou nos olhos de Crasso, não vendo ali nada que pudesse interpretar. Os senadores ouviram atentamente e compreenderam que não tinham alternativa. O mais velho entre eles voltou os olhos para o cônsul e disse:

— A morte para Catilina e seus conspiradores.

Mal ele acabara de falar, Quinto adiantou-se e fez um sinal aos soldados para prenderem Catilina. Mas Catalina não estava ali e, imediatamente, os de dentro do templo juntaram seus gritos raivosos aos dos de fora. Catilina, em seu grande cavalo preto, acompanhado de vários companheiros, naquele momento corria furiosamente para transpor o portão mais próximo e unir-se ao velho Mânlio.

Era tarde da noite e Cícero estava em sua biblioteca, assinando os documentos que entregariam os lugares-tenentes de Catilina, então na prisão Túlia, à masmorra para serem executados no dia seguinte. A execução seria a mais vergonhosa de todas: fazer descer o homem a um poço, onde ele seria estrangulado lenta e dolorosamente. A mão de Cícero fraquejou. Desejava desesperadamente que houvesse uma alternativa. Ele olhou para a

---

*Conclusão da quarta oração.

pena e estremeceu. Nunca assinara a sentença de morte para homem algum. Mas, para Roma poder viver, aqueles homens teriam de morrer, embora todos fossem patrícios e um deles tivesse sido cônsul de Roma por um ano. O que seria pior: a execução por traição, ou a traição em si? Ele deu um suspiro profundo e a assinatura nos mandados ficou quase ilegível, tamanha era a aflição de sua alma.

Ele acabara de concluir aquele trabalho miserável quando seu supervisor anunciou a chegada de Júlio César. O primeiro impulso de Marco foi negar-lhe uma audiência, pois a amargura que sentia contra o velho amigo era imensa. Depois consentiu, cansado, empurrando os mandados para um lado e olhando-os rapidamente. Pareceu-lhe que as bordas estavam manchadas de sangue.

César entrou de mansinho e com uma cara muito séria. Marco fez um gesto indicando que ele se sentasse e, ainda calado, serviu vinho ao visitante. César pegou um cálice e Marco outro. Depois, César brindou ao dono da casa. Marco não fez qualquer gesto, mas levou o cálice aos lábios.

— Você está irritado comigo, Marco — disse Júlio. — Mas não foi melhor que eu provocasse uma discussão no processo, do que permitir uma decisão apressada demais por parte do Senado? A história há de registrar que Catilina só foi condenado depois de considerações prolongadas e ponderadas e não pela emoção.

— Não foi essa a sua intenção, Júlio — disse Marco, sua amargura aumentando. — Diga-me: de que modo Catilina chegou até você, intimidando-o a ponto de você se tornar advogado dele?

Júlio levantou as sobrancelhas pretas, em sinal de espanto.

— Eu lhe juro, Marco, que não o compreendo! O que está querendo dizer?

— A verdade, Júlio, apenas a verdade. Não importa. Você não me dirá. Por que está aqui?

Júlio sorriu para ele com afeição.

— Para aplaudi-lo, Marco, por ter salvado Roma.

Marco não conseguiu manter o controle. Pegou os mandados de morte, brandindo-os ao alto.

— Olhe para isto, César! Um deles solicita a prisão e subseqüente execução de Lúcio Sérgio Catilina! Os outros cinco ordenam a execução, amanhã, de seus subordinados! Seis mandados, César, apenas seis. Sabe quais são os outros nomes que deveriam estar em minha mão agora? O seu, César, e o de Pompeu, e o de Clódio, e talvez até o de Crasso! E de todos os outros que estão do seu lado! Todos! Vou-lhe dizer, eu dormiria melhor esta noite, e com menos aflição de espírito, se os seus nomes também estivessem aqui, e isso eu juro pela minha santa padroeira, Palas Atenéia.

Ele jogou os mandados em cima da mesa e ficou fitando-os, com um sofrimento amargo. César levantou-se e colocou o cálice na mesa.

— Você está sendo injusto conosco, Marco.

— Estou, César?

— Sim. Já jurei isso muitas vezes.

— Você jura mentindo e por isso os deuses se vingarão de você.

César mexeu no broche de pedrarias no ombro, que lhe prendia o manto. Olhou para Marco demoradamente, calado, e por fim disse:

— Você é um homem bom, velho amigo e companheiro, e o seu coração sofre por ter de agir assim. Por isso, está falando descomedidamente. Basta. Eu lhe perdôo, pois não o amo? Ponha o seu coração ao largo. Você salvou Roma.

A raiva de Marco, porém, o fez levantar-se depressa. Ele debruçou-se sobre a mesa, de modo que o seu rosto enfrentou o de César, ficando muito vermelho.

— Eu não salvei Roma, César! Ninguém pode mais salvar Roma e você sabe disso. Ela está condenada, César, assim como você está condenado, e eu, e todo um mundo conosco.

Pouco depois, naquela noite, Júlio disse a Crasso:

— Estou-lhe dizendo, não é só Catilina que está louco. Cícero também está. Ele salvou Roma para nós. Confunde a audácia e os assassinatos de Catilina com a nossa própria decisão inteligente de não nos opormos às mudanças e... — então Júlio sorriu – dirigi-las habilmente.

— Demos graças — disse Crasso. — Esse foi o fim de Catilina.

Capítulo LV

Mas não foi o fim. Foi apenas o princípio sangrento.

Catilina deu o golpe quase imediatamente, com Mânlio e seus dissidentes, com a ralé de invejosos libertos, gladiadores, escravos fugidos, bandidos, criminosos de todo tipo e os descontentes, endividados e traiçoeiros. Entre eles, porém, havia patriotas toscanos que Catilina seduzira e estes eram seus homens preferidos, pois eram todos soldados experientes, assim como o eram os etruscos de Mânlio. Os boatos apavorantes correram logo para Roma. Catilina estava em marcha. Havia dezenas de milhares de seus simpatizantes dentro da cidade, entre os quais os parentes de Lentulo, que morrera a morte vergonhosa na masmorra da prisão Túlia, com os quatro outros sequazes de Catilina.

A loucura, conforme dissera Cícero uma vez, tem uma terrível grandeza própria, que não se encontra entre os sãos, e foi essa grandeza que fascinou os que gostavam de Catilina. Uma vez Nöe ben Joel escreveu a Cícero, de Jesuralém: "Muitos dos judeus instruídos acham que os homens perversos são loucos. Mas outros, igualmente instruídos, dizem que os loucos são perversos e possuídos por demônios. Assim, muitos de nossos sacerdotes passam a vida expulsando os demônios dos afligidos." O demônio que se apoderara de Catilina nunca fora exorcisado, passando então a dominá-lo completamente. Desprezando os seus adeptos — milhares dos quais tinham queixas legítimas contra Roma, como os lavradores arruinados pelas guerras, os libertos desesperados e os que se haviam envolvido em dificuldades com os agiotas, cujos juros se havia permitido subir além do que era razoável — e desprezando os que se interpunham em seu caminho para o poder, ele não tinha qualquer freio, nenhuma compaixão humana ou misericórdia.

Mas Mânlio, o velho e honrado militar, cercado por seus veteranos — que também tinham suas queixas contra Roma — escreveu a Márcio Rex, o general que fora convocado às pressas pelo Senado para destruir todo o exército insensato de Catilina e Mânlio.

"Meu caro ex-irmão de armas Márcio", escreveu Mânlio, em sua carta comovente, "clamo aos deuses e aos homens para testemunharem que pegamos em armas não contra a nossa pátria, ou para causar algum perigo a outros, mas para proteger nossas pessoas de ofensas. Estamos infelizes e na miséria. Muitos de nós fomos expulsos de Roma pela violência e crueldade dos agiotas e todos perdemos nossa reputação e fortuna. A nenhum de nós foi permitido desfrutar da proteção da lei para conservar a liberdade pessoal, depois de termos sido privados de nosso patrimônio. Os seus antepassados muitas vezes tiveram piedade dos plebeus romanos, aliviando-lhes as necessidades por decretos senatoriais. Muitas vezes os próprios plebeus, levados por um desejo de governar ou inflamados com a arrogância dos magistrados, pegaram em armas, separando-se dos patrícios. Mas nós não reclamamos nem o poder nem a riqueza, mas apenas a liberdade, a que nenhum homem de verdade abdica a não ser com a própria vida. Imploramos que você e o Senado pensem em seus infelizes conterrâneos, para restituir a salvaguarda da lei de que a injustiça dos juízes nos privou e não nos impor a necessidade de atacar os nossos concidadãos romanos, ou nos perguntarmos como poderemos vender mais caro as nossas vidas."*

---

*Carta de Mânlio a Márcio Rex.

Mânlio enviou essa carta a Márcio Rex e este prontamente a levou ao Senado, que solicitou a presença de Cícero. Cícero leu a carta e suspirou, amargurado.

— Mânlio tem muita razão no que escreve — disse ele. — Aconselhem-no a não se envolver com Catilina e a depor as armas, bem como seus correligionários.

O Senado seguiu o conselho, e a carta foi despachada para Mânlio, que escrevera em segredo e sem o conhecimento de Catilina. Ele então mostrou a carta dos senadores a Catilina, que a princípio enraiveceu-se contra o velho general por sua "falsidade", mas depois achou muita graça.

— Comecemos logo a nossa marcha — disse ele. — Não confio no Senado, agora não.

Mânlio vacilou, pois estava velho e cansado e era romano.

— Tenho visto muita violência, sangue e morte, Lúcio. Vamos fazer um trato com o Senado, com os governantes de nossa pátria.

Catilina então disse, tomado pela raiva:

— Eu não tenho pátria! Nunca tive pátria! Terei quando me apoderar de Roma e só então! — Catilina estava furioso e exultante com seus planos. Seu exército marcharia sobre Roma, com pelo menos 20 mil homens, através da Gália e depois atravessando os Apeninos pelo passo de Fésula.

Cícero ordenou a Metelo Céler, então um dos pretores, que fosse imediatamente aos territórios do Piceno e atravessasse o Fésula, galgando os picos com suas legiões, desse modo obstruindo a passagem de Catilina. Por outro lado, Cícero despachou C. Antônio Híbrida de Roma com outra legião, sendo Quinto Túlio Cícero um de seus capitães. Iam preparados para enfrentar Catilina diretamente, depois de ele ser desviado do Fésula. Na hora da partida, Cícero abraçou o irmão com uma angústia que não pôde controlar nem esconder.

— Não se entristeça assim, querido Marco — disse Quinto, alarmado ao ver as lágrimas do irmão. — Sinto que não vou morrer às mãos dos criminosos de Catilina. Hei de voltar. Mas, caso eu não volte, lembre-se de que pereci em nome de minha pátria.

Catilina, esperto e grande militar, não se importou muito com o fato de ter sido sua marcha interceptada através do Fésula. Era um estrategista. Virou seu exército para o vale norte do rio Arno e dirigiu-se para Pistóia, num plano de atingir a Gália atravessando os Apeninos pelo oeste. Sua exultação estava no auge. Não tinha a menor dúvida de que teria êxito. Os deuses não amavam os patrícios, os audaciosos e bravos? Ele se sentia invulnerável, como que protegido pelo escudo do próprio Perseu. Sentia-se um verdadeiro Hércules, que ninguém conseguiria derrotar. Havia momentos em que ele achava que poderia enfrentar sozinho o exército de Antônio, com suas próprias mãos, destruindo-o sem sofrer um só ferimento. Montado, passava de um lado para outro das fileiras imensas e desordenadas do exército de veteranos descontentes e turbas inomináveis, armados, em centenas de casos, apenas de bordões afiados ou lanças toscas. Ele levava um *Catilinii* rubro como sangue. Os homens olhavam para aquele rosto belo e exultante e, embora apavorados, eles o viram como um deus impossível de se derrubado por um simples mortal. Sua armadura cintilava ao sol do inverno. Seu manto vermelho esvoaçava atrás dele; seu elmo brilhava como uma lua dourada. O ardor e a loucura formavam uma aura de luz em volta dele. Os cascos de seu cavalo negro tiravam faíscas do solo do vale; sua sombra parecia alongada e nítida sobre a neve. A distância estavam os montes negros e brancos, que, para Catilina, pareciam estar quase ao alcance da mão e pouco mais altos do que rochas. Além deles ficava a Gália... e Roma. Sua voz soava como um clarim alegre, alardeando a notícia da vitória. As fileiras de seus soldados se cerraram e marcharam com os corações mais leves, perdendo de repente todo o medo e as dúvidas. Catilina para eles se tornara o Apolo chamejante, montado em Pégaso, vestido de uma armadura forjada por Vulcano, no Olimpo.

Os dois exércitos se aproximaram inexoravelmente ao meio-dia. Antônio, o patrício, colega de Cícero e general, de repente foi acometido de uma inquietação. Estava montado ao lado de Petreio, seu ajudante-de-ordens, soldado bravo e veterano, e atrás deles vinha Quinto, o capitão favorito de Petreio, com sua armadura brilhante e a fisionomia tensa e valente. E atrás dos três trovejavam as bigas bélicas, armadas, com as bandeiras desfraldadas e lictores e fasces, pela vasta planície. A agitação de Antônio acentuou-se. Catilina tentara seduzi-lo; Catilina era inimigo de Roma. Catilina tinha de ser destruído. Mas Catilina era também um patrício, como ele, e Antônio um dia o amara, e suas famílias eram muito amigas.

Antônio disse a Petreio:

— Tenho vergonha, mas fui acometido repentinamente de um ataque de gota. Tenho de me retirar para a retaguarda. Caro companheiro, vá você à frente com estas legiões e, com Quinto ao seu lado, desfira o primeiro golpe. Vou comandar os soldados da sua retaguarda e os mensageiros me trarão qualquer apelo seu.

Petreio, o general corpulento e grisalho, entendeu logo. Também ele era patrício. Mas, acima de tudo, era soldado. Desviou o olhar feroz e disse apenas:

UM PILAR DE FERRO 645

— Que seja como diz, Antônio. Espero que se recupere logo. Quinto e eu comandaremos o ataque.

Ele olhou pela planície comprida e larga, viu avançar o negrume do exército de Catilina e apertou os lábios. Quinto ouvira a conversa; sequer olhou para Antônio, quando este virou o cavalo e se dirigiu para a retaguarda, o rosto fixo e pálido. Quinto desprezava o colega do irmão. Um romano era um romano — era só o que o homem tinha de saber. Ele fez um gesto e, de repente, os campos majestosos e o ar silencioso encheram-se do rufar dos tambores em marcha. Para o infeliz Antônio, parecia que ele estava sendo ignominiosamente tocado para a retaguarda e suas faces coraram, ainda que os lábios continuassem brancos. Petreio deu um sorriso sinistro. Quinto não tinha a autoridade de mandar rufarem os tambores, nem os trompetes seguintes, de desafio. Mas Petreio não o reprovou. Fez sinal para que cavalgasse a seu lado, no lugar de Antônio, e Quinto, contente e agradecido, esporeou o cavalo.

— Se meu irmão fosse um traidor de Roma, eu o executaria por minha própria mão — disse Quinto. Petreio não respondeu. Concordava com Quinto, mas, ainda assim, ele e Antônio eram patrícios e Quinto não era. Mas ele adorava o valor e inclinou-se do cavalo rapidamente, para pôr a mão protegida por malha sobre o ombro do rapaz.

— Somos soldados — disse ele, e isso bastou para Quinto, cujo rosto forte corou de satisfação. Ele gostava de todos os homens do exército romano, dos condutores de bigas às massas de legionários marchando atrás das viaturas, dos tambores aos trompetes que desafiavam Catilina. O barulhento ribombar das rodas e a vibração do ar quieto do inverno, perturbado pelos soldados da infantaria, o excitavam. Havia muito tempo que ele não se batia num combate mortal e seu sangue de soldado estava excitado a um ponto quase insuportável; seu espírito elevou-se no peito como se tivesse asas. Ele estava montado ereto na sela, controlado e animado, sua carne estuante de vida. O que era lutar pela pátria e até morrer por ela! Os espectros dos heróis cavalgavam a seu lado, em cavalos transparentes; tambores e trompetes, há muitos calados, erguiam-se em frágil júbilo, como ecos acima de tudo o mais.

O sol pálido mas ofuscante buscava a terra branca e as montanhas brancas e negras, batendo nas bandeiras vermelhas e douradas, e as sombras nítidas dos dois exércitos que se aproximavam, reluzindo sobre as espadas desembainhadas, quebrando-se sob os elmos de cristas, espetando-se sobre as lanças erguidas e enchendo os vazios da neve com uma luminosidade azul. À esquerda do exército romano corria o rio frio e estigial, tumultuado com espumas pálidas em sua passagem turbulenta. No alto, o céu era do azul mais vago e gélido e contra ele os estandartes pareciam sangue. O couro rangia; as armas retiniam, os cavalos relinchavam, levantando as narinas impacientes para sentir o cheiro acre da batalha. A respiração deles fumegava. O sol brilhava sobre milhares de escudos dourados, deles fazendo pequeninos sóis.

Quinto era um homem de idéia fixa; as sutilezas dos decadentes — como ele as considerava — eram para as colunatas e não para um momento em que se exigia ação. Ele agora estava marchando para enfrentar um exército hostil conduzido por um louco e, como soldado de idéia fixa, regozijava-se ao desafiar os inimigos da pátria. Os romanos já haviam lutado contra outros romanos, fora e dentro dos muros. Isso era o suficiente para ele. Em sua impaciência para encontrar o inimigo, ele esporeou o cavalo, ultrapassando Petreio, e teve de frear, no último momento. Foi então que o seu coração simplório sofreu um choque, como que golpeado por um punho de ferro, e ocorreu-lhe a idéia de que ele estava ansioso por matar o homem que arriscara a própria vida para salvar a dele.

Catilina era o inimigo confesso e condenado de Roma. Ele desejava sua destruição. Não obstante, fora um homem valente e soldado heróico e um irmão de armas dedicado. De repente, Quinto sentiu-se muito mal. Não hesitaria, nem retiraria o braço, diante de Catilina, pois era evidente que ele tinha de morrer. Mas Quinto rezou para que não fosse ele em pessoa que o matasse e que Catilina sucumbisse pela mão de outro. O exército romano estava agora descendo a encosta da planície; o exército de Catilina subia a encosta. Dentro de pouco tempo eles se atacariam. Quinto sentiu o gosto de sal, ou de sangue, na boca, e sua expressão, sob a viseira levantada de seu capacete, devia estar muito estranha, pois Petreio, o velho veterano, lançou-lhe um olhar rápido e curioso, embora não tenha dito nada. Quinto percebeu esse olhar e abaixou a viseira.

Petreio levantou a mão para proteger a vista e examinou o inimigo que se aproximava.

— É um exército miserável — disse ele. — Nós os derrotaremos com facilidade. — Ele levantou o braço e o trovão dos tambores e o clamor dos trompetes elevou-se a um grau mais forte, atordoando os ouvidos com o som.

— Avançar! — gritou Petreio, e ele e Quinto saltaram para a frente nos cavalos. Seguidos pelos oficiais e pelas bigas, com a legião de cavalaria e a legião de infantaria mais atrás, correram para o primeiro choque.

O exército de Catilina parou de repente e olhou para cima, para ver a onda cintilante descendo sobre eles. Vacilou, mas não se dispersou. Havia

Um Pilar de Ferro

ali milhares de bravos soldados que já tinham conhecido o combate naquele exército. Eram comandados por homens corajosos. Mesmo a ralé inominável de Roma, mal equipada, que fazia parte desse exército, sentia o entusiasmo tremendo da morte próxima e da batalha que se aproximava. Cerraram mais as fileiras e avançaram para enfrentar o exército romano e bem à frente deles estava Catilina em seu cavalo negro, lançando-se furiosamente ao ataque. Como se a própria natureza participasse daquela violência, o sol pareceu dilatar-se, tornando-se insurportavelmente claro, transformando os montes nevados em fogo branco; o rio negro estrugia e martelava suas margens gélidas.

O choque do encontro alucinado e terrível dos dois exércitos bradou e ressoou nas montanhas e a terra estremeceu. Os cavalos se lançavam uns contra os outros, os homens contra os homens. Catilina não tinha bigas; as bigas romanas giravam e trovejavam em volta do inimigo. Então o sol faiscou sobre espadas reluzentes, sobre o rodopio de lanças. Os homens caíam das selas, manchando a neve com sangue. Os cavalos berravam, ao morrer. As armas batucavam nos escudos. Rostos temíveis olhavam por baixo dos elmos; o ar se enchia de gritos e gemidos, o ranger de rodas de ferro, o estalar dos eixos, o baque de corpos com armaduras que se chocavam. O que antes fora uma planície tranqüila e pacífica, cortada por um rio, tornou-se um lugar sangrento de massacre sob o sol feroz e frio. E os montes faziam ressoar os sons esmagadores como se exércitos infernais e invisíveis se tivessem unido à batalha.

Então tudo tornou-se uma confusão vasta, chamejante e cheia de flâmulas, na planície, enquanto as espadas se afundavam, as lanças batiam e os escudos eram lançados ao alto, sobre a massa convulsionada dos atacados e atacantes. Quinto não via ninguém salvo o homem que o desafiava; um por um ele ia dando cabo de cada oponente que o enfrentava, derrubando-o do cavalo ou abaixando-se para golpear um homem a pé. Apesar do frio intenso, o suor lhe escorria pelo rosto. Seus joelhos se agarravam ao cavalo, de modo que ambas as mãos ficassem livres, e ele conduzia o animal apenas por meio da pressão poderosa. Seus dentes reluziam naquela luz feroz; ele estava ofegante e sem respiração. Perdeu toda a noção do tempo, da morte, do som. Um por um, à medida que os homens o enfrentavam, ele os ia matando.

O encontro foi relativamente breve. Os soldados de Catilina lutaram como leões, mesmo os elementos "dúbios", pois nem se dava quartel nem se fazia prisioneiros. Só a morte poderia ser o vencedor supremo. Os romanos lutaram sérios, com muito maior tenacidade e com uma espécie de des-

648 *Taylor Caldwell*

prezo imenso pelo inimigo que enfrentavam. Eram unânimes em seu ódio pela traição, pois eram soldados acima de tudo, e os soldados amam a pátria. E milhares dos inimigos eram etruscos, que os romanos não consideravam italianos em absoluto. Os romanos tinham sua pátria a defender; até os mais valentes entre os inimigos sabiam que só se defendiam a si mesmos.

Quinto arrancava a espada da carne de um, para enterrá-la em outra carne, até que o sangue escorria por seu braço bronzeado e se espalhava por toda a sua armadura, túnica, perneiras e botas. Seu cavalo estava ferido, mas era tão valoroso quanto ele. Ele estava com um ferimento profundo em uma das coxas e seu rosto também sangrava. Não sentia nada senão a ânsia do combate; virava o cavalo e saltava, abrindo caminho no meio do muro de carne com que se deparava. Seu braço era incansável e seus companheiros também eram valentes e o cercavam, em ondas, gemendo, gritando, praguejando e arfando; os oficiais e soldados se misturavam numa falange de ferro que impiedosamente obrigava o exército de Catilina a recuar. Centenas dos inimigos caíam espadanando no rio, afogando-se e obstruindo a passagem das águas com seus cadáveres. Os trompetes repetidamente rompiam o ar brilhante com seus gritos metálicos; os tambores rufavam anunciando novos assaltos. Convocando novas forças. As bigas rodopiantes dos romanos, apinhadas, se chocavam repetidamente, as rodas empurrando a neve ensangüentada.

Então, de repente, o terrível embate terminou, tão depressa quanto começara. Arquejando e olhando em volta, Quinto procurou Petreio e não o encontrou. Um monte de mortos rubros estava à sua frente, esparramados na última agonia, as pernas encostando nos braços, os rostos comprimidos contra os pés. Então os romanos, espalhados aos quatro ventos em sua missão de fúria, tornaram a correr para o centro, derrubando o último inimigo que tentasse evadir-se. O massacre, de ambos os lados, fora terrível. Os romanos se debruçavam de seus cavalos para abraçar e consolar companheiros agonizantes ou ajoelhavam-se na neve encharcada para chorar por um irmão ou levantar uma viseira. As bigas pararam violentamente. A confusão estava coberta pelo vapor das ventas de milhares de cavalos, parados, tremendo, as cabeças abaixadas. E os montes rubros contemplavam implacáveis aquela carnificina, coroando-se de fogo.

Quinto de repente sentiu-se exausto. Os oficiais se aproximavam dele mas ele só conseguia mexer a cabeça, pois lhe parecia que estava surdo. Ele se afastou deles, para enxugar o rosto suado e apertar a mão sobre a ferida. Foi então que viu Catilina, deitado no chão, milagrosamente num pequeno círculo só seu, numa poça de seu próprio sangue.

Quinto, tremendo como se tivesse febre, desmontou devagar e cambaleou até o homem tombado, que ainda segurava a espada. O elmo caíra de sua cabeça nobre e uma brisa forte agitava os cabelos escuros e espessos, com suas sombras ruivas. O rosto de Catilina estava branco como a morte, aquele belo rosto que tinha seduzido Fábia e mil outras mulheres, durante sua vida, e encantara inúmeros homens que o haviam acompanhado até aquele dia de violência e aquele encontro final e terrível. Seus olhos, aqueles olhos azuis que apavoravam e fascinavam, olhavam para o céu, sem ver. Quinto ajoelhou-se junto do inimigo abatido, olhando para ele, enxugando o suor dos olhos com as costas da mão vermelha de sangue.

Um dos mais temíveis inimigos que Roma jamais havia conhecido jazia ali de costas, olhando fixamente para o sol, vencido afinal pela loucura, o ódio, a ambição e a cobiça, derrubado por sua própria vontade. Quinto debruçou-se sobre ele; sua respiração formava uma nuvem junto do rosto. Ele a afastou, mudo, como se fosse um intruso e não a sua própria respiração. Depois teve um sobressalto e estremeceu, pois os olhos de Catilina deixaram a aparente contemplação do sol e dirigiram-se para ele. O azul intenso estava fraquejando, rapidamente se vidrando, mas toda a sua alma selvagem lutava para ver por trás do véu da morte que se cerrava.

— Lúcio? — falou Quinto. Sua voz era um gemido rouco. Não podia evitá-lo. Levantou a mão fria e flácida junto dele e apertou-a.

O espírito que lutava para se libertar da carne de Catilina parou um instante para escutar, para tornar a ver. E então viu o rosto, moreno e de repente aos prantos de Quinto, e um sorriso muito leve tocou os lábios belos e acinzentados.

— Quinto — murmurou ele. O sorriso acentuou-se e Catilina chamou-o pelo apelido carinhoso que lhe dera um dia: "Filhote de urso." Os dedos agonizantes, por mera força de vontade, apertaram-se na mão de Quinto.

— Adeus — disse Catilina. Ele tornou a voltar os olhos para o céu e disse: — Esperei muito por esse dia e bendisse a sua chegada. — As pálpebras brancas caíram sobre os olhos glaucos; um longo estremecimento e convulsão se apoderaram de todo o corpo de Catilina; ele se esticou, endireitando-se, e suas costas arquearam. Depois, com um estrondo surdo, o corpo encouraçado caiu no solo e ficou imóvel, de repente muito mirrado e gasto, e aquilo que o animara fugiu, deixando-o pequeno e murcho e, por fim, em paz. A espada caiu dos dedos de sua mão, a espada curta de Roma que ele carregara, na honra e na desonra.

650   *Taylor Caldwell*

Quinto levantou os próprios olhos para o céu indiferente que presenciara a carnificina e a loucura sem fim e, chorando, disse em voz alta:

— Dou graças a todos os deuses por não ter sido a minha mão que o matou! Dou graças aos deuses!

Ele repetiu aquilo resolutamente, mas alguma coisa no fundo de seu espírito se espantava, tremendo, sem que ele soubesse o que era.

Ele olhou para a mão parada, que ainda não soltara, e viu algo brilhando em um dos dedos. Era o anel em forma de serpente, da fraternidade sangrenta. Quinto recuou. Depois forçou-se a tirá-lo, pondo-o em sua bolsa, e obrigou-se a levantar-se e perscrutar em volta, com o olhar parado, cambaleando. Viu uma bandeira romana caída, encharcada, manchada, rasgada. Fazendo um esforço sobre-humano, foi buscá-la e pareceu-lhe estar levantando ferro e não pano. Levantou-a o mais alto que pôde e voltou para junto de Catilina, aos tropeções; e cobriu aquele corpo majestoso com ela, para escondê-lo do desprezo dos céus, do homem e do ar frio. Pois, no final, Catilina não tivera uma morte inglória, na aventura da morte.

— Ele era inimigo de Roma — disse Cícero ao irmão. O anel de serpente estava na mesa diante deles. — Era o senhor de um matadouro. Não tinha planos concretos para reconstruir, nem renovar, se tivesse vencido. Era a destruição pura. Só queria contemplar o terror, a ruína e o colapso de toda uma civilização. A violência era sua mãe, esposa e amante. Ele se deitava com elas e sonhava com elas. Ele era cheio de ódio por todos os homens. Por isso, sofreu a vingança de Deus.

— Era um homem valente — disse Quinto.

Cícero deu um sorriso triste.

— Você fala como soldado, meu irmão, e os soldados veneram a coragem e o valor acima de tudo. Mas existe uma honra maior e um valor maior, que é servir a Deus e à pátria, e não a conquista, nem a ambição pessoal, nem o amor ao terror por si, nem o desejo de governar seus semelhantes como se governa animais, nem a ânsia do poder. Essa honra e esse valor nem sempre são conhecidos, nem sempre são respeitados. Mas eu lhe digo que são maiores do que a bravura dos Catilinas e mais heróicos do que qualquer bandeira. Pois são a Lei.

Ele levantou-se e abraçou Quinto, ali de pé diante dele, e depois deixou a mão direita pousada sobre o ombro do outro, olhando sério dentro dos olhos embaçados e vermelhos.

— Não o recrimino por ter chorado por ele, Quinto. Não importa saber que ele o teria matado de bom grado, naquele dia, e que se regozijaria com o meu assassinato. Ele era como um holocausto, um desastre louco, e homens como ele existem em todas as nações, assim como as calamidades, em muitas ocasiões em sua história, quando deixam de respeitar as profundas Leis de Deus. Chore pelo companheiro que você conheceu, o homem que lhe salvou a vida. Mas dê graças ao Eterno que aquilo que foi a maior parte dele já passou para sempre. — Ele acrescentou: — Pelo menos sob a forma dele.

Mas ainda não foi o fim, como Cícero sabia perfeitamente que não seria.

Cneio Piso, o antigo companheiro de Catilina, louro, pequeno e esguio, fora nomeado governador da Espanha um ano antes do julgamento de Catilina pelo Senado. Cícero se opusera tenazmente a essa nomeação de Crasso, mesmo antes de ser eleito cônsul. Crasso, porém, respondera friamente:

— Você está sempre falando de tramas, Cícero. É uma obsessão sua. Cneio Piso é um nobre patrício e de uma importante família, militar e administrador notável. Rejeito os seus protestos.

Mas, pouco antes de se apresentar ao Templo da Concórdia, Catilina enviara um mensageiro ao amigo, com uma palavra apenas: "Aja!" Assim, Piso convocou um exército, que o admirava, e marchou para Roma, para auxiliar o seu querido companheiro de conspiração, exultar com ele e governar sob ele. Os espanhóis eram um corpo de militares taciturnos mas honrados, dedicados ao seu governador romano. Portanto, foi estranho que, no segundo dia de sua marcha tivessem repentinamente, e sem motivo aparente, se amotinado e assassinado Cneio Piso, enterrando seu corpo onde o mataram e regressando para sua terra.

E Q. Cúrio, que permanecera em Roma, intratável, escondido e desonrado, um dia foi encontrado assassinado na cama, apenas uma semana depois da sangrenta derrota de Catilina.

"Dizem", escreveu Salústio, o historiador, comentando esses fatos, "que a polícia secreta de Cícero ordenou essas mortes. Sabe-se que Crasso, que sempre proclamava seu amor pelos dois, fez sacrifícios por suas almas nos templos, mas que foi visto com um sorriso satisfeito. Júlio César foi visto de luto público por eles, mas, evidentemente, não estava na maior das tristezas. Pompeu não pôs luto, tampouco Públio Clódio, que era muito amigo deles. Quem terá ordenado suas mortes permanecerá em segredo para a história."

Cícero sabia que todos os conspiradores malogrados de Catilina teriam que ser exterminados. Ele tinha horror ao massacre, mas era necessário, para que não restasse nenhum foco da infecção de Catilina para tornar a afligir a organização política. Antônio implorou piedade. Cícero disse-lhe apaixonadamente:

— Pensa que estou fazendo isso por prazer? Só faço por Roma, não por maldade ou vingança pessoal.

Ele receava que depois da morte de Catilina as dezenas de milhares de pobres, desgraçados e famintos de Roma, que tinham amado Catilina, provocassem desordens e caos em Roma, em protesto, mesmo que apenas temporariamente. Mas ele subestimara sua própria eloqüência e a compreensão do povo. Pois escreveu Salústio: "Nem mesmo os mais pobres e abandonados gostaram da idéia final de incendiar a cidade onde tinham suas moradas miseráveis, nem tinham compreendido, até que Cícero o revelasse, que era isso, e não um grande saque e redistribuição de riqueza, que estava no pensamento de Catilina."

Mânlio, na manhã em que se pôs em marcha o exército de Catilina, se suicidara com sua própria espada, sendo sepultado discretamente por seus soldados. O sentimento secreto de Cícero, de gratidão porque o bravo e velho soldado não teria de sofrer uma morte vergonhosa, deixou-o profundamente abalado.

Todos os patrícios rebeldes tinham parentes e esses parentes, inclusive Públio Clódio, tornaram-se inimigos mortais de Marco. Júlio César viu velhos amigos serem presos e executados. Ele e Clódio foram procurar Crasso:

— Cícero ficou louco. Está prendendo todos os que conheciam Catilina.

Crasso olhou para eles, taciturno, e disse:

— O que estão querendo? Os homens são culpados; vocês sabem disso com certeza. Querem que ele os poupe só porque são patrícios e homens influentes e porque vocês os freqüentam e gostam deles? Valem mais do que os pobres bandidos, os atores efeminados, lutadores, pugilistas, libertos e criminosos que também eram adeptos de Catilina? Estou-lhes dizendo que eles eram mais mortíferos do que estes. — Mas Crasso franziu a testa.

Clódio disse a César:

— Crasso teme por si e pelo que os condenados possam dizer sobre ele. Quanto antes eles morrerem, mais seguro ele estará. O quê! Você estava achando que ele fosse interferir? Os ditadores têm algum escrúpulo?

— Os ditadores, meu caro Clódio — respondeu Júlio —, não se podem dar ao luxo de ter escrúpulos.

Clódio tinha um rosto pequeno e moreno, em que os olhos grandes e negros ficavam tão afastados e eram tão cheios e largos que os maledicentes

UM PILAR DE FERRO

diziam que ele parecia um sapo intelectual. Naquele momento, seus olhos brilharam.

— Não me esquecerei desse Cícero, que eu um dia admirei e respeitei. Júlio deu de ombros.

— Então não se lembre dele, enquanto ele nos for útil.

— A necessidade cria companheiros estranhos — disse Clódio. — O jovem Marco Antônio é seu adepto fervoroso e, no entanto, o seu tio Mário condenou o pai dele à morte. Ele agora jurou vingar-se de Cícero porque Lentulo, seu amado padrasto, foi condenado a uma morte vergonhosa por Cícero. O caro cônsul fez tantos inimigos que daria para formar uma companhia de soldados.

Cícero estava ciente do ódio que o acompanhava como um exército. Terência o informava avidamente, por vezes com lágrimas e lamentações.

— A minha querida amiga Júlia, esposa de Lentulo, está inconsolável. Assim como muitas outras senhoras, que eram minhas amigas. Agora estou proscrita.

— As suas amizades, cara Terência — disse Cícero, com tristeza —, valem menos do que a segurança de Roma. Pensa que eu aspirava ao consulado para servir a fins de vanglória? Não! Eu sirvo a Roma.

— A sua família não representa nada para você! De que valem os cargos políticos, se a família não pode desfrutar de sua nova situação? Há momentos em que eu o detesto, Marco, e lamento ter-me casado com você. Estou no ostracismo! Minhas antigas amigas viram a cara para mim. O nosso genro encontra muitas portas fechadas, mesmo as de outros patrícios. Qual será o futuro do seu filho?

— O futuro de Roma, se houver — disse Cícero. Ele pensou em se divorciar de Terência, pois suas reclamações e recriminações eram mais do que ele podia suportar, naqueles dias árduos e sangrentos. Ele sabia que a conspiração de Catilina envolvera muitas famílias importantes, mas, pessoalmente, não sabia até que ponto. Agora sabia que Cornélio Lentulo fora incumbido por Catilina da missão pessoal de assassinar todos os senadores e, no entanto, esses próprios senadores agora reclamavam dizendo que Cícero fora duro demais ao desbaratar a conspiração! Cícero lembrou-se de que Aristóteles dissera, com ironia, que Deus não dotara os homens de lógica. Ele, Cícero, salvara Roma e salvara aqueles homens que tinham sido secretamente condenados a serem massacrados. No entanto, eles agora resmungavam, acusando-o de estar sendo extremado; e até o povo das ruas, instigado pelos descontentes, se irritava com o seu salvador. Havia momentos em que ele pensava em abandonar Roma, tal era o seu desespero pela humanidade. Uma vez, tentando aplacar a crescente animosidade contra ele, dirigiu-se ao corpo de juízes, onde descreveu toda a conspiração contra Roma e o seu próprio esforço desesperado para vencê-la. O tribunal ouviu em silêncio. Mais tarde, com comentários depreciativos, espalhou-se que ele tinha feito um pronunciamento vangloriando-se de seu papel. Então, os muros de Roma apareceram cheios de obscenidades escritas contra Cícero por aqueles mesmos que ele salvara do fogo, da morte e de um massacre hediondo.

Como acontece com muitos homens dotados de um humor profundo, ele cometeu o erro de achar que todos os homens também eram possuidores disso. Assim, quando às vezes fazia um comentário irônico ou espirituoso a algum conhecido, para aliviar a tristeza daqueles dias, o comentário era repetido avidamente, como prova de sua insensibilidade, frivolidade ou mesmo tolice. Ao ouvir essas coisas, ele disse:

— Infeliz do político! Se é sempre sóbrio, dizem que não tem humor e é burro e enfadonho. Se por vezes fala levianamente, considera-se que não é bastante sério. Se é frugal, dizem que está enchendo seus bolsos. Se é generoso com os fundos públicos, é criticado por gastar a subsistência do povo. Se é honesto, dizem que é perigoso ou desprezível. Se usa de subterfúgios, bem-humorado, dizem que não é de confiança. Se se recusa a intimidar-se diante de um inimigo estranho, o povo grita que ele quer lançar a nação numa guerra. Se é muito moderado, é considerado pusilânime. E os amigos, claro, sempre são extremamente prudentes ao defendê-lo contra a calúnia!

No princípio da primavera ele foi para a ilha, para fugir da tristeza, da fadiga e do ódio crescente contra ele, inspirado pelos patrícios.

Capítulo LVI

Uma das tristezas de ser um funcionário poderoso, conforme descobriu Cícero, era a necessidade de se estar constantemente em guarda contra as tendências homicidas daqueles a quem se serve. Assim, ele foi a Arpino acompanhado pelo irmão, Quinto, e uma grande guarda. Esta postou-se na ponte, de que Cícero tanto gostava, por ter sido o lugar em que vira Lívia Cúrio pela primeira vez. Depois de pisar nela e olhar para as caras dos soldados seletos e dedicados, a ponte tornou-se insuportável para ele. O espírito de Lívia nunca mais voltou lá. Na ilha propriamente dita ele se sentia mais livre de intromissões, se bem que de vez em quando notasse discretos

Um Pilar de Ferro

farfalhares nos arbustos quando passeava pelas margens. Quando ele andava pelos campos, nunca tinha certeza se as sombras nos limites da floresta não seriam soldados; às vezes percebia o brilho de um capacete onde menos esperava. Ele reclamou com Quinto dizendo que, como a ponte estava guardada, ninguém poderia passar. Mas Quinto disse:

— Quem sabe se um empregado não foi subornado?

Por isso, Quinto dormia sobre uma enxerga atravessada na porta do quarto do irmão.

— Ficarei contente no dia em que não for mais cônsul! — exclamou Cícero, um dia.

— Acha que estará seguro, quando se afastar, Marco? Não. Você tem inimigos demais. Clódio, o seu velho amigo, jurou destruí-lo, bem como vários outros. Talvez preferissem Catilina e uma morte cruel, afinal de contas.

Cícero não permitia que ninguém entrasse em sua biblioteca, onde passava horas seguidas, escrevendo livros e ensaios para seu editor, Ático. Sacos de cartas lhes eram levados de Roma, com contas a serem assinadas ou recusadas e sua correspondência. Tudo isso era maçante, a não ser os seus escritos. No entanto, a luz da primavera estava radiante e a ilha, mergulhada no ouro ardente da estação; o ar era doce e a noite tranqüila, só perturbada pelas vozes das árvores e os ventos suaves. Lá Marco podia esquecer-se de Terência e todos os outros que pareciam pesos de ferro em seus passos e seu espírito. Por vezes, ele fugia de seus guardas vigilantes e ia visitar a floresta, lugares em que se tinha encontrado com Lívia, especialmente quando a lua parecia uma grande moeda dourada no céu negro. As rãs coaxavam na noite, um rouxinol cantava, e o som do rio era insuportavelmente musical e cheio de recordações. Marco pensava: As trevas de todos esses anos nunca esmaeceram a lembrança de Lívia. Estou ficando velho e ela é eternamente jovem e, quando penso nela, sou jovem novamente. Todo o mal que acontecera àquela moça caíra de cima dela como um manto negro e Lívia estava livre disso, livre da tristeza de sua meninice e do pavor de seu casamento. Era Lívia, apenas, leve e cantante, e uma bênção para o espírito de Marco. Muitas vezes ele pensava na morte e, nesses momentos, uma emoção o invadia, como a emoção que sente um amante que vai ao encontro da amada que não vê há muito tempo.

Ele recebeu uma carta de Noë ben Joel, de Jerusalém. Noë já era avô várias vezes e estava de barbas grisalhas. "Os sábios dos portões me dizem que 'alguma coisa se moveu' no céu, mas o que é, e o que prenuncia, eles não dizem", escreveu Noë. "Mas estão empolgados, em sua seriedade. Examinaram os presságios. Têm conversas particulares com os sacerdotes.

Alguma coisa deu sinal de vida no sangue da Casa de Davi, conforme profetizado? Nasceu a Mãe do Messias, ou Ele próprio? Certamente ainda não, dizem os sábios, pois não houve nenhum som de clarins dos contrafortes do céu. Eles se esquecem das profecias de Isaías.

"Vi no templo o nosso velho amigo Róscio, vestido de linho grosseiro e com sandálias de cordas. Não me conhece mais, de tão ascético e distante de espírito que ficou. Mas quando cada jovem mãe leva o filho homem ao templo, para oferecê-lo ao Senhor, ele olha para o rosto da criança e depois vira-se, triste e decepcionado, murmurando, por entre as barbas: 'Não, não é esse.' Róscio, o grande ator romano, amado pelas damas, aplaudido por todos os romanos, rico, decadente, bordado, dourado, está irreconhecível naquele velho calado, que varre o piso do templo e limpa os quartos para ganhar o seu pão, e que aguarda o Messias, confiando na promessa — ao que ele diz — de Deus."

Ocorreu a Marco, ao ler aquela carta, que fazia muito tempo que ele não pensava no Messias dos judeus, tão tremenda fora a pressão sobre ele, a premência de fatos sangrentos. Era difícil pensar Nele em Roma. Era mais fácil na paz dourada da ilha. Se algum dia Ele, de fato, nascesse, certamente iria ao campo ou a uma aldeiazinha e nunca a uma cidade turbulenta. Marco pensou no que dissera Sócrates, que o *habitat* ideal para o homem era uma aldeia, cercada por campos e florestas, e nunca uma grande cidade, onde os homens não podiam pensar, no meio das multidões de outras mentes. "Das cidades surgem a confusão, a loucura, imaginações desordenadas, formas grotescas, perversões, empolgações, febres, correntes de homens insensatos, tumultos, veemências. Mas nas pequenas aldeias, na terra, os pensamentos tornam-se grandes e firmes e a filosofia pode florescer como a vinha e produzir os frutos que dão exuberância aos pensamentos dos homens."

Era verdade. As pequenas aldeias e o campo deram origem a Cincinato. Roma deu origem a homens como Crasso, Catilina e os Césares. Os quartos de dormir das regiões rurais geravam homens. Os quartos de dormir das cidades geravam perversões estéreis. Atenas, essa pequena cidade, produziu Sócrates, Platão, Aristóteles e todas as ciências. Mas Roma produziu os ambiciosos.

Foi com pesar que Marco teve de partir para Roma, de novo, onde um dia ele sentira o entusiasmo pela vida, coisa que não sentia mais.

Foi uma coisa aparentemente ridícula, levando-se em conta o caráter da senhora, mas Marco, como cônsul de Roma e, portanto, guardião de sua decantada moral, foi obrigado a processar Públio Clódio, cognominado

Púlquer, por adultério com Pompéia, esposa de César. Ele e a senhora tinham sido pilhados em "flagrante" por Aurélia, mãe de Júlio, na própria casa de César. O caso era ainda mais ridículo tendo-se em conta a moral degradada do povo romano em geral. Mas Marco sabia que, quanto mais depravado o povo, maior a sua indignação pública contra a imoralidade.

Ele consultou Júlio, que exprimiu sua mágoa tremenda. Marco lhe disse, com cinismo:

— Ora, vamos, Júlio. A conduta de Pompéia nunca foi exemplar. Com quem você deseja casar-se, dessa vez?

Júlio sorriu e levantou as sobrancelhas.

— Com ninguém, caro amigo. Só desejo divorciar-me de Pompéia. Não pretendo testemunhar contra ela. Mas a mulher de César não pode ser um escândalo público.

Marco ficou pensando, os olhos fitos sobre o rosto travesso de Júlio.

— Será que Clódio se tornou um perigo para você, com suas ambições?

— Que tolice! — exclamou Júlio. — O que Clódio pode ser para mim? Não passa de um tribuno da plebe! Eu não o ajudei em sua pequena ambição? No entanto, ele me traiu.

— Ele tem amigos poderosos que não o amam, Júlio. Por falar nisso, acho muito engraçado ouvir você falar de "traição". É como se um cão ladrão reclamasse de outro cão que lhe roubou um osso. Qual a grande casa, que tenha belas mulheres, que não tenha sido vítima de você?

Mas César limitou-se a rir. Disse a Marco, antes de sair:

— Já lhe pedi antes, e todas as vezes você recusa. Junte-se a Crasso a mim. Temos grandes planos para o futuro. Pense nisso. Eu o estimo. Gostaria que fosse um dos nossos.

— Nunca — disse Marco. — Tenho de conviver comigo. — Ele examinou o velho amigo. — Há um ditado dos gregos que diz: "Se um homem for perigoso, convença-o a se juntar a você, desse modo desarmando-o."

Mas Júlio, de repente, ficou sério.

— Não tornarei a pedir-lhe, caro companheiro. Portanto reflita.

Depois que ele se foi, Marco pensou nas palavras dele, com certo alarme. A despeito da nova hostilidade do Senado contra ele e da raiva virulenta e crescente dos patrícios devido à vingança de Marco, que atingiu tantos de seus parentes, ele não se acreditava em grande perigo de ser assassinado. Catilina estava morto e com ele a maior parte dos conspiradores. No entanto, os olhos pretos de Júlio continham uma advertência fatal e sinistra. Terência também nunca deixava de insinuar que o marido caíra em grande descrédito entre as pessoas importantes.

658 *Taylor Caldwell*

— Você não atende a ninguém — reclamava ela. — Mas ouço rumores e cochichos. A não ser que você concilie as coisas, está perdido.

Não era só ela que se alarmava. Muitos amigos de Cícero insinuavam essas coisas. Ele não podia obrigá-los a fazerem declarações concretas. Eles se esquivavam e, no entanto, eram convincentes em suas opiniões e avisos. Alguns chegaram a sugerir que Marco partisse de Roma por algum tempo, quando terminasse o seu mandato. Muitos sugeriram que ele não testemunhasse contra Clódio. Por outro lado, outros amigos insistiam para que ele prosseguisse no processo, pois o escândalo tivera um impacto espantoso sobre o povo de Roma.

— Além disso — diziam os amigos —, César quer o divórcio, e ele é muito poderoso.

— Foi um caso vergonhoso — afirmavam outros amigos. — Não só Clódio cometeu adultério com Pompéia, como ainda cometeu um sacrilégio contra os deuses. E os deuses nunca devem ser insultados. Isso é um crime que o povo não pode permitir.

— Especialmente numa nação que não acredita nos deuses — disse Marco. — O que foi, de fato, que Clódio fez que é tão hediondo, considerando-se a reputação da senhora no caso? Invadiu a casa de Júlio César durante as cerimônias femininas piedosas, quando nenhum homem deve estar presente, usando vestes femininas para poder entrar na casa. Milhares de romanos acham isso engraçado. Mas César quer divorciar-se da mulher e aproveitou essa infâmia como desculpa. No entanto, tenho de processar Clódio, a fim de apaziguar muitas facções, sem falar na opinião pública, que não é de todo uma opinião honesta.

Por assuntos tão vergonhosos e insignificantes se pode arruinar ou acabar com a vida de um homem. Mais tarde, Cícero escreveu: "Uma coisa é o homem ser derrotado por um inimigo poderoso e importante. Outra bem diferente é morrer da mordida de um percevejo."

Ele começara a perder o favor até mesmo do povo de Roma, que havia pouco ainda o aclamara como seu salvador. Eles, que durante anos a fio não davam qualquer importância à lei, de repente tomaram muita consciência dela (conforme ensinada por mentores secretos) e declararam que Catilina não fora julgado por um júri de seus iguais, de acordo com a Constituição, e que, na verdade, fora "assassinado ignobilmente pelos exércitos de Cícero". De nada adiantou que os amigos de Cícero dissessem que Catilina tinha fugido de Roma, que ele não quisera exigir um julgamento diante dos magistrados de direito e que convocara um exército seu para atacar a cidade. Os que não usavam a palavra "assassinato" preferiam um exercí-

UM PILAR DE FERRO

cio de semântica e chamavam a morte de Catilina no campo de batalha de "execução sumária". E, sem qualquer base nos fatos, acusavam Quinto de ser responsável pela "execução" em si. "Os homens preferem acreditar no mal dos homens, em vez de acreditarem na verdade", diziam os amigos de Cícero. Mas a indignação planejada do povo só se tornou mais violenta. Muitos fingiam estar sentidos com as execuções dos sequazes de Catilina, e Cícero percebeu, astutamente, que o jovem Marco Antônio era o instigador destes. Falava-se muito que Cícero tinha violado a Carta dos Direitos, que ele a suspendera, e que também os subordinados de Catilina deveriam ter recebido um julgamento com júri. Isso tornava-se ainda mais pesado para Cícero porque ele tinha de confessar, em particular, que a lei exigia esse julgamento. Mas ele temera que, durante o ritmo lento e comedido dos julgamentos, Catilina conseguisse levar seus adeptos à revolução, lançando a cidade no caos.

— Junte-se a nós — disse Crasso a Cícero, que se limitou a sorrir friamente, sem dar resposta.

— Junte-se a nós — disse Pompeu, que lhe salvara a vida. Marco olhou para ele, curioso.

— Por quê? — perguntou.

Mas Pompeu apenas corou, constrangido, e se retirou. Marco ficou mais desagradavelmente perturbado com o fato de ter também Pompeu insistido com ele do que com as tentativas de César e Crasso, de quem desconfiava de todo o coração. Ele viera a sentir grande afeto por Pompeu, a despeito do fato de ser Pompeu, em todos os sentidos, o retrato encarnado do militar, classe que Cícero considerava cronicamente com apreensão. Seus problemas foram crescendo à medida que se aproximava o dia marcado para o julgamento de Clódio, por sacrilégio. Ele se penitenciava por algum dia ter levado a sério aquele caso, embora soubesse que a religião do estado, sendo um dos ramos do governo, ajudava a manter o povo em ordem. Os aristocratas podiam rir-se em particular das aventuras de Clódio, mas sabiam que, se o povo um dia viesse a pensar que seus governantes não levavam a religião a sério, seria inevitável que eles também começassem a não levar o governo a sério e daí resultaria o caos. Assim, o caso da "Boa Deusa" foi empurrado para Cícero pelos patrícios, contra Clódio, que também era patrício. Ele mandou encarcerar Clódio para o julgamento.

Depois escreveu sua famosa carta franca ao seu editor, Ático, que mais tarde cairia nas mãos de seus inimigos entre os patrícios e o Senado: "Nas acusações apresentadas por ambos os lados, os magistrados da acusação, que eu designara para o julgamento, rejeitaram as menos valiosas, mas a defesa rejeitou todos os melhores homens! Nunca houve uma turma tão desordenada em volta de uma mesa numa casa de jogos: senadores suspeitos, homens de negócio do tipo mais mesquinho e menos solvente e conhecidos manipuladores, falando em termos bem generosos. Também havia ali alguns homens honestos, obviamente enojados com a idéia de se ligarem a patifes como aqueles."

Clódio, claro, declarou-se inocente. Sua testemunha jurou que, na noite do festival religioso das mulheres na casa de César, Clódio estivera com ele, no campo. Irritado, Cícero então chamou Júlio como testemunha, a favor de Aurélia, sua mãe, que foi quem fez a queixa. César declarou enfaticamente que, pessoalmente, nada sabia sobre o caso. O promotor então perguntou-lhe, num tom moderado, por que, nessas circunstâncias, ele se divorciara de Pompéia. A isso ele dera sua resposta amena, que se tornaria famosa:

— Minha mulher deve estar acima de qualquer suspeita.

Diante disso, Cícero fitou-o, repugnado.

Risos mal reprimidos atravessaram o tribunal. Então Cícero, cada vez mais aborrecido diante dessa comédia, foi chamado como testemunha da acusação. Ele testemunhou que vira pessoalmente Clódio em Roma menos de três horas antes das cerimônias da Boa Deusa em casa de César; portanto, Clódio não poderia ter estado a 140 quilômetros de distância, conforme tinham jurado ele e sua testemunha.

Para seu horror e espanto, o júri votou pela inocência de Clódio, numa contagem de 33 votos a 25. Só podia haver uma explicação para isso: o júri era corrupto, assim como César fora induzido, sem dúvida por Crasso, a não insistir no processo contra Clódio. "Sou mesmo um homem simples", escreveu ele em sua carta a Ático. "Não me dou bem entre homens sutis, dos quais cada gesto e cada palavra me confundem, que num momento me pedem uma coisa e no seguinte pedem que seu pedido não seja atendido. Quando um rebotalho como aquele júri pode fingir que uma coisa que aconteceu não aconteceu de verdade, então a lei está completamente minada e sem a lei a república está perdida." Ele acrescentava que todo o caso fora político. E quem podia compreender as maquinações de políticos natos e dúbios?

Ele só sabia de uma coisa com certeza: ganhara em Clódio um inimigo formidável. Um dia, Clódio encontrou-o em público e provocou-o:

— Os jurados não confiaram em seu juramento.

A isso Cícero respondeu, muito irritado:

— Sim, vinte e cinco jurados acreditaram em mim. Trinta e três acreditaram em você, depois de terem recebido seu dinheiro adiantadamente.

Todos os presentes se riram de Clódio, que sabia gracejar feliz à custa dos outros, mas que não suportava as brincadeiras contra si.

Em outra ocasião, Cícero disse a César, com amargura:

— Você pediu que eu testemunhasse contra Clódio. Depois, quando foi chamado como testemunha, fingiu que não sabia de nada sobre o caso infame, que desde o princípio eu não queria promover.

— Meu caro Marco — disse Júlio, com indulgência —, é possível que eu tenha mudado de idéia.

No final de seu mandato de cônsul, Cícero preparou-se para dirigir-se ao povo de Roma do rostro, como era costume. Mas um dos novos tribunos, Cecílio Metelo Nepo, desafiou Cícero, dizendo que ele era extremamente audacioso ao pretender fazer um discurso sobre o desempenho de suas funções enquanto cônsul, alegando que um homem que pedira a morte de cidadãos romanos sem julgamento diante de um júri de seus iguais não devia ter permissão para falar aos romanos.

— Eu salvei Roma — disse Cícero. — Serei um criminoso, para ser eu, um cônsul que está deixando o cargo, desafiado por um inferior hierárquico?

Diante disso, o povo que o escutava, lembrando-se de repente de que ele falara com justiça, clamou num grito só:

— Falaste a verdade!

Foi o último aplauso público que ele receberia com a mesma sinceridade e a mesma fé.

Como cônsul que deixava o cargo, ele teve o direito de escolher a melhor província para governar. Naquele momento, a Macedônia era considerada a mais agradável. Mas ele se lembrou dos serviços que lhe prestara Antônio Híbrida e destinou esse governo ao jovem patrício. Então, em sua magnanimidade, delegou o governo da Gália Cisalpina a Metelo Céler, irmão do próprio tribuno que o desafiara no rostro — Metelo Nepo — recordando-se da ação valorosa do militar que impediu que Catilina escapasse pelo Fésula. Mas o tribuno riu-se abertamente:

— Ele está tentando bajular-me.

— Encontro inimigos aonde quer que eu vá — reclamou Cícero aos amigos. — Parece haver uma trama para me desonrar e difamar, mas quem é o instigador, não sei.

Ele se julgava livre da maldade daqueles a quem concedera benefícios e para com quem fora generoso. Mas em breve lhe chegaram aos ouvidos notícias escandalosas no sentido de que Antônio, seu ex-colega, era acusado de opressão e extorsão na província da Macedônia. Ele se recusou a acreditar nisso, de parte de Antônio, que já possuía sua fortuna particular.

662   *Taylor Caldwell*

Recebeu uma carta de Antônio, informando-lhe urgentemente que ele seria chamado da Macedônia para ser submetido a julgamento e pedindo que "o meu querido e velho amigo Cícero" o defendesse diante dos tribunais. Marco escreveu-lhe uma carta amiga e confortante, que Antônio, inteligentemente, guardou. Marco, antes da chegada de seu ex-colega a Roma, preparou a defesa e estava cheio dos sentimentos mais bondosos e afetuosos. Publicamente, declarou que toda a acusação era absurda, pois Antônio não lhe era tão caro como um irmão? Isso foi lembrado *verbatim*.

Então, Cícero recebeu outra notícia que o deixou estupefato. Antônio escrevera a amigos no Senado dizendo que Cícero lhe exigira, antes de sua partida para a Macedônia, que partilhasse com ele todo o lucro que pudesse extorquir da província! Isso era tão diferente da recordação que ele tinha de Antônio, e de sua honra, que Cícero a princípio não acreditou e se enraiveceu, quando lhe contaram. Depois, lhe mostraram uma carta do próprio Antônio, escrita a um senador. Nela, Antônio dizia que um antigo liberto de Cícero, Hilário, agora empregado seu, fora enviado por Cícero para a Macedônia, a fim de receber os lucros dos roubos da província. Era evidente que Antônio não pretendia que as cartas fossem lidas a não ser por seus amigos, mas a maldade dos senadores os levou a tornar públicas as cartas. Enquanto isso, Antônio escrevia carinhosamente ao ex-colega, agradecendo-lhe por ter assumido sua defesa. Dessa forma, tornou-se ainda mais evidente ao assediado Cícero que Antônio esperava implicá-lo e assim escapar a grande parte da culpa, pois Cícero não o estaria defendendo?

— Ele está louco — disse Cícero. — Perdeu a cabeça. Não é o homem que conheci.

— Meu caro Marco — disse Júlio —, já lhe avisei muitas vezes: homem nenhum é o homem que conhecemos. Antônio, embora rico, tem uma atração normal pelo furto, que até agora não se havia manifestado. Além disso, ouvi dizer que muitos dos investimentos dele em Roma fracassaram.

— Nunca hei de compreender a natureza humana! — exclamou Marco, desesperado. Ele retirou-se da defesa de Antônio e, depois disso, confiou em poucos homens. Atacado fora de casa e atormentado dentro dela, às vezes pensava na morte. Escreveu a Noë ben Joel: "Enchi minhas cartas de lamentos, meu amigo. Esteja certo de que não me queixo sem motivo, pois o que lhe escrevi é mais uma atenuação da verdade do que um exagero. Sinto as ondas crescentes da desonra batendo em meus pés, não, meus joelhos mesmos! Nessas circunstâncias, seria de esperar que, indignado, um romano desafiasse seus inimigos. Mas não os posso descobrir, nem encarar! São só boatos, maledicência, cochichos, diz-que-diz, maldade. Se eu descobrisse os meus inimigos, havia de processá-los por calúnia... mas eles não se revelam. Portanto, tenho de calar-me, ou escrever páginas de denúncias e cair sobre a minha espada... se a puder encontrar.

"Você já disse muitas vezes que o suicídio é o maior crime que o homem pode cometer contra Deus, pois insinua que o homem não confia em seu Criador, ou nega Sua existência. Minha razão me diz que isso é absurdo; temos a terra como Sua testemunha, e o céu, e a vasta ordem da criação inteira, e suas leis manifestas. A lei não existe sem um legislador, conforme afirmamos muitas vezes. Não obstante, como posso confiar em Deus? Estou muito atormentado e não fiz mal algum e, dentro de minhas limitações, tenho feito muito bem. Salvei a minha pátria, tenho cumprido os meus deveres; tenho demonstrado misericórdia e tenho sido leal para com os meus amigos e magnânimo para com os meus inimigos. No final, eu lhe juro que teria interferido até para salvar Catilina, se ele tivesse demonstrado a menor penitência ou desejo de se regenerar — tudo isso a despeito de meu amor por Lívia, meu ódio natural por seu assassino e meu voto de vingá-la.

"No entanto, estou atormentado. Todos os anos em que servi à minha pátria e ao meu Deus parecem não contar nada; só me trouxeram tristezas, desespero, desonra e mentiras. O que me resta, senão a morte? Esse caso incrível de Antônio parece ter perturbado a própria fonte de minha razão, de modo que há momentos em que começo a crer nas calúnias contra mim! Muitas vezes olho para a minha imagem no espelho e me pergunto: 'Você é mesmo isso que eles dizem? Se for, então merece morrer.' Veja a que estou reduzido.

"Sim, penso na morte com um desejo cada vez maior e espero que não exista nada além do túmulo, pois, se eu viver depois, hei de me lembrar de meus pesares e de minha infâmia presente. Se não fossem os meus filhos, eu teria há muito caído sobre a dita espada, que, acredito, está em algum lugar em minha casa."

Ele poderia realmente ter-se suicidado, pois a idéia o acompanhava agora da manhã à noite — durante a qual ele não dormia, em sua solidão e agonia —, se não se lembrasse das cartas de Noë ben Joel: "O suicídio é o ódio final do homem por Deus."

Capítulo LVII

Enquanto isso, os problemas de Cícero aumentavam. Os ânimos contra ele em Roma tornaram-se de tal modo exaltados, que ele não podia mais fingir que os ignorava em público e retirava-se cada vez mais em casa ou fugia com Túlia para suas várias vilas, ou para a ilha. Nessas excursões, Terência não permitia que o pequenino Marco acompanhasse o pai. Ela não suportava a separação e, como estava empenhada em restaurar suas amizades desfeitas em Roma e tinha de cuidar de seus investimentos, não podia ir com o marido, pelo que ele dava graças aos deuses.

Seu escritório de advocacia decaiu de tal modo que ele foi obrigado a dispensar os escriturários e conservar apenas o secretário. Sua liteira não era mais aclamada nas ruas de Roma. Ele parecia uma pessoa cuja espada fora quebrada e os pedaços lançados à sua cara. Se ao menos seus inimigos aparecessem e ele os pudesse ver! Mas, embora o antagonismo do Senado aumentasse, bem como o desprezo que tinham por ele, e ainda que o povo agora o ignorasse, e ele sentisse o poder de uma trama silenciosa para destruí-lo completamente, não tinha muita certeza quanto aos conspiradores. Desconfiava de muitos, mas não o podia provar. Ele se tornara uma pessoa isolada, afligida pela peste, ele que salvara a pátria. O Senado ainda não ousava censurá-lo oficialmente, pois havia entre os plebeus multidões que se lembravam dele e, como era cavaleiro, os cavaleiros ainda eram unidos a ele. As multidões, porém, não tinham voz ativa; os cavaleiros estavam ocupados com negócios, além do que, durante sua ascensão, Cícero não os procurara muito. "A descida é íngreme", escreveu ele a Ático. "O homem não deve abandonar suas amizades quando está subindo, do contrário os amigos não se lembrarão dele quando ele decair, não por maldade, inveja ou ressentimento, mas porque se esqueceram que ele um dia já foi dos deles." Ele ainda tinha um pequeno grupo de amigos dedicados, mas estes não mentiam dizendo que ele ainda era aclamado. Ele ingressara na política não por cobiça ou por amor ao poder, mas para servir à pátria. Descobriu que essa era a mais tola das ambições, pois os que servem à pátria não são lembrados com amor, nem honrados, enquanto que os que só servem a si e se tornam ricos e poderosos são aclamados como sábios e amáveis, recebendo honrarias ainda maiores. Quem pode deixar de adorar um homem que adora a si mesmo?

Ele se surpreendeu, um dia, quando recebeu uma visita de Júlio César na biblioteca. Ele disse ao mais jovem, com amargura:

— O quê? Pensei que não se lembrasse mais do meu nome!

Mas Júlio riu-se, abraçou-o e sacudiu-o, com carinho.

— Como me seria possível esquecê-lo, *carissime*? O mentor de minha infância, meu tutor, o homem cuja honra nunca poderá ser posta em dúvida?

— Está sendo posta em dúvida sem cessar — disse Cícero. — Ó Júlio! Você sabe disso muito bem!

UM PILAR DE FERRO

— Ora — disse Júlio. — O povo aclama; o povo denuncia. Ignoremos o povo.

— E o Senado, e os patrícios, e os soldados, e o povo. Quem resta, então?

— Eu e Crasso, que o amamos. Estou aqui para pedir o seu auxílio.

— A mim? — Cícero não conseguia acreditar no que ouvira.

— A você. Apresentei a minha candidatura a cônsul. Se você falar a meu favor, poucos votarão contra mim.

Cícero olhou para ele, incrédulo.

— Você não está falando sério!

— Estou. A despeito da maioria, a minoria o preza. E um cônsul é, no final, eleito por uma minoria de homens exigentes, que podem dar seus votos para um lado ou para outro.

— Quando eu perguntei se estava falando sério, queria dizer que você não pode estar pretendendo ser cônsul...

— Meu bom Marco, a sua expressão e o seu tom não são nada lisonjeiros.

Cícero corou de indignação.

— Você não é digno de ser cônsul, Júlio.

Júlio não se ofendeu. Achou muita graça.

— Se só se candidatassem ao cargo aqueles que fossem dignos, caro amigo, não teríamos cônsul algum. Também quero que você me ajude a fazer passar a Lei Agrária. Isso deve ser caro ao seu coração. — Ele tossiu. — Há um outro assunto. Crasso e eu também vamos nos candidatar a um triunvirato... com Pompeu. Crasso vai conceder a Pompeu suas reivindicações justas na Lei Agrária, que auxiliarão a seus soldados valorosos e dedicados. Os veteranos não têm direito a terras, além de alguma recompensa por seus sacrifícios pela pátria?

Marco então ficou pasmo.

— Triunvirato? — gaguejou ele.

— Por certo. Roma merece mais do que um simples ditador. Os ditadores nunca foram populares entre os romanos e Roma fica agitada sob eles. Não se lembra das medidas severas que foram adotadas no passado para proteger o Estado contra o poder permanente de um ditador? Você deveria honrar essa tradição. Crasso, eu e Pompeu nos curvamos diante das aversões naturais pelas ditaduras, que estão na fibra do ser de nossa pátria. Crasso, em especial, não se sente bem como ditador. Também ele deseja dar à nossa pátria o melhor que ela merece.

"Ora, nós achamos — continuou Júlio, ignorando placidamente a expressão horrorizada de Marco — que para enfrentar os problemas complexos de uma nação vasta como a nossa, com estados subjugados, aliados, províncias e territórios, um homem não é suficiente, e certamente não um ditador! Eu atenderei aos interesses populares de Roma, pois não sou um *Populares*? Crasso atenderá aos problemas financeiros. Pompeu governará os militares. Sua disputa com Crasso se resolverá com a promulgação da Lei Agrária; sei que você é favorável a ela. Ele é um militar poderoso; as legiões o adoram; será um administrador capaz dos assuntos militares. Crasso é não só o homem mais rico de Roma, como ainda terá solicitude para com os negócios financeiros de Roma; e é patrício. E eu... terei as massas.

"Nós achamos isso muito sensato e ordenado. Os cônsules não bastam mais, por si. Quando éramos uma nação pequena, sim. Mas agora não."

— Uma oligarquia, uma oligarquia infame, como a que destruiu a Grécia, levando-a à opressão e à escravidão! — O coração de Marco começou a bater com uma força podia ser ouvido. — Não! Pelos deuses, não!

— Não propriamente uma oligarquia — disse Júlio, em tom musical e com os olhos baixos. — Apenas três homens. Seria uma tolice ter um cônsul, um vice-cônsul e um vice-vice-cônsul, um homem com autoridade suprema e os outros dois subservientes. Cada qual deve ter o poder sobre o seu determinado setor, sem qualquer interferência dos outros. Acreditamos que essa divisão de autoridade seja a mais segura para Roma. E certamente seremos subordinados ao Senado e aos tribunos do povo. Vamos presidir sob a jurisdição deles e com sua aprovação. Se desaprovarem a todos nós, enquanto servirmos à pátria, terão o poder de nos desmembrar. Se desaprovarem a alguém, terão o poder de retirar aquele e nomear outro, ou outro se candidatará ao cargo. Meu caro e bom Marco! Deixe que essa sua cabeça dura considere! Isso não é excelente para Roma?

Marco ficou ali sentado, aturdido, horrorizado e ainda sem poder acreditar. Seus cabelos grisalhos formavam uma crista sobre seu rosto pálido. Os olhos brilhavam com uma emoção desesperada. Ele tentou falar; a voz estava sufocada na garganta seca. Então ele começou a lutar para respirar. O corpo estava dormente, como se toda a sua carne tivesse sido espancada com bastões e açoites.

Júlio olhou-o com benevolência.

— Na verdade, seremos chamados de Comitê dos Três. Considerenos assim, em vez de um triunvirato.

Marco recuperou a voz num gemido.

— Roma está perdida. Então, é esse o plano que há muito está em suas cabeças! É essa a trama que Catilina, o assassino, não queria apoiar, pois vocês não o escolheriam. Além disso, ele queria destruir e depois assumir o poder supremo. Era disso que eu suspeitava, vagamente, mas com certeza, todos esses anos!

— Não há, nem houve, nenhuma conspiração — disse Júlio, com bondade. — As forças naturais na nação levaram a essa solução natural para todos os nossos problemas e nossas questões complicadas. Quando você era cônsul, caro amigo, estava à altura de poder dirigir todos os assuntos de Roma... finanças, militares, os problemas de uma nação imensa? Você sabe que não. Nem mesmo um deus único, embora dotado de poderes sobrenaturais, poderia governar a nossa complexidade atual. Os deveres e as províncias não estão atribuídos a cada deus, nos assuntos do mundo e do Olimpo? O que pode haver de mais exemplar e sensato do que emular os próprios deuses?

Ele examinou uma unha da mão, com cuidado; a unha estava coberta de uma substância rosada.

— Não queremos mais ditadores, meu bom e desconfiado Marco. Uma divisão de três homens dedicados, com autoridade individual, responsáveis perante o Senado e o povo. Mais uma vez, digo que você devia regozijar-se, pois a ditadura está morta.

De repente, Cícero cobriu o rosto com as mãos, como se quisesse evitar a própria visão de Júlio. Uma sensação da mais completa impotência, horror e futilidade se apoderou dele.

— Se você não quiser me ajudar a conseguir o consulado, depois do qual só terei uma terça parte do poder que você teve, Marco, então vou ficar triste. Mas preferiria ter a sua ajuda.

Cícero deixou cair as mãos. Seus olhos ardentes fitaram Júlio.

— Ajudá-lo? Estou difamado, rejeitado, a calúnia acompanha meus passos, sou acusado de crimes vis, os muros de Roma estão cheios de obscenidades contra mim, estou perdido, arruinado! E você pede a minha ajuda!

— Então, pelo menos, não inflame contra mim os que ainda o amam e admiram.

Júlio levantou-se, apoiou as palmas sobre a mesa e debruçou-se, para seu rosto ficar na mesma altura que o de Cícero.

— Vou-lhe dizer, não lhe adiantará de coisa alguma se opor a mim, Marco.

Marco então falou, do fundo do seu desespero e raiva:

— Sim! Ainda há muitos que escutam minha voz, Júlio! Falarei no Fórum! Revelarei o que sei a seu respeito, o que sempre suspeitei! Denunciarei Crasso! Avisarei ao povo que teme os militares e isso será o fim de Pompeu! Você não vencerá, César.

Júlio endireitou-se e bateu na mesa com a palma da mão.

— Então mais vale você cair sobre sua espada, Marco. Vim aqui hoje para preveni-lo. Se nos fizer oposição, se falar contra nós, estará perdido. Eu tinha esperanças de reconciliá-lo com o Comitê dos Três. Fracassei. Já se esqueceu de Clódio? E de Marco Antônio? Eles, entre muitos outros, juraram destruí-lo; têm amigos e parentes influentes no Senado, entre os financistas e banqueiros e até entre os seus "homens novos", que têm inveja de você por ser um deles.

Os olhos pretos e vivos de Júlio encararam Marco com um misto de irritação, ansiedade e amor.

— Esta é a sua última oportunidade para recuperar muita coisa que perdeu sem ser por sua culpa. Caso se oponha a nós, estará liquidado para sempre.

Marco soube, com uma certeza absoluta e terrível, que Júlio estava dizendo a verdade. Ele foi ficando cada vez mais pálido, mas sua boca mostrou-se decidida, parecendo esculpida em pedra. Ele abriu uma caixinha em cima da mesa, tirou um objeto e jogou-o entre ele e César.

— Reconhece isso? — perguntou.

Júlio pegou o anel de serpente. Olhou para ele e depois levantou devagar os olhos para o rosto de Marco. Este sorriu palidamente.

— Desta vez, você não o pode devolver ao dono, a não ser que atravesse o Estige. Tome-o. Isso profana a minha casa.

— Então foi Quinto quem o matou?

— Não, apenas assistiu a sua agonia final. Agradece por não ter sido ele. Foram companheiros.

Júlio pôs o anel na bolsa e olhou para a mesa em silêncio. Marco, de repente, sentiu um desespero. Curvou a cabeça e disse:

— Aconteça o que me acontecer, usarei o pouco poder que ainda me resta para me opor a você.

Júlio disse:

— Então, Marco, temos de nos despedir, pois você está à beira de um abismo.

— Não importa. Tenho de fazer o que devo. — Marco levantou a cabeça e olhou para Júlio fixamente. De súbito, a figura espetacular diante dele, esplêndida, embora estivesse ficando calvo, desapareceu e, como que através de uma névoa, ele viu Júlio vestido com uma toga branca, cambaleando e cheio de ferimentos, o sangue jorrando entre os dedos que apertavam o coração e uma espuma sangrenta nos lábios. Marco soltou um grito terrível e levantou-se. No mesmo momento, a visão desapareceu e Júlio, vivo e inteiro, estava diante dele, com uma expressão espantada.

Um Pilar de Ferro

— O que foi? — exclamou, impressionado diante da cara de Marco.

— Em nome dos deuses! — exclamou Cícero. — Abandone seus planos imediatamente! Abandone suas ambições! Vi um augúrio...!

Júlio de repente lembrou-se do que Marco lhe dissera muitos anos antes, quando ambos eram jovens, e fez depressa o gesto para evitar o mau-olhado, um tremor frio percorrendo seus nervos.

Marco, devagar, aos tropeções, saiu de trás da mesa e agarrou o braço de Júlio, implorando com os olhos.

— O que vi não deve acontecer, César. Acabei de me lembrar que, um dia, eu já o amei. Eu o vi com muitos ferimentos, muitas mãos brandindo punhais e você morto por eles.

Assustado até o âmago de sua alma supersticiosa, Júlio livrou-se da mão de Marco e fugiu.

No dia seguinte, Clódio disse a ele, Crasso e Pompeu:

— Estou pronto para agir contra Cícero e acabar com ele. Desta vez não se oponham a mim.

César não disse nada. Olhou para Pompeu e depois para Crasso. Pompeu também não disse nada. Mas Crasso, levantando as sobrancelhas e sorrindo de modo desagradável, virou o polegar para baixo.

Poucos dias depois, o Senado promulgou uma lei introduzida por Clódio. Qualquer pessoa que tivesse condenado à morte cidadãos romanos sem o devido processo legal, ou que o fizesse no futuro, seria "interditado do fogo e da água". Em resumo, exilado. O Senado convocou Cícero a comparecer diante dele. Cícero, então, foi solenemente censurado por ter pedido a pena de morte para Catilina e seus cinco lugares-tenentes, "contrariando todos os artigos da Carta dos Direitos e a Constituição".

Pálido mas digno, Marco dirigiu-se à assembléia augusta, hostil e rancorosa.

— Estou vendo que é inútil eu apresentar argumentos, mas devo fazê-lo para servir à história. Catilina ameaçou Roma. Isso hoje é história. Não houve tempo para os processos normais das lei, como bem sabem, senhores. Catilina teria aproveitado qualquer espaço de tempo legal para completar seus planos, incendiar Roma, destruí-la, massacrar dezenas de milhares, inclusive muitos deste Senado, levar o caos e o desastre à nossa pátria. A hora era desesperadora; os momentos eram preciosos. Não podia haver delongas. Roma tinha de agir, do contrário seria Catilina quem agiria. Ele não foi executado. Foi derrotado pelos exércitos romanos, ao tentar marchar sobre a cidade para devorá-la. Seus cinco subordinados foram executados para salvar Roma.

"Devo lembrar-vos, senhores, que embora eu tenha sugerido a execução, estava em vossas mãos rejeitar essa sugestão e aconselhar os processos legais devidos. Vistes com vossos próprios olhos a calamidade que esperava por qualquer demora. Agistes sabiamente e em nome de Roma. Não podíeis fazer outra coisa, do contrário todos morreríamos!

"Dizem que somente traidores que não sejam cidadãos romanos podem ser executados tão sumariamente. Mantive que Catilina e seus subordinados, sendo traidores, tinham perdido a cidadania. Dissestes que isso não está na lei e que somente os magistrados têm o poder, depois de um julgamento, de revogar a cidadania, quando se julga um crime de traição. Todos nós sabíamos perfeitamente que Catilina era traidor e que, se tivesse havido tempo para um julgamento, ele teria sido considerado culpado e seria executado, pois então não teria conservado cidadania alguma. Que benefício traria o fato de ser ele reencarcerado oficialmente, esperando julgamento? Antes que o caso pudesse aparecer diante dos magistrados ele teria incendiado Roma, transformando-a num vasto monte de escombros! Nós todos pereceríamos, porque teríamos ficado aqui como heróis cegos por causa de um detalhe da lei, uma questão de ordem! Isso teria sido preferível?"

— Não obstante, Cícero — disse um velho senador, com severidade —, você, como advogado de tanta fama em Roma, defensor de todos os itens da Constituição, sabia que estava contrariando a Constituição.

— Então, o mesmo fez esta augusta assembléia, senhor — disse Marco, com um sorriso cansado. — Não sou o único culpado, se é que de fato houve culpa, o que nego. Além disso, senhores, a Constituição declara que não deve existir nenhuma lei *de facto* promulgada em momento algum. A lei sob a qual me convocaram é de fato; se eu fosse realmente criminoso, ainda não poderia ser julgado por ela, pois o meu pretenso crime foi cometido antes de esta lei ser mesmo apresentada.

— Quem tergiversou sobre o direito no passado não deveria fazê-lo agora — disse outro senador, os olhos cheios de ódio, pois era primo de Clódio.

— Este Senado não tem autoridade para me censurar sob uma lei de fato, nem de ordenar o meu exílio — disse Cícero. — O Senado, aliás, não tem o direito de me censurar por coisa alguma, pois só cumpri o meu dever, denunciando os traidores e a traição contra o Estado. Se isso é crime, então sou realmente criminoso!

Crasso, César e Pompeu estavam presentes. Cícero virou-se e olhou para eles, mas as fisionomias estavam duras e voltadas para o lado. Ele então deu um sorriso triste. Disse-lhes:

Um Pilar de Ferro 671

— Conseguiram ter sucesso contra mim. Que seja como querem. Partirei imediatamente. — Virou-se novamente para o Senado. — Com o trabalho deste dia, senhores, encorajastes a traição e abristes as portas das prisões para libertar os traidores. Uma nação pode sobreviver aos seus tolos e mesmo aos ambiciosos. Mas não pode sobreviver à traição interna. Um inimigo aos portões é menos terrível, pois é conhecido e leva as bandeiras abertamente contra a cidade. O traidor, porém, move-se livremente entre aqueles que estão dentro dos portões, seus murmúrios ladinos farfalhando por todas as alamedas, ouvidos nas próprias salas do governo. Pois o traidor não parece ser traidor; fala nos tons conhecidos de suas vítimas, usa suas fisionomias e roupas e apela para a baixeza que está no fundo do coração de todos os homens. Faz apodrecer a alma de uma nação; trabalha secretamente e incógnito na noite para minar os alicerces de uma cidade; infecta o organismo político de modo que não possa mais resistir. Um assassino é menos temível. O traidor é portador da peste. Vós destrancastes os portões de Roma para ele.* Adeus.

Ele saiu do Senado com dignidade, mas quando entrou na liteira foi dominado por uma sensação de irrealidade, que é o manto que cobre o desespero. Não conseguia sentir coisa alguma. Quando entrou em sua casa grande e linda, olhou em volta, sem poder acreditar. Não! Não era possível! Tudo quanto construíra, tudo a que dedicara a vida, todas as suas orações, esperanças, sonhos e patriotismo tinham chegado a isso! Ter de deixar a sua pátria querida e ficar a pelo menos 600 quilômetros de Roma — o que interditava sua ilha ancestral como seu futuro lar — ainda não impressionara seu cérebro aturdido.

Ele fugiu para a biblioteca e trancou a porta; sentiu que estava ofegante como se fosse uma lebre caçada por lobos, escapando por um triz. Mas, entre os seus livros maravilhosos, viu que não tinha escapado em absoluto, pois eles não o podiam proteger, com toda a sabedoria que encerravam. Aquela cadeira de teca e marfim não o podia envolver em seus braços. As belas árvores que ele plantara com tanto amor anos antes não podiam curvar seus galhos para o abrigarem, nem tampouco as grutas podiam escondê-lo. A grama não podia cobri-lo com seu tapete verde, nem as fontes apagar-lhe o feitio do rosto, para que os inimigos não o encontrassem. Aquilo que ele considerara uma fortaleza contra a desgraça e a maldade, no fim não era fortaleza alguma. Era uma massa de alvenaria vulnerável, de paredes finas, portas destrancadas, janelas quebradas. Pois um exilado estava

---

*Relatado por Salústio.

672   *Taylor Caldwell*

condenado a ter suas propriedades confiscadas, vendidas pelo Estado, ou arrasadas na infâmia, como advertência a outros.

Ele foi acometido de pavor. Para onde iria? E sua fortuna nos bancos? Suas jóias, seus tesouros, o precioso acúmulo de anos? Ele era um renegado. Daquele dia em diante, quem quer que o abrigasse, escondesse, protegesse, dentro de 600 quilômetros de Roma, seria automaticamente também posto fora da lei.

Ele olhou da janela para os jardins serpeantes que tinha projetado com tanto carinho. O mês de maio estava radiante. Ele mesmo plantara aquelas rosas, alegrando-se com o calor da terra em suas mãos e pés. Aquele nobre chafariz fora importado da Grécia e custara muito caro. As árvores entrelaçavam seus ramos de esmeralda carinhosamente, abrigando o verde vivo da grama e desenhando nela treliças dançantes. Os muros estouravam em cores desabrochantes. Os pássaros cantavam em delírio para a noite que se aproximava. O céu estava cor de opalina e o poente era o coração de uma rosa. Os ciprestes comungavam gravemente com Deus, elevando suas pontas de escuridão majestosa; as folhas das murtas esvoaçavam. A brisa suave lhe levava a fragrância. E além de seu terreno ele ouvia o martelar, burburinho e clangor de sua cidade acidentada, as vozes trovejantes de seus conterrâneos.

Ele tinha uma alternativa ao exílio. Podia encontrar sua espada e lançar-se sobre ela. Mas tinha família. Ele agarrou os cabelos das têmporas num desespero mudo. Sentou-se em um sofá e tapou o rosto com as mãos. Pensou na sua querida ilha, onde estavam as cinzas de seus antepassados — e as do avô, do pai e da mãe. Caiu numa prostração de uma dor tão profunda que as trevas cobriram seus olhos e ele perdeu toda a noção do tempo. Quando se levantou, as sombras da noite já envolviam a biblioteca e o céu além da janela estava de um roxo profundo.

Percebeu que batiam à porta com violência e também que já estivera ouvindo aquilo em seu entorpecimento. Deixou cair as mãos entre os joelhos e ficou olhando para a frente, sem vida. Depois ouviu as vozes da mulher, da filha, do irmão. Tentou gritar para que o deixassem em paz, mas, como não conseguiu produzir som algum, obrigou-se a se levantar e, com os pés dormentes, arrastou-se até a porta e abriu-a.

Viu três rostos pálidos, cheios de lágrimas. Virou-se, voltou cambaleando para a cadeira e desabou sobre ela, sem dizer nada. Terência exclamou:

— Ah, que dia triste! Mas você não me deu ouvidos! Não quis ser prudente, não quis procurar o apoio de homens influentes! Não! Era todo sabedoria, todo integridade, onisciente, orgulhoso, seguro de seu próprio poder! E trouxe a desonra e a ruína à sua família. — Ela desatou a chorar, gemendo e soluçando furiosamente, torcendo as mãos grandes e feias e olhando para o marido com raiva e infelicidade.

Mas Quinto colocou-se ao seu lado e pôs as mãos sobre o ombro dele. Túlia prostrou-se de joelhos diante do pai, abraçando-o e beijando sua face gélida.

— Irei com o senhor, pai querido, aonde quer que vá, e ficarei feliz por estar com o senhor até o fim de minha vida. — Ela beijou as mãos dele e depois, num acesso de tristeza e amor, beijou também os pés. Ele colocou a mão sobre a cabeça dela e falou com a mulher.

— Você não deve ir comigo, Terência.

Ela parou suas lamentações de repente e seus olhos molhados brilharam no escuro, seus dentes mordendo o lábio inferior enquanto suas idéias passavam atabalhoadas por sua mente, planejando, organizando-se, falando de conveniências.

— Esta casa será confiscada — disse Cícero — e tudo o que possuo: minhas fazendas, minhas vilas, meu dinheiro. Mas aquilo que você herdou, Terência, e o que lhe dei através dos anos, continua sendo seu. Nem tudo está perdido. De manhã, levarei comigo o que puder carregar e partirei... — Ele não conseguiu continuar. Sua voz estava baixa e rouca, como se um punhal lhe tivesse furado a garganta. Túlia abraçou seus joelhos.

— O nosso filho deve ficar comigo — disse Terência, num tom pensativo e ponderado.

Quinto explodiu numa voz alquebrada:

— Ah, se eu pudesse acompanhá-lo! Mas diriam que abandonei meu posto, minha legião. Sou militar.

Marco afagou a mão dele.

— Isso está entendido. Fui condenado como uma vergonha para a minha pátria, um violador da Constituição. Se você fosse comigo, seria acusado de traição. Túlia ficará com o marido e a mãe, que trabalharão com o tio para a minha volta, pois certamente ainda tenho amigos em Roma!

— Não me peça para deixá-lo, pai, nem para não ir com o senhor! — implorou a moça.

Ele abraçou-a e beijou-lhe a face.

— Filha querida, o que você pede é impossível. O seu dever é para com o seu marido, antes de seu pai. Não se esqueça de mim. Inspire Piso a me ajudar. É só o que você pode fazer.

Capítulo LVIII

Pensamentos sutis não acorriam com facilidade à mente por trás do rosto corado e do semblante rude de Quinto. Mas, ao assistir com tristeza à demolição da grande residência do irmão no Palatino, ele pensou: Por que é que quando um grande homem é destruído o governo também quer destruir-lhe a casa? Será porque o governo quer, em sua maldade total, apagar os sonhos que viveram ali e as esperanças, caras recordações e ecos de um homem justo? Na verdade, como Marco sempre disse, o governo é inimigo dos homens!

Ele procurou César e lhe disse:

— Você sempre apregoou que amava o meu irmão e ele lhe dedicava uma amizade carinhosa, que você traiu. Ele foi seu mentor, seu defensor, quando eram crianças. Usa o amuleto dado por sua mãe, quando ele o protegeu. Aquilo salvou a vida dele. Mas você, ó César, arruinou essa vida! Você o mandou para o exílio, pois é um homem sem valor e só gosta de conspirar e de outras coisas vis.

Júlio olhou para o militar com brandura e respondeu:

— Quinto, você fala como um guerreiro rude. Procurei salvar Marco, tê-lo ao meu lado. Mas ele me repudiou. Não quis compreender que nesses tempos violentos e rápidos de Roma o movimento lento dos tribunos, representantes do povo, não é suficiente para atender às necessidades atuais. Ele é da escola antiga, dos dias simples, quando a Constituição era suficiente, a lei era a lei e a moral estava com o povo. Mas hoje, em nossa sociedade apressada, na grandeza crescente de Roma, seu poder e sua liderança no mundo, a poderosa maquinaria dos representantes do povo é um empecilho para a nova impaciência que exige que o governo aja com pressa e decisão diante da enormidade dos fatos. Isso Marco não podia compreender.

— Ele compreendeu bem demais — disse Quinto. — Você disse que sou um militar rude. É verdade. Vejo as coisas simples. Distingo o bem do mal e a luz das trevas. Vejo que você destruiu meu irmão porque ele se meteu em seu caminho. Está em seu poder chamá-lo do exílio. Um dia esteve nas mãos dele o poder de ordenar a sua morte; ele não o fez. Que dia triste! Mas dê graças por estar vivo.

Júlio sorriu.

— Também eu sou militar, Quinto. Pompeu, o seu general, não é um dos nossos? Suporto os seus comentários porque gosto de você, por causa de velhas recordações e da amizade. Vou-lhe dizer uma coisa: não me esqueci de Marco. Choro por ele.

— Chore por si — disse Quinto, apertando a espada. — Traga o meu irmão de volta para esta terra.

Ele foi procurar Pompeu na casa ascética deste. Cumprimentou-o e disse:

UM PILAR DE FERRO 675

— Meu general, o senhor tem o poder de mandar vir o meu irmão do desterro. Dizem que o senhor gosta dele. Um dia ele insinuou que lhe deve muita coisa. Que lhe fique devendo mais!

Pompeu olhou para ele com severidade e disse:

— Ele foi obstinado. O Senado o exilou, pois ele tinha violado a lei que jurou cumprir. É uma tergiversação e isso você e eu sabemos muito bem, meu capitão. Mas aí está.

— O senhor é meu general, eu sou seu capitão e ambos somos milita-res. Tenhamos cuidado com os governos, pois são os nossos inimigos, nos usam como armas cegas, nos vendem para a morte quando querem e dão medalhas a nossas mulheres, invocando-nos como heróis. Deixam os nos-sos filhos órfãos, dando-lhes apenas a bandeira que nos cobriu em nossas piras. Não obstante, eles nos temem. Que nos temam mais! Meu general, não pense que aquele sutil César e o astucioso Crasso ficarão a seu lado quando for necessário. Só o suportam para se servirem do senhor.

Pompeu fechou a cara e ponderou, balançando a cabeça devagar. Por fim, respondeu:

— O que você diz é bem verdade. Não confio nem em Crasso nem em César. Mas o seu irmão foi imprudente. As cartas amistosas que ele escreveu a Antônio hoje são propriedade pública. Você e eu sabemos que foram escritas com sinceridade e sem saber que Antônio se tornara extor-sionário na Macedônia. Não obstante, o povo de Roma hoje está convenci-do... graças aos bons ofícios de César e Crasso, dos patrícios e do Senado... de que o seu irmão era culpado.

Quinto disse, com amargura:

— Antônio Híbrida, o extorsionário culpado, está morando novamente em Roma e é de novo homenageado pelos demais patrícios. Mas o meu irmão inocente vive no desterro, sua casa está arrasada e ele foi desonrado pela própria nação a que serviu! Meu general, fiquemos juntos como sol-dados e nos lembremos do homem que salvou nossa pátria. Vamos devol-ver-lhe aquilo que lhe foi tirado.

O rosto largo de Pompeu estava perturbado. Ele mexeu no queixo.

— Marco — disse ele — exprimiu publicamente a sua apreensão quanto aos militares. Portanto, os militares não o amam. Mas ele não nos perdoou. No entanto, não pense, meu capitão, que me esqueci de Marco. Um militar rende homenagem a um homem honesto, mesmo quando se trata de um advogado. — Pompeu sorriu um pouco. — A honra e a hones-tidade são características do militar e nós as respeitamos mesmo nos civis. Deixe-me pensar um pouco.

Quinto juntou seus legionários e foi visitar Antônio Híbrida, numa nuvem de trovão e pó. Foi levado à presença de Antônio, que lhe fez uma mesura cerimoniosa e disse, em voz insegura:

— Ave, Quinto Túlio Cícero. Ia convidá-lo para me visitar. O que posso fazer por um grande soldado de minha pátria?

Quinto olhou-o com ódio, mas manteve a voz controlada.

— Suas cartas ajudaram o Senado a destruir meu irmão, suas cartas culpadas, Antônio Híbrida, suas cartas mentirosas. No entanto, um dia você salvou a vida de meu irmão! Que ambigüidade é essa? Sou um simples soldado. E o soldado não é mentiroso nem sutil e, portanto, não compreendo as coisas. Esclareça-me.

Antônio levantou os olhos e fitou os de Quinto, vendo neles a raiva azul e âmbar, a desconfiança e a repugnância. Tremeu por dentro e corou.

— Minhas cartas, embora tenham sido imprudentes... imprudentes... não serviram para arruinar seu irmão, Quinto. E eu lhe juro que não pretendia fazer-lhe mal algum! Foi o Senado quem resolveu que os métodos usados por seu irmão contra Catilina não eram legais, embora tenham sido influenciados por eles. E houve uma carta escrita por Cícero a Ático, editor dele, a respeito do júri que julgou Públio Clódio, na qual ele chamava um júri romano de "rebotalho". Infelizmente, essa carta foi cair em poder de um inescrupuloso liberto de Ático.

— Tergiversação! — exclamou Quinto e seus dentes enormes pareciam os dentes de um lobo. — Pompeu declarou isso, Pompeu, membro do triunvirato e militar!

Antônio tremeu de novo diante da menção daquele nome temível.

Quinto disse, procurando engolir o bolo de ódio e raiva que tinha na garganta.

— Seja homem, Antônio Híbrida, e não um patrício fraco. Vá ao Senado, confesse que suas cartas eram falsas, peça a volta do meu irmão à pátria e a reparação de sua honra.

Antônio juntou as mãos esguias, em sua aflição.

— Não adiantaria — disse ele, num tom que quase não se ouvia. — Estavam resolvidos a destruí-lo, assim como César e Crasso. Olhe para mim! — exclamou ele, de repente. — Pensa que me alegro com o meu papel nessa destruição?

— Então declare ao próprio povo romano que você mentiu!

Antônio olhou para ele, assustado.

— Eles ririam de mim! Eu ficaria desonrado para sempre!

Quinto cerrou os dentes.

Um Pilar de Ferro

— Você vive no luxo, graças aos seus furtos. Mas o meu irmão definha na Salônica, sua fortuna foi confiscada, seu nome desonrado, sua casa arrasada. No entanto, você teme o riso das massas de Roma e prefere deixar meu irmão morrer no exílio para impedir que esse riso chegue à sua preciosa pessoa! Escute-me, Antônio. Sou soldado, capitão de meu general, Pompeu, o Grande. Talvez o dia dos militares não esteja assim tão distante. Quando esse dia chegar, hei de me lembrar de você, Antônio Híbrida.

Ele pôs a mão na espada. O rosto infeliz de Antônio tremeu. Mas ele disse com dignidade:

— Tenho vergonha de que essa visita lhe tenha sido necessária, Quinto Túlio Cícero. Você pode não me acreditar, mas não sou um homem mau. Tenho sido covarde e ingênuo. Um dia cheguei a crer que Catilina estava sendo caluniado! — Ele sorriu tristemente. — Vou procurar os senadores, meus amigos patrícios, e lhes direi que minhas cartas a respeito de seu irmão eram falsas... eles sabem disso muito bem. Mas direi que vou revelar ao povo romano e isso será mais importante para eles.

Ele estendeu a mão para Quinto mas este deu meia-volta e deixou-o. Quinto ainda visitou muitos outros, velhos amigos do irmão. Cada qual exprimiu seu amor por Marco e de todos Quinto conseguiu uma promessa de auxílio, às vezes por ameaças e outras vezes pelo poder de sua raiva nobre. Enquanto isso, Terência não ficou parada. Estava bem disposta a esquecer-se do marido. Nunca perdoara a Marco por ter sido grande e agora não ser nada. Ela se teria contentado com o filho e sua fortuna pessoal, bem como a queda do marido, se não fosse uma coisa: a desonra de Cícero e sua atual obscuridade também se refletiam nela. Terência pensou no divórcio, mas isso não apagaria a desonra nem lhe restituiria o orgulho.

Assim, foi para junto da família e de seus parentes, que, magoados porque um de seus membros estava envolvido na desonra de Cícero, escutaram-lhe as súplicas e enxugaram-lhe as lágrimas. Eram ricos: muitos senadores lhes deviam algo e muitos eram amigos. Deram a Terência não apenas promessas, mas juramentos no sentido de ajudar seu marido.

— Não permitiremos que seu filho, que tem o nosso sangue, viva na desonra a vida toda — disseram eles.

— Vejo que se aproxima uma tempestade repentina em relação a Cícero — disse Júlio César a Crasso. Ele piscou o olho para Pompeu. — Como o povo de Roma é volúvel! Escutei rumores de indignação públi-

678   *Taylor Caldwell*

ca. Que Cícero esfrie mais um pouco suas paixões forenses e que aprenda a ser mais prudente e menos obstinado e idealista. Depois, seremos generosos. Talvez.

A longa e melancólica viagem até além dos 600 quilômetros que marcavam os limites fora de Roma quase acabara com Cícero. Houve momentos em que ele tinha esperanças, ao receber cartas da mulher, do irmão e de amigos de Roma — especialmente Ático —, e ele falava da pátria com alegria e antecipação, escrevendo à filha que, quando chegasse o verão, estariam novamente na ilha "onde estão todos o meus sonhos e recordações, as cinzas de meus antepassados e o túmulo de minha mãe". Mas, ao parar brevemente nas vilas colocadas à sua disposição por amigos, ele se lembrava de que estava na miséria, que sua casa magnífica no Palatino fora arrasada, suas terras e dinheiro confiscados, e que de todos os seus tesouros nada restava, nem mesmo os livros, e que ele estava realmente sem nada. Nesses momentos, o desespero se apoderava totalmente dele e ele escrevia cartas extremamente lamentosas à família e aos amigos em Roma, especialmente ao irmão e a Ático, tão exaltadas de fato que, ao recebê-las, aqueles seres fiéis receavam que ele tivesse perdido as faculdades mentais devido a tantas desgraças. Ele se esqueceu de que levara uma vida de infelicidade com a mulher e escreveu-lhe cartas de uma angústia total, que ela mostrou aos parentes e a Quinto, dizendo:

— Os romanos diziam que tenho mau gênio e era um fardo para o meu marido, mas vejam! Ele me escreve do fundo do coração e anseia pelos meus braços!

Mas Quinto dizia, no íntimo: A que ponto chegou o meu nobre irmão, para desejar ver Terência de novo!

Houve ocasiões em que Cícero chegou a escrever cartas violentas ao seu dedicado editor, Ático, repreendendo-o por ter convencido a ele, Cícero, a não se suicidar, "embora o romano prefira a morte à desonra. De que vale a vida, agora? Minhas aflições ultrapassam qualquer coisa de que já tenham ouvido falar". Uma vez ele agradeceu a Ático o dinheiro que este lhe enviou, mas se lamentando por não acreditar no editor, que lhe dizia que os sestércios eram "provenientes de direitos autorais, pois quem, nesses últimos meses, comprou algum livro meu? Eu devolveria as bolsas se não estivesse passando as piores privações. Como hei de lhe pagar? Confesso que só tenho lamentações a lhe oferecer e recriminações por me ter dissuadido de acabar com minha vida".

Tendo estado um dia completamente envolvido em tudo quanto afetava a sua cidade, ele agora não conseguia se forçar a se interessar pelas cartas da família e dos amigos que lhe contavam, com uma maldade feliz, que Clódio e Pompeu agora eram os piores inimigos, que César utilizava e desprezava a ambos, que o triunvirato "é hoje considerado desprezível e perigoso até mesmo pelo homem mais estúpido das ruas, e que Pompeu e Crasso se olham por sobre espadas cruzadas, pois um é militar e o outro trata dos assuntos financeiros com um olho na sua bolsa". Ele não conseguia se interessar pelas histórias de Calpúrnia, a nova esposa de César, que, diziam, era adivinha e histérica e mulher de um gênio terrível. Aquela mente que um dia abarcara o mundo se reduzira inexplicavelmente ao tamanho de seu próprio ego sofredor.

Ele não conseguia viver como exilado. Sua antiga resolução de existir e suportar desapareceu. Queria morrer. Podia dispensar tudo menos a pátria, a que servira de todo o coração desde os primeiros dias da juventude e que agora o destruíra. "Tudo o mais não é nada, senão os montes de casa", escreveu ele a Ático, "e o som da língua querida. Se o homem não ama a pátria mais do que tudo, então é uma criatura miserável e sem raízes e nenhuma abominação está além dele, não, nem mesmo a traição. Pois os deuses do homem estão nesse querido solo conhecido e onde estão as cinzas de seus pais é onde ele deseja deitar as suas. Minha pátria querida! Deixe-me contemplar-te de novo e morrerei contente."

Mais calmo, depois de ter resolvido acabar com a vida, chegou à vila de um amigo na Salônica, que dava para o Egeu arroxeado, a seus pés, e para as montanhas prateadas, ao fundo. Ah, a Grécia não era mais a Grécia para ele, que era um desterrado! A ressonância da cor absoluta, que invadia a terra, o mar e o céu em volta dele, não mais encantava, assombrava ou elevava seus sentidos. Na verdade, cegava-o, pois ali ele temia morrer e ser enterrado num túmulo estrangeiro. Planejara sua morte naquele lugar, mas agora estava apavorado, pois, se morresse ali, suas cinzas não ficariam em Roma nem na ilha, mas se tornariam parte desse pó prateado, sopradas naquele ar azul e ardente. O sol esplêndido, que um dia curara sua doença e ardera em seu próprio coração, tornou-se terrível para ele, que ansiava tanto pelo sol mortiço de Roma. A vila era bela e elegante, cheia de cópias delicadas das estátuas do Partenon. Por toda parte havia a simplicidade encantadora das colunas jônicas, lançando sombras roxas adiante de si, e muros brancos espumando com flores vermelhas. Por toda parte havia uma serenidade brilhante, o doce canto dos pássaros, o ar aromático da Grécia, o perfume do bálsamo, das uvas, sal e louro, e o azul vasto e sedoso do mar

680   *Taylor Caldwell*

sobre o qual deslizavam os navios alados do comércio. Por toda parte havia conforto, paz e mesmo luxo e, ao pôr-do-sol, a vila branca tornava-se tão dourada quanto um sestércio novo.

Ele não podia suportar aquilo. Era como um cego e surdo nas Ilhas dos Abençoados e seu coração não cantava com a Grécia, mas continha lamentos fúnebres diretos do rio Estige. Cada vez mais, ele escrevia cartas alucinadas e destemperadas aos amigos em Roma, recriminado-os por terem impedido seu suicídio.

O grego era a língua de todos os cavalheiros cultos de Roma. Mas agora Cícero, passeando debilmente e aos tropeções pela bela vila, só falava em latim aos empregados gregos, que pouco sabiam desse idioma e olhavam ansiosos os seus gestos trêmulos para lhe adivinharem as ordens. A princípio, eles o consideraram com desprezo e escárnio — ele, um romano poderoso que agora era menos do que o pó por ordem daquela "nação de merceeiros". Mas à medida que os empregados, supervisores e jardineiros viam aquela agonia, seus emotivos corações de gregos se comoveram e ficaram indignados contra Roma e com pena daquele homem desesperado, com o rosto lívido e abatido e os cabelos grisalhos e olhos cavados. Tornaram-se defensores dele, em parte por compaixão e em parte por um ódio natural contra Roma. Adoni, o administrador, era um homem inteligente, de bastante instrução, e ouvira falar dos livros de Cícero, além de sua fama como advogado, orador e cônsul de Roma e vencedor de um homem que era detestável ao coração de um grego verdadeiro, pois Catilina não fora traidor? Foi Adoni quem mandou a cozinheira preparar as iguarias mais delicadas para o pobre desterrado, que mal tocava nelas. Foi Adoni quem se aproximou discretamente, quando Cícero estava sentado como um cego nos jardins de um colorido violento, apontando para ele o fervor do céu e do sol, a calma branca da Salônica e o roxo incrível do mar.

— Infelizmente — disse Cícero, que, mesmo atormentado, não era insensível à gentileza de Adoni —, não vejo nada, pois o homem vê mais com o coração do que com os olhos, e o meu coração está negro, morto e frio. Antes ser escravo em Roma do que rei em qualquer outro lugar do mundo.

Com isso, claro, Adoni não concordou. Ele passara vários anos em Roma, pois era um liberto e querido pelo senhor romano. Achava que Roma era um abscesso putrefato que estava rapidamente infeccionando toda a terra majestosa. O que Roma sabia da beleza e esplendor, da ciência, arte e filosofia, da arte dos frisos e a beleza apaixonada das colunas brancas ao meiodia contra um céu translúcido? Os deuses moravam em Roma? Não. Moravam no Olimpo. Ele discutiu delicadamente com Cícero. Os romanos construíam circos sanguinários ou teatros espalhafatosos, onde os palhaços uivavam e marchavam e mulheres perdidas mostravam seus corpos maduros demais. Mas nos teatros gregos ouviam-se as vozes de Aristófanes, Eurípides e Ésquilo. A Grécia tinha o mesmo fedor que Roma? Pela primeira vez, desde a sua chegada ali, Cícero deu um sorriso; débil, mas ainda assim um sorriso.

— Temos esgotos excelentes em Roma — disse ele.

Adoni ficou feliz com seu sucesso.

— Nós ensinamos aos romanos a construir os esgotos, senhor — retrucou ele —, mas o mau cheiro é deles.

Cícero agarrou as têmporas brancas e murmurou:

— O mau cheiro da pátria é um perfume para o exilado. Deixe-me em paz, Adoni.

Adoni levou-lhe rosas, mas o perfume lembrava a Cícero os seus jardins perdidos. Segurou as rosas e chorou abertamente. Seus olhos, antes tão expressivos, tão iluminados por um fogo azul e âmbar, tão mutáveis e fascinantes, estavam sem cor e manchados de veias vermelhas. Seu rosto, antes tão calmo e afável, tão marcado pelo riso e humor íntimos, era o rosto de uma sombra errante, perdida e à procura de algo. A testa nobre estava diminuída em sua dimensão; os cabelos grisalhos e ásperos caíam pela faces cavadas e pela nuca magra. Ele envelhecia dia a dia.

— Ele está morrendo por Roma — disse Adoni aos empregados. — Por que Titã vil, vaidoso e terrível ele definha! Roma cavalga a terra com terror e fúria e onde seus pés de ferro pisam, a morte se esvai da terra ferida e cada muro e montanha ressoam com sua voz rouca e bestial.

Adoni sabia que a beleza que cercava Cícero só fazia aumentar sua agonia, pois ele vivia fora dela, em alguma fresta gelada de sofrimento. Ele era como um prisioneiro que tem uma visão por trás das barras de uma prisão, sabendo que nunca mais poderá ser livre para se mexer dentro dela e ser um com ela. Se ele recebesse uma convocação, chamando-o para Roma, a porta de grades se abriria logo e ele tornaria a amar aquilo que agora não tinha a capacidade de amar.

Um dia, Adoni lhe disse:

— Senhor, chegou um navio de Israel e os judeus são muito hábeis em artefatos de prata e bronze, seus tecelões fazem coisas excelentes com as sedas, e o óleo deles é ainda melhor do que o azeite da Grécia. Também têm frutas e azeitonas salgadas maravilhosas e sempre, sempre escrevem livros. Quer que eu vá ao porto para ver o que posso encontrar para o senhor, alguma coisa que lhe agrade?

682   *Taylor Caldwell*

Se foi o nome de Israel, ou a menção aos livros, ou o interesse de Adoni por ele, Cícero não sabia dizer. Mas falou, depois de hesitar um pouco, a cabeça ligeiramente movida de sua letargia e da ameaça de loucura:

— Vá ao porto, Adoni, e... — ele não conseguiu pensar no que queria, ele que só queria Roma. Continuou: — Você sabe que vivo aqui por tolerância de um de meus queridos amigos e que tenho pouco dinheiro. Seja prudente.

Adoni pegou a grande carruagem, que Cícero nunca usava, pois nunca ia a lugar algum, nem visitava ninguém, embora recebesse muitos convites das antigas famílias gregas. Adoni também levou consigo algumas das jovens criadas, que queriam ver os marujos estrangeiros de terras longínquas e fazer negócio com os espertos mercadores judeus. As risadas felizes das jovens, preparando-se para a ida ao porto, tocou até o coração triste e carente de Cícero, que, esquecendo-se de sua frugalidade necessária, deu umas moedas às moças. Elas lhe agradeceram com lágrimas, beijando as mãos dele. Os dois cavalos e a carruagem partiram com barulho, numa nuvem de pó prateado, risos e canções. Cícero ouviu e viu como vê e ouve um condenado, ou quem está velho e moribundo.

Ele ficou sentado no jardim, parado como as estátuas graciosas em volta dele e igualmente insensível. Ouvia as fontes murmurando como que com o ouvido amortecido da morte. Os pássaros cintilavam no meio do borrifo radioso. Além dos jardins estava o mar, macio e plácido como seda. Pequenas velas vermelhas cortavam a luminosidade incrível do céu azul, que pulsava com uma luz intensa. Como posso viver, para onde irei?, perguntava-se Cícero e sua face lhe doía de novo, com as lágrimas. O homem passa a vida galgando penosamente uma montanha, os olhos fixos no pico reluzente, e sonha ficar algum tempo lá no cume, contemplando toda a terra aos seus pés, antes de descer lentamente no crepúsculo dourado do outro lado. Assim se deu comigo. Mas, quando alcancei o mármore reluzente do pico, percebi que abaixo não havia uma encosta suave e sim um abismo, atirando-se às sombras pedregosas, e uma morte cruel no deserto. Ah, se eu ao menos tivesse ficado no vale verdejante abaixo da montanha, nunca tendo subido de todo! Pelo menos agora eu estaria bebendo a água dos rios de casa e caminhando pelo solo florescente da minha terra. Os sonhos podem levar à destruição e até mesmo o amor à pátria pode ser uma traição; e Deus é indiferente ou não existe. Ele jogou as mãos para o alto, num acesso de desespero final, exclamando:

— Ah, será possível que terei de ficar aqui até morrer, nunca mais tornando a ver Roma?

Ele julgava ter vertido todas as lágrimas, que todo o seu sofrimento já tivesse sido expresso. Mas então aprendeu que a fonte das lágrimas não seca nunca, que a dor tem dez mil línguas e que o pesar inventa interminavelmente novas armas para penetrar a alma. O mundo não era o jardim e a arena quente e alegre que a juventude supunha. Era um poço de tortura e homem nenhum jamais aprende todos os labirintos e nunca encontra todos os minotauros. Há novas agonias em novos caminhos, que ele nunca sentiu. Há sempre um inimigo único a desafiá-lo, até que a alma expire de fadiga e falta de esperança. Para Cícero, agora tudo era maligno no universo. Seria verdade, como diziam os judeus, que a criação está cheia do mal, assim como também está cheia do bem, e que ambos têm noção do homem, um para destruir, o outro para salvar?

Ao pôr-do-sol, Adoni voltou com a carruagem e as moças. E com eles vinham dois visitantes.

O céu parecia ouro puro, o mar arfando de ouro, o ar tremendo com pó dourado, todos os montes estavam áureos e cada folha nos jardins parecia dourada. Naquela luz dourada e penetrante, o homem sentado no banco de mármore sob as murtas parecia a estátua de um moribundo: abandonado, solitário, perdido e abatido por uma dor mortal. Os visitantes pararam, contemplando-o consternados, pois ele não os viu, ou estava indiferente à aproximação deles.

— É verdade — disse um ao outro — que os anos produzem mudanças em todos nós. Mas aquele homem, numa pose tão agoniada e congelada, não é o Marco que conheci! Nem mesmo a idade o poderia obliterar de tal modo.

Eles tinham sido prevenidos por Adoni, que era inteligente, mas ainda assim ficaram abismados, além de comovidos até às lágrimas. Entraram pelos jardins e um deles exclamou:

— Marco! É você?

Cícero ergueu o olhar vago e letárgico do homem que acorda de repente num lugar estranho e não compreende logo onde está. Essa expressão não mudou e, com os olhos apáticos de um bebê, ele ficou observando os visitantes se aproximarem, até estarem bem em sua frente.

Então um dos homens, chorando, abraçou-o, falando com ele como quem fala com os surdos:

— Marco, amigo querido, meu Jônatas! Não me conhece?

Marco suportou o abraço; abriu e fechou os olhos. Pareceu concentrar-se e depois desistir do esforço insuportável. Viu diante de si um homem alto e esguio, de meia-idade, com uma longa barba grisalha, um rosto branco e grandes olhos castanhos que eram ao mesmo tempo suaves e penetrantes. O homem estava vestido com uma roupa elegante de tecido amarelado vivo, bordado de ouro e prata, um manto de um roxo forte e um turbante de tecido listrado, dourado e roxo. Em seu pescoço via-se um colar egípcio com pingentes de ouro e esmeraldas e ele cintilava com muitas jóias nas mãos, punhos, braços e sandálias. Marco tentou falar, sem ânimo; sua voz parecia um farfalhar seco.

— Não se lembra de mim, Noë ben Joel, seu amigo de infância, seu quase-irmão?

— Noë? Noë? — Marco levantou as mãos magras e trêmulas e, de repente, agarrou os braços nus do outro e uma grande luz se fez em seu rosto, tão intensa que Noë foi levado a novas lágrimas. — Noë! — exclamou Marco e procurou levantar-se. Mas estava por demais fraco e desfeito. Então, Noë apertou com fervor a cabeça de Marco ao seu peito, em parte por amor e em parte para esconder de sua vista aquele rosto tão arrasado.

— Não é possível! — exclamou Marco. — Pensei que tudo estivesse morto!

— Deus vive, portanto, o mundo ainda vive — disse Noë, sentando-se ao lado do amigo e continuando a abraçá-lo, como quem segura uma criança que sofre. A mão de Marco, trêmula, procurando, pegou uma das de Noë e a apertou com força. — E veja — disse Noë — aqui está outro velho amigo seu, Anótis, o egípcio. Já se esqueceu dele? Nós nos conhecemos em Jerusalém e quando descobrimos que você era um amigo comum, também nos tornamos amigos. — A voz de Noë era calmante, lenta e clara, ao procurar alcançar aquele espírito atormentado e distante. — Soube por amigos em Roma do seu... estado... e quando me disseram que você estava na Salônica resolvi visitá-lo. Anótis quis vir comigo e chegamos hoje, no navio de Israel. Lá encontramos o seu administrador, esse maravilhoso Adoni, e pedimos que nos trouxesse para ver você. E cá estamos, os nossos olhos cheios de alegria por tornar a vê-lo!

— Anótis? — disse Marco, com uma voz fraca e perturbada, como quem procura recordar-se. Ele olhou para seu outro visitante, tão alto e magro, com suas roupas vermelhas e verdes, suas jóias, seus modos imponentes. Viu os olhos cinza-claro que nem mesmo a idade podia embaçar, o rosto moreno e aquilino, a barba estreita e pontuda, branca como a neve. — Anótis? Anótis! — exclamou Marco e, de repente, a vida percorreu seu corpo emaciado, vibrando em seu rosto, enquanto ele estendia a mão e rompia em prantos.

Um Pilar de Ferro 685

Eles se sentaram ao lado dele, Marco no meio, e o abraçaram muito, misturando suas lágrimas às dele. A luz dourada impregnava o mundo todo de mar, céu e terra; o perfume dos jasmins e o cheiro pungente da maresia. Um vento soprou do mar, trazendo vozes estranhas. Os ciprestes negros balançavam seus topos pontudos na luz radiante. Asas vermelhas adejavam sobre o mar enquanto os navios entravam no porto. De repente, os pássaros levantaram ao céu suas vozes extasiadas. E Marco Túlio Cícero ali sentado com os amigos, alegrando-se, sem poder acreditar no que via ou ouvia. Era como se tivesse sido chamado da escuridão fria da tumba, tivesse ressuscitado, e novamente contemplasse a vida, ele que passara tanto tempo sem vida.

— Não me deixem! — implorou-lhes. — Não me abandonem mais!

— Vamos ficar com você muitos dias, querido Marco — garantiu-lhe Noë ben Joel —, pois não viajamos de longe para estar com você?

— Infelizmente — disse Marco —, não sou nada. Perdi minha família e meu lar. Perdi Roma. — Mas a voz dele não estava mais desanimada e sim vibrante de vida e de dor. — Você sabe o que é perder a pátria? Noë? Anótis?

— Sim — disse Noë. — Pois nós, os judeus, fomos expulsos de nossa terra e ficamos cativos na Babilônia. Ouça o que diz Davi: "Junto aos rios da Babilônia, lá nos sentamos, sim, choramos, quando nos lembrávamos de Sion. Penduramos nossas harpas no meio daquilo. Como cantaremos o canto do Senhor numa terra estranha? Se eu te esquecer, ó Jerusalém, que a minha mão direita se esqueça de sua habilidade. Se eu não me lembrar de ti, que a minha língua se prenda ao céu de minha boca, se eu não preferir Jerusalém à minha maior alegria." E Deus se lembrou dos exilados e dos desabrigados e restituiu-os à sua terra. Assim, Ele há de restituí-lo, Marco, quando Lhe aprouver, para consternação de seus inimigos. Você não é o único exilado que chora e tem chorado.

— E o mesmo se dá conosco, os egípcios — disse Anótis, com tristeza. — Os gregos há muito se apossaram de nossa terra sagrada, fazendo-nos exilados nela, desprezados. Não choramos por nossa pátria? Quem há de restaurá-la? E a nós? Já se passaram séculos e em nossa própria terra não somos conhecidos. — Mas ele olhou para o céu dourado e para o poente, chamejando de vermelho, e seu rosto ascético de repente se iluminou como se ele ouvisse uma promessa.

Eles lhe tinham levado presentes, como que sabendo da agonia dele. Noë lhe levara uma pequena réplica dos Pergaminhos Sagrados, com varas de prata e uma seda como pergaminho, em que estavam escritas as palavras sagradas. Anótis lhe levara a imagem dourada de uma Mulher, coroada de

686   *Taylor Caldwell*

estrelas e de pé sobre o globo, tendo sob os pés uma serpente esmagada. E o seu corpo era aumentado pelo filho. Disse ele:

— Os sacerdotes caldeus me contaram uma coisa estranha. Os astrônomos deles agora toda noite procuram uma Estrela estupenda, que se levantará no leste e conduzirá os homens santos ao lugar do nascimento Daquele que salvará o mundo, livrando-nos da morte. Pois isso está prometido a todos os homens que têm ouvidos para ouvir e alma para escutar.

Marco ouviu o que eles disseram e, de momento a momento, seu rosto gasto se tornava mais jovem e parecia, de fato, que ele tivesse sido libertado do túmulo. Ele agarrou-se aos amigos e chorou; e eles deixaram que ele chorasse para acabar sua dor e sua angústia, pois, como chuvaradas, as lágrimas lhe levariam uma nova primavera e nova esperança.

Nos dias que se seguiram, parecia que ele nascera de novo e estivesse ouvindo e vendo pela primeira vez. Maravilhava-se com os outros diante da beleza dos dias dourados e prateados da Grécia, como se também ele fosse recém-chegado e não tivesse vivido ali durante muitos meses. A juventude lhe voltou; ele passou a falar animadamente, como um homem moço. Pela primeira vez, abriu os livros da biblioteca e leu em grego para os amigos. Elogiou os jardineiros por sua habilidade, ele que antes nem olhara os jardins. Adoni levou os três amigos para um passeio de barco a vela no mar violeta, e eles pescaram juntos e riram como meninos, não parecendo mais homens que olhavam para os anos da velhice. O passo de Cícero tornou-se leve. Ele falava animado sobre o que esperava realizar quando fosse chamado a Roma. Gabavase dos filhos, do irmão, dos amigos, até da mulher. De noite, escrevia furiosamente novos ensaios para Ático, o amigo e editor paciente e que tanta coisa suportara. Ele encontrava novos prazeres todos os dias, e novos risos, e os empregados se alegravam ao ouvir sua voz sonora. O velho humor lhe voltou e ele se satisfazia ao ver que suas brincadeiras irônicas não despertavam a hostilidade dos amigos, mas apenas um riso correspondente. Por vezes, sem motivo aparente, ele corria para um ou outro e o abraçava apaixonadamente, beijando o rosto do amigo como uma criança arrependida mas feliz.

— Ah! — exclamava ele. — Deus é bom, por tê-los mandado para mim, quando eu só contemplava a morte!

— Isso é porque Ele precisa de você, caro Marco — respondiam eles.

— Ele poderá dispensar um único homem justo?

— Contem-me de novo sobre o Messias — dizia Marco. — Eu me esquecera Dele.

— Receio — disse Noë — que os homens não O reconhecerão de todo e abusarão Dele e O matarão. Pois ouça qual será o Seu destino, segundo Davi, e o que Ele diz de Si:

"Ó Deus, Deus meu, por que me desamparaste? Estás longe das preces e das palavras do meu clamor. Meu Deus, clamo durante o dia e não me ouves e não me prestas atenção — sou o opróbrio dos homens e a abjeção da plebe. Todos os que me vêem, escarnecem de mim, apertam os lábios e meneiam a cabeça, dizendo: 'Esperou o Senhor para salvá-lo: livre-o, salve-o, se é que o ama.'... Abrem contra mim sua boca como um leão arrebatador e que dá rugidos. Derramo-me como a água e todos os meus ossos se desconjuntam. O meu coração parece cera, derrete-se dentro das minhas entranhas. Minha força secou-se como barro cozido e me reduziste ao pó da morte... Posso contar todos os meus ossos. Eles olham e se alegram ao me verem; repartem entre si minhas vestimentas e lançam sortes sobre a minha túnica."

— Você verá — disse Noë — que a despeito do que declaram os fariseus... que o Messias virá com o som de muitas trompas de prata, com os poderes e domínios de anjos e com o trovão... que Ele na verdade nascerá como o mais modesto e humilde e terá uma morte agoniada, como Sacrifício pelo homem pecador. É muito misterioso. Nós O conheceremos? Duvido. Ainda assim, Deus O revelará, pois Davi fala sobre Ele: "Eu... constituí o meu Rei sobre Sião, o Meu monte santo! Promulgarei o decreto do Senhor: O Senhor disse-me: 'Tu és meu filho, eu gerei-te hoje. Pede-me e eu te darei as nações em herança e, em teu domínio, as extremidades da terra.'"

— Temos o sinal Dele, a Cruz — disse Anótis —, que é a Ressurreição, e isso temos tido por muitos e muitos séculos.

Marco escutava com avidez e, em seu íntimo, dizia: Perdoa-me por ter duvidado de Ti e esquecido de Ti. Eu me sentia um exilado, mas não é verdade que, exilado ou não, a mente tem o seu lugar e não pode ser movida dali? Sou romano e continuo romano. Eu não deixei Roma. Roma é que me deixou.

Quando os amigos foram obrigados a voltar para casa, Marco acompanhou-os ao porto de Salônica. Ficou olhando o grande barco desaparecer no horizonte e novamente encheu-se de tristeza. Depois, pensou: Eles não se foram. Dizemos "adeus", mas em outra baía dizem: "Lá vêm eles de volta!" Ele foi para a vila, mas esta não lhe parecia mais um lugar abominável de exílio. Era seu lar, por algum tempo, antes de ele voltar a Roma. Começou a escrever cartas animadas à família e aos amigos, e a César e a Pompeu, pedindo que o chamassem de volta.

De noite, ele rezava com as palavras do Rei Davi, que Noë lhe ensinara: "Levanto os meus olhos para os montes, donde me virá o socorro. O meu socorro vem do Senhor, que fez o céu e a terra. Não permitirá Ele que vacile o teu pé , nem adormecerá aquele que te guarda. Não, por certo não adormecerá nem dormirá o que guarda Israel. O Senhor te guarda, o Senhor é a tua proteção, ao teu lado direito. Durante o dia o sol não te queimará, nem a lua, de noite. O Senhor te guardará de todo o mal; guardará a tua alma."

E, à meia-noite, ele olhava para os céus claros e repetia com Davi: "Tu és meu Filho. Eu gerei-te hoje."

Seria aquele o dia, ou a hora?, perguntava Marco às estrelas. Marco procurava a Estrela de que lhe falara Anótis. Mas os céus estavam calmos e tranqüilos. Marco ia para seu quarto e olhava para a imagem da Virgem com o Filho e meditava. Então, uma doce emoção o invadia, como se tivesse ouvido uma voz carinhosa na aridez do mundo, uma voz que o chamava para casa. Ele depositou um ramo de lírios diante da imagem. Beijou os pés da Virgem Mãe.

Capítulo LIX

— Estamos acossados — disse Júlio César a Crasso. — De repente, a cidade inteira ressoa com o nome de Cícero e há escritos indignados nos muros. Todos pedem a volta de Cícero. Sejamos magnânimos e o povo que governamos se esquecerá de nossos decretos e nos aclamará como amigos nobres e benfeitores.

— Eu digo que aprovo — declarou Pompeu, levantando o polegar.

O jovem Pórcio Catão, tribuno e patrício, foi procurar os senadores que eram amigos da família dele.

— Homens pusilânimes! — exclamou ele para os outros. — Exilaram o homem que salvou Roma e a vocês mesmos. O povo está fervilhando. Chamem-no de volta!

A tempestade de protestos irritou e confundiu Crasso. Ele tentou descobrir aqueles que tinham provocado a tormenta que ora se abatia sobre Roma, mas parecia que Cícero criara defensores das próprias pedras das ruas. Então, tornou-se realmente perigoso resistir e Crasso, contrariadamente, consultou o Senado culpado.

— Não é um assunto a ser tratado com facilidade — disseram os senadores. — Se confessarmos nosso erro, o povo nos desprezará. Há ainda

UM PILAR DE FERRO 689

Antônio Híbrida, esse tolo confuso, que ameaça procurar o novo cônsul, P. Cornélio Lentulo Spínter, com sua confissão. E todos sabem que Lentulo é velho amigo de Cícero. Vamos pensar juntos.

De um modo tipicamente italiano, eles resolveram confundir de tal maneira o caso que ninguém poderia apontar qual a pessoa que forçara a volta de Cícero e, portanto, ninguém em especial seria obrigado a dar explicações. Pompeu escreveu uma carta cautelosa a Cícero, lembrando a amizade que sentia por ele, e declarando que estava trabalhando dia e noite para conseguir sua volta, "mas o caso agora está nas mãos de César, o seu velho e querido amigo". Pompeu acrescentava: "O seu editor, hoje muito rico e influente, está sempre agarrando os homens importantes pelo ombro e discursando a seu favor. Como Ático tem trabalhando para ele muitos comediógrafos, que chama de autores satíricos, muita gente o teme."

Nínio, o nobre tribuno, que sempre gostara de Cícero, foi procurar Júlio e olhou para ele com olhos sábios e brilhantes.

— Uma vez apresentei um projeto para chamar Cícero de volta — disse ele. — Clódio opôs-se e venceu. Agora os novos tribunos eleitos, inclusive o seu amigo Tito Ânio Milo, estão a favor da volta de Cícero. Votarão por isso. Você se opõe?

— Eu? — exclamou Júlio. — Houve um dia em que eu não rezasse para que acabasse o exílio de meu querido Marco?

— Reze mais — disse Nínio. Os olhos sábios brilharam, mas o resto do rosto dele estava bem sério. Não tinha medo do terrível Comitê dos Três que escravizara Roma. — Você tem um grande dom de eloqüência, caro César. Fale com os senadores.

— Já lhes falei muitas vezes — disse Júlio. — Tornarei a falar — acrescentou no tom mais grave e Nínio, escondendo um sorriso, cumprimentou-o e partiu. O povo amava Nínio por sua honradez. Sob a calma aparente de sua voz escondia-se uma ameaça e Júlio sempre dava ouvidos às ameaças.

— O tirano que se acredita invencível e invulnerável não passa de um estúpido — disse ele aos outros membros do Comitê. — Dizem que Xerxes ouvia primeiro o mais humilde de seus escravos, e só depois ouvia os ministros. Pois os ministros eram fiéis pelos favores dele, mas o escravo nada tinha a perder contando a verdade.

As folhas das árvores de Roma já estavam ficando vermelhas, castanhas e amarelas quando Nínio apresentou outro projeto ao Senado, pedindo a volta de Cícero. Oito senadores logo votaram a favor e os demais se abstiveram. Mas, cientes de seu apoio, os oito senadores propuseram uma lei para esse chamado. Ela não foi aprovada. No entanto, embora o exílio não estivesse cancelado, o Senado consentiu em devolver a Cícero todos os seus direitos civis e sua antiga situação, do que ele foi notificado. Mas sua força e orgulho já lhe tinham voltado. Recusou-se a regressar a Roma, a não ser que lhe fossem restituídas todas as suas antigas propriedades, sendo construída para ele uma nova casa no Palatino. Enquanto isso, foi residir em Dirráquio, onde tinha acesso a uma grande biblioteca. Ático, otimista e cheio de amizade, foi visitá-lo, para lhe dar notícias e contar das grandes vendas do novo livro de Cícero em Roma. Ele entregou ao amigo uma importância generosa, a metade da qual saída de seu próprio bolso, mas sem o conhecimento de Cícero. Deu boas notícias da saúde da família de Cícero e do trabalho corajoso de Quinto a favor do irmão.

— Bandos de gente de toda a Itália estão chegando a Roma para pedir a sua volta e a restituição de tudo o que lhe foi tirado — disse Ático. — Lentulo já declarou que assim que terminarem os Rituais Sagrados, em Jano, ele apresentará outra proposta ao Senado a seu favor, pois os cônsules estão do seu lado.

Ático ficou contentíssimo ao ver que o amigo e autor estava tão controlado, pois durante muitos meses temera pela vida e sanidade mental do amigo. Marco parecia estar forte novamente e até sereno e muito decidido.

— Querem que eu volte, com a devolução de meus direitos civis e minha situação — disse ele a Ático. — Mas como hei de viver? Como os governos se agarram ao dinheiro que roubam do cidadão! Seria até de supor que eles é que o tivessem ganho! Se eu viver na pobreza em Roma, o Senado ficará feliz, pois, ainda assim, todos os homens diriam: "É um pobre coitado, esse Cícero, em mais que um sentido, e está muito velho para tornar a subir." Ah, que pena que nesses dias degenerados só o dinheiro traga a honra! Portanto, o Senado que se irrite e reclame que eu não volto, até o dia em que tudo me for restituído.

Ático, de volta a Roma, manteve Marco informado de tudo. "O cenário parece um mosaico, pendurado em ordem, padrão e história sobre uma parede. De repente, cada pedacinho sai do lugar e tudo se torna uma confusão de cores sem formas. As resoluções são tomadas e revogadas. Lentulo solicita, o Senado escuta e depois recusa. Pompeu declarou que somente um edito do povo (*lex*) pode chamá-lo de volta e isso é verdade. César dirige-se ao Senado, dizendo-se servidor deles, e provocando sorrisos irônicos quando pede por você. Crasso, dizendo-se escravo ainda mais humilde do povo romano, dirige-se ao Senado, que o escuta solene. Portanto, parece que a Itália inteira deseja a sua volta, o Senado, o Comitê dos Três, a nobreza e todos os 'homens novos'. Mas existe Públio Clódio, que o detesta, e ele é muito poderoso."

Ático não acrescentou, em sua carta, que Quinto, irmão de Cícero, fora atacado no Fórum, em plena luz do dia, pelos assedas de Clódio, e que tinha sido deixado como morto sobre as pedras. A vida dele só foi salva graças aos cuidados mais fervorosos de muitos médicos. Ático achou mais prudente não alarmar Cícero, que então poderia voltar correndo para Roma, aflito pelo irmão, assim concordando tacitamente com as condições do Senado, no sentido de só lhe serem restituídos seus direitos civis e sua posição. Parecia uma coisa vil, para Ático, que as massas corruptas de Roma, que Clódio parecia controlar mais ainda do que o triunvirato, se pudessem interpor entre Cícero e sua volta honrosa, com a restituição de suas propriedades. Mas todo romano, fosse qual fosse seu espírito ou falta dele, sua instrução ou ignorância, seu caráter ou baixeza, tinha voto igual em Roma, e quando seus companheiros se reuniam para votar no Fórum, eram facilmente inflamados e os motins eram muito numerosos. Se eles se reunissem para votar no caso de Cícero, então Clódio, que subornava as massas constantemente, os incitaria ao motim e à desordem. Cícero não passava de um nome para as massas e o nome era um anátema para o seu senhor, Clódio. Isso lhes bastava. "São essas as utilidades da democracia, pensou Ático, enquanto escrevia aos amigos. A voz do povo é muitas vezes a voz de estúpidos e criminosos, de dementes e de quem tem a barriga vazia. Acreditam nas mentiras mais monstruosas, se forem ditas pelo seu favorito do momento e seu servidor político. Difamam os melhores homens, se assim ordenados. Amotinam-se e cometem assassinatos em massa ao pedido de qualquer patife que diga que os ama e os serve pela nobreza de seu coração. As massas nem amam nem odeiam Cícero, pelo que ele é. Mas odeiam-no porque Clódio ordenou que o odeiem. E isso é a democracia!"*

Lentulo resolveu distrair as massas. Na qualidade de cônsul de Roma, deu-lhes espetáculos grandiosos nos circos, mais assombrosos do que jamais tinham visto e, enquanto estavam distraídos pelos divertimentos sangrentos, Lentulo reuniu-se com o Senado no Templo da Honra e Virtude, e resolveram promulgar uma lei que permitia a volta de Cícero em termos totais, com a restituição de suas propriedades e honrarias. Mas Clódio, desconfiando do plano, conseguiu impedir que a lei fosse promulgada.

---

*De uma carta a Lentulo.

Então Pompeu, o militar que sentia desprezo pelas massas irresponsáveis e indisciplinadas, teve um gesto decidido. Acompanhado por muitos homens ilustres, inclusive Lentulo e Servílio, dirigiu-se ao povo no Fórum, apelando ao seu espírito de decência, que ele em particular achava não possuírem, à sua virtude, em que ele não acreditava, e à sua honra, estando convicto de que não a possuíam de todo. Ele fazia parte do terrível triunvirato, que todos temiam, e nenhum dos membros desse triunvirato até então falara publicamente ao povo, antes desse dia, a favor de Cícero ou alguém ou alguma outra coisa. O povo ficou lisonjeado. Numa aclamação geral, prometeram votar a favor da volta de Cícero, momentaneamente esquecendo-se de seu senhor, Clódio. Pompeu então elogiou-lhes a nobreza de alma e de coração e, pensando em Cícero, sua voz tremeu de sinceridade. O povo emotivo viu então as lágrimas do grande soldado e general, que de tal modo se humilhava diante deles. Mais tarde, Pompeu disse a Lentulo:

— Permitam os deuses que eles conservem essa veemência, pelo menos até que Cícero seja chamado de volta!

Clódio lutou com os seus adeptos, e o pretor, três magistrados e vários tribunos o acompanhavam em sua inimizade obstinada contra Cícero. Mas, para raiva, incredulidade e perplexidade total de Clódio, dessa vez o povo não o acompanhou, pois embora ele os tivesse subornado muitas vezes, Pompeu os lisonjeara, despertando neles o instinto de decência latente — um fenômeno muito raro, conforme comentou Ático com espirituosidade numa carta. Em resumo, foi um milagre. "Se Deus não interferisse de vez em quando nos negócios dos homens", escreveu Ático, "então em verdade cairíamos num caos, e nenhum criminoso ou assassino jamais seria preso, nem justiça seria feita, nem qualquer político seria denunciado como mentiroso."

O povo cumpriu a promessa feita a Pompeu e no fim do verão votou pela volta de Cícero, a restituição de seus direitos civis e sua posição, de todas as suas propriedades e honrarias, como herói de Roma. O exílio estava acabado e Túlia foi encontrar-se com o pai amado nas praias de sua terra natal, atirando-se nos braços dele. Ele a fez recuar, com delicadeza e, ajoelhando-se, beijou a terra sagrada, molhando o solo dos antepassados com suas lágrimas. Tudo o que tinha suportado era menos do que sua alegria.

Se o povo custara a chamá-lo de volta, mostrou-se apaixonado nas suas aclamações em homenagem a Cícero, por toda a Itália, enquanto ele viajava para casa. Ele passou por Cápua, Nápoles, Minturna, Sinuessa, Fórmia, onde vilas suntuosas foram colocadas à disposição por amigos e em cujas

Um Pilar de Ferro

vizinhanças suas próprias antigas vilas tinham sido destruídas pelo governo em sua sanha maldosa. Os magistrados o receberam com coroas de louros, saudando-o e beijando-lhe as mãos; multidões o aclamaram aos gritos de "Herói!", em meio a grandes ovações. Os lavradores, com as famílias, ficavam à beira das estradas, espalhando flores no caminho dele. Delegações corriam para recebê-lo. Cada aldeia, cada povoado e cidade por onde ele passava decretaram um dia de festa em sua homenagem e todos abandonavam o trabalho para aclamá-lo calorosamente. A grande carruagem em que ele viajava com a filha e amigos mal conseguia trafegar, durante horas, tal era o acúmulo de gente. Juízes o chamavam de pilar da lei, alicerce da Constituição. Colegas de advocacia lhe ofereceram banquetes, exclamando que os juristas seriam para sempre santificados em nome dele.

Exausto, pálido e saciado, somente pensando em que estava novamente no solo sagrado da Itália, ele parou durante uma noite antes de entrar em Roma, para descansar na vila de um amigo. Disse a Túlia:

— Se eu fosse mais jovem, ficaria tentado a pensar que antes todos os homens estavam do meu lado, e que hoje estão vingados, na minha pessoa. Mas não sou mais jovem; portanto, embora esteja feliz e o meu coração se comova com todas essas demonstrações, lembro-me que esses mesmos que aclamam me deram as costas nessa mesma viagem, invertida, quando fui para o exílio. O homem é fraco; aclama quando não faz mal aclamar, e aprova. Quando se exige que ele denuncie e difame, especialmente se o governo é quem o exige, então ele é igualmente veemente e igualmente virtuoso. Se Roma desse uma ordem para que eu fosse destruído amanhã, aqueles que hoje me beijam a mão me cortariam a cabeça... com igual entusiasmo. O homem se sente mais feliz quando acha que está agindo em conformidade com seus semelhantes e isso é um augúrio triste e terrível para o futuro.

Túlia, que também estava cansada, protestou:

— Por certo que o amam de verdade, meu pai.

Cícero respondeu:

— Não confio em meus semelhantes, embora já tenha confiado, um dia. Limito-me a rezar por eles. Acreditam que a popularidade universal seja a medida do valor do homem.

Era a vigésima terceira noite de sua viagem triunfal em meio à aglomeração incontável de seus conterrâneos. Atendendo ao seu pedido urgente, não houve banquetes, nem discursos demorados e cansativos pelos magistrado, advogados, juízes e políticos exigentes, nem exuberância do povo, pois os italianos, acima de tudo, adoram as festas, a emoção e demonstrações, especialmente a favor de homens que de repente se tornam populares. No dia seguinte, Cícero entraria em Roma. Estava sentado no seu belo quarto, o quarto de dormir do seu anfitrião, enquanto a grande vila se enchia dos enviados do Senado. O dono da casa, muito importante, os atendia, prometendo dar as mensagens a Cícero pela manhã, oferecia vinho e jantar aos visitantes e se apressava pelos corredores. O quarto estava cheio de flores. Cícero estava quase prostrado de exaustão. A própria Túlia banhou-lhe os pés e preparou as vestes cerimoniais para o dia seguinte. Pela primeira vez, sorrindo para ela, Cícero notou que a filha parecia mais quieta do que se recordava dela antes do exílio, mais frágil, mais delicada. Seu rosto magro, tão parecido com o dele, estava muito pálido. Os cabelos compridos, castanho-claros, lhe caíam pelas costas franzinas, as mãos estavam magras demais e tremiam um pouco. Os olhos, também tão semelhantes aos dele, pareciam mais lentos, apesar de sua juventude, e os gestos ainda mais brandos do que antes, ao que ele se lembrava. De repente, ele se sentiu alarmado.

— Túlia! — disse ele. — Isso a cansou mais do que a mim.

Ela tentou sorrir e depois, repentinamente, rompeu em prantos, atirando-se nos braços dele. Ele a pôs no colo e tentou consolá-la, vagamente, enxugando-lhe o rosto e alisando os cabelos finos e macios, beijando-a.

Ficou ainda mais alarmado.

— Conte-me! — exclamou ele. — O que há com a minha queridinha, a doçura de minha vida?

Então, pela primeira vez, Cícero ouviu falar dos ferimentos de seu querido irmão, que quase morrera a serviço dele, e também da morte do dedicado genro, Piso Frugi, que trabalhara tão valorosamente pela sua volta do exílio. Túlia estava viúva e ainda não completara 19 anos de idade. Piso morrera de uma febre súbita, mas os médicos suspeitavam de que tivesse sido envenenado. Ela ficou sentada no colo do pai, enlutada, desolada, de coração partido, e Cícero, também triste por sua vez, refletiu que a filha se esquecera de tal modo do seu sofrimento a ponto de ir encontrá-lo, no meio de sua dor.

— Devia ter-me contado, querida — murmurou ele, consolando-a e beijando-a. — Não devia ter vindo receber-me, juntando mais sofrimentos aos que você já tem. Vou fazer sacrifícios em homenagem a Piso, assim que chegar a Roma. Meu irmão...

— Meu tio Quinto acabou de se levantar da cama, onde quase morreu — disse Túlia, contrariada por ter cedido à fraqueza de dar notícias tão tristes ao pai no meio de seus triunfos.

— Tenho sido tão cego! — disse Cícero. — Se tivesse gastado um momento apenas para observá-la, filha, notaria como você estava abalada e pálida. Mas não! Estava absorto em minhas próprias justificações, escutando demais os louvores e falsos discursos dos que me recebiam e que ainda há um ano me desprezavam!

Ele se esqueceu de sua alegria, chorando pelo genro, e com a idéia terrível de que Quinto podia ter sido morto pelos inimigos dele, Cícero.

— Eu trouxe o desastre àqueles a quem mais amo — disse ele.

Mas Túlia, enxugando as lágrimas decididamente, o consolou. Ela se desprezava, pois, na véspera do maior triunfo do pai, o tinha carregado de sofrimento; implorou o perdão dele; devia ter-se controlado, sem ceder a fraqueza feminina, procurando um consolo, covardemente. Agora estava tudo perdido. Cícero disse, obrigando-se a sorrir:

— Piso gostaria que eu me alegrasse e Quinto vai me receber amanhã. Só por eles, eu me mostrarei como desejam. — Ele fez uma careta. — O Herói coroado de louros, recebendo a homenagem de Roma.

Eles choraram, abraçados, e embora Cícero garantisse à filha que nada estaria esmaecido para ele, seu coração estava pesado e dilacerado. Depois que Túlia se retirou para o quarto, Cícero sentiu arder dentro de si uma revolta amarga. Se não fosse ele, Quinto não teria quase morrido de ferimentos graves; o jovem, ardente e apaixonado Piso ainda estaria vivo, ele que tanto amara a vida, e com tanto humor. Cícero não dormiu naquela noite, pensando, e muitas vezes odiando.

Uma aurora cinzenta e quente mal aparecera na borda do céu noturno, arroxeado, quando Cícero foi despertado por um estrondo furioso e triunfal de trompas, o rufar apaixonado de tambores e um troar de milhares de vozes. Seu primeiro pensamento foi: "Será que resolveram assassinar-me, afinal?" Depois, recriminando-se pelo que era ironia apenas em parte, ele levantou-se para postar-se à janela e viu as tochas vermelhas ardentes. A bela vila estava cercada pela legião de Quinto, a pé, a cavalo e em bigas. As bandeiras já estavam desfraldadas, rubras como o sangue à luz das tochas, e o metal reluzia nos arreios, armaduras, lanças e espadas; os cavalos curveteavam, os lictores empunhavam as fasces erguidas e havia muitos gritos, giros e grupos em formação; além da legião, empurravam-se massas de pessoas vindas de Roma para se juntarem à comitiva. Um general vitorioso, que voltasse abarrotado de cofres de ouro das pilhagens e milhares de escravos, não receberia ovação mais estrondosa. Túlia entrou correndo no quarto do pai, meio excitada e meio receosa. Ele pegou-lhe as mãos e disse:

696 *Taylor Caldwell*

— Eles estariam igualmente vociferantes e ruidosos se eu estivesse sendo levado à execução!

Uma carruagem dourada tinha sido enviada pelo Senado para conduzir a ele e à filha. Após uma refeição apressada, ele entrou na viatura, erguendo os braços bem alto para saudar o imenso acúmulo de recém-chegados que se juntavam aos que já estavam lá. Era como se Roma se tivesse esvaziado, correndo além de seus portões para recebê-lo e acompanhá-lo, como acompanhava os conquistadores. Então, a procissão partiu, os clarins, tambores e címbalos na frente, os oficiais em seus cavalos negros, curveteando, depois Cícero, em sua carruagem reluzente, ladeado por dezenas de milhares de homens e mulheres que dançavam, gritavam e se debatiam, mal sendo contidos pelos legionários. Cícero só via um oceano de cabeças, coroadas de flores, e novos rios de humanidade acorrendo para ele em toda a Via Ápia e estradas secundárias. O sol erguera a metade de uma borda vermelha contra o manto ardente do céu do levante. Uma luz vermelha mortiça começou a tocar nos topos dos monumentos distantes, no caminho e nos telhados das casas que se erguiam sobre os montes, e a formar pequenas poças cor-de-sangue perto da estrada e de alguns riachos. As andorinhas se levantavam, gritando, e o prematuro outono trazia o cheiro de feno e frutas amadurecendo, de terra crestada, de pedras aquecidas e de capim bronzeado. Então, a luz escarlate a leste elevou-se como uma conflagração e os lados das vilas brancas ficaram manchados com ela, assim como os muros e os montes. Não estava ventando; tudo permanecia muito parado, ecoando estranhamente. De repente, as vozes tumultuadas do povo, os clarins, tambores e címbalos ficaram fracos aos ouvidos de Cícero, como se ele estivesse sonhando. Túlia viu o rosto do pai; estava pálido e calmo como o de uma estátua e igualmente sem expressão. Ele segurava as rédeas douradas como um herói poderoso, ali de pé, orgulhoso, absorto em seus pensamentos, mas Túlia percebeu a luz sangrenta das tochas e do sol nascente projetando-se nas dobras da toga nobre e branca e nas covas dos olhos dele. Ela pensou que era tudo muito sinistro, apesar da procissão triunfal, do barulho e das flâmulas erguidas, pois agora o pó se levantava de sob milhares de pés que corriam e também ele era vermelho. Não havia colorido algum senão o cinza e o vermelho e, por um instante, o coração da moça ficou abalado de medo, como se tivesse vislumbrado uma procissão dos infernos. De seu lugar apertado na carruagem, ela estendeu a mão para tocar no braço do pai.

Então, de repente, a cena ruidosa cintilou com outras cores, enquanto o sol se elevava, mas o céu permaneceu estranhamente crepuscular e sufocante. Podia-se agora ver os muros de Roma, de granito misturado com

UM PILAR DE FERRO 697

pedra amarela, e acima deles a própria cidade, vermelha, de ouro chamejante, âmbar brilhante, verde e azul-claro, todos os seus telhados em fogo como se mil fogueiras tivessem sido acesas sobre eles para saudar o herói.

Cícero contemplou a cidade distante, seu lar, e pela primeira vez sua fisionomia mostrou emoção. As lágrimas lhe encheram os olhos. Seu coração estava exultante, como se ele fosse jovem de novo. Não ouviu os clarins, tambores e címbalos, o troar das rodas das bigas, o estrondo dos cascos, o terremoto de pés em volta de si. Não via nem ouvia nada senão Roma, esperando por ele, apinhada, gigantesca, vibrando com um poder vital contra o céu sinistro. Lar, lar, murmurou ele para si e desejou estar só, para poder caminhar até aquela miragem que se levantava contra o céu, cada vez mais alta.

Depois ele foi acometido pela mais negra melancolia e tristeza. Tudo o que Roma fora um dia estava morto. O cadáver permanecia, ainda vibrando com a vida que o deixara, a vida sagrada dos homens que se foram. O cadáver se desintegraria, se não hoje, certamente amanhã. O que restava então da cidade que era ao mesmo tempo hospedeira e parasita, um cadáver e um monstro que respira, um coração que ainda bate e um esqueleto? Uma promessa e uma ameaça às eras futuras, uma esperança e uma advertência. Que impérios jaziam como fetos no ventre do tempo, ainda cegos, ainda sem formas, ainda surdos, sem se mexer, que nasceriam como nasceu Roma e morreriam como ela morrera? Tudo o que existe no universo, afirmou Aristósteles, não é diminuído nem aumentado pelo tempo. Tudo o que foi, é e será sempre, sem nada acrescentado, nada tirado, embora as galáxias desapareçam e novos universos de arco-íris surjam num lampejo e novos sóis surjam sobre novos planetas — e, nesse pequeno mundo, novas nações nasceriam e seriam esquecidas antes que o sol e a lua sumissem. Para essas nações, então, Roma era um legado, uma lei, um túmulo e um augúrio. Ah, que se lembrassem de Roma, para não partilharem de seu destino!

Cícero voltou à realidade com um sobressalto. Não podia mais ver os campos do outono: estavam cobertos por multidões que lhe acenavam, gritando, levantando as mãos para bater palmas. Eles eram uma multidão de cores com suas roupas; riam-se alegremente para ele, orgulhosos de serem muitos e de suas demonstrações. E seguiam atrás dele, acompanhando a procissão como um rio veemente, pois todo o campo unira-se aos romanos que tinham deixado a cidade para recebê-lo. Os cavalos e o interior da carruagem estavam cobertos pelas flores de outono. O sol estava brilhante demais em seus olhos, o calor era tremendo e o barulho insuportável. Cícero sorria, agradecia as aclamações com um gesto da cabeça, recebia os gritos, os berros e, de vez em quando, o típico ruído depreciativo italiano. Aliás, este último o fez sorrir e lhe agradou mais do que a bajulação, no seu atual estado de espírito.

— Sinto-me ridículo — murmurou Cícero à filha e, ao ouvir as próprias palavras, seu estado de espírito mudou de novo e ele se sentiu mais leve. Nem mesmo o sussurro em seus ouvidos, de que fora realmente Catilina e não ele quem triunfara, pôde fazer mais do que gelar sua alma por um instante.

Todo o Senado, com suas vestes brancas e vermelhas, foi recebê-lo nos portões, além de tribunos e magistrados e novas turbas fervilhantes, com vozes ainda mais escandalosas. Pompeu estava lá, e Crasso, e Júlio César, sobre grandes cavalos brancos, grandiosos como estátuas. Foi Júlio quem esporeou o cavalo, atravessando as fileiras de legionários triunfantes para aproximar-se da carruagem de Cícero, e foi Júlio quem saltou como um rapaz para dentro do próprio carro, para abraçar Cícero e beijá-lo no rosto. As massas ficaram muito comovidas diante disso, rindo e chorando sem motivo aparente. Pompeu cavalgava ao lado da carruagem, sorrindo com certa tristeza para Cícero. Crasso trotava à frente da procissão, como se fosse ele e não Cícero o herói, e as massas também o aclamavam com exuberância.

— Dia feliz! — exclamou Júlio ao ouvido de Cícero, sob o tumulto. — Minha vida agora está completa. E isso eu juro, meu querido Marco!

Mas, então, os soldados nos portões ergueram seus próprios clarins e tambores e a conversa não pôde continuar. Era como se todo mundo tivesse enlouquecido com seus próprios vivas, gritos e exclamações; e tudo estava coberto de nuvens de poeira dourada-avermelhada ao sol da manhã.

Cícero queria repousar em casa de Ático, mas primeiro tinha de dirigir-se ao Senado. Os senadores choraram abertamente quando ele se sentou em sua antiga cadeira. Eles deixaram que Cícero se recompusesse. Ele parecia estar ouvindo a demonstração de alegria e de boas-vindas das massas lá fora, cuja ovação não diminuiu de intensidade por bastante tempo. Parecia estar observando em volta, ponderando, os olhos impenetráveis. Mas, na verdade, aquela sensação de tristeza e desânimo lhe voltara e também um curioso sentimento de estranheza, como se ele fosse estrangeiro em uma terra alheia e não soubesse falar com os habitantes. Ele sonhara com aquele dia com saudade, tristeza e desespero, mal acreditando que pudesse acontecer. Acontecera — e ele não conseguia sentir qualquer emoção a não ser a amargura.

O Senado aguardava, virtuoso, para ser cumprimentado por sua magnanimidade por aquele grande e famoso orador, que no passado tanto os

UM PILAR DE FERRO 699

havia comovido, enraivecido e abismado com sua voz e suas palavras, cuja eloqüência os fizera maravilharem-se, de modo que o escutavam com mais atenção do que jamais deram ao mais célebre ator. Quer estivessem de acordo ou em hostilidade, nunca tinham sentido indiferença ou tédio diante dele. A voz de Cícero sempre fora como o raio pontudo de Júpiter, iluminando, cegando ou atordoando a alma, ou despertando o maior ódio ou temor. Houvera ocasiões em que ele parecera arder diante deles, incandescente, com a emoção que o dominava e que transmitira a eles com o seu próprio poder.

Cícero queria arrasá-los com o fogo e a ira, para revelar-lhes como eram charlatões, mentirosos, medrosos, hipócritas e arrogantes, os homens que tinham tremido diante do simples nome de Catilina e decretado sua morte e depois tinham acusado o instrumento dessa morte de ter violado a Constituição, de ignorar questões de ordem, tendo-o por fim censurado e exilado, execrando seus métodos. Ele queria lançar os raios de sua ira violenta sobre eles, reduzindo-os a cinzas.

Mas isso não era boa política. Cícero olhou para os senadores e seu coração traiçoeiro compadeceu-se deles, por não serem homens que tinham a força de permanecerem firmes em suas decisões, ou mesmo concordarem que essas decisões tivessem sido necessárias diante do pavor do perigo. Ele fora vítima dos senadores e agora tinha de louvá-los e agradecer-lhes. Ele se levantou e todos foram agitados por um profundo suspiro de antecipação.

— Este dia — disse ele — é equivalente à imortalidade. (*Immortalitatis instar fuit*.)

Ele se esqueceu do Senado, em meio às próprias emoções alegres, pois, de repente, foi inundado pela realidade de que estava de fato de volta e não se lembrou de mais nada. A exultação animou-lhe a alma, de modo que teve uma sensação de elevação física. Lançou-se num panegírico do Senado, do povo de Roma, "que me carregou nos ombros para a minha amada cidade". A voz parecia música dourada e o Senado sentiu-se enaltecido por serem seus membros considerados como poderosos homens honrados, baluartes de Roma, relíquias de virtudes republicanas e guardiães da cidade. Pareceu a Cícero, naquele momento de alegria delirante, que ele falava a verdade e que aqueles não eram os homens de quem se lembrava, que o haviam condenado a um exílio que quase lhe custara a vida. Eram romanos e ele também era romano; assim, eram irmãos se cumprimentando depois de uma longa e amarga separação. Ele também elogiou o povo de Roma; sua alma parecia expandir-se e abraçar toda a nação. Tais palavras foram repetidas pelos que estavam junto às portas do Senado e levadas até os confins da multidão, de modo que tudo o que ele dizia era acompanhado por ecos trovejantes. Tudo para ele estava esboçado com luminosidade e sua voz demonstrava alegria e felicidade. A fadiga o abandonou; sentia-se jovem e bravo outra vez e acreditava na humanidade. O Senado chorou; o povo chorou.

Quando ele saiu da sala do Senado, foi acompanhado por senadores que pareciam querer estar junto dele, acotovelando-se. A multidão o aclamou no mesmo tom de voz usado para a adoração das divindades. Só quando ele já estava na escadaria do Senado, olhando para o Fórum fervilhante e as caras vociferando, é que o desânimo daquela manhã se apossou dele novamente, mas em grau muito mais elevado. E o seu espírito sentiu-se mal, com uma náusea mortal. Ninguém o percebeu: o sorriso estava fixo em seu rosto. Ele pensou: Nenhum deles está sendo sincero. Isso é apenas um pretexto para uma festa, para a liberdade de poder gritar e berrar com histerismo, de perder o controle, saltar e pular sem receio de um olhar de censura, de abraçar, fazer rebuliço, comportar-se como animais irresponsáveis, só vozes e exuberância. Como é pesado o jugo da humanidade sobre os ombros dos homens!

A casa de Ático no Palatino era seu lar temporário e lá ele foi acolhido por Terência, que ria e chorava, e um filhinho barulhento e travesso, por Pompônia e o filho dela e por hordas de amigos que já estavam festejando e bebendo vinho enquanto o esperavam. Ático, que partira para a Grécia poucos dias antes, lhe deixara uma carta: "Infelizmente não sei o dia exato de sua volta, nem se o Senado, à última hora, ainda poderá revogar a *comita*! Mas, na suposição de que será chamado de volta, coloquei minha casa à sua disposição, além de todos os meus bens e escravos, e convidei sua família para ficar aí com você. Enquanto isso, tenho de ir a Atenas e outras partes da Grécia, atrás de meus autores irresponsáveis e sem consideração, que, quando conseguem juntar alguns sestércios, partem de Roma para outras plagas, sobretudo onde os impostos são reduzidos, para comungar com as Musas, ao que dizem, e refazer suas almas preguiçosas. Eles se importam se eu anunciei um próximo livro de sua autoria, tendo contratado mais escribas e lhes tendo adiantado direitos, que eles logo gastam, sem os terem merecido? Não! Eles querem é levar suas caras ranzinzas e seus sestércios, para se deitarem ao sol, se divertirem com as prostitutas locais e freqüentarem as tabernas! Não têm o senso do dever. Eu o abraço, querido Marco, mas devo lembrar-lhe de que também me deve mais um volume."

UM PILAR DE FERRO

Cícero forçou-se a abraçar a mulher, a agradecer-lhe pelo que tinha feito por ele, embora notasse que em apenas um ano ela havia envelhecido e engordado e que seus olhos, outrora lindos, estavam ainda mais apertados. Mas ele se alegrou ao ver o filho, em cujo rosto, de faces vermelhas e risonhas, imaginou perceber uma sabedoria sobrenatural e um amor pelo estudo e por todas as virtudes. Terência informou-lhe, com muito orgulho e satisfação, que o triunvirato iria visitá-lo naquela noite, para um banquete que ela, pondo de lado a economia, tinha organizado com prodigalidade. Ele foi levado a seus aposentos por escravos solícitos e, olhando para aquela suntuosidade, lembrou-se de que agora não tinha casa própria, que no local de sua casa Público Clódio fizera construir um templo ironicamente dedicado à Liberdade, tendo-se apropriado do resto dos terrenos. Ele atirou-se na cama e, a despeito do tumulto continuado da multidão que o acompanhara até lá, deixou-se cair num sono exausto.

Antes de anoitecer, foi à casa de Quinto, nas Carinas — a casa tão cheia de suas próprias recordações —, onde encontrou o irmão ainda se refazendo dos ferimentos. Lá, pela primeira vez, sentado ao lado de Quinto, de mãos dadas com ele, soube do verdadeiro e desesperador estado de coisas em Roma. Havia uma grave falta de cereais na cidade. Estava começando um período de fome. A Sicília e o Egito, de onde vinha a maior parte dos cereais que alimentavam Roma, tinham obtido colheitas muito fracas naquele ano. Clódio, seguindo o exemplo de Catilina, organizara seus próprios bandos de descontentes e criminosos, treinando-os como um exército que só ele podia controlar. Ainda recentemente, ele os incitara contra o Senado, que chegaram a apedrejar quando estava reunido em sessão. Vários senadores tinham sido feridos. O povo tinha certa razão: antecipando a fome, os comerciantes de cereais haviam aumentado muito os preços, tanto que com freqüência os cereais estavam além do alcance dos que tinham menos recursos. Algumas das turbas de Clódio chegaram a ameaçar destruir o querido Templo de Júpiter, de César. O povo, como sempre, pouco se interessava pela liberdade, mas se interessava, e muito, por suas barrigas, de modo que era fácil inflamá-los até a loucura com uma palavra.

Em resumo, concluiu Cícero, com desânimo e apreensão renovada, nada mudara em Roma. Sua vida futura, na verdade, não seria mais que uma repetição do que ele já conhecera há muitos anos. A liberdade se fora para sempre, sob o triunvirato de ferro, cujas ambições cresciam dia a dia. Pompeu recebera poderes militares imensos e sem precedentes.

Capítulo LX

Cícero escreveu a Ático e sua carta era cheia de melancolia. Quanto à situação em Roma, escreveu que, "para um estado de prosperidade, está escorregadia; para um estado de adversidade, é boa". E acrescentou, com tristeza: "É o clima nacional de uma democracia."

Capítulo LX

"Embora os gregos declarem que a guerra é uma das artes", escreveu Cícero a César, "e que o maior jogo de todos é o homem caçando o homem — noto que é só o homem que caça e mata sua própria espécie —, descobri que os governos recorrem à guerra para fazer calar o descontentamento interno e unir a nação contra um 'inimigo', ou trazer uma falsa prosperidade ao Estado quando suas finanças estão declinando e a corrupção se apoderou completamente dos políticos. A guerra é especialmente amada pelos tiranos, pois distrai o povo das queixas justas contra eles. Também enaltece os poderes dos tiranos, pois então, num estado de emergência, como dizem eles, podem impor restrições ainda mais severas sobre a liberdade. No entanto", acrescentava ele, com tristeza, "os jovens parecem amar a guerra, encontrando nela uma satisfação ainda maior de seus instintos bestiais do que nos braços das mulheres. Existe um estigma fatal na natureza humana, um cerne primitivo do mal."

Antes de Cícero retornar do exílio, Júlio César fora nomeado por Crasso governador da Gália Cisalpina, da Gália Transalpina e do Ilírico, fontes excelentes para a pilhagem. Ele, no momento, estava empenhado com muito entusiasmo nas Guerras Gálicas, tendo o jovem Marco Antônio como seu lugar-tenente. Toda essa esplêndida atividade marcial não interferia em sua participação no triunvirato. Era evidente que ele pretendia criar uma reputação mais heróica como soldado do que Pompeu, o Grande, pois César não só era um general à moda romana mais ardorosa, como ainda era um hábil administrador da vida civil. Voltava a Roma freqüentemente, para certificar-se de que ninguém estivesse solapando sua posição política e para manter uma vigilância sutil sobre seus inimigos naturais, entre os quais, ele sabia, contavam-se Crasso e Pompeu. Ele não achava isso muito difícil, pois ao seu dom natural para as intrigas ele aliava uma excelente constituição física, a despeito de sua fraqueza, a epilepsia — que ele também utilizava como vantagem.

Júlio achou muito divertida a carta de Cícero falando sobre a guerra e o mal inerente ao homem. "Meu caro Marco", escreveu ele, "você será para

Um Pilar de Ferro 703

sempre o homem ingênuo e virtuoso, a despeito de todas as suas experiências. Como você deve ser infeliz, por tentar conciliar seus conceitos de virtude com o que a sua inteligência lhe conta sobre a humanidade! É como uma tentativa de casar o fogo com a água. O que você sabe e o que você espera constituem a falha fatal e irreconciliável de seu temperamento, e homens assim estão fadados ao sofrimento e ao desespero. Você se recusa a aceitar a realidade: que a maioria dos homens considera o mundo como seu domínio particular e todos os habitantes presa deles; você prefere crer que, raciocinando, os homens podem ser melhores e mais nobres do que o que ordenou sua natureza! É melhor aceitar o que o homem é do que ter sonhos loucos de que ele se possa tornar igual aos deuses! Você só pode confundir a humanidade com os seus ideais. Eu satisfaço aos homens, pois sei o que são e não lhes peço mais do que é possível."

Cícero confessou a si mesmo que havia certa verdade no que Júlio escrevera e, portanto, não respondeu à carta. Como o homem pode viver, se aceita o mal que há no homem, achando graça e dando de ombros, sem tentar erradicá-lo?

Ele começara a campanha para a completa restituição de seus bens. Apelou para o Colégio dos Pontífices, que tinha a responsabilidade em matéria de religião. Clódio, muito hábil, questionara os pontífices quando construíra um Templo à Liberdade no local da casa de Cícero no monte Palatino. Destruir o templo e devolver a terra a Cícero era algo parecido com uma blasfêmia. No entanto, havia também uma questão de lei. Assim, os pontífices escreveram sua decisão: "Se aquele que declara ter consagrado o local para usos religiosos não possuía autoridade específica para tal, nem por ordem dos burgueses livres numa assembléia legal (*populi jussu*), nem por um plebiscito, somos de opinião de que parte do local consagrado para tal fim, poderá, sem qualquer violação da religião, ser devolvida a Marco Túlio Cícero, considerando-se, em primeiro lugar, que a maldade e a inimizade o privaram de sua propriedade."

No entanto, Clódio, aquele inimigo eterno, tinha seus recursos. Embora não fosse dotado da profunda compreensão da humanidade como Júlio César, tinha sua própria percepção do assunto, com suas variações, preconceitos e caprichos. Cícero logo veio a perceber que estava novamente perdendo a popularidade com o povo e, embora que intelectualmente conhecesse os caprichos de seus semelhantes, ainda acreditava com firmeza que, muitas vezes, eles podiam ser levados à justiça e à razão. Portanto, ficou espantado ao ver que grande parte do povo acreditou sem vacilar quando Clódio levou o irmão Ápio, o pretor, a declarar que os pontífices tinham deliberado

704   *Taylor Caldwell*

a favor de Clódio, mas que Cícero, ignorando o Colégio de Pontífices e manifestando seu desprezo pela religião, ia se apoderar do local da casa "à força"! O Senado resolvera levar a efeito o decreto dos pontífices. (Entrementes, Clódio também conseguira deitar a culpa da crescente fome e escassez de cereais sobre Cícero, alegando que o número dos que o acompanharam do campo, por ocasião de sua volta do exílio, fora tão grande, que isso agravara a fome.)

Então as coisas ficaram paralisadas. Muitos dos tribunos, representantes do povo, gostavam de Clódio. Vetaram a devolução do local da casa de Cícero, alegando que aquilo agora era solo sagrado. O povo cínico, que na verdade não acreditava nos deuses, ainda assim mostrou-se violento em sua defesa da "santidade". Cícero, porém, lembrou-lhes resolutamente a decisão do Colégio de Pontífices, que eram os guardiães da religião. Mas o povo preferia as controvérsias e a frustração de um grande homem, que ainda recentemente eles haviam aclamado e chamado de "herói e salvador de Roma". Assim manifestavam o vício inato da maldade e da inveja. Induzido por Cícero, o Senado culpado resolveu, depois de uma delonga apática, obedecer aos pontífices. Arregimentaram os magistrados, que dependiam dos favores deles, e estes virtuosamente apoiaram os pontífices e o Senado — que, afinal, eram os órgãos mais poderosos de Roma — dizendo que deveria ser feita uma restituição plena a Cícero, que fora "ilegalmente privado de seus bens". O Senado declarou ainda que quem quer que se opusesse à sua decisão e à "reverente decisão dos pontífices" seria considerado responsável. Os cônsules, portanto, fizeram contratos para a demolição do Templo da Liberdade e para a reconstrução da casa de Cícero. Também fixaram uma importância para o valor das várias vilas de Cícero que tinham sido igualmente destruídas, mas esta, prudentemente, foi bem menor do que o valor real.

Clódio, no entanto, não se atemorizou diante de toda essa autoridade, pois tinha muito poder junto ao povo e aos bandos de renegados pagos por ele. Quando caiu a primeira neve do princípio do inverno, ele mandou que os seus bandidos destruíssem o que tinha sido reconstruído até então da casa de Cícero, no Palatino. O que não pôde ser desmoronado foi incendiado. À luz do dia, quando Cícero dirigia-se ao Capitólio, na Via Sacra, Clódio em pessoa atacou-o com seus assassinos. Felizmente, Cícero estava protegido por uma grande força policial, que também foi atacada por pedras, armas de todo tipo, punhais e lanças pela ralé de Clódio. Tito Milo, amigo de Cícero, protestou diante do Senado contra esse "ultraje à lei e à

Um Pilar de Ferro

ordem por parte de Públio Clódio". Em represália, a casa de Milo foi incendiada totalmente. Seus amigos mataram vários homens de Clódio durante a luta.

Cícero foi à vila de seu velho amigo Júlio César, que o recebeu com a efusão habitual.

— Abençoada seja esta casa, por recebê-lo! — exclamou Júlio, abraçando-o. Você não houve por bem tornar a honrá-la, depois de sua volta do exílio. Nem conhece a minha querida esposa Calpúrnia, cujo pai foi cônsul. Vou mandar chamá-la imediatamente. — Ele bateu palmas, chamando um escravo.

— Não vim aqui para conversar com mulheres — disse Marco, com um sorriso severo.

— Ah, vocês, os velhos romanos! Calpúrnia é de uma geração nova. — Júlio serviu vinho ao amigo e pareceu estar encantado com a presença dele. — Minha mulher entende de política e também é vidente. Ela mesma diz isso.

Cícero examinou o dono da casa. O rosto expressivo e espirituoso era o mesmo, mas agora Cícero notou as linhas duras que iam do nariz à boca, como que entalhadas. Lembrou-se também da velha história da criação, que os homens eram bons e brandos antes da idade do ferro, que os corrompera, e da idade do ouro que se seguiu, corrompendo-os mais ainda. Guerra e cobiça. Eram esses os crimes monstruosos da humanidade. Júlio, durante essa meditação de Cícero, estivera tagarelando alegremente sobre coisas sem importância e sorrindo com prazer para o amigo. De repente, percebeu a expressão sombria de Cícero e disse:

— O que o está preocupando, melhor dos amigos?

— Você — disse Cícero. Mas então Calpúrnia apareceu e Marco levantou-se educadamente para cumprimentá-la, beijando-lhe as mãos. Era uma mulher jovem, alta e muito magra, nas roupas roxas que ela e o marido vestiam, bordadas com gregas douradas. Os cabelos compridos e lisos eram negros e ela possuía um rosto anguloso de um branco especial, como um osso novo, duro e intenso. Os grandes olhos negros ardiam como carvão em brasa; o pescoço era fino e comprido, ornado com uma única volta de ouro. A boca vermelha parecia um fio escarlate no rosto pálido e se contorcia e tremia constantemente. A primeira impressão era de feiúra; a seguinte, de uma beleza estranha e etérea, um tanto assustadora e proibitiva. Ela olhou nos olhos de Cícero quase com ferocidade e sua fisionomia mudou, como se fosse romper em prantos. Calada, ela sentou-se com dignidade e esperou.

— Minha querida Calpúrnia — disse Júlio — é o meu braço direito. Confio nela implicitamente.

Cícero foi logo ao assunto, com franqueza:

— Você está a par de Clódio e do que tem tentado fazer contra mim. Você, Pompeu e Crasso impuseram a tirania sobre Roma. Não importa. O povo os merece. Quando os homens abandonam a liberdade de bom grado, em nome da segurança, em breve perdem até essa segurança degradada. Não os denuncio. Denuncio o povo de Roma que tornou possível o triunvirato. Agora vou falar sobre Clódio e seus desordeiros, assassinos e revolucionários treinados. Vocês, do triunvirato, poderiam fazê-lo parar imediatamente, se quisessem; e poderiam acabar com suas constantes demonstrações em plena luz do dia nas ruas de Roma; e poderiam fazer calar os gritos de seus adeptos nos nossos templos e diante dos prédios públicos e do nosso Senado. Preferem não impedi-lo. Preferem não dar ordem para que a polícia o prenda e aos seus seguidores, por desordem e violação da lei. Não precisa explicar! Eu sei o motivo.

"Catilina era do grupo de vocês. Quando perderam o controle sobre ele e não podiam mais confiar nele, serviram-se de mim para destruí-lo. Agora vocês têm Clódio. Sei por que o aturam. Ele vai criar tal desordem, pelas insurreições e motins nas ruas, que o triunvirato, em nome da lei e da ordem, declarará uma emergência e então se apossará do poder total em Roma. O Senado e os tribunos, representantes do povo, serão declarados impotentes para 'enfrentar a situação'. Pompeu, com suas legiões, avançará sobre Roma, criando um clima militar pior ainda do que o que Sila provocou nesta cidade.

— Mais tramas? — disse Júlio, divertido. — Você sempre foi vítima de sua imaginação.

Mas os olhos de Cícero de repente foram atraídos para Calpúrnia. Ela sentava-se bem à vontade na cadeira de marfim, porém os olhos estavam arregalados e brilhantes e ela respirava como se estivesse apavorada. Cícero disse:

— Senhora, deseja dizer alguma coisa?

— Sim! — exclamou ela e sua voz estava trêmula de agonia. — Já adverti Júlio. Ele está seguindo um caminho perigoso. Só pode acabar com o assassinato dele!

A risada de Júlio foi alegre.

— Juro que vocês dois são os áugures mais tristes! — exclamou ele. — O triunvirato só deseja paz e prosperidade para Roma e tranqüilidade entre as nações! Clódio que grite e se amotine com suas turbas nas ruas.

Nós italianos não somos sempre barulhentos? Isso não significa nada. São jovens que gostam do barulho e se comprazem nisso...

— Destruíram minha casa.

— Que está sendo reconstruída. Deploro a violência. Mas não é mais prudente permitir as manifestações nas ruas, gritaria, correria e reivindicações impossíveis, do que reprimi-las e torná-las clandestinas, quando realmente serão perigosas? Os italianos que gastem a sua imensa vitalidade fazendo barulho. Eles o adoram. Depois de ficarem roucos de tanto gritar, voltam para casa sentindo-se bem-humorados.

— Depois de terem incendiado casas, apedrejado o Senado, atacado homens inofensivos, matando-os e desafiando a polícia.

Júlio deu de ombros.

— Não estamos mais nos tempos antigos de dureza, Marco, quando todo o tipo de discórdia era rapidamente reprimido. Os tempos, hoje, são de manifestações livres.

— Como a rebelião e os assassinatos descontrolados.

— Você está exagerando — disse Júlio. — Deploro o excesso de entusiasmo nas massas e Clódio já foi repreendido.

— E secretamente encorajado — disse Cícero.

— Cuidado! — exclamou Calpúrnia em voz alta, dirigindo-se ao marido. — Sonhei com você, Júlio, morrendo de muitos ferimentos! — A aflição dela aumentou. Ela torceu as mãos e apelou para Cícero. — Amo o meu marido. Tente dissuadi-lo do rumo que tomou, eu lhe imploro! É amigo dele, desde a infância. Eu imploro a ele, em vão. Junte sua voz à minha, Marco Túlio Cícero.

— Há anos que venho falando com ele assim — disse Cícero, com pena dela. — Ele nunca me deu ouvidos. Também eu tive uma visão dele, como a sua. Mas receio mais por Roma.

Calpúrnia não o compreendeu. Ficou sentada, calada, as lágrimas rolando por suas faces pálidas.

— Deseja ser rei de Roma? — perguntou Cícero, com uma amargura esmagadora. — E Pompeu? E Crasso? Cederão a você?

Júlio mostrou-se ainda mais divertido, embora tenha segurado a mão magra da mulher, afagando-a e apertando-a.

— Somos uma república, não um império, Marco — disse ele.

Cícero sacudiu a cabeça.

— Não somos mais uma república, Júlio, e você sabe disso. Você e seus amigos foram os algozes de nossa república, que era a maravilha do mundo, objeto de sua admiração. Você quer ser imperador, Júlio. Será por isso que está utilizando e encorajando Clódio?

Como Júlio não respondeu, Cícero levantou-se e começou a andar de um lado para outro da grande sala de mármore, muito agitado.

— Há muito tempo esta era foi profetizada pelas sibilas, que eu antes desprezava. Também profetizaram que um dia o homem havia de domar o próprio sol e fazer arder este mundo até as cinzas, e com ele as montanhas, os mares, os vales e as campinas. Essa profecia está incorporada à nossa religião e à religião dos judeus, egípcios, caldeus e gregos. Você não possui as armas para uma destruição tão extensa, Júlio. Se é ou não simbólica, não sei. Mas ela virá.

"Júlio, você é como Faetonte, que insistiu em tomar emprestada a carruagem do pai, Febo, o deus do sol, por um dia. Foi tão grande então a conflagração, que Júpiter golpeou Faetonte e atirou-o ao mar, para salvar o mundo. Se é você o profetizado pelas sibilas, ou se será outro, nas era vindouras, não pretendo saber. Mas o seu fim é certo, se continuar no rumo atual. Ainda existem romanos que amam a forma da república, embora esta não exista mais. Ainda amam a liberdade. Se você fizer um gesto para se apossar da coroa, Júlio, certamente morrerá.

Júlio então levantou-se e não estava mais rindo. Pegou o braço de Cícero, que continuava andando, segurou-o com força e olhou no rosto dele. Disse então, muito sério:

— Você não é um verdadeiro político, Marco. Nada aprendeu com o sofrimento e o exílio? Cuidado para que um destino pior não o destrua. Aposente-se. Escreva. Não se meta mais em assuntos que não lhe dizem respeito. Você não é jovem; seus cabelos estão quase brancos. Que os seus últimos dias sejam serenos. Volte ao seu Direito. Fique calmo. Dou-lhe esse conselho porque o amo.

Cícero soltou seu braço.

— Em resumo, devo deixar a minha pátria morrer sem uma palavra de minha parte, sem um protesto!

— Você pretende fazer parar a marcha da história, que é inexorável?

Mas Cícero não lhe deu resposta. Ele levantou-se, beijou a mão de Calpúrnia, que chorava, e depois partiu.

Depois da Saturnália, Cícero tomou posse de sua casa reconstruída no Palatino. Não era em absoluto tão esplêndida quanto a casa anterior, nem cheia de tesouros acumulados com os anos. Terência ficou insatisfeita. Andava pelas salas espaçosas, nunca admitindo que a vista era agradável ou o átrio digno; reclamava num novo tom, que adquirira recentemente: condescendente e descontente, como se merecesse mais do mundo do que

UM PILAR DE FERRO   709

lhe fora concedido por todos, e em especial pelo marido. Ela balançava o corpo pesado, ao caminhar devagar pela casa, usando as costas da mão para ajeitar o xale num movimento ao mesmo tempo impaciente e indiferente. Era uma rainha ranzinza, cujos súditos a haviam decepcionado.

Mas não conseguia mais perturbar Cícero como antes. Indagações discretas revelaram o montante de sua fortuna particular; Cícero lembrou-se de que ela não lhe mandara nada no exílio, embora Quinto o tivesse presenteado freqüentemente com boas quantias e Ático, o editor, lhe emprestado grandes somas em dinheiro, declarando depois que os direitos autorais tinham pagado o montante — coisa em que Cícero não acreditava em absoluto. Cícero tivera de vender duas de suas vilas favoritas para saldar dívidas e devolver o dinheiro de Quinto, apesar dos protestos deste. O marido de Túlia, embora de uma família importante, morrera sem fortuna e nem mesmo o dote fora restituído. O pequeno Marco tinha de ser instruído e era preciso guardar dinheiro para seu uso pessoal, quando ele atingisse a idade adulta. Duas vilas destruídas tinham de ser reconstruídas; a ilha em Arpino fora abandonada durante o desterro de Cícero e agora era preciso fornecer novos prédios para o administrador e os empregados. O sestércio se desvalorizara e os preços eram todos excessivos. O Senado, claro, embora tendo votado a "restituição plena" dos bens e forturna de Cícero, estabelecera suas próprias avaliações. "Não sou mais rico", escreveu ele a Ático. "Nas minhas tentativas sem esperança de salvar a pátria, abandonei os investimentos e o Direito, antes de meu exílio. Agora que o inverno de minha idade está embranquecendo além de minhas cores de outono, sinto-me cheio de ansiedade. Na minha vida já fui muito pobre; não me recordo da pobreza com prazer. Que aqueles que nunca a experimentaram digam que ela tem seus prazeres! É mentira. Temo a pobreza quase tanto quanto temo a morte; é igualmente degradante. Portanto, agora tenho de voltar a estudar os investimentos e redescobrir o Direito — esse Direito tão maltratado nos últimos anos!"

Seu lugar no Senado exigia muitas despesas, para as quais Terência não contribuía em nada. Ela cuidava de cada moeda, guardando sua fortuna para o filho querido. Enquanto isso, continuava a reclamar, dizendo que o vidro de Alexandria na casa era muito inferior ao do passado e parecia achar que Cícero era pessoalmente responsável. Ela escolheu a mobília e reclamou, alegando que as importâncias determinadas pelo marido eram muito reduzidas. Protestou contra os jardins que ele planejou, dizendo que eram muito extravagantes; preferia duas camadas de tapetes persas nos pisos de mármore do interior. Muitas vezes, naqueles dias, ela lamentava a antiga "imprudência" de Cícero, que lhe tinha causado sua desgraça. A fim de fugir à voz dela e à sua presença, Cícero passava suas horas de lazer nos aposentos da filha, ou brincando com o filho, imaginando que cada palavra que o pequeno Marco balbuciava era cheia de uma sabedoria oculta.

Depois da Saturnália, que foi uma comemoração desorganizada, devido às atividades das turbas de Clódio, Quinto partiu para a Sardenha, como um dos 15 oficiais comandantes de Pompeu. Devia exercer as funções de comissário dos cereais e governar aquela ilha tumultuada. Mas, antes de partir, Quinto teve uma conversa séria com o irmão querido. Começou quando Cícero comentou que nada mudara em Roma, que ele parecia estar vivendo num pesadelo permanente, que Clódio substituíra Catilina e que César era de fato o homem mais perigoso do triunvirato. Quinto deu seu sorriso otimista.

— Dizem os soldados que César é o marido de todas as mulheres e a mulher de todos os maridos — disse ele. — No entanto, é preciso admitir que ele é um gênio militar, um dos maiores que Roma jamais conheceu, e sou eu quem diz isso, que nunca o apreciei nem confiei nele. Ele está escrevendo um livro sobre suas campanhas na Gália e é o seu mesmo editor quem vai publicá-lo. Concordo com você que ele é perigoso para Roma. Mas lembro-me do seu exílio e do seu sofrimento. Portanto, vou-lhe dizer uma coisa: aceite o decreto dos Fados. Roma está perdida. Nunca mais tornaremos a ver a república. Componha a sua alma. Resigne-se. Poupe energia para os investimentos e para a paz, para a sua biblioteca, seu Direito e seus livros. Procure prazeres onde nunca os procurou antes. Arranje uma amante linda, que o encante. Jante em companhias agradáveis; beba bons vinhos. Visite os amigos. Em resumo, viva como vive a maioria de seus amigos e esqueça-se de que Roma pode ser salva dos Césares.

— Isso é omissão, Quinto. Você antes não pensava assim.

— É verdade. Mas agora descobri que é inútil tentar obstruir os Fados. Cumpro meus deveres de soldado com todo o fervor: obedeço às ordens. Amo a vida. Sempre tive o espírito mais saudável do que você, Marco. Você é um filósofo e notei que os filósofos não se consolam com sua filosofia. São homens infelizes. É melhor não olhar para a vida com muita fixidez e sim aproveitar o que ela tem para dar e livrar-se de seus aspectos mais tristes.

— Prefiro terminar a vida como homem e não como um animal saciado — disse Cícero, com uma irritação incomum. — O nosso destino é maior do que o de uma fera!

— Como? — indagou Quinto, com indulgência.

Cícero ficou exasperado.

— Se não tivéssemos esse destino, por misterioso que seja, não ansiaríamos por ele, nem pelo conhecimento dele.

Quinto continuou indulgente.

— Marco, você é o descendente dos dois únicos que sobreviveram ao Dilúvio, segundo os nossos sacerdotes: o virtuoso Deucalião e sua esposa Pirra. Eles foram realmente os últimos humanos. Há de lembrar-se de que eles lamentaram o fato de terem sido os dois únicos sobreviventes, depois que a vingança de Deus caiu sobre a decadente raça dos homens; a deusa Têmis aconselhou que saíssem do seu templo, lançando grandes pedras atrás deles. Dessas pedras, e da água e do fogo, foi criada uma nova raça, mas bem diferente da antiga. Pedra. Umidade quente. Terra. Barro. Com você, filho de Deucalião e Pirra, esta raça hoje luta e você fica perplexo diante dela e ela fica perplexa diante de você! Tenho pena de você. Você brada "Justiça!", mas há de lembrar-se de que a Justiça foi a última deusa a deixar esta terra e ela nunca mais voltou.

De repente, Quinto ficou muito sério.

— Os filhos de Deucalião nunca compreenderão este mundo e estarão sempre tentando iluminá-lo ou elevá-lo aos céus. E sempre hão de fracassar. Já ouvi você dizer que o desejo da justiça vive no coração de todos os homens. A experiência certamente lhe deve ter ensinado que isto é falso. Um dia você não me contou uma história sobre os judeus, de que um certo Abraão pediu a Deus para poupar duas cidades perversas e Deus lhe disse que se nelas ele encontrasse um certo número de homens justos, deixaria de agir? Mas Abraão não encontrou nenhum homem justo naquelas cidades, de modo que elas foram destruídas. Faça uma busca em Roma. Nela não encontrará nem meia dúzia de homens justos. Tampouco os encontrará em Atenas, Alexandria ou onde quer que procure.

"Não, não sou cínico. Sempre fui mais realista do que você. Conforme-se com o mundo e seus costumes, pois nele você tem de viver. Você tem família. Poupe-lhe mais sofrimentos. Seja prudente. César poderia mandar assassiná-lo com uma palavra. Mas ele gosta de você, ao jeito dele, e, embora possa negar, você também tem certa afeição por César. Ele é o homem mais temível de Roma. Manipula tudo e todos na cidade. Os habitantes gostam dele porque é um libertino, como eles, e ama a vida, também como eles, e é um saqueador, como eles. Em resumo, tem todos os vícios deles. Os homens adoram seus vícios; escondem as virtudes, quando as têm, como se fossem segredos vergonhosos. Também adoram o político e o militar que tenham seus vícios em escala mais ampla, pois neles se contemplam. Roma, no rosto de César, vê a sua própria imagem. Não o contrarie, Marco.

— Foi o que ele me aconselhou, também — disse Cícero, com amargura.

— Foi um bom conselho. Siga-o. — Quinto abraçou o irmão com ternura. Ele sofria, com seu coração tão forte, ao ver que Cícero parecia não pesar quase nada em seus braços, que os ossos pareciam estar colados à pele macilenta, que Cícero envelhecera com os desgostos e que sua boca exprimia enorme sofrimento. O exílio não era o único culpado. Sua alma de justo não o deixava repousar, clamando incessantemente para que ele agisse e não se omitisse. Quinto suspirou ao deixar o irmão. Duvidava que ele seguisse seus excelentes conselhos, bem como os de César.

Embora Cícero comparasse Públio Clódio a Catilina, confessava a si mesmo que Clódio não era louco. No entanto, era evidente que ele fomentava as insurreições, motins, manifestações, assaltos e o desafio à lei de Roma. O fato de ser ele tolerado, e provavelmente até encorajado, enfurecia Cícero. Ele perguntava aos amigos se "o grande César não tinha poderes para controlar aquele bandido violento, que tem no espírito os sinistros desígnios da revolta". Os amigos se esquivavam e não davam resposta à pergunta direta. Assim, Cícero verificou que suas suspeitas estavam certas, desde o princípio. Clódio era tolerado graças a um plano especial na mente do triunvirato. Mas, refletiu ele, com uma raiva sombria, qual dos três há de se apossar do poder absoluto? Pompeu era um militar forte e não era tolo; havia de desejar o trono. Crasso estava velho, mas o desejo do poder é como vinho nas veias de um velho. César, então. Era ele o mais perigoso. Quando é que ele faria o ataque final, tanto a Pompeu quanto a Crasso? Dois morreriam; um viveria e apenas um. Como lobos, os tiranos inevitavelmente atacam os rivais até a morte, mesmo que tenham caçado unidos.

Quando Cícero ouviu dizer que César e Clódio eram vistos juntos muitas vezes, e em relações afáveis, aí ele soube que suas suspeitas tinham fundamento e que Roma estava perdida. Enquanto isso, a reputação de César, como o maior militar que Roma jamais conhecera, crescia rapidamente, dia a dia. Seus próprios relatórios da Gália, notou Cícero, confirmavam esse fato com entusiasmo.

Cícero começou a sua obra monumental, *De Republica*, cumpriu bem o seu trabalho como senador, reabriu os escritórios de advocacia e recebeu clientes, amou os filhos, suportou a mulher, procurou mostrar-se contente com os amigos e sentiu que toda a sua vida era inútil e que, se ele tivesse sido mais diligente e dedicado, sua pátria poderia ter sido salva.

Carta a Ático:

UM PILAR DE FERRO 713

"Tenho ouvido muitas vezes os políticos dizerem, com complacência, às vésperas de se afastarem da política: 'Quero passar mais tempo com minha família.' Eles ou sabem que estão diante da derrota na política ou então saquearam o tesouro nacional o suficiente para se satisfazerem... ou então tornaram-se efeminados."

Contrariando os conselhos de homens nobres como Tito Milo, Pórcio Catão e Servílio, Cícero logo descobriu que não podia ficar calado, que não podia permitir passivamente que a pátria se lançasse cada vez mais velozmente ao abismo.

— Nós somos jovens, Milo e eu — disse Catão. — Deixe as coisas conosco, sabendo que temos as suas orações e dedicação. Está na hora dos velhos soldados se aposentarem, deixando que os que têm menos idade tomem o lugar deles nas batalhas.

— Não — disse Cícero. — Que consolo posso encontrar em minha família, minha biblioteca, minhas fazendas e até mesmo em minha ilha ancestral, se Roma morrer sem uma palavra minha? Existe um mal ativo, como o apoio a homens perversos e traidores. E existe um mal passivo, que é não falar quando o homem devia falar. Este é o pior: que os homens bons não façam nada ou fiquem cansados ou inúteis. É sabido que os homens perversos têm uma energia ilimitada e um entusiasmo imenso, como se extraíssem sua substância e um vil espírito novo de algum submundo escuro, plutoniano.

Ele procurou muitos amigos, pedindo que ajudassem a derrotar Clódio na eleição para edil. Até ele, que achava que os anos o haviam desiludido quanto à humanidade, ficou horrorizado ao ver de repente os olhos velados, a indiferença, as palavras murmuradas de "tolerância" para com Clódio.

— Estamos vivendo sob uma tirania — disse Cícero. — Vocês estão satisfeitos?

Então, os rostos deles coraram muito, mas se era de raiva ou por estarem divertidos, isso Cícero não podia saber. Eles se riam, falavam sobre suas propriedades e gritavam:

— Se isso é tirania, queremos mais! — E batiam nos joelhos e faziam gestos tolos, de zombaria.

Clódio ameaçava que, se não fosse eleito para o cargo, comandaria uma revolução. A despeito das palavras indulgentes de Crasso, que dizia que "Clódio era apenas um cabeça quente, que não falava a sério na metade do que dizia", Tito Milo opôs-se a Clódio e tentou impedir a reunião de *comitia* que nomeava os edis. Ele declarou que se se encontrasse com Clódio cara a cara, seria levado a matá-lo, "por violências contra Roma, contra a minha

714   *Taylor Caldwell*

casa e a minha pessoa. Cícero compareceu ao Senado e catalogou as ameaças de Clódio" contra o Estado, sua insolência pública ao desafiá-lo e suas manifestações na rua.

— Não temos mais um governo organizado? — indagou. — Estaremos sendo governados, afinal, pelo espírito das massas, e abertamente?

Enquanto falava com grande eloqüência e seriedade, ele de repente teve a sensação de pesadelo de que toda a vida falara assim, que passara a vida toda fixado nesse vórtice de desespero e futilidade e que para sempre os mesmos rostos o enfrentariam — e que para sempre ele estaria vendo o semblante de Lúcio Sérgio Catilina. Os nomes mudavam, e as feições, mas era sempre Catilina contra a humanidade, por séculos sem fim. Portanto, ele não sofreu um choque terrível quando Clódio foi eleito edil, a despeito de todas as provas contra ele.

— Por toda parte, só vejo confusão — disse Cícero aos amigos. — Caminho por uma série de colunas e lá estou! Vinte anos mais moço e enfrentando os mesmos problemas! Passeio por uma rua e me encontro aos trinta e cinco anos, pensando como os romanos podem permitir a violência e a corrupção. Entro num templo e no mármore vejo refletido o meu rosto aos vinte e oito anos e as mesmas palavras de traidores e dos exigentes ressoam em meus ouvidos. Já os vi a todos desde o meu berço e suponho que os verei a todos no último momento, quando meus olhos se fecharem na hora da morte!

Mas algum mecanismo que ele não podia controlar o mantinha em movimento, clamando contra o destino inevitável de Roma, aliás o destino de todas as repúblicas. Mas existia algum governo mais nobre do que a república — se os homens fossem homens de verdade, em vez de animais maldosos? O fracasso do governo era culpa da humanidade.

— Se eu ao menos pudesse contentar-me em viver a vida e aproveitar cada dia como se apresenta... — dizia ele a amigos. — Mas isso não está em mim. Alguma divindade oculta me leva a protestar, a lutar, a exortar, embora saiba que é tudo em vão.

Ele não conseguia mais gostar do choque e do suor da peleja. Já estava com mais de 50 anos e muitas vezes era acometido pelo antigo reumatismo e outras vezes por uma disenteria misteriosa. E era incessantemente atormentado pela mulher, a quem nada conseguia satisfazer.

— De dia para dia — reclamava ela —, você está perdendo o prestígio em Roma. Eu pensei que quando você voltasse do exílio, teria aprendido a lição e se tornaria novamente poderoso aqui em Roma. Mas o Senado ri de você em segredo e o povo zomba de você.

O pequeno Marco, o filho, estava com dez anos, um menino bonito com um rosto largo, muito rosado, e modos encantadores. Mas o primo, o pequeno Quinto, parecia dominá-lo.

— Meu filho é um filósofo, portanto, não é dado à força física — dizia Cícero à mulher. Ele escrevia panegíricos em louvor ao filho a Ático, o editor. "Confesso que o pequeno Marco precisa de provocação para se afirmar, enquanto o primo precisa é de freio. Mas isso não é a verdade de todos os filósofos incipientes, como o meu filho? É uma maravilha nos estudos; seu domínio do grego é magistral." Ele não sabia que o pequeno Marco era guloso e comodista. Terência, secretamente, o encorajava em seus hábitos; estava feliz por ver que o filho não se parecia em nada com o pai. A preguiça dele não a entristecia, nem sua falta de disciplina a fazia refletir. O filho era um cavalheiro e não um dissidente vulgar como o pai.

Uma noite Túlia foi procurar Cícero para dizer, acanhada, que queria casar-se com o jovem patrício Dolabela, que já a amava muito antes de ela se casar com Piso. Cícero sentiu o alicerce firme de sua vida privada ceder sob ele. Não gostava da casa dos Dolabela, que considerava ociosa e dissipada. Ele exclamou:

— Foi sua mãe quem arrumou esse casamento e, maliciosamente, fez segredo de todas as suas maquinações!

Túlia, aos prantos, protestou. Era verdade que Terência estava satisfeita com a idéia do casamento, que ela desejava antes da união de Túlia com Piso. Túlia pegou o rosto zangado do pai em suas mãos esguias e jovens e tentou convencê-lo. Ele desejaria que ela morresse viúva, sem filhos? Ele não ia viver para sempre; agradava-lhe a idéia de que ela um dia ficaria sozinha? Quem a consolaria na velhice e a protegeria, quando o pai estivesse morto?

— Quem me ama nesta casa?

— Você me abandonaria outra vez e por um Dolabela! Você ainda é jovem. Fique comigo por algum tempo. Já estou bem triste assim.

Mas Túlia casou-se com Dolabela e Cícero conformou-se ao ver que ela estava feliz de verdade. No entanto, teve novamente a sensação de estar trilhando velhos caminhos e que nenhum o levava a lugar algum a não ser à sua própria morte e ao seu fim na futilidade.

Ele refugiou-se na biblioteca e em seus escritos. "No final o homem tem de voltar a si e enfrentar-se e nunca pode escapar a essa última confrontação", escreveu ele. "O mundo não pode ocultá-lo; o amor da família não pode ajudá-lo a fugir. Os assuntos de estado não podem ensurdecer a voz que ele tem de ouvir, afinal, que é a sua. Livros, música, escultura, artes, ciência, filosofia: são delongas deliciosas, mas apenas delongas."

Capítulo LXI

Mais tarde, Ático escreveria ao jovem Marco Túlio Cícero, com tristeza: "O seu pai era Roma e a história dela era a história dele. Todos os que os homens consideram grandes tocaram a vida dele e ele tocou a vida deles. Eles trouxeram o mal, o sangue e o desespero à pátria; ele trouxe o valor e a virtude. Eles venceram. Ele não. Mas no acerto de contas final entre o homem e Deus, quem sabe se a derrota do homem não é a vitória diante do Todo-Poderoso?"

A fim de poder sobreviver fisicamente, Cícero sabia que tinha de ter alguma suspensão em sua vida, alguma paz conseguida por ele. Isolou-se na biblioteca; escreveu alguns de seus livros mais grandiosos, que haviam de sobreviver aos séculos e prevenir os homens ainda por nascer, fazendo-os temer por suas pátrias. Teve longas conversas com o filho, o jovem Marco, sem saber, felizmente, que o menino o ouvia de cara séria mas escarnecendo dele intimamente. Visitou a filha e a ilha querida. Decidido, baniu de sua consciência os fatos que aconteciam em Roma. Ele nada podia fazer; lutar mais seria cair sobre uma espada.

"Você é um pilar de ferro", escreveu-lhe Noë. "E Deus indicou que o homem justo é isso, entre as nações. Muito depois que o mármore polido se desfaz, o ferro da justiça permanece, mantendo o telhado sobre o homem. Sem homens como você, querido Marco, em toda a história, as nações morreriam e o homem não mais existiria."

"Eles morrem e um dia o homem não existirá mais", escreveu Cícero ao amigo, num período de desânimo. "Você não me contou sobre as profecias?* O dia tremendo da ira de Deus sobre o homem, torvelinhos de fogo e a destruição universal das 'cidades muradas' e 'altos contrafortes' e o sol se escurecendo e as montanhas abaladas e os mares queimando — não me contou isso? O homem ofende a Deus por sua própria existência, pois seu coração é mau e seus caminhos são os caminhos da morte."

O seu trabalho de advocacia, inexplicavelmente — pelo menos para ele — começou a florescer. O número de clientes aumentou enorme-

---

Joel, Capítulos 1 e 2.

mente de semana em semana e, como a maioria se compunha de homens de fortuna, que podiam dar excelentes presentes, Cícero viu que os seus cofres estavam novamente se enchendo satisfatoriamente. O Direito Civil não o envolvia com a política e, pelo menos por algum tempo, ele fugiu dos políticos que o enojavam com sua astúcia manhosa e seus expedientes.

Então, um dia, para sua surpresa, ele foi nomeado para uma vaga no Conselho dos Áugures de Roma, cargo vitalício não apenas de grande dignidade, como também de boa remuneração. Ático regozijou-se por ele, mas Cícero manteve-se cético, embora tenha ficado satisfeito. O conselho era composto de agnósticos que disputavam com o Colégio dos Pontífices sobre doutrinas religiosas obscuras. Então, uma idéia desagradável, de grande vulto, ocorreu a Cícero: o Colégio dos Pontífices sempre lhe demonstrara grande amizade, por ser um homem profundamente religioso. O Conselho dos Áugures discutia muitas vezes com eles. Quem desejaria reconciliar os Áugures e Pontífices, na pessoa dele?

Carta a César:

"Pode ser novidade para você, caro amigo, ou pode não ser, saber que fui nomeado para o Conselho dos Áugures. Será que percebo nisso a sua mão sutil? Certamente você não me dirá a verdade. Estou conjeturando, para saber de que modo você acha que o poderei servir no meu cargo atual."

A resposta de César foi cheia de afeição, espanto e felicitações. "Por que não aceita a verdade manifesta, caro Marco, de que foram os deuses que se mexeram para que você fosse nomeado para o Conselho dos Áugures, para compensá-lo por sua devoção a eles e indicar a aprovação deles por sua virtude e honra?"

Ah, pensou Cícero, lendo a carta. Uma pequena chama está começando a iluminar minha escuridão.

Ele levou seus deveres muito a sério, embora particularmente achasse absurdas muitas das profecias e adivinhações dos áugures. Mas era suficientemente místico para crer que Deus muitas vezes indicava o futuro a algumas almas fiéis. Terência ficou encantada com seus acessórios: o bastão de pastor, livre de todos os nós, e uma toga de listras vermelhas com um debrum roxo. Ela se orgulhava da honra feita ao marido e mais uma vez atribuía isso a suas relações especiais com os deuses e à admiração deles por ela. Então, as cartas de César para Cícero, da Gália, em breve tornaram evidente que ele queria que o seu áugure favorito fizesse adivinhações por ele e o alarme de Cícero, que estava sossegado, ativou-se novamente. Júlio tinha seus planos, que não confiava a ninguém. Confiava em Cícero para não mentir.

Era costume o áugure adivinhar por sinais no céu — domínio de Júpiter, patrono de Júlio — e pelo vôo dos pássaros. De noite, o áugure podia designar com o bastão o espaço que lhe devia ser destinado para os estudos, em geral um monte sossegado, e isso na presença de um magistrado, que então contava as coisas aos pontífices. O áugure rezava e fazia sacrifícios. Abrigado num barraco, ele então observava os céus, pedia um sinal e esperava. Olhava sempre para o sul, tendo o quadrante da sorte à esquerda. Após receber o sinal, ele fazia sua declaração ao magistrado, e depois disso o sinal comandava Roma em muitas questões. Cícero já pensara muitas vezes que um áugure corrupto poderia fazer declarações favoráveis a qualquer político poderoso. Felizmente para Roma, os áugures tinham sido, em sua maioria, isentos de corrupção, pois seu cargo nunca era ameaçado de demissão e seu estipêndio era muito alto. Assim, não deviam nada a ninguém e podiam ser verdadeiros. Em teoria, isso era sábio. Os homens, porém, podem corromper-se por outras coisas, além do dinheiro.

Os pássaros que pressagiavam a boa sorte eram a águia e o abutre, os *alites*; os malignos eram o corvo e a coruja. Seu vôo, seu modo de comer, os ruídos que faziam eram interpretados rigorosamente segundo os regulamentos do Conselho dos Áugures. Havia outros modos de adivinhação, como o comportamento dos animais nos campos, o aparecimento de ratos num templo, animais mortos para o sacrifício. Os homens influentes muitas vezes pediam aos áugures que comentassem algum empreendimento que tivessem em mente, a hora de uma batalha, a ocasião de se candidatar a uma eleição, sessões do Senado e mil outras atividades. Para ter a certeza de que o áugure não tendesse conscientemente a favor ou contra certa proposta, o homem que buscava os serviços dos áugures muitas vezes indicava apenas "minhas intenções especiais". Se o áugure declarasse ter visto relâmpagos no céu, o cliente não agia no dia seguinte, mas ficava à espera de um sinal auspicioso.

César escreveu a Cícero: "Tenho uma intenção especial para o futuro, uma oração especial. Portanto, caro amigo e companheiro, consulte o céu para mim numa certa noite", que ele designou. Cícero preferia recusar, mas era seu dever. Além disso, confessou a si mesmo que estava curioso. Levou seu bastão e um magistrado para fora dos muros da cidade e fez girar o bastão num círculo, sentindo-se meio tolo. Estranhamente, o bastão pareceu adquirir vida própria; parecia puxá-lo para a frente. Lançou-se ao solo, quente e com o capim do verão, como uma lança aguçada. O coração de Cícero começou a bater com um temor incômodo.

— Vou montar minha barraca aqui, esta noite — disse ele ao magistrado.

Aguardando a meia-noite, e o carro que levaria a ele e ao magistrado ao monte, Cícero ficou pensando, com uma inquietação cada vez maior e

UM PILAR DE FERRO

mais misteriosa. Seu juramento exigia que ele fizesse declarações verdadeiras. Que não haja nenhum sinal importante, ou apenas sinais vagos, permitindo milhares de adivinhações, implorou ele aos céus estrelados, sem lua, ao chegar com o magistrado ao local, à meia-noite.

Ele ficou sentado ao abrigo da barraca. A noite estava sem ventos; a distância, Roma, alta e espichada, reluzia vermelha e branca, com as tochas e lampiões que se moviam. O eterno troar abafado da cidade chegava àquele local como um murmúrio. Os ciprestes negros rodeavam a barraca, que dava para um lugar aberto para o sul, estando o leste à esquerda. O ar estava impregnado do aroma do capim tépido, começando a orvalhar-se; embora não houvesse vento, Cícero sentiu a fragrância das frutas, uvas e cereais amadurecendo nos campos vizinhos. O ar estava parado e muito quente. Em algum lugar, o gado irrequieto mugiu nos currais. Um cão uivou e de repente se calou. Um veículo, apressado, passou ruidosamente pela estrada pedregosa a caminho dos portões da cidade. Sentia-se uma sugestão de água fresca, enquanto a noite avança.

Ao alto, o teto roxo do céu aparecia especialmente repleto de estrelas cintilantes, naquela noite, como se estas estivessem cheias de inquietude. É ridículo eu achar que haja alguma coisa particularmente portentosa no céu a essa hora, disse Cícero consigo. É só o efeito de uma atmosfera límpida fora da cidade que faz as estrelas parecerem tão inquietas e fugazes. Na verdade, está tudo em paz; então, por que me sinto tão sem paz? Os homens não projetam sobre a natureza desinteressada a qualidade de sua própria inquietação e pressentimentos ou males do corpo ou do espírito? O magistrado estava sentado respeitosamente e calado ao lado dele, o estilete pronto, a pequena tábua preparada para anotações rápidas.

Era a primeira vez que cabia a Cícero adivinhar, embora ele já tivesse auxiliado outros áugures nas adivinhações. Ele acreditava que Deus muitas vezes dava sinais, mas acreditava também que Deus ficava contrariado quando lhe pediam esses sinais. Por algum motivo, Cícero começou a pensar na história de Elias que Noë contara, na carruagem e cavalos de fogo que tinham levado o profeta aos céus no tumulto de um torvelinho. Possivelmente para evitar que ele fosse assassinado pelos homens, pensou Cícero, com cinismo. Então teve um sobressalto, sentado ali à beira da barraca, e sua pele ficou gelada.

Pois, de repente, imposta sobre a luminosidade branca e furiosa das estrelas, aparecera uma grande carruagem em fogo, com quatro cavalos galopantes e também em fogo! Cícero perdeu a respiração. Em volta do carro ele tinha a impressão de multidões e de gritos de dezenas de milhares de homens. Nesse carro — e ele via tudo claramente — estava Júlio César, com a coroa de louros, esplêndido como um deus, segurando rédeas relu-

720   *Taylor Caldwell*

zentes e rindo o riso terrível e exultante de uma divindade. Suas vestes eram roxas e douradas. Tinha a mão direita erguida e nela havia uma espada, torcida e girando como o fogo, que chegava ao zênite. Em seu ombro direito havia uma majestosa águia, os olhos como pedras preciosas. Atrás dele, apareciam bandeiras vermelho-sangue, com uma coroa de louros desenhada nelas. Tudo era movimento; os cavalos corriam, as pernas dobradas debaixo deles; as rodas cintilantes do carro rangiam.

Então, uma coroa brilhou em sua cabeça, coruscando. Enquanto Cícero, tremendo, observava essa coroa, ela desapareceu, reapareceu, tornou a sumir. A águia negra levantou as asas e deu um grito terrível, mas não saiu dos ombros de César. Cícero não soube quando viu aparecer uma mulher, mas de repente ela lá estava, diante da carruagem de César, aclamando-o, uma bela mulher, pouco mais do que uma menina, com cabelos negros e esvoaçantes coroados por serpentes douradas e com um falcão no ombro. Então, César abaixou-se, rindo, levantou a moça para o seu lado, na carruagem, e eles se abraçaram. Sua coroa pareceu mais brilhante do que antes. Cícero então teve a impressão de um trovão na terra e no céu.

— O que está vendo, senhor? — perguntou o magistrado, notando o rosto de Cícero pálido e olhando fixamente. Mas Cícero não respondeu, pois não ouvira nada.

A visão permaneceu, brilhando, ofuscante, animada por um movimento incrível, mas sem se mover. Então, do lado direito, apareceu um bando de corvos e corujas. Multidões deles. Cada qual levava um punhal na boca. Voaram em círculos em volta das cabeças de César e da mulher. A mulher na carruagem desapareceu. Um soldado enorme surgiu diante dos cavalos a galope, a espada desembainhada e apontada para César. César levantou sua espada chamejante e abateu o soldado, seguindo-se um estrondo tremendo, como de uma armadura caindo. O lugar do soldado foi preenchido por um trono enorme e vazio e César agarrou as rédeas do carro e correu para ele, gritando em triunfo.

As vozes das multidões vistas, mas invisíveis, mudaram da aclamação para o desafio e a fúria. César não deu importância; estava quase dobrando seus esforços para atingir a presa, que parecia recuar à sua frente. Sua coroa lançava línguas de fogo ao ar.

Então, os pássaros de mau agouro foram fechando o círculo. Lançaram-se sobre César, com os punhais na boca, e fizeram-lhe muitos ferimentos. Ele levantou os braços para enxotá-los; eles deram gritos lancinantes de vingança. Ele agarrou a coroa, como que em desespero, querendo aplacá-los, e lançou-a para longe. Mas os pássaros não se acalmaram. Golpearam-no repetidamente, e ele então caiu dentro do carro.

Um Pilar de Ferro

A visão desapareceu, só restando as estrelas, ofegantes, sua luz parecendo gasta.

— O que está vendo, senhor? — tornou a indagar o magistrado. Ele sentia os tremores do áugure e, à luz das estrelas, as gotas de suor na testa dele. Mas Cícero não respondeu. Uma visão temível erguia-se diante de seus olhos. Os portões de Roma estavam abertos e parecia que um sol brilhante inundava a cidade. Apareceram arcos de triunfo, dos quais choviam torrentes de flores. Um homem passava por eles, de pé em sua biga, um belo jovem cujo rosto estava envolto numa névoa, um jovem com uma coroa enorme. Levava um cetro. Diante de seus pés corria um rio de sangue e milhares de cadáveres jaziam em seu caminho. De muitas vozes, vindas dos quatro cantos dos céus, vinha um lamento triste:

— Ai, ai de Roma!

Então, a visão se desfez num imenso lençol de fogo, em que a cidade se absorveu. Gritos de pavor cortavam o ar, gritos de agonia e desespero. A cidade desmoronou-se, tornando-se cinzas, tornando-se negra. Depois, foi reconstruída num instante; mas não era a cidade que Cícero conhecia. Os portões se abriram; hordas incontáveis de homens barbudos invadiram a cidade, com espadas, lanças e piques, distribuindo a morte por todos os lados. Suas vozes pareciam o trovão, como as de animais. A cidade caiu devagar, seus muros brancos tornando-se cinzentos, pardos, vermelhos.

Uma bruma esvoaçante cobriu a cidade, escurecendo, contorcendo-se, e as pedras caíram umas sobre outras, pilares batendo contra pilares, e as calçadas estremeceram e se perderam no capim e nas papoulas vermelhas. Um silêncio profundo absorveu todos os ruídos, menos os de alguns passos esporádicos de corredores invisíveis. Então, na semi-escuridão, apareceu um domo possante como o sol, um domo de tais dimensões que ofuscava os olhos que queriam contemplá-lo. De seu cume, ergueu-se um fogo dourado, que se juntou e formou uma cruz que penetrou os céus, de repente azuis e brandos como os olhos de uma criança. Das portas das paredes que se abriam abaixo do domo chegaram muitos homens, imponentes, vestidos de branco, um atrás do outro, cada um carregando um bastão como os dos áugures, e todos virando a cabeça, sérios, como se enfrentassem multidões ocultas. De suas bocas, quando cada um falava, saíam as palavras: "Paz. Paz na terra aos homens de boa vontade."

O último homem a sair elevou a voz mais do que os outros e repetiu as palavras. Mas diante dele começou a formar-se uma confusão escura e avermelhada; ele a encarou com decisão. Trovões soaram de mil partes diferentes. Os céus se escureceram, com línguas de fogo e chama e bolas rolando como sóis individuais, que, girando e agitando-se, saltando e caindo, devoravam tudo em que tocavam. Sua luz terrível e mortífera jorrava sobre o homem de vestes níveas. Ele os enfrentou sem medo. Mas cada vez apareciam mais e, então, a terra toda estava escarlate e incendiada, e tudo tornou-se o caos.

— Senhor, tende piedade de nós! — exclamou o homem de branco. Houve o ruído de montanhas caindo e torvelinhos.

— Senhor! — exclamou o magistrado, em meio ao capim escuro e pacífico da meia-noite. Mas Cícero tinha desmaiado. Ficou ali deitado, como um morto, na beira da barraca.

Ele ficou doente durante vários dias. Os outros áugures foram visitá-lo, pois imaginaram que ele tinha presenciado visões estranhas e terríveis. Mas a todos ele dizia:

— Ai, ai de Roma. — E depois: — Ai do mundo inteiro!!

Então, por fim, escreveu a Júlio César: "Vi augúrios que desafiam os poderes de descrição de qualquer homem, até mesmo os meus, e sabe-se que tenho jeito para as palavras. Um diz respeito a você, Júlio. Enquanto ainda há tempo, desista de seu sonho de esplendor, conquistas e triunfo. Você certamente morrerá, como já lhe avisei antes."

Quando Júlio recebeu aquela carta, ficou irritado. Depois, riu sozinho e pensou: "Ele, de fato, viu o meu esplendor. O meu triunfo e conquistas. Assim seja. Depois disso, que importa?"

Cícero tentou transmitir suas visões apenas a Ático e este ficou perplexo. Ático escreveu ao seu autor: "Nem ouso imaginar o que tudo isso pressagia. Não compreendo o domo, de dimensões incríveis, nem o sinal sobre ele, o sinal de infâmia, a cruz da execução. Não há um edifício desses em Roma, portanto, é para o futuro. Quem serão os homens, com vestes dignas e brancas, que exortam: "Paz na terra aos homens de boa vontade!"? Isso me espanta, pois não tem significado para a minha mente. O que você viu no final foi a destruição do mundo. Rezemos para que não vejamos o fim como você o viu."*

Capítulo LXII

Preciso ter paz, pensou Cícero, quando se refez. Mas onde está essa paz? Tenho de ignorar o que vi. Mas o homem que ignora o que vê viverá real-

---

*Carta a Cícero, 52 a.C.

mente? Ele viu os fatos se sucederem em Roma, um a um, e entendeu que não podia fazer nada e que o que acontecia vinha da natureza do homem. "Estou me tornando calejado de espírito", disse ele a Ático, "se não, como poderia caminhar pelo mundo com meus pés sensíveis?" Mas, sob os "calos", seu espírito estava abalado.

Crasso, membro do Comitê dos Três, já estava velho e nunca fora um militar no verdadeiro sentido da palavra. Mas, quando os partos se revoltaram contra Roma, foi ele quem comandou os exércitos romanos. Ele foi "morto em combate". Cícero não acreditou nisso, nem por um momento. Estava certo de que Júlio César ou Pompeu tinham conspirado para o assassinato dele. Agora Pompeu, o militar, enfrentava o ambicioso César, que era político, além de um estrategista incrivelmente brilhante, no campo de batalha. Enquanto Pompeu se movimentava com persistência, deslocando-se nas manobras planejadas, como fazem os militares profissionais, César lampejava como o relâmpago, com sucessos espetaculares, sempre extravagante, espirituoso e intensamente bravo.

— Não morrerei na guerra — disse ele. — Cícero, o meu caro áugure, já o decretou.

Ele construiu sua grande ponte sobre o Reno e invadiu duas vezes a Bretanha. Aparecia de repente em Roma, em ocasiões inesperadas. Dizia-se que era levado para lá pelo próprio Júpiter, fantasia que ele não negava. Riu-se de Pompeu quando este declarou solenemente que "quem domina os mares domina o mundo".

— Ele também quer ser almirante! — exclamou César, piscando o olho.

Júlia, filha de César e mulher de Pompeu, morreu no parto, rompendo o último elo entre os dois; eles então se enfrentaram sem controle.

— Sou indiferente às brigas deles, não conheço as tramas deles — disse Cícero aos amigos, a respeito de César e Pompeu. Mas o assunto era de grande importância para ele, que assistiu à disputa aberta e secreta entre os dois e cinicamente apostou em César. Não tinha grande opinião sobre a inteligência de Pompeu; se ele estava realmente conspirando, seria uma conspiração pesada e laboriosa, como um gladiador na arena, lento com sua armadura e espada imponente, que luta contra um inimigo ágil e ativo, armado de um tridente afiado, com pontas que parecem raios. Enquanto isso, César pilheriava, sorria e se movia como uma rapidez espantosa em tudo o que fazia; escrevia seus relatos de batalhas e invasões, e Pompeu marchava de lugar em lugar, metodicamente. Era inevitável que os romanos amassem César por seu espírito e seus vícios, pois tudo o que fazia era colorido e vivo; era igualmente inevitável que não amassem Pompeu, mais virtuoso, que falava do Direito de modo tão enfadonho quanto Marco Túlio Cícero, mas sem a eloqüência deste, e que não tinha colorido algum. O povo chegava a gostar da calva de César; num dia em que ele apareceu em Roma com uma peruca maravilhosa, todos riram, batendo nas pernas, e riram mais ainda quando ele exibiu a peruca na mão. Para os romanos, ele era tão esplêndido quanto Júpiter, seu patrono, e igualmente dissoluto e magnífico.

— É um bufão — disse Tito Milo.

— Não. É um ator e tem uma platéia condigna — corrigiu Cícero.

Júlio, efervescente e cheio da alegria da vida, muitas vezes procurava Cícero em suas visitas a Roma, para receber azedas felicitações sobre suas novas proezas.

— Leio sempre o jornal, *Atos Diários* (*Acta Diurna*), nos muros de Roma, exaltando-o e louvando-o, Júlio — disse Cícero, em certa ocasião. — É você mesmo quem escreve as notícias, no acampamento, e depois as envia a Roma?

— Serei responsável por aquele pobre noticiariozinho? — perguntou Júlio, com displicência. — Você ultimamente anda com uma voz avinagrada, caro Marco. O seu espírito então é o vinho que azedou?

— Está cheio de borra — disse Cícero. Mas, apesar da preocupação, ele sorriu, e sua fisionomia demonstrou divertimento. — Você é somente quatro anos mais moço do que eu, mas parece um rapaz, ardendo com a febre da vida. Que sangue você tem nas veias, Júlio? Qual é o seu segredo?

Júlio fingiu meditar. Então o rosto dele, bronzeado de sóis quentes e marcado pelas intempéries, brilhou em risos.

— Eu mesmo — disse ele. — Gosto de mim; me adoro; eu me contemplo e fico em êxtase. Então, como é que os outros podem deixar de me render homenagens?

Cícero parou de sorrir.

— Não subestime Pompeu — disse ele. — Ele não passa tanto tempo em Roma quanto você, Júlio, mas os homens de respeito o veneram, pois é honesto. Quando pode, toma providências contra os bandos de revoltosos de Clódio, aqueles canalhas audaciosos. No final, pode ser que tenha de enfrentar os homens respeitáveis de Roma, e esse dia poderá ser triste para você.

— Mais augúrios?

Cícero balançou a cabeça.

— Não abuse demais do povo, Júlio — disse ele, lembrando-se de sua visão no topo do morro. — Todos, inclusive meu irmão, dizem que eu o amo, menos eu mesmo. Se você corresse perigo, eu o defenderia, com a minha vida, se fosse possível. Quando o contemplo, vejo o rosto daquele

Um Pilar de Ferro

meninozinho da escola, que pegava na minha mão para se proteger, me fazia rir quando eu estava muito sério e me roubava moedas para os docinhos.

Júlio abraçou-o.

— Em toda Roma, só confio em você — disse ele.

Muito comovido, Cícero exclamou, com uma veemência súbita:

— Então acredite em mim! Aquilo que está em sua cabeça, Júlio, eu vejo como uma nuvem chamejante, destruindo Roma! Recue, tenha piedade, controle-se!

O rosto de Júlio, tão marcado, através dos anos, com as rugas do riso, tornou-se sério e sombrio. Ele disse, numa voz calma:

— Não posso recuar, assim como você não pode, Marco. O caráter do homem é o seu destino. Nossas vidas estão unidas, Marco, pois nossas naturezas nos juntaram. Tão diferentes, ainda assim somos como os Gêmeos.

Cícero ainda não era velho, mas sentia-se assim, velho em seu corpo fatigado, velho de espírito. Pensava na ilha com saudades, mas Roma era sua cidade. Não podia sentir-se satisfeito por muito tempo em nenhum dos dois lugares. Ele via contemporâneos seus que eram serenos, invejava-os e, em seguida, ficava horrorizado com eles. Odiava a turbulência e desrespeito à lei de uma cidade que, antes, fora governada pela lei e pelas virtudes republicanas; e, no entanto, tinha de olhar para ela, fascinado, sem poder se virar. Ele presenciara a morte da liberdade e não podia fugir desse espetáculo. Lia e escrevia livros, mas eles não o satisfaziam. Preferia o pensamento ao contentamento e fugia das conversas amáveis dos amigos e de suas mesas, cansado de histórias de jogo, esportes, diversões, intrigas e escândalos. Sob o nada daquele brilho corriam as águas tumultuosas e tenebrosas da existência, e o homem que não molhava os pés nelas podia ser considerado um homem que nunca vivera de verdade. Ele, Cícero, preferia afogar-se na torrente a passar o resto da vida sob uma árvore frutífera, tendo doces sonhos sem realidade. Júlio o acusara de "se intrometer". Mas a vida toda era uma intromissão em correntes violentas. Aquele que comia as romãs de Hades antes de atravessar o Estige só merecia a desonra e a morte de sua memória nas mentes dos homens.

Um dia, ele foi ao Fórum e à Basílica da Justiça para defender um processo. Era um dia quente de primavera, fresco como uma rosa, e ele perdeu parte de seu cansaço, ao sol límpido e ardente. Uma senhora, numa liteira enfeitada de seda vermelha bordada a ouro, abordou-o e ele viu que era Júlia, irmã de Júlio, uma mulher bonita, de modos namoradeiros, os cabelos negros e brilhosos de Júlio e os mesmos olhos negros e vivos. Ao lado dela estava um rapazinho, recostado nas almofadas, tão claro quanto ela era morena. Os cabelos dele eram louros e cacheados, os olhos azuis como dois lagos. Júlia deu a mão a Cícero e ele beijou-a, enquanto ela o observava, admirada, com seu olhar irrequieto.

— Você conhece Otávio, meu neto, não? — perguntou ela, mostrando o menino indiferente ao seu lado. O rapazinho tinha feições grandes, quase clássicas, e frias como o mármore. Ele olhou para Cícero com respeito, mas também sem muito interesse. Cícero sempre gostara da juventude; o menino era quase da idade do pequeno Marco, de modo que no rosto gasto de Cícero surgiu um sorriso que era uma sombra de sua antiga amabilidade e encanto. A túnica branca de Otávio era bordada com o roxo da pré-adolescência. Sua atitude, porém, era a de um rei e, de repente, os olhos azuis pareciam os olhos de um leão predador, calculista e inteligente, e muito atentos. Ao ver aquela estranha metamorfose, quando o olhar do menino pousou sobre si, Cícero sentiu seu coração contrair-se como se tivesse observado um augúrio de grande significação. O homem e o menino se olharam em silêncio.

— Júlio — disse Júlia — acha que Otávio será um militar famoso. Ele já entende das artes da guerra e é destro com a espada.

— Rezo — disse Cícero — para que ele seja um nobre romano.

Diante disso, a fisionomia de Otávio mudou de novo. Não sorriu, mas deu a impressão de sorrir; e não foi uma careta juvenil, mas a expressão de um homem alerta e muito distante. Também era altiva, e ele olhou para a avó como se o orgulho tolo dela o irritasse. Não tornou a falar. Júlia fez outro comentário animado, indagou sobre Terência e Túlia, e sua liteira foi levada. Cícero esqueceu-se de sua missão. Ele olhou para a liteira que se afastava e teve uma sensação gelada no coração.

Nascem em cada geração, pensou Cícero, seguindo seu caminho, desanimado, e em cada geração temos de lidar com eles. Por que não podemos deixar que façam o que querem, devorando os fracos? Eles que comam os cordeiros, os governem e os destruam! Calemo-nos, aqueles de nós que acreditamos que também os fracos têm o direito de viver e viver em paz sob a lei! Os fracos só se unem aos lobos para nos derrubar com seus dentes, condenando-nos com suas bocas.

O problema todo era que os homens justos e bons não conseguiam ser cínicos, nem tapar os ouvidos aos apelos dos cordeiros tolos, que se deixavam encurralar e depois davam gritos de agonia ao verem o homem com o facão.

De repente, Cícero lembrou-se da última carta de Noë ben Joel, que novamente lhe citava Jeremias: "E eu disse: 'Não me lembrarei mais

Dele, nem falarei mais em Seu nome; porém ateou-se no meu coração um fogo abrasador, concentrado nos meus ossos; e desfaleci, não o podendo suportar.'"

Não, pensou Cícero, não o posso suportar, nem que morra por isso. Mas estava muito cansado.

— Quando os irresponsáveis se amotinam com entusiasmo e fazem manifestações nas ruas contra toda a razão e a lei — disse Tito Milo a Cícero —, então os homens respeitáveis devem opor-se a eles. Clódio lhes dá lemas sem idéias e eles os repetem, acreditando que com essas simples expressões, e a violência que as acompanha, receberão muitos benefícios vagos e riquezas... à custa dos que Clódio designou como inimigos.

— Mas quem governa Clódio e suas turbas violentas? — indagou Cícero. — É César, para os seus próprios fins. Faça o que puder, Tito. Você conta com homens decididos, que o respeitam.

— Temos de manter César a distância o máximo possível — disse o jovem Tito, com o rosto sombrio. — Sabe o que Pompeu me disse? Que César está agora avançado para uma nova ditadura, com ele como o único poder em Roma. César é militar, mas finge temer o militarismo. Já ouviu falar dos escritos nos muros de Roma? "Abaixo Pompeu!"

Milo era candidato a cônsul e Clódio a pretor. Milo fez sua campanha com as palavras: "Os romanos não precisam de militares para controlá-los. Tampouco desejam um déspota." Clódio usou os lemas: "César e Clódio para o povo de Roma, com a democracia! Cereais gratuitos para os pobres que merecem! Isenção dos julgamentos pelos censores, a não ser quando confrontados por acusadores abertos a interrogatórios! Abaixo as testemunhas secretas!"

Um dia, na Via Ápia, os partidários de Milo foram atacados pelas turbas de Clódio e, na peleja desordenada que se seguiu, Clódio pereceu. Os respeitadores das leis se alegraram; a ralé ficou furiosa. Assim morrem os tiranos e insurretos, pensou Cícero. Mas estava horrorizado e desanimado ao ver que tinha sido necessária tal violência e que Clódio não pudera, nas circunstâncias que ele mesmo criara, ser levado a julgamento. O Senado covarde e mesmo os tribunos da plebe tinham-se calado diante dos crimes de Clódio — sendo assim responsáveis pela morte dele. Como sempre, o povo discutiu entre si se a morte de Clódio fora certa ou errada e, como sempre, esqueceu-se de tudo em poucos dias. Aproximavam-se os Grandes Jogos e havia muitas apostas nos mais novos gladiadores, lutadores, pugilistas, discóbulos, nas corridas de cavalos e bigas, lançadores de lanças, corredores e esportes de todo tipo. A morte de Clódio teve menos repercussão do que os boatos insistentes de que dois dos lutadores tinham aceitado suborno. A fome passara; o homem mais humilde da rua estava numa situação relativamente confortável e podia fazer grandes apostas em seus favoritos. O jornal diário continha poucas notícias nacionais, apenas conjeturas entusiásticas sobre os jogos que teriam início. Um dia noticiou-se, de fato, que a heróica revolta da Gália, comandada por Vercingetórix, o patriota, fora esmagada por Júlio César e que, portanto, este se tornara um herói notável. César permaneceu na Gália para restaurar a ordem, e Pompeu, aproveitando-se dessa vantagem, declarou-se cônsul único. Também conseguiu, com seus persistentes métodos militares, ser procônsul das províncias hispânicas.

"O leão e o urso em breve se estarão digladiando", escreveu Cícero a um amigo. "Roma será vencedora? É duvidoso."

— Não nos metemos em política — diziam os amigos de Cícero, os "homens novos", a classe média como ele, os advogados, médicos, homens de negócio, fabricantes, arquitetos. — Roma está próspera e em paz. Temos as nossas vilas em Capri, nossos barcos de corrida, nossas casas, nossos empregados, nossas belas amantes, nosso conforto e tesouros. Nós lhe imploramos, Cícero: não nos perturbe com suas lamentações de desastre! Roma está em marcha para a sociedade poderosa, para todos os romanos.

Cícero, desesperado, começou a escrever seu livro *De Legibus* (Sobre as Leis). Ático admirou profundamente essa obra acadêmica. "Mas quem a lerá?", indagou ele. "Os romanos não querem mais saber de leis. Estão com as barrigas cheias demais." Mas, como editor consciencioso, ele publicou o livro. "Devo isso à posteridade." A "posteridade" não aprendia nunca. Para surpresa de Cícero e de Ático, o livro foi comprado em grandes quantidades nas livrarias, e César, ao receber um exemplar, elogiou-o.

— O que há de errado com ele, então? — perguntou Cícero, com um sorriso azedo. — Ao que me diz respeito, o louvor de César é o beijo da morte.

Ele foi cumprimentado por senadores, tribunos e magistrados, que, declarou ele, não entenderam nem uma palavra!

Ele agora não encontrava paz nem em casa. E não podia ignorar o que estava acontecendo. Terência estava ficando mais ranzinza e agitada.

— Não se pode ficar parado — dizia ela. — Por que você não está progredindo? Você deve isso à sua família.

Túlia não estava feliz, casada com Dolabela. Tinha um ar desanimado, embora sorrisse bastante para o pai, insistente, e dissesse que não tinha de que se queixar. Quinto disse, referindo-se a Júlio César:

UM PILAR DE FERRO

— No campo de batalha, ele é superior a Pompeu. Suas decisões são sempre brilhantes, embora ele seja antes de tudo um político. — Pela primeira vez não condenou os políticos. Negou-se a discutir o estado de coisas com Cícero. Deu de ombros. — As coisas na natureza são o que são — disse, vagamente. Ser militar era tudo; os homens sábios abandonavam a política, quando ela se tornava complexa demais. O irmão devia concentrar-se em seu lugar no Senado, sua posição como áugure, sua biblioteca, seus escritos. — Isso não basta para contentá-lo, com sua idade?

Cícero disse:

— "Ouvi a palavra do senhor... porque o Senhor vai entrar em juízo com os habitantes desta terra; porque não há verdade, nem há misericórdia, nem há conhecimento de Deus nesta terra. A maldição, a mentira, o homicídio, o furto e o adultério inundam tudo e têm derramado sangue sobre sangue."

— O que é isso? — perguntou Quinto, desconfiado.

— As palavras de um profeta, Oséias, de quem Noë ben Joel me escreveu.

— Ah, Noë. Aquele ator e escritor de peças! — disse Quinto.

Cícero então recebeu uma carta de Jerusalém, numa caligrafia marcada. Era de Lia, esposa de Noë, comunicando com tristeza a morte do marido. "Ele se recordou de você, no último suspiro", escreveu ela. "Pediu-me que lhe repetisse as palavras de Isaías: 'Não temas, pois estou contigo. Não desanimes, pois sou teu Deus. Quando tu passares por entre as águas eu estarei contigo, e os rios não te submergirão; quando andares por entre o fogo, não serás queimado e a chama não arderá em ti. Porque eu, o Senhor teu Deus, seguro a tua mão direita.'"

— Por que está chorando? — perguntou Terência.

— A terra está mais pobre — disse Cícero. — Perdeu um homem bom e não podíamos nos dar a esse luxo.

Capítulo LXIII

— Os anos do homem são uma longa retirada — disse Cícero a um de seus amigos, muito cansado. — Ouvi dizer que, à medida que o homem envelhece, o tempo voa. Não, ele foge diante dele. Onde estava ontem, o mês passado, o ano passado, cinco anos atrás? Não me lembro!

Ele não sabia o motivo — embora os amigos lhe garantissem que era uma honra —, mas fora nomeado para governador da província da Cilícia, no litoral sul da Ásia Menor, incluindo a ilha de Chipre.

730   *Taylor Caldwell*

— Alguém quer se ver livre de mim por algum tempo — disse ele, sem ilusões.

Escreveu a Ático: "Esse cargo de governador é um enfado tremendo. Puseram uma sela sobre um boi. Não lhe posso descrever como sinto falta da cidade, nem a dificuldade que tenho para suportar esse enfado. Sinto falta da luz do dia, da vida em Roma, do Fórum, da cidade, da minha casa na cidade — e de você, mais querido dos amigos. (Vou acabar o livro! Não me apresse.) Vou suportar o meu 'exílio' por um ano. Deus sabe o que acontecerá em minha ausência!"

Ele levou consigo o jovem Marco, ignorando os protestos de Terência, que tanto o mimava, pois tinha percebido que a influência da mãe estava prejudicando o filho. Quinto, que estava de licença, também o acompanhou, junto com o jovem Quinto. Cícero viu logo que havia muita coisa a fazer na Cilícia, pois a província tinha sido esbulhada e arruinada pelos seus antecessores romanos. Mas, dentro de poucos meses, pôde escrever a Ático, com orgulho: "Muitos estados foram totalmente livrados das dívidas, graças aos meus esforços, e muitos estão sensivelmente aliviados. Hoje, todos têm suas próprias leis e, tendo alcançado a autonomia, estão bem recuperados. Dei-lhes a possibilidade de se livrarem das dívidas ou aliviar seus encargos de duas maneiras: primeiro, o fato de não lhes impor despesa alguma em meu governo — e quando digo 'despesa alguma', quero dizer nenhuma, nem um sestércio. É quase inacreditável ver como isso os ajudou a se livrarem das dificuldades. O outro meio é o seguinte: havia uma quantidade imensa de desvio de dinheiro nos estados, cometido pelos próprios gregos. Eles mesmos o confessaram; sem serem castigados publicamente, pagaram o dinheiro às comunidades, de seus próprios bolsos. A conseqüência é que, enquanto as comunidades não haviam pagado nada aos sindicatos de impostos durante o atual período de cinco anos, agora, sem problemas, conseguiram pagar até os atrasados dos últimos cinco anos. O resto de minha administração de justiça não tem sido menos hábil."

O clima quente, seco e aromático aliviou o reumatismo dele. Cícero estava ocupado com o que mais amava: administrar a lei honesta. Tinha tempo para escrever. Tinha a companhia do irmão, do filho e do sobrinho. Lamentava que o filho, jovem e belo, parecesse estar cada vez mais sob a influência do jovem Quinto, ousado e exigente, a fonte de prazer do pai militar.

— Você deve ser mais independente — dizia ele ao jovem Marco.

O menino respondia com ar solene:

— Quinto não acha muita graça nas artes da Grécia e de Roma e não gosta da filosofia. Eu lhe ensino isso.

Cícero acreditava no filho. Quinto também estava ocupado, subjugando as tribos montanhesas. Entrementes, os amigos mantinham Cícero informado dos assuntos em Roma, que cada dia se tornavam mais caóticos.

Pompeu e César agora eram inimigos mortais. Pompeu se tornara homem de confiança do Senado e em grande parte controlava aquela augusta assembléia, que começara a desconfiar de Júlio — e com razão. Pompeu, o militar, podia desprezar os civis, mas não desprezava o Senado. Dizia-se que tanto ele como o Senado tinham medo de Júlio e suas ambições e que estavam conspirando juntos não só para tirar de Júlio o seu comando militar, como ainda para processá-lo por supostas ilegalidades constitucionais durante o período em que fora cônsul e evitar a sua segunda eleição. Tornando-se cidadão privado, ele estaria sujeito a uma investigação aberta, coisa a que ele não conseguiria sobreviver, como comentou Cícero consigo mesmo.

A luta tornou-se mais declarada e mais perigosa para Roma. As legiões estavam divididas em suas lealdades, metade por Pompeu e a outra metade por César, que era muito mais ardiloso. Cícero, perplexo, disse ao irmão:

— Não estou entendendo nada disso! A lei é o Senado, as assembléias, os tribunos, os cônsules! O que tem a lei a ver com as ambições de dois militares, Pompeu e César?

Mas ele sabia que, quando uma república decai, torna-se presa das ambições. Escreveu ao amigo Célio, jovem político de Roma, pedindo maiores esclarecimentos, pois ele era muito informado e estava envolvido em tudo. Célio respondeu:

"O ponto pelo qual os homens no poder devem brigar é o seguinte: Pompeu está resolvido a não permitir que César seja cônsul novamente, a não ser com a condição de primeiro entregar seus exércitos e as províncias. César, por sua vez, está convencido de que não poderá estar seguro contra Pompeu se entregar o seu exército, fonte de sua força. No entanto, ele, com humor, propõe que ambos desistam dos exércitos!"

Ele achou que Cícero um tanto ingênuo quando este lhe escreveu perplexo:

"No caso de dificuldades e divergências internas, desde que a disputa seja levada constitucionalmente, sem apelo às armas, os homens devem seguir o lado que estiver com o maior direito; quando se trata de guerra — guerra! — e campanha, com um líder militar ameaçando outro, então a lei civil justa se deve interpor e acabar com toda essa tolice perigosa."

A guerra civil instigada por Pompeu e César parecia incrível para ele, que estava naquele lugar tranqüilo na Cilícia. Ele ainda se agarrava ao seu conceito de que, numa república, a lei é tudo. Preferia Pompeu, que tinha a seu lado o Senado e os respeitáveis "homens novos" de Roma e os que obedeciam à lei. Mas o que Júlio dissera a Cícero, um dia, havia muito tempo? "A lei é uma prostituta, que pode ser comprada pelo preço mais alto." Para Cícero, essa atitude era a ruína das nações, o mergulho final no despotismo e no caos.

Mas, embora concordasse com Pompeu, Cícero não o amava. Temia Júlio, e discordava dele, mas o estimava. Estava num estado horroroso quando partiu da Cilícia, ao fim de sua administração, e parou em sua vila em Fórmia. Lá recebeu uma carta de Célio, que escrevia cinicamente que Júlio certamente conquistaria o poder em Roma — e sem guerra —, "pois em seus saques e campanhas ele acumulou quantidades incríveis de ouro, e a lei pode ser comprada com ouro; e o povo também".

Quando Cícero voltou a Roma, foi imediatamente procurar Júlio, em sua vila nos subúrbios. Júlio ficou encantado ao vê-lo e abraçou-o com efusão.

— Aonde quer que você vá, querido amigo, leva a solvência e uma boa administração! — exclamou Júlio. — Na verdade, devíamos darlhe a ditadura de Roma! Num instante você encheria o Tesouro e restituiria a paz.

— Que você destruiu — disse Cícero. — Por que você e Pompeu não largam as armas e param de brigar?

— Ah — disse Júlio, com tristeza —, Pompeu é um verdadeiro militarista, e você sabe como sempre desconfio dos militaristas! Em Roma me aclamam como o maior soldado de todos, mas no íntimo nunca fui realmente um militar. Assim, eu me oponho a esse cabeça de sebo do Pompeu, que acha que o meio de se governar um país é a ferro e fogo. Ele não confia no pensamento civil. Isso me afronta.

— Júlio, você nunca falou a verdade em sua vida — disse Cícero. Júlio achou graça.

Pouco antes da Saturnália, o Senado promulgou uma resolução no sentido de que tanto Pompeu como César teriam de depor as armas. César reagiu a essa resolução demonstrando entusiasmo em público. O povo o aclamou, pois temia uma guerra civil entre os dois poderosos adversários. Mas Pompeu não se iludiu. Desconfiava da argúcia de César e, como velho conhecido, ex-amigo e genro, conhecia Júlio bem demais. Disse ele ao Senado:

— Não vão depor minhas armas, a única proteção de Roma para ter lei e ordem, antes de César regressar à vida civil. Não admitirei que ele seja cônsul de novo.

Ele soubera, conforme contou ao Senado, de histórias de dissidência entre as legiões de César, e que um dos generais dele, Labieno, estava pronto a desertar e se unir ao Senado.

— Não se trata mais de uma luta entre César e Pompeu — disseram eles entre si. — É uma luta entre a lei e César.

O Senado então estabeleceu uma data em que César deveria depor as armas e entregar suas províncias, sob pena de ser declarado inimigo público. A fim de reforçar isso, o Senado decretou a lei marcial — sob Pompeu. Cícero novamente foi visitar o velho amigo, para implorar a ele, em nome de Roma. Júlio escutou-o e depois respondeu com tal sinceridade que Cícero foi obrigado a ouvi-lo:

— Eu não quero a guerra civil. Que os deuses nos livrem, Marco! Para lhe falar francamente, agora a minha segurança pessoal depende de meus exércitos; Pompeu deseja a minha morte. Se Pompeu depuser as armas no mesmo dia em que devo depor as minhas, nós nos encontraremos como iguais. — Ele sorriu um pouco e depois acrescentou: — Se nos encontrarmos assim, então não terei dificuldade alguma com Pompeu.

Cícero foi procurar Pompeu e também implorou a ele, pedindo-lhe que se encontrasse com César pessoalmente. Pompeu ouviu-o, num silêncio aborrecido, bebendo vinho devagar e olhando para o vazio. Depois disse:

— Conhecemos César de longa data, você e eu, Marco. Ele já enganou até mesmo a você, muitas vezes, com seu encanto, e você é um homem de espírito. Ele me iludiria com suas mentiras e promessas. Você pensa que ele algum dia desistiu de sua ambição de ser imperador de Roma? Prefiro o domínio da lei, sob o Senado, as assembléias e tribunos, por mais desajeitados, fracos e atrapalhados que sejam. César despreza a lei, e isso você sabe, a não ser a dele.

Cícero acreditou em Pompeu, que tinha muito pouca imaginação para ser mentiroso, além de preferir a ordem, como um verdadeiro militar. Ele tinha conspirado com César e Crasso, e provavelmente até mesmo Catilina, no passado, sob a impressão de que somente uma lei militar severa poderia restituir a Roma a paz e a tranqüilidade. Mas o poder pessoal, só pelo poder, não fizera parte de seus planos.

Então, para espanto de Cícero, muitos dos tribunos desertaram César abertamente, embora este fingisse apreciá-los por serem representantes do povo. O Senado proscreveu-os. César ficou indignado, ou pelo menos fingiu indignação. Falou a suas legiões leais em Ravena, declarando-se "o guardião da lei" e dizendo que o Senado, ao proscrever os tribunos, "representantes do humilde povo romano", violara a lei e demonstrara uma extrema arrogância e desprezo para com toda Roma.

734   *Taylor Caldwell*

— Somos oprimidos por alguns homens irascíveis! — exclamou ele.
— Fomos traídos! Defendo a liberdade do povo de Roma e a dignidade
dos tribunos! As minhas próprias injúrias nas mãos do Senado e de Pompeu
são insignificantes, se comparadas a isso.

Ele chorou abertamente; os tribunos fugidos e as legiões choraram com
ele. Quando Cícero soube disso, comentou, com uma ironia amarga:

— Ele sempre foi um ator, o melhor de Roma!

O inverno foi especialmente rigoroso naquele ano. As manobras militares nesse período em geral eram suspensas. Pompeu, homem de pouca
imaginação, achou que Júlio, longe de Roma, também suspenderia as manobras militares. Afinal, era o costume! Mas o inverno, e o costume, nada
significavam para Júlio. Cícero escreveu a Átio: "Júlio agiu tão depressa. É
um homem de uma vigilância e energia terríveis. Mas não posso acordar
Pompeu, que acredita nas estações!"

Tudo o mais é história violenta. César convocou suas legiões dedicadas
da Gália e avançou pelo litoral do Adriático em direção a Roma. Atravessou o Rubicão, rio pequeno nos limites do norte da Itália. Desse modo ele
violava a lei, tornando-se inimigo do governo de Roma. "A sorte está
lançada!", gritou ele aos soldados. Seus espias lhe haviam garantido que as
cidades do norte estavam com ele e o amavam. Ele desceu pela costa como
uma linha de fogo com suas legiões entusiásticas aclamando-o. Pompeu
resolveu bloqueá-lo. César apressou-se a detê-lo em Brindisi, mas as forças
de Pompeu conseguiram atravessar. No entanto, em Corfino, as legiões de
Pompeu se renderam a César quase sem resistência, e ele as recebeu em
suas forças com carinho. Disse ele:

— Nada está mais longe do meu temperamento do que a crueldade.

Mas, ao ouvir isso, Cícero exclamou, em desespero:

— Júlio é um louco, um desgraçado!

O pobre Cícero estava fora de si. Como César agora se aproximava
rapidamente de Roma, Pompeu fugiu para a Macedônia, para reunir legiões
do seu lado. Cícero, contrariando os conselhos de seu irmão Quinto, foi
para Durazzo, para unir-se a Pompeu. Ao ouvir sua resolução, Terência
exclamou:

— Está acabado! Você não é mais meu marido! Traiu sua família!

Cícero respondeu:

— Nunca traí Roma, e a pátria do homem e seu Deus devem ser a
primeira coisa em sua vida, pois ele não tem mais nada além disso.

A caminho de seu encontro com Pompeu, Cícero escreveu a Ático: "Só
desejo a paz. Da vitória de César surgirá um tirano. Uma estranha loucura

apoderou-se não só dos homens perversos, mas também dos que são considerados bons, de modo que todos só desejam lutar, enquanto eu, só eu, grito em vão que não há nada pior nem mais perverso do que a guerra civil."

Ele não gostava de Pompeu. Estava começando a duvidar de sua resolução. Mas agora não tinha mais escolha. Pompeu estava ao lado da Constituição e da lei. Júlio desafiara o governo, ao invadir a Itália. "Seja quem for que vença", escreveu ele ao seu editor, com tristeza, "a república está morta. Só posso esperar que, apoiando Pompeu, alguma coisa se possa salvar para a liberdade do povo." Ele compreendia que, ao apoiar Pompeu, a sua própria vida estava em risco, mas não se importava mais. No entanto, escreveu a Ático: "Que tipo de ataque César usará contra mim e meus bens, em minha ausência? Algo mais violento do que no caso de Clódio, pois ele achará que tem uma possibilidade de ganhar popularidade, prejudicando-me."

Sabia que as simpatias por ele em Roma agora se limitavam a muito poucos. Suspeitava de que muitos senadores estivessem apoiando César em segredo. Ele consagrara tanto tempo ao apoio a Pompeu em Roma que seu trabalho de advogado tornara a desaparecer. Não vigiara seus investimentos. Não fizera nada senão servir à pátria. E a maioria dos conterrâneos o detestava, pois o povo adorava Júlio. Ele complicara a antipatia indo juntar-se a Pompeu na Macedônia. "Acima de tudo", escreveu ele à mulher, "a ralé despreza a lei e a ordem, preferindo a grandeza num tirano. Amam em especial um saltimbanco que os adule e um malfeitor simpático aos seus corações."

Ele ainda não se conformara com sua natureza conciliatória. Como homem pacífico, juntara-se a Pompeu. No entanto, não podia livrar-se totalmente de seu afeto por Júlio e seus sonhos eram atormentados por recordações de infância. Às vezes acordava apavorado, depois de ter um sonho em que Júlio era assassinado. Ele, então, se dizia: "Seria excelente para Roma!" Não obstante, seu coração ficava pesado e ele esperava, ansioso, alguma notícia de que Júlio ainda estivesse vivo. Pompeu não conseguia entendê-lo.

— Você detesta tudo o que Júlio representa, mas acho que o seu coração sofre por ele e você não deseja que ele morra.

Ao que Cícero respondeu, com tristeza:

— O amor é um grande traidor. A justiça tem suas exigências, mas o amor pleiteia contra ela.

Era irracional. Mas a razão sempre lutara contra o Amor. Ele escreveu a Ático: "Eu morreria por Pompeu, embora não acredite que toda a esperança para a república se encontre nele." Ele sabia que a república estava morta. Apesar disso, ainda tinha esperança, e a esperança, ele sabia, também podia ser traidora.

— Prefiro a paz a todo preço — disse ele, e se perguntou se também isso não seria uma traição. Estava dividido por mil ventos.

Descobriu o que muitos homens bravos e sábios tinham descoberto antes dele: que é ilógico esperar que os homens sejam ponderados e dedicados à virtude. Especificamente, era burrice esperar que o homem fosse uma criatura racional. Era verdade, conforme dissera Cévola muitas vezes, que só um tolo completo não sabia a diferença entre o bem e o mal, a razão e a loucura. Mas, pensou Cícero, Cévola algum dia contara os tolos do mundo? Eram muito piores do que os perversos, pois davam aos perversos a autoridade e o seu aplauso.

Célio escreveu-lhe: "Você algum dia já viu uma pessoa mais fútil do que o seu amigo Pompeu, ou leu de alguém mais pronto para a ação do que o nosso amigo César, ou mais moderado na vitória?" O pobre Cícero teve vontade de concordar e começou a criticar Pompeu por ter abandonado Roma a César e se retirado para além do Adriático. Chegou a escrever ao irmão que Pompeu era "um mau estadista e péssimo soldado". Estava irritado com Pompeu, que tinha forças muito menos numerosas do que as de César.

— É melhor morrer por uma causa justa do que viver — disse ele a Pompeu, ao que este respondeu:

— É melhor lutar por uma causa justa do que morrer por ela.

Cícero não acreditava que Pompeu tivesse sutileza bastante para dizer isso e ficou pensando se ele havia entendido bem o que dissera. Pompeu o viu pensando e deu um sorriso irônico. Achava Cícero muito exasperante para um homem de ação e militar. Respeitava-o mas também ficava impaciente. Pensou no jovem Dolabela, que era partidário de César, e disse, num tom provocador:

— Onde está o seu genro?

Ao que Cícero, exasperado, respondeu:

— Com o seu sogro.

Os que ouviram essa azeda troca de palavras se divertiram muito, mas Cícero não andava bem-humorado e Pompeu não gostou da resposta. Também devia dinheiro a Cícero e desconfiava, erradamente, que este estava preocupado, pensando se não teria desperdiçado seus sestércios.

— Vamos agir — disse ele, irascível. — Você não é um áugure? Diga-me quando!

Eu não deveria dizer a nenhum de vocês dois!, pensou Cícero, atormentado, vendo que tinha saudades incontroláveis de Roma e por vezes se maldizendo por não ter novamente entrado na política, depois de seu exílio. "Com respeito aos políticos, só se pode ter certeza de uma coisa", escreveu ele a Quinto, que agora estava com César, "e é que nunca se pode ter certeza. Desejo a morte de César ou de Pompeu? Não! Só desejo que eles parem com seus esforços para desmembrar Roma. Vim com Pompeu porque achei que a dele era a única causa justa. Mas qualquer causa que precipite a guerra civil não é boa, por mais que seja alardeada. Não lhe posso exprimir os meus pensamentos sobre César, pois ele é seu general e o simples fato de você ler meus pensamentos seria considerado traição de sua parte!"

Quinto, depois de certa hesitação e pensando na vida e no futuro do irmão, levou a carta a César, rindo e dizendo:

— Meu pobre irmão, tão inseguro! Ele hoje tem ódio de Pompeu. Não sabe como se desvencilhar de uma situação impossível. Durante toda a vida, sempre fixou o olhar vivo sobre uma estrela impossível. Há de se lembrar de Lívia, senhor.

— Então ele que volte para Roma. Outros o seguirão e o caso ficará encerrado — disse Júlio, que achou a carta de Cícero patética, além de cômica. — Sempre hei de amar o meu pobre Marco, que nunca desistiu de sua busca pela virtude, sem compreender que ela não existe neste mundo.

Com amargura, Cícero pensou: diante da implacabilidade da vontade de Deus, para que os homens possuam o livre-arbítrio, e da vontade dos homens de cometerem o mal, há um grande mistério. Noë ben Joel falara sobre a onisciência de Deus. "Quando Ele criou os homens, sabia que praticariam o mal. Isso então O torna o criador do mal?"

A antiga dúvida, que preocupara os homens de Israel e os profetas, preocupava Cícero enquanto ele esperava no acampamento de Pompeu para ver o que este faria; e se faria alguma coisa. Tornou a lamentar a falta de Noë, que lhe mandava tantas consolações. No acampamento de Pompeu, em Durazzo, Deus parecia ter-se retirado para além das estrelas; Seu intérprete estava calado. Só restavam os deuses, vingativos, cheios de vontades, considerando os homens uma brincadeira, cheios de muito riso contra eles. Não obstante, era mais fácil viver com eles do que com um paradoxo! Os deuses freqüentemente assumiam formas humanas, participando assim da natureza humana. Mas Deus nunca fora homem. Declaravam os judeus que num dia misterioso Ele seria nascido de uma Virgem Mãe. O Deus Desconhecido. Sim, de verdade. Ele permaneceria desconhecido para sempre.

Definhando no acampamento sombrio e agitado de Pompeu, a mente obscurecida pelas dúvidas e o desespero, Cícero sentia-se como Sísifo, condenado

738   *Taylor Caldwell*

eternamente a empurrar encosta acima uma grande pedra, que caía sempre à base. Seus pensamentos não levavam a lugar algum, a não ser a uma fadiga imensa. Toda a esperança que tivera de reconciliar Pompeu e César se desfizera. Não poderia haver nada senão guerra civil, sangue e morte. Sua vida fora uma longa inutilidade. Não realizara nada. A mulher não lhe escrevia mais; ele escrevia ao filho quase diariamente, mas recebia poucas cartas em resposta. Túlia lhe escrevia, mas estava numa situação difícil. Segundo o pensamento vigente em Roma — que agora adorava César — o pai dela era intransigente. Segundo o marido, Cícero era um tolo. Ela não contou ao pai, mas ele fora uma das principais causas de seu afastamento de Dolabela. Ela lhe escrevia cartas carinhosas, mas dolorosas, adivinhava ele, pelas notícias que omitia.

O inverno rigoroso nada fez para aliviar o sofrimento de Cícero. Ele não quis voltar para Roma, como Quinto insistia que fizesse. Tinha de ficar com Pompeu, que, estava convencido, se estagnara. Os dois filhos de Pompeu fizeram breve visita ao acampamento, vindos de seus postos na Espanha. Eles se pareciam com o pai, mas nada possuíam de sua integridade ocasional; tinham uma certa ferocidade e astúcia de expressão que assustaram Cícero. Um chamava-se Cneu e o outro, Sexto. Cícero, sem ser percebido, ouviu quando eles perguntavam impacientemente ao pai por que ele "permitia que Cícero, aquele advogado velho e gasto, o atormentasse com sua presença e conversas sentenciosas".

— Devo-lhe dinheiro e muito mais — respondera Pompeu e, por certo tempo, o frio no coração de Cícero abrandou.

Ele estava com os cabelos brancos e secos; seus ossos doíam; o coração tinha palpitações, quando ele se esforçava. Ele pensou por que teria nascido e lembrou-se de Jó, que maldissera o dia de seu nascimento. Pensou no jovem Marco Túlio Cícero, esperançoso e valoroso, que acreditara que a verdade e a virtude eram indestrutíveis. Quase chegou a maldizer o espectro de sua juventude, por sua loucura. Não havia mais nenhum laço entre ele, homem envelhecido, de mãos trêmulas, e o jovem que sonhara sob as árvores na ilha. Ele adoeceu, de corpo e de espírito.

Pórcio Catão, que defendera Cícero diante do Senado e condenara os ardis de César, foi visitá-lo quando ele estava deitado em estado febril no catre, dentro de sua barraca.

— O nosso pobre conciliador sofreu o destino de todos os conciliadores — disse Catão, não sem simpatia. — Você não compreende que não pode haver um encontro entre o bem e o mal?

— É tolice dizer que todo o bem está de um lado e todo o mal de outro — disse o pobre Cícero, suando em sua febre. — Só se pode escolher o lado do mal menor e esperar pelo melhor, e a esperança é sempre traída.

UM PILAR DE FERRO

— Você devia ter ficado em Roma, usando a sua influência sobre César, que gosta de você.

— Você está brincando — disse Cícero. — Ele só gosta dele mesmo. Pompeu, pelo menos, ama Roma. Pode-se perdoar muita coisa a um homem que prefere a pátria a tudo o mais.

Naquela noite, Cícero ficou inconsciente. Pompeu deixou o seu melhor médico com ele. Cícero começou a ter sonhos assustadores. Viu Pompeu numa longa viagem para um campo de batalha, numa terra estranha. Viu uma luta feroz e teve vislumbres do rosto de César, embora este não parecesse estar presente ali. Depois viu certa mão se adiantando numa escuridão sangrenta, com um anel de serpente nela, e ela deu um punhal a outra mão, ansiosa e sequiosa, mão de pele morena. Viu Pompeu numa névoa esvoaçante; a mão morena ergueu-se e cravou o punhal no coração dele. Mais uma vez, Cícero viu o rosto de César sorrindo vagamente. Cícero acordou com um grito e o médico acalmou-o.

— Onde está Pompeu? — indagou Cícero, debatendo-se contra as mãos do médico, que o prendiam. — Tenho de preveni-lo! Ele será assassinado por ordem de César, se não recuar...!

— César está bem longe — disse o médico, preparando outra poção para fazê-lo dormir. Ele não disse ao homem desvairado que Pompeu estava, naquele momento mesmo, empenhado em um combate contra César, que já atravessara o Adriático e cercava Durazzo. Os poucos que tinham ficado no acampamento estavam aflitos, aguardando notícias pelos mensageiros. Consolavam-se com a idéia de que Pompeu era militar de carreira, enquanto César não era. Táticas brilhantes, eles tinham certeza, não bastavam contra homens treinados e disciplinados. César tinha com ele o jovem Marco Antônio, que era militar de carreira, mas todos sabiam que Antônio era dado a decisões impulsivas.

O remédio para dormir acalmou Cícero, que adormeceu profundamente de novo. Ele se encontrou então num jardim luminoso, cheio de lírios, flores de um azul vivo e altaneiros carvalhos, chamejantes com as cores do outono. Por perto passava um riacho cor de madrepérola. Os cantos dos pássaros enchiam o ar com ruídos alegres. Havia uma ponte em arco branca sobre o riacho e Cícero pensou: Estarei na ilha? Estava encantado com a paz e tranqüilidade da cena, ao mesmo tempo conhecida e desconhecida. Procurou caminhos que conhecia e não os encontrou. No entanto, ao virar a cabeça, viu um bosque de ciprestes de que se recordava bem. Novamente sentiu prazer. Depois, avistou um esguio vulto feminino correndo pela ponte de mármore entalhado, em direção a ele, um véu azul esvoaçando da cabeça

740   *Taylor Caldwell*

e o corpo lindo envolto em roupas brancas. Ele abriu os braços, calado, e o vulto caiu entre eles, abraçando-o. E ele viu o rosto de Lívia, doce e nítido, com apaixonados olhos azuis e a boca do tom de framboesas ao sol. Seus beijos pareciam mel de jasmim nos lábios dele. Ele não se saciava. "Amor querido", disse ele, "tive um sonho terrível. Sonhei que você tinha morrido e eu era velho, com os cabelos brancos e o coração partido."

"Amor querido", respondeu ela, na voz de que ele nunca se esquecera. "Console-se. Não vai demorar. Os céus estão se agitando. Em breve, vamos nos dar as mãos e esperar."

"Pelo que vamos esperar?", perguntou ele, apertando-a de encontro ao peito.

"Por Deus", respondeu ela. Sorriu para ele; seu sorriso era como os raios da lua no meio do verão. Depois, começou a escurecer. Ela soltou-se delicadamente dos braços dele e ele não conseguiu mais encontrá-la. A cena apagou-se. Ele gritou, alucinado: "Lívia! Lívia, meu amor!" Mas então ele se encontrava numa névoa; fazia muito frio, ele estava perdido e não havia nada para se ver. Sentia-se abandonado e apavorado. Cambaleou por ali, os braços estendidos. Um peso o envolveu, além de uma fraqueza terrível. Ele acordou. O sol do princípio do inverno estava frio e desolado em volta dele, na barraca, e o médico permanecia ao seu lado.

— Dormiu bem e bastante — disse o médico, animado. — E tenho boas notícias. César invadiu Durazzo... não se assuste! Com suas forças superiores, Pompeu o repeliu, rompendo-lhe as fileiras. César está em retirada! Está se retirando para a Tessália, onde Pompeu certamente o vencerá. Eles se enfrentarão pela última vez perto de Farsália. Antes que as flores da primavera desabrochem, estaremos gozando da vitória em Roma, e a paz e a ordem serão restabelecidas.

— Paz e ordem — murmurou o doente, virando a cara. — O sonho de todos os homens, um sonho vão e sem esperança. Eles clamam pela paz, mas preferem a espada.

Ele pensou em César, condenado pelo Senado como inimigo público. Certamente seria julgado e executado como traidor César, com o rosto jovem como o de Pã, a voz risonha; César da mãozinha de criança ansiosamente estendida pedindo pasteizinhos de carne quente na escola de Filo; César com a voz de criança dizendo com um carinho astucioso: "Eu gosto de você, Marco."

— Por que está chorando? — perguntou o médico.

— É a fraqueza de toda a humanidade, que tem de amar mesmo quando o amor não é merecido — disse Cícero. Ele adormeceu, lembrando-se

UM PILAR DE FERRO   741

de seu sonho com Lívia. Tudo o que ele vivera desde sua mocidade na ilha não passava de um pesadelo sangrento, exaustivo, inútil e frustrante.

Por piedade e uma consideração respeitosa, aqueles que permaneceram no acampamento não contaram a Cícero, durante sua convalescença, os fatos terríveis que se seguiram rapidamente. César conquistara uma vitória tremenda em Farsália e Pompeu fugiu para o Egito, onde foi assassinado por um soldado anônimo. Quando os abalados companheiros de Pompeu não puderam mais esconder a notícia e Cícero soube o que aconteceu, ele disse:

— O meu sonho foi verdade.

Ele escreveu a Ático: "Pompeu foi ilustre em sua terra e admirável no estrangeiro, um grande e eminente homem, a glória e a luz do povo romano. Mas nunca duvidei, conhecendo César, que Pompeu terminasse como terminou. Não posso deixar de lamentar sua morte, pois sabia que ele era um homem de virtude, sobriedade e integridade ."*

Contaram a Cícero que quando Júlio César contemplou o campo de batalha, em Farsália, chorou e disse: "Pompeu quis isso. Até mesmo eu, César, depois de tantos feitos prodigiosos, teria sido condenado se não tivesse apelado às armas."

Ao ouvir isso, Cícero comentou:

— Ele sempre apelava à virtude, depois de ter espalhado a destruição. Agora estamos completamente perdidos.

Capítulo LXIV

A maldição do conciliador é que ele é obrigado a ver os dois lados de uma controvérsia e, desse modo, não pode ter paz de espírito.

— Ah, se eu pudesse crer sempre que o preto é preto e o branco é puramente branco! — exclamava Cícero, muitas vezes. Seu sonho com Lívia fora apenas a fantasia de um homem febril. Ele, às vezes, brigava com Catão e exclamava: — Não estamos mais vivendo na República de Platão, nem mesmo na República Romana! Estamos vivendo com a ralé de Rômulo!

Ele detestava os aristocratas ricos e faustosos, que preferiam os esportes e diversões à política — a qual deploravam e achavam "fatigante" — e

---

*Esta carta apareceu no panfleto de Cícero atacando Marco Antônio.

escreveu sobre eles: "São bastante tolos a ponto de pensar que mesmo que a Constituição fosse destruída, seus aquários estariam a salvo!"

No que dizia respeito a Cícero, a desastrosa guerra civil estava acabada. Catão insistiu com ele, dizendo que, como Pompeu estava morto, Cícero deveria assumir a luta contra César. Os filhos de Pompeu também o foram procurar, sugerindo a mesma coisa. Ele recusou-se, rindo com um ar incrédulo.

— A guerra acabou! – exclamou. Mas Sexto e Cneu Pompeu voltaram à Espanha, para continuar a guerra contra César. Cícero, em desespero, resolveu voltar a Roma, sem se importar com o que o esperava lá, nem mesmo a morte. Aparentemente, a notícia chegou a Roma. Marco Antônio escreveu-lhe uma carta brutal, declarando que César tinha proibido que qualquer dos partidários de Pompeu voltasse à cidade, sob pena de ser executado. Foi então que o elegante e sorridente genro de Cícero foi procurar César e disse:

— Senhor, sempre gostou de meu sogro e o admirou. Em Roma, precisamos de homens íntegros, que são bem poucos.

César riu-se e disse:

— Se há uma coisa de que não precisamos é de homens íntegros! Eu os temo mais do que as Fúrias. No entanto, como diz você, gosto de Cícero, que sempre escolhe o lado perdedor da virtude. Escreva-lhe que o espero para abraçá-lo como meu querido e velho amigo.

Cícero não recebeu a carta de Dolabela. Já estava na Itália, tendo aportado em Brundúsio. Lá foi recebido por uma carta de Marco Antônio, informando-lhe que, graças ao afeto de César por ele, fora promulgado um edito especial, a seu favor, permitindo que ele regressasse ao lar. Diante disso, Cícero caiu em outro de seus vacilantes estados de espírito, a praga de todos os homens moderados. Os filhos de Pompeu estavam angariando forças contra César na Espanha. Catão, muito estimado pelo povo romano por sua virtude e virilidade, se suicidara, para não ter de "permitir que os meus olhos contemplem a tirania na cidade de meus antepassados". As legiões de Pompeu continuavam a lutar contra os exércitos de César no Egito. Os negócios particulares de Cícero estavam na maior confusão. Ele recebia cartas queixosas de Terência, acusando-o de nunca saber tomar uma decisão. Terência também lhe deu a triste notícia de que Túlia, sempre frágil, estava passando muito mal. Dolabela, o pródigo, gastara o dote dela; ela voltara para a casa da mãe e estava reduzida à pobreza. O jovem Marco, seu orgulho e alegria, estava "demonstrando alguns sinais de dispersão precoce, sem dúvida devido ao abandono por parte do pai". Os investimentos estavam em má situação. "Tive de vender muitos de nossos melhores escravos." Os negócios, tanto públicos como privados, deviam-se exclusivamente a Marco Túlio Cícero. "Você nunca soube escolher o lado certo na vida!", recriminava Terência. "Com certeza sou culpado pela guerra civil!", escreveu ele, em resposta.

César estava então no Egito, a fim de destruir os remanescentes das legiões de Pompeu. O jovem faraó havia unido seu exército a essas legiões e lutava contra César, num esforço para expulsá-lo "do nosso solo sagrado". Corria um boato insistente de que César, já envelhecendo, estaria envolvido num caso amoroso com a irmã de Ptolomeu, a jovem Cleópatra, cuja reputação de extraordinária beleza já chegara a Roma havia tempos. Mas ela não se juntara a César só por amor: desejava destruir o irmão e subir ao trono como rainha do Egito. Cícero pensou na visão que tivera da bela mulher abraçando César.

Ao seu querido editor, a quem estimava como o mais fiel e dedicado dos amigos, ele escreveu desesperado de Brundúsio, onde se refugiara numa modesta hospedaria: "Quem me dera nunca ter nascido! Estou perdido e por culpa minha! Se ao menos tivesse seguido o seu conselho de ser mais prudente! Nenhuma de minhas desgraças se deve ao acaso. Tenho de me culpar por todos os infortúnios que recaíram sobre mim." Nessa carta ele demonstrava sua natureza branda e conciliadora, a consciência terna de um homem moderado e razoável que nunca execrava os outros por suas infelicidades, a afabilidade que o impedia de sentir ódios impulsivos e a confusão de um homem racional quando defrontado pela irracionalidade do mundo.

Ático resolveu aconselhá-lo a voltar para Roma e aceitar a clemência de César. Nesse sentido, escreveu-lhe que o jovem Quinto, sobrinho dele, fora procurar César — numa das visitas relâmpago que este fazia, vindo do estrangeiro — e falsamente acusara o tio de "continuar a conspirar contra vossa majestade e, por sua obstinação, de incitar a continuação da resistência dos romanos contra a sua ditadura vitalícia, aceita honradamente, diante de seus esforços para salvar a nossa pátria e restabelecer a lei e a ordem". Cícero amara muito o sobrinho agressivo, apesar de sua falsidade, pois era um homem apegado à família. A carta de Ático nada fez para restituir-lhe a tranqüilidade. Ele chegou a ouvir boatos de que o próprio irmão, Quinto, agora o estava atacando abertamente em Roma. Ele escreveu a Ático cartas tristes a respeito disso. Entrementes, estava em dificuldades financeiras. Mandou que Terência vendesse várias de suas vilas e lhe enviasse o dinheiro. O dinheiro emprestado a Pompeu estava perdido.

744   *Taylor Caldwell*

No meio de toda essa perplexidade e ansiedade, Quinto escreveu-lhe uma carta amarga, dizendo que ouvira dizer, em Roma, que Cícero o culpava por suas dificuldades, "aí no seu refúgio seguro de Brundúsio, onde você não é molestado devido à clemência de César". Cícero desconfiou de que ali havia mentiras malvadas do jovem Quinto, seu sobrinho. Dominado pela tristeza e amargura, ele adoeceu de novo. Foi então que Túlia, sua filha muito querida, foi consolá-lo em seus alojamentos. Mas, para sua tristeza imensa, ele viu a fragilidade dela e suas feições mirradas. Só os olhos grandes e mutáveis que Túlia herdara dele revelavam alguma vitalidade. Ela resolvera divorciar-se de Dolabela. Estava sem dinheiro algum. Cícero escreveu a Ático, pedindo que ele vendesse muitos de seus tesouros para poder sustentar a filha. O generoso Ático mandou para Cícero uma vultuosa importância em dinheiro, dizendo que eram direitos autorais devidos. "Os seus livros estão sendo muito vendidos e muito aclamados", escreveu ele.

Obstinadamente, Cícero não queria partir de Brundúsio, embora o clima fosse nocivo à sua saúde e à de Túlia. Ele ansiava por Roma: estremecia ao pensar a que sua cidade teria sido reduzida sob a ditadura de César. Embora César estivesse novamente em campanha no Egito, ele deixara seu "mestre de cavalaria", Marco Antônio, no comando em Roma; conhecendo a impulsividade e o gênio de Antônio, Cícero temia pelo pior, pois Antônio nunca fora famoso por sua moderação, seu juízo e nem mesmo sua inteligência. Era um bravo soldado; também era militarista. Os amigos de Cícero em Roma lhe garantiam que Marco Antônio não se desviava de um único edito ou lei que César tivesse determinado e que ele, Cícero, devia voltar tranqüilamente e retomar sua vida normal. Mas mostravam-se taciturnos quanto à ditadura férrea.

Cícero continuava a vacilar. Estava abalado, de corpo e espírito. Então, Túlia adoeceu gravemente, não resistindo ao clima. Acontecesse o que acontecesse, tinha de salvar a sua filha doce e encantadora. No fim do ano, ele partiu com ela para uma de suas vilas toscanas, lugar modesto onde, como escreveu a Ático, o ar era saudável e ele poderia esquecer o mundo e permitir que o mundo o esquecesse.

Na Toscana, ele conheceu a última época de paz que teria na vida. O ar luminoso e dourado do campo restituiu-lhe a saúde e ele se convenceu de que também foi benéfico para Túlia. Foi na Toscana que ele resolveu divorciar-se de Terência, cujas cartas de recriminação e reclamações e o desprezo declarado por ele, chamando-o de fracassado, agora achava intoleráveis. Ele nunca a amara, e por isso — mais um sintoma da constante autoreprovação de um homem com consciência — ele se culpava. Fracassara com todos, escreveu ele a Ático. Sua vida fora um engano prolongado. Em algum ponto e alguma ocasião, ele cometera um erro fatal. Escreveu ele, com amargura: "Quando um povo está resolvido a se tornar escravo e é degradado, é loucura tentar reanimar nele o espírito de orgulho, honra, liberdade e respeito à lei. Eles abraçam seus grilhões com entusiasmo, para poderem ser alimentados sem qualquer esforço de sua parte. Portanto, fui um idiota."

Enquanto isso, Júlio César destruía gloriosamente todos os inimigos na África e na Espanha. Derrotara os exércitos de Ptolomeu em Alexandria; elevara a bela Cleópatra, sua amante, ao trono do Egito, e ela tivera um filho dele. Sua energia parecia ilimitada: estava por toda e qualquer parte. Já tinha mais de 55 anos e, no entanto, parecia um Hermes com pés alados. "A energia do mal não vem da carne humana", escreveu Cícero a Ático, "e sim do próprio ente maligno, de quem Noë ben Joel me falou muitas vezes." Quanto a ele, dizia: "Não acordo mais de manhã cedo com qualquer alegria ou esperança. Estou cansado quando me deito; sinto-me ainda mais cansado quando me levanto." Apesar disso, ele escreveu uma série de livros excelentes e vigorosos, inclusive sua série sobre a oratória, *De Partione Oratoria* (Sobre Oradores Famosos), *Academici e De Finibus Bonorum et Malorum.* Só no trabalho é que ele sentia algum alívio; e ao sol com a filha querida. Ático, conhecendo bem como eram os autores, não lhe disse que muitas vezes o infortúnio era sua provocação e o desespero sua inspiração.

Túlia adoeceu mais gravemente. Não havia médicos bons na Toscana, concluiu Cícero. Acontecesse o que lhe acontecesse, o horror que ele visse, tinha de levá-la para Roma. Ele avisou à esposa que saísse de sua casa no Palatino. Ia divorciar-se dela logo que chegasse. Devolveria o dote de Terência, mesmo que ficasse na miséria. Quanto ao jovem Marco, "privado do pai por tanto tempo, e tão mimado por você, terá de partir para Atenas para estudar, onde, no clima da filosofia imortal, ao ar da moderação, e na contemplação de homens grandiosos e santos, se esquecerá de suas dissipações e ociosidade, tornando-se um homem".

Ele e Túlia voltaram para a casa vazia no Palatino. Imediatamente, Marco foi acometido de uma fadiga terrível e total. Quando os médicos lhe informaram que a saúde de Túlia nunca mais poderia lhe ser restituída e sua morte poderia apenas ser retardada, ele não se deu conta de nada senão de uma sensação de aturdimento e rendição. Ele passava os dias como que num pesadelo. Divorciou-se de Terência; só o nome dela já o fazia passar mal. O jovem Marco estava em Atenas, onde o pai esperava que se estivesse

746   *Taylor Caldwell*

beneficiando dos espectros imortais que restavam junto às colunas. Ele estava reconciliado com o irmão, mas alguma coisa desaparecera da afeição de ambos, embora chorassem juntos.

— Existe uma coisa que é viver tempo demais — disse ele a Quinto. — Somos crianças até os quatorze anos, jovens até os vinte e um anos. Então, o período de nossa juventude só abrange sete anos! Sete anos, note bem, de possíveis sessenta e cinco. Em criança, não temos propriamente consciência das coisas. Como adultos, depois dos vinte e um, enfrentamos os cuidados, as ambigüidades, as responsabilidades e as confusões da vida. E, sobretudo, os desesperos. Durante apenas sete anos estamos realmente vivos, como os deuses, brilhando de esplendor, acreditando em todas as virtudes, sequiosos de vida, coroados de sonhos, desejando transformar o mundo, esperançosos, grandiosos, heróicos, belos. Portanto, como Atenéia, deveríamos surgir plenamente formados das testas de nossos pais quando tivéssemos quatorze anos e não viver mais do que sete anos depois disso. Tudo o mais é desgraça.

— Então não teríamos nem passado nem futuro — disse Quinto. O filho dele estava com o efervescente César, cuja energia nunca diminuía.

— Bom! — exclamou Cícero. — Na verdade, o homem não tem passado nem futuro, pois não aprende nada com o primeiro e obscurece o segundo.

Ele estava então com 61 anos. O corpo era quase esquelético. Moviase como um velho. Não sabia que seus estranhos olhos ainda brilhavam e faiscavam com paixão e que seu espírito transparecia neles, indômito e bravo, embora triste. Os cabelos estavam brancos como a primeira neve que cai; o rosto muito enrugado. Mas seus lábios espirituosos ainda sabiam ser cativantes, ao sorrirem, e sua voz ainda parecia uma música poderosa. Ele se dizia que não sentia mais nada, nem mesmo ansiedade. Mas seus dias não tinham paz e ele prestava muita atenção aos boatos.

No outono, ele foi à ilha com Túlia. Lá, na luminosidade azulada dos dias e na luz de outono clarificada, ele viu que, a despeito de suas esperanças e orações, a filha estava morrendo, sua doçura, sua vida, seu consolo, sua mais querida companheira. Ela nunca se queixava. Seu sorriso era sempre terno, os comentários sempre divertidos, seus cuidados com o pai cheios de amor. Ele lembrou-se de que Túlia nunca fizera um comentário maldoso, não, nunca na vida, nunca fora impertinente, desagradável, mesquinha ou insignificante. Em Túlia, tudo era graça e serenidade, mesmo no meio do infortúnio. Uma criatura tão encantadora devia ser cobiçada por Deus para enaltecer a Ilha dos Abençoados. Mas Cícero, que acreditava estar aturdido pela vida, de repente viu-se rebelde e amargurado. Ele, Cícero, não tinha nada senão a filha, Túlia. Ele passava horas olhando para ela, fiando ali com Eunice, então já uma velha de cabelos brancos, encarregada das escravas. Ele ficava escutando seu riso delicado, sua voz mansa. Ela brincava com os cordeirinhos e afagava os cavalos. Ficava sonhando durante horas junto do rio. Seu sorriso fazia o rosto brilhar como uma luz, pois sua carne era transparente como o alabastro. Não me deixe, rezava ele, ao abraçá-la. Já vivi demais e você é tudo o que possuo. Ele alisava a torrente de cabelos castanho-claros, tocava na face pálida e seu coração se despedaçava de novo.

Um dia, ofegante e pálida, ela entrou correndo na biblioteca.

— Perdoe-me! — exclamou ela, pois sabia que ele não gostava de ser perturbado ali. — Mas é que vi um fantasma. Ou, se não um fantasma, então a mais misteriosa das mulheres!

Cícero levantou-se e, depressa, forçou-a a pegar um cálice de vinho e enxugou-lhe a testa suada com o lenço.

— Calma — implorou ele. — Você só viu uma escrava de Arpino, passeando.

Mas ela balançou a cabeça com veemência.

— Não, nada disso! Não era nenhuma escrava! Estava vestida de branco e azul e era mais jovem do que eu, bem mais jovem. Tinha os cabelos como folhas de outono e igualmente brilhantes, e eles caíam pelas costas dela num tumulto de fogo. Ela veio transpondo a ponte e parou perto de mim para me olhar, bem séria.

O coração de Cícero começou a bater furiosamente. Ele sentou-se junto da filha e pegou-lhe a mão trêmula. Não conseguiu falar.

— E os olhos dela — disse Túlia, arfando — eram tão azuis, que a cor enchia as órbitas e radiantes como uma aurora de primavera. Os lábios eram de um vermelho forte e o rosto como mármore. Ela vibrava na luz como uma deusa.

— Ela falou com você? — perguntou Cícero, em voz rouca.

— Não. Olhou para a casa da fazenda como se soubesse que o senhor estava lá, meu pai. E sorriu para si, como quem tem um segredo importante e afetivo. Depois começou a cantar docemente, esquecendo-se de mim. Era o canto mais estranho, como uma harpa ao vento, murmurante e longínquo, e sem palavras, mas enquanto ela cantava eu parecia ver lugares distantes cheios de sombras luminosas e distinguia formas como divindades. Depois, ela estendeu a mão para esta casa e sorriu, acenando. Fiquei assustada. Ela deve ter percebido, pois tornou a correr pela ponte, perdendo-se no meio das árvores.

Lívia, pensou Cícero, e seu espírito pareceu abrir asas e batê-las à luz. Ele se encheu de alegria e encantamento e era novamente jovem e imortal.

— Você estava sonhando — disse ele à filha. Mas ela viu seu sorriso extasiado e ficou com medo. Túlia sacudiu a cabeça e seus cabelos esvoaçaram-se.

— Não — disse ela. — Não estava sonhando. Era uma ninfa ou dríade. Será um sinal de mau agouro?

— Não — disse ele. Não podia dizer à filha: "Ela é o centro de minha vida, meu prazer, minha querida, e minha alma anseia por ela." Disse, então: — Não havia mais nada dela de que você se lembre?

Ela franziu a testa e depois tremeu um pouco.

— Havia uma mancha no peito dela, como sangue. Ela a usava como se fosse uma flor chamejante.

Lívia queria que eu soubesse, sem sombra de dúvida, pensou Cícero. Ele afagou a mão da filha e beijou-lhe o rosto.

— Você não sabe o nome dela, nem de onde veio, e deve ter sido um sonho — disse ele, consolando-a. Ele era romano e cético; quase se esquecera de Deus e seus dias tinham sido cheios de uma névoa fria. Não obstante, por algum tempo ele pensou em Lívia, e quando pensava nela ficava cheio de uma impaciência alegre e de desejo. Naquela época de sua vida preferia os sonhos à realidade.

Quando o tempo ficou frio, Cícero partiu para Roma com a filha, numa carruagem coberta. Túlia começava a enfraquecer rapidamente. Estava deitada no carro, cheia de cobertas, respirando com dificuldade, a mão flácida enroscada na do pai. Não havia nada que a aquecesse. Cícero rezou e, depois de suas orações desesperadas, maldisse os deuses, que desejavam a sua filha.

— Não me tiraram a honra e a reputação, a fortuna e a saúde? — dizia-lhes, em agonia. — Não destruíram a minha cidade e degradaram o meu povo? Não elevaram um tirano com seus lictores e bandeiras para afligir a minha pátria? Não me afligiram de todos os meios possíveis e não reduziram todos os meus sonhos a pó? Não podem poupar minha filha, minha Túlia? Odeiam tanto o homem que têm de enchê-lo de calamidades?

Ao chegar a Roma, Túlia foi para a cama e nunca mais se levantou. O pai passava horas com ela. Como sempre, ela não reclamava. Tinha pouco fôlego para falar, mas sorria para o pai e punha a mão sobre a dele. Seus olhos foram ficando cada vez maiores, enquanto sua carne se reduzia. Ele ia visitá-la à meia-noite, para certificar-se de que a filha ainda estava viva, e os olhos de Túlia o abençoavam e ela parecia estar querendo consolá-lo. Os escravos diziam que ela dormia constantemente, mas bastava que o pai se aproximasse do quarto que ela logo abria os olhos.

Cícero achava que, agora, os invernos de sua vida eram sempre frios. A neve começou a cair cedo, durante a Saturnália. O ar estava especialmente desolador e úmido e os ventos, ferozes. Os braseiros ficavam constantemente acesos no quarto de Túlia. Ela nunca se aquecia; sua carne tremia. Colocavam-se cobertas aos montes sobre ela e tijolos aquecidos aos seus pés. Os médicos balançavam a cabeça, suspirando. Túlia agora perdera toda a capacidade de falar. Todo o seu ser se concentrava em seu próximo alento trêmulo. Mas a coragem se irradiava de seus olhos, além da preocupação com o pai. No entanto, quando a mãe divorciada a visitava, ela parecia cair num sono profundo e nem notar a presença de Terência.

Passou-se o mês de Jano. As neves se tornaram mais pesadas e espessas. Cícero perdera toda a noção do tempo e do destino da pátria, em suas dolorosas vigílias ao lado do leito da filha. As visitas chegavam e saíam; ele não se lembrava delas. Os livros foram juntando poeira, assim como a pena. As cartas ficavam sem resposta. O tempo estava suspenso.

Uma noite, sentado à cabeceira de Túlia, ele caiu num sono exausto, na cadeira. Os lampiões tremeluziam, baixos. Duas escravas estavam dormindo em esteiras ao pé da cama. De repente, Cícero ouviu Túlia gritar: "Meu pai!" Ele acordou com um sobressalto; os lampiões se acenderam num grande lampejo. Túlia estava sentada ao lado dele, rindo; seu rosto brilhava de alegria e ela estava fresca de vida. Sem acreditar, ele estendeu a mão ávida para ela, mas Túlia fugiu dele, mexendo a cabeça e rindo. Suas roupas pareciam esvoaçar numa brisa suave, os cabelos voavam e brilhavam e os lábios estavam rubros como rosas. Ela levou as duas mãos à boca, beijou-as e soprou os beijos para Cícero. Depois, sem barulho, mas olhando para trás e sorrindo para o pai, ela correu para a porta, abriu-a e fechou-a atrás de si. Ele a ouviu dizendo: "Estou indo!" Sua voz parecia um canto.

Uma escuridão caiu sobre seus olhos. Ele sentiu que lhe sacudiam o ombro e viu os rostos das escravas, chorando. Com um sobressalto violento, olhou para a cama: Túlia estava ali, parada e pálida, um pequeno volume debaixo das cobertas. Ele cambaleou para junto dela e olhou para o rosto morto, que estava calmo e em paz. Seus cabelos iluminavam os travesseiros e suas mãos tinham caído. Na morte, ela era novamente criança. Ele caiu de joelhos e encostou o rosto no dela.

Dias se passaram sem que ele tomasse conhecimento. Por fim, escreveu a Ático: "Tive uma experiência estranha." Tinha certeza de que suas

750   *Taylor Caldwell*

últimas forças o haviam abandonado com o espírito da filha, mas ainda conseguiu escrever o seu grande livro, *Consolatio* (Consolação).

Capítulo LXV

Agora a vida acabou-se completamente para mim, disse Cícero para si. Sem ânimo, ele ouviu dizer que Júlio César voltara a Roma, tendo triunfado sobre seus últimos inimigos; derrotara-os em Munda, na Espanha. Não restava ninguém para desafiá-lo. Suas vistas se voltavam para o império, ele como *Imperator*. Um dia, no fim do verão, ele foi visitar Cícero em companhia do belo Marco Antônio, vigoroso e arrogante, e de Marco Bruto, seu filho não reconhecido. César não era mais jovem, mas a virilidade e o poder se irradiavam em torno dele, e seu rosto moreno era o de uma águia imensa. Vestia-se com esplendor, nas suas cores favoritas, roxo e ouro. Estava calvo, mas isso nada o diminuía. Onde quer que ele se movesse, o ar parecia crepitar. Ele abraçou Cícero e olhou no rosto dele, com um interesse afetuoso.

— Meu querido amigo! — exclamou ele. — Há muito tempo que os meus olhos não se deleitam com você! Vim apresentar meus pêsames, pois sua tristeza deve ser grande.

— Tudo é nada — disse Cícero. Ele não conseguiu controlar-se. Ficou nos braços consoladores de César e rompeu em prantos, as primeiras lágrimas que derramava desde que a filha morrera. — Mas você ainda não conhece isso — balbuciou.

— Espero nunca saber o que é isso — disse César.

Cícero desejou que César não tivesse ido acompanhado por Antônio e Bruto, rapazes de rostos bonitos e curiosos e olhos alertas e ávidos. Era uma fraqueza sua, mas ele queria ficar a sós com Júlio, que sua razão desprezava, mas a quem amava. Ansiava por olhar nos olhos de César e tornar a ver ali a criança que ele protegera, mesmo sabendo que era tolice. Queria algum laço com o passado e algumas recordações. Só conseguiu dizer, com um sorriso pálido:

— O que você acha agora, Júlio, de ter realizado a grande ambição de toda a sua vida... senhor de Roma?

— Como sempre foi esse o meu sonho — disse Júlio —, sempre fui o que sou.

— Sim, eu me lembro — disse Cícero, suspirando.

Júlio olhou depressa em torno da casa solitária. Pensou no casamento apressado, terminado recentemente depois de um período tão curto, em que

Cícero se envolvera com uma jovem rica, sua pupila, Publilia. Só mesmo uma solidão tremenda e um vago apelo à vida que foge poderia ter levado Cícero a um casamento tão desordenado e confuso. A moça, muito mais jovem do que Túlia, era animada e alegre e tinha a juventude da primavera. Tudo terminara em desastre. Era evidente a Júlio que o casamento não causara qualquer impressão em Cícero, e que fora apenas um episódio, um gesto de sonho de parte de um homem abandonado.

Os jardins em volta da casa estavam turbulentos de cores naquele princípio de outono e o sol brilhava ardente em todas as coisas. Mas a casa estava fria e escura e Cícero parecia uma sombra perto de Júlio, tão vivo. Em algum lugar um pássaro cantou num tom melancólico. As salas estavam vazias de vida. Júlio estremeceu. Mas tornou a abraçar Cícero e disse, num tom de voz alto e afetuoso:

— Você passou tempo demais sozinho! Já está na hora de viver de novo!

— Não para mim — disse Cícero. — Não desejo mais ver outro dia. Ele olhou para os olhos de Júlio.

— Você tem tudo o que deseja, tudo o que sempre quis?

Júlio desviou o olhar. Bateu no ombro de Cícero, com exuberância, e disse:

— Tudo, não. Não completamente.

Mais tarde, Cícero disse consigo que fora só sua imaginação que o levara a pensar que o rosto de Bruto se anuviara e que os olhos tinham faiscado. Marco Antônio estava sorrindo o seu sorriso vasto e luminoso e ele parecia o próprio Marte, ingênuo mas valente. Dizia-se, e ele mesmo o repetia, que ele só vivia à sombra de Júlio César, a quem era mais dedicado do que um filho. Bem, esses eram agora os senhores e o destino de Roma. A república não existia mais.

Não conseguindo suportar Roma, embora o outono estivesse em declínio e o inverno mostrasse seus vívidos contornos, Cícero foi para a sua querida ilha, que era assombrada por todos os que ele amara. Lá, embora tivesse jurado que nunca mais haveria de trabalhar, ele escreveu seus maiores livros, *Tusculanae Disputationes, De Deorum Natura, De Divinationes, De Senectude, De Amititiae* e *De Officiis.* Ele coligira as anotações durante toda sua longa vida, "durante a qual", escreveu a Ático, "nada de importante jamais aconteceu". Lá, naquela ilha, ele morreria e suas cinzas seriam colocadas junto com as de seus antepassados e ele, por fim, teria a paz que buscara através dos anos. Ele caminhava pelas neves brancas e ofuscantes na ilha e olhava para o rio negro que corria por suas margens, às vezes conse-

752   *Taylor Caldwell*

guindo convencer-se de que os anos não tinham passado e que ele nunca saíra de casa. "Sou um velho. Sou um bebê. Essa é a história de toda a humanidade."

A neve brilhante cobria os túmulos dos antepassados, de sua mãe, de sua filha, cintilando ao sol do inverno. Lá, entre eles, Cícero um dia se deitaria, deixando que as eras passassem sobre sua cabeça enquanto ele dormisse, sem conhecê-las. O tempo todo em que não existirei, pensou ele, numa espécie de alegria. Ele agasalhou-se bem no casaco de peles e fixou o local em que dormiria, ali entre a mãe e Túlia. Então, enquanto olhava para o local, meditando, só viu um vazio, um escuro flutuando. Ele piscou os olhos; só se tinham ofuscado pelo brilho da luz sobre a neve. Apesar disso, ele tremeu e continuou. Um corvo, negro e reluzente no meio de toda aquela brancura serena, levantou-se diante dele com um grito rouco. Ele fez um sinal contra o mau-olhado e apelou ao seu cinismo romano para se tranqüilizar.

Chegou uma falsa primavera, quente e suave, e ele ficou tentado a não voltar para Roma, a ficar na ilha. Os rios gritavam ao correr e a neve caía de ramos secos, espadanando um pouco. Apareceram manchas de verde; os brotos cresciam nas árvores. As águas passaram de negras a azul-turquesa e os telhados vermelhos e molhados de Arpino luziam como fogos contra um céu recém-nascido. A velha Eunice chegou com as escravas para tecer na varanda aberta e o velho Atos, coxeando, de bengala, saiu para ver os cordeirinhos. Mas uma estranha inquietação se apoderou de Cícero. Ele agora tinha poucos processos, mas alguns seriam julgados durante os Idos de Março. Podiam esperar. No entanto, ele preparou-se para voltar a Roma. No último dia, depois que Eunice lhe serviu sua refeição campestre de pão preto, queijo de cabra, carne cozida, cebolas, nabos e o vinho da ilha, ela disse:

— Senhor, não nos deixe. Tive um sonho perturbador.

Quando ele pediu que ela explicasse, Eunice disse, vacilando:

— Vi um assassinato num edifício branco, mas não vejo o rosto. Receio que possa ser o seu.

— Tolices, Eunice — respondeu ele. — Não tenho mais importância em Roma. E tenho os meus deveres e, se não tratar dos investimentos, ficarei sem nada.

Devido ao frio, ele viajou num carro coberto, com um rapaz forte para conduzir os dois cavalos. Quando passaram pelo arco da ponte, Cícero disse:

— Pare um instante. — Ele afastou as cortinas de lã e olhou para trás, para a ilha. Uma saudade terrível e indizível o acometeu. Ficou escutando as vozes dos rios e o vento frio e forte. Viu a casa branca da fazenda a dis-

Um Pilar de Ferro

tância e todas as casinhas menores. Viu as copas das árvores esqueléticas, os galhos entrelaçados, e as manchas de neve brilhando entre tufos de grama verdejante. Ouviu os lamentos das ovelhas e do gado e o ladrar de um cão. Sorriu. Era tão infinitamente pacato. Ele saturou os olhos com aquela cena, tornou a deixar cair as cortinas e seguiu viagem. Não sabia que nunca mais veria aquele lugar querido e nunca mais ouviria o colóquio dos rios.

Não havia ninguém na casa do Palatino, salvo os escravos e o velho administrador, Aulo, que havia muito recebera sua liberdade, pois Cícero, admirando as leis dos judeus, libertava todos os escravos depois de estarem sete anos a seu serviço. Durante esse tempo, ele mandava instruí-los, de modo a poderem ganhar a vida. Os mais inteligentes ele educara e preparara para serem escribas e funcionários públicos; e sempre lhes dera presentes generosos ao deixarem o seu serviço. Mas muitos preferiam ficar com ele.

Aulo recebeu-o com carinho. Cícero, depois de abraçá-lo, disse que queria ficar só. Uma chuva forte de primavera estava caindo lá fora; todos os aposentos naquela casa fria murmuravam com a chuva cinzenta, e estava tudo às escuras. Os passos dele batiam sobre o mármore, enquanto ia de sala em sala, escutando o farfalhar da água caindo e a comunicação triste do vento. Um dia, aquela casa ressoara com as vozes da juventude e de crianças; um dia, houvera passos rápidos e apressados; antes, as batidas à porta eram fortes e freqüentes, e o canto e o riso dos escravos eram ouvidos por toda parte. Agora não havia nada a não ser aquela casa silenciosa e escura, a chuva, o vento e um homem envelhecido, cuja sombra fina vacilava sobre as paredes de mármore reluzente como um espectro. Ele estava ao mesmo tempo inquieto e exausto.

A chuva continuou por vários dias, enquanto Cícero levava uma vida sossegada, sem sair de casa, burilando o seu último livro para Ático. Então, certa noite, um visitante foi anunciado e, para surpresa de Cícero, Marco Bruto entrou em sua biblioteca. Ele só conhecia o rapaz superficialmente; não podia entender por que estava ali. Mandou vir vinho e petiscos e Bruto sentou-se calado, moreno e sombrio, seu rosto fino de águia como se tivesse sido moldado em ferro. Cícero esperou com paciência para saber o motivo daquela visita extraordinária. Então Bruto, com a voz dura e intensa de um rapaz que está seriamente perturbado, começou a falar.

— Senhor — disse Bruto —, soube que escreveu ao seu editor, dizendo ter esperanças de que César restaurasse a república e devolvesse ao poder os elementos respeitáveis e conservadores de Roma, e que felicitou César por ter destruído os documentos sobre aqueles que agiram contra ele, "desse modo revelando sua clemência e desejo pela paz em nossa pátria".

— É verdade — disse Cícero, um tanto constrangido. — O que mais pode um homem de minha idade ter, senão a esperança, mesmo que seja eternamente traída?

Os olhos escuros de Bruto, tão parecidos com os de César, faiscaram sobre ele com uma raiva silenciosa.

— Então, foi apenas esperança? Não acreditava nisso?

Cícero ficou calado. Bruto bebeu um pouco de vinho. A chuva e o vento persistiam; havia um leve ruído de trovão, um lampejo de relâmpagos; os lampiões tremeram numa corrente de ar. A casa fria estava escura e silenciosa.

— O senhor — disse Bruto — também escreveu a César, pois vi essa carta, dizendo: "Para isso, para restaurar a república, você deve convocar todos os seus poderes e colher os frutos mais abençoados na paz e na tranqüilidade."

— É verdade — disse Cícero.

— Sabe o que fez César quando recebeu a sua carta? Ele riu. Depois, fez uma careta, fingindo-se de sério, e disse: "O nosso Cícero está ficando velho, pois volta aos sonhos da juventude."

— Diga-me — disse Cícero, corando — o que significa tudo isso para você, Marco Bruto?

— Também eu desejo que a república seja restaurada e que a força e a virtude a sustentem como nos dias de nossos antepassados. César tem zombado em particular, dizendo que a república é uma farsa e que Sila foi estúpido ao largar sua ditadura. César foi nomeado ditador vitalício. Mas isso não basta para ele. Sabe qual a sua última loucura? Rindo só um pouco, mencionou o costume oriental de se declarar que os "grandes homens" são divindades, governando depois como tais. Ainda rindo um pouco, disse que ia pedir ao Senado para declarar que ele é divino!

— Impossível! — exclamou Cícero. — Júlio sempre foi brincalhão! Eu o conheço desde a infância.

Mas a fisionomia fechada de Bruto tornou-se ainda mais raivosa.

— Não se ria, eu lhe peço, Cícero. Quando César brinca, é bom estar de ouvido atento. As brincadeiras dele têm um propósito... sugestões, ou examinar as fisionomias de quem o ouve para saber o que pensam. Ele detesta os patriotas; despreza o Senado, as assembléias e os tribunos; odeia os conservadores. Eles estão no caminho de seu poder supremo sobre Roma. Ele deseja a coroa; quer ser coroado imperador.

Cícero apoiou a face cansada sobre a mão.

Um Pilar de Ferro

— Ele restaurou a ordem; não temos mais revoltas e manifestações nas ruas; as massas não brigam mais.

— Ele permitiu que Clódio incitasse isso tudo a fim de criar a confusão, a insurreição e a guerra, para tomar o poder. Ouvi dizer que você mesmo o acusou disso tudo. Do contrário, por que se uniria a Pompeu?

Cícero deixou cair a mão e olhou para o jovem Bruto, exausto.

— Diga-me, Bruto, por que me veio procurar, você que é amigo e partidário de César?

Bruto hesitou.

— Acreditei nele, pensando que fosse restaurar a república. Preferi César a Pompeu, que era plebeu, apesar de ser um grande militar. César nos traiu a todos. Inclusive você, Marco Túlio Cícero.

— Não culpe César — disse o mais velho, com amargura. — Culpe o povo de Roma, que o aclamou e o adorou com tanto entusiasmo, alegrando-se com a perda da liberdade; dançou no caminho dele e lhe deu procissões triunfais, rindo-se encantados com a libertinagem de César, achando muito elevado da parte dele ter-se apossado de grandes quantidades de ouro ilicitamente. Culpe o povo que o aclama quando ele fala no Fórum sobre "a nova sociedade, boa e maravilhosa" que agora será a de Roma, que eles interpretam como mais dinheiro, mais facilidades, mais segurança, mais boa vida à custa dos que trabalham. Júlio sempre foi um vilão ambicioso, mas ele é apenas um homem. — Cícero esfregou os olhos cansados com as mãos. — Por que veio me procurar, Bruto?

— Denuncie-o no Senado! Muitos de nós estaremos lá para ouvi-lo! Denuncie-o ao povo.

Cícero não podia acreditar.

— Está louco? Eu seria morto na mesma hora pelas massas!

— Então a sua vida, a sua vida que está acabando, é mais preciosa do que Roma?

Cícero gemeu.

— Não, nunca foi assim. Se eu pensasse que sacrificar minha vida, denunciar César publicamente, adiantaria, faria isso imediatamente. Mas não adiantaria nada.

Bruto olhou-o com desprezo.

— É a sua idade que fala, não o seu espírito. Sabe o que mais César disse? Que deseja que o sobrinho dele, Otávio, "siga os meus passos e se sente em meu lugar para servir à pátria". O que significa isso? Que César está resolvido a ter a coroa e, como um paxá, um imperador, deixá-la para o jovem Otávio.

— Ele estava pilheriando — disse Cícero, sabendo que não era verdade. Sentiu uma exaustão profunda. Acrescentou: — Você falou de minha idade. Trabalhei a vida toda pela pátria; uma vez eu a salvei da destruição. Escrevi muitos livros a favor da república. Servi como cônsul, senador e governador de províncias. Fiz centenas de discursos para ajudar a nação. Minhas orações sem fim atingiram o Olimpo. De que adiantou tudo isso, Bruto? De nada. Se eu tivesse permanecido um proprietário rural em minha ilha, teria sido a mesma coisa.

Bruto levantou-se com a rapidez violenta da mocidade.

— Então, só lhe peço uma coisa: que não interfira.

— Com o quê?

— Com o que homens mais jovens e mais resolutos do que você juraram realizar.

Cícero deu um sorriso triste.

— Com prazer, Bruto. Entrego em suas mãos a minha tocha que se apaga. Sopre-a bem, alimente-a. Que você tenha mais êxito do que eu.

Foi apenas a luz bruxuleante do lampião, naquela fria e úmida noite de março, que tornou tão terrível o súbito sorriso de Bruto.

— Nós — disse ele, fazendo um arremedo de mesura para Cícero — aceitamos a tocha. Havemos de incendiar Roma com ela!

— Um momento — disse Cícero, depressa. — Quando eu estava em Arpino, ouvi dizer que a coroa tinha sido realmente oferecida a César, por três vezes, no próprio Senado, e três vezes ele a rejeitou! Foi chamado de "Rei de Roma" e rejeitou o título.

— Isso se passou há meses. Ele viu, nas caras dos senadores e pelo murmúrio do povo do lado de fora, que era prematuro. Ele agora está mais confiante. Tem falado com o povo, denegrindo o Senado, dizendo que é composto de velhos que querem opor-se ao progresso e conservar os "antigos costumes opressivos". Ele recebeu tanto apoio de parte do povo que nomeou quem quis para substituir os senadores mortos, canalhas vulgares que fazem o que ele manda. Ele elevou o número de juízes supremos para dezesseis; aumentou o número dos funcionários das finanças nacionais. Agora sutilmente ameaça as classes governantes com o que sempre professou detestar: uma ditadura militar. Ou fazem o que ele quer, ou se submetem ao governo militar. E César tem os soldados na palma da mão.

Cícero ficou calado. Sabia muito bem de tudo isso. Bruto cumprimentou-o e saiu sem dizer mais nenhuma palavra. Uma sensação terrível de fraqueza e prostração suprema apossou-se de Cícero e ele resolveu ir para a cama sem cear.

Foi na manhã seguinte que Calpúrnia, com o rosto lívido e marcado por lágrimas angustiadas, disse a Júlio César:

— Não vá à reunião do Senado hoje! Tive um sonho terrível esta noite. Eu o vi assassinado, Júlio. Se você me ama, fique em casa hoje. Há dias que você não vem passando bem. Júlio, não saia de casa hoje! — Ela lançou-se aos pés de Júlio e gemeu, agarrando-se às pernas dele.

Ele sorriu para ela com indulgência, levantou-a e abraçou-a.

— Querida, qual a diferença entre hoje e qualquer outro dia? Tenho assuntos importantes a apresentar ao Senado, àqueles velhos enfadonhos e burros! Eles não ousarão recusar. O povo de Roma está comigo.

Ele afagou o rosto da mulher, beijou-lhe os lábios trêmulos e enxugou suas lágrimas. Ele realmente não estava bem; havia uma sombra cinza sob sua pele morena e os olhos estavam encovados. Ultimamente havia tido vários ataques de seu "mal caduco". Mas não teve pressentimento algum quando se despediu da esposa e foi levado ao Senado, reunido num salão perto do Teatro de Pompeu, no Campo de Marte. E o sol brilhava, o luminoso sol de março; e o ar, depois de toda a chuva, estava quente e sorridente, as ruas estavam cheias. O povo, reconhecendo a liteira de César, se apinhava em volta, rindo para ele com alegria. Sua legião especial marchava em torno, orgulhosa, com as flâmulas, lictores e fasces.

Ele chegara ao ponto culminante de sua vida. Ainda na véspera os amigos lhe haviam assegurado que a coroa lhe seria novamente oferecida no Senado e que, dessa vez, ele devia aceitá-la. Chegara o momento. Ao pôr-do-sol, ele seria imperador, o primeiro imperador de Roma. Cleópatra, sua amada, em sua vila nos subúrbios, estava com seu filho, Cesário. Ele lamentava que a coroa não passasse a Cesário e sim a Otávio, seu sobrinho. Pensou em seu filho não reconhecido, Marco Bruto, casmurro, de natureza reduzida e tensa. Mas Otávio, o louro e altivo, era um herdeiro de valor, um verdadeiro príncipe. Também era um militar de bastante fama, apesar de sua juventude. Júlio sorriu e acenou para o povo e sua legião marchou ao lado da liteira, o sol de março brilhando sobre os capacetes, as ruas molhadas e os telhados ardentes de Roma. Chegara o momento.

Quinto chegou cedo à casa do irmão naquele dia. Cícero recebeu-o com o mesmo carinho profundo de sempre. Ficou tão contente ao ver Quinto que nem reparou que o irmão não sorria, como de costume. Falou sobre o jovem Marco, na Grécia, e seus progressos na filosofia. Perguntou afetuosamente pelo jovem Quinto. Tinha-se forçado a esquecer da falsidade do sobrinho; afinal, os fatos terríveis provocam transtornos terríveis nas mentes

758   *Taylor Caldwell*

dos homens. (Ou, pensava ele, seria o contrário?) Ele passara uma noite anormalmente sossegada; nem precisara tomar a poção para dormir receitada pelos médicos, da qual passara a depender. Seu sono não fora perturbado pelos antigos pesadelos. Ele acordara descansado e readquirira certa dose de seu antigo otimismo.

Então, enquanto Quinto tomava o café da manhã com ele, Cícero notou que o irmão estava incomumente calado e sério. Quinto, o risonho e animado, Quinto, o militar.

— Aconteceu alguma coisa? — perguntou ele. — Brigou com Pompônia de novo?

— Vou divorciar-me dela — disse Quinto. Sua voz estava especialmente áspera. Ele fez um gesto, pondo de lado o assunto Pompônia. — Espero que isso não atrapalhe suas relações com Ático, que é irmão dela. Mas não importa. Você sabe que César vai comparecer ao Senado hoje, pedindo novas reformas?

— É o que ele geralmente faz — disse Cícero, passando manteiga num pãozinho e olhando o peixe fresco, delicadamente grelhado, diante dele numa travessa de prata. Depois olhou para Quinto, que estava de cara fechada. Cícero continuou: — Pensei que você e César agora fossem amigos.

Quinto, que gostava de comer, largou o garfo. Bebeu um bom trago de vinho.

— Amo a minha pátria — disse ele.

— Concordo — retrucou Cícero, um tanto intrigado. — Ninguém duvida disso.

Quinto, sempre prolixo, ficou calado, e Cícero examinou-o, mais intrigado do que nunca. Depois, Quinto levantou os olhos, tão parecidos com os de Cícero, e o azul inundou suas órbitas violentamente. Cícero também largou o garfo.

— O que é, Quinto?

— Venha à reunião do Senado comigo hoje — disse o soldado, numa voz tensa.

— Não tenho nada a sugerir ao Senado neste momento.

— Mesmo assim, vá comigo. — Quinto fez uma pausa. — Você poderá... ouvir alguma coisa... que o alegrará.

— Nada do que César possa dizer me alegrará. — Mas Cícero olhou pela janela e observou o sol brilhante de março. Estava tão quente que a janela fora aberta e as cortinas afastadas. Então, ele sentiu o cheiro da terra verdejante, vital e pungente, cheio da inocente sensualidade da terra, e pensou em seus jardins, lentamente voltando à vida em volta da casa,

Um Pilar de Ferro 759

na nova luz esverdeada sobre os ciprestes escuros e nas árvores frutíferas em flor. Havia vários dias ele não saía de casa. O ar lhe faria bem. Ele ouviu o canto dos pássaros e o burburinho alegre de fontes libertadas. De repente, sentiu-se jovem outra vez e quase esperançoso, embora soubesse que a primavera tinha esse efeito sobre todos os homens, mesmo os velhos. Seria bom ver o Fórum e os templos; seria agradável sentir o cheiro do pão assando nas padarias e da carne fritando nas hospedarias. Nem mesmo a catinga fétida de Roma seria desagradável naquele dia. Roma era sempre exuberante na primavera; o sol proporcionava um brilho especial naquela época do ano, uma atmosfera de renovação. Não me restam muitos anos, pensou Cícero. Agora tenho de aproveitar cada dia bonito. Quando somos jovens, há muitas moedas de ouro no bolso; mas agora as moedas são poucas. Ele disse: — Vou com você ao Senado, Quinto, embora preferisse passear pelas ruas.

Na liteira, com Quinto montado ao lado, ele afastou tudo de sua mente. Deixou as cortinas abertas para poder ver a cidade que amava. Uma cidade tão grandiosa, tão poderosa, tão potente, apinhada em suas sete colinas, os telhados acesos como rubis, muros ocres, amarelos, sépia, verdes e vermelhos, brilhando ao sol! Quando era jovem, tivera um sonho, de que Roma era eterna, de que os homens passavam, mas a cidade permaneceria, através dos séculos. Lembrou-se de sua visão, quando era áugure: curioso, olhou para os montes e pensou sobre qual se ergueria o majestoso domo com o seu estranho símbolo. Tocou no pescoço, a cruz que Anótis lhe dera estava pendurada ali, e também o amuleto que a falecida Aurélia lhe dera de presente havia tanto tempo. Nunca andava sem esses talismãs.

Agora era até bom ser anônimo. Não havia multidões saudando sua liteira; nenhum olhar se detinha sobre seu rosto gasto e marcado e seus olhos cansados; ninguém lhe notava os cabelos brancos. Mas ele estava feliz por ouvir o chilrear das andorinhas e observar seu vôo selvagem no céu azul. As pequeninas papoulas da primavera se espalhavam sobre todos os terrenos baldios. Pareciam sangue, ao sol. A liteira passou sob arcos de triunfo e as multidões se apinhavam a caminho do Fórum. O murmúrio imenso de suas vozes pareceu-lhe mais rápido e iminente.

Os senadores, com suas roupas brancas e vermelhas. Moviam-se com uma agilidade desusada pelas colunas do Teatro de Pompeu. Não se reuniriam na sala do Senado, pois não haveria nada de importante e poucos compareceriam àquela sessão monótona. Então Cícero, ao saltar da liteira, viu Júlio César subindo a escadaria, rodeado por um grupo de amigos.

Viu o perfil severo, de águia, as vestes roxas bordadas a ouro, o sorriso enigmático, os gestos fáceis e eloqüentes. Não se conteve e gritou:

— Júlio! — Júlio virou-se, viu-o por sobre as muitas cabeças e acenou-lhe, afetuosamente. A seguir, entrou. — Júlio — murmurou Cícero. Não sabia por que, mas seu coração sofrera uma mudança súbita e, de repente, ele achou o sol frio e desolado. Ele e o calado Quinto seguiram, caminhando por entre as colunas brancas, junto com os outros, vendo os reflexos de luz sobre o piso de mármore branco.

Ele e Quinto não estavam muito atrás de Júlio. Pararam quando, à frente, houve um curioso rebuliço e confusão e um barulho veemente de vozes.

— O que foi? — indagou Cícero ao irmão. Mas Quinto estava olhando para a frente, a mão de repente sobre o braço de Cícero, segurando-o. Os lábios do militar se abriram; ele tinha um sorriso terrível e os dentes reluziam. Cícero, o coração batendo, afastou a mão do irmão e adiantou-se um pouco.

— Espere! — exclamou Quinto. Cícero ainda deu mais um ou dois passos em direção à confusão de corpos e gritos violentos.

Então, ele viu punhais erguidos e avermelhados, reluzindo à luz do sol. Ouviu imprecações violentas e vitoriosas. Quinto tornou a pegar seu braço, para contê-lo, mas com uma força nova Cícero livrou-se dele e abriu caminho, avançando. Havia um bolo de sal em sua garganta e uma névoa diante de seus olhos. Os membros estavam pesados; parecia que ele estava afastando o mármore para chegar ao ponto em que, pela última vez, vira Júlio entre os amigos. Então, ouviu um tumulto terrível em volta de si, como o trovão, e gritos. Ele foi empurrado; cambaleou. Os homens estavam lutando, agarrando-se, ofegantes, os olhos brilhantes como os de feras selvagens.

Cícero chegou ao lugar que lutara para alcançar. Júlio César estava caído sobre as pedras brancas; cobrira o corpo com seu manto. Estava sangrando de uma dúzia de ferimentos e, agonizante, fitava os que o haviam assassinado. Mas, então, seus olhos já enevoados procuraram o rosto de um só. Ele disse, num fraco alento:

— Você também, Bruto.

Morreu aos pés da estátua de Pompeu.

Bruto bradou:

— Assim morre o tirano! — E seu punhal ensangüentado ergueu-se ao alto, em exultação. Cícero tombou contra uma coluna, sufocado e quase desmaiado. A seus pés estava Júlio, que fechara os olhos. Cícero caiu de joelhos ao lado do morto. Com brandura, afastou o manto que escondia o rosto da vítima parcialmente. Todos os ruídos se afastaram; ele e Júlio ficaram a sós e eram crianças de novo. Ele não viu o sangue, nem a palidez que

UM PILAR DE FERRO   761

se espalhava sobre o rosto feroz de Júlio, nem a cabeça calva e patética ao sol. Viu o pequenino Júlio, não a majestade do César assassinado. Começou a chorar.

— Você não me deu ouvidos, pequeno companheiro de brincadeiras — murmurou ele. — Não, não me quis ouvir.

Alguém agarrou o braço dele e o levantou do chão, carregando-o dali como a uma criança. Era Quinto, ofegante e parecendo um Titã, levando-o às pressas para a liteira. Seus olhos estavam cegos de lágrimas, mas não resistiu a Quinto. Não via nada senão o rosto morto de César e rezou pelo espírito terrível que levara a carne àquele encontro.

Capítulo LXVI

Quinto saberia que aquilo deveria acontecer naquele dia, durante os Idos de Março? Cícero nunca soube; nunca quis saber. Quinto fazia parte da conspiração? Cícero nunca perguntou; temia a resposta. Quinto perguntou-lhe:

— Por que está triste?

Mas Cícero não conseguiu responder. Foi visitar a viúva de César; ouviu seus soluços, viu suas lágrimas e segurou sua mão, calado, chorando com ela. Passeou por velhas ruas onde caminhara com a criança que fora Júlio. Olhou para as estátuas dos Gêmeos, e pensou nas palavras de César. Sim, suas vidas tinham sido emaranhadas, por diversas que fossem. César estava morto. Mas César não estava morto.

Cícero esperara o caos em Roma, depois do assassinato. Mas Marco Antônio, o favorito de César, o rapaz bonito e másculo, o militar ingênuo que andava sempre à sombra de César, tomou conta da cidade com uma força assombrosa. Ele tinha o comando das legiões; convocou o Senado. Os soldados enchiam as ruas, que estavam sempre repletas de multidões apavoradas e confusas, indagando, lutando, disputando, perguntando aos vizinhos o que significava tudo isso e qual seria a sorte de Roma agora. Os soldados eram competentes e autoritários. Mantinham o povo em movimento. Dominavam motins incipientes.

O testamento de Júlio foi lido ao povo, no Fórum, por Marco Antônio. O caixão de César estava diante de Antônio, nas escadas do Fórum. Foi uma oração notável, pronunciada com uma eloqüência assombrosa pelo jovem soldado. César deixara para o povo suas propriedades além do Tibre, como um fundo público, e a cada cidadão uma importância em dinheiro igual a várias semanas de trabalho. (Ninguém indagou como César conseguira fazer uma fortuna tão vasta.) Cícero temera que Marco Antônio, tão genioso e emotivo, agitasse as massas contra os assassinos, desse modo lançando Roma na desordem e violência. Mas Antônio foi estranhamente prudente, para um homem tão veemente e tão orgulhoso, e que era militar acima de tudo. Disse ele ao povo:

— A sombra do grande César está sobre a cidade, e eu sou apenas seu servo e cumpro sua vontade, e a vossa!

Cícero devia perguntar-se quem estava por trás de Antônio, pois este não possuía uma sabedoria nata, nem grande intelecto, nem gênio administrativo. Devia perguntar-se quem dirigia Antônio quando este declarou uma anistia geral para os assassinos e seus partidários. Quem seria tão cauteloso, tão friamente ardiloso? Não seria Antônio, pois isso não estava em sua natureza. Ele falava como um estadista; quem escreveria seus discursos? Antônio deu grande importância ao fato de que alguns dos senadores, suspeitos de estarem entre os assassinos, se haviam beneficiado do testamento de César, e que ele os mencionara com afeição. Começou a reinar uma confusão generalizada. Quem, na verdade, matara César? Certamente não foram os senadores; nem os aristocratas, pois César era um deles. Os próprios implicados começaram a fazer perguntas graves: Quem teria cometido esse ato temível? Espíritos desatinados entre o povo? Por certo que não, pois César amava o povo. Otávio, seu sobrinho, que mal completara 19 anos? Não, pois César amava Otávio, seu herdeiro. As próprias testemunhas que haviam visto reluzir o punhal de Bruto declaravam que ele apenas exclamara: "Assim perece o tirano!" e não tinha arma alguma na mão. Todos tinham visto os assassinos e todos declaravam apaixonadamente que nenhum deles levantara sequer um dedo.

Os assassinos tinham recebido a anistia; jamais os nomes foram citados. Por fim, o povo começou a crer que alguma criatura perturbada, só e louca, tinha cometido o ato num acesso de violência. As fileiras dos poderosos se cerraram.

— Nunca saberemos quem matou César — disse o povo seriamente para si mesmo. — Quem está a salvo de um assassino louco? — Sacudiam a cabeça e deploravam a violência, pedindo maior proteção para os que detinham o poder, e os senadores sorriam entre si, aliviados, enquanto os cônsules cochichavam:

— Enquanto o povo se fizer perguntas inofensivas, não haverá problemas nem atos de vingança.

Os juízes e magistrados fizeram uma investigação, que não deu em nada:

UM PILAR DE FERRO

— Assassinos não comprovados satisfatoriamente para os tribunais.

O homem ou homens permaneceram sem nome, salvo para quem sabia da verdade; e esses não falaram.

Antônio era então cônsul de Roma e todos os seus atos foram conciliadores.

— Acima de tudo, devemos ter ordem, pois somos o povo da lei.

Antônio promulgou, como leis, decretos que dizia serem a vontade de César, mas Cícero, com o coração partido, disse aos amigos que os "decretos" eram falsificados. A velha inimizade entre os dois foi renovada e Antônio jurou a seus partidários que aquele velho tinha de ser destruído, de um jeito ou de outro.

— Ele é uma ameaça para Roma.

A fim de provar que ele não queria ser pessoalmente um ditador militar, Antônio declarou que o cargo de ditador estava então "abolido permanentemente". Disse o povo, com a cara séria dos ingênuos:

— Agora seremos novamente livres.

Então, o jovem Otávio agiu com a deliberação fria e serena que o caracterizaria no futuro, quando se tornou César Augusto. Os pais aconselham que ele recusasse a herança que César lhe deixara, nomeando-o seu sucessor. Ele ouviu, muito sério; mas era de sua natureza não ouvir ninguém, salvo ele mesmo. Inescrupuloso, resoluto, cheio de ambição, conhecia o seu temperamento poderoso e só confiava nele. Os homens em Roma diziam que ele era "apenas um menino". Ele sorria sozinho, friamente. Mas era cauteloso e nunca agia precipitadamente. Cada passo era calculado. Ele ouvia Antônio e dizia à mãe:

— Ele é apenas um eco dos outros. Nunca teve uma idéia original.

Disse aos amigos:

— Vou descobrir os assassinos de César oportunamente. É meu dever vingá-lo.

Os amigos, claro, não foram discretos. Antônio, inevitavelmente, ouviu as ameaças e os comentários de Otávio quanto à sua falta de verdadeira inteligência e habilidade. Mas considerava Otávio um rapaz muito jovem, que não merecia ser levado a sério. Otávio sorria friamente. Entrementes, declarou que tinha toda a intenção de apoiar Antônio em tudo o que este decretasse.

— César confiava nele. — Antônio recebeu essa confiança com uma gratidão manifesta, mas não podia deixar de dar a Otávio um sorriso superior como o que se dá a um colegial.

Otávio examinou todas as pessoas de alguma influência em Roma. Enquanto Antônio se ocupava da administração e consultava o Senado,

Otávio pensava muito e fazia seus planos. Começou a comparecer cada vez mais às reuniões do Senado, com uma fisionomia séria e respeitosa. Os senadores sorriam para ele, com sentimentalismo. Chegaram a sorrir quando souberam que ele era conhecido fora de Roma, e em toda a Itália, como Caio Júlio César Otávio. O rapaz adorava o tio; não queria que seu nome fosse esquecido. Uma dedicação familiar desse tipo era digna de louvor. Isso era raro de encontrar naqueles tristes tempos. Os veteranos de César adoravam seu líder. Para o Senado, não importava que eles agora começassem a adorar Otávio.

— O menino que brinque de César — disseram eles, uns para os outros. — Isso o consola em sua tristeza.

Mas, por algum motivo, alguns dos que cercavam Antônio começaram a desconfiar de Otávio, louro e de olhos azuis, e a suspeitar de suas dedicadas atividades no sentido de manter vivo o nome de César e sua veneração entre o povo. Antônio, tão mais velho, não teve a sagacidade de temer um rapaz tão novo, e tão obscuro, desde o assassinato do tio-avô. Depois de concluído seu ano como cônsul, Antônio escolheu a Macedônia para governar. Seus conselheiros foram astuciosos. Como governador da Macedônia, ele conseguiu uma ordem da assembléia que lhe dava o governo do norte da península itálica e o domínio sobre a Gália. Muitos milhares dos que o cercavam o amavam como soldado, entre eles os veteranos de César que não gostavam de Otávio. A luta pelo poder foi reiniciada.

— Como tirano, que buscava a submissão total de Roma, César merecia morrer — Cícero teve a imprudência de dizer. Mas, para si mesmo, ele disse: — Eu o amava, Júlio, meu pequeno colega de escola. — Suas palavras imprudentes foram contadas a Otávio, que se limitou a dar seu sorriso glacial. O comentário também foi levado aos ouvidos de Antônio, que declarou:

— Que monstro é esse Cícero, por encontrar alguma desculpa para a morte do nosso querido César! — Ele jurou que havia de pedir a retirada de Cícero do Senado. — Quem o ama agora, esse homem brigador? — indagou ele aos amigos. Eles lhe asseguraram que Cícero era "um cão velho, cego e com um dente só". O violento Antônio ficou com tanta raiva de Cícero, que mal deu ouvidos a seus conselheiros, que lhe diziam insistentemente que Otávio estava conquistando grande influência sobre o povo de Roma. Ele, Antônio, era poderoso. Otávio era apenas um rapaz. Cícero era um monstro cínico. Ele daria um jeito nos dois, quando lhe aprouvesse. Disse isso apaixonadamente e os poucos amigos que Cícero ainda possuía o aconselharam a sair de Roma por algum tempo.

Ele foi a Atenas, ver o filho, o jovem Marco, que estava vivendo num luxo que o pai ascético não aprovava. Mas, como sempre, o filho o iludiu com muita conversa sobre filosofia e muitas demonstrações de carinho.

— Não quero ter mais nada a ver com a política de Roma — disse Cícero ao jovem Marco. — Estou velho e cansado. Só quero que você se case e me dê netos.

A ninguém, nem mesmo a Ático, ou ao filho, ele falava de sua querida Túlia, pois a ferida causada pela perda da filha ainda sangrava nele e não sararia nunca. Ele se lembrava do sonho que tivera com ela e do livro que escrevera, *Consolações*. Mas ele não se consolava. Tinha lavado as mãos de tudo o que dizia respeito a Roma e à luta pelo poder entre os grandes partidos. Só queria suas recordações, os netos e uma velhice pacata. Ao ouvir aquilo, o jovem Marco disse:

— É sempre bom evitar os extremos.

Ele bocejou discretamente. Tudo que não dizia respeito ao prazer lhe parecia extremamente enfadonho, embora tivesse uma cabeça excelente. Chegara à conclusão de que as controvérsias intelectuais atrapalhavam aquilo que deveria ser a única coisa importante para o homem: os apetites físicos e sua satisfação.

— Extremos? — repetiu Cícero e, de repente, sentiu-se novamente animado. — Você se esquece do que disse Aristóteles em sua *Ética*: "A virtude é propriamente definida como um Meio e, quando visa a mais alta excelência, é um Extremo." Quanto a mim, prefiro um homem que seja totalmente perverso e destruidor a um que sorri tolamente e não tem opinião alguma, não sendo frio nem quente. O primeiro nos aquece francamente; o segundo não se oporá ao mal, tampouco defenderá o bem. É, como o vinho tépido, uma ofensa ao paladar.

— Sim, meu pai — disse Marco, pensando no dia em que Cícero partiria de Atenas, para que pudesse retomar seus prazeres em paz.

Os novos cônsules foram empossados em Roma no mês de Jano e Cícero recebeu notícias de que Antônio se estava tornando um homem razoável. Portanto, preparou-se para voltar a Roma e ao Senado. Na sua volta, ouviu de amigos ávidos que Antônio o denunciara, com desprezo, por ter "fugido das controvérsias". Isso ficou ardendo em seu espírito, lentamente, mas de modo devorador. Otávio e Antônio estavam cada vez mais hostis, com relação um ao outro, pois Otávio reclamara o legado do tio e Antônio lhe informara, dogmaticamente, de que "tinha certeza" de que César, apesar do testamento, não queria dizer exatamente o que estava escrito. Cícero fez saber que estava do lado de Otávio, o que não lhe angariou as simpatias de

Antônio. A despeito de todas as suas resoluções, de manter-se apenas como velho estadista e usar seus poderes de conciliação, ele viu-se novamente envolvido. Confessou a si mesmo que uma pequena parte do amor que tivera por Júlio César fora transferida para Otávio; quanto a Antônio, não gostava dele, devido a seus modos espetaculares, sua insolência soberba e arrogante, seus sorrisos superiores e seu ar — embora ele fosse homem de uma inteligência apenas mediana — de uma sabedoria culta. Ele tinha o desprezo do militar de carreira pelos civis e adorava a exibição, os tambores e os estandartes desfraldados atrás de si. Para Cícero, Júlio fora um ator magnífico e sutil; Antônio não passava de um bufão. Infelizmente, ele também comentou com amigos linguarudos que Otávio ainda era muito jovem para ser importante, e muito inexperiente, não devendo ser levado a sério. Isso foi devidamente contado a Otávio, irritando-o.

No fim do ano, depois de voltar da ilha, Cícero pronunciou perante o Senado a primeira de suas notáveis *Filípicas* contra Antônio. Os senadores ficaram extasiados diante de sua eloqüência ardorosa. Antônio podia chamar Cícero de cão velho e cego com um dente só, mas ele conservava sua voz, potente e cheia de fogo e força. Antônio, disse ele, não devia depender do apoio dele nem do Senado em qualquer de suas "aventuras". Ele ridicularizou Antônio de tal modo que até os senadores que secretamente apoiavam o militar tiveram de sufocar o riso. Otávio estava entre os espectadores e seus olhos azuis sorriam friamente, embora o resto de seu rosto permanecesse como esculpido em mármore. Disseram mais tarde que Antônio ficou de tal modo enraivecido com aquele ataque à sua pessoa que tomou um porre que durou vários dias.

— O último refúgio do homem violento e inseguro — disse Cícero dele, e também isso foi repetido a Antônio.

Antônio fez circular a acusação falsa de que Cícero era um dos "conspiradores que assassinaram o maior militar e patriota de Roma, Júlio César". Só aqueles que desejavam acreditar nessa mentira é que declararam ser ela verdadeira. Isso levou Cícero a escrever a sua segunda *Filípica*, que, contudo, não foi pronunciada diante do Senado. Ele convenceu seu editor a publicá-la sob forma de um panfleto, que foi largamente distribuído em Roma. Nele, Cícero denunciava Antônio como sendo covarde, mentiroso e possuidor de quase todos os vícios que os romanos reprovavam. Antônio deveria ser executado como criminoso! Deveria ser assassinado como tirano! Era uma publicação extraordinária, de parte de um homem conhecido por sua afabilidade, sua razão profunda, seu desejo de paz e seu horror à violência, mas ele e Antônio sempre se haviam antipatizado, por razões de

UM PILAR DE FERRO

temperamento e pelo fato de que Cícero fora responsável, anos antes, pela execução do querido padrasto de Antônio.

— Eu o perdoara — disse Antônio, com um ar de franqueza militar — depois que César me convenceu de que Cícero agira apenas em prol da segurança de Roma e não por maldade pessoal. Cheguei a ir visitá-lo, em companhia de César, para apresentar meus pêsames por ocasião da morte da filha! No entanto, como ele me retribui? Com insultos, com insinuações quanto à minha bravura, de que sou um traidor e um idiota!

Enquanto isso, Otávio estava, séria e firmemente, trabalhando em silêncio para ganhar poder entre os veteranos e legiões que não gostavam de Antônio. Ele tinha uma perseverança inflexível; nada o desanimava ou desencorajava. Os homens mais velhos de Roma que rissem de sua juventude. A atitude deles era sua proteção; eles não o levavam a sério. Os agentes de Otávio trabalhavam igualmente em silêncio e com eficiência para levar para o lado dele os conservadores de Roma e aqueles que entre os civis, tinham amado César com sinceridade.

— Antônio não pronunciou uma só palavra contra os que assassinaram o meu tio César — disse Otávio, em grandes reuniões realizadas particularmente. — Ele foi responsável pela anistia geral. Não o acuso de ter participado da conspiração contra César; afinal, é sabido que ele não tem inteligência, e as conspirações exigem astúcia, planejamento e previsão, coisas que Antônio não possui.

O comentário desdenhoso de Otávio chegou aos ouvidos de Antônio com uma rapidez notável. Então, meio atrasado, ele parou de subestimar "o menino". Trabalhou febrilmente para conquistar o apoio dos cesaristas, que a essa altura, porém, já estavam comprometidos com Otávio. Ele descobriu, com raiva e sem poder acreditar, que enquanto andava se pavoneando por Roma, dando paz ao Estado, Otávio estivera comprando a lealdade das legiões, de um modo ou de outro. Pela primeira vez, Antônio atacou os assassinos de César; enquanto vivesse, declarou, havia de caçá-los e destruí-los. Correu para Brindisi, a fim de reunir quatro legiões da Macedônia, e marchou para a província do norte da Itália que lhe tinha sido atribuída. Mas Décimo Bruto, o governador que já se achava lá, informou a Antônio friamente que, a despeito da lei, que ele se recusava a reconhecer, não lhe entregaria o governo da província. Antônio, ultrajado, desconfiou, com razão, que Otávio comprara a fidelidade das legiões de lá.

— Então não temos leis! — exclamou ele. — Otávio constituiu um pequeno exército particular e isso é ilegal!

Entrementes, em Roma, Otávio tinha misteriosamente conseguido o apoio dos financistas, banqueiros, homens de negócio e industriais. Eles não confiavam no volúvel Antônio, que muitas vezes exprimira seu desdém de militar por eles, por serem "um exército que pode sempre ser comprado e que sempre opera em seu próprio benefício: os lucros". Mas Antônio não podia ignorar o fato de que nem um exército regular pode marchar sem dinheiro, e todo o dinheiro estava com "aquele menino", o jovem de olhos azuis, o rosto esculpido e a boca sem riso, o rapaz de personalidade inexorável, que nunca se alterava pelo gênio ou emoções. Otávio era como um aríete de ferro batendo contra portões de madeira.

— Estou cansado; não me meterei mais em controvérsias — dissera Cícero ao filho. Depois, publicara suas *Filípicas* contra Antônio. Então, como um velho cavalo de batalha que ouve os clarins, ele se reanimou. Quinto procurou controlá-lo, mostrando que, como advogado constitucional, ele devia denunciar Otávio, que organizara um exército particular. Não era uma incongruência ele apoiar Otávio contra Antônio, o qual, na qualidade de cônsul, tinha o comando legal das tropas? Antônio lhes pagava do tesouro público e tentava conservar sua fidelidade contra os soldados dissidentes de Otávio, o que era eminentemente seu direito e dever. Otávio, disse Quinto, parecia resolvido a provocar uma guerra civil com seu exército particular. Mas o povo já não tinha sido suficientemente dilacerado e ensangüentado, naqueles anos? Otávio queria ter o poder do tio. Antônio estava tentando restringi-lo.

— Escolho sempre dos males o menor — disse Cícero, obstinadamente. — Sempre antipatizei com Antônio. Otávio é jovem, mas inteligente. Não confio nos tolos e Antônio é um tolo. — Mas, intimamente, ele estava dilacerado. Tinha sempre denunciado os homens irrazoáveis. Agora agia de modo irrazoável, confessou a si mesmo. Otávio organizara um exército ilegal; Antônio se opunha legalmente a esse exército. Um deles venceria. Cícero novamente confessou a si mesmo que preferia que o vencedor fosse Otávio e não Antônio, que era instável, violento de temperamento, militar de carreira e extravagante demais para o gosto discreto de Cícero.

Os amigos foram procurar Cícero, para pedir-lhe que pensasse bem. Otávio não tinha lealdade alguma, salvo para consigo mesmo. Utilizava-se de todos sem consideração. Antônio, o militar e cônsul, poderia ser desagradável para muita gente, mas, pelo menos, mantinha-se dentro da lei que Cícero venerava. Mas Cícero estava em um de seus raros estados de espírito emocionais — ele que sempre desconfiara das emoções. Além disso, a discrição de Otávio, que o pobre Cícero parecia considerar uma

Um Pilar de Ferro   769

virtude como a sua, impressionara o velho senador. Mais que tudo, ele detestava os homens barulhentos, e Antônio era barulhento. Em resumo, tinha afeição por Otávio, que anteriormente ele reconhecera ser implacável e egocêntrico, devido aos seus laços de sangue com César e porque sempre tivera carinho pelos jovens. Considerava a frieza e a falta de veemência de Otávio sinais de maturidade. Sendo ele mesmo um homem meio vacilante — pois os homens razoáveis são sempre divididos por pensamentos complexos e dúvidas quanto a si —, admirava secretamente os homens que sabiam o que queriam e demonstravam virilidade de temperamento. Otávio, ele tinha certeza, não se entregaria àquela última das infâmias do homem: a guerra civil.

Otávio, com uma sabedoria sobrenatural, logo chegou às suas próprias conclusões quanto ao velho senador, que ainda era poderoso em Roma, embora não parecesse sabê-lo. Assim, com uma falsidade secreta — pois Otávio não tinha qualquer escrúpulo —, mas com uma franqueza juvenil e cativante, ele começou a cortejar Cícero. Amando os jovens e confiando neles, e ouvindo na voz de Otávio os tons mais bravos de César, o velho ficou lisonjeado. Com efeito, chegou a escrever a Ático dizendo que não "confiava" em Otávio, e que "tinha dúvidas quanto às intenções dele". Não obstante, seu coração enterneceu-se com o jovem de um modo irracional. Quando Ático o preveniu urgentemente para que não se deixasse seduzir por nenhuma das facções, Cícero respondeu: "Concordo com você que se Otávio conseguir maior poder, os atos do tirano serão confirmados com decisão muito maior do que foram pelo Senado em março último. Mas, se ele for vencido, é visível que Antônio se tornará intolerável. Portanto, é impossível dizer qual preferimos."

Mas ele já se decidira por Otávio. Sempre fora ardoroso e sempre se lançara apaixonadamente à causa que acreditava ser a melhor. Portanto, Otávio, contrariando sua incerteza íntima, tornou-se para Cícero a salvação de Roma. Alguns amigos argumentaram com Cícero, dizendo que Antônio estava exatamente na mesma situação que aquela em que se encontrara Pompeu. Cícero escarneceu deles, irritado. Induziu vários senadores a tomarem o partido de Otávio.

— Ele refreará a guerra civil, é o que me assegurou. Não tem paixões, como tem Antônio. Ele ama Roma.

Otávio, seguro de que Cícero estava completamente seduzido, sorria com as notícias que lhe davam os amigos. Metodicamente, foi fazendo seus planos. Um amigo secreto abordou Cícero, sugerindo que tornasse a denunciar Antônio perante o Senado. Assim, o homem iludido, com a energia que distinguira seus ataques a Catilina, que ele agora identificava com Antônio, disse ao Senado:

— Nada é mais caro a Otávio do que a paz do Estado! Nada lhe é mais importante, senhores, do que vós e vossa autoridade, nada mais desejável do que a opinião dos homens bons, nada mais doce do que a verdadeira glória e estabilidade! Prometo solenemente, senhores, que Otávio será sempre o cidadão que é hoje: firme, maduro, sábio e não abalado pelas emoções. E devemos rezar para que sempre seja assim.

Quando Otávio ouviu isso, riu alto, uma demonstração rara nele.

— Meu tio Júlio o superestimou — disse ele. — Eu o acho absurdo. No entanto, ele me serve bem.

Marco Bruto, o novo governador da Macedônia, não podia acreditar. Conhecendo a amizade de Cícero por Ático, ele lhe escreveu, desesperado: "Sei que Cícero faz tudo com a melhor das intenções, pois é um bom homem. (Mas sabemos como os homens justos podem ser levados a causas más, pela sua pureza de coração.) O que pode ser mais claro a todos nós do que a dedicação de Cícero à república? Ao sustentar o que ele considera os resquícios da república, ele propositadamente antagonizou o poderoso Antônio. Como é estranha a cegueira do medo! Ao tomar precauções contra aquilo que teme, a pessoa chega a convidar o perigo, acarretando-o sobre si, embora talvez pudesse tê-lo evitado! Já se ouviu Otávio chamar Cícero de 'pai' e dizem que ele consulta Cícero em tudo, elogiando-o e agradecendo-lhe. Mas nós conhecemos a fria duplicidade de Otávio e sabemos que, no íntimo, ele não é jovem nem sincero. A verdade será revelada, com o tempo, para a ruína de Cícero. Previna-o, enquanto é tempo."

Ático preveniu-o, mas pela primeira vez Cícero não deu ouvidos a seu amigo querido e dedicado. Lançara sua sorte junto com a de Otávio e não quis sair dessa posição. Quinto implorou-lhe e Cícero disse:

— Você é militar e por isso prefere Antônio.

— Você sabe o que está fazendo? — indagou Quinto, perdendo completamente o seu bom humor e tranqüilidade. — Está colocando Antônio na posição de César, antes que ele transpusesse o Rubicão! Pediu ao Senado para declarar Antônio inimigo público! Está maluco? Felizmente, o Senado não o ouviu, felizmente para Roma. Mas, em breve, Antônio não terá mais escolha, graças a você. Confesso que não o entendo mais. Antônio será obrigado a se salvar, declarando uma guerra civil, e será obrigado a atacar Otávio. Otávio apenas comprou legiões e o apoio de homens que só pensam em si e em seus cofres. Você está exaltado! Só quer destruir Antônio!

Ele não podia saber que Cícero, no final, estava novamente tentando reconciliar o racional com o irracional, e que ainda acreditava que os homens preferiam a razão à falta de razão, a despeito de todas as suas convicções anteriores, de que os homens detestam a racionalidade e a razão, que tendem a restringir suas paixões e sufocar suas cobiças. Otávio agradara a Cícero como homem razoável e racional, pois, apesar de sua juventude, sabia como tocar os corações dos homens onde eram mais vulneráveis. Certo do apoio de Cícero, ele agiu com firmeza, pois Otávio nunca se deixou abalar pela emoção, ou algo que não contribuísse para o seu próprio bem.

O drama terrível estava chegando ao fim. A ordem, que era a deusa de Cícero, estava como sempre sendo lançada na desordem. Cícero acreditara firmemente que os homens preferem instintivamente a ordem e nisso cometera seu erro fatal. O quadro em Roma tornou-se então uma vasta confusão e violência. Os desafetos estavam por toda parte. Um dia, o povo estava a favor de Antônio; no dia seguinte, apoiavam Otávio. O Senado oscilava de um lado para outro em ventos contrários. Somente Cícero, iludido de que poderia salvar parte da república, permanecia firme. Sua ilusão foi fatal para ele.

Otávio, reunindo suas legiões, atravessou o Rubicão, como César o atravessara. O Senado entrou em pânico. Por toda parte, tropas estavam desertando para juntar-se ao jovem. Ele entrou em Roma em triunfo e disse, satisfeito:

— Meus amigos me dão as boas-vindas!

Antônio, resignado diante do inevitável, propôs o segundo Comitê dos Três — ele, Otávio e Lépido. Otávio consentiu, com elegância, e abraçou o velho inimigo. Todos os que se opusessem ao triunvirato, disse Otávio virtuosamente, seriam inimigos do povo. Otávio, além disso, foi eleito cônsul de Roma.

Um massacre em grande escala abateu-se sobre Roma. Confuso, desatinado, Cícero fugiu para a Astura, sua ilha na baía de Ânzio. Ele, que acreditara na razão, foi derrotado pela falta de razão.

Capítulo LXVII

Em todas as ocasiões, Marco Túlio Cícero desconfiara dos homens excitáveis e entusiásticos, os homens que acreditavam que a atividade e o barulho significavam a realização; ele tinha uma aversão temperamental pelos exuberantes e os que eram exageradamente otimistas. Para ele, eram "su-

772   *Taylor Caldwell*

jeitos vis e vulgares, lavadura da sarjeta". Uma voz forte, um gesto veemente, pernas movendo-se depressa, o repeliam. Eram as marcas do vulgar. Dentes e olhos lampejantes provocavam nele uma aversão imediata. Preferira os controlados. Era inevitável que ele se revoltasse diante de Antônio e fosse atraído por Otávio. Ele ficou sentado em sua vila, em Astura, e contemplou a ruína final de sua vida.

Ele fugira com tanta pressa, que Quinto e o filho não tinham conseguido juntar-se a ele, depois da proscrição de toda a família dos Cícero pelo Comitê dos Três. (O Segundo Triunvirato declarara que as táticas conciliadoras de César haviam fracassado, que os homens que César havia "poupado" eram seus inimigos mortais e tinham finalmente conspirado para lançar o país em guerra, que tinham proscrito não só Antônio, declarando-o inimigo público, mas também Otávio — mentira que não fez o povo rir ou gritar de nojo, pois, como sempre, o povo estava excitado pela idéia da mudança e de perspectivas de maiores benefícios públicos, se se conformassem.) Quinto, que temia mais pelo irmão do que por si, devia ficar para trás para vender apressadamente os bens da família e depois encontrá-lo, junto com o jovem Quinto, em Astura. Felizmente, embora o jovem Marco Cícero tivesse sido proscrito com o pai, estava relativamente seguro na Macedônia. O filho também estava sob a proteção de Marco Bruto, um dos assassinos de César. (Para Cícero, era uma das ironias da vida o fato de Bruto ser amigo do jovem Otávio e apoiar um homem muito mais friamente perverso e muito menos genial do que o tio.)

Astura nunca fora dos lugares favoritos de Cícero. Ele deveria permanecer ali só até que Quinto e o sobrinho se juntassem a ele; depois iriam todos para a Macedônia, colocando-se sob a proteção sincera de Marco Bruto.

Cícero contemplou a idéia do exílio perpétuo com uma agonia de espírito que ultrapassava tudo o que ele jamais conhecera. Estava velho; seu coração estava despedaçado. Perdera tudo; no final, não conseguira salvar a pátria. Mas a maior angústia de todas era saber que a cidade de seus antepassados lhe estava fechada para sempre, seus portões para sempre trancados, e que tentar reingressar ali seria a morte. A morte em si pouco significava para ele. Mas ele ansiava pela sua cidade com um desejo que era muito maior do que o desejo por mulheres ou por ouro. Ele passeava por sua vila e olhava para as águas turvas da baía, pensando que iria enlouquecer. Morrer na Macedônia e não jazer na terra de seu lar era coisa em

UM PILAR DE FERRO

que não queria nem pensar. Mesmo nos momentos mais calmos. Ele resolveu que, quando Quinto e seu sobrinho se juntassem a ele, faria com que o deixassem para trás, em vez de levá-lo para a Macedônia. Ele voltaria a Roma, para morrer e ser enterrado em sua terra querida.

Pois a vida, ele sabia, estava terminada para ele. Mesmo que a proscrição fosse anulada e tudo lhe fosse restituído, e mesmo que Otávio o fosse procurar, abraçando-o, isso nada significaria para ele, não provocaria qualquer emoção de prazer ou de paz em seu coração. Ele só vivera para a lei e para Roma. Estas estavam mortas. Ele queria morrer com elas, ser apanhado no turbilhão das trevas eternas, e nunca mais ser obrigado a pensar, esperar ou sonhar. Acima de tudo, nunca ter esperança de novo!

Os homens nunca pensam que alívio é ser libertado da esperança?, perguntava-se ele. Não esperar nada, não desejar nada, não aguardar nada: é esta a única tranqüilidade que podemos conhecer de verdade. Como essa tranqüilidade só pode ser encontrada na morte, como a morte é maravilhosa e desejável! O pôr-do-sol é mais admirável do que o nascer do sol, pois o pôr-do-sol leva à noite e ao sono sem pensamentos; o nascer do sol é mentiroso, prometendo fragrância, brisas e cantos, mas tudo isso é ilusório, falso e cheio de fadiga. Ah, abençoado o homem que viu seu último nascer do sol e contempla o seu último pôr-do-sol! Pois então ele largará o jugo de ferro em suas costas; então, seus membros se endireitarão; então, seus olhos cessarão de ver; então, todas as corridas estarão corridas e todos os prêmios de ouropel quebrados e todo o desejo expurgado. Ele largará as correntes da carne, levantará as asas, voará para a escuridão e nunca mais tornará a ouvir o quente clangor da vida, nem contemplará os rostos de perjuros e traidores, e nunca mais conhecerá a dor e o desespero. Que Deus conceda que não sonhemos nessa noite eterna, que nosso repouso final não seja perturbado por nenhuma inquietação, que nossos ouvidos sejam tapados com a terra e tudo seja esquecido e perdoado, que o amor e o medo não possam mais acordar os olhos mudos e o longo choro seja acalmado para sempre.

Ele às vezes pegava o punhal e pensava como seria fácil enfiá-lo em seu coração exausto, que agora batia tão fracamente e com tanto esforço. Mas tinha de esperar por Quinto e o sobrinho. Se chegassem e o encontrassem morto, Quinto sofreria — Quinto, seu irmão querido e amado, o companheiro de brincadeiras da infância, o menino forte e ardoroso que o salvara da morte, quando lhe estendera a mão na árvore da ilha abençoada — que nenhum deles jamais tornaria a ver. O bom Quinto, pensava o infeliz Cícero, doce irmão! Ah, se tivéssemos morrido quando éramos crianças e estivéssemos agora deitados em paz, em nossa ilha ancestral, com as flores abençoadas nos nossos túmulos e o carvalho sagrado misturando-se às nossas cinzas! Abençoado o homem que expira ao nascer e nunca conhece os dias quentes e amargos!

Era quase a época da Saturnália. O clima da ilha de Astura nunca fora salubre. Então, as chuvas escuras e o granizo varriam a vila e dilaceravam as árvores despidas, de modo que seus galhos caíam por terra, e os ventos batiam nas paredes brancas, fazendo-as tremer. As águas da baía lançavam-se com estrondo contra o cascalho e voltavam estrugindo; sua cor era de cinzas e o céu era triste. A vila não fora feita para ser usada no inverno. Portanto, seus pisos e paredes tinham uma umidade gelada. Cícero não lia mais; nem caminhava mais; não pedia aos escravos para encherem os braseiros, não por ter notado a nova astúcia e insatisfação nas caras deles, mas porque não se importava nem reparava mais nessas coisas. Ficava encolhido em sua capa por tantas horas, e tão imóvel, com as cobertas em volta dos pés, que os escravos se perguntavam, esperançosos:

— Estará morto, o velho branco e tolo? Sabemos que está escrito no testamento dele que ele nos libertará quando morrer. Que Cérbero o leve, e depressa, para podermos sair desse lugar horrível e voltar a Roma com o dinheiro que ele nos deixou!

Minha pátria, pensava Cícero, afundado em sua carne que se extinguia, minha pátria querida! Eu teria dado a minha vida para conservá-la, considerando isso a maior bênção de minha existência. Teria dado meus olhos e tudo o que um dia amei para vê-la livre. Acharia uma alegria ser escravo, se a escravidão a pudesse ter salvo. Minhas orações eram por você; minha vida foi vivida por você; nunca a traí por dinheiro, desejo ou ouro, não, nem por um só momento. Nunca pensei mal de você, ou fui cínico quanto a você, pois sou a carne de sua carne e osso de seu osso e coração de seu coração. Mas você hoje está morta e tenho de morrer com você. E os homens se esquecerão de que um dia vivemos e os nossos nomes serão varridos pelos ventos de amanhã como as cinzas de uma pira funerária. Eu não sou nada; espero que os homens nunca saibam que vivi. Mas como poderei esquecer-me de Roma?

— Ele ainda vive — reclamaram os escravos, tremendo de frio. Eles comiam bem. Cícero não lhes pedia nada. Portanto, raramente levavam comida até onde ele estava sentado, junto da janela, olhando o mar, à espera do irmão e do sobrinho. Ele não sabia se comia ou não.

Dia e noite eram o mesmo para ele. Só a visão de uma vela o fazia mover-se e endireitar-se na cadeira.

Nenhuma notícia chegava àquele lugar isolado de Roma, embora não fosse muito afastado da cidade. Não vinha nenhum mensageiro, nem notícias. Os ventos sopravam e as chuvas terríveis e as águas ameaçavam a pequena vila — e tudo era cinza, frio e sem vida.

— Vamos matá-lo, nós mesmos? — indagou o liberto Filólogo, que Cícero libertara ainda jovem e educara com o maior carinho e bondade e a quem pagava um bom salário. — Então, quando chegar o irmão, poderemos dizer: "Infelizmente, matou-se nas trevas da noite."

Os escravos pensaram muito nisso, mas tinham medo dos olhos aguçados de Quinto e de sua vingança.

Foi bom não ter chegado notícia de Quinto, nem do jovem Quinto. Pois, conforme Cícero sonhara, em criança, num cálido dia de verão, Quinto tinha sido desmembrado e morto por homens brutais, por ordem de Otávio, que, embora supostamente não tivesse motivo para odiar os Cícero, era muito mais cruel no cumprimento das decisões do triunvirato do que o próprio Antônio. O jovem Quinto, falso, fingido e traiçoeiro, no fim se redimira. Tentara esconder o pai e não quisera revelar seu esconderijo, nem mesmo sob tortura. A fim de salvar o filho de mais torturas, Quinto se entregou, sendo morto com o rapaz. No último momento, pai e filho tinham-se olhado nos olhos com uma afeição apaixonada e renovada, antes de morrerem em seu próprio sangue.

Num dia de crepúsculo cinza, Marco estava cochilando na cadeira. De repente, ouviu a voz urgente do irmão em seu ouvido:

— Marco! Parta já para a Macedônia!

O doente acordou com um sobressalto e olhou em volta, na penumbra estrondosa do vento e da água.

— Quinto! — gritou ele, alucinado. Mas não ouviu voz alguma, salvo a dos elementos, e não havia movimento algum em volta de si. Ele levantou-se, cambaleando; aos tropeções, foi de aposento em aposento, chamando o irmão com uma voz desesperada. Os escravos ouviam o barulho de suas botas na pedra, seus baques contra as paredes e seus gritos angustiados.

— Agora ficou maluco — disse um deles, rindo alegremente. — Vamos ter de suportar isso por pouco tempo mais!

Cícero, tomado pela prostração e pelo desespero, caiu na cama. Estava só; fora apenas um sonho. Não obstante, ele obrigou-se a pensar.

As vozes distantes muitas vezes eram levadas aos entes queridos, vindas daqueles que os amavam e lhes desejavam o bem e queriam preveni-los. Quinto estivera pensando nele e o chamara com urgência em sua mente. Pedira que ele fugisse imediatamente para a Macedônia. Portanto, ele, Cícero, estava correndo perigo mortal e era desejo de Quinto salvá-lo.

— Mas não quero ser salvo — disse ele, em voz alta, no escuro.

No entanto, por causa de Quinto, ele tinha de obedecer ao irmão. Iria para a Macedônia e lá esperaria por Quinto e pelo sobrinho. Reagindo, ele chamou um escravo e deu suas ordens. Partiria sozinho. Eles podiam voltar para Roma e lá procurar seu editor e seus advogados, que teriam certos presentes para eles. Os escravos, felizes, ajoelharam-se diante dele e Cícero os abençoou, especialmente Filólogo, que desejara assassiná-lo.

— Procure o meu irmão, o nobre Quinto — disse ele ao rapaz —, e diga-lhe que fui antes dele, como ele desejava, para a Macedônia e o aguardarei lá.

— Sim, ele está maluco — disse Filólogo aos companheiros, naquela noite. — Acha que recebeu uma mensagem do irmão, mas nós todos sabemos que não veio notícia alguma de Roma.

Mas, no dia seguinte, o mar estava muito revolto. Filólogo, impaciente, convenceu Cícero a tomar um barco costeiro para vencer o cabo Cirelo, até o porto de Gaeta, perto de sua vila em Fórmia, onde ele poderia logo embarcar num navio para a Macedônia. O homem desatinado e frenético seguiu esse conselho, enjoando muito no mar e passando mal. Ao chegar a Gaeta e à vila em Fórmia, foi recebido por um grupo de escravos irritados e mal-humorados, que não o estavam esperando e tinham resolvido abandonar os Cícero proscritos, voltando a Roma como aventureiros fora-da-lei. Filólogo, que acompanhara Cícero atendendo ao pedido patético deste, que ainda acreditava que a humanidade era capaz de um amor desinteressado, ajudou o senhor a ir para a cama e contou aos escravos histórias escarninhas e maldosas da loucura de Cícero, garantindo-lhes que seu patrão em breve estaria morto.

— Se vocês fugirem antes de ele morrer, nada herdarão — disse Filólogo. — Conheço muito bem Quinto, o irmão dele! — Ele acrescentou: — Cícero não viverá até chegar à Macedônia, para onde viaja amanhã. O seu tempo esgotou-se.

Cícero ficou deitado em sua vila, em Fórmia, e a longa e escura noite de inverno caiu sobre ele. Estava consciente do frio, frio em seus ossos, em

Um Pilar de Ferro

777

sua carne, em seu coração. Estava cansado de fugir. Não conseguia pensar no dia seguinte e na viagem para a Macedônia. Até suas pálpebras pareciam de ferro. Ele caiu num sonho prostrado.

Não sabia quando começou a perceber a luz e o calor, uma luz mais brilhante do que a do sol, porém mais suave, uma luz mais dourada e envolvente, uma luz que era terna e acariciava sua carne gelada, esquentando-a com uma vida nova. Ele olhou para ela, ansioso, sem perguntar nada. Só queria deleitar-se naquela doçura, luz e glória. Não viu nada, mas depois, sem assustar-se, viu alguma coisa, de fato.

Devagar, a luz brilhante e dourada abriu-se como uma cortina e por entre as dobras vibrantes estendeu-se a mão de um homem, firme e jovem, exprimindo amor em todas as suas curvas, em sua palma virada para cima, nos dedos que o chamavam. Era ao mesmo tempo a mão de um jovem e de um pai, acalentando, alcançando, protegendo. Ao vê-la, todo o coração de Cícero agitou-se com ansiedade, alegria e humildade. E, então, ele ouviu uma voz que parecia tocar as estrelas mais longínquas:

"Não temas, pois estou contigo. Não desanimes, pois sou teu Deus. Quando tu passares por entre as águas eu estarei contigo, e os rios não te submergirão; quando andares por entre o fogo, não serás queimado e a chama não arderá em ti. Porque eu, o Senhor teu Deus, seguro a tua mão direita."

A luz apagou-se e a mão se retirou e, no entanto, Cícero não sentia mais frio, nem que estava abandonado e desesperado. Caiu num sono profundo e repousou como uma criança, o rosto na palma da mão, dormindo como dorme um bebê, com confiança e sem medo.

Na manhã seguinte, ele levantou-se, e os escravos se espantaram ao ver a animação de seu rosto e sua expressão decidida.

— Viajo hoje para a Macedônia — disse ele. Eles ficaram desanimados. Não obstante, prepararam tudo para ele. O mar estava mais revolto do que na véspera. Mas havia um barco para a Macedônia no cais e o barco de Cícero, remado por escravos fortes, dirigiu-se para ele. As ondas levantaram-se mais alto ainda. Cícero suspirou.

— Temos de voltar para a vila — disse ele. — Amanhã pode ser mais propício.

É Plutarco quem dá o relato mais eloqüente do último dia do chefe da casa dos Cícero:

"Havia em Gaeta uma capela em homenagem a Apolo, não distante do mar, de onde um bando de corvos elevou-se, aos gritos, dirigindo-se para a embarcação de Cícero, quando ela se dirigia para a terra; pousando de ambos os lados do lais de verga, alguns dos corvos ficaram crocitando, enquanto outros bicavam as pontas das cordas. Todos a bordo acharam que aquilo era um sinal de mau agouro. Cícero desembarcou e, logo depois de entrar em casa, foi deitar-se na cama para descansar um pouco. Muitos dos corvos pousaram junto da janela, crocitando tristemente. Um deles pousou sobre o leito em que Cícero estava coberto e, com o bico, tentou pouco a pouco puxar a coberta do rosto dele. Os empregados, vendo aquilo, culparam-se por ficarem ali para ver o patrão ser morto e nada fazer para defendê-lo, enquanto as criaturas irracionais chegavam para ajudar a cuidar dele em suas provações imerecidas. Portanto, em parte por súplicas, em parte à força, pegaram-no e carregaram-no na liteira em direção ao mar.

"Mas, entrementes, os assassinos tinham chegado, Herênio, um centurião, e Popílio, um tribuno, a quem Cícero anteriormente defendera, quando ele fora processado pelo assassínio do pai. Com eles estavam soldados. Encontrando fechadas as portas da vila, eles as arrombaram. Quando Cícero não apareceu e os que estavam na casa disseram que não sabiam onde ele se encontrava, dizem que um jovem a quem Cícero dera uma educação liberal, um escravo liberto de seu irmão Quinto, chamado Filólogo, informou ao tribuno que a liteira estava a caminho do mar, no meio do bosque cerrado. O tribuno, levando consigo alguns homens, apressou-se para o ponto de onde ele deveria sair, enquanto Herênio corria pelo caminho atrás dele. Cícero o viu correndo e mandou que os servos baixassem a liteira. Depois, afagando o queixo, como costumava fazer com a mão esquerda, ele olhou com firmeza para seus assassinos, estando ele todo coberto de pó, os cabelos desgrenhados, o rosto abatido. Assim, a maior parte dos que estavam ali cobriu o rosto, enquanto Herênio o matava. Ele tinha posto a cabeça para fora da liteira e Herênio a degolou. Depois, por ordem de Antônio, também cortou-lhe as mãos, com as quais foram escritas as *Filípicas*.

"Quando esses membros foram levados a Roma, Antônio estava presidindo uma assembléia para a escolha de funcionários públicos. Quando ele soube da notícia, e viu a cabeça e as mãos, exclamou: 'Agora acabem-se as proscrições!' Mandou que a cabeça e as mãos fossem pregadas sobre o rostro, de onde falavam os oradores, espetáculo que os romanos contemplaram tremendo. Eles acreditaram ver ali não o rosto de Cícero, mas a imagem da própria alma de Antônio."

Um Pilar de Ferro

O corpo mutilado de Cícero foi enterrado às pressas no local onde fora assassinado.

Filólogo, o liberto, apanhou no ar o amuleto de Aurélia, mãe de César, e percebeu que era de ouro e, portanto, muito valioso, embora não soubesse quem o tinha dado. Ele o dependurou, rindo, em seu próprio pescoço. Mas, quando também lhe deram a antiga cruz de prata, presente de um egípcio a Cícero, recuou, apavorado, atirando-a para longe com um grito de execração e horror. Foi um ato cuja ironia Cícero haveria de apreciar.

Dizem que Fúlvia, viúva de Clódio, maldosamente espetou a língua de Cícero com um alfinete, aquela língua heróica que defendera Roma tão valentemente e sempre procurara falar da justiça, da lei, da misericórdia, de Deus e da pátria.

Seu rosto morto e espectral fitou a cidade que ele tanto amara e os olhos não piscaram. Contemplaram tudo o que estava perdido, até que a carne caiu dos ossos, e ficou só o crânio. Por fim, um soldado derrubou o crânio do poste e chutou para o lado os ossos fragmentados.

Quarenta e três anos depois, aconteceu o evento que Cícero tanto quisera ver, e a hora pela qual ele ansiara.

Os contrafortes púrpuras do céu foram abalados, junto com seus pilares dourados. Enquanto Roma trovejava no caminho sangrento para a tirania e o despotismo dos Césares que criara, uma mocinha judia estava na aldeiazinha de Nazaré, numa calma tarde de primavera, aos últimos raios do sol, respirando o ar tépido e o cheiro novo do jasmim. Era muito jovem, mal saída da puberdade, sendo o encanto do coração dos pais. Seus cabelos caíam pelas costas retas e seus olhos azuis — pois era nazarena — olhavam serenos para os céus, e ela rezava, como rezava sempre, com humildade e alegria, ao Senhor seu Deus, o Protetor de sua casa, que era a antiga Casa de Davi.

Ela estava no terraço da casa dos pais, enquanto rezava, as mãos postas, e o pano em sua cabecinha era branco, pois ela era virgem. Seu vestido grosseiro era azul como seus olhos e seus pés de criança estavam descalços.

De repente, ela sentiu que não estava só e teve um sobressalto, cheia de medo. O ar do crepúsculo em volta dela palpitava com uma luz mais forte e clara do que a do sol e estava semeado de estrelas que sopravam inquietas e reluzindo como flocos de neve. E nessa luz ela viu um grande Anjo, com asas radiantes.

É possível que nos salões azuis e luminosos, onde os justos esperavam para serem admitidos pelos portões de um Céu que estivera fechado por tantos séculos, também Cícero esperasse, com todos os que ele amara. É possível que também ele tenha ouvido a gloriosa Anunciação que abalou os contrafortes do céu, e os pilares de ouro, incendiando todos os corredores da terra escura e tenebrosa:

— Ave, cheia de Graça! O Senhor é convosco! Bendita és tu entre as mulheres!

Nota da Autora

Embora centenas de livros, ensaios, manuscritos e outros textos tenham sido estudados antes e durante a elaboração deste livro, especialmente em Roma e Atenas, basta mencionar alguns aqui. A Bíblia Sagrada, especialmente os Salmos de Davi e as profecias do Messias (devido ao interesse de Cícero pelo assunto), e as Cartas entre Cícero e Ático (Biblioteca do Vaticano, Arquivos, e traduzidas por mim no local), e as Orações de Cícero, especialmente *Pro Sex, Roscio, de Império Cn. Pompei, Pro Cluventio, In Catilinam, Pro Murena, Pro Caelio*, disponíveis integralmente em latim e extratos em inglês, cartas de Cícero à família e amigos (centenas de fontes, demais para serem citadas), obras do próprio Cícero, muitas citadas neste livro, e seu *Legibus* e *De Republica, Salústio,* traduzidos por J. C. Rolfe, a *Política* de Aristóteles, as peças de Aristófanes, Ésquilo, Sófocles, a *Ilíada* e a *Odisséia* de Homero, *Cícero* (Obras Seletas), traduzido por Michael Grant, *A Unidade Essencial de Todas as Religiões*, Bhagavan Das, *Ética de Aristóteles, Livro Base da Filosofia Antiga*, por Charles M. Bakewell, a Enciclopédia Católica, *Fedo*, de Platão, *Cícero e a República Romana*, por F. R. Cowell, *O Mundo de Roma*, por Michael Grant, *Obras Básicas de Cícero*, traduzidas por Moses Hadas (especialmente recomendadas), *Vidas*, de Plutarco, *Júlio César*, por W. Warde Fowler, *César*, por J. A. Froude, *As Metamorfoses de Ovídio*, traduzido por Mary M. Innes, *Vida de Cícero*, por William Forsyth, e *Os Romanos*, por R. H. Barrow.

Este livro foi composto na tipografia
Caslon old Face, em corpo 11/13, e impresso em
papel off-white no Sistema Digital Instant Duplex
da Divisão Gráfica da Distribuidora Record.